国家社会科学基金项目“二十世纪旧体诗词大事编年”结项成果

二十世纪旧体诗词大事编年

（下册）

1949—1999

ERSHI SHIJI JIUTI SHICI DASHI BIANNIAN

张海鸥◎主编　彭敏哲◎著

·广州·

图书在版编目（CIP）数据

二十世纪旧体诗词大事编年. 下册，1949—1999/张海鸥主编，彭敏哲著. —广州：中山大学出版社，2022.12

（广东哲学社会科学成果文库）

ISBN 978-7-306-07509-3

Ⅰ.①二… Ⅱ.①张… ②彭… Ⅲ.①古体诗—诗歌史—编年史—中国—1949-1999 Ⅳ.①I207.209

中国版本图书馆 CIP 数据核字（2022）第 069606 号

ERSHI SHIJI JIUTI SHICI DASHI BIANNIAN，XIACE，1949—1999

出 版 人：王天琪

策划编辑：金继伟

责任编辑：叶 枫 金继伟

封面设计：曾 斌

责任校对：靳晓虹

责任技编：靳晓虹

出版发行：中山大学出版社

电 话：编辑部 020-84110283，84113349，84111997，84110779，84110776

发行部 020-84111998，84111981，84111160

地 址：广州市新港西路 135 号

邮 编：510275 传 真：020-84036565

网 址：http：//www.zsup.com.cn E-mail：zdcbs@mail.sysu.edu.cn

印 刷 者：佛山市浩文彩色印刷有限公司

规 格：787mm×1092mm 1/16

总 印 张：45（上册 28.5 印张，下册 16.5 印张）

总 字 数：803 千字（上册 508 千字，下册 295 千字）

版次印次：2022 年 12 月第 1 版 2022 年 12 月第 1 次印刷

定 价：128.00 元（全二册）

前　言

20 世纪中国的文化变革空前复杂激烈，旧体诗词在新文化运动的冲击下经历了生死存亡的考验，但依然顽强存续着。

20 世纪旧体诗词的体量巨大，内涵十分丰富。历数千年演进而定型的经典诗词文体，并未如五四运动前后一些预言那样“死亡”或“退出历史舞台”。相反，经典诗词文体在 20 世纪的诗性言说中依然活跃，具有很好的艺术表现力，显示出历久弥新的生命活力。

这一现象表明，中华文化的诗性言说方式，并不是此长彼消、以新代旧，而是在传统赓续中不断丰富增益。具体说来，受西方文化影响，以翻译为媒介启发形成的自由体诗歌（新诗），只是汉语诗歌文体在“白话文”时代增加的一个新品种，百年来一直在探索中发育，尚未形成经典体式，它不是汉语诗歌文体的主要形态，更不是唯一形态。汉语诗歌早已定型的格律诗词体式（含古体和近体），经典化程度较高，生命力强大，可至久远。

但由于“新文化”的“强势”，学术研究对旧体诗词的关注长期滞后并且非常薄弱，与旧体诗词的实际存在极不相称。

20 世纪 20 年代至 40 年代，旧体诗词研究处于萌芽阶段，相关讨论多带有“描述”“感悟”色彩。陈子展《中国近代文学之变迁》（1929）曾论及王闿运、陈衍、陈三立、郑孝胥、樊增祥、易顺鼎等旧体诗人，说他们“在诗国里辛辛苦苦的工作，不过为旧诗姑且作一个结束”。钱基博的《现代中国文学史》（1933）对中晚唐诗派、宋诗派的群体构成和艺术特色以及朱祖谋、况周颐的词学渊源、生平经历和词风有少许评述。

20 世纪 50 年代至 70 年代，旧体诗词研究“被置于文学史叙述视野之外”（钱理群语），基本空白。

20 世纪 80 年代出现了“重写文学史”的讨论。姚雪垠认为柳亚子、苏曼殊、郁达夫、吴芳吉、于右任等人的旧体诗应该纳入现代文学史的范畴。唐弢明确表示反对。1987 年毛大风相继发表《旧体诗六十年概述》和《现代旧体诗的历史地位》。

20 世纪 90 年代后期，王建平发表《文学史不该缺漏的一章——论 20 世纪旧体诗词创作的历史地位》［载《广西大学学报》（哲学社会科学版）1997 年第 3 期］。王富仁表达了不同意见：“在现当代，仍然有很多旧体诗词的创作，作为个人的研究活动，把它作为研究对象本无不可，但我不同意把它们写入中国现代文学史，不同意给它们与现代白话文学同等的文学地位。这里有一种文化压迫的意味，但这种压迫是中国新文学为自己的发展所不能不采取的文化战略。”①

21 世纪以来，旧体诗词“应否入史”之争再度激化。王泽龙等人发表文章主张现代旧体诗歌不宜入史，主要关键词是“现代文学性”“文学经典化”“语体形式”“文化压迫和学术压迫”“不宜”“死亡之旅”“替代”等。这引起了陈友康、刘梦芙、马大勇、王国钦等学者撰文反驳，后者认为旧体诗词理应入史，“该不该入史”是个伪问题，无须讨论。

这个问题的确无须讨论。而无论讨论与否，学者们对现代旧体诗词的实际研究和专史准备工作正在展开。

目前，经整理点校先后出版的现代旧体诗词别集、选集和作家谱传之著已有百余种；一批历史文献资料亦已影印出版，如《民国诗集丛刊第一编》（台中文听阁图书公司 2009 年版）、《清末民国旧体诗词结社文献汇编》（国家图书馆出版社 2013 年版）、《民国旧体诗词期刊三种》（国家图书馆出版社 2013 年版）、《清末民国旧体诗词结社文献续编》（国家图书馆出版社 2015 年版）等。

作家个案研究日益增多。20 世纪很长一段时间内，旧体诗词中被关注较多的是政治家、新文学作家的诗词，如毛泽东、瞿秋白、陈独秀、鲁迅、郁达夫、郭沫若等，以及学人之诗词，如陈三立、易顺鼎、王国维等。群体流派研究则主要集中于南社研究、同光体研究。近年还出现了地域诗词研究，如章文钦《澳门诗词笺注（民国卷）》（珠海出版社 2002 年版），胡晓明、李瑞明《近代上海诗学系年初编》（上海教育出版社 2003 年版），杨柏岭《近代上海词学系年初编》（上海教育出版社 2003 年版），郑家治《二十世纪巴蜀革命将帅诗词研究》（巴蜀书社 2006 年版），萧晓阳《湖湘诗派研究》（人民文学出版社 2008 年版），尹奇岭《民国南京旧体诗人雅集与结社研究》（中国社会科学出版社 2011 年版），孙海洋《湖南近代文学家族研究》（湖南大学出版社 2011 年版），袁志成《晚清民国福建词学研究》（福建人民出版社 2013 年版），袁志成、曾娟《晚清民国

① 王富仁：《当前中国现代文学研究中的若干问题》，载《中国现代文学研究丛刊》1996 年第 2 期。

湖湘词坛研究》（湖南师范大学出版社 2014 年版），等等。

诗词史建构的准备工作也出现了一些成果，比如王小舒等《中国现当代传统诗词研究》（山东大学出版社 1997 年版）、朱文华《风骚余韵论——中国现代文学背景下的旧体诗》（复旦大学出版社 1998 年版）、吴海发《二十世纪中国诗词史稿》（中国文史出版社 2004 年版）、胡迎建《民国旧体诗史稿》（江西人民出版社 2005 年版）、施议对《百年词学通论》（载《文学评论》2009 年第 2 期）、刘梦芙《近百年名家旧体诗词及其流变研究》（学苑出版社 2013 年版）、马大勇《晚清民国词史稿》（华中师范大学出版社 2016 年版）、潘静如《民国诗学》（北京联合出版公司 2017 年版）、赵郁飞《晚清民国女性词史稿》（时代文艺出版社 2019 年版），等等。

中国内地已经习惯区分现代文学和当代文学。当代即 1949 年以后。由于历史距离太近，敏感区域过多，所以学者们轻易不愿研究当代文学。但少数学者的旧体诗词还是进入了研究视野，比如黄阿莎《沈祖棻词作与词学研究》（华中师范大学出版社 2016 年版），彭玉平《现代文学中的古典情怀——詹安泰旧体诗词初探》（载《湖南社会科学》2005 年第 1 期），邓小军《现代诗词三大家：马一浮、陈寅恪、沈祖棻》（载《中国文化》2008 年第 1 期），张海鸥《论陈永正的旧体诗词》（载《学术研究》2005 年第 8 期），刘梦芙《千秋光焰照诗坛——国学大师钱仲联先生的治学与创作》（载《博览群书》2004 年第 3 期）、《浅谈夏承焘先生山水词》[载《合肥学院学报》（社会科学版）2004 年第 1 期]、《夏承焘〈天风阁词〉综论》（载《中国韵文学刊》2012 年第 4 期），陈友康《周策纵的旧体诗论和诗作——并回应现代诗词的价值和入史问题》（载《楚雄师范学院学报》2008 年第 7 期）、《旧体诗词和现代社会相适应的成功探索——论厉以宁的旧体诗词》[载《云南师范大学学报》（哲学社会科学版）2006 年第 3 期]，张一南《析诗法以入小词——夏承焘小令的声情艺术》（载《词学》2016 年第 1 期），彭敏哲《黄咏雩〈天蠁词〉创作简论》[载《南华大学学报》（社会科学版）2014 年第 2 期]，曾春红《胡先骕诗词研究述评》（载《广东广播电视大学学报》2007 年第 6 期），等等。此外，李遇春对新文学名家的旧体诗词进行了系列探索，先后发表了关于胡风、何其芳、茅盾、姚雪垠、郭沫若、老舍、田汉、吴祖光等人的旧体诗词的论文。

还有对旧体诗词群体和社团的研究，如张海鸥《当代格律诗词四类诗群概观》（载《学术研究》2015 年第 7 期）、张一南《当代旧体诗词三体并峙结构的初步形成》［载《华南师范大学学报》（社会科学版）2015 年第 1 期］、陈友康《论 20 世纪学者诗词》（载《云南社会科学》2003 年第 3 期）、刘士林《20 世纪中国学人之诗研究》（2002 年南京师范大学博士学位论文）、李仲凡《古典诗艺在当代的新声——新文学作家建国后旧体诗写作研究》（2009 年兰州大学博士学位论文）、王艳萍《新文学作家的旧体诗词书写与文化心理研究》（2012 年南京师范大学硕士学位论文）、曾艳《一人两面：现代新文学家的新诗、旧体诗比较》（载《新文学评论》2013 年第 2 期）、杨子怡《古今诗坛“老干体”之漫论》［载《惠州学院学报》（社会科学版）2013 年第 2 期］、胡迎建《当代诗词社团及其作者状态评述》（载《新文学评论》2014 年第 1 期）、马大勇《近百年词社考论》（载《文艺争鸣》2012 年第 5 期），以及彭敏哲《梯园诗群及其诗歌活动考论》［载《暨南学报》（哲学社会科学版）2017 年第 12 期］、《传统诗社的现代转型——以乐天诗社为中心》（载《武陵学刊》2018 年第 3 期）、《梅社女性诗群的形成与承续》［载《中南大学学报》（社会科学版）2017 年第 5 期］，等等。

对旧体诗词之地域研究和学术史研究也有成果，如刘梦芙《安徽近百年诗词综述》（载《合肥教育学院学报》2003 年第 1 期）、孙爱霞《谈建国后天津旧体诗词创作》（载《理论与现代化》2009 年第 3 期）、黄坤尧《香港诗词百年风貌》［载《中山大学学报》（社会科学版）2007 年第 1 期］、徐晋如《20 世纪诗词研究的几个问题》［载《中山大学学报》（社会科学版）2007 年第 1 期］、马大勇《20 世纪旧体诗词研究的回望与前瞻》（载《文学评论》2011 年第 6 期），等等。

国家也加强了这一学科领域研究的立项资助力度。据笔者统计，国家社科基金和教育部既往立项资助重大课题 3 项，分别是曹辛华“民国词集编年叙录与提要”、孙之梅“南社文献集成与研究”、李遇春“多卷本《中国现当代旧体诗词编年史》编纂与研究”；重点、普通课题 35 项，如钟振振“民国诗话词话整理研究”（重点项目）、胡迎建“民国时期的旧体诗歌研究”、刘梦芙“近百年名家旧体诗词及其流变研究”和“近百年学人诗词及其诗论词论研究”、李遇春“民国旧体诗词编年史稿”和“新中国旧体诗词编年史稿”、马大勇“百年词史研”、曹辛华“民国词史”、张海鸥“二十世纪旧体诗词大事编年”、訾高槐“民国时期旧体诗别集叙录与研究”、张奕琳“日本近现代汉诗学文献整理及研究”、彭敏哲“民国大学旧体诗词结社研究”、杜运威“抗战时期词坛研究”和“抗战时期旧体诗词研究”，等等。

综上可见，现当代旧体诗词研究在近20年间取得了显著成果，一个新的学科领域正在形成。

“二十世纪旧体诗词大事编年”（以下简称“大事编年”）从立项到结项历时5年，结项评级为“优秀”。在此基础上申报“广东省哲学社会科学成果文库”，幸获批准。本成果主要有如下学术价值和意义。

首先，本成果为百年旧体诗词史研究提供了一个信息量巨大、信息源可靠的信息资源库。“大事”的概念具有历史裁选意义。任何历史进入人类文化记忆，都须经历这样的裁别取舍。本成果对大事的表述将对后续的旧体诗词研究产生影响，很可能被后世之史家采信。

其次，本成果对学科建设有重要意义。其前期基础是尽可能全面收集文献，对诗词界人物活动、作品刊发、社团活动、历史事件钩沉索引。这就为其他相关研究提供了一些尽可能简明扼要的历史端绪，其持续成果直接关系到现当代诗词史长编、诗词编年史、诗史、词史、诗词批评史的编写。

这一成果最可能直接推动“二十世纪旧体诗词纪事本末”工程的开启。我们一直在做这方面的准备。“纪事本末”便于读者迅速了解重大诗词事件的始末原委，有助于后续各种文学史的研究和撰著。纪事本末关注的重点是事件的完整性，正好可以弥补《大事编年》以时系事的分解，将时间线上的散点集中为完整叙事。在传统史学中，编年体和纪事本末体正是互参互补的体用模式。

现在呈现给读者的《大事编年》，已经借鉴了中国古代史学“纪事本末”的理念，比如当一位作家首次呈现或唯一呈现时，即对其生平信息做尽可能全面而又简要的交代。这是本成果的一个具有首创性的特别方式。对于一个诗词事件，如果历时较长，也尽可能在其若干个时间呈现中，选择在最主要的核心时间点上集中呈现其“本末”梗概。

本成果的原创程度较高，文献资料的采集力求接近原始文献原初信息，凡入此编者，尽可能注明文献出处。本成果所涉及的文献有：民国报纸杂志百余种，日记、年谱、传记数百种，诗文集数百种，研究论著数百种。

本成果在浩如烟海的文献中裁选取舍，难度较大。尤其是20世纪后二三十年的文献太多，信息量巨大，如何淘汰低劣、择取精华是个特别考验人的问题。我们力求全方位审视百年间诗词界的所有事件，包括诗词作家的生平活动与行迹、诗词创作与评论、诗词集编纂与出版、诗词团体及流派的活动、文学刊物的创办以及与诗词的发展密切相关的重大政治、军事、文化事件，从中挑选出比较重要的人和事，并尽可能简明扼要地表述出来。对人与事的取舍依据是多元综合的，首先是已有之论，比如前辈学者诗家所作的各种“点将录”，又如各种研究著作、论文对人物事件的涉及和评论，当然更多的是本课题组对大量文献资料的阅读和比较辨别。

本成果的民国时期（1912—1949）部分由张宁博士独立完成。他博士毕业后执教于湖南城市学院，已经晋升副教授了。新中国50年（1949—1999）部分由彭敏哲博士独立完成。她博士毕业后任中山大学专职副研究员，继而以副教授身份入职中国海洋大学。因此，本成果分为两册出版，每册都包括三部分：大事编年、大事概述、附录（包括相关研究文章、资料）。

其实本课题还应该包括20世纪初，即晚清（1900—1911）部分的“诗词大事编年”。这部分已经由彭敏哲完成草稿，但敏哲觉得书稿还不够成熟，因此就暂不出版。这当然是暂时的遗憾，尤其对广东哲学社会科学成果文库批准立项方面而言是不够完整的。但敏哲对学术负责的心意也是对的。相信她很快就会将这部分充实起来，做到精细可靠后再呈现给学界。

现代旧体文学史研究刚刚开始，学科正在形成。本成果是学科起步阶段的一种初创研究，必多缺失，必多可商。深祈同行方家批评指正！

课题组谨志

于2021年夏月

目　录

上　编

1949—1999 年旧体诗词大事编年

凡　例

1. 记述1949年10月1日至1999年12月31日在中国内地发生的旧体诗词大事。

2. 采用公元纪年，依时序编排。编年以“纪事本末”的形式综述于最初发生之时，同一事件的起讫始末放入同一条：若某一事件具有一定的时间跨度，一般在最初发生的时间列入，并叙述其后的进程。如某篇文章发表，引起讨论，所有讨论文章、事件列入同一条；某书出版，其再版、修订等信息均列入同一条。诗词或文章发表，其修订、转载等信息均列入同一条；诗词社团成立与结束、大型雅集与活动、社刊出版之情况均列入同一条。

3. 所有条目按有关史实的发生时间顺序编次。同一年内之史实，按月份先后顺序排列；日不详者编入当月；月份不详而仅知季度者，春季置于三月后，夏季置于六月后，以此类推；季度、月份均不详者，另设“本年”目统之。

4. 所有材料均注明出处。

5. 诗词一般只录标题，不录原文。若原文内容与事件有关，则收录原文，以完整展示创作面貌。

6. “大事”取舍的主要标准：

（1）产生较大影响的诗词，包括反复转载、引起讨论、引发某事件、引起重要人士关注、传播广泛、具有极高知名度等。如“吴宓因作《国庆》诗、《赠兰芳诗》四首，引发土改诗案”。又如毛泽东诗词发表后引起各种关注。

（2）重要作者的生平和行止。作者之选主要采自钱理群、袁本良编《二十世纪诗词注评》，毛大风、王斯琴编注《近百年诗钞》，刘梦芙著《二十世纪名家词述评》，李遇春编选《现代中国诗词经典（诗卷）》《现代中国诗词经典（词卷）》等。亦收录少量虽未进入以上文献，但诗词水平较高者。所录作者资料采自年谱、年表、传记、墓志、地方志、文集、选集等相关文献。其著作一般只列旧体诗词集。

（3）有重要影响的诗词社团。中华诗词学会体系中只录省、自治区、直辖市级学会。此外，录入一些较著名的诗社，如岳麓诗社、碧湖诗社、荔苑诗社、野草诗社、后浪诗社、东坡赤壁诗社等。

（4）重要人物发表关于旧体诗词的讲话或文章，并产生导向性的影响。

（5）重要的并产生一定社会影响的旧体诗词别集、总集、选集。以正式出版刊物为准，油印本、自刻本等若其后有出版，以正式出版时间系年，并做说明。若无出版，则以自刻本时间系年。录书籍封面题字、序、跋、前言、出版说明等重要信息，描述其再版、修订、重印等信息，并选择性地摘引序跋或评论。古代诗家诗作的出版一般不收。

（6）专门刊载旧体诗词的重要报刊。

（7）关于旧体诗词的重要活动、学术会议、较有影响的论争、重要赛事。

7. 因时间和水平所限，书中若有遗漏和差错，敬希专家赐教，并祈请广大读者提出宝贵意见，今后将持续修改和补充完善。

1949 年

10 月

10 月 1 日，中华人民共和国成立。郭沫若《新华颂》发表在《人民日报》10 月 1 日第 7 版上。陈毅作五绝《开国小言》八首，其一：“天安门上望，城下人如海。举头红五星，共庆山河改。”其二：“天安门上望，京阙焕新采。亿众大革命，流血三十载。”其三：“天安门上望，红旗翻作海。万岁涌潮来，军民真主宰。”其四：“元首耀北辰，元戎雄泰岱。群英共检阅，盛业开万代。”其五：“人民庆开国，宇内浸狂欢。幽燕秋花发，从此岁不寒。”其六：“一九四九年，国际庆伟观。东方红日起，光焰照人寰。”其七：“革命久从戎，胜利不自期。盛典今眼见，此生信不虚。”其八：“奇景要大作，开国待雅言。拙句何足数，避席让群贤。”①

10 月 20 日，傅增湘病逝于北京，终年 78 岁。傅增湘（1872—1949），字淑和，号沅叔，晚号藏园居士，别署有书潜、姜弇、藏园老人、清泉逸叟、长春室主人、双鉴楼主人等，四川江安人。早年入保定莲池书院师从吴汝纶学习。1901 以翰林的身份被调至北洋工作，在天津先后创办了北洋女子公学、高等女学堂、女子师范学堂三所女校。1917 年任王士珍内阁教育总长，并历经段祺瑞、钱能训内阁而蝉联此职。1927 年 10 月任北京故宫博物院管理委员会委员，兼故宫博物院图书馆馆长。1930 年授课于清华研究所。卢沟桥事变后仍居住北平，终日以校书遣日，并主持重修《绥远通志》。其藏书有宋刊本 180 多部。稊园诗社成员。著有《双鉴楼杂咏》、《藏园诗稿》（四卷）等。

11 月

11 月 6 日，郭沫若写作《关于诗歌的一些意见》。文中说：“我不想替旧诗词辩护，但也不想一概抹杀。假如能够纯熟地应用旧形式以表达新意识，不太使民众难懂，依然是值得欢迎的。”② 此文刊载于《大众诗歌》

① 陈毅：《陈毅诗词选集》，人民文学出版社 1977 年版，第 145－147 页。

② 郭沫若：《关于诗歌的一些意见》，载《大众诗歌》1950 年第 1 卷第 1 期。

1950 年第 1 卷第 1 期。1977 年 6 月，《浙江文艺》第 6 期重新刊载郭沫若《关于诗歌的一些意见》时，作者对个别字做了改动。

11 月 25 日，《文艺报》第 1 卷第 5 期《文艺信箱》栏目刊载了《关于学习旧文学的话》。这引发了一场关于旧文学学习的讨论，其中涉及对旧体诗词的学习和创作的观点。栏目刊载了北京市立第二中学学生樊平的来信，樊在信中询问："现在中国的旧文学，诗、词等，是否也可以学习呢?"叶圣陶请杜子劲、叶蠖生代为答复。杜、叶二人在回信中说："中学生对于旧文学的某些部分是可以阅读的，但是不可以拟作。"并指出阅读也是有条件的，即"有选择""有批判""有目的""有指导"的阅读，"不是为了单纯的玩赏或者拟作"。回信中还指出，樊平"对于旧文学的看法是很有些偏向的，不怎么正确的。旧文学的诗词技术，现在看来，并不见得多么高超，而且已经步入绝境。……像这样的中学生，最好多接触实际，多读些新文艺，旧文学还是少读或不读为好，拟作更是不必要的"①。叶圣陶在复信前说："两位先生的话，我是大体同意的。"

本月，饮河诗社解散。"'饮河诗社'是抗战期间在重庆研究和创作旧体诗词的文学团体。诗社由章士钊、沈尹默、乔大壮、江庸等人发起，1940 年创办于重庆。社名取自庄子'鼹鼠饮河，不过满腹'之句。社员借此针砭时弊，反映民生疾苦，抒写爱国情怀。诗社团结了一些著名学者和社会名流。参加诗社的有：俞平伯、朱自清、缪钺、叶圣陶、郭绍虞、陈铭枢、肖公权、吴宓、黄杰、谢稚柳、徐韬、黄稚荃（女）、黄苗子、蒋山青、钱问樵、王季思、沙孟海、程千帆、沈祖棻、萧涤非、成惕轩、施蛰存、曹聚仁、萧赞育、叶恭绰、屈义林、陈寅恪、王遽常、游国恩、谢无量、李思纯、夏承焘、浦江清、潘光旦、马一浮等。一时群贤齐聚，俊彦荟萃。社中作者除当世知名耆宿外，也有青年学生。先后参加《饮河集》《诗叶》和《饮河》渝版的作者共一百余人。……'饮河诗社'社长章士钊、江庸，主编潘伯鹰，助理编务和杂务许伯建，为潘的助手，为社务奔走接洽。'饮河诗社'刊出的《饮河集》分别在《中央日报》《扫荡报》《益世报》《时事新报》《世界日报》的副刊上刊载，每半月或每周一期，共出刊 100 余期，于 1949 年底停刊。抗战期间，《饮河集》的内容是专载反映当时抗战精神的旧体诗旧体词，并对这些旧体诗词作'批评''介绍''解释'，为理论方面的建设；以广选各家的诗篇为理论的印证。""1948 年 8 月 1 日，'饮河诗社'在上海外滩滇池路 90 号同孚银行大楼正

① 杜子劲、叶蠖生：《关于学习旧文学的话》，载《文艺报》1949 年第 1 卷第 5 期。

式立案重新召开成立组织会议。初步登记社员 52 人，到会 30 人。(‘饮河诗社’先是抗战中在渝发刊，并未正式组织）成立以后，由于 1949 年国共开始和谈，章士钊、江庸已担任南方和谈代表，潘伯鹰和金山担任‘和使团’秘书，上海‘饮河诗社’的业务有所停顿。重庆‘饮河诗社’因潘、章、江等领导北去，但仍继续出刊，直至与《世界日报》在 1949 年 11 月解放重庆，同时停刊，会员亦自动解散了。”①

12 月

10 日，《文艺报》第 1 卷第 6 期刊载了陈涌《对〈关于学习旧文学的话〉的意见》、叶蠖生《关于中国旧文学的技术水平和接受遗产问题》。陈涌对杜子劲、叶蠖生回信中的“一两个带原则性的问题”提出了异议：“我以为在今天，像杜、叶两位先生那样简单的否认了中国过去文学重要的遗产之一的诗词的价值，是不妥当的。我自己虽然对中国过去的文学绝少研究，但就自己所读过的一些来看，能给我们今天写作上的参考，帮助我们技术进步的作品，是有的，至于旧诗词已到了‘绝境’，那可说是不可免的历史命运，只要我们不是存心开倒车，不是像杜、叶二先生所正确的认为应当提防的‘拟作’，而是批判地去学习，那是无妨的。”② 对于旧体诗词的写作，陈涌对杜、叶的观点表示赞同：“我以为，‘单纯的玩赏或是拟作’当然是不对的。”③ 叶蠖生的回信从“中国旧文学技术到底高不高”“接受文化遗产的态度”两方面做出了回应，认为“（不能）简单的模拟或玩赏这种低下的技术（指旧文学）”④。

25 日，《文艺报》第 1 卷第 7 期开设《问题讨论》专栏，刊载了王子野的《〈关于中国旧文学的技术水平和接受遗产问题〉的几点意见》、颜默的《关于接受中国旧文学遗产问题》和文宝的《一条走不通的道路》，并选载读者来信：达之的《从所谓〈旧文学技术〉谈起》、许天曙的《这是接受遗产的正确态度吗?》、林园的《关于旧文学作品的欣赏与领会》。颜默的文章称：“把接受旧文学分拟作，阅读，研究三面来谈是对的，今天，事实很明显，没有人还敢肯定说要拟作，也没有人否定研究的必

---

① 许伯建、唐珍璧：《饮河诗社史略》，载《文史杂志》1994 年第 2 期。

② 陈涌：《对〈关于学习旧文学的话〉的意见》，载《文艺报》1949 年第 1 卷第 6 期。

③ 陈涌：《对〈关于学习旧文学的话〉的意见》，载《文艺报》1949 年第 1 卷第 6 期。

④ 叶蠖生：《关于中国旧文学的技术水平和接受遗产问题》，载《文艺报》1949 年第 1 卷第 6 期。

要。”[①] 撰文者大体认为，拟作旧体诗词是不必要的。

1950 年

1 月

1 日，乐天诗社于上海成立。沈尹默、江庸等 32 位老人齐聚上海肇嘉浜路，在上海商界巨子魏廷荣的私家花园里举行诗社成立仪式。诗社之名取自唐代诗人白居易（号乐天），因其所作诗歌有深入民间之精神。当天成立大会选举了理事会成员和社长。理事会由沈尹默、江庸、王福庵、叶恭绰、黄葆戉等人组成，理事长和社长由工商界人士郭益文和郑宝瑜分别担任。1954 年，诗社又增补理事会，周炼霞、陈小翠、张红薇、吴湖帆、孙雪泥、徐梅隐等人加入其中，改选周炼霞为理事长，张方仁为社长。推出社刊《诗讯》，16 开 4 页纸，印数 300 份。1956 年 5 月，经中共上海市委文工委批准正式备案，乐天诗社被确定为市文联下属的一个团体会员，并给予经费支持。1964 年，诗社运作停顿。“文革”期间，诗社被“四人帮”定为“反革命集团”。[②]

2 月

本月，冼玉清致书冒鹤亭，欲乞吴湖帆为其画《修史图卷》。冒鹤亭应允，促吴湖帆为之，后成《琅玕馆修史图》。[③] 该图遍请名家题咏，引首《琅玕馆修史图》为商衍鎏所书，冒鹤亭、龙榆生、吴庠、汪东、沈尹默、张伯驹、潘景郑题《四园竹》，瞿宣颖、林志钧各题七律一首，李宣龚题五律一首，王謇题《水龙吟》，罗球题《满庭芳》七律一首，陈寅恪题七绝三首，廖恩焘题《八犯玉交枝》，桂坫题七绝一首，刘景堂题《谒金门》，陈融题七绝两首，岑学吕题五绝一首，邓之诚题七绝两首，夏仁虎题《南歌子》，陈云诰题《望海潮》，邢端题七绝三首，黄君坦题七绝两首，柳诒徵题七绝一首，顾廷龙题七绝两首，叶恭绰题七律四首。

① 颜默：《关于接受中国旧文学遗产问题》，载《文艺报》1949 年第 1 卷第 7 期。
② 陈正卿：《新中国上海第一个传统诗社》，载《世纪》2008 年第 3 期。
③ 冒怀苏编著：《冒鹤亭先生年谱》，学林出版社 1998 年版，第 499 页。

4 月

4 月 9 日，李宣龚于上海举行硕果亭赏花雅集。李宣龚作《庚寅二月二十三日，硕果亭花事甚盛，客踵而至者四十余人，既无瓶醖，而饧饴饼饵之属亦不足，人染一指，腹负诸公，愧而作此》，又作《花下感作用前韵》。冒鹤亭、吴眉孙、夏敬观、林葆恒、方兆鳌、陈叔通、柳诒徵、林志钧、江庸、黄葆戉、戴克宽、林洞省、程学恂、李洣、苏渊雷、费范九、徐行恭、沈兆奎、陈颂洛、陈名珂、刘道铿、陈仲陶、瞿蜕园、陈沧舟、陈声聪、凌宴池、叶虔、冒效鲁、郭组南、汪辟疆、陈方恪、钱仲联、陈器伯、顾传基、郑葆湜、陈增绥、林向欣、沈剑知、王彦行、陈权、江毓衢、林岩、夏承诗、陈祖光、俞子范、朱大可、龙榆生、江采、吴夔盦、薛宗元、陈懋咸、杨无恙、郑永诒、陈藻藩、郑篪、张厚载、严昌堉、龚礼逸、释广觉、刘蘅、王真、陈祖壬、李蔬畦、郭可均等人均有诗作与之唱和。后辑成《硕果亭看花酬唱集》，并附词：何遂《浣溪沙·庚寅清明后一周，柳髯约同渊雷访墨巢，老人亭中海棠盛开，胜侣咸集。三载病余，久忘此乐，不可以无记也》、林岩《前调·硕果亭看花和叙甫韵》、郭可均《前调》、龙榆生《前调》、李大闲《前调》、李蔬畦《前调》二首。

5 月

10 日，《文艺报》刊载了郭沫若《论写旧体诗词》。该文是郭沫若对《文艺报》读者吴韵风所提出的一个问题——“为什么要在‘五四’前后顶大胆地写新诗的人又转到写旧诗来?”的回答。郭沫若认为：“‘这一转变’倒不一定是由新而旧，而在实际上却依然是由旧而新的。因为‘大胆写新诗’在形式上固然是一种新的转变，而‘旧瓶盛新酒’在内容上也是一种新的转变。”并提出诗歌新旧的判断标准：“单从形式上来谈诗的新旧，在我看来，是有点问题的。主要还须得看内容，还须得看作者的思想和立场，作品的对象和作用。假使作者是反动派，而内容是为落后势力歌颂，或对进步势力诽谤，即使作品所采取的是未来派、立体派、达达派的形式，我们断不能说它就是‘新诗’。又假使作者是革命家，而内容是对落后势力搏击，或为进步势力歌颂，即使作品所采取的是旧式的诗或词的形式，我们也断不能说它就是‘旧诗’。”对旧体诗词的态度，文中说：

“旧式的诗词在今天依然有它的相对的生命……我并没有意思替旧诗词辩护，也没有意思采取排外的立场，在今天诗歌创作的道路上，凡是有可供采取的文化遗产的精华，无论新旧中外都是可以采取的。”但是，对于写作旧体诗词，他认为：“中国的旧诗词，在年青一辈的朋友，随分阅读是可以的，但也不必一定要写作或者学习写作。写作新诗歌始终是今天主要的道路。”①

6月

本月，张伯驹创立庚寅词社。词社成员有章士钊、叶恭绰、夏仁虎、龙沐勋、王冷斋、黄孝平、萧劳、汪曾武、许季湘、关赓麟、寇梦碧、周汝昌、孙正刚、溥儒等。慧远《近五十年北京词人社集之梗概》云：“张丛碧于西郊展春园结庚寅词社，不定期聚会，由主人备馔，并预先寄题，交卷后再印送众人评第。始则二十余人，老辈如汪仲虎、夏枝巢、许季湘、陈莼衷等，尚能扶藜而过，并邀少年而好倚声者寇梦碧、孙正刚、周敏庵等入社。”② 关于庚寅词社的创立时间，有多种说法。许宝蘅之子许恪儒所作《稊园诗社忆旧》认为，“庚寅词社的活动，是新中国成立后，1950年5月开始的，而它的第一次集会是由关颖人先生以‘稊园吟社’的名义，在官豆腐房家中召集的”③。马大勇《近百年词社考论》云：“1950年8月由张伯驹创立于北京西郊展春园。”④ 章用秀《又到海棠花开时》⑤、刘梦芙《二十世纪中华词选》等则认为庚寅词社成立于1950年，但未标明月日。1950年是庚寅年，庚寅词社之名应来源于此。稊园诗社与庚寅词社虽然成员重合，但两社的活动是分别召集与通知的，因此1950年5月的“官豆腐房雅集”严格意义上来说并不能算是庚寅词社的活动。许宝蘅是稊园诗社和庚寅词社的重要成员，其《许宝蘅日记》云：“5月21日，……四时同善先乘三轮车至天桥，乘电车至御河桥，步行至官豆腐房赴颖人之约，有稊园吟社，集者二十余人。”⑥ 明确说是稊园诗社的

① 郭沫若：《论写旧诗词》，载《文艺报》1950年第2卷第4期。

② 慧远：《近五十年北京词人社集之梗概》，见张伯驹主编、编著《春游社琐谈·素月楼联语》，北京出版社1998年版，第23页。

③ 许恪儒：《稊园诗社忆旧》，见北京市政协文史资料委员会编《北京文史资料》第58辑，北京出版社1998年版，第129页。

④ 马大勇：《近百年词社考论》，载《文艺争鸣》2012年第5期。

⑤ 章用秀：《天津书法三百年》，天津人民美术出版社2013年版，第160页。

⑥ 许宝蘅：《许宝蘅日记》第4册，许恪儒整理，中华书局2010年版，第1625页。

活动。《许宝蘅日记》中第一次出现“庚寅词社”则是在6月25日：“四时访陆观甫谈，到欧美同学会，张伯驹约庚寅词社，到者汪仲虎、夏蔚如、傅治芗、高潜子、陈莼衷、黄君坦、孙正刚、夏伟明闰庵之子、高默仙潜子之女、主人夫妇，尚有一人忘其姓名，共照相聚餐，八时余散。”[①]《许宝蘅日记》曾云：“8月29日，孙正刚来，示庚寅词集第三集题见示，一《人月圆》庚寅中秋稷园初集，一《清平乐》落叶。”[②] 张伯驹《丛碧词》中收有《人月圆》，序云：“庚寅八月十三日，词社同人于稷园作中秋预集。”[③] 因此，《人月圆》应该就是9月24日的中秋雅集的社题。若9月24日的稷园集会是第三集，可推知第一集就是6月25日欧美同学会集会。由此可初步确定，庚寅词社成立于1950年6月。此外，关赓麟又成立咫社，两社成员多有重合，“张主精，关主广。有时亦联合邀集稊园社友，并征及外省，多至百余人”[④]，选词印为《咫社词钞》。咫社于1953年3月停办，和稊园诗社合一。[⑤] 1962年，关赓麟去世，“于是坛坫萧条，词客星散”[⑥]。

8月

本月，关赓麟创立咫社。《咫社词钞》述咫社成立情况：“城中观莲向以西苑筒子河十刹海为最盛，今夏深潦，三海暂遏玉泉，洎淤泥既清，花时亦过，巨浸渺然，托根无所矣。偶袭姜尧章故事，以院落盆莲自娱，辄成此解。邀群公同作，昔赵松雪在万柳堂赏荷赋诗，有‘谁知咫尺京城外，便有无穷千里思’之感，时议重举词集，即以咫为社，名于是焉始。”[⑦] 咫社活动共有30集，1950年8月始，1953年3月止，辑有《咫社词钞》4卷。之后与稊园诗社合为稊园吟集，“关颖人除稊园诗社外，又

---

① 许宝蘅：《许宝蘅日记》第4册，许恪儒整理，中华书局2010年版，第1629页。

② 许宝蘅：《许宝蘅日记》第4册，许恪儒整理，中华书局2010年版，第1635页。

③ 张伯驹：《张伯驹词集》，中华书局1985年版，第59页。

④ 慧远：《近五十年北京词人社集之梗概》，见张伯驹主编、编著《春游社琐谈·素月楼联语》，北京出版社1998年版，第23页。

⑤ 关赓麟辑：《咫社词钞》，见南江涛选编《清末民国旧体诗词结社文献汇编》第13册，国家图书馆出版社2013年版，第131页。

⑥ 慧远：《近五十年北京词人社集之梗概》，见张伯驹主编、编著《春游社琐谈·素月楼联语》，北京出版社1998年版，第23页。

⑦ 关赓麟辑：《咫社词钞》，见南江涛选编《清末民国旧体诗词结社文献汇编》第12册，国家图书馆出版社2013年版，第485页。

唱立愳社，专作词。旋将诗词合为一，仍称稊园吟集”[①]。“稊园又与林子有、郭蛰云另组瓶花簃社、郭氏捐皱，更名愳社，专课诗钟，两社一主，诗词并存，遂易称稊园吟集，南来北客，新旧两多，日课诗词，积稿逾尺。”[②] 编有《稊园吟集甲稿》两卷（1955），收入1953年至1955年稊园诗社和愳社合并后社员75人的社课诗词。

10月

3日晚，毛泽东等在中南海怀仁堂观看由西南各民族文工团、新疆文工团等联合演出的歌舞，柳亚子即席赋词《浣溪沙》。词云：“火树银花不夜天，弟兄姊妹舞翩跹，歌声唱彻月儿圆。　不是一人能领导，那容百族共骈阗？良宵盛会喜空前！”[③] 毛泽东步其韵奉和一首，《浣溪沙·和柳亚子先生》云：“长夜难明赤县天，百年魔怪舞翩跹，人民五亿不团圆。　一唱雄鸡天下白，万方乐奏有于阗，诗人兴会更无前。”[④] 此词后来发表于1951年1月23日《文汇报》刊载的《毛主席新词》一文中，词题为《毛主席和词》。

4日，柳亚子在怀仁堂观看《和平鸽》舞剧后写作《浣溪沙》，毛泽东步韵唱和。柳亚子词云：“白鸽连翩奋舞前，工农大众力无边，推翻原子更金圆。　战贩集团仇美帝，和平堡垒拥苏联。天安门上万红妍！”[⑤] 毛泽东作《浣溪沙·和柳亚子先生》：“颜阔齐王各命前，多年矛盾廓无边，而今一扫纪新元。　最喜诗人高唱至，正和前线捷音联，妙香山上战旗妍。”[⑥] 后发表于人民文学出版社1986年出版的《毛泽东诗词选》。

12日，俞陛云病逝于北京，终年83岁。俞陛云（1868—1950），字阶青，号乐静，浙江德清人。俞樾之孙。光绪二十四年（1898）殿试第三名探花及第，授职编修。光绪二十八年（1902）出任四川乡试副主考。民国元年（1912）任浙江省图书馆馆长。民国三年（1914）参修清史，至

---

① 慧远：《近五十年北京词人社集之梗概》，见张伯驹主编、编著《春游社琐谈·素月楼联语》，北京出版社1998年版，第23页。

② 关赓麟编：《稊园吟集未定稿》，见南江涛选编《清末民国旧体诗词结社文献汇编》第13册，国家图书馆出版社2013年版，第149页。

③ 徐文烈笺：《柳亚子诗选》，刘斯翰注，广东人民出版社1981年版，第477页。

④ 中共中央文献研究室编：《毛泽东年谱1949—1976》第1卷，中央文献出版社2013年版，第203－204页。

⑤ 胡为雄：《毛泽东诗传》，中共中央党校出版社2014年版，第171页。

⑥ 胡为雄：《毛泽东诗传》，中共中央党校出版社2014年版，第171页。

北京任清史馆协修。日本侵华后，闭门诗书自娱。其旧体诗词集有《小竹里馆吟草》《乐静词》《蜀辅诗记》《梅花纪事百咏》《绚华室诗忆》等。[①] 龙榆生编选《近三百年名家词选》中《俞陛云小传》云：“辛亥后，寄寓北京，一九五〇年十月十二日卒，年八十三。”[②]

本年

李宣倜、汪辟疆、陈方恪、陈颂洛、夏敬观、李宣龚、汪东、柳诒徵、灰木（辛际周）、冒广生、冒景璠、江庸、瞿宣颖、李洣、王彦行等为龙榆生题《哀江南图》。[③]《哀江南图》是吴湖帆 1948 年为龙榆生所绘，题曰：“榆生吾兄来沪，出近作《哀江南词集》见示，属写小图。爰用倪高士荒率之法相应，庶几与词旨略合。即博榆兄哂正。”[④] 后龙榆生以此图广征题咏。《冒鹤亭先生年谱》云：“一九五〇年，十一月……龙榆生持其《哀江南图》来乞先生题词，后应之。”[⑤]

1951 年

4 月

4 月 17 日，卢前病逝于南京，终年 46 岁。卢前（1905—1951），原名正绅，后改名前，字冀野，自号小疏，别号饮虹，别署江南才子、饮红簃主人、中兴鼓吹者，江苏江宁人。1922 年以“特别生”名义被国立东南大学破格录取，师从国文系吴梅教授。后历任金陵大学讲师，国立中山大学、光华大学、成都大学、成都师范大学、国立河南大学、国立暨南大学、上海中国公学、国立中央大学、国立四川大学、国立复旦大学教授，讲授文学、戏曲史等课程。并曾任《中央日报·泱泱副刊》主编、国民政

---

① 俞陛云生平事迹参见龙榆生编选《近三百年名家词选》，上海古籍出版社 2012 年版，第 200 页；俞润民、陈煦《德清俞氏：俞樾、俞陛云、俞平伯》，中国人民大学出版社 1999 年版，第 105 – 139 页。

② 龙榆生编选：《近百年名家词选》，上海古籍出版社 2012 年版，第 200 页。

③ 《哀江南图》题咏诗见张晖《龙榆生先生年谱》，学林出版社 2001 年版，第 162 页。

④ 张晖：《龙榆生先生年谱》，学林出版社 2001 年版，第 158 – 159 页。

⑤ 冒怀苏编著：《冒鹤亭先生年谱》，学林出版社 1998 年版，第 510 页。

府国民参政会第四届参议员、国立音乐专科学校校长、南京市文献委员会主任、南京通志馆馆长等职。著有《卢前诗词曲选》。[1]

12 月

本月，吴宓因作《国庆》诗、《赠兰芳诗》四首，引发“土改诗案”。吴宓 1951 年 5 月 1 日作《国庆》一诗，原标题为《五一国际劳动节庆祝会》，诗中最后一句“易主田庐血染红”，成为吴宓反对土改的重要证据。10 月 15 日、18 日和 31 日，吴宓先后写作《赠兰芳诗》四首。[2] 刘志华《吴宓的“土改诗案”》称：“《送重庆大学女生邹兰芳赴川西参加土改》诗，共四首。第一首主要写邹兰芳‘沧桑万恨集微生’的悲苦和‘美宅丰田齐籍没，锦衣玉食易饥贫’的身世变幻，也写到其父亲的死，以及当时土改中地主以交钱财免罪退押的情况。第二首是对邹兰芳‘生长繁华是孽因，艰难未识性慈仁’的同情，其中有‘强持新法为人说，身是韩黎苦颂秦’的类比，在当时的政治环境下，很难被政策所认同。第三首中‘荆榛暴狼遍蜀西’，看似说川西的自然环境，但也有含沙射影批判土改的意思；而‘覆巢地主除应尽，得意农民上有梯’的说法，虽有事实的存在，但也有以偏概全的嫌疑，很难被工农所接受。……从诗作看，主要是悲哀邹兰芳的身世，基本上是事实加上自己的感慨，也涉及到对邹兰芳家人的同情，流露出不赞同土改中‘除恶务尽是今仁’的做法。”[3]《吴宓日记续编 1949—1953》云：“十二月六日，星期四。梓在式室密告，宓等重阳社集诗已为西南军政委会搜得，油印分发，并在最近（十一月二日）文教会议中提出讨论，且疑为反动之政治组织特务活动，方在密查云云。细聆之，方知其所搜得者，实为十一月一日宓邮寄胡蘋秋函中宓作《国庆》诗，《赠兰芳诗》四首。又梓、芬补社集诗各一首，故被斥为反对或‘讥讽土改及镇压反革命’，谓此诗亦有重大教授所作云云。”[4] 后此案因时任中共中央西南局第一书记、中共西南军政委员会副主席兼西南军区政委邓小平的介入，才得以低调解决。

---

① 参见卢前《卢前诗词曲选》，中华书局 2005 年版，第 1 页“出版说明”。

② 参见吴宓《吴宓日记续编 1949—1953》，吴学昭整理注释，生活・读书・新知三联书店 2006 年版，第 228、229、238 页。

③ 刘志华：《吴宓的“土改诗案”》，载《重庆与世界》（学术版）2014 年第 10 期。

④ 吴宓：《吴宓日记续编 1949—1953》，吴学昭整理注释，生活・读书・新知三联书店 2006 年版，第 250 页。

1952年

1月

1日，罗元贞给毛泽东致信，建议将《七律·长征》中的“金沙浪拍云崖暖”改为“金沙水拍云崖暖”。罗元贞（1906—1993），山西大学历史系教授。他认为诗的第三句“五岭逶迤腾细浪”中已经有“浪”字，所以避重字可将“金沙浪拍云崖暖”中的“浪”改为“水”。1月9日，毛泽东回信，采纳了罗元贞的建议。1957年1月《诗刊》集中发表毛泽东诗词，“水拍”一句有毛泽东自注：“水拍：改浪拍。这是一位不相识的朋友建议如此改的。他说不要一篇内有两个浪字，是可以的。”①

10月

21日，李宣龚病逝于上海，终年77岁。李宣龚（1876—1952），字拔可，号观槿，又号墨巢，福建闽县（今福州）人。其生平事迹详见陈祖壬撰《墨巢先生墓志铭》。光绪二十年（1894）中举人，官至江苏候补知府。民国成立后任职于上海商务印书馆。1941年，任合众图书馆董事。好收藏书画，室名“硕果亭”。著有《硕果亭诗》二卷、《硕果亭诗续》四卷、《墨巢词》一卷、《墨巢词续》一卷，以上各集编入黄曙辉点校的《李宣龚诗文集》，华东师范大学出版社2009年出版。陈祖壬《墨巢先生墓志铭》云：“岁壬辰秋九月三日，墨巢先生疾终上海，会而哭者数百人。”② 陈衍《石遗室诗话》评其诗：“拔可诗最工嗟叹，古人所谓凄婉得江山助者，不必尽在迁客羁愁也。”③ 汪辟疆《光宣诗坛点将录》点为“地阖星火眼狻猊邓飞”，谓“拔可诗深婉处似荆公，孤往处似后山，高秀处似嘉州”④。

---

① 萧永义：《毛泽东诗词史话》，东方出版社1996年版，第136页。

② 陈祖壬：《墨巢先生墓志铭》，见李宣龚著《李宣龚诗文集》，黄曙辉点校，华东师范大学出版社2009年版，第431－434页。

③ 陈衍：《石遗室诗话》，郑朝宗、石文英校点，人民文学出版社2004年版，第229页。

④ 舒位、汪国垣、钱仲联等：《三百年来诗坛人物评点小传汇录》，程千帆、杨扬整理，中州古籍出版社1986年版，第84页。

1953 年

5 月

14 日，夏敬观于上海逝世，终年 79 岁。夏敬观（1875—1953），字剑丞，一作剑臣、鉴丞、鉴成，又字盥人。晚号吷盦，亦署吷庵、吷厂；室名忍古楼、窈窕释迦室。别署吷庵居士、玄修、冬士、忍庵、籁轩、垒空居士、缄斋、宗宛、牛邻叟等。江西新建人。著名词人、书画家、学者。历任三江师范学堂、复旦公学、中国公学监督，江苏巡抚参议、署提学使、浙江省教育厅厅长等职。著有《忍古楼诗词集》《吷庵词》等。[①]《夏敬观年谱》载："5 月 14（阴历四月初二），先生与世长辞，得年七十九岁。"[②] 龙榆生作《鹧鸪天》（癸巳夏历四月初二日，闻夏吷庵丈敬观下世作）以吊："派衍西江此殿军，小园曾与细论文。豫章阴合风频撼，枳棘声喧酒乍醺[③]。花历乱，思氤氲，豪端常把定香薰。宛陵讴咏清真调，凄断人间不再闻。"[④]

8 月

15 日，关赓麟辑《咫社词钞》印竣。是书为线装油印本，共二册四卷，封面为章士钊题字，书内有叶恭绰题名。上册书前有《咫社词钞作者姓名录》，列廖恩焘、汪曾武、彭一卤等 48 位社内作者，另有顾散仙、周汝昌 2 名社外作者。下册书前有《咫社同人姓名年齿录》（癸巳夏重编），列 59 人，并附社外词侣 7 人。书后有《附启》云："咫社已于本年三月期满停办。所有同人词稿照前例钞录誊印，留为纪念。由稊园关宅继续代为办理。请径行接洽为荷。"[⑤]

---

① 参见钱理群、袁本良注评《二十世纪诗词注评》，广西师范大学出版社 2005 年版，第 74 页。

② 陈谊：《夏敬观年谱》，黄山书社 2007 年版，第 195 页。

③ 此处原注：新城陈某与丈交恶，竟狂吠及予，丈恒以恶狗呼之。

④ 龙榆生：《龙榆生词学论文集》，上海古籍出版社 1997 年版，第 569 页。

⑤ 关赓麟辑：《咫社词钞》，见南江涛选编《清末民国旧体诗词结社文献汇编》第 13 册，国家图书馆出版社 2013 年版，第 131 页。

1954 年

1 月

18 日，温廷敬逝世于汕头，终年 85 岁。温廷敬（1869—1954），字丹铭，号讷公，一号止斋，晚号止斋老人、坚白老人，广东大埔人。少有文名，历任韩山师范学院教习、汕头岭东同文学堂教习兼教务、广西优级师范学堂教务兼历史教学、惠潮嘉师范学校校长、国立广东高等师范学校教授、广东通志馆总纂兼主任、中山大学名誉教授、潮州修志馆顾问等。曾主持《岭东日报》《公言日报》笔政，倡立汕头孔教会，为首任会长。[①]著有《补读书楼诗集》六卷、《三十须臾吟馆诗集》七卷、《羊城集》二卷、《沧海一廛诗草》一卷、《乱离集》《乱离续集》各一卷、词有《沧海一廛词草》一卷、《居易楼词》二卷、《乱离词》一卷及数十首未结集诗词，总计 2000 余首，编入《温丹铭先生诗文集》，2004 年香港天马图书出版有限公司出版该集，由郑焕隆点校。陈沅《故修职郎温丹铭先生传》云："先生以癸巳十二月十四日（1954 年 1 月 18 日）午刻卒于汕头延寿街本宅，翌日中刻葬于潮阳沙埔都娱田狗肚山安息埔之阳。溯生于同治八年己巳十月十七日（1869 年 11 月 20 日），享年八十有五。"[②]

6 月

25 日，姚鹓雏病逝于上海，终年 63 岁。姚鹓雏（1892—1954），原名锡钧，字雄伯，笔名龙公、宛若、红豆村人等，别号梦湘阁主，江苏松江（今属上海）人。1909 年考入京师大学堂，师事林纾，与同学林庚白合刊诗集《太学二子集》。1912 年加入南社。历主《太平洋报》《民国日报》《新加坡国民日报》《申报》及《春申》杂志等笔政。1925 年起先后任教于东南大学、河海工程学院、南京美术学院、江苏医政学院，主讲国

① 温廷敬生平事迹参见温原撰《温丹铭先生生平》，见温丹铭撰、郑焕隆点校《温丹铭先生诗文集》，香港天马出版有限公司 2014 年版，第 587－597 页。

② 温丹铭撰：《温丹铭先生诗文集》，郑焕隆点校，香港天马出版有限公司 2014 年版，第 603 页。

文。1927 年，任江苏省政府第一科科长、南京特别市政府秘书长、江苏省教育厅秘书、江苏省政府秘书等职。1949 年新中国成立以后，受聘成为上海文史研究馆馆员，后又出任苏南行署区人民代表、松江县副县长。[①]著有《恬养簃诗》五卷及《苍雪词》三卷。据陈国安《南社旧体文学著述叙录》，《苍雪词》三卷油印线装本于 1965 年刊出，封面无题签，有夏承焘题词《定风波・里词奉题姚鹓雏先生苍雪词卷》。正文共三卷，各卷间见汪东、夏承焘等人和作。卷一 41 题 56 阕，卷二 54 题 55 阕，卷三 44 题 65 阕。书末有姚明华、姚玉华跋语。卷末有《姚鹓雏先生传略》。[②]1984 年，《恬养簃诗》五卷油印线装本刊出。2009 年 6 月，《姚鹓雏文集（诗词卷）》由上海古籍出版社出版，收入《恬养簃诗》（1984 年缮写油印线装本）、《苍雪词》（1964 年缮写油印线装本）、《红豆簃诗》（据手稿本及抄本）、《恬养簃诗》剩稿（据手稿本），“凡诗约 1800 首，词 168 首，并从民国初年报纸杂志上辑补佚诗近 150 首，词 39 首”[③]，柳无忌、施蛰存作序。

1955 年

2 月

13 日，罗复堪病逝，终年 81 岁。罗复堪（1874—1955），本名惇㬊，号敷庵，广东顺德人。早年入万木草堂师从康有为，肄业于京师大学堂译学馆。1906 年吉林巡抚陈昭常奏准调任秘书官，历案荐举知府。民国时期，历任吉林都督兼民政长首席秘书，北洋政府教育部编审员、秘书，财政部赋税司、泉币司会办兼盐务署场产厅会办，南京政府内务部简任秘书，北平艺术专门学校、北京大学文学院教师。新中国成立后，于 1952 年 11 月被聘为中央文史研究馆馆员。擅章草，著有《三山簃诗存》《三山簃学诗浅说》《唐牒楼金石题跋》《论书示门人六十首》等。与其从兄

① 邵迎武：《南社人物吟评》，社会科学文献出版社 1994 年版，第 233 页。
② 参见陈国安《南社旧体文学著述叙录初编》，上海古籍出版社 2016 年版，第 213－215 页。
③ 姚鹓雏：《姚鹓雏文集　诗词卷》，上海古籍出版社 2009 年版，“出版说明”。

罗瘿公（惇曧）并称“二罗”。[①]

3月

25日，黄宾虹病逝于杭州，终年92岁。黄宾虹（1865—1955），初名懋质，一名元吉，后改名质，字朴存，又作朴丞、朴人等，别署予向、虹庐、虹叟，中年更号宾虹。原籍安徽歙县，生于浙江金华。曾为南社社员，先后在上海、北京、杭州等地任教。新中国成立后任中央美术学院华东分院教授、中国美术家协会华东分会副主席等。[②] 著有《黄宾虹诗草》等。王中秀《黄宾虹年谱》云：“3月25日，凌晨三时三十分，医药罔效果，长辞人间，享年九十二岁。”[③] 3月26日，《解放日报》报道《著名画家黄宾虹先生病逝》：“著名画家、中国人民政治协商会议第二届全国委员会委员、中国美术家协会理事、中央美术学院民族美术研究所所长、中国美术家协会上海分会副主席黄宾虹先生，本月25日晨病逝于杭州人民医院，享年九十二岁。”[④] 叶恭绰有《挽黄宾虹》诗；“早岁神州阐国光，晚收身手亦堂堂。百年恨抑无涯智，万怪余充欲断肠。漫海求田成左计，似闻餐玉具良方。一抔方占湖山美，虹月还应作有芒。”[⑤]

7月

本月，顾佛影病逝于上海，终年54岁。顾佛影（1898—1955）[⑥]，现

---

① 中央文史研究馆编:《缀英集——中央文史研究馆馆员诗选》，线装书局2008年版，第46页。

② 黄宾虹生平参见钱理群、袁本良注评《二十世纪诗词注评》，广西师范大学出版社2005年版，第39页；裘柱常《黄宾虹传记年谱合编》，人民美术出版社1985年版。

③ 王中秀编著:《黄宾虹年谱》，上海书画出版社2005年版，第561页。《黄宾虹年谱》有数种行世，如汪己文《黄宾虹年谱初稿》，王伯敏、汪己文《黄宾虹年谱》，裘柱常《黄宾虹传记年谱合编》，赵志钧《画家黄宾虹年谱》等，王中秀本较晚出，编撰较全，故选此本作为依据。

④ 《著名画家黄宾虹先生病逝》，载《解放日报》1955年3月26日。

⑤ 《著名画家黄宾虹先生病逝》，载《解放日报》1955年3月26日。

⑥ 关于顾佛影生年，有多种说法。据左鹏军先生考证，“顾佛影《红梵词》中有《疏帘淡月》一阙，首有作者识语云：‘丁巳八月初四，余二十初度。桐露乍零，桂香欲引，怀人顾影，百感纷集。……’丁巳年八月初四，即1917年9月19日，此日顾佛影二十初度，上推二十年，则可知其生年当在光绪二十四年八月初四，即1898年9月19日。此系作者自述，当可信无误”。（《晚清民国传奇杂剧》，广东人民出版社2009年版，第370页）笔者查阅《中国文学家辞典》为1901年，魏新河编《词学图录》为1889年，刘梦芙编《二十世纪中华词选》为1889年，《上海近百年诗词选》为1889年，似误。

代诗人，教授。原名宪融，别号大漠诗人、红梵精舍主人。上海南汇县黑桥村（现浦东新区周浦镇红桥村）人。早年与天虚我生陈栩园交游，才思敏捷，诗文词曲造诣皆深。曾担任中央书店及上海商务印书馆编辑。抗日战争时流寓四川，任教于大同大学、金陵大学等。[①] 著有《红梵精舍诗》《大漠诗人集》[②] 等。陈衍《石遗室诗话续编》评顾佛影诗“可谓巧不伤雅”[③]。

本年

《人民日报》发表了大量批判胡风的文章。4 月 1 日，刊登郭沫若《反社会主义的胡风纲领》。5 月 13 日，发表《关于胡风反党集团的一些材料》，其中包括胡风给舒芜的信笺，胡风《我的自我批判》《对“关于几个理论性问题的说明材料”的检查》和附记。5 月 17 日凌晨，胡风被逮捕，先在看守所接受隔离审查，后被关押于北京秦城监狱、四川苗溪劳改农场、四川大竹监狱等地。在狱中他创作大量旧体诗，写下了《求真歌》（古风长短句 14 章）、《怀春曲》（220 余篇）、《过冬草》（律诗、词约 300 首）、《报春草》（律诗、词，约 100 首）等。[④] 从《胡风全集》第 1 卷收录的旧体诗词作品来看，胡风现存的旧体诗词有 400 余首。其中除作于新中国成立前的 20 余首之外，绝大部分是在新中国成立后写的。1965 年 11 月 26 日，胡风由秦城监狱押至北京市高级人民法院公开受审，12 月底出狱。1967 年再度入狱，1978 年被释放出狱。1980 年 9 月，胡风冤案得到平反。

---

① 顾佛影生平事迹参见北京语言学院《中国文学家辞典》编委会编《中国文学家辞典·现代》第 3 分册，四川人民出版社 1985 年版，第 463 页。

② 是书标有：民国二十三年一月初版，由上海山东路廿六号大公书店经售。

③ 钱仲联编：《陈衍诗论合集》，福建人民出版社 1999 年版，第 568 页。

④ 参见胡风《我的小传》，见《胡风全集》第 7 卷，湖北人民出版社 1999 年版，第 212－213 页。

1956 年

1 月

4 日，陈隆恪逝世，终年 68 岁。陈隆恪（1888—1956），字彦龢（又作彦和），江西义宁（今修水）人，诗人，清末民国诗人陈三立之子，陈寅恪之兄，先后任九江南浔铁路局局长、汉口电报局主任、九江市政捐局主任、江西省财政厅科长、上海邮汇总局秘书等职位，新中国成立后任上海市文物保管会顾问。[①]《陈寅恪先生年谱长编》云：“（陈隆恪）一九五六年一月四日殁，年六十八。骨灰葬杭州西湖杨梅岭。”[②] 陈隆恪诗本于其父，宗尚宋诗为主。[③] 俞启崇《同照阁诗钞题记》评其诗：“早年从吴梅村入，纯然唐韵……先生晚期诗风，由唐入宋，肆力东坡，亦复胎息山谷，运思幽僻之处，间与后山相近。”[④] 著有《同照阁诗钞》，1984 年 4 月由香港里仁书局出版，后经张求会重新整理编订为《同照阁诗集》，2007 年由中华书局出版。

2 月

3 日，柳诒徵于上海逝世，终年 77 岁。柳诒徵（1880—1956），字翼谋，亦字希兆，号知非，晚年号劬堂。江苏镇江丹徒人。历史学者，书法家。历任南京师范学堂、东南大学、中央大学教授，国史馆纂修，江苏省立图书馆馆长。新中国成立后任上海市文物保管会委员。[⑤] 著有《劬堂诗

① 参见卞僧慧纂《陈寅恪先生年谱长编》（中华书局 2010 年版）卷一《世谱》“陈隆恪”条；陈隆恪《同照阁诗集》，张求会整理，中华书局 2007 年版，附录四《旧版序跋》。

② 卞僧慧纂：《陈寅恪先生年谱长编》，中华书局 2010 年版，第 24 页。

③ 蒋天枢《同照阁诗钞前言》云：“同照阁诗虽渊源外家，其在家庭中所受陶育、薰习者，则仍本于父。故其所宗尚以宋诗为主，由此具可见其诗风、宗风之所自。”（见陈隆恪《同照阁诗集》，张求会整理，中华书局 2007 年版，第 445 页。）

④ 陈隆恪：《同照阁诗集》，张求会整理，中华书局 2007 年版，第 448 页。

⑤ 柳诒徵生平参见钱理群、袁本良注评《二十世纪诗词注评》，广西师范大学出版社 2005 年版，第 99 页；孙永如《柳诒徵评传》，百花洲文艺出版社 1993 年版，第 209 - 210 页“年表”。

稿》八册，未刊。[1] 诗词多见于《学衡》杂志各期“文苑”栏。[2] 孙永如《柳诒徵评传》云：“1956 年 2 月 3 日，柳诒徵带着逢春的喜悦和未竟事业的遗憾，告别了人世，享年 77 岁。”[3]

本月，汪曾武病逝于北京，终年 90 岁。汪曾武（1866—1956），字仲虎，晚号鷞庵，江苏太仓人。曾参加康有为发起的“公车上书”活动。民国成立后任北洋政府内务部荐任佥事、平政院第一书记官等。曾参加稊园诗社、咫社、庚寅词社活动。1951 年被聘为中央文史研究馆馆员。著有《味莼词》六卷。

8 月

30 日，王易病逝于湖南长沙，终年 67 岁。王易（1889—1956），字晓湘，号简庵，江西南昌人。1912 年毕业于京师大学堂，先后任北京师范大学、中央大学、复旦大学、中正大学等校教授，新中国成立后在湖南省文史研究馆任职。与弟王浩著有《南州二王词》《简庵诗词二稿》。《王易先生年谱》云：“8 月 30 日，先生因病逝世于湖南医学院附属医院。葬于长沙岳麓山。”[4] 钱仲联《近百年诗坛点将录》点王易为“地猖星毛头星孔明”，称其“诗学后山，江西派之护法神也”[5]。《二十世纪诗词文献汇编》云：“其诗风质朴高古，劲折孤峭。与彭泽汪辟疆、南昌余謇、奉新熊公哲并称‘江南四才子’，又与黄侃、汪东、汪辟疆、柳诒徵、王伯沆、胡翔东合称‘江南七彦’。”[6]

本月起，国内诗词界开展了一场关于中国诗词歌赋传统继承问题的大讨论。8 月 5 日，《光明日报》第 1 版刊载了朱偰的《略论继承诗词歌赋的传统问题》。文章指出：“最近几年来，最被冷落的，是我国民族文学形式中的诗词歌赋。谈到我国的旧诗，几乎大家默不作声，更不敢去轻于尝试。因此，文坛上诗词歌赋绝迹了，我国文苑中这几朵古老的花，久已失去了培养，自然也就不能开花结果。”作者反驳了“旧诗的体裁太受限制了”“旧诗太不通俗了，不合乎大众的要求，因此不能担负起社会主义现

① 孙永如：《柳诒徵评传》，百花洲文艺出版社 1993 年版，第 202 页。

② 柳诒徵的诗发表于《学衡》第 3 期到第 57 期。

③ 孙永如：《柳诒徵评传》，百花洲文艺出版社 1993 年版，第 40 页。

④ 赵宏祥：《王易先生年谱》，线装书局 2012 年版，第 251 页。

⑤ 钱仲联：《当代学者自选文库·钱仲联卷》，安徽教育出版社 1999 年版，第 687 页。

⑥ 《二十世纪诗词文献汇编》编委会主编：《二十世纪诗词文献汇编·诗部》第 2 辑第 6 册，巴蜀书社 2011 年版，第 1 页。

实主义文学的使命”两种观点，认为“对于民族形式的诗词歌赋，采取一概否定的态度是不正确的”，“诗词歌赋，是人民文化生活的灵魂，我们要发扬民族文学遗产，存其精华，去其糟粕”。[①] 8月6日，《新华日报》发表朱偰的《让诗词歌赋百花齐放》。该文与《略论继承诗词歌赋的传统问题》都提倡“用民族形式的诗词歌赋来歌唱社会主义的文化”，引起了许多争论。《光明日报》《解放日报》《新华日报》《天津日报》《黑龙江日报》以及《长江文艺》《文艺月刊》等报刊，先后发表了40多篇文章，择其要如下：

8月19日，《新华日报》发表蕴光《诗词歌赋能“百花齐放”吗?》。该文对旧体诗词持否定态度：“现代人如果写诗词歌赋一定要碰到一些语言的障碍，这中间有些是由于历史的原因，今天很难克服的。……现在如果有人认为提倡写文言文，跟白话文竞赛，也算是百花齐放，我认为那是复古主义的表现。”[②]《解放日报》发表滕白也《对继承诗的民族传统的一点意见》、吴越《什么是诗的民族传统》。

8月26日，《新华日报》发表王家箴《也谈诗词歌赋百花齐放问题》。

9月2日，《新华日报》发表曾宪洛《漫谈诗歌的学习传统和创造》。该文对旧体诗词持否定态度：“愈来愈繁复多样的现实生活的节奏和旧诗词形式的节奏在若干部分有所不同；现代的语法已经较古代的语法有了很多的变化；现代生活中出现的许多新的词汇也已经不能与这种形式协调和被它容纳；这种征象无疑使旧诗词的形式在表现能力和表现的生活幅度上都受到若干限制。”[③]《解放日报》发表石坚《不应忽视中国诗的传统形式》。

9月15日，《新华日报》发表高加索《诗与传统及其他》。

9月23日，《光明日报》发表曾文斌《对“略论继承诗词歌赋的传统问题”一文的意见》。该文从三个方面反驳《略论继承诗词歌赋的传统问题》一文的主要观点：其一，“（古典诗歌）因为语言的限制，难于在现实生活的土壤中开花结果”；其二，“把它（古典诗歌）作为一种过去的艺术来学习和欣赏是一回事，恢复它的形式让它继续发展下去则是另外一回事，两者不能混为一谈”；其三，“朱偰同志在这里却又把旧诗和戏剧相提并论了”，“旧诗的难于发展继续，是由于它本身的特点和它的发展规律所决定的。……在白话文学已经逐渐占上风的形势下，在封建社会内部的

① 朱偰：《略论继承诗词歌赋的传统问题》，载《光明日报》1956年8月5日。

② 蕴光：《诗词歌赋能“百花齐放”吗?》，载《新华日报》1956年8月19日。

③ 曾宪洛：《漫谈诗歌的学习传统和创造》，载《新华日报》1956年9月2日。

结构已经起了某种显著变化的情况下，旧诗已经是‘强弩之末’，再难勃兴了。……我们研究它，只是为了繁荣现代的创作，而不是为了复活这种形式”。[①]

10月20日，《光明日报》发表朱偰的《再论继承诗词歌赋的传统问题》。该文是对《略论继承诗词歌赋的传统问题》等一系列文章以及各方回应的补充说明。该文提出四点：其一，诗词歌赋可以和国画、京戏相提并论，使它们继续开放；其二，“要用发展的眼光看问题”，诗词歌赋的“词汇和语法并不是一成不变的；它也在不断地成长、不断地发展，吸收民间新的语言，创造出新的词汇，因此可以反映现实生活，而为广大人民所喜爱”；其三，“语言的障碍是可以克服的”；其四，“我们要求百花齐放，推陈出新；而不是提倡复古，硬搬和模仿旧诗的形式”。[②]

11月1日，《光明日报》发表罗根泽《如何接受诗词歌赋的优良传统》。

11月17日，《光明日报》发表徐应佩和周明的《我们对继承诗词歌赋传统的意见》。该文反驳了曾文斌《对“略论继承诗词歌赋的传统问题”一文的意见》中某些观点，并举出《人民文学》《长江文艺》等刊物上刊登的作品说明，应“通过旧形式的使用和学习，继承古代诗歌的优秀民族传统，创造具有民族特点的新格律诗”，“通过旧形式的采用，通过试验、研究，在群众中接受考验，在今天语言的基础上，充分向民歌学习，自然会创造出新的形式来”。[③]

11月24日，《光明日报》发表朱光潜《新诗能从旧诗学习些什么?》。

11月，《人民文学》第11期发表伍蠡《关于诗的形式问题》。

12月8日，《光明日报》发表曾文斌《论诗的新形式的创造》。该文认为新诗正是对传统的继承，“不能认为五四的白话诗是脱离传统‘异军突起’的现象，它不但是为新诗的现实要求所决定，而且是为诗歌发展的历史进程所准备好了的”，“正因为五四的新诗体现了诗歌发展的规律，应该也就必须成为现代诗歌的主流和传统的主要继承对象”。[④]

12月15日，《光明日报》发表郭沫若《谈诗歌问题》。《光明日报》记者崔巍就“继承诗歌的优良传统问题”引发的全国性讨论特别采访了郭

---

① 曾文斌：《对“略论继承诗词歌赋的传统问题”一文的意见》，载《光明日报》1956年9月23日。

② 朱偰：《再论继承诗词歌赋的传统问题》，载《光明日报》1956年10月20日。

③ 徐应佩、周明：《我们对继承诗词歌赋传统的意见》，载《光明日报》1956年11月17日。

④ 曾文斌：《论诗的新形式的创造》，载《光明日报》1956年12月8日。

沫若，郭沫若谈到六点："不是旧诗好，是有好的旧诗"；"能背诵，并不是旧诗的特性"；"新诗是起过摧枯拉朽的作用的"；"新诗并未抛弃中国诗歌的传统"；"不要以为凡是旧诗就可以当令"；"好的旧诗万岁，好的新诗也万岁"。郭沫若在肯定旧体诗价值的同时，为新诗的地位和作用进行了辩护。为平衡两种诗体的关系，郭沫若提出"在这里或许可以适用'两个万岁'——好的旧诗万岁，好的新诗也万岁"的口号。①

12 月 22 日，《光明日报》发表冯至《对诗歌问题的意见》、臧克家《更重要的是学习古典诗人如何表现生活》、李长之《旧诗形式中有三个原则值得研究》、叶恭绰《对诗歌问题的意见》。

12 月 26 日，《文汇报》发表署名"文汇报资料室"《继承诗词歌赋民族传统问题的讨论》。

12 月 29 日，《光明日报》发表齐云、瑞芳《继承诗歌的传统形式问题》。其后，在 1957 年，《长江文艺》第 1 期发表公木《谈中国古典诗歌传统问题》，《红岩》第 4 期发表公木《继承和发扬中国诗歌的现实主义和浪漫主义传统》，《长江文艺》第 6 期发表剑奇《继承古典诗歌的民族形式问题》。

这次由诗词歌赋传统的继承问题所引起的讨论，涉及诗歌创作和理论中的诸多问题。1956 年 11 月 24 日《光明日报》"编者按"做了总结："许多人把继承诗词歌赋的传统仅仅认为是形式方面的问题，一般的议论颇多，因而不少来稿的内容都大同小异。当然，对形式问题的探讨也是十分必要的。不过，关于继承诗词歌赋的传统问题的探讨，主要还应该从目前诗歌创作的实际情况加以考虑，这样会有益得多。"②

11 月

本月，恰逢孙中山（1866—1925）90 周年诞辰，《人民日报》《光明日报》等报发表了一系列纪念孙中山先生诞辰的旧体诗。2 日，《光明日报》发表郭沫若的七古《纪念孙中山先生》四首（"高野声名传禹绩""和平奋斗救中国""天高风净雁声还""珍重三民精义在"）。10 日，《人民日报》第 2 版发表李济深的七绝《李济深作诗七首纪念孙中山先生诞辰》。11 日，《人民日报》第 3 版发表谢无量的五律《恭逢中山先生诞辰九十周年纪念敬赋此诗》，《光明日报》发表程潜的五言百咏诗《丰功伟

① 郭沫若：《谈诗歌问题》，载《光明日报》1956 年 12 月 15 日。
② 《光明日报》1956 年 11 月 24 日。

绩颂（并序）》（纪念孙中山先生九十诞辰）。12 日，《人民日报》第 6 版发表陈叔通的七古《纪念孙中山先生诞辰九十周年》。

1957 年

1 月

1 日，诗歌月刊《星星》于成都创刊。四川人民出版社出版，每月一期。创刊时主要编辑人员有白航（编辑部主任）、石天河（执行编辑）、流沙河、白峡。1960 年 10 月停刊，1978 年 10 月复刊。《星星》主要发表新诗，偶尔发表旧体诗词。创刊号上《稿约》云："我们对于诗歌来稿，没有任何呆板的尺寸。我们欢迎各种不同流派的诗歌。现实主义的，欢迎！浪漫主义的，也欢迎！我们欢迎各种不同风格的诗歌。'大江东去'的豪放，欢迎！'晓风残月'的清婉，也欢迎！我们欢迎各种不同形式的诗歌。自由诗、格律诗、歌谣体、十四行体、'方块'的形式、'梯子'的形式，都好！在这方面，我们并不偏爱某一种形式。我们欢迎不同题材的诗歌。政治斗争，日常生活，劳动，恋爱，幻想，传奇，童话，寓言，旅途风景和历史故事，都好！……我们只有一个原则的要求：诗歌，为人民！"① 然而，1 月 2 日，《星星》第 2 期上稿约取消，卷末附《编后草》云："诗人的心，就是缪司的七弦琴。……只不要忘记，这七根情弦的基调，是：爱人民！爱祖国！爱生活！"② 3 月 1 日，《星星》第 3 期上转载《毛主席给"诗刊"编集委员会的信》以及《旧体诗词十八首》；"情诗"栏目取消，并在《编后记》中说："所谓立场，自然是人民的立场，工人阶级的立场。……社会主义现实主义的诗篇，则应占一席为首的地位。"③

12 日，毛泽东致信臧克家及《诗刊》编辑部，寄去《沁园春·雪》等十八首旧体诗词。信中说："遵嘱将记得起来的旧体诗词，连同你们寄来的八首，一共十八首，抄寄如另纸，请加审处。""这些东西，我历来不愿意正式发表，因为是旧体，怕谬种流传，遗误青年；再则诗味不多，没有什么特色。既然你们以为可以刊载，又可为已经传抄的几首改正错字，

① 《稿约》，载《星星》1957 年第 1 期。
② 《编后草》，载《星星》1957 年第 2 期。
③ 《编后记》，载《星星》1957 年第 3 期。

那末，就照你们的意见办吧。”“《诗刊》出版，很好，祝它成长发展。诗当然应以新诗为主体，旧诗可以写一些，但是不宜在青年中提倡，因为这种体裁束缚思想，又不易学，这些话仅供你们参考。”①

25日，《诗刊》创刊。臧克家任主编，严辰、徐迟任副主编，编委有田间、艾青、吕剑、沙鸥、袁水拍、徐迟、严辰。《诗刊》以发表当代诗人诗歌作品为主，成为刊发诗坛动态、诗歌评论的大型国家级诗歌刊物。1957—1960年每月一期，一年12期（1960年只有11期）。1961—1962年每年6期，1963年又恢复为12期，1964年12月1日停刊。1976年1月复刊。创刊号上发表了《关于诗的一封信》和毛泽东《旧体诗词十八首》:《沁园春·长沙》《菩萨蛮·黄鹤楼》《西江月·井冈山》《如梦令·元旦》《清平乐·会昌》《菩萨蛮·大柏地》《忆秦娥·娄山关》《十六字令三首》《七律·长征》《清平乐·六盘山》《念奴娇·昆仑》《沁园春·雪》《七律·和柳亚子先生》《浣溪沙·和柳亚子先生》《浪淘沙·北戴河》《水调歌头·游泳》。② 本年11月，郭沫若写作《试和毛主席韵》词三首:《念奴娇·小汤山》《浪淘沙·看溜冰》《水调歌头·归途》。

30日，《光明日报》发表毛泽东《关于诗的一封信》《旧体诗词十八首》以及《黄炎培为盟史资料展览会题诗》（七律）。

3月

本月，《诗刊》第3期发表臧克家《在1956年诗歌战线上——序〈1956年“诗选”〉》。序中指出新旧诗关系问题，以哪种体裁为主导的问题:“去年，关于新旧诗关系的问题，有过许多争论，而毛主席的那几句话，应该是一个公允的结论。‘五四’以来，我们反对过旧诗，可是，那是怎样的一种旧诗呀。死板的形式装着封建思想意识，象棺材里装着僵尸。我们为什么不应该反对它？而今天的旧诗呢？今天的旧诗在为社会主义服务！凡是为祖国建设尽力的东西都是好的，都应该肯定。……今天，旧诗虽然由于用文言作表现工具因而有它的局限性，但它的作用谁也没有忽视过。旧诗里有许多空洞的滥调，但这应该从诗人对待生活的态度以及诗人表现能力方面去着眼，不能看了不好的连好的也给否定了。”③ 文中

① 毛泽东:《致臧克家等》，见中共中央文献研究室编《毛泽东书信选集》，人民出版社1983年版，第520页。

② 毛泽东:《旧体诗词十八首》，载《诗刊》1957年第1期。

③ 臧克家:《在1956年诗歌战线上——序〈1956年“诗选”〉》，载《诗刊》1957年第3期。

臧克家还肯定了郭沫若、柳亚子、齐白石、田汉等人的旧体诗词。

5 月

5 月 11 日，毛泽东写信《致李淑一》。[①] 信中附词一首："有《游仙》一首为赠。这种游仙，作者自己不在内，别于古之游仙诗。但词里有之，如咏七夕之类。我失骄杨君失柳，杨柳轻飏直上重霄九。问讯吴刚何所有？吴刚捧出桂花酒。　　寂寞嫦娥舒广袖，万里长空且为忠魂舞。忽报人间曾伏虎，泪飞顿作倾盆雨。"[②] 之后，正在长沙第十中学实习的湖南师范学院中文系三年级学生读到这首词，要求拿去发表，便给毛泽东写信。1957 年 11 月底，毛泽东复信："来信收到，迟复为歉！《蝶恋花》一词，可以在你们刊物上发表。《游仙》改《赠李淑一》。祝你们好！"因此，1958 年 1 月 1 日，《湖南师院》元旦特刊发表毛泽东《蝶恋花・赠答李淑一》。[③] 此词发表之后，很快产生反响。1 月 5 日，《文汇报》第 1 版予以转载。1 月 7 日，《人民日报》转载，题为《蝶恋花・游仙・赠李淑一》。《诗刊》1958 年第 1 期（1 月 25 日出版）也转载，题为《蝶恋花・游仙（赠李淑一）》[④]。《星星》1958 年第 2 期第 1 页转载，并附"人民日报编者注"。之后，全国多家报纸纷纷在醒目位置刊载。

6 月

25 日，《诗刊》发表王统照《致克家》、陈梦家《谈后追记》。王统

---

① 李淑一（1901—1997），福湘女中时期为杨开慧的同窗好友，1924 年经杨开慧介绍与毛泽东的战友柳直荀结婚。1957 年 1 月，毛泽东十八首旧体诗词在《诗刊》创刊号上发表，李淑一致信毛泽东，附上悼念柳直荀的《菩萨蛮・惊梦》，并求赠毛泽东写给杨开慧《虞美人》全词。毛泽东于 1957 年 5 月 11 日给李淑一回信。

② 臧克家主编：《毛泽东诗词鉴赏》，河北人民出版社 1996 年版，第 334 页。

③ 参见杨建民《昨日文坛的别异风景》，西安出版社 2013 年版，第 75 – 85 页；王树人《〈蝶恋花・答李淑一〉公开发表的前前后后》，载《党史纵横》2009 年第 4 期等。

④ 《诗刊》1958 年第 1 期刊发该词后有编者注："这首词是毛泽东同志在 1957 年 5 月 11 日写给湖南长沙第十中学语文教员李淑一同志的。词中'柳'是指李淑一同志的爱人柳直荀烈士，他是毛泽东同志的老战友，1923 年加入中国共产党，曾任湖南省政府委员，湖南省农民协会秘书长，参加过南昌起义，1933 年 9 月在湖北洪湖战役中牺牲。'骄杨'是指杨开慧烈士。她在 1930 年红军退出长沙后，为反动派何键杀害。她是李淑一同志的好朋友。关于这首词，毛主席致李淑一同志信中有这样几句话：'有"游仙"一首为赠。这种"游仙"，作者自己不在内，别于古之游仙诗。但词里有之，如咏七夕之类。'"

照应臧克家之邀，谈及对诗歌的看法。王统照认为："至于用甚么形式作诗的表达，我向少坚持。……用甚么形式可随每位诗人的习惯，熟练或爱好，似可不须提示必得如此，不可如彼的议论。"但他也认为"诗至少还得有点音节"，"自来的诗无不有韵"。[①] 陈梦家《谈后追记》则谈到旧诗、新诗的区别："所谓新、旧诗，在形式上的区分是：旧诗的语言是'文言'，有定句和一定的押韵法；新诗的语言是现代'口语'，没有定句和一定的押韵法。从内容来说，用严格的旧诗形式写出来的，可以不是诗；不分行的白话散文，有时也可以是诗。因此，从形式上来看诗，有时是不妥当的。"他认为："新的形式，并不一定保证就是好诗；相反的，用旧诗体裁写的诗不一定就没有好诗。……我们今天写诗，应该取法一切，而最要紧的是我们自己的诗。"[②] 并围绕语言、篇幅、词采、形式、内容、题目、个人体验与经历方面谈到诗歌创作的体会。

9 月

16 日，齐白石病逝于北京，终年 93 岁。齐白石（1864—1957），原名纯芝，字渭清，又字兰亭。27 岁时又取名璜，号濒生，别号白石山人，后以号行，称齐白石。别号还有寄园、齐伯子、画隐、红豆生、寄幻仙奴、木居士、木人、老木一、寄萍、萍翁、寄萍堂主人、杏子坞老民、湘上老农、借山吟馆主者、借山翁、三百石印富翁等。湖南湘潭人。著名画家。曾与王训等七人结为"龙山诗社"，被推为社长。后又成立"罗山诗社"。后拜王闿运为师。新中国成立后任中央美术学院名誉教授、中央文史研究馆馆员、中华全国美术工作者协会（今中国美术家协会）全国委员会委员等职。1953 年获文化部授予的"人民艺术家"荣誉称号。[③] 著有《借山吟馆诗草》（1928 年手书上版）、《白石诗草》二集（1933 年刻本）等，均收入2009 年广西师范大学出版社出版的《齐白石诗集》。徐改《齐白石年表》云："9 月 15 日卧病；16 日加剧，下午 4 时送北京医院抢救，6 时 40 分与世长辞。"[④]

本月，《诗刊》第 9 期发表郭沫若《一九五五年五月赠陈毅同志》。是诗云："一柱天南百战身，将军本色是诗人。凯歌淮海中原定，坐镇淞

---

① 王统照：《致克家》，载《诗刊》1957 年第 6 期。
② 陈梦家：《谈后追记》，载《诗刊》1957 年第 6 期。
③ 齐白石生平事迹参见徐改《齐白石年表》，载《中国书画家》2014 年第 2 期。
④ 徐改：《齐白石年表》，载《中国书画家》2014 年第 2 期。

沪外患泯。赢得光荣归党国，敷扬文教为人民。修篁最爱莫干好，数曲新词猿鸟亲。"① 此诗后被多次转载，被评价为"朴实无华，评价精当，句短意长，是对陈毅的才气、品格、业绩的艺术概括"②，"将军本色是诗人"后常常被用来形容陈毅。

10 月

16 日，武汉市举行长江大桥落成通车典礼，多位名人题咏此事。如董必武五言排律《闻长江大桥成喜赋》（发表于《人民日报》1957 年 10 月 15 日第 8 版、《湖北日报》1957 年 10 月 16 日第 1 版、《诗刊》1957 年第 8 期）、何香凝七绝《咏大桥》、刘伯承七绝《游览武汉长江大桥》、邓拓七绝《游长江大桥》、叶剑英词《自度·长江大桥》（发表于《人民日报》1957 年 11 月 5 日第 8 版）、吴玉章七绝《庆祝长江大桥通车》（发表于《人民日报》1957 年 10 月 15 日）、田汉五言长诗《歌长江大桥》（发表于《诗刊》1958 年第 1 期）等。

11 月

29 日，王统照病逝于济南，终年 60 岁。王统照（1897—1957），字剑三，山东诸城人。1921 年参与发起成立文学研究会。曾任教于中国大学、山东大学等。新中国成立后任山东大学中文系主任、山东省文教厅副厅长、省文联主席、省文化局局长等。③ 著有《鹊华小集》《剑啸庐诗草》等。《王统照年谱简编》云："十一月廿九日晨五时，王统照先生病逝于济南山东医学院附属医院。"④ 12 月 2 日，《人民日报》第 8 版发表《王统照先生遗作·旧体诗五首》：七绝《莒县吕家庄绿湾小坐口号》《济宁纪行》《题重印本"山雨"与儿子济诚其妇超群三首》。

---

① 郭沫若：《一九五五年五月赠陈毅同志》，载《诗刊》1957 年第 9 期。

② 蒋洪斌：《陈毅传》，上海人民出版社 1992 年版，第 692 页。

③ 王统照生平参见钱理群、袁本良注评《二十世纪诗词注评》，广西师范大学出版社 2005 年版，第 210 页；刘梦芙《近百年名家旧体诗词及其流变研究》，学苑出版社 2013 年版，第 117 页。

④ 王统照：《王统照文集》第 6 卷，山东人民出版社 1984 年版，第 629 页。

1958 年

1 月

1 月 1 日，《光明日报》创办《东风》副刊，并开辟栏目专门刊发旧体诗词。《东风》副刊于 1966 年停刊，1976 年复刊。1961 年 12 月 28 日刊登吴研因七绝《赏菊》两首和钱昌照《七绝两首》（《芦台农》《藁城农村》），毛泽东在四首诗左边用铅笔题写："这几首诗好，印发各同志。"时党中央召开扩大（四级）工作会议（即七千人大会），这四首诗作为会议文件印发给与会代表。1963 年 1 月 1 日，《东风》发表郭沫若的《满江红》，毛泽东于 1 月 9 日写作《满江红·和郭沫若同志》。1965 年 10 月 16 日，《东风》刊载叶剑英七绝《望远》。12 月 26 日，毛泽东 72 岁寿辰当天，默诵手书此诗，并改诗题为《远望》。[①] 1985 年 9 月，光明日报出版社出版《〈东风〉旧体诗词选》，选辑 1958—1984 年《东风》所刊诗——共 132 位社会名流、文人学者、老一辈革命家的诗作。

本月，《人民日报》《诗刊》等对齐白石的旧体诗词进行选登。《人民日报》1 月 4 日第 8 版刊登了五绝《双松立雪图》，四言诗《独脚凳——吾乡牧童坐者》，七绝《梅花》《题友人冷庵画卷》《樊山老人后人学画，采桑图乞题句》《往事示儿辈》。《诗刊》1958 年第 1 期刊载《"白石诗草"选》，收有七绝《画山水》《闻促织声有感》《画鸡冠花》《葡萄架下说往事》《自嘲》《梅花》《竹外补种梅树》《题画梅》《借山馆外野花藤》《题钱朴园遗像》《病减》《自题诗集以补自序之不足》，五绝《画藤花》《自题山水画》。

4 月

本月，《诗刊》第 4 期发表臧克家的《1957 年的诗歌创作的轮廓——〈1957 年诗选〉序言》。序言简要介绍了 1957 年诗歌创作的大体情况，文中有关旧体诗的叙述如下："一九五七年，是诗歌的丰收年。一开始，就

---

① 光明日报文艺部编：《〈东风〉旧体诗词选》，光明日报出版社 1985 年版，第 417 – 418 页。

出现了一个好的兆头：毛主席在‘诗刊’创刊号上发表了他的十八首诗词。这些作品，是毛主席长期领导中国革命的经验结晶，它们记录了过去的斗争，反映了现在的建设，描绘了未来的远景。这些作品表现力很强，想象很丰富，有着强烈的现实意义，鼓动人心的革命浪漫主义的气味很浓重。这十八首诗词，不是一时之作，去年集中发表后，立刻就在国内外引起了巨大的影响，成为人人喜爱的作品。对于诗歌创作来说，这是一个很有力的鼓动和启发力量。中国古典诗歌传统形式如何为社会主义新时代服务的问题，由于毛主席的诗词的示范作用，也得到了圆满的解决。郭沫若、陈毅、叶剑英、田汉等多位同志，去年创作了大量的旧体诗词，为广大的读者所欣赏。毛主席用创作实践，解决了新旧诗关系的问题。这就是，能写新诗的，尽可能地写新诗，能对传统形式运用自如的就用传统的形式去写，诗歌的基本问题，不是形式的问题。这扩大了诗歌的领域，预卜了创作的丰收。”①

5月

本月，《诗刊》第5期发表冯至《漫谈如何向古典诗歌学习》。冯至在文中谈及新诗如何向古典诗歌学习的问题。他认为，要学习“古典诗人语言的精炼，他们对于创作的辛勤劳动，以及屈原、杜甫、陆游等人那样的爱国主义和对于生活的积极态度”以及“现实主义和浪漫主义的密切结合”，但“中国古典诗歌中也有许多执着于个人命运的、缠绵悱恻的哀歌和怨曲，它们随着旧时代一去不复返了，我们如今读它们，也许还会同情它们，却不能向它们学习。至于那些现实主义和浪漫主义密切结合的豪迈的诗篇，则将成为我们学习的主要对象”。②

6月

21日，柳亚子病逝于北京，终年72岁。柳亚子（1886—1958），原名慰高，后改名弃疾，字安如，别号亚子，江苏吴江人。17岁加入爱国学社，为蔡元培、章太炎弟子。1906年由高旭、陈陶遗、马君武、刘师培介绍，加入中国同盟会。1909年11月，与陈去病、高旭、朱少屏、姚

① 臧克家：《1957年的诗歌创作的轮廓——〈1957年诗选〉序言》，载《诗刊》1958年第4期。

② 冯至：《漫谈如何向古典诗歌学习》，载《诗刊》1958年第5期，第23－24页。

石子等创建南社。[①] 曾担任南社社刊《南社丛刻》的编辑和其他事务。诗文集有《乘桴集》（上海平凡书局 1929 年版）、《南社纪略》（上海开华书局 1940 年版）、《怀旧集》（上海耕耘出版社 1947 年版）、《磨剑室诗词集》（中国革命博物馆编，上海人民出版社 1985 年版）、《柳亚子诗词选》（柳无非、柳无垢编，人民文学出版社 1959 年版）、《柳亚子诗选》（徐文烈笺，刘斯翰注，广东人民出版社 1981 年版）等。《柳亚子年谱》云："因长期患脑动脉硬化症及支气管肺炎，卧病多时，终于不治，于本日（6 月 21 日）下午七时二十分病逝于北京医院。"[②] 毛泽东评价柳亚子诗词"慨当以慷，卑视陆游、陈亮，读之使人感发兴起"[③]。钱仲联《近百年词坛点将录》点其为"南山酒店地囚星旱地忽律朱贵"，云："亚子南社冠冕，以诗词为革命。其叙庞树柏《玉琤瑽馆词》，述己酉冬南社殇集于虎丘，归舟与树柏论词，亚子谓'词盛于南唐，逶迤以及北宋，至美成而始衰，至梦窗而流极。稼轩崛起，欲挽狂澜而东之，终以时会迁流，不竟所志'云云，可以知其宗趣所在。辑《南社词录》，足觇当时风气。"[④]

7 月

23 日，高燮逝世于上海，终年 80 岁。高燮（1879—1958），字时若，别署志攘、寒隐、黄天，号吹万、卷叟，南社耆宿，江苏金山（今属上海）人。曾主持国学商兑会和寒隐社，家有藏书数十万卷。著有《吹万楼诗词》《吹万楼词》等。《高燮年表》云："7 月 23 日卒于上海时报大楼卷窝，24 日殓于万国殡仪馆，31 日葬于龙华公墓。"[⑤] 郑逸梅《高吹万先生年表》："七月二十三日晨，病殁于时报福湖大楼。挽诗挽联甚多，四男君宾录为《哀思集》。"[⑥] 时任上海市副市长胡厥文作挽诗："南社早蜚声，金山一代英。笔摇清帝鼎，梦绕岳王坟。革命心肠热，攘夷思想新。遗诗千百首，一读一酸辛。"[⑦]

---

① 参见杨启宇主编《二十世纪诗词文献汇编·诗部》第 2 辑第 5 册，巴蜀书社 2011 年版，第 305 页。

② 柳无忌编：《柳亚子年谱》，中国社会科学出版社 1983 年版，第 154 – 155 页。

③ 中国革命博物馆：《编者的话》，见柳亚子《磨剑室诗词集》，中国革命博物馆编，上海人民出版社 1985 年版，第 1 页。

④ 钱仲联：《当代学者自选文库·钱仲联卷》，安徽教育出版社 1999 年版，第 710 页。

⑤ 高铦、高锌、谷文娟编：《高燮集》，中国人民大学出版社 1999 年版，第 889 页。

⑥ 郑逸梅：《逸梅随笔》，黑龙江人民出版社 1988 年版，第 271 页。

⑦ 高铦、高锌、谷文娟编：《高燮集》，中国人民大学出版社 1999 年版，第 890 页。

10 月

10 月 3 日，《人民日报》第 1 版发表毛泽东七律《送瘟神·二首》。本诗为 1958 年 7 月 1 日所写，小序云："读 6 月 30 日《人民日报》，余江县消灭了血吸虫。浮想联翩，夜不能寐。微风拂煦，旭日临窗。遥望南天，欣然命笔。"诗云："其一：绿水青山枉自多，华佗无奈小虫何！千村薜荔人遗矢，万户萧疏鬼唱歌。坐地日行八万里，巡天遥看一千河。牛郎欲问瘟神事，一样悲欢逐逝波。其二：春风杨柳万千条，六亿神州尽舜尧。红雨随心翻作浪，青山着意化为桥。天连五岭银锄落，地动三河铁臂摇。借问瘟君欲何往，纸船明烛照天烧。"[①] 后被《诗刊》1958 年第 10 期转载，之后又有多家刊物转载。10 月 28 日，《人民日报》又发表吴天石《读毛主席的"送瘟神二首"的体会》。1976 年 10 月 3 日，《解放军报》第 4 版刊载《伟大领袖毛主席的光辉诗篇"送瘟神"鼓舞余江人民不断夺取卫生革命新胜利》。

1959 年

1 月

本月，《诗刊》1959 年第 1 期发表郭沫若《就当前诗歌中的主要问题答本社问》。该文回答了《诗刊》记者提出的四个问题："新民歌是否当前诗歌运动的主流?""新民歌有无局限性?""中国新诗在什么基础上发展?""怎样估计五四以来的新诗?"文中提及对旧体诗词的看法："前几年一般文艺界的朋友，就是藐视旧诗词和旧形式，近年来毛主席的诗词发表了，大家的认识才不同了。记得我在《诗刊》酝酿期中就提过意见，建议你们不要偏，对旧的形式要一律看待，过去凡是民歌民谣等旧的东西就一概排斥，认为不能登大雅之堂。我过去闹闹旧诗是挨过骂的，有时候不敢发表旧诗，在编集子时把旧诗都别出来成为'集外'。我们的洋气太盛，看不起土东西，这是五四以来形成的一种风气，可以说是受了买办阶级思

---

① 毛泽东：《送瘟神·二首》，载《人民日报》1958 年 10 月 3 日。

想的影响。近年来我们回过头来肯定了旧诗词的价值，肯定了民歌民谣的价值，这是好现象。在旧诗词和民歌民谣中，确实有不少东西值得新诗人学习。……总之，不要把形式问题看得太重，主要是精神和内容，要以最合适的形式来配合它。”① 该文还分析了毛泽东的《送瘟神（二首）》。本月，《文汇报》刊载《全国报刊关于诗歌问题的讨论》，讨论诗歌的新形式问题。

3 月

29 日，陈匪石病逝于上海，终年 76 岁。陈匪石（1883—1959），原名世宜，号倦鹤，字小树，江苏江宁人。学词师从张仲炘。② 后留学日本，加入中国同盟会，归国后任苏州江苏法政学堂教务，参加南社，师从朱祖谋③学词。后辗转于工商、实业、经济各部。新中国成立后受聘为重庆私立南林学院中文系主任、教授，学院停办后被聘为上海市文物保管会通信编纂。④ 诗词集有《旧时月色斋诗》《倦鹤近体乐府》等，被收入《陈匪石先生遗稿》。⑤ 陈匪石诗词集原只有油印本存世，据刘梦芙《陈匪石先生诗词综论》：“陈先生对自己要求极严，生前不愿正式付梓。……至一九四八年，……经老友于右任与门下弟子劝说，才同意油印几十本征求意见。……陈先生逝世后，其长女陈芸检出《旧时月色斋诗》《倦鹤近体乐府》手稿，请向迪琮、柳肇嘉先生为之整理校订，仍以油印本保存。”刘梦芙以霍松林保存的油印本为底本，合为一册，依原名题为《陈匪石先生遗稿》。黄山诗社 2012 年出版了刘梦芙校点的《陈匪石先生遗稿》。另有词学论著《宋词举》《声执》。

---

① 郭沫若：《就当前诗歌中的主要问题答本社问》，载《诗刊》1958 年第 1 期。

② 张仲炘，字慕京，号次珊，又号瞻园，湖北江夏人，清光绪三年（1877）进士，曾任翰林院编修，官至通政司参议。其时陈匪石入学于省中尊经书院，张仲炘任书院山长。

③ 朱祖谋（1857—1931），一名孝臧，字藿生，一字古微，号沤尹，又号彊，浙江归安（今湖州市）人。工词曲，陈衍评其“融诸家之长，声情益臻朴茂，清刚隽上，并世词家推领袖焉。诗能入品”。词风近于姜夔、吴文英，与况周颐、王鹏运、郑文焯合称为“清末四大家”。

④ 陈匪石生平参见郑逸梅《南社丛谈：历史与人物》，中华书局 2006 年版，第 210 - 211 页；钟振振撰《陈匪石先生传略》，见陈匪石《宋词举》江苏古籍出版社 2002 年版，第 233 - 239 页。

⑤ 陈匪石：《陈匪石先生遗稿》，刘梦芙校，黄山书社 2012 年版。

4 月

本月，郭沫若《长春集》由人民日报出版社出版。是书为作者1957—1959 年所作现代诗和旧体诗的合集，收录了《赠陈毅同志》《赠钱学森》等旧体诗。后被收入 1983 年 10 月人民文学出版社出版的《郭沫若全集》文学编第 3 卷。

本月，《革命烈士诗抄》由中国青年出版社出版。是书共收集李大钊、方志敏、叶挺、邓中夏等 81 位共产党员革命烈士的 158 首诗词（新旧体兼有），书前有毛泽东、董必武、林伯渠、郭沫若、吴玉章、谢觉哉的题词，诗后附诗人小传和简要注释。1962 年，《革命烈士诗抄（增订本)》出版，增订了一些新发现的烈士遗作和事迹。萧三撰《再致读者》云："《革命烈士诗抄》一九五九年四月在北京一出版，立即受到广大读者的热烈欢迎。(第一次印刷了十万册，不到半月就被争购一空。七八月又增印了三十二万册。为了满足读者的需要，东北、西南各地都先后翻印了这本书。据不完全的统计，一年之内总共印行了六十多万本，但仍然供不应求。此外，广播、电视、各种集会上……都经常朗诵烈士们的这些遗著。)"[①] 1982 年 4 月，中国青年出版社出版萧三主编《革命烈士诗抄续编》，是书收录 110 位烈士的 295 首诗（新、旧体诗兼有)，由周振甫做简要注释，诗后附诗人小传。2011 年 11 月，《革命烈士诗抄》第 4 版由中国青年出版社出版。

8 月

10 日，冒广生病逝于上海，终年 87 岁。冒广生（1873—1959），字鹤亭，号疚斋，江苏如皋人。清光绪二十年（1894）举人，在清代光绪、宣统两朝曾任刑部和农工商掌印郎中等职。民初任瓯海（温州)、镇江、淮安等税关监督，北伐战争后任南京考试院考选委员、高等典试委员，国史馆纂修。后任教于中山大学，又任广东通志馆纂修、太炎文学院词曲教授。新中国成立后被聘为上海市文物保管会特约顾问。著有《小山吾亭诗集》《小山吾亭词》。[②]《冒鹤亭先生年谱》云："八月十日晨，王福厂来

---

① 萧三主编：《革命烈士诗抄》，中国青年出版社 2011 年版，第 12 页。

② 冒广生生平参见冒效鲁撰《冒鹤亭先生传略》，见冒怀苏编著《冒鹤亭先生年谱》，学林出版社 1998 年版，第 1 - 16 页。

寓所视先生疾，先生犹能与王晤谈，不意才隔时许，先生终至弃世长逝。”①

11 月

本月，郭沫若《潮汐集》由作家出版社出版。是书分为《潮集》《汐集》两部分。《潮集》收录作者新中国成立后推出诗集《新华颂》以后直至1959年9月所作的新旧诗词200余首，其中有一部分选自《长春集》；《汐集》收1949年前所作新旧诗词300余首。② 关于书名的由来：“作者把1949年前的旧诗作名《汐集》，谓在黑暗时期的思想发抒；1949年后作者意气风发，思如潮涌。故名其诗集为《潮集》，谓为光明时期思想的发抒。合之为《潮汐集》。”③《汐集》后被收入《郭沫若全集》文学编第2卷，《潮集》被收入文学编第4卷。

12 月

本月，《柳亚子诗词选》由人民文学出版社出版。是书收录作者1903—1950年所作的旧体诗词，由柳无非、柳无垢选辑，郭沫若作序。1981年4月再版，“将一些文字较长的诗题移作诗序，另拟新题，删去四首诗”④。1981年12月，广东人民出版社出版《柳亚子诗选》（徐文烈笺，刘斯翰注），系从《柳亚子诗词选》《南社丛选》《乘桴集》《南游集》《南社诗集》《南社词集》加上柳亚子生前好友收集的未刊稿中选编而成，选诗426首，词16首。该书编者称“柳亚子的诗总共究有多少，颇难考定，估计古近体诗近万首”⑤，此次刊选尚不及十分之一，为柳亚子诗的首本选注本。1985年1月，上海人民出版社出版《柳亚子文集》，其中一册为中国革命博物馆编的《磨剑室诗词集》。是书收辑诗词5000余首，主要根据中国革命博物馆保存的柳亚子手订稿整理而成，编排体例按照柳亚子生前手订顺序而定，书前收录胡乔木《在柳亚子先生逝世前二十五周年纪念会上的讲话》、王昆仑《诗人·学者·战士——纪念柳亚子先生逝世

---

① 冒怀苏编著：《冒鹤亭先生年谱》，学林出版社1998年版，第603页。

② 参见龚继民、方仁念《郭沫若年谱》，天津人民出版社1992年版，第1099页。

③ 赵传仁、鲍延毅等编：《中国书名释义大辞典》，山东友谊出版社2007年版，第1189页。

④ 柳亚子：《柳亚子诗词选》，柳无非、柳无垢选辑，人民文学出版社1981年版，“再版说明”。

⑤ 徐文烈笺：《柳亚子诗选》，刘斯翰注，广东人民出版社1981年版，“凡例”。

二十五周年》（原载于 1983 年 6 月 21 日《人民日报》）。

本年

《文学评论》刊载了一系列讨论诗歌格律问题讨论的文章，并举行了三次座谈会。本年第 2 期刊发了何其芳《再谈诗歌形式问题》、林庚《五七言和它的三字尾》、卞之琳《谈诗歌的格律问题》、郑青《诗歌发展问题的争论》。第 3 期刊发了《诗歌格律问题讨论专辑》、王力《中国格律诗的传统和现代格律诗的问题》、朱光潜《谈新诗格律》、唐弢《从“民歌体”到格律诗》、金克木《诗歌琐谈》、季羡林《对于新诗的一些看法》、金戈《试谈现代格律诗问题》。第 5 期发表了《诗歌格律问题讨论》。“这些文章，针对着今天建立格律诗的需要，介绍分析了我国古典诗歌以及外国诗歌格律的如何形成及其特点，对今天格律诗的建立，提出了一些值得参考的意见。有的还提出了具体主张。……本刊与《人民日报》文艺部、《文艺报》、《诗刊》联合邀请了首都的一些诗人、学者及诗歌爱好者，连续在七月九日、二十八日、八月六日分别举行了三次座谈会。先后参加会议的有丁力、王力、王亚凡、卞之琳、田间、刘岚山、朱光潜、邹荻帆、金克木、罗念生、林庚、陈叶韶、徐迟、郭小川、袁水拍、袁鹰、陆志韦、陶钝、贺敬之、楼适夷、顾工等。会议由本刊编委会召集人何其芳主持。”[①] 会议讨论的结果认为，“参考古代格律诗及民歌的特点，今天的格律诗的基本要求应该是节奏和押韵，但在节奏问题上意见却有分歧”[②]。《文学评论》1959 年第 5 期详细报道了这三次座谈会。

1960 年

3 月

本月，《毛泽东诗词十八首·汉俄对照》由商务印书馆出版。毛泽东诗词十八首由《诗刊》创刊号发表后，立即由苏联学者翻译成俄文出版。是书采用汉俄对照的形式，由韦光华对俄文译文做了语法注释。原文据中

① 《诗歌格律问题的讨论》，载《文学评论》1959 年第 5 期。
② 《诗歌格律问题的讨论》，载《文学评论》1959 年第 5 期。

国青年出版社 1959 年出版的《毛泽东诗词讲解》排版，俄文译文据苏联外国文书籍出版局 1957 年出版的 *Восемнадцать Стихотворений Мао Цзэ-дуна* 排版。

5 月

25 日，胡先骕请钱锺书代为选定，得诗 294 首，编为《忏庵诗稿》。《胡先骕先生年谱长编》云："倾平生所作诗稿，请钱锺书代为选定，共得诗二百九十四首，逐年编次，题曰《忏庵诗稿》。"① 钱锺书为其撰短跋云："挽弓力大。琢玉功深。登临游览之什，发山水之清音；寄风云之壮志，尤擅一集胜场。丈论诗甚推同光以来乡献，而自作诗旁搜远绍，转益多师，堂宇恢弘。谈艺者或以西江社里宗主尊之，非知言也。承命校读，敬书卷尾。"② 1965 年，胡先骕将《忏庵诗稿》自费印行 300 部，分赠亲友。"书前刊有不同时期征请到的柳诒徵、范罕、卢慎之、马宗霍的序，以及陈三立、江翰、袁思亮的题识。该诗集完全按中国线装书样式装帧，非常的精美。一时来索要的人很多，胡先骕在寄给上海郑逸梅一册时，曾附言说：请不要转示他人，以免索要的人太多而难以应付。"③

8 月

本月，叶圣陶的《箧存集》由作家出版社出版。是书分为三辑，收录作者 1918—1959 年的作品，大部分为旧体诗词作，有少量新诗和儿歌。1989 年 5 月，江苏教育出版社出版《叶圣陶集》，其中第八卷收入《时间集》《少作稿》《箧存集》，《时间集》是新诗集，《少作稿》与《箧存集》为旧体诗词集。这一版中的《箧存集》不包括新诗和儿歌，时间延展到 1985 年 8 月，分为四编："一编"截至 1949 年 1 月，"二编"到 1965 年年底，"三编"和"末编"以 1976 年 6 月为分界。2004 年 12 月，江苏教育出版社再版了《叶圣陶集》，其中《箧存集》中"一编""二编""三编""四编"改为"甲编""乙编""丙编""丁编"。

---

① 胡宗刚撰：《胡先骕先生年谱长编》，江西教育出版社 2008 年版，第 607 页。
② 胡宗刚撰：《胡先骕先生年谱长编》，江西教育出版社 2008 年版，第 607 页。
③ 胡宗刚：《不该遗忘的胡先骕》，长江文艺出版社 2005 年版，第 183 页。

9 月

6 日，顾随病逝于天津，终年 64 岁。顾随（1897—1960），原名宝随，字羡季，号苦水，别号驼庵，河北清河人。1920 年毕业于北京大学。毕业后先是到山东青州中学任教，1926 年至天津女子师范学校任教。后在南京大学、北京大学、中法大学、辅仁大学等学校任教。新中国成立后任天津师范大学、河北大学教授。著有《苦水诗存》《留春词》《顾随文集》等。据《顾随年谱》：“（1960 年）春节后，先生因感冒引发心脏旧疾，春季开学后即不能到校授课。……入夏以后，病情更趋严重，而卧床不起。至 8 月下旬，又持续高烧，待热度退去后，即进入昏迷状态。9 月 6 日下午 4 时，先生不幸病逝。”①

1961 年

6 月

30 日，恰逢中国共产党即将迎来建党 40 周年，《人民日报》刊登了一系列以“庆祝建党四十周年”为主题的诗词。第 3 版刊登时任中国民主建国会中央委员会主任委员黄炎培七绝《中国共产党建党四十周年颂》12 首、时任中华全国工商业联合会主任委员陈叔通七绝《庆祝建党四十周年》4 首，九三学社中央委员会主席许德珩七律《庆祝建党四十周年》2 首。7 月 1 日，《人民日报》第 3 版刊登朱德的《纪念党的四十周年》（共包括 13 首七绝：《纪念党的四十周年》《党领导南昌起义》《纪念广州起义》《纪念秋收起义》《红军会师井冈山》《遵义会议》《党的群众路线》《延安整风运动》《党的统一战线成功》《十二年的建设》《党诞生前的政治情况》《十月革命》《亚非拉美民主革命大起》），郭沫若五律《颂党庆（党庆四十将届，张云逸同志索诗纪念，因成五律二章奉赠，兼致颂祷）》，谢觉哉七古《庆祝党庆》；第 8 版刊登欧阳予倩七古《中国共产党建党四十周年颂》。7 月 2 日，《人民日报》第 7 版刊登《毛主席诗：长

---

① 闵军：《顾随年谱》，中华书局 2006 年版，第 289 页。

征》并配图。

7 月

本月，《诗刊》第 4 期发表“纪念建党四十周年”的诗词。有朱德的《诗二十三首》[①]：七绝《纪念党的四十周年》《党领导南昌起义》《纪念秋收起义》《纪念广州起义》《红军会师井冈山》《遵义会议》《党的群众路线》《延安整风运动》《党的统一战线成功》《十二年的建设》《党诞生前的政治情况》《十月革命》《亚非拉美民主革命大起》《看西湖茶区》《游越秀公园》、五律《看七星岩洞》《经闽西感怀》、七律《和毛泽东同志〈登庐山〉原韵》、五绝《登南高峰》《飞过泰山》、五古《登西湖北高峰》《三明新市》《南昌过春节》；吴玉章的七绝《庆贺党四十周年》两首：《庆贺党四十周年》《参观党史纪念馆》；[②] 刘白羽的《皖南即事》七首（七律《裕溪口夜渡》《奋步登云岭山访新四军军部故址，满山杜鹃如血》、七绝《夜访黄山》《喜晴》《立马峰下观瀑》《玉屏峰之夜》《狮子林为黄山极峰，夜雨不寐》）。[③]

8 月

8 日，京剧表演艺术家梅兰芳病故。《人民日报》《光明日报》《文汇报》等发表一系列旧体诗词悼念梅兰芳。10 日，《光明日报》发表邓拓的《桃源忆故人——悼梅兰芳同志》。11 日，《人民日报》第 8 版发表梅兰芳遗作四言诗《晋祠颂》、萧三的七绝《痛悼伟大艺术家梅兰芳同志》。《文汇报》发表杜宣的七律《悼梅兰芳同志》、夏承焘的七绝《梅兰芳同志蓄须遗像》。12 日，《光明日报》发表王昆仑的七绝《梅魂兰质永留芳——悼梅兰芳同志》。9 月 10 日，《人民日报》第 7 版发表田汉《梅兰芳纪事诗》（二十五首）。

10 月

18 日，郭沫若观看绍兴剧团演出的《孙悟空三打白骨精》，写作《七

---

① 《诗刊》1961 年第 4 期，第 5 – 13 页。
② 《诗刊》1961 年第 4 期，第 14 页。
③ 《诗刊》1961 年第 4 期，第 17 – 18 页。

律·看〈孙悟空三打白骨精〉》呈毛泽东。全诗如下："人妖颠倒是非淆，对敌慈悲对友刁。咒念金箍闻万遍，精逃白骨累三遭。千刀当剐唐僧肉，一拔何亏大圣毛。教育及时堪赞赏，猪犹智慧胜愚曹。"[①] 后于11月1日发表于《人民日报》第6版。11月17日，毛泽东写作《七律·和郭沫若同志》，批评原作中的过激提法。1962年1月6日，郭沫若又作和诗《七律·再赞〈三打白骨精〉》。毛泽东看后给郭沫若回信："和诗好，不要'千刀万剐唐僧肉'了，对中间派采取统一战线政策，这就好了。"[②]

本月，适逢辛亥革命50周年，《人民日报》刊登了一系列"纪念辛亥革命四十周年"的诗词。10月5日，《人民日报》第7版发表陈叔通的七绝《辛亥革命五十周年纪念》四首。10日，《人民日报》第3版发表朱德的七绝《辛亥革命杂咏》、董必武的七古《写在〈辛亥革命回忆录〉前面》（作于1961年8月31日），第4版发表吴玉章《纪念辛亥革命五十周年》、黄炎培的七绝《辛亥革命五十周年追怀孙中山先生七绝句》、邵力子《梁州令·纪念辛亥革命五十周年喜赋》，第7版发表黄洛峰，七绝《辛亥革命五十周年》八首。

12月

28日，许宝蘅逝世，终年87岁。许宝蘅（1875—1961），字季湘、公诚，号巢云，晚年号耋斋，浙江仁和（今杭州）人，生于湖北武昌。清光绪二十八年（1902）举人，历任内阁中书、军机章京等职。民国后，历任北京临时大总统秘书、国务院秘书、大总统府秘书、铨叙局局长、内务部考绩司司长、国务院秘书长等职。1927年，兼任北京故宫博物院图书馆副馆长，主编"掌故丛书"。此后又任辽宁省政府秘书长，伪"满洲国""执政府"秘书、"宫内府"总务处处长等。1939年因年老退职。新中国成立后被聘为中央文史研究馆馆员。[③] 工书法，晚年点校古籍多种。去世后由其子女编其诗词、日记为《许宝蘅先生文稿》。[④] 许宝蘅为稊园诗社、庚寅诗社主要成员，与张伯驹、俞平伯等人交善。其姻侄林焘为《许宝蘅先生文稿》所作之序云："公殁于公元1961年冬，享年八十有七，

① 郭沫若：《七律·看〈孙悟空三打白骨精〉》，载《人民日报》1961年11月1日。

② 陈福季：《郭沫若与毛泽东诗词》，载《郭沫若学刊》2005年第2期。

③ 许宝蘅生平参见中央文史研究馆编《中央文史研究馆馆员传略》，中华书局2001年版，第154－155页。

④ 许宝蘅：《许宝蘅先生文稿》，中国书籍出版社1995年版。

时值三年饥馑，不然期颐之寿，定可期也。”①

1962 年

1 月

17 日，王力的《诗词格律》在《北京日报》上开始连载，其后出单行本，并被反复再版重印，反响广泛。同年 5 月，北京出版社出版《诗词格律十讲》。同年 7 月，中华书局出版《诗词格律》。1977 年 12 月，中华书局的“中国文学史知识读物”丛书收入《诗词格律》，为第 2 版。1978 年 9 月，北京出版社出版《诗词格律十讲》第 2 版。1979 年 10 月，北京出版社“语文小丛书”出版《诗词格律概要》，“编后”云：“这本《诗词格律概要》，是我社编辑出版《语文小丛书》时约请北京大学中文系王力教授写的。王力同志所著《诗词格律十讲》，1964 年曾由本社出版，也收在《语文小丛书》里。去年九月，又修订重版。这本小册子……很受读者欢迎。《诗词格律概要》，可以说是《诗词格律十讲》的扩大和补充。”② 2000 年 4 月，中华书局“诗词常识名家谈（四种）”丛书出版《诗词格律》。2002 年 12 月，商务印书馆出版《诗词格律十讲》。2002 年 1 月，北京出版社“大家小书”丛书再版《诗词格律概要》。

3 月

4 日，关赓麟逝世，终年 82 岁。关赓麟（1880—1962），字颖人，笔名稊园，广东南海人。1880 年 11 月 29 日生。清光绪二十八年（1902）举人，派赴日本，入弘文学院师范科，毕业后回国，入京师大学堂仕学馆。光绪三十年（1904）年进士，任兵部主事。后出使欧美等国考察。历任铁路总局提调、路政司主事、电政司员外郎、路政司郎中、京汉铁路局会办等职。民国成立后任京汉铁路局局长，后任北洋政府交通部路政司司长、北京交通大学校长、交通部粤川铁路督办、平汉铁路局局长。仕途失意后，以诗钟、灯谜为乐事。先后创立寒山诗社、稊园诗社、青溪诗社、

① 许宝蘅：《许宝蘅先生文稿》，中国书籍出版社 1995 年版，第 6 页。

② 王力：《诗词格律概要》，北京出版社 1979 年版，第 195 页。

愳社等，社事存续50余年。又加入北平射虎社、隐秀谜社等。与高步瀛、刘剑侯一起主编《隐语社谜选》。新中国成立后，于1956年被聘为中央文史研究馆馆员，著有《稊园诗集》。[1]《中央文史研究馆馆员传略》载："（关赓麟）1962年3月4日病故，终年82岁。"[2] 关赓麟去世后，他生前所主持的稊园诗社同人作大量挽诗、挽词，其子关肇湘、关肇冀等辑为《南海关颖人先生哀挽录》，列有稊园同人的《悼词》、张孝伯《诔辞》、49人挽诗、12人挽词、53人挽联。

5月

本月，《人民文学》第5期发表毛泽东《词六首》。序云："这六首词，是一九二九～一九三一年在马背上哼成的，通忘记了，《人民文学》编辑部的同志们搜集起来寄给了我，要求发表，略加修改，因以付之。"[3] 这六首词为《清平乐·蒋桂战争》《采桑子·重阳》《减字木兰花·广昌路上》《蝶恋花·从汀州向长沙》《渔家傲·反第一次大"围剿"》《渔家傲·反第二次大"围剿"》。[4] 5月12日，《人民日报》《光明日报》转载《词六首》，《人民日报》发表郭沫若《喜读毛主席的〈词六首〉》一文，文中说："主席是不轻易写诗词的，也不肯轻易发表。目前所发表的词六首和以前所发表的诗词二十一首，我们可以断然地说，正是革命的诗史。这诗史不是单纯用言语文字记录出来的，而是用生命和鲜血凝铸出来的。要这样的诗词才真正值得称为创造性的革命文艺。"[5] 1991年12月26日，《人民日报》发表《毛泽东对郭沫若〈喜读毛主席的《词六首》的修改〉》一文。本月，《长江文艺》第5期、《诗刊》第3期转载《词六首》。

7月

23日，汪鸾翔病逝于北京，终年91岁。汪鸾翔（1871—1962），字巩庵，一字公严，笔名喜园，广西桂林人。1892年入京考取国子监南学，

---

① 关赓麟生平参见中央文史研究馆编《缀英集——中央文史研究馆馆员诗选》，线装书局2008年版，第143页。

② 中央文史研究馆编：《中央文史研究馆馆员传略》，中华书局2001年版，第151页。

③ 《人民文学》1962年第5期，第5－8页。

④ 发表的词作只有词牌，没有题目，题目是根据人民文学出版社1963年版《毛泽东诗词》所加。

⑤ 《人民日报》1962年5月12日第5版。

肄业六年。1898 年加入保国会，参与维新变法运动。戊戌变法失败后曾赴武昌担任中学博物理化教员，是董必武在武昌普通中学读书时的老师。民国后，历任天津北洋法政学堂、河北优级师范学堂地理学教员，清华大学、河北大学、民国大学中国文学教授，北京国立美术学院中国画及中国美术史教授。新中国成立后，因年迈赋闲居家。1952 年，经董必武推荐被聘任为中央文史研究馆馆员。著有《秋实轩诗集》《秋实轩文集》《秋实词钞》《诗门法律》及《古诗句法研究》等。①

9 月

21 日，著名戏剧表演艺术家欧阳予倩逝世。多人作悼诗。田汉作七绝《悼欧阳予倩诗七首》，发表于 9 月 27 日《文汇报》，后被《上海戏剧》1962 年第 10 期转载。叶恭绰作七律《追悼欧阳予倩》，发表于 25 日《光明日报》。周鼐作七律《惊悉欧阳予倩先生逝世感怆志悼》，发表于 26 日《桂林日报》。

1963 年

6 月

11 日，沈钧儒病逝于北京，终年 88 岁。沈钧儒（1875—1963），字衡山，浙江嘉兴人。清光绪年间进士，早年留学日本。曾参加立宪运动、辛亥革命、反对北洋军阀等斗争，为中国同盟会、南社成员。新中国成立后历任最高人民法院院长、全国人大常委会副委员长、全国政协副主席、民盟中央主席等职。著有《寥寥集》。②《沈钧儒年谱》云："6 月 11 日，经医生尽力抢救无效，于凌晨 3 时 55 分与世长辞。"③

13 日，汪东病逝于苏州，终年 74 岁。汪东（1889—1963），原名汪

---

① 汪鸾翔生平参见中央文史馆研究馆编《中央文史馆馆员传略》，中华书局 2001 年版，第 75 – 76 页。

② 沈钧儒生平参见钱理群、袁本良注评《二十世纪诗词注评》，广西师范大学出版社 2005 年版，第 67 – 68 页。

③ 沈谱、沈人骅编：《沈钧儒年谱》，中国文史出版社 1992 年版，第 405 页。

东宝，字旭初，号寄庵，别号寄生、梦秋、宛童等。江苏吴县（今苏州）人。早年东渡日本，追随孙中山先生，参加过中国同盟会，曾任《民报》编撰。南社词人。民国初任总统府咨议、国史馆修纂等职，后任中央大学文学院院长、教授、中文系主任及重庆复旦大学教授等。新中国成立后任上海市文物保管会委员、中国国民党革命委员会江苏省委员会副主任委员等职。为章太炎高弟，精音韵、文字、训诂之学，尤工词学。著有《梦秋词》。① 《汪旭初（东）先生年谱稿》云："一九六三年，春，因胃癌开刀，病中仍卧床著词。六月十三日，因胃癌恶化，在苏州市第一人民医院逝世，年七十四。"②

7 月

7 日，夏仁虎病逝于北京，终年 89 岁。夏仁虎（1874—1963），字蔚如，号枝巢，江苏南京人。1902 年中举人，清政府记名御史。1912 年后历任北洋政府盐务署秘书、财政部参事、镇威将军公署政务处处长、安福国会众议院议员、财政部次长、国务院（潘复内阁）秘书长等职。抗日战争时期任北京大学、北京师范大学教授。参与寒山诗社、稊园诗社、蛰园等的活动，是诗社中的活跃分子。1951 年 7 月被聘为中央文史研究馆馆员。著有《枝巢编年诗》40 卷。《中央文史研究馆馆员传略》云："1963 年 7 月 7 日病故，终年 89 岁。"③

8 月

23 日，商衍鎏病逝于广州，终年 88 岁。商衍鎏（1875—1963），字藻亭，号又章、冕臣，晚号康乐老人，广东番禺人。学者、书法家。清光绪二十年（1894）甲午科举人。1904 年甲辰科中一甲第三名探花，授翰林院编修，入进士馆。历任侍讲衔撰文、国史馆协修、实录馆总校官、帮提调等职。其间曾去往日本东京法政大学。1912 年被聘为德国汉堡海外商务学院汉文教授。后历任北京副总统府顾问、江苏省督军署内秘书、大

① 薛玉坤：《汪旭初（东）先生年谱稿》，见《词学》第 29 辑，华东师范大学出版社 2013 年版，第 258 页。

② 薛玉坤：《汪旭初（东）先生年谱稿》，见《词学》第 29 辑，华东师范大学出版社 2013 年版，第 290 页。

③ 夏仁虎生平参见中央文史研究馆编《中央文史研究馆馆员传略》，中华书局 2001 年版，第 25 页。

总统府咨议、江西省财政特派员。抗日战争期间流落成都、乐山、眉山等地，以卖文鬻字为生。新中国成立后，历任江苏省政协委员、广东省政协常委、广东省文史研究馆副馆长等职，1960 年 1 月，被聘为中央文史研究馆副馆长。著有《商衍鎏诗书画集》等。①

9 月

3 日，黄复病逝于北京，终年 73 岁。黄复（1890—1963），字娄生，号病蝶，又号晏生，江苏吴江人。史学家，诗人。早年肄业于江苏存古学堂，江苏法政专门学校毕业。曾任国史馆总校。与柳亚子为总角之交，1914 年加入南社。1917 年后历任清史馆协修、北京市文献研究会秘书长。后在北京私塾任教，参加稊园诗社、蛰园诗社等。抗战胜利后在北平电信局秘书室主编月刊。新中国成立后被聘为中央文史研究馆馆员。著有《须曼那室长短句》四卷、《须曼那室杂著》五卷等，部分诗词被收入胡朴安选录《南社丛选》。②《中央文史研究馆馆员传略》云："1951 年 7 月被聘任为中央文史研究馆馆员。1963 年 9 月 3 日病故，终年 73 岁。"③

本月，《朱德诗选集》由人民文学出版社出版。是书选编朱德所作旧体诗 68 首，按时间顺序编排，诗后附写作时间，书后有《郭沫若同志给出版社的一封信》。1977 年 9 月，人民文学出版社再版《朱德诗选集》，增加了朱德和毛泽东的黑白照片，并附朱德手迹，增补《登叠彩山赠徐老》《悼沈衡山先生》《悼罗荣桓同志》《和董老过春节诗》《悼柯庆施同志》《悼陈毅同志》《喜读主席词二首》七首诗。

12 月

本月，《毛泽东诗词》由人民文学出版社出版。是书收录毛泽东旧体诗词 37 首，其中 27 首诗词已发表，新收入 10 首：《七律・人民解放军占领南京》《七律・到韶山》《七律・登庐山》《七绝・为女民兵题照》《七律・答友人》《七律・为李进同志题所摄庐山仙人洞照》《七律・和郭沫

① 商衍鎏生平参见中央文史研究馆编《缀英集——中央文史研究馆馆员诗选》，线装书局 2008 年版，第 48 页。

② 黄复生平参见中央文史研究馆编《缀英集——中央文史研究馆馆员诗选》，线装书局 2008 年版，第 353 页。

③ 中央文史研究馆编：《中央文史研究馆馆员传略》，中华书局 2001 年版，第 31 页。

若同志》《卜算子・咏梅》《七律・冬云》和《满江红・和郭沫若同志》。诗词集出版后，重要报刊纷纷转载：1964 年 1 月 4 日《人民日报》和《解放军报》、《红旗》1964 年第 1 期、《人民文学》1964 年第 1 期均刊登了《诗词十首》。本书于 1974 年 6 月再版，收入诗词 39 首。

1964 年

1 月

4 日，《人民日报》《光明日报》《文汇报》发表毛泽东《诗词十首》：《七律・人民解放军占领南京》《七律・到韶山》《七律・登庐山》《七绝・为女民兵题照》《七律・答友人》《七绝・为李进同志所摄庐山仙人洞照》《七律・和郭沫若同志》《卜算子・咏梅》《七律・冬云》《满江红・和郭沫若同志》。5 日，《人民日报》第 6 版发表郭沫若《满江红・读毛主席诗词》两首。

本月，毛泽东的《诗词十首》被《诗刊》《人民文学》《湖南文学》《红旗》等转载。《诗刊》还发表了郭沫若《读毛泽东诗词・调寄满江红》等。《广西文艺》第 1 期发表了《毛泽东诗词三十七首》，除《人民日报》所刊载的《诗词十首》之外，还包括《沁园春・长沙》《菩萨蛮・黄鹤楼》《西江月・井冈山》《清平乐・蒋桂战争》《采桑子・重阳》《如梦令・元旦》《减字木兰花・广昌路上》《蝶恋花・从汀州向长沙》《渔家傲・反第一次大“围剿”》《渔家傲・反第二次大“围剿”》《菩萨蛮・大柏地》《清平乐・会昌》《忆秦娥・娄山关》《十六字令三首》《七律・长征》《念奴娇・昆仑》《清平乐・六盘山》《沁园春・雪》《七律・和柳亚子先生》《浣溪沙・和柳亚子先生》《浪淘沙・北戴河》《水调歌头・游泳》《蝶恋花・答李淑一》《七律二首・送瘟神》。2 月，《诗词十首》被《延河》《安徽文艺》《甘肃文艺》《长春》《河北文学》《火花》《四川文学》等转载。此后，全国报刊涌现出大量学习和研究毛泽东《诗词十首》的文章。

12 月

7 日，谢无量病逝于北京，终年 80 岁。谢无量（1884—1964），四川乐至人。学者、诗人、书法家。曾赴日本留学，后任《京报》主笔、四川存古学堂监督。1923 年被孙中山委任为大本营参议，后历任大元帅府特务秘书、东南大学历史系主任、国民政府监察院监察委员等。抗日战争爆发后，辗转汉口、香港、成都等地，卖字为生。新中国成立后，任中国人民大学教授、中央文史研究馆副馆长等。[①] 著有《谢无量自写诗卷》《诗学指南》《词学指南》等。《谢无量年谱》云："12 月 10 日，谢无量因心脏病入北京医院，不幸逝世，葬于八宝山公墓。《人民日报》《光明日报》《四川日报》以及英美报纸（如《泰晤士报》）都有报道。"[②] 马一浮为其撰挽联。

22 日，曾昭燏自南京灵谷塔跳下，自杀身亡。曾昭燏（1909—1964），女，字子雍，湖南湘乡人，曾国藩堂曾孙女。早年毕业于南京中央大学外文系，在读期间和沈祖棻等人成立诗词社团梅社，词学吴梅。后赴英国伦敦大学研究院深造，获硕士学位。曾任南京国立中央博物院筹备处专门委员、代理主任等职。新中国成立后，任南京博物院院长，兼任华东文物工作队队长，中国考古学会筹备会理事、江苏省人大代表等，曾主持南唐二陵第一座帝王陵墓的发掘。终身未婚。本年 3 月，曾昭燏因精神抑郁症住进南京丁山疗养院。据其妹曾昭楣回忆："1964 年 12 月 22 日，她主动提出要送治疗她的医生回家，用小轿车送回医生后，她对司机说：'去灵谷寺吧！我想散散心。'灵谷寺前停了车，她把一包苹果送到司机怀中，轻轻地说：'请你吃着，等我一会儿。'她登上了灵谷宝塔，急促地，纵身一跳，凌空而下。"[③] 1965 年 2 月 14 日，陈寅恪得知此事，追挽七律一首。[④] 常任侠作七绝《投阁·有怀曾昭燏》[⑤]，沈祖棻作《屡得故人书问，因念子雍、淑娟之逝，悲不自胜》[⑥] 六首。

---

① 参见中央文史研究馆编《缀英集——中央文史研究馆馆员诗选》，线装书局 2008 年版，第 260 页；刘克生撰《谢无量先生传略》，见中国人民政治协商会议四川省乐至县委员会文史资料研究委员会编《乐至文史资料选辑》第 10 辑，1987 年版，第 13 – 17 页。

② 彭华：《谢无量年谱》，见舒大刚主编《儒藏论坛》第 3 辑，四川大学出版社 2009 年版，第 155 页。

③ 胡文辉：《陈寅恪诗笺释》下册，广东人民出版社 2008 年版，第 1271 页。

④ 胡文辉：《陈寅恪诗笺释》下册，广东人民出版社 2008 年版，第 1272 – 1273 页。

⑤ 常任侠：《红百合诗集》，见郭淑芬、常法韫、沈宁编《常任侠文集》第 5 卷，安徽教育出版社 2002 年版，第 156 页。

⑥ 沈祖棻：《涉江诗稿》卷二，见沈祖棻《沈祖棻全集·涉江诗词集》，程千帆笺，张春晓编，河北教育出版社 2000 年版，第 169 – 170 页。

本年

刘永济自费刊印《诵帚盦词集》被审查。6 月，被湖北省委宣传部告知“学校代印，学校就有责任”，并嘱武汉大学中文系仔细审查。武汉大学中文系一方面派人审查，另一方面通知印刷厂停印《诵帚盦词集》。10 月 12 日，武汉大学中文系向校方报送《对刘永济〈诵帚盦词集〉的意见》（简称《意见》）。《意见》长达 16 页，1.2 万字，称“绝大部分作品都可以说是有害的，其中有不少作品是相当反动的”，这些“有害的作品”分为五类：“对解放、对新社会表示非常仇恨”“散播悲观、消极对现实完全绝望的那种没落情绪”“散播厌战情绪”“宣扬虚无主义思想”“抒写封建士大夫的那种生活情调”；以及 11 篇“反动思想较突出的作品”。10 月 22 日，武汉大学向湖北省委宣传部报送《关于我校刊印刘永济〈诵帚盦词〉的情况报告》，报告中称词集已停印，上卷已印 360 册，除留 50 册外，其余全部销毁。12 月 2 日，武汉大学向湖北省委宣传部报送《关于审查刘永济〈诵帚盦词〉的情况报告》，称：“从初步审查中，基本上可以看出该词集的政治面貌。”①

上海乐天诗社因“《思亲记》事件”停止活动。据陈正卿《新中国上海第一个传统诗社》载：“当时，上海有一老工商业者叫孙忠本，是上海宁波籍钱庄中颇有实力者。大约是孝思不匮，他突然想起了已死去 40 余年的老父亲孙轩蕉，按照传统习俗，他打算自印一本纪念册，其中除先人行述外，自然还需请一些名人题撰诗文。他便请了乐天诗社中的一些老人，包括沈尹默、刘海粟等。据事后调查，孙请这些老人在国际饭店吃过饭，但未付润笔。所题写的文字，也多是‘套话’，但在当年‘拎上纲’就是‘封建意识’，如沈尹老题的一首即为：‘孝悌人之本，兹言故不刊，旧帮新受命，尤赖子孙贤。’不料，小册子印成后，却成了大事。张春桥竟亲自批示：‘是一个典型事件，要抓思想文化战线上的斗争。’……市委宣传部和统战部召开联席会议，指示由市工商联和文史馆进行调查，并在调查的基础上分别进行座谈批判。在座谈批判会上，沈尹默和乐天诗社参与此事的社员都分别作了检查，但‘上面’仍不获通过。因‘上面’对此事的定调，是一个‘事件’，有三大问题：1. 反映了地主、资本家的

① 徐正榜、李中华、罗立乾编著：《刘永济先生年谱》，见刘永济《诵词帚集 · 云巢诗存》，中华书局 2010 年版，第 588 页。

‘复辟’愿望；2. 充满了封建腐朽意识；3. 是非法出版行为。”[①] 此后，诗社基本处于停顿状态。后在“文革”时期，诗社被认定为“反革命集团”。

1965 年

4 月

本月，中华书局上海编辑所编辑、上海古籍出版社出版《诗韵新编》。是书以普通话字音为标准，参照《中华新韵》《汉语诗韵》等现代韵书，分 18 部。分部韵目及韵部次序，也依照《中华新韵》排列。其“出版说明”称：“在今天的形势下，不论新诗或旧体诗词，都要求用现代语音来押韵。”[②] 新编诗韵以现代语音为主要依据，在每一韵部中，着重分清了平声和仄声，采取“按音分列”“同声字按常用罕用分先后排列”互相结合的体例。入声字分为 8 部，排列在应属韵部之后，并按普通话的四声各自分列。书前有“出版说明”及“凡例”，书后附《佩文诗韵》《部首检字表》。是书出版后再版多次，1978 年 7 月，上海古籍出版社重印《诗韵新编》（新 1 版），增加《通押后的十八韵与十三辙对照表》。1981 年、1984 年又加印，累计印数 22.2 万册。1989 年 10 月，上海古籍出版社出版《诗韵新编》（新 2 版），至 1999 年 4 月已印刷 6 次。2010 年 3 月再版。

10 月

10 月 2 日，冼玉清病逝于广州，终年 71 岁。冼玉清（1895—1965），自署琅玕馆主、西樵女士、西樵山人，出生于澳门，原籍广东南海西樵镇。文史学家、书画家、诗人。幼时受业于名师陈子褒主办的“灌根学塾”，后入香港圣士提反女子中学进修英文，1918 年转学岭南大学附中，1920 年考入岭南大学中文系。后历任岭南大学国文系助教、讲师、副教授，岭南大学教务长、岭南大学文物馆馆长。新中国成立后任广东省文史

① 陈正卿：《新中国上海第一个传统诗社》，载《世纪》2008 年第 3 期。

② 中华书局上海编辑所编辑：《诗韵新编》，上海古籍出版社 1965 年版，“出版说明”。

研究馆副馆长。[①] 著有《碧琅玕馆诗钞》，2008 年，广东人民出版社出版陈永正编订版。庄福伍《冼玉清生平年表》[②] 云：“10 月 2 日，冼玉清因癌病医治无效逝于广州肿瘤医院。”[③] 陈寅恪作挽诗《十月二日下午冼玉清教授逝世四日始闻此挽冼玉清教授》，诗曰：“香江烽火梦犹新，患难朋交廿五春。此后年年思往事，碧琅玕馆吊诗人。”[④]

1966 年

1 月

1 月 31 日，陈方恪于南京逝世，终年 76 岁。陈方恪（1891—1966），字彦通，斋号屯云阁、浩翠楼、鸾陂草堂。江西义宁人。陈三立第四子，陈寅恪弟。著有《彦通诗稿》《说病词》《殢香馆词草》等十余册诗词稿[⑤]，收入《陈方恪诗词集》。《陈方恪年谱》云：“一月三十一日十二时三十分，先生在江苏医院病房与世长辞。临终前仅有夏小文和杜信孚两人守在病榻旁。”[⑥]《陈寅恪先生年谱长编》：“（陈方恪）一九六六年一月三

---

① 冼玉清生平参见黄任潮《冼玉清教授传略》，见政协广东省委员会办公厅、广东省政协文化和文史资料委员会编《广东文史资料精编　下编第 5 卷　广东人物篇下》，中国文史出版社 2008 年版，第 108 – 123 页；庄福伍《冼玉清生平年表》，见广东省人民政府文史研究馆编《冼玉清研究论文集》，香港中国评论学术出版社 2007 年版，第 379 – 394 页。

② 年表中写“1965 年，70 岁”，似误。按冼玉清生卒年为 1895—1965 年，终年应为 71 岁。

③ 庄福伍：《冼玉清生平年表》，见广东省人民政府文史研究馆编《冼玉清研究论文集》，香港中国评论学术出版社 2007 年版，第 394 页。

④ 陈寅恪：《陈寅恪诗集》，生活·读书·新知三联书店 2001 年版，第 172 页。另，据陈美延、陈流求编《陈寅恪诗集》（清华大学出版社 1993 年版，第 138 页），此诗标题为《八月二日下午冼玉清教授逝世四日始闻此挽冼玉清教授》。笔者查阅胡文辉著《陈寅恪诗笺释》（广东人民出版社 2013 年版），标题为《十月二日下午冼玉清教授逝世四日始闻此挽冼玉清教授》。经多方查证，冼玉清逝世日期确为 1965 年 10 月 2 日，故陈美延、陈流求编《陈寅恪诗集》标题应误。后出修订版（1997 年版）已纠正此误。

⑤ 陈方恪遗稿的情况，可参阅潘益民辑注《陈方恪诗词集》，江西人民出版社 2007 年版，第 199 页：“陈方恪先生生前诗文颇丰，除少量零星刊载外，均未见结集出版，经多年访寻，目前已知见的有：《说病词》一册，《殢香馆词草（甲）》一册，《殢香馆词草（乙）》一册，《殢香馆词艸》一册，《鸾陂词》《鸾陂草堂诗录》合集一册，《禽犊萃编》两册，《适履集》一册，《彦通诗稿》一册，《吴市杂钞》一册，《丙寅消夏录》一册，《屯云馆行卷》一册，无名诗稿一册，诗文散页三束。”

⑥ 潘益民、潘蕤：《陈方恪年谱》，江西人民出版社 2007 年版，第 224 页。

十一日病逝，年七十六。骨灰葬南京雨花台望江矶公墓。”① 陈三立诸子之中，陈方恪诗才最高，“散原老人曰诸子中‘唯七娃子（笔者按：陈方恪在家中排行老七）能诗’”②，陈衍谓其“诗则酷似其父”，“几不能辨”。③ 汪辟疆《光宣诗坛点将录》点其为“地进星出洞蛟童威”④。钱仲联《近百年词坛点将录》点其为“地狂星独火星孔亮”，称“彦通《鸾陂词》，绝世风神，多回肠荡气之作。二陆齐名，俊语似欲突过乃兄”⑤。

2 月

2 月 18 日，《人民日报》第 8 版刊登古代文学研究专家高亨所作《水调歌头》。该词在本年年初以手抄的形式广为流传，被误认为是毛泽东的手笔。全词云：“掌上千秋史，胸中百万兵。眼底五洲风雨，笔下有雷声。唤起蛰龙飞舞，扑灭魔炎魅火，挥剑斩长鲸。春满人间世，日照火旗红。

抒慷慨，写鏖战，记长征。天章云锦，织出革命之豪情。细检诗坛李杜，词翻苏辛佳作，未有此音宏。携卷登山唱，流韵壮东风。”为此，时任中共中央文献研究室副主任、中共中央宣传部副部长等职的龚育之专门向毛泽东求证。为避免以讹传讹，《人民日报》决定发表该词，并在显眼处用加粗花边、大号字署名“山东大学教授高亨”。该词是高亨在参加《文史哲》杂志社的一次笔谈学习毛主席诗词十首的活动时所写，原刊于《文史哲》1964 年第 1 期。但此词仍常被误认为毛泽东所作，后被冠以《读林彪〈人民站长胜利万岁〉有感》的标题，与陈明远的一些诗词一同被冠以“未发表的毛主席诗词”而广泛流传。

3 月

12 日，汪辟疆病逝于南京，终年 79 岁。汪辟疆（1887—1966），名国垣，字辟疆，又字笠云，号方湖，又号展庵。江西彭泽人。1909 年入京师大学堂，1912 年毕业。1922 年任江西心远大学教授，1928 年改就第四中山大学之聘（后第四中山大学几经易名，改名为中央大学，1949 年

① 卞僧慧纂：《陈寅恪先生年谱长编》，中华书局 2010 年版，第 25 页。
② 潘益民编著：《陈方恪先生编年辑事》，中国工人出版社 2005 年版，第 104 页。
③ 潘益民编著：《陈方恪先生编年辑事》，中国工人出版社 2005 年版，第 104 页。
④ 汪辟疆：《汪辟疆诗学论集》，张亚权编撰，南京大学出版社 2011 年版，第 116 页。
⑤ 钱仲联：《当代学者自选文库·钱仲联卷》，安徽教育出版社 1999 年版，第 712 页。

后改名为南京大学），共执教38年。[①] 其弟子程千帆在《〈汪辟疆文集〉后记》中云："1966年3月12日因病逝世，享年七十九岁，葬于南京雨花台望江坡公墓。"[②] 据程千帆所述，汪辟疆原存诗1400余首，编为20余卷，但随同日记及其他手稿成为劫灰。程千帆收拾丛残，略依先后编成诗抄一卷，名为《方湖诗钞》，收入《汪辟疆文集》（1988年上海古籍出版社出版）中。程千帆评价："汪老师不但是一位诗歌研究专家，而且是一位很有成就的诗人。……他早年受散原老人的影响，效法黄、陈；其后转益多师，对唐朝的杜甫、李商隐、韩偓诸家，宋朝的梅尧臣、王安石、苏轼、陈与义诸家，致力尤深，合唐人的情韵、宋人的意境为一手，所以风格苍秀明润，用笔开合自如，为并世诸老所推服。"[③]

5月

18日凌晨，邓拓自缢身亡，终年54岁。邓拓（1912—1966），原名邓子健、邓云特，福建闽侯人。1930年参加左翼社会科学家联盟，1937年后历任《晋察冀日报》社长，晋察冀新华总分社社长等。新中国成立后历任《人民日报》社长、总编辑和北京市委文教书记等。1961年在《北京晚报》开设《燕山夜话》专栏，后因此获罪。1965年，邓拓曾作《记梦》："五更风雨梦如飞，烟水苍茫夜色微。话到海山无滴泪，写来笔墨不沾衣。高情消尽千秋怨，碧血凝成万古诗。默向长天寻新路，霞光芳雾映春晖。"[④] 喻政治风云之突变，为其生前所作最后一首诗。

25日，潘伯鹰病逝于上海，终年63岁。潘伯鹰（1904—1966），名式，字伯鹰，别署凫公，又号有发翁、却曲翁，安徽怀宁人。小说家、诗人、书法家。少时师从桐城吴闿生北江先生受诗古文辞。后师从章士钊治逻辑学。早年于《大公报》发表小说《人海微澜》，声名鹊起。曾任教于北平中法大学、上海暨南大学。新中国成立后任同济大学及音乐学院教授，后被聘任为上海市人民委员会参事，兼上海市文物保管会委员、书法篆刻研究委员会副主任委员等。有诗集《玄隐庐诗》。[⑤] 《潘伯鹰先生小

---

① 汪辟疆：《汪辟疆文集》，上海古籍出版社1988年版，第1068页。

② 汪辟疆：《汪辟疆文集》，上海古籍出版社1988年版，第1068页。

③ 汪辟疆：《汪辟疆文集》，上海古籍出版社1988年版，第1068页。

④ 梅振才编著：《"文革"诗词钩沉》，香港明镜出版社2010年版，第48页。

⑤ 潘伯鹰生平参见许伯建撰《潘伯鹰先生小传》，见潘伯鹰《玄隐庐诗》，刘梦芙点校，黄山书社2009年版。

传》云："辛丑秋，罹肝炎不治，以太阳历一九六六年五月廿五日丑时卒。"①

8月

24日，老舍于北京自杀身亡，终年67岁。老舍（1899—1966），原名舒庆春，字醒痴，一字舍予，曾用笔名老舍、舒舍予、絜青、鸿来、非我等，北京满族正红旗人，中国现代小说家、著名作家。《老舍年谱》云："同日（8月24日），从上午到晚上，（老舍）一直坐在德胜门外的太平湖公园；午夜投湖自杀。"② 张桂兴编有《老舍旧体诗辑注》（中国国际广播出版社2000年版），收录老舍旧体诗150题334首。

10月

2日，刘永济病逝于武汉，终年79岁。刘永济（1887—1966），字弘度，号诵帚，晚号知秋翁，斋名易简、微睇、诵帚，湖南新宁人。早年求学于复旦公学，考入清华留美预备学校。后历任长沙明德中学教师，东北大学、武汉大学、浙江大学、湖南大学教授、湖北省文联副主席等职。著有《诵帚庵词》《云巢诗集》等。③《刘永济先生年谱》云："10月2日，（刘永济）在家病逝，终年79岁。"④

11月

18日，龙榆生于上海去世，终年65岁。龙榆生（1902—1966），名沐勛，号忍寒、龙七，江西万载人。曾任暨南大学、中山大学、中央大学教授，上海市文物保管会编纂及研究员，上海音乐学院教授，《词学季刊》

---

① 许伯建撰：《潘伯鹰先生小传》，见潘伯鹰《玄隐庐诗》，刘梦芙点校，黄山书社2009年版。

② 张桂兴编撰：《老舍年谱》，上海文艺出版社1997年版，第936页。关于老舍之死，同时可参看甘海岚编撰《老舍年谱》（书目文献出版社1989年版，第522页）："（八月二十四日）由上午到晚上，老舍在北郊太平湖公园独坐整天。午夜时分，携亲笔抄写的毛泽东主席诗词一卷，投湖自尽。"

③ 刘永济生平参见李工真撰《刘永济先生传略》，见刘永济《诵词帚集·云巢诗存》，中华书局2010年版，第629－650页。

④ 参见徐正榜、李中华、罗立乾编著《刘永济先生年谱》，见刘永济《诵词帚集·云巢诗存》，中华书局2010年版，第593页。

主编。[1] 著有《忍寒词》。《龙榆生年谱》云："十八日凌晨，先生因并发心肌梗塞，与世长辞。"[2] 病逝于上海华东医院。龙榆生早年曾拜陈衍为师，与陈散原、朱彊村、郑孝胥、夏敬观、张元济等人皆有来往，其词学多受朱彊村影响。

1967 年

1 月

本月，锦州市财政局毛泽东思想战斗队翻印《毛主席诗词（未发表的）》油印本。是书收有当时流传的被认为是未发表的毛泽东诗词 34 首，书后有《翻印者的话》："这些尚未发表的毛主席诗词，以大字报和油印本形式同广大革命群众见面以来，立即得到了革命群众的热爱，转抄、翻印成许多本子，流传极广。由于辗转相抄，各种抄本在内容上和某些句、词、字上，差异很大。我们这次翻印的油印本是以辽宁大学的学闯将、猛进、学红、多壮志战斗组翻印本为依据，参考了锦州市农业局转抄本并和锦州市印刷厂的毛主席诗词本等，进行了比较、校对、正理，对各种抄本某些句、词、字差异，我们取其认为正确的，舍其认为不够准确的，最后汇集三十五首（附鲁迅原诗一首在内）。"34 首诗词中确系毛泽东所作的有 7 首，其余为讹传的他人之作。讹传作品最多的作者为陈明远，据其所著《劫后诗存》的编者指出，陈明远所作的多达 19 首。[3]

2 月

15 日，张恨水病逝于北京，终年 72 岁。张恨水（1895—1967），原名张心远，笔名恨水，祖籍安徽潜山，生于江西景德镇。曾就读于南昌甲种农业学校、苏州蒙藏垦殖学校，后辍学。少有才名。1918 年在安徽芜湖《皖江日报》任总编辑兼管文艺副刊。1919 年后先后任北京《益世报》

① 钱理群、袁本良注评：《二十世纪诗词注评》，广西师范大学出版社 2005 年版，第 242 页。

② 张晖：《龙榆生先生年谱》，学林出版社 2001 年版，第 231 页。

③ 王同策在《1966—1976 间流传的"毛主席未发表诗词"》（载《南方周末》2003 年 8 月 7 日）中详述了此事，对误传情况做了说明。

助理编辑、天津《益世报》驻京记者、芜湖《工商日报》驻京记者、世界通讯社总编辑。后给上海《新闻报》《申报》写通讯。1924 年任《世界晚报》新闻编辑，后主编该报副刊《夜光》。1925 年任《世界日报》副刊《明珠》编辑。1927 年任《世界日报》总编辑。1931 年创办北平华北美术专门学校，自任校长。1935 年主编《立报》副刊《花果山》。1937 年加入《新民报》工作。1946 年任《北海》主编。新中国成立后，张恨水加入中国作家协会，被聘为文化部顾问，1959 年被聘为中央文史研究馆馆员。著有诗词集《剪愁集》。《张恨水年谱》云："晨，家人为张恨水穿鞋时，他忽然仰身向后倒去，因脑溢血发作而与世长辞。"①

4 月

6 日，詹安泰于广州逝世，终年 66 岁。詹安泰（1902—1967），字祝南，号无想庵（后简称为无庵）、潄宋室，广东饶平人。1921—1926 年就读于广东高等师范学堂和广东大学中国文学系。毕业后在潮州任教于省立第二师范学校（韩山师范学院前身），并兼任金山中学教师。1938 年被聘为中山大学中文系教授，继陈洵后主讲诗词。新中国成立后继续执教于中山大学，历任中文系系主任、古典文学教研室主任。1955 年加入中国作协广东分会和中国民主同盟，并被推选为第一届广东省政协委员。著有《无庵词》《鹪鹩巢诗》。《詹安泰年谱》云："四月初，先生淋巴癌复发……四月六日，先生与世长辞。"②

5 月

6 日，周作人在北京逝世，终年 83 岁。周作人（1885—1967），原名櫆寿，后改为奎绶，又名启明、启孟、起孟，笔名遐寿、仲密、岂明，字星杓，号知堂、药堂、独应等。浙江绍兴人。现代著名散文家、评论家、诗人、翻译家等。历任国立北京大学教授、东方文学系主任，燕京大学新文学系主任、客座教授。《新青年》的重要同人作者，曾任"新潮社"主任编辑，《语丝》周刊主编和主要撰稿人。著有《知堂杂诗抄》。《周作人

---

① 谢家顺：《张恨水年谱》，安徽文艺出版社 2014 年版，第 704 页。

② 郑晓燕：《詹安泰年谱》，见詹安泰《詹安泰全集》第 6 册，上海古籍出版社 2011 年版，第 441 页。

年谱》云："（周作人）下午在北京逝世。当时身边空无一人。"①

6 月

2 日，马一浮病逝于杭州，终年 84 岁。马一浮（1883—1967），幼名福田，字一佛，号湛翁、被褐，晚号蠲叟、蠲戏老人，浙江绍兴长塘（今属上虞）人。理学家、佛学家、翻译家、诗人、书法家。15 岁应县试，名列榜首。1903 年赴美习英文，后又游德、日。回国后蛰居杭州。1938—1939 年在先后西迁到江西泰和、广西宜山的浙江大学任教讲学，并作《浙江大学校歌》。1939 年去四川主持"复性书院"。新中国成立后，于 1954 年担任浙江省文史研究馆馆长。1964 年被聘为中央文史研究馆副馆长。著有《蠲戏斋诗集》等。后人辑有《马一浮集》。《马一浮年谱简编》云："春，突然胃部大出血，经浙江医院抢救数月，终因年老体衰，诸病迸发，于 6 月 2 日与世长逝。"②

1968 年

7 月

1 日，陈小翠引煤气自杀，终年 67 岁。陈小翠（1902—1968），又名玉翠、翠娜，别署翠吟楼主，斋名翠楼，浙江杭州人。13 岁能诗，17 岁学画，26 岁适汤彦耆，后因夫妻感情不和而分居。曾与冯文凤、吴青霞、谢月眉、顾飞等闺阁名流创办女子书画会，任会刊编辑。受聘于无锡国学专修学校任诗词教授。新中国成立后任上海中国画院画师。著有诗词集《翠楼吟草》③。刘梦芙《陈小翠作品综论》云："一九六八年七月一日引

---

① 张菊香、张铁荣编著：《周作人年谱》，天津人民出版社 2000 年版，第 934 页。

② 马一浮：《马一浮学术文化随笔》，马镜泉编，中国青年出版社 1990 年版，第 325 页。

③ 陈小翠：《翠楼吟草》，刘梦芙编校，黄山书社 2010 年版。是书为刘梦芙以陈小翠自编《翠楼吟草》三编二十卷（一编、二编为刻印本，三编为誊印本）为底本，并据陈栩所编《栩园丛稿二编》中《栩园娇女集》上下卷（上海著易堂印书局刻本，内收陈小翠《翠楼吟草》五种以及文章、曲稿，为小翠出嫁前作品）、温倩华《黛吟楼集》、陈声聪《荷堂诗话》所载陈小翠诗文，补遗辑佚而成。

煤气自尽，终年六十七岁。”①

16 日，胡先骕于北京逝世，终年 75 岁。胡先骕（1894—1968），字步曾，号忏庵，江西新建人。植物学家。1925 年获哈佛大学植物分类学博士学位，曾任职于东南大学、北京大学、北京师范大学、中国科学社生物研究所等。新中国成立后任中国科学院植物分类研究所研究员。早年曾在《学衡》杂志发表大量诗作，后人及学生整理有《胡先骕先生诗集》。《胡先骕先生年谱长编》云：“七月十六日，（胡先骕）在北京寓所逝世。”② 钱仲联《近百年诗坛点将录》点胡先骕为“地满星玉幡竿孟康”，称“胡先骕出沈曾植、陈衍之门，力张宋诗旗帜”③。《近百年词坛点将录》点其为“地羁星操刀鬼曹正”，谓：“步曾出寐叟、石遗门下，留美治植物学，而笃好旧诗词，反对白话诗文甚力。……自为词有被胡适所讥者，时人学梦窗者多有此失，不独步曾为然。”④

8 月

6 日，叶恭绰逝世于北京，终年 87 岁。叶恭绰（1881—1968），字裕甫，又字誉虎，号遐庵，广东番禺人，原籍浙江余姚。学者、书画家、文物鉴赏家。清廪贡生。光绪二十八年（1902）年入京师大学堂仕学馆。历任芦汉铁路局督办、北洋政府铁路总局局长及邮政总局局长等。1920 年后曾任交通部总长兼交通大学首任校长、孙中山广州大本营财政部部长等。1927 年后历任国学馆馆长、铁道部部长等。抗日战争期间避居香港，诗画自娱。新中国成立后，任中国书画院副院长、中央文史研究馆副馆长。叶恭绰曾与朱启钤组织中国营造学社，与朱祖谋等组织词社，与龙榆生创办《词学季刊》。1958 年被划为“右派”，1959 年摘帽，“文革”期间遭受迫害，一病不起。1979 年被彻底平反。1980 年 3 月，全国政协为其举行追悼会。《人民日报》1980 年 3 月 3 日载：“原北京中国画院院长叶恭绰先生追悼会，二月二十九日下午在政协礼堂举行。叶恭绰先生是原中央文史馆副馆长、中国文字改革委员会常务委员……于一九六八年八月

---

① 刘梦芙：《二十世纪传统文学的玉树琪花——陈小翠作品综论》，见陈小翠《翠楼吟草》，刘梦芙编校，黄山书社 2010 年版，“前言”第 6 页。

② 胡宗刚：《胡先骕先生年谱长编》，江西教育出版社 2008 年版，第 665 页。

③ 钱仲联：《当代学者自选文库 · 钱仲联卷》，安徽教育出版社 1999 年版，第 689 页。

④ 钱仲联：《当代学者自选文库 · 钱仲联卷》，安徽教育出版社 1999 年版，第 717 页。

六日在北京逝世。”[①] 诗词集有《遐庵诗》《遐庵词》等。[②]

11 日，吴湖帆病逝于上海，终年 75 岁。吴湖帆（1894—1968），初名翼燕，后更名万，又名倩，字遹骏，号倩庵、东庄，别署丑簃，书画署名湖帆，斋名梅景书屋，原籍江苏吴县。1908 年入苏州第四高等小学。1912 年进吴县草桥中学，与叶绍钧、顾颉刚、颜文梁等为同窗学友。1922 年移居上海。同年任故宫博物院赴伦敦名画展审查委员。后成立正社书画会，1931 年在南京的苏州同乡会举办了正社书画会画展。1952 年与当代词家结“午社”。1954 年自己出版的手抄自作诗词《佞宋词痕》五卷行世，并由表兄黄炎培转赠毛泽东主席。1956 年被聘为上海中国画院画师。《吴湖帆年表简编》：“1968 年，再度中风，8 月 11 日自拔导管，逝世。”[③]

12 月

10 日，田汉于北京逝世，终年 70 岁。田汉（1898—1968），乳名和儿，学名寿昌，笔名田汉、陈瑜等。湖南长沙县人。早年留学日本。1921 年与郭沫若等人组织成立创造社。1922 年回国受聘于上海中华书局编辑所。先后任教于长沙第一师范学校、上海大学、大夏大学等。1928 年成立南国社，与徐悲鸿、欧阳予倩组建南国艺术学院。后加入中国共产党。新中国成立后历任中央人民政府政务院文化教育委员会委员、文化部戏曲改进局局长、文化部艺术事业管理局局长、中国戏剧家协会主席、中国文联副主席等职。著有《田汉诗选》等。

本月，首都大专院校红卫兵代表大会《红卫兵文艺》编辑部编辑出版了红卫兵诗集《写在火红的战旗上——红卫兵诗选》。是书从 1968 年 7 月开始编选，历时 5 个月，于 1968 年年底编选完毕付印出版。内收 1966—1968 年全国范围内的红卫兵诗作 98 首。诗集分为八编：红太阳颂（11 首）、红卫兵歌谣（31 首）、在那战火纷飞的日子里（27 首）、夺权风暴（5 首）、长城颂歌（5 首）、献给工人同志的诗（6 首）、井冈山的道路（7 首）、五洲风雷歌（6 首）。[④]

---

① 《原北京中国画院院长叶恭绰先生追悼会在北京举行》，载《人民日报》1980 年 3 月 3 日。

② 叶恭绰生平参见中央文史研究馆编《缀英集——中央文史研究馆馆员诗选》，线装书局 2008 年版，第 191 页。

③ 张春记：《吴湖帆》，河北教育出版社 2002 年版，第 127 页。

④ 杨健：《1966—1976 的地下文学》，中共党史出版社 2013 年版，第 12 页。

本年

曾缄逝世，终年 76 岁。曾缄（1892—1968），字慎言，又作圣言，四川叙永人。早年就读于北京大学中文系，受教于黄侃。民国时期，曾任西康省临时参议会秘书长、国民政府蒙藏委员会委员，四川大学中文系主任兼文科研究所主任、教授。著有《寸铁堪诗稿》《寸铁堪词存》等。[①] 有古体诗《布达拉宫辞》（1930）、《双雷引》（1952）、《丰泽园歌为袁世凯作》（1959）等名作。曾缄任蒙藏委员会委员期间，整理并翻译了《六世达赖仓央嘉措情歌》，于 1939 年发表在《康导月刊》上，这是仓央嘉措情歌最经典的古体诗译本，如《其二十四》："曾虑多情损梵行，入山又恐别倾城。世间安得双全法，不负如来不负卿。"[②]

1969 年

2 月

5 日，邵祖平病逝于杭州，终年 72 岁。邵祖平（1898—1969），字潭秋，江西南昌人。少年时，诗词为陈三立、黄季刚、胡先骕等所赞誉，名列章太炎高足。曾受聘《学衡》杂志编辑，执教东南大学、之江大学、浙江大学等，历任朝阳法学院、四川大学、金陵女子大学、华西大学、西北大学、西南美术专科学校等院校教授。新中国成立后返四川大学任教，后调任中国人民大学、青海民族学院。[③] 著有诗集《培风楼诗》［商务印书馆民国三十二年（1943）12 月重庆初版；民国三十五年（1946）8 月重庆增订三版，同年 11 月上海增订一版。新中国成立后有浙江大学出版社 2000 年版］，曾获国民政府教育部一等奖。《邵祖平教授传略》云："一九

---

① 曾缄生平参见滕伟明、周啸天主编：《当代中华诗词集成·四川卷》（上），四川文艺出版社 2018 年版，第 1 页。

② 滕伟明、周啸天主编：《当代中华诗词集成·四川卷》（上），四川文艺出版社 2018 年版，第 7 页。

③ 邵祖平生平参见《邵祖平教授传略》，见邵祖平《培风楼诗》，浙江大学出版社 2000 年版，第 1 页。

六九年二月五日患脑溢血辞世，终年七十二岁，葬杭州老东岳法华寺侧。”①

10 月

7 日，陈寅恪病逝于广州，终年 80 岁。陈寅恪（1890—1969），字鹤寿，江西义宁人，清末民国诗人陈三立之子，早年留学日本及欧美，游学于德国柏林大学、瑞士苏黎世大学、法国巴黎高等政治学校、美国哈佛大学等。1925 年受聘清华学校研究院导师。1937 年后挈全家离北平南行，先后任教于西南联合大学、香港大学、广西大学和燕京大学。1939 年南迁广州，任华南大学教授。1952 年后为中山大学教授。著有《陈寅恪诗集》。《陈寅恪先生年谱长编》云：“十月七日，……于晨时五时半，先生由于心力衰竭，又爆发肠梗阻，肠麻痹，含恨逝世。”②《陈寅恪先生编年事辑》：“阳历十月七日晨五时半，先生逝世。”③

11 日，吴晗逝世于北京，终年 60 岁。吴晗（1909—1969），原名吴春晗，字辰伯，浙江义乌人。1928 年考入上海中国公学，1934 年毕业于清华大学历史系并留校任教。1940 年始任西南联大历史系教授。1943 年加入中国民主同盟。1946 年 8 月，吴晗回到北平，仍在清华大学任教，并担任民盟北平市委主任委员。新中国成立后，吴晗先后担任清华大学历史系主任、文学院院长，北京市副市长、中国科学院哲学社会科学部（今中国社会科学院）委员、北京市历史学会会长等职，1957 年 3 月加入中国共产党。1959 年 9 月，他发表《论海瑞》《海瑞骂皇帝》等文章，并在 1960 年写成新编历史剧《海瑞罢官》。之后，吴晗和邓拓、廖沫沙用笔名“吴南星”在《前线》杂志《三家村札记》专栏发表杂文，以歌颂正义光明、匡正时弊为宗旨。2009 年 3 月，《吴晗全集》由中国人民大学出版社出版，第十卷收有旧体诗。

本年

“文革”地下文学中渐渐出现一个写旧体诗词的知青圈子。据杨健《1966—1976 的地下文学》，在“文革”中，学习写旧体诗的青年人很多，

① 《邵祖平教授传略》，见邵祖平《培风楼诗》，浙江大学出版社 2000 年版，第 1 页。
② 卞僧慧纂：《陈寅恪先生年谱长编》，中华书局 2010 年版，第 344 页。
③ 蒋天枢：《陈寅恪先生编年事辑》，上海古籍出版社 1981 年版，第 172 页。

他们受毛泽东诗词影响、启蒙，以王力《诗词格律》为教材。沈卫国、徐小欢、邢晓南、杨建国、郭赤婴、李瑞明、王燕等北京某军队机关大院的干部子弟，在“文革”期间形成了一个写旧体诗的圈子。1971 年，王燕第一个开始认真写诗，作《七律》。受其影响，李玉明、郭赤婴也开始正式写诗。1975 年，郭赤婴作《满江红》，得到圈内人认可。1969—1971 年，大家书信往来，交换诗作，围绕各种重大事件多有唱和。1972 年，郭赤婴作《边塞抒愿》《鲲鹏礼赞》等古风长律及一组七律，在圈内传抄。圈中人邢晓南和杨建国关系密切，1974 年 5 月邢晓南寄《梦友》诗与杨建国。1974 年，邢晓南作《雪山行》长诗，颇有影响。1976 年 9 月，毛泽东逝世，郭赤婴作《沁园春》。这个旧体诗词圈并未形成正规的诗社，其作品也大多散佚。

1970 年

8 月

本月，陈家庆突发高血压病逝，终年 66 岁。陈家庆（1904—1970），字秀元，号碧湘，湖南宁乡人。曾就读于北平女子师范大学，结识凌叔华、许广平、谭惕吾等，后转学至南京东南大学，拜吴梅门下，与唐圭璋、卢前为同门学友。后任教于上海淞江女子中学、安徽大学、重庆大学、南京中央政治大学等。新中国成立后在上海中医学院教医古文，1961 年任上海市文史研究馆馆员。[①] 著有《碧湘阁集》（1933 年出版）。其子徐端撰《先父徐澄宇先生先母陈家庆夫人年谱简编》云：“是年（1970）八月，……（陈家庆被）急送医院抢救，已不治。当月去世。”[②]

---

① 徐永端：《先父徐澄宇先生先母陈家庆夫人年谱简编》，见徐英、陈家庆《澄碧草堂集》，刘梦芙编校，黄山书社 2012 年版，第 295 – 306 页。

② 徐永端：《先父徐澄宇先生先母陈家庆夫人年谱简编》，见徐英、陈家庆《澄碧草堂集》，刘梦芙编校，黄山书社 2012 年版，第 303 – 305 页。

1971 年

6 月

1 日，沈尹默于上海逝世，终年 89 岁。沈尹默（1883—1971），原名实，字中，又名君默，号秋明、瓠瓜，浙江吴兴人。诗人、书法家。早年留学日本。积极参与新文化运动，曾为《新青年》编辑之一。后历任燕京大学教授、北平大学校长。新中国成立后任中央文史研究馆副馆长、上海市文联副主席、上海市中国书法篆刻研究会主任等职。著有《沈尹默诗词集》等。① 其弟子戴自中撰《沈尹默年谱》云："（1971 年）6 月 1 日，（沈尹默）满怀抑郁在上海与世长辞。"②

15 日，谢觉哉病逝于北京，终年 87 岁。谢觉哉（1884—1971），字焕南，辈名泽琛，册名维鋆，别号觉哉，亦作觉斋，湖南宁乡人。中国共产党老一辈无产阶级革命家，延安五老之一，新法学界先导。1925 年加入中国共产党，1931 年到湘鄂西革命根据地工作。1933 年进入中央苏区工作。1934 年 10 月参加长征。1941 年 9 月 5 日，谢觉哉与林伯渠等人在延安组织"怀安诗社"。新中国成立后，历任中央人民政府内务部部长、中央人民政府法制委员会委员、政务院政法委员会委员、新法学研究院副院长等职。1959 年任最高人民法院院长。1964 年当选全国政协副主席。其生平可参见《谢觉哉文集》③ 中《谢觉哉生平年表》。《谢觉哉生平年表》云："（谢觉哉）不幸于 1971 年 6 月 15 日逝世，终年 87 岁。""谢老生前所作诗、词，据现已搜集到的约 1500 余篇。"④ 1980 年 5 月，周振甫、陈新注释的《谢老诗选》由中国青年出版社出版。

---

① 沈尹默生平参见钱理群、袁本良注评《二十世纪诗词注评》，广西师范大学出版社 2005 年版，第 111 – 112 页；刘梦芙《近百年名家旧体诗词及其流变研究》，学苑出版社 2013 年版，第 107 页。

② 戴自中撰：《沈尹默年谱》，见戴承元主编《三沈研究》，西北大学出版社 2008 年版，第 97 页。

③ 谢觉哉：《谢觉哉文集》，人民出版社 1989 年版。

④ 谢觉哉：《谢觉哉文集》，人民出版社 1989 年版，第 1170 页。

本年

刘永湘逝世，终年82岁。刘永湘（1889—1971），刘永济胞弟，湖南新宁人。出身于清末官宦书香门第，家学淳厚渊深。20世纪二三十年代在湖南长沙几所中学教语文（国文），后任湖南大学、湖南师范学院国文系教授。麓山诗社成员。2009年4月，中华诗词出版社出版《寸心集·快心居词稿》。前言为其子刘宓庆所作，题为《往事未必如烟，亲情此生永结》，其中写道："创作时间大体从二十世纪五十年代至七十年代初，也有一些是在四十年代甚至更早年创作的。"[①] 《寸心集》含《诗稿》《联稿》《藕塘散曲》三辑，作于新中国成立以前。《快心居词稿》为新中国成立后所作，存词58首。陈书良跋。

1972年

1月

6日，陈毅病逝于北京，终年71岁。陈毅（1901—1972），字仲弘，四川乐至县人。1923年加入中国共产党。土地革命时期担任红四军政治部主任、前委书记等职。长征时期留守南方坚持八省游击战。抗日战争时期整编南方八省红军游击队为新四军，1941年重建新四军军部，任代军长。解放战争时期任华东军区司令员、华东野战军司令员、第三野战军司令员等职。新中国成立后，任上海市市长、国务院副总理、国防委员会副主席、外交部部长、中央军委副主席等职。1955年被授予中华人民共和国元帅军衔。《陈毅年谱》："1月6日，下午4时左右，心跳忽然停止。经过急救才恢复过来，用人工呼吸机维持。……以后又进入昏迷状态，于23时55分心脏停止了跳动。"[②] 追悼会后，陈毅的夫人张茜编辑整理陈毅诗词，1973年年底编完结集，但由于受张春桥的阻挠，诗集未能出版。杨健《1966—1976的地下文学》载："为了保存陈毅的诗词，以免抄没、损失，张茜选择'藏诗于民'的办法，拿出去，让青年人和广大群众去抄

---

① 刘永湘：《寸心集·快心居词稿》，中华诗词出版社2009年版，第1页。

② 刘树发主编：《陈毅年谱（下）》，人民出版社1995年版，第1224页。

写传播。……1972—1973 年，在全国各地出现了大量《陈毅诗词》铅印本、油印本、复写本、抄写本等。陈毅的《冬夜杂咏》《题西山红叶》和《示丹淮，并告昊苏、小鲁、小珊》等诗词，受到了广大群众特别是青年的热烈赞叹。……像‘大雪压青松，青松且挺直’一诗，就曾出现在 1976 年‘四五’运动的天安门广场上。‘莫道浮云终蔽日，严冬过尽绽春蕾’也成为当时脍炙人口的诗句。”①

本月，纪念陈毅的悼诗挽歌迅速广泛流传。董必武作五古《挽陈毅同志》，赵朴初用“不老笺”作挽诗装入陈毅遗体的胸前口袋里，后收入《片石集》。陈明远所作《沁园春（星殒朔方）》被误认为毛泽东诗词而在广大干部群众中广为传播，原词题为《沁园春·步咏石韵悼念陈毅同志》。陈毅长子陈昊苏所作《满江红·填爸爸弥留一时刻》，当时被传为次子陈丹淮所作。“文革”结束后，陈昊苏将此词修改并收入《红军之歌》。当时广为流传的纪念陈毅的诗词还有一些系伪托，如毛泽东《七律·悼陈毅》三首、五律《赠陈毅》，叶剑英《悼陈毅》（七律）。②

9 月

本月，洪传经病逝于杭州，终年 66 岁。洪传经（1907—1972），字敦六，安徽怀宁人。早年就读于国立中央大学，后在法国获得经济学博士学位。回国后先后在湖南大学、四川大学任教。新中国成立后，任教于兰州大学。在“反右”运动中受到批判，晚年定居杭州。③ 去世后，其弟子周明道整理恩师遗著《敦六诗存》出版。1983 年出版线装油印本，1995 年出版钱塘诗社印本。

1973 年

1 月

24 日，熊瑾玎病逝于北京，终年 89 岁。熊瑾玎（1885—1973），又

① 杨健：《1966—1976 的地下文学》，中共党史出版社 2013 年版，第 165 – 167 页。
② 参见杨健《1966—1976 的地下文学》，中共党史出版社 2013 年版，第 165 – 169 页。
③ 参见李遇春编选《现代中国诗词经典·诗卷》，华中师范大学出版社 2014 年版，第 249 页。

名熊楚雄，湖南长沙人。1918 年加入新民学会，与何叔衡等一起编辑《湖南通俗报》。1919 年参加五四运动。1922 年任湖南自修大学和湘江学校教务主任。1924 年参加国民党。1926 年参与组织湖南三民主义学会。后加入中国共产党，并担任中共中央会计，开办商号、酒馆、钱庄等做掩护，作为中共中央政治局开会、办公的地址或秘密联络点。1933 年在上海被捕，后被营救出狱。1938 年任《新华日报》总经理，后任《晋绥日报》副经理。新中国成立后，担任中国红十字总会副会长，第一至第四届全国政协委员。怀安诗社成员，其诗被收入《十老诗选》。著有《熊瑾玎诗草》。①

5 月

本月，华中师范学院中文系《毛主席诗词浅释》编写组编写《诗词格律常识》。文中说："毛主席的指示，给我国诗歌发展指明了前进的方向，也是我们对待旧诗应有的态度。毛主席说旧诗'束缚思想，又不易学'，就是因为这种诗体要讲究格律。……为了帮助大家更好地学习毛主席诗词，我们现把诗词格律的基本常识作些简单的介绍。"②

7 月

1 日，章士钊病逝于香港，终年 92 岁。章士钊（1881—1973），1881 年生，字行严，号孤桐，湖南长沙人。1902 年入江南陆师学堂，1903 年"废学救国"，参加爱国学社，主笔《苏报》，与陈独秀创办《国民日日报》等。辛亥革命后曾任北洋政府司法总长和教育总长。1925 年复刊《甲寅》反对白话文学，提倡读经救国。新中国成立后，被选为全国人大常务委员会常务委员，任政务院法制委员会委员、中央文史研究馆馆长等职。后赴香港，为和平解决台湾问题而奔走。著有《章士钊诗词集》。《章士钊年谱简编》："7 月 1 日，因病在香港去世，享年 92 岁。"③

---

① 参见刘梦华、唐振南、闵群芳等《熊瑾玎传》，重庆出版社 1992 年版。

② 华中师范学院中文系《毛主席诗词浅释》编写组：《诗词格律常识》，1973 年版，第 1 页。

③ 邹小站：《辛亥著名人物传记丛书·章士钊》，团结出版社 2011 年版，第 222 页。

11 月

28 日，巩绍英病逝于天津，终年 53 岁。巩绍英（1920—1973），辽宁义县清河门镇（今阜新市清河门区）人。“九一八”事变后，于 1935 年前往北平求学，曾参加“一二·九”运动。于 1937 年加入中国共产党，1948 年调入文化教育战线工作，曾任辽北省教育厅副厅长，辽西省文教厅副厅长、厅长。1963 年任南开大学图书馆馆长，从 15 岁正式有诗作见于记载，一直到离世前一月，近 38 年间，巩绍英创作了 600 多首品质上乘的旧体诗、词，传世流布。著有《巩绍英诗词选注》《巩绍英诗词全编》。《巩绍英简历》云：“1973 年 11 月短期回津讲学，28 日午后 7 时 40 分心脏病猝发，在南开大学北村逝世，终年 53 岁。逝世前被任为中国历史博物馆副馆长，未到职。”①

1974 年

2 月

25 日，刘凤梧病逝于安庆，终年 81 岁。刘凤梧（1894—1974），谱名国桐，字威禽，晚年号蕉窗老人、司空遁叟。安徽岳西县人。出身于书香门第，幼习经史。1932 年安徽大学文学院毕业，在安庆多所中学任教。新中国成立后改行行医，后被聘为安徽省文史研究馆馆员。著有《蕉雨轩诗钞》。其子刘梦芙撰《刘公凤梧年谱简编》：“正月病重，不思饮食，医药无效。二月十五日花朝节清晨逝世。”②

---

① 巩绍英：《巩绍英诗词选注》，春风文艺出版社 1993 年版，第 272 页。

② 刘梦芙：《刘公凤梧年谱简编》，见刘凤梧《蕉雨轩诗钞》下册，刘梦芙编，黄山书社 2012 年版，第 618 页。

1975 年

1 月

本月，黄咏雩在西关耀华大街的住宅小院中意外摔到后脑，当晚即离世，终年 73 岁。黄咏雩（1902—1975），字肇沂，号芋园，生于广东南海盐步横江村。其父黄显芝为广州知名粮商，曾出任广东全省商会联合会首届主席，被廖仲恺亲发国民政府嘉奖令，称为“爱国殷商”。1921 年黄咏雩以店员身份成为其父对外交往的助手。1928 年，黄咏雩任广州米糠发行同业公会主席，1929 年递升为广州总商会委员。1930 年，黄咏雩当选广州市米糠发行同业公会主席，并主持广州总商会促进改组同业公会会议。1931 年，黄咏雩当选广州市商会第一届执行委员会委员兼调查科主任。1938 年，日本侵占了华南，黄咏雩携家带子迁居香港。1942 年 1 月，黄咏雩迁回广州，复出任横江小学校长。新中国成立后，黄咏雩定居广州。著有《天蠁楼诗词文集》。其中诗有《芋园诗稿》十卷；词有《天蠁词》四卷，分别题为《横江集》《芋园集》《海日集》《怀古集》。

4 月

2 日，董必武逝世于北京，终年 90 岁。董必武（1886—1975），原名董贤琮，字洁畲，号壁伍，湖北黄安（今红安）人。无产阶级革命家，中国共产党创始人之一，中华人民共和国领导人之一。新中国成立后，历任政务院副总理，中华人民共和国副主席、代主席等职。著有《董必武诗选》等。《董必武年谱》云：“四月二日，晨六时，询问守候在身边的良羽：‘几点钟了？’良羽答：‘六点钟了。’随后发现痰多，排不出来，经抢救无效，于七时五十八分与世长辞。”① 3 月 5 日，他卧床写下绝笔诗七律《九十初度》：“九十光阴瞬息过，吾生多难感蹉跎。五朝弊政皆亲历，一代新规要渐磨。彻底革心兼革面，随人治岭与治河。遵从马列无不胜，深信前途会伐柯。”②

---

① 《董必武年谱》编辑组编：《董必武年谱》，中央文献出版社 1991 年版，第 559 页。

② 《董必武年谱》编辑组编：《董必武年谱》，中央文献出版社 1991 年版，第 559 页。

4 月 29 日，牟宜之逝世于济南，终年 66 岁。牟宜之（1909—1975），曾用名牟乃是，字去非，山东日照人。1925 年加入共青团。1938 年加入中国共产党。1932 年参加日照暴动，后赴日本学习。1935 年回国，任山东日报社社长兼总编辑。抗日战争时任乐陵县县长、鲁北行政委员会主任、挺进纵队司令部秘书长、战时工作推行委员会委员、山东沂蒙区行政公署专员、八路军一一五师参议室主任、山东军区独立第一旅政治部主任。解放战争时期，任新四军兼山东军区驻济南办事处主任，辽东军区司令部秘书长、政治部联络部部长。新中国成立后任济南市建设局局长、中央林业部经营司司长。有手抄诗稿《锥心集》存世。2009 年 1 月人民出版社出版《牟宜之诗》。《国士：牟宜之传》云："不料，就在 4 月 29 日中午，牟宜之病情突然加重，经过长时间的紧急抢救，终告不治，不幸于下午 2 时许与世长辞，享年 66 岁。"①

本年

沪上出现旧体诗词沙龙，诗坛称为"茂南小沙龙"。以陈声聪为首，上海地区的传统文人常聚集在陈家活动雅集，沙龙因陈声聪的寓所在茂名南路而得名。主要成员为寓居上海的老一辈诗人词家，除陈声聪外，另有施蛰存、高仁偶、陈琴趣、周炼霞、张珍怀、包谦六、陈九思、周退密、沈轶刘、富寿荪、徐定戡等人。沙龙活动一直延续到 1987 年。施议对《当代十词人述略》云："陈氏晚年，其书斋号称小沙龙，沪上一批老诗人、老词人，每逢周五，都前去品茶谭艺。例如高仁遇、陈琴趣、沈轶刘、陈九思、施蛰存、周炼霞、包谦六、吕贞白、何之硕、周退密、张珍怀诸辈，皆为其座上宾客。小沙龙盛时，与会者一二十人。谈诗说艺，春风满座。陈氏曾赋七绝一首，记述当时情景：'谭艺清茶一盏同，寒斋亦号小沙龙。题诗早已纱笼壁，胜听阇黎饭后钟。'"② 唐吟方《陈声聪与"茂南小沙龙"》云："'茂南小沙龙'是当时寓居上海的闽南籍老诗人陈声聪发起的，参加者多数为上海的老一辈诗人词家。这个沙龙以研讨传扬旧体诗词为主，大约出现在'文革'后期（1975 年、1976 年前后），延续十多年光景，直到丙寅年（1987）因主持者陈声聪得肺炎住进医院方才落下帷幕。沙龙最鼎盛的时间在 20 世纪 80 年代初。往来者中除了沪上的同道，还有一些来自江浙，更大范围内的交流则依靠书信来传递。通过这

① 清秋子：《国士：牟宜之传》，北京新星出版社 2013 年版，第 406 页。
② 施议对：《当代十词人述略》，载《中华诗词》1990 年第 1 辑。

样的渠道，‘茂南沙龙’成为‘文革’后期延至改革开放初期上海老派文人有名的‘文化派对’之一，也是江浙旧诗词作家的重要营垒，因陈声聪的寓所在茂名南路，诗坛称它为‘茂南小沙龙’。”①

1976 年

1 月

1 月 1 日，《诗刊》复刊，刊登毛泽东《词二首》(《水调歌头·重上井冈山》《念奴娇·鸟儿问答》)。同日刊登这两首词的还有《人民日报》《解放军报》《光明日报》《文汇报》。其后，各大刊物纷纷刊登，《红旗》《北京文艺》《学习与批判》《人民文学》《朝霞》《解放军文艺》《福建文艺》《陕西文艺》《广西文艺》《新疆文艺》《四川文艺》《河南文艺》《江西文艺》《辽宁文艺》第 1 期均有刊登，掀起“学习毛泽东词二首”的热潮：1 月 3 日，《光明日报》发表臧克家《井冈山高望世界——学习毛主席词二首的一点体会》；1 月 5 日，《文汇报》发表谢其规《激越的号角——喜读毛主席的词〈念奴娇·鸟儿问答〉》；1 月 8 日，《光明日报》发表中央乐团为毛泽东《词二首》谱的曲。1 月 18 日，《光明日报》发表高亨《读毛主席的词二首》：《水调歌头·革命进行曲》《念奴娇（鸟儿问答，是一幅，反修斗争图画)》；《人民文学》第 2 期发表《胜利的凯歌 进军的号角——“学习毛主席词二首座谈会”纪要》以及《座谈会发言选登》，该座谈会有《人民戏剧》《人民电影》《人民音乐》《美术》《舞蹈》等北京报刊、大专院校、出版单位、文学艺术研究所等代表与会。沈雁冰作七绝三首，曹靖华作七绝一首，冰心作词一首，叶圣陶作词一首，均为毛泽东词读后感。

2 月

本月，《人民文学》刊登臧克家《忆向阳——五七干校赞歌》三首(《向阳湖》《丰收，送粮入仓》《有怀贫农社员同志》)，此为臧克家为记

① 唐吟方：《陈声聪与“茂南小沙龙”》，载《收藏·拍卖》2008 年第 7 期。

录 1969 年 11 月至 1972 年 10 月在湖北咸宁干校作为“五七战士”开垦向阳湖的生活所作。臧克家共作旧体诗 50 余首，1978 年 3 月，由北京人民出版社出版。臧克家作序《高歌忆向阳》，书后有诗跋：光年《采芝行》、冯至《读〈忆向阳〉二首》。据《高歌忆向阳（序）》：“就这样，酝酿、蓄积了二年的情愫，终于在一九七四年十二月二十五号写下了‘忆向阳’组诗的第一首‘夜闻雨声忆江南’。……从‘夜闻雨声忆江南’到一九七五年四月八日写的‘连队图书馆’，在四个多月的时间里，连续写出了五十多首。’”[①] 序中称此组诗定稿之前（1975 年间），曾油印 60 份，刚发出 20 本就收到警告，不但不敢再发，把已发出的也要了回来。故直到 1976 年这组诗才见刊。[②] 单行本出版后，很快引起回应——姚雪垠作《关于〈忆向阳〉诗集的意见——给臧克家同志的一封信》提出了严厉的批评：“你没有写出时代声音，而是写田园诗，从劳动中找闲适情趣。你自己很得意这些诗，实际上你是用诗人的琴弦弹奏与时代极不和谐的曲调。说得更实在一点，你不仅没有唱出人民的心声，也没有唱出你自己的心声。诗中的感情不是真实的，至少说不完全是真实的。有真实的一面，但也是被你化过妆的感情。有更真实的一面你不肯写出，那倒是最宝贵的。感情真实是抒情诗的灵魂，你所丢掉的正是真实，不然如何能感动读者？”[③]

3 月

11 日，陈寂逝世，终年 76 岁。陈寂（1900—1976），字午堂，一字寂园，自号枕秋生，祖籍广西怀集（今属广东），出生于广东广州。青年时投稿《学衡》杂志，受到吴宓欣赏，刊出其诗词数十首。曾任广西省立第四中学教师、国民党广西省党部干事。后因母亲病重返广州，历任广东省立女子中学、知用中学、台山师范学校、新会县立中学、澳门知用中学教员。1941 年，被聘为中山大学文学院副教授，后为法商学院教授。1948—1949 年主持《广东日报》文艺专栏《岭雅》副刊。新中国成立后

---

① 臧克家：《高歌忆向阳（序）》，见臧克家《忆向阳》，北京人民出版社 1978 年版，第 15－16 页。

② 臧克家：《高歌忆向阳（序）》，见臧克家《忆向阳》，北京人民出版社 1978 年版，第 22 页。

③ 姚雪垠：《关于〈忆向阳〉诗集的意见——给臧克家同志的一封信》，载《上海文学》1979 年第 1 期。

任中山大学中文系教授。[①] 著有《寂园诗词钞》[②]、《鱼尾集》[③]、《鱼尾集二集》[④]、《枕秋阁诗钞》[⑤]、《枕秋阁词》等。《朱庸斋先生年谱》云："十一日，陈寂逝世，享年七十六岁。先生分别致信傅静庵、吴三立等人，告知噩耗。先生有《甘州挽陈寂园》一词悼之。"[⑥] 3 月 14 日，吴三立寄信朱庸斋，信中称誉陈寂："彼能诗能词，早岁曾有词登《学衡》杂志……今无论为诗为词者，都日见罕，寂翁之逝，在粤中文坛，未免减色矣。"[⑦]

4 月

5 日，天安门广场爆发"四五"运动。当天，天安门广场上集结了 200 多万人，进行缅怀周总理的活动。

此事件诞生了大量旧体诗词，并迅速流传，产生了广泛影响。现将"天安门诗词"的出版情况录于下。

1977 年 1 月 8 日，"童怀周"编印《天安门革命诗抄》（油印本）。编者"童怀周"并不是一个人，而是北京第二外语学院汉语教研室的 16 位教师，其中 7 位女性、9 位男性，绝大多数是毕业于新中国成立后至"文革"前夕这 17 年间的大学生或研究生。[⑧] 辽宁大学中文系编写的内部资料《中国当代文学研究资料〈天安门诗抄〉专集》记录了是书的诞生过程："一九七六年十二月，他们中的三个同志贴出了一个倡议书，发起收集天安门诗词，全室十六个同志一起在上面签了字。他们为这个集体取名'童怀周'，意思就是：共同怀念周总理。他们首先在自己的墙报上选登了四十多首，同时把自己收藏的诗词全部汇集起来，共有一百多首，拿去油印。……一九七七年一月八日周总理的第一个忌辰，他们把油印的诗集贴

---

① 陈寂生平参见陈永正撰《枕秋阁诗文集·前言》，见陈寂《枕秋阁诗文集》，陈方编订，陈永正、刘梦芙校，黄山书社 2010 年版，第 1 - 27 页。

② 编定于 1924 年 10 月，所录为发表于《广东商报》文艺专栏的作品，共计 40 余篇。

③ 刊于 1935 年，录诗 71 篇、词 30 阕。

④ 编定于 1949 年冬，卷一录诗 150 余篇，卷二录词 30 余阕。

⑤ 陈寂晚年手订，钞本，收入 1949 年以后所作的诗。卷一录古风、律诗 70 余篇，卷二至卷七为七绝。以题材编排，分为身世、哀痛、感时、端居、纪游、寄人、咏物、咏史、论诗、论词、题画 11 类，共录绝句 1300 余首（见陈永正《枕秋阁诗文集·前言》，黄山书社 2011 年版）。

⑥ 李文约编著：《朱庸斋先生年谱》，香港素茂文化出版有限公司 2012 年版，第 272 页。

⑦ 李文约编著：《朱庸斋先生年谱》，香港素茂文化出版有限公司 2012 年版，第 273 页。

⑧ 辽宁大学中文系编：《中国当代文学研究资料〈天安门诗抄〉专集》，1979 年版，第 1 页。

到了天安门广场上，并且留下了地址和电话号码，发起收集天安门的诗词。”[①] 是书马上获得了热烈的回应：“许多读者通过各种方式，给了我们热情的鼓励和支持，还有不少同志送来了自己去年冒着危险写作或珍藏的革命诗词。他们都希望我们把这项既有现实意义又有历史意义的搜集整理工作继续进行下去。”[②] “在北京，在全国，这个诗集不翼而飞，不胫而走，人们都把它当作喜讯传颂。人民写信、打电话，络绎不绝地登门拜访，表示衷心支持。有的说，我和你们一样，也是‘童怀周’；有的说，如果缺少资金，我们捐献；有的背来一大包纸，说是送来印诗词的。”[③] “天安门诗词”是人们用各种方式收集来的：“人们把自己收藏的诗词送来了，还叙述了许多巧妙保存诗词的故事……”[④]

1977 年 2 月，北京第二外国语学院汉语教研室童怀周编《革命诗抄》（第一集）铅印本出版。是书收入天安门诗词 371 首，其中七言诗 166 首、词 100 首、四言诗 9 首、五言诗 48 首、六言诗 5 首、自由诗 37 首、附录 6 首，其他（歌词、悼词、挽联、誓词、演说词）37 则。是书为 1 月 8 日《天安门革命诗抄》的增订版，改名为《革命诗抄》。出版后“立即受到了广大工农兵和革命干部、革命知识分子的热烈欢迎。这主要不是因为《诗抄》所选的革命诗词有多高的艺术性，而在于它们有强烈的战斗性”[⑤]。

1977 年 7 月，北京第二外国语学院汉语教研室童怀周编《革命诗抄》（第二集）铅印本出版。是书收入诗 169 首，其中自由诗 25 首、四言诗 5 首、五言诗 28 首、六言诗 2 首、七言诗 109 首，另有词 83 首、挽联 42 则、附录（散文）30 则。书前有童怀周“前言”。书后“后记”说：“许多读者通过各种方式，给了我们热情地鼓励和支持，……他们都希望我们把这项既有现实意义又有历史意义的搜集整理工作继续进行下去。在同志们的热情鼓励和大力支持下，我们又编印了《革命诗抄》第二集。”[⑥]

1977 年 12 月，《革命诗抄》（续集）由浙江大学马列主义教研室印

① 徐民和：《〈天安门诗抄〉编者、作者献给中华民族的子子孙孙——访问〈天安门诗抄〉童怀周》，见辽宁大学中文系编《中国当代文学研究资料〈天安门诗抄〉专集》，1979 年版，第 3 页。该文发表于《人民日报》1978 年 11 月 19 日。

② 北京第二外国语学院汉语教研室童怀周编：《革命诗抄》（第一集），1977 年版，第 269 页。

③ 徐民和：《〈天安门诗抄〉编者、作者献给中华民族的子子孙孙——访问〈天安门诗抄〉童怀周》，见辽宁大学中文系编《中国当代文学研究资料〈天安门诗抄〉专集》，1979 年版，第 4 页。

④ 徐民和：《〈天安门诗抄〉编者、作者献给中华民族的子子孙孙——访问〈天安门诗抄〉童怀周》，见辽宁大学中文系编《中国当代文学研究资料〈天安门诗抄〉专集》，1979 年版，第 4 页。

⑤ 北京第二外国语学院汉语教研组编：《革命诗抄》，1977 年版，第 341 页。

⑥ 北京第二外国语学院汉语教研室童怀周编：《革命诗抄》（第二集），1977 年版，第 242 页。

刷。是书为浙江大学翻印《革命诗抄（第二集）》，未做任何改动。

1977 年 12 月，北京第二外国语学院汉语教研室编、西北大学图书馆翻印《革命诗抄》。是书为西北大学图书馆翻印《革命诗抄》第一集和第二集，编为合集。

1977 年 12 月，七机部五〇二研究所、中国科学院自动化所《革命诗抄》编辑组编《革命诗抄》在内部发行。该书在《革命诗抄》及《革命诗抄》（续集）的基础上又增选一部分诗词进行合编，共 967 首：代序 5 首，四言诗 15 首，五言诗 75 首，七言诗 308 首，词 212 首，自由体诗 84 首，挽联、挽词 80 幅，其他（悼词、诔文、歌曲）24 篇，补遗 160 首，附《被“四人帮”歪曲篡改的一首诗的原文》、《读〈诗抄〉有感》（3 首）。赵朴初为该书封面题词。该书后于 1979 年 1 月由中国青年出版社正式出版。

1978 年 4 月，福建林学院马列主义教研室翻印北京第二外国语学院汉语教研室童怀周编《革命诗抄》（第一集）。同年，哈尔滨师范学院图书馆、内蒙古大学图书馆、南京大学政治系中共党史教研组等机构也翻印该书。

1978 年 12 月，人民文学出版社出版童怀周编《天安门诗抄》。是书由华国锋题写书名，共分为三辑，第一辑收诗、词、曲、挽联，第二辑收新体诗，第三辑收悼词、祭词、誓词、散文诗等。童怀周编《天安门诗抄一百首》由百花文艺出版社出版。是书为《天安门诗抄》的精选本。

1979 年 3 月，童怀周编《天安门诗词三百首》由广西人民出版社出版。是书编写的缘由是：“唐诗有三百首的编本，我们也仿此编了天安门诗词三百首。”①

1979 年，《天安门诗抄》出版了多种语言版本：外文版（具体时间不详）、朝鲜文版（3 月）、藏文版（4 月）、蒙文版（5 月）、维吾尔文版（5 月）。

7 月

本月，梅雨清逝世于温州，终年 81 岁。梅雨清（1895—1976），字冷生，笔名微波、孤芳、脉望等，以字行，人称冷生先生，浙江温州人。幼年聪颖，有神童之称。辛亥革命后考入东瓯法政学校，接受革新思想。

---

① 童怀周编：《天安门诗抄三百首》，广西人民出版社 1979 年版，第 172 页。

1920 年与王毓英、夏承焘、陈仲陶等组织文学团体慎社。次年创立词学团体瓯社，先后刊出《瓯社词钞》2 集。1922 年当选为浙江第三届参议员，1925 年兼任浙江省自治法会议代表。后又充任陕西、浙江省厅幕僚。1941 年出任籀园图书馆馆长。新中国成立后，籀园图书馆改为温州市图书馆，梅雨清留任至去世。著有《劲风阁酬唱集》《桃花词》等。其词被叶恭绰辑入《广箧中词》。夏承焘誉其《桃花词》“其中有人是才子”①。“文革”结束后，梅雨清油印《劲风阁酬唱集》《桃花词》分赠好友。后胡福畴辑集《劲风阁遗稿》，收诗文 100 余首。2006 年 12 月，上海社会科学院出版社出版由梅雨清撰、潘国存编的《梅冷生集》，编为 5 卷，卷二为诗，卷三为词。

9 月

9 月 9 日，毛泽东病逝于北京，终年 83 岁。毛泽东（1893—1976），字润之，笔名子任，湖南韶山人。伟大的马克思主义者，无产阶级革命家、战略家、理论家。中国共产党、中华人民共和国、中国人民解放军的主要缔造者。1949—1976 年任党和国家最高领导人。著有《毛泽东选集》《毛泽东诗词》等。本日，中共中央、全国人大常委会、国务院、中央军委发布《告全党全军全国各族人民书》，宣告：“中国共产党中央委员会主席、中国共产党中央军事委员会主席和中国人民政治协商会议全国委员会名誉主席毛泽东逝世。”②

1977 年

1 月

本月，周恩来逝世一周年，其纪念诗词被大量刊载。1 月 7 日，《文汇报》发表，刘大杰题为《怀念周总理　观看〈敬爱的周恩来总理永垂不朽〉彩色纪录片感赋》的词二首（《蝶恋花》《卜算子》）；1 月 9 日，

① 梅冷生撰：《梅冷生集》，潘国存编，上海社会科学院出版社 2006 年版，第 9 页“前言”。

② 中共中央文献研究室编：《毛泽东年谱 1949—1976》第 6 卷，中央文献出版社 2013 年版，第 652 页。

《人民日报》第4版发表郭沫若的《念奴娇·怀念周总理》《七律·怀念周总理》;《诗刊》1977年第1期发表马国征《瞻仰梅园新村周总理故居》二首、林林《满江红·怀念周总理》、胡厥文《悼念周恩来总理诗三首》、赵朴初的《诗三首》。《安徽文学》第1期发表张涤华《七绝三首——周总理逝世一周年，作此志悼》、宋亦英《沁园春·悼念周恩来总理》及《（沁园春）前调·就粉碎“四人帮”告慰周总理》二首、刘夜烽《水调歌头·纪念周总理逝世一周年》二首。《诗刊》社和中央人民广播电台还举办了《周总理永远活在我们心中》诗歌朗诵演唱会。

3月

15日，高二适病逝于南京，终年74岁。高二适（1903—1977），原名锡璜，后改名二适，号舒凫、高亭主人、瘖盦、麻铁道人等。学者、诗人、书法家，尤擅草书。因家贫，由扬州江苏省立第五师范学校辍学回乡，任本乡立达国民学校教员，18岁任校长。25岁考入上海正风文学院，一年后考入北平研究院国学研究门为国学研究生。后历任国民政府侨务委员会办事员、立法院秘书科科员，兼任朝阳文学院和建国法商学院教授。新中国成立后，任职于南京工专上海分校、华东交通专科学校、华东水利学院图书馆。1963年被聘为江苏省文史研究馆馆员。[①] 著有《瘖盦诗存》《舒凫诗存》等。《高二适先生年谱简编》云：“一九七七年三月十五日夜，病逝于南京。”[②]

4月

本月，《陈毅诗词选集》由人民文学出版社出版。是书收陈毅作品150篇，陈毅夫人张茜作序，分为“红军时期”“抗日战争时期”“解放战争时期”“社会主义革命与社会主义建设时期”四辑。书后附陈毅《给罗生特同志的信》、张茜《陈毅同志诗词选集编成题后二首》。

---

① 高二适生平参见尹树人《高二适先生年谱简编》，见高二适《高二适诗存》，李静凤编校，黄山书社2011年版，第228－238页。

② 尹树人:《高二适先生年谱简编》，见高二适《高二适诗存》，李静凤编校，黄山书社2011年版，第238页。

5 月

25 日，《人民日报》发表《陈毅同志诗词选》，其“编者按”云：“《陈毅诗词选集》已由人民文学的出版社正式出版。……陈毅同志的诗词，体现了他的彻底的革命精神和高贵的思想品质，为广大工农兵所喜爱和称颂。……现在趁《陈毅诗词选集》出版的时候，我们特选载一部分，同广大读者一起学习，以表达对陈毅同志的深切怀念。”① 第 2 版发表了陈毅的《三十五岁生日寄怀》《梅岭三章》《卫岗初战》《孟良崮战役》《读时下杂文，因忆鲁迅，为长歌志威》《枣园曲》《示丹淮，并告昊苏、小鲁、小珊》《六十三岁生日述怀》《题西山红叶》。

6 月

27 日，沈祖棻因车祸逝世，终年 68 岁。沈祖棻（1909—1977），字子苾，江苏苏州人，原籍浙江海盐。中央大学中文系毕业。历任南京金陵大学、南京师范学院、武汉大学教授。② 程千帆③之妻。著有《涉江词》《涉江诗》。程千帆《涉江词稿跋》云：“沈祖棻六月二十七日，觏逢车祸，逝世武昌，逾月，葬于石门峰公寓。”④ 时人誉沈祖棻为“当代李清照”。其词学汪东，汪东在《寄庵随笔》中云：“余女弟子能词者，海盐沈祖棻第一，有《涉江词》传钞遍海内，其《蝶恋花》《临江仙》诸阙，杂置《阳春集》中，几不可辨。”《涉江词稿序》评沈祖棻词有三变：“方其肄业上庠，覃思多暇，摹绘景物，才情妍妙，故其辞窈然以舒。迨遭世板荡，奔窜殊域，骨肉凋谢之痛，思妇离别之感，国忧家恤，萃此一身……故其辞沉咽而多风。寇难旋夷……政治日坏，民生日艰……加以弱质善病，意气不扬，灵襟绮思，都成灰槁，故其辞澹而弥哀。”⑤ 钱仲联

① 《人民日报》1977 年 5 月 25 日第 2 版。

② 钱理群、袁本良注评：《二十世纪诗词注评》，广西师范大学出版社 2005 年版，第 301 页。

③ 程千帆（1913—2000），原名会昌，号闲堂，湖南宁乡人。1936 年于毕业金陵大学中文系。曾任武汉大学、南京大学中文系教授，江苏省文史研究馆馆长。著有《闲堂诗存》《古诗今选》《古诗考索》等。

④ 沈祖棻：《沈祖棻全集 · 沈祖棻诗词集》，程千帆笺，张春晓编，河北教育出版社 2000 年版，第 117 页。

⑤ 沈祖棻：《沈祖棻全集 · 沈祖棻诗词集》，程千帆笺，张春晓编，河北教育出版社 2000 年版，第 3 页。

《近百年词坛点将录》《近百年诗坛点将录》点其为“地彗星一丈青扈三娘”，云：“涉江诗稿，近体多绝代销魂之作”①，“子苾女词人，出王旭初门，能传旭初词学……三百年来林下作，秋波临去尚消魂”②。

9 月

21 日，徐翼存病逝于陕西杨凌，终年 84 岁。徐翼存（1893—1977），原名瑱，又名声懿，晚号持半偈庐老人，安徽合肥人，祖籍江苏溧水。幼承庭训，博览经史。1907 年入合肥的安徽省立第三女子师范学校就读。1914 年适王翰存，王翰存于北京大学中文系毕业后入外交部工作，徐翼存后随夫婿赴西安，王翰存为杨虎城幕僚。新中国成立后，迁居南京。1950 年王翰存去世，后长子、幼子先后病故，晚年生活凄凉。著有《南华仙馆诗集》《秦声集》《持半偈庐诗集》等。2005 年 11 月，其孙王晓琪、王平易编注的《徐翼存诗词选辑》由世界图书出版公司西安公司出版发行，选作品 400 首，分为《与诗同行》《与诗交友》《诗痕溢彩》《诗魂悟世》《诗系亲情》《词作选粹》《佳句集锦》七辑，章必功作前言《人去翰墨在　诗留天地香——读〈徐翼存诗词选辑〉》，书后附王朝暲《伟哉，吾母》、编委会《跋》、《徐清平挽徐翼存手书》、《徐翼存创作年表》。

10 月

本月，《董必武诗选》由人民文学出版社出版。是书编排简单，无前序后记，亦无编写说明。1986 年 3 月，人民文学出版社再次出版《董必武诗选》，其“出版说明”云：“一九七七年出版的《董必武诗选》，由于种种原因，一些重要作品未能收入，更为重要的是因为以后才发现董老自己保存的一批手稿，其中绝大多数从未发表过，为一般人所不知晓。”③是书选收诗 157 题，其中 73 题为新近发现。由牛立志、董良翚进行稿件搜集、编选、整理、核对，刘岚山、林东海协助编定。

---

① 钱仲联：《当代学者自选文库 · 钱仲联卷》，安徽教育出版社 1999 年版，第 688 页。

② 钱仲联：《梦苕庵清代文学论集》，齐鲁书社 1983 年版，第 177 页。

③ 董必武：《董必武诗选》，人民文学出版社 1986 年版，第 1 页“出版说明”。

11月

26日，刘大杰病逝于上海，终年73岁。刘大杰（1904—1977），笔名大杰、雪容女士、绿蕉等，湖南岳阳人。1922年入武昌高等师范学校，从学于黄侃、胡小石、郁达夫诸先生。1926年赴日本早稻田大学研究科文学部就读。1930年回国后，先后任上海大东书局编辑，复旦大学、安徽大学教授，四川大学中文系主任，暨南大学文学院院长等职。新中国成立后，任复旦大学教授、中国作协上海分会副主席、中国文联常委、农工党上海市委副主委、第四届全国政协委员等。毕生从事文学史的研究、教学和文学创作。1934年，北新书局出版《春波楼诗词》，分为《春波楼诗》《春波楼词》两卷，收诗70首、词54首。书前有作者自序。

12月

12月31日，《人民日报》《光明日报》刊载《毛主席给陈毅同志谈诗的一封信》，在京诗歌界、文艺界人士举行学习该信的座谈会。同日，《人民日报》刊载林默涵《读毛主席的谈诗的信》，《光明日报》刊载赵朴初《亲切的教导，巨大的鼓励》、阮章竞《航灯》。《北京日报》刊载《毛主席的信必将召来文艺界百花争艳的春天——在京的诗歌界、文艺界人士举行座谈会，畅谈学习〈毛主席给陈毅同志谈诗的一封信〉》。该信写于1965年7月1日，信中说："又诗要用形象思维，不能如散文那样直说，所以比、兴两法是不能不用的。赋也可以用……要作今诗，则要用形象思维方法，反映阶级斗争与生产斗争，古典绝不能要。但用白话写诗，几十年来，迄无成功。"①

该信刊载后，引起诸多回应：《诗刊》1978年第1期转载该信并刊载《毛主席仍在指挥我们战斗——学习〈毛主席给陈毅同志谈诗的一封信〉座谈会纪要》以及臧克家《论遗典在——学习〈毛主席给陈毅同志谈诗的一封信〉》、李瑛《指路的明灯，强大的武器》；1978年1月6日，《文汇报》刊登《沿着毛主席指出的方向繁荣诗歌创作——〈上海文艺〉编辑部日前召开座谈会》，《解放日报》刊登《沿着毛主席指引的方向去努力战斗——〈上海文艺〉编辑部邀请本市诗歌界、文艺界人士座谈学习

---

① 《毛主席给陈毅同志谈诗的一封信》，载《人民日报》1977年12月31日。

〈毛主席给陈毅同志谈诗的一封信〉的体会》；1978年1月30日，《文汇报》刊登姜彬《繁荣诗歌的金钥匙——〈毛主席给陈毅同志谈诗的一封信〉学习笔记》；《江西文艺》《四川文艺》《山西日报》《上海文艺》《天津文艺》《辽宁文艺》《青岛文艺》《江西日报》《宁夏日报》《宁夏文艺》《延河》《群众艺术》《湘江文艺》《山西群众文艺》《河南文艺》《黑龙江文艺》《哈尔滨文艺》《内蒙古文艺》《浙江文艺》等报刊纷纷举办学习座谈会，并刊发座谈会纪要及学习报告。湖南、江西、安徽、广东等省份文化界先后召开座谈会。据《全国报刊文学论文索引（1977—1979）》统计，有400余篇文章围绕该信及“形象思维”讨论。①

1978年

1月

17日，吴宓病逝于泾阳，终年85岁。吴宓（1894—1978），初名玉衡，字雨僧，陕西泾阳人。早年就读清华学校。1917年留学美国，获哈佛大学文学硕士学位。1921年发起成立学衡社，创立刊物《学衡》，共出版79期，为总编辑。1941年被国民政府教育部聘为首批部聘教授。1943—1944年任西南联大外文系代理主任，1944年在燕京大学（抗日战争时期在成都办学）任教，1945年任四川大学外文系教授，1946年任武汉大学外文系主任。新中国成立后，任教于西南师范学院。1977年被胞妹吴须曼领回陕西老家养病，直至辞世。② 著有《吴宓诗集》《吴宓诗话》等。③ 傅宏星《吴宓年谱简编》云：“1月17日凌晨三时，先生病故于陕

① 参见中国社会科学院文学研究所图书馆资料室编《全国报刊文学论文索引（1977—1979）》，中国人民大学书报资料社1982年版，第21－29页。

② 吴宓生平参见张宏撰《吴宓生平大事年表》，见张宏《吴宓——理想的使者》，北京出版社出版集团、文津出版社2005年版，第299－307页。

③ 吴宓生前有自编诗集，1935年由上海中华书局印行。“文革”结束后，后人竭力搜集，重新编订《吴宓诗集》，2004年由商务印书馆出版，共20卷，依次为《故园集》《清华集上》《清华集下》《美洲集》《金陵集》《辽东集》《京国集上》《西征杂诗》《京国集下》《南游杂诗》《故都集上》《欧游杂诗》《故都集下》《南渡集》《昆明集》《入蜀集》《武汉集》《渝碚集上》《老游集》《渝碚集下》，收入1908—1973年旧体诗约1500首、词33首。

西泾阳。”①

5 月

15 日，沈祖棻《涉江诗稿》《涉江词稿》由程千帆于南京自费油印。《程千帆沈祖棻年谱长编》云：“5 月 15 日，程千帆将沈祖棻《涉江诗》《涉江词》着手自费油印出版。”② 程千帆在《闲堂书简》中称，“诗词各印四百册”。《涉江词稿》五卷，封面由唐圭璋题名，并有唐圭璋印，内有文骏作后记，并有陆维钊题“涉江词稿五卷”，有汪东 1949 年序、程千帆 1978 年序。录章士钊、沈尹默、佘贤勋、汪东、姚鹓雏、刘永济、庞俊、夏承焘、施蛰存、周昌枢、程千帆等人题咏。又印《涉江诗稿》四卷。之后，《涉江词》于 1982 年 2 月由湖南人民出版社出版，收 1933—1949 年所作词 389 首，分为甲稿 64 首、乙稿 104 首、丙稿 112 首、丁稿 58 首、戊稿 51 首，由夏承焘题名，并有“瞿禅”印，书前有汪东《涉江词序》，词集后附诸家题咏《涉江词》18 首、程千帆《涉江词跋》及黄裳的《涉江词》评析。《涉江诗》于 1985 年 2 月由福建人民出版社出版。程千帆叙录云：“其涉江词稿五卷、涉江诗稿四卷，初在南京油印，旋又分别在长沙、福州出版。”③ 1994 年，江苏古籍出版社将两书合编为《沈祖棻诗词集》，其中《涉江词稿》五卷、《涉江词外集》一卷、《涉江诗稿》四卷，并由程千帆笺注。程千帆于卷首云：“别有词外集一卷，盖定稿时所删汰者，则近岁始由老友施蛰存先生刊之词学。”④ 增加朱光潜、林思进二人题咏，钱仲联《近百年诗坛点将录》和《近百年词坛点将录》两篇点评，以及三篇附录：舒芜《前无古人的笺注》、舒芜为《沈祖棻创作选集》所作之序和程千帆《沈祖棻小传》。此书于 1996 年、2000 年重印。2000 年，河北教育出版社出版《沈祖棻文集》，共四本，其一为《涉江诗词集》，增加张春晓序和后记，2001 年重印。

本月，沈钧儒《寥寥集》由生活·读书·新知三联书店出版。是书前有《董必武副主席的悼词》、朱德《悼沈衡山先生》诗、董必武《挽沈衡山先生》诗、陈毅《追悼沈衡山先生》四首，并有宋庆龄“序言”、邹韬

---

① 傅宏星：《吴宓评传》，华中师范大学出版社 2008 年版，第 382 页。又张宏撰《吴宓生平大事年表》云：“1 月 17 日，（吴宓）病逝于泾阳。”（见张宏《吴宓——理想的使者》，北京出版社出版集团、文津出版社 2005 年版，第 307 页）

② 徐有富：《程千帆沈祖棻年谱长编》，南京大学出版社 2013 年版，第 276 页。

③ 沈祖棻：《沈祖棻诗词集》，程千帆笺，江苏古籍出版社 1994 年版，“总目”。

④ 沈祖棻：《沈祖棻诗词集》，程千帆笺，江苏古籍出版社 1994 年版，“总目”。

奋《读沈先生的诗》、作者“自序”和“再版自序”，含“抗日战争以前”“被捕入狱在苏州时”“抗日战争时期”“全国解放前后”四辑。书后有郭沫若“跋”。“编注后记”说明其版本情况：“《寥寥集》初版于一九三八年六月，是由生活书店出版的……后来，一九四四年十月在重庆再版时，改归峨嵋出版社出版，分为普及本和精装本两种……抗日战争胜利后，一九四六年五月在上海印行三版，因峨嵋出版社已经结束，故改归艺术书店出版，生活书店经售。”① 本书为第四版（再版），对诗的编排改为按照写作年代的顺序合并为四部分，并做了必要的注释。

6 月

6 月 12 日，郭沫若于北京病逝，终年 86 岁。郭沫若（1892—1978），原名郭开贞，笔名郭鼎堂、麦克昂等，四川乐山人。诗人、剧作家、历史学家。1914 年留学日本九州帝国医科大学。1921 年出版新诗集《女神》，与郁达夫、成仿吾等组建创造社。1926 年任国民革命军政治部副主任，翌年参与南昌起义并加入中国共产党。抗日战争全面爆发后任救亡日报社社长、中华全国文艺界抗敌协会理事、国民党军事委员会政治部第三厅厅长和文化工作委员会主任等职。新中国成立后，任中国科学院院长、中国文联主席、全国人大常委会副委员长等职。著有《长春集》《潮汐集》《东风集》等。《郭沫若年谱》云：“（十二日）十六时五十分，郭沫若的心脏停止了跳动。”②

郭沫若去世后，各大刊物发表旧体诗词悼念郭沫若：6 月 18 日，《人民日报》发表傅钟《悼念郭沫若同志》（五古）、赵朴初《郭沫若同志挽诗》（七律）；《文汇报》发表郭绍虞《哀悼郭沫若同志——调寄踏莎行》。20 日，《光明日报》发表赵丹《敬悼郭老》（七律）；《文汇报》发表苏步青《郭沫若院长挽诗》（五古）、端木蕻良《郭老逝世敬致小诗以志哀思》（七律）。21 日，《人民日报》发表郭沫若遗作《水调歌头・贺五届人大、五届政协胜利召开》。25 日，《文汇报》发表夏征农《悼郭沫若同志》（七古）。《诗刊》7 月号刊登赵朴初《悼郭沫若同志》（七律）、杜宣《悼郭老（四首）》（七绝）、林林《忆秦娥・敬悼郭沫若同志》、邓光《悼郭老》（七律）。

---

① 沈钧儒：《寥寥集》，沈叔年编，生活・读书・新知三联书店 1978 年版，第 171－174 页。
② 龚继民、方仁念：《郭沫若年谱》，天津人民出版社 1992 年版，第 1497 页。

9 月

9 月 9 日，《人民日报》《光明日报》《文汇报》同时发表毛泽东诗词三首：《贺新郎》（即《贺新郎·别友》）、《七律·吊罗荣桓同志》、《贺新郎·读史》。这三首诗词后被《天津文学》（第 8、9 期合刊）、《广西文艺》第 7 期、《边疆文艺》第 7 期、《诗刊》第 10 期、《山东文艺》第 10 期、《雨花》第 10 期转载。

10 月

10 月 22 日，野草诗社于北京成立。诗社成员为萧军、姜椿芳、楼适夷、张报、汤苇之、金常政、杨小凯、王亚平、吕千飞、张执一。[①] 据诗社创始人之一张报回忆：“1978 年一个秋高气爽的晚上，姜椿芳、楼适夷、金常政和我一起到北京银锭桥西海北楼的‘蜗蜗居’去拜访萧老，并提出成立一个同仁诗社的设想，他表示热烈赞同与支持。之后不久，1978 年 10 月 22 日晚上，诗社就在萧老家开成立会。会上，我曾建议诗社名为‘十月’，但经过讨论，大家觉得这个名称缺乏诗味，没有通过。接着，萧老建议名为‘野草’，取意于鲁迅的名著和白乐天‘野火烧不尽，春风吹又生’的诗句。这个建议得到大家的一致赞同，‘野草诗社’从而正式成立。”[②] 王德芬《我和萧军五十年》叙野草诗社成立一事：“1978 年 10 月 22 日，萧军和诗友大百科全书出版社姜椿芳、中央编译局的张报、人民文学出版社的楼适夷、戏剧家汤苇之、诗人王亚平，还有金常政和杨小凯等人，在我家‘银锭桥西海北楼’上，召开了‘野草诗社’成立大会，萧耘、王建中二人任秘书，萧燕负责摄影。决定每个月轮流在诗友家集会一次，把每个人作的诗词交流朗诵一遍，不定期地出版《野草诗集》留作纪念。”[③] 当日，萧军写作七律《题“野草诗社”并叙》，姜椿芳、楼适夷、张报、汤苇之、金常政、杨小凯同题唱和。此后诗社定期举行雅集，

---

① 社员名单据张报《萧军与野草诗社》，见梁山丁主编《萧军纪念集》，春风文艺出版社 1990 年版，第 326 页。另，野草诗社编《野草诗词选》（新华出版社 1987 年版）第 1 页“致读者”云：“诗社成立之初，只有社员七人。”这七人或为成立当日萧军及与他唱和的姜椿芳、楼适夷、张报、汤苇之、金常政、杨小凯。

② 参见张报《萧军与野草诗社》，见梁山丁主编《萧军纪念集》，春风文艺出版社 1990 年版，第 326 页。

③ 王德芬：《我和萧军五十年》，中国工人出版社 2008 年版，第 244 – 245 页。

参与人数日益增多。1979 年年初，萧耘复写诗友诗词，装订成册，名为《野草诗刊》（创刊号），为铅印出版的《野草诗辑》的前身。① 1980 年起，社刊《野草诗辑》由社友自费出版。1987 年，新华出版社出版《野草诗词选》，是《野草诗辑》1 ～ 6 辑中作品的选录。

本月，龙榆生《唐宋词格律》由上海古籍出版社出版。是书为填词之词谱，依韵脚分类，分为“平韵格”“仄韵格”“平仄韵转格”“平仄韵通叶格”“平仄韵错叶格”五格，收词牌 150 余调，为唐宋词中常见词牌，并附有“定格”和“变格”，标明句读、平仄及韵位，此外，视每一格传世名作多寡，选一阕或若干阕示例。书后附《词韵简编》。2001 年 12 月、2004 年 4 月、2007 年 11 月、2010 年 3 月、2014 年 7 月，上海古籍出版社五次再版本书。

11 月

11 月 16 日，《人民日报》第 4 版刊登报道《声讨‘四人帮’的战斗呐喊　革命文学史上的丰碑〈天安门诗抄〉即将出版》，并于 17 日发表童怀周《革命人民的呐喊——〈天安门诗抄〉前言》，刊登三十首天安门诗词：词《浣溪沙》《诉衷情》《阮郎归》《如梦令》，四言诗《赞总理》，五律《碑树人心中》，古风《花下诗》，五绝《悼总理》《扬眉剑出鞘》，七律《誓和“白骨”斗到底》，七古《呐喊》，杨卫东（原北京第二机床厂工人）七古《谁说清明是“四旧”》、五言排律《愤讨》、古风《纪念碑下的誓言》，孙正懿（北京崇文区化学纤维厂）七绝《斩河妖》、六言诗《擒妖甘献我头》，陈学洪（北京曙光电机厂）七律《誓斩妖孽接旌旗》、四言诗《劝某君》、《七言诗十二首》。17 日，《光明日报》刊登天安门革命诗词二十六首：《人民的总理人民爱》（七绝两首、七律五首、七古一首）、《不除妖魔誓不休》（五绝一首、七绝十首、七律三首、七古一首、四言诗一首）、《渔家傲》、《如梦令》。《文汇报》刊登两首：五绝《且看英雄碑》、古风《丹心照万代》。19 日，《人民日报》第 1 版刊登报道《华国锋主席为〈天安门诗抄〉题写书名》，第 3 版发表徐民和《献给中华民族的子子孙孙——访问〈天安门诗抄〉编者童怀周》。12 月 20 日，《人民文学》发表《天安门诗抄》十四首。

---

① 张报：《萧军与野草诗社》，见梁山丁主编《萧军纪念集》，春风文艺出版社 1990 年版，第 326 页。

12月

本月，《二七广场诗抄》由河南人民出版社出版。是书为1976年清明节期间，郑州市人民群众云集二七广场，沉痛悼念周总理，愤怒声讨“四人帮”的诗文集。其中收五言诗十首、七言诗十四首、词八首，另有悼词、祭文、挽联、新诗等。

1979年

1月

1月14日至1月20日，《诗刊》编辑部在北京召集全国诗歌创作座谈会。100多名诗人和民间、民族歌手与会，由《诗刊》主编严辰、副主编邹荻帆、柯岩主持。“这是近三十年来新中国诗歌界一次空前的集会。”①

2月

2月，《十老诗选》（朱德、董必武、林伯渠、续范亭、李木庵、熊瑾玎、钱来苏、徐特立、吴玉章、谢觉哉诗选）由中国青年出版社出版。叶剑英题签，周振甫注释。是书收诗350余首，为“一九六二年在董老的热情赞助和具体指示下，着手进行本书的编选工作。十老名单是由董老与朱德同志一起商定的，其中朱德、吴玉章、徐特立、谢觉哉、熊瑾玎五位同志的诗由作者自选；董必武、钱来苏两位同志的诗由有关同志选后经本人核定；林伯渠同志的诗由家属初选后经董老补充核定，陈毅同志也曾过目；续范亭、李木庵同志的诗由家属选定”②。

---

① 於可训、李遇春主编：《中国文学编年史·当代卷》，湖南人民出版社2006年版，第331页。

② 朱德等：《十老诗选》，中国青年出版社1979年版，“出版说明”。

1980 年

1 月

4 日，徐英逝世，终年 78 岁。徐英（1902—1980），字澄宇，湖北汉川人。早年师从章太炎、林损、黄侃等人，并与吴宓、潘伯鹰、许君武、台静农等人交善，卒业于北平中国大学哲学系。曾任教于上海交通大学、暨南大学、大夏大学、安徽大学、中央大学、中央政治大学等。新中国成立后任教于上海东吴法学院、复旦大学中文系，1961 年被聘为上海市文史研究馆馆员。[①] 1964 年，徐英由于发表不当言论被捕关押，“文革”开始后被判刑，在安徽茅岭农场接受劳改。1979 年年底，徐英获得平反。其所著《徐澄宇诗集》出版于抗日战争全面爆发之前；《诗法通微》于民国三十二年（1943）由正中书局出版，黄山书社 2011 年 3 月出版汪茂荣点校本；《澄碧草堂集》为徐英、陈家庆夫妇诗、词、文合集，由刘梦芙编校，黄山书社 2012 年出版。徐英长子徐永端《先父徐澄宇先生先母陈家庆夫人年谱简编》：“一九八〇年，元旦过后三日，父亲逝世。”[②]

27 日，洞庭诗社在湖南省岳阳市成立。社长文家驹，社刊《洞庭诗词》。文家驹作《洞庭诗社成立口占二绝为贺》。至 1991 年，洞庭诗社有社员 99 人。1991 年 6 月 17 日，洞庭诗社在岳阳楼举行国际龙舟节诗人联谊会。洞庭诗社编辑出版了《屈原颂》，印 5000 册，分送中央及省、市各级领导，并发行至海外 30 多个国家和地区。1991—1996 年，先后举办 3 期诗词学习班，培训新诗人 110 余人，其中青年诗人 30 余人。至 1996 年底，社员发展到 170 人，《洞庭诗词》出版第十四集，并出版了《后乐吟》《听涛吟》两本诗词集。公开出版的个人诗集有李曙初的《锦葵吟》《李曙初诗文选》，熊楚剑的《鹿洞吟草》，赵石麟、王昌立的《中国诗词故事》，朱培高的《中国古代文学流派辞典》，杨克辉的《春和吟草》等。《诗刊》《中华诗词》《中华诗词年鉴》《华夏吟友》《当代诗词撷英》《当

---

① 徐英生平参见徐永端《先父徐澄宇先生先母陈家庆夫人年谱简编》，见徐英、陈家庆《澄碧草堂集》，刘梦芙编校，黄山书社 2012 年版，第 295 - 306 页。

② 徐永端：《先父徐澄宇先生先母陈家庆夫人年谱简编》，见徐英、陈家庆《澄碧草堂集》，刘梦芙编校，黄山书社 2012 年版，第 306 页。

代名家诗词大典》《现代千家诗》《当代诗词点评》《当世百家律诗选》和各省、市、自治区诗刊，中国台湾、香港、澳门地区以及美国、日本、新加坡、马来西亚等国家的报刊均选登过洞庭诗社社员的诗词。

本月，嘤鸣诗社在湖南省长沙市成立。社长宋槐芳。该社本是一个民间布衣诗社，由几位志同道合的诗友即宋槐芳、吴淑羽、史鹏（常称“三元老”）发起，交流诗词创作，倡议每季出一本油印诗集，定名为《嘤鸣集》。诗集形式虽简陋，但质量颇佳，反响较好，吸引了国内很多名家相继来稿，办刊伊始，就有了名家效应。后经北京潘祐周教授和香港廖仲周博士建议，从第 31 期起改为铅印，后又改为胶印。诗社拥有较为固定的诗友数百余人，其中包括德国、美国、加拿大、朝鲜、日本、新加坡、马来西亚、印尼等国诗友以及中国港澳台地区诗友。诗社先后举行了诗社成立十周年、二十周年庆典及《嘤鸣集》百期庆典暨“长沙园林颂”诗词吟唱活动。在全国性的诗词大赛中，长沙嘤鸣诗友王巨农、胡出类、熊东遨、刘人寿、刘克醇、祝钦坡、史鹏等人均有夺冠纪录。《嘤鸣集》的办刊经费依靠自筹，编委会曾先后四易主编，依序为宋槐芳、易仲威、符乃若、黄琳。

2 月

本月，《社会科学战线》第 2 期发表姚雪垠《中国现代文学史的另一种编写方法》，文章提出“大文学史”的编写方法，认为文学史要涵盖“五四新文学运动以来的旧体诗、词”，如柳亚子、苏曼殊这类“人数不少，不写白话作品，却以旧体诗、词蜚声文苑，受到重视，也应该在现代文学史中有适当地位”。[①] 其后引发了关于“旧体诗词入史论”的讨论。唐弢对此表示明确反对：“我们在‘五四’精神哺育下成长起来的人，现在怎能又回过头去提倡写旧体诗？不应该走回头路。所以，现代文学史完全没有必要把旧体诗放在里面作一个部分来讲。”[②] 1984 年，谢云的《一个不应忽视的课题：关于新时代的旧体诗研究》指出旧体诗研究已成为必须正视的课题。倪墨在 1985 年第 5 期的《书林》上发表《不应忽视旧体诗在现代诗歌中的地位》。1987 年，毛大风相继发表了《旧体诗六十年概述》和《现代旧体诗的历史地位》，认为现代文学史“只谈新诗，不谈旧体诗，是极不公正的，是违反历史主义的原则的”，并呼吁“建议我国文

---

① 姚雪垠：《中国现代文学史的另一种编写方法》，载《社会科学战线》1980 年第 2 期。

② 唐弢：《唐弢文集·文学评论卷》，社会科学文献出版社 1995 年版，第 379 – 380 页。

学界、诗学界，现在不妨就‘现代旧体诗的历史地位问题’开展一次学术讨论”。[①] 同年，丁芒《从当代诗歌总体论旧体诗词的社会价值》[②]、胡守仁《从中国诗的历史看旧体诗的发展前途》[③] 等也参与了讨论。

3 月

本月，陕西人民出版社出版李石涵编《怀安诗社诗选》。怀安诗社是1941 年 9 月 5 日由林伯渠在延水雅集上倡议成立的，其宗旨为利用旧形式，装置新内容，用诗歌作为宣传武器，配合革命形势，激励抗日战争。参与者为陕甘宁边区政府各部门干部、来延安学习的各根据地干部和边区参议员中的几位地方耆老。[④] 是书所选诗作见于怀安诗社存稿，采取按事立类、分诗入类的编法，共有延水雅集、边区采风录、南泥湾纪游、学习与讨论等 11 辑。

5 月

本月，西湖诗社在浙江省杭州市成立。由叶知秋、朱玉吾、刘操南、宋德甫、张学理、徐勉等人发起，社长为蔡堡，成立时有社员 52 人，社址为杭州市庆春路尚德里 1 号。诗社于清明、端午、中秋、重阳等节日举行雅集。1982 年 6 月，社刊《西湖诗社吟草》创刊。1999 年，更名为浙江省西湖诗社。1990 年诗社成立十周年、1997 年 10 月党的十五大胜利召开、1999 年 9 月中华人民共和国成立 50 周年暨迎澳门回归，诗社三次编印特刊。2000 年，诗社成立 20 周年，编印诗词选集《西湖引》。1984 年春，西湖诗社社员方春阳、王翼奇、徐儒宗、徐弘道、吴亚卿、蒋杏沾等人组成“六桥诗社”，每年举行春、夏、秋、冬四次雅集，并有社课，至1997 年夏止，出版作品集 54 辑。[⑤]

---

① 毛大风：《现代旧体诗的历史地位》，载《群言》1987 年第 4 期。

② 丁芒：《从当代诗歌总体论旧体诗词的社会价值》，载《浙江学刊》1987 年第 2 期。

③ 胡守仁：《从中国诗的历史看旧体诗的发展前途》，载《江西师范大学学报》1987 年第 4 期。

④ 参见叶镜吾《怀安诗社概述》，见李石涵编《怀安诗社诗选》，陕西人民出版社 1980 年版，第 292 页。

⑤ 参见霍松林主编《中国当代诗词艺术家大辞典 · 诗词界》，中州古籍出版社 2001 年版，第 27 页。

6月

本月，陈寅恪《寒柳堂集·附寅恪先生诗存》由上海古籍出版社出版。《寒柳堂集》为《陈寅恪先生文集》中的一本，其中附有《寅恪先生诗存》。辑录者蒋大枢云："寅恪先生逝世前，唐晓莹师母曾手写先生诗集三册，一九六七年后因故遗失。现就本人手边所有丛残旧稿，按时间先后，录存若干篇。藉见先生诗之梗概云尔。"[①] 1993年4月，清华大学出版社单独出版了《陈寅恪诗集·附唐筼诗集》，编者为陈寅恪之女陈美延、陈流求。后记中，陈氏姐妹提及《寒柳堂集》中的诗稿，是她们在"文革"结束后"为寻找、归还佚稿而多方奔走呼吁"，终于"取回大部分文稿和少数诗稿"并"将全部稿件交给父亲生前亲自嘱托的蒋天枢先生"。[②]《陈寅恪诗集·附唐筼诗集》收录了《寅恪先生诗存》中诗作，并增加了一些辑稿。是书后记中陈氏姐妹云："书中所发表的先父诗作，除《寅恪先生诗存》已刊出者外，并增加了我们姐妹自'文革'后十余年来多方设法收集的父母诗稿。编排顺序，大体上是按照父母亲生前共同商定，由母亲执笔编写的诗稿目录。"[③] 2001年5月，生活·读书·新知三联书店出版陈美延编《陈寅恪诗集》，是书对前两个版本均有增补，新辑书信集、读书札记二集、读书札记三集、讲义及杂稿。2013年，广东人民出版社出版胡文辉笺注的《陈寅恪诗笺释》。

9月

15日，丁宁病逝于合肥，终年79岁。丁宁（1902—1980），原名瑞文、遂文，字怀枫，号昙影，又号还轩，江苏镇江人，后迁居扬州。出身于士绅家庭，9岁时受业于扬州耆宿戴筑尧先生，16岁嫁黄姓子弟，后离婚。师事程善之、夏承焘，战时漂泊上海、南京、镇江、扬州等地，其《昙影词》曾连续刊载于《词学季刊》。后在私立泽存图书馆任编目员。新中国成立后任职于南京图书馆、安徽省图书馆。著有《还轩词》。[④] 马

---

① 陈寅恪：《寒柳堂集·寅恪先生诗存》，上海古籍出版社1980年版，第3页。
② 陈美延、陈流求编：《陈寅恪诗集·附唐筼诗集》，清华大学出版社1993年版，第180页。
③ 陈美延、陈流求编：《陈寅恪诗集·附唐筼诗集》，清华大学出版社1993年版，第179页。
④ 丁宁生平参见马兴荣《丁宁年谱》，载《词学》2012年第2期。

兴荣《丁宁年谱》云："九月十五日，病逝于合肥市。"[①]

本月，李锐《龙胆紫集》由湖南人民出版社出版。李锐（1917—2019），原名李厚生，湖南平江人，1917年生于北京。1934年考入武汉大学工学院，1937年加入中国共产党。新中国成立后曾任水利电力部副部长，兼任毛泽东秘书。在庐山会议上受到批判，被定为"彭德怀反革命集团"成员，1967—1975年被关在秦城监狱。平反后复出，任中组部副部长。是书收录作者小序，云："一九六七年十一月到一九七五年五月，我被关在京郊狱中。为了使身心健康，保持精神正常、脑力不衰，除每天坚持在斗室中慢跑外，只好学习做旧诗词。越哼越发生兴趣。"[②] 有一次李锐跑步跌倒，获得一小瓶龙胆紫和几根药棉签，他便用此"奇墨怪毫"写诗，故诗集起名为《龙胆紫集》。[③] 赵朴初曾题《临江仙》词一阕："不识庐山真面目，几多幽谷晴峰。只缘身在此山中。峰头刚一唱，谷底坠千重！　　度尽劫波才不火，诗心铁壁能通。莫将此道比雕虫。血凝龙胆紫，花发象牙红。"是书分为"景仰与怀念""温书读报""偶成""三十年间""水电八年""地北天南""狱中吟""重来磨子潭"几个部分。书后有作者"后记"。1995年12月，广东人民出版社出版《龙胆紫集新编》，新增30多首诗词，原集中的部分诗词略有字句上的修正。书前有"初版序言""初版后记""新版序言"，书后附有《龙胆紫集外编》，辑1980年后所作诗词200首，内容为怀旧、悼念、记游、随感，用绝、律二体，排列以写作时间先后为序。[④] 1991年1月，中国文联出版公司出版《李锐诗文自选集》，选入《龙胆紫集》中诗词91首。

1981年

3月

27日，茅盾病逝于北京，终年85岁。茅盾（1896—1981），原名沈德鸿，字雁冰，浙江桐乡人。北京大学预科毕业，曾入商务印书馆编译所

① 马兴荣：《丁宁年谱》，载《词学》2012年第2期。
② 李锐：《龙胆紫集》，湖南人民出版社1980年版，第1页。
③ 参见李锐《龙胆紫集》，湖南人民出版社1980年版，第2页。
④ 参见李锐《龙胆紫集新编》，广东人民出版社1995年版，"新版序言"。

工作，主编《小说月报》。1921 年参与发起组织“文学研究会”，7 月成为中共创始党员（1927 年与党组织失去联系，去世后被恢复党籍，党龄从 1921 年算起）。1926 年任国民党中央宣传部秘书，1927 年任中央军事政治学校武汉分校教官。1929 年东渡日本。1930 年回国后加入中国左翼作家联盟，从事革命文艺活动和社会斗争。抗日战争全面爆发后，辗转于长沙、武汉、广州、香港等地，任中华全国文艺界抗敌协会理事，主编《文艺阵地》等刊物。1939 年赴新疆任教。其后在重庆、香港、桂林等地工作。新中国成立后任全国文联副主席、文化部部长、中国作家协会主席、全国政协副主席等职。著有《茅盾诗词选注》《茅盾全集》等。查国华《茅盾年谱》云：“清晨五点五十分在北京医院逝世，终年八十五岁。”① 万树玉《茅盾年谱》：“二十七日，清晨五点五十分，血压降低，痰噎咽喉，经抢救无效而溘然逝世于北京医院，终年八十五岁。”② 4 月 11 日，北京隆重举行了沈雁冰同志追悼会，邓小平主持，胡耀邦致悼词，赵紫阳、李先念等众多党和国家领导人出席。

本月，《夏承焘词集》由湖南人民出版社出版。是书收 1920—1980 年所作词 300 首，由吴无闻作注。夏承焘“前言”云其诗词集出版情况：“一九七六年，避地震客居长沙三月，承陈云章、彭岩石诸君帮助，拙作《瞿髯词》油印成册。翌年，《瞿髯诗》油印本亦相继在长沙印成。一九七九年冬，湖南人民出版社欲以拙作诗词付梓，乃在《瞿髯词》油印本基础上，略事扩选，共得三百首。”③ 1984 年 7 月，天津百花文艺出版社出版《天风阁词集》，为《夏承焘词集》之续编，收录词 150 首，吴无闻作注。两部词集后收入《夏承焘集》④ 第 4 册。

本月，《王季思诗词录》由浙江人民出版社出版。是书前有作者“前言”，收录《翠叶庵乐府》《玉轮轩诗词》。

6 月

本月，黑龙江人民出版社出版荒芜《纸壁斋集》。是书收录荒芜在“文革”期间所作诗词 60 余首。前有作者代序，后附《跟何其芳同志谈诗》。作者自序云：“我写诗，完全出于逼情。我的第一首诗是在牛棚里写

① 查国华：《茅盾年谱》，长江文艺出版社 1985 年版，第 503 页。
② 万树玉：《茅盾年谱》，浙江文艺出版社 1986 年版，第 478 页。
③ 夏承焘：《夏承焘词集》，湖南人民出版社 1981 年 3 月，“前言”第 2 页。
④ 夏承焘：《夏承焘集》，浙江古籍出版社、浙江教育出版社 1997 年版。

的……从一九七六年十月以来，我写了近两百首诗。这是因为，这些年来，埋藏在心里的悲愤，充满在记忆中的那种难以想像的折磨，噩梦一般的苦难太多了，非倒出来不可。”① 作者当时住在“牛棚”的一角，用空书架糊上报纸作墙，围成一间斗室，故以“纸壁斋”命名。1984 年 11 月，《纸壁斋集》再版，收入俞平伯《荒芜〈纸壁斋集〉评识》，评其诗“为人而作，为事而作，有讥讽，有褒赞，远承诗人美刺的传统，却近代化了。以批判为心骨，以辞藻为羽翼，取材多方，不名一格，清词隽语，络绎而来，名为旧体，实是新声”②。1987 年 1 月，湖南人民出版社出版《纸壁斋续集》，选诗 300 余首，分为“长安杂咏”“鳞爪录”“赠答集”“题画集”“海外杂谈”五组，前有作者自序。1989 年 1 月，广东人民出版社出版荒芜《麻花堂集》，为打油诗合集，作者小序云：“有人问麻花堂是什么意思？答曰，‘麻花是价廉而味美的大众化油炸食品，取其可以打油也’。”③

7 月

本月，吴祖光的《枕下诗》由山西人民出版社出版。《枕下诗》为吴祖光在“文革”期间创作，其自序云：“史无前例的‘文化大革命’来了，我已经五十岁了。……我度过了名叫‘隔离审查’的五年劳动生涯。……我在这几年里学作旧体诗，因为她短小精炼，易于发抒一时一地的感情。……那时写这些小诗也只能是一种秘密活动，是见不得人的。写完只能藏在枕头底下，因此命名为《枕下诗》。”④ 是书收录诗词 65 首，为 1970—1979 年所作。1998 年，花山文艺出版社出版新版《枕下诗》，新增 1938—1943 年 6 首诗词、1956—1962 年 4 首诗、1966—1976 年 30 余首诗词、1977—1996 年 100 余首诗词。

本月，兰州诗词学会成立。学会在萧华、杨植霖、辛安亭的支持下成立，袁第锐任秘书长；1987 年 2 月改组，更名为“甘肃诗词学会”，杨植霖为名誉会长，黄罗斌为首席顾问，王秉祥为会长，王沂暖、王秉钧、孙艺秋、匡扶、林家英、樊大畏、袁第锐为副会长，袁第锐兼秘书长。1994 年 5 月定名为“甘肃省诗词学会”。1994 年，会刊《甘肃诗词》创刊，其

---

① 荒芜：《纸壁斋集》，黑龙江人民出版社 1981 年版，“代序”第 2、8 -9 页。
② 俞平伯：《俞平伯散文选集》，孙玉蓉编，百花文艺出版社 1990 年版，第 261 -262 页。
③ 荒芜：《麻花堂集》，广东人民出版社 1989 年版，第 1 页。
④ 吴祖光：《枕下诗》，山西人民出版社 1981 年版，第 2 -4 页。

前身为《陇风》，尹贤为主编。学会成立以来，先后与有关单位出版《陇上吟》《诗、酒、山水》《烛光吟》《水龙吟》《明珠颂》《甘肃青年诗词选》等10部诗词集。

9月

本月，《熊瑾玎诗草》由湖南人民出版社出版。封面有董必武题字《读厘丁诗草》。朔望作《熊瑾玎诗草》序。1987年5月，《熊瑾玎诗草（增订本）》由生活·读书·新知三联书店出版。是书前有董必武手迹《读厘丁诗草》、赵朴初书法题词、胡绳《敬题熊老诗卷》，书后有聂绀弩《书后》、朔望《诵其诗想其人——跋熊老遗诗》、朱端绶《再版后记》，许涤新作序《清水芙蕖何待饰》，廖沫沙作序《雪泥鸿爪耐人思》。收录了作者60年间陆续创作的旧体诗。

10月

本月，《当代诗词》创刊，由花城出版社出版。其《发刊旨趣》云："《当代诗词》的发刊，希望能继承古典诗歌的优秀传统，能为发展民族形式的诗歌作出贡献，更希望在这块园地上涌出年青一代的写手！"① 该刊为旧体诗词丛刊，刊名题字者为商承祚，第一集收录有端木蕻良、公木、朱庸斋、商承祚、姚雪垠、臧克家、李汝伦、刘逸生、董每戡等名家诗作。1984年5月出版第五集后休刊，第六集由广州诗社接办。1988年5月起，由广东诗词学会主办，李汝伦任主编。

1982年

1月

本月，夏承焘的《天风阁诗集》由浙江人民出版社出版。是书收1922—1979年所作的诗，作者在"前言"叙其学诗经历："予早年诵诗，

---

① 编者《发刊旨趣》，见《当代诗词》第1辑，花城出版社1981年版，第6页。

颇喜黄仲则，尝手录其《两当轩集》。……中年以后，亦曾喜学陈后山律体。久之嫌其苦涩，始稍稍诵习简斋，期得其宽廓高旷之致。于古诗，则好昌黎、东坡、山谷，于昌黎取其炼韵，于东坡取其波澜，于山谷取其造句。”① 书后附陈衍《石遗室诗话》评夏承焘之语。后收入《夏承焘集》第4册。

2月

26日，张伯驹病逝于北京，终年84岁。张伯驹（1898—1982），原名家骐，字丛碧，别号游春主人、好好先生，河南项城人。书画家、诗词家。1917年毕业于中央陆军混成模范团骑科，历任陕西督军署参议，后投身金融界，在天津、南京等地的银行供职。抗日战争胜利后，历任国民党第十一战区司令长官部参议、河北省政府顾问、故宫博物院专门委员等。新中国成立后任吉林省博物馆副研究员、副馆长等。1972年被聘为中央文史研究馆馆员。著有《张伯驹诗集》《张伯驹词集》等。②《张伯驹年谱》云：“2月26日，上午10时，逝世于北大医院。”③

4月

本月，《田汉诗选》由人民文学出版社出版。是书为旧体诗和现代诗的合集，收录田汉在1930—1960年的诗词，绝大部分为20世纪50年代到60年代初所作，约400首。书前有廖沫沙“序”：“（田汉）在诗词方面，在旧体诗词上，是有长期的素养和精练的技能的，而且真正达到了‘敏捷诗千首’的境界。”④ 书后有其子田海男“后记”详述编选过程，田汉诗词生前未结集出版，《田汉诗选》是由各处辑录所得。

---

① 夏承焘：《天风阁诗集》，吴无闻注，浙江人民出版社1982年版，“前言”第2页。

② 张伯驹生平参见中央文史研究馆编《缀英集——中央文史研究馆馆员诗选》，线装书局2008年版，第432页；徐汝芳、张恩玲《张伯驹年谱》，见项城市政协编《张伯驹先生追思集》，紫荆城出版社2011年版，第89－113页。

③ 徐汝芳、张恩玲：《张伯驹年谱》，见项城市政协编《张伯驹先生追思集》，紫荆城出版社2011年版，第113页。

④ 田汉：《田汉诗选》，人民文学出版社1982年版，“序”第3页。

6 月

本月，《王统照文集》第四卷由山东人民出版社出版，收录王统照旧体诗集《鹊华小集》《剑啸庐诗草》。《鹊华小集》收新中国成立后所作旧体诗 102 首，1957 年曾由作者自费出版；《剑啸庐诗草》为王统照在 1923 年手录的旧体诗稿，收 1913—1917 年所作旧体诗 177 首；另有《补编》，为其子王立诚辑录，收 20 世纪 30 年代至 50 年代所作旧体诗 101 首。

8 月

本月，《郭沫若旧体诗词系年注释（上）》由黑龙江人民出版社出版。是书收录郭沫若 1904—1977 年旧体诗作 1400 多首，采取系年形式，按年月日逐篇排列，每一首诗介绍作者写诗的时间地点及时代背景，并对题旨和艺术特色做了适当的阐释。《郭沫若旧体诗词系年注释（下）》于 1984 年 3 月由黑龙江人民出版社出版。

本月，《散宜生诗》由人民文学出版社出版。是书为 1981 年 6 月由香港野草出版社出版的聂绀弩旧体诗集《三草》（《北荒草》《赠答草》《南山草》）的删订本，在《三草》基础上增加了《第四草》，收诗词 220 首。书前有胡乔木、高旅序和作者自序。高序云：“集中二百余首，绝大部分作于一九六〇年至六四年。”[①] 此前，聂绀弩的旧体诗集有手抄本《马山集》（1962 年 3 月，收七律 40 首），手抄赠友本《北大荒吟草》（1963），油印赠友本《北荒草》《赠答草》《南山草》（1979），香港野草出版社《三草》（1981 年 6 月，收诗词 198 首）。[②] 1984 年，福建人民出版社出版九人合集《倾盖集》，中有聂绀弩自选集《咄堂诗》，收诗词 80 首。1985 年 7 月，人民文学出版社再版《散宜生诗（增订、注释本）》，收诗词 262 首，增诗人自注、朱正注。1992 年 12 月，学林出版社出版罗孚等编注的新、旧体诗合集《聂绀弩诗全编》，书中除收录《散宜生诗》外，还增有《散宜生集外诗》（拾遗草），增收旧体诗词 164 首、断句 5 联、残篇 6 章（另有赠胡风诗 11 首为重刊），《散宜生诗》由郭隽杰、朱正笺注，集外诗由罗孚笺注。1999 年 12 月，学林出版社出版《聂绀弩诗全编（增补

---

① 聂绀弩：《散宜生诗》，人民文学出版社 1982 年版，“序”第 1 页。

② 参见侯井天《注聂心路》，见侯井天句解、详注、集评《聂绀弩旧体诗全编》下册，山西人民出版社 2009 年版，第 965 页。

本)》，收旧体诗117首。2005年9月，武汉出版社出版《聂绀弩旧体诗全编》，收录旧体诗词606首[①]。2009年11月，山西人民出版社出版由侯井天句解、详注、集评的《聂绀弩旧体诗全编注解集评》[②]。

10月

本月，四川人民出版社出版吴芳吉的《白屋诗选》。是书由江津师专校订、注释，收录作者1915—1932年诗作113篇。吴芳吉诗词在新中国成立前主要见于：1929年吴芳吉自编《白屋吴生诗稿》（上下册），成都美利利印刷公司铅印本；1934年吴宓和弟子周光午编订《吴白屋先生遗书》（六册），长沙木刻本；[③] 1935年中华书局铅印本《吴宓诗集》（十五卷）；周光午编著《吴芳吉婉容词笺证》，1940年重庆独立出版社铅印本。[④] 1994年，成都巴蜀书社出版贺远明、吴汉骧、李坤栋选编《吴芳吉集》，收录诗、文、书信、日记四辑。

本年

冬，詹安泰《鷦鷯巢诗》《无庵词》影印本出版。本书系根据作者手抄本影印，为香港何耀光"至乐楼丛书"第二十五种本，《鷦鷯巢诗》9卷、《无庵词》5卷。詹安泰诗词集在新中国成立以前有如下版本：民国二十六年（1937年）自刊本《无庵词》，收录词作76题，100首；民国二十八年（1939年）铅印本《滇南挂瓢集》，含诗词各一卷。新中国成立后还有2002年12月香港翰墨轩出版的《詹安泰诗词集》（《名家翰墨丛刊》本）以及2011年12月上海古籍出版社出版的《詹安泰全集》（第四册为《鷦鷯巢诗集》《无庵词》合集）。[⑤]

---

① 该书编者云，其资料来源为人民文学出版社1986年版《散宜生诗（增订注释本）》，香港1981年版《三草》，福建人民出版社1984年版《倾盖集》（九人合集）中的《咄堂诗》，学林出版社1999年版《聂绀弩诗全编（增补本）》，侯井天句解、详注、集评《聂绀弩旧体诗全编》（2000年3月济南第5稿印本）和编者至2003年9月为止所收集到的佚诗。

② 是书正式出版以前有多种印本，均由侯井天自费印成。

③ 参见吴芳吉《白屋诗选》，四川人民出版社1982年版，"前言"第14页。

④ 参见吴芳吉《吴芳吉集》，贺远明、吴汉骧、李坤栋选编，巴蜀书社1994年版，"凡例"第1－2页。

⑤ 版本情况据詹安泰《詹安泰全集》第四册之"点校说明"，上海古籍出版社2011年版。

1983年

3月

3月12日，朱庸斋病逝于广州，终年63岁。朱庸斋（1920—1983），原名奂，字涣之，号庸斋，广东新会人，世居西关。其父恩溥，曾以岁贡生从学朱祖谋，又为康有为万木草堂弟子。朱庸斋15岁以年家子的身份从陈洵[①]学词。曾历任广东大学、广州大学、文化大学等学校的词学讲师，并在家授徒。著有《分春馆词》《分春馆词话》。《朱庸斋先生年谱》云："十二日下午二时三十分，先生在广州市第二人民医院病房辞世，享年六十三岁。"[②]

本月，《沈尹默诗词集》由书目文献出版社出版。是书为沈尹默新诗和旧体诗词的汇编，旧体诗词部分收录秋明诗、秋明室杂诗、近作诗、秋明词及近作词，共存古近体诗272首、词88首。

6月

6月15日，广州诗社成立。当天，广州诗社于白天鹅宾馆举行隆重的成立仪式，刘田夫任名誉社长，欧初任社长，黄施民、王起、罗培元、杨奎章、陈芦荻、刘逸生等任副社长，还聘请吴有恒、胡希明、曾敏之、黄轶球等为名誉社友。[③] 1985年社员有130多人，包括全国十多个省、自治区、直辖市及港澳地区诗人。1984年1月，诗社创办了《诗词报》（双周刊），向海内外发行。

---

① 陈洵（1870—1942），字述叔，号海绡。广东新会潮莲乡（今属江门市）人。少喜填词，补南海县学生员。1911年加入南园诗社。后历任中山大学、广东国民大学词学教授。与黄节齐名。著有《海绡词》《海绡说词》等。

② 李文约编著：《朱庸斋先生年谱》，香港素茂文化出版有限公司2012年版，第353页。

③ 参见欧初《我亲见的名人与逸事》，广东人民出版社2008年版，第198页。

11 月

本月，东坡赤壁诗社在湖北黄冈市东坡赤壁栖霞楼正式成立。1997年，黄冈市诗词学会成立，与东坡赤壁诗社合署办公，实行“两块牌子、一套班子”。诗社办有季刊《东坡赤壁诗社》，1985 年起在国内公开发行，1991 年起向国外发行，有《时代风华》《城乡焕彩》《海霞情思》《后浪横天》《五洲联谊》《警钟长鸣》等固定专栏。诗社在海外颇有影响，拥有中国香港、澳门、台湾地区诗友以及美国、英国、法国、日本、菲律宾、加拿大、新加坡和马来西亚等十多个国家的华裔诗友。诗社不定期编印《东坡赤壁诗讯》，黄冈市诗词学会成立后，改名《东坡赤壁诗社 · 黄冈市诗词学会通讯》。①

12 月

本月，江南诗词学会成立。匡亚明任会长，郭化若、郭影秋、苏步青等 8 人任名誉会长。田芜、刘隽甫等 17 人为副会长，沈道初任秘书长。②

本年

各地诗词组织纷纷成立。6 月 8 日，岳麓诗社于湖南长沙成立，高扬任社长。社刊《岳麓诗词》，季刊，于 1983 年 12 月 28 日起公开发行。9 月，吉林长白山诗社成立，公木任社长。11 月，东坡赤壁诗社在湖北黄冈市东坡赤壁栖霞楼正式成立（详见本年 11 月“东坡赤壁诗社成立”条）。③

---

① 参见霍松林主编《中国当代诗词艺术家大辞典 · 诗词界》，中州古籍出版社 2001 年版，第 53 页。

② 参见周一萍、苏渊雷主编《中华诗词年鉴》首卷，中国民间文艺出版社 1988 年版，第 670 – 671 页。

③ 参见周一萍、苏渊雷主编《中华诗词年鉴》第二卷，中国民间文艺出版社 1989 年版，第 670 页；霍松林主编《中国当代诗词艺术家大辞典 · 诗词界》，中州古籍出版社 2001 年版，第 53、64 页。

1984年

7月

本月，陶世杰病逝于成都，终年84岁。陶世杰（1900—1984），字亮生，四川荥经县人。1922年毕业于成都高等师范学校，曾任教于成都各中学、四川大学、华西大学等。抗日战争胜利后曾任西康省政府委员兼秘书长。新中国成立后在成都各中学任教。著有《复丁烬余录》。[①]《陶亮生年表》云："一九八四年七月，先生病逝于华西医学院附属医院，终年八十五岁（虚岁）。"[②] 陶世杰的作品多毁于战乱及"文革"期间，《复丁烬余录》为其子孙辑佚而成，共有诗600余首，于2010年6月由黄山书社出版。

8月

8月12日，周学藩病逝，终年72岁。周学藩（1912—1984），字弃子，别署药庐、未埋庵等，湖北大冶人。曾入湖北省立国学专修学校学习，后在多种机构担任文秘。著有《周弃子先生集》。王开节《周弃子先生行状》云："不意是日夜间二时，病状突逆转，医救无效，溘然长往，时一九八四年八月十二日上午四时。"[③]

9月

9月10日，山西诗词学会于太原成立。成立大会于在山西大学专家楼会议厅举行，出席者有省政协副主席任定南，省委宣传部副部长李玉明，省文联副主席李束为、王玉堂、郑笃，中国作家协会山西分会副主席胡

---

① 陶世杰生平参见《陶亮生年表》，见陶世杰《复丁烬余集》，杨启宇编校，刘梦芙审定，黄山书社2010年版，第393－402页。

② 《陶亮生年表》，见陶世杰《复丁烬余集》，杨启宇编校，刘梦芙审定，黄山书社2010年版，第402页。

③ 王开节撰：《周弃子先生行状》，见周学藩《周弃子先生集》，汪茂荣点校，黄山书社2009年版，第3页。

正，省文化厅厅长曲润海等，以及各大专院校教师、省内中青年诗人。会议选举胡晓琴、王玉堂为名誉会长，韩生荣为会长，马作楫、罗继长、宋谋玚为副会长，宋达恩为秘书长。

本月，湖南人民出版社出版《于右任诗词集》。是书由杨博文辑录，收录作者19世纪90年代至1964年的诗、词、曲作品近700首，是新中国成立以来中国内地第一次出版于右任的诗集。书前有柳亚子题词、屈武序。

10月

10月1日，山东历山诗社成立。它是山东诗词学会的前身，由“五老”李予昂、高启云、李子超、余修、王希坚发起。李予昂任社长。时任省委书记的苏毅然批转各常委研究同意，邀请省直部分喜爱传统诗词者组成，挂靠省委宣传部，后来转挂到山东省政协。①

11月

本月，中国韵文学会诗学研究会于长沙成立。成员约200人，由苏州大学中文系钱仲联教授任理事长，北京大学中文系陈贻焮教授和湘潭大学彭境教授任副理事长，联络地点在湖南湘潭大学内中国韵文学会。其后，第二次研讨会于1985年10月在湖南省怀化市举行，第三次研讨会于1987年1月在广东省肇庆市举行。本月，中国韵文学会词学研究会也同时于长沙成立，并举办第一次学术讨论会，南京师范大学中文系唐圭璋教授任理事长，华东师范大学中文系马兴荣教授和杭州大学中文系吴熊和教授任副理事长，联络地点也在湘潭大学内中国韵文学会。其后，第二次学术讨论会于1987年1月在广东省肇庆市举行。②

---

① 参见周一萍、苏渊雷主编《中华诗词年鉴》首卷，中国民间文艺出版社1988年版，第671页。

② 参见张璋、苏渊雷主编《中华诗词年鉴》第三卷，学林出版社1992年版，第23－26页。

1985 年

5 月

本月，《张伯驹词集》由中华书局出版。是书收《丛碧词》《春游词》《秦游词》《雾中词》《无名词》《续断词》，周汝昌作序，楼宇栋作后记。其中《丛碧词》为张伯驹 1927—1950 年所作，1951—1974 年所作集为《春游词》《秦游词》《雾中词》。1974 年得词二百数十阕，命名为《无名词》。1975 年又作词百余阕，命名为《续断词》。是书为张伯驹在世时自定稿，由楼宇栋和楼宇烈标点。[①] 2008 年 1 月，适逢张伯驹 110 岁诞辰，文物出版社再版《张伯驹词集》，是书增添张牧石的骈文序、张伯驹《丛碧词话》，楼宇栋又作"再记"，增入张伯驹墨迹、词坛活动照片。

6 月

8 日，胡风病逝，终年 83 岁。胡风（1902—1985），初名张名桢，后改学名张光人，笔名谷非、高荒、张果等。湖北蕲春人。1934 年以胡风为笔名开始了专业作家生涯。曾主编过《海燕》《七月》等进步文艺刊物。抗战期间主编《七月》《希望》杂志和《七月诗丛》《七月文丛》。新中国成立后当选为中国文联委员、中国作协理事及第一届全国政协委员和人大代表。1955 年被定为"胡风反革命集团"首要分子，被捕入狱。1980 年被平反。后任文化部艺术研究院顾问、中国作协顾问，并当选为第五届全国政协常委。[②] 旧体诗作品有《抗战风云》《狱中诗草》，收入《胡风诗全编》《胡风全集》。《胡风全集》中《胡风生平简介》云："1985 年 6 月 8 日，胡风因患贲门癌去世。"[③]

---

① 参见楼宇栋《后记》，见张伯驹《张伯驹词集》，中华书局 1985 年版。

② 参见《胡风生平简介》，见胡风《胡风全集》，湖北人民出版社 1999 年版，第 1－2 页。

③ 《胡风生平简介》，见胡风《胡风全集》，湖北人民出版社 1999 年版，第 2 页。

7月

本月，齐鲁诗社出版汪东《梦秋词》手稿影印本。是书收作者1909—1962年词1380余首，并补1962—1963年春集外词28阕，书前有夏敬观题词（代序），书后附沈尹默题词（代跋），并附录有《词学通论》《唐宋词选识语》《郑校〈清真集〉批语》及唐圭璋、程千帆、殷孟伦跋。汪尧昌“编后记”云：“（汪东）所撰《梦秋词》手自编订……《梦秋词》手稿，自卷首至卷八经夏敬观（吷庵）先生三次评阅。此次影印，用以代序。卷二十后，有沈尹默先生题词二阕，用作跋语。自卷八至卷十二中，有少部分为吕贞白先生抄录。公于一九六二年中至一九六三年春，卧病中所作词二十八阕，为吕贞白先生录存者，则附于二十卷之后。”[①]

8月

本月，丁宁《还轩词》由安徽文艺出版社出版。是书分《昙影集》《丁宁集》《怀枫集》《一厂集》《拾遗》五辑。《昙影集》为1927—1933年词作，曾在龙榆生主编的《词学季刊》上连续刊载；《丁宁集》收1934—1938年词作；《怀枫集》收1939—1952年词作；《一厂集》收1953—1980年词作。是书为词人自选集，原有三种油印本行世：1957年8月，丁宁托老友周子美油印《还轩词存》三卷，分赠好友；1975年，施蛰存邀周子美合资重印百册；1980年春，丁宁择《还轩词》底稿补入前三卷，又辑《一厂集》编入，成四卷稿，由卓孟飞缮写油印。[②]

9月

24日，安徽诗词学会于安徽省合肥市成立。安徽省政协主席张恺帆出任名誉会长。会刊为《安徽吟坛》。丁育民所著《郭崇毅传奇人生(1921—2002)》一书记载了当天发生的一件逸事：张恺帆在开幕式上发言，对他本人在“大跃进”年代在《安徽日报》上发表《水稻亩产万斤卫星》的诗歌做自我批评。“当恺老念到这一段自责之辞时，神态肃穆，

---

① 汪东：《梦秋词》，齐鲁书社1985年版，第499页。

② 《还轩词》油印本情况详见刘梦芙《二十世纪杰出的女词人丁宁与其〈还轩词〉》，见赵松元主编《诗词学》第2辑，暨南大学出版社2011年版，第97－114页。

心情沉重。全场鸦雀无声，发言结束，爆发出经久不息的热烈掌声……”①

本年

安徽省太白楼诗词学会成立。冒效鲁任会长，马依群任常务副会长。②

江西诗社于江西省南昌市成立。石天行任社长，盛朴、姚公骞、吕小薇任副会长，魏向炎任总干事。③

全国开始筹备中华诗词学会。本年 9 月 21 日，中华诗词学会在京发起人姜椿芳、周一萍、齐光、唐伯康、张报、荒芜、杨柄、刘墨村举行座谈，决定先在北京成立中华诗词学会筹备组。10 月，筹备组向各地诗词组织和诗词名家发出《筹建中华诗词学会倡议书》。1986 年 4 月 29 日，全国政协文化组于政协礼堂第三会议室召开“振兴中华”诗词座谈会，会议由姜椿芳主持，30 余位北京诗人参加会议。会议中称：“自《筹建中华诗词学会倡议书》发出以来，已有发起单位 95 个诗社，发起人 400 余位。筹备组已向全国文联、国务院文化部作了汇报，并申请成立‘中华诗词学会’。赵朴初、楚图南、夏承焘三位同志已同意担任协会名誉会长。”④ 1986 年 9 月 20 日，文化部批准成立中华诗词学会。1986 年 11 月 14 日，中华诗词学会在京的筹备委员们举行扩大会议，宣布中华诗词学会经文化部批准成立，正式成立中华诗词学会筹备委员会。中华诗词学会的发起单位增至 96 个，发起人达 575 位。会议推选赵朴初、楚图南、钱昌照为名誉会长，蔡若虹、陈雷、胡子昂、臧克家、沈从文、叶嘉莹、姚雪垠、钟敬文、周振甫、周有光等 23 人为顾问，筹委会主任为姜椿芳，副主任为周一萍、林林、张报、毕朔望、齐光、张璋，秘书长为汪普庆，王禹时等

---

① 丁育民：《郭崇毅传奇人生（1921—2002）》，光明日报出版社 2015 年版，第 281 页。

② 参见周一萍、苏渊雷主编《中华诗词年鉴》首卷，中国民间文艺出版社 1988 年版，第 671 页。

③ 参见周一萍、苏渊雷主编《中华诗词年鉴》首卷，中国民间文艺出版社 1988 年版，第 671 页。

④ 参见周一萍、苏渊雷主编：《中华诗词年鉴》首卷，中国民间文艺出版社 1988 年版，第 672 页。

为副秘书长。会议通过《中华诗词学会章程（草案）》。[1]

1986年

1月

3日，无锡碧山吟社成立。碧山吟社最早可追溯到明代成化壬寅年（1842），由秦观后裔秦旭创建，相约十老，吟咏于无锡惠山“天下第二泉”旁，结屋建亭，“碧山吟社”四字由文徵明手书，其后四续，绵延百年。[2] 新中国成立后，碧山吟社在原址修复旧观，由徐静渔、庄申、冒亦诚等人发起，沿用原名重建组织。成立时会员45人，系江苏省诗词学会团体会员。社刊《碧山吟草》，由匡亚明题签，每年一出。

本月，《顾随文集》由上海古籍出版社出版。封面题签为冯至，下编中收入《诗选》《词选》，附录收入《驼庵诗话》。2000年12月，河北教育出版社出版《顾随全集》，分为四卷，卷一《创作卷》收入词集《无病词》（1924—1927年）、《味辛词》（1927—1928年）、《荒原词》（1928—1930年）、《弃余词》与《留春词》（含自叙）（1930—1933年）、《积木词》（含自序）（1933—1936年）、《霰集词》（1936—1941年）、《濡露词》（1943年）、《倦驼庵词稿》（1941—1942年）、《闻角词》（1952—1959年）、《集外词》（1924—1929年）。诗集：《苦水诗存》（含自叙）（1922—1933年）、《和香奁集》与《倦驼庵诗稿辑存》（1937—1945年）、《驼庵诗草辑存》（1945—1954年）、《集外诗》（附早期新诗、早期联语）。2014年3月，河北教育出版社再版《顾随全集》，分为十卷，卷一《词·曲·诗》收入词集《无病词》《味辛词》《荒原词》《留春词》《积木词》《霰集词》《濡露词》《闻角词》；诗集《述堂近稿》《集外词》《苦水诗存》《和香奁集》《倦驼庵诗稿》《竹庵新稿》《诗稿辑存》；附《早期新诗》《早期联语》《后期联语》等。

---

① 参见周一萍、苏渊雷主编《中华诗词年鉴》首卷，中国民间文艺出版社1988年版，第673页。

② 碧山吟社沿革见《碧山吟社简介》，见无锡市碧山吟社编《碧山吟草》第19集，第125页。

5 月

11 日，夏承焘病逝于北京，终年 87 岁。夏承焘（1900—1986），字瞿禅（瞿禅），晚号瞿髯，浙江永嘉人。毕业于浙江省立温州师范学校。1930 年起，先后任之江大学、无锡国学专修学校、太炎文学院和浙江大学教授。新中国成立后任浙江师范学院、杭州大学教授，中国科学院文学研究所特约研究员，中国科学院浙江省语言文学研究室主任，中国韵文学会名誉会长等，《文学评论》杂志编委、《词学》主编。诗词集有《天风阁诗集》《夏承焘词集》《天风阁词集》等，诗词理论著述颇丰，均收入《夏承焘集》。[①] 1966 年，夏承焘被定为“资产阶级反动学术权威”：“1966 年‘文化大革命’开始，一夜之间，我的所有工作，马上变为‘罪行’。大字报、漫画，打倒声、声讨声，铺天盖地而来。因此，我在牛棚内外，触灵魂，受审查，度过了整整十年。我在牛棚里没有词书可看，但我还能思想。我的《瞿髯论词绝句》八十首，绝大多数是在牛棚里写成的。”[②] 1978 年 11 月，夏承焘被平反。《夏承焘年谱》云：“5 月 2 日，因心肌梗塞住进中日友好医院。11 日，凌晨四点三十分逝世，终年八十七岁。”[③]

7 月

5 日，江苏省诗词协会于南京成立。会议选举匡亚明、唐圭璋、程千帆、孙望、羊牧之为名誉会长，郑康、李进为首席顾问，汪海粟为会长，郭石、李子建为常务副会长，季世昌为秘书长。会刊为《江海诗词》，1987 年 1 月发行第一期，主编为李子建，副主编为刘钊、丁芒、华士林，每半年选编一册。[④]

9 月

本月，人民文学出版社出版《毛泽东诗词选》。该书由胡乔木主持编

---

① 夏承焘生平参见李剑亮《夏承焘年谱》，光明日报出版社 2012 年版，第 11 页。
② 李剑亮：《夏承焘年谱》，光明日报出版社 2012 年版，第 9 页。
③ 李剑亮：《夏承焘年谱》，光明日报出版社 2012 年版，第 272 页。
④ 参见江苏省诗词学会编《江海诗词》第 1 辑，江苏文艺出版社 1987 年版，第 247－250 页。

辑，是为纪念毛泽东逝世十周年而推出的，收录旧体诗词50首。其中，已正式发表的42首诗词收入正编。新收入8首诗词编为副编：《七古·送纵宇一郎东行》《西江月·秋收起义》《六言诗·给彭德怀同志》《临江仙·给丁玲同志》《浣溪沙·和柳亚子先生》《七律·和周世钊同志》《杂言诗·八连颂》《念奴娇·井冈山》。[①] 该书在每篇作品中都注明原发表时间和出处，该版首次发表的两首诗词系根据作者手稿刊印。

本月，天津诗词社在天津成立。该社由寇梦碧、王学仲、陈云君、朱其华等人发起，大半成员为中青年诗人，极一时天津诗坛之盛。会议选举李霁野、周汝昌、牟敏、涂宗涛、杨宏达、陈宗枢、张牧石为顾问，王达津、陈冰、石坚、方纪、安涛为名誉社长，寇梦碧为社长，高准、陈云君、王学仲、范曾、朱其华为副社长，张学忠为秘书长。随后诗社改名为中华诗词学会天津分会。2000年改名为天津市诗词学会，王学仲为会长，陈云君、朱其华等为副会长。每年举办两次大型活动，一次为诗人节，另一次为中秋节。1997年6月22日，曾举办迎香港回归诗词吟唱会。出版书刊《学诗词》《天津诗词》《沽上吟集》等。[②]

10月

11日，徐震堮于上海逝世，终年85岁。徐震堮（1901—1986），字声越，浙江嘉善人。学者、诗人、翻译家。14岁入中学，受业于章太炎门人朱宗莱、谭献弟子刘毓盘。后入南京高等师范学堂文史部，从王瀣、吴梅习诗、词、曲之学。1939年入浙江大学执教，新中国成立后转入华

---

① 正编是毛泽东生前校订定稿或正式发表的，副编则陆续见于各种出版物。据季世昌等编著《毛泽东诗词·掌故佳话》（珠海出版社1999年版）中《建国以来毛泽东诗词正式发表的情况》（第95－101页）一文：“《七古·送纵宇一郎东行》最早发表于1979年《党史研究资料》第1期刊载的罗章龙《回忆新民学会（由湖南到北京）》一文。《西江月·秋收起义》最早发表于1956年8月《中学生》杂志刊载的谢觉哉《关于红军的几首词和歌》，题为《秋收暴动》。《六言诗·给彭德怀同志》最早发表于1947年8月1日冀鲁豫军区政治部主办的《战友报》，题为《毛主席的诗》。……《临江仙·给丁玲同志》最早发表于1980年10月《新观察》第7期刊载的羽宏《毛泽东同志一九三六年写给丁玲的一首词》一文中，题为《临江仙》。《七律·和周世钊同志》最早发表于1983年12月出版的《毛泽东书信选集》的致周世钊的信中。……《杂言诗·八连颂》最早发表于1982年12月26日《解放军报》。”

② 参见霍松林主编《中国当代诗词艺术家大辞典·诗词界》，中州古籍出版社2001年版，第3页。

东师范大学，后任古籍整理研究所所长。著有《梦松风阁诗文集》。[1] 刘永翔《徐震堮先生传略》："1986 年 10 月 11 日，（徐震堮）因肠癌转移不治而与世长辞，享年八十五岁。"[2]

1987 年

1 月

1 月 20 日，上海诗词学会在上海文艺会堂举行成立大会。大会选举产生 38 名理事、14 名常务理事。选举萧挺为会长，李广、胡辛人、苏渊雷、章培垣、罗洛等 14 人为常务理事，鞠国栋为秘书长。聘请魏文伯、苏步青为名誉会长，施蛰存等 15 人为顾问。[3] 会刊为《上海诗词》。

本月，周作人《知堂杂诗抄》由岳麓书社出版。此书是周作人晚年编订的诗集，一共收诗 251 首，大多写于南京老虎桥狱中，曾取名为《老虎桥杂诗》。此书于 1958—1961 年由周作人分批寄给在新加坡的郑子瑜，托他设法出版，历 27 年之久，终于得以出版。[4] 书前有作者的两篇自序，书后附郑子瑜的跋。本书还附《外编》，辑录周作人所作旧体诗词 57 首、集句 12 首、联 12 副，并附陈子善后记。

本月，谢无量《谢无量自写诗卷》由中国文联出版公司出版。是书精选诗作 70 余首，全由谢无量自书，刘君惠撰引言，李国瑜题《岷峨奇秀掞天藻》七绝 8 首。

本月，《戎马诗词》由长江文艺出版社出版。是书由"中国列车文库"编委会编，为纪念"长征胜利五十周年、中国人民解放军建军六十周年"而推出，收录毛泽东、周恩来、朱德、叶剑英、陈毅、贺龙、瞿秋白、李大钊、董必武、叶挺、方志敏、林伯渠、徐特立、吴玉章、谢觉哉、夏明翰、刘伯坚、周文雍、殷夫等革命家所作新旧体诗共 90 首。

---

① 徐震堮生平参见刘永翔《徐震堮先生传略》云，见徐震堮《梦松风阁诗文集》，华东师范大学出版社 1991 年版，第 336 页。

② 徐震堮：《梦松风阁诗文集》，华东师范大学出版社 1991 年版，第 335 - 336 页。

③ 参见周一萍、苏渊雷主编《中华诗词年鉴》首卷，中国民间文艺出版社 1988 年版，第 660 页。

④ 周作人：《知堂杂诗抄》，岳麓书社 1987 年版，第 173 页。

3 月

20 日，黑龙江省诗词协会暨龙吟诗社于哈尔滨成立。陈雷为协会主席兼诗社名誉社长，郑翚为协会副主席兼诗社社长，张连俊、陶尔夫、陆伟然为协会副主席兼副社长，韩宇延等为协会副秘书长。《黑龙江日报》以整版篇幅发表了祝贺协会暨诗社成立的诗词作品。①

20 日，湖南诗词协会于长沙成立。其成员主要为老干部、大学教授等，成立大会上选举万迁为会长，胡遐之、谢彦玮、赵甄陶、刘人寿、李曙初为副会长，刘人寿兼秘书长。聘请程星龄、杨第甫、屈正中、羊春秋、马积高为名誉会长，聘请顾问 19 人。② 1988 年 6 月，会刊《湖南诗词》创刊，主编为胡遐之。

5 月

6—9 日，全国第一次当代诗词研讨会在湖南岳阳召开。“研讨会由《诗刊》社和洞庭诗社联合发起。《诗刊》主编杨子敏、诗人丁芒、《当代诗词》主编李汝伦、山东人民出版社副社长宋协周、黄河诗社秘书长林从龙、湖南诗词学会会长万迁、湖南作协副主席李元洛、《东坡赤壁诗词》副主编叶钟华、岳麓书社社长胡遐之、广西桂海诗社副社长汪民全、洞庭诗社社长文家驹等 20 余人出席研讨会。会议对传统诗词的复兴、当代诗词的继承和发展进行了深入的学术性探讨。会后，杨金亭、李汝伦、李元洛、丁芒为洞庭诗社社员和高校学生作了学术讲演，同时到汨罗屈子祠参谒。”③ 研讨会从第七届起名为中华诗词研讨会。

18 日，河南诗词学会在郑州成立。推举华钟彦、姜鑫、李之放为名誉会长，龚依群、刘峰为会长，林从龙、李允久为副会长，林从龙兼秘书长。后发展了洛阳诗词研究会、东明诗社、乐天诗社、南阳诗词学会、新郑市轩辕诗社、三门峡诗词学会、荥阳老年诗社、固始诗词学会等 20 多个团体会员，在全省范围内成立诗词组织。1992 年 6 月曾举办“三星杯”

---

① 参见周一萍、苏渊雷主编《中华诗词年鉴》首卷，中国民间文艺出版社 1988 年版，第 661 页。

② 参见《湖湘诗萃·湖南诗词协会成立大会专集》，湖南文艺出版社 1987 年版，第 1 - 21 页。

③ 参见周一萍、苏渊雷主编《中华诗词年鉴》首卷，中国民间文艺出版社 1988 年版，第 663 页。

首届全国青年诗词大奖赛，并于 1993 年 5 月发起首届中华青年诗词研讨会。1994 年 8 月 28 日，学会正式通过河南省民政厅审核、登记，成为中华诗词学会的团体成员。1999 年 9 月，学会与华中理工大学杨叔子院士商定，让该校举办以“让诗词走进大学校园”为主题的第十二届中华诗词研讨会。2000 年 9 月，在深圳举办以“让诗词走进中小学校园”为主题的研讨会，倡议中小学教材增加古诗词。1990 年 11 月，会刊《中州诗词》创刊，设《即事感怀》《韵里江山》《咏物抒怀》《酬唱心声》《诗论新篇》《诗讯之窗》等栏目。[①]

31 日，中华诗词学会在北京成立。成立大会在全国政协礼堂开幕，部分中央领导人，各省、市、自治区领导均出席会议。6 月 2 日，大会确定赵朴初、楚图南、周谷城、叶圣陶、唐圭璋为名誉会长，钱昌熙为会长，并确定了顾问及理事名单。会刊为《中华诗词》。此后各省、自治区、直辖市比照中央与地方行政结构，纷纷成立以省级行政区命名的“诗词学会”。胡迎建《当代诗词社团及其作者状态评述》称，20 世纪 80 年代成立之初，学会“正副会长以离退部级老领导、老专家为主，逐渐发展到以中国作协、中国文联退下来的领导为主，诗词理论素养较以前大为提高。同时，吸收各地诗词学会会长以及创作有成就的五十岁至六十岁年龄段的诗家担任中华诗词学会副会长。目前，中华诗词学会拥有一万多名会员，加上各省、市、自治区、县诗词学会的会员，估计达百万人以上”[②]。

本月，《光明日报》发表组诗《祝中华诗学会成立》。组诗包括周谷城《七律》、赵朴初七绝《待听歌唱五洲同》、钱昌照《百字令 · 端阳》、楚图南《七绝》、臧克家《绝句》、施议对七绝《和臧克家绝句三章》、缪钺四言诗《振兴中华》、叶嘉莹《喜见知音遍华夏》、罗忼烈《玉楼春》、沈轶刘《升平乐》、匡扶《七绝二首》。

6 月

本月，罗章龙《椿园诗草》由岳麓书社出版。是书收录罗章龙自 20 世纪初至 1982 年所作的 349 首旧体诗词。罗章龙（1896—1995），又名敖阶、仲言，湖南浏阳人。1912 年就读于长沙第一联合中学。1915 年在长沙读书时与毛泽东结为好友。1918 年 4 月与毛泽东、蔡和森等人共同发起

---

① 参见霍松林主编《中国当代诗词艺术家大辞典 · 诗词界》，中州古籍出版社 2001 年版，第 45 – 46 页。

② 胡迎建：《当代诗词社团及其作者状态评述》，载《新文学评论》2014 年第 1 期。

成立新民学会。同年8月考入北京大学文学院。1920年5月，共产国际代表马林等到北京会见李大钊、罗章龙等人后，即成立共产主义小组，罗成为中共最早的党员之一。11月加入社会主义青年团。1921年参与创办《工人周刊》。1923年6月参加在广州召开的中共三大，被选为中央执行委员和中央局委员。1924年参加共产国际五大，接着又出席在汉堡召开的第四次国际运输工会代表大会，当选为该会中国书记。回国后负责主编《中国工人》。1925年1月参加在上海召开的中共四大，被选为中央候补执行委员。1927年任中共中央局委员、武汉市委书记、湖北省委宣传部部长。同年5月在中共五大上被选为中央委员。11月参加中共中央临时政治局在上海召开的扩大会议，会后曾任中央工委书记，中华全国总工会委员长、党团书记。1928年参加在莫斯科召开的中共六大，被选为中央候补委员。1931年中共六届四中全会前后，他组织成立“中央非常委员会”“第二省委”“第二工会党团”等，因而被开除党籍。后转向教育界，先后任教于河南大学、西北大学，四川华西大学、湖南大学。1953年院系调整，调至中南财经学院（今中南财经政法大学）任教。1979年担任中国革命历史博物馆顾问。1995年2月2日，病逝于北京。

7月

本月，《将帅诗词选》由辽宁人民出版社出版。是书为第一部解放军将帅诗词的作品集，选朱德、彭德怀、刘伯承、贺龙、陈毅、罗荣桓、徐向前、聂荣臻、叶剑英、粟裕、黄克诚、陈赓、萧劲光、罗瑞卿、王树声、许光达等人的旧体诗词500多首，包含9位元帅、7位大将、21位上将、118位中将的诗词。其中，元帅、大将、上将参照授衔时公布的顺序排列，中将、少将以姓氏笔画为序。徐向前题写书名、贺词。此书出版后供不应求，一些将军和读者纷纷来信建议出版续集。1988年7月，辽宁人民出版社出版《将帅诗词选（续集)》，收入萧劲光、徐海东、谭政、张云逸等303位将领的诗词455首，其中4位大将7首，8位上将21首，32位中将65首，259位少将362首。李先念、徐向前、聂荣臻、萧劲光、王平、伍修权、杨得志、廖汉生、洪学智、杨成武、陈再道、刘震题词，莫文骅作序，张植信作《后记》。

本月，于友发、吴三元编注的《新文学旧体诗选注》由山东教育出版社出版。是书收录吴虞、沈钧儒、廖仲恺等人的旧体诗词，书后有《新文学旧体诗词漫评（代跋)》。臧克家题签。

8 月

本月，《江南诗词》第 3 期发表江南诗词学会编定的《江南新韵》。是书由《汉语大辞典》编辑赵恩柱任语音顾问，田芜、刘隽甫、沈道初审稿。《江南新韵》以平水韵为基础，保留入声，但调整了《佩文诗韵》的韵字，将某些韵部打散重排。平水韵由 106 韵合并为 37 韵，合并原则是原平水韵韵母相同、相近者并之。各部之字标注汉语拼音，原各部中无生命、失去时代意义的字大量剔除，书末附《汉语分韵表》，以便精通汉语拼音者按照汉语韵母为准行韵。统一以汉语新四声行韵。书后附一般常见入声字表（并区别阴平阳平）。是书虽合并 106 部为 37 部，但以原部面目存在。

9 月

1 日，甘肃诗词学会与甘肃人民广播电台举办《甘肃当代格律诗词赏析》。节目赏析了杨植霖、袁第锐、黄罗斌等诗人的作品，由诗词学者撰写赏析稿。①

6 日，后浪诗社成立。社长周燕婷，副社长郭伟光、李海清。该社为全国第一个青年诗词组织。吴海发《二十世纪中国诗词诗稿》云："成立大会在广州文德路文化大楼省社会科技大学教室举行，与会代表近三十人，来宾十余人……广州诗词界前辈黄施民、杨奎章、陈一民、刘逸生、陈芦荻、张采庵、黄雨、李汝伦等到会祝贺并担任顾问。会议选举周燕婷为社长，郭伟光、李海清为副社长。首批社友四十余人，多来自本省市；后迅速发展到全国各地，人数超过二百。"② 许多活跃在当今诗坛上的中青年作者，如刘梦芙、王国钦、魏新河、周克光、苏些雩、胡迎建、熊东遨、熊盛元、张智深等人先后加入该社。该社创有社刊《后浪新声》，开始几期为油印本，后改为铅印本，共刊印 16 期。

---

① 参见周一萍、苏渊雷主编《中华诗词年鉴》首卷，中国民间文艺出版社 1988 年版，第 666 页。

② 吴海发：《二十世纪中国诗词史稿》，中州古籍出版社 2004 年版，第 1012 页。

10 月

6 日，湖北省诗词学会、武汉诗词学会成立。6 日至 7 日，湖北省诗词学会和武汉诗词学会联合举行成立大会，“会上分别通过两会章程，决定对外两块牌子，对内一套班子，统一推举顾问和名誉会长，建立理事会和常务理事会，并选举吴丈蜀为会长，王精忠、贺捷、汪诚等为副会长，由王精忠兼任秘书长”①。1993 年，湖北、武汉诗词学会分开活动，并改选领导班子。1988 年 1 月，会刊《晴川诗词》创刊，吴丈蜀任主编。1995 年，《晴川诗词》更名为《湖北诗词》，栗栖、徐晓春任主编。同年，武汉诗词学会独立创办《武汉诗词》，并编印《抗战凯歌》专辑。

15 日，贵州诗词学会在贵阳成立。其前身为成立于 1984 年 4 月 1 日的“爱晚诗社”。贵州省诗词学会在爱晚诗社、黔风诗社、播风诗社、杜鹃诗社等诗社的基础上，于贵阳召开代表大会，选举申云浦为会长，冉砚农、涂月僧、王邸、赵德山、张一凡为副会长，王邸兼任秘书长，并推举李庭桂、李侠公、蹇先艾为名誉会长。另选出理事 42 人、常务理事 23 人，聘请顾问 31 人。会刊《贵州诗词》，前身为创刊于 1984 年 6 月 4 日的《爱晚诗刊》。1988 年 10 月 31 日，《爱晚诗刊》改由贵州省诗词学会与爱晚诗社联合主办，每月 1 期，并出版《爱晚诗集》。1998 年 1 月，《爱晚诗刊》更名为《爱晚诗词》。②

31 日，中华诗词学会在北京日坛公园百花轩举行金秋诗会。“诗会由老诗人张报主持，周一萍、肖劳、姚雪垠、孔凡章、孙仲湘作了即兴发言。与会诗人和书画家当场挥毫，即席吟诵。中央电视台、北京电视台分别报道了这次活动的盛况。《人民日报》《北京日报》选载了诗会的部分作品。”③ 同日举行重阳雅集、重阳诗会的还有山西诗词学会、山东历山诗社、云南省老干部诗词协会、江西诗社等。

本月，《中国韵文学刊》在湘潭创刊。该刊为中国韵文学会的会刊，由湘潭大学和中国韵文学会共同主办。创刊号辟有《韵文创作》栏目，刊载周谷城、唐圭璋、张伯驹、任中敏、黄公渚、钱仲联、王季思、俞平

---

① 霍松林主编：《中国当代诗词艺术家大辞典 · 诗词界》，中州古籍出版社 2001 年版，第 51 页。

② 参见赵西林，黄润莲主编《1987—2007 贵州诗词学会二十年》，贵州诗词学会 2007 年版，第 1 – 2 页。

③ 周一萍、苏渊雷主编：《中华诗词年鉴 · 首卷》，中国民间文艺出版社 1988 年版，第 667 页。

伯、缪钺、程千帆、周汝昌等人的旧体诗词。1988 年第 1 期辟《盛世元音》栏目，1990 年第 1 期起改名为《盛世新声》，1995 年第 1 期起改名为《时代新声》，刊载当代名家的旧体诗词。

11 月

23 日，河北省燕赵诗词协会成立。成立大会上，推选尹哲、刘秉彦、李文珊为名誉会长，魏际昌为会长，韦野、冯健男、叶蓬、刘章、浪波、夏传才等任副会长，叶蓬兼任秘书长。后更名为河北省诗词协会。1988 年 6 月，会刊《燕赵诗词》创刊，为内部交流之季刊，叶蓬兼任主编，刘章、盛劲波任副主编。1994—2000 年，协会向全国征稿编辑《当代千家诗词选》，并多次举办诗词作品研讨会。[①] 其后，河北省 11 个地级市先后建立诗词协会或学会，170 多个县市区中有 85% 建立了诗词协会或诗社。目前，河北省拥有中华诗词学会会员 500 余名，省诗词协会会员 2000 余名，并有《柏坡风》（石家庄市）、《百泉诗词》（邢台市）、《燕南诗词》（廊坊市）、《炎黄诗学》（衡水市）、《新建安》（邯郸市）等地市级诗词协会会刊。

本月，唐圭璋《梦桐词》由江苏古籍出版社出版。是书收录 1926 年以来词作 133 首，为作者亲自手订，曹济平作注。其中部分词作曾刊载于《潜社词刊》《国闻周报・采风录》《广箧中词》《如社词钞》《雍园词钞》等。书前有作者自序，书后附作者自传及著作简述。

12 月

29 日，陈声聪去世，终年 90 岁。陈声聪（1897—1987），字兼与，亦字兼于，号荷堂、壶因、弱持，福建福州人。15 岁前在私塾读古书。1915 年中学毕业后曾考入福建省中经学会。1916 年入北京国立法政专科学校，师从姚中实，学古文、书画，学问大进，书法尤享盛誉。1918 年毕业后入财政部，在赋税司办理关税事务十年，历任主事、佥事等职。1928—1936 年游幕四方，任上海、江西、北平各省市政府秘书、参事。1937 年重返财政界，任财政部筹办所得税上海办事处秘书，代行处务。1941 年历任财政部直接税署秘书、贵州税务管理局副局长、上海财政金

① 参见霍松林主编《中国当代诗词艺术家大辞典・诗词界》，中州古籍出版社 2001 年版，第 5 -6 页。

融特派员办事处专门委员、福建直接税局局长、全国花纱管制委员会秘书长等职。新中国成立后，于华成化工厂工作，退休后从事文史书画研究，任上海市文史研究馆馆员、中国国民党革命委员会上海市委员会宣传工作委员会委员、中国书法家协会会员、中华诗词学会顾问、江南诗词学会理事、上海诗词学会顾问、半江诗画社名誉社长等职。[①] 1980 年刊行《壶因词》（自刻本），录词近百首。所著《兼于阁诗》《兼于阁诗续》《兼于阁诗再续》存诗 700 余首。并有指导填词类著述《填词要略及词评四篇》，收《填词要略》《读词枝语》《闽词谈屑》《论近代词绝句》《人间词话述评》五种，1986 年 6 月由广东人民出版社出版。

26 日，广西诗词学会于南宁成立。筹备委员会由桂海诗社、中山诗书画印社和葵龙诗社三个单位发起成立。推举莫文骅、张报、莫乃群为名誉会长，聘请罗培元、侯甸、覃异之、曾敏之、陈迩冬为顾问。选举罗立斌为会长，林克武、张华、钟纪民等为副会长，钟纪民兼任秘书长。1989 年 4 月，《广西诗词》发刊，钟纪民任主编。1993 年 4 月，《八桂诗词》第 1 期由广西人民出版社出版，马斯任主编，每年出版三期。

1988 年

1 月

11 日，广东中华诗词学会在广州市成立。选举王起、杨应彬为会长，黄施民、刘逸生、关振东、李汝伦、张作斌、张云华、杨奎章、罗培元、黄天骥为副会长，张作斌兼秘书长。推选刘田夫等 6 人为名誉会长，丁家骏等 22 人为顾问。[②]

2 月

16 日，叶圣陶于北京逝世，终年 94 岁。叶圣陶（1894—1988），原

① 参见阎纯德主编《中国文学家辞典·现代》第 5 分册，四川文艺出版社 1992 年版，第 458－459 页。

② 参见周一萍、苏渊雷主编《中华诗词年鉴》第二卷，中国民间文艺出版社 1989 年版，第 503 页。

名绍钧，字秉臣，改字圣陶，江苏苏州人。作家、教育家。1919 年曾参与新潮社，两年后参与发起成立文学研究会。1923—1930 年，任商务印书馆国文部编辑，间或任教于复旦大学。1930 年任开明书店编辑。抗日战争时期先后在武汉大学、重庆中央国立戏剧学校等执教。新中国成立后历任国家出版总署副署长、教育部副部长、人民教育出版社社长、全国政协副主席、中央文史研究馆馆长、中国作家协会顾问等职务。著有《箧存集》等。《叶圣陶年谱长编》云："2 月 16 日丁卯年除夕。上午 8 时 20 分，在北京逝世，终年 94 岁。"①

3 月

6 日，北京诗词学会在北京成立。该会在北京市文联、市作协和中华诗词学会的指导下正式成立，由野草诗社、灵芝诗社等 20 多个诗社共同发起。选举阮章竞为会长，王建中、齐一飞、沙地、刘光裕、江山、杨金亭等为副会长，江山兼秘书长。聘请廖沫沙等 6 人为名誉会长，肖劳等 209 人为顾问。② 学会办有会刊《北京诗苑》《诗词园地》。

10 日，辽宁省诗词学会于沈阳成立。选举谈立人为会长，于岩、王充闾、阎福君、项冶、谷正荣为副会长，姚莹为秘书长。张正得等 7 人为名誉会长，郭峰等 30 人为顾问。1991 年，会刊《辽海诗词》创刊，主编谈立人，副主编姚莹。③

4 月

15 日，陕西省诗词学会在西安市成立。选举霍松林为会长，杨鸿章、武复兴为副会长，武复兴兼秘书长。汪峰等 5 人为名誉会长。会刊为《陕西诗词》。

5 月

15 日，福建省诗词学会在福州成立。《福建日报》1988 年 5 月 16 日

① 商金林撰著：《叶圣陶年谱长编》第 4 卷，人民教育出版社 2004 年版，第 615 页。

② 参见周一萍、苏渊雷主编《中华诗词年鉴》第二卷，中国民间文艺出版社 1989 年版，第 504 页。

③ 周一萍、苏渊雷主编：《中华诗词年鉴》第二卷，中国民间文艺出版社 1989 年版，第 503 页。

第1版刊载消息《福建中华诗词学会成立》："由福建省政协、省社科联联合创办的福建中华诗词学会于1988年5月15日成立。它是我省目前唯一的诗词研究团体。"① 原福建师范学院副校长黄寿祺当选为会长，王浩、吴秉修、陈景汉等为副会长，赵玉林为秘书长，聘请卢浩然等8人为名誉会长，万里云等8人为顾问。1989年8月，社刊《福建诗词》创刊，并由福建教育出版社公开出版，每年出版一期，同时每年还出版2～3期学会《通讯》。

6月

18日，四川诗词学会在宜宾成立。选举何郝炬为会长，李维嘉为常务，刘君惠、刘传茀、李伏伽等人为副会长，刘传茀兼秘书长。聘请杨超等7人为名誉会长，王文才等15人为顾问。②

18日，山东诗词学会在济南成立。选举马连礼为会长，丁方明、王希坚、于希宁等为副会长，李骏昌为秘书长。聘请李子超、臧克家等3人为名誉会长，王伯名等13人为顾问。③ 会刊为《历山诗词》，臧克家曾先后担任副主编、主编。

18日，浙江诗词学会在杭州成立。《浙江省诗词学会会议纪要》云："当天上午八时，来自全省各地共九十余人代表在杭州举行成立大会，会议确定了理事及常务理事名单、顾问名单及《浙江省诗词学会章程》，选举戴盟为会长，余明、刘操南、张学理、叶元章、徐通翰、吴军为副会长，章士严为秘书长，王斯琴、闻竹雨等人为副秘书长，并聘请毛大风、王季思、商景才、袁一凡、苏渊雷等人为顾问。大会历时两天，19日下午，举行了雅集。"④ 1989年11月，社刊《浙江诗词》创刊。

8月

15日，宁夏诗词学会成立。选举张源为会长，石天、秦中吟、吴淮

---

① 《福建中华诗词学会成立》，载《福建日报》1988年5月16日第1版。

② 参见周一萍、苏渊雷主编《中华诗词年鉴》第二卷，中国民间文艺出版社1989年版，第506页。

③ 参见周一萍、苏渊雷主编《中华诗词年鉴》第二卷，中国民间文艺出版社1989年版，第506页。

④ 《浙江省诗词学会会议纪要》，见浙江省诗词学会编《浙江省诗词学会成立大会纪念专辑》，1988年版，第86－88页。

生为副会长，秦中吟兼秘书长，会员（包括理事在内）共 20 人。学会属宁夏社会科学界联合会主管，系中华诗词学会的团体会员。下属有老年大学诗词学会宁大诗社、西北第二民族学院满江红诗词社。每年召开一次学术研讨会。1990 年，学会在《宁夏日报》开辟《夏风》诗词专版，共出版 35 期。1998 年下半年，独立发行诗报《夏风》，扩为对开四版，由诗词学会常务副会长秦中吟任主任兼责编，会长邓万任名誉主编。每两月出版一期，逢双月第一日出报。《夏风》以发表诗词为主，兼发新诗、散文诗、诗歌活动信息、诗词评论、诗人活动等，并编辑香港澳门回归、红军长征六十周年、国庆及宁夏解放五十周年、西部大开发与当代诗词等专版。① 学会还办有增刊《六盘高峰》《宁夏诗词学会通讯》等，出版诗词集《当代诗人咏宁夏》《中华当代边塞诗词精选》、论文集《重振边塞诗风》等。

9 月

25 日，海南诗词学会在海口成立。选举朱逸辉为会长，冯麟煌、林冠群、周济夫、陈修发、蔡明康、李晋棠为副会长。聘请许士杰、张济川为名誉会长，钱昌照等十人为顾问。办有会刊《琼苑》。②

本月，马冰山《冰山草》（“华夏诗词丛书”）由广东人民出版社出版。马冰山（1920 年生），广东潮阳人，生于柬埔寨。中国共产党党员。曾任八路军战地记者团组长，鲁西军区《火线周报》编辑主任、《泰西时报》总编辑、《鲁西时报》股长，新华社水东分社副社长，河西干部学校校长，中共濮阳市委宣传部部长。新中国成立后，历任广州市人民委员会处长，广州市教育局局长，地质部教育司副司长，江西省中学校长，广东省出版局副局长兼广东人民出版社社长，南方图书公司董事长、总经理，《华夏诗报》社社长。是书曾在 1984 年 5 月由湖南人民出版社出版，收录马冰山 1978—1983 年创作的 143 首旧体诗词，第一版印 6200 册，不久即告售罄。此次为再版，新收入内容包括新诗、诗话、“有关生活与诗的自白小文”③，并对原有诗词做了修订。黄苗子为封面题字，书前有作者

① 霍松林主编：《中国当代诗词艺术家大辞典 · 诗词界》，中州古籍出版社 2001 年版，第 17 - 18 页。

② 周一萍、苏渊雷主编：《中华诗词年鉴》第二卷，中国民间文艺出版社 1989 年版，第 507 页。

③ 马冰山：《我的第一本书——〈冰山草〉再版自序》，见马冰山《冰山草》，广东人民出版社 1988 年版，第 3 页。

《我的第一本书——〈冰山草〉再版自序》、李定坤作诗序、梁鉴江《且将爱恨入诗词——〈冰山草〉序》，书后有《蒲风赠诗：青青的秧苗——给冰山同志》。

10 月

10 月 15 日，新疆维吾尔自治区诗词学会在乌鲁木齐成立。学会在原昆仑诗社的基础上成立，新疆维吾尔自治区社会科学界联合会主管，中华诗词学会团体会员。出席大会代表 60 余人，会议选举刘萧无为会长，欧阳克嶷（常务）、星汉、买买提明·玉素甫、李般木、乔建海、阿不都热依木·乌铁库尔、刘德为副会长，孙钢为秘书长。铁木尔·达瓦买提等三人为名誉会长，铁依甫江等 16 人为顾问。[①] 下属有石河子、阿克苏、奎屯、喀什、哈密等 80 个团体会员。1997 年 4 月，会刊《昆仑诗词》创刊，供内部交流。曾出版《当代西域诗词选》等。

本月，李汝伦《紫玉箫集》（“华夏诗词丛书”）由广东人民出版社出版。李汝伦（1930—2010），吉林扶余人。民盟盟员。1953 年毕业于东北师范大学中文系。1956 年参加工作，历任中学教师，市文委干部，广东作家协会文艺创作研究室副主任、杂文创作委员会副主任，中华诗词学会副会长，《当代诗词》主编，广东省作家协会《作品》副主编、编审，广东省作家协会理事。著有专集《杜诗论稿》《种瓜得豆集》《性灵草》《旧瓶·新酒·辩护词》《当代诗词研讨文集》《蜂蝶无缘》《紫玉箫二集》《李汝伦作品选粹》《李汝伦杂文选粹》等。黄苗子为封面题字，书前有《作者自传》《紫玉箫·盘点诗稿偶作二手（代序）》，书后有《选余小记》。附录《性灵所至，缘情而发》《为诗词形式一辩——与丁力同志的一次通信》。《紫玉箫集》曾获广东省第三届鲁迅文学奖。

本月，黄施民的《南窗诗钞》（“华夏诗词丛书”）由广东人民出版社出版。黄施民（1921—2003），原名黄玉宇，广东南海西樵人，生于香港。20 世纪三四十年代一直在香港从事进步的政治活动。新中国成立后，历任广东省委副秘书长、省委宣传部副部长。1980 年任深圳市委书记、副市长，广东省经济特区管理委员会副主任。后任广东省政协常委、全国韵文学会理事、中华诗词学会理事、广东中华诗词学会常务副会长、岭南诗社社长、广州诗社顾问、中国作家协会广东省分会理事、中国国际文化交

---

① 参见周一萍、苏渊雷主编《中华诗词年鉴》第二卷，中国民间文艺出版社 1989 年版，第 507 页。

流中心广东省分会理事。晚年业余从事诗词写作，出版《深圳吟》《深圳风华词集》《南窗诗草》及《南窗诗钞》。是书为作者此前出版的《深圳吟》《深圳风华词集》和《南窗诗草》三集略加增删而成。黄苗子为封面题字，书前有《作者小传》、作者自序（为《南窗诗草》原序）、秦牧作序。诗集分为《南窗吟草》《特区吟草》两卷。

本月，黄雨的《听车楼集》（“华夏诗词丛书”）由广东人民出版社出版。黄雨（1916—1991），原名黄遗，广东澄海人。中共党员。1937 年后曾任中学教师、抗日军队政工人员、报刊编辑，1947 年流亡香港，任东香岛中学和中业学院教师，1951 年后历任华南文艺学院讲师、《广东文艺》执行编辑、中国民间文艺家协会副主席、中国作家协会广东分会专业作家。1938 年开始发表作品。著有诗集《残夜集》《潮州有个许亚标》，论著《刘禹锡诗选评注》《新评唐诗三百首》等。诗集分为上下卷。黄苗子为封面题字，书前有《作者自传》、作者自序诗，卢荻作序。附录《当代诗词断想》二则。

11 月

8 日，江西诗词学会在南昌成立。出席代表 70 人，特邀代表 35 人。选举石天行为会长，盛朴、姚公骞、吕小薇、王培元为副会长，魏向炎为秘书长，聘请赵增益等 5 人为名誉会长，王一琴等 32 人为顾问。出版季刊《江西诗词》。①

21 日，全国第二次当代诗词研讨会在广东三水召开。会议由广东中华诗词学会、《诗刊》编辑部、《当代诗词》编辑部和三水肄江诗社联合举办，为期四天。会议收到论文 40 余篇，与会者围绕当代诗词如何反映时代生活、表现时代精神，当代诗词的改革以及如何开展理论批评工作等问题进行了学术讨论。1989 年《诗刊》第 7 期刊载《第二次全国当代诗词研讨会纪要》，提出了“建议在《诗刊》《当代诗词》以及其他诗词刊物开辟当代诗词的评论专栏”“希望高等院校的文学系研究诗词的教师、专家，把注意力从古典诗歌上分散一部分到当代诗词上来”“搜集近年来关于当代诗词的有水平的理论、批评文章，编成专辑”“诗人们自己也可以动笔写评论，不但可评论别人的，也可以总结自己的写作心得和经验”

---

① 参见周一萍、苏渊雷主编《中华诗词年鉴》第二卷，中国民间文艺出版社 1989 年版，第 508 页。

等意见。①

12 月

25 日，《中华诗词年鉴》首卷（1988 年卷）由中国民间文艺出版社出版。是书由周一萍、苏渊雷任主编，鞠国栋（常务）、杨泠、吴定中、田遨任副主编，赵朴初、楚图南、钱昌照、周谷城等 12 人任顾问。是书包括 1988 年内的诗词作品、诗词论文选摘、诗词著作评介、诗词书目、吟坛记事、诗词组织简况等，翔实地反映了本年度旧体诗词各个方面的风貌。1989 年 11 月，《中华诗词年鉴》第二卷（1989 年卷）由中国民间文艺出版社出版，周一萍、苏渊雷主编。1992 年 4 月，《中华诗词年鉴》第三卷（1990—1991 年合辑）由学林出版社出版，张璋、苏渊雷主编。1994 年 8 月，《中华诗词年鉴》第四卷（1992—1993 年合辑）由学林出版社出版，张璋、苏渊雷主编。1996 年 12 月，《中华诗词年鉴》第五卷（1994—1995 年合辑）由学林出版社出版，张璋、鞠国栋主编。

本年

《马万祺诗词选（一集）》由作家出版社出版。是书前有夏衍的序，吴汉涛《马万祺先生小传》，诗词共 10 卷 200 首。马万祺（1919—2014），广东南海人，曾任全国政协副主席、全国人民代表大会代表，澳门中华总商会会长。居澳门。1989 年 4 月 2 日，北京文学界人士为《马万祺诗词选》的出版发行举行座谈会。夏衍、艾青、臧克家、冯牧、王蒙、唐达成、张志民等人与会发言。会后，党和国家领导人王震、习仲勋、彭冲、廖汉生、周谷城等人会见马万祺，并出席了祝贺宴会。1994 年 8 月，由谢常青笺释的《马万祺诗词选（一集）》由暨南大学出版社出版，邓小平题签，叶选平、夏衍作序，马万祺撰前言，吴汉涛撰《马万祺先生小传》，书后有谢常青《笺释后记》及《编后感言》，《编后感言》为三首七绝。1994 年 12 月，《马万祺诗词选（二集）》由人民文学出版社出版，由邓小平题签，江泽民、李鹏、乔石、李瑞环、杨尚昆、万里、王震、荣毅仁、叶选平等领导人题词，艾青作序。1995 年 1 月 10 日，中国作家协会、中华文学基金会、人民文学出版社在人民大会堂新疆厅联合主办《马万祺诗

① 《第二次全国当代诗词研讨会纪要》，载《诗刊》1989 年第 7 期。

词选（二集）》首发式，全国人大常委会副委员长、全国政协副主席以及文艺界知名人士200余人出席首发式。1995 年《诗刊》第 2 期刊载《〈马万祺诗词选（二集）〉首发式在京举行》的消息，第 4 期刊载杨金亭《正气凛然赤子情——读〈马万祺诗词选〉一、二集》一文。1995 年 6 月 8 日，由广东省政协主办的“马万祺诗词座谈会”在广州珠岛宾馆举行，省政协主席郭荣昌致辞，省政协副主席、广东中华诗词学会副会长肖耀堂作《读〈马万祺诗词选〉感怀》。1999 年，作家出版社再版由谢常青笺释、全国政协文史资料委员会编《马万祺诗词选（二集）》。2001 年，中国华侨出版社出版由中华文学基金委编《马万祺诗词选（三集）》。澳门大学施议对教授曾撰三篇《马万祺白话诗词印象》[1]，评价马万祺的旧体诗词“皆以白话为之”。[2]

1989 年

三月

初春，梦碧后社成立。1988 年，天津诗词社与东方艺术学院合办首届诗词写作班，寇梦碧任教，卒业学员 20 余人，均粗具诗词写作能力。1989 年初春，“其人室弟子曹长河、王蛰堪、王焕墉、刘景宽、冯晓光等与浣鞠、牧石及余商议，召集卒业学员成立梦碧后社，以慰其怀抱。天津诗中社副社长，画家范曾亦向其承诺：待南开大学东方艺术系大楼建成后辟一专室为梦碧后社社址”[3]。寇梦碧有《清平乐·己巳初春梦碧后社成立喜而赋此》。暮春，梦碧后社诸子到李园雅集，寇梦碧作《减字木兰花·己巳年暮春梦碧后社诸子李园看海棠》。梦碧词社由寇梦碧于民国三十二年（1943）创立于天津，杨轶伦《梦碧词社沿革小记》云：“初成立

① 三篇标题分别为《山川秀丽，相逢多欢——马万祺白话诗词印象（一）》（载《镜报》1997 年第 9 期）、《妻子好合，如鼓瑟琴——马万祺白话诗词印象（二）》（载《镜报》1997 年第 10 期）、《握拨一弹，心弦立应——马万祺白话诗词印象（三）》（载《镜报》1997 年第 11 期），后以《马万祺诗词印象》为题合刊于《纵横》1999 年第 12 期。

② 有关资料参见夏泉、董锦编《马万祺研究资料汇编》，暨南大学出版社 2013 年版，第 265－286 页。

③ 陈宗枢：《天津词人寇梦碧》，见顾国华编《文坛杂忆·全编四》，上海书店 2015 年版，第 312 页。

于民国三十二年，名癸未文社，内分诗词、诗钟、谜语诸门，而以词为之主。三十三年，经词坛前辈向仲坚、周公阜、姚灵犀诸先生之宣导，社务益形发展，又更名为甲申文社。是年秋，姚灵犀社长复改名为吟秋社。”①该社活动在抗日战争时期一度中断，1946 年夏，寇梦碧邀集旧社社友，在报纸公开征求新社友，成立梦碧词社。1948 年，祠社第一阶段活动停止。新中国成立后，梦碧词社和庚寅词社之间有许多雅集活动。

6 月

本月，碧湖诗社恢复。碧湖诗社成立于清光绪十二年（1886），地址为长沙开福寺，因寺内有碧浪湖而得名。王闿运、郭嵩焘、释敬安、王先谦、肖云爵、高僧寄禅（八指头陀）等数十人结社于此，王闿运任社长，名之“碧湖”。民国后，先后有杨树达、曹典秋、李肖聃、王啸苏、刘腴深等人加入，后中断。本月，由诗人沈立人、黄曾甫、释戒圆等人倡议恢复，经民政部门批准，成立碧湖诗社。地址仍设在开福寺，雅集、开餐均为斋食，为全国唯一一个“儒释结合”的诗社。诗社主编《碧湖诗选》，其创刊号于本年印行。②

7 月

24—25 日，云南诗词学会在昆明成立。选举张文勋为会长，薛波、赵浩如、杨正南、张华俊、杜乙简为副会长，赵浩如兼任秘书长。1991 年 2 月，会刊《云南诗词》第 1 辑由云南教育出版社出版，张文勋任主编，每年出版一集。除刊载诗词外，也收入少量散曲作品。截至目前，全省共有昆明、楚雄、普洱、玉溪、曲靖、大理、临沧、昭通、西双版纳、保山 10 个州市成立了与诗词有关的协会，主要有 3 种形式：第一种是诗书画协会，第二种是诗词楹联学会，第三种是诗词学会。其中，昆明、昭通、临沧、保山 4 个州市成立了专门从事诗词创作和研究的诗词学会（协会）。至今尚有怒江、迪庆、德宏、红河、丽江、文山 6 个州市没有成立州市一级的诗词组织。而楚雄、普洱两个州市同时成立了两个诗词组织。

---

① 杨轶伦：《梦碧词社沿革小记》，见魏新河《词林趣话》，黄山书社 2009 年版，第 300 - 301 页。

② 参见霍松林主编《中国当代诗词艺术家大辞典 · 诗词界》，中州古籍出版社 2001 年版，第 64 页。

楚雄州有楚雄诗词楹联学会和楚雄老年书画诗词协会。普洱市有普洱诗词楹联协会和普洱市老年诗词书画协会。有 17 个县、区成立了与诗词有关的组织，其中，通海县、昆明东川区、昆明呈贡区、孟连县、墨江县、丽江古城区成立了专门从事诗词创作与研究的诗词学会（诗社）。

本月，霍松林《唐音阁吟稿》由陕西人民出版社出版。书前有钱仲联序；题诗四首：陈匪石《题松仁弟花溪吟稿》、陈迩冬《题松林老兄唐音阁诗钞》、苏渊雷《题松林诗老唐音阁吟稿（二首）》；题词一首：陈匪石《满庭芳·怀霍松林羊城》。收《唐音阁诗稿》6 卷、《唐音阁词稿》44 首，书后有霍松林《后记》。

本年

本年，河北省“文艺振兴奖”率先将诗词列为评奖内容，由河北省燕赵诗词协会筹组诗词门类的评奖委员会。最终，刘章《望海潮·端阳诗会》、韩成武《七律·自勉》、布尼阿林《七律四首》荣获此奖。同时，河北省燕赵诗词协会仿照各兄弟协会之通例，决定设立“新国风奖”，作为省级部门奖，评出 8 篇优秀诗词作品授予此奖，并决定今后每两年一次在评出“文艺振兴奖”之后进行评选。[①]

本年，“华夏诗词丛书”出版了荒芜《麻花堂集》（1989 年 1 月）、刘征[②]《霁月集》（1989 年 3 月）、胡希明[③]《三流诗集》（1989 年 6 月）、

---

① 参见张璋、苏渊雷主编《中华诗词年鉴》第三卷，学林出版社 1992 年版，第 41 页。

② 刘征（1926 年生），原名刘国正，北京人。曾任人民教育出版社副总编辑、中华诗词研究院顾问。已出版诗词集《楼外楼诗词》等。

③ 胡希明（1907—1993），笔名三流、孙霆、孙飞、令狐秦等。1907 年出生于河北保定。从事新闻、文化、出版等工作数十年。1941 年任进步报纸桂林《力报》采访部主任。还担任白虹书店总经理，出版进步书刊。后根据党的指示创办了《周末报》并任社长，同时为《华商报》《文汇报》等撰稿。其专栏文章以短小精悍、犀利尖锐而名噪一时。新中国成立后，历任广东省文史研究馆副馆长、馆长，广东省政协副秘书长、副主席，第五届全国人大代表等。

梁鉴江[①]《青琅玕集》（1989年6月）、张作斌[②]《逝水集》（1989年6月）、夏川[③]《夏雨集》（1990年3月）。此系列丛书均由黄苗子封面题字，书前附《作者小传》。《麻花堂集》由广东人民文学社出版，分为《（甲）杂诗》《（乙）题画诗》《（丙）新诗》三部分。《霁月集》由广东人民出版社出版，作者作小序。《三流诗集》由广东人民出版社出版，吴有恒作序《"一片孤城万仞山"——序胡希明的诗集》，胡区区作《编余小记》。《青琅玕集》由花城出版社出版，作者作《自序》，杨重华作《〈青琅玕集〉序》，收录旧体诗，附新诗14首、诗论5篇。张作斌的《逝水集》由广东人民出版社出版，向明作序。

本年，《岭南五家诗词钞》在广州印行。是书由王季思题字，胡希明、傅静庵作序。五家诗为张建白（采庵）《春树人家诗词钞》、莫仲予《留花庵诗词钞》、刘逸生《蜗缘居诗词钞》、徐续《对庐诗词钞》（孔凡章跋）、陈永正《沚斋诗词钞》（孔凡章"后序"、傅静庵跋）。

1990年

1月

本月，中华诗词学会编《中华诗词》第一辑由中国民间文艺出版社出

---

① 梁鉴江（1940年生），广东番禺北亭乡人。1962年毕业于华南师范学院中文系。先后从事教育和古籍编辑工作。曾任广东人民出版社副编审、中国艺术研究院特聘创作研究员、东南大学词学研究所《中华词学》编委、广东中华诗词学会副会长、中国王羲之研究会研究员等。已出版《青琅玕集》《陈维崧词选注》《杜甫诗选》《白居易诗选》，并在港台地区多次再版，在海外有广泛的影响。是《唐宋词鉴赏辞典》《金元明清词鉴赏辞典》等8种中国古典诗词鉴赏辞典的撰稿者。发表过新旧体诗歌300多首，诗歌被选入《二十世纪名家诗词钞》《当代中国诗词精选》等20多种海内外诗词选本。

② 张作斌（1924—2014），黑龙江哈尔滨人。1944年考入伪满军校，1945年参加中国人民解放军，历任连政治指导员、师宣传科长、广州军区宣传部科长、师政治部副主任、师副政委。1966年转业，在羊城晚报社任党委和编委委员。后任广东省委宣传部副部长。离休后任广东中华诗词学会副会长兼秘书长、岭南诗社副社长。其作品曾刊登于《光明日报》《诗刊》上，并选入《东风诗选》《岭南当代诗词选》等。

③ 夏川（1918—2006），河北平山人，1936年4月参加革命。曾任西藏军区副政委、西藏自治区政协副主席。

版。周谷城题签，施议对责编。书前有江泽民《记国庆卅五周年盛况调寄浣溪沙，书请树峰七叔两正（甲子秋日）》手迹、贺敬之《重视评论，奖励诗词创作》、霍松林《总结经验，发扬优秀传统》、刘逸生《积极稳妥，推行诗词改革》、万云骏《诗词曲的分界及其发展道路》、丁芒《中国诗歌格律的推衍及对当代诗歌的浸润》、施议对《当代十词人述略》，以及赵朴初、钱小山、海稜、郭化若、赵玉林等庆祝新中国四十周年诗词专辑，陈声聪《兼于阁诗话续编》，包谦六《吉庵诗话》，沈轶刘《繁霜榭词札》等。

2月

2月14日，寇梦碧于天津逝世，终年73岁。寇梦碧（1917—1990），名家瑞，字泰逢，天津人。因酷爱碧山、梦窗词，自取名为梦碧。曾任天津崇化学会讲师、梦碧词社社长、天津市文史研究馆特约馆员、中华诗词学会顾问、天津诗词社社长等。著有《夕秀词》。施蛰存《北山楼词话》云："一九九〇年，接连逝去好几位词学界的前辈或师友，可谓词学不幸的一年。二月十四日，天津词人寇梦碧去世，年七十四（虚岁）。"① 本年印行《夕秀词》，范曾、夏承焘题签，周汝昌、陈云君作序，作者作自序，张牧石作跋。第一辑《九霄环佩》（施蛰存北山署），第二辑《笛外秋心》（周汝昌署），第三辑《鬘天剩谱》（张伯驹署），第四辑《春台集》（陈宗枢机峰署），第五辑《六合小溷杂诗》（张牧石署）。

3月

本月，毛谷风选编《当代八百家诗词选》由浙江大学出版社出版。是书"凡取八百二十三余家，诗词二千零五篇，不收散曲与自度曲。入选作者遍及全国各省市自治区、港台澳地区及新加坡、马来西亚、菲律宾、美国、加拿大、日本、澳大利亚各国，年龄从十八岁至一百零八岁，女性作者五十余人"②。

---

① 施蛰存：《施蛰存全集·第七卷：北山楼词话》，华东师范大学出版社2012年版，第731－732页。

② 毛谷风选编：《当代八百家诗词选》，浙江大学出版社1990年版，第611页。

4 月

21—24 日，全国第三次当代诗词研讨会在河南省洛阳市召开。会议由中华诗词学会委托洛阳诗词学会主办。来自中国内地及港澳地区、日本等地的与会代表 200 余人，会议收到论文 40 余篇以及诗集、诗刊、诗稿 200 余件，主题是研究如何提高当代诗词的创作艺术质量，同时围绕“如何提高当代诗词的创作艺术”“当代诗词队伍建设、诗词作品评论及诗词普及”等问题展开了讨论。①

24 日，华中理工大学瑜珈诗社成立。诗社聘请老校长朱九思为名誉社长，选举姚宗干副校长为社长，李白超为常务副社长兼任秘书长，校党委宣传部部长曹承容为副社长。1994 年 6 月，杨叔子任社长。内部社刊有《瑜珈诗苑》。1993 年 9 月，华中理工大学出版社出版《瑜园诗选》。后又出版《瑜园诗选（二）》《瑜园学子诗选》和《瑜珈诗选（三）》等。1998 年夏，该社承办以“中华诗词走进大学校园”为主题的全国第十二届中华诗词研讨会。② 2000 年，华中理工大学、同济医科大学、武汉城市建设学院合并组建华中科技大学，瑜珈诗社随之成为华中科技大学下属社团。

5 月

本月，甘肃陇风诗书画社成立。该社为甘肃省诗书画创作和研究者的群众性文艺组织，初建时有社员 48 人。本年 8 月，社刊《陇风》创刊，以刊登诗词为主。1998 年 8 月，该社曾举办“庆祝中华人民共和国成立 50 周年暨澳门回归”大型诗书画艺术展，影响广泛。

本月，知识出版社出版《萨氏诗词格律 ABCD》。作者为新四军老战士、《老战士诗文集》常务副主编、北京诗词学会副会长沙地（萨溉东）。据作者云，该书“解开了‘格律’之谜。书中通过对历代诗词名家的名篇分析，创立了‘双平相连主调’理论、ABCD 律句‘十种合律句式’‘诗喉’‘诗尾’竖读法、古体诗的诗法和‘三字尾’以及词谱简单记忆法等前人没有论述过的问题，提出了新见解，在诗词格律教学方法上有重

① 参见张璋、苏渊雷主编《中华诗词年鉴》第三卷，学林出版社 1992 年版，第 18－23 页。

② 参见霍松林主编《中国当代诗词艺术家大辞典·诗词界》，中州古籍出版社 2001 年版，第 57 页。

大突破"[1]。并附有"萨氏诗词格律操"图解。是书为作者给诗词学会、大专院校、老年大学、中小学青少年诗歌爱好者讲授诗词格律的讲稿。1989年3月，中央电视台对沙地做了专题报道，引起广大反响，各地许多学校、机关、社团和诗歌爱好者纷纷致信沙地，要求提供教材，并邀请讲学。1990年秋，中央电视台制作由沙地主讲的"萨氏诗词格律"短训班讲座录播上映，在全国掀起了一阵传统诗词格律学习热潮，是书为电视讲座的配套辅导教材。

6月

本月，孔凡章《回舟集》由巴蜀书社出版。"回舟"取李商隐诗"欲回天地弄扁舟"之意，作者早年所作诗词集《冬寒夏热居集》《风华集》《陇行集》多于战乱中佚失，少年残稿与晚年所作编入是书，乃作者"回忆残稿，益以新作而成"[2]。其中"少年诗词残稿"为1932—1949年的诗作，存诗106首、词8首。此后，作者笔耕不辍。1992年6月，《回舟续集》由中国文联出版公司出版，为作者"近二年吟稿也"[3]。1994年3月，《回舟三集》由人民中国出版社出版；1998年8月，《回舟四集》由内蒙古文化出版社出版；2000年9月，孔凡章未刊诗词与文稿由其女孔祥明辑为《回舟后集》，由香港天马图书有限公司出版。

夏，上海诗词学会华兴诗画研究会成立。该社由老诗家邹仲名、丁逸樵发起，组织"十老诗会"，有张联芳、王退斋、杨国霖等离退休知名诗人参加，每月聚会一次。1993年，改名为"华兴诗画研究会"，会长由上海大学胡钟京教授担任，常务副会长为邹仲民，副会长有丁逸樵、杨国霖、丁杨均、谢震等，秘书长为王瑜孙，谢震兼任主编。该社办有会刊《华兴诗词》，每年出版1～2期。建会五周年时，会员集资出版《华兴诗画》。该会集诗、书、画活动于一体，分三组轮流组织活动，年终评比。另外，1992年举办"上海之光展"，1995年举办"抗战胜利50周年大展"，1999年举办"澳门回归展"。[4]

---

① 沙地：《萨氏诗词格律ABCD》，知识出版社1990年版，"内容提要"。

② 孔凡章：《回舟续集》，中国文联出版公司1992年版，"作者简介"第2页。

③ 孔凡章：《回舟续集》，中国文联出版公司1992年版，"作者简介"第2页。

④ 参见霍松林主编《中国当代诗词艺术家大辞典·诗词界》，中州古籍出版社2001年版，第3页。

8月

本月，臧克家主编《毛泽东诗词鉴赏》由河北人民出版社出版。副主编为蔡清富和李捷。前有毛泽东生活照片及诗词手迹，臧克家前言，郭沫若、钟敬文、王季思、唐弢、赵朴初、周振甫、杨金亭、丁芒、吴奔星、林焕平、冰心、刘白羽、姚雪垠、端木蕻良、魏巍、冯牧、碧野、叶君健、阮章竞、郭风、邹荻帆、张志民、李瑛、朱子奇、葛洛、施议对等50多人参加了撰稿。是书以人民文学出版社1986年版《毛泽东诗词选》为蓝本，收入毛泽东诗词作品50首，以写作时间顺序排列，内容以鉴赏为主。另收入毛泽东关于诗的五封信、郭沫若《浪漫主义和现实主义》、冰心《毛泽东诗词鉴赏一得》、臧克家《毛泽东同志与诗》、叶君健《毛泽东诗词的翻译——一段回忆》、蔡清富与李捷《新诗改罢自长吟——谈毛泽东对自己诗词的修改》、李捷与闻郁《毛泽东诗词50首写作背景介绍》等文章。本年12月22日，《中流》编辑部、《光明日报》文艺部和《诗刊》社在北京联合举办《毛泽东诗词鉴赏》座谈会，会议对该书做出了高度评价。贺敬之、林默涵、李瑛、姚雪垠等人做了发言，艾青、臧克家、玛拉沁夫、阮章竞、管桦、叶君健等人参加了座谈会。1991年2月，《诗刊》第2期发表陆先高《重读毛主席诗词　更添豪情壮志——〈毛泽东诗词鉴赏〉座谈会综述》。1991年8月，河北人民出版社出版《毛泽东诗词鉴赏》大十六开大字珍藏本，1996年5月，该社出版第二版。2005年5月，河南文艺出版社出版增订二版。

10月

15日，俞平伯于北京逝世，终年91岁。俞平伯（1900—1990），原名铭衡，笔名屈斋，浙江德清人。早年积极参加新文学运动，为新潮社、文学研究会成员。1919年毕业于北京大学。先后任教于上海大学、燕京大学、清华大学、北京大学。新中国成立后任中国社会科学院文学研究所研究员、北京大学教授。著有《古槐书屋词》《俞平伯诗全编》等。[①]《俞平伯年谱》云："俞平伯在北京寓所安然逝世。"[②]

---

① 俞平伯生平参见刘梦芙《近百年名家旧体诗词及其流变研究》，学苑出版社2013年版，第83页；钱理群、袁本良注评《二十世纪诗词注评》，广西师范大学出版社2005年版，第228页。

② 孙玉蓉编纂：《俞平伯年谱》，天津人民出版社2001年版，第552页。

11 月

28 日，唐圭璋病逝于南京，终年 89 岁。唐圭璋（1901—1990），字君特，满族，江苏南京人。1922 年考入中央大学，师从吴梅治词学，与吴梅、王季思、常任侠、段熙仲、周世钊、张世禄等人成立“潜社”。毕业后任江苏省立第一女子中学国文教员，后经汪辟疆介绍任国立编译馆编纂，抗日战争时在重庆中央大学任讲师、副教授、教授。新中国成立后任教于南京大学、东北师范大学、南京师范学院（今南京师范大学）等，任《词学》主编、中国韵文学会会长。① 有词集《梦桐词》。《唐圭璋先生年谱》云：“11 月 27 日，病危。11 月 28 日零时十分，辞世。”② 12 月 16 日，《光明日报》发表施议对的《金缕曲·挽唐圭璋教授》。

1991 年

2 月

本月，徐震堮《梦松风阁诗文集》由华东师范大学出版社出版。是书分为《梦松风阁诗稿》《梦松风阁词稿》《梦松风阁文稿》三部分。诗词稿由作者生前亲自选定。③ 诗稿存诗自 1925 年至 1976 年，共 350 余首，大部分为 1949 年以前所作。词作自 1922 年至 1978 年，共 91 阕。书前有中山大学王季思先生序。词稿后附作者后记，云：“三十岁时，……余亦掇拾所作诗词排印成册。……自三十以后至抗战起，所作诗词甚少。室庐毁于敌焰，残稿亦无存者。……时虽兵马抢攘，而平生肆游山水之乐，无逾此时，所作诗词亦最多，于四三年春集成一册。……诸友好督余撰集旧稿，故以龙泉、杭州所作为主，早年及晚年所作亦略存二三。”④

---

① 唐圭璋生平参见吴智龙、钟振振《词坛耆硕——唐圭璋》，南京师范大学出版社 2012 年版。

② 《唐圭璋先生年谱》，见吴智龙、钟振振《词坛耆硕——唐圭璋》，南京师范大学出版社 2012 年版，第 243 页。

③ 徐震堮：《梦松风阁诗文集》，华东师范大学出版社 1991 年版，第 337 页。

④ 徐震堮：《梦松风阁诗文集》，华东师范大学出版社 1991 年版，第 121 – 122 页。

6 月

16—20 日，全国第四届当代诗词研讨会在广西桂林召开。有来自中国内地、港澳地区，以及美国、新加坡的 120 多位诗人学者出席会议。会议收到论文 30 余篇，围绕“如何让诗词为四化服务”和“怎样让诗词形式适应时代发展”等主题进行了探讨。①

10 月

10 月 26 日，张采庵病逝于广州，终年 87 岁。张采庵（1904—1991），名建白，号采庵，室名春树人家，广东番禺人。毕业于广东大学，任教于广州、香港两地。抗日战争胜利后创办紫坭小学并任校长。新中国成立后曾任保长，1953 年入狱。出狱后于 1957 年迁居广州，后在油印社、永红印刷厂、广州电子手表厂工作。“文革”后退休。1981 年，应广州荔湾区政协之邀，参与筹建荔苑诗社。1982 年荔苑诗社成立，是改革开放后全国第二个、广州第一个注册的诗词研究团体。其后历任荔苑诗社社长、荔湾区政协诗书画室副主任、荔湾区文联委员、广东中华诗词学会常务理事、广东楹联学会副会长、广州诗社副社长等职。他因代表作《白燕赋》而得名“张白燕”，又因以律诗格律严谨、讲究用字而独具一格，人称“采律”。其《秋燕六章》寄忧国忧民之思，感人殊深，有柳亚子和诗四首。著有《春树人家诗词钞》，1995 年由广东人民出版社出版。合著诗词集有《岭南五家诗词钞》《南雅》《梅月楼诗钞》《京粤诗词选》等。门下弟子有周燕婷（小梅窗）等。②

---

① 参见张璋、苏渊雷主编《中华诗词年鉴》第四卷，学林出版社 1994 年版，第 3 - 4 页。

② 参见广州市地方志编纂委员会编《广州市志 1991—2000》第 9 册，广州出版社 2010 年版，第 536 - 537 页。

1992 年

5 月

本月，《胡先骕先生诗集》由台湾中正大学校友会编印。是书为胡先骕后人及弟子整理遗诗所编，收入旧体诗词 280 余题近 400 首①。1995 年，张大为、胡德熙、胡德焜合编的《胡先骕文存》由江西高校出版社出版，收入《忏庵诗》，亦有部分台湾版未编入的作品。2010 年 1 月，张绂选注的《忏庵诗选注》由四川大学出版社出版，于选诗后有“解题”“注释”“简析”。张绂后记云：“我自 1993 年得到台湾正大校友会编印的他的诗集后，即着手做笔记。以后有了张大为兄主编的《胡先骕文存》中的《忏庵诗》，我就与台版对照起来读。”② 2013 年 8 月，黄山书社出版由熊盛元、胡启鹏编校《胡先骕诗文集》，是书分为三个部分：第一部分为胡先骕各个时期创作的旧体诗词，第二部分为古代文学的评论文章和为一些作品集所写的序，第三部分收录缅怀胡先骕的诗词文章。为“二十世纪诗词名家别集丛书”之一。

6 月

29 日，首届中华诗词大赛开赛式在北京人民大会堂举行。该赛事由中华诗词学会、新华社、中央电视台、经济日报、光明日报、中国青年报等单位主办。开赛式由中华诗词学会副会长兼秘书长孙轶青主持。大赛历时五个月，1992 年 12 月 9 日，“首届中华诗词大赛”颁奖仪式在北京人民大会堂举行，共评出一等奖 3 名，二等奖 10 名，三等奖 35 名，佳作奖 100 名。③ 1993 年 8 月，北京学苑出版社出版了周笃文主编的《金榜集》，收录此次大赛获奖的作品。

---

① 此书笔者未见，刘梦芙《近百年名家旧体诗词及其流变研究（上）》（学苑出版社 2011 年版）第 166 页述及其版本情况。

② 胡先骕：《忏庵诗选注》，张绂选注，四川大学出版社 2010 年版，第 331 页。

③ 参见张璋、苏渊雷主编《中华诗词年鉴》第四卷，学林出版社 1994 年版，第 11 – 13 页。

7 月

本月，《俞平伯诗全编》由浙江文艺出版社出版。是书汇编了俞平伯全部诗作，包括新诗、译诗、旧体诗词以及部分有关新诗的论著，收录俞平伯旧体诗词700首，来自《俞平伯旧体诗钞》《寒涧诗存》《零篇诗草》《古槐书屋词》及集外词等。是书“出版说明”对俞平伯旧体诗词集的出版情况做了详细说明：“在三十、四十年代，他（俞平伯）曾把部分词作和一首长诗分别题名《古槐书屋词》和《遥夜闺思引》出版。……十年动乱期间，他自辑《古槐书屋诗》手稿八卷，也遭劫焚毁……一九八〇年，香港书谱社在原三十年代旧版基础上，又出二卷增补本《古槐树屋词》，收词七十三首。一九八九年，由乐齐编选的诗文集《俞平伯》（‘中国现代作家选集丛书’之一），由香港三联书店出版，其中收俞平伯旧体诗词三十三首。同年十月，新加坡文化学术协会把俞诗名作《重圆花烛歌》印制成册，装帧华贵精美。同时，由孙玉蓉编、四川人民出版社出版的《俞平伯旧体诗钞》印行，收作者一九一六至一九五九年诗作共二百三十二首。本来，俞平伯还自订《寒涧诗存》《零篇诗草》两个诗集，前者收一九五九年冬至‘文革’前作品七十六首；后者收七十、八十年代为主的诗作二百六十一首，另有对联、断句二十六副（则）。可惜还未及出版，俞老已作古。”①

本月，绿原、牛汉编《胡风诗全编》由浙江文艺出版社出版。是书收录胡风诗歌（新诗、旧体诗）、译诗、诗论。其中，旧体诗包括《抗战风云》《狱中诗草》。《抗战风云》共16题23首，写于新中国成立以前，自成一辑。《狱中诗草》分为六辑：《怀春室杂诗》《怀春曲》《怀春室感怀》《流囚答赠》《〈石头记〉交响曲》《怀春室辑余》。书前有楼适夷序。1999年1月，湖北人民出版社出版《胡风全集》，第1卷收录胡风的旧体诗作，存诗400余首。

9 月

15—20日，全国第五届当代诗词研讨会于湖南衡阳召开。会议由衡阳市诗词学会主办，有来自内地及港澳诗词界的代表共150余人出席。会

---

① 乐齐、孙玉蓉编：《俞平伯诗全编》，浙江文艺出版社1992年版，“出版说明”第5页。

议围绕“如何振兴中华诗词，恢复、提高她应有的地位”“当代诗词创作的题材、语言、格律”等问题进行了讨论。会议收到论文50余篇，会后代表们游览了南岳名胜。①

10月

5—9日，首届女子诗词创作研讨会在江西庐山白鹿洞书院召开。该会由江西白鹿洞书院和福建武荣诗社联合举办，全国21个省市的近百位女诗人和诗词爱好者与会，还有关心女子诗词发展的专家学者及有关人士20余人列席会议。会议主要讨论了当代女子诗词如何在发展中既避免“雄性化”，又能拓展题材视野，跳出传统女性规格题材，创作出具有新时代特色的女性诗词，并提议成立中华女子诗词学会。②

12月

本月，广东中华诗词学会编《旧瓶·新酒·辩护词——当代诗词研讨文集》由广东人民出版社出版。是书缘起于1988年11月在广东三水召开的全国第二届当代诗词研讨会。“此会参加人数多，研讨题目集中，论文多而质量较高，因拟以此次研讨会所收论文为基础，纵溯开放改革以后，横及全国各地刊物所发文章，以窥见诗词事业的恢复。”③ 是书作者有著名诗人、学者、教授、老革命家、青年诗人以及海外名家，前有李汝伦作序。

---

① 参见张璋、苏渊雷主编《中华诗词年鉴》第四卷，学林出版社1994年版，第5－6页。

② 会议详情参见沈力《群芳荟萃竞妍艳 重九匡庐遍香吟——记首届中华女子诗词创作研讨会》，见张璋、苏渊雷主编《中华诗词年鉴》第四卷，学林出版社1994年版，第17－18页。

③ 广东中华诗词学会编：《旧瓶·新酒·辩护词——当代诗词研讨论文集》，广东人民出版社1992年版，“序”第3页。

1993 年

3 月

20 日，黄稚荃病逝于成都，终年 85 岁。黄稚荃（1908—1993），女，四川江安人。早年考入北平师范大学研究院历史科，师从黄节。1943 年其夫冷融被刺身亡，1944 年被聘为国史馆筹委会编审，后任国史馆纂修。新中国成立后任四川大学教授、四川省政协常委、中华诗词学会顾问、四川省文史研究馆特约馆员。著有《稚荃三十以前诗》《杜邻诗存》等。谢无量评其诗“集中丁丑避寇诸章，骎骎摩少陵之垒”①。

本月，张恨水《剪愁集》由北岳文艺出版社出版，印数 5000 册。是书收录《剪愁集》（1928—1941 年）、《茅屋诗存》（1945 年 3—4 月）、《集外诗》（1916—1956 年）、《病中吟》（1952—1958 年）、《闲中吟》（1958—1962 年）、《何堪词》（1926—1947 年）。

5 月

本月，南京诗词学会成立。1995 年 8 月，会刊《南京诗词》出版，以发表旧体诗词为主，兼涉短小的新诗，设有《感事抒怀》《江山揽胜》《金陵吟草》《闲情偶寄》《酬唱赠答》等栏目。

本月，《巩绍英诗词选注》由沈阳春风文艺出版社出版。是书由巩绍贤选注，孙思白作序，收旧体诗词 527 首（304 题），其中诗 371 首（176 题），词 156 首（128 题），按写作时间（第一、二题和末题除外），诗词混排，编为三部分：战争时期、和平建设时期、“文革”时期。“文革”时期作品所占比例超过一半。② 后附《巩绍英简历》。1998 年，东方出版社出版《巩绍英诗词全编笺注》，由巩绍贤笺注，共收旧体诗词 620 首（358 题），其中增补诗 54 首（23 题）、词 39 首（31 题）。

---

① 谢无量：《序》，见黄稚荃《稚荃三十以前诗》，茹古书局民国三十一年（1942）版，第 1 页。

② 参见巩绍英《巩绍英诗词选注》，巩绍贤选注，春风文艺出版社 1993 年版，“例言”第 1 页。

8月

本月，《刘逸生诗词》由广东人民出版社出版。是书收录《初弦集》《危弦集》《继声集》《倚声集》《新声集》。《新声集》收录新诗。

本月，毛谷风编著的《二十世纪名家诗词钞》由华东师范大学出版社出版。是书收录晚清、民国以来海内外著名汉诗诗人、词人470家（其中女性作者27人）的诗2048篇、词515阕。书前有钱仲联、傅静庵的序。“编后记”云：“予观近年出版之清代及近代诗词选本，总集已不少，其中作者及作品入于本世纪者尚不多。……时至九十年代，编印本世纪大型诗词集，至为必要。”①

10月

11—15日，全国第六届当代诗词研讨会在陕西汉中南郑召开。此次会议由中华诗词学会和陕西省汉中地区行署、南郑县人民政府联合举办。同时，为纪念毛泽东同志100周年诞辰和爱国诗人陆游从戎南郑之光辉业绩，举行毛泽东诗词研讨会暨陆游国际学术讨论会。出席会议的有来自北京、上海，黑龙江、广东、云南、新疆、陕西等24个省、自治区、直辖市的代表144人。中国香港、加拿大、韩国的代表亦参加了会议。中华诗词学会强晓初、孙轶青等出席会议，孙轶青副会长兼秘书长作总结讲话。②

本年

本年，沈轶刘逝世于上海。沈轶刘（1898—1993），名桢，上海浦东高桥人。早年毕业于上海中国公学中国文学系，曾任教于福建南平高级商业学校、福州格致中学、陶淑女中等。在上海《社会日报》、浙江《东南日报》、福建《南方日报》任副刊编辑。20世纪50年代参加中华书局上海编辑所《新诗韵》等书的编辑。著有《沈吴诗合刻》《小瓶水斋诗存》

① 毛谷风编著：《二十世纪名家诗词钞》，华东师范大学出版社1993年版，第579页。

② 《历届中华诗词研讨会简介》，中华诗词学会，2021年6月21日，http://www.zhscxh.com/view/common/articledetail.aspx?id=141e7226e3601506。

《繁霜榭诗词集》《繁霜榭续集》等。[①] 沈轶刘声名不显，但为上海学人如施蛰存、周退密、张珍怀等所推重。

1994 年

8 月

9 日，陕西诗词学会成立。霍松林任会长。其团体会员涵盖西安地市级诗词协会以及长安诗词学会、郑州铁路局西安老干诗协、西安铁路分局诗协、渭南诗词学会、西安飞机制造公司老干诗协、西安秦风诗词学会、旬阳县诗词学会等。学会刊物为《陕西诗词》。学会还举办“长岭杯”诗词大赛，编辑出版《长岭集》《近五十年环球汉诗精选》等诗集，并多次举办学术交流活动。

9 月

8—10 日，全国第七届中华诗词研究会在山东济南召开，这次会议是中华诗词学会委托山东省诗词学会和济南市诗词学会主办的。会议对中华诗词的继承、创新、改革和“二安”（即李易安、辛幼安）诗词艺术进行了探讨。中华诗词学会副会长孙轶清作题为《论格律诗词的声韵改革》的主旨讲话。与会代表 50 多人，论文 40 余篇。[②]

12 月

26 日，《人民日报》发表毛泽东《诗词二首》：《虞美人 · 枕上》《七律 · 洪都》。后被收入中共中央文献研究室编《毛泽东诗词集》（中央文献出版社 1996 年 9 月出版）。

---

① 沈轶刘生平参见沈轶刘《繁霜榭诗词集》，刘梦芙编校，黄山书社 2009 年版，“前言”第 1 - 2 页。

② 《历届中华诗词研讨会简介》，中华诗词学会，2021 年 6 月 21 日，http://www.zhscxh.com/view/common/articledetail.aspx?id=141e7226e3601506。

本年

《新纪元中华诗词艺术文库》由中州古籍出版社出版。第一辑由臧克家、林从龙任名誉主编，王国钦主编。第二辑、第三辑、第四辑、第五辑由霍松林、林从龙任名誉主编，王国钦主编。是书包含林从龙、袁第锐、蔡厚示、丁芒、熊鉴、张桂生等多位当代诗家的作品集。

1995 年

1 月

6 日，缪钺病逝于成都，终年 90 岁。缪钺（1904—1995），字彦威，江苏溧阳人。1923 年考入北京大学文预科，1924 年冬因父亲逝世辍学教书，先后任教于保定私立培德中学、志存中学、省立保定中学高中部、河南大学中文系、广州学海书院等。1938 年进入浙江大学中文系。抗日战争胜利后，缪钺应华西协合大学之聘任中文系教授兼中国文化研究所研究员，同时兼任四川大学历史系教授。新中国成立后，任四川大学历史系教授。著有《冰茧庵诗词稿》等。[①]

2 月

本月，《中国现代文学研究丛刊》第 1 期发表李怡《十五年来中国现代诗歌研究之断想》，随后该刊刊载多篇文章探讨“旧体诗是否可以入史”，引起讨论。文中提出，要将“现代新诗与现代旧诗统一考察”，“强调现代旧体诗词的存在也不单纯是为了‘填补空白’，重要的是，它实际上是与现代新诗形影相随的东西”。[②] 该刊 1996 年第 1 期发表吴晓东《建立多元化的文学史观》，文章主张“把 20 世纪中国文学看成一个中性化的

---

① 缪钺生平参见缪元朗、景蜀慧《通贯古今　回翔文史——缪钺先生七十年学术生涯述略》，见《缪钺全集》（第一卷上），河北教育出版社 2004 年版，“前言”第 1 - 15 页。《冰茧庵诗词稿》收入《缪钺全集》（第七、八合卷）。

② 李怡：《十五年来中国现代诗歌研究之断想》，载《中国现代文学研究丛刊》1995 年第 1 期。

时间概念，……凡是发生在这一时间过程之内的一切文学现象，都应该列入文学史的研究范围”①。该刊1996年第2期发表王富仁《当前中国现代文学研究中的若干问题》，该文对此问题提出反对意见：“在现当代，仍然有很多旧体诗词的创作，作为个人的研究活动，把它作为研究对象本无不可，但我不同意把它们写入中国现代文学史，不同意给它们与现代白话文学同等的文学地位。这里有一种文化压迫的意味，但这种压迫是中国新文学为自己的发展所不能不采取的文化战略。”② 1997年，《广西大学学报》（哲学社会科学版）第3期发表王建平《文学史不该缺漏的一章——论20世纪旧体诗词创作的历史地位》。另外，钱理群写就《一个有待开拓的研究领域》，为现当代旧体诗词的研究正名。

3月

14日，荒芜病逝于北京，终年80岁。荒芜（1916—1995），原名李乃仁，后更名李荒芜，安徽凤台人。民盟盟员。1933年考入北京大学历史系，参加过“一二·九”爱国运动。1941年在重庆任苏联驻中国大使馆中文教员。1945年去檀香山美国陆军华语训练中心任教，1946年回上海任《文汇报》和法新社英文编辑。1947年在北平第十战区设计委员会任参议。1948年进入解放区，先后在北方大学文艺学院和华北大学研究部任研究员。新中国成立后，历任《争取人民民主　争取持久和平》中文版主编、外文出版社图书编辑部主任、中国科学院文学研究所研究员等。1957年划为“右派”，1979年其被错划为“右派”的问题得到改正，调中国社会科学院外国文学研究所任研究员、1988年被聘为中央文史研究馆馆员。著有《纸壁斋集》《纸壁斋说诗》《纸壁斋续集》《麻花堂集》等。③《人民日报》4月5日第4版载：“新华社北京3月24日电，著名诗人、翻译家、中央文史研究馆馆员李荒芜先生（笔名荒芜）因病于1995年3月14日在北京逝世，享年80岁。”并称荒芜“晚年以旧体诗在中国诗坛独占一席”④。

17日，徐晋如、容若等人成立清华大学静安诗词社。该社完全由在

① 吴晓东：《建立多元化的文学史观》，载《中国现代文学丛刊》1996年第1期。

② 王富仁：《当前中国现代文学研究中的若干问题》，载《中国现代文学研究丛刊》1996年第2期。

③ 荒芜生平参见中央文史研究馆编《缀英集——中央文史研究馆馆员诗选》，线装书局2008年版，第537－538页。

④ 《李荒芜先生逝世》，载《人民日报》1995年4月2日第4版。

校学生组成，没有任何风格的标榜，也没有任何有形或无形的纲领以为统率，“它的主要创作成员不再像绀弩体那样，把现代性——理性、反思、诘问作为诗歌的主体精神，而是重新开始审视‘诗缘情以绮靡’这一古老的命题。情感是诗歌唯一的内容这一观念重新受到重视。在语言风格上，静安诗词社推崇古雅、深邃，而力图超离口语的束缚，完成诗歌语言陌生化的任务。社会现象不可能成为他们关注的焦点，惟有作为独特自我的创作主体在当下切实的感受才是他们所关怀并为之吟哦的”①。

5 月

9 日，蒋礼鸿病逝于杭州，终年 80 岁。蒋礼鸿（1916—1995），字云从。浙江嘉兴人。1939 年毕业于之江大学，曾从学于夏承焘、钟泰学词。先后任教于之江大学、湖南蓝田国立师范学院、重庆国立中央大学师范学院。与其妻盛静霞②合著有《怀任斋诗词·频伽室语业》。

9 月

4—9 日，全国第八届中华诗词研讨会在宁夏银川召开。会议由中华诗词学会和宁夏诗词学会联合主办。来自全国各地诗词组织的代表及部分海外诗人共 130 多人与会。与会代表集中对重振边塞诗风进行了探讨。中华诗词学会副会长兼秘书长孙轶青致贺信，汪普庆副会长致开幕词，时任宁夏回族自治区政府主席白立忱出席了开幕式。研讨会入选论文 37 篇，贺诗 50 余首。③

11 月

本月，《许宝蘅先生文稿》由中国书籍出版社出版。是书收录《巢云簃诗稿》、《巢云簃词稿》、《咏篱仙馆别集》（四卷）、《巢云簃日记摘抄》

---

① 徐晋如：《二十世纪旧诗史》，见豆瓣网，https://www.douban.com/group/topic/66282973/。

② 盛静霞（1917—2006），字弢青，一字伴鹭，江苏扬州人，祖籍江苏镇江。1940 年毕业于南京中央大学，受教于汪东、汪辟疆、吴梅等人。与沈祖棻并称为“中央大学两大才女”，毕业后任教于白沙女子中学、重庆中央大学、之江大学等。新中国成立后一直在杭州大学（后并入浙江大学）中文系教授古典文学。2006 年 4 月 16 日病逝于杭州。

③ 《历届中华诗词研讨会简介》，中华诗词学会，2021 年 6 月 21 日，http://www.zhscxh.com/view/common/articledetail.aspx?id=141e7226e3601506。

等，启功为其封面题字。其中《巢云簃诗稿》《巢云簃词稿》共300余首，多为感事抒怀之作。《咏篱仙馆别集》前后共四卷，为李商隐诗句集，共280首。

1996年

4月

6日，王季思病逝于广州，终年91岁。王季思（1906—1996），原名王起，浙江永嘉人。早年就读于省立浙江第十中学、瑞安县立中学。1925年考入国立东南大学中文系，师从吴梅等人，参加吴梅创立的旧体诗词社团——潜社，并开始从事元人杂剧及明清传奇研究。毕业后在浙江、安徽、江苏等地中学任教。1941年任教于浙江大学龙泉分校，主讲中国文学史。1946年任教于杭州之江大学文理学院。1948年赴广东中山大学任教，曾兼任中文系主任、古典文学教研室主任。1954年后相继参加中国作家协会和戏剧家协会，致力于整理中国文学史和戏曲史。著有《王季思诗词录》。《人民日报》1996年4月21日第4版刊载了王季思教授逝世的消息："文史学家、戏曲史家、中山大学教授王季思（王起）于四月六日在广州病逝，享年九十一岁。"①

8月

本月，《海岳风华集》由浙江文艺出版社出版。是书为线装竖排本，由毛谷风、熊盛元主编并自筹经费出版，选取周正光、陈永正、施议对、王翼奇、曹长河、杨启宇、刘梦芙、张梦机、黄坤尧、钟振振、熊东遨、苏些雩、胡迎建、段晓华、周燕婷、景蜀慧、魏新河等当代中青年名家33人（其中女性作者6人）631首诗词（其中诗372首、词259首）。周退密、孔凡章、霍松林作序。书后附毛谷风、熊盛元《编者记》。1998年出版平装修订本《海岳风华集》，选诗人52家（其中女性作者11人），作品增至1190首，其中诗780首、词404首。

---

① 《王季思教授逝世》，载《人民日报》1996年4月21日第4版。

9 月

本月，中共中央文献研究室编《毛泽东诗词集》由中央文献出版社出版。该书是为纪念毛泽东逝世二十周年而推出的。收入旧体诗词 67 首，其中 56 首已发表①，新发表 11 首：《五古·挽易昌陶》《五律·挽戴安澜将军》《五律·张冠道中》《五律·喜闻捷报》《七绝·刘蕡》《七绝·屈原》《七绝二首·纪念鲁迅八十寿辰》《七绝·有所思》《七绝·贾谊》《七律·咏贾谊》。② 是书基本沿用人民文学出版社 1986 年 9 月版《毛泽东诗词选》的体例和注释，并且对一些史实讹误进行了修订，增补了一些新注。

10 月

本月，“回归颂”中华诗词大赛征稿开始。适逢香港即将回归祖国，大赛由中华诗词学会、中华诗词社、中央电视台、中央人民广播电台、中国国际广播电台、中华炎黄文化研究会、人民日报文艺部、光明日报文艺部、经济日报特刊部、新华社瞭望周刊社、广东中华诗词学会、河南诗词学会主办。征稿时间为 1996 年 10 月至 1997 年 8 月，征稿内容为“欢庆香港回归祖国，颂扬百余年来中华民族前仆后继、艰苦卓绝的斗争，讴歌社会主义建设和改革开放的宏伟大业，赞美祖国光辉灿烂的未来”③。1996 年 10 月 20 日，《人民日报》刊登简讯《“回归颂”中华诗词大赛拉开序幕》。1997 年 6 月 19 日，《人民日报》刊登《“回归颂”中华诗词大赛揭晓》。1997 年 6 月 20 日，颁奖典礼在北京举行。大赛共收到来自全国各地（包括港澳台地区），以及美国、加拿大等 18 个国家的 2.4 万余名参赛者近 5 万首作品。大赛评出一等奖 3 名，二等奖 15 名，三等奖 35 名，

---

① 已发表的 56 首中，有 50 首已收入人民文学出版社 1986 年版《毛泽东诗词选》，还有 6 首分别于 1993 年《党的文献》、1994 年《人民日报》发表：1993 年《党的文献》第 6 期发表《七律·看山》《七绝·莫干山》《七绝·五云山》《七绝·观潮》；1994 年 12 月 26 日《人民日报》发表《诗词二首》：《虞美人·枕上》《七律·洪都》。

② 据季世昌等编著《毛泽东诗词·掌故佳话》（珠海出版社 1999 年版）中《建国以来毛泽东诗词正式发表的情况》（第 95 – 101 页）一文：“《五古·挽易昌陶》最早发表于 1990 年 7 月湖南出版社出版的《毛泽东早期文稿》一书中。《五律·挽戴安澜将军》最早发表于 1982 年 4 月解放军文艺出版社出版的黄济人《将军决战岂止在战场》。”

③ 载《中华诗词》1997 年第 4 期。

佳作奖156名。《人民日报》刊登《“回归颂”中华诗词演唱会在京举行》。1998年5月，《“回归颂”中华诗词大赛获奖作品集》由学苑出版社出版。

27—30日，全国第九届中华诗词研讨会在重庆召开。会议由中华诗词学会和重庆市诗词学会联合主办，主题为“传统诗词与现代化”。来自海内外的专家学者、诗人词家130多人参加了研讨会。中华诗词学会副会长孙轶青、张璋、马识途、谈立人、霍松林，重庆市人大常委会主任于汉卿，重庆市政协主席张文斌，重庆市委副书记滕久明等参加了开幕式。①

本年

本年，三峡诗社成立。三峡诗社筹建于1990年，最初为三峡诗书画研究会诗词组。诗社以重庆市万州区为中心，成员分布在成都、南京、惠州等地，是三峡地区较有影响的诗词社团。诗社办有社刊《三峡诗词》，每年定期出版两集。②

1997年

6月

1日，谢稚柳逝世，终年88岁。谢稚柳（1910—1997），原名稚，字稚柳，后以字行，斋名鱼饮溪堂、烟江楼、苦篁斋，晚号壮暮翁，江苏常州人。1943年任中央大学艺术系教授。1949年被聘为上海市文物保管会编纂。1956年任上海中国画院筹备委员会委员。后历任上海市文联秘书长、上海市文物保管会副主任、上海博物馆顾问、中国美术家协会理事、美协上海分会副主席、全国古代书画鉴定组组长等职。著有诗词集《鱼饮诗稿》《甲丁诗词》《壮暮堂诗词》等。1995年12月，《壮暮堂诗钞》由上海书画出版社出版。《谢稚柳年表》云：“一九九七年，六月一日晚十

---

① 《历届中华诗词研讨会简介》，中华诗词学会，2021年6月21日，http://www.zhscxh.com/view/common/articledetail.aspx?id=141e7226e3601506。

② 参见霍松林主编《中国当代诗词艺术家大辞典·诗词界》，中州古籍出版社2001年版，第5页。

点，逝世于上海广慈医院，终年八十八岁。”①

7 日，于伶在上海逝世，终年 91 岁。于伶（1907—1997），原名任锡圭，字禹成，江苏宜兴人。早年就读于苏州草桥省立第二中学、苏州省立第一师范学院。1930 年考入北平大学法学院俄文政经系。1931 年加入中国左翼作家联盟北平分盟，翌年加入左翼戏剧家联盟北平分盟，1933 年转至上海，担任中国左翼戏剧家联盟总盟执行会组织部部长。1949 年以后曾担任国营上海电影制片厂厂长、上海市文化局局长、上海戏剧学院院长等一系列职务。著有《于伶诗钞》。《于伶年表》云：“6 月 7 日，在上海华东医院逝世，享年 91 岁。那晚风雨大作。”②

7 月

1 日，香港回归祖国。《人民日报》《文艺报》在此前后发表了一系列旧体诗词庆贺。6 月 25 日，《人民日报》第 11 版发表胥光义的《念奴娇·香港回归感怀》、张文勋的《望海潮·庆香港回归》。7 月 4 日，《人民日报》第 12 版发表沈鹏《好事近——深圳赴香港途中》。《文艺报》载有赵朴初的《庆香港九七回归——调寄归字谣》、马万祺的七律《香港回归颂》、曾敏之的七律《香江即事》、霍松林的七律《迎香港回归》二首、关山月的七绝《香港回归感赋》、梁东的七绝《题紫荆》、沈鹏的《好事近·深圳赴香港途中》、赵大民的《满江红·庆香港回归》，晓星的七律《奉和汉城同志〈香港回归感赋〉原玉》、郭汉城的七律《香港回归感赋》、顾浩的《望春回·欢庆香港回归》、李鸿剑的《水调歌头·迎香港回归祖国》、熊东遨的七律《喜香港回归，又感于统一大业，因赋》等诗。

本月，《于伶诗钞》由学林出版社出版。是书收录《忆吟草》《归吟草》《余灰录》《新篇章》。前有王元化《说不尽的于伶同志（代序）》和刘厚生“序”，作者题记《为了忘却的纪念——“忆吟草”与“归吟草”》，后有袁鹰《霜叶红于二月花——记于伶和他的诗》和汪培的“编后记”。

---

① 《谢稚柳年表》，见上海博物馆编《谢稚柳》，上海人民出版社 2001 年版，第 389 页。

② 《于伶年表》，见孔海珠《于伶传论》，上海人民出版社 2014 年版，第 500 页。

10 月

17—21 日，第十届中华诗词研讨会在昆明召开。来自全国各地（含港澳台地区）和日本、马来西亚等国的诗人共 116 人参加会议。研讨会的主题是“研究和讨论当代中华诗词如何高扬主旋律和表现时代精神，以推进诗词的继承、革新，更好地为社会主义精神文明建设服务”。大会收到论文 99 篇。①

11 月

本月，陈贻焮《梅棣盦诗词集》由河北教育出版社出版。是书收录《初学集》《自吟集》《攀登集》《南行草》《留云集》共 444 首诗词，并附录他人作品 18 首。书前有霍松林、刘征、葛晓音的序。霍松林序云：“诗则众体咸备：五、七言古风胎息杜、韩而自具面目；近体婉丽清新……长短句嗣响姜、张，清空婉约。”② 刘征序云：“盖陈君之诗，以清新雅健之笔墨，写阴晴圆缺之人生，从容矩镬之中，神飞云月之外，卓然驭古而能新者也。”③ 葛晓音序云：“数十年来，传统诗词既遭摈斥，而擅长旧体者，又多用于应酬应景，以其言语笔墨为人使令驱使，诗道之衰益甚焉！吾师虽能诗，终不随世人之影响而附会之。言必有感而发，辞必锻炼而出。”④ 书后有钱志熙“跋记”，云：“集中诸作，或写人伦之遭际，深情绵邈；或纪山水之登临，逸兴遄飞；或咏花木之触情，沉吟感物，皆见其幽居靡闷之志，广博易良之性也。”⑤

---

① 《历届中华诗词研讨会简介》，中华诗词学会，2021 年 6 月 21 日，http://www.zhscxh.com/view/common/articledetail.aspx?id=141e7226e3601506。

② 霍松林：《序一》，见陈贻焮《梅棣盦诗词集》，河北教育出版社 1997 年版，“序一”第 2-3 页。

③ 刘征：《序二》，见陈贻焮《梅棣盦诗词集》，河北教育出版社 1997 年版，“序二”第 1-2 页。

④ 葛晓音：《序三》，见陈贻焮《梅棣盦诗词集》，河北教育出版社 1997 年版，“序三”第 2 页。

⑤ 陈贻焮：《梅棣盦诗词集》，河北教育出版社 1997 年版，第 168 页。

1998 年

3 月

本月，中国社会科学院秋韵诗社成立。该社主要成员为热爱中国古典诗词文化以及有兴趣于诗歌创作的中国社会科学院离退休老同志。秋韵诗社历任社长为方约、吴庚舜、刘存宽。诗社每年内部编发《秋韵》诗刊 2～3 期，并视情况编撰出版各类诗歌专集。截至 2014 年，诗社已编发《秋韵》诗刊 17 期、《诗萃》诗歌选集 5 期、诗歌专集 2 种、诗歌理论文集 1 部。发表诗作逾 3000 首。另外，在其他报刊发表诗词研究论文 30 余篇。有 17 位诗歌作者出版了个人诗集。

4 月

本月，朱文华《风骚余韵论——中国现代文学背景下的旧体诗》由复旦大学出版社出版。是书把当代旧体诗置于中国现代文学背景下审视和考察，勾勒旧体诗创作在五四以后各个不同阶段的风貌特点，并选取 24 位有代表性的旧体诗家的作品进行评析。该书认为，“五四以来的旧体诗乃是中国古典诗歌形式在新的文化环境中的一种延续，作为‘风骚余韵’，虽有存在的合理性却无‘中兴’的可能性”[①]。这一观点引起了广泛争鸣。

8 月

20—23 日，全国第十一届中华诗词研讨会在新疆石河子召开。研讨会主题为“中华诗词大众化和新边塞诗”。中华诗词学会会长孙轶青做题为《论走向大众》的讲话。[②]

---

① 朱文华：《风骚余韵论——中国现代文学背景下的旧体诗》，复旦大学出版社 1998 年版，“前言”。

② 《历届中华诗词研讨会简介》，中华诗词学会，2021 年 6 月 21 日，http://www.zhscxh.com/view/common/articledetail.aspx?id=141e7226e3601506。

12 月

18 日，春英诗社在武汉水利水电学院成立。第一任社长为张军。后武汉水利水电学院并入武汉大学，春英诗社也成为武汉大学下属社团。该社坚持旧体诗词创作，初期邀请珞珈诗社的张天望老师担任诗社指导老师、名誉社长，又延请赖海雄、黎佩红助阵。诗社初期采用“凤凰结构”管理社务：社长、学部（分翰林院、脂砚阁、京楚苑）、刑部（分獬豸阁、碧简阁、藏经阁）、礼部（分完璧阁、丹青阁、斧月阁）、网部（分星杼馆、经纬堂等），后几经更改，但基本维持“三部九阁”制度，颇见新意。2002 年，其红楼论坛第四期“千古同一梦”影响巨大，被多家媒体报道，主讲人王颖被邀请到中央电视台录制节目。2006 年 5 月，举办“江城五月落梅花”原创诗乐舞台剧，此后成为春英诗社的传统节目。2017 年，春英诗社社长为钟玉洁，指导老师为尚永亮教授。

1999 年

1 月

本月，姚雪垠著、俞汝捷编次补注的《姚雪垠诗抄》由华中师范大学出版社出版。是书分为上、下编，上编为作者 1961—1994 年所撰性情诗作，并附对联五副。下编为作者替长篇小说《李自成》中人物“代作”的诗词、对联，按小说次序分为五卷。书中附作者为手抄诗稿所作“题记”：“为写《李自成》这部历史小说，逼迫我五十岁以后开始学写旧体诗。……春秋佳日，院中绿树婆娑，映照芸窗，每一停笔凝对，心中为之怡然，故定名《绿窗诗存》。”[①] 后附俞汝捷《〈姚雪垠诗抄〉编后记》，发表于《长江文艺》1998 年第 10 期。2011 年 4 月，人民文学出版社出版《姚雪垠文集》，收录姚雪垠自 1929 年以来各类著作，共 20 卷。其中第 15 卷为旧体诗词，共录旧体诗词约 300 首、自由体诗 11 首，收入《姚雪垠诗抄》中的诗词及零星见诸报刊的作品。

---

① 姚雪垠：《姚雪垠诗抄》，华中师范大学出版社 1999 年版，“题记”。

4 月

29 日，姚雪垠病逝于北京，终年 89 岁。姚雪垠（1910—1999），原名姚冠三，字汉英，河南邓县（今邓州）人。1924 年就读于信阳信义教会中学，1929 年考入河南大学法学院预科。次年因参加学生运动被捕，获释后被校方开除，随后离开河南至北平。1935 年起，陆续在北平《晨报》、天津《大公报》、上海《申报》发表文章。1937 年到开封，与嵇文甫、范文澜、王阑西等人创办《风雨》周刊。1943 年年初至重庆，任中华全国文艺界抗敌协会理事兼创作研究部副部长。1945 年被聘为国立东北大学中文系副教授。抗日战争胜利后到上海，任私立大夏大学副教务长、文学院院长。新中国成立后回郑州，后调武汉从事专业创作。1957 年被划为“右派”，创作长篇历史小说《李自成》。1978 年后，任第五、第六届全国政协委员，湖北省文联主席等。1979 年，其被错划为“右派分子”的问题获得改正。著有旧体诗集《姚雪垠诗抄》《无止境斋诗抄》。《姚雪垠年谱》云：“4 月 29 日上午 7 时 30 分，病逝于北京复兴医院。”[①]

9 月

18 日，孔凡章病逝于北京，终年 86 岁。孔凡章（1914—1999），字礼南，四川成都人。诗人、围棋教练。幼年随父母辗转于京沪穗等地，1937 年毕业于上海震旦大学。后历任兰州油料总库主任，四川粮食储运局科长、处长。抗日战争胜利后曾在银行、保险界工作。1959 年被调入成都市体委担任围棋教练，后任四川省围棋队教练。1987 年，受聘为中央文史研究馆馆员，担任《诗书画》编委。[②] 生前出版有《回舟集》《回舟续集》《回舟三集》《回舟四集》；逝世后，未刊诗词与文稿由其弟子刘梦芙整理成《回舟后集》出版。

23—27 日，全国第十二届中华诗词研讨会在武汉华中理工大学召开。本次会议由中华诗词学会、华中理工大学、北京大学、清华大学、中央电视台联合主办，为期五天。会议首次邀请到北京大学、清华大学等数十所著名大学的教授、诗人们与会，以“让中华诗词走进大学校园”为主题进

---

① 姚雪垠：《姚雪垠文集》第 20 卷，人民文学出版社 2011 年版，第 634 页。

② 孔凡章生平参见中央文史研究馆编《中央文史研究馆馆员传略》，中华书局 2001 年版，第 298 - 299 页。

行广泛研讨。中华诗词学会会长孙轶青致开幕词。会上，杨叔子院士做了题为《让中华诗词大步走进大学校园》的主旨报告。王国钦撰有《长风破浪会有时　直挂云帆济沧海——全国第十二届中华诗词研讨会综述》①。

10 月

本月，《广东社会科学》发表黄修己《21 世纪的中国现代文学史》，呼吁新世纪的文学史编者将旧体诗词写入现当代文学史。文中说："20 世纪仍然是文学上的新旧交替时期，虽然古典文学时期已经结束，新文学已成主流。因为文化变革不像政治制度的变革，可以用'一刀两断'的模式，文化有很强的连续性、继承性，新文学只有在消化、吸收、包容了旧文学之后，才真正完成取代旧文学的使命。古典的旧形式在 20 世纪仍在流行，新文学尚未全部完成取代的使命。""写现当代中国文学史的人，却没有人把这一'化故为新'的文学现象（指旧体诗词，编者注）写进文学史中，难道它们不算文学，不能入史？"②

① 参见王国钦《守望者说》，大象出版社 2004 年版，第 189－195 页。
② 黄修己：《21 世纪的中国现代文学史》，载《广东社会科学》1999 年第 5 期。

下　编

1949—1999 年旧体诗词大事概述

1949—1999 年是旧体诗词发展的一个特殊阶段，旧体诗词经历曲折、低谷，然后又快速复兴。但在相当长的一段时期，学术研究界却对此缺乏及时关注，文学史家甚至还要讨论其现代性之有无以及应否进入当代文学史之类的伪“问题”。这其中无疑是有许多非文学、非诗词艺术的缘故。

本编对 20 世纪下半叶旧体诗词史略做评述，以呈现这 50 年来旧体诗词创作的大概面貌。

第一节　新中国成立后 17 年间（1949—1966 年），旧体诗词被边缘化、政治化

新中国成立之初，旧体诗词创作处于低谷，诗人和作品数量都大大减少，为数不多的写作也是以颂歌和战歌为主，诗词与政治高度密合。《人民日报》《光明日报》《文艺报》《诗刊》《星星》等报刊是主要的旧体诗词发表媒体。

但在主流意识形态之外，仍有一批文人坚持“本我”写作，他们的诗词创作延续古典传统，与大环境中的“歌功颂德”不同，他们的诗歌保存着较多的个人情怀，但通常不公开发表。

一、毛泽东的旧体诗观及其影响

1949 年 7 月 2—19 日，全国文学艺术工作者代表大会在北平召开，毛泽东强调诗歌应为政治服务，应为广大群众所乐于接受。会议把毛泽东《在延安文艺座谈会上的讲话》确立为新中国文艺的发展方向，其实是对解放区战时文艺形态的延续。在此种背景之下，毛泽东的旧体诗观以及他的旧体诗词创作成了新中国旧体诗词的基调和典范。

1949—1967 年，毛泽东写过五封谈诗的信——《致臧克家》《致李淑一》《致周世钊》《致胡乔木》《致陈毅》，比较集中地呈现了他的旧体诗观。

其一，诗歌的主体应该是新诗，可以允许旧诗存在。“诗当然应以新诗为主体，旧诗可以写一些，但是不宜在青年中提倡，因为这种体裁束缚

思想，又不易学。这些话仅供你们参考。”①

其二，旧诗须具备大众喜闻乐见的形式，易于为人民所接受。“旧体诗词源远流长，不仅像我这样的老年人喜欢，而且……中年人也喜欢。我冒叫一声，旧体诗词要发展，要改革，一万年也打不倒。因为这种东西，最能反映中华民族和中国人民的特性和风尚。”②

其三，旧诗要有时代精神，内容上反映今人今事，表达新思想。“要作今诗，则要用形象思维方法，反映阶级斗争与生产斗争，古典绝不能要。”③

其四，形式上要运用形象思维，追求诗意。“诗要用形象思维，不能如散文那样直说，所以比、兴两法是不能不用的。赋也可以用。”④

其五，旧诗要多锤炼，既要继承传统而又突破传统的特色。“诗难，不易写，经历者如鱼饮水，冷暖自知，不足为外人道也。”⑤

毛泽东的旧体诗观“为旧体诗词在新中国诗坛争得一席之地并使之堂堂正正地拥有广大读者和作者”⑥。

二、“双百方针”与“新民歌运动”

新中国成立初期，旧诗话语的转型是伴随着对知识分子的思想改造运动而展开的，随着新中国文艺政策的全面贯彻，社会舆论对旧体诗词的各个方面展开讨论，批评的声音渐起。《文艺报》组织了几次讨论，文化界对旧体诗词的批判主要集中在吟风弄月的内容和阳春白雪的形式上，认为“写作新诗歌始终是今天的主要的道路”⑦。

（一）“双百方针”

1956 年“双百方针”的提出又催生了一轮“旧体诗词热”。“双百方针”的具体阐释是：“百花齐放，百家争鸣……艺术上不同的形式和风格

① 毛泽东：《致臧克家等》，见中央文献资料室编《毛泽东书信选集》，人民文学出版社 1984 年版，第 520 页。

② 周正举、闫钢编著：《毛泽东诗话》，成都科技大学出版社 1993 年版，第 262 页。

③ 周正举、闫钢编著：《毛泽东诗话》，成都科技大学出版社 1993 年版，第 45 页。

④ 周正举、闫钢编著：《毛泽东诗话》，成都科技大学出版社 1993 年版，第 45 页。

⑤ 周正举、闫钢编著：《毛泽东诗话》，成都科技大学出版社 1993 年版，第 33 页。

⑥ 张炯：《毛泽东与新中国诗歌》，载《当代作家评论》1993 年第 6 期。

⑦ 郭沫若：《论写旧体诗词》，载《文艺报》1950 年第 2 卷第 4 期。

可以自由发展，科学上的不同学派可以自由争论。”① 这为诗坛带来了一定程度的自由和一股开放的新气息。1957 年 1 月 1 日，《星星》（诗歌月刊）于成都创刊。同年 1 月 25 日，《诗刊》创刊，旧体诗词有了发表的阵地。

《诗刊》第一期发表了毛泽东《关于诗的一封信》《旧体诗词十八首》，象征着旧体诗词创作的“合法性”。《星星》和《诗刊》都不定期地发表旧体诗词。《诗刊》于 1957—1964 年共刊发旧体诗词 422 首。《星星》为旧体诗词开辟专栏：1959 年第 4 期出现《旧体诗词》栏目，并在稿约中出现了“本刊欢迎旧体诗词”的表述；第 7 期又再次出现《旧体诗词》栏目，刊载了郭沫若的《旧体诗二首》、张子原的《词二首》。与此同时，《光明日报》《人民日报》《文艺报》也频繁发表旧体诗词。1958 年 1 月，《光明日报》创《东风》副刊，开辟栏目专门刊登旧体诗词，后编为《〈东风〉旧体诗词选》。

（二）“新民歌运动”

1958 年 3 月，毛泽东在成都会议讲话中提出：“中国诗的出路，第一条民歌，第二条古典。在这个基础上产生出新诗来，形式是民歌的，内容是现实主义和浪漫主义的对立统一。”② 一场声势浩大的“新民歌运动”在全国范围内展开了。新民歌虽与旧体诗词在语句形式上有相似性，但其行文风格类似于民间的曲艺唱词，多俚词俗语，掺入大量政治口号和政治术语，像介于格律诗与打油诗之间的“顺口溜”。旧体诗词也向这种文风靠近，《诗刊》《人民日报》等报刊上出现的诗词越来越口语化、政治化。

1958 年前后，全国掀起了“向古典诗歌学习”的风潮。臧克家说：“中国古典诗歌传统形式如何为社会主义新时代服务的问题，由于毛主席的诗词的示范作用，也得到了圆满的解决。”③ 冯至专门撰写《漫谈如何向古典诗歌学习》一文，谈及新诗的创作应向古典诗歌汲取创作经验。1959 年，《诗刊》发表了《就当前诗歌中的主要问题答记者问》；《文汇报》则组织了一场全国报刊关于诗歌问题的讨论。这些举措虽然是针对新诗的，但也涉及对旧体诗词的态度。郭沫若说：“近年来我们回过头来肯定了旧诗词的价值，肯定了民歌民谣的价值，这是好现象。在旧诗词和民

---

① 毛泽东：《关于正确处理人民内部矛盾的问题》，载《人民日报》1957 年 6 月 1 日。

② 陈东林：《毛泽东诗史》，中共中央党校出版社 1997 年版，第 190 页。

③ 臧克家：《1957 年的诗歌创作的轮廓——〈1957 年诗选〉序言》，载《诗刊》1958 年第 4 期。

歌民谣中，确实有不少东西值得新诗人学习。”[①] 此外，《革命烈士诗抄》《柳亚子诗词选》相继出版，《文学评论》指出新诗要“参考我国古代格律诗及民歌的特点”[②]。这些事件表明，经历过“反右”斗争的旧体诗词创作又稍微恢复元气。

但需要看到的是，在新中国成立初期，旧体诗词的复兴是伴随着新诗的成长一同沉浮的。有关旧体诗词的讨论，都是杂糅在新诗、新民歌的讨论中。旧体诗词始终没有获得自己的话语权，它附着于政治的需求，贯彻着新中国的文艺政策，偏离了风雅传统。

三、学者诗人

在20世纪五六十年代的政治文化语境中，与主流媒体提倡的写作相对的，是置于案头、不公开发表的私人写作，其作者主要是一些成名于民国时期的老一辈学者。

在民国时期，南京中央大学的文人雅集形成了一股“文学的古典主义的复活”[③]。以汪东、吴梅为中心，其弟子们在旧体诗词上颇有造诣。汪东在中央大学任教期间，培养出唐圭璋、常任侠、万云骏、沈祖棻、尉素秋、盛静霞等一批诗人学者。无论从个人的艺术成就还是传承旧体诗词之功绩来看，他都是当代诗词史上的重要人物。沈祖棻是汪东的得意弟子，1949年前有《涉江词稿》，1949年后作《涉江诗稿》，被誉为“当代的李清照”。盛静霞是被汪东誉为“前有沈祖棻，后有盛静霞”的中央大学两大才女之一，后在杭州大学中文系执教古典文学，与丈夫蒋礼鸿合著《怀任斋诗词·频迦室语业合集》。吴梅弟子中以卢前、唐圭璋的成就最为出众，惜卢前早逝。唐圭璋执教一方，门人弟子中有以诗词擅名者。其《梦桐词》存词105阕，以悼念亡妻之作最为凄婉，虽数量不丰，然艺术品质精良纯粹，情真意切。

以夏承焘为中心的之江－浙江大学诗群在江浙一带传承风雅。夏承焘早年师从林铁尊，入瓯社、午社，又请益于况周颐、朱祖谋等。得益于一生读书治学，他兼具词人与学人之气，故其词作密合于时代兴衰、民族兴亡，其深厚的学识修养令词格典雅，内蕴深厚，不琐碎于雕琢而有风发之

① 《郭沫若同志就当前诗歌中的主要问题答本社问》，载《诗刊》1959年第1期。

② 臧克家：《诗歌格律问题的讨论》，载《文学评论》1959年第5期。

③ 沈卫威：《文学的古典主义的复活——以中央大学为中心的文人禊集雅聚》，载《文艺争鸣》2008年第5期。

气。与夏承焘最密切的诗友是丁宁和龙榆生。

丁宁“以一生遭遇之酷，凡平日不愿言不忍言者，均寄之于词。纸上呻吟，即当时血泪”①，成就独树一帜的创作风貌。她纯以个人的情感触角，借助诗词这种艺术形式去捕捉沉浮于命运的灵魂痛楚，以一个柔弱女性的视角痛诉坎坷不公的命途，透露出对女性独立人格及对自由社会环境的向往。其可贵之处在于，她是一个没有任何社会、政治地位背景的弱女子，其词作却能从20年代50年代末期就开始产生影响，并能得到诸多大家的赏识。这是由其作品本身的质量决定的，也是当代词坛中罕见的“人以词传”之例。

龙榆生在1949年后写有《葵倾集》《外冈吟》《丈室闲吟》，均为手稿本，生前未能出版，其词作贴近现实，密合时代之风潮，风格旷放，语言质朴。他曾“取其声韵组织之法，斟酌损益之，以为创作新体乐歌之标准，其必利于喉吻，而能谐协动听，可无疑也”②，借以创造一种新的形式服务于当代。故其在新中国成立之后所写的作品“已蒙时代之烙印，则词虽小道，百尺竿头，且将继进而开新生面，则又岂呫啜推敲声韵之旧日词人，所能企及”③。

岭南诗坛也有几位老派诗人。朱庸斋曾历任广东大学、广州大学、文化大学等学校的词学讲师，并在家授徒。其父恩溥曾以岁贡生的身份从学于朱祖谋，又为康有为万木草堂弟子。朱庸斋15岁时，以年家子从陈洵学词，是为彊村（朱祖谋）传人之正宗。朱庸斋毕生治词，所作甚多，但多弃毁，最终所存《分春馆词》只有180多首诗。朱庸斋身边聚合了一批诗人：“二园”——陈寂园、黄芋园，“三庵”——张采庵、李醇庵、邓引庵，“二斋”——吕无斋、陈沚斋，以及刘逸生父子。

先后任教于岭南大学、中山大学的学者诗人有陈寅恪、詹安泰、冼玉清、王季思等。《陈寅恪诗集》抒一代知识分子之心声。同其他诗家相比，陈寅恪的“学人之诗”特征表现得尤为明显。陈寅恪认为，学术研究要有“自由之思想”和“独立之精神”，反映在其旧体诗中，也特别重视真实思想的流露。其诗词有浓厚的“家国旧情”和“兴亡遗恨”，不少作品大量用典，含义曲折隐晦。他与冼玉清有诗词交往。王季思也是吴梅的弟

① 丁宁：《还轩词》，安徽文艺出版社1985年版，“作者自序”第2页。

② 龙榆生：《创新新体乐歌之途径》，见龙榆生《龙榆生词学论文集》，上海古籍出版社2009年版，第120页。

③ 胡先骕：《丈室闲吟序》，见张晖《龙榆生先生年谱》，上海学林出版社2001年版，第267页。

子，其格律诗词亦得旧体诗家之嫡传，词风古雅纯正。

以上只是对 1949—1966 年有代表性的诗人稍做勾勒。但写作诗词之人远远不止于此。在这一时期去世的重要诗人有夏敬观、黄宾虹、柳诒徵、齐白石、柳亚子、陈匪石、顾随、关赓麟、张伯驹、商衍鎏等人。

诗词写作对于这些学人来说，只是一种自我情感的抒发，一种低调的私人写作。他们不追求公开发表，即使刊印，也只在小范围里传阅。这也导致这些诗词在当时鲜有人注意，直到“文革”之后正式发表或出版，才渐渐浮出水面，为人所知。也正因如此，他们的写作不必迎合主流的声音，基本保持文人本色，坚持诗歌“言志缘情”的传统。

第二节　“文革”时期（1966—1976 年）的旧体诗词

1966—1976 年，为配合当时极“左”路线的文艺政策，公开的宣传领域出现了“红卫兵诗歌”“新诗样板戏”等现象。

有一些知识青年则进行“地下写作”，城市里各种读书小组、诗词小圈子秘密存在。如上海有以陈声聪为首的“茂南小沙龙”等。

一批老一代诗家如汪辟疆、邓拓、刘永济、龙榆生、张恨水、詹安泰、周作人、马一浮、胡先骕、田汉、陈寅恪、吴晗、沈尹默等人先后谢世。

有一批诗人在这期间仍写作旧体诗词，记录个人的生活和心情。

“文革”中政治事件频繁，有些政治事件甚至引发了比较集中的旧体诗词创作。

一、苦难中的“地下”诗词

“干校”、“学习班”、“牛棚”、监狱成为特殊的诗词时空。知识分子因时代原因被下放或接受劳改，其中有些本有一定旧体诗词创作功底的人就用旧体诗词抒情记事，还有一部分人开始学写旧体诗。复杂的政治环境和艰苦的生存环境成了旧体诗词创作的“温床”。下面兹举数例。

李锐于 1967—1977 年被关押在秦城监狱。在狱中，他写下《龙胆紫集》。监狱环境异常艰苦，连笔和纸都需费尽心机才能得来。他回忆称：“一九七三年，有一天跑步跌倒，手碰破了，护士给了我一小瓶龙胆紫和几根药棉签。灵机一动，发觉可作‘奇墨怪毫’。于是靠墙坐在矮床上，面对哨兵的监视孔，越发规矩地捧着书本读书，偷偷地将这‘一箩筐酸果子’——几百首诗词录在《列宁文选》（两卷集）上的空白处。这样干了一年多。”[①] 写作诗词还必须秘密进行，一旦被发现，可能会面临更大的责罚。“这种冒犯监规的活动，一九七四年底和一九七五年初两次被哨兵发现，《列宁文选》和另一本《剩余价值学说史》先后被没收去了。”[②] 靠着紫药水和药棉签写下的诗词，“内容主要是两个方面：讴歌革命，回忆平生”[③]。

荒芜于1957年被划为“右派分子”，送往北大荒等农场“劳教”多年，“文革”期间又被下放到河南“五七干校”。和他一起关“牛棚”的，还有俞平伯、钱锺书、吴世昌、何其芳、余冠英等人。他们每日打扫厕所、等待“提审”，间隙之中，就开始写作旧体诗词。荒芜称，“我的第一首诗是在牛棚里写的”[④]，诗云：“危楼高议日纷纷，太息鱼龙未易分。莫谓低头非好汉，可怜扫地尽斯文。听‘猿’实下伤心泪，斗‘鬼’欣闻‘滚蛋’声。灞上棘门儿戏耳，亚夫原是女将军。”[⑤] “听‘猿’”是指一位老先生犯胃病打嗝，其声若猿啼，“滚蛋声”是犯人被提审后，必被大喝“滚蛋”，这一句正是“牛棚”生活的写照。“女将军”是指监管大家的一位女工。此诗以戏谑之语道出知识分子所遭受的身心伤害，因此很快流传开来，并产生了连锁反应：俞平伯写了一首绝句，陈友琴写了长句，余冠英写了新乐府。此后，荒芜的创作主题，一方面是日常生活以及与同事的赠答诗，另一方面是讽刺“四人帮”的罪行。荒芜的讽刺诗是对“文革”历史的记录和反思，他的诗词观是白居易“歌诗合为事而作”观念的延续，“但我想还加上一条，合为人而作。我的诗，百分之九十都是为人而作的”[⑥]。

聂绀弩与荒芜的经历十分相似，他们是肝胆相照的挚友，诗风亦相近。聂绀弩于1967年1月被捕，关押在北京功德林监狱，后几经转狱。在被流放、关押的岁月中，聂绀弩创作了手抄本《马山集》、手抄赠友本《北大荒吟草》、油印赠友本《北荒草》《赠答草》《南山草》。其诗作风格独特，形类打油，旨同庄骚，读来令人欲笑欲哭，被称为“聂绀弩体”。

① 李锐：《龙胆紫集》，湖南人民出版社1980年版，第1页。
② 李锐：《龙胆紫集》，湖南人民出版社1980年版，第1－2页。
③ 李锐：《龙胆紫集》，湖南人民出版社1980年版，第1－2页。
④ 荒芜：《纸壁斋集》，黑龙江人民出版社1981年版，“代序”第2页。
⑤ 荒芜：《纸壁斋集》，黑龙江人民出版社1981年版，“代序”第3页。
⑥ 荒芜：《纸壁斋集》，黑龙江人民出版社1981年版，“代序”第14页。

如《岁尾年头有以诗词见惠者赋谢》："奇书一本阿 Q 传，广厦千间 K 字楼。"[1]《阿 Q 传》指鲁迅的《阿 Q 正传》，"K 字楼"是指北京半步楼监狱的格局呈 K 字形，以杜甫所愿的广厦千万间讽刺现在"庇护"寒士的牢房千万间。以字母入诗，诗中多有婉讽，既诙谐又深刻。

1967 年，胡风入秦城监狱，直到 1978 年才被释放出狱。其狱中所作辑为《狱中诗草》《怀春室杂诗》《怀春曲》《怀春室杂感》《流囚答赠》《〈石头记〉交响曲》六辑。萧三被囚禁数年，1967 年 10 月，他写下《狱中诗》四首，其中第四首为旧体诗。1954 年，受"潘杨反革命集团案"株连的关露，因"文革"伊始又被重翻旧案，于 1967 年被投入秦城监狱。1975 年出狱后，根据回忆写成《秦城诗抄》。夏征农在"文革"遭到批斗，后被投入监狱。1968 年 12 月，他在狱中写下饱含血泪的诗作《寒潮》。

对于身陷囹圄仍不懈写作的诗人来说，诗歌"帮助我精神正常、脑力不衰"[2]（李锐）；诗词成为他们抒泄内心苦闷的途径，"这些年来，埋藏在心里的悲愤，充满在记忆中的那种难以想像的折磨，噩梦一般的苦难太多了，非倒出来不可"[3]（荒芜）；同时，诗歌也是一种自我辩解，"想到儿女，总企望他们将来有缘见到这些东西，知道这个父亲并非'牛鬼蛇神'"[4]（李锐）。

"文革"中诞生的"监狱诗词"摆脱了当时政治环境的束缚，不再千篇一律地歌功颂德，而是回归诗言志、缘情的传统，注重表达真实情感、反映现实，深刻地回顾人生、反思历史，以诗存史传情，其思想水平和艺术价值在当代旧体诗词史上不容忽视。

二、政治事件中的特殊诗词

"文革"期间，有几次大规模的旧体诗流传：初期有"未发表的毛主席诗词"事件，后期有"九一三事件"诗词和"陈毅诗抄"及其挽诗悼诗。相关旧体诗词伴随着几次重大事件而产生及流传，背后蕴含着深远的政治意义。

---

① 武汉出版社编：《聂绀弩旧体诗全编》，武汉出版社 2005 年版，第 157 页。

② 李锐：《〈龙胆紫集〉小序》，见毛大风、王斯琴选辑《近百年诗词集序跋选》，钱塘诗社 1991 年版，第 333 页。

③ 荒芜：《纸壁斋集》，黑龙江人民出版社 1981 年版，第 8 - 9 页。

④ 李锐：《〈龙胆紫集〉小序》，见毛大风、王斯琴选辑《近百年诗词集序跋选》，钱塘诗社 1991 年版，第 333 - 334 页。

（一）未发表的毛主席诗词

1967年1月，锦州市财政局毛泽东思想战斗队翻印的《毛主席诗词（未发表的）》油印本，收有当时流传的被认为是未发表的毛泽东诗词34首。其中确定为毛泽东所作的有7首，其余为他人之作，最多是陈明远的19首。①

（二）《陈毅诗词》与挽诗悼诗

1972年1月6日，陈毅病逝于北京。其夫人张茜开始编辑整理陈毅诗词，诗集于1973年年底编完。但在张春桥的阻挠下，诗集未能出版。在紧张的政治气氛下，诗集已不可能公开出版。“为了保存陈毅诗词，以免抄没、损失，张茜选择了‘藏诗于民’的办法，拿出去，让青年人与广大群众去抄写传播。”② 之后，全国各地涌现了大量《陈毅诗词》铅印本、油印本、复写本、抄写本等。陈毅的《冬夜杂咏》《题西山红叶》《示丹淮，并告昊苏、小鲁、小珊》等诗词受到广大群众，特别是青年的追捧。陈毅的诗词贴近现实，语言通俗，脍炙人口，直接地反映了当时人民的思想感情，因此不胫而走，家喻户晓。1976年“四五”运动期间，“大雪压青松，青松且挺直。要知松高洁，待到雪化时”（《冬夜杂咏》）一诗出现在天安门广场上，成为人们反对“四人帮”的宣传语。“莫道浮云终蔽日，严冬过尽绽春蕾”也成为当时脍炙人口的名句。

陈毅去世后，关于他的悼诗挽歌也开始迅速广泛地流传。董必武作五古《陈毅同志挽诗》，赵朴初用“不老笺”作挽诗③，由张茜装入陈毅遗体的胸前口袋里，一同火化。陈明远所作《沁园春（星殒朔方，天地失色，山河无光）》被误认为是毛泽东诗词而广为传播，该词原词题为《沁园春·步咏石韵悼念陈毅同志》。陈毅长子陈昊苏填有《满江红·填爸爸弥留一时刻》，当时被传为次子陈丹淮所作，后经修改收入《红军之歌》。当时广为流传的作品还有一些系伪托，如毛泽东《七律·悼陈毅》三首、《赠陈毅》（五律），叶剑英《悼陈毅》（七律）。

以上事件实际上逐渐形成了一股反对“四人帮”的思想浪潮，它们与此后的“天安门诗词运动”有着千丝万缕的联系：“天安门诗词”中的某

---

① 王同策《1966—1976间流传的“毛主席未发表诗词”》（载《南方周末》2003年8月7日）详述此事，对误传情况做了说明。

② 杨健：《1966—1976的地下文学》，中共党史出版社2013年版，第165－167页。

③ 赵朴初：《片石集》，人民文学出版社1978年版，第189页。

些诗句曾援用了陈明远的“未发表的毛泽东诗词”，陈毅悼诗则为后来群众以诗词悼念周恩来开启了先声。

三、“天安门诗词”

1976 年 1 月 8 日，周恩来逝世。1976 年 4 月 5 日清明节，天安门广场上集结了 200 多万人进行缅怀周总理的纪念活动。整个过程中，悼念周恩来的诗篇被人们辗转传抄，不断写作、张贴，还有人在广场上朗读，这些诗歌很快就在全国各地传播开来。1977 年 1 月 8 日，“童怀周”编印《天安门革命诗抄》（油印本）。编者“童怀周”并不是一个人，而是北京第二外语学院汉语教研室的 16 位教师，其中 7 位女性、9 位男性，绝大多数是新中国成立后到“文革”前夕毕业的大学生或研究生。[①] 是书马上获得了热烈的回应：“许多读者通过各种方式，给了我们热情的鼓励和支持，还有不少同志送来了自己去年冒着危险写作或珍藏的革命诗词。他们都希望我们把这项既有现实意义又有历史意义的搜集整理工作继续进行下去。”[②]“天安门诗词”的选本在之后被不断翻印。1978 年 12 月，人民文学出版社出版“童怀周”编《天安门诗抄》，由华国锋题写书名。其中收录了四言、五言、七言、长短句等，还有小部分新诗。

严格来说，“天安门诗词”并不都是旧体诗词，许多貌似旧体的只是句式整齐而已，只能说是符合诗歌字数要求的长短句，有许多是由政治术语和口号堆砌成的顺口溜或快板词。

“天安门诗词”的主要价值不在艺术本身，而在政治方面。人们选择以创作旧体诗词的形式来进行抗争性表达，原因在于：一方面，旧体诗词仍是符合中华民族心理的传统形式，在历史上每次危急关头都成为呐喊的号角、抗争的利器，是抒泄内心真情实感的最好手段。这也从侧面反映出旧体诗在国人心中仍具有不可取代的地位。另一方面，这种传统文体形式比较便捷。旧体诗词形式齐整而富有韵律，便于诵读；篇幅比较短小，易于记诵。作为口号、标语，具有煽动性。同时，旧体诗词符合汉语本身的审美规律，能精练地表达丰富的感情。

但同时也应注意到，影响广泛的“天安门诗词”让人们将这些不合格律的五七言句当成是旧体诗词，误以为诗词是很容易创作的，这对旧体诗

---

① 参见辽宁大学中文系编《中国当代文学研究资料〈天安门诗抄〉专集》，1979 年版，第 1 页。

② 北京第二外国语学院汉语教研室童怀周编：《革命诗抄》（第一集），1977 年版，第 269 页。

词之后的发展产生了不利的影响。而旧体诗词伴随着政治事件起起落落，也给人造成一种“诗词应当书写政治”的错觉。20 世纪 80 年代以后的诗词创作中出现的以政治术语、口号入诗，不合格律的打油诗、符合格律却无诗意的“格律溜”大行其道，诗词语言越来越通俗、直白、露骨，诗词多围绕时事而作等现象，都与新中国成立以来的头 30 年旧体诗词的整体创作环境有关。

第三节　新时期（1976—1999 年）旧体诗词的复兴

这一时期，中国社会发生了巨大的转折，文学艺术领域也发生了深刻的变化。伴随着一系列开放的政策的实行，旧体诗词也冲破禁锢诗坛的藩篱，焕发出新的生机。

新时期的旧体诗词创作群体可做如下粗略划分：张海鸥将中国内地写作格律诗词者分为“学会诗群”“自由结社诗群”“学院诗群”“网络诗群”四类[①]，张一南则认为旧体诗词创作形成台阁体、网络体、校园体“三体并峙”的局面[②]。两者的划分大同小异，基本可以反映出新时期旧体诗词的创作风貌。由于网络诗群主要崛起于 21 世纪之后，本编对其暂不讨论。

一、诗词学会与“老干体”

1981 年 7 月，兰州诗词学会成立，这是诗词史上首例以“学会”命名的诗词社团。社团内部仿照政府体系划分出相对具体的职能部门，并向甘肃省文联注册，一些爱好诗词的政府官员进入社团管理层。此后各地纷纷效仿，出现了不少挂靠在文联、作协等部门的诗词楹联学会、诗书画协会等。

1987 年 5 月 31 日，全国性的中华诗词学会成立，此后各地纷纷成立诗词学会，并加入“中华诗词学会体系”，仿照中央与地方的关系，按照国、省、市、县、区乃至乡镇、社区的等级划分，建立起“组织联系”。

---

① 张海鸥：《当代格律诗词四类诗群概观》，载《学术研究》2015 年第 7 期。

② 张一南：《当代旧体诗词三体并峙结构的初步形成》，载《华南师范大学学报》（社会科学版）2015 年第 1 期。

各诗词学会都经过民政部门批准登记注册，成为具有法人资格的社会团体，从而具备了半“官方”的性质：其上级主管部门，多为党委宣传部、文联、作协等。维护“诗词学会”体系的观念是“上下级”，上下级之间自觉认同领导或指导关系。组织形式是层级网络式，即下级诗词学会的负责人有资格成为上一级诗词学会的理事、常务理事或副会长。政府会为学会提供办公经费和场地，同时还有一个心照不宣的默契：学会主要领导人最好是离退休老干部中会写旧体诗词的人，级别越高越好，这样的干部可给学会带来经济资源和行政支持。这一切可以简称为“纳入体制”，具有党政体制之附属部分的性质，因而诗词创作就须“符合主旋律”，符合党政提倡的创作倾向。

诗词学会会员众多，不同年龄、不同身份的人以诗入会，诗词修养和水平差别很大，但通常应具备学会认可的诗词观念和创作倾向。因此，“老干体”这个特殊的诗词现象和批评术语也随之产生了。杨子怡教授撰写了《古今诗坛“老干体”之漫论》，认为古代也有类似风格的诗词。古今“老干体”均表现出歌德化、程式化、空洞化、官气化和应制化的特点，但不同作者之创作也会在语言、格律、修养和风格等方面表现出个性和艺术水平之差异。当代“老干体”之盛行，造成虚假的诗词繁荣，其中有比较严重的非艺术倾向。

诗词学会体系中也有一些诗词修养、诗学修养和诗歌天赋较好者。诗人们因交流的意愿而以诗会友，共同参与各种诗词活动，对传统诗词的现代发育有良好的影响。

二、自由结社诗群

中国古代就有诗群诗派现象。元明清以来，各种名称和形式的诗社层出不穷。“文革”之后，一些自由结社的旧体诗词群体也纷纷出现。例如，1978年10月野草诗社成立，1980年1月湖南岳阳洞庭诗社、长沙嘤鸣诗社成立，1980年5月西湖诗社成立，1983年6月广州诗社成立。这些诗社强调以诗会友，多数不向政府部门申报注册，会员来去自由。

海岳风华诗群特别值得关注。1996年8月，浙江文艺出版社出版《海岳风华集》，由毛谷风、熊盛元主编并自筹经费出版，选取当代中青年诗人33家631首诗词。其所录诸家，以20世纪四五十年代出生者居多，多有家学渊源或师承渊源，如陈永正、刘梦芙、刘斯奋、曹长河、魏新河、钟振振、王蛰堪、周克光、苏些雩等；又有在各种诗社中执牛耳者，如熊东邀、周燕婷等。此集延续诗词雅正传统，与新中国成立以来的颂歌战歌、新世纪的网络诗词有很大差异。海岳风华诗群代表了“文革”后旧体诗词创作的较高艺术水平。①

说到“文革”后最先脱颖而出活跃于诗词界的中青年诗人，还有必要追溯他们的几位前辈渊源。比如岭南诗家多与分春馆有关，后来有《岭南五家诗词钞》自印流传，选录张建白（1904—1991，号采庵）、莫仲予（1915—2006，字仲野，号小园）、刘逸生（1917—2001）、徐续（1921—2012，号对庐）、陈永正（1941— ，号沚斋）五人之诗词，是当时岭南诗词之标杆。

张采庵自20世纪80年代起活跃于岭南。他1981年应广州市荔湾区政协之邀，参与筹建荔苑诗社。1982年荔苑诗社成立，是改革开放后全国第二个、广州第一个诗词团体。门下弟子有周克光、苏些雩、周燕婷（小梅窗）等，均在80年代以后崭露头角。周燕婷后来当选为后浪诗社社长，后浪诗社当时会集了全国许多青年诗词才隽。

“文革”以后，孔凡章和寇梦碧是诗词界声誉很高的名家。

孔凡章（1914—1998）一生擅长诗词创作，但作品多在战乱中遗失，遗著《回舟集》由其弟子刘梦芙整理、黄山书社2017年出版。他1987年被聘为中央文史研究馆馆员，当下诗词界许多优秀诗家都曾受到他的指教或鼓励，比如魏新河、王震宇、郑雪峰都是孔门弟子，曹长河、王蛰堪、熊盛元、徐长鸿、杨启宇、段晓华等均与孔凡章有诗友交谊。

寇梦碧（1917—1990）也曾教授诗徒。早在20世纪40年代，寇梦碧曾倡立梦碧词社，梦碧之命名，取吴梦窗之“梦”和王碧山之“碧”；又取梦窗《瑞鹤仙》“草生梦碧”之义，谓小草萌发，充满生机之意。社址在天津东门外南斜街。1943—1948年，诗社活动历时六年，共出社刊十期。社刊分词课、诗课、论文、词话、社友简介、词坛近讯等栏目。词题多为咏物。雅集由社友轮流命题，余兴做蝴蝶酒会。社中多耆老，而30来岁的年轻人有周汝昌、张牧石、孙正刚、陈机峰等，社员共计80余人。“文革”期间，寇梦碧仍与张牧石、陈机峰做诗钟之戏，编为《七二钟声》。他对旧体诗词的传承有着自觉的使命感，曾对弟子曹长河说：“我今天冒着前程甚至生命的风险教你，不只是为你为我，还为了不使诗词成为

① 2010年，诗群中的段晓华、王翼奇、吴金水、刘梦芙、熊盛元、杨启宇六人发起成立持社。社名取自“诗者持也”，寓“持续传统诗词文化”之意，社员有21人，其中12位是《海岳风华集》成员，社刊《爽籁》。陈永正作《持社成立启》。就当代诗词艺术而言，持社具有一定的标志性。

绝学，他日一旦学有所成，遇到恰当的青年人选，无论是什么样的环境条件，也要像我这样对待自己的学生。”① 其入室弟子还有王蛰堪、王焕墉、刘景宽、冯晓光、周俊鹤等人。1986 年，寇梦碧发起成立天津诗词社，后改名为天津市诗词学会，主编《天津诗词》《学诗词》等。1988 年，天津诗词社与东方艺术学院合办首届诗词写作班，寇梦碧任教，卒业学员 20 余人，粗具诗词写作能力。1989 年初春，梦碧门人与赵浣鞠、张牧石、陈宗枢商议，召集卒业学员成立梦碧后社，以慰其怀抱。② 曹长河、王蛰堪、王焕墉、赵连珠等成为当代词坛之秀，影响持续至今。③

三、学院诗群

高校是旧体诗词写作的重要园地，爱好诗词的师生互相切磋诗艺，结社办刊。

爱好旧体诗词创作的大学教师水平参差不齐，许多人也有“老干体”之风。有些人开设旧体诗词写作课，影响渐大，逐渐改变了新中国高校旧体诗词写作教育缺失的状况。

如陕西师范大学霍松林教授，著有《唐音阁吟稿》《唐音阁诗词集》。他童年学诗，于 1944 年考入重庆中央大学，获得胡小石、朱东润、罗根则、汪辟疆、陈匪石等学者的指点。他在自己写作的同时，也热衷于诗词教育事业，曾担任中华诗词学会副主席、陕西省诗词学会会长等。

南开大学叶嘉莹教授，在国内外发表了不少诗词作品，20 世纪 80 年代起在诗坛有一定影响。

中山大学陈永正教授是当代诗家之秀，在全国诗词界有较高声誉，著有《沚斋诗词钞》。

在爱好诗词的教师和学生的推动下，高校学生诗词社团相继出现。1990 年 4 月 24 日华中理工大学瑜珈诗社成立，社刊为《瑜珈诗苑》。1993 年 9 月华中理工大学出版社出版《瑜园诗选》，后又出版《瑜园诗选（二）》《瑜园学子诗选》和《瑜园诗选（三）》等。

1995 年 3 月 17 日，由徐晋如、容若等人发起的清华大学静安诗词社

---

① 曹长河：《春蚕到死丝方尽》，见天津市文史研究馆编《天津文史丛刊》第 12 期，1990 年版，第 114 页。

② 参见陈宗枢《天津词人寇梦碧》，见顾国华编《文坛杂忆 · 全编四》，上海书店 2015 年版，第 312 页。

③ 2012 年 8 月 16 日，梦碧门人王焕墉于杨柳青古镇成立天津崇碧词社。“崇碧”源于寇梦碧与王焕墉（字崇斋）两位词家字号，寓意“崇碧词社”与“梦碧词社”一脉相承，薪火相传。

成立。该社完全由在校学生组成。徐晋如说：“它的主要创作成员不再像绀弩体那样，把现代性——理性、反思、诘问作为诗歌的主体精神，而是重新开始审视‘诗缘情以绮靡’这一古老的命题。”[①] 静安诗词社推崇语言古雅、深邃，力图超离口语的束缚，追求诗歌语言的陌生化。社会现象不是他们的关注焦点，他们强调抒写独特的自我感受。他们有意针对学会诗词以口语入诗、白话入诗、议论入诗的倾向，倡导“诗缘情”“尚雅正”，延续古典诗歌崇文尚雅、言志抒情的传统。

武汉水利水电学院春英诗社[②]成立于1998年12月18日，后随校并入武汉大学。诗社初期采用“凤凰结构”管理社务，分社长、学部（分翰林院、脂砚阁、京楚苑）、刑部（分獬豸阁、碧简阁、藏经阁）、礼部（分完璧阁、丹青阁、斧月阁）、网部（分星杼馆、经纬堂等）。后几经更改，仍基本维持“三部九阁”制度，名堂颇为独特。

从目前一些校园诗人的创作来看，校园诗词有尚“丽”的特点：严守诗词格律，注意文言语法，文体意识明确；造语华丽，用词谨慎，句法崇尚古雅，很少以白话和都市意象入诗，注重个人感受与经验的传达。总的来说，学院诗群以及其孕育出的高校诗社，代表着在新时期旧体诗词尚“雅”传统的复归，他们对诗词艺术价值的追求和体认，与自由结社诗群是不谋而合的。

（本编部分内容以《1949—1999年旧体诗词创作史论》为题发表于《贵州社会科学》2018年第7期，此处有改动）

---

① 徐晋如：《二十世纪旧诗史》，见豆瓣网：https://www.douban.com/group/topic/66282973/。

② 春英诗社至今仍是高校诗社版图中极为重要的一块，多次登上中央电视台、湖南卫视等媒体。进入21世纪后，高校诗社蓬勃发展，许多大学都建立了自己的旧体诗词社团。如北京大学北社、中山大学岭南诗词研习社、首都师范大学周南诗社、复旦大学古诗词协会、南京大学林下诗社等。中大岭南诗词研习社又联合北大北社、武大春英诗社、南大林下诗社、复旦古诗词协会等，组成长安诗社，在高校爱好诗词的学生中有较大影响。

附　录

相关研究文章、资料

当代旧体诗词研究述评[①]

“旧体诗词”这个称呼是与“新诗”对举的，在“新诗”的光芒下，旧体诗词的创作和研究一直比较边缘化。当代旧体诗词，是指新中国成立以后（1949 年至今）创作的诗词。新中国成立以来的头 30 年（1949—1979 年），旧体诗词虽时有人作，却鲜有学者关注。而近 30 年来，学界开始有人陆续关注到这一领域，并认为这个几乎空白的学术领域是“日形贫乏的古典诗歌研究和现代文学研究的新晋发力点”[②]。本文拟对新中国成立以来的旧体诗词研究成果做一梳理，以期更多的学者关注到这些问题。

一、名称及格律探讨

旧体诗词的名称问题，一是为它正名，二是为它验身，这是“辨体”的问题。本文把当代人按照古典诗词的格律要求、语言习惯创作的诗词称为“旧体诗词”，但关于这个名称的使用，学界也有争论。目前的称呼有“旧体诗词”“传统诗词”“格律诗词”“中华诗词”“古典诗词”“文言诗词”等。“旧体诗”这一概念最早由胡适发明，他在 1918 年给任叔永的一封信中提出了这个称谓。新体自由诗出现后，在体式、内容等方面与其大相径庭的传统诗歌被统称为旧体诗。它含有两个方面的意义：一是指新体自由诗出现以前，自《诗经》以来的古风、律诗、绝句以及包括词和曲在内的“古典诗歌”；二是指新诗产生后，现代人沿用旧的古风和近体诗等形式所创作的诗歌作品。“国诗”这一概念最早始于 1932 年范罕给《胡先骕诗集》写的序，徐晋如认为，“诗、词应该统称国诗，也只能统称国诗，只有这个称呼，才配得上她作为全民族共同诗体的身份，也只有这个称呼，才能把新诗殖民化的本质暴露于阳光下”[③]。张海鸥《关于格律诗词之名称》认为应该使用“格律诗词”这一概念，他分析了“旧体诗词”

① 本文原载《湖南工业大学学报》（社会科学版）2015 年第 4 期，有删改。当代旧体诗词研究近几年又有新的进展，因此，本文还有待增补、修订，在此仅供参考。

② 马大勇：《20 世纪旧体诗词研究的回望与前瞻》，载《文学评论》2011 年第 6 期。

③ 徐晋如：《国诗刍议》，载《社会科学论坛》2010 年第 15 期。

“国诗”“传统诗词”等概念的缺陷，认为“无论诗还是歌词，永远都存在自由体式和格律体式之别。用‘格律’和‘自由’对举，是科学的、便捷的、长久的”[①]。各种意见之中，“旧体诗词”这个概念已经使用了很多年，也成了人们的习惯，但是从科学性和学理性来说，“格律诗词”或可取代“旧体诗词”这一概念。

旧体诗词的格律问题，包括它的语言和用韵。在格律问题上有“守旧派”“革新派”“中立派”三个阵营，他们就此展开了一系列讨论。

“守旧派”坚持旧韵，但也不乏革新的声音：杨开显《论今日旧体诗形式的改革》认为“旧体诗为适应现代汉语言文字的变化和发展而应有相应的改革。今人作旧体诗，应废弃入声，按现代普通话押韵，用现代普通话声调的平仄取代古声调的平仄，并且对这种平仄句式允许突破和变通，写出近似古之‘变体诗’的今日旧体诗”[②]，支持新韵，反对旧韵。张中宇在《传统诗词样式的创新机制及其意义》中说：“传统诗词样式同时具有适应新时代要求的‘创新’机制，其内涵、韵律体系、文体语言等，始终都在不断调整，以获得新的发展机遇。”[③]

张海鸥《旧体诗词的韵与命》对新韵和旧韵的主张做了详细的陈述，对使用新韵还是旧韵的问题持比较宽容的态度。姚奠中《有韵为诗，格律难废》探讨了旧体诗词创作的内容、语言、格律问题，认为“旧体诗词也可押新韵，《诗韵新编》合适不合适，也应经过讨论来逐步达成一致。如笔者翻译古诗是押今韵，写旧体诗基本是押平水韵，这也仅是习惯而已。在条件不成熟的情况下，不必强求统一”[④]。态度也较宽容。周啸天《当代诗词写作中的入声字存废问题》重点讨论了旧韵派和新韵派的分歧点“入声字存废问题”，辨明了两派主张的不同。

旧体诗词的名称和格律问题是创作界的争论焦点，也是学术界的研究热点。目前争论虽无定论，但这两个问题是对“何谓诗词”的回答，也是辨别诗词体性、判断诗词艺术价值的基础，故仍有待继续思考。

二、对当代旧体诗词的价值认识

学界对当代旧体诗词价值的认识经历了一个漫长的阶段，旧体诗词是

---

① 张海鸥：《关于格律诗词之名称》，载《人民政协报》2012 年 12 月 31 日。

② 杨开显：《论今日旧体诗形式的改革》，载《重庆大学学报》（社会科学版）2003 年第 4 期。

③ 张中宇：《传统诗词样式的创新机制及其意义》，载《西南民族大学学报》（人文社科版）2005 年第 7 期。

④ 姚奠中：《有韵为诗，格律难废》，载《中山大学学报》（社会科学版）2007 年第 1 期。

否能够写入文学史，这是对它价值判断的一个关键问题。有关这一问题的讨论学界历经近三十载，经历了三个阶段。

促发研究者对当代旧体诗词研究兴趣的是20世纪80年代关于“重写文学史”的讨论。姚雪垠在《无止境斋书简抄》中谈及了对旧体诗的看法，文章认为，以旧体诗词蜚声海内外的柳亚子、苏曼殊，以新文学著称的郁达夫、吴芳吉，以及国民党人于右任等人的旧体诗应该纳入现代文学史的范畴。[①] 唐弢则明确反对：“我们在‘五四’精神哺育下成长起来的人，现在怎能又回过头去提倡写旧体诗？不应该走回头路。所以，现代文学史完全没有必要把旧体诗放在里面作一个部分来讲。”[②] 1984年，谢云的《一个不应忽视的课题：关于新时代的旧体诗研究》指出旧体诗研究已成为必须正视的课题。倪墨在1985年第5期的《书林》上发表《不应忽视旧体诗在现代诗歌中的地位》。1987年，毛大风相继发表了《旧体诗六十年概述》和《现代旧体诗的历史地位》，进一步肯定了旧体诗词的地位，认为现代文学史“不谈旧体诗，是极不公正的，是违反历史主义的原则的”[③]。同年，丁芒《从当代诗歌总体论旧体诗词的社会价值》、胡守仁《从中国诗的历史看旧体诗的发展前途》等也参与了讨论。但这一阶段的讨论，应该只能说是“旧体诗词入史论”的发端，现当代旧体诗词的合法地位依然没有得到大多数学者的肯定。

进入20世纪90年代，关于旧体诗是否可以入史的讨论形成了不同的意见，李怡提出要将“现代新诗与现代旧诗统一考察”[④]。吴晓东主张把“20世纪中国文学看成一个中性化的时间概念，而不是一个隐含着价值倾向的概念，凡是发生在这一时间过程之内的一切文学现象，都应该列入文学史的研究范围”[⑤]。王建平发表了《文学史不该缺漏的一章——论20世纪旧体诗词创作的历史地位》，钱理群也写就《一个有待开拓的研究领域》，为现当代旧体诗词的研究正名。黄修己指出“古典的旧形式在20世纪仍在流行，新文学尚未全部完成取代的使命”，在《21世纪的中国现代文学史》一文中，他转引了罗孚的话：“写现当代中国文学史的人，却没有人把这一‘化故为新’的文学现象写进文学史中，难道它们不算文学，

---

① 此文以《中国现代文学史的另一种编写方法》为题，编入《无止境斋书简抄》，载《社会科学战线》1980年第2期。

② 唐弢：《唐弢文集·文学评论卷》，社会科学文献出版社1995年版，第379－380页。

③ 毛大风：《现代旧体诗的历史地位》，载《群言》1987年第4期。

④ 李怡：《十五年来中国现代诗歌研究之断想》，载《中国现代文学研究丛刊》1995年第1期。

⑤ 吴晓东：《建立多元化的文学史观》，载《中国现代文学研究丛刊》1996年第1期。

不能入史?”[①] 与此同时，王富仁却表达了不同的意见：“在现当代，仍然有很多旧体诗词的创作，作为个人的研究活动，把它作为研究对象本无不可，但我不同意把它们写入中国现代文学史，不同意给它们与现代白话文学同等的文学地位。这里有一种文化压迫的意味，但这种压迫是中国新文学为自己的发展所不能不采取的文化战略。”[②] 这一阶段的讨论让现当代旧体诗词“妾身未分明”的尴尬地位有了些许改善，一些优秀的学者已经注意到这一文学形式的重要性，并肯定它们的地位，在学术界的重要期刊上展开讨论，这使得现当代旧体诗词研究的“眉目”和“身姿”都开始清晰起来。

进入21世纪，旧体诗词入史的问题再度成为学者的争论点。陈友康在《中国社会科学》上发表《二十世纪中国旧体诗词的合法性和现代性》，认为“20世纪中国旧体诗词表现了鲜明的现代性追求，自足地构成一种新的历史传统。在新的世纪，必须打破新、旧诗词二元对立的模式，把旧体诗词作为中华民族在新的历史时期创造的文化成果进行研究”[③]。论文发表之后，反对的声音层出不穷。王泽龙《关于现代旧体诗词的入史问题》从旧体诗词与现代文学史现代性观念、经典型原则的关系等方面，阐述了中国现代旧体诗歌不宜入史的主张。持类似观点的还有杨景龙《试论古典诗歌对20世纪新诗的负面影响》、吕家乡的《新诗的酝酿、诞生和成就——兼论近人旧体诗不宜纳入现代诗歌史》以及《再论近人旧体诗不宜纳入现代诗歌史——以聂绀弩的旧体诗为例》。[④] 而王泽龙的观点又引起了不同意见，刘梦芙撰写《20世纪诗词理当写入文学史——兼驳王泽龙先生“旧体诗词不宜入史”论》[⑤]，对王泽龙的观点进行了激烈的批评。马大勇《论现代旧体诗词不可不入史——与王泽龙先生商榷》，从现代旧体诗词具备现代性和经典性两个方面论证了它可以入史，同时他着重指出了现代旧体诗词“在艺术上，在狂澜既倒的大形势下仍然以‘语不惊人死

① 黄修己：《21世纪的中国现代文学史》，载《广东社会科学》1999年第5期。

② 王富仁：《当前中国现代文学研究中的若干问题》，载《中国现代文学研究丛刊》1996年第2期。

③ 陈友康：《二十世纪中国旧体诗词的合法性和现代性》，载《中国社会科学》2005年第6期。

④ 分别参见王泽龙《关于现代旧体诗词的入史问题》，载《文学评论》2007年第2期；杨景龙《试论古典诗歌对20世纪新诗的负面影响》，载《文学评论》2007年第5期；吕家乡《新诗的酝酿、诞生和成就——兼论近人旧体诗不宜纳入现代诗歌史》，载《齐鲁学刊》2008年第2期；吕家乡《再论近人旧体诗不宜纳入现代诗歌史——以聂绀弩的旧体诗为例》，载《齐鲁学刊》2009年第5期。

⑤ 刘梦芙：《20世纪诗词理当写入文学史——兼驳王泽龙先生“旧体诗词不宜入史”论》，载《学术界》2009年第2期。

不休’的创造精神为古典诗词创作添砖加瓦，献替多端，其中最为突出的表现就是‘白话倾向’与‘杂文笔法’”①。陈友康本人也撰文做出回应，他对周策纵诗论和诗作进行具体分析，认为“‘学院化的经典性文学史观’是褊狭的……面对20世纪旧体诗词的客观存在，正确的做法是就具体诗人、具体文本、具体文学现象进行分析研究，探寻其‘真美’，而不作笼统肯定或否定”②。讨论一再升温，王国钦《试论“诗词入史”及新旧诗的和谐发展——兼与唐弢、钱理群、王富仁、王泽龙、陈国恩教授商榷》对王富仁等人观点表示了不同意见，提出“对旧诗应该消除‘艺术歧视’以期与新诗‘和谐共存’，为当代的诗人词家们争取到基本的‘艺术尊严’”③。陈国恩撰文予以回应：“现代人的古体诗词该不该入现代文学史，这是可以讨论的。我主张慎入，是根据文学史的经典性原则、诗词传播接受的大众语言基础、现代性标准和五四传统的意义而提出的，但又坚定地认为旧体诗词在其辉煌的历史上会永远地活着，而且对今人的旧体诗词也要进行研究。”④ 2012年，陈国恩在《中国文学研究》（2012年第4期）上主持了“中国现代旧体诗词的‘入史’问题”的一次讨论，韩晗、周建华、陈昶、吕东亮、但红光都参与了讨论。这样的学术讨论层出不穷，往往是一人撰文，引起多方的反驳或者呼应，本人又再次回应。其实，对现代旧体诗词“入史”持反对意见者，焦点多集中在七个方面：“现代文学性、文学经典化、语体形式、学术压迫、不宜提倡、进入死亡之旅、能否被替代”，而持赞同意见者则从这些方面予以反驳。如此激烈活跃的讨论，正代表着越来越多的人关注到现当代旧体诗词。总的来说，肯定的声音越发坚定有力。

经过这几个阶段的讨论，旧体诗词的价值被一步步重新评估和深度挖掘，它已经逐渐为学界所接纳，从近些年的研究论著看来，这一领域逐渐火热起来，有不少学者进入这个几乎空白的领域里寻找崭新的选题和研究方向。这一场历时数十载的争论，也让旧体诗词的“朦胧面孔”逐渐浮出水面，确立了它在诗歌史上的地位和价值。

---

① 马大勇：《论现代旧体诗词不可不入史——与王泽龙先生商榷》，载《文艺争鸣》2008年第1期。

② 陈友康：《周策纵的旧体诗论和诗作——并回应现代诗词的价值和入史问题》，载《楚雄师范学院学报》2008年第7期。

③ 王国钦：《试论“诗词入史”及新旧诗的和谐发展——兼与唐弢、钱理群、王富仁、王泽龙、陈国恩教授商榷》，载《中国韵文学刊》2010年第3期。

④ 陈国恩：《再谈现代旧体诗词慎入现代文学史的问题——兼答王国钦先生》，载《中国韵文学刊》2011年第2期。

三、当代旧体诗人的个案研究

当代旧体诗人的个案研究，是当代旧体诗词研究的一个重要部分。对当代旧体诗人稍做分类便会发现，创作主力是四类群体：学者、老一辈革命家、新文学家和有诗词写作经历的艺术家。这四类群体中的重要个案为学界所关注。

（一）学者诗词的个案研究

当代诗词成果中，最引人注目的一道风景线应当是学者诗词。学者是旧体诗词创作的主力军，诗词质量也很高。所谓“学者诗词”，是指从事专门学术研究并取得实绩的专家写的诗词。但目前的研究大都是因其学术上的成就才关注到他们的诗歌，研究上重其学而轻其诗，对他们旧体诗词的研究夹杂于某些研究专著中，处于附属地位。

进行旧体诗词创作的学者有人文学者、社会科学学者和自然科学学者。其中，人文学者主要从事文学、历史、哲学、艺术等人文学科的研究，他们接触诗词的机会较多，所从事的研究工作和诗词创作也有某种形式上的相通，所以他们的创作数量较多，质量也较高。这类诗词受到的关注也最多，有单篇论文做个案研究，如彭玉平《现代文学中的古典情怀——詹安泰旧体诗词初探》、邓小军《现代诗词三大家：马一浮、陈寅恪、沈祖棻》、张海鸥《论陈永正的旧体诗词》《试论沚斋诗词》、刘梦芙《名山事业，国学光辉——钱仲联大师的学术与创作成就》《千秋光焰照诗坛——国学大师钱仲联先生的治学与创作》《浅谈夏承焘先生山水词》《夏承焘〈天风阁词〉综论》、陈友康《周策纵的旧体诗论和诗作——并回应现代诗词的价值和入史问题》,[①] 等等，在此不一一列举。虽然社会科学自然科学学者研究的领域与诗词无关，但他们中也不乏取得一定成就

① 分别参见：彭玉平《现代文学中的古典情怀——詹安泰旧体诗词初探》，载《湖南社会科学》2005年第1期；邓小军《现代诗词三大家：马一浮、陈寅恪、沈祖棻》，载《中国文化》2008年第1期；张海鸥《论陈永正的旧体诗词》，载《学术研究》2005年第8期；张海鸥《试论沚斋诗词》，载《中国诗歌研究》2008年刊；刘梦芙《名山事业，国学光辉——钱仲联大师的学术与创作成就》，载《合肥学院学报》（社会科学版）2005年第1期；刘梦芙《千秋光焰照诗坛——国学大师钱仲联先生的治学与创作》，载《博览群书》2004年第3期；刘梦芙《浅谈夏承焘先生山水词》，载《合肥学院学报》（社会科学版）2004年第1期；刘梦芙《夏承焘〈天风阁词〉综论》，载《中国韵文学刊》2012年第4期；陈友康《周策纵的旧体诗论和诗作——并回应现代诗词的价值和入史问题》，载《楚雄师范学院学报》2008年第7期。

的诗词爱好者，如陈友康撰《旧体诗词和现代社会相适应的成功探索——论厉以宁的旧体诗词》①，关注到经济学家厉以宁的诗词，曾春红在《胡先骕诗词研究述评》一文中列举出不少关于植物学家胡先骕诗词的研究专著与论文。

（二）老一辈革命家诗词的研究

革命家诗词也是当代旧体诗词研究的一个热点。所谓“革命家诗词”，就是指以毛泽东为核心的革命家群体写作的诗词。这个群体主要包括毛泽东、朱德、陈毅等为代表的老一辈无产阶级革命家以及其他一些重要政治人物。他们的诗词在当时影响很大，在学界也受到一些学者的关注。

革命家诗词研究的热点是毛泽东诗词，不少论文对毛泽东诗词的思想内容、艺术特点、对传统诗词的贡献影响等方面进行了研究分析，如龙峰《略论毛泽东诗词对新诗创作的影响》、白明琦《毛泽东对继承和发展中国旧体诗词传统的贡献》、苟国利《熔旧翻新铸伟词——浅论毛泽东诗词的语言艺术》等。然而，由于政治因素，学界对革命家诗词的研究往往以赞扬为主，未能深入本质，客观评价。革命家诗词产生于特定历史阶段和特定政治背景下，带有鲜明的时代色彩，在新的时代背景下，对它们重估价值，公允评判，是目前应当努力之方向。

（三）新文学家的创作研究

新中国成立后，一批新文学家在白话文的语境下也同时进行旧体诗词的创作，这一群体也受到广泛的关注。其中，有关郭沫若、聂绀弩的研究是热点。郭沫若原本就是现当代文学研究的一个热点，其旧体诗词也颇受关注。聂绀弩的诗歌有“聂体”或“绀弩体”之称，影响了一代诗坛。于永森的《聂绀弩旧体诗研究》涉及聂绀弩旧体诗研究的概况、评论、价值等方面，是系统、全面研究聂绀弩旧体诗的第一部专著。李遇春对新文学家的旧体诗词创作进行了一系列的探索，有《胡风旧体诗词创作的文化心理与风格传承》《论何其芳的旧体诗创作》《论茅盾建国后的旧体诗词创作》《论姚雪垠建国后的旧体诗创作》《身份嬗变与中国当代“新台阁体”诗词的形成——郭沫若旧体诗词创作转型论》《忧患之诗与安乐之死——老舍旧体诗创作转型论》《田汉旧体诗词创作流变论——兼论他与南社的诗缘》《性情中人枕下诗——论吴祖光六七十年代的旧体诗词创

---

① 陈友康：《旧体诗词和现代社会相适应的成功探索——论厉以宁的旧体诗词》，载《云南师范大学学报》（哲学社会科学版）2006年第3期。

作》等论文见诸刊物。

关于新文学家旧体诗词创作的研究，需要注意的是他们在创作过程中的“两面性”。他们一面创作旧体诗，一面又认为旧体诗的文学价值不如新诗，常常把旧体诗当作一种退而求其次的文体。这种舍弃与重新书写背后隐含的新旧文化心理，以及他们对于旧体诗词的定位，乃至于旧体诗词创作与新诗创作之间的联系，都是个案研究中的特殊之处。

（四）艺术家诗词的研究

新中国成立后，一些从事书画、音乐、戏曲等创作、表演的艺术家，不仅在艺术上造诣很高，在旧体诗词领域也取得了一定的成绩。这些人也得到学界的关注，如书画界的齐白石、启功、张中行、张大千、黄宾虹等。艺术家的个案研究主要结合其艺术成就，他们的创作是诗歌与其艺术领域的融合，这也是此类个案研究中的特殊之处。

梳理之后会发现，当代旧体诗人的个案研究其实还处于非常薄弱的状态。且不说许多知名度不大的作家没有受到应有的关注，即使是大家之作，也罕有深度的研究论文，而且个案研究的专著很少。这是由于目前许多文献资料还缺乏整理，诗人别集尚不能搜集完全，更不用说对其开展研究。李遇春认为，“当前的旧体诗词研究亟须提倡一种实证精神，宏观的论述必须建立在微观的剖析之上，真正意义上的宏文必须要有坚实的微观个案文章来支撑和建筑”①。这是对个案研究的一种启示。

四、当代旧体诗词群体研究

新中国成立以来的头三十年（1949—1979）间，受过传统文化熏陶的学者和具有创作激情的新文学家是旧体诗词创作的主力。随着新时期社会经济的发展，人们对精神生活有了更高追求，20 世纪 80 年代以来，旧体诗坛又焕发新貌，先后产生“学会诗词”和“网络诗词”两大阵营。把创作主体归为一类，作为一个群体来研究，也是当代旧体诗词研究的重要方面，主要集中在以下五个方面。

（1）学者诗人群。学者诗人作为当代旧体诗词创作的一个主力群体，他们的创作艺术水平比较高，引起了广泛的关注。陈友康《论 20 世纪学者诗词》指出学者诗词的特点是民间化、自娱性、专业性和典雅性。学者

---

① 李遇春：《20 世纪旧体诗词研究亟需实证精神》，载《中国韵文学刊》2011 年第 3 期。

诗词的价值在于它表现了现代性追求，满足了人的自由需要和社会需要，弥补了新文学的某些欠缺。[①] 刘士林《20 世纪中国学人之诗研究》则对 20 世纪学人之诗展开了系统的阐释研究，作者把学人定义为“一种纯粹理性的思维方式”和“一种为学术而学术的生活方式”，认为学人之诗有“诗之新声”“学之别体”两重内涵，既对学者诗群的意义做了整体评估，也对陈寅恪、马一浮、钱锺书、萧公权、吴宓等学者诗人进行了个案研究。[②] 他还撰写了《现代学者旧体诗词与其学术关系》《旧体诗词：现代学者的“本体”秘密》《20 世纪中国学人之诗三题议》《诗之新声与学之别体——论 20 世纪的学人之诗》等一系列论文揭示学者诗词的特点。

（2）新文学家诗人群。把新文学家作为整体来研究也成为当代旧体诗词研究的一个方面。李仲凡的博士学位论文《古典诗艺在当代的新声——新文学作家建国后旧体诗写作研究》对新中国成立以后新文学家的旧体诗词创作从中国诗歌变迁的纵向视角做了整体的观照，以新文学为背景，从比较的、共生的横向视角考察新文学语境下的旧体诗写作，又以新文学家的旧体诗为参照系，反思和质疑了以新文学为中心的文学史观，可以说是对新文学家旧体诗词的一次有力的探索。他还撰写了《新文学家旧体诗的文学史意义》《新文学家旧体诗写作中的矛盾心态》等论文，从文学史价值、写作心态等方面考察了新文学家的旧体诗词创作。[③] 王艳萍《新文学作家的旧体诗词书写与文化心理研究》主要对新文学作家新旧体诗的两栖写作身份背后的写作心理进行分析，也对新文学作家的旧体诗词写作现象做出思考。[④] 曾艳《一人两面：现代新文学家的新诗、旧体诗比较》也对新文学家的新旧文学创作不同的精神面貌、语音系统及适用场合进行分析，肯定了新文学家旧体诗的文学史价值。[⑤]

（3）“老干体”诗词。所谓“老干体”，又称“政协体”和“人大体”，是当代诗词创作中的一种风格独特、影响深远的诗词体式。“老干体”其实是一个新词汇。这类诗词观点陈腐、套话连篇、毫无生气，但其创作队伍却不限于老干部，许多年轻的诗词爱好者也擅长且钟情此类。因

---

① 参见陈友康《论 20 世纪学者诗词》，载《云南社会科学》2003 年第 3 期。

② 参见刘士林《20 世纪中国学人之诗研究》，南京师范大学 2009 年博士学位论文。

③ 分别参见李仲凡《古典诗艺在当代的新声——新文学作家建国后旧体诗写作研究》，兰州大学 2009 年博士学位论文；李仲凡《新文学家旧体诗的文学史意义》，载《社会科学家》2010 年第 1 期；李仲凡《新文学家旧体诗写作中的矛盾心态》，载《文艺理论与批评》2008 年第 6 期。

④ 王艳萍：《新文学家作家的旧体诗词书写与文化心理研究》，南京师范大学 2012 年硕士学位论文。

⑤ 曾艳：《一人两面：现代新文学家的新诗、旧体诗比较》，载《新文学评论》2013 年第 2 期。

此，不仅地方小报有，一些专业诗词刊物也有，网络诗词也不乏正宗的“老干体”，其俨然已成为当今诗词创作的一大流派。由于“老干体”已经成为当代诗坛中主流力量，也有学者对其进行了研究。杨子怡《古今诗坛“老干体”之漫论》对“老干体”的源流、特征、盛行之原因、流弊及影响做了详细的梳理和分析，对引导“老干体”回归雅正提出了建议，是目前对“老干体”诗词的来龙去脉、特征及缺陷阐释得比较详尽的一篇论文。①

（4）网络诗人群。“网络诗词”一词最早由檀作文提出，并且使用这个概念将新一代的年轻诗人与依赖《中华诗词》等传统官方媒体成名的中老年诗人群区别开来。网络是一个交流的平台，一些写作旧体诗的诗人以网络为主要阵地，发表自己的旧体诗词，因此有人称之为“网络旧体诗词”或“当代诗词在网络”。但现在随着中老年人也学会上网，网络诗词写手的身份也越来越复杂，我们现在所说的“网络诗词”应该指当代人自己创作并发表在网络平台上的旧体诗词。网络诗词是近十年才开始出现的，学界对它的研究也基本处于空白状态。不过，它作为目前正在迅速发展的一种旧体诗词创作现象，也引起了部分学者的注意。李瑞河、陈建福《网络诗词简论》对网路诗词的起源、发展、特点、不足进行了学理化的探讨，也关注到外界对网络诗词的批评的几个特征，比较系统地梳理了网络诗词的流变及特点。② 马大勇《第三只眼看网络诗词》认为网络诗词具有“悲悯凝重的人文情怀”“自由多元的思想取向”“守正开新的艺术追索”等特点，并认为“网络诗词让我们原本以为早被划上句号的诗词史程正在变成省略号，甚至变成惊叹号”③，对网络诗词的未来充满信心。

（5）诗词社团。新中国成立以来，头30年基本没有形成有影响力的诗词社团，近40年诗词社团蔚为丛林。20世纪80年代以来，各地诗社纷纷成立，并形成了目前国内最大的诗词团体——中华诗词学会及其各省诗词学会。这些团体的蔚然成林也引发了一些学者的关注。胡迎建《当代诗词社团及其作者状态评述》一文对目前学会团体、高校社团、民间社团、海外诗词社团等做了介绍，兼论社团催生出的诗词刊物、诗集、诗词网站、手机诗等产物，并分析了社团中创作者的基本情况和创作实绩。④ 马

① 杨子怡：《古今诗坛“老干体”之漫论》，载《惠州学院学报》2013年第2期。

② 参见李瑞河、陈建福《网络诗词简论》，载《东华理工大学学报》（社会科学版）2010年第4期。

③ 马大勇：《第三只眼看网络诗词》，载《社会科学报》2011年12月22日。

④ 参见胡迎建《当代诗词社团及其作者状态评述》，载《新文学评论》2014年第1期。

大勇《近百年词社考论》一文列入网络时代与词密切相关的几个社团，对留社、甘棠古典研习社、居庸诗社、菊斋诗社、持社等社团做了梳理。①

五、其他研究

上述是当前在当代旧体诗词的研究领域比较重点和热点的问题，此外还有关于地域诗的研究成果，如刘梦芙《安徽近百年诗词综述》、孙爱霞《谈建国后天津旧体诗词创作》、黄坤尧《香港诗词百年风貌》等。有对旧体诗词在当代和未来发展问题的探讨，如钟振振《旧体诗词的现状及未来》、陈友康《旧体诗词复兴论》、施议对《新声与绝响——中国当代诗词创作状况及前景》等。有着眼于旧体诗词研究的问题，如徐晋如《20世纪诗词研究的几个问题》、马大勇《20世纪旧体诗词研究的回望与前瞻》等。有关于旧体诗词创作的问题，如李遇春《如何看待当代旧体诗词创作》、汪梦川《技术与艺术之间：当代旧体诗词创作的困境与出路》等。地域诗的研究有利于人们审视不同地域文化背景下的旧体诗词创作。关注旧体诗词在当代和未来的发展问题可以为当代旧体诗词创作提供指导和帮助。这些研究虽然未成规模，但也是对当代旧体诗词研究领域的补充和深化。

① 参见马大勇《近百年词社考论》，载《文艺争鸣》2012年第5期。

《诗刊》和《星星》

诗词的广泛传播与现代报刊的快速发展有密切关系。新中国成立初期，中国内地仍有一部分私营报刊继续发行，并经常发表旧体诗词。如上海的《亦报》于1950年2月23日至5月6日连载周作人的《儿童杂事诗》72首。但到了1952年年底，《亦报》就随着资本主义工商业的社会主义改造浪潮而停刊了。创刊于1948年6月15日的《人民日报》、创刊于1949年6月16日的《光明日报》是中共中央最重要的机关报，也断续刊载党和国家领导人、知名作家的旧体诗词，但无论是作者身份、作品内容还是数量，都是受到限制的。

1956年4月28日，毛泽东在中共中央政治局会议上提出了“双百”方针：鼓励艺术上“百花齐放”，学术上“百家争鸣”。

1957年1月，《诗刊》和《星星》创刊，皆以刊发新诗为主，兼发少量旧体诗词。

《诗刊》创刊号发表了毛泽东致《诗刊》主编臧克家和编辑部的一封信，并发表毛泽东《旧体诗词十八首》，从而开了该刊刊发旧体诗词的先例。此后，《诗刊》不定期发表旧体诗词，从1957年到1964年共发表旧体诗词422首。

《星星》的面世几乎与《诗刊》同步，对旧体诗词的态度与《诗刊》类似，但刊出的旧体诗词数量更少一些，共刊发旧体诗词87首。

“文革”以前，这两种期刊就是中国内地旧体诗词发表的主要园地。

一、《诗刊》的定性与定向

1957年1月25日，《诗刊》创刊，臧克家任主编，严辰、徐迟任副主编，编委有田间、艾青、吕剑、沙鸥、袁水拍、徐迟、严辰。《诗刊》1957—1959年每月一期，一年12期。1960年只有11期。1961—1962年每年6期，1963年又恢复为12期，1964年12月1日停刊。1976年1月复刊。

在此之前，《人民文学》《文艺报》也偶尔刊发旧体诗词，但创刊于1949年的《人民文学》是一本综合性文学刊物，诗歌尤其是旧体诗词的发表只是其极小的一部分内容。《文艺报》是中国文联的机关刊物，它的宗旨则在于反映全国文艺界的状况，偶尔也刊发旧体诗词。《诗刊》的重要性虽不及《人民文学》《文艺报》，但它是第一种全国性诗歌专刊，是中国作家协会主办的机关刊物之一。①

回溯五四运动以来的诗词刊物，其以同人刊物为主，规模较小，存在时间短，商业性、娱乐性明显，官方因素很少。也有以宣传某种思想或团结某个群体为目的的刊物。新中国成立后，新体制下有新的文化环境，报刊通常都是官方主办的，基本不允许私人办报刊。官方报刊当然要体现官方意志，但不同的报刊功能和性质也有区别。与《人民日报》《光明日报》《文艺报》这类党报、机关报相比，作家协会主办的《诗刊》自有其特殊性质。王光明对此曾有论说：

> 《诗刊》一方面似乎要代表这个国家的诗歌艺术水准，无论是它的自我定位还是公众期待；另一方面，正因为是国家刊物，它必定是主旋律的，代表主流意识形态和公共精神的，同时是方方面面必须照顾周全的。不难看出，《诗刊》创办以来保持着两重性，面临着公共性与独创性的诸多矛盾。②

《诗刊》创刊号曾在编后记里表明了“以读者为中心”的办刊宗旨：

> 我们完全了解，读者要求读到好诗，要求读到歌唱和反映生活的诗，精练的诗。我们希望今后能够团结、鼓舞全国的诗人们来创作出优美的作品，以满足读者的渴望。③

话虽如此，但显然不能完全做到这一点。即便如此，公众对《诗刊》的回应很强烈，甚至曾出现“一刊难求”的局面。据臧克家回忆：

> 我记得创刊号只印了二万八千份。刊物出版后，因为刊载了毛主席诗词十八首，大街上排队买《诗刊》，这才又加份数，补足了

---

① 参见洪子诚《1956：百花时代》，山东教育出版社 1998 年版，第 24 页。

② 《2004 年的诗：印象与评说（代前言）》，见王光明编选《2004 中国诗歌年选》，花城出版社 2005 年版，第 3 页。

③ 《编后记》，载《诗刊》1957 年第 1 期。

五万。[1]

最终，《诗刊》创刊号印了50760份，创刊号出版的当天，在北京王府井新华书店，读者排着长队购买。《诗刊》发刊之际，新中国文艺仍然在延续毛泽东《在延安文艺座谈会上的讲话》的路线，《诗刊》的读者定位仍然是以工农兵为主。

二、《诗刊》的作者群

在《诗刊》诞生之初，编辑部在北京召开会议，编辑们认为，“每个刊物应该能够团结一批作家在自己的周围，以这些作家（他们在艺术见解、欣赏趣味上大体是一致的）作为比较固定的中心，来支持刊物、影响刊物”[2]。可见，他们仍有一种“同人刊物”的理想。臧克家、徐迟、沙鸥、袁水拍、田间、艾青等编委都曾有过革命经历，有的甚至就来自解放区或延安，他们有一重重要身份——都是无产阶级革命的拥护者，也是新的社会制度建设的参与者。他们和老一辈无产阶级革命家及当时的社会名流、新文学家有比较密切的联系。

《诗刊》作者群体主要有三大类。

（1）战时根据地的革命诗人，如毛泽东、谢觉哉、林伯渠、董必武、陈毅、邓拓、朱德、钱俊瑞、萧三、范长江等，这是发表诗词作品数量最多、发表次数最为频繁的群体。

抗日战争时期在陕甘宁边区、苏北地区、晋察冀抗日根据地都成立了以共产党人为主的旧体诗词社团，1941年延水地区由林伯渠、谢觉哉成立怀安诗社，董必武、叶剑英、徐特立、陈毅等人都加入其中。江苏北部的湖海艺文社成立于1942年，发起人为陈毅、范长江等。而晋察冀抗日根据地则在1943年由邓拓发起成立燕赵诗社。虽然这些社团在新中国成立前后都解散了，但其主创人员的旧体诗词创作活动在新中国成立后依然延续。《诗刊》《人民日报》《光明日报》《文艺报》等成为他们发表诗词的主要阵地。他们是新中国的建立者或拥护者，具有相当的社会地位，他们的诗词也以歌颂新中国为主，政治意味极其浓郁。

（2）以新诗或新文学创作闻名的作家，如郭沫若、老舍、冰心、茅盾、田汉、饶孟侃、王统照、冯至、周立波、赵树理等，虽以新文学闻

---

① 臧克家：《〈诗刊〉诞生三件事》，载《诗刊》1982年第5期。

② 《办好文学期刊，促进“百花齐放、百家争鸣”》，载《文艺报》1956年12月15日。

名，但或多或少都对旧诗有一份情缘。他们共有的身份特点是主流文学秩序的维护者和掌舵者。他们在新中国成立以前也创作旧体诗词，但此时的心态已经发生了巨大的变化，由“遗民情怀”转向“国家的主人翁”。他们自觉地靠近第一类作者群体，因此其诗词也以歌颂为主，但措辞稍文雅。

（3）艺术家或文化界名流，如齐白石、吴世昌、蔡若虹等，他们只是偶尔发表诗词。

从以上三类作者群来看，绝大部分诗词作者都和新中国的成立密切相关。而许多具有旧学功底的学者，虽然旧体诗词创作水平较高，却很少再公开发表作品。他们的诗词作品或藏于案底，若干年后才结集面世，或毁于“运动”，而永远沉没了。

三、《诗刊》的政治抒情与红色美学

臧克家《学诗断想》一文评论贺敬之的诗：

> 诗人以个人为主角，用情感的金线绣出了党的雄伟强大，绣出了祖国土地的壮丽辽阔，绣出了新中国人民为建设社会主义而奋斗的英雄形象，绣出了光辉灿烂的未来的远景。①

这虽然是评价新诗，却也反映出当时刊物对旧体诗词的导向——政治抒情和红色情怀。

政治抒情诗原本是革命新诗的一种类型，“诗作者以‘阶级’（或‘人民’）的、社会集团的代言人身份出现，来表达对当代重要政治事件、社会思潮的评说和情感反映”②。这种现象不仅见于新诗，旧体诗同样如此。当国内外发生某一重大政治事件时，诗人就响起洪亮的声音予以回应，尤以歌颂国内的大事件为主。如对某些纪念性节日的庆祝、对某些政治性会议召开或闭幕的欢呼、对党政路线的支持、对政治运动的拥护、对社会经济形势的肯定、对大型文化体育活动的赞美。例如：

1957 年 10 月 16 日武汉长江大桥落成通车典礼，该年第 8 期《诗刊》刊发董必武《闻长江大桥喜成赋》、田汉《歌长江大桥》、邓拓《游长江大桥》。

---

① 臧克家：《学诗断想》，载《诗刊》1962 年第 1 期。

② 洪子诚：《中国当代文学史》，北京大学出版社 2015 年版，第 82 页。

1957 年俄国十月革命胜利四十周年，1958 年第 2 期《诗刊》刊发田汉《歌十月革命四十周年》。

1961 年是中国共产党成立四十周年，该年第 4 期《诗刊》刊发朱德回顾党的历史的组诗 23 首、赵朴初《普天乐（二首）——祝中国共产党成立四十周年》、吴玉章《庆贺党四十周年》两首、刘白羽回顾皖南革命史的《皖南纪事》等。

1962 年第 3 期刊登郭沫若《诗一首——纪念毛泽东主席〈在延安文艺座谈会上的讲话〉二十周年》。

《诗刊》所崇尚的“红色美学”甚至体现在山水诗中。山水诗自古有之，以山水风光为独立的审美对象，表现人对自然山水的审美感受。而《诗刊》发表的山水纪行诗却与政治密切结合，通过歌颂祖国的大好河山，达到歌颂革命、歌颂党政的目的。因此，革命圣地便成为诗人讴歌的重要对象。如郭沫若《陕西纪行十首》[①] 中，《颂延安》：“崇山遍布英雄窟，革命长垂司令台”，“延惠渠开功在眼，秧歌舞罢笑盈腮。欣闻媒铁均丰产，工业新城已结胎”；《访杨家岭毛主席所住窑洞》：“长征二万五千里，领导京垓亿兆年。在昔艰难成大业，于今跃进着先鞭”；《谒延安烈士陵园》：“血涴绮霞开曙色，泪翻红浪洒农郊。当山九仞当增篑，接力千秋敢惮劳？”

这些“红色山水诗”以革命精神和爱国主义为主题，抒发诗人的“红色情怀”，风格直露，议论空疏，颂赞之意非常夸张。

即便是写古人常写的景点，诗人也会找到与时代主旋律相契合的角度，如郭沫若《雨中游华清池》：

> 公社普天驱硕鼠，春郊遍地舞商羊。年年跃进成规律，乐岁丰收人寿康。[②]

类似者还有郭沫若《昆明杂咏》《在邯郸二首》，萧三《海南杂咏》，邓拓《江南吟草》，谢觉哉《东北诗抄》，田汉《南行诗抄》等。以红色风景抒革命豪情，成为《诗刊》旧体诗词常见的样式。

---

① 郭沫若：《陕西纪行十首》，载《诗刊》1960 年第 4 期。

② 郭沫若：《陕西纪行十首》，载《诗刊》1960 年第 4 期。

四、《诗刊》的旧体诗观

《诗刊》在刊发旧体诗词的同时，也刊发相关的理论文章。《诗刊》对旧体诗词的态度紧紧跟随党的意识形态，具体说来有几个特别的点。

（一）新诗的出路是古典

1958 年 3 月，毛泽东在成都召开的中央政治局会议上提出要“采风”，收集民歌，并指出：“中国诗的出路，第一条民歌，第二条古典，在这个基础上产生出新诗来，形式是民歌的，内容是现实主义和浪漫主义的对立统一。”① 此后一两年间，毛泽东多次强调这一意见。② 虽然是谈新诗的出路，客观上却将古典诗词抬到很高的地位。于是，全国出现了声势浩大的诗歌“大跃进”——“新民歌运动”。

“新民歌运动”模仿的对象是古代乐府民歌，其形式接近旧体诗中的七绝，但基本不讲究规则。语言是白话，多俚词俗语、政治口号、流行语汇，多属“打油诗”。

风气所至，理论随之。1958 年第 5 期《诗刊》刊登冯至《漫谈如何向古典诗歌学习》，文章提出“学习古典诗歌语言的精炼”“现实主义和浪漫主义的密切结合”，而要摒弃“执着于个人命运的、缠绵悱恻的哀歌和怨曲，它们随着旧时代一去不复返了”。③

1959 年第 1 期《诗刊》发表《郭沫若同志就当前诗歌中的主要问题答本社问》：

> 记得我在《诗刊》酝酿期就提过意见，建议你们不要偏，对旧的形式要一律看待。过去凡是民歌民谣等旧的东西一概被排斥，认为不能登大雅之堂。……近年来我们回过头来肯定了旧诗词的价值，肯定了民歌民谣的价值，这是好现象。在旧诗词和民歌民谣中，确实有不少东西值得新诗人学习。④

---

① 引自仲呈祥编著《新中国文学纪事和重要著作年表（1949—1966）》，四川省社会科学院出版社 1984 年版，第 146 页。

② 参见陈东林《毛泽东诗史》，中共中央党校出版社 1997 年版，第 190 页。

③ 冯至：《漫谈如何向古典诗歌学习》，载《诗刊》1958 年第 5 期。

④ 《郭沫若同志就当前诗歌中的主要问题答本社问》，载《诗刊》1959 年第 1 期。

（二）内容要积极向上

新中国成立之初，党和政府为了鼓舞人民群众建设新中国的斗志，增强人民群众的自信心，对一切内容消极、颓靡、阴暗的文艺作品采取“一刀切”的方式，鼓励人们创作内容蓬勃向上、体现积极精神风貌的作品。因此，《诗刊》无论是在刊选作品还是理论文章上，都紧密契合这一方向。

1961 年第 3 期《诗刊》发表陈友琴《不要片面地理解古人的诗》，文中说时人评价李商隐《乐游原》“思想隳废没落，也象征了李唐王朝趋向衰亡的景象。并且认为这是‘黄昏思想’，影响极坏”；“韦应物《寄李儋元锡》中‘世事茫茫难自料，春愁黯黯独成眠’二句，以为消极颓废，思想感情极不健康”。①

1962 年第 1 期《诗刊》发表臧克家的《学诗断想》。该文提倡描写“党的雄伟强大”“祖国土地的壮丽辽阔”“人民建设社会主义而奋斗的英雄形象”“光辉灿烂的未来远景”。②

（三）避雅求俗

1963 年第 7 期《诗刊》发表郭沫若《关于诗歌的民族化群众化问题——给〈诗刊〉的一封信》，文中说：

> 旧体诗词，我看有些形式是会有长远的生命力的。……如果真能做到“既有浓郁的诗意，语言又生动易懂”，我看人民是喜闻乐见的。……但旧体诗词的毛病，是每每没有诗意，而只是依靠形式。……要做诗，就要做今天的诗，要用今天的语言去写今天的感情、今天的理想、今天的希望、今天的使命——为社会主义建设服务，为促进人类进步事业服务。过于严格的形式上的清规戒律是应该打破的。
>
> 今天的语言已经不同于古代的语言了，平仄音韵，已经有很大的改变。但做旧体诗词的人大多还是恪守着唐宋人的韵本，那是很不合理的。新体诗基本上是解放了，旧体诗词也应该求其解放。③

---

① 陈友琴：《不要片面地理解古人的诗》，载《诗刊》1961 年第 3 期。

② 臧克家：《学诗断想》，载《诗刊》1962 年第 1 期。

③ 郭沫若：《关于诗歌的民族化群众化问题——给〈诗刊〉的一封信》，载《诗刊》1963 年第 7 期。

郭沫若还表示希望能编制一本以北京音为标准的韵本。他这番话明确表现出避雅求俗的倾向，为了使旧体诗词能更好地被大众接受，甚至可以打破格律。

（四）对艺术水平的关注

与此同时，也有人注意到当时的旧体诗词创作水平并不高。1957 年 5 月老舍《谈诗》说：

> 用百花齐放的眼光来看，我以为，一想到诗，我们就想起三种形式来：旧体诗词、新诗，和通俗歌曲。这三种的形式不同，语言也不同。按照百花齐放的看法，它们都应当开花，不，不但只是各开各的花，还应当彼此竞赛，看谁开的更漂亮，最漂亮。可惜，事实上并不如此。
>
> 以近数月我所看到的作品来说，旧诗词中有很好的，可也有只能算作韵语的。
>
> 大家只顾争取发表，而一时还没考虑到值得发表与否。[①]

《诗刊》1957 年第 6 期，臧克家邀请王统照、冰心、朱光潜、陈梦家发表对诗的看法。王统照《致克家》一文说：

> 我以为我们的诗坛的成就不能单凭数量而论……但感到不足的却是诗的本身似乎还没有达到“真体内充”，使人更为满足的境界。[②]

《诗刊》刊载旧体诗词影响深远，首先是影响了 20 世纪五六十年代的一批年轻人，进而开启了 80 年代以后“学会诗词”[③] 的先河。具体表现在三个方面。

第一，格律要求不严，只要是排列整齐的七字句、五字句，就被当作诗。许多人并没有弄清楚格律规则，就认为自己写的是“旧体诗词”。这种风气在 20 世纪 80 年代以后仍有存续。

第二，政治颂歌倾向影响深远。

---

① 老舍：《谈诗》，载《诗刊》1957 年第 5 期。

② 王统照：《致克家》，载《诗刊》1957 年第 6 期。

③ “学会诗词”是指 1987 年中华诗词学会成立以后，中华诗词学会及各省、市、县级诗词学会诗人的诗词。

第三，避雅求俗倾向导致“打油诗”长期流行。

五、《星星》的悲剧命运

《星星》月刊与《诗刊》同时创刊于1957年1月，由四川省文联主办，四川人民出版社出版。编辑部主任白航，执行编辑石天河，编辑还有流沙河、白峡等。《星星》和《诗刊》都属官方刊物，类似地方与中央呼应的关系。

但《星星》命途多舛，刚刚出版就被卷入政治旋涡。创刊号上刊载的作品《吻》被批为“黄色诗”，《草木篇》被判为反动诗。执行编辑石天河被划为“右派”，最终演变为中国新诗史上牵连人数甚多的“《星星》诗案”。

《星星》创办初期持有比《诗刊》更自由的办刊主张。它的创办者是一批青年诗歌爱好者，创刊之初带有同人办刊的性质。其创刊号引起了国内文艺界的注意，苏联《文学报》还刊发了消息。从它别致的稿约能看出其办刊宗旨：

> 我们对于诗歌来稿，没有任何呆板的尺寸。
>
> 我们欢迎各种不同流派的诗歌。现实主义的，欢迎！浪漫主义的，也欢迎！
>
> 我们欢迎各种不同风格的诗歌。“大江东去”的豪放，欢迎！“晓风残月”的清婉，也欢迎！
>
> 我们欢迎各种不同形式的诗歌。自由诗、格律诗、歌谣体、十四行体，“方块”的形式，“梯子”的形式，都好！在这方面，我们并不偏爱某一种形式，我们欢迎各种不同题材的诗歌。政治斗争，日常生活，劳动，恋爱，幻想，传奇，童话，寓言，旅途风景和历史故事，都好！虽然我们以发表反映各族人民现实生活的诗歌为主，但我们并不限制题材的选择。我们只有一个原则的要求：诗歌，为了人民！①

这则稿约正是“双百”方针的体现，仿佛诗界的一丝新风。据编辑白航说，当时《星星》的编辑们曾私下达成四点约定：

---

① 《稿约》，载《星星》1957年第1期。

（1）刊物以青年及学生为主要对象。

（2）不强调配合政治任务，因为那样做常会影响稿件质量。

（3）要培养新人和新的作者群。名人和非名人在稿件面前一律平等。

（4）要多发些纯爱情诗和讽刺诗，因为当时这两方面都属于禁区。[①]

由于这种坚持以文学为本位，以艺术品格、审美价值为标准的定位，《星星》创刊号上刊载了一些令人欣喜的高水平作品。

创刊号发表了曾缄的古体诗《峨嵋歌》。曾缄为黄侃入室弟子，毕业于北京大学中文系，有“黄门侍郎”之别称，新中国成立后任四川大学中文系教授。他素工诗文，与程穆庵、刘芦隐等唱酬，结集成《三山雅集》。《峨嵋歌》古意盎然，流丽优美，可谓诗家本色语。与同时期《诗刊》上发表的“祖国颂歌”式的写景诗相比，《峨嵋歌》体现的是传统诗家的审美风尚，承继了中国古典诗歌的艺术传统，呈现出清丽脱俗的面貌。

创刊号还刊发了雪邨《红桥集》中的三首词——《春景·忆江南》《别绪·荆州亭》《怀念·蝶恋花》，周本淳的七绝《闻“百花齐放百家争鸣”有感》两首。“春景”“别绪”“怀念”等主题脱离了政治范畴，侧重抒情。《闻“百花齐放百家争鸣”有感》虽属歌颂政策的诗作，但流畅优雅，有唐人风致。

然而，这种“自由”并没有持续下去，《星星》1957 年第 2 期便取消了那篇《稿约》，并刊发了耐人寻味的《编后草》：

> 人民有七种感情：喜、怒、哀、乐、爱、欲……让七根琴弦交响起来吧！只是不要忘记，这七根情弦的基调是：爱人民！爱祖国！爱生活！
>
> 如果谁要偏爱着“单弦独奏”，只准抒某一种情，那也只能说是怪癖。[②]

从没有任何呆板的尺寸，到提倡“对伟大祖国狂热的赞歌”“对普通人民深挚的爱”，《星星》的自由与个性化已经被修正，政治色彩也浓烈起来。

《星星》1957 年第 3 期刊发毛泽东诗词 18 首、高叔眉的七绝《送克

① 白航：《〈星星〉创刊 40 周年随想》，载《星星》1997 年第 1 期。

② 《编后草》，载《星星》1957 年第 2 期。

鲁奇科娃同志归国》、胡湘屏的七绝《枫》。原本坚持“不走名人路线”[1]的石天河，曾拒绝转载毛泽东诗词，但此时也不得不做出妥协和退让。

《星星》1957年第4期末页刊文：

> 所谓立场，自然是人民的立场，工人阶级的立场。……社会主义现实主义的诗篇，则应占一席为首的地位。[2]

《星星》出到1957年第8期，编辑部改组，并对之前的编辑和诗作进行声讨，此后刊发的旧体诗与《诗刊》呈现出类似的风貌。

此后的《星星》还为旧体诗词开辟过专栏。1959年第4期《星星》出现了《旧体诗词》栏目，刊发张秀熟的《沁园春》、徐立人的《鹧鸪天》二首，并在稿约中出现了“本刊欢迎旧体诗词”的表述。同年第7期，再次出现了《旧体诗词》栏目，刊载郭沫若的《旧体诗二首》（五律《赠谢冰心》、七绝《赠张瑞芳》）、张子原词二首——《浣溪沙·娄山清晨》《蝶恋花·川黔路娄山关工地》。1960年第6期，《星星》稿约中再次出现“欢迎旧体诗词”的字样。这表明，只要内容积极、符合主旋律，旧体诗词还是有一席之地的。

《星星》及其编辑团队的命运，投射出20世纪五六十年代文艺环境中的政治高压。对比《星星》和《诗刊》可以发现，与政治运动的配合度高、与国家领导人关系密切的诗词期刊，才能获得更好的发展、更高的存活率、更多的资源以及更广泛的传播。这一时期的旧体诗词主要是为政治服务，个性与自我的表达不宜刊发。

《诗刊》和《星星》是新中国诗词期刊的两个标本，反映了20世纪五六十年代旧体诗词在媒体中的存活情况。

---

① 据1957年8月16日《人民日报》刊载的姚丹《在“草木篇”的背后》：“他们给‘星星’规定的方向是：不走‘名人路线’，借以排斥进步诗人，要按照他们的反党意图，另外培植一批‘作者’；‘稿件不要机械配合政治’，从而企图大登其反社会主义的作品。”

② 《编后记》，载《星星》1957年第4期。

稊园诗群及其诗歌活动[①]

“稊园诗群”是指在清末至新中国成立初期由稊园主人关赓麟发起的一系列诗词社群的总称，包括寒山诗社、稊园诗社、青溪诗社、咫社、稊园吟社等。稊园诗群崛起于清末民初，活跃于民国至新中国成立初期，存续了55年之久，又旁接庚寅词社、梦碧词社，前后有数百人之多，囊括20世纪文化巨擘、诗词名宿，是除同光派与南社外，近百年来持续时间最长、人数最多的旧体诗群，为20世纪旧体诗词的发展做出重要贡献。本文拟对这一诗群之形成赓续、聚合流变进行考察。

一、稊园诗群的形成与发展

稊园为关赓麟在北京南池子官豆腐房胡同的别墅。1914年稊园新成，李霈绘制《稊园雅集图诗卷》，徐世昌题引首，关赓麟、高步瀛、赵惟熙、樊增祥、金葆桢、陈振家、翁廉、叶恭绰、商衍鎏、朱绍阳、杨毓瓒、郭曾炘、刘敦、贺良朴、李滨、陈啸湖、巢章甫17人题跋。[②] 1925年，关赓麟为庆祝稊园重修，再次集会，1926年3月《学衡》杂志曾刊登黄节《关颖人新筑稊园，时予有旧题，今十一年矣，近复重葺园亭，召饮作诗，拈得“盐”韵》一诗[③]。稊园的修建使得以关赓麟为核心的稊园诗群有了正式活动的地点。

稊园诗群的形成要追溯至1911年，关赓麟《思痛轩诗存序》叙其事云：

> 自辛亥之冬，至今四十余年，余先后创立寒山、稊园、青溪三诗社。际其时北有樊云门、郭匏庐、易哭庵、曾般庵、顾亚蘧、高阆仙、王志盦、郭啸麓、丁闇公诸名流，南则廖忏盦、冒疚斋、靳仲云、胡眉仙、廖允端、顾伯寅、宗子威、彭云伯、游允白、侯疑始，

---

① 本文原载《暨南学报》（哲学社会科学版）2017年第12期，有删改。

② 李霈绘：《稊园雅集图诗卷》，1914年绘题，北京瀚海2010年秋拍224号拍品。

③ 参见黄节《黄节诗集》，马以君编，中国人民大学出版社1989年版，第280－281页。

黄茀怡等，坛坫相望，盛绝一时，兄皆与焉。①

1911年，关赓麟成立寒山诗社，由易顺鼎提议取唐张继诗《枫桥夜泊》中的“寒山寺”为名：“易实甫来，乃设社，呼以寒山。”② 之后樊增祥入社，“群仰为领袖，海内胜流，如水赴壑，著籍至四五百人，集必三四筵为常”③。罗瘿公、王式通、郑沅、顾瑗、夏仁虎等人也相继入社。寒山诗社规模逐渐扩大，“自前朝卿贰、疆吏翰詹、郎曹遗老、布衣武人，以至维新志士、革命伟人毕至，视之等夷，无有阶级”④。1914年，稊园诗社成立，因“诗钟只作七言绝句，不能表达全部感情”⑤，故“高阆仙、曾重伯、李孟符、侯疑始、靳仲云、丁闇公、宗子威诸名贤，遂别立诗社，与城西诗钟社对峙，即以稊园名之，复以园为主人之号”⑥。寒山社友也不再限于诗钟，有时也分韵赋诗。

至此，寒山诗社、蛰园诗社、稊园诗社三社鼎峙的局面形成，寒山以诗钟为主，蛰园以击钵催诗，稊园则兼涉两种形式。关赓麟《稊园吟集甲稿》中的“编终杂述”对此有详细的说明：

是时鼎峙之社三，类别各殊：寒山社之诗钟，郭氏蛰园社之击钵吟，皆限即席而成；稊园社乃兼钟钵二者，又于即席之同时，增设外课，联络各地，限期弥宽，人多乐于獭祭之便，而唱榜评阅之制尽失。⑦

1927年，关赓麟离开北京南迁至南京。他依据稊园诗社的规制成立了青溪诗社。

国都南迁，坛坫未徙。主人又倡立青溪诗社于金陵，规制一承稊园。东南才俊云集，多至七十余人。冒疚斋、胡眉仙、游允白、庄通

---

① 关赓麟：《思痛轩诗序》，见启功主编《崇文集二编：中央文史研究馆馆员文选》，中华书局2004年版，第33页。

② 关赓麟：《稊园吟集甲稿》，线装油印本，1955年版，卷首页“编终杂述”。

③ 关赓麟：《稊园吟集甲稿》，线装油印本，1955年版，卷首页“编终杂述”。

④ 关赓麟：《稊园吟集甲稿》，线装油印本，1955年版，卷首页“编终杂述”。

⑤ 许恪儒：《稊园诗社忆旧》，见北京市政协文史资料委员会编《北京文史资料》第58辑，北京出版社1998年版，第135页。

⑥ 关赓麟：《稊园吟集甲稿》，线装油印本，1955年版，卷首页“编终杂述”。

⑦ 关赓麟：《稊园吟集甲稿》，线装油印本，1955年版，卷首页“编终杂述”。

百、彭云伯、黄苐怡、黎铁庵、王惕山，皆其翘楚。[1]

自 1911 年起，以稊园为主要活动地点，以寒山诗社、青溪诗社、稊园诗社三大诗社为活动平台，逐渐形成了以关赓麟为核心的稊园诗群。稊园诗群在 1949 年以前的活动大致分为三个阶段：1911—1919 年的寒山诗社，1914—1927 年的稊园诗社，1928—1937 年的青溪诗社。寒山诗社以作诗钟为主，编有《寒山诗社诗钟选甲集》五卷（1914 年）、《寒山诗社诗钟选乙集》九卷（1915 年）、《寒山诗社诗钟选丙集》六卷（1919 年）。稊园诗社以作诗为主，编有《稊园二百次大会诗选》（1923 年）、《乙丑江亭修禊分韵诗存》（1925 年）等，其中也录有少量的词。青溪诗社建于 1927 年，与稊园诗社两社并存，编有《青溪诗社诗钞第一辑》（1936 年）、《青溪九曲棹歌》（1934 年），1935 年与稊园诗社合编《故都竹枝词》，1936 年合编《折枝吟》，诗词兼收。

1937 年抗日战争全面爆发，时局维艰，稊园诗群的活动在战争年代或有中止。直至 1949 年 4 月，关赓麟才重回稊园，《重居稊园书感》云：

> 稊园落成于甲寅（1914 年），重修于乙丑（1925 年），皆赋诗征和，分题两卷中。……而园宅亦为有力者所强僦，至今十三年，始于己丑（1949 年）之四月，复为吾有。此亦为一小沧桑也，识其年月于此。[2]

重回稊园后，关赓麟继续开始稊园诗社的活动。编于 1950 年 4 月的《稊园诗社同人名录》登记有当时 66 位诗社成员的姓名、字、号，籍贯，工作单位或家庭住址。可见稊园诗社在此之前就已经恢复活动。又，魏洲平曾得到许恪儒所赠四页《稊园诗社同人名录》的复写件，包括“傅增湘、吴北江、夏枝巢、许宝蘅、关赓麟、陈云诰、王道元、章士钊、郭风惠、钟刚中、萧龙友、齐如山、叶恭绰、邢冕之，黄君坦、汤用彤、李培基、刘文嘉、彭八百、张伯驹、王冷斋、言简斋、沈仰放等等诸多声誉昭然、德学双馨的学问宗师”[3]。

1950 年 8 月，关赓麟又创咫社，专以填词：

---

① 关赓麟：《稊园吟集甲稿》，线装油印本，1955 年版，卷首页“编终杂述”。

② 李霈绘：《稊园雅集图诗卷》，1914 年绘题，北京瀚海 2010 年秋拍 224 号拍品。

③ 魏洲平：《美丽的稊园及其诗老们——再谈文化传承中的问题（摘录）》，见王景山编著《国学家夏仁虎》，浙江文艺出版社 2009 年版，第 254 页。

> 昔赵松雪在万柳堂赏荷赋诗，有“谁知咫尺京城外，便有无穷千里思”之感，时议重举词集，即以咫为社，名于是焉始。[①]

咫社共有30次雅集，1950年8月始，1953年3月止，辑为《咫社词钞》四卷。

但咫社的活动并不是彻底终止，而是与稊园诗社合为稊园吟集，慧远《近五十年北京词人社集之梗概》对此有所交代：“关颖人除稊园诗社外，又倡立咫社，专作词。旋将诗词合为一，仍称稊园吟集。”[②]“稊园又与林子有、郭蛰云另组瓶花簃社、郭氏捐皱，更名咫社，专课诗钟，两社一主，诗词并存，遂易称稊园吟集，南来北客，新旧两多，日课诗词，积稿逾尺。”[③]《稊园吟集甲稿》两卷（1955年）收入1953—1955年稊园诗社和咫社合并后社员75人的社课诗词。

1962年3月4日，关赓麟病故，稊园同人作挽诗、挽词，由其子关肇湘、关肇冀辑录为《南海关颖人先生哀挽录》，列有稊园同人的《悼词》、张孝伯《诔辞》、49人挽诗、12人挽词、53人挽联。靳志《南海关颖人先生哀挽录·挽词·附注》认为，“稊园社创于民国壬子改元，至壬寅春正为50年，遂与社长相始终。今挽颖人即挽稊园诗、词社也。自伯驹出关北去，两社自此奄然俱绝矣”[④]。但实际上，稊园诗群的活动并没有因关赓麟去世而终止。

1963年，值关赓麟去世一周年之际，稊园同人又推举张伯驹为社长，仍用“稊园”之名，成立稊园后社。《稊园癸卯吟集未定稿》“缘起”叙稊园吟集与复课经过：

> 前岁稊园作古，同人缅维坠绪，雅欲重理旧盟，于今春值稊园逝世期年，吟集同人为纪念故友，设位祭奠，并商复课之举。咸推张丛碧主持吟集，并推戴亮吉、沈仰放、周茗青、江笔花，分任吟集事

① 关赓麟：《咫社词钞》，见南江涛编《清末民国旧体诗词结社文献汇编》第12册，国家图书馆出版社2013年版，第485页。

② 慧远：《近五十年北京词人社集之梗概》，见张伯驹主编、编著《春游社琐谈·素月楼联语》，北京出版社1998年版，第23页。

③ 《稊园吟集未定稿·缘起》，见南江涛编《清末民国旧体诗词结社文献汇编》第13册，国家图书馆出版社2013年版，第149页。

④ 关肇湘、关肇邺等辑：《南海关颖人先生哀挽录》，1962年版，线装油印本。

务，将从前月课，改为季课，暂用稊园后社名义。①

《稊园吟集未定稿》收入春、夏两季的社课作品。1964 年以后，稊园没有编集，但仍有活动。1964 年，吴湖帆就曾收到稊园吟社征词的信，具体内容如下：

稊园甲辰吟集冬季课题。词题：一，我国第一颗原子弹爆炸成功颂词。调寄《东风第一枝》，一百字。调寄《赞成功》，六十二字。二，边和大捷。调寄《摊破丑奴儿》，六十字。诗题：一，《赋得十月先开岭上梅》。得“先”字，限五言八韵。二，《西山探梅》，不限体。三，北海菊花展览，不限体。稊园甲辰吟集启。一九六四年十二月一日。②

另据许恪儒所作《稊园诗社忆旧》：“‘稊园’还有后社，是由姜上峰大夫组织的。姜逝世后，又由陈而东、钱世明先生组织的‘稊园’再后社，而且当时还有朔社、潇鸣社等，各成一体，在‘文革’中自然解体。”③ 可见稊园存在历史之长、生命力之顽强，在文学史上是不应该被忽略的。

二、稊园诗群诗人谱系

稊园诗群谱系大致可以分为三个层面：诗群核心人物，是诗歌活动的组织者与召集人；诗群骨干，是诗词活动的主要参与者及在诗词界中具有较高地位者；诗群后期主力，始为诗群辅翼者，后为稊园诗群的赓续做出了贡献。兹分述如下。

（一）稊园诗群的核心人物

关赓麟（1880—1962），字颖人，笔名稊园，广东南海人。历任铁路总局提调、路政司主事、电政司员外郎、路政司郎中、京汉铁路局会办等

① 《稊园癸卯吟集未定稿》，见南江涛编《清末民国旧体诗词结社文献汇编》第 13 册，国家图书馆出版社 2013 年版，第 150 页。

② 此信今藏于上海图书馆，由张春记编《吴湖帆》（杭州西泠印社出版社 2005 年版）一书时偶然发现，收入《吴湖帆年谱简编》中。

③ 许恪儒：《稊园诗社忆旧》，见北京市政协文史资料委员会编《北京文史资料》第 58 辑，北京出版社 1998 年版，第 136 页。

职。民国成立后任京汉铁路局局长，后任北洋政府交通部路政司司长、北京交通大学校长、交通部粤川铁路督办、平汉铁路局局长。1956 年被聘为中央文史研究馆馆员，著有《稊园诗集》[①] 十册，收录 1914—1925 年作品。关赓麟热衷于诗词创作与集会，加之其身份为民国官员，财力雄厚，有组织诗社的地位和实力。他常以主人身份召集活动，“夏历壬申三月三日，招客修禊玄武湖”[②]。社员对关赓麟也极为拥戴，王式通《寒山社诗钟选甲集序》云：“关子颖人，旷世逸才，主持坛坫，比以社集。”[③] 樊增祥《寒山社诗钟选乙集序》云：“颖人，又社中巨擘也。”[④] 均肯定关赓麟在诗社的领导地位。

张伯驹（1898—1982），字丛碧，是稊园诗群后期的核心人物。他首次亮相稊园诗群，是在 1936 年青溪与稊园两社联合拜课“折枝吟”的活动中。1949 年之后，他加入咫社，参与雅集 20 次，与关赓麟、夏纬明、孙正刚、周汝昌、夏仁虎等多有唱和。1950 年，他成立庚寅词社，稊园旧友多有参与，与咫社互相呼应。关赓麟逝世后，他主持稊园后社。

（二）稊园诗群的骨干力量

（1）寒山诗社、稊园诗社时期。1915 年刊印的《寒山诗钟社姓名住址录》上录有社员 158 人，到《乙集》[⑤] 中增加至 168 人。寒山诗社几乎吸引了当时诗坛各派的领军人物，诸如湖湘派领袖王闿运，位列《寒山诗钟社姓名住址录》之首，《甲集》与《乙集》均收入其作，1916 年去世。“同光体”代表人物陈衍，在诗钟赛中常常获奖，名列甲乙丙三集；宋诗派中流砥柱陈宝琛、郭曾炘、罗惇曧、杨增荦、沈瑜庆、夏敬观等，基本全程参与了寒山社和稊园诗社的活动，作品在甲乙丙三集中均有收入，陈宝琛曾为《甲集》题字，罗惇曧曾为《乙集》题字、为《甲集》作序。

易顺鼎、樊增祥是诗社的重要骨干。易顺鼎为诗社发起人之一，为《甲集》序云：“寒山社者，起于京师，成于诸子，而余之入社为稍后焉，

---

① 关赓麟：《稊园诗集》，中国仿古印书局民国二十五年（1936）版。

② 《青溪诗社诗钞第一辑》，见南江涛编《清末民国旧体诗词结社文献汇编》第 12 册，国家图书馆出版社 2013 年版，第 357 页。

③ 《寒山诗钟选甲集》，见南江涛编《清末民国旧体诗词结社文献汇编》第 13 册，国家图书馆出版社 2013 年版，第 240 页。

④ 《寒山诗钟选乙集》，见南江涛编《清末民国旧体诗词结社文献汇编》第 14 册，国家图书馆出版社 2013 年版，第 7 页。

⑤ 甲集指《寒山社诗钟选甲集》，乙集指《寒山社诗钟选乙集》，丙集指《寒山社诗钟选丙集》，以下皆从略。

社之始也。”① “寒山”之名是他所取，又曾为《乙集》题词。樊增祥为《乙集》题字、作序，他在三集中的诗钟数量极为可观。由于其特殊地位，关赓麟将其作别列一卷。他还参与组织了1923年的稊园二百次大会及1925年的江亭修禊，并为《乙丑江亭修禊分韵诗存》题签。樊增祥门人丁传靖，字秀甫，号闇公，为《乙丑江亭修禊分韵诗存》作序，并寄《江亭修禊，余以小极弗至，同人分韵为拈动字，遥赋此章》一诗。

岭南则有罗惇曧、黄节、曾习经、梁鼎芬、梁启超、潘飞声。黄节为《寒山社诗钟选甲集》作序云：“予游京邑，乃接寒山诸老相与唱和。”② 梁鼎芬曾为《寒山诗钟选甲集》题词，作品在《寒山诗钟选》甲乙丙三集中皆有选录。罗惇曧曾为《甲集》作序，樊增祥曾言其在社中的重要作用：“寒山社为南海关君颖人所立，君故豪于诗者，又得贤兄吉符、罗君掞东、陈君公俌助之。”③ 他在寒山社集中作品繁多。其弟罗复堪与其同入寒山诗社，其后一直参与稊园诗社、青溪诗社活动，在1933年莫愁湖雅集上曾作词。梁启超和潘飞声名列《甲集》《乙集》的社员名录。

除此之外，稊园著名诗人其名可得者还有：

朱祖谋，出现在《寒山诗钟社姓名住址录》中，又名列《乙集》名录，其弟子龙榆生曾参与咫社雅集《题遐庵自画（竹石长卷）》。

王式通（1864—1931），字书衡，为《寒山社诗钟选甲集》作序，《序》列其首。作品收入甲乙丙三集，参加稊园二百次大会、江亭修禊。

高步瀛（1873—1940），字阆仙，曾为《乙集》作序，寒山社诗钟作品丰富。后又参与稊园诗社活动，并为《稊园雅集长卷》题词。

郭曾炘（1855—1928），字春榆，号匏庵。他名列寒山诗社甲乙丙集，与易顺鼎、樊增祥、梁鼎芬多有唱和，又举瓶社、兰吟社等，是江亭修禊的发起人之一。其子郭则沄曾举瓶花簃社、蛰园社等，也多次参与寒山诗社的活动。郭曾炘因病未赴江亭修禊，于是寄所作《樊山思缄书衡剑秋味云众异仲云次公疑始颖人诸公招集江亭修禊，以病未赴，是日以白香山祓禊洛滨诗分韵，得谢字》一诗。

另有刘师培出现在《乙集》和《丙集》社员名录中。陈方恪在《丙集》名录中首次出现，在1949年后还参与了咫社雅集五次。

---

① 《寒山诗钟选甲集》，见南江涛编《清末民国旧体诗词结社文献汇编》第13册，国家图书馆出版社2013年版，第243页。

② 《寒山诗钟选甲集》，见南江涛编《清末民国旧体诗词结社文献汇编》第13册，国家图书馆出版社2013年版，第245页。

③ 《寒山诗钟选乙集》，见南江涛编《清末民国旧体诗词结社文献汇编》第14册，国家图书馆出版社2013年版，第5页。

（2）青溪诗社时期。“青溪诗社者，关颖人先生所结东南诸君子所与游也。”[①] 青溪诗社的规模虽不如寒山—稊园时期，但也集一时之俊彦，兹如：

关霁，字吉符，关赓麟之弟。他协助关赓麟一起打理社务，逢集必至。樊增祥云：“又得贤兄吉符、罗君掞东、陈君公俌助之。”[②] 他历经寒山诗社、稊园诗社、青溪诗社，作品极多。

宗威（1874—1945），字子威。他基本全程参与寒山诗社和青溪诗社的活动。《寒山社诗钟选》甲乙丙集、江亭修禊、青溪诗社的“九曲棹歌”和“折枝吟”、1933 年莫愁湖修禊、陆放翁生日、苏轼生日等皆录其作。

廖恩焘（1864—1954），字凤舒，号懺盦。入青溪诗社，参与 1933 年莫愁湖修禊、陆放翁生日、苏轼生日三集。廖恩焘后加入咫社，参与雅集八次。

曹经沅（1891—1946），字宝融，后字纕蘅。他在青溪诗社期间参与 1931 年上巳节的鸡鸣寺修禊、1933 年上巳节的莫愁湖修禊。

商衍鎏（1874—1963），字藻亭。1932 年参与青溪诗社玄武湖修禊。

稊园诗群中有数位诗人是自寒山诗社时期就已入社，又在 1949 年后参与咫社、稊园吟社乃至稊园后社，在稊园诗群中活动 50 余载，为稊园诗群忠实的追随者，如：

叶恭绰（1881—1968），字裕甫，又字誉虎，号遐庵。作品收入《寒山社诗钟选》甲乙丙三集中，又在 20 世纪 50 年代参与咫社、庚寅词社。曾为《咫社词钞》题词，参与三次社集。他曾请吴湖帆绘《罔极庵图》，邀咫社诸友为此画以及他自画的《竹石长卷》题词。

许宝蘅（1875—1961），字季湘，晚号夬庐。《许宝蘅日记》记载了 1913 年至 1960 年间稊园诗群的一系列活动，为后人了解稊园诗群之演进提供了许多宝贵的史料。尤其是 1949 年后，他参与咫社、稊园吟社、庚寅词社的活动，并负责社课点评，是社中的活跃者。

夏仁虎（1874—1963），字蔚如，号啸庵、枝巢。他的创作历经寒山诗社、稊园诗社、青溪诗社、咫社、稊园吟社、庚寅词社等阶段，持续 50 余年。尤其是 1949 年后，他参与咫社雅集十五次，又加入庚寅词社，和

① 《青溪诗社诗钞第一辑》，见南江涛编《清末民国旧体诗词结社文献汇编》第 12 册，国家图书馆出版社 2013 年版，第 305 页。

② 《寒山诗钟选乙集》，见南江涛编《清末民国旧体诗词结社文献汇编》第 14 册，国家图书馆出版社 2013 年版，第 5 页。

关赓麟、张伯驹、周汝昌、寇梦碧、孙正刚等人形成京津诗群。

傅岳棻（1878—1951），字治芗，号娟净。他和族叔傅增湘都加入寒山诗社，又参与稊园诗社江亭修禊等活动。1949 年后参与咫社雅集五次。他与许宝蘅交好，又入庚寅词社，与张伯驹、夏仁虎、黄君坦、许宝蘅等多有唱和。

靳志（1877—1969），字仲云，号居易斋。他与关赓麟交好，曾为关赓麟《稊园诗集》之《荒伧集》作序，云“宣南三社寒山、稊园、蛰园，月五集以为常，而与颖人心迹独亲”。他早期参与寒山诗社、稊园诗社，是 1925 年江亭修禊的发起人之一。青溪诗社时期参与社集五次，有和作十多首。1949 年后参与咫社和稊园吟社，关赓麟去世后，作《南海关颖人先生哀挽录・挽词》。

夏敬观（1875—1953），字剑丞，一作鉴丞，又字盥人，晚号吷庵。他早期参与寒山诗社活动，其作品入甲乙丙三集。1949 年后加入咫社，参与雅集六次。

冒广生（1873—1959），字鹤亭，号疚斋。他于寒山诗社成立之初即入社。在青溪诗社时活动积极，参与雅集五次。1949 年以后又参与咫社活动。

（三）稊园诗群后期主力

汪东（1889—1963），字旭初，号寄庵。他参与咫社雅集十次。

黄君坦（1901—1986），字孝平，号叔明。他参与稊园、蛰园、瓶花簃诗社、咫社、庚寅词社等组织的活动。1925 年江亭修禊时，他作为年轻人参与其中，作《浣溪沙・江亭修禊得鸦字》。青溪诗社时期，他参与了 1933 年上巳节的莫愁湖修禊以及“九曲棹歌”和“折枝吟”的创作。他在 1949 年后，参与咫社雅集二十四次之多。曾与张伯驹同选《清词选》，又加入庚寅词社。

欧阳组经（1882—1972），字仙贻，别号阳秋。他主要参加稊园吟社及稊园后社的活动，《稊园癸卯吟集未定稿》收入四首作品。

“津门三君”寇梦碧、周汝昌、孙正刚。寇梦碧（1917—1990），名家瑞，字泰逢，天津人。因酷爱碧山、梦窗词，自取名为梦碧。早年任天津崇化学会讲师，后任教于天津教育学院及天津大学，晚年为天津市文史研究馆馆员等。著有《夕秀词》。周汝昌（1918—2012），毕业于燕京大学。诗词受顾随、张伯驹、钱钟书指授熏陶，与张伯驹常有诗词唱和，是稊园社后期的庚寅词社、梦碧词群的代表人物。孙正刚（1919—1980），原名铮，号晋斋，燕京大学国文系毕业。曾师从顾随学词。与周汝昌、孙正刚同入庚寅词社，被称为张伯驹的“左膀右臂”①。关赓麟曾为寇、周、孙三人作《三君咏》。

夏纬明，字慧远，夏孙桐之子。夏孙桐曾参与寒山诗社活动，1925年年末亲赴江亭修禊，寄《尉迟杯》一首。受父亲影响，夏纬明进入稊园诗群，1949年后入咫社，参与雅集九次，后又入稊园吟社、稊园后社，并加入庚寅词社。撰《近五十年北京词人社集之梗概》，叙稊园诗群、庚寅词社之事。

以上叙述只是择其要者。事实上，稊园诗群参加者前后达数百人之多，“自前朝卿贰、疆吏翰詹、郎曹遗老、布衣武人，以至维新志士、革命伟人毕至，视之等夷，无有阶级”②。稊园诗群保留了传统文人同人社团的特色，是晚清民国耆老诗人的大本营，也是新生代诗人学习旧体诗词的“传习营”。从诗人谱系来看，关赓麟体现出较为圆融通达的诗词观，诗群中人的“学缘”非常复杂，不同派别的诗人出于对诗词的纯粹热爱而汇聚一社，延续“诗可以群”的文化传统，实为可贵。

三、稊园诗风的转变

新中国成立后，稊园诗群开始恢复活动。其活动大致可分为前后两期。

关赓麟在世时期的咫社、稊园吟社实为旧式文人诗词传统的延续，以《咫社词钞》为例，三十次雅集不外乎吟花咏雪、游春踏青、登高怀远、题诗赏画，内容意象代表传统文人的趣味。雅集多选用慢词长调，其作出入梦窗、草窗、清真、白石、玉田之间，着笔于清幽萧疏之气氛渲染，造语典雅精工，深得密丽婉约之妙。咫社成员有自觉学习南宋诸家的意识，尤以梦窗为宗尚，如关赓麟《解语花·盆莲》“教翠云、芳砌参差，入梦窗词谱”③、傅岳棻《风流子·咏双凤砚（用梦窗体）》、蔡可权《解语花·盆莲（用梦窗韵）》。第20次社集《绛都春·稊园观芍药》规定“依梦窗体”。亦有学草窗者，如谢良佐《霓裳中序第一·稊园赏桂（用草窗体）》、黄畬《霓裳中序第一·稊园赏桂（用草窗韵）》，第15次社集《玉

① 参见魏新河《词林趣话》，黄山书社2009年版，第287页。

② 关赓麟：《稊园吟集甲稿》，线装油印本，1955年版，卷首页。

③ 关赓麟：《咫社词钞》，见南江涛编《清末民国旧体诗词结社文献汇编》第12册，国家图书馆出版社2013年版，第485页。

京秋》多取“草窗韵”；学白石者，如第3次社集《霓裳中序·稊园赏桂》则规定用“白石体”；又有学清真者如王耒《惜馀春慢·依清真体》、胡先春《惜馀春慢·依清真体》、蔡可权《惜馀春慢·依清真体》、夏纬明《惜馀春慢·依清真体》、高毓浵《定风波·用美成体》、王季点《玉烛新·春节（依清真体）》等。

关赓麟去世之后，稊园后社由张伯驹主持，前期还活跃的晚清民国遗老都已辞世，新社友多为出生于民国、成长于新中国的年轻一辈。因是之故，稊园后社的创作理念与前期发生了根本变化，主要体现在三个方面。

其一，首次将文体扩大至新诗。《稊园吟集未定稿》中《简约》云：“四季吟题以诗词为主，新旧体不拘，亦可制曲、联语、灯虎、诗钟、击钵。”① 这意味着固守旧文学传统的稊园诗群已经逐渐解体，在新的文化环境下对新文学做出妥协。

其二，政治事件首次出现在雅集的规定题目中。春季课题为《中印边界问题》，有不少作者就此题投来稿件：王镇《樊珊老抄示中印边界冲突有感原韵奉和七绝一首》、李兆年《仿玉溪体·有感于中印边界》、林仪一《中印边界》《亚非拉美共同反帝》《兄弟党分歧》、宫廷璋《中印毗连一首》《亚非拉美一首》、郑世芬《有感·仿玉溪体　论中印边界事》、樊川《中印边界冲突有感》、曹铁如《重有感·兄弟的分歧（用通邻、进退格）》、许以栗《古巴》《印度》《雷锋》《喜雨》《民革游园会》、张霁人《中印边界（为中印边界问题感赋十五韵，警告尼赫鲁）》、杨逸棠《有感·中印边界事》、戴亮吉《有感·咏中印边界问题》等。

其三，此期诗词创作风格也逐渐转型，以白话入诗，风格尚浅俗。如王镇《樊珊老抄示中印边界冲突有感原韵奉和七绝一首》：“不顾和平投美帝，骗来军火若云屯。那知一击纷纷窜，乌合何堪入战尘。”② 文白交杂，意思浅白，但缺乏诗味。语意直白者更有未署名之《哀印政》：“一团漆黑乱昏鸦，蠢尔妖魔资本家。跋扈跳梁儿作戏，曳兵弃甲浪淘沙。佛头可惜堆离粪，狗口何曾出象牙。最是不堪尼赫鲁，天生奴性癞虾蟆。”③ 诗词的含蓄典雅之美已完全不见，议论也过于直白。同期还刊载未署名的“打油诗”一首，这类诗词充其量只能算作“格律溜”。

---

① 《稊园癸卯吟集未定稿》，见南江涛编《清末民国旧体诗词结社文献汇编》第13册，国家图书馆出版社2013年版，第150页。

② 《稊园癸卯吟集未定稿》，见南江涛编《清末民国旧体诗词结社文献汇编》第13册，国家图书馆出版社2013年版，第155页。

③ 《稊园癸卯吟集未定稿》，见南江涛编《清末民国旧体诗词结社文献汇编》第13册，国家图书馆出版社2013年版，第166页。

稊园后社最终转变为此种面貌，其背后的原因纷繁复杂。从社员自身来看，老一辈的诗词家多已辞世，稊园吟社的主要力量是经历了新文化运动、成长于白话文语境下的年轻一辈，其旧学功底已不可与清末民初“幼承庭训”的旧式知识分子相比。从外部环境看，新中国成立初期历经诸多运动——1956 年“百花齐放”“百家争鸣”的“双百方针”、1957 年左右的“反右”斗争、1958 年春夏之交开始的“新民歌运动”，改变了旧体诗词创作的风尚。尤其是在 1958 年“新民歌运动”中涌现出大量由工农兵创作的诗歌，这类诗词文白夹杂，多俚语俗词，其行文风格与民间曲艺唱词相接近，又多以政治口号以及大量流行的政治术语入诗，已沦为“顺口溜”般的“打油诗”。诗词内容迎合着那个时代“大跃进”式的浮夸风气，用充满豪放与狂热、激进而富有煽动性的方式言说政治。这股风气也侵蚀了原本诗风古雅的稊园诗群。自此，稊园诗群的创作也开始慢慢向主旋律靠近，在旧式诗歌传统与新的创作环境间寻找平衡。稊园后社的改变和 1949 年以后旧体诗词走向通俗化的趋势是相一致的，从偲社到稊园后社的诗风转变，正是新中国成立后诗词风尚转变的一个缩影。

四、庚寅词社考论

20 世纪 50 年代，稊园诗群中人张伯驹成立庚寅词社，其成员与稊园诗社多有重合，故可看作稊园诗群的分支。关于庚寅词社的创立时间有多种说法。许宝蘅之子许恪儒所作《稊园诗社忆旧》云：“庚寅词社的活动，是新中国成立后，1950 年 5 月开始的，而它的第一次集会是由关颖人先生以‘稊园吟社’的名义，在官豆腐房家中召集的。”[①] 马大勇《近百年词社考论》云：“1950 年 8 月由张伯驹创立于北京西郊展春园。”[②] 慧远（夏纬明）《近五十年北京词人社集之梗概》云：“解放后，张丛碧于西郊展春园结庚寅词社，不定期聚会，由主人备馔，并预先寄题，交卷后再印送众人评第。”[③] 张伯驹《又到海棠花开时》[④]、刘梦芙《二十世纪中华词选》则注明庚寅词社成立于 1950 年。

1950 年是“庚寅年”，庚寅词社之名应来源于此，但究竟创社于何月

① 许恪儒：《稊园诗社忆旧》，见北京市政协文史资料委员会编《北京文史资料》第 58 辑，北京出版社 1998 年版，第 129 页。

② 马大勇：《近百年词社考论》，载《文艺争鸣》2012 年第 5 期。

③ 慧远：《近五十年北京词人社集之梗概》，见张伯驹主编、编著《春游社琐谈·素月楼联语》，北京出版社 1998 年版，第 23 页。

④ 章用秀：《天津书法三百年》，天津人民美术出版社 2013 年版，第 166 页。

何日却有分歧。稊园诗社与庚寅词社虽然成员重合，但两社的活动是分别召集与通知的，因此1950年5月的“官豆腐房雅集”严格意义上来说并不能算作庚寅词社的活动。许宝蘅是稊园诗社和庚寅词社的重要成员，《许宝蘅日记》云：“5月21日，……四时同善先乘三轮车至天桥，乘电车至御河桥，步行至官豆腐房赴颖人之约，有稊园吟社，集者二十余人。”① 明确说是稊园吟社的活动。

《许宝蘅日记》中第一次出现“庚寅词社”，则是在1950年6月25日：“四时访陆观甫谈，到欧美同学会，张伯驹约庚寅词社，到者汪仲虎、夏蔚如、傅治芗、高潜子、陈莼衷、黄君坦、孙正刚、夏伟明（闰庵之子）、高默仙（潜子之女）、主人夫妇，尚有一人忘其姓名，共照相聚餐，八时余散。”②

根据《许宝蘅日记》记载，庚寅词社1950年的雅集活动情况见表1。

表1　庚寅词社1950年的雅集活动

日期	地点	形式	内容	参与人
6月25日	欧美同学会	集会		张伯驹夫妇、汪仲虎、夏蔚如、傅治芗、高潜子、陈莼衷、黄君坦、孙正刚、夏纬明、高默仙
6月30日		社课通知	《六州歌头·居庸关长城吊古》《金缕曲·庚寅词集图卷》	《六州歌头·居庸关长城吊古》作者20人，许宝蘅评阅词卷，取前3名为寇梦碧、关赓麟、徐蜕庵。《金缕曲》作者17人，许宝蘅取前3名为黄君坦、张伯驹、关赓麟
8月20日	西河沿	集会		张伯驹、许宝蘅、夏仁虎、傅治芗等18人
8月29日		社课通知	《人月圆·庚寅中秋稷园初集》《清平乐·落叶》	

① 许宝蘅：《许宝蘅日记》第4册，许恪儒整理，中华书局2010年版，第1625页。
② 许宝蘅：《许宝蘅日记》第4册，许恪儒整理，中华书局2010年版，第1629页。

续上表

日期	地点	形式	内容	参与人
9月24日（农历八月十三）	中山公园（稷园）	集会	《人月圆·庚寅中秋稷园预集》	张伯驹、许宝蘅、叶恭绰等
10月19日	承泽园（即展春园）		《扬州慢·杜牧之张好好词卷》	张伯驹、许宝蘅、陶心如、周敏庵等

那么，欧美同学会的集会是否为庚寅词社的第一次集会？《许宝蘅日记》曾云："8月29日，孙正刚来，示庚寅词集第三集题见示，一《人月圆》庚寅中秋稷园初集，一《清平乐》落叶。"① 张伯驹《丛碧词》中收有此次雅集所作的《人月圆》，序云："庚寅八月十三日，词社同人于稷园作中秋预集。"② 因此，《人月圆》应该就是9月24日中秋雅集的社题。若9月24日的稷园集会是第三集，可推知第一集就是6月25日的欧美同学会集会。由此可初步确定，庚寅词社成立于1950年6月。

咫社在1950年也举办3多次雅集，具体情况见表2。

表2　咫社1950年的雅集活动③

日期④	地点	形式	内容	参与人
8月29日	关宅	集会	《解语花·盆莲》	关赓麟、高毓浵、夏仁虎、傅岳芬、张伯驹、陈祖基、汪曾武、黄孝平、蔡可权、谢良佐、王耒、刘子达、林葆恒、黄孝纾
9月16日		通知	《风流子·咏双凤砚》	关赓麟、夏仁虎、谢良佐、黄孝平、傅岳芬、黄复、夏纬明、许宝蘅、高毓浵、黄畬、孙铮、王耒、张伯驹

① 许宝蘅：《许宝蘅日记》第4册，许恪儒整理，中华书局2010年版，第1635页。

② 张伯驹：《张伯驹词集》，中华书局1985年版，第59页。

③ 据关赓麟《咫社词钞》（见南江涛编《清末民国旧体诗词结社文献汇编》第12册，国家图书馆出版社2013年版）的记载编制。

④ 本表日期依据《许宝蘅日记》第4册（中华书局2010年版）的记载确定。

续上表

日期	地点	形式	内容	参与人
10月4日	稊园	集会	《霓裳中序第一·稊园赏桂》	关赓麟、林葆恒、谢良佐、夏仁虎、黄畬、黄复、靳志、高毓浵、孙铮、张伯驹
10月24日	北海	集会	《紫萸香慢·展重阳琼岛登高》	关赓麟、夏仁虎、高毓浵、叶恭绰、张伯驹、林葆恒、梁启勋、王耒、蔡可权、唐益公、谢良佐、刘子达、黄复、陈祖基、黄畬、夏纬明、傅岳芬、陈宗蕃

由名录和时间可以看出，两社的活动成员有重合，时间也相连，但两社活动是分别召集的。由于“张主精，而关主广”[①]，庚寅词社的活动规模小一些，“来信征词，参加者亦仅六七人”[②]。庚寅词社本有结集，赵浣鞠曾云：“余所藏庚寅词刊，皆毁于‘文革’，惜哉！”[③] 现只能从张伯驹、关赓麟、许宝蘅、夏仁虎、寇梦碧等参与者的作品中窥其社事。

庚寅词社对旧体诗词的承续起到重要作用。张伯驹有培养新人之意，他大力发展年轻社员，“并邀少年而好倚声者寇梦碧、孙正刚、周敏庵等入社。长幼咸集，颇有提掖后进之旨”[④]，可见其传承诗词之希冀。1949—1950年，张伯驹任教于燕京大学，其时周汝昌、孙正刚在读，师生相聚唱和，从词序中即可见其情景：“己丑中秋，与正刚、敏庵燕园步月”[⑤]（《人月圆》）；“中秋后四夕，圆月渐缺，节序暗移，与正刚、敏庵夜饮，赋此”[⑥]（《惜黄花》）；“庚寅上元，同正刚、敏庵饮展春园，夜阑尽欢，送两君步月归，用王庭珪韵记之”[⑦]（《寰海清》）；“春暮夜雨，正刚、敏庵来访，即和敏庵韵”[⑧]（《念奴娇》）；“庚寅腊尽日访敏庵、正

① 慧远：《近五十年北京词人社集之梗概》，见张伯驹主编、编著《春游社琐谈·素月楼联语》，北京出版社1998年版，第23页。

② 谢草：《四十年代天津梦碧词社》，见天津市文史研究馆编《天津文史丛刊》1987年第7期。

③ 赵浣鞠：《惨碧愁红梦里身——记与梦碧词兄交游四十年》，见天津市文史研究馆编《天津文史丛刊》1987年第8期。

④ 慧远：《近五十年北京词人社集之梗概》，见张伯驹主编、编著《春游社琐谈·素月楼联语》，北京出版社1998年版，第23页。

⑤ 张伯驹：《张伯驹词集》，中华书局1985年版，第50页。

⑥ 张伯驹：《张伯驹词集》，中华书局1985年版，第51页。

⑦ 张伯驹：《张伯驹词集》，中华书局1985年版，第52页。

⑧ 张伯驹：《张伯驹词集》，中华书局1985年版，第53页。

刚，步雪归来，途中口占和正刚除夕词原韵”[①]（《鹧鸪天》）。可见张伯驹确实是后期稊园诗群中承上启下的核心人物。

五、稊园诗群的余响——梦碧词群

庚寅词社中人寇梦碧倡立梦碧词社，张伯驹经常参与梦碧词社的活动，“每年春季，都来天津，居于名印人张牧石梦边庐，与词友们聚会唱和”[②]。社中多耆老，30来岁的年轻人有周汝昌、张牧石、孙正刚、陈机峰等。杨轶伦叙梦碧词社成立缘起云：

> 初成立于民国三十二年，名癸未文社，内分诗词、诗钟、谜语诸门，而以词为之主。三十三年，经词坛前辈向仲坚、周公阜、姚灵犀诸先生之宣导，社务益形发展，又更名为甲申文社。是年秋，姚灵犀社长复改名为吟秋社，与城南、冷枫、玉澜、丽则诸诗词社，各树一帜，沽上吟坛，因之颇不寂寞。胜利以还，百业复原，社中同志，乃多离津他去，风流云散，社务遂渐形阑珊。三十五年夏季，泰逢社长复邀集社中旧日诸同志，并在报端公开征求新社友，而成立梦碧社，仍以倚声为主，另附诗课。[③]

梦碧之命名，取吴梦窗之“梦”和王碧山之“碧”；又取梦窗《瑞鹤仙》“草生梦碧”之义，谓小草萌发，充满生机之意。社址在天津东门外南斜街，成员人数前后有80余人。从1943—1948年历时六年，共出社刊10期。[④] 社刊分词课、诗课、论文、词话、社友简介、词坛近讯等栏目。词题多为咏物。雅集由社友轮流命题，余兴做蝴蝶酒会。[⑤]

1950年，张伯驹成立庚寅词社后，梦碧同人经常参与。梦碧词社虽

---

① 张伯驹：《张伯驹词集》，中华书局1985年版，第63页。

② 谢草：《四十年代天津梦碧词社》，见天津市文史研究馆编《天津文史丛刊》第7期，1987年版。

③ 杨轶伦：《梦碧词社沿革小记》，见魏新河《词林趣话》，黄山书社2009年版，第300－301页。

④ 寇梦碧遗作：《四十年代的天津梦碧词社》，王英奎整理，见天津市文史研究馆编《沽上艺文》，上海书店出版社1993年版，第16页。

⑤ “蝴蝶酒会”谐音“壶碟”，每社友携一壶两碟，以为畅饮之资。席上有文字游戏，如连句、诗钟、酒令、谜语等。对联酒令，出令人随意指出一人，说一切合对方身份的上联，然后由对令人对一切合出令人身份的下联。（谢草《四十年代天津梦碧词社》，见天津市文史研究馆编《天津文史丛刊》1987年第7期）

名义上遏止，但实际上仍有后续活动。谢草《四十年代天津梦碧词社》述其事云：

> 盖自1948年后，词社名义虽不存在，词友尚偶为小集。其地即冯孝绰之小不食凫斋，姜毅然之十二石山堂，张牧石之梦边庐，孙正刚之晋斋，陈机峰之琴雪斋，张轮远之石莲庵，杨轶伦之自怡悦斋，陈芳州之槐阴小筑，王伯龙之摩诃室，王禹人之恬静斋。每集或连句，或折枝，或为商灯之戏，不过三五人而已。1963年，词友常到黄家花园小集。有周学渊，寇泰逢，李石孙，徐振五，姚君素诸君。①

“文革”期间，寇梦碧仍与张牧石、陈机峰做诗钟之戏，编为《七二钟声》。他以收徒的方式传续诗词，对旧体诗词的传承有着自觉的使命感。他对学生说：“我今天冒着前程甚至生命的风险教你，不只是为你为我，还为了不使诗词成为绝学，他日一旦学有所成，遇到恰当的青年人选，无论是什么样的环境条件，也要像我这样对待自己的学生。”②。1964年，曹长河拜入门下。1972年，收弟子王蛰堪。其入室弟子还有王焕墉、刘景宽、冯晓光、周俊鹤等。

1986年9月，天津诗词社在天津成立，由寇梦碧、王学仲、陈云君、朱其华等人发起，社员大半为中青年诗人。寇梦碧为社长，并主编《天津诗词》《学诗词》等刊物，周汝昌、陈宗枢、张牧石等梦碧旧友为顾问，范曾等为副社长。随后，诗社改名为中华诗词学会天津分会。2000年改名为天津市诗词学会。

1988年，天津诗词社与东方艺术学院合办首届诗词写作班，寇梦碧任教，卒业学员20余人，粗具诗词写作能力。1989年初春，其入室弟子曹长河、王蛰堪、王焕墉、刘景宽、冯晓光等与赵浣鞠、张牧石、陈宗枢商议，召集卒业学员成立梦碧后社，以慰其怀抱。③

2012年8月16日，梦碧门人王焕墉于杨柳青古镇成立天津崇碧词社。“崇碧”缘于寇梦碧与王焕墉（字崇斋）两位词家字号，寓意崇碧词社与梦碧词社一脉相承，薪火相传。

寇梦碧一生虽无系统词论，但其词学理念已经为其弟子所继承。他曾

---

① 谢草：《四十年代天津梦碧词社》，见天津市文史研究馆编《天津文史丛刊》1987年第7期。

② 曹长河：《春蚕到死丝方尽》，见天津市文史研究馆编《天津文史丛刊》1990年第12期。

③ 参见陈宗枢《天津词人寇梦碧》，见顾国华编《文坛杂忆·全编四》，上海书店2015年版，第312页。

提出“情真、意新、辞美、律严”① 的创作观念，具体表现在三个方面。

其一，承祧常州词派，标“意内而言外”之旨。《夕秀词》自序云：“虽联情发藻，不出风花，而意内言外之旨或庶几焉。”②

其二，学梦窗、碧山，又推重“以稼轩之气运梦窗之辞”，于密丽深曲之中富雄奇豪烈之气。其《夕秀词》自序云：“予少耽倚声，初师觉翁，中年而后，拟以稼轩之气，遣梦窗之词，而才力实有未逮。”③ 寇梦碧虽以“梦碧”为宗，但又认为“吴、王非极域”：“曩予倡为梦碧词社，标举吴王二家，特纠近人粗俗之习，固未以此为极域。”（《逐鹿词序》）而认为吴、辛才是最高境界。

其三，写今人之词。《夕秀词》自序云：“予生丁桑海之会，既非古人所历之境，自非古人所为之词，或病其沉晦，则亦不复计焉。夫水楼赋笔，几换斜阳，词固当因世而异。苟无新意，纵或雅正典丽，奚足取焉。”④

梦碧词群可视为稊园诗群的余响，体现出稊园诗群的后续影响。虽然稊园的活动早已终止，但梦碧词社持续半个世纪，梦碧门人如曹长河、王蛰堪、王焕墉、赵连珠等为当代词坛之秀，他们及其弟子的影响持续至今。

六、结语

总而言之，稊园诗群的诗歌活动经历四个阶段。第一阶段，“广交天下士”的寒山诗钟社、稊园诗社时期。当时结社之风兴盛，文人同声相应，故文坛巨擘、诗界名宿皆入稊园，为稊园壮大了声势，给稊园诗群的形成及后续诗歌活动奠定了良好的基础。第二阶段，“东南从诸君子游”的青溪诗社时期。其时虽战乱频起，聚会不定时，却是稊园诗人交融南北的扩张期，南北诗人之交流为稊园诗群的重新崛起积蓄了力量。第三阶段，新中国成立后的偲社、稊园吟社时期。遗老诗人仍延续着旧式审美趣味，为稊园诗群的复兴期。第四阶段，稊园后社时期。此时受政治环境之影响，诗风发生巨大的转变，同时也是稊园诗群衰象兆显的时期。

---

① 据陈宗枢《天津词人寇梦碧》一文：“其衡词标准以情真、意新、辞美、律严为宗。”见顾国华编《文坛杂忆·全编四》，上海书店 2015 年版，第 311 页。

② 寇梦碧：《夕秀词》，黄山书社 2009 年版，“自序”第 1 页。

③ 寇梦碧：《夕秀词》，黄山书社 2009 年版，“自序”第 1 页。

④ 寇梦碧：《夕秀词》，黄山书社 2009 年版，“自序”第 1 页。

稊园诗群有其较为独特之处。

首先，成员身份的多元化。稊园诗群中有晚清遗老，如陈衍、沈瑜庆等；有政府官员，如关赓麟、叶恭绰、许宝蘅等；有学者、教授，如汪东、高步瀛、夏仁虎等；有书画家，如吴湖帆、张伯驹等；有收藏家，如傅增湘等；有医生，如萧方骏等；有报刊编辑，如侯毅等。成员身份的多元化有利于不同诗风的交流整合，为新诗风的形成提供一个广阔的平台。

其次，共同的遗民情怀。与南社、同光体不同，稊园诗群既不存在明确的政治主张，也不存在共同的诗歌主张，这也是其声名不显的原因。寒山诗社时期，清末民初主要风格流派的代表人物均出现在雅集活动中，如前文所述湖湘派领袖王闿运，“同光体”代表陈衍、陈宝琛等，中晚唐派樊增祥、易顺鼎等，乃至提出“诗界革命”的梁启超。诗群的创作隐含遗民的繁华故国之思，游洪范：《青溪诗社诗钞第一辑序》曾将青溪诗社与宋末元初的遗民诗社月泉吟社进行比较：“时既异宋异元，故不同月泉之吟社，伤亦非春非别，奈相忆风雨之高楼。”并感叹：“若夫道丧文敝，士有安放之嗟。栋折榱崩，人怀将压之惧；而诸君子春心争发，豪气未除，百姓知圣人之不仁，与为刍狗；秀才以天下为己任，若烹小鲜。于是寻壑经丘，大有济胜之具，秋山春雨，便当到处间吟。”[1] 在咫社的创作中，追怀往日时光是常见的主题，如“春明花事渐渺，夕阳无限处，鸥鹭空恋”（关赓麟《齐天乐》）、“凤城旧梦如烟，展遗笺、泪痕犹在”（陈宗藩的《水龙吟》）、“吉光片羽，想当时，一梦承平”（张伯驹《扬州慢》）、“北望浮云似旧，问当年、流风在否?”（刘景堂《烛影摇红》），共同的遗民情怀构成缔结诗群的纽带。

最后，兼容并收的诗词理念。稊园诗群以其自由开放的包容性，将不同派别的诗人团结聚合，实现了旧体诗词的百年代际传承，为诗词之承续做出重要贡献，因而在20世纪诗词史上占有重要一席。它的聚合、转变与废止，折射出旧体诗词在20世纪的发展脉络，是百年诗坛流变的一个缩影。

---

① 游洪范：《青溪诗社诗钞第一辑序》，见南江涛编《清末民国旧体诗词结社文献汇编》第12册，国家图书馆出版社2013年版，第305－307页。

乐天诗社：传统诗社的现代转型①

1949 年中华人民共和国成立后，上海成立了第一个旧体诗社——乐天诗社，诗社不限地域，广泛吸纳会员，逐渐成为 20 世纪 50 年代人数最多的旧诗团体。乐天诗社原本由一群爱好旧体诗词的文化遗老成立，为了使诗词创作获得认可，诗社积极联络政府部门，寻求国家领导人的帮助，以确认旧体诗词的合法地位。它由自由结社向政府团体的身份转变，或可看作是传统诗社现代转型之滥觞。然而，乐天诗社至今未引起文学史家的关注，只有少量回忆性文章叙述其成立废止，它随着 50 年代的政治运动而不断调整和改变，鲜活地折射了新中国成立初期旧诗社团为获取生存空间所做的努力、妥协及改变。

一、传统诗社的身份转变

1949 年农历重阳“诗人节”，上海一些工商界和文化界人士倡议成立诗社。1950 年 1 月 1 日，沈尹默、江庸等 32 位老人于上海肇嘉浜路魏廷荣的花园里聚会，宣布乐天诗歌研究社成立。乐天诗社在成立之初就谨慎地寻求体制层面的认可：会前，沈尹默、江庸等人呈文报告给上海市军管会文艺处，得到“原则上同意，文学组阅办”的批示，上海市军官会文艺处派了文学组负责人柳倩出席成立大会，柳倩通知上海常熟区公安分局准许开会，并在成立大会上做了发言。

乐天诗社由此成为一个被新政府认可的诗歌业余组织。经过选举，由市财政局工作人员郑宝瑜担任社长，永安纱厂厂长郭益文担任理事长，理事会由沈尹默、江庸、王福庵、叶恭绰、黄葆戉等人组成，总务组主任张方仁。之所以选择由工商界人士出任社长和理事长，最重要的原因是经费，他们是诗词爱好者，也愿意为诗社提供活动经费。此时乐天诗社仍然是一个依靠私人赞助的自由结社团体。

诗社成立初期活动并不多。1954 年，诗社增补理事会，周炼霞、陈小翠、张红薇、吴湖帆、孙雪泥、徐梅隐加入，周炼霞为理事长，张方仁

---

① 本文原载《武陵学刊》2018 年第 3 期，有改动。

为社长。其时周炼霞的诗词造诣得老辈嘉许，在上海诗画领域颇有声誉。张方仁喜爱格律诗词创作，又热心社务。1954 年，周炼霞和张方仁刊印社刊《乐天诗讯》，油印 16 开 4 页纸，印数 300 份，为社友提供发表诗词的园地。《乐天诗讯》在创社之初已经创刊，但创刊时只铅印了“诗钟”散页，1950—1956 年，一直为铅印或油印散页。1956 年 6 月，装订成打印本，这一册可视为严格意义上《乐天诗讯》的创刊号。

乐天诗社的第一次转型是在 1956 年 5 月。1956 年“百花齐放、百家争鸣”方针的提出，使文艺界感到春风拂面。诗社老人想借此“东风”让诗社的规模扩大，便写信给上海市副市长金仲华，请求政府支持。上海市委文艺工作委员会于 5 月 15 日批复，上海市文化局正式通知乐天诗社备案，成为上海市文联的一个团体会员。上海市人民委员会批准按月补助经费 100 元，由市文史研究馆代发。自此，乐天诗社实现了由自由结群的传统诗社到政府下属文化团体的身份转变。

身份的明朗为旧体诗词创作争夺了一席之地，诗社内部也进行了改组。理事会改为社委会，主委贾粟香，副主委张孝伯、沈瘦东，社长张方仁。社员重新登记，北京、上海两地诗坛名流皆入其中，北京有柳亚子、叶恭绰、萧龙友、陈云诰、溥雪斋、关赓麟等，上海有沈尹默、江庸、潘伯鹰、吴湖帆、刘海粟、冒鹤亭、龙榆生等。

乐天诗社的第二次身份转变是在 1959 年。诗社希望办一本新诗刊《新醇雅》，社长张方仁和上海市文史研究馆馆员吴公退执笔给毛泽东、董必武去信。董必武于 1959 年 11 月 18 日给上海市委、市人民委员会来函指示：“如果他们确实是为了爱好旧诗词而结成这个诗社，没有其他目的，这也是一件好事”，“我们的文化部门或者作家协会应该对这个诗社加以调查。如允许其存在，更应该领导它前进”。① 上海市委宣传部、市人民委员会经过调查后认为，诗社为业余的旧诗团体，没有政治问题。上海市委统战部与上海市作协、市文史研究馆协商，自 1960 年 5 月起加强领导，每月补助 100 元经费，市文史研究馆负责管理，作协负责审稿，不再扩大诗社规模。但因作协无人懂旧体诗词，审稿仍由文史研究馆负责。1960 年 5 月 22 日，乐天诗社正式由上海市文史研究馆接管。

这两次身份转变的意义重大。首先，这使得自由结群的传统诗社彻底成为接受官方管理的组织，彻底改变了中国古代以来的诗词结社传统。而其背后隐含着诗社人对旧体诗词的地位之忧：1949 年后，毛泽东的《在

① 陈正卿：《新中国上海第一个传统诗社》，载《世纪》2008 年第 3 期。

延安文艺座谈会上的讲话》以及他的旧体诗观被不断强化，他强调诗歌的内容应当为政治服务，诗歌的形式应该为广大群众所乐于接受，因此在新/旧诗的争夺中，旧体诗实际上处于无可挽回的衰颓之势。其次，这种转型的作用实质上是为旧体诗争取话语权。1949 年后，中国的文艺政策虽然没有直接否定旧体诗，但是在与新诗的角逐中，旧体诗实际上处于一种“在野”的状态，有关旧体诗词的讨论，都是杂糅在新诗、新民歌的讨论中。尽管诗社有不少“前朝遗老”[①]，但他们并未固守文化遗民的传统，而是为旧体诗谋求地位迈出重大一步——成为政府的社团，从而为旧体诗词的写作“正名”。

二、谋求旧诗地位的策略

既然身份明确，那么如何在创作中反映诗社的“政治身份”？又如何为旧体诗词谋求生存空间？大体来说，诗社每次转型都伴随着编辑方针和创作风貌更紧密地贴合党中央和市委的号召和指示，具体可归为三种策略。

（一）宗尚白居易

1949 年重阳节上，郑宝瑜起草了《乐天诗歌研究社发起启事》，说明其建社宗旨：

> 发起组织乐天诗歌研究社，其旨在于以白乐天诗集为本，作为研究之对象，尊白乐天为近代诗歌师表，作为吾人学习和执行面向工农兵之方向。[②]

中华人民共和国成立前夕召开的中华全国文学艺术工作者第一次代表大会重申了毛泽东《在延安文艺座谈会上的讲话》的路线，提出文艺要为人民群众服务，要为工农兵服务。乐天诗社以白居易为宗，为旧体诗词在新的文化政策下的合法存在找寻到了一条出路。建社者做了仔细考量：

---

① 如贾粟香曾是 20 世纪 30 年代上海大中谜社的重要成员；沈瘦东是清末秀才，著有《瘦东读钞》《瓶粟斋诗存》《瓶粟斋诗话》等；被称为“金闺国士”的周炼霞从蒋梅笙学诗，自刊有《嘤鸣诗集》等，又与瞿蜕园合著《学诗浅说》；陈小翠为南社诗人陈蝶仙之女，13 岁即著有《银筝集》，诗集有《翠楼吟草》。

② 辛德勇：《读书与藏书之间》，中华书局 2005 年版，第 256 页。

“审视诗史，独唐代白乐天所作诗有深入民间之精神，故尊白乐天为诗社之名。”①

1950年元旦，诗社成立大会上通过了《乐天诗社缘起》：

> 诗言志。诗歌启发人类之性灵，描写抒发社会之生活与情感，应为文字中之最美者。然因“所患在其独特超然，仅为少数人观赏，毫无禅益于广大群众，故已成绝响”。②

这显然是个聪明的做法，为了使旧体诗词不沦为旧文人小圈子里个人遣怀和私人交游的工具，推出关注现实、崇尚浅切的古之白体，是最契合群众路线的。旧体诗词之所以一直受到压抑，和它曲高和寡的形式有很大关系，毛泽东曾说：“诗当然应以新诗为主体，旧诗可以写一些，但是不宜在青年中提倡，因为这种体裁束缚思想，又不易学。”③ 这种“束缚思想”而“不易学”的体裁，其缺陷通过“尊白乐天为近代诗歌师表”可以得到解决。

乐天诗社这一口号卓有成效，它“亲民”的特质引来了众多会员，奠定了群众基础：“神交吟咏，共同团结在毛泽东思想周围，中央、山东、江苏、浙江、上海等地文史馆已占多数，60%以上为60岁之上的老人，各地社员已很快发展到500余人，包括已在各级政府任职的民主人士。”④很快就成为全国最大的旧诗团体。1957年2月13日，新华社刊登“乐天诗社新春雅集”的新闻：

> 【新华社上海13日电】有六百多诗人参加的全国最大的旧诗团体——乐天诗社，最近在上海举行了一年一度的“新春雅集”，选出诗社1950年成立以来的第八届理事会。“昨非今是楼”作者丁方镇当选为社长。

新华社的这则消息让乐天诗社名声大振，这是20世纪50年代“旧诗团体”通过主流媒体在国民面前的公开亮相，意味着旧体诗词以及旧诗社

---

① 辛德勇：《读书与藏书之间》，中华书局2005年版，第256页。

② 陈正卿：《新中国上海第一个传统诗社》，载《世纪》2008年第3期。

③ 毛泽东：《致臧克家等》，见中央文献资料室编《毛泽东书信选集》，人民文学出版社1983年版，第520页。

④ 陈正卿：《新中国上海第一个传统诗社》，载《世纪》2008年第3期。

团得到了官方承认，在公共领域里得以发声。“宗白”为旧体诗词争取了一定的地位，白居易诗平易浅切的风格、“诗歌合为事而作”的理念在某种程度上令曲高和寡的旧体诗词实现了创作群体的下移——这恰恰契合了当时中国文艺政策所确立的诗学规范。通过对白居易的模仿学习，旧体诗词由精英知识分子的文学嬗变为大众的、人民的文学。

（二）迎合主旋律

1957 年以后，《乐天诗讯》开始稳定发行，每年编作一卷，并以当年为第八卷，每卷 12 期，到 1963 年止。每期《乐天诗讯》有半数的诗词为贴合时事之作，强调对主旋律的歌颂。1957 年 5 月第 8 卷第 5 期有 23 页篇幅的“盛世新吟”，如《机场恭迎伏罗希洛夫主席》《伏老和毛主席拥抱》《咏五一劳动节》《欢迎周总理访问欧亚列邦归国》《社会主义竞赛得奖纪事》《正确处理人民内部矛盾》等。诗作中频频出现政治口号、政治标语，其行文风格颇似民间俗曲的“民歌体”“打油诗”。社友特别注意为新中国唱响颂歌，以《乐天诗讯》第 9 卷第 1、2 月合刊为例，社友分别就“庆祝一九五八年元旦”“庆祝第一届全国人民代表大会第五次会议开幕”“乐天诗社九周年庆”“衡阳湘江大桥建成”“苏联人造卫星志喜”“庆祝武汉长江大桥落成通车”等主题进行题咏。

尽管诗社以迎合主旋律作为自己的生存策略，但社员仍以“诗钟”“雅集”等形式坚持传统。自 1957 年《乐天诗讯》办刊始到 1963 年结束，每期卷末都附有“诗钟”。1958 年，诗社曾组织复兴公园赏菊雅集，叶伯奋、朱意诚、尤宝秋等 18 人就“菊花”进行题咏，又于“东坡生日”雅集，有《乐社雅集并祝东坡生日即席赋此》《东坡生日乐社同人集青年会九楼口号》《青年会九楼预祝东坡诞有感》等诗作。

（三）名人/伟人效应

乐天诗社也将《乐天诗讯》免费寄赠给社会和文化名流，并向其约稿。《吴宓日记》曾载：“1961 年 7 月 13 日，函上海华山路 1853 号乐天诗歌研究社张方仁，谢其寄赠《乐天诗讯》，捐助经费 4 元，附寄 1960 年 7 月《西南师范学院院刊》260 期一份，中有宓作《七一节向党献礼》长诗一篇。”[①]《许宝蘅日记》载：“1959 年 2 月 23 日，上海乐天诗社征求纪

---

① 吴宓：《吴宓日记续编（1961—1962）》，吴学昭整理注释，生活·读书·新知三联书店 2006 年版，第 115 – 116 页。

年诗。”[1] 刊发文化名流的作品之外，诗社也积极寻求国家领导人的支持。前文已述1959年诗社曾去信董必武，1963年，诗社策划编辑《三十六家诗选》，选张元济、沈尹默、江庸、姚虞琴、高振霄、黄葆戉、左通百、徐蕴华、吴湖帆、周炼霞、贺天健、沈迈士、陈小翠、孙雪泥、董天野、吴公退、沈瘦东、贾粟香、张孝伯、廉建中、王青芝、陈声聪等人诗作，又请董必武题写了书名。

乐天诗社以尊白体、唱颂歌、结名流的策略为旧体诗词在新文化语境下找到了“东山再起”的求生之路，也令旧体诗社在转型的道路上走得更远。

三、与运动共生的诗社

尽管得到了政府的认可，但为了小心翼翼维护这层“身份”，乐天诗社不得不与国家的政治意识形态和各种政治运动紧密地纠缠在一起。在政治气氛日益紧张的年代，诗社的不断整改甚至最终停社成为政治运动的晴雨表和阶级斗争年代的文化标本。

1958年年初，《乐天诗讯》（1958年第1、2月号）上载有这样一段话：

> 我社自内部发生矛盾以后，为少数恶氛所笼罩，以致社长、秘书、理监事等纷纷辞职，甚至洁身自好的社员亦申请脱离社籍社务，势将瓦解。……我社理事长张方仁、郑宝瑜反对选举，互相指派，强占领导，伪造议案，欺骗社友，毁谤同社，拦截社员来款，不法行为违背了一般社员意旨，以致激动多数理监事及本埠社员等不得不发出公开信及选举票。[2]

进而乐天诗社重新选举了诗社复兴委员会：高吹万、潘仰尧、丁方镇、戴果园等人任辅导委员，贾粟香为主任委员，吴公退、沈瘦石、廉建中、尤宝秋等人任副主任委员。其实这场风波与“反右”斗争关系密切：

> “反右”斗争开始以后，诗社秘书滕白也经外界揭发是“右派分子”，滕的组织单位是上海国画会，当然，他应向本单位坦白交代，

① 许宝蘅：《许宝蘅日记》第五册，中华书局2010年版，第1994页。
② 《乐天诗讯》1958年1、2月号，内部刊印本。

> 而诗社是业余组织，并不具有“反右”斗争的群众基础。张方仁错误地认为这是大好时机，种种贸然行动造成诗社内部极端不安的气氛。……同时，他还发出通知，进行“反右”学习，既不合政府政策，更露骨表示出个人恩怨，这些错误造成更加严重纷争，至于不可调和，使诗社离心离德。[①]

作为政府的下属团体，当然要率先响应“反右”的政策。社长张方仁带头在诗社内部开始了“反右”学习和整风运动，1958 年第 1、2 月合刊还刊登了以“整风运动”为题的诗。但这些做法却让诗社陷入了动荡，该期出现了“元老派东山再起”“旁落已久的大权一朝在握”之类的表述，将诗社比喻成一个名利场，社员为争取领导者的职位进行了激烈斗争——提出响应“反右”斗争的诗社最终身陷内部斗争之中，付出了惨痛代价。

20 世纪 60 年代初，国内的政治气氛日益紧张，“阶级斗争”的口号越喊越响。乐天诗社在这样的时代背景下也陷入了一场风波，成为牺牲品。

前上海微型电机厂私方经理孙忠本于 1961 年写了追忆父亲的《思亲记》，征集唱和诗文。他请乐天诗社帮忙，刘海粟、廉建中、沈尹默都参与其中。诗文集征得 180 人所题诗词 180 首，序、跋、传 7 篇，沈尹默、黎照寰、黄绍竑、马一浮、钱崇威、刘海粟、王个簃、王晓籁等皆有题作。1962 年 12 月编竣，孙忠本出资印行，小册子为竖排本，共 70 页，封面由沈尹默题写“思亲记题咏录”。《思亲记》印成后却被定性为“一本反动的小册子”，“在近两百篇诗文中有一部分诗文内容很反动，竭力颂扬封建主义、资本主义的道德文明，丑化和攻击社会主义的道德和无产阶级专政，把社会主义的父子关系、家庭关系丑化得一团糟，并且号召这些牛鬼蛇神出来挽封建主义、资本主义之狂澜”[②]。张春桥批示：“是一个典型事件，要抓思想文化战线上的斗争。”[③] 这本册子牵涉乐天诗社的骨干成员：张方仁被定为“酱园老板，创办‘乐天诗社’，到处招摇撞骗”，廉建中被定为“历史反革命分子，判处管制，行政开除”，“还有汉奸、右派分子、资本家、反革命分子，如李思浩、刘海粟、钱孙庵、丁方镇

---

① 《乐天诗讯》1958 年 1、2 月号，内部刊印本，第 16 页。

② 黄知正：《五十多年前发生在上海文史馆的一场批判》，载《世纪》2015 年第 6 期。

③ 陈正卿：《新中国上海第一个传统诗社》，载《世纪》2008 年第 3 期。

等”。[①] 上海市文史研究馆有24位馆员[②]为《思亲记》题诗撰文，均牵连其中。

这场风波令乐天诗社声名大损，乐天诗社的上级单位上海市文史研究馆根据上海市委书记、副市长、市委统战部的指示，拟定了《关于在文史馆馆员中大张旗鼓、和风细雨地进行正面教育，分析批判〈思亲记〉，加强阶级斗争教育的打算》，从1963年9月起，对馆员中诗文作者及参与联络者33人进行批判，举行了18次座谈会。这场批判之后，乐天社社事凋零。

诗社确切的停社时间是1964年3月3日，张方仁回忆道：“1964年3月3日，正巧是白乐天诗人1192周年诞辰纪念日，我们在新雅酒楼雅集，受到公安分局的劝止，《乐天诗讯》遂无声的停刊了。”[③] 和大多数社团、刊物一样，诗社停止于“文革”之初。回顾乐天诗社在政治运动中的几次浮沉是相当有意义的，作为个案，乐天诗社的改组与停社都和云谲波诡的政治运动密切相关，从1957年下半年开始，旧体诗词开始向政治无限靠近，它的繁盛和衰落都与政治有关。与运动共生的乐天社史在一定程度上也是一部政治运动史和旧体诗人的挣扎史。

四、乐天诗社与当代旧体诗社的多元图景

若将乐天诗社置于新中国成立初期的诗社图景中来进行共时性考察，可以窥见它相较于同时期其他诗社的独特之处。

有别于新中国成立初期遗民群体的结社，乐天诗社由自由结社向政府下属团体的身份转变，或可看作是传统诗社现代转型之滥觞。可作为对照的是，乐天诗社发起人之一关赓麟于20世纪50年代初在北京重开稊园社。自1911年寒山诗社成立起，历经稊园诗社（1915—1927）、青溪诗社（1927—1937），以关赓麟为代表的稊园诗群的活动到1949年4月因关赓麟重回稊园而恢复。1950年8月，关赓麟又倡立咫社。由于关赓麟曾为民国官员，身份显赫，财力雄厚，有实力组织诗社，他作为发起人同时具有

---

① 黄知正：《五十多年前发生在上海文史馆的一场批判》，载《世纪》2015年第6期。

② 24位馆员为朱梦华、薛明剑、沈隐濂、何振镛、贾粟香、高凤介、王震、吴斯美、黄遂生、吴湖帆、张公威、袁康年、黄葆戉、王个簃、张孝伯、周承忠、易克臬、曹竟欧、吴公退、项介石、陈谟、吴拯寰、蒋通夫、孙雪泥。

③ 张方仁：《诗花——在徐汇区开放》，载中国人民政治协商会议上海市徐汇区委员会文史资料工作委员会编《徐汇文史资料选辑》第2辑，1989年版，第69－73页。

稳定的领导地位，因此他常以主人身份召集活动：“吾寒山社诸君以为何如”[①]；“夏历壬申三月三日，招客修禊玄武湖”[②]。社员对关赓麟也极为拥戴，王式通云：“关子颖人，旷世逸才，主持坛坫，比以社集。”[③] 樊增祥云：“颖人，又社中巨擘也。”[④] 因此，稊园诗社的政治取向及文化旨趣基本由社长关赓麟及其周边文人来决定，诗社组织虽然松散，但其成员因志趣相投而走到一起，颇为团结，也因而保持着浓郁的旧式文人传统，其所刊《偲社词钞》四卷创作内容多为吟花咏雪、游春踏青、登高怀远、题诗赏画，内容意象代表着遗老诗人的文化旨趣，暗含遗民情怀和感伤心理。正是关赓麟在诗坛与政界的耆宿地位，使得存续了几十年的稊园诗社以“特立独行”的身份较为纯粹地坚守着文人结社的传统，但稊园诗社也因此拘囿于个人遣怀和同人交游的狭窄圈子里，成为置于案头的私人化写作。

乐天诗社与稊园诗社一并构成了新中国成立初期旧诗社团的两极图景：稊园诗社低调而悄无声息地留存了下来，在“文革”中仍间有创作，社员寇梦碧成立梦碧词社，广收弟子，形成20世纪80年代后在吟坛引领风骚的梦碧词群，使得旧体诗词在新中国70多年的历程中薪火相传；而以“身份转型”谋求体制认可的乐天诗社却反而一再地被卷入政治漩涡中。它们的不同命运折射出新中国成立初期诗歌发展的形态——在保留传统和迎合主流意识的夹缝中寻找一种艰难的平衡。

如果将乐天诗社放诸当代旧体诗词史的脉络中加以纵向考察，乐天诗社和20世纪80年代后的诗词学会有着深刻的联系，无论是在社团性质还是创作风貌上，乐天诗社已具有诗词学会的雏形。可以印证这一观点的事实是，1985年11月，乐天诗社复社，《乐天诗讯》复刊。1988年重阳节，上海《乐天诗讯》与纽约《四海诗声》结为姐妹诗刊。1989年，乐天诗社与香港春秋诗社、新加坡新声诗社结盟。复社后，许多社员同时具有中华诗词学会会员的身份，诗社和江南诗词学会、上海诗词学会、中华诗词学会等团体联系密切。《乐天诗讯》的诗词风貌也和后来的学会刊物也非

---

① 《寒山诗钟选甲集》，见南江涛编《清末民国旧体诗词结社文献汇编》第13册，国家图书馆出版社2013年版，第249页。

② 《青溪诗社诗钞第一辑》，见南江涛编《清末民国旧体诗词结社文献汇编》第12册，国家图书馆出版社2013年版，第357页。

③ 《寒山诗钟选甲集》，见南江涛编《清末民国旧体诗词结社文献汇编》第13册，国家图书馆出版社2013年版，第240页。

④ 《寒山诗钟选乙集》，见南江涛编《清末民国旧体诗词结社文献汇编》第14册，国家图书馆出版社2013年版，第7页。

常相似。尽管民间自发成立的乐天诗社在成立之初与后来被纳入官方体系的诗词学会的宗旨不同，但乐天诗社对主旋律的迎合、对诗歌大众化的强调、对社员的广泛吸收、对国家话语体系的认同、对主流话语权的争取等特点都与诗词学会有着极大的相似性；乐天诗社所提倡的“宗尚白居易”为当代旧体诗词的发展寻觅了理论依归。观其诗词理念和创作风格，正是20 世纪 80 年代诗词学会的滥觞。

中华诗词学会及其刊物

20世纪80年代以来，中华诗词学会成为当代最庞大的诗词组织，它试图以全国、省、市、县等组织系统尽可能多地囊括全国写旧体诗词的人。学会刊物以《中华诗词》为代表，各省市县等团体也纷纷办有各种旧体诗词刊物。

一、从野草诗社到中华诗词学会

“文革”结束后第一个诞生的旧体诗词社团是野草诗社。1978年10月22日，野草诗社于北京成立。据诗社创始人之一张报回忆：

> 1978年10月22日晚上，诗社就在萧老家开成立会。会上，我曾建议诗社名为“十月”，但经过讨论，大家觉得这个名称缺乏诗味，没有通过。接着，萧老建议名为“野草”，取意于鲁迅的名著和白乐天“野火烧不尽，春风吹又生”的诗句。这个建议得到大家的一致赞同，“野草诗社”从而正式成立。①

创立之初，诗社只有10名成员：萧军、姜椿芳、楼适夷、金常政、汤茀之、张执一、王亚平、吕千飞、杨小凯、张报。② 之后社员有扩充，据1985年《湖湘诗萃》中“野草诗社简介”，其成员增加了连贯、许幸之、柳倩、蒋天佐、熊承涤、关露等，总人数不到20人。野草诗社主张新诗、旧体诗并重，“但由于旧体诗‘易于成诵，便于记忆，言简意赅’，所以相互唱和之作，仍以格律诗为多”③。

野草诗社是一个同人自由结合的社团，每年举办雅集七八次，地点设

---

① 张报：《萧军与野草诗社》，见梁山丁主编《萧军纪念集》，春风文艺出版社1990年版，第325－326页。

② 社员名单据张报《萧军与野草诗社》一文记载，见梁山丁主编《萧军纪念集》，春风文艺出版社1990年版，第326页。另，野草诗社编《野草诗词选》（新华出版社1987年版）第1页《致读者》云：“诗社成立之初，只有社员七人。”这七人或为萧军及诗社成立当日与他唱和的姜椿芳、楼适夷、张报、汤茀之、金常政、杨小凯七人。

③ 《湖湘诗萃》编辑部：《湖湘诗萃》第1、2期合刊，岳麓书社1985年版，第115页。

在社员家里，轮流做东。1979 年年初，萧耘复写诗友诗词，装订成册，名为《野草诗刊》（创刊号），是其后铅印出版物《野草诗辑》的前身。1980 年起，《野草诗辑》的出版经费都由社员捐献。1987 年，新华出版社出版《野草诗词选》①，作品是从《野草诗辑》第 1 ～ 6 辑中选录的。

1979—1981 年，全国各地市、县乃至乡镇纷纷成立诗词社团，例如：1979 年 8 月，上海市成立半江老人诗画社；1980 年 1 月，湖南省岳阳市成立洞庭诗社，湖南省长沙市成立嘤鸣诗社；1980 年 3 月，湖南省津市市成立梅花诗社；1980 年 5 月，浙江省杭州市成立西湖诗社；1980 年 8 月，浙江省海宁县成立跃龙诗社；1981 年 1 月，江苏省扬州市成立绿杨诗社，广西壮族自治区融水县成立玉融诗社；1981 年 3 月，江苏省南京市内的河海大学成立石城诗社，福建省福州市成立鼓山诗社，浙江省德清县成立余不诗社。

这些社团成立之初和野草诗社一样，只是同人社团。随着规模逐渐扩大，开始寻求党政宣传部门、文联、作协、学术机构乃至企业的支持，性质也逐渐发生变化。

1981 年 7 月，兰州诗词学会成立，这是第一个以“学会”命名的诗词社团。与同人社团不同，该学会由甘肃省文联批准成立。此后，各地诗词学会纷纷成立。

1984 年 9 月 10 日，山西诗词学会成立，山西省政协副主席任定南，省委宣传部副部长李玉明，省文联副主席李束为、王玉堂、郑笃，中国作家协会山西分会副主席胡正，省文化厅厅长曲润海都出席了成立大会，

1985 年 9 月 24 日，安徽诗词学会成立，安徽省政协主席张恺帆出任名誉会长。

官员诗人的参与使诗社具有了“体制认可”的意味，“配合主旋律”的倾向便自然产生了。

1985 年年底，一些人开始筹备全国中华诗词学会。9 月 21 日，中华诗词学会在京发起人姜椿芳、周一萍、齐光、唐伯康、张报、荒芜、杨柄、刘墨村举行座谈，决定先在北京组成中华诗词学会筹备组。10 月，筹备组向各地诗词组织和诗词名家发出《筹备中华诗词学会倡议书》。1986 年 4 月 29 日，全国政协文化组于北京全国政协礼堂第三会议室召开“振兴中华”诗词座谈会，会议由姜椿芳主持，30 余位北京诗人参加会议。1986 年 9 月 20 日，文化部批准成立中华诗词学会。1986 年 11 月 14

① 野草诗社编：《野草诗词选》，新华出版社 1987 年版。

日，中华诗词学会在京筹委举行扩大会议，宣布中华诗词学会经文化部批准成立，正式成立中华诗词学会筹备委员会。中华诗词学会的发起单位为96个，发起人达575位。会议推选赵朴初、钱昌照、楚图南为名誉会长，蔡若虹、陈雷、胡子昂、臧克家、沈从文、叶嘉莹、姚雪垠、钟敬文、周振甫、周有光等23人为顾问，筹委会主任为姜椿芳，副主任为周一萍、林林、张报、毕朔望、齐光、张璋，秘书长为汪普庆，王禹时等为副秘书长。

1987年5月31日，全国性的中华诗词学会在北京成立，在民政部注册登记，由中国作家协会主管。赵朴初、楚图南、周谷城、叶圣陶、唐圭璋为名誉会长，钱昌熙为会长，并确定了顾问及理事名单。会刊为《中华诗词》。成立大会颇为盛大，在全国政协礼堂开幕，部分中央领导人以及各省、市、自治区领导出席了会议。

1987年，在中华诗词学会成立前后，各地纷纷成立诗词学会，如：1月20日，上海诗词学会成立；2月，甘肃诗词学会成立；3月20日，黑龙江诗词协会、湖南诗词协会成立；5月18日，河南诗词学会成立。

各省、自治区、直辖市比照中央与地方学会的行政结构，纷纷成立了以省级行政区命名的诗词学会，又在省省之下设立地级、县级的学会，并吸收各地诗词学会会长以及创作有所成就的50～60岁年龄段的诗人担任诗词学会的领导职务。已经成立的学会，则改名或者改组，并以集体会员的名义成为中华诗词学会的下属团体。

1988年3月6日，野草诗社在北京成立了北京诗词学会，完成了由同人诗社向在政府部门注册的诗词学会的转变。该学会在北京市文联、市作协和中华诗词学会的指导下正式成立，选举阮章竞为会长，王建中、齐一飞、沙地、刘光裕、江山、杨金亭等为副会长，江山兼秘书长。聘请廖沫沙等六人为名誉会长，肖劳等209人为顾问。[①] 其中许多会员都是原野草诗社的成员。

胡迎建《当代诗词社团及其作者状态评述》说：

> 20世纪80年代成立的（学会）正副会长从以离退休部级老领导、老专家为主，逐渐发展到以中国作协、中国文联退下来的领导为主，诗词理论素养较以前大为提高。同时，吸收各地诗词学会会长以

① 参见周一萍、苏渊雷主编《中华诗词年鉴》第二卷，中国民间文艺出版社1989年版，第504页。

及创作有成就的五十岁至六十岁年龄段的诗家担任中华诗词学会副会长。①

中华诗词学会的组织体系有如下主要特点：

（1）会长一般由省部级离退休老领导、老专家担任。他们是学会强有力的组织者，为学会的成立、发展做出重要贡献。

（2）名誉会长、学术顾问一般邀请当地有名望的学者担任。他们一般具有较为深厚的文化修养，对诗词的艺术性有一定的坚持和追求，是诗词创作水平的保障。如中华诗词学会请叶圣陶、唐圭璋、赵朴初、周谷城、沈从文、叶嘉莹、常任侠等，天津诗词学会请周汝昌，上海诗词学会请施蛰存，北京诗词学会请廖沫沙，山东诗词学会请臧克家，浙江诗词学会请王季思、毛大风等。

（3）副会长及秘书长一般由在诗词界有一定创作成就的中、青年诗人担任。他们是诗词主创人群。

二、学会刊物及其传播策略

1990 年 1 月，中华诗词学会编《中华诗词》第一辑由中国民间文艺出版社出版。周谷城题签，施议对责编，顾问由赵朴初、臧克家等六人担任，刘征任主编，编委为丁芒、王澎、刘征、田俊江、张结、李汝伦、林帅、林从龙、苏元章、杨金亭、周笃文、姚普、洪锡祺和梁东。其《发刊词》云：

> 诗词作品与理论文章并重，普及与提高结合，在继承的基础上进行改革创新。……力求把《中华诗词》办得情文并茂，雅俗共赏，成为优秀诗词的园地，学术研讨的论坛，联系群众的纽带，和促进海峡两岸人民以及国际间诗艺交流的桥梁。②

各省、自治区、直辖市诗词学会也按照《中华诗词》的形式办诗词刊物，有《安徽吟坛》、《难老泉声》（山西）、《江海诗词》（江苏）、《上海诗词》、《甘肃诗词》、《龙吟诗刊》（黑龙江）、《湖南诗词》、《中州诗刊》（河南）、《重庆诗词》、《江西诗词》、《琼苑》（海南）、《夏风诗刊》（宁

① 胡迎建：《当代诗词社团及其作者状态评述》，载《新文学评论》2014 年第 1 期。

② 中华诗词编委会：《发刊词》，载《中华诗词》1994 年创刊号。

夏）、《浙江诗词》、《四川诗词》、《福建诗词》、《陕西诗词》、《京华诗讯》和《诗词园地》（均在北京）、《湖北诗词》、《八桂诗词》（广西）、《燕赵诗词》（河北）、《当代诗词》（广东）。

有些市、县乃至乡、镇也有自己的诗词刊物，兹不一一列举。“全国有五百多种公开或内部出版的诗词报刊，不算诗词集，光是这些报刊发表的诗词新作，每年就在十万首以上。”① 这些刊物刊载旧体诗词，兼及文、书、画作品等，发布诗词消息，推介诗人，对旧体诗词的传播起到重要作用。

以《中华诗词》为例，截至2005年，《中华诗词》每年的发行量在25000份左右。《中华诗词》用多种方式实现了旧体诗词的传播。

第一，邀请行政官员、知名学者担任刊物的顾问，树立其权威地位。《中华诗词》的第一辑就请江泽民题诗《记国庆卅五周年盛况调寄浣溪沙，书请周树峰七叔两正》，这和当年《诗刊》向毛泽东约稿的做法一致。

第一辑还刊载了贺敬之的《重视评论，奖励诗词创作》、霍松林的《总结经验，发扬优秀传统》、刘逸生的《积极稳妥，推行诗词改革》、万云骏的《诗词曲的分界及其发展道路》、丁芒的《中国诗歌格律的推衍及对当代诗歌的浸润》、施议对的《当代十词人述略》，以及赵朴初、钱小山、海稜、郭化若、赵玉林等庆祝新中国成立四十周年诗词专辑，陈声聪《兼于阁诗话续编》，包谦六《吉庵诗话》，沈轶刘《繁霜榭词札》等。这些学界名人、文化名人又为《中华诗词》增添了学术性和艺术性。

第二，举办诗词大赛等活动，提高社会影响力。如：1994年，《中华诗词》推出“鹿鸣杯”全国诗词大赛，设特等奖1名，奖励5000元；一等奖3名，奖励3000元；二等奖10名，奖励1000元；三等奖20名，奖励500元；佳作奖100名，奖励100元。大赛收到作品30118首。

1996年10月举办“回归颂”中华诗词大赛，由中华诗词学会、中华诗词社、中央电视台、中央人民广播电台、中国国际广播电台、中华炎黄文化研究会、人民日报文艺部、光明日报文艺部、经济日报特刊部、新华社瞭望周刊社、广东中华诗词学会、河南诗词学会主办。1996年10月20日，《人民日报》刊登简讯《“回归颂”中华诗词大赛拉开序幕》。1997年6月19日，《人民日报》刊登《“回归颂”中华诗词大赛揭晓》。1997年6月20日，颁奖典礼在北京举行。大赛共收到来自全国各地（包括港澳台地区）以及美国、加拿大等18个国家的2.4万余名参赛者近5万首

① 郑伯农：《关于格律诗的回顾与前瞻》，载《中华诗词》2005年第12期。

作品。大赛评出一等奖3名，二等奖15名，三等奖35名，佳作奖156名。1998年5月，《“回归颂”中华诗词大赛获奖作品集》由学苑出版社出版。

这类大赛极大地推动了旧体诗词的创作，也扩大了《中华诗词》的社会影响。

第三，举办诗词研讨会，将学界、诗界、政界、商界知名人士聚集起来，争取更多支持。中华诗词学会及《中华诗词》每年举办“当代诗词研讨会”（从第七届起为中华诗词研讨会），会议将社会各界热爱诗词的人聚合起来，既有学术研讨，也有创作切磋。如：

1990年4月21—24日，全国第三届当代诗词研讨会在河南省洛阳市召开，有来自中国内地和港澳地区，以及日本等地的与会代表200余人，会议论文40余篇，围绕“如何提高当代诗词的创作艺术”和“不断壮大诗词创作队伍、开展当代诗词创作评论和普及宣传工作”等问题展开了讨论。①

1991年6月16—20日，全国第四届当代诗词研讨会在广西桂林召开。来自中国内地和港澳地区，以及美国、新加坡的120多位诗人学者出席。会议论文30余篇，围绕“如何让诗词为四化服务”和“怎样让诗词形式适应时代发展”等主题进行了探讨。②

1992年9月15—20日，全国第五届当代诗词研讨会于湖南衡阳召开。会议由衡阳市诗词学会主办，有来自内地及港澳地区的诗词界代表共150余人出席，会议论文50余篇。会议围绕“如何振兴中华诗词，恢复、提高她应有的地位”和“当代诗词创作的题材、语言、格律”等问题进行了讨论。③

第四，开辟栏目培育新人，传承旧体诗词。《中华诗词》开辟了《雏凤清声》《雏鹰展翅》《小荷初露》《青春放歌》《青春诗会》等栏目推出新人。

三、学会刊物与诗词新变

学会刊物刊载的诗词作品，最常见的题材是时政题材。这一类题材是对古代歌功颂德、论政述志类题材的继承。诗人们对国内外大事分外关注，对国家和政党的前途满怀希望，对党政决策不吝赞美。其内容的新变在于对某些纪念性节日的庆祝、对某些政治性会议召开或闭幕的欢呼、对

---

① 参见张璋、苏渊雷主编《中华诗词年鉴》第三卷，学林出版社1992年版，第18－23页。
② 参见张璋、苏渊雷主编《中华诗词年鉴》第四卷，学林出版社1994年版，第3－4页。
③ 参见张璋、苏渊雷主编《中华诗词年鉴》第四卷，学林出版社1994年版，第5－6页。

党政路线的支持、对政治运动的拥护、对社会经济形势的肯定、对大型文化体育活动的赞美。如《喜闻中央惩治贪污腐化决策》：

> 大快人心事，清除腐败风。城狐深误国，社鼠亦伤农。
> 刮骨疗疮毒，犁庭绝虎踪。敢教生死以，永保五星红。[1]

也有针砭时事之作，如《浪淘沙·报载我国一年公费吃掉一千亿元》：

> 快活四时天，有若神仙。他乡故国任留连。异味奇珍尝不尽，不惜花钱。　　千亿只经年，多少良田。几年国债化灰烟。三峡坝能修两座，膏血谁怜。[2]

学会诗词的第二大题材是山水题材。山水诗本为古典诗歌中一大支脉，其以山水风光为独立的审美对象，常有“诗中有画”“意境深远”之作，具有很高的审美境界，佳作迭出，不胜枚举。但学会的山水诗词新变在于，描绘风景只是手段，目的主要是歌颂国家富强、生活美好，尤其是红色景点成为他们讴歌的重点。如《瞻仰刘少奇故居》：

> 老屋依然夕照斜，垂杨犹自绿无涯。
> 珠沉暗海天如漆，星殒狂潮地似槎。
> 一卷徒留修养恨，千秋岂任斗批遮。
> 从来历史人民写，傲雪梅开不败花。[3]

第三大题材是应酬赠答、哀悼挽吊。这类题材的新特点在于，其吟咏纪念的对象不限于亲朋好友，还有历史名人、革命先烈、社会名流等。如《挽彭德怀元帅》：

> 铁马金戈百战余，苍凉晚节月同孤。
> 冢上已深三宿草，人间始重万言书。[4]

---

① 邬惕吾：《喜闻中央惩治贪污腐化决策》，载《甘肃诗词》1994 年第 1 期。

② 彭璞：《浪淘沙·报载我国一年公费吃掉一千亿元》，载《东坡赤壁诗词》1994 年第 3 期。

③ 庄严：《瞻仰刘少奇故居》，载《江海诗词》1994 年第 1 期。

④ 杨启宇：《挽彭德怀元帅》，见张璋、苏渊雷主编《中华诗词年鉴》第四卷，学林出版社 1994 年版，第 79 页。

在品评历史人物方面，其显著的变化在于少刺多誉。古人品评人物的佳作，常取诸怀抱，因寄所托，议论人事，鞭辟入里而自有新见。今人对革命先烈的纪念哀悼，充满深情的怀念和满目的溢美之词。如《缅怀杨虎城将军》：

兵谏赢来战局新，任凭恩怨满三秦。
翻开廿四中华史，千古功臣有几人。[①]

题赠诗词古来常见。由于学会多官员、名流，自然不乏题赠酬唱之事，又因公务与游览难分，凡江山胜景、人事应酬皆可能有诗词产出，其中难免带有政治或商业因素。如《浣溪沙·常州瞿秋白纪念馆献词》：

天道如斯不易论，才华义烈两无伦，人间尚自重遗文。
岭上杜鹃啼碧血，岁寒诸夏挹霜痕。流芳千古是英魂。[②]

学会诗词受毛泽东诗词影响较大，有些直接就是毛泽东诗词读后感。如《读毛泽东诗词》：

缚住苍龙志已酬，倚天抽剑孰能侔？
冰悬百丈寒梅俏，雪压千山暖气流。
唤得风雷驱大地，换来日月照神州。
五洲震荡今尤烈，域外鸡虫事未休。[③]

从语言形式来看，七绝、七律是最受青睐的形式。数量最多的是七绝，其次是七律。格律诗词中七言比五言更具表现力，包容性更强，甚至可容纳现代汉语中的四字词汇，故而七言句成为首选。绝句短小方便，更易“口占”，非常适合应景应酬。

选用词牌，多见丑奴儿、如梦令、忆江南、浣溪沙、菩萨蛮、采桑子、鹧鸪天、清平乐、江城子、虞美人等北宋名家常用的小令或中调，平韵或仄韵格居多。极少采用长调或韵式复杂的词牌。特别是毛泽东诗词中出现的词牌被使用得最频，以菩萨蛮、采桑子、蝶恋花、清平乐为多。

① 赵绍康：《缅怀杨虎城将军》，载《江海诗词》1994 年第 1 期。
② 周退密：《浣溪沙·常州瞿秋白纪念馆献词》，载《上海诗讯》1994 年第 4 期。
③ 刘人寿：《读毛泽东诗词》，载《湖南诗词》1991 年第 3 期。

从语言词汇来看，学会刊物中的诗词最显著的特点是常用毛泽东诗词的语汇。此外，既不刻意摹古，也不勉强求新，不排斥新名词、新事物入诗。诗风亦文亦白，有时还会带入政治口号、标语等。如《希望工程》：

希望工程事可歌，僧多粥少奈钱何。
诸公若肯捐公宴，功比浮屠七级多。①

又如：

三中全会写新篇，决策英明喜放宽。
坚守党章依旧贯，迎来四化换新天。②

其因缺乏诗词意境韵味，故有“格律溜”之讥。③

学会诗词刊物热衷于刊载歌颂主旋律的诗歌，成为政治化写作的传播平台。这类诗歌在内容上“配合主旋律”，在表达上“以议论入诗”，导致诗歌远离诗意，不合体式。许多作者本是行政官员，其日常的关注点往往落在党政大事上，喜欢评论时事，甚至向人说教。诗词变成了政治立场的宣传工具。如《日首相小泉参拜靖国神社》：

赔款免除遭恶报，小泉仇汉更猖狂。
魂招战犯承衣钵，术学东条过虎狼。
黩武重温军国梦，厉兵再略我家邦。
从来助桀非良策，贻害炎黄悔恨长。④

学会刊物中当然也有艺术水平较高的诗作。1988—1995 年的五卷《中华诗词年鉴》遴选各地诗词学会刊物中优秀作品，如第一卷选入孔凡章、刘逸生、寇梦碧等人的作品。

---

① 《希望工程》，载《中华诗词》1994 年第 2 期。
② 《三中全会》，载《甘肃诗词》1994 年第 1 期。
③ 参见《上海诗讯》1994 年第 4 期。
④ 《日首相小泉参拜靖国神社》，载《甘肃诗词》2002 年第 2 期。

1980—1999 年成立的诗词社团及其社刊（220 余种）*

名称	成立地点	成立时间	社刊
三南文教协会[①]	广西环江毛南族自治县	1980 年春	《环江诗词》
西湖诗社	浙江杭州市	1980 年 5 月	《西湖诗社吟草》《西湖引》
龙溪诗社	广东江门市	1980 年 6 月	《龙溪花坛》
玉融诗社	广西融水苗族自治县	1981 年 2 月	《玉融诗词》
兰州诗词学会[②]	甘肃兰州市	1981 年 7 月	《甘肃诗词》
绿杨诗社	江苏扬州市	1981 年	《绿杨吟草》
蓬江诗社	广东江门市	1982 年 1 月	《蓬江诗词》
友声诗社	广东开平市	1982 年 9 月	《友声诗词集》
梅山诗社	湖南安化县	1983 年 3 月	《安化诗钞》
太白诗社	安徽马鞍山市	1983 年 5 月 23 日	《太白诗刊》
岳麓诗社	湖南长沙市	1983 年 6 月 8 日	《岳麓诗词》
天问诗社	湖南桃江县	1983 年 6 月	《天问诗刊》
湛江诗社	广东湛江市	1983 年 7 月 3 日	《湛海诗词》
东坡赤壁诗社	湖北黄冈市	1983 年 11 月	《东坡赤壁诗词》
韶关诗社	广东韶关市	1984 年 3 月 18 日	《韶音》
会龙诗社	湖南益阳市	1984 年 4 月	《会龙诗刊》
赤乌诗词学社	江西瑞昌市	1984 年 5 月	《赤乌诗词》
碣石诗社	河北秦皇岛市	1984 年 7 月 26 日	《碣石吟草》
沅江市诗词学会	湖南沅江市	1984 年秋	《沅江诗词》
大理诗社	云南大理市	1984 年	《大理诗词选集》

* 本表参考霍松林主编《中国当代诗词艺术家大辞典·诗词界》（中州古籍出版社 2001 年版）、《中华诗词年鉴》系列等编撰而成。成立地点统一为当前的行政区名称。

续上表

名称	成立地点	成立时间	社刊
历山诗社[3]	山东济南市	1984 年 10 月 1 日	
武陵诗社	湖南常德市	1985 年 2 月	《武陵诗词》
章台诗社	湖南华容县	1985 年 4 月 10 日	《章台诗词》
辉南诗社	吉林辉南县	1985 年 5 月 11 日	《辉南诗词》
龙溪诗社	湖南新晃侗族自治县	1985 年 5 月	《龙溪诗词》《龙溪诗讯》
武汉市老年大学诗词学会	湖北武汉市	1985 年 5 月	《幽草诗词》《晚晴诗词选》
刺桐吟社	福建泉州市	1985 年 10 月	《泉州诗词》
奉新诗社	江西奉新县	1985 年 11 月 13 日	《百丈山》
友声诗社	安徽太和县	1985 年 12 月 15 日	《友声诗刊》
连城姑田农民诗社	福建连城县	1985 年冬	《人口生育文化农民诗词集》
楚望诗社	湖北石首市	1985 年	《楚望诗刊》《楚望诗讯》
莨江诗社	湖南新化县	1985 年	《莨江诗词》
碧山吟社	江苏无锡市	1986 年 1 月 3 日	
苎萝山诗社	浙江杭州市萧山区	1986 年 1 月	《苎萝山诗荟》
杜鹃诗社	贵州黔西市	1986 年 3 月 8 日	《杜鹃诗刊》《杜鹃诗社简教》
澧浦诗社	湖南澧县	1986 年 5 月	《兰江晚晴》
金沙县诗词学会	贵州金沙县	1986 年 7 月	《玉屏诗刊》
清泉诗社	湖北浠水县	1986 年 10 月 15 日	《清泉诗词》
罗城诗社	湖南湘阴县	1986 年 12 月 7 日	《罗城诗书画报》
营口市诗词学会	辽宁营口市	1986 年 12 月 27 日	
阜宁湖海艺文社	江苏阜宁县	1986 年	《湖海新声》
丽水市诗词学会	浙江丽水市	1986 年	《处州诗讯》
郴州市诗词协会	湖南郴州市	1987 年 2 月	《郴江诗词》
湖南诗词协会	湖南长沙市	1987 年 3 月 20 日	《湖南诗词》

续上表

名称	成立地点	成立时间	社刊
马洲诗社	江苏靖江市	1987 年 4 月	《马洲诗画》
靖安诗社	江西靖安县	1987 年 4 月	《双溪诗词》
河南诗词学会	河南郑州市	1987 年 5 月 18 日	《中州诗词》
中华诗词学会	北京市	1987 年 5 月 31 日	《中华诗词》
格塘诗社	湖南长沙市	1987 年 5 月	《格塘诗词》
遂溪诗社	广东遂溪县	1987 年 6 月 18 日	《椹川诗词》
鹤岗市诗词学会	黑龙江鹤岗市	1987 年 6 月 20 日	《鹤鸣诗刊》
东明诗社	河南郑州市	1987 年 7 月	《东明诗词》
湖北省诗词学会	湖北武汉市	1987 年 9 月	《湖北诗词》[④]
武汉诗词学会	湖北武汉市	1987 年 10 月 6 日	《武汉诗词》
贵州省诗词学会	贵州贵阳市	1987 年 10 月 15 日	《爱晚诗词》
湖口县石钟山诗词学社	江西省湖口县	1987 年 10 月 30 日	《石钟山诗词》
大邑县诗词楹联学会	四川大邑县	1987 年 11 月 1 日	《大邑文化》
北流市诗词学会	广西北流市	1987 年 11 月 5 日	《勾漏诗词》
河北省诗词协会	河北石家庄市	1987 年 11 月 23 日	《燕赵诗词》
海丰诗社	湖南长沙市	1987 年 11 月	《海丰诗刊》
固始诗词学会	河南固始县	1987 年 12 月 15 日	《蓼乡诗声》
广西诗社学会	广西南宁市	1987 年 12 月 27 日	《八桂诗词》
秦风诗词学会	陕西西安市	1987 年	《诗词习作》
潜山县老干部诗词楹联书画学会	安徽潜山县	1987 年	《天柱吟》
梁山县老干部诗社	山东梁山县	1988 年 1 月 1 日	《松鹤诗刊》
新醅诗社	重庆市渝中区	1988 年 1 月	《新醅》
北京诗词学会	北京市	1988 年 3 月 6 日	《北京诗苑》
本溪市诗词学会	辽宁本溪市	1988 年 3 月 8 日	《本溪诗词》
金华市诗词学会	浙江金华市	1988 年 3 月 19 日	《赤松诗词》
庐陵诗词学会	江西吉安市	1988 年 3 月 29 日	《庐陵诗词》
宜丰诗词学会	江西宜丰县	1988 年 4 月 20 日	《宜丰诗词》
福建省诗词学会	福建福州市	1988 年 5 月 15 日	《福建诗词》

续上表

名称	成立地点	成立时间	社刊
浙江省诗词学会	浙江杭州市	1988 年 6 月 19 日	《浙江诗词》
寿宁诗社	福建寿宁县	1988 年 6 月	《寿宁诗刊》
桃溪诗社	湖北崇阳县	1988 年 7 月 6 日	《桃溪诗刊》
江城诗社	江苏南京市浦口区	1988 年 7 月 16 日	《江城吟稿》
安顺市诗词楹联学会	贵州安顺市	1988 年 8 月 6 日	《金钟吟草》
宁夏诗词学会	宁夏银川市	1988 年 8 月 15 日	《夏风》
阜阳市诗词学会	安徽阜阳市	1988 年 8 月 17 日	《聚星诗坛》
红豆诗社	江苏常熟市	1988 年 9 月	《红豆诗刊》《红豆诗讯》
新疆诗词学会	新疆乌鲁木齐市	1988 年 10 月	《昆仑诗词》
温岭市诗词家协会	浙江温岭市	1988 年 10 月	《温岭诗讯》
琴江诗社	江西石城县	1988 年 10 月	《琴江诗词》
晚晴诗社	安徽安庆市	1988 年 11 月 2 日	《晚晴诗词》《晚晴诗选》
铜锣诗社	湖北红安县	1988 年 11 月	《铜锣诗词》
朝阳市诗词研究会	辽宁朝阳市	1988 年	《朝阳当代诗词选》
白云诗社	湖南新邵县	1988 年	《白云诗词》
师宗县老年书画诗词协会	云南师宗县	1989 年 1 月 12 日	《师宗老年诗词》
励进诗社	广西柳州市	1989 年 1 月 14 日	《励进》
江汉诗社	湖北武汉市	1989 年 2 月 17 日	《江汉诗词》
建湖艺文社	江苏建湖县	1989 年 3 月 28 日	《建湖诗词》
回文诗联研究会	广西博白县	1989 年 3 月	《回文萃珍》
望江县诗词学会	安徽望江县	1989 年春	《雷池吟》
三国赤壁诗社	湖北赤壁市	1989 年 4 月	《陆水诗苑》
河池诗社	广西河池市	1989 年 6 月 8 日	《河池诗词》
钦州市诗词学会	广西钦州市	1989 年 6 月 8 日	《钦州诗联》《天涯诗词》

续上表

名称	成立地点	成立时间	社刊
墨江县老年书画诗词学会	云南墨江县	1989 年 6 月 11 日	
碧湖诗社	湖南长沙市	1989 年 6 月	《碧湖诗选》
牡丹江诗词学会	黑龙江牡丹江市	1989 年 6 月	《心方诗苑》《春蕾》《雪潮》等
河池市宜州区诗词学会	广西河池市宜州区	1989 年 7 月 16 日	《山谷诗苑》
澄海诗社	广东汕头市	1989 年 9 月 26 日	《澄海诗词》
大连市沧海潮诗社	辽宁大连市	1989 年 11 月	《沧海潮诗抄》
清江诗社	湖北黄梅县	1989 年 11 月	《清江诗词》
重庆市璧山区金剑山诗书画社	重庆市璧山区	1989 年 12 月 17 日	《金剑山》
离湖诗社	湖北监利市	1989 年 12 月 26 日	《离湖诗笺》
重庆市南川区诗词楹联协会	重庆市南川区	1989 年 12 月	《南川诗联》
苏山诗社	甘肃民勤县	1989 年	
普洱市诗词楹联协会	云南普洱市	1990 年 1 月 4 日	《思茅诗词》
大方县诗词楹联学会	贵州大方县	1990 年 1 月 15 日	《扶风》
黔西南布依族苗族自治州诗词学会	贵州兴义市	1990 年 1 月	《盘江诗刊》
桐城诗词学会	安徽桐城市	1990 年 1 月	《桐城诗词》
竹园诗社	广东江门市	1990 年 2 月	《竹园诗词》
上饶市诗词学会	江西上饶市	1990 年春	《钟灵诗词》
乐天诗社	河南洛阳市	1990 年春	《乐天诗刊》
华中科技大学瑜珈诗社	湖北武汉市	1990 年 4 月 24 日	《瑜园诗苑》
河南老年诗词研究会	河南郑州市	1990 年 4 月	《河南老年诗词》
甘肃陇风诗书画社	甘肃兰州市	1990 年 5 月	《陇风》
武汉未名诗社	湖北武汉市	1990 年 5 月	《未名诗寓》《未名诗稿》

续上表

名称	成立地点	成立时间	社刊
济南军休二所老战士诗社	山东济南市	1990 年 5 月 23 日	《诗词专刊》
枞阳诗词学会	安徽枞阳县	1990 年 6 月 12 日	《枞阳诗词》
上海诗词学会华兴诗画研究会	上海市	1990 年夏	《华兴诗词》
沈阳铁路千里诗社	辽宁沈阳市	1990 年 9 月 9 日	《千里诗稿》
泉溪诗社	浙江温岭市	1990 年 9 月 30 日	《泉溪》
晋江市诗词学会	福建晋江市	1990 年 10 月 2 日	《晋江诗词》
青山诗社	黑龙江哈尔滨市	1990 年 10 月	《习诗选》
五邑中华诗词学会	广东江门市	1990 年 11 月 5 日	《五邑诗词》
芮城永乐诗书画学会	山西芮城市	1990 年 12 月	《永乐诗苑》
三门峡诗词学会	河南三门峡市	1991 年 2 月	《砥柱诗词》
萧乡诗社	黑龙江哈尔滨市呼兰区	1991 年 3 月 9 日	《萧乡诗词》
台州市路桥区诗词工作者协会	浙江台州市	1991 年春	《路桥诗词》
汕尾市诗词学会	广东汕尾市	1991 年 6 月 21 日	《汕尾诗词》
浯溪诗社	湖南祁阳市	1992 年 1 月 1 日	《浯溪诗词》
边城诗社	湖南凤凰县	1992 年春	《边城诗词》
宁乡诗词协会	湖南宁乡市	1992 年 5 月 8 日	《宁乡诗词》
泸溪县诗词楹联学会	湖南泸溪县	1992 年 5 月 10 日	《泸溪诗词》
文县阴平诗社	甘肃文县	1992 年 5 月	《阴平诗词》
厦门市诗词学会	福建厦门市	1992 年 5 月	《厦门诗词》
荥阳老年诗社	河南荥阳市	1992 年 6 月 17 日	
郯城诗词学会	山东郯城县	1992 年 6 月	《郯城诗词选》
丰缘诗社	广东丰顺县	1992 年 8 月 30 日	《丰缘诗词》
忻城县诗联学会	广西忻城县	1992 年 9 月 22 日	《屏山吟》
明光市诗词协会	安徽明光市	1992 年 9 月	《灵迹吟草》
临沂市诗词学会	山东临沂市	1992 年	《银雀诗集》

续上表

名称	成立地点	成立时间	社刊
蚌埠市诗词学会[⑤]	安徽蚌埠市	1992 年	《涂山集韵》《珠城诗词选》
南屏诗社	广西马山县	1993 年 1 月 11 日	《南屏风》
信宜中华诗词学会	广东信宜市	1993 年 3 月 14 日	《信宜诗词》
南京诗词学会	江苏南京市	1993 年 5 月	《南京诗词》
东坡诗社	四川眉山市	1993 年 5 月	《远景》
阳信五彩云诗书画社	山东阳信县	1993 年 6 月	《五彩云诗书画报》
永川诗词学会	重庆市永川区	1993 年 10 月	《永川诗讯》《永川诗词》
固镇县诗词楹联学会	安徽固镇县	1993 年 10 月	《固镇诗词》
黔江诗词楹联学会	重庆市黔江区	1993 年 11 月	《武陵诗联》
龙岩市诗词学会	福建龙岩市	1993 年 11 月	《西闽吟草》
桐梓县诗词楹联学会	贵州桐梓县	1993 年 12 月 26 日	《播韵》
濉溪县诗词楹联学会	安徽濉溪县	1993 年	《濉溪诗联》
东方诗词协会	浙江嵊泗县	1993 年	《东方诗词》《东方诗萃》
陕西诗词学会	陕西西安市	1994 年 8 月 9 日	《陕西诗词》
奎屯诗词学会	新疆奎屯市	1994 年 10 月 13 日	《奎老诗词》
磐安诗联学会	浙江磐安县	1994 年 10 月	《文溪诗讯》
澜沧拉祜族自治县老年书画诗词协会	云南澜沧拉祜族自治县	1994 年 12 月	《沧江诗词》
来宾市诗词学会	广西来宾市	1995 年 1 月	《来宾诗词》
蒹葭诗社	江苏建湖县	1995 年 3 月	《蒹诗葭声》
太行诗社	山西长治市	1995 年 4 月 22 日	《三垂冈》
鹉湖诗社	浙江平湖市	1995 年 6 月	《鹉湖诗刊》
岷县诗词学会[⑥]	甘肃岷县	1995 年 8 月 31 日	《岷江诗词》
东安舜峰诗词学会	湖南东安县	1995 年 10 月 3 日	《舜峰诗词》
长垣县诗词楹联学会	河南长垣县	1995 年 11 月 26 日	《古蒲诗词楹联》
龙泉市诗词学会	浙江龙泉市	1995 年	《龙吟诗刊》《读书画苑》

续上表

名称	成立地点	成立时间	社刊
狮山诗社	广西武宣县	1996 年 1 月 16 日	《狮山诗刊》
西江诗社	广东肇庆市	1996 年 4 月	《西江诗词》
溆浦诗词楹联学会	湖南溆浦县	1996 年 5 月 29 日	《溆浦诗联》[7]
儋州市中华诗联学会	海南儋州市	1996 年 6 月	《诗联通讯》《诗联之乡》
狮山诗社	广西武宣县	1996 年 1 月 16 日	《狮山》
南阳诗词学会	河南南阳市	1996 年 3 月 23 日	《南阳诗词》
淮南硖石诗词学会	安徽淮南市	1996 年 4 月	《硖石诗词》
水吉石矶诗词社	福建南平市建阳区	1996 年 4 月	《石矶诗词》
汉中诗词学会	陕西汉中市	1996 年 6 月 30 日	《天汉诗词》
临洮县诗词学会	甘肃临洮县	1996 年 6 月	《临洮诗词》
新郑市轩辕诗社	河南新郑市	1996 年 8 月 6 日	《轩辕诗词》
澄城县诗歌协会	陕西澄城县	1996 年 8 月 23 日	《澄城诗词》
庐江县诗词楹联学会	安徽庐江县	1996 年 9 月	《庐江诗词》
三峡诗社	重庆市万州区	1996 年	《三峡诗词》
垓下诗社	安徽周镇县	1997 年 1 月 1 日	《垓下风》
通辽市诗词学会	内蒙古通辽市	1997 年 3 月 1 日	《通辽诗词》
江陵县老年诗词学会	湖北省江陵县	1997 年 3 月 4 日	《鹤鸣诗词》《江陵诗讯》
广安市诗词学会	四川广安市	1997 年 3 月 21 日	《广安诗词》
阜南县诗词学会	安徽阜南县	1997 年 4 月 1 日	《鸣岐诗坛》
木垒县诗词楹联协会	新疆木垒哈萨克自治县	1997 年 5 月 20 日	《木垒诗联》
陕西广播电视大学中华词学研究室	陕西西安市	1997 年 6 月 8 日	
罗甸县诗词楹联学会	贵州罗甸县	1997 年 6 月 14 日	《罗甸诗联》
木垒县诗词楹联协会一中分会	新疆木垒哈萨克自治县	1997 年 6 月	《新芽》
黔南诗词楹联学会	贵州都匀市	1997 年 6 月	《黔南诗联》

续上表

名称	成立地点	成立时间	社刊
陕西电力诗词学会	陕西西安市	1997 年 9 月	《陕西诗词》
保德诗词楹联学会	山西保德县	1997 年 11 月 22 日	《黄河诗联》
麦积山诗社	甘肃天水市	1997 年 11 月	《麦积诗苑》
铜仁市诗词楹联学会	贵州铜仁市	1997 年 12 月 18 日	《梵净山风韵》
龙标诗社	湖南洪江市	1998 年 2 月 12 日	《龙标诗集》
贵阳市诗词学会	贵州贵阳市	1998 年 3 月	《爱晚诗词》
天等诗社	广西天等县	1998 年 4 月 25 日	《天等诗联》
盐亭县螺祖诗书画院	四川盐亭县	1998 年 5 月	《潺亭》
道真诗词学会	贵州道真仡佬族苗族自治县	1998 年 7 月	《道真诗词》
嫩江石诗社	黑龙江齐齐哈尔市	1998 年 10 月 6 日	《嫩江石韵》
哈密市诗词学会	新疆哈密市	1998 年 10 月 20 日	《哈密诗词》
洛阳诗词研究会	河南洛阳市	1998 年 12 月 26 日	《洛阳诗词》
素客诗社	黑龙江哈尔滨市	1998 年 12 月	《唱玉》
红叶诗社	河北唐山市	1998 年	
郁江诗词文学社	广西贵港市	1999 年 3 月 8 日	《郁江》
澧县青少年诗社	湖南澧县	1999 年 3 月 12 日	《湘澧新声》
炎黄诗词研究会	陕西西安市	1999 年 7 月 1 日	《炎黄诗词》
平利县诗词学会	陕西平利县	1999 年 7 月 10 日	《平利诗词》
衡东县诗联书画协会	湖南衡东县	1999 年 8 月 13 日	《衡东诗词》
北湖诗社⑧	湖南郴州市	1999 年	《郴州诗联》《郴州北湖诗苑》
天津市诗词学会⑨	天津市	2000 年	《天津诗词》

①1983 年改称环江县诗词联学会、1990 年 5 月改为环江毛南族自治县诗词学会
②1987 年后改为甘肃省诗词学会
③山东诗词学会前身
④原名《晴川诗刊》
⑤前身为珠城诗社
⑥后更名《松风清韵》
⑦成立时名为岷县诗词研究会，会刊为《陇岷诗坛》

⑧前身为郴州市诗词楹联学会
⑨前身为天津诗词社、中华诗词学会天津分会

主要参考文献

一、诗文集类

［1］北京第二外国语学院汉语教研室童怀周. 革命诗抄：第一集［M］. 北京：北京第二外国语学院教材科，1977.

［2］北京第二外国语学院汉语教研室童怀周. 革命诗抄：第二集［M］. 北京：北京第二外国语学院教材科，1977.

［3］陈方恪. 陈方恪诗词集［M］. 潘益民，辑注. 南昌：江西人民出版社，2007.

［4］陈匪石. 陈匪石先生遗稿［M］. 刘梦芙，校. 合肥：黄山书社，2012.

［5］陈寂. 枕秋阁诗文集［M］. 陈方，编订，陈永正，刘梦芙，校. 合肥：黄山书社，2010.

［6］陈隆恪. 同照阁诗集［M］. 北京：中华书局，2007.

［8］陈美延，陈流求. 陈寅恪诗集：附唐筼诗存［M］. 北京：清华大学出版社，1993.

［7］陈小翠. 翠楼吟草［M］. 刘梦芙，编校. 合肥：黄山书社，2010.

［9］陈寅恪. 陈寅恪诗集［M］. 北京：生活·读书·新知三联书店，2001.

［10］陈寅恪. 寒柳堂集［M］. 上海：上海古籍出版社，1980.

［11］陈永正. 沚斋诗词钞［M］. 广州：花城出版社，1993.

［12］陈宗枢. 琴雪斋韵语［M］. 手稿复印本. 1986.

［13］董必武. 董必武诗选［M］. 北京：人民文学出版社，1986.

［14］《二十世纪诗词文献汇编》编委会. 二十世纪诗词文献汇编：诗部［M］. 成都：巴蜀书社，2011.

［15］高二适. 高二适诗存［M］. 李静凤，编校. 合肥：黄山书社，2011.

［16］高铦，高锌，谷文娟．高燮集［M］．北京：中国人民大学出版社，1999.

［17］巩绍英．巩绍英诗词选注［M］．沈阳：春风文艺出版社，1993.

［18］关赓麟．稊园诗集［M］．南京：中国仿古印书局，1934（民国二十三年）.

［19］关赓麟．稊园吟集甲稿［M］．线装油印本．1955.

［20］关肇湘，关肇邺，等．南海关颖人先生哀挽录［M］．线装油印本．1962.

［21］光明日报文艺部．《东风》旧体诗词选［M］．北京：光明日报出版社，1985.

［22］郭淑芬，常法韫，沈宁．常任侠文集［M］．合肥：安徽教育出版社，2002.

［23］侯井天．聂绀弩旧体诗全编［M］．太原：山西人民出版社，2009.

［24］胡风．胡风全集［M］．武汉：湖北人民出版社，1999.

［25］胡文辉．陈寅恪诗笺释［M］．广州：广东人民出版社，2008.

［26］胡先骕．忏庵诗选注［M］．张绂，选注．成都：四川大学出版社，2010.

［27］荒芜．麻花堂集［M］．广州：广东人民出版社，1989.

［28］荒芜．纸壁斋集［M］．哈尔滨：黑龙江人民出版社，1981.

［29］黄节．黄节诗集［M］．马以君，编．北京：中国人民大学出版社，1989.

［30］黄稚荃．稚荃三十以前诗［M］．成都：茹古书局，1942（民国三十一年）.

［31］孔凡章．回舟续集［M］．北京：中国文联出版公司，1992.

［32］寇梦碧．夕秀词［M］．合肥：黄山书社，2009.

［33］李锐．龙胆紫集［M］．长沙：湖南人民出版社，1980.

［34］李宣龚．李宣龚诗文集［M］．黄曙辉，点校．上海：华东师范大学出版社，2009.

［35］李遇春．现代中国诗词经典：诗卷［M］．武汉：华中师范大学出版社，2014.

［36］刘凤梧．蕉雨轩诗钞［M］．刘梦芙，编．合肥：黄山书社，2012.

［37］刘永济．诵词帚集；云巢诗存［M］．北京：中华书局，2010.
［38］刘永湘．寸心集；快心居词集［M］．北京：中华诗词出版社，2009.
［39］柳无非，柳无垢．柳亚子诗词选［M］．北京：人民文学出版社，1981.
［40］龙榆生．近三百年名家词选［M］．上海：上海古籍出版社，2012.
［41］卢前．卢前诗词曲选［M］．北京：中华书局，2005.
［42］绿原，牛汉．胡风诗全编［M］．杭州：浙江文艺出版社，1992.
［43］罗孚，等．聂绀弩诗全编［M］．上海：学林出版社，1992.
［44］罗孚，侯井天．聂绀弩诗全编［M］．增补本．朱正，郭隽杰，侯井天，等，笺注．上海：学林出版社，1999.
［45］毛谷风，熊盛元．海岳风华集［M］．修订本．杭州：浙江文艺出版社，1998.
［46］毛谷风．当代八百家诗词选［M］．杭州：浙江大学出版社，1990.
［47］梅冷生．梅冷生集［M］．潘国存，编．上海：上海社会科学院出版社，2006.
［48］梅振才．文革诗词钩沉［M］．香港：明镜出版社，2010.
［49］缪钺．缪钺全集［M］．石家庄：河北教育出版社，2004.
［50］南江涛．清末民国旧体诗词结社文献汇编［M］．北京：国家图书馆出版社，2013.
［51］聂绀弩．散宜生诗［M］．北京：人民文学出版社，1982.
［52］聂绀弩．散宜生诗［M］．增订，注释本．北京：人民文学出版社，1985.
［53］潘伯鹰．玄隐庐诗［M］．刘梦芙，点校．合肥：黄山书社，2009.
［54］七机部五〇二研究所，中国科学院自动化所《革命诗抄》编辑组．革命诗抄［M］．北京：中国青年出版社，1977.
［55］齐白石．齐白石诗集［M］．桂林：广西师范大学出版社，2009.
［56］钱理群，袁本良．二十世纪诗词注评［M］．桂林：广西师范大学出版社，2005.

[57] 钱仲联. 当代学者自选文库：钱仲联卷 [M]. 合肥：安徽教育出版社，1999.

[58] 邵祖平. 培风楼诗 [M]. 杭州：浙江大学出版社，2000.

[59] 沈从文. 沈从文全集：第 15 卷，诗歌 [M]. 张兆和，主编. 太原：北岳文艺出版社，2002.

[60] 沈钧儒. 寥寥集 [M]. 沈叔羊，编. 北京：生活·读书·新知三联书店，1978.

[61] 沈轶刘. 繁霜榭诗词集 [M]. 刘梦芙，编校. 合肥：黄山书社，2009.

[62] 沈祖棻. 涉江诗词集 [M]. 程千帆，笺. 石家庄：河北教育出版社，2000.

[63] 沈祖棻. 微波辞 [M]. 石家庄：河北教育出版社，2000.

[64] 施蛰存. 施蛰存全集 [M]. 上海：华东师范大学出版社，2012.

[65] 唐圭璋. 梦桐词 [M]. 南京：江苏古籍出版社，1987.

[66] 唐弢. 唐弢文集：第九卷，文学评论卷 [M]. 北京：社会科学文献出版社，1995.

[67] 陶世杰. 复丁烬余集 [M]. 杨启宇，刘梦芙，审定. 合肥：黄山书社，2010.

[68] 田汉. 田汉诗选 [M]. 北京：人民文学出版社，1982.

[69] 童怀周. 天安门诗抄 [M]. 北京：人民文学出版社，1978.

[70] 童怀周. 天安门诗抄三百首 [M]. 南宁：广西人民出版社，1979.

[71] 汪辟疆. 汪辟疆文集 [M]. 上海：上海古籍出版社，1988.

[72] 汪东. 梦秋词 [M]. 济南：齐鲁书社，1985.

[73] 王光明. 2004 中国诗歌年选 [M]. 广州：花城出版社，2005.

[74] 王继权，姚国平，徐培均. 郭沫若旧体诗词系年注释 [M]. 哈尔滨：黑龙江人民出版社，1982.

[75] 王统照. 王统照文集 [M]. 济南：山东人民出版社，1984.

[76] 尉素秋. 秋声集 [M]. 台北：帕米尔书店，1967.

[77] 温丹铭. 温丹铭先生诗文集 [M]. 郑焕隆，点校. 香港：天马出版有限公司，2014.

[78] 吴芳吉. 吴芳吉集 [M]. 贺远明，吴汉骧，李坤栋，选编. 成都：巴蜀书社，1994.

[79] 吴世昌. 吴世昌全集 [M]. 吴令华，编. 石家庄：河北教育出版社，2003.

[80] 吴祖光. 枕下诗 [M]. 太原：山西人民出版社，1981.

[81] 武汉出版社. 聂绀弩旧体诗全编 [M]. 武汉：武汉出版社，2005.

[82] 夏承焘. 天风阁诗集 [M]. 吴无闻，注. 杭州：浙江人民出版社，1982.

[83] 夏承焘. 夏承焘词集 [M]. 长沙：湖南人民出版社，1981.

[84] 夏承焘. 夏承焘集 [M]. 杭州：浙江古籍出版社，1997.

[85] 夏征农. 夏征农文集：6，诗歌，词曲 [M]. 上海：上海人民出版社，2006.

[86] 冼玉清. 碧琅玕馆诗钞 [M]. 排印本. 陈永正，编订. 广州：广东人民出版社，2008.

[87] 萧三. 革命烈士诗抄 [M]. 北京：中国青年出版社，2011.

[88] 萧三. 萧三诗选 [M]. 北京：人民文学出版社，1985.

[89] 熊盛元，毛谷风. 海岳风华集 [M]. 杭州：浙江文艺出版社，1996.

[90] 徐文烈. 柳亚子诗选 [M]. 刘斯翰，注. 广州：广东人民出版社，1981.

[91] 徐英，陈家庆. 澄碧草堂集 [M]. 刘梦芙，编校. 合肥：黄山书社，2012.

[92] 徐震堮. 梦松风阁诗文集 [M]. 上海：华东师范大学出版社，1991.

[93] 许宝蘅. 许宝蘅先生文稿 [M]. 北京：中国书籍出版社，1995.

[94] 姚雪垠. 姚雪垠文集 [M]. 北京：人民文学出版社，2011.

[95] 野草诗社. 野草诗词选 [M]. 北京：新华出版社，1987.

[96] 俞平伯. 俞平伯散文选集 [M]. 孙玉蓉，编. 天津：百花文艺出版社，1990.

[97] 俞平伯. 俞平伯诗全编 [M]. 乐齐，孙玉蓉，编. 杭州：浙江文艺版社，1992.

[98] 曾昭燏. 曾昭燏文集 [M]. 南京博物馆，编. 北京：文物出版社，1999.

[99] 詹安泰. 詹安泰全集 [M]. 上海：上海古籍出版社，2011.

[100] 张伯驹. 张伯驹词集 [M]. 北京：中华书局，1985.
[101] 张大千. 张大千诗词集 [M]. 李永翘，编. 广州：花城出版社，1998.
[102] 张大为，胡德熙，胡德焜. 胡先骕文存 [M]. 南昌：江西高校出版社，1995.
[103] 张桂兴. 老舍旧体诗辑注 [M]. 北京：中国国际广播出版社，2000.
[104] 张海鸥. 今风雅：大学生诗词创作大赛获奖作品集（2006—2014）[M]. 郭鹏飞，执行编辑. 广州：中山大学出版社，2014.
[105] 赵朴初. 片石集 [M]. 北京：人民文学出版社，1978.
[106] 浙江化工学院. 诗词选 [M]. 杭州：浙江化工学院，1977.
[107] 中央文史研究馆. 缀英集：中央文史研究馆馆员诗选 [M]. 北京：线装书局，2008.
[108] 周学藩. 周弃子先生集 [M]. 汪茂荣，点校. 合肥：黄山书社，2009.
[109] 周作人. 知堂杂诗抄 [M]. 长沙：岳麓书社，1987.
[110] 朱德，等. 十老诗选 [M]. 北京：中国青年出版社，1979.

二、诗文评类

[1] 陈衍. 石遗室诗话 [M]. 郑朝宗，石文英，校点. 北京：人民文学出版社，2004.
[2] 陈匪石. 宋词举 [M]. 南京：江苏古籍出版社，2002.
[3] 钱仲联. 陈衍诗论合集 [M]. 福州：福建人民出版社，1999.
[4] 周正举，闫钢. 毛泽东诗话 [M]. 成都：成都科技大学出版社，1993.

三、日记、年谱、传记、年鉴、地方志等

[1] 卞僧慧. 陈寅恪先生年谱长编 [M]. 北京：中华书局，2010.
[2] 查国华. 茅盾年谱 [M]. 武汉：长江文艺出版社，1985.
[3] 陈谊. 夏敬观年谱 [M]. 合肥：黄山书社，2007.
[4]《董必武年谱》编辑组. 董必武年谱 [M]. 北京：中央文献出版社，1991.
[5] 傅宏星. 吴宓评传 [M]. 武汉：华中师范大学出版社，2008.
[6] 甘海岚. 老舍年谱 [M]. 北京：书目文献出版社，1989.

［7］耿云志. 胡适年谱［M］. 香港：中华书局香港分局，1986.
［8］龚继民，方仁念. 郭沫若年谱［M］. 天津：天津人民出版社，1992.
［9］广州市地方志编纂委员会. 广州市志 1991—2000［M］. 广州：广州出版社，2010.
［10］胡宗刚. 胡先骕先生年谱长编［M］. 南昌：江西教育出版社，2008.
［11］蒋洪斌. 陈毅传［M］. 上海：上海人民出版社，1992.
［12］李剑亮. 夏承焘年谱［M］. 北京：光明日报出版社，2012.
［13］李文约. 朱庸斋先生年谱［M］. 香港：素茂文化出版有限公司，2012.
［14］刘凤翰. 于右任年谱［M］. 台北：传记文学出版社，1967.
［15］刘梦华，唐振南，闵群芳，等. 熊瑾玎传［M］. 重庆：重庆出版社，1992.
［16］刘树发. 陈毅年谱［M］. 北京：人民出版社，1995.
［17］柳无忌. 柳亚子年谱［M］. 北京：中国社会科学出版社，1983.
［18］冒怀苏. 冒鹤亭先生年谱［M］. 上海：学林出版社，1998.
［19］闵军. 顾随年谱［M］. 北京：中华书局，2006.
［20］潘益民，潘蕤. 陈方恪年谱［M］. 南昌：江西人民出版社，2007.
［21］潘益民. 陈方恪先生编年辑事［M］. 北京：中国工人出版社，2005.
［22］裘柱常. 黄宾虹传记年谱合编［M］. 北京：人民美术出版社，1985.
［23］商金林. 叶圣陶年谱长编［M］. 北京：人民教育出版社，2004.
［24］沈谱，沈人骅. 沈钧儒年谱［M］. 北京：中国文史出版社，1992.
［25］舒位，汪国垣，钱仲联，等. 三百年来诗坛人物评点小传汇录［M］. 程千帆，杨扬，整理. 郑州：中州古籍出版社，1986.
［26］孙永如. 柳诒徵评传［M］. 南昌：百花文艺出版社，1993.
［27］孙玉蓉. 俞平伯年谱［M］. 天津：天津人民出版社，2001.
［28］王景山. 国学家夏仁虎［M］. 杭州：浙江文艺出版社，2009.

[29] 王中秀. 黄宾虹年谱 [M]. 上海：上海书画出版社，2005.

[30] 吴梅. 吴梅全集：日记卷 [M]. 石家庄：河北教育出版社，2002.

[31] 吴宓. 吴宓日记续编 [M]. 吴学昭，整理注释. 北京：生活·读书·新知三联书店，2006.

[32] 吴智龙，钟振振. 词坛耆宿：唐圭璋 [M]. 南京：南京师范大学出版社，2012.

[33] 谢家顺. 张恨水年谱 [M]. 合肥：安徽文艺出版社，2014.

[34] 徐有富. 程千帆沈祖棻年谱长编 [M]. 南京：南京大学出版社，2013.

[35] 许宝蘅. 许宝蘅日记 [M]. 许恪儒，整理. 北京：中华书局，2010.

[36] 张春记. 吴湖帆 [M]. 石家庄：河北教育出版社，2002.

[37] 张桂兴. 老舍年谱 [M]. 上海：上海文艺出版社，1997.

[38] 张宏. 吴宓：理想的使者 [M]. 北京：北京出版社出版集团，2005.

[39] 张晖. 龙榆生先生年谱 [M]. 上海：学林出版社，2001.

[40] 张菊香，张铁荣. 周作人年谱 [M]. 天津：天津人民出版社，2000.

[41] 张向华. 田汉年谱 [M]. 北京：中国戏剧出版社，1992.

[42] 赵宏祥. 王易先生年谱 [M]. 北京：线装书局，2012.

[43] 中共中央文献研究室. 毛泽东年谱 1949—1976：第 1 卷 [M]. 北京：中央文献出版社，2013.

[44] 《中华诗词年鉴》编辑部. 中华诗词年鉴：第二卷 [M]. 北京：中国民间文艺出版社，1989.

[45] 《中华诗词年鉴》编辑部. 中华诗词年鉴：第三卷 [M]. 上海：学林出版社，1992.

[46] 《中华诗词年鉴》编辑部. 中华诗词年鉴：第四卷 [M]. 上海：学林出版社，1994.

[47] 《中华诗词年鉴》编辑部. 中华诗词年鉴：第五卷 [M]. 上海：学林出版社，1996.

[48] 《中华诗词年鉴》编辑部. 中华诗词年鉴：首卷 [M]. 北京：中国民间文艺出版社，1988.

[49] 中央文史研究馆. 中央文史研究馆馆员传略 [M]. 启功，主

编. 北京：中华书局，2001.

［50］邹小站. 章士钊［M］. 北京：团结出版社，2011.

四、文献资料、研究著作类

［1］北京市政协文史资料委员会. 北京文史资料：第58辑［M］. 北京：北京出版社，1998.

［2］陈东林. 毛泽东诗史［M］. 北京：中共中央党校出版社，1997.

［3］陈国安. 南社旧体文学著述叙录初编［M］. 上海：上海古籍出版社，2016.

［4］戴承元. 三沈研究［M］. 西安：西北大学出版社，1997.

［5］范凤书. 中国著名藏书家与藏书楼［M］. 郑州：大象出版社，2013.

［6］公木，吴福林，季晨. 诗人毛泽东：毛泽东诗词·掌故佳话［M］. 珠海：珠海出版社，1999.

［7］巩本栋. 程千帆沈祖棻学记［M］. 贵阳：贵州人民出版社，1997.

［8］顾国华. 文坛杂忆：全编四［M］. 上海：上海书店，2015.

［9］广东省人民政府文史研究馆. 冼玉清研究论文集［M］. 香港：中国评论学术出版社，2007.

［10］海盐县政协文教卫体与文史委员会. 沈祖棻研究文论集：第一辑［M］. 海盐：海盐县政协文教卫体与文史委员会，2009.

［11］杭州市政协文史委员会. 之江大学的神仙眷侣：蒋礼鸿与盛静霞［M］. 杭州：杭州出版社，2012.

［12］洪子诚. 1956：百花时代［M］. 济南：山东教育出版社，1998.

［13］洪子诚. 中国当代文学史［M］. 北京：北京大学出版社，2015.

［14］胡宗刚. 不该遗忘的胡先骕［M］. 武汉：长江文艺出版社，2005.

［15］霍松林. 中国当代诗词艺术家大词典：附卷，诗词界［M］. 牛书友，执行主编. 郑州：中州古籍出版社，2001.

［16］蒋天枢. 陈寅恪先生编年事辑［M］. 上海：上海古籍出版社，1981.

［17］梁山丁. 萧军纪念集［M］. 沈阳：春风文艺出版社，1990.

［18］辽宁大学中文系．中国当代文学研究资料《天安门诗抄》专集［M］．沈阳：辽宁大学中文系，1979.

［19］刘梦芙．近百年名家旧体诗词及其流变研究［M］．北京：学苑出版社，2013.

［20］龙榆生．龙榆生词学论文集［M］．上海：上海古籍出版社，1997.

［21］马一浮．马一浮学术文化随笔［M］．马镜泉，编．北京：中国青年出版社，1990.

［22］欧初．我亲见的名人与逸事［M］．广州：广东人民出版社，2008.

［23］钱仲联．梦苕庵清代文学论集［M］．济南：齐鲁书社，1983.

［24］沙地．萨氏诗词格律 ABCD［M］．北京：知识出版社，1990.

［25］沈卫威．民国大学的文脉［M］．北京：人民文学出版社，2014.

［26］天津市文史研究馆．沽上艺文［M］．上海：上海书店出版社，1993.

［27］田蕙兰，马光裕，陈珂玉．钱钟书杨绛研究资料集［M］．武汉：华中师范大学出版社，1997.

［28］汪辟疆．汪辟疆诗学论集［M］．张亚权，编撰．南京：南京大学出版社，2011.

［29］汪东．寄庵随笔［M］．上海：上海书店，1987.

［30］王德芬．我和萧军五十年［M］．北京：中国工人出版社，2008.

［31］王家声．文人谈片［M］．北京：世界知识出版社，2014.

［32］王力．诗词格律概要［M］．北京：北京出版社，1979.

［33］王强．近代同学录汇编［M］．南京：凤凰出版社，2013.

［34］王卫民．吴梅和他的世界［M］．石家庄：河北教育出版社，2002.

［35］魏新河．词林趣话［M］．合肥：黄山书社，2009.

［36］吴海发．二十世纪中国诗词史稿［M］．郑州：中州古籍出版社，2004.

［37］夏泉，董锦．马万祺研究资料汇编［M］．广州：暨南大学出版社，2013.

［38］项城市政协．张伯驹先生追思集［M］．北京：紫荆城出版社，

2011.

［39］辛德勇. 读书与藏书之间［M］. 北京：中华书局，2005.

［40］杨健. 1966—1976 的地下文学［M］. 北京：中共党史出版社，2013.

［41］叶嘉莹. 我的诗词道路［M］. 石家庄：河北教育出版社，1997.

［42］尹奇岭. 民国南京旧体诗人雅集与结社研究［M］. 北京：中国社会科学出版社，2011.

［43］於可训，李遇春. 中国文学编年史：当代卷［M］. 长沙：湖南人民出版社，2006.

［44］臧克家. 毛泽东诗词鉴赏［M］. 石家庄：河北人民出版社，1996.

［45］臧克家. 忆向阳［M］. 北京：北京人民出版社，1978.

［46］张伯驹. 春游社琐谈；素月楼联语［M］. 北京：北京出版社，1998.

［47］张留芳. 治校、治教、治学：南京师范大学办学理念寻踪［M］. 南京：南京师范大学出版社，2003.

［48］张宪文，方庆秋，等. 中华民国史大辞典［M］. 南京：江苏古籍出版社，2001.

［49］浙江省诗词学会. 浙江省诗词学会成立大会纪念专辑［M］. 杭州：浙江省诗词学会，1988

［50］郑逸梅. 南社丛谈：历史与人物［M］. 北京：中华书局，2006.

［51］政协广东省委员会办公厅，广东省政协文化和文史资料委员会. 广东文史资料精编：下编第 5 卷，广东人物篇下［M］. 北京：中国文史出版社，2008.

［52］中共中央文献研究室. 毛泽东书信选集［M］. 北京：中央文献出版社，2003.

［53］中华书局上海编辑所. 诗韵新编［M］. 上海：上海古籍出版社，1965.

［54］中央文献资料室. 毛泽东书信选集［M］. 北京：人民文学出版社，1984.

［55］朱文华. 风骚余韵论：中国现代文学背景下的旧体诗［M］. 上海：复旦大学出版社，1998.

五、论文类

［1］陈福季. 郭沫若与毛泽东诗词［J］. 郭沫若学刊，2005（2）.

［2］陈国恩. 再谈现代旧体诗词慎入现代文学史的问题：兼答王国钦先生［J］. 中国韵文学刊，2011（2）.

［3］陈友康. 二十世纪中国旧体诗词的合法性和现代性［J］. 中国社会科学，2005（6）.

［4］陈友康. 旧体诗词和现代社会相适应的成功探索：论厉以宁的旧体诗词［J］. 云南师范大学学报：哲学社会科学版，2006（3）.

［5］陈友康. 论20世纪学者诗词［J］. 云南社会科学，2003（3）.

［6］陈友康. 周策纵的旧体诗论和诗作［J］. 楚雄师范学院学报，2008（7）.

［7］陈正卿. 新中国上海第一个传统诗社［J］. 世纪，2008（3）.

［8］邓小军. 现代诗词三大家：马一浮、陈寅恪、沈祖棻［J］. 中国文化，2008（1）.

［9］丁芒. 从当年诗歌总体论旧体诗词的社会价值［J］. 浙江学刊，1987（2）.

［10］杜翠云. 稊园社发展史论［D］. 苏州：苏州大学，2015.

［11］胡守仁. 从中国诗的历史看旧体诗的发展前途［J］. 江西师范大学学报，1987（4）.

［12］胡迎建. 当代诗词社团及其作者状态评述［J］. 新文学评论，2014（1）.

［13］黄修己. 21世纪的中国现代文学史［J］. 广东社会科学，1999（5）.

［14］计小为. 评舒群的《毛泽东故事》［J］. 文艺理论过与批评，1990（3）.

［15］李瑞河，陈建福. 网络诗词简论［J］. 东华理工大学学报：社会科学版，2010（4）.

［16］李怡，吴晓东. 十五年来中国现代诗歌研究之断想［J］. 中国现代文学丛刊，1995（10）.

［17］李遇春. 20世纪旧体诗词研究亟需实证精神［J］. 中国韵文学刊，2011（3）.

［18］李仲凡. 古典诗艺在当代的新声：新文学作家建国后旧体诗写作研究［D］. 兰州：兰州大学，2009.

［19］李仲凡. 新文学家旧体诗的文学史意义［J］. 社会科学家，2010（1）.

［20］李仲凡. 新文学家旧体诗写作中的矛盾心态［J］. 文艺理论与批评，2008（6）.

［21］刘梦芙. 名山事业，国学光辉：钱仲联大师的学术与创作成就［J］. 合肥学院学报：社会科学版，2005（1）.

［22］刘梦芙. 千秋光焰照诗坛：国学大师钱仲联先生的治学与创作［J］. 博览群书，2004（3）.

［23］刘梦芙. 浅谈夏承焘先生山水词［J］. 合肥学院学报：社会科学版，2004（1）.

［24］刘梦芙. 20世纪诗词理当写入文学史：兼驳王泽龙先生"旧体诗词不宜入史"论［J］. 学术界，2009（2）.

［25］刘梦芙. 夏承焘《天风阁词》综论［J］. 中国韵文学刊，2012（4）.

［26］刘士林. 20世纪中国学人之诗研究［D］. 南京：南京师范大学，2009.

［27］刘志华. 吴宓的"土改诗案"［J］. 重庆与世界：学术版，2014（10）.

［28］吕家乡. 新诗的酝酿、诞生和成就：兼论近人旧体诗不宜纳入现代诗歌史［J］. 齐鲁学刊，2008（2）.

［29］吕家乡. 再论近人旧体诗不宜纳入现代诗歌史：以聂绀弩的旧体诗为例［J］. 齐鲁学刊，2009（5）.

［30］罗孚. 当代旧体诗和文学史［J］. 明报月刊，1998（9）.

［31］马大勇. 近百年词社考论［J］. 文艺争鸣，2012（5）.

［32］马大勇. 论现代旧体诗词不可不入史：与王泽龙先生商榷［J］. 文艺争鸣，2008（1）.

［33］马兴荣. 丁宁年谱［J］. 词学，2012（2）.

［34］毛大风. 现代旧体诗的历史地位［J］. 群言，1987（4）.

［35］彭玉平. 现代文学中的古典情怀：詹安泰旧体诗词初探［J］. 湖南社会科学，2005（1）.

［36］唐吟方. 陈声聪与"茂南小沙龙"［J］. 收藏·拍卖，2008（7）.

［37］汪东. 国难教育声中发挥词学的新标准［J］. 文艺月刊，1936，9（1）.

[38] 王富仁. 当前中国现代文学研究中的若干问题 [J]. 中国现代文学研究丛刊，1996 (2).

[39] 王国钦. 试论“诗词入史”及新旧诗的和谐发展：兼与唐弢、钱理群、王富仁、王泽龙、陈国恩教授商榷 [J]. 中国韵文学刊，2010 (3).

[40] 王建平. 文学史不该缺漏的一章：论 20 世纪旧体诗词创作的历史地位 [J]. 广西师范大学学报，1997 (3).

[41] 王艳萍. 新文学家作家的旧体诗词书写与文化心理研究 [D]. 南京：南京师范大学，2012.

[42] 王泽龙. 关于现代旧体诗词的入史问题 [J]. 文学评论，2007 (2).

[43] 尉素秋. 词林旧侣 [J]. 中国国学，1984 (11).

[44] 吴晓东. 建立多元化的文学史观 [J]. 中国现代文学丛刊，1996 (1).

[45] 谢草. 四十年代天津梦碧词社 [J]. 天津文史丛刊，1987 (8).

[46] 徐改. 齐白石年表 [J]. 中国书画家，2014 (2).

[47] 徐晋如. 国诗刍议 [J]. 社会科学论坛，2010 (15).

[48] 薛玉坤. 王旭初（东）先生年谱稿 [M]. //马兴荣，邓乔彬. 词学：第 29 辑. 上海：华东师范大学出版社，2013.

[49] 杨景龙. 试论古典诗歌对 20 世纪新诗的负面影响 [J]. 文学评论，2007 (5).

[50] 杨开显. 论今日旧体诗形式的改革 [J]. 重庆大学学报：社会科学版，2003 (4).

[51] 杨子怡. 古今诗坛“老干体”之漫论 [J]. 惠州学院学报，2013 (2).

[52] 姚奠中. 有韵为诗，格律难废 [J]. 中山大学学报：社会科学版，2007 (1).

[53] 叶嘉莹. 从李清照到沈祖棻：谈女性词作之美特指的演进 [J]. 文学遗产，2004 (5).

[54] 叶淑穗. 周作人二三事 [J]. 鲁迅研究动态，1988 (2).

[55] 臧克家. 诗歌格律问题的讨论 [J]. 文学评论，1959 (5).

[56] 曾艳. 一人两面：现代新文学家的新诗、旧体诗比较 [J]. 新文学评论，2013 (2).

［57］张海鸥．论陈永正的旧体诗词［J］．学术研究，2005（8）．
［58］张海鸥．试论沚斋诗词［J］．中国诗歌研究，2008．
［59］张炯．毛泽东与新中国诗歌［J］．当代作家评论，1993（6）．
［60］张一南．当代旧体诗词三体并峙结构的初步形成［J］．华南师范大学学报（社会科学版），2015（1）．

六、报纸杂志类

《文汇报》《人民政协报》《诗刊》《大众诗歌》《人民日报》《光明日报》《新华日报》《解放日报》《解放军报》《星星》《正声诗刊四种》《湖湘诗萃》《中华诗词》《甘肃诗词》《东坡赤壁诗词》《江海诗词》《中华诗词年鉴》《江海诗词》《上海诗讯》《湖南诗词》《上海诗讯》《当代诗词》

后　记

2014年，我加入导师张海鸥教授主持的国家社会科学基金项目“二十世纪旧体诗词大事编年”（14BZW094）课题组，承担“1949—1999年旧体诗词大事编年”部分的编写工作，也以此为基础撰写了博士论文。2019年，“二十世纪旧体诗词大事编年”入选“广东省社会科学成果文库”，拙作有幸得以借此机会出版。

本书属于资料类的工具书，在编写编年的时候，如何择选“大事”是比较棘手的，1949—1999年的诗词距今较近，作品尚未经过历史的沉淀和筛选，故而对何为“重要”的选择是仁者见仁、智者见智的。50年间，诗词流派、社团、作者、作品不可胜计，倘欲尽数搜罗，力所未逮。面对浩如烟海的材料，我再三斟酌，勉力而行，汇成此编，聊供学界参考。本书同时附录了五篇论文，从学术史、诗词社团、诗词刊物等角度对1949—1999年旧体诗词的发展情况展开研究，作为大事编年的补充。

感谢导师张海鸥教授为本书付出的心血，也是他引领我走入“二十世纪诗词学”这个广阔无垠、异彩纷呈的新领域。感谢曾为本书的撰写提出意见与建议的吴承学教授、彭玉平教授、许云和教授、孙立教授、何诗海教授、刘湘兰教授、李遇春教授、马大勇教授、张奕琳副教授等。感谢中山大学出版社金继伟老师对本书出版所付出的辛勤劳动。也感谢我的家人，他们数年来支持我的事业，令我能在浮世的尘嚣中坚守本心，安享研究的乐趣。

祈望本书能抛砖引玉，令更多的学者关注与参与20世纪旧体诗词的研究。

因时间和水平所限，书中若有遗漏和差错，敬希专家赐教，并祈请广大读者包容谅解，提出宝贵意见。

彭敏哲于青岛浮山
2021年6月

国家社会科学基金项目“二十世纪旧体诗词大事编年”结项成果

二十世纪旧体诗词大事编年

（上册）

1912—1949

ERSHI SHIJI JIUTI SHICI DASHI BIANNIAN

张海鸥◎主编　张　宁◎著

·广州·

图书在版编目（CIP）数据

二十世纪旧体诗词大事编年. 上册，1912—1949/张海鸥主编；张宁著. —广州：中山大学出版社，2022.12
（广东哲学社会科学成果文库）
ISBN 978-7-306-07509-3

Ⅰ.①二…　Ⅱ.①张… ②张…　Ⅲ.①古典诗歌—诗歌史—编年史—中国—1912-1949　Ⅳ.①I207.209

中国版本图书馆 CIP 数据核字（2022）第 069608 号

ERSHI SHIJI JIUTI SHICI DASHI BIANNIAN，SHANGCE，1912—1949

出 版 人：王天琪
策划编辑：金继伟
责任编辑：叶　枫　金继伟
封面设计：曾　斌
责任校对：李昭莹
责任技编：靳晓虹
出版发行：中山大学出版社
电　　话：编辑部 020-84110283，84113349，84111997，84110779，84110776
　　　　　发行部 020-84111998，84111981，84111160
地　　址：广州市新港西路 135 号
邮　　编：510275　　传　　真：020-84036565
网　　址：http：//www.zsup.com.cn　E-mail：zdcbs@mail.sysu.edu.cn
印 刷 者：佛山市浩文彩色印刷有限公司
规　　格：787mm×1092mm　1/16
总 印 张：45（上册 28.5 印张，下册 16.5 印张）
总 字 数：803 千字（上册 508 千字，下册 295 千字）
版次印次：2022 年 12 月第 1 版　2022 年 12 月第 1 次印刷
定　　价：128.00 元（全二册）

前　言

20世纪中国的文化变革空前复杂激烈，旧体诗词在新文化运动的冲击下经历了生死存亡的考验，但依然顽强存续着。

20世纪旧体诗词的体量巨大，内涵十分丰富。历数千年演进而定型的经典诗词文体，并未如五四运动前后一些预言那样"死亡"或"退出历史舞台"。相反，经典诗词文体在20世纪的诗性言说中依然活跃，具有很好的艺术表现力，显示出历久弥新的生命活力。

这一现象表明，中华文化的诗性言说方式，并不是此长彼消、以新代旧，而是在传统赓续中不断丰富增益。具体说来，受西方文化影响，以翻译为媒介启发形成的自由体诗歌（新诗），只是汉语诗歌文体在"白话文"时代增加的一个新品种，百年来一直在探索中发育，尚未形成经典体式，它不是汉语诗歌文体的主要形态，更不是唯一形态。汉语诗歌早已定型的格律诗词体式（含古体和近体），经典化程度较高，生命力强大，可至久远。

但由于"新文化"的"强势"，学术研究对旧体诗词的关注长期滞后并且非常薄弱，与旧体诗词的实际存在极不相称。

20世纪20年代至40年代，旧体诗词研究处于萌芽阶段，相关讨论多带有"描述""感悟"色彩。陈子展《中国近代文学之变迁》（1929）曾论及王闿运、陈衍、陈三立、郑孝胥、樊增祥、易顺鼎等旧体诗人，说他们"在诗国里辛辛苦苦的工作，不过为旧诗姑且作一个结束"。钱基博的《现代中国文学史》（1933）对中晚唐诗派、宋诗派的群体构成和艺术特色以及朱祖谋、况周颐的词学渊源、生平经历和词风有少许评述。

20世纪50年代至70年代，旧体诗词研究"被置于文学史叙述视野之外"（钱理群语），基本空白。

20世纪80年代出现了"重写文学史"的讨论。姚雪垠认为柳亚子、苏曼殊、郁达夫、吴芳吉、于右任等人的旧体诗应该纳入现代文学史的范畴。唐弢明确表示反对。1987年毛大风相继发表《旧体诗六十年概述》和《现代旧体诗的历史地位》。

20 世纪 90 年代后期，王建平发表《文学史不该缺漏的一章——论 20 世纪旧体诗词创作的历史地位》[载《广西大学学报》（哲学社会科学版）1997 年第 3 期]。王富仁表达了不同意见："在现当代，仍然有很多旧体诗词的创作，作为个人的研究活动，把它作为研究对象本无不可，但我不同意把它们写入中国现代文学史，不同意给它们与现代白话文学同等的文学地位。这里有一种文化压迫的意味，但这种压迫是中国新文学为自己的发展所不能不采取的文化战略。"①

21 世纪以来，旧体诗词"应否入史"之争再度激化。王泽龙等人发表文章主张现代旧体诗歌不宜入史，主要关键词是"现代文学性""文学经典化""语体形式""文化压迫和学术压迫""不宜""死亡之旅""替代"等。这引起了陈友康、刘梦芙、马大勇、王国钦等学者撰文反驳，后者认为旧体诗词理应入史，"该不该入史"是个伪问题，无须讨论。

这个问题的确无须讨论。而无论讨论与否，学者们对现代旧体诗词的实际研究和专史准备工作正在展开。

目前，经整理点校先后出版的现代旧体诗词别集、选集和作家谱传之著已有百余种；一批历史文献资料亦已影印出版，如《民国诗集丛刊第一编》（台中文听阁图书公司 2009 年版）、《清末民国旧体诗词结社文献汇编》（国家图书馆出版社 2013 年版）、《民国旧体诗词期刊三种》（国家图书馆出版社 2013 年版）、《清末民国旧体诗词结社文献续编》（国家图书馆出版社 2015 年版）等。

作家个案研究日益增多。20 世纪很长一段时间内，旧体诗词中被关注较多的是政治家、新文学作家的诗词，如毛泽东、瞿秋白、陈独秀、鲁迅、郁达夫、郭沫若等，以及学人之诗词，如陈三立、易顺鼎、王国维等。群体流派研究则主要集中于南社研究、同光体研究。近年还出现了地域诗词研究，如章文钦《澳门诗词笺注（民国卷）》（珠海出版社 2002 年版），胡晓明、李瑞明《近代上海诗学系年初编》（上海教育出版社 2003 年版），杨柏岭《近代上海词学系年初编》（上海教育出版社 2003 年版），郑家治《二十世纪巴蜀革命将帅诗词研究》（巴蜀书社 2006 年版），萧晓阳《湖湘诗派研究》（人民文学出版社 2008 年版），尹奇岭《民国南京旧体诗人雅集与结社研究》（中国社会科学出版社 2011 年版），孙海洋《湖南近代文学家族研究》（湖南大学出版社 2011 年版），袁志成《晚清民国福建词学研究》（福建人民出版社 2013 年版），袁志成、曾娟《晚清民国

---

① 王富仁：《当前中国现代文学研究中的若干问题》，载《中国现代文学研究丛刊》1996 年第 2 期。

湖湘词坛研究》（湖南师范大学出版社 2014 年版），等等。

诗词史建构的准备工作也出现了一些成果，比如王小舒等《中国现当代传统诗词研究》（山东大学出版社 1997 年版）、朱文华《风骚余韵论——中国现代文学背景下的旧体诗》（复旦大学出版社 1998 年版）、吴海发《二十世纪中国诗词史稿》（中国文史出版社 2004 年版）、胡迎建《民国旧体诗史稿》（江西人民出版社 2005 年版）、施议对《百年词学通论》（载《文学评论》2009 年第 2 期）、刘梦芙《近百年名家旧体诗词及其流变研究》（学苑出版社 2013 年版）、马大勇《晚清民国词史稿》（华中师范大学出版社 2016 年版）、潘静如《民国诗学》（北京联合出版公司 2017 年版）、赵郁飞《晚清民国女性词史稿》（时代文艺出版社 2019 年版），等等。

中国内地已经习惯区分现代文学和当代文学。当代即 1949 年以后。由于历史距离太近，敏感区域过多，所以学者们轻易不愿研究当代文学。但少数学者的旧体诗词还是进入了研究视野，比如黄阿莎《沈祖棻词作与词学研究》（华中师范大学出版社 2016 年版），彭玉平《现代文学中的古典情怀——詹安泰旧体诗词初探》（载《湖南社会科学》2005 年第 1 期），邓小军《现代诗词三大家：马一浮、陈寅恪、沈祖棻》（载《中国文化》2008 年第 1 期），张海鸥《论陈永正的旧体诗词》（载《学术研究》2005 年第 8 期），刘梦芙《千秋光焰照诗坛——国学大师钱仲联先生的治学与创作》（载《博览群书》2004 年第 3 期）、《浅谈夏承焘先生山水词》[载《合肥学院学报》（社会科学版）2004 年第 1 期]、《夏承焘〈天风阁词〉综论》（载《中国韵文学刊》2012 年第 4 期），陈友康《周策纵的旧体诗论和诗作——并回应现代诗词的价值和入史问题》（载《楚雄师范学院学报》2008 年第 7 期）、《旧体诗词和现代社会相适应的成功探索——论厉以宁的旧体诗词》[载《云南师范大学学报》（哲学社会科学版）2006 年第 3 期]，张一南《析诗法以入小词——夏承焘小令的声情艺术》（载《词学》2016 年第 1 期），彭敏哲《黄咏雩〈天蠁词〉创作简论》[载《南华大学学报》（社会科学版）2014 年第 2 期]，曾春红《胡先骕诗词研究述评》（载《广东广播电视大学学报》2007 年第 6 期），等等。此外，李遇春对新文学名家的旧体诗词进行了系列探索，先后发表了关于胡风、何其芳、茅盾、姚雪垠、郭沫若、老舍、田汉、吴祖光等人的旧体诗词的论文。

还有对旧体诗词群体和社团的研究，如张海鸥《当代格律诗词四类诗群概观》（载《学术研究》2015 年第 7 期）、张一南《当代旧体诗词三体并峙结构的初步形成》［载《华南师范大学学报》（社会科学版）2015年第1期］、陈友康《论20世纪学者诗词》（载《云南社会科学》2003年第3期）、刘士林《20世纪中国学人之诗研究》（2002年南京师范大学博士学位论文）、李仲凡《古典诗艺在当代的新声——新文学作家建国后旧体诗写作研究》（2009年兰州大学博士学位论文）、王艳萍《新文学作家的旧体诗词书写与文化心理研究》（2012年南京师范大学硕士学位论文）、曾艳《一人两面：现代新文学家的新诗、旧体诗比较》（载《新文学评论》2013年第2期）、杨子怡《古今诗坛"老干体"之漫论》［载《惠州学院学报》（社会科学版）2013年第2期］、胡迎建《当代诗词社团及其作者状态评述》（载《新文学评论》2014年第1期）、马大勇《近百年词社考论》（载《文艺争鸣》2012年第5期），以及彭敏哲《梯园诗群及其诗歌活动考论》［载《暨南学报》（哲学社会科学版）2017年第12期］、《传统诗社的现代转型——以乐天诗社为中心》（载《武陵学刊》2018年第3期）、《梅社女性诗群的形成与承续》［载《中南大学学报》（社会科学版）2017年第5期］，等等。

对旧体诗词之地域研究和学术史研究也有成果，如刘梦芙《安徽近百年诗词综述》（载《合肥教育学院学报》2003年第1期）、孙爱霞《谈建国后天津旧体诗词创作》（载《理论与现代化》2009年第3期）、黄坤尧《香港诗词百年风貌》［载《中山大学学报》（社会科学版）2007年第1期］、徐晋如《20世纪诗词研究的几个问题》［载《中山大学学报》（社会科学版）2007年第1期］、马大勇《20世纪旧体诗词研究的回望与前瞻》（载《文学评论》2011年第6期），等等。

国家也加强了这一学科领域研究的立项资助力度。据笔者统计，国家社科基金和教育部既往立项资助重大课题3项，分别是曹辛华"民国词集编年叙录与提要"、孙之梅"南社文献集成与研究"、李遇春"多卷本《中国现当代旧体诗词编年史》编纂与研究"；重点、普通课题35项，如钟振振"民国诗话词话整理研究"（重点项目）、胡迎建"民国时期的旧体诗歌研究"、刘梦芙"近百年名家旧体诗词及其流变研究"和"近百年学人诗词及其诗论词论研究"、李遇春"民国旧体诗词编年史稿"和"新中国旧体诗词编年史稿"、马大勇"百年词史研"、曹辛华"民国词史"、张海鸥"二十世纪旧体诗词大事编年"、誉高槐"民国时期旧体诗别集叙录与研究"、张奕琳"日本近现代汉诗学文献整理及研究"、彭敏哲"民国大学旧体诗词结社研究"、杜运威"抗战时期词坛研究"和"抗战时期旧体诗词研究"，等等。

综上可见，现当代旧体诗词研究在近20年间取得了显著成果，一个新的学科领域正在形成。

“二十世纪旧体诗词大事编年”（以下简称“大事编年”）从立项到结项历时5年，结项评级为“优秀”。在此基础上申报“广东省哲学社会科学成果文库”，幸获批准。本成果主要有如下学术价值和意义。

首先，本成果为百年旧体诗词史研究提供了一个信息量巨大、信息源可靠的信息资源库。“大事”的概念具有历史裁选意义。任何历史进入人类文化记忆，都须经历这样的裁别取舍。本成果对大事的表述将对后续的旧体诗词研究产生影响，很可能被后世之史家采信。

其次，本成果对学科建设有重要意义。其前期基础是尽可能全面收集文献，对诗词界人物活动、作品刊发、社团活动、历史事件钩沉索引。这就为其他相关研究提供了一些尽可能简明扼要的历史端绪，其持续成果直接关系到现当代诗词史长编、诗词编年史、诗史、词史、诗词批评史的编写。

这一成果最可能直接推动“二十世纪旧体诗词纪事本末”工程的开启。我们一直在做这方面的准备。“纪事本末”便于读者迅速了解重大诗词事件的始末原委，有助于后续各种文学史的研究和撰著。纪事本末关注的重点是事件的完整性，正好可以弥补《大事编年》以时系事的分解，将时间线上的散点集中为完整叙事。在传统史学中，编年体和纪事本末体正是互参互补的体用模式。

现在呈现给读者的《大事编年》，已经借鉴了中国古代史学“纪事本末”的理念，比如当一位作家首次呈现或唯一呈现时，即对其生平信息做尽可能全面而又简要的交代。这是本成果的一个具有首创性的特别方式。对于一个诗词事件，如果历时较长，也尽可能在其若干个时间呈现中，选择在最主要的核心时间点上集中呈现其“本末”梗概。

本成果的原创程度较高，文献资料的采集力求接近原始文献原初信息，凡入此编者，尽可能注明文献出处。本成果所涉及的文献有：民国报纸杂志百余种，日记、年谱、传记数百种，诗文集数百种，研究论著数百种。

本成果在浩如烟海的文献中裁选取舍，难度较大。尤其是20世纪后二三十年的文献太多，信息量巨大，如何淘汰低劣、择取精华是个特别考验人的问题。我们力求全方位审视百年间诗词界的所有事件，包括诗词作家的生平活动与行迹、诗词创作与评论、诗词集编纂与出版、诗词团体及流派的活动、文学刊物的创办以及与诗词的发展密切相关的重大政治、军事、文化事件，从中挑选出比较重要的人和事，并尽可能简明扼要地表述出来。对人与事的取舍依据是多元综合的，首先是已有之论，比如前辈学者诗家所作的各种“点将录”，又如各种研究著作、论文对人物事件的涉及和评论，当然更多的是本课题组对大量文献资料的阅读和比较辨别。

本成果的民国时期（1912—1949）部分由张宁博士独立完成。他博士毕业后执教于湖南城市学院，已经晋升副教授了。新中国50年（1949—1999）部分由彭敏哲博士独立完成。她博士毕业后任中山大学专职副研究员，继而以副教授身份入职中国海洋大学。因此，本成果分为两册出版，每册都包括三部分：大事编年、大事概述、附录（包括相关研究文章、资料）。

其实本课题还应该包括20世纪初，即晚清（1900—1911）部分的“诗词大事编年”。这部分已经由彭敏哲完成草稿，但敏哲觉得书稿还不够成熟，因此就暂不出版。这当然是暂时的遗憾，尤其对广东哲学社会科学成果文库批准立项方面而言是不够完整的。但敏哲对学术负责的心意也是对的。相信她很快就会将这部分充实起来，做到精细可靠后再呈现给学界。

现代旧体文学史研究刚刚开始，学科正在形成。本成果是学科起步阶段的一种初创研究，必多缺失，必多可商。深祈同行方家批评指正！

课题组谨志

于2021年夏月

目　录

上　编

1912—1949 年旧体诗词大事编年

凡　例

1. 本书主要记述1912年1月1日至1949年10月1日间中国旧体诗人的生平活动与行迹、诗词创作与评论、作品集编纂与出版、诗词社团及流派的活动以及与旧体诗词发展密切相关的重大政治、军事、文化事件。

2. 采用公历纪年月日。

3. 文学史事按照时间顺序编次。年、月、日详细者编入相应条目下。日不详者编入当月，月不详者系于当年。仅知季度者，春季系于三月后，夏季系于六月后，秋季系于九月后，冬季系于十二月后。

4. 在作家、作品、事件的取舍问题上，依据其在民国诗坛的地位和影响进行筛选。

5. 本书中引用的诗词，一般仅列出标题。但如果作品具有特殊意义或有一定的写作背景，则引用全文，以完整展示其创作面貌。

6. 关于材料来源，首先尽可能使用原始材料，充分利用民国时期的各类文献。同时，也注意吸收、利用学界的最新成果。

民国元年　1912 年　壬子

1 月

1 日，中华民国临时政府在南京成立。高旭有《次韵，和剑华元旦诗》："万树梅花花底眠，依然歌哭恨绵绵。痴儿偏说该欢舞，南北方当统一年。"[①] 吴梅《元旦书怀》云："献岁东君又履端，乍经兵燹幸平安。列朝功罪谈何易，来日阴晴事大难。未熟黄粱容说梦，不惭青史勉加餐。书生本乏匡时略，敢向新廷乞一官？"[②] 吕碧城作《民国建元喜赋一律和寒云由青岛见寄原韵》："莫问他乡与故乡，逢春佳兴总悠扬。金瓯永奠开元府，沧海横飞破大荒。雨足万花争蓓蕾，烟消一鹗自回翔。新诗满载东溟去，指点云帆尚在望。"[③]

对于中华民国取代清王朝，诗词界并不都是欣喜庆祝的声音。比如"同光体"的代表人物之一郑孝胥，就满怀怨恨和无奈。他在除夕日记中写道："北为乱臣，南为贼子，天下安得不亡。"[④] 他也认为清朝的灭亡是咎由自取："干名犯义，丧心昧良，此乃豺狼狗彘之种族耳，何足以列于世界之人类乎！孟子曰：'上无礼，下无学，贼民兴。'今日之谓也。……夜，闻爆竹声甚繁，于是乎大清二百六十八年至此夕而毕。"[⑤] 但他绝非赞成革命、拥护共和之人，数年后曾于日记中写道："余与民国乃敌国也。"[⑥]

2 月

25 日，丘逢甲卒，享年 49 岁。丘逢甲（1864—1912），字仙根，号蛰仙，晚号仓海君，又号南武山人，台湾彰化人，有《岭云海日楼诗稿》等。生平事迹载于丘瑞甲《先兄仓海行状》、罗香林《丘逢甲传》等。丘

① 高旭：《高旭集》，郭长海、金菊贞编，社会科学文献出版社 2003 年版，第 164 页。
② 吴梅：《吴梅全集　作品卷》河北教育出版社 2002 年版，第 18 页。
③ 吕碧城：《吕碧城诗文笺注》李保民笺注，上海古籍出版社 2007 年版，第 23 页。
④ 郑孝胥：《郑孝胥日记》第 3 册，劳祖德整理，中华书局 1993 年版，第 1396 页。
⑤ 郑孝胥：《郑孝胥日记》第 3 册，劳祖德整理，中华书局 1993 年版，第 1399 页。
⑥ 郑孝胥：《郑孝胥日记》第 3 册，劳祖德整理，中华书局 1993 年版，第 1705 页。

复《仓海先生墓志铭》云："仓海君，丘姓。先世由上杭迁镇平，逮君曾祖始迁台湾。……君本勇于任事，旧籍又隶闽，故不嫌越俎如是。至潮，始接参议院议员之电，而君已病矣。京粤函电交驰，且以粤督相推举。时病益剧，君尝言：愿居监督政府地位，即不病亦不任受也。返山居半月，新纪元二月二十五日子时，卒于员山里第，享年四十有九。……君之诗文，久雄视海内。然君雅不欲以诗文人传，故所为文皆不缮稿。诗则旧岁始辑内渡后所作，编为《岭云海日楼诗稿》。而《庚戌罗浮游草》，则已付印单行矣。"① 钱仲联《梦苕庵诗话》谓："所著有《岭云海日楼诗》，沈雄顿挫，悲壮苍凉，感怀旧事，伤心时变，激昂不平之气，真切流露，似陆剑南，似元遗山。梁任公称为天下健者，兰史丈称其长篇如长枪大剑，武库森严，七律一种，开满劲弓，吹裂铁笛，真义军旧将之诗。"② 1937 年，丘瑞甲、丘兆甲编，邹鲁校订的《岭云海日楼诗钞》刊行。1982 年，上海古籍出版社出版《岭云海日楼诗钞》。

本月中上旬，《越社丛刊》在浙江绍兴创刊。该刊由宋子佩创办，鲁迅编辑，仅出版 1 期，其体例仿照《南社丛刻》，分为文录、诗录、词录。本期收录柳亚子等 15 人的作品。陈去病作《越社叙》。诗录中录柳亚子《新中华报出版寄叶楚伧》《次韵答楚伧》《哭天水王孙用楚伧韵》与雷铁崖《神户舟中两梦孟博赋寄》等。1912 年 2 月 20 日，柳亚子在《民声日报》的《新刊介绍》栏目上撰文称："越社为会稽宋紫佩君发起，与南社相犄角，振风骚于绝响，追几、复之芳踪，甚盛事也。顷复裒集社友著述，汇为《越社丛刊》。承以第一集见惠，扢雅扬风，芳馨悱恻，足以发扬大汉之天声矣。自建虏兴狱，文献坠地；民国初建，弦诵未遑。得此空谷足音，快何如之耶！"③ 可知，《越社丛刊》于此前不久出版。

3 月

13 日，南社在上海愚园举行第六次雅集。这是民国成立以来南社第一次正式雅集，参加者共 40 人，包括柳亚子、朱少屏、冯平、庞树柏、姚光、邹铨、钟英、顾彦祥、张庭辉、王文熙、黄宾虹、胡朴安、阳兆

---

① 丘复：《仓海先生墓志铭》，见〔清〕丘逢甲《岭云海日楼诗钞》，上海古籍出版社 2009 年版，第 430－431 页。

② 钱仲联：《梦苕庵诗话》，齐鲁书社 1986 年版，第 89 页。

③ 柳亚子：《柳亚子文集补编》，郭长海、金菊贞编，社会科学文献出版社 2004 年版，第 73 页。

鲲、雷铁崖、叶楚伧、汪东、徐宗鉴、杜诗、沈琨、袁圻、吴修源、沈翰、周伟、陶冶公、汪洋、陶牧、谭作民、陈家鼎、陈家英、陈家杰、黄侃、刘瑗、马骏声、梁龙、王锡民、曾镛、陈柱、黎庶从、曾延年、李叔同。[1] 雅集的顺序是愚园茶话、民影拍照、杏花楼晚宴。柳亚子《南社大事记》对南社此前的5次雅集皆有记述。第一次雅集，1909年11月13日在苏州虎丘张东阳祠举行，到者19人（包括南社社友17人、来宾2人）；第二次雅集，1910年4月10日在杭州西湖唐庄举行，到者17人；第三次雅集，1910年8月16日在上海张园举行，到者19人；第四次雅集，1911年2月13日在上海愚园杏花村举行，到者34人；第五次雅集，1911年9月17日在上海愚园举行，到者35人。[2]

4月

1日，《太平洋报》（日报）在上海创刊。报社社长是姚雨平，总编辑为叶楚伧，柳亚子、苏曼殊、李叔同、林一厂、余天遂、姚鹓雏、夏光宇、胡朴安、胡寄尘、周人菊、陈无我、梁云松等人为主笔，朱少屏、王锡民为干事。该报每日出三大张，设有文艺栏，诗歌、诗话皆有刊载。柳亚子《杭州杂诗五十八首》其四谓："怒潮澎湃《太平洋》，知是文场是战场。坛坫主盟推小叶，朱林苏李各飞扬。"[3] 其后，又云："《太平洋》的局面是热闹的。大家都是熟人，并且差不多都是南社的社友。不是的，也都拉进来了。那时候，可称为南社的全盛时代。"[4] 张明观《柳亚子传》云："柳亚子在该报任文艺编辑，主编《太平洋文艺》专栏。这个专栏是南社社员发表作品的重要阵地，编得十分精彩。所刊作品影响最大的有苏曼殊的长篇小说《断鸿零雁记》、姚鹓雏的长篇小说《鸿雪印》、高天梅的《愿无尽庐诗话》等，使该报散发出浓浓的文艺气息。"[5]《太平洋报》于本年10月停刊。

---

① 柳亚子：《柳亚子文集　南社纪略》，柳无忌编，上海人民出版社1983年版，第43－46页。

② 柳亚子：《柳亚子文集　南社纪略》，柳无忌编，上海人民出版社1983年版，第176－177页。

③ 柳亚子：《磨剑室诗词集》（上），中国革命博物馆编，上海人民出版社1985年版，第718页。

④ 柳亚子：《柳亚子文集　南社纪略》，柳无忌编，上海人民出版社1983年版，第42页。

⑤ 张明观：《柳亚子传》，社会科学文献出版社1997年版，第169页。

5 月

本月，《女权》杂志在上海创刊。编辑者张亚昭，发行者姜帼英，设有文苑栏，主要刊登诗、文、词。如本期刊登桂枝的《悲命诗》。停刊时间不详。

本月，《南社通讯录》第三次修订本出版。柳亚子《南社纪略》云："是年五月，新的通讯录又出版了。仍旧是粉红色的封面，由李息霜题字并设计图案画。'南社通讯录'五个字，是横写而右行的。右边写着'中华民国元年五月第三次改订本'，是直写而分成两行的。"[①] 1913 年 4 月，姚石子所编《南社姓氏录》出版，著录社员 403 人。[②] 1916 年 11 月，南社又出版《重订南社姓氏录》。

6 月

1 日，陈三立、李瑞清发起愚园雅集。到会者，除陈、李外，还有胡思敬、梁鼎芬、秦树声、左绍佐、麦孟华、樊增祥、吴康伯、杨钟羲、赵熙、陈曾寿、吴庆坻、朱祖谋、陈衍、郑孝胥、李岳瑞、沈曾植、胡琳章、胡达章，何天柱、林开謩、沈瑜庆、梅光远、杨增荦、熊亦园等人。胡思敬《吴中访旧记》云："予既莅沪，则从陈考功伯严访故人居址。伯严一一为予述之，曰：'梁按察节庵、秦学使右衡、左兵备笏卿、麦孝廉蜕庵皆至自广州，李藩司梅庵、樊藩司云门、吴学使康伯、杨太守子勤皆至自江宁，赵侍御尧生、陈侍御仁先、吴学使子修皆至自北京，朱古微侍郎新自苏州至，陈叔伊部郎新自福州至，郑苏龛藩司、李孟符部郎、沈子培巡抚皆旧寓于此。'又曰：'苏龛居海藏楼，避不见客。节庵为粤人所忌，谋欲杀之，狼狈走免，身无一钱，僦小屋以居。子培伪称足疾，已数月不下楼矣。'翌日，节庵闻予来，大喜曰：'胡侍御能言中国之所以亡，吾京师广和居饮酒故人也。'致书伯严急欲一晤，于是伯严与梅庵订期招以上所举十六人，益以四川胡铁华、胡孝先，广东何擎一，福建林贻书、沈爱苍，同乡梅斐漪及昀谷、亦园八人，共二十七人，于四月十六日大会于愚园，皆步行，无傔从，到门探怀出刺自通名，相对唏嘘，无复五陵裘

---

① 柳亚子：《柳亚子文集　南社纪略》，柳无忌编，上海人民出版社 1983 年版，第 46 页。

② 杨天石、王学庄编著：《南社史长编》，中国人民大学出版社 1995 年版，第 326 页。

马之态。晚归宴六合春，约各赋一诗，未成而散。”①

1 日，《南社丛刊》第 5 集出版。据柳亚子《我和南社的关系》及《南社大事记》可知，1909 年冬出版《南社》第 1 集。1910 年夏出版第 2 集，同年冬出版第 3 集。1911 年 6 月 26 日出版第 4 集。1912 年 6 月 1 日出版第 5 集，10 月 1 日出版第 6 集，12 月 1 日出版第 7 集。1914 年 3 月出版第 8 集，5 月出版第 9 集，7 月出版第 10 集，8 月出版第 11 集，10 月上旬出版第 12 集。1915 年 3 月出版第 13 集，5 月出版第 14 集。1916 年 1 月出版第 15 集，4 月出版第 16 集，5 月出版第 17 集，6 月出版第 18 集，11 月出版第 19 集。1917 年 7 月出版第 20 集。1919 年 12 月出版第 21 集。1923 年 12 月出版第 22 集（分为上、下两册）。共出版社刊 22 集、23 册。其中，第 1 集高旭编，第 2 集陈去病编，第 3、4 两集由柳亚子、俞剑华代编，第 8 集胡怀琛编，第 21 集傅熊湘编，第 22 集陈巢南、余十眉编。其余各集均由柳亚子编。

8 月

27 日，希社成立。高翀、程棣华发起，周庆云、蔡尔康、潘飞声、姚文栋、邹弢、戈朋云襄助，初期成员有郁屏翰、陆绍庠、王文濡、王钝根、舒昌森、邹文雄、邹闻磐等，诗社一度发展到 400 余人。高翀《希社小启》云：“吾道若亡，人心孰挽？埋遗经于古壁，虽尚未际其时，肩道统于尼山，要当共矢厥志。支一木而大厦或可幸存，援天下而匹夫亦尝负责，此同人所以有希社之创也。希之云者，风雅久衰，声气难广，仰鲁殿之仅遗，叹秋星之可数，则于此有寥落之感焉，盖危之之词也。穷极则通，激而弥奋，得孤诣之同昭，庶群迷之早返，则于此有期望之思焉，又幸之之词也。是希也者，亦犹有几复之遗意焉。粤惟壬子之秋，七月望日，社乃成立。”② 周庆云在《希社丛编》第八册所撰序中称：“希社创于让清宣统壬子中元，由吴中高太痴徵君、上海程棣华布衣发起。余与蔡紫黻、潘兰史、姚东木、邹酒丐、戈朋云赞其成。社基既立，酒丐又介绍郁屏翰、陆云荪、王均卿、王钝根、舒问梅、邹纬辰、邹闻磬诸贤入社。郁屏翰即以豫园之寿晖堂为社集，月凡一举，文酒高会，风靡一时。由是各省文英纷纷入社，不数年，社友多至四百余人，岁刊社作一册，至已未

① 胡思敬：《退庐全集　诗·文集》，见沈云龙主编《近代中国史料丛刊》第 45 辑，台湾文海出版社 1970 年版，第 216－217 页。

② 高翀：《希社小启》，见吴芹编《近代名人文选》，广益书局 1937 年版，第 71 页。

秋，凡刊成者已得七篇。乃天不相人，徵君作古，初拟推刘翰怡、陆云荪、邹酒丐、郁屏翰及余为社长，以互相推诿，社遂星散。酒丐以伤足归梁溪，一曲广陵琴后，事不堪问矣。乃酒丐既归，社友邹纬辰、舒问梅、张蛰甫等拟重兴社务，而邹民乐、邹天涵、许白石、杨佩玉、秦北海等力赞助之，民乐更独任艰劳，综管一切，又介绍女社友张曙蕉汝钊、王者香临镁、梅冠芳儒宝三人。酒丐遂被举为社长，纬辰副之，由是希社中兴。”①

13日，南社事务所在北京成立。宋教仁、景耀月、田桐、陈蜕庵、杨杏佛、仇亮等人在《民主报》刊登《告在京南社诸社友》，宣告南社事务所成立。

9月

1日，《文艺俱乐部》第1号在上海发行。扪虱谈虎客（韩文举）及孤愤生主编，内容分为时局谈、历史谈、文苑、谈荟。其中，文苑包括文录、诗录、词录、俳体、小说诸类。易顺鼎、樊增祥、蒋万里、王以慜、汪精卫、唐际虞、章太炎、黄侃、罗惇曧、陈三立、林纾等人有诗发表，如1912年12月16日出版的第1卷第3号刊载了樊增祥的《前彩云曲》《后彩云曲》。停刊时间不详。

18日，《新纪元星期报》第1卷第1期在北京出版。新纪元星期报馆发行，内容分为论说、时评、法令、报粹、大事记、文苑、谈丛。文苑下录旧体诗，邓镕、李稷勋、康有为等有诗发表。停刊时间不详。

22日，《独立周报》第1号在上海出版。独立周报社编辑发行，编辑人章行严，发行人王钟麒。内分纪事、社论、专论、投函、文苑、评论之评论等栏目。文苑下录诗文。刘文介、章士钊、赵怡、黄侃、俞明震、汪精卫等人曾在该刊发表过诗歌，如本期刊载《孟晋斋师友诗录》。1913年7月停刊，共出40期。

本月，南社粤支部在广州成立。组织者为宁调元，参加者有邓万岁、蔡守、黄节、谢华国等人。杨天石、曾景忠所编《宁调元集》中附录的《宁调元年谱》谓：“（5月至8月）就任三佛铁路总办后，整顿路务，清查积弊。宁‘对于舞弊私人，每发奸摘尤，不少假借’。公余组织南社粤支部，与邓万岁、蔡守、黄节、谢英伯诸人饮酒赋诗，互相唱和，遍游广

---

① 周庆云：《希社丛编第八册·序》，见南江涛选编《清末民国旧体诗词结社文献汇编》第3册，国家图书馆出版社2013年版，第5－6页。

州附近石门、昌华、白云诸山。”① 谢华国《南社粤支部序》云：“珠岛云开，江山减色；铜壶水漏，帘幕生秋。此宁子仙霞到粤以来，南社支部所由设也。”②

10 月

27 日，南社在上海愚园举行第七次雅集。参加者有柳亚子、郑佩宜、陶唯一、宋铭谷、庞树柏、高旭、姚光、沈砺、朱少屏、李康佛、孙鹏、钱厚贻、胡朴安、胡怀琛、汪洋、陈家英、陈家杰、高燮、王灿、杨锡章、姚鹓雏、陈蜕、汪文溥、沈沅、吴有章、蒋同超、王蕴章、庄庆祥、姜嵛、李云夔、张传琨、杨嗣轩、俞宗原、程善之、殷仁等 35 人。柳亚子《我和南社的关系》云：“到了十月下旬，就扶病去上海，举行第七次雅集。地点仍在愚园，日子是十月廿七日，到会者三十五人。”③ 陶神州，名耿照，更名唯一。宋诒于名铭谷，沈道非名砺，李康佛名拙，孙逸清名鹏，钱红冰名厚贻，高吹万名燮，王粲君名灿，杨了公名锡章。姚鹓雏，原名锡钧，以鹓雏行。陈蜕庵名蜕，汪兰皋名文溥，沈诵之名沅，吴漫庵名有章，蒋万里名同超，王西神名蕴章，庄翔声名庆祥，姜可生原名嵛，李一民名云夔，张卓身名传琨，杨伯谦名嗣轩，俞语霜名宗原，程善之名善之，殷人庵名仁。④

28 日，柳亚子在《民立报》上发表《柳亚子脱离南社之通告》，宣称退出南社。事件起因是柳亚子在南社第七次雅集时提出修改南社条例，改编辑员 3 人为 1 人，因高旭反对未能通过。11 月 18 日，柳亚子于该报再次发表声明，宣告脱离南社。

11 月

1 日，《军事月报》在北京发行。陆军学会编辑发行，内容分祝词、论说、学术、战史、译丛、调查、杂俎、命令、公牍等，大都与军事相关。专设文苑一栏，刊载旧体诗文，李澄宇、叶楚伧等人有诗发表。

---

① 宁调元：《宁调元集》，杨天石、曾景忠编，湖南人民出版社 1988 年版，第 702 页。

② 高驰：《〈南社粤支部序〉注》，见马以君主编《南社研究》第 5 辑，中山大学出版社 1994 年版，第 133 页。

③ 柳亚子：《柳亚子文集 南社纪略》，柳无忌编，上海人民出版社 1983 年版，第 48 页。

④ 柳亚子：《柳亚子文集 南社纪略》，柳无忌编，上海人民出版社 1983 年版，第 48 – 51 页。

10日，寄禅在北京法源寺圆寂，享年62岁。寄禅（1851—1912），讳敬安，字寄禅，自号八指头陀，湖南湘潭人，有诗集十卷。生平事迹见冯毓孳《中华佛教总会会长天童寺方丈寄禅和尚行述》。陈声聪《兼于阁诗话》谓："寄禅上人为近代大诗僧，时有奇句。"① 寄禅圆寂后，杨度收其遗稿，经过整理校订，由北京文楷斋刊刻《八指头陀诗集》十卷、《八指头陀续集》八卷、《八指头陀文集》一卷，共十九卷。杨度在《〈八指头陀诗文集〉序》中云："师诗曾由义宁陈伯严、湘乡王佩初、同县叶焕彬先后为刊十卷。其未刊者八卷，师自定为续集。今为辑合而全刻之，附以杂文，都为十九卷。道阶及予妹婿王君文育、同学喻君味皆、友人方君叔章为之校字。"② 1984年，岳麓书社出版梅季点辑的《八指头陀诗文集》。

15日，《民谊》（月刊）在广州出版。为国民党粤支部的机关刊物，主要分为论说、译栏、演述、文粹、时评、谈丛、杂俎、词林、本党要纪、本支部要纪、中外要纪等栏目。词林栏下登载诗文词，谢华国、大一、蔡哲夫等人有诗发表。停刊时间不详。

30日，《民誓杂志》（月刊）第1期在北京出版。民誓杂志社发行，湖南黄藻编辑，主要栏目有社论、政评、选论、译丛、民国大事记、法令、专件、革命人物传记、艺海、小说等。艺海栏下发表旧体诗词，如12月30日第2期上登载寄禅的《登拜经台》《赠清凉山静波》《金陵重赠伯严》等诗。停刊时间不详。

本月，《神州女报》第1号在上海发行。神州女界协济社编辑发行，经理张昭汉，主编汤国黎。内容主要有社论、传记、小说、文苑、天籁（时译）、杂俎等，其中文苑主要发表旧体诗文词，曾刊载秋瑾遗诗。

12月

1日，梁启超在天津创办《庸言》，并任主笔。撰稿人有丁世峄、林唯刚、梁启勋、汤觉顿、魏易、吴贯因、林长民、麦孟华、黄维基、蓝公武、周善培、夏曾佑、麦鼎华、张嘉森、罗惇曧、周宏业、徐佛苏、陈衍、熊垓、林纾、梁启超、陈家麟、严复等。③ 报馆位于当时的天津日租界旭街十七号。第1号中主要栏目有建言、译述、艺林、佥载，每一栏目

① 陈声聪：《兼于阁诗话》，上海古籍出版社1985年版，第87页。
② 杨度：《杨度集》，刘晴波主编，湖南人民出版社1986年版，第635页。
③ 见《庸言》第1卷第1号所刊登的《馆员姓名录》。

下又分为若干小专题，其中艺林栏下的子栏目“文苑”包括诗录、文录两个部分。此后，《庸言》内容编排的分类上虽略有变化，但主要栏目基本稳定。民国三年（1914）6月出至第2卷第6号停刊，共出30期。2004年，全国图书馆文献缩微复制中心影印出版该刊。

1日，陈衍《石遗室诗话》开始在《庸言》第1号艺林栏下的子栏目——艺谈连载。石遗老人自述《石遗室诗话》成书过程：“数十年来多说诗，意有所得，辄拉杂笔之，未成书也。壬子秋客居都门，梁任公编《庸言》杂志，属助臂指，则请任诗话，襞绩旧说，博依见闻，月成一卷，卷可万言贻之。癸丑旋里，寄稿偶有间断。迨甲寅夏日印行仅十三卷，诗之可话者尚多，而《庸言》则既停矣。乙卯六月，李拔可谋为《东方杂志》增文苑材料，复以诗话见委，亦月成一卷，卷万言，至十有八卷而复止。则鄙人有《福建通志》之役，事方殷也。久之，十三卷之本，坊间私行翻印，既非完书，复多错误。十八卷之本从未单行。阿好者欲购未由，时来问讯。乃取旧稿，删改合并，益以近来所得，都三十二卷。属涵芬楼主人印之，以饷海内之言诗者。”①

本年

寒山诗社成立于北京。雅集地点为宣武区的江西会馆，社员有易顺鼎、樊增祥、关赓麟、陈宝琛、王式通、罗惇曧、曾福谦、高步瀛、郑沅、陈庆佑、陈士廉、陈衍、林纾、严复、梁启超、宋育仁、袁励准、冯煦、王树枏、蔡乃煌、王湘绮、易顺豫等人，其中主事者为关赓麟。该社约至1919年停止活动。易顺鼎在《寒山社诗钟选甲集》序中云：“寒山社者，起于京师，成于诸子，而余之入社为稍后焉。社之始也，岁在壬子。”② 他认为寒山诗社始于1912年。《寒山社诗钟选甲集》例言称：“辛壬之交，未始有社，名流偶集，遂成例会。”③ 易顺鼎之子易君左所撰《寒山诗社学诗钟》称父子二人每周日去宣武区的江西会馆参加诗社的诗钟活动。慧远《近五十年北京词人社集之梗概》云：“自辛亥以后，京师文坛首有寒山诗社之组成。樊樊山、易实甫皆为巨擘。主其事者，乃关颖

① 陈衍：《陈石遗集》（上），陈步编，福建人民出版社2001年版，第698－699页。

② 易顺鼎：《寒山社诗钟选甲集·序三》，见南江涛选编《清末民国旧体诗词结社文献汇编》第13册，国家图书馆出版社2013年版，第243页。

③ 编者：《寒山社诗钟选甲集·例言》，见南江涛选编《清末民国旧体诗词结社文献汇编》第13册，国家图书馆出版社2013年版，第255页。

人赓麟也。寒山诗社以诗钟为主，间亦有诗题，古风、近体不拘，但不填词。”① 陈松青《易顺鼎研究》谓：“寒山诗社成为‘民国初年故都北京的旧文人渊薮’，‘最大的一个文艺团体’，社员们‘维持着他们的残余生活情调’，‘点缀着当年古都的暮景’。陈士廉作《诗钟九友歌》，开篇写易顺鼎：‘龙阳才子钟中仙，摇笔思攫榜花元。忽然攫得喜欲颠，一生夺魁数累千。’寒山社诗钟之作，陆续结集成《寒山社诗钟选》甲集、乙集、丙集刊行。另外，又在《小说丛报》和《小说月报》上刊出，刊出时间晚至1919年第8期，大概也是到那时，诗社的活动也停止了。”② 南江涛选编《清末民国旧体诗词结社文献汇编》第13、14册收录《寒山社诗钟选甲集》6卷、《寒山社诗钟选乙集》10卷、《寒山社诗钟选丙集》6卷。

潇鸣社在北京成立。民国六年所刊《潇鸣社诗钟选甲集》中载有《主课姓氏录》《社员姓氏录》。其中《主课姓氏录》所录成员有徐绍桢、徐琪、朱祖谋、胡璧城、吴子明、吴士鉴、陈昭常、陈衍、樊增祥、孙雄、关霁、关赓麟、高步瀛、罗惇曧、杨士琦、章华、王式通、曾广钧、刘福姚、刘村南、李稷勋、李岳瑞、许宝蘅、伍铨萃、恽毓鼎、赵惟熙、夏孙桐、夏敬观、夏仁虎、沈云霈、易顺鼎、易顺豫、顾瑗、蔡乃煌、郑沅、郭曾炘、郭则沄、石德芬等人。③ 詹荣麟所撰《潇鸣社诗钟选甲集》序云：“壬子岁，都下同人提倡诗钟社，颜曰‘潇鸣’。借以求友，凡春明硕彦，沽上词宗，天涯招若比邻，海内联为知己，睹诗人之风雅，结文字之因缘，诚为一时盛会。”④ 樊增祥谓：“潇鸣课卷，为之签定甲乙者屡矣，其社约与寒山特异。寒山每月四集，拈题琢句，随誊随阅，随阅随宣，与考场相似。潇鸣每月一课，每课两题。社友在家撰句，写送值课，一人司发誊汇卷之事，别请主文者阅之。”⑤ 1936年，易顺鼎遗编《潇鸣社诗钟集》刊登于《青鹤》第4卷第4、6、8、11、13、15、17、19、21、23期，第5卷第17期。南江涛选编《清末民国旧体诗词结社文献汇

---

① 慧远：《近五十年北京词人社集之梗概》，见张伯驹编著《春游琐谈》，中州古籍出版社1984年版，第19页。

② 陈松青：《易顺鼎研究》，湖南人民出版社2011年版，第148页。

③ 顾准曾：《潇鸣社诗钟选甲集·主课姓氏录》，见南江涛选编《清末民国旧体诗词结社文献汇编》第26册，国家图书馆出版社2013年版，第343－344页。

④ 詹荣麟：《潇鸣社诗钟选甲集·序三》，见南江涛选编《清末民国旧体诗词结社文献汇编》第26册，国家图书馆出版社2013年版，第335页。

⑤ 樊增祥：《潇鸣社诗钟选甲集·序一》，见南江涛选编《清末民国旧体诗词结社文献汇编》第26册，国家图书馆出版社2013年版，第331页。

编》第26册收录顾准曾所编《潇鸣社诗钟选甲集》2卷（1917年8月铅印本）。

梅花诗社成立。该社由云南省立第二模范学堂教务长张肇兴于校内组织，相继加入者有李澡、张汝厚、赵锡源、朱丹崖、杨世英等人。李群庆所撰《民国年间的梅花诗社》谓："民国元年，张肇兴任云南（大理）省立第二模范学堂教务长，他是光绪庚子辛丑并科乡试解元，于诗词极具功力。授课之余，在校内发起组织'梅花诗社'，得到校长杨琼（字絅楼，邓川人，光绪辛卯科举人）的赞同与支持。社址初设校内，对诗词有兴趣的教员都应声景从，其中与张肇兴同年的教员李澡、张汝厚都是较为知名的诗书画研究者。这些人多出身举人贡生，精于体句声律，他们订期集会，分题拈韵，抒唱胸意，即兴赋诗，相互品评，酬唱内容诗、赋、词、曲各体皆备，所有吟和篇什都编次成帙。'梅花诗社'诗人荟萃，一时声誉鹊起，不仅学生得旁听清益，其流风余韵引起社会的友声和鸣。校外的诗人如赵锡源（举人）、朱丹崖（贡生）、杨世英（秀才）等也争相引荐加入，逐渐壮大了诗社组织。'梅花诗社'此时象征着大理诗词创作面向社会的繁荣昌盛时代。"①

民国二年　1913年　癸丑

2月

3日，邹铨卒。邹铨（1887—1913），字亚云，江苏青浦（今属上海）人，有《流霞书屋遗集》。生平事迹见柳亚子《邹亚云传》、高旭《哭邹亚云文》。郑逸梅《南社丛谈》谓："一八八七年生。读书黎里自治学社，和柳亚子为同学，……药石无效而卒。时一九一三年二月三日，年二十六岁。由亚子搜罗他的诗文杂作，刊《流霞书屋遗集》，《杨白花传奇》附在后面。封面题签，是昆山余天遂手笔。"② 1913年9月，上海国光书局出版《流霞书屋遗集》。

① 李群庆：《民国年间的梅花诗社》，中国人民政治协商会议云南省大理市委员会文史资料委员会编《大理市文史资料》第四辑，1991年版，第92－93页。

② 郑逸梅编著：《南社丛谈》，上海人民出版社1981年版，第169－170页。

10 日，陈三立、沈曾植、王闿运[①]、瞿鸿禨、吴庆坻、吴士鉴等人赴樊增祥新居樊园雅集。陈三立有诗《五日樊园宴集限三江韵，樊园为樊山新迁宅，湘绮老人于酒坐以樊园名之，其实本命絮园也》、沈曾植作《同人集樊园》。同月 12 日，陈三立邀沈曾植、瞿鸿禨、吴庆坻、吴士鉴、樊增祥、王闿运等于樊园观梅。沈曾植因病未能参加，其《和天琴梅花韵》谓："樊园寒梅着花未，探春会阻诗空敲。触拨春愁欹病榻，牵联影事萦心包。"[②] 陈三立有《人日樊园探梅限三肴韵》、瞿鸿禨《七日伯严招集樊园探梅限七言肴韵》、吴庆坻《人日陈伯严同年招集絮园探梅限三肴韵》、吴士鉴《人日樊园探梅限三肴韵》。王闿运《湘绮楼日记》云："（正月）七日。往樊园一集，申正往，戌正还。伯严为主人，客皆前人也。中坐吴骗闯席，云门径入，乃失意而去。"[③]

21 日，吴保初病逝于上海。吴保初（1869—1913），字彦复，号君遂，晚号瘿公，安徽庐江人广东水师提督吴长庆之子，清末四公子之一，有《北山楼诗词文集》。生平事迹见章太炎《吴保初墓表》、陈衍《吴保初传》。陈诗《吴北山先生家传》云："辛亥春，病风痹南归，卧床两载，共和二年二月二十一日，即旧历癸丑正月十六日，卒于沪渎，年四十五，以寓沪久，耽其风土人文，遗命葬焉，今墓域在静安寺第六泉旁。"[④] 又称："文章似两汉，诗学韦柳荆公，有劲气，言皖诗者，莫能废焉。"[⑤] 陈声聪《兼于阁诗话》载："（吴保初）自谓'性耽吟咏，又不皇暇求之古人'，然而有古人之胸次，即能为古人之诗，观其眷怀家国，缱绻师友，忠爱之情如揭。"[⑥] 1990 年，黄山书社出版孙文光点校的《北山楼集》。

22 日，《不忍》杂志在上海创刊。内容分为图画、政论、教说、讽谈、艺林、国闻、附录等。艺林栏下，又分文与诗，所刊皆为康有为个人著作，由其门人陈逊宜、麦鼎华、康思惯先后担任主编，旨在鼓吹以孔教为国教。2006 年，该刊由全国图书馆文献缩微复制中心影印出版。

3 月

16 日，南社在上海愚园举行第八次雅集。到会者有姚光、高燮、姚

---

① 王闿运于 1913 年 1 月 23 日抵达上海。
② 沈曾植：《沈曾植集校注》上册，钱仲联校注，中华书局 2001 年版，第 532 页。
③ 王闿运：《湘绮楼日记》第 5 卷，岳麓书社 1997 年版，第 3223 页。
④ 陈诗：《吴北山先生家传》，见吴保初《北山楼集》，黄山书社 1990 年版，第 143 页。
⑤ 陈诗：《吴北山先生家传》，见吴保初《北山楼集》，黄山书社 1990 年版，第 143 页。
⑥ 陈声聪：《兼于阁诗话》，上海古籍出版社 1985 年版，第 35 页。

鹓雏、周伟、程善之、胡朴安、胡怀琛、汪洋、钱钧、林一厂、郭步陶、王汉章等人。[①] 会议接受了姚石子的建议，邀请柳亚子重新加入南社，并通过了《南社第五次修改条例》。事后，姚石子写信给柳亚子请求复社，柳亚子怒气未消，再次拒绝。柳亚子《我和南社的关系》云："这一次的雅集，并没有拍照，只是愚园茶话，晚上雅聚园聚餐而已。在愚园茶话中间，以书记员姚石子为中心，提出了一个很重要的议案。他认为要维持南社的生命，非请柳亚子重行入社不可；而要柳亚子重行入社，非尊重他的主张，修改条例，改三头制为一头制不可。这样，便以十二人的共同意志，通过了《南社第五次修改条例》。"[②]

20 日，《文史杂志》第 1 期在武昌出版。文史社编辑发行，主要栏目有社论、子学、史学、词章、六书、目录学、杂俎、选录等。词章栏又分为文录和诗录两部分，李希如、罗树蘅、吴恭亨等人经常有诗发表。

22 日，宋教仁遇刺身亡。一时以诗词寄慨者甚众，如柳亚子《哭钝初》、陈去病《哭钝初》、高旭《哭宋钝初》、龙璋《哀钝初》等。其中于式枚《浣溪沙》谓："顿足捶胸哭钝初，装腔作势骂施愚。可怜跑坏阮忠枢。 包办杀人洪述祖，闭门立宪李家驹。算来总统是区区。"[③] 黄濬《花随人圣庵摭忆》云："近年名人，有足称稳、冷、狠者乎？余以为此三字袁项城足以当之。顾项城于冷字实欠功夫，不必追溯洪宪故事，即就于晦若（式枚）嘲袁之［浣溪沙］言，已信而可征。"[④] 一说该词为刘成禺的游戏之作。[⑤]

29 日，超社第一次雅集。参加者有陈三立、沈曾植、瞿鸿禨、樊增祥、缪荃孙、左绍佐、吴庆坻、吴士鉴、王仁东、林开謩、周树模等人，地点为樊园。超社至 1914 年第十九次雅集后，即大体结束。[⑥] 樊增祥《超然吟社第一集致同人启》称："吾属海上寓公，殷墟犁老，因蹉跎而得寿，求自在以偷闲，本乏出人头地之思，而惟废我啸歌是惧，此超然吟社所由立也。先是，止庵相公致政归田，筑超览楼于长沙。今者公为晋公，客皆刘白，超然之义，取诸超览。人生多事则思闲暇，无事又苦岑寥。闭户著书者，少朋簪之乐；征逐酒食者，罕风雅之致。惟兹吟社，略仿月泉，友有十人，月凡再举，昼夜兼卜，宾主尽欢。或纵清谈，或观书画，或作打

① 柳亚子：《柳亚子文集 南社纪略》，柳无忌编，上海人民出版社 1983 年版，第 55 -56 页。
② 柳亚子：《柳亚子文集 南社纪略》，柳无忌编，上海人民出版社 1983 年版，第 56 页。
③ 黄濬：《花随人圣庵摭忆》上册，李吉奎整理：中华书局 2013 年版，第 4 页。
④ 黄濬：《花随人圣庵摭忆》上册，李吉奎整理：中华书局 2013 年版，第 4 页。
⑤ 高拜石：《古春风楼琐记》第 3 集，台湾新生报社 1981 年版，第 135 页。
⑥ 罗惠缙：《民初"文化遗民"研究》，武汉大学出版社 2011 年版，第 194 页。

钟之戏，或为击钵之吟，即席分题，下期纳卷。视真率之一蔬一肉，适口有余；若《礼》经之五饮五羹，取足而止。今卜于二月十二小花朝日，在樊园为第一集，加未必来，抵亥始散。春在剪刀风里，柳色初黄；雪消熨斗坪心，草痕微绿。金鲫群游，聊堪养目；芳梅半落，犹可点心。天厨兰橘之味，昨梦迷离；小斋柽柏之华，一时新净。深衣入画，翛然十竹之清风；一醉无名，特借百花之生日。先期柬约，单到书知。”[①] 后因隆裕太后去世，实际举行日期推迟了十天。樊增祥《展花朝超社第一集樊园看杏花限东韵》云：“二月十二哀中宫，更展十日携吟筇。”[②] 又云：“初拟小花朝日宴集，因追悼隆裕太后展期。”[③] 故雅集日期为农历二月二十二日，以公历计则为3月29日。同年4月9日，樊增祥、瞿鸿禨、沈曾植、吴庆坻、吴士鉴、沈瑜庆、王仁东等人禊饮樊园，作超社第二集。樊增祥《三月三日樊园休禊序》谓：“旅沪之第三年，岁在癸丑，三月三日，超然吟社诸公，仿兰亭修禊故事，集于樊园。自永和九年至今，历二十七癸丑矣。止庵相公，夙戒庖厨，命啸俦侣。芳晨既届，嘉宾徐来，相公分题试客，即事成章，继轨曲江之游，式遵丽人之韵。乙庵则谓事同王谢，故当诗仿兰亭，爰约同人，各赋五言七古诗二首，一人两诗，亦兰亭例也。临河之叙，以属不才。窃谓今日之会，与兰亭同之者三，异之者四，胜之者一。……兰亭之会，四十二人，超社联吟，才得十二。而伯严在南，涛园在北，今日之集，近比西泠之才子，远同北郭之诗人。”[④]

4月

1日，《言治》在天津创刊。初为月刊，后改为季刊，北洋法政学会编辑发行，主要栏目有通论、专论、杂论、译述、纪事、丛谈、史传、文苑等。文苑栏下登载旧体诗文词。李大钊多次在上面发表诗词，如1913年11月1日第6期发表《筑声剑影楼诗五首》，1917年4月1日出版的第1册，又发表《筱舫寿山将往阿尔泰诗以赠之》《前意未尽更赋一律》

---

① 樊增祥：《樊樊山诗集》下册，涂晓马、陈宇俊校点，上海古籍出版社2004年版，第1982－1983页。

② 樊增祥：《樊樊山诗集》下册，涂晓马、陈宇俊校点，上海古籍出版社2004年版，第1785页。

③ 樊增祥：《樊樊山诗集》下册，涂晓马、陈宇俊校点，上海古籍出版社2004年版，第1785页。

④ 樊增祥：《樊樊山诗集》下册，涂晓马、陈宇俊校点，上海古籍出版社2004年版，第1977－1978页。

《丙辰春再至江户幼蘅将返国同人招至神田酒家小饮风雨一楼互有酬答辞闻均见风雨楼三字相约再造神州后筑高楼一座纪念应名为神州风雨楼遂本此意口占一绝并送幼蘅云》《幼蘅行未久相无又去江户作此送之》《乙卯残腊由横滨搭法轮赴春申在太平洋舟中作》等。

9 日（农历三月初三上巳日），梁启超邀集 40 余人，修禊于北京万牲园（又叫万生园，今北京动物园）。参加者有顾印愚、易顺鼎、顾瑗、郑沅、徐仁镜、梁鸿志、王式通、李盛铎、陈士廉、郭则沄、姚华、杨度、姜筠、罗惇曧、夏寿田、黄濬、关赓麟、袁思亮、杨增荦、朱联沅、唐恩溥、陈庆佑、姜诰、林志钧、袁励准、饶孟任、陈懋鼎等。陈衍受梁启超所嘱，作《次任公万生园修禊诗韵寄任公》，并撰《京师万生园修禊诗序》。《庸言》第 1 卷第 10 号诗录栏刊有《癸丑禊集诗》。梁启超在给长女梁思顺的信中说："今年太岁在癸丑与兰亭修禊之年同甲子，人生只能一遇耳。吾昨日在百忙中忽起逸兴，召集一时名士于万牲园续禊赋诗，到者四十余人（有一老画师为我绘画），老宿咸集矣。（尚有二十年前名伶能弹琵琶者，吾作七言长古一篇，颇得意，归国后第一次作诗也。）竟日游谯一涤尘襟，归国来第一乐事。"[①] 两日后，又云："共和宣布以后，吾第一次作诗也。同日作者甚多，吾此诗殆压卷矣。"[②] 梁启超所作诗为《癸丑三月邀群贤修禊万牲园拈兰亭序分韵得激字》。

9 日，周庆云、刘承干等人在上海徐园双清别墅修禊，成立淞滨吟社。此为诗社第一次雅集。该社持续 13 年，其间每月雅集，吟诗唱和，社员人数多达 86 人。周庆云《松滨吟社集序》云："当辛壬之际，东南人士胥避地松滨。余于暇日仿月泉吟社之例，招邀朋旧月必一集，集必以诗选胜。携尊命俦啸侣，或怀古咏物，或拈题分韵，各极其至。"[③] 周延礽《吴兴周梦坡先生年谱》（简称《年谱》）谓："上巳日淞社同人修禊徐园，会者二十二人。"[④] 又云："府君与刘翰怡京卿主席，是为淞社第一集。"[⑤]《年谱》载有社员名单："先后入社者有金粟香、许子颂、缪艺风、

① 梁启超：《梁启超家书》，张品兴编，中国文联出版公司 2000 年版，第 129 页。

② 梁启超：《梁启超家书》，张品兴编，中国文联出版公司 2000 年版，第 130 页。

③ 周庆云：《松滨吟社集 · 序》，见南江涛选编《清末民国旧体诗词结社文献汇编》第 10 册，国家图书馆出版社 2013 年版，第 371 页。

④ 周延礽编：《吴兴周梦坡（庆云）先生年谱》，见沈云龙主编《近代中国史料丛刊》第 82 辑，台湾文海出版社 1972 年版，第 51 页。《近代中国史料丛刊》第 82 辑所录年谱的封面署"周延祁编"，实为"周延礽"之误。年谱中多次出现"延礽"，如结尾处明确表示"不孝孤子周延礽泣血稽颡谨述"。

⑤ 周延礽编：《吴兴周梦坡（庆云）先生年谱》，见沈云龙主编《近代中国史料丛刊》第 82 辑，台湾文海出版社 1972 年版，第 52 页。

沈絜斋、钱听邠、吴仓硕、叶鞠裳、王息存、刘谦甫、杨诚之、王旭庄、褚稚昭、李梅盦、郑叔问、李审言、刘语石、施琴南、汪渊若、李橘农、戴子开、吴子修、金甸丞、钱亮臣、潘毅远、汪符生、朱念陶、恽孟乐、李孟符、曹揆一、唐元素、崔磐石、张让三、宗子戴、冯孟馀、姚东木、刘葆良、李经畬、程子大、况蕙风、吕幼舲、陆纯伯、刘聚卿、张砚孙、胡幼嘉、潘兰史、孙恂如、徐仲可、钱履樛、张石铭、费景韩、王静安、王叔用、洪鹭汀、陆冕侪、吴颖函、缪蘅甫、白也诗、长尾雨山、喻长霖、曹恂卿、章一山、恽季申、陶拙存、杨仲庄、胡定丞、徐积馀、杨芷姓、童心安、赵叔孺、恽瑾叔、俞瘦石、诸季迟、姚虞琴、孙益庵、褚礼堂、夏剑丞、赵浣孙、胡朴安、刘翰怡、张孟劬、白石农、沈醉愚、戴嚣皋、许松如、王莼农、黄公渚诸先生。”[①] 罗惠缙《民初遗民对晚明历史的文学表达——以〈松滨吟社集〉为中心》考证云：“淞社自1913年上巳日徐园修禊之始至1925年花朝日周与刘等借学圃为淞社第五十七次雅集活动结束，共存留13年时间。”[②]

13日，《宪法新闻》第1册在北京出版。宪法新闻社发行，每月出4册，内容分宪论、宪史、杂纂三部分，杂纂下设有文苑，登载旧体诗文词。该刊经常刊登王闿运、梁鼎芬、樊增祥、朱祖谋、陈衍、陈三立、郑孝胥、赵熙、梁鸿志等人的诗词，章太炎、刘师培等人亦时有作品发表。

27日，高旭发起北京畿辅先哲祠雅集。高旭《畿辅先哲祠分韵序》云：“维癸丑四月二十七日，南社同人宴集于畿辅先哲祠，修旧好，礼也。园林清绝，足障庾亮之尘；逸兴飘然，堪续兰亭之会。是日也，海棠正花，娇嫣欲语；骚人咸集，意态若仙。张绮宴，述往事。高谈渐稀，清歌斯作。或吟杨柳晓风之曲，翠管红牙；或唱大江东去之词，铜琶铁板。非狷非狂，适来寄傲；一觞一咏，大可移情。所恨长夜漫漫，宁戚不闻扣角；桃源渺渺，宋玉尚未招魂。望旧雨而不来，叹坠欢其难拾。既感死者之可悲，弥觉生者之无乐矣。用题数语，以质同侪。”[③]《长沙日报》5月9日所刊《南社开会纪事》谓：“南社雅集由高钝剑君发起，于四月二十七日十二时假畿辅先哲祠开会。社友到会者数十人，公推陈佩忍君为主席。陈君入席，报告南社组织之原因，根于皖、浙事败，同志星散，故欲

① 周延礽编：《吴兴周梦坡（庆云）先生年谱》，见沈云龙主编《近代中国史料丛刊》第82辑，台湾文海出版社1972年版，第51－52页。

② 罗惠缙：《民初遗民对晚明历史的文学表达——以〈松滨吟社集〉为中心》，载《江汉论坛》2008年第9期。

③ 高旭：《高旭集》，郭长海、金菊贞编，社会科学文献出版社2003年版，第518页。

借文字以促进革命之实力，然社友不过寥寥数人而已。至己酉十月初一，在虎丘大会，社友始众。及去岁光复，实心任国事者本社同人为最多数（如黄、陈、马、宋、何、吕诸子）。去年南北统一，共和告成，本社之目的已达。今日集会于北方，同声称庆。今日开会，一为诸同志握手为欢，一为将来之进行。”①

本月，朱谦甫《海上光复竹枝词》由上海民国第一图书局出版。内容分为“海上竹枝词”和“海上光复竹枝词”两部分，皆为七言四句体。刘汝霖序云：“迨南北统一政府北移，伍公解组，吾辈亦得优游于宽闲之岁月，相与商量旧学，跌宕文史，谦甫于是时遂有海上光复竹枝之作，合其前作海上竹枝词若干首汇为一册，付诸剞劂。”②

5 月

4 日，《大同周报》在上海创刊。撰稿人有姚鹓雏、柳亚子等，内容主要分为言论、纪事、文艺、丛录、附载等。每一主要栏目下又设若干小栏目，其中文艺下分为史传、小说、文苑、诗话、剧谈。文苑登载诗、文、词。姚鹓雏《止观室诗话》于第 1 ～ 3 期连载。

15 日，《新神州杂志》（月刊）在杭州出版发行。新神州杂志社编辑，栏目主要有社论、论说、时评、文苑、译丛、学术、中国大事纪、外国大事记、长篇小说、传奇、短篇小说、杂俎等。文苑栏发表旧体诗词，如首期刊载天庐《卧松轩诗草》、赵函《乐潜堂诗集》等。

16 日，陈蜕卒，享年 54 岁。陈蜕（1860—1913），字叔柔，或作叔畴，号梦坡，晚号蜕庵，江苏阳湖（今常州）人，南社诗人，入社书编号 150，有《蜕翁诗词刊存》。生平事迹见柳亚子《陈蜕庵先生传》。③ 其遗集《蜕翁诗词刊存》于 1914 年 9 月出版。1915 年 5 月，《蜕翁诗词文续存》刊行，此集刊资由同人筹集 130 元，其中柳亚子 30 元、史采崖 20 元、傅熊湘 10 元、汪文溥 20 元，另筹 50 元。

20 日，《国是》第 1 期在北京出版。编校人吴佳侠，内容分为言论、选录、来稿、译述、丛录、文苑、说部等，文苑栏主要发表旧体诗文词。

---

① 佚名：《南社开会纪事》，见杨天石、王学庄编著《南社史长编》，中国人民大学出版社 1995 年版，第 323 页。

② 刘汝霖：《刘序》，见朱谦甫《海上光复竹枝词》，民国第一图书局 1913 年版，第 3 - 4 页。

③ 柳亚子：《磨剑室文录》上册，中国革命博物馆、上海人民出版社编，上海人民出版社 1993 年版，第 326 - 328 页。

何震彝、方泽山、梁鸿志等人皆有诗发表，如本期登载何震彝的《邮示悲盦》《都下见芷頋》《展柕孙白下书》（当时署其号“穆忞”）。

本月，《国民》第 1 期在上海出版。国民党上海交通部的机关刊物，内容分为言论、专载、纪事、丛录等。其中，丛录栏下又分为传记、文艺两部分。文艺则包括文、诔、诗、词、乐府、小说等。姚鹓雏、林庚白、柳亚子、汪洋等有诗发表，如本期刊有姚鹓雏的《哭宋遁初先生》、林庚白《哭宋遁初先生》、柳亚子《哭宋先生》等。

6 月

1 日，《公论》在北京创刊。公论报社发行，内容主要分为建言、时论、杂说、外论、时事论衡、人物月旦、谈丛、文艺、纪事等。其中“文艺”栏又分为诗录和文录。马小进、柳亚子、蔡哲夫、高旭、姚石子等人有诗文发表。

19 日，《民立报》刊登柳亚子的《亚子启事》，征集冯春航相片及投赠诗词。《启事云》：“仆近有《春航集》之辑，已在印刷中。海内同好之士，倘有冯郎相片及投赠诗词，请即寄下，以便加入。相片制版后，仍可奉还也。越流，征庐，吾党健者，昔未稔其踪迹。能以一纸见贻，至所愿望。通信处：苏州梨里柳亚子收。”① 本年，《春航集》由广益书局印行。1913 年 12 月 6 日《申报》第四张载有专门介绍该集的销售广告。

9 月

16 日，黄人卒，享年 50 岁。黄人（1866—1913），字慕韩，又字摩西，江苏常熟人，南社诗人，编号 13（未填写入社书），有《摩西词》。生平事迹及创作见郑逸梅《南社丛谈 · 南社社友事略》。钱仲联《梦苕庵诗话》云：“黄摩西人，神姿瑰玮，孕十五月而生。观书如电扫，文词博衍诞迈。尤长于诗，兼太白之逸，退之之奇，昌谷之怪，玉溪之丽。求之近世，盖王仲瞿、龚定庵之俦。”② 2001 年，上海文化出版社出版江庆柏、曹培根整理的《黄人集》。

25 日，宁调元就义于武昌抱冰堂，享年 31 岁。宁调元（1883—

---

① 柳亚子：《柳亚子文集补编》，郭长海、金菊贞编，社会科学文献出版社 2004 年版，第 119 页。

② 钱仲联：《梦苕庵诗话》，齐鲁书社 1986 年版，第 68 页。

1913）字仙霞，号太一，湖南醴陵人，南社诗人，入社书编号 158。生平事迹见柳亚子《宁调元传》、刘谦《宁调元先生事略》及傅熊湘《亡友宁太一事略》。曼昭《南社诗话》云："太一以癸丑六月入狱，至九月绝命。狱中所为诗凡二十五首。感喟苍凉。太一诗文才气本奔放，至是益激宕矣。'今日凭窗一凝睇，水光山色剧凄凉。'张苍水临命时，叹曰：'好山色。'呜呼！革命党人之胸襟，革命党诗人之胸襟！"① 1988 年，湖南人民出版社出版杨天石、曾景忠所编《宁调元集》。"今日凭窗一凝睇，水光山色剧凄凉"句在今《宁调元集》中《武昌狱中书感，并序》其四作"偶倚明窗一凝睇，水光山色剧凄凉"②。

10 月

5 日，寒山诗社举行第一百期大会。地点在北京东单牌楼二条胡同。参加者有杨毓瓒、郑沅、高步瀛、罗惇曧、林嵩堃、胡璧城、刘敦谨、吴士鉴、关霁、关赓麟、陈庆佑、崔登瀛、伍铨萃、金葆桢、李景濂、夏敬观、田北湖、王式通、文永誉、曾福谦、王世堉、李稷勋、胡彤恩、黄濬、吴坚、夏仁虎、陈任中、陈士廉、曾广钧、陆增炜、黄孝觉、傅岳棻等人。③《寒山社诗钟选乙集》卷六所载《本社第一百期大会小启》云："倏易三载，寻届百期，顾维白露未晞，诗人有遗逸之嗟，何草不黄，君子动经营之悴，览时感物，发声宣心，亦慨寻常小集，曾不终朝，益以相思旷代，多未谋面，爰假仲秋，望后一日，为斯佳会，并纪周晬。是日亭午，以至夜分，拟刻十题，略投赠品，借兹雅叙，为结胜缘。……日期十月五日即旧历八月十六日。"④ 民国八年（1919）同益书局铅印本《寒山社诗钟选丙集》例言称："本社自辛壬成立以来，甲乙两选业付梓人。兹编即踵乙集，由一百二十会起至二百五十三会止，为年三载（起民国三年二月中，讫五年十一月初），为会一百三十三，为题二百七十，是为丙集。"⑤ 丙集所录始于一百二十会，时间上起自民国三年（1914）2 月，这

---

① 曼昭：《南社诗话》，见杨玉峰、牛仰山校点《南社诗话两种》，中国人民大学出版社 1996 年版，第 53 页。

② 宁调元：《宁调元集》，湖南人民出版社 2008 年版，第 143 页。

③ 据《寒山社诗钟选乙集》卷六所涉及人员录入。

④ 佚名：《寒山社诗钟选乙集・本社第一百期大会小启》，见南江涛选编《清末民国旧体诗词结社文献汇编》第 14 册，国家图书馆出版社 2013 年版，第 243 页。

⑤ 寒山社诗：《寒山社诗钟选丙集・例言》，见南江涛选编《清末民国旧体诗词结社文献汇编》第 14 册，国家图书馆出版社 2013 年版，第 453 页。

意味着一百二十会可能在民国三年2月举行。第一百期大会的举行时间为10月5日，自然在此之前，故一百期大会当发生于民国二年（1913）10月5日。“倏易三载”之说似并不准确，该社之成立在壬子（1912），此时尚为两年。或许在诗社成立的前一年，已有一些活动，故笼统概括为“倏易三载”。或者由10月5日算起，即将又满一年，故有此说。

8日，菽庄吟社成立于厦门。组织者为林尔嘉，成立之初社员有100多人，其中核心成员为施士洁、龚显灿、龚显鹏、汪春源、吴增、周殿薰、庄善望、苏大山、龚植、龚显鹤、龚显禧、施乾、沈琇莹、马祖庚、庄棣荫、卢文启、李禧、卢心启。该社在诗学取向上接近“同光体”一脉，其发展大致经历四个阶段，约至1949年，诗社活动逐渐停止。[①] 黄乃江《东南坛坫第一家：菽庄吟社研究》对菽庄吟社的发展演变、内部成员、组织机制等有细致的描述。

16日，南社在上海愚园举行第九次雅集。到会者有陈去病、姚光、高燮、杨锡章、姚鹓雏、俞剑华、汪文溥、王蕴章、朱少屏、李云夔、胡朴安、胡寄尘、汪洋、周斌、郑权、徐朗西等16人。[②]

25日，《法政学报》第1卷第1号在北京出版。北京法政同志研究会发行，其名誉会长为梁启超，内容主要分为社论、选论、译论、评林、法令、法院判例、公牍、中外大事记、文苑、谈丛、小说、附录等。其中文苑栏专录旧体诗文词，韩宝忠、李澄宇等人有诗发表。

11月

25日，《歌场新月》第1期在上海创刊。歌场新月社编辑，民友社发行，内容主要分为论说、剧谈、名伶小传、小说、文艺、笔记、传奇、新剧本、余沖、附载等。其中文艺栏主要发表旧体诗文词，王梅癯、董剑厂、范增祥、丁福保等人曾有诗发表，如第2期刊载范增祥《咏古诗四首》、丁福保《登高有感》等。

本月，《华侨杂志》在上海创刊。华侨联合会编辑发行，内容分为言论、调查、实业、史编、时事一月纪、文苑、小说、杂录等。文苑又发表诗话、词谈，分诗选、词选，姚鹓雏、陈倦鹤、苏曼殊、叶楚伧等有诗发表。

---

① 黄乃江：《菽庄吟社与上海南社之比较》，载《福建师范大学学报》（哲学社会科学版）2011年第6期。

② 柳亚子：《柳亚子文集　南社纪略》，柳无忌编，上海人民出版社1983年版，第59－60页。

12 月

26 日，周庆云五十寿辰，作《自述诗》，相贺之诗达百余首。缪荃孙、吴庆坻、邵松年、章梫、钱溯耆、沈守廉、陆懋勋、喻长霖、朱锟、胡念修、唐晏、恽毓龄、恽毓珂、戴启文、许溎祥、吴昌硕、徐珂、费景韩等 18 人皆有诗。周延礽《吴兴周梦坡先生年谱》云："十一月，五十初度，赋《自述诗》，海内以诗为寿者古今体都百余首，缪艺风参议荃孙、吴子修学使庆坻、邵息盦太史松年、章一山太史梫、钱听邠观察溯耆、沈絜庵观察守廉、陆冕侪太史懋勋、喻志韶太史长霖、朱念陶观察锟、胡右阶观察念修、唐元素大令晏、恽季申观察毓龄、恽瑾叔观察毓珂、戴子开观察启文、许子颂大令溎祥、吴仓硕大令俊卿皆有诗。徐仲可中翰珂、费景韩孝廉寅有词。府君再叠前韵为谢。"①

冬，杨钟羲《雪桥诗话》初集由吴兴刘承干嘉业堂刊行。雪桥自述编撰之旨，谓："拙著诗话，专论本朝一代之诗。本朝之诗多矣，以平昔所见为断。平昔所见之诗亦不止此也，第就敷锡堂劫余仅存之残帙，略加诠次。大抵论诗者十之二三，因人及诗，因诗及事，居十之七八。其人足纪而无诗，其诗足纪而无事，概未之及焉。为书十二卷，不足括一代之诗之全，而朝章国故，前言往行，学问之渊源，文章之流别，亦略可考见。有未尽者，当俟续编。若夫网罗旧闻，整齐排类，为本朝一代诗史，与太鸿、秀野、蒙叟、锡鬯诸老之书相赓续，则以俟诸博雅君子。癸丑冬十月写竟并记。"② 吴宓云："陈寅恪尝劝予读此书，谓作者熟悉清朝掌故，此书虽诗话，而一代文章学派风气之变迁，皆寓焉。"③《雪桥诗话》共刊行 4 集，其中初集 12 卷、续集 8 卷、三集 12 卷、余集 8 卷。1989—1992 年，北京古籍出版社先后出版《雪桥诗话》初集、续集、三集及余集。2010 年，人民文学出版社出版雷恩海、姜朝晖校点的《雪桥诗话全编》。

本年

陈子范卒。陈子范（？—1913）号勒生，别署大楚击筑，福建侯官

---

① 周延礽编：《吴兴周梦坡（庆云）先生年谱》，见沈云龙主编《近代中国史料丛刊》第 82 辑，台湾文海出版社 1972 年版，第 52－53 页。

② 杨钟羲：《雪桥诗话》第十二卷，刘氏嘉业堂 1913 年版，第 77－78 页。

③ 吴宓：《吴宓诗话》，吴学昭整理，商务印书馆 2005 年版，第 174 页。

（今福州）人，南社诗人，入社书编号111，有《陈烈士勒生遗集》。生平事迹见柳亚子《陈子范传》。陈去病《哀陈勒生》谓：“知君崇实际，亦颇事文章。有笔能扛鼎。”[①] 郑逸梅《南社丛谈》云：“亚子收集勒生诗文散见《南社丛刻》中的，写成一卷，复登报征集遗文，所得寥廖。而阳羡邹秋士邮寄杂稿若干页，盖勒生曾主《皖江日报》，报上载有他论评小说之作，亚子为之排比一下，成古近体诗一卷、杂文一卷、时论一卷、短歌一卷、小说一卷，颜之为《陈烈士勒生遗集》，亚子撰《陈烈士勒生传》及序跋。”[②] 胡朴安选录的《南社丛选》录其诗13首、文1篇。

民国三年　1914年　甲寅

1月

1日，《中华小说界》第1期在上海出版。中华小说界社编辑发行，内容主要有插画、短篇、长篇、新剧、文苑、笔记、谈丛等。文苑栏主要发表旧体诗文，但从第5期开始，“文苑”栏时有时无。1916年6月停刊。

1日，《超然》第1号在江苏常熟出版。编辑兼发行者为朱揆一，内容主要分为时论、文苑、杂俎、丛谈、学说、小说、笔乘等。其中第1号中文苑主要发表诗词，第2号分为文录、诗录、词录专著、遗著，魏冰心等常有诗发表。

15日，《正谊杂志》第1卷第1号在上海出版。正谊杂志社发行，内容主要分为论说、译述、记载、艺文、杂纂、轶闻录等，艺文栏自第1卷第3号开始出现诗录，后亦有词录。林庚白、姚鹓雏、梁鸿志、何振岱、诸宗元、林景行、汪辟疆、苏曼殊、汪精卫等人曾有诗发表。

3月

29日，南社在上海愚园举行第十次雅集。参加者有18人，分别是陈去病、叶楚伧、庞树柏、俞剑华、冯平、汪文溥、蒋同超、朱少屏、周

① 陈去病：《浩歌堂诗钞》，张夷标点，上海古籍出版社2016年版，第123页。
② 郑逸梅编著：《南社丛谈》，上海人民出版社1981年版，第181页。

斌、胡朴安、胡怀琛、林一厂、吕志伊、沈天行、陈匪石、程苌碧、张默君、萧韵珊。[1] 会上通过了修改南社条例的议案。柳亚子《我和南社的关系》云："这一次雅集，石子自己没有到，他委托胡寄尘提出了重新修改条例的议案，大家一致赞同。这次的修改，在制度上是有些革命的涵义的，所以不称为《第六次修改条例》，而简直称为《南社条例》了。"[2]

4 月

25 日，《民权素》第 1 集在上海出版。民权出版社发行，蒋箸超、刘铁冷编辑，内容主要有名著、艺林、游记、诗话、说海、谈丛、谐薮、瀛闻、剧评、碎玉等。其中艺林又分为诗和词。柳亚子、陈匪石、吴双热、叶楚伧、蔡哲夫、高吹万、蒋箸超、徐枕亚、樊增祥等人有诗词发表。诗话栏曾刊登苏曼殊《燕子龛诗话》、陈匪石《旧时月色斋词谭》。

5 月

1 日，《新剧杂志》第 1 期在上海出版。新剧杂志社编辑发行，内容分为图画、言论、月旦（发表剧谈、剧评）、传记、商榷、纪事、剧史、小说、脚本、艺府、杂俎等。其中，艺府分为文、诗、词。柳亚子曾发表多首诗歌，如本期刊登其《陆郎曲赠子美》《子美索题醉中合影率成一绝》《题子美诸子化妆合影并调长公》《索子美画分湖旧隐图即简芦墟》《沧浪亭口占示子美》《将赴海上讯子美疾》等。

16 日，周祥骏遇害，享年 45 岁。周祥骏（1870—1914），字仲穆，号更生，江苏睢宁人，南社诗人，入社书编号 36，有《更生斋诗文集》。生平事迹见顾颉刚《先烈周仲穆先生纪念碑碑文》。柳亚子《我和南社的关系》云："（周仲穆）治宋儒心性之学，喜融新旧于一炉。公元一九一四年（民国三年）五月十六日，为张勋所杀。著有《更生斋诗文集》，其一部分已印行。"[3] 其作品散见于《南社诗集》《南社丛选》。

24 日，南社成员临时在愚园雅集，迎接柳亚子复社。到者有陈巢南、柳亚子、陶神州、宋诒子、叶楚伧、庞树柏、徐粹庵、钟英、汪兰皋、蒋万里、王西神、周人菊、朱少屏、陈匪石、陈布雷、林一厂、吕天民、蔡

---

① 柳亚子：《柳亚子文集　南社纪略》，柳无忌编，上海人民出版社 1983 年版，第 61－62 页。

② 柳亚子：《柳亚子文集　南社纪略》，柳无忌编，上海人民出版社 1983 年版，第 62 页。

③ 柳亚子：《柳亚子文集　南社纪略》，柳无忌编，上海人民出版社 1983 年版，第 28 页。

冶民、陆子美、金兰畦、宋痴萍、承玉书、洪白苹、邵无妄、朱宗良、徐自华、徐只一、王瘦月、周锡三、谢囷人等30人。柳亚子《南社纪略》云：“到五月廿四日正午，又在愚园云起楼召集临时雅集，算是欢迎我复社的表示，到者三十人。”①

约本月或本月前，云南丽江的桂香诗社成立。周暐（字兰坪）为社长，成员有王竹淇、和松樵、王树和、李中铨、杨熙远、习彦卿、唐杰生、和云锦等人。赵银棠《玉龙旧话新编》云：“‘桂香诗社’，是民国初年丽江纳西族的一些士绅阶层组合的诗社。周兰坪为社长，王竹淇、和松樵、王树和、李中铨、杨熙远、习彦卿、唐杰生、和云锦等为骨干；也有少数参加作诗，但不参加集会的。社址设在净莲寺嵌雪楼。会期每月一两次。”② 和钟华、杨世光《纳西族文学史》引用桂香诗社社长周兰坪所著诗集《江渔诗钞》题记中语：“三百篇后，诗情淡远以陶渊明为最。民国甲申五月，诗社以陶渊明为题。夫渊明以一尘不染之胸襟，抒写大自然之天籁，才如东坡尚不能得其理，而况其他。第以此为题，不妨强为东施，以博一笑，亦社中之乐事也。大雅谅之。”③ “民国甲申”为1944年，而周兰坪卒于1924年，故“甲申”之说当误，疑为“甲寅”之讹，甲寅年为1914年，则与诗社成立于民国初年相符。由此推断诗社成立于甲寅年五月或五月以前。《江渔诗钞》为手抄本，藏于丽江市图书馆，无法睹其原貌，故暂系于此。

6月

20日，《夏星杂志》第1期在上海出版。夏星杂志社编辑发行，内容主要有言论部（包括社论、译论、选论）、法令部、纪事部、专件部（包括文牍、调查）、学艺部、杂录部等。其中，学艺部分为学说、史料、文谈（后改为诗选）、词选、诗话、词话、笔记、小说。陈去病、胡韫玉、李详、吴士鉴、冒广生等人有诗词发表。停刊时间不详。④

本月，《马君武诗稿》由上海文明书局出版发行。诗稿共收录136首诗，其中七古15首、七律17首、七绝21首、五古9首、五律32首、五

① 柳亚子：《柳亚子文集　南社纪略》，柳无忌编，上海人民出版社1983年版，第63页。

② 赵银棠：《玉龙旧话新编》，云南人民出版社1984年版，第137页。

③ 和钟华、杨世光主编：《纳西族文学史》，四川民族出版社1992年版，第644页。

④ 上海图书馆编：《中国近代期刊篇目汇录》第三卷上册，上海人民出版社1983年版，第1197－1199页。

绝 4 首、译诗 38 首。马君武自序云："辛亥冬间归国，值武汉革命军兴。随诸君子之后，东西奔驰。今事稍定，从友人之请，搜集旧所为诗文，刻为一卷，殆皆为壬癸间所作，十年前旧物也。自兹以后，方将利用所学，以图新民国工业之发展。殆不复作文矣。此寥寥短篇，断无文学界存在之价值。惟十年以前，君武于鼓吹新学思潮，标榜爱国主义，固有微力焉，以作个人之纪念而已。"[①]

夏，《文艺杂志》第 1 期在上海出版。初为月刊，自第 13 期改为季刊。内容主要分为笺经室所见宋元书题跋、文录、诗录、词录、娱萱室随笔、懒窝笔记、解颐新语、中州闻见录、香艳诗话、蓉城闲话、小说丛谈、短篇小说、谐文、谐诗、酒令等。后内容、栏目略有变化。曹元忠、庄礼本、朱溥、李详、郑孝胥、张謇等人常有诗刊登。停刊时间不详。[②]

夏，《香艳杂志》创刊于上海。[③] 版权页署编辑者为"新旧废物"（即王文濡，字均卿）。均卿所撰《〈香艳杂志〉发刊词》谓其创办之目的有六："表扬懿行""保存国学""网罗异闻""搜辑轶事""提倡工艺""平章风月"。[④] 刊物版权页所载《征文条例》重申以上六项宗旨。其主要栏目有图画、谈薮、译林、诗文词选、说部、工艺栏、游戏栏等。樊增祥、蔡尔康、黄人、柳亚子、潘飞声、朱祖谋、冯煦、王蕴章、姚鹓雏、林庚白、庞树柏等人曾在该刊发表诗词。该刊共出版 12 期，具体停刊时间不详（各期均未标明出版时间）。其出版时间、发行情况可参见马勤勤《〈香艳杂志〉出版时间考述》一文。2006 年，全国图书馆文献缩微复制中心影印出版《民国珍稀期刊第三集》，收录该刊。

7 月

20 日，《学生杂志》第 1 卷第 1 号在上海出版。学生杂志社编辑，商务印书馆发行。内容主要分为图画、论说、学艺、修养、文苑、小说、杂纂、记载、英文等。其中，文苑主要发表各级学校学生所作旧体诗文词。[⑤]

本月中下旬，鞠社成立。发起人为刘炳南、蒋天开、陈保棠、郑以超

① 马君武：《马君武诗稿》，文明书局 1914 年版，第 1 页"自序"。

② 上海图书馆编：《中国近代期刊篇目汇录》第三卷上册，上海人民出版社 1983 年版，第 1200－1225 页。

③ 马勤勤：《〈香艳杂志〉出版时间考述》，载《汉语言文学研究》2013 年第 3 期。

④ 均卿：《〈香艳杂志〉发刊词》，载《香艳杂志》1914 年第 1 期。

⑤ 上海图书馆编：《中国近代期刊篇目汇录》第三卷上册，上海人民出版社 1983 年版，第 1227－1291 页。

等，此外，在社同人还有陈光辅、张凤墀、张凤章、郑景熙、陈鸣岐、刘承昆、江保尧、李韵夔、施平、郑义勋、陈寿棨、陈保焯等。① 刘炳南《鞠社诗草初刊序》云："辛亥壬子而后，时局沧桑，都士人咸厌谈世务，日以文酒相过从。蒋逢午前辈时多旋里，陈潜庵世讲归自汴梁。予亦里居多暇，相与提倡，齐盟重修风雅，遍约吟侣，月数会焉。……社集既数，篇什渐繁，自甲寅迄丙辰，裒而录之，积诗成帙，同人以驹影易逝，鸿印宜留。于是重加甄选，商榷去取，得若干首，颜曰'鞠社诗草初刊'。"② 又陈保棠《鞠社序》云："甲寅闰五月下浣，风雨初霁，苦热憩暑于汾阳王庙之西楼，迓刘耀庭年伯、郑惠庭前辈暨诸诗彦商诗事，即假此为消夏计。惠庭前辈后至，曰：'诸君适从树下习礼来乎？盖溪旁风雨僵一树，来者咸俯而过，意谓鞠躬也。'会散，耀庭年伯嘱定社称。保棠戏答曰：'斯社也，其鞠之乎。扬子《方言》，陈、楚、韩、郑之间称养为鞠。《书》，鞠人谋人之保居，亦训鞠为养。于时，正群彦韬养之日。诗社亦养晦事也。抑更有说焉？诗之为物，所以陶写性情，发抒幽郁，各随其人之所触，而诗境以异。要其感之愈深，则其发之愈明，理自同也。不观乎鞠乎？夫鞠制革为之，搏之愈力，则其跃愈高。诗人或以穷愁而写幽忧，或以激昂鸣其孤愤，言为心声，不可遏抑，其犹鞠也夫。'耀庭年伯笑颔之，曰：'可即称为鞠社云。'"③ 由"甲寅闰五月下浣"可知，诗社始于该年农历五月二十一至三十日间，以公历计则为 7 月 13 日至 22 日，是为 7 月中下旬。南江涛选编《清末民国旧体诗词结社文献汇编》第 25 册收录刘炳南所辑《鞠社诗草初刊》。

本月，林纾在北京发起晋安耆年会。参加者有陈宝琛、傅嘉年、叶芾棠、曾福谦、林孝恂、李寿田、严复、卓孝复、郭曾炘、陈衍、力钧、李宗言、张元奇、孙葆晋、郑孝柽等。他们常以诗歌唱和。林纾《晋安耆年会序》云："温公在洛为耆英会，较香山之九老数逾三人。时张景元年七十，居末座，然尚次温公上，温公年实未满七十也。呜呼！士之躬忧患，劬筋力，鞅掌公事，驰逐名场，其幸至于七十也，难矣！而洛中耆宿躬跻七十以上者至九人之多，二张以古稀之年比诸富文尚为稚齿，则赵宋中叶人才之盛，天复假以大年，为可羡也。余客长安十四年，今六十有三矣，

---

① 刘炳南：《鞠社诗草初刊·在社同人》，见南江涛选编《清末民国旧体诗词结社文献汇编》第 25 册，国家图书馆出版社 2013 年版，第 373 页。

② 刘炳南：《鞠社诗草初刊·鞠社诗草初刊序》，见南江涛选编《清末民国旧体诗词结社文献汇编》第 25 册，国家图书馆出版社 2013 年版，第 369－370 页。

③ 陈保棠：《鞠社诗草初刊·鞠社序》，见南江涛选编《清末民国旧体诗词结社文献汇编》第 25 册，国家图书馆出版社 2013 年版，第 371－372 页。

而同里陈公宝琛、傅公嘉年、叶公芾棠、曾公福谦，年皆长余。而陈公年最高，则六十有七，其去张昌年、张景元尚少三岁，而强健如壮年。余为集林公孝恂以下十一人，合陈、傅、曾、叶四公与余为十六，其中有未满六十者皆与焉，名曰晋安耆老会。会中诸公均长德君子，乱余又幸得长聚于京师，年虽未届富文，然以懿量德素卜之，均可同臻于大耋。方今俗尚污骜，少年多蹇纵，其视敦尚古谊者，往往恣其欢丑。敬长之道既弛而弗行，吾辈尤宜聚讲道德、叙礼秩，为子孙表式。若纾者，行不加修，而业日荒落，幸得追随诸贤之后，领受绪论，用自磨治，则余年之获以进德者，均诸公之所赐矣。既为之图，且识会之缘起，授吾子孙永永藏之。甲寅六月林纾序。"① 严复《题林畏庐〈晋安耆年会图〉》云："归来洛社聚耆英，抵制少年老吾老。岂知世运久更新，肮脏人生苦不早。君看画里十三人，一已墓门将宿草。不如及早竖降旗，成功者退循天道。更将此意问橘叟，渠指岁寒松合抱。"②

10 月

10 日，南社在上海愚园举行第十一次雅集。柳亚子以 56 票当选为主任。柳亚子《我和南社的关系》云："南社第十一次雅集，是一九一四年（民国三年）十月十日在愚园举行的。可惜得很，这一次雅集的纪录，完全找不到，所以连出席的有多少人，也无以查考了。"③ 又云："检点收到的票额，只有八十七票，我以五十六票的多数，当选为主任。"④

20 日，《公言》第 1 卷第 1 号在长沙出版。公言杂志社编辑发行，杨昌济、黎锦熙等人创办。计划为半月刊，实际月出一册，故成月刊。停刊时间不详。内容主要有政论、谈萃、诗录、词录等。第一卷第二号所登《公言杂志章程摘要》第四条云："本志月刊二册以五日二十日为发行期（暂定月出一册）。"⑤ 毛泽东自称每期必读。⑥

本月，《眉语》杂志创刊于上海。高剑华主编，许啸天（高剑华的丈夫）从中协助。该刊承袭了"鸳鸯蝴蝶派"的写作风格，主要针对女性

① 林纾：《林纾集》，第 1 册，江中柱等编，福建人民出版社 2020 年版，第 114 页。
② 严复：《严复集》第 2 册，王栻主编，中华书局 1986 年版，第 388 页。
③ 柳亚子：《柳亚子文集　南社纪略》，柳无忌编，上海人民出版社 1983 年版，第 67 页。
④ 柳亚子：《柳亚子文集　南社纪略》，柳无忌编，上海人民出版社 1983 年版，第 68 页。
⑤ 公言杂志社：《公言杂志章程摘要》，载《公言》1914 年第 1 卷第 2 号。
⑥ 莫志斌：《〈公言〉杂志每期必读》，见范忠程主编《博览群书的毛泽东》，湖南出版社 1993 年版，第 391 页。

读者，撰稿者多为女性。栏目分图画、短篇小说、长篇小说、文苑、杂纂等5类，文苑栏下发表诗词。1916年3月停刊，共出18期。2006年，该刊由全国图书馆文献缩微复制中心影印出版。

11月

1日，《剧场月报》第1期在上海出版。民友社发行，编辑兼发行人王笠民。栏目主要有论说、剧谈、脚本、小说、艺苑等。艺苑栏主要发表旧体诗，后改为“词林”，郑孝胥、王笠民等曾有诗词发表。停刊时间不详。①

12月

10日，《女子世界》（月刊）第1期在上海出版。中华图书馆发行，陈蝶仙编辑，内容主要分为图画、文选、译著、谈丛、笔记、诗话、词诗曲选、说部、音乐、海外奇谈、工艺、家庭、美术、卫生等。其中，词诗曲选又分为名媛集（诗选、词选）、香奁集（诗选、词选）。1915年7月停刊，共刊行6期。②

24日，吴慕尧卒，享年38岁。吴慕尧（1877—1914），别号虎头，贵州黎平人，南社诗人，有《绝命诗》10首。郑逸梅《南社丛谈》云：“慕尧避走上海，与姜靖丞谋对付袁氏，并联络党人，密函被奸人所获，告发邀功，慕尧被逮送京，于一九一四年十二月二十四日就义，年三十八。……师事何威凤，诗宗东坡、山谷，平生诗文都散佚，仅留《绝命诗》十首。”③

本年

袁克文刊印《寒云诗集》。诗集分上、中、下三卷，由易顺鼎选定他早年作品一百多首，用仿宋字体排出，自己题签，线装书。④

---

① 上海图书馆编：《中国近代期刊篇目汇录》第三卷上册，上海人民出版社1983年版，第1343－1344页。

② 上海图书馆编：《中国近代期刊篇目汇录》第三卷上册，上海人民出版社1983年版，第1360－1377页。

③ 郑逸梅编著：《南社丛谈》，上海人民出版社1981年版，第165页。

④ 王忠和：《袁克文传》，百花文艺出版社2008年版，第156页。

《东社》创刊于上海。该刊由郭绍虞、吴冰心、金天翮、曾泣花、周影竹、黄松庵等创办，是文学社团东社的社刊。体例仿《南社丛刻》，分文选、诗选、词选三部分。周葱秀、涂明《中国近现代文化期刊史》云："《东社》是文学年刊，1914 年创刊于上海，创办人为郭佛魂（郭绍虞）、吴冰心、金天翮、曾泣花、周影竹、黄松庵。它是文学社团东社的社刊，由东社编辑兼发行。东社是受南社的影响而成立的。该刊先后由商务印书馆、右文社和文明书局出版。停刊时间不详，今可见到前 3 集。编例仿《南社丛刻》，分文选、诗选、词选 3 部分。"①

柳亚子作《论诗六绝句》，抨击郑孝胥、陈三立、樊增祥、易顺鼎、王闿运等人。柳亚子《自撰年谱》称："撰《论诗》六绝句，抨击郑、陈、樊、易诸派，亦不满湘绮，见者惊为狂生。独成都吴又陵先生颇激赏之，数年后通函道及颇致奖借也。"② 如《论诗六绝句》其二云："郑、陈枯寂无生趣，樊、易淫哇乱正声。一笑嗣宗广武语：而今竖子尽成名。"③

民国四年　1915 年　乙卯

1 月

1 日，《小说海》（月刊）第 1 卷第 1 号在上海出版。黄山民编辑，中国图书公司和记发行，内容主要有插画、短篇小说、长篇小说、诗文等。其中"诗文"栏主要刊登旧体诗文词。1917 年 12 月停刊，共出 3 卷，每卷各 12 期。

5 日，《妇女杂志》（月刊）第 1 卷第 1 号在上海出版。妇女杂志社编辑，商务印书馆发行，王蕴章、胡彬夏先后担任主编。主要内容分为论说、学艺、家政、名著、小说、译海、文苑、美术、杂俎、传记、纪载、

---

① 周葱秀、涂明：《中国近现代文化期刊史》，山西教育出版社 1999 年版，第 71－72 页。

② 柳亚子：《柳亚子文集　自传·年谱·日记》，柳亚子文集编辑委员会主编，上海人民出版社 1986 年版，第 15 页。

③ 柳亚子：《磨剑室诗词集》（上），中国革命博物馆编，上海人民出版社 1985 年版，第 215 页。

余兴等。其中文苑又包括文录、诗选、词选。诗词作者主要为女性作者，如杭县朱承芳、旌德吕碧城、语溪徐自华、桐城姚倚云等。徐自华在本期发表《题潘兰史惠山访听松石图》《忆秦娥·听箫》《渡江云·问秋》《金缕曲·送秋璿卿妹之沪时将赴扬州》等。其中《题潘兰史惠山访听松石图》云："梁家溪水映芙蓉，画舫何人捧研从。一笑慧山青欲滴，料应眉黛似吴侬。"诗中"一笑慧山"与后来所见各版本不同。民国二十五年（1936）2月上海中学生书局出版的《南社诗集》（第3册）及浙江古籍出版社《徐自华集》皆作"一笑惠山"。另外，《徐自华集》中附录的《徐自华年谱》谓《题潘兰史惠山访听松石图》作于1916年[①]，当属误。

20日，《大中华杂志》（月刊）第1卷第1期在上海出版。大中华杂志社编辑发行，内容主要有政论、文苑、法令等，"文苑"栏主要刊登旧体诗文词。梁启超、陈三立、方尔谦、赵熙、樊增祥、康有为、王闿运等人有诗发表。

25日，《中华妇女界》（月刊）第1卷第1期在上海出版。中华妇女界社编辑发行，内容主要有插画、杂谈、文艺、成绩（议论文）、特别记事等。文艺栏主要发表旧体诗词，作者主要为女性，如陈德懿、陈德音、徐自华、吕碧城等。

2月

24日，麦孟华卒于上海，享年41岁。麦孟华（1875—1915），字孺博，初号武忠，后号蜕庵，广东顺德人，有《蜕庵词》。一般认为麦孟华的卒日是农历正月十二（即公历2月25日），梁启超谓："君之逝以旧历正月十二日。"[②] 丁文江、赵丰田《梁启超年谱长编》及马以君主编《麦孟华集》中所附《麦孟华年谱》均持此说。然麦孟华舅氏罗惇曧《麦孟华传》云："以民国四年二月二十四日，暴疾终于上海海宁路福寿里寓中。"[③] 该传曾公开发表，刊载于《中国实业杂志》1915年第4期。且罗惇曧《哭孺博外甥》又谓："来书各摧肝，述状谓疾首。猝发即昏迷，群医并束手。"[④] 综合考虑以上几点，今从罗氏之说。黄濬《花随人圣庵摭

---

① 徐自华：《徐自华集》，浙江古籍出版社2014年版，第307页。

② 梁启超：《梁启超全集　第17集　诗文》，汤志钧、汤仁泽编，中国人民大学出版社2018年版，第686页。

③ 罗掞东：《麦孟华传》，载《中国实业杂志》1915年第4期。

④ 罗惇曧：《哭孺博外甥》，见马以君主编《麦孟华集》，顺德县地方志办公室1990年版，第22页。

忆》谓："孺博、弱海，所谓粤两生，自戊戌以来，负江海盛名。……蜕庵、弱庵俱以橐笔为生涯，晚年侘傺，弱庵恢奇有壮志，蜕庵则文章独茂。"[①] 弱海指潘若海（1870—1916），名博，号弱庵，广东南海人，有《弱庵词》。叶恭绰谓："弱海为词孟晋，思深力沉，天假以年，足以大成。"[②] 陈声聪《兼于阁诗话》云："康长素得意门人南海潘若海（博）及顺德麦孺博（孟华），皆工诗词，皆不幸早逝，朱彊村[③]辑其所作曰《粤两生集》，行于世。弱海词多，诗甚少。孺博另有《蜕庵集》，散原老人为之序，谓其诗'郁伊善感，婉约冲夷如其人'。"[④] 1990年，马以君主编的《麦孟华集》由原顺德县地方志办公室出版。

3月

3月5日，桂念祖卒，享年47岁。桂念祖（1869—1915），又名赤，字伯华，江西德化（今九江）人。生平事迹见欧阳渐《九江桂伯华行述》等。夏敬观《忍古楼词话》云："德化桂伯华念祖，丁酉举人。与予同师善化皮鹿门先生，经学词章，根底深厚。"[⑤] 汪辟疆《光宣诗坛点将录》谓："伯华与丰城黎端甫、宜黄欧阳竟无、临川李证刚并为杨仁山弟子。而伯华、证刚，精研内学外，皆有诗名。伯华久居日本，诗出入于坡公、遗山之间，取韵味于中晚，取奇辟于定庵。又喜摭佛语理语入诗，善于镕化，故不入理障。此其过人处也。惜散佚过多，今亦无从搜集矣。"[⑥] 梁令娴所编《艺蘅馆词选》录其词3首，叶恭绰《广箧中词》录其词1首。

10日，瞿鸿禨等于沈曾植寓所举行逸社第一次雅集。参加者有冯煦、陈夔龙、朱祖谋、王乃徵、缪荃孙、吴庆坻、沈曾植、王仁东、陈三立、沈瑜庆、杨钟羲、林开謩、张彬等人，即事为题，不拘体韵。瞿鸿禨有诗《乙卯正月二十五日，假乙庵寓斋作逸社第一集，招冯蒿庵、陈庸庵、朱沤尹、王病山诸公入社，同人各赋诗》[⑦]。缪荃孙《艺风老人日记》正月廿五日记云："瞿中堂开逸社，冯梦华、吴止修、沈子培、王旭庄、陈百

---

① 黄濬：《花随人圣庵摭忆》上册，李吉奎整理，中华书局2013年版，第441页。

② 叶恭绰选辑：《广箧中词》，傅宇斌点校，人民文学出版社2011年版，第112页。

③ 彊村为朱祖谋的号，在一些文献中也写作"彊邨"，本书引用时不一一注明。

④ 陈声聪：《兼于阁诗话》，上海古籍出版社1985年版，第88－89页。

⑤ 夏敬观：《忍古楼词话》，见唐圭璋编《词话丛编》第5册，中华书局1986年版，第4754页。

⑥ 汪辟疆：《光宣诗坛点将录笺证》下册，王培军笺证，中华书局2008年版，第472页。

⑦ 瞿鸿禨：《瞿鸿禨集》，谌东飚校点，湖南人民出版社2010年版，第111页。

年、陈小石、王病山、沈涛园、朱古微、杨子晴、林贻书、张篁楼十四人同集，即事为题，不拘体韵。”①

15日，《双星杂志》（月刊）第1期在上海出版。双星杂志社编辑发行，内容主要有小说、传奇、笔记、杂俎、文苑、谐海等，文苑主要刊登旧体诗文词。柳亚子、刘世珩、缪荃孙、吴昌硕、周庆云、庞树柏、王莼农、吴梅、高旭等人曾有诗词发表。同年6月出第4期，至9月由上海国学昌明社接办，改为《文星杂志》，此刊即告停止。

4月

14日，《国学杂志》（月刊）第1期在上海出版。倪羲抱编辑，国学昌明社发行，主要有总论、经学、小学、史学、舆地学、兵学、文学、艺术、附录等栏目。其中“文学”栏刊载诗文词等，郑孝胥、陈衍、诸贞壮、庞树柏、李详等人有诗词发表。

14日，春社成立。该社由陈衍、樊增祥、左绍佐、周树模、江瀚、易顺鼎、俞明震、吴士鉴、梁鸿志、黄濬等人组织。陈衍《石遗室诗话》记云：“今年三月一日，寓庐有春社之集，集者樊山、笏卿、沈观、叔海、实甫、确士、纲斋、众异、秋岳并余十人，……都下最盛诗钟之会，余颇苦之。因与樊山诸老谋另结一社也。……社建于暮春之初，故以春名。”②陈衍有诗《三月一日于东城敝寓为春社首集集者樊山沈观笏卿叔海确士实甫纲斋众异秋岳并余十人约各为即事诗一首次日沈观诗先成次韵示同社诸君》③。

5月

1日，《光华学报》（双月刊）在武昌创刊。武昌中华大学发行，内容主要分为论丛、学海、评林、选萃、艺苑、思潮、纪载等，其中，艺苑主要刊登诗文词，王乃徵、周树模、张元奇等人有诗词发表。

9日，南社第十二次雅集。到会者有陈去病、柳亚子、郑佩宜、蔡治民、叶楚伧、余天遂、姚石子、高燮、冯平、汪文溥、王蕴章、宋一鸿、

---

① 缪荃孙：《艺风老人日记》第7册，北京大学出版社1986年版，第2816页。

② 陈衍：《石遗室诗话》，见张寅彭主编《民国诗话丛编》第1册，上海书店出版社2002年版，第207页。

③ 陈衍：《陈石遗集》（上），陈步编，福建人民出版社2001年版，第228页。

朱少屏、陈匪石、李云夔、周斌、朱宗良、徐自华、陈布雷、邵力子、徐只一、胡怀琛、陆衍文、周瘦鹃、许湘、狄君武、顾震生、蔡璿、李志宏、陈以义、余十眉、徐蕴华、钱永铭、刘筠、章闾、周湘兰、刘鹏年、周宗泽、曾蹟、张光厚、白炎、杜羲等人。[①] 柳无忌所编《柳亚子年谱》云："社员首次参加者，有周瘦鹃（国贤）、狄君武（膺）、余十眉（其锵）诸人。"[②]

16 日，南社于杭州西湖西泠印社举行雅集。郑逸梅《南社丛谈》载："一九一五年的夏天，柳亚子和高吹万、姚石子各带了眷属，共十一人，同游杭州西湖，逗留了旬日。这时南社社友丁白丁、丁不识、丁展庵兄弟，陈虑尊、陈越流兄弟，以及王漱岩、程光甫、林之夏、陈稺兰、平智础、沈半峰等都在杭州，胜友如云，湖山啸傲，曾在西泠印社举行了临时雅集，到了三十余人。"[③]

初夏，春音词社成立。创办者周庆云，社长朱祖谋，成员有徐珂、庞树柏、白曾然、恽毓龄、恽毓珂、夏敬观、袁思亮、叶楚伧、吴梅、陈匪石、王蕴章、潘飞声、曹元忠、李岳瑞、陈方恪、况周颐、郭则沄、邵瑞彭、林葆恒、叶玉森、杨玉衔、林鹍翔、黄孝纾等。周延礽编《吴兴周梦坡（庆云）先生年谱》云："府君创春音词社，初夏为第一集，以樱花命题，调限《花犯》，推朱沤尹年丈为社长。先后入社者有朱沤尹、徐仲可、庞檗子、白也诗、恽季申、恽瑾叔、夏剑丞、袁伯夔、叶楚伧、吴瞿安、陈倦鹤、王莼农诸先生。"[④] 又云："（戊午四月）春音词社第十七集，调限《雪梅香》，春音词社至此止。"[⑤] 王蕴章《春音余响》谓："海上词社，以民初春音为最盛。……匪石时寓沪西，距余寓庐甚近，朝夕过从，因共发起词社，请归安朱古微沤尹丈为社长。沤丈名社曰春音，取互相劳苦之意。一时同社者，有虞山庞檗子、长洲吴瞿安、湘潭袁伯夔、新建夏吷庵、杭县徐仲可、乌程周梦坡、番禺潘兰史、长洲曹君直、通州白中磊诸公。最远者为陕西李孟符，最少者为义宁陈彦通，特二君不常在沪，偶一莅沪，加入社集耳。最后加入者，为吴江叶楚伧，而临桂况夔笙、侯官郭啸麓、淳安邵次公、闽县林子有、丹徒叶荭渔、香山杨铁夫，及林铁

---

① 柳亚子：《柳亚子文集　南社纪略》，柳无忌编，上海人民出版社 1983 年版，第 68 – 70 页。

② 柳无忌编：《柳亚子年谱》，中国社会科学出版社 1983 年版，第 47 页。

③ 郑逸梅编著：《南社丛谈》，上海人民出版社 1981 年版，第 39 页。

④ 周延礽编：《吴兴周梦坡（庆云）先生年谱》，见沈云龙主编《近代中国史料丛刊》第 82 辑，台湾文海出版社 1972 年版，第 59 页。

⑤ 周延礽编：《吴兴周梦坡（庆云）先生年谱》，见沈云龙主编《近代中国史料丛刊》第 82 辑，台湾文海出版社 1972 年版，第 71 页。

铮、黄公渚等又更其后加入者也。……十余集后，檗子病故，映庵长浙江教育厅，遂渐呈阑珊之态。”① 该社事迹详见杨柏岭《春音词社考略》、汪梦川《〈春音词社考略〉补正》。

6 月

夏，② 柳亚子、高吹万及姚石子合资印行《三子游草》，后柳、高二人因版权产生纷争。高吹万认为他本人对所分得书籍有处置权，登报出售是他的自由；柳亚子则认为《三子游草》系三人所作，其中一方要出售，须征得另外两位作者的同意。柳亚子《我和南社的关系》云：“自从南社成立以来，我印行书籍甚多，但除了《南社社集》以外，都是赠送朋友，并不卖钱的。《三子游草》的印费，是我们三个人共同担任的，出版以后，大家分取书若干部。但究竟作为卖品，或是非卖品的问题，却从来没有讨论过。后来，忽然我在一个松江的地方报上，看见了《三子游草》寄售的广告，原来吹万把他所分得的一部分，在作为卖品出售了。我因为当初并没有讲明作为卖品，便写信去质问他，要他取消广告，停止出售。而吹万的意思呢？以为他所分得的书，他有自由处置的主权，用不着我去干涉。在我，却认为《三子游草》的版权是公共的，至少我也有一份子，既然事前没有讲明作为卖品，他现在就不应该擅自出售，而并不征求我的同意。如此这般一来，大家走了意气，愈闹愈僵。始而函信反复，后来索性在报上登载广告，破口大骂起来。”③《柳亚子年谱》云：“与高吹万、姚石子合资印行《三子游草》，系在沪、杭游程中所撰诗之汇集。柳亚子有诗二十余首，题《湖海行吟草》。后因高吹万在松林出售此书（原为非卖品），去信质难，遂绝交，登报宣布（1920 始言归于好）。”④ 郑逸梅《南社丛谈》“南社的纠纷和斗争”一节也谈及此事，言之甚详。

7 月

20 日，仇亮卒，享年 37 岁。仇亮（1879—1915），原名式匡，字蕴存，号冥鸿，湖南湘阴（今汨罗市）人，南社诗人，入社书编号 258。生

---

① 西神（即王蕴章）：《春音余响》，载《同声月刊》1940 年创刊号。
② 《三子游草》扉页有“乙卯夏五”字样。
③ 柳亚子：《柳亚子文集　南社纪略》，柳无忌编，上海人民出版社 1983 年版，第 73 – 74 页。
④ 柳无忌编：《柳亚子年谱》，中国社会科学出版社 1983 年版，第 48 页。

平事迹见张相文《仇亮传》、程潜《仇亮传》及郑逸梅《南社丛谈》。钱仲联谓："冥鸿二次革命失败，被窃国大盗袁世凯所害。诗以人重，遗著有四厚册。"① 仇亮被逮下狱，赋绝命诗六首，其一云："祖龙流毒五千年，百劫残灰死复燃。碧血模糊男子气，黄袍娇宠独夫天。那堪新莽称元首，定有荆轲任仔肩。世不唐虞心不死，望中凄绝洞庭烟。"② 其作品散见于各种选本，如张翰仪编《湘雅摭残》收录《绝命诗》《寄怀湘乡陈壬林》等。

8月

14日，张通典卒，享年57岁。张通典（1859—1915），字伯纯，号天放楼主，晚又号志学斋老人，南社诗人，入社书编号467。生平事迹见张默君《先考伯纯公行略》、邵元冲《张伯纯先生传略》。钱仲联《南社吟坛点将录》谓："伯纯早岁列名南学会，辛亥武昌革命，参加苏州易帜。晚岁归隐湖南。《秋柳》四首寄兴，追步渔洋。女默君，亦工诗。"③ 胡朴安选录的《南社丛选》收录其文1篇、诗5首。

28日，《世界观杂志》第1期第1卷在成都出版。世界观杂志社编辑发行，发行人傅殷弼，内容主要有论说、纪载、文苑、杂纂等。其中文苑又分为文录、诗录、词录。诗录部分既收录历代诗歌，亦刊登时人作品，赵熙、曾学传等人常有诗发表。停刊时间不详。④

9月

9日，《文星杂志》第1期在上海出版。国学昌明社发行，倪羲抱主编。内容主要有时论、选论、专集、文录、诗词、杂著、小说、传奇、新剧等。"诗词"栏刊登旧体诗词。该期刊载有杨云史《江山万里楼诗》（续《双星杂志》第四期，参见本年3月15日条）。

15日，《青年杂志》在上海创刊。群益书社发行，青年杂志社编辑。第二卷起杂志改名《新青年》，社名改为新青年杂志社。编辑部于1917年

---

① 钱仲联：《南社吟坛点将录》，载《苏州大学学报》（哲学社会科学版）1994年第1期。
② 仇亮：《绝命诗》，见张翰仪编《湘雅摭残》（二），岳麓书社2010年版，第795页。
③ 钱仲联：《南社吟坛点将录》，载《苏州大学学报》（哲学社会科学版）1994年第1期。
④ 上海图书馆编：《中国近代期刊篇目汇录》第三卷下册，上海人民出版社1984年版，第1628－1634页。

迁到北京，1920年9月迁回上海，该刊至1922年7月（民国十一年七月）停刊，共出9卷。《青年杂志》多次刊登谢无量的旧体诗，如1915年11月15日第一卷第三号登载其《已酉岁未尽七日自芜湖溯江还蜀入春淹泊峡中观物叙怀辄露鄙音略不诠理奉寄会稽山人冀资嗢噱》，1915年12月15日第四号有《春日寄怀马一浮》。

23日，柳亚子在吴江黎里发起组织酒社。柳亚子《南社纪略》云："但时局是愈弄愈坏，而我的苦痛也愈弄愈深，借酒浇愁，遂在里中发起一个酒社，趁旧历中秋的时候，天天狂歌痛饮。"① 柳无忌所编《柳亚子年谱》云："中秋（9月23日）期间，赋诗饮酒，凡三日夜。"② 杨天石、王学庄《南社史长编》谓9月23日（夏历中秋）："柳亚子、顾无咎在吴江黎里发起组织酒社，柳亚子任社长，先后举行雅集多次，参加者有王德钟、沈次约等多人，所作诗嬉笑怒骂，表露了对袁世凯复辟帝制的强烈不满，也表露了若干消极情绪。"③

秋，袁克文作七律《分明》（一作《感遇》）。诗云："乍著微棉强自胜，阴晴向晚未分明。南回寒雁淹孤月，东去骄风黯九城。驹隙留身争一瞬，蛩声催梦欲三更。绝怜高处多风雨，莫到琼楼最上层。"④ 该诗经易顺鼎修改而成。原作为七律二章，题为《乙卯秋偕雪姬游颐和园泛舟昆池循御沟出夕止玉泉精舍》。其一云："乍著微棉强自胜，古台荒槛一凭陵。波飞太液心无住，云起魔崖梦欲腾。偶向远林闻怨笛，独临灵室转明灯。绝怜高处多风雨，莫到琼楼最上层。"⑤ 其二云："小院西风送晚晴，嚣嚣欢怨未分明。南回寒雁掩孤月，东去骄风黯九城。驹隙留身争一瞬，蛩声催梦欲三更。山泉绕屋知清浅，微念沧浪感不平。"⑥ 刘成禺《洪宪纪事诗本事簿注》载："忱绿先生来函云：'《洪宪纪事诗本事注》中所传寒云之诗，为七律一章，特其发轫之初，尚有小小曲折人所未谂者。斯作原稿，七律二章。题曰《分明》。前有小叙，经易哭厂（顺鼎）删改，并为一章，乃以问世。寒云于哭厂所删，殊未惬意，曾录原作示余，兹刊于

---

① 柳亚子：《柳亚子文集　南社纪略》，柳无忌编，上海人民出版社1983年版，第75页。

② 柳无忌编：《柳亚子年谱》，中国社会科学出版社1983年版，第49页。

③ 杨天石、王学庄编著：《南社史长编》，中国人民大学出版社1995年版，第400页。

④ 郑逸梅：《清末民初文坛轶事》，学林出版社1987年版，第138页。

⑤ 刘成禺：《洪宪纪事诗本事簿注》，见刘成禺、张伯驹《洪宪纪事诗三种》，上海古籍出版社1983年版，第51页。

⑥ 刘成禺：《洪宪纪事诗本事簿注》，见刘成禺、张伯驹《洪宪纪事诗三种》，上海古籍出版社1983年版，第51页。

次，以存其真。'"①

秋，稊园诗社成立。社名取自关赓麟在北京南池子南湾子的宅第“稊园”，傅增湘、吴北江、夏枝巢、许宝蘅、关赓麟、陈云诰、王道元、章士钊、郭风惠、钟刚中、萧龙友、齐如山、叶恭绰、邢冕之，黄君坦、汤用彤、李培基、刘文嘉、彭八百、张伯驹、王冷斋、言简斋、沈仰放等曾加入该社，最初成员名单不可考，其活动一直持续至新中国成立后，约于“文革”前停止。1926 年 3 月，《学衡》第 51 期曾刊登黄节《关颖人新筑稊园，时予有旧题，今十一年矣，近复重葺园亭，召饮作诗，拈得“盐”韵》一诗。今查马以君编《黄节诗集》，此诗作于 1925 年。以此推之，可知关赓麟筑稊园当在 1914 年，有了雅集的空间，便有了诗社的缔结。丁传靖《稊园二百次大会小启》谓：“乙卯之秋，稊园特起。”② 魏洲平《美丽的稊园及其诗老们——再谈文化传承中的问题》云：“稊园诗社的前身是约创建于 20 世纪初的寒山诗社，‘稊园’，得名于当时诗社社长关赓麟老先生在北京南池子南湾子的宅第‘稊园’。……赓老工诗词，曾与樊增祥（樊樊山）、易顺鼎、许宝蘅等同为‘寒山’中坚诗人。‘稊园’的繁荣、鼎盛期，是在抗日胜利之后到 1957 年期间。其自然消亡于‘文化大革命’前的 1964 年左右。是我国近现代文学史上持续时间最久的诗社。诗社几乎囊括了当时在京的所有文化巨擘、国学大家。数年前，许恪儒先生赠给笔者 4 页稊园诗社印制的《稊园诗社同人名录（依沈韵为次，庚寅四月编）》的复印件（庚寅年即 1950 年。笔者注）。该‘名录’32 开，为蜡板油印，登记有当时 66 位诗社成员的姓名、字、号、籍贯、工作单位或家庭住址。这是具有重要史料价值的资料。如果加上已去世（如傅增湘）或已离开大陆（如齐如山）等不录，或因其他原因漏载的人，诗社成员绝不会少于 100 位。傅增湘、吴北江、夏枝巢、许宝蘅、关赓麟、陈云诰、王道元、章士钊、郭风惠、钟刚中、萧龙友、齐如山、叶恭绰、邢冕之，黄君坦、汤用彤、李培基、刘文嘉、彭八百、张伯驹、王冷斋、言简斋、沈仰放等等诸多声誉昭然、德学双馨的学问宗师均曾是诗社的代表人物。陈叔通老人和俞平伯先生虽不是该社成员，但也经常到‘稊园’与老友们诗书唱和。”③

---

① 刘成禺：《洪宪纪事诗本事簿注》，见刘成禺、张伯驹《洪宪纪事诗三种》，上海古籍出版社 1983 年版，第 51 页。

② 丁传靖：《稊园二百次大会小启》，见南江涛选编《清末民国旧体诗词结社文献汇编》第 12 册，国家图书馆出版社 2013 年版，第 97 页。

③ 魏洲平：《美丽的稊园及其诗老们——再谈文化传承中的问题》，见王景山主编《国学家夏仁虎》，浙江文艺出版社 2009 年版，第 253－254 页。

10 月

17 日，南社在上海愚园举行第十三次雅集。到者有蔡冶民、叶楚伧、姚石子、蔡樸、王灿、狄君武、汪文溥、郑国准、姜可生、陆曾沂、朱少屏、陈匪石、李志宏、李云夔、周斌、余其锵、刘筠、邵力子、胡怀琛、刘鹏年、黄澜、张光厚、申柽、王文濡、钟观诰、王时杰、张焘[①]等人。柳亚子《南社纪略》云："到了十月十七日，第十三次雅集又在愚园举行，到者二十七人。"[②] 蔡樸，名恕庵，江苏金山（今属上海）人，弟蔡权、舅陈陶遗。

12 月

本月，《复旦》杂志在上海创刊。初为半年刊，第 8 期起改为季刊，徐家汇复旦公学（第 7 期起改署复旦大学）编辑发行，主要栏目有文选、别史、诗词、小说等。贺芳、贺启愚、刘慎德、陆思安、恽震、罗家伦、陈子僑等人常有诗发表。停刊时间不详。[③]

民国五年　1916 年　丙辰

1 月

10 日，《商学杂志》第 1 卷第 1 期在天津出版。直隶法政专门学校商科学生组织的"商学会"编辑发行，主要栏目有专论、杂论、警铎、技术、译件、商业纪事、杂录、文苑、说部、谐薮等。其中"文苑"栏下有诗录。蒋则先、李世丰、易艾先、冯允等人经常有诗刊载。

---

① 柳亚子:《柳亚子文集　南社纪略》，柳无忌编，上海人民出版社 1983 年版，第 70 – 72 页。

② 柳亚子:《柳亚子文集　南社纪略》，柳无忌编，上海人民出版社 1983 年版，第 70 页。

③ 上海图书馆编:《中国近代期刊篇目汇录》第三卷下册，上海人民出版社 1984 年版，第 1662 页。

2 月

3 日，《春声》第 1 集在上海出版。文明书局发行，编辑人为姚鹓雏，该刊内容以长、短篇小说为主，并有剧本、笔记、诗词选等。主要栏目有短篇小说、长篇小说、新剧本、笔记、诗词选、余录等，其中“诗词选”栏又分为文录、诗录、词录，收录有林纾、姚鹓雏、胡寄尘、庞树柏等人作品。姚鹓雏谓：“撰次是书，一衷醇雅。”①

13 日，张上龢卒，享年 78 岁。张上龢（1839—1916），字芷莼，浙江钱塘（今杭州）人，张尔田之父，有《吴沤烟语》。生平事迹见张尔田《先考灵表》。孟劬谓其父“宣统逊国之五年二月十三日殁海上寓寝，春秋七十有八”。② 徐珂《近词丛话》称：“比谢事还，卜居苏州，与郑叔问、朱古微婆娑尊俎间，商榷旧艺，倚声益富。识者皆谓沚莼寝馈宋贤，造语下字分寸节奏，悉合规度，可传者逾数百篇，乃矜慎芟订，仅录吴沤烟语一卷。”③ 钱仲联《近百年词坛点将录》谓：“芷莼为孟劬之父，曾从蒋鹿潭受词学。侨寓吴门，又与郑叔问为词画至契。《吴沤烟语》，选入《广箧中词》之作，遐庵特多好评。”④ 严迪昌《近代词钞》云：“其词风韵亦甚近‘晚清四家’一路，密多于疏，不承水云楼之格。”⑤ 1915 年，《吴沤烟语》刊印，朱祖谋为之校定。

4 月

19 日，南社在上海徐园举行临时雅集。到者有庞树柏、徐粹庵、高天梅、钟英、汪兰皋、朱少屏、孙逸清、周志成、钱新之、陈汉元、周景瞻、白中垒、张心芜、陆更存、拓鲁生、赵其相等 16 人。柳亚子《南社纪略》云：“四月十九日举行的临时雅集在徐园，到者十六人。”⑥

23 日，荣庆卒于天津，享年 58 岁。荣庆（1859—1916），字华卿

---

① 姚鹓雏：《自叙》，载《春声》1916 年第 1 集。

② 张尔田：《先考灵表》，见钱仲联主编《广清碑传集》，苏州大学出版社 1999 年版，第 1020 页。

③ 徐珂：《近词丛话》，见唐圭璋编《词话丛编》第 5 册，中华书局 1986 年版，第 4229－4230 页。

④ 钱仲联：《梦苕庵论集》，中华书局 1993 年版，第 390 页。

⑤ 严迪昌编著：《近代词钞》第 3 册，江苏古籍出版社 1996 年版，第 1664 页。

⑥ 柳亚子：《柳亚子文集　南社纪略》，柳无忌编，上海人民出版社 1983 年版，第 75 页。

（一字耐园），号实夫，鄂卓尔氏，蒙古正黄旗人。生平事迹见王季烈《蒙古鄂卓尔文恪公家传》。其诗作散见于日记。日记起于1880年1月4日（农历一八七九年腊月二十三日），止于1916年4月20日（农历三月十八日）。1986年，《荣庆日记》由西北大学出版社出版。

6月

4日，南社在上海愚园举行第十四次雅集。参加者有柳亚子、郑佩宜、叶楚伧、陆衍文、庞树柏、余天遂、杨锡章、姚鹓雏、狄君武、顾震生、汪文溥、朱少屏、陈匪石、李志宏、李拙、孙鹏、周斌、余十眉、朱宗良、张一鸣、钱永铭、刘筠、邵力子、陶牧、胡朴安、程苌碧、汪洋、张光厚、白炎、申柽、柳无忌、黄复、陈洪涛、陆明堃、公羊寿、张翀、王德锺、郑文、奚燕子、盛昌杰、朱翱、许苏民、张素、贡少芹、陈栩、丁三在、顾平子、戚牧、胡惠生、杭海、方培良、林庚白、成舍我、叶夏声、邓孟硕、刘民畏等人。柳亚子《我和南社的关系》云："六月四日举行的第十四次雅集在愚园，到者五十六人。"①

7月

1日，张勋等人拥戴溥仪复辟清室。段祺瑞组织"讨逆军"，于12日攻入北京城。溥仪复辟仅12天，再次宣告退位。② 黄侃《七月一日作二首》其一云："巨壑移舟夜觉轻，夺门前例使人惊。便从有鬲追臣靡，漫效平陵立子婴。熏穴辛勤终有主，置棋反覆太无名。孝经请为临河涌，万一南风变死声。"③

8月

7日，林景行卒，享年31岁。林景行（1886—1916），原名昶，字亮奇，号寒碧，福建侯官人，南社诗人，入社书编号13，有《寒碧诗》。生平事迹见柳亚子《侯官林寒碧墓表》。姚鹓雏《悼林寒碧》谓："晚近文章堕落，可与语六朝以上者，盖寥寥无几人。寒碧诗文皆夐绝，不可跻

① 柳亚子：《柳亚子文集　南社纪略》，柳无忌编，上海人民出版社1983年版，第76页。
② 参见爱新觉罗·溥仪《我的前半生》（东方出版社2007年版）第三章"丁巳复辟"部分。
③ 黄季刚：《黄季刚诗文钞》，湖北人民出版社1985年版，第179页。

攀。其为诗，上追柳州，俯视王、孟，同辈中无与抗衡者。即论词人位置，亦远非时下詹詹者比也。”[①] 1999 年，社会科学文献出版社出版《徐蕴华、林寒碧诗文合集》。

20 日，南社在上海愚园举行临时雅集。参加者有蔡冶民、叶楚伧、钟英、姚鹓雏、许苏民、汪文溥、郑仄尘、王蕴章、姜可生、朱少屏、朱宗良、汪洋、杭海、萧韵珊、黄篑孙、吕天民、徐朗西、申睆观、费龙丁、曹翊廷、戴星一、刘季平、周越然、徐梦鸥、谢抱香、马君武等 26 人。[②]

9 月

24 日，南社在上海愚园举行第十五次雅集。参加者有柳亚子、郑佩宜、黄复、朱锡梁、叶楚伧、姚石子、何痕、姚鹓雏、张翀、奚燕子、汪文溥、陆曾沂、朱少屏、蔡璿、周斌、钱厚贻、张传琨、张一鸣、徐思瀛、邵力子、章閤、程苌碧、汪洋、张焘、黄澜、谢华国、李叔同、凌景坚、蒯贞幹、刘天徒、于定、郁世羹、吴梦非、丁湘田等 34 人。[③]

约本月[④]，朱德与泸州当地士绅、文人组织东华诗社。社名寓意中华民族挺立东亚。成员有温筱泉、陶开永、陈铸、施建潭、黄哲成等，社址设在泸州城中心朱家山之石园。朱德所作《东华诗社小引》云：“岷江沱水，兴波逐浪韶华；小市蓝田，兵火烽烟劫里。横槊赋诗，大块假吾侪以文章；倚马唱酬，时局开我辈之襟抱。戎事余欢，逢场作戏，苦中寻乐，忙里偷闲。惧一百六日，战守疏虞，负廿四翻风唱酬寄兴。泄腹内牢骚，忧国忧民；舒心中锦绣，讽人讽事。但消吟债，不效摘句寻章；得满诗囊，何必寻花弄月。虽孟浪而苏豪亦称尔雅，纵元轻而白俗岂乏风流。爰借他山，共成吟社，极功错切磋之功，收气求应吹之功。大力宣传，振兴东亚中华。高声呼吁：‘打倒西方帝国！’方称联翰墨之因缘，永吟哦之乐事。惟求良友，无负河山。”[⑤] 中共中央文献研究室编《朱德传》称，1917 年秋天，朱德曾在泸州约当地士绅组织诗社。[⑥] “1917 年秋天组织诗

---

① 姚鹓雏：《姚鹓雏文集・杂著卷》下册，上海古籍出版社 2012 年版，第 692 页。

② 柳亚子：《柳亚子文集　南社纪略》，柳无忌编，上海人民出版社 1983 年版，第 79 页。

③ 柳亚子：《柳亚子文集　南社纪略》，柳无忌编，上海人民出版社 1983 年版，第 81 页。

④ 程思远：《关于朱德同志在泸州组织诗社的几个问题》，载《四川文物》1986 年第 4 期。

⑤ 朱德：《东华诗社小引》，见中共中央文献研究室编《朱德年谱：新编本》（上），中央文献出版社 2016 年版，第 34 页。

⑥ 中共中央文献研究室编：《朱德传》，中央文献出版社 2006 年版，第 49 页。

社”之说当属误。今查《朱德年谱》，朱德1916年4月率部驻守泸州城外红花地，6月进驻泸州，下半年几无战事。次年8月后，四川、云南、贵州各军阀间及川军内部为争权夺利接连发生混战。在11月，朱德忙于率部抵抗进攻泸州的川军，11月22日，泸州失守。[①] 且朱德有言“戎事余欢，逢场作戏，苦中寻乐，忙里偷闲”。诗社之事乃“戎事余欢”“忙里偷闲”，与战胜敌人、驻守新城的语境和心情相吻合，故诗社当成立于1916年秋。中国革命博物馆《朱德同志早期革命活动资料》称：“朱委员长很爱好文学，常喜与读书人一起吟诗作对。当时他在泸州和文人陈铁生、温小泉、施建潭、陶仲渊、黄哲成等组织了一个诗社，诗社名称我不知道，据说每星期聚会一次，事前每个成员必须自带一份美肴来到这次聚会的主人家里，主人供应茶酒，在会上各自高吟诗作，各显才华，这种聚会形式称之为‘蝴蝶会’，又名‘转转会’。”[②]

不久，朱德与熊仿文倡设振华诗社。寓意为振兴中华。程思远《关于朱德同志在泸州组织诗社的几个问题》谓：“关于‘振华诗社’，乃振兴中华之意，它建立在东华诗社之后。地点在云井场（现今泸县云井区所在地），社长是熊仿文。熊仿文当时任凤仪乡（即云井乡）团总。此人思想较为激进，赞成共和革命，曾输家倡办义学。熊仿文出于对朱德同志的敬佩，乐意结社，并把社名定为‘振华诗社’。熊又指园相贾，与朱德同志结为至好。从此诗社常活动于云井山上览胜赋诗。……‘东华’和‘振华’两个诗社，分别活动在泸县城与乡村。诗社成员有别，但以清末秀士为骨干，很少寒士。”[③]

10 月

1日，庞树柏卒，享年33岁。庞树柏（1884—1916），字檗子，号芑庵，江苏常熟人，为南社十七发起人之一，有《玉琤瑽馆词》。生平事迹见萧蜕《庞檗子传》、时荫《庞树柏行状及著作考略》。陈声聪《兼于阁诗话》称其“为诗词雄才丽藻，年甫三十三而殁。其词曰《玉琤瑽馆词》，经朱彊村评定。诗曰《龙禅室诗》”。[④] 钱仲联《近百年词坛点将

---

① 中共中央文献研究室编：《朱德年谱》，人民出版社1986年版，第24－25页。

② 中国革命博物馆：《朱德同志早期革命活动资料》，见泸县文教局编《朱德在泸县（1916—1920）》，1985年版，第63页。

③ 程思远：《关于朱德同志在泸州组织诗社的几个问题》，载《四川文物》，1986年第4期。

④ 陈声聪：《兼于阁诗话》，上海古籍出版社1985年版，第149页。

录》谓："叶玉森《鹧鸪天》题檗子词云：'绝代才人不碍狂，鹿门月色称萝裳。苦吟舌底参黄檗，散尽天花悟道场。'檗子瓣香彊村，为南社词流眉目。《玉琤瑽馆词》趋向南宋，得白石之警秀，其稿为彊村删定。中年伤于哀乐，谢世过早，所诣仅此。其《莺啼序·壬子三月劫后过吴阊感赋步梦窗韵》，邵次公《声声慢》题词所谓'吴波荡春千里'者，词家之《哀江南赋》也。"[①] 上海古籍出版社出版的《清代诗文集汇编》第 797 册收录《庞檗子遗集》。

20 日，王闿运卒，享年 84 岁。王闿运（1833—1916），字壬甫（一作壬父），号湘绮，湖南湘潭人，有《湘绮楼诗文集》《湘绮楼词》。生平事迹见王代功《湘绮府君年谱》（收录于《北京图书馆藏珍本年谱丛刊》第 178 册）。汪辟疆《光宣诗坛点将录》视其为诗坛旧头领"托塔天王晁盖"，称："湘绮老人，近代诗坛老宿，举世所推为湖湘派领袖也。"[②] 钱仲联《近百年词坛点将录》云："湘绮八代高文，自谓'余不能词，以文张'（《湘雨楼词序》），然《湘绮楼词》，亦是作手。叶遐庵编《全清词钞》取冠附录之首。《辘轳金井·废圃寻春见樱桃花感赋》亦可谓从有寄托入，从无寄托出者。"[③] 1996 年，岳麓书社出版《湘绮楼诗文集》，后于 2008 年再版。

民国六年　1917 年　丁巳

1 月

1 日，《新青年》第 2 卷第 5 号刊登胡适的《文学改良刍议》。郑振铎谓："这诚是一个'发难'的信号。可是也只是一种'改良主义'的主张而已。"[④] 胡适强调文学改良须从八事入手，"一曰，须言之有物。二曰，不摹仿古人。三曰，须讲求文法。四曰，不作无病之呻吟。五曰，务去滥调套语。六曰，不用典。七曰，不讲对仗。八曰，不避俗字俗语"。[⑤] 这

---

① 钱仲联：《梦苕庵论集》，中华书局 1993 年版，第 394 - 395 页。

② 汪辟疆：《光宣诗坛点将录笺证》上册，王培军笺证，中华书局 2008 年版，第 1 页。

③ 钱仲联：《梦苕庵论集》，中华书局 1993 年版，第 402 页。

④ 郑振铎编选：《中国新文学大系·文学论争集》，上海文艺出版社 2003 年版，第 2 页"导言"。

⑤ 胡适：《文学改良刍议》，载《新青年》1917 年第 2 卷第 5 号。

些主张主要针对旧体诗而发，可以说是对他求学期间诗歌理论的集中系统总结，反映出胡适试图从形式与精神两方面改良旧体诗的用意。胡不归称：“这才是公开向国内提倡白话文学的第一炮。”[①]

1日，《澄衷学报》第1期在上海出版。澄衷中学校澄衷校友会主办和发行，曹慕管、郭虞裳先后担任编辑，主要内容有论著、诗文词、小说等，余天遂、杨荫嘉、张绍翰等人皆曾发表诗作，以后各期略有损益。停刊时间不详。[②]

10日，《寸心杂志》第1期在北京出版。寸心杂志社发行，何海鸣创办和主编，主要栏目有论撰、学说、专著、纪载、译述、文苑、小说、札记、选录等。其中“文苑”栏主要发表诗文词。

2月

1日，陈独秀在《新青年》第2卷第6号发表《文学革命论》。文章指出：“文学革命之气运，酝酿已非一日。其首举义旗之急先锋，则为吾友胡适。余甘冒全国学究之敌，高张‘文学革命军’大旗，以为吾友之声援。旗上大书特书吾革命军三大主义：曰推倒雕琢的阿谀的贵族文学，建设平易的抒情的国民文学；曰推倒陈腐的铺张的古典文学，建设新鲜的立诚的写实文学；曰推倒迂晦的艰涩的山林文学，建设明了的通俗的社会文学。”[③] 又云：“际兹文学革新之时代，凡属贵族文学、古典文学、山林文学，均在排斥之列。以何理由而排斥此三种文学耶？曰：贵族文学，藻饰依他，失独立自尊之气象也；古典文学，铺张堆砌，失抒情写实之旨也；山林文学，深晦艰涩，自以为名山著述，于其群之大多数无所裨益也。其形体则陈陈相因，有肉无骨，有形无神，乃装饰品而非实用品。其内容则目光不越帝王权贵，神仙鬼怪，及其个人之穷通利达。所谓宇宙，所谓人生，所谓社会，举非其构思所及，此三种文学公同之缺点也。此种文学，盖与吾阿谀夸张、虚伪迂阔之国民性，互为因果。今欲革新政治，势不得不革新盘踞于运用此政治者精神界之文学。使吾人不张目以观世界社会文学之趋势，及时代之精神，日夜埋头故纸堆中，所目注心营者，不越帝

---

① 胡不归：《胡适之传》，见胡不归、毛子水、吴相湘《胡适传记三种》，安徽教育出版社2002年版，第19页。

② 上海图书馆编：《中国近代期刊篇目汇录》第三卷下册，上海人民出版社1984年版，第1831－1833页。

③ 陈独秀：《文学革命论》，载《新青年》1917年第2卷第6号。

王、权贵、鬼怪、神仙，与夫个人之穷通利达，以此而求革新文学，革新政治，是缚手足而敌孟贲也。”[1]

3月

1日，《太平洋》第1卷第1号在上海出版。太平洋杂志社编辑，泰东图书局印刷发行，原为月刊，第2卷第1号起改为双月刊，由商务印书馆发行。主要栏目有论说、海外大事评林、译述、论坛、通讯、文苑、小说等。文苑部分主要刊登诗词，后“文苑”栏逐渐改称诗词录，曾连载王闿运遗稿，如第1卷第4号刊载湘绮楼丁未后未刻诗。1925年6月停刊。

25日，南社广东分社于广州六榕寺举行第一次雅集。蔡哲夫等组织，到者有汪精卫等人，前后创作诗歌44首，作品编入《南社丛刻》第21集。马以君在《南天张一军——“粤社”述评》一文中指出：“宴罢，进入雅集的中心项目拈韵作诗。蔡哲夫根据眼前的实况，拟出‘丁巳闰二月初三日南社广东分社第一次雅集假座六榕寺来者三十有九人’一语，各书二字，供人分拈。”[2] 又云：“此次所作，除汪精卫、姚礼修‘诗未交’。莫冠英、卢友恒、罗致远、徐绍棨各二首、张处萃三首以外，均为一首；加上陈兆年‘殢迹香岛，未与盛会’，寄来一律，共44首。蔡哲夫于1919年1月1日编成一卷，写上后记，经张光蕙题识‘南社广东分社第一次雅集诗’，寄姚石子附刊于《南社丛刻》第21集。”[3]

春，乔树楠卒于北京，享年69岁。乔树楠（1849—1917），字茂萱，晚岁别署损庵，四川华阳（今成都）人，有诗文集《损庵遗著》二卷，由裔孙乔大壮编纂刊行。生平事迹见王泽枋《乔树楠传略》。梁鼎芬评价其诗曰：“损庵为诗若未经意，而高节壮志凛然可见。”[4]

4月

15日，南社在上海徐园举行第十六次雅集。到会者有柳亚子、郑佩宜、黄复、朱锡梁、叶楚伧、余天遂、奚燕子、汪文溥、朱少屏、蔡璿、

---

① 陈独秀：《文学革命论》，载《新青年》1917年第2卷第6号。

② 马以君：《南天张一军——“粤社”述评》，见马以君主编《南社研究》第5辑，中山大学出版社1994年版，第116页。

③ 马以君：《南天张一军——“粤社”述评》，见马以君主编《南社研究》第5辑，中山大学出版社1994年版，第117页。

④ 徐世昌编撰：《晚晴簃诗话》下册，华东师范大学出版社2009年版，第1199页。

丁三在、顾平之、孙鹏、周斌、余十眉、郁世羹、朱宗良、王文濡、刘筠、邵力子、汪洋、吕碧城、张焘、张默君、成舍我、张光厚、沈次约、闻野鹤、姚焕章、姚肖尧、李中一、丁上左、丁以布、沈文华、沈琬华、郁世为、郁世烈、邵元冲、吴斡等 39 人。《南社纪略》云："四月十五日，第十六次雅集改在徐园举行，到者三十九人。"①

5 月

1 日，《同德杂志》第 1 期在北京出版。同德杂志社编辑发行，主要栏目有论著、谈丛、文苑、小说、杂记、法令等，"文苑"栏又分为文和诗，陈彝训、樊增祥、康有为、王式通、郑孝胥等人有诗发表。

1 日，刘半农在《新青年》第 3 卷第 3 号上发表《我之文学改良观》。他对韵文之改良提出三条意见：破坏旧韵重造新韵，增多诗体，提高戏曲的地位，并认为律诗、排律理当废除。文章称："吾国现有之诗体，除律诗、排律当然废除外，其余绝诗、古风、乐府三种，（曲、吟、歌、行、篇、叹、骚等，均乐府之分支。名目虽异，体格互相类似。）已尽足供新文学上之诗之发挥之地乎，此不佞之所决不敢信也。尝谓诗律愈严，诗体愈少，则诗的精神所受之束缚愈甚，诗学决无发达之望。"②

6 月

28、29 日，柳亚子在《民国日报》发表《质野鹤》一文，指斥同光体派。他认为："国事至清季而极坏，诗学亦至清季而极衰。郑、陈诸家，名为学宋，实则所谓同光派，盖亡国之音也，民国肇兴，正宜博综今古，创为堂皇矞丽之作，黄钟大吕，朗然有开国气象，何得比附妖孽，自陷于万劫不复耶！其罪当与提倡复辟者同科矣！政治坏于北洋派，诗学坏于西江派。欲中华民国之政治上轨道，非扫尽北洋派不可；欲中华民国之诗学有价值，非扫尽西江派不可。反对吾言者，皆所谓乡愿也。"③ 闻野鹤（名宥）于 1917 年 6 月 30 日至 7 月 3 日在《民国日报》刊文《答亚子》相回应。柳亚子则发表《再质野鹤》（7 月 6 日至 8 日及 17 日至 21 日

① 柳亚子：《柳亚子文集　南社纪略》，柳无忌编，上海人民出版社 1983 年版，第 83 页。

② 刘半农：《我之文学改良观》，载《新青年》1917 年第 3 卷第 3 号。

③ 柳亚子：《磨剑室文录》上册，中国革命博物馆、上海人民出版社编，上海人民出版社 1993 年版，第 457 页。

《民国日报》)。针对朱鸳雏、成舍我等人的辩驳，柳亚子先后发表《斥朱鸳雏》(7月27日至30日《民国日报》)、《再斥朱玺》(8月3日《民国日报》)、《报成舍我书》(8月8日《民国日报》)。[①] 柳亚子自撰年谱云："与闻野鹤、朱鸳雏、成舍我以论诗启衅，南社始现中衰之象。"[②]

本月，唐继尧《言志录》出版。封面署名为"东大陆主人"，任可澄、庾恩旸、由云龙为之撰写序文题词。任可澄序谓："已而赵君鼎成持言志录一卷见示，则公东游以来之所作也。展诵之余，觉其魄力之雄毅，与夫怀抱之伟大，往往流露于言外。殆不屑屑与词人墨客争一字句之短长，而浩浩落落直抒其海涵地负之胸臆者欤！乃知兹平黔乱，特小试其端，曾未竟公志之什一。"[③] 于右任《在张莼鸥先生书室观东大陆主人〈言志录〉》云："我读言志录，堂堂复正正。伟矣英雄人，天下仍歌咏。伤哉老元戎，并世力难并。"[④]

7月

本月，柳亚子将朱鸳雏等人驱逐出南社。柳亚子在《我和朱鸳雏的公案》一文中详细描述了事件的整个过程：他不满前清的一切，因而不满意清遗老以及以陈散原、郑孝胥为代表的同光体诗派。闻野鹤、姚鹓雏、朱鸳雏等人则推尊同光体，由此引发激烈争论。郑逸梅《南社丛谈》"南社的纠纷和斗争"一节所述与之一致。柳无忌编《柳亚子年谱》云："与南社社员中拥护同光派，赞崇郑（孝胥）、陈（衍）、陈（三立）之闻野鹤，姚鹓雏，朱鸳雏（玺）等，以论诗启衅，至是更为激烈。撰《论诗五绝答鹓雏》与《后论诗五绝示（凌）昭懿》诸篇。"[⑤] 胡朴安《南社诗话》云："亚子之掊击宋诗，非文艺之观念，是政治之观念。因排清朝故，而排清朝之遗老；因排清朝之遗老故，而排清朝遗老所为之宋诗。"[⑥]《郑孝胥日记》六月二十日（8月7日）载："上海有南社者，以论诗不合，社

① 柳亚子：《磨剑室文录》上册，中国革命博物馆、上海人民出版社编，上海人民出版社1993年版，第472－477页。

② 柳亚子：《柳亚子文集 自传·年谱·日记》，柳亚子文集编辑委员会主编，上海人民出版社1986年版，第17页。

③ 任可澄：《序》，见东大陆主人《言志录》，云南图书馆1917年版。

④ 于右任：《于右任诗集》，刘永平编，团结出版社1996年版，第437页。

⑤ 柳无忌编：《柳亚子年谱》，中国社会科学出版社1983年版，第54页。

⑥ 胡朴安：《南社诗话》，见杨玉峰、牛仰山校点《南社诗话两种》，中国人民大学出版社1996年版，第125页。

长曰柳弃疾，字亚子，逐其友朱鸳雏。众皆不平，成舍我以书斥柳。又有王无为《与太素论诗》一书，言柳贬陈、郑之诗，乃不知诗者也。”[1]

本月，吉林松江修暇社成立。发起人为吉林省省长郭宗熙及其僚属王闻长、成本璞，成员有成多禄、李葆光、栾骏声、阚敏泽、雷飞鹏等。翟立伟、成其昌所撰《续〈澹堪年谱稿〉》谓：“(民国六年丁巳）六月，吉林省长郭宗熙与僚属成立‘松江修暇社’，特邀谱主入社，第三次诗会(六月廿五日）之后，离吉去京，借寓贤良寺。”[2] 雷飞鹏《松江修暇社启》云：“师鲁仲曰：‘不有博弈者乎？为之犹贤乎已。’言士大夫之不可终日无执也。同人等窃傅其义，因地抚时，拟名曰：《松江修暇社》，其视博弈殆犹有愈，抑庶效风雨鸡鸣之节，诸君子未不亦有乐于此者乎！”[3]雷氏所作社启落款时间为“民国六年七月”[4]。李澍田主编《长白丛书五集》收录《松江修暇集》。

9 月

秋，松风诗社成立。耿道冲发起，成员有雷补同、杨锡章、吴遇春、沈思齐、姚鹓雏、王文甫、张尔鼎、张诗鸠等人。《松风社同人集》序云：“炊萸部郎为云间诗人张温和公之外孙，诗学渊源由来已旧，归田后就公之松风草堂，与公曾孙定九昆仲迭相唱和，并延诗文名家，暨精于金石书画、词曲音乐诸名士，风流文采，萃集斯堂，致足乐也。丁巳秋间，特设松风诗社，至甲子秋，计七稔，得诗二千余首。”[5] 封尊五《松风诗社》一文记云：“松江耿伯齐农部（道冲)，又号吹萸子，清末辞官返里，优游林泉，扬扢风雅，邀同地方耆宿结松风诗社于松城西门外张诗舲（祥河）尚书故第松风草堂，以庭下有双松百年老树之故，其志欲缵几复社坠绪，声称遐迩，俨然成东南坛坫。参与者皆本邑隽逸之士，如雷谱桐、杨了公、吴遇春、沈思齐、姚鹓雏、王文甫、张定九、张诗鸠（二张系张诗

① 郑孝胥：《郑孝胥日记》第3册，劳祖德整理，中华书局1993年版，第1678页。

② 翟立伟、成其昌：《续〈澹堪年谱稿〉(1912—1928)》，见翟立伟、成其昌编注《成多禄集》，吉林文史出版社1988年版，第54页。

③ 雷飞鹏：《松江修暇社启》，见李澍田主编《长白丛书》五集，吉林文史出版社1991年版，第101页。

④ 雷飞鹏：《松江修暇社启》，见李澍田主编《长白丛书》五集，吉林文史出版社1991年版，第101页。

⑤ 雾序叟：《松风社同人集·序》，见南江涛选编《清末民国旧体诗词结社文献汇编》第6册，国家图书馆出版社2013年版，第403页。

舲后人）等。初乃定期聚集，觞咏联欢，或拈阄分韵，兴会颇高，间有社集编印。时有外县人士闻而投赠篇什者。……民国二十某年，耿氏下世后，曾有张琢成继任社长，其时松风草堂已易主，改赁别屋，按时茗叙，吟诵不辍。延续至解放初，张氏故世，社友亦星散，遂风流歇绝矣。”① 南江涛《清末民国旧体诗词结社文献汇编》第 6 册收录《松风社同人集》。

10 月

本月，曾楚生《天香云外居诗钞》出版。张耘田、陈巍《苏州民国艺文志》谓，曾楚生，字婉庄，为江苏常熟人，其诗钞现藏于江苏常熟图书馆。② 肖亚男主编《清代闺秀集丛刊》第 55 册收录该集。

11 月

1 日，《尚志》第 1 卷第 1 期在昆明出版。尚志学社编辑发行，由云龙任社长，秦光玉为副社长，主要内容有各类杂论、国内外纪事等，设有“文苑”栏，发表旧体诗文。自第 2 号开始设诗录，至 1920 年 5 月第 2 卷第 11 号尚设有诗录。黄侃、袁丕钧、袁丕济、钱用中等人有诗发表。

6 日，叶昌炽卒，享年 69 岁。叶昌炽（1849—1917），字鞠常，自号缘督庐主人，江苏长洲（今苏州）人，有《藏书记事诗》。生平事迹见其所撰《缘督庐日记》、曹元弼《皇清诰授通议大夫翰林院侍讲甘肃学政叶公墓志铭》。《晚晴簃诗话》云：“夙不以诗名，卒后，门人为刊《辛臼簃诗谶》二卷，皆七言长律，感怀时事，语多深切，宜其自秘不出也。”③ 1958 年，上海古典文学出版社出版《藏书纪事诗》，共 7 卷。

约本月，唐晏、宋澄之在上海创立丽泽文社。该社定期举行诗文雅会，延请郑孝胥等批阅课卷，入社弟子有张志沂、刘朝叙、刘之泗、叶元等。唐晏卒于 1920 年夏，丽泽文社或于此时解散。《郑孝胥日记》九月二十六日（11 月 10 日）云：“至古渝轩一元会，来者只聘三、子勤、澄之、

---

① 封尊五：《松风诗社》，见顾国华编《文坛杂忆初编》，上海书店出版社 1999 年版，第 160 - 161 页。

② 李烨：《曾楚生》，见张耘田、陈巍主编《苏州民国艺文志》下册，广陵书社 2005 年版，第 789 页。

③ 徐世昌编撰：《晚晴簃诗话》下册，华东师范大学出版社 2009 年版，第 1274 页。

元素等。唐、宋二君倡丽泽文社，请余披览，诺之。”[①] 这是《郑孝胥日记》首次提及丽泽文社。故其创立时间当于此前不久。唐即唐元素，宋为宋澄之。王重民《唐晏传》云：“未几，民国革命成功，乃隐居上海。……结丽泽文社于沪滨，与梁鼎芬、朱孝臧、郑孝胥相唱和，张志沂、刘朝叙、刘之泗、叶元等，咸入社称弟子。”[②] 陈万华《丽泽文社与张志沂》云：“丽泽文社既以唐元素为核心，其行止动向与生死存殁即关系文社之断续与兴废。……唐之猝逝，亦导致文社星散。”[③]

本年

朱祖谋所辑“彊村丛书”刊行。该丛书收录《云谣集杂曲子》《尊前集》《乐府补题》《中州乐府》《天下同文》等5种总集，辑录唐代别集1家（温庭筠《金奁集》）、宋词别集112家、金词别集5家、元词别集50家，共计260卷。龙榆生《朱彊村先生永诀记》云：“先生自辛亥后，寄寓沪滨，一意于词集之校刊。前后搜集唐宋金元人词别集一百六十八家，总集五种，历二十寒暑，费近万金，以成《彊村丛书》，为词学上空前未有之盛业。海内外学者，莫不奉为鸿宝。”[④]

《春禅词社词》印行。该集录赵熙《八声甘州·戏和苾刍馆》词12首，附录胡延原作《八声甘州·沈休文六忆诗仅存其四今以忆去忆立足成而以倚声传之》12首及郑潜、邓鸿荃、路朝銮、胡宪铁、江子愚、李思纯等人和作。在该集卷首，赵熙云：“成都胡延长木清官江苏粮储道，卒十逾年矣。箸《苾刍馆词》，中与樊山唱和，有《甘州　十二忆》，戏和之，寄锦城词社，社中八声竞作，独林子山腴袌手曰：‘我乃不成一忆。’群诅其惰，末之能改也。已而，宋芸子前辈出闰花朝词，仍寄《甘州》旧调，自谓：‘禅心冷定，不复作绮语。’然则绮语特不冷不定耳，固亦禅心也。客有哀斯作者，因题曰：‘春禅词社词’。”[⑤] 孙文周《近代社团春禅词社考论》谓：“春禅词社是以赵熙为核心的由民国四川词人所形成的唱

---

① 郑孝胥：《郑孝胥日记》第3册，劳祖德整理，中华书局1993年版，第1692页。

② 王重民：《唐晏传》，见卞孝萱、唐文权编《民国人物碑传集》，团结出版社1995年版，第495页。

③ 陈万华：《丽泽文社与张志沂》，载《现代中文学刊》2010年第6期。

④ 龙沐勋：《朱彊村先生永诀记》，载《文教资料》1999年第5期。

⑤ 赵熙：《春禅词社词·序》，见南江涛选编《清末民国旧体诗词结社文献汇编》第7册，国家图书馆出版社2013年版，第387页。

和社团。词社活动始于 1916 年 3 月，止于 1920 年 11 月之后。主要成员有赵熙、胡薇元、林思进、路朝銮、宋育仁、邓潜、邓鸿荃、胡宪、江子愚、李思纯、张慎仪等。该词社无明确的社旨、章程，社员也不固定。唱和方式主要有书信和雅集两种。唱和之作，有诗有词，但以词为主。”[①] 南江涛《清末民国旧体诗词结社文献汇编》第 7 册收录《春禅词社词》。

民国七年　1918 年　戊午

1 月

30 日，《乐群》杂志第 1 期在北京出版。乐群杂志社编辑发行，补庵主编，主要栏目有社论、专论、译著、文苑、杂俎、短篇小说、长篇小说等，其中“文苑”栏又分为诗和词两部分。

3 月

18 日，《法政学报》第 1 卷第 1 期在北京出版。国立法政学校法政学报社编辑发行。此前，1907 年东京法政学报社、1913 年北京法政同志研究会皆曾出版过同名刊物。该刊内容主要有论说、专著、译述、笔记、法令、杂俎、文苑、本校纪事等。其中文苑又分为文录和诗录。本期刊登陈应群等 10 位作者的 17 首旧体诗，第 2 ～ 3 期连载《琴心诗存》。自第 4 期开始，“诗录”栏目取消。停刊时间不详。

4 月

7 日，郑文焯卒于苏州，享年 63 岁。郑文焯（1856—1918），字俊臣，又字叔问，号小坡，晚号大鹤山人，别署冷红词客，奉天铁岭人，清季四大词人之一，有《大鹤山人诗集》《大鹤山人词话》。生平事迹见金天羽《大鹤山人传》、戴正诚《郑叔问先生年谱》、康有为《清词人郑叔问先生墓表》、孙雄《高密郑叔问先生别传》。陈声聪《兼于阁诗话》谓：

---

① 孙文周：《近代社团春禅词社考论》，载《山西大学学报》（哲学社会科学版）2019 年第 2 期。

“朱古微（孝臧）、郑叔问（文焯）词均大家，而诗亦极工。”[①]《晚晴簃诗话》卷一七〇称：“工于书画，旁通群艺。晚尤以词得名，所著《瘦碧》、《冷红》、《比竹余音》、《苕雅》诸集，删定为《樵风乐府》，近代词流特称精诣。诗多客吴中作，情辞丽逸，不失雅音。”[②] 叶恭绰《广箧中词》云：“叔问先生沉酣百家，撷芳漱润，一寓于词。故格调独高，声采超异，卓然为一代作家。”[③]《清代诗文集汇编》第782册收录《大鹤山人诗稿》七卷、《冷红词》四卷、《比竹余音》四卷、《樵风乐府》九卷、《苕雅余集》一卷。

13日，樊增祥、易顺鼎、罗惇曧、江瀚、王式通等82人修禊于北京陶然亭。此次雅集以“江亭”二字为韵赋诗唱和。刘成禺《洪宪纪事诗本事簿注》载：“戊午年上巳，大会于陶然亭，洪宪旧臣，莅者大半，旧遗老名宿尤多，诗尾各署洪宪纪元后二年戊午上巳日，伤感旧事，被诸歌咏，如樊山、实父、掞东、叔海、书衡诸人，有挥泪而纵谈往事者。乌乎！故宫禾黍，由大内而转移新华，今之哀洪宪者，皆前日哀清室之遗臣也。忧从中来，不可断绝，江亭洒泪，如何如何；风景不殊，举目有河山之异，此戊午上巳修禊，所以独拈‘江亭’二字为韵，不知别有江亭唤蜜之意否?《翠娱室诗话》载戊午上巳陶然亭修禊诗事最详。其辞曰：今年戊午三月三日，上巳修禊，别具新意，乃在陶然亭，风景雅不及万牲园，虽小有丘壑，却无林泉之趣。而是日到者共八十有二人，各赋一诗，拈‘江亭’二字为韵。”[④] 樊山，为樊增祥。实父即实甫，指易顺鼎。掞东，乃罗惇曧之字。叔海，江瀚之字。书衡，王式通之字。

13日，朱德与温翰祯、高岭生、万慎、王少溪、李射圃、艾成休、熊仿文等东华、振华两诗社成员同登五峰岭，庆祝作战之胜利。朱德百感交集，有《登五峰岭感怀》组诗（30首）。他在诗歌原注中记述了创作的时间和背景：“岁在丁巳丑月二十三壬午立春日，川东唐昌九钟体道联军犯泸，迎春改作迎战。战争至明年戊午春，正周旋于二月寒食节日，与敌激战于小市之五峰岭，侥幸转败为胜。三月三日诗社同仁，效修禊故事，强余登五峰岭一观阵地。伏尸流血，百感丛生，归营不寝，念频年作战独

① 陈声聪：《兼于阁诗话》，上海古籍出版社1985年版，第54页。
② 徐世昌编撰：《晚晴簃诗话》下册，华东师范大学出版社2009年版，第1231页。
③ 叶恭绰选辑：《广箧中词》，傅宇斌点校，人民文学出版社2011年版，第127页。
④ 刘成禺：《洪宪纪事诗本事簿注》，见刘成禺、张伯驹《洪宪纪事诗三种》，上海古籍出版社1983年版，第249页。

立难支，因赋三十韵感怀亦纪事也。”①

15 日，胡适在《新青年》第 4 卷第 4 号发表《建设的文学革命论》。他认为“文言已死”，并称：“我的《建设新文学论》的唯一宗旨只有十个大字：‘国语的文学，文学的国语’。我们所提倡的文学革命，只是要替中国创造一种国语的文学。”②

25 日，瞿鸿禨卒于上海，享年 69 岁。瞿鸿禨（1850—1918），字子玖，号止庵，晚号西岩老人，湖南善化（今长沙）人，溥仪赐谥“文慎”，有《止庵诗集》。生平事迹见陈三立《诰授光禄大夫协办大学士外务部尚书军机大臣善化瞿文慎公墓志铭》等。陈三立《书善化瞿文慎公手写诗卷后》云：“公久扬历中外，出督学政，疲于按试，入朝直枢府，日宣勤天下之大计，复汲汲忧国安社稷为务，偶涉吟咏，余事及之耳。迨国骤变，大乱环起，四方人士暨生平相识亲旧，类辟地羁集沪上，三立与公亦先后俱至。居久之，无以遣烦忧，始纠侪辈十许人，时时联为诗社，公之诗遂稍多，每出示，精思壮采，辄震其坐人。盖公诗典赡高华，由子瞻上窥杜陵，而不掩其度，即愤时伤乱，形诸篇什，神理有余，蕴藉而锋芒内敛。”③ 朱启钤谓：“文慎晚年，惟以吟咏自遣，言志之作并见集中，即世所传《瞿文慎公诗选遗墨》也。”④ 2010 年，湖南人民出版社出版谌东飚校点的《瞿鸿禨集》。

本月，刘成禺的《洪宪纪事诗》刊登于《戊午杂志》第 1 卷第 1 期。杂志编者识语云：“刘禺生君此作，计得百首，命为上咏，余未脱稿也。事实虽未纪注，而每章辄有所指，均闻见真确，无一虚构。更以隽利之笔，寓讽刺之意，令人爱玩不尽，有关世道，足备史材，未可以小品文字忽之也。”⑤

5 月

2 日，苏曼殊卒，享年 35 岁。苏曼殊（1884—1918），原名苏戬，字

① 朱德：《登五峰岭感怀》，见泸县文教局编《朱德在泸县（1916—1920）》，1985 年版，第 80 页。

② 胡适：《建设的文学革命论》，载《新青年》1918 年第 4 卷第 4 号。

③ 陈三立：《散原精舍诗文集（增订本）》中册，李开军校点，上海古籍出版社 2014 年版，第 947－948 页。

④ 朱启钤：《姨母瞿傅太夫人行述》，见贵州省文史研究馆编《民国贵州文献大系》第 3 辑上册，贵州人民出版社 2013 年版，第 180 页。

⑤ 杂志编者：《识语》，载《戊午杂志》1918 年第 1 卷第 1 期。

子谷，后改为玄瑛，广东香山（今中山）人，有《燕子龛遗诗》。生平事迹见柳亚子《苏曼殊传略》。傅熊湘《苏曼殊〈燕子龛遗诗〉跋》称："曼殊天才清逸，又深习内典，出其余事，为诗与画，故自超旷绝俗，非必若尘土下士劳劳于楮墨间也。"[①] 谢冕《1898：百年忧患》谓："要是说，黄遵宪是为上一个世纪末中国诗画上一个有力的句号的诗人，则苏曼殊可称之为本世纪初中国诗画上一个有力的充满期待的冒号的诗人。而且综观整个的20世纪，用旧体写诗的所有的人，其成绩没有一个人堪与这位英年早逝的诗人相比。说苏曼殊是古典诗在新世纪的第一道光焰并不过分。"[②] 又云："苏曼殊无疑是中国诗史上最后一位把旧体诗作到极致的诗人，他是古典诗一座最后的山峰，尽管他留下的诗并不多。读苏曼殊的诗，有一种说不尽的流自心灵的凄婉，却都是至情至美的文字。"[③] 陈春香《苏曼殊诗歌创作的中国传统与日本意象》一文指出："苏曼殊的诗歌不仅与中国诗歌传统有密切的血缘关系，还有着明显的外来影响因素；苏曼殊笔下的日本，只有美丽的自然和女性，当时的社会现实与男性是缺失的，这不仅是诗人特殊身份的困惑，也折射了近代中日关系的真实，以及中国文人的文化心态。"[④] 1981 年，江西人民出版社出版施蛰存辑录的《燕子龛诗》；同年，广东人民出版社出版刘斯奋《苏曼殊诗笺注》。1983 年，四川人民出版社出版马以君《燕子龛诗笺注》。

15 日，《戊午周报》第 1 期在成都出版。戊午周报社编辑发行，内容主要有撰述、评论、译述、谈荟、纪事、文苑、杂纂等，其中文苑又分为文录、词录和诗录。黄侃、赵熙、马一浮、李思纯、刘龙慧、刘师培、曾缄等有诗词发表。停刊时间不详。[⑤]

16 日，《微言》第 1 期在北京出版。微言杂志社发行，内容主要分为通论、专论、译论、专著、艺林、游记、丛谈、瀛闻、小说等。其中艺林又分为诗、词、赋、歌。陈三立、梁鼎芬、俞明震、林纾、沈曾植、沈瑜庆、朱祖谋、陈衍、梁鸿志、黄节、樊增祥、郭曾炘、周树模、江朝宗、熊希龄、郭则沄等有诗词发表。同年 7 月，第 4 期出版后，休刊。后至

---

① 傅熊湘：《傅熊湘集》，颜建华编校，湖南人民出版社 2010 年版，第 323 – 324 页。
② 谢冕：《1898：百年忧患》，山东教育出版社 1998 年版，第 150 页。
③ 谢冕：《1898：百年忧患》，山东教育出版社 1998 年版，第 151 页。
④ 陈春香：《苏曼殊诗歌创作的中国传统与日本意象》，载《文学评论》2008 第 3 期。
⑤ 上海图书馆编：《中国近代期刊篇目汇录》第三卷下册，上海人民出版社 1984 年版，第 2067 – 2089 页。

1921 年 10 月继续印行。停刊时间不详。[①]

约本月 20 日前，孙中山与胡汉民等有论诗之谈。其云："中国诗之美，逾越各国，如三百篇以逮唐宋名家，有一韵数句，可演为彼方数千百言而不尽者，或以格律为束缚，不知能者以是益见工巧。至于涂饰无意味，自非好诗。然如'床前明月光'之绝唱，谓妙手偶得则可，惟决非寻常人能道也。今倡为至粗率浅俚之诗，不复求二千余年吾国之粹美，或者人人能诗，而中国已无诗矣。"[②] 这段话见于胡汉民《不匮室诗钞》（第八卷）。《孙中山全集》中《诗学偶谈》一文下小注云："此件为一九一八年某日孙中山在广州与胡汉民、朱执信等的谈话。"[③] 考察孙、胡二人本年之行踪，魏宏远《孙中山年谱》称 5 月 20 日"（孙中山）离广州至潮汕"[④]。孙、胡二人离开广州后，未再返回。故论诗之谈当在 5 月 20 日前。

6 月

本月，王博谦所著《东游诗草》由北京日知报馆出版。王博谦为日知报社社长，曾于 1918 年 4 月访问日本，有《东行日记》，该集当作于此时。其自序云："余本不能诗，比年以来，抗尘走俗，更不知诗为何物。适北京新闻界，有赴日视察团之组合，余以日知社长随诸君子后，橐笔东游，历览山水之胜、樱花之艳。与此邦贤士大夫，相晋接酬酢，既多歌咏，间作旅行之际，筵席之间，多系口占，不遑思索。词近俚俗，语多疵累，贻讥通人，知所不免。然雪泥鸿爪，聊志前尘，因汇而存之。工拙非所计焉。"[⑤]

7 月

29 日，吴重憙卒于天津寓所，享年 81 岁。吴重憙（1838—1918），字仲怿，晚号石莲，山东海丰（今无棣县）人，有《石莲暗诗》《石莲暗

---

① 上海图书馆编：《中国近代期刊篇目汇录》第三卷下册，上海人民出版社 1984 年版，第 2090－2093 页。

② 孙中山：《孙中山全集》第四卷，广东省社会科学院历史研究所等编，中华书局 2011 年版，第 539 页。

③ 孙中山：《孙中山全集》第四卷，广东省社会科学院历史研究所等编，中华书局 2011 年版，第 539 页。

④ 魏宏远编著：《孙中山年谱》，天津人民出版社 1979 年版，第 63 页。

⑤ 王博谦：《东游诗草》，日知报馆 1918 年版，"序"。

词》。章钰《海丰吴抚部墓志铭并序》云："辛亥变作，避地天津，诸子亦先后辞官来侍膝下。公自童丱至耄岁未尝顷刻废书，于先古遗文，尤宝护如头目。……自著《石莲暗诗》十卷、词一卷，皆定稿刊行。……于夏正戊午年六月二十二日考终津寓，上距生道光十八年二月初七日，寿八十有一。"[①] 王伟勇主编《民国诗集丛刊》第1册收录《石莲暗诗集》，书前有《自序》，共10卷，第10卷作于辛亥后。

8 月

21日，汪赞纶八十寿辰，各地人士纷纷相贺。贺诗、贺辞、对联等均收入本年刊印的《毗陵汪作黼先生八十寿言汇录》。

9 月

2日，恽毓鼎卒，享年56岁。恽毓鼎（1863—1918），字薇孙（一字澄斋），顺天大兴（今北京）人。曹允源《诰授资政大夫赠头品顶戴原任日讲起居注官二品衔翰林院侍读学士恽府君墓志铭》云："所著有《励学语》一卷，《澄斋奏议》四卷，《杂钞》十卷，《金匮痉病篇正义》一卷，《诗文集》若干卷。生于同治癸亥八月初十日，春秋五十有六。"[②] 其所撰《澄斋日记》内容丰富，涵盖文献、时事、读经史子集笔记、论古文诗词、民俗风情、家庭琐事。[③]《澄斋诗钞》收录于《清代诗文集汇编》第789册。

秋，武进苔岑吟社成立。发起人为吴放，社员有余端、钟大元、徐养浩、金廷桂、徐琢成、罗焕藻、方泽久、吴承烜、姚文栋、朱家骅、朱家驹、徐桂琏、汪赞纶等人。余端所撰《苔岑丛书》序云："苔岑吟社，始轫于戊午岁之秋，为吴子剑门所发起，寸心千里，声应气求，当代文豪，词坛钜子，罔不闻风兴起，联袂偕来，集四海人文，成一时佳话。"[④] 顾福棠《武进苔岑社丛编》序云："吾社之设也，丁巳之秋，吴子剑门与余

① 章钰：《四当斋集》，见沈云龙主编《近代中国史料丛刊三编》第18辑，台湾文海出版社1986年版，第215－216页。

② 曹允源：《诰授资政大夫赠头品顶戴原任日讲起居注官二品衔翰林院侍读学士恽府君墓志铭》，见卞孝萱、唐文权编《辛亥人物碑传集》，团结出版社1991年版，第740页。

③ 戴逸：《序言》，见恽毓鼎《恽毓鼎澄斋日记》第1册，浙江古籍出版社2004年版，第2页。

④ 余端：《苔岑丛书·总序》，见南江涛选编《清末民国旧体诗词结社文献汇编》第5册，国家图书馆出版社2013年版，第331页。

子希澄、钟子冕夫同作蟋蟀吟，词高而旨远，一时和者至数十人，佥曰：异苔同岑，少长咸集，一若山阴诸子之会于兰亭焉。及其继也，徐子养浩自青溪来，金子染香自虞山来，徐子钰斋自澄江来，罗子佩芹自浙来，方子佛生、吴子东园自皖来，姚子东木与朱子粥叟、遁庸自沪来，吾邑之徐子桂珫、汪子琢黼亦偕来。”① 南江涛选编《清末民国旧体诗词结社文献汇编》第 5 册收录《武进苔岑社丛编》及《苔岑丛书》。

10 月

6 日，沈瑜庆卒，享年 61 岁。沈瑜庆（1858—1918），字爱苍，自号涛园，福建侯官人，沈葆桢第四子，有《涛园集》。生平事迹见陈三立《诰授光禄大夫贵州巡抚沈敬裕公墓志铭》。汪辟疆《近代诗人小传稿》称：“平生最熟《左传》、苏诗，引吭高歌，声出金石。及落笔为诗篇，遣词铸语，比类达情，罔不镕铸二家，奔赴腕底。诗成讽诵，殊不见其裁合之迹。斯其过人者也。抚黔年馀，即值辛亥光复，乃徙居海上，以诗人终老。”② 沈云龙主编《近代中国史料丛刊》第 6 辑收录《涛园集》。

约 10 月下旬至 12 月底之间，徐世昌于总统府集灵囿西花厅成立晚晴簃诗社。成员有林纾、樊增祥、易顺鼎、柯劭忞、华世奎、王式通、严修、赵湘帆、高步瀛、吴廷燮等人。郭剑林《翰林总统徐世昌》云：“徐世昌在大总统任内，于‘集灵囿’（位于中南海西北面，后为国务院）西花厅，辟有专室，并成立坊间‘晚晴簃诗社’团体，门前悬挂诗社牌匾，为其手笔。其成员有：林纾（琴南）、樊樊山、易顺鼎、柯凤荪、华世奎、王式通、严修、赵湘帆、高阆仙、吴廷燮等，一时一世的名家，读诗、作诗，陶冶情操，激励前进。”③ 这里笼统提及徐于大总统任内成立诗社。徐世昌 1918 年 10 月 10 日就任大总统，1922 年 6 月辞职。诗社当成立于此时间段内。以上所列举成员中最早去世的为易顺鼎，卒于 1920 年，且其该年已患病④，不可能以抱病之躯参与诗歌唱和。因此可知诗社成立之期当在 1920 年前。贺培新《徐世昌年谱》云：“（1919 年）四月三日，植树节，至北海种树。又至西园约选诗社十数人宴集，即异日所刊行《晚晴

---

① 顾福棠：《武进苔岑社丛编·序》，见南江涛选编《清末民国旧体诗词结社文献汇编》第 5 册，国家图书馆出版社 2013 年版，第 13 页。

② 汪辟疆：《汪辟疆诗学论集》上册，张亚权编撰，南京大学出版社 2011 年版，第 143 页。

③ 郭剑林：《翰林总统徐世昌》，团结出版社 2010 年版，第 448 页。

④ 陈松青：《易顺鼎研究》，湖南人民出版社 2011 年版，第 162 页。

簃诗汇》二百卷之发端也。自是公暇恒至晚晴簃商酌选政。”① 从“诗社十数人”及异日刊行《晚晴簃诗汇》之发端数语可推知此诗社当为晚晴簃诗社，其成立时间当在1918年10月10日徐世昌就任大总统至1919年4月3日之间。考虑到徐世昌就任大总统后，本年国内政局相对稳定，在政事之余具备成立诗社的可能性，故今暂系年于此。又翟立伟、成其昌所撰《续〈澹堪年谱稿〉》云：“关于诗社活动情况，宋伯鲁《晚晴簃玩月图》诗序称：‘簃在集灵囿，总统聘诸名流，开选诗社于此。每七日一集，诗杜成员仅十馀人。’成员现知有：徐世昌、王式通、曹秉章、王树枏、宋伯鲁、柯劭忞、樊增祥、秦树声、成多禄等。”②

12月

1日，《春柳》第1期在天津出版。春柳杂志事务所编辑发行，内容包括翰墨、肖像、旧剧谈话、新剧谈话、名伶小史、名伶家世、戏场杂评、旧剧剧本、文苑、小说、杂事轶闻等。文苑主要刊登旧体诗文词。黄节、陈三立、林纾、梁鸿志、柳亚子、罗惇曧等有诗词发表。如本期刊载袁克文《哭汪笑侬二首》。次年10月停刊，共出版8期。

24日，俞明震在杭州家中暴病而卒，享年59岁。俞明震（1860—1918），字恪士，号觚庵，浙江山阴（今绍兴）人，有《觚庵诗存》。陈诗《觚庵集跋》谓：“以戊午十一月廿二日卒于湖上，年垂六十矣。”③ 以阳历计，当为12月24日。陈三立《俞觚庵诗集序》云：“戊午夏及秋之交，余病血下泄，觚庵亦卧病沪渎，皆几死。其九月，觚庵遽脱病，来视余，留十余日而去，逾一月，自沪之湖上，复暴病，竟以不起。走哭还，取其生平诗草稿审订别为若干卷，付刊印。”④ 钱仲联《梦苕庵诗话》称：“山阴俞恪士明震《觚庵诗》，于海藏、散原二派外，独出机杼，自成一宗。其诗初学钱仲文，后由简斋以规杜，淡远幽深，清神独往。惟变态无多，出笔不广，是其病耳。”⑤ 2008年，上海古籍出版社出版马亚中校点

---

① 贺培新：《徐世昌年谱》下卷，见中国社会科学院近代史研究所近代史资料编辑部编《近代史资料》第70册，知识产权出版社2006年版，第35页。

② 翟立伟、成其昌：《续〈澹堪年谱稿〉（1912—1928）》，见翟立伟、成其昌编注《成多禄集》，吉林文史出版社1988年版，第55页。

③ 陈诗：《觚庵集跋》，见俞明震《觚庵诗存》，上海古籍出版社2012年版，第253页。

④ 陈三立：《散原精舍诗文集（增订本）》中册，李开军校点，上海古籍出版社2014年版，第942页。

⑤ 钱仲联：《梦苕庵诗话》，齐鲁书社1986年版，第24－25页。

的《觚庵诗存》。

本年

袁克权《百衲诗存》一卷铅印出版。袁克权（1898—1942），字规厂，自号百衲，袁世凯第五子。该集主要收录丙辰（1916）至戊午（1918）年所作诗，共 283 首。2008 年，天津古籍出版社出版《袁克权诗集》，其收录《百衲诗集》（甲寅至乙卯）、《偶权馆诗集》（乙卯至丙辰）、《苫庐诗集》（丙辰年间）、《弄潮馆诗集》（丙辰至丁巳）、《百衲诗存》（丙辰至戊午）、《忏昔楼诗存》（戊午至庚申）等 6 种诗集。

《戊午春词》印于安徽安庆。词总集，不分卷，未题编者姓名。卷首语云："岁戊午，同客淮壖，警燧夕报，沸笳晨喧。一枰方危，寸莛莫叩，愁端忧隙，时触骚心。计得词若干阕，最而存之。虽缘饰近绮，为法秀所诃，而寄托于微，或中仙所许也已。"[①] 集中所录，仅茳渔、梦白、夔文三家，词有 33 首，另附樊山词 1 首。南江涛选编《清末民国旧体诗词结社文献汇编》第 2 册有收录。

民国八年　1919 年　己未

3 月

15 日，胡先骕在《东方杂志》第 16 卷第 3 号上发表《中国文学改良论》（上）。他认为旧诗有其独特价值，欲创造新文学，必须以古文学为根基。文章指出："韵文者，以有声韵之辞句，傅以清逸隽秀之词藻，以感人美术、道德、宗教之感想者也。故其功用不专在达意，而必有文采焉。而必能表情焉、写景焉。再上则以能造境为归宿。"[②] 又云："吾人所斥为模仿而非脱胎。陈陈相因，是谓摹仿。去陈出新，是谓脱胎。故《史》《汉》创造而非摹仿者也，然必脱胎于周秦之文。俪文，创造而非

① 佚名：《戊午春词》，见南江涛选编《清末民国旧体诗词结社文献汇编》第 2 册，国家图书馆出版社 2013 年版，第 233 页。

② 胡先骕：《中国文学改良论》（上），载《东方杂志》1919 年第 16 卷第 3 号。

摹仿者也，亦必脱胎于周秦之文。韩、柳，创造而革俪文之弊者也，亦必脱胎于周秦之文。他若五言，七言古诗，五律、七律、乐府、歌谣、词曲，何者非创造，亦何者非脱胎者乎？故欲创造新文学，必浸淫于古籍，尽得其精华，而遗其糟粕，乃能应时势之所趋。而创造一时之新文学，如斯始可望其成功。故俄国之文学，其始脱胎于英法，而今远驾其上，即善用其遗产，而能发扬张大之耳！否则盲行于具茨之野，即令或达，已费无限之气力矣！故居今日而言创造新文学，必以古文学为根基而发扬光大之，则前途当未可限量，否则徒自苦耳！"[①] 同年 5 月，罗家伦在《新潮》第 1 卷第 5 期发表《驳胡先骕君的〈中国文学改良论〉》一文，对其进行批评。

4 月

6 日，南社在上海徐园举行第十七次雅集。到会者有余天遂、姚石子、王德锺、朱翱、姚肖尧、汪文溥、王蕴章、宋一鸿、朱少屏、朱宗良、张一鸣、刘筠、邵力子、胡朴安、汪洋、傅熊湘、何震生、顾澄、朱凤蔚、刘远、文灰、文启纛、钟藻、罗剑仇、田桐、吴子垣等 26 人。[②] 柳亚子《我和南社的关系》云："在一九一九年（民国八年）一年中，只举行了一次雅集，这就是第十七次雅集，日期是四月六日，地点仍在徐园，到者二十六人。"[③]

5 月

26 日，瓶社成立。发起者孙雄，雅集地点为陶然亭，到者 32 人。孙雄《瓶社第一次雅集启》云："翁文恭师奠楹之梦，已十有六年矣。今岁适逢公九十生辰，陵谷变迁，道丧文敝，九京有知，应为叹息。不佞拟创立瓶社，以时会集，抚今思古，分韵拈题，谨以己未四月二十七日假城南

---

① 胡先骕：《中国文学改良论》(上)，载《东方杂志》1919 年第 16 卷第 3 号。

② 柳亚子：《柳亚子文集　南社纪略》，柳无忌编，上海人民出版社 1983 年版，第 87－88 页。

③ 柳亚子：《柳亚子文集　南社纪略》，柳无忌编，上海人民出版社 1983 年版，第 86－87 页。

陶然亭为第一集。”[1] 且云：“是日来会于陶然亭者凡三十二人。”[2] 翁文恭师即翁同龢，翁氏《松禅自订年谱》云其生于道光十年（1830）四月二十七日[3]，至 1919 年，恰为九十生辰。

本月，顾元晋《美人香草》由上海民权出版部出版。《申报》多次刊登广告推介，如本年 8 月 14 日第 16698 号第 4 张所载广告语称其“吐属名隽”“寄托遥深”“信手拈来”“老妪都解”[4]。1930 年 8 月，上海仓昌书局又出版其所作《美人诗》一册。

10 月

10 日，胡适在《星期评论》上发表《谈新诗》。文章称：“五七言八句的律诗决不能容丰富的材料，二十八字的绝句决不能写精密的观察，长短一定的七言五言决不能委婉达出高深的理想与复杂的感情。”[5]

11 月

17 日，北京大学校长蔡元培在北京女子高等师范学校发表题为《国文之将来》的讲演，认为旧诗自有其价值，不应一概排斥。讲演内容于本月 19 日发表于《北京大学日刊》，题为《国文之将来——十一月十七日在女子高等师范学校演说》。文章指出：“旧式的五七言律诗与骈文，音调铿锵，合乎调适的原则，对仗工整，合乎均齐的原则，在美术上不能说毫无价值。就是白话文盛行的时候，也许有特别传习的人。譬如我们现在通行的是楷书、行书，但是写八分的，写小篆的，写石鼓文或钟鼎文的，也未尝没有。”[6] 该文还曾刊登在 1919 年《新教育》第 2 卷第 2 期及 1920 年《北京市高师教育丛刊》第 1 期。

20 日，刘师培卒，享年 36 岁。刘师培（1884—1919），字申叔，又

---

① 孙雄：《瓶社第一次雅集启》，见南江涛选编《清末民国旧体诗词结社文献汇编》第 9 册，国家图书馆出版社 2013 年版，第 122 页。

② 孙雄：《己未四月二十七日假坐城南陶然亭为翁文恭师作九十生日赋呈同社诸公·自注》，见南江涛选编《清末民国旧体诗词结社文献汇编》第 9 册，国家图书馆出版社 2013 年版，第 121 页。

③ 〔清〕翁同龢：《翁同龢集》下册，谢俊美编，中华书局 2005 年版，第 1024 页。

④ 佚名：《美人香草》，载《申报》1919 年 8 月 14 日第 4 张。

⑤ 胡适：《谈新诗》，载《星期评论》1919 年“双十节纪念专号”第 5 张。

⑥ 蔡元培：《国文之将来——十一月十七日在女子高等师范学校演说》，载《北京大学日刊》1919 年第 490 号。

名光汉，号左盦，江苏仪征人，有《左盦诗》。生平事迹见汪东《刘师培传》、蔡元培《刘君申叔事略》、陈奇《刘师培年谱长编》。陈声聪《兼于阁诗话》谓："其诗古博奥衍，有《癸丑纪行六百八十八韵》，为民国二年夏由蜀适沪，秋复由沪适晋之作，自言韵宗集韵，间用正字及经典段文，诗既深窈，又不加注，无以知其用意，诚奇文也。……托意甚古，在汉魏六朝，唐以下不屑也。故其论诗，于并时人，独推王湘绮，学相捋，诗情之柔曼资致，则不及湘绮，才各有所限也。"① 1997 年，中共中央党校出版社出版《刘师培全集》，第 4 册收录《左盦诗录》《左盦词录》等。

12 月

22 日，缪荃孙卒于上海，享年 76 岁。缪荃孙（1844—1919），字炎之，一字筱珊，晚号艺风老人，江苏江阴人。辛亥后，避居沪上，与沈曾植、郑孝胥、李瑞清等人结社雅集，有《艺风堂诗存》（内附《碧香词》）。生平事迹见其所撰《艺风老人日记》、柳诒徵《缪荃孙传》。《郑孝胥日记》己未（1919）十一月初二日载："昨日，缪小山卒于谦吉里，年七十六岁。"② 钱仲联《近百年词坛点将录》称："艺风目录名家，所藏历代精椠名钞之词甚富。辑刊《常州词录》，世称其详审。彊村校词，常有函札与之商讨得失，并自谓'学倚声历十年所，毫无心得，拟请紫霞翁指正'云。《碧香词》存词不多，而《水龙吟·桐绵》一阕，遐庵评为'深婉'。"③ 1939 年，《艺风堂诗存》印行。《图书季刊》介绍说："《诗存》为四卷：卷一《萍心集》，凡二十首；《巴歈集》，凡十三首。卷二《北马南船集》，凡八十二首；《秋窗集》，凡二十四首。卷三卷四《息影集》，凡一百十七首。《碧香词》，凡四十七首。……缪氏虽不必以诗词传，然其吐属，自有风致。……词多苍凉之调，不仅于字里行间见之也。"④ 2007 年，中国书店影印出版该集。

本月末，九九社在北京成立。成员有王树枏、宋伯鲁、张元奇、钱葆青、宋小濂、成多禄、易顺豫、黄维翰、秦望澜、邓镕、王彭等人。翟立伟、成其昌所撰《续〈澹堪年谱稿〉》云："十一月初，在京组建诗社'九九社'。社友有：王树枏、宋伯鲁、张元奇、钱葆青、宋小濂、成多

① 陈声聪：《兼于阁诗话》，上海古籍出版社 1985 年版，第 297 页。
② 郑孝胥：《郑孝胥日记》第 4 册，劳祖德整理，中华书局 1993 年版，第 1809 页。
③ 钱仲联：《梦苕庵论集》，中华书局 1993 年版，第 412 页。
④ 毓：《艺风堂诗存四卷碧香词一卷》，载《图书季刊》1939 年第 1 卷第 3 期。

禄、易顺豫、黄维翰、秦望澜、邓镕、王彭。‘九九社’，即‘消寒诗会’，自己未十一月二日至庚申正月二十五日，共举行九次诗会。其中第五次社题为‘澹堪生辰出图索题’，第六次社题为‘题宋小濂寿星砚’。谱主参加‘九九社’所作诗，尚未发现。”[①] 这里的“十一月初”为农历，以公历计当在12月末。

本年

孙景贤卒，享年40岁。孙景贤（1880—1919），字希孟，号龙尾，江苏常熟人。钱仲联《近百年词坛点将录》拟其为“地轴星轰天雷凌振”[②]，又《中国近代文学大系·诗词集》云：“入民国，官外交部。张鸿为清末提倡西昆体者，景贤为诗亦崇尚李商隐，较张诗青胜于蓝。集中名篇如《宁寿宫词》，以慈禧太后、李莲英事为经，纬以国事，世称诗史。手订诗稿时，裁厘甚严，故存诗极少。”[③] 其诗词散见于各种诗选，如钱仲联所编《清诗三百首》等。

张仲炘卒。张仲炘（？—1919），字慕京，号次珊，湖北江夏（今武汉）人，有《瞻园词》。据《夏敬观年谱》，夏敬观于1919年作《张次珊通参挽词》，故推测其卒于本年。夏敬观《张次珊通参瞻园词序》云：“光绪间，朝官以言事获谴，或投劾竟去者，江夏张次珊通参、萍乡文芸阁学士、临桂王幼霞给谏，三人者，皆以词名于海内者也。……迹其身世，殆有类于屈原者矣，其词幽眇依黯，其情湮郁，其音悲痛，若纤且微，孤茕侘傺，不可诉语，其徘徊于中而不能自已者，亦骚人之旨也欤。”[④] 又《忍古楼词话》谓：“通参有《瞻园词》二卷，刊于光绪乙巳。其词芬芳悱恻，骚雅之遗。”[⑤] 陈锐《袌碧斋词话》称：“张次珊词，轩豁疏朗，尤有守律之功。宋芸子词，非颛门，要自情韵不匮。”[⑥]

---

① 翟立伟、成其昌：《续〈澹堪年谱稿〉（1912—1928）》，见翟立伟、成其昌编注《成多禄集》，吉林文史出版社1988年版，第56页。

② 钱仲联：《梦苕庵论集》，中华书局1993年版，第412页。

③ 钱仲联主编：《中国近代文学大系（1840—1919）·诗词集二》，上海书店出版社2012年版，第308页。

④ 夏敬观：《张次珊通参瞻园词序》，载《群雅月刊》1940年第1集第3卷。

⑤ 夏敬观：《忍古楼词话》，见唐圭璋编《词话丛编》第5册，中华书局1986年版，第4754页。

⑥ 陈锐：《袌碧斋词话》，见唐圭璋编《词话丛编》第5册，中华书局1986年版，第4198页。

薛凤诒《石友山房诗集》由山西晋新书社印行。薛凤诒（1859—1922），字桐威，号芝泉，山西介休人。该集共六卷。后其辑录晚年作品成《石友山房诗集二编》《石友山房诗集补编》各一卷，于1931年印行。

民国九年　1920年　庚申

1月

9日，梁鼎芬卒。梁鼎芬（1859—1920），字星海，号节庵，别号不回山民、孤庵等，广东番禺人，有《节庵先生遗诗》《款红楼词》。生平事迹见温肃《梁文忠公小传》、王森然《梁鼎芬先生评传》。《郑孝胥日记》（1919年）十一月十九日载："梁星海卒，约以廿四日公祭于清凉下院。"① 同月廿四日（1月14日），又云："赴清凉寺公祭梁星海，到者二十余人。"② 陈声聪《兼于阁诗话》称："近代粤东诗人多，可分为两大系，以梁节庵与康长素为领袖。曾刚父、黄晦闻，节庵之门也；梁任公、麦孺博、潘若海、黄孝觉，长素之门也。罗瘿公、复勘兄弟及汪憬吾、陈述叔，则介乎二者之间。因此亦有新旧之别。节庵属于旧派，其诗俊逸高警，以七言律为最工。"③ 汪辟疆谓："梁髯诗极幽秀，读之令人忘世虑。"④ 又钱仲联《近百年词坛点将录》云："梁髯词如其诗，吐语幽窈，芳兰竟体。"⑤ 2011年，华东师范大学出版社出版《节庵先生遗诗》。

2月

10日，王嘉诜卒，享年60岁。王嘉诜（1861—1920），字少沂，一字劭宜，晚号蛰庵，江苏铜山人，冯煦弟子，有《养真室集》。生平事迹见冯煦《王劭宜墓志铭》。《晚晴簃诗话》卷一百八十谓："尝从冯蒿庵游，工骈散文。辛亥后，忧愤之志悉发于诗，蒿庵称其诗宗樊南，近代亦

① 郑孝胥：《郑孝胥日记》第4册，劳祖德整理，中华书局1993年版，第1811页。
② 郑孝胥：《郑孝胥日记》第4册，劳祖德整理，中华书局1993年版，第1811页。
③ 陈声聪：《兼于阁诗话》，上海古籍出版社1985年版，第33-34页。
④ 汪辟疆：《光宣诗坛点将录笺证》上册，王培军笺证，中华书局2008年版，第196页。
⑤ 钱仲联：《梦苕庵论集》，中华书局1993年版，第391页。

出入梅村、竹垞间。兼工倚声，有双白遗意。”[1] 据赵明奇所云，《养真室集》首冠冯煦序文及自序，第一至四卷为《养真室诗存》，收诗 254 首。第五卷为《养真室文存》甲、乙编，收文 39 篇，再次为《蛰庵词》一卷，收词 51 首，其后为《养真室诗后集》，收诗 63 首。又《养真室文后集》一卷，收文 12 篇。再后是《劫余词》，收词 6 首。[2]

本月，瓯社成立。该社发起者为林鹍翔，成员有王渡、郑猷、夏承焘、梅冷生、曾廷贤、徐锡昌、严文黼、黄光、翟驌、龚均、王理孚、郑锷、陈闳慧、王蘅芳等。[3] 1927 年后，瓯社停止活动。夏承焘谓：“一九二〇年，林铁尊师宦游瓯海，与同里诸子结瓯社，时相唱和。是时，得读常州张惠言、周济诸家书，略知词之源流正变。林师尝以瓯社诸子所作，请质于况蕙风、朱彊村先生。”[4] 林鹍翔《〈瓯社词钞〉序》谓：“自二月间，举瓯社后，时时诵雅词暨诸君子社作。”[5] 由此可知，词社成立于本年农历二月。梅冷生《慎社与瓯社》一文载：“永嘉词人祠堂建成后，即在此设立词社，取名为‘瓯社’，林鹍翔任社长，社友只有夏承焘、郑猷、王渡、龚均、黄光、郑岳（曼青）、曾廷贤（公侠）、徐锡昌（秋桐）、严文黼及我，共 10 人。我们都拜林鹍翔为师，每月由林出两次词题让我们做，然后由他逐篇评改。”[6] 又云：“至于瓯社，也出过社刊《瓯社词抄》，共二集，系王渡主编的。……1927 年道制废除，瓯社也随之告终。”[7]《王海髯先生年谱》称：“林铁尊先生任瓯海道尹，提倡词学，从者颇众。”[8] 1921 年，陈闳慧所辑《瓯社词钞第一集》刊行，南江涛所编《清末民国旧体诗词结社文献汇编》第 22 册有收录。

---

① 徐世昌编撰：《晚晴簃诗话》下册，华东师范大学出版社 2009 年版，第 1303 页。

② 赵明奇：《王嘉诜与〈养真室集〉》，见李瑞林主编《徐州访古》，中国新闻出版社 1990 年版，第 317 页。

③ 陈闳慧：《瓯社词钞第一集·瓯社词钞姓氏录》，见南江涛选编《清末民国旧体诗词结社文献汇编》第 22 册，国家图书馆出版社 2013 年版，第 7－8 页。

④ 夏承焘：《夏承焘词集》，湖南人民出版社 1981 年版，第 1 页。

⑤ 林鹍翔：《〈瓯社词钞〉序》，见南江涛选编《清末民国旧体诗词结社文献汇编》第 22 册，国家图书馆出版社 2013 年版，第 5 页。

⑥ 梅冷生：《梅冷生集》，潘国存编，上海社会科学院出版社 2006 年版，第 95－96 页。

⑦ 梅冷生：《梅冷生集》，潘国存编，上海社会科学院出版社 2006 年版，第 97 页。

⑧ 佚名：《王海髯先生年谱》，见北京图书馆编《北京图书馆藏珍本年谱丛刊》第 197 册，北京图书馆出版社 1999 年版，第 647 页。

5 月

约 13 日，吴昌硕等人为梅兰芳作《香南雅集图》，以诗词题图者甚众。梅兰芳 1913 年 10 月 31 日首次到上海演出，其间广泛结交沪上文士。据王长发、刘华《梅兰芳年谱》云：“营业戏演出之前，应邀在杨家堂会与王凤卿合演《武家坡》。并随王凤卿拜访《时报》的狄平子、《申报》的史量才、《新闻报》的江汉溪。狄平子又介绍与吴昌硕、况夔生、朱古微、赵竹君和昆曲界俞粟庐、徐凌云等订交。”[①] 1916 年 10 至 12 月第三次赴上海演出，以《黛玉葬花》和《嫦娥奔月》等剧目轰动一时。[②]《郑孝胥日记》载：“吴昌硕、王雪澂、朱古微、况夔笙借竹君宅中邀伯严、子培等晚饭，梅兰芳等均在坐。梅求书《香南雅集图》，是夕即对客书之。”[③] 赵尊岳《蕙风词史》谓：“畹华去沪，越岁更来。先生属吴昌硕为绘《香南雅集图》，并两集于余家，一时裙屐并至。图卷题者四十余家。画五帧，则吴昌硕、何诗孙（二帧）、沈雪庐、汪鸥客作也。彊邨翁每会辄至，先生属以填词，翁曰：‘吾填《十六字令》，而子为《戚氏》可乎？’于是先生赋《戚氏》，翁亦赋《十六字令》三首。合书卷端。”[④] 王国维有《清平乐·况夔笙太守索题香南雅集图》[⑤]，张謇诗题为《香南雅集图长卷，卷浣华物，图浣华事，作图者四人，作诗文词者十八人，题字者一人，无所雷鸣矣，别作此诗答浣华相属之意》。[⑥]

25 日，况周颐《餐樱庑词话》刊登于《小说月报》第 11 卷第 5 号。此后，一直连载至第 11 卷第 12 号。谭新红《清词话考述》云：“况氏《织余琐述》卷下载词话云蕙风酷爱樱花，故名填词处为‘餐樱庑’，因以名其词话。1920 年《小说月报》第 11 卷 5 号至 12 号载《餐樱庑》250 则，《蕙风词话》五卷本收录其中 150 则。《词话丛编》本《蕙风词话续编》卷一 72 则词话与《餐樱庑词话》相同者有 64 则，当录自《餐樱庑词话》。另况周颐《历代词人考略》引《餐樱庑词话》40 则，不见于《小说月报》本《餐樱庑词话》有 31 则，龙榆生《唐宋名家词选》引《餐樱庑词话》12 则，不见于《小说月报》本《餐樱庑词话》有 11 则，

① 王长发、刘华编著：《梅兰芳年谱》，河海大学出版社 1994 年版，第 45 页。
② 王长发、刘华编著：《梅兰芳年谱》，河海大学出版社 1994 年版，第 63 页。
③ 郑孝胥：《郑孝胥日记》第 4 册，劳祖德整理，中华书局 1993 年版，第 1826 页。
④ 赵尊岳：《蕙风词史》，载《词学季刊》1934 年第 1 卷第 4 号。
⑤ 陈永正校注：《王国维诗词全编校注》，中山大学出版社 2000 年版，第 453 页。
⑥ 张謇：《张謇全集》第 7 册，李明勋、尤世玮主编，上海辞书出版社 2012 年版，第 253 页。

当另有所本。三书合得 292 则。”①

30 日，慎社成立。梅冷生等发起、组织，雅集地点为温州城内三角门怡园，参加者 39 人。初期成员有王渡、龚均、王毓英、汪如渊、江步瀛、夏承焘、陈仲陶、李骧、陈珩、严文黼、陈经、薛钟斗、宋慈抱、李笠、郑闳达、李翘、许达等人。最盛时，成员 87 人。梅冷生《慎社与瓯社》载："1920 年 5 月 30 日慎社成立，第一次雅集在温州城内三角门怡园（曾家花园），到会社友 39 人，并办了刊物《慎社》，第一集于雅集后出版，内容、体例完全仿照南社刊物，分文、诗、词一类，下附社友通讯处，名曰'交信录'，与慎社之慎字关合，表示信义相孚。"② 又云："1921 年 3 月，慎社在江心屿举行第三次雅集，又新增社友 14 人，合前共计 87 人。此为慎社最盛时期。"③ 且谓："慎社最初的社友，除在温州任清理官产处处长的余杭人王渡（梅伯）及他的幕僚湖北人龚均（雪澄）外，以永嘉人居多，大都为爱好古典文学的青壮年，老年人极少参加。最先参加的只有王毓英（隽庼）、汪如渊（香禅）二人，随后永嘉有江步瀛（蓬仙）、夏承焘（瞿禅）、陈闳慧（仲陶）、李骧（仲骞）、陈珩（纯白）、严文黼（琴隐）、陈经（竺同）等人参加。瑞安先有薛钟斗（储石）、宋慈抱（墨庵），后又有李笠（雁晴）、郑闳达（剑西）、李翘（孟楚）、许达（达初）等人参加。"④

6 月

27 日，虞社召开成立大会。到会者有 60 多人，推举金病鹤为名誉社长，俞鸥侣为主任。前后持续十余年，1937 年常熟沦陷后停止活动。许正意、钱永贤《〈虞社〉琐谈》云："1920 年，常熟俞鸥侣、金老佛和胡癯鹤三位爱好旧文学的青年，'为了研究诗文，和互相切磋起见，遂有结社的动机'。他们联合了俞啸琴、吴虞公、汪若波、薛佩苍、叶隐德、郑北野、邵宪平、张守一、朱轶尘、蒋瘦石等创办了'虞社'。为了扩大影响，还邀请常熟地方知名人士金病鹤、徐兆玮、宗子威、陆醉樵、丁芝孙、孙师郑等二十人为赞助者。是年 6 月 27 日召开了成立大会，到会六十多人，会上推举金病鹤为名誉社长，俞鸥侣为主任，胡癯鹤、金老佛等

① 谭新红：《清词话考述》，武汉大学出版社 2009 年版，第 321 页。
② 梅冷生：《梅冷生集》，潘国存编，上海社会科学院出版社 2006 年版，第 94 页。
③ 梅冷生：《梅冷生集》，潘国存编，上海社会科学院出版社 2006 年版，第 95 页。
④ 梅冷生：《梅冷生集》，潘国存编，上海社会科学院出版社 2006 年版，第 93－94 页。

十人为评议员，宣告‘虞社’正式成立。”①

本月，《国学卮林》第 1 卷在武昌发行。编辑主任为黄侃，总发行所为国立武昌高等师范学校国文历史地理学会，拟每年出两卷，5 月底出一卷，12 月底出一卷。② 主要栏目有通论、专著、杂纂、文艺等。“文艺”栏下发表旧体诗文词，本期刊登有汪东、江瀚、黄侃、张光长等人的作品。

8 月

6 日，唐晏卒，享年 64 岁。唐晏（1857—1920），字元素，一字在亭，号涉江道人，有《海上嘉月楼诗稿》。生平事迹见王重民《唐晏传》。《郑孝胥日记》六月廿二日（8 月 6 日）载：“字课课丁韩榕来，言唐元素邀余往谈，即往，元素骤病，已卒，登楼哭之。有妻妾子女四人，号泣无以为敛。余赙百元，张仲昭兄弟亦赙百元。其厅事悬梦中自撰、属余所书之联句，曰：‘眼底烟云天一梦，梦中世界华三峰。’噫，其自挽也耶？”③ 郑孝胥有《挽唐元素》诗，刊于本年《东方杂志》第 17 卷第 18 号。汪辟疆《近代诗派与地域》云：“唐元素身际末造，故国之痛，时见篇章，身世之感，绝类金之元裕之、元之丁鹤年。其诗莽苍诡博，哀愤无端，绵缈之中，归诸简质，宜乎为海藏楼所称也。”④

9 月

12 日，李瑞清卒于上海，享年 54 岁。李瑞清（1867—1920），字仲麟，号梅庵、梅痴、阿梅，晚号清道人，江西抚州人，有《清道人遗集》。生平事迹见《清史稿·李瑞清传》、王立民《李瑞清年谱》。《郑孝胥日记》庚申年（1920）八月初三日（9 月 14 日）条载：“阅报，云李梅盦初一日卒；有顷，告丧者亦至。”⑤ 汪辟疆《光宣诗坛点将录》谓：“梅庵于清逊国后，服道士服，往来宁、沪间，鬻书画自给，署‘清道人’。儿童走卒，皆知有李道士矣。诗五古最高，七言绝句有东川、龙标格意。惜为

① 许正意、钱永贤：《〈虞社〉琐谈》，载《江海学刊》1984 年第 3 期。

② 全国图书馆文献缩微复制中心编：《民国珍稀短刊断刊·湖北卷》第 11 册，全国图书馆文献缩微复制中心 2006 年版，第 5213 页。

③ 郑孝胥：《郑孝胥日记》第 4 册，劳祖德整理，中华书局 1993 年版，第 1836 页。

④ 汪辟疆：《汪辟疆诗学论集》上册，张亚权编撰，南京大学出版社 2011 年版，第 54 页。

⑤ 郑孝胥：《郑孝胥日记》第 4 册，劳祖德整理，中华书局 1993 年版，第 1840 页。

书名所掩，人亦不能尽知也。”[①] 钱仲联《近百年词坛点将录》云：“梅庵书法名家，小令亦自然馨逸。”[②] 1939 年，李瑞清《清道人遗集》4 卷印行。2011 年，黄山书社出版段晓华点校整理的《清道人遗集》。

21 日，朱执信遇害，享年 36 岁。朱执信（1885—1920），原名大符，执信为其字。原籍浙江萧山，生于广州，追随孙中山革命。生平事迹见汪精卫《朱执信先生墓表》、黄梦熊等所撰《朱执信传略》。曼昭《南社诗话》谓：“《朱执信集》所收诗甚不多，以余所知，执信于诗学研究极深，其所为诗，较集中所收，不止倍蓰。惟执信作诗，每不留稿，随手散失。朋辈以其方在盛年，于其翰墨，亦不甚视为难得，无意于什袭，初不虞其忽然而逝也。”[③] 又云：“执信诗好用古典，于此毁誉参半，盖奥衍与晦涩，往往相缘也。杨季彝谓执信晚年忽作白话诗，当由于此，亦未为无见。”[④] 民智书局曾出版《朱执信先生自书诗遗墨》。1979 年，中华书局出版广东省哲学社会科学研究所历史研究室所编《朱执信集》。

秋，蛰园诗社成立。社员有樊增祥、郭曾炘、曾福谦、易顺鼎、林纾、郑孝胥、张元奇、杨士晟、陈衍、杨钟羲、孙雄、郭曾珂、林开謩、陈寿彭、王式通、查尔崇、三多、丁传靖、成多禄、郑沅、罗惇曧、曹秉章、白廷夔、杨寿枏、周登皞、薛肇基、陈懋鼎、章华、王存、林灏深、吴用威、闵尔昌、傅增湘、冒广生、袁励准、方尔谦、何启椿、罗惇曧、林葆恒、郭宗熙、叶崇质、邓镕、王念曾、高步瀛、王承垣、高稔、陆增炜、胡嗣瑗、温肃、许宝蘅、傅岳棻、关霁、陈任中、陈宪骊、宗威、汪荣宝、关赓麟、周学渊、黄穰、王世埼、靳志、崇彝、黄懋谦、刘子达、邵瑞彭、高赞鼎、侯毅、林步随、余燮梅、李濂、郭则沄、曹经沅、吴宝彝、黄濬、杨毓瓒、黄孝纾、陈训亮、黄孝平、宗潢、曾克耑等 80 余人。[⑤] 郭则沄谓：“庚申，蛰园成，请于先公，集社于园之结霞阁，入社者不限乡籍，月一集，集必二题，寒暑无闲。”[⑥] 王式通《蛰园钵社第五

---

① 汪辟疆：《光宣诗坛点将录笺证》上册，王培军笺证，中华书局 2008 年版，第 44 页。

② 钱仲联：《梦苕庵论集》，中华书局 1993 年版，第 409 页。

③ 曼昭：《南社诗话》，见杨玉峰、牛仰山校点《南社诗话两种》，中国人民大学出版社 1996 年版，第 13 页。

④ 曼昭：《南社诗话》，见杨玉峰、牛仰山校点《南社诗话两种》，中国人民大学出版社 1996 年版，第 13 页。

⑤ 郭则沄：《蛰园吟社同人姓氏》，见南江涛选编《清末民国旧体诗词结社文献汇编》第 24 册，国家图书馆出版社 2013 年版，第 259－261 页。

⑥ 郭则沄：《蛰园击钵吟·序言》，见南江涛选编《清末民国旧体诗词结社文献汇编》第 24 册，国家图书馆出版社 2013 年版，第 254 页。

十集大会诗录序言》云：“蛰园钵社始于庚秋。”[1] 南江涛选编《清末民国旧体诗词结社文献汇编》第24、25册收录郭则沄辑《蛰园击钵吟》2卷、郭曾炘辑《蛰园钵社第五十次大会诗选》1卷及郭则沄辑《蛰园律集前后编》等。

10月

11日，易顺鼎卒于北京寓所，享年63岁。易顺鼎（1858—1920），字实甫、实父、中硕，号忏绮斋、眉伽，晚号哭庵等，湖南龙阳（今汉寿县）人，有《琴志楼诗集》《楚颂亭词》《摩围阁词》等。生平事迹见奭良《易实甫传》。程颂万《易君实甫墓志铭》谓：“以庚申岁八月三十日亥时寝疾，卒于京寓，距生咸丰八年戊午九月初五日戌时，春秋六十有三。”[2] 钱基博谓：“顺鼎诗才绮绝，自少至壮，所作将万首，尤工裁对，与樊增祥称两雄。惟增祥不喜用眼前习见故实，而顺鼎则必用人人所知之典。增祥诗境到老不变，而顺鼎则变动不居，学大小谢，学杜，学元、白，学皮、陆，学李贺、卢仝，无所不学，无所不似，而风流自赏，以学晚唐温、李者为最佳。所刻自《眉心室悔存稿》以后，有《丁戊行卷》《摩围阁诗》，及出都、吴蓬、樊山、沌水、蜀船、巴山、锦里、蛾眉、青城、林屋、游梁、庐山、宣南、岭南、甬东诸诗录，盖足迹所至，十数行省，一行省一集也，而以《四魂集》为最所自喜。”[3] 钱仲联《近百年词坛点将录》云：“实甫少为神童，长为才子，惊才绝艳，放笔自恣。词集有《鬘天影事谱》《楚颂亭词》《丁戊之间行卷词》《湘弦词》《琴台梦语》《摩围阁词》，可谓沉沉夥颐，英词壮采，泉涌飙发，盖照天腾渊之才，窘若囚拘者为之咋舌。”[4] 2004年，上海古籍出版社出版王飚校点的《琴志楼诗集》。

11月

23日，蒋介石作《雪窦山口占一绝句》。诗云：“雪山名胜擅东南，

① 王式通：《蛰园钵社第五十集大会诗录序言》，见南江涛选编《清末民国旧体诗词结社文献汇编》第25册，国家图书馆出版社2013年版，第5页。

② 程颂万：《易君实甫墓志铭》，见易顺鼎《琴志楼诗集》下册，上海古籍出版社2004年版，第1438页。

③ 钱基博：《现代中国文学史》，上海书店出版社2007年版，第156页。

④ 钱仲联：《梦苕庵论集》，中华书局1993年版，第396页。

不到三潭不见奇。我与林泉盟在夙，功成退隐莫迟迟。”① 首句有分歧，一说为“雪山名胜擅幽姿”，今依《蒋介石家书日记文墨选录》。张慧剑《辰子说林》“领袖诗”条目称：“奉化以政治武功震耀全世，为旋转中国近代历史之巨人，平日于文艺作品似未甚措意，顾闻之奉化近侍，则固亦有相当之兴趣也。”②

30 日，柳亚子与陈去病、余十眉、郁世为、郁世烈、蔡文镛、凌景坚、范镛泛舟游分湖，以效仿元代诗人杨维桢，后成《吴根越角杂诗》120 首。柳亚子《自撰年谱》云：“十一月三十日，偕陈巢南先生暨嘉善余十眉、郁佐皋、慎廉、蔡韶声，同邑凌昭懿、范烟桥泛舟游分湖，踵杨铁厓故事也。旋至西塘，留三宿而返。成《吴根越角杂诗》一百二十首。又成《游分湖记》一首，计二千余言。”③ 柳亚子《游分湖记》云：“中华民国九年十一月二十九日，从弟公望，赋述昏之章于芦漪。先期折柬邀俊侣，期以次日为分湖之游，将修铁厓故事也。”④ 1949 年，柳亚子所作《感事呈毛主席一首，三月二十八日夜作》一诗自注云：“分湖为吴越间巨浸，元季杨铁厓曾游其地，因以得名。”⑤ 杨铁厓故事指元至正九年三月十六日（1349 年 4 月 4 日）杨维桢应陆行直之邀游分湖事，杨维桢曾撰《游分湖记》。

12 月

11 日，喻兆蕃卒，享年 59 岁。喻兆蕃（1862—1920），字庶三，又字艮麓，江西萍乡人，有《既雨轩诗文钞》。陈三立《诰授荣禄大夫署浙江布政使宁绍台兵备道喻君墓志铭》云：“庚申之岁十一月二日，前署浙江布政使、宁绍台兵备道萍乡喻君卒于里第。”⑥ 又云：“遭国变，愈痛愤，诵习坟籍，托诸吟咏外，日与田农野老杂语，或用医术起病者，里党

① 蒋介石：《雪窦山口占一绝句》，见曾景志编注《蒋介石家书日记文墨选录》，团结出版社 2010 年版，第 321 页。

② 张慧剑：《辰子说林》，上海书店出版社 1997 年版，第 3 页。

③ 柳亚子：《柳亚子文集 自传 · 年谱 · 日记》，柳亚子文集编辑委员会主编，上海人民出版社 1986 年版，第 19 页。

④ 柳亚子：《磨剑室文录》上册，中国革命博物馆、上海人民出版社编，上海人民出版社 1993 年版，第 603 页。

⑤ 柳亚子：《磨剑室诗词集》（下），中国革命博物馆编，上海人民出版社 1985 年版，第 1549 页。

⑥ 陈三立：《散原精舍诗文集（增订本）》中册，李开军校点，上海古籍出版社 2014 年版，第 997 页。

赖之。……著有《问津录》、《温故录》、《既雨轩诗文钞》各若干卷，所择史传忠孝大节，以砭世寄痛，类编为《人理集》者，未就。”①

23日，柳亚子等人于周庄迷楼雅集唱和。参加者有陈去病、王德锺、凌景坚、陈蕺人、费公直、沈君崇、于佩铨、柳冀高、柳遂、徐毅、赵雨苏、朱汝珏、朱云光等人，和者甚众，得诗逾百首，柳遂辑为《迷楼集》。柳亚子自述：“十二月二十有三夜，初集蚬江之迷楼，沽醉题壁，即示巢南、玄穆、莘安、蕺人、一瓢、君崇、衡甫、孟璧、仲玉、灵修暨从弟挎霄、率初。”② 这里提到的几位参与者分别是陈去病（号巢南）、王德锺（字玄穆）、凌景坚（号莘安）、陈起东（字蕺人）、费公直（号一瓢）、沈君崇、于佩铨（字衡甫）、朱汝珏（字璧人，孟璧或为其号）、朱汝璞（字琢人，仲玉或为其号）、朱云光（字灵修）、柳冀高（字挎霄）、柳遂（字率初）。另据《迷楼集》，参加本日聚会者还有徐毅、赵雨苏等人。柳亚子在《〈迷楼集〉序》中对雅集情形做了描述：“迷楼者蚬江卖酒家也。九年十有二月，余以事过其地，筝人剑客招邀为长夜之游。曲宴既开，丽鬟斯睹，虽刘桢平视尽许当筵，而落落陈词，不矜不狎，殆亦振奇人欤？仆本恨人，埋愁无地，填胸块磊，得醽醁浇之，乃蠕蠕欲动。因念曹征西对酒当歌之语，横槊而哦，遂多篇什，逮夫云屏，梦冷孤擢遄归，而缠绵往复之怀，犹有弗能自已者。龚祠部有言，奇气一纵不可阖。信已，一时朋好，流连赓酬交作，阿连选事辄付灾梨，颜曰《迷楼集》，名从主人也。”③ 1921年，上海中华书局出版柳遂所辑《迷楼集》。

本年

说诗社成立。主持者为陈衍，成社员有林翰、陈樵、陈炘侯、黄遹光、梁禹缵、林步瀛、陈鸣则、林宗泽、卢榕林、陈寿璃、施景琛、郑宗霖、陈耀妫、林密、王子懿、董子良、刘子达、张葆达、陈天尺、林葆忻、江古怀、曾尊彝、陈为铫、陈海瀛、徐征祥、陈文翰、黄祖汉、陈元璋、沈觐冕、吴铎、陈鉴修、林秉周、马光桢、黄曾樾、黄懋和、张培挺、陈世镕等人。陈衍所辑《说诗社诗录》收录以上各家作品。陈声聪

① 陈三立：《散原精舍诗文集（增订本）》中册，李开军校点，上海古籍出版社2014年版，第999－1000页。

② 柳亚子：《磨剑室诗词集》（上），中国革命博物馆编，上海人民出版社1985年版，第340页。

③ 柳亚子：《磨剑室文录》上册，中国革命博物馆、上海人民出版社编，上海人民出版社1993年版，第611页。

《兼于阁诗话》谓：“石遗老人晚归里，纠同志为说诗社，从者甚众。社友中年辈最长者为张秀渊丈，次则林西园、陈无竞诸丈，先叔息楼公亦与焉。积之数年，诗乃盈数帙，不少精撰。”[①] 萨伯森谓：“说诗社既由陈衍主持坛坫，诸弟子作品虽清新、俊逸，各有擅长，然皆属同光体一派。”[②] 南江涛所编《清末民国旧体诗词结社文献汇编》第 17 册收录陈衍辑《说诗社诗录》38 卷，该集为民国二十六年（1937）福州中西印务局铅印本。

胡朴安与汪子实发起组织鸥社。首次雅集参加者有胡朴安、潘飞声、徐仲可、孙小舫[③]、陶小柳、汪子实、宋痴萍、胡寄尘、汪兰皋、傅熊湘、王莼农等 11 人。胡朴安《南社诗话》载：“民国九年，我们几个在上海南社的朋友，由子实与我发起，组织了一个鸥社。成立之日，命小女沛平绘图，我作五古一首，诗云：‘大风走沙石，天地变苍黄。豺虎相啖食，蛟龙各潜藏。浩劫古未有，乱极转不伤。飘飘一鸥寄，何处是故乡。离忧悲屈子，任运效蒙庄。萍踪偶然合，欢言命酒浆。江海各忘机，颓然倾台觞。老兰生白发，意气犹激昂。词人徐仲可，吐属自芬芳。小舫何沉默，小柳何清扬。子实何跌宕，痴萍何端详。寄尘清且癯，兰皋慨以慷。郁郁文采傅（傅屯艮），翩翩风度王（王莼农）。言笑欢永夕，各自有篇章。’”[④] 傅熊湘有诗，题为《与诸君约为鸥社，入社者泾胡朴安、寄尘兄弟，旌德汪子实，无锡王莼农、宋痴萍，阳湖汪兰皋，番禺潘兰史，南昌陶小柳，济南孙小舫，杭徐仲可及余凡十一人》。

本年底，白雪词社成立于宜兴。成员有蒋兆兰、徐致章、程适、储凤瀛、徐德辉、储蕴华、储南强、任援道、李丙荣、陈思、王朝阳、赵永年等人。[⑤] 蒋兆兰《乐府补题后集甲编后序》云：“去年庚申岁暮，焕琪宴集程子蛰葊、储子映波、徐子倩仲及不佞共五人结词社，名曰白雪，纪时也，亦著洁也。”[⑥] 词社前后雅集 48 次，至 1923 年，徐致章去世后停止活

---

① 陈声聪：《兼于阁诗话》，上海古籍出版社 1985 年版，第 182 - 183 页。

② 萨伯森：《萨伯森文史丛谈》，海风出版社 2007 年版，第 20 页。

③ 胡朴安《南社诗话》云：“只孙小舫一人，非南社社员，是子实同事也。”见杨玉峰、牛仰山校点《南社诗话两种》，中国人民大学出版社 1996 年版，第 153 页。

④ 胡朴安：《南社诗话》，见杨玉峰、牛仰山校点《南社诗话两种》，中国人民大学出版社 1996 年版，第 152 页。

⑤ 见拙庐等撰《乐府补题后集甲编》，民国十一年（1922）刻本。

⑥ 蒋兆兰：《乐府补题后集甲编后序》，见南江涛选编《清末民国旧体诗词结社文献汇编》第 22 册，国家图书馆出版社 2013 年版，第 185 页。

动。其社集之作辑为《乐府补题后集》甲、乙两编行世。1922 年甲编刊行，录 10 家 147 首词；1928 年乙编刊行，收 12 家 157 首词。

民国十年　1921 年　辛酉

2 月

22 日，《虞社》旬报第 1 号出版。主编为陆醉樵、俞鸥侣等。以刊登旧体诗文为主，设有诗录、文录、词录等栏目。第 1 号上刊有《虞社广征薄海同志》。1937 年 11 月常熟沦陷后停刊。沈秋农《常熟老报刊》载："社刊创办适值南社已近尾声，诸多名人入虞社者甚众，社刊声名远播。1937 年 11 月常熟沦陷，社刊被迫停刊。"①

3 月

4 日，汪赞纶卒，享年 83 岁。汪赞纶（1839—1921），字作黼，江苏常州人，清代翰林，苔岑吟社主要成员。苔岑吟社举行哀挽活动，各界名流千余人云集，后将挽诗、挽联编为《汪作黼同年哀挽录》，卷首有民国十年（1921）10 月大总统徐世昌所题"模范缙绅"四字。陈伟堂《汪赞纶与青果巷"三锡堂"》一文云："汪赞纶字作黼，祖籍安徽休宁，清道光十九年（1839）农历七月十五日生于常州府青果巷。……民国十年（1921）3 月 4 日汪赞纶逝世。"②

11 日，闻一多于《清华周刊》第 211 期发表《敬告落伍的诗家》。该文署名"风叶"，是针对 1920 年秋清华大学中开展的学习古诗活动而作的。文章指出："我诚诚恳恳地奉劝那些落伍的诗家，你们要闹玩儿，便罢，若要真做诗，只有新诗这条道走，赶快醒来，急起直追，还不算晚呢。若是定要执迷不悟，你们就刊起《国故》来也可，立起'南社'来也可，就是做起试帖来也无不可，只千万要做得搜藏一点，顾顾大家底面子。有人在那边鼓着嘴笑我们腐败呢。"③

---

① 沈秋农主编：《常熟老报刊》，广陵书社 2007 年版，第 31 页。

② 陈伟堂：《汪赞纶与青果巷"三锡堂"》，载《常州日报》2014 年 5 月 6 日第 B02 版。

③ 闻一多：《闻一多全集》第 2 册，湖北人民出版社 2004 年版，第 38 页。

春，城南诗社在天津成立。发起者为严修、王守恂，成员有丁其慰、于振宗、王人文、王揖唐、王伯龙、王金鳌、王庚纶、吴寿贤、吴公亮、朱士焕、任传藻、李金藻、李国瑜、金梁、岳霙、孟广慧、高凌雯、郭春畬、徐斯异、徐宗浩、徐兆光、马钟琦、马钟琇、陈耽怡、陈惟壬、陈实铭、陈中岳、孙蓉图、孙学曾、章梫、许钟璐、许以栗、张同书、张豫骏、张弘弢、张友栋、程卓沄、杨寿枬、杨晶华、赵元礼、刘春霖、刘潜、刘庚垚、刘鸿翔、韩梯云、严侗、顾祖彭、姚彤章等人。[①] 该社约至 1948 年秋停止活动。王武禄《城南诗社集序》云："按诗社之始，起于三数人文酒之宴，严范孙先生实倡之，嗣以迭为宾主，不胜其烦，乃改为醵饮之举，期以两星期一集，柬则遍延，到否悉任其便，然每聚多则二十余人，少亦十余人。其逢佳节胜区，另有召集，不在斯列，当其一觞一咏，间以歌，谐南北名流欢然并集。"[②] 寇梦碧《台城路》词小序谓："戊子秋城南诗社雅集，时为择庐丈殡期后二日，自此城南遂无社集矣。"[③] "择庐丈" 指李金藻。戊子即 1948 年，可知城南诗社止于该年秋。南江涛《清末民国旧体诗词结社文献汇编》第 7 册收录《城南诗社集》及《城南诗社齿录》。

4 月

本月，银箫旧主的《情诗指南》由上海世界书局再版。银箫旧主，南社朱鸳雏别号。该集分为叙言四篇、卷上、卷下、附录四部分，其中叙言四篇为"说情第一""说诗第二""说情诗第三""说普通情诗三百首编辑大意及感想与应用"。上、下二卷则为各种题材的情诗。附录部分为新体白话情诗（一卷）。数年间，该书多次再版，如 1924 年 6 月、1926 年 2 月世界书局分别印行第 6 版、第 7 版。

5 月

本月，嘤鸣社成立。胡子晋任社长，成员有傅立鱼、许学源、蔡清

---

① 佚名：《城南诗社齿录》，见南江涛选编《清末民国旧体诗词结社文献汇编》第 7 册，国家图书馆出版社 2013 年版，第 581 - 586 页。

② 王武禄：《城南诗社集序》，见南江涛选编《清末民国旧体诗词结社文献汇编》第 7 册，国家图书馆出版社 2013 年版，第 447 - 448 页。

③ 寇梦碧：《夕秀词》，魏新河编，黄山书社 2009 年版，第 18 页。

禅、关俊明、黄广、黄棣华、尹本和、杨成能、徐守一、陈锡庚、林培基、毕乾一等人。[①] 1926年5月，《嘤鸣社诗钞》编辑出版。

本月，胡朝梁卒。胡朝梁（？—1921），字梓方，号诗庐，江西铅山人，有《诗庐诗钞》。生平事迹见蒋维乔《胡诗庐传》。陈衍《石遗室诗话》卷十五云："铅山胡子方朝梁，陈伯严诗弟子，自号诗庐，诗以外无第二嗜好也。尝为人嬲使观剧，自午至酉，万声阗咽中，攒眉搜肠，成五言古一篇，和其师散原《题听水第二斋》韵者。入官署治文书外，日抱其新旧诗稿如束笋，诣所知数里外，商量不倦。其为诗专学山谷，七言律中二联，多兀傲不调平仄，然其笔端实无丝毫俗韵，殊可喜也。"[②] 曹经沅《挽胡诗庐二首》其二云："早岁宝书窥百国，中年诗草满长安。"[③] 钱仲联称："铅山胡朝梁，学诗于陈散原，治宋诗，浸淫于宛陵、后山之间。京师所居庐，四壁尽张海内名贤诗翰，号曰诗庐。所著《诗庐诗草》，瘦硬隽深，精气内敛。惟洪声广局，集中少见，近人学宋之通病也。"[④] 1923年，《诗庐诗钞》印行。

6月

3日，王以敏卒，享年67岁。王以敏（1855—1921），字子捷，号梦湘，别号古伤，湖南武陵（今常德）人，叶恭绰曾从其学词，有《檗坞诗存》《檗坞词存》。生平事迹见王乃徵《清诗人王梦湘墓志铭》、严薇青《〈清诗人王梦湘墓志铭〉笺证》。王氏《墓志铭》谓王以敏卒于辛酉四月二十七日，以阳历计，为6月3日。陈三立《挽王梦湘》云："湘西并世三才子，吹泪西风易哭庵。裛碧不知何处去，古伤遗稿落天南。"[⑤] 叶恭绰《广箧中词》谓："余年十五学词于梦湘丈，今遂四十载。丈词奄有梅溪、梦窗之胜。以不为标榜，故知者较稀。然实湘社中翘楚，足与湘雨、楚颂并驱中原。"[⑥] 过隙《明湖客影录》称："数明湖第一词流过客，必曰

---

① 孙海鹏：《〈辽东诗坛〉研究》，见中国历史文献研究会、大连图书馆编《典籍文化研究》，万卷出版公司2007年版，第27页。

② 陈衍：《石遗室诗话》，见张寅彭主编《民国诗话丛编》第1册，上海书店出版社2002年版，第216页。

③ 曹经沅：《借槐庐诗集》，王仲镛编校，巴蜀书社1997年版，第18页。

④ 钱仲联：《梦苕庵诗话》，齐鲁书社1986年版，第32页。

⑤ 陈三立：《散原精舍诗文集补编》，潘益民、李开军、刘经富辑注，江西人民出版社2007年版，第282页。

⑥ 叶恭绰选辑：《广箧中词》，傅宇斌点校，人民文学出版社2011年版，第164页。

王梦湘。梦湘，湖南武陵人，名以慜，翁之姑丈，以词林作郡江西，诗名满天下，国变后自署曰古伤者也。……梦湘生平，工集唐，最后裒为四十三卷，付翁某剞劂。翁为校理，已毕版而未出书。版存济南，无人任印。而翁校丹册，今乃流至北京隆福寺书肆，生得瞥见，惊惋不敢问来历矣。"[①] 钱鼎芬《清末诗人王梦湘及其著作》谓其著作已刊印成册的有：《柏坞诗存》正续集 20 卷、《柏坞词存》16 卷、《别集》5 卷、《集唐》10 集 43 卷（其第 10 集《鲛拾集》已先刊）、《湘烟阁诗钟汇钞》。[②]

本月，闻一多在《清华周刊》第 7 次增刊上发表《评本学年〈周刊〉里的新诗》。他强烈反对旧诗的写作、发表和批评。文章指出："旧诗的破产，我曾经一度地警告落伍的诗家了，无奈他们还是执迷不悟，真叫我好气又好笑。旧诗既不应作，作了更不应发表，发表了，更不应批评。"[③]

夏，朱鸳雏卒，享年 28 岁。朱鸳雏（1894—1921），名玺，号孽儿，笔名银箫旧主，苏州人，南社诗人，入社书编号 569。生平事迹见柳亚子《我和朱鸳雏的公案》、傅熊湘《朱鸳雏小史补》。郑逸梅《南社丛谈》云："朱鸳雏，生于一八九四年，一九二一年逝世，仅二十余岁，人以短命诗人黄仲则比之。"[④] 时希圣为其编辑《朱鸳雏遗著》，称"鸳雏卒于民国十年夏间"，"鸳雏，海上神交也，尝读其所为诗文，运笔如西洋狄根司，仿佛小儿女插双鬟黄花，恬淡中有飘然之风致，洵妙构也"。[⑤] 1936 年，上海大通图书社出版《朱鸳雏遗著》。

8 月

11 日，漫社举行第一次雅集。《漫社集》卷一收录漫社第一集，并标注时间为"辛酉七月八日"[⑥]。张朝墉作《题郎世宁聚瑞图得满字》，萧延平、陈浏、贺良朴、黄维翰、程炎震、陈士廉、向迪琮、曹经沅等人有和诗。《漫社集》所载《漫社同人题名》录有漫社同人名单：张朝墉（字北墙，一字白翔）、萧延平（字北承）、陈浏（字孝威）、贺良朴（字履之）、

---

① 过隙：《明湖客影录》，载《中和月刊》1941 年第 2 卷第 7 期。

② 钱鼎芬：《清末诗人王梦湘及其著作》，见中国人民政治协商会议湖南省常德市鼎城区委员会文史资料委员会编《常德县文史资料》第 6 辑，1990 年版，第 224 页。

③ 闻一多：《评本学年〈周刊〉里的新诗》，载《清华周刊》1921 年第 7 次增刊。

④ 郑逸梅编著：《南社丛谈》，上海人民出版社 1981 年版，第 118 页。

⑤ 时希圣编：《朱鸳雏遗著》，大通图书社 1936 年版，第 1 页"叙言"。

⑥ 张朝墉等撰：《漫社集》，见南江涛选编《清末民国旧体诗词结社文献汇编》第 20 册，国家图书馆出版社 2013 年版，第 389 页。

成多禄（字竹珊）、孙雄（字师郑）、黄维翰（字申甫）、周贞亮（字子干）、程炎震（字笃原）、陈士廉（字翼年）、路朝銮（字金坡）、向迪琮（字仲坚）、曹经沅（字纕蘅）。[①] 孙雄《漫社二集序》对漫社的活动情况做了描述："辛酉季夏，都门朋好有漫社之集，月举二次。初仅十人，后又递增三人。张君北墙年最长，实主其事，以齿之先后，迭为宾主。至壬戌孟春，凡十四集，主社课者数适一周，因付写官，定名曰漫社集。黄君申甫任编校之役。迄于中秋上旬八日，举行第三十一集，主社课者数已再周，拟再付写官，定名曰漫社二集。"[②] 漫社最初仅十人，递增三人后，为十三人，正符合《漫社集》同人名录所载之数目。可见《漫社集》刊行之时，诗社人员已经基本趋于稳定。漫社活动至1923年止，先后刊行《漫社集》二卷、《漫社二集》二卷、《漫社三集》三卷。以上各集收录于南江涛选编《清末民国旧体诗词结社文献汇编》第20、21册。

9月

21日，周馥病逝于天津，享年85岁。周馥（1837—1921），字玉山，号兰溪，安徽建德（今东至县）人，有《玉山诗集》等。生平事迹见《秋浦周尚书（馥）自订年谱》《周馥年谱》。《晚晴簃诗话》卷一百六十八载："晚年纳节，寄居析津，养舍优游。深研《易》理。其所为诗，旨在微婉，而辞归赡实。自序谓：'弦外之音，识者当自得之。'盖其身处高明，时当中晚，寄兴所在，固不屑屑以风云月露论工拙也。"[③] 1920年，上海聚珍仿宋印书局出版《玉山诗集》4卷。《清代诗文集汇编》第736册收录该集。

10月

27日，严复卒于福州郎官巷寓所，享年69岁。严复（1853—1921），字几道，晚号瘉壄老人，福建侯官人，有《瘉壄堂诗集》《严几道诗文钞》。生平事迹见陈宝琛《严君几道墓志铭》、孙应祥《严复年谱》。周振

---

① 佚名：《漫社同人题名》，见南江涛选编《清末民国旧体诗词结社文献汇编》第20册，国家图书馆出版社2013年版，第383-384页。

② 孙雄：《漫社二集序》，见南江涛选编《清末民国旧体诗词结社文献汇编》第20册，国家图书馆出版社2013年版，第508页。

③ 徐世昌编撰：《晚晴簃诗话》下册，华东师范大学出版社2009年版，第1213页。

甫所撰《严复的诗和文艺论》对其诗及诗学观念皆有评述：“严复的诗，一般说来，语言比较朴实，叙事抒情比较真切，不做作，不浮夸。但也有用意深隐，运用《楚辞》中的神话故事，带有浪漫主义的手法的。”[①] 钱仲联《近百年词坛点将录》云：“几道早游英伦学海军，归而以译事名其家。译哲学、经济名著，与琴南各树一帜。余事为词，情深文明，《摸鱼儿》词，遐庵拟之‘嗣宗咏怀’，《金镂曲》评为‘胸襟甚大，气倍词前’，此非刻翠裁红者流所能道。”[②] 1986 年，中华书局出版王栻主编的《严复集》，该集第 1、2 册收录其诗文。

本月，两浙词人祠在杭州西溪落成，朱祖谋主祭，各地诗人纷纷参加祭典。出席者有夏敬观、陈三立、胡嗣瑗、陈曾寿、吴士鉴、袁思亮、余肇康、王乃徵、周君适、左兰荪、陶叔惠等人。周君适《伪满宫廷杂忆》云：“我到杭州的次年（一九二一年），浙江省教育厅长夏敬观发起在杭州附近西溪修建了一所‘两浙词人祠’。……词人祠里，凡属唐五代以来的词人原籍两浙和宦游两浙的都可入祠设牌位受享。祠堂落成后，由发起人向全国各地名流分发通知，克期来杭州参加祭典，请当代大词人朱孝臧主祭，并请他撰写一副对联。朱孝臧接到通知，早几天便来到杭州，在陈庄下榻。……举行祭典的那一天，朱孝臧、胡嗣瑗、陈曾寿带着我同乘夏敬观的小汽艇泛西溪去词人祠。西溪是一个狭而长的溪流，时值深秋季节，芦花似雪，丹枫如染，一路看不尽的清秋景色。两浙词人祠的正门上，贴着朱孝臧写的‘词客有灵’对联。大殿神龛里密密层层的牌位，居中的牌位是白居易。参加祭典的人陆陆续续地到来，其中有遗老，也有文人墨客；有民国官吏，也有既是民国官吏，又是满清官员的后裔，兼着两重身份的人，如浙江省厅长左兰荪是左宗棠之孙，陶叔惠是陶文毅之孙。在这一次祭典中，我见到的遗老有陈三立、吴士鉴、袁思亮、余肇康、王乃征……有的遗老我不认识，也数不清。胡嗣瑗连连赞叹着‘胜友如云，高朋满座’。这确是一次遗老大聚会。朱孝臧、陈曾寿都有词记其事。”[③] 陈诗《夏敬观年谱》谓：“10 月，周庆云筑成历代词人祠堂落成，先生与朱沤尹、恽瑾叔、徐仲可、钱亮臣等均有词纪此事。”[④]

---

① 周振甫：《严复的诗和文艺论》，见牛仰山、孙鸿霓编《严复研究资料》，海峡文艺出版社 1990 年版，第 387 页。

② 钱仲联：《梦苕庵论集》，中华书局 1993 年版，第 403 页。

③ 周君适：《伪满宫廷杂忆》，四川人民出版社 1981 年版，第 9 - 10 页。

④ 陈谊：《夏敬观年谱》，黄山书社 2007 年版，第 101 页。

11 月

10 日，《文学旬刊》（《时事新报》的副刊）第 19 期登载斯提的《骸骨之迷恋》。文章对《南京高等师范日刊》“诗学研究号”所提倡的文学复古主张进行了批判，认为“旧诗的生命，现在消灭了，已成骸骨”。这篇文章随后引起了争论。12 月 1 日，《文学旬刊》第 21 期发表了薛鸿猷的《一条疯狗》，对斯提进行回击。同期，还有四篇反击薛文的文章先后发表，分别为守廷《对于“一条疯狗”的答辩》、卜向《诗坛底逆流》，署名“东”的《看南高日刊里的“七言时文”》、署名“赤”的《由〈一条疯狗〉而来的感想》。12 月 11 日，缪凤林在《文学旬刊》第 22 期发表《旁观者言》，声援薛鸿猷。他称“新诗令人作呕恐较末流之旧诗为更甚也”。1922 年 1 月 1 日，《文学旬刊》第 24 期登载幼南的《又一旁观者言》，认为创造必须摹仿，非五七言不是诗。1 月 11 日，《文学旬刊》第 25 期刊登吴文祺的《驳〈旁观者言〉》一文，认为旧诗的内容和形式都是骸骨。2 月 11 日，该刊第 28 期刊载了吴文祺的《〈又一旁观者言〉的批评》。直至《学衡》创刊，这场论争才宣告结束。孙玉蓉、王爱英《五四新文学运动与“学衡派”文学论争大事记》对此有详细描述。

本年

本年冬，王伯恭卒。王伯恭（？—1921），原名锡鬯，字伯弓，江苏盱眙人，有《蜷庐诗集》。阚铎《王伯恭传略》谓：“辛亥国变，避地沪上。壬、癸之际，佐张栩人治两浙盐运事。及项城就总统职，先生适以他事北来，项城乃招之入幕，致廪饩，旋由统率办事处改隶陆军部，充秘书。……留心经世之学，工诗古文。尤嗜汪容甫、鲁通甫二家。文不加点，潘文勤公谓似雪苑辟疆。有《蜷庐诗集》□□卷，《文集》□□卷，《蜷庐随笔》五卷。”[1] 又云：“辛酉冬，卒于京师，年六十□。”[2]

马元烈所著《逃禄闲讴》出版。该集分为“陶陶吟”和“倚剑南游

---

① 阚铎：《王伯恭传略》，见卞孝萱、唐文权编《民国人物碑传集》，团结出版社 1995 年版，第 603 页。

② 阚铎：《王伯恭传略》，见卞孝萱、唐文权编《民国人物碑传集》，团结出版社 1995 年版，第 604 页。

草”两部分，收录百余首诗。石继昌《春明旧事》载：“马先生名元烈，字香孙，河北安次人，……马先生旧诗造诣很深，酷嗜陶渊明、陆放翁的作品，曾以两家之诗集句成书，题曰‘逃禄闲讴’，‘逃禄’是‘陶陆’的谐音，是视利禄如敝屣的意思，妙语双关，具见巧思。”①

民国十一年　1922 年　壬戌

1 月

本月，《学衡》杂志第 1 期在南京出版。主编为吴宓，杂志设有诗录一栏，刊载旧体诗，至 1933 年停刊，共出版 79 期。《学衡杂志简章》称其宗旨为：“论究学术，阐求真理，昌明国粹，融化新知。以中正之眼光，行批评之职事，无偏无党，不激不随。”② 又云：“本杂志于国学则主以切实之工夫，为精确之研究，然后整理而条析之，明其源流，着其旨要，以见吾国文化，有可与日月争光之价值。”③

本月，胡先骕在《学衡》第 1 期和第 2 期上连载《评〈尝试集〉》。其从声调、格律、音韵与诗的关系，文言、白话与诗的关系，诗的模仿与创造，中国诗进化程序等方面，对胡适倡导的“八不主义”进行批驳，认为文学之死活取决于作品本身之价值而非文字的形式。文章称：“且文学之死活，以其自身之价值而定，而不以其所用之文字之今古为死活。”④胡先骕的观点引起了新文学支持者的不满，式芬于同年 3 月 10 日《小说月报》第 13 卷第 3 号发表《〈评尝试集〉匡谬》，进行反击。其后，《学衡》第 3 期登载胡先骕的《论批评家之责任》及缪凤林的《文德篇》，第 7 期有邵祖平《论新旧道德与文艺》，反对简单以形式区分新旧。

2 月

15 日，曹经沅与孙雄等漫社同人为东坡做生日而雅集唱和。曹经沅

① 石继昌：《春明旧事》，北京出版社 1996 年版，第 264－265 页。
② 吴宓：《学衡杂志简章》，载《学衡》1922 年第 1 期。
③ 吴宓：《学衡杂志简章》，载《学衡》1922 年第 1 期。
④ 胡先骕：《评〈尝试集〉》，载《学衡》1922 年第 1 期。

作《壬戌正月十九日漫社第三集，补祝东坡生日，以“大江东去，浪淘尽千古风流人物”分韵，得尽字》①。郑逸梅谓：“纕蘅与孙师郑同集漫社，为东坡作生日；或谓继武毕制府灵岩山馆之故事，足以共传也。”②

3 月

8 日，闻一多《律诗底研究》一文脱稿。③ 松浦友久称这篇文章为“现代诗学的黎明”④。文章指出：“总观上述的句底组织及章底组织，其共同的根本原则为均齐。作者尽可变化翻新，以破单调之弊，然总必须在均齐底范围之内。如此则于‘均齐中之变异’一律始相吻合。夫既择作律体，则已承认将作均齐之艺术，犹言自甘承受均齐律之镣锁；乃复擅用散句，置诗律于不顾，是则自相矛盾也。若诚嫌律体之缚束，则迳作古体可耳。况抒情之作。不容不用律体，自大有道理在也！”⑤ 又云：“如今做新诗的莫不痛诋旧诗之缚束，而其指摘律诗，则尤体无完肤。唉！桀犬吠尧，一唱百和。是岂得为知言哉？若问处于今世，律诗当仿作否，是诚不易为答。若因其不宜仿作，便束之高阁，不予研究，则又因噎废食之类耳。……且蔡孑民先生曾把旧文学比作篆籀；习用行楷时，篆籀仍未全废，以其为一种美术品也；新文学兴后，旧文学亦可并存，正坐此故。以此推之，则律诗亦未尝不可偶尔为之。无论如何，律诗之艺术的价值，历万代而不泯也。创作家纵畏难却步，不敢尝试；律诗之当永为鉴赏家之至宝，则万无疑义。”⑥

11 日，《文学旬刊》第 31 期刊登署名郎损的《驳反对白话诗者》。“郎损”即沈雁冰（茅盾）。这篇文章否定了白话诗反对者认为诗应该有声调格律及运用声调格律以泽其思想的观点。该刊第 33 期同时刊发钱鹅湖《驳郎损君〈驳反对白话诗者〉》及郎损《答钱鹅湖君》。⑦

30 日，今雨雅集社成立。发起者为路孝愉、糜国文，社员有顾燮光、贾遁、范滋泽、郭鹏、黄耕云、陈景耀、唐荣骥、范凝绩、冯绳武、毛昌

---

① 曹经沅：《借槐庐诗集》，王仲镛编校，巴蜀书社 1997 年版，第 32 页。

② 郑逸梅：《逸梅杂札》，齐鲁书社 1985 年版，第 139 页。

③ 闻一多：《闻一多全集》第 10 册，湖北人民出版社 2004 年版，第 131 页。

④ [日] 松浦友久：《关于闻一多的〈律诗底研究〉：现代诗学的黎明》，蒋寅译，载《东方丛刊》2000 年第 3 期。

⑤ 闻一多：《闻一多全集》第 10 册，湖北人民出版社 2004 年版，第 147 页。

⑥ 闻一多：《闻一多全集》第 10 册，湖北人民出版社 2004 年版，第 166 页。

⑦ 查国华：《茅盾年谱》，长江文艺出版社 1985 年版，第 60 页。

杰、赵继声、王岷曦、张海澄、陶凤集、吴玉棠、黄福藻、彭昱东、张骥、丁汝晟、朱晚青、吴沧洲、彭济昌等。① 诗社止于1923年春。赵继声《今雨雅集社壬戌诗选序》云："今雨雅集社者，乃盩厔路禾父，暨京兆糜仲章等招，萍聚青门。诸名宿结文酒之会，消遣闲愁，忘隐见之心，提倡古道者也。……回溯斯会之成，起自壬戌上巳，讫于癸亥春初。"② "壬戌上巳"为1922年3月30日，癸亥即1923年。

本月，刘成禺《洪宪纪事诗本事簿注》由北京京华印书馆出版。刘成禺（1876—1953），字禺生，湖北江夏人。该集共收诗98首。孙安邦谓："《洪宪纪事诗本事簿注》也属其中之一，它同《洪宪纪事诗》《洪宪纪事诗本事注》的关系是：《洪宪纪事诗》是208首，民国七年（1918年）写成，直到民国二三年（1934年）前后，才同《广州杂咏》列为《禺生四唱》公开出版，而另外两种即《金陵今咏》《论板本绝句》虽说牌记有载，但并没有印出。《洪宪纪事诗》发表后颇受欢迎，于是将部分诗作注，以《洪宪纪事诗本事注》为名在当时上海出版的《逸经》半月刊上陆续发表，从1936年5月第5期起，至第34期止共发表了76首。后来在此基础之上，增加未在《逸经》上发表的22首及其注文，又以《洪宪纪事诗本事簿注》为书名，共计98首。"③

5月

26日，胡思敬卒，享年53岁。胡思敬（1869—1922），字瘦篁，晚号退庐，江西新昌（今宜丰县）人，有《退庐诗集》。生平事迹见陈毅《胡退庐墓表》。《晚晴簃诗话》卷一百八十二云："诗多激楚之响，神锋不掩，如见其人。"④ 王揖唐《今传是楼诗话》云："《退庐诗集》凡四卷，余最喜其《鲁溪访潜园先生》一律云：'春风二月雨丝斜，来访南州孺子家。乱后逢君宜皂帽，山中饭客只胡麻。营巢苦恨身如燕，避地还疑国在蜗。车到柴门征不起，养生何处觅丹砂。'风格遒上，殊非局促于江

---

① 据赵继声所辑《今雨雅集社壬戌诗选存》中作者而录，见南江涛选编《清末民国旧体诗词结社文献汇编》第1册，国家图书馆出版社2013年版，第403－452页。

② 赵继声：《今雨雅集社壬戌诗选序》，见南江涛选编《清末民国旧体诗词结社文献汇编》第1册，国家图书馆出版社2013年版，第401－402页。

③ 孙安邦：《导言》，见刘成禺《洪宪纪事诗本事簿注》，山西古籍出版社1997年版，第2－3页。

④ 徐世昌编撰：《晚晴簃诗话》下册，华东师范大学出版社2009年版，第1316页。

西社里者。”[①]《退庐全集》收录于沈云龙主编的《近代中国史料丛刊初编》第45辑，其中就包括《退庐诗集》《驴背集》。1990年，北京古籍出版社曾出版吴鲁《百哀诗》、胡思敬《驴背集》合刊本。

6月

11日，南社在上海半淞园举行第十八次雅集。到会者有高旭、顾震生、于定、丁上左、周斌、余十眉、郁世为、朱宗良、徐自华、张一鸣、徐思瀛、胡朴安、胡惠生、吴子垣、陈希虡、朱剑芒、顾悼秋、许慎微、张花魂、赵蕴安、张廷华、沈镕、洪璞等23人。这是南社最后一次正式雅集。柳亚子在《我和南社的关系》一文中称：“在一九二〇年（民国九年）和一九二一年（民国十年）两年中，社务进行，完全停顿。到一九二二年（民国十一年）六月十一日，才在上海半淞园举行第十八次雅集，到者二十三人。”[②]

本月，《湘君》（季刊）杂志创刊。刘永济、吴芳吉、刘朴等人编辑。吴芳吉《〈湘君〉发刊词》云：“本刊同人，……所以相尚相勉者三事。一曰道德。……二曰文章。兹所谓文章，兼有二义：关于抒情叙事、析理教人而为著述者，曰文学；关于应对洒扫、礼仪法度而以操守者，曰文采。吾人认此二者为人人所当兼备，然后生活富趣味而有调理。三曰志气。”[③] 他在所撰《自订年表》中说：“长兄（指吴宓）在南京创《学衡》杂志，某因创《湘君》应之。然两者精神虽同，旨趣各异。《湘君》注重创作，《学衡》多事批评；《湘君》但载词章，《学衡》更及义理；《湘君》之气象活泼，《学衡》之态度谨严；《湘君》之性近于浪漫，《学衡》中人恪守典则；《湘君》意在自愉，《学衡》存心救世。”[④]

本月，吴芳吉在《湘君》季刊第1号上发表《吾人眼中之新旧文学观》。他认为新旧文学之争远离了文学本体，失去了文学的真谛，真正的文学存立于新旧之外。文章称：“文学既不幸而有新旧之争也，则其离乎文学之本体，失乎文学之真谛亦已远矣。”[⑤] 又云：“救济之道须从根本入手。所谓根本入手者，不在设一审判之吏以分别新旧之孰是孰非也。倘以

① 王揖唐：《今传是楼诗话》，张金耀校点，辽宁教育出版社2003年版，第63页。
② 柳亚子：《柳亚子文集　南社纪略》，柳无忌编，上海人民出版社1983年版，第88页。
③ 吴芳吉：《吴芳吉集》，巴蜀书社1994年版，第428页。
④ 吴芳吉：《吴芳吉集》，巴蜀书社1994年版，第545页。
⑤ 吴芳吉：《吴芳吉集》，巴蜀书社1994年版，第430页。

分别新旧之孰是孰非为救济之道，将如治乱丝者愈治愈乱，终莫得其要领。盖是非本属对待，是固无穷，非亦无穷，吾人不当着眼于是非之现象，而当探讨酿出此是非之源头。此源头为何？即本文开宗所言文学之本体与文学之真谛是也。能认得文学之本体与真谛，乃知文学自文学，而新旧自新旧。真正之文学乃存立于新旧之外，以新旧之见论文学者，非妄即讹也。"① 此后，吴芳吉在 1923 年《学衡》杂志第 21 期发表《再论吾人眼中之新旧文学观》，在 1924 年第 31 期刊载《三论吾人眼中之新旧文学观》，1925 年第 42 期上登载《四论吾人眼中之新旧文学观》，继续进行探讨。

9 月

本月，吴宓在《学衡》第 9 期发表《诗学总论》。他阐释诗的定义，并详细论述诗和文在内质与外形上的区别。其云："诗者以切挚高妙之笔或笔法，具有音律之文或文字，表示生人之思想感情者也。"②

本月底，陈三立《散原精舍诗续集》由商务印书馆排印出版。马卫中、董俊珏《陈三立年谱》云："七八月间，公以诗集将印出，乃寄函沪上，催郑孝胥作序，郑即于八月初三日撰成序文。"③ 又云："陈三立本年所刊行之诗集，乃商务印书馆排印本《散原精舍诗集》二卷《续集》三卷。"④ 1922 年 10 月 29 日，《申报》第 17847 号曾刊载商务印书馆销售广告，谓："义宁陈伯严先生以古文家成诗家，郑海藏先生初序谓其诗越世高谈，有自开户牖之叹，当于古人中求之。自己酉迄辛酉所作编为续集。郑海藏后序又谓其诗中之直笔，类于《春秋》。观此两序，可以知先生之诗矣。兹由本馆将先生初、续两集合并印行。海内贤者知必以先睹为快。每部分订四册，定价二元四角。"⑤

11 月

5 日，廉泉卒，享年 55 岁。廉泉（1868—1922），字南湖，江苏无锡

① 吴芳吉：《吴芳吉集》，巴蜀书社 1994 年版，第 433 页。
② 吴宓：《诗学总论》，载《学衡》1922 年第 9 期。
③ 马卫中、董俊珏：《陈三立年谱》，苏州大学出版社 2010 年版，第 443 页。
④ 马卫中、董俊珏：《陈三立年谱》，苏州大学出版社 2010 年版，第 444 页。
⑤ 佚名：《散原精舍诗》，载《申报》1922 年 10 月 29 日第 3 张。

人，有《南湖集》。钱海岳《廉南湖丈诔（并序）》谓：“公于学多所该通，自交祭酒盛昱等，始壹力于诗。所作流风迴雪，娴澹清深，在陶彭泽下，韦苏州上，与柳柳州为近。一篇夺手，远近传写，求诗者踵门，东国名胜，尤乐就之。”[①] 1924 年，廉泉《南湖集》印行。柯愈春《清人诗文集总目提要》云：“孙道毅重编其诗，辑为《南湖集》四卷，合《东游草》之甲乙丙为第一卷，丁戊己为第二卷，《拈花集》、《潭柘纪游集》及《蓟淞留影集》中之五十一首为第三卷，《拈花集》未刻之本壬戌至甲子诗一百八十二首为第四卷，附《补遗》一卷，民国十三年上海中华书局铅印，首都图书馆藏。又有《南湖梦还集》一卷、《续集》一卷，民国二十年石印，南京图书馆藏。”[②] 王伟勇主编的《民国诗集丛刊》第 71 册收录《南湖东游草》。

9 日，陈三立七十大寿，诗坛友人以诗祝寿。沈曾植、郑孝胥、冯煦、夏敬观、陈衍、黄濬、孙师郑、江瀚、袁思亮、吴用威、程颂万有诗相贺，陈曾寿与胡嗣瑗等登门祝寿。邵祖平《无尽藏斋诗话》谓：“壬戌九月二十一日，义宁陈散原先生七十寿辰，远近以诗来祝者，珠玉琳琅，辉溢户庭。先生志节文章，并负重望于当世，宜夫言者词无溢美，受者意可泰然也。寿诗佳者甚多。”[③] 马卫中、董俊珏《陈三立年谱》云：“九月廿一日，公七十诞辰，远近好友沈曾植、郑孝胥、冯煦、夏敬观、陈衍等皆以诗来贺，极一时之盛，陈曾寿、胡嗣瑗等且亲赴南京为公祝寿，陈宝琛亦摹古松尺幅为寿，叶玉麟撰为寿序。”[④] 又云：“本年以诗来寿者，尚有吴用威、周达、吴庆坻、杨钟羲、江瀚、程颂万等。”[⑤] 潘益民、潘蕤《陈方恪年谱》云：“十一月九日（农历九月廿一日），散原老人七秩大寿。‘远近以诗来祝者辉溢庭户’；除在德国留学的寅恪、在法国留学的登恪外，先生全家及其亲友相聚在南京散原精舍为其祝寿，并合影留念。黄秋岳、冯煦、孙师郑、江瀚、袁思亮、吴用威、程颂万等有诗相贺。”[⑥]

21 日，沈曾植卒，享年 73 岁。沈曾植（1850—1922），字子培，号乙庵，晚号寐叟，浙江嘉兴人，有《海日楼诗》《曼陀罗寱词》。生平事迹见其弟子王蘧常所撰《沈寐叟年谱》、许全胜《沈曾植年谱长编》。钱

---

① 钱海岳：《廉南湖丈诔（并序）》，见卞孝萱、唐文权编《民国人物碑传集》，团结出版社 1995 年版，第 798 – 799 页。

② 柯愈春：《清人诗文集总目提要》中册，北京古籍出版社 2001 年版，第 1964 页。

③ 邵祖平：《无尽藏斋诗话（续第九期）》，载《学衡》1923 年第 13 期。

④ 马卫中、董俊珏：《陈三立年谱》，苏州大学出版社 2010 年版，第 446 页。

⑤ 马卫中、董俊珏：《陈三立年谱》，苏州大学出版社 2010 年版，第 444 页。

⑥ 潘益民、潘蕤：《陈方恪年谱》，江西人民出版社 2007 年版，第 81 页。

仲联谓："沈乙庵诗深古排奡，不作一犹人语。人谓其得力于山谷，不知于楚骚八代，用力尤深也。才学所溢，时时好用僻典生字，更益以佛典。有包罗万象之力，故不觉其琐碎。确足震聋骇俗，而人亦不能好之。与散原齐名，而后辈宗散原者多，宗乙庵者绝无。有之，仅一金甸丞蓉镜，亦不过得其一体。岂以其包涵深广，不易搜穷故耶？然用此知乙庵高于散原矣。"[①] 又《近百年词坛点将录》云："词如其诗，可作西藏曼荼罗画观。盖魁儒硕师，出其绪余，一弄狡狯，若以流派正变之说求之则偾矣。"[②] 2001 年，中华书局出版《沈曾植集校注》。

12 月

1 日，胡适所撰《南宋的白话词》发表于《晨报副刊》（报头为《晨报副镌》，本期为《晨报四周纪念增刊》）。作者肯定"白话词"，意在从"进化论"的角度说明白话文学为大势所趋。文章称："以上说是辛弃疾到刘克庄的一派。这一派是'时代的文学'。现在且略说宋词的第二派——那古典主义的一派。这一派的词，在我们看来，实在没有什么文学价值，只可以代表文学史上一个守旧的趋势。"[③]

本年

陈锐卒，享年 63 岁。陈锐（1860—1922），字伯弢（一作伯涛），号褏碧，湖南武陵人，有《褏碧斋诗》《褏碧斋词》。生平事迹见傅熊湘《钝安脞录·陈伯弢》。陈声聪《兼于阁诗话》谓其"才气纵横，性情瑰奇"[④]。钱仲联《近百年词坛点将录》称："褏碧，湘绮高足，久客吴趋，与朱、郑为词甚早。彊村《望江南》词云：'《秋醒》意，褏碧契灵襟。生长茝兰工杂佩，较量台鼎让清吟。欣戚导源深。'褏碧《水龙吟·题大鹤山人樵风乐府》云：'十年雪涕神州，气酣西蹴昆仑倒。'殆夫子之自道。"[⑤] 2012 年，岳麓书社出版《抱[⑥]碧斋集》（该集系与邓辅纶《白香亭诗集》合刊）。

---

① 钱仲联：《梦苕庵诗话》，齐鲁书社 1986 年版，第 61 页。
② 钱仲联：《梦苕庵论集》，中华书局 1993 年版，第 398 页。
③ 胡适：《南宋的白话词》，载《晨报副刊》1922 年 12 月 1 日第 9－12 版.
④ 陈声聪：《兼于阁诗话》，上海古籍出版社 1985 年版，第 67 页。
⑤ 钱仲联：《梦苕庵论集》，中华书局 1993 年版，第 391 页。
⑥ "褏"是"抱"的异体字，因此在有的文献中陈锐的号"褏碧"也被写作"抱碧"。

张元奇卒，享年65岁。张元奇（1858—1922），字贞午，福建侯官人，有《知稼轩诗集》。生平事迹见《闽侯县志》《清诗纪事·光绪宣统朝卷》。陈衍称："独君常才笔驰骛自喜，中年以后，时时敛就幽夐。然终与坡公为近，其间有忧愁牢落，托于庄骚之旨者，亦坡公之忧愁牢落也。近作清苦不怡，遂足以感召忧患。"[①] 王揖唐《今传是楼诗话》谓："闽中诗人，甲于全国。余夙识者，尚有张薑斋民政，君名元奇，别字君常，所著有《知稼轩集》，石遗序之，谓其才笔驰骛自喜，中年以后，时敛就幽夐，然终与坡公为近，盖其取径固与其乡并时诸贤略殊也。"[②] 王伟勇主编《民国诗集丛刊》第33册收录《知稼轩诗集》，书前有陈衍《叙》及作者自序，共11卷。

民国十二年　1923年　癸亥

1月

24日，成多禄60岁生日，京师名士雅集半园，举行漫社第四十一集。孙雄、周贞亮、黄维翰、路朝銮、贺良朴、张朝墉、郑沅、江瀚、林开謩、吴用威、关赓麟、钱葆青、丁传靖、三多、王树枏、陈宝琛、郭曾炘、樊增祥、周树模、柯劭忞、王式通、傅增湘等人有诗相赠。[③] 孙雄《澹堪六十生辰壬戌十二月初八日置酒半园觞客赋诗寿之》谓："澹堪诗格迈曹刘，朝士贞元硕果留。琴梦重温香雪梅，弧辰同降好云楼。"[④] 郑沅《寿澹堪六十》云："君与东坡同月生，读君诗笔亦纵横。固知福慧从天赋，近喜波澜更老成。"[⑤]

本月，康白情的诗集《草儿》由上海亚东图书馆再版。其内容分为新

---

① 陈衍：《陈石遗集》（上），陈步编，福建人民出版社2001年版，第522页。

② 王揖唐：《今传是楼诗话》，张金耀校点，辽宁教育出版社2003年版，第70页。

③ 孙雄等：《漫社第四十一集》，见南江涛选编《清末民国旧体诗词结社文献汇编》第21册，国家图书馆出版社2013年版，第193－200页。

④ 孙雄：《澹堪六十生辰壬戌十二月初八日置酒半园觞客赋诗寿之》，见南江涛选编《清末民国旧体诗词结社文献汇编》第21册，国家图书馆出版社2013年版，第193页。

⑤ 郑沅：《寿澹堪六十》，见南江涛选编《清末民国旧体诗词结社文献汇编》第21册，国家图书馆出版社2013年版，第197页。

诗《草儿》、附录一《味草蔗》及附录二《新诗短论》。其中《味草蔗》为旧体诗词。之后，康白情将《味草蔗》及其留学美国时期的旧体诗汇集为《河上集》，署名“康洪章”，1924 年 7 月由上海亚东图书馆出版。

2 月

本月，胡适于《申报》五十周年纪念刊上发表《五十年来中国之文学》。[①] 文章指出：“《学衡》的议论，大概是反对文学革命的尾声了。我可以大胆说，文学革命已过了议论的时期，反对党已破产了。从此以后，完全是新文学的创造时期。”[②] 1924 年，上海申报馆出版《五十年来中国之文学》单行本。

3 月

本月，吴宓在《学衡》第 15 期发表《论今日文学创造之正法》。他认为，今日之从事文学创作者“宜虚心”“宜时时苦心练习”“宜遍习各种文体而后专精一二种”“宜从摹仿入手”“勿专务新奇”“勿破灭文字”“宜广求知识”“宜背诵名篇”“宜绝除谬见”。[③] 并对所见各种文学著作之法进行总结，尤其指出作诗之法，应以新材料入旧格律。文章称：“作诗之法，须以新材料入旧格律。即仍存古近各体，而旧有之平仄音韵之律，以及他种艺术规矩，悉宜保守之，遵依之，不可更张废弃。旧日诗格律绝稍嫌板滞，然亦视才人之运用如何。诗格不能困人也。至古诗及歌行等，变化随意，本无限制。镣铐枷锁之说，乃今之诬蔑者之所为，不可信也。至新体白话之自由诗，其实并非诗，决不可作。其弊本志已一再言之，兹不具述。总之，诗之格律本可变化，而旧诗格律极有伸缩创造之余地，不必厌恶之、惧避之、废绝之也。凡作诗者，首须知格律韵调，皆辅助诗人之具，非阻抑天才之物，乃吾之友也，非敌也。信乎此，而后可以谈诗。今日旧诗所以为世诟病者，非由格律之束缚，实由材料之缺乏。即作者不能以今时今地之闻见事物思想感情，写入其诗。而但以久经前人道过之语意，陈陈相因，反覆堆塞，宜乎令人生厌。而文学创造家之责任，须能写今时今地之闻见事物思想感情，然又必深通历来相传之文章之规

---

① 胡适：《胡适文集》第 3 册，欧阳哲生编，北京大学出版社 1998 年版，第 264 页。
② 胡适：《胡适文集》第 3 册，欧阳哲生编，北京大学出版社 1998 年版，第 262－263 页。
③ 吴宓：《论今日文学创造之正法》，载《学衡》1923 年第 15 期。

矩，写出之后，能成为优美锻炼之艺术。易言之，即新材料与旧格律也。”①

5 月

本月，俞鸥侣等人发起吟梅雅集联咏。参与者有 30 人，如程癯鹤、程芝铨《虞社的〈吟梅雅集〉与〈梅花百咏〉》称：“1923 年 5 月，由俞鸥侣等人发起，以梅花为主题，集同仁三十人，在石梅读书台举行吟梅雅集联咏。同年冬复有一百位作者分题赋梅花诗各一首，又名曰‘梅花百咏’；吾邑著名人士金病鹤、徐兆玮、王庆芝、丁祖荫、俞钟銮等十六人为‘雅集’作序，虞社知名诗人一百余人为‘雅集’‘百咏’赋诗征和。”②

7 月

10 日，廖树蘅卒，享年 85 岁。廖树蘅（1839—1923），字荪畡，一字深侅，湖南宁乡人，有《珠泉草庐诗钞》等。生平事迹见郭立山《廖荪畡先生传》、姚永朴《三品衔分部主事宁乡廖君墓志铭》。廖基棫《先考行状》谓：“越一日丑刻，无疾而逝，时癸亥五月二十七日也。”③ 徐一士《谈廖树蘅》云：“宁乡廖荪畡（树蘅）起诸生，为湘中宿儒。学行为一时胜流所引重，工诗文。”④ 陈三立《廖笙陔诗序》称：“廖君诗芳鲜澄澈，泠然埃壒之外，纪游近作尤寥泊称其志意。”⑤《清代诗文集汇编》第 745 册收录《珠泉草庐诗钞》4 卷、《珠泉草庐文集》3 卷。

8 月

1 日，姚永概卒，享年 58 岁。姚永概（1866—1923），字叔节，号幸

---

① 吴宓：《论今日文学创造之正法》，载《学衡》1923 年第 15 期。

② 程芝铨：《虞社的〈吟梅雅集〉与〈梅花百咏〉》，见常熟市政协文史资料委员会编《常熟文史》第 24 辑，1996 年版，第 214 页。

③ 廖基棫：《先考行状》，见廖树蘅等《珠泉草庐师友录　珠泉草庐文录》，凤凰出版社 2016 年版，第 219 页。

④ 徐一士：《一士类稿》，中华书局 2007 年版，第 180 页。

⑤ 陈三立：《散原精舍诗文集（增订本）》中册，李开军校点，上海古籍出版社 2014 年版，第 832 页。

孙，安徽桐城人，有《慎宜轩诗文集》。生平事迹见姚永朴《叔弟行略》。汪辟疆谓："其诗秀爽而为警炼，沉郁而能顿挫。早喜梅宛陵、陈后山，晚乃出入遗山，语必生新，而志在独造。"[①] 此前，姚永概《慎宜轩集》曾于 1916 年印行，共 16 卷，其中诗集 8 卷、文集 8 卷。2012 年，黄山书社出版《晚清桐城三家诗》，该集为方守彝、姚永朴、姚永概三家诗合刊本，收录《慎宜轩诗集》8 卷、《慎宜轩诗集续钞》1 卷及《慎宜轩诗集辑遗》。

25 日，《小报》第 1 卷第 1 期出版。编辑主任钱释云，理事编辑吕松声。该刊除发表小说外，还刊载旧体诗、诗话等，如本期即刊登余十眉《探珠吟舍诗钞》[②]。同年 9 月 22 日，《小报》第 1 卷第 6 期刊登王湘君女士编《春雨楼诗话》[③]。

9 月

17 日，陈衡恪卒，享年 48 岁。陈衡恪（1876—1923），字师曾，号朽道人、槐堂，江西义宁（今修水县）人，陈三立长子，有遗诗两册。生平事迹见陈三立所撰《长男衡恪状》、弘一法师《朽道人传》、袁思亮《陈师曾墓志铭》。叶恭绰《陈师曾诗集序》云："君少承散原先生之训，又濡染于妇翁范肯堂先生之诗学者至深，第所作乃一易其雄杰倔强之概，而出以冲和萧澹。"[④] 陈衍《石遗室诗话》卷二十一谓："散原诸子多能文辞，余赠师曾诗，所谓'诗是吾家事，因君父子吟'者也。师曾近作，真挚处几欲突过乃父。"[⑤] 钱仲联《近百年词坛点将录》谓："师曾为散原长子，书画诗词印章，无不工绝。《鰌庵词》用清真韵诸作，缜密典丽，流风可仰。"[⑥] 同年 10 月 17 日，北京文化艺术界 300 余人在江西会馆集会悼念陈衡恪。梁启超、周印昆、凌文渊、姚茫父等进行追悼演说，陈弢庵、齐白石等赋挽诗。[⑦] 2009 年，江西人民出版社出版《陈衡恪诗文集》。

---

① 汪辟疆：《汪辟疆诗学论集》上册，张亚权编撰，南京大学出版社 2011 年版，第 145－146 页。

② 余十眉：《探珠吟舍诗钞》，载《小报》1923 年第 1 卷第 1 期。

③ 王湘君：《春雨楼诗话》，载《小报》1923 年第 1 卷第 6 期。

④ 叶恭绰：《遐庵汇稿》，见沈云龙主编《近代中国史料丛刊》第 87 辑，台湾文海出版社 1973 年版，第 348 页。

⑤ 陈衍：《石遗室诗话》，见张寅彭主编《民国诗话丛编》第 1 册，上海书店出版社 2002 年版，第 285 页。

⑥ 钱仲联：《梦苕庵论集》，中华书局 1993 年版，第 407 页。

⑦ 潘益民、潘蕤：《陈方恪年谱》，江西人民出版社 2007 年版，第 84 页。

本月，何海鸣《海鸣诗存》由北京侨务旬刊社出版。该集分为“初学集”“东游草”“眼枯集”“葬心集”等四部分，收录200余首诗。1924年，《紫兰花片》杂志第15期刊载的《何海鸣得意之诗》一文称：“凡知癸丑金陵之役者，当无不知有何海鸣，时海鸣仅二十余岁，一书生耳。而手握军符，俨同幽燕老将，力敌冯张数万之众，相持至月余之久，后虽失败而去，固亦足以自豪矣。海鸣能诗，近辑其《初学集》《东游草》《眼枯集》《葬心集》为《海鸣诗存》一卷，都二百余首，嵚崎磊落之怀，美人香草之旨，颇能抒写尽致。”①

10月

14日，新南社成立。该社于上海小花园都益处菜馆举行第一次聚餐会，公举柳亚子为社长，邵力子、陈望道、胡朴安任编辑主任。参加者有柳亚子、吴相融、陈绵祥、朱剑芒、朱锡梁、叶楚伧、姚石子、王德锺、冯平、汪文溥、赵蕴安、周伟、丁上左、余十眉、朱凤蔚、朱宗良、陈布雷、邵力子、胡朴安、胡惠生、吴少薇、吕志伊、柳冀高、柳率初、陈起东、沈君匋、王秋厓、狄侃、胡伯翔、潘公展、邵瑞彭、陈望道、胡渊、朱贯成、汪精卫、黄忏华、张继、许翰屏等38人。该社持续至1924年10月10日，第三次聚餐会后停止。柳亚子《南社大事记》载：“一九二三年（民国十二年）十月十四日，新南社成立，举行第一次聚餐会于上海小花园都益处菜馆，公举柳亚子为社长，以邵力子、陈望道、胡朴安任编辑主任，吴孟芙、叶楚伧、陈布雷任干事，胡朴安兼会计，余十眉任书记。十一月，《新南社通讯录》出版。”②

21日，稊园诗社召开第二百次大会，并于本年刊印《稊园二百次大会诗选》。丁传靖《稊园二百次大会小启》云：“爰择重阳后三日，开二百次大会。”③ 李绮青《稊园诗钟社第二百次大会序》云：“二百次社课适值重阳，循向例展于十二日举行。”④ 南江涛选编《清末民国旧体诗词结社文献汇编》第12册收录《稊园二百次大会诗选》。

① 佚名：《何海鸣得意之诗》，载《紫兰花片》1924年第15期。

② 柳亚子：《柳亚子文集　南社纪略》，柳无忌编，上海人民出版社1983年版，第179页。

③ 丁传靖：《稊园二百次大会小启》，见南江涛选编《清末民国旧体诗词结社文献汇编》第12册，国家图书馆出版社2013年版，第97页。

④ 李绮青：《稊园诗钟社第二百次大会序》，见南江涛选编《清末民国旧体诗词结社文献汇编》第12册，国家图书馆出版社2013年版，第100页。

本年

曹元忠卒，享年 59 岁。曹元忠（1865—1923），字夔一，号君直，晚号凌波居士，江苏吴县（今苏州）人，有《凌波词》《笺经室遗集》等。生平事迹见曹元弼所撰《诰授通议大夫内阁侍读学士君直从兄家传》。汪辟疆谓："光绪甲午举人，以词名，诗不常作，学玉溪生，工处时出李希圣雁影斋上。专事摘艳薰香，托于芬芳悱恻。著有《北游小草》。"[①] 钱仲联《近百年词坛点将录》云："君直经师，早岁与蛮巢诸君为诗楬橥西昆，于同光体外，别兴吴中诗派。词笔骚雅，得白石神理。"[②] 1941 年，学礼斋刊行《笺经室遗集》20 卷。

陈衍编纂的《近代诗钞》由上海商务印书馆出版。收录清代咸丰、同治至民国初年诗人 369 人，录诗 5000 余首。在民国诗人中，陈衍对易顺鼎、沈曾植、梁鼎芬、郑孝胥、吴昌硕、沈瑜庆、陈三立、俞明震等人及同乡、师友之作采录较多，体现出明显的宗宋倾向。陈衍《〈近代诗钞〉叙》谓："今窃本此意，论次有清一代之诗，文简以下，传闻之世也；文慤以下，所闻之世也；文端、文正以后，所见之世也。所闻、所传闻，先进略已论次。而身丁变雅变风，以迨于将废将亡，上下数十年间，亦近代文献得失之林乎。虽位卑身隐，不敢比文简之集《感旧》、文慤之集《别裁》，然以所见之亲切著明者，都为一集。视吾家迦陵之《箧衍》，稍放而大之，其诸世之君子，或亦有乐乎此也。"[③]

梁鼎芬《节庵先生遗诗》由沔阳卢弼慎始基斋刊行。封内版刻牌谓"沔阳卢氏慎始基斋刊于武昌，黄冈陶子麟承刻"。此集由余绍宋辑录，共有 6 卷，收录古今体诗 852 首。沈云龙主编《近代中国史料丛刊》第 75 辑所录《节庵先生遗诗》即影印该集。2012 年，华东师范大学出版社出版《节庵先生遗诗》点校本。

---

① 汪辟疆：《汪辟疆诗学论集》上册，张亚权编撰，南京大学出版社 2011 年版，第 148 页。

② 钱仲联：《梦苕庵论集》，中华书局 1993 年版，第 399 页。

③ 陈衍：《陈石遗集》（上），陈步编，福建人民出版社 2001 年版，第 641 页。

民国十三年　1924年　甲子

2月

约2、3月间，东南大学师生成立潜社。主盟者吴梅，成员有龚慕兰、罗刚、濮舜卿、卢炳普、卢前、楼公凯、蔡达理、蒋竹如、贺楚南、冯国瑞、张世禄、张汝舟、陆祖庥、陆垚、曹明焕、孙为霆、马著驷、唐圭璋、唐廉、徐景铨、段天炯、周世钊、武祥凤、李慰祖、李祖祎、李和兑、吴宏纲、沙宗炳、宋希庠、朱祖谦、朱元俊、王玉章、王文元、王季思、苏拯、邓骞、刘熙廖、叶祥瑞、董文鸾、常任侠、张惠衣、袁菖、凌树望、高行健、李家骥、李骧、王灵根、聂青田、刘德曜、刘润贤、蒋维崧、翟贞元、杨志溥、彭铎、陈永柏、陈舜年、陈昭华、陈松龄、张迺香、梁璆、盛静霞、陶希华、徐益藩、周法高、周鼎、吴怀孟、李孝定、沈祖棻、朱子武、王凌云等70余人。[①]《吴梅日记》载："潜社者，余自甲子、乙丑间偕东南大学诸生结社习词也。月二集，集必在多丽舫，舫泊秦淮，集时各赋一词，词毕即畅饮，然后散，至丁卯春，此社不废，刊有《潜社》一集，亦有可观处。"[②] 甲子、乙丑分别为1924年、1925年。王季思《忆潜社》一文称词社初始时，时间在1924年2、3月间，其为东南大学一年级生。[③] 吴梅《潜社词刊序》云："丙寅之春，南雍诸子起词社，邀余主盟。余欣然诺之。凡集四次，得词如干首，皆诸子即席挥毫，无假托，无润色也。"[④] 丙寅（1926）起词社之事当为此前之延续。吴梅在《潜社汇刊总序》中称："自丙寅至丙子，合十一年社作，刊布行世。作者之美恶，可以不论，而历久不渝，固可尚也。"[⑤] 其《潜社词续刊序》又云："丙子之春，上庠诸生徐一飗等，赓续潜社。余欣喜无量。既集若

---

① 佚名：《潜社汇刊同人名录》，见南江涛选编《清末民国旧体诗词结社文献汇编》第22册，国家图书馆出版社2013年版，第371－372页。

② 吴梅：《吴梅全集　日记卷》上册，河北教育出版社2002年版，第28页。

③ 王季思：《王季思全集》第5卷，河北教育出版社2005年版，第58页。

④ 吴梅：《潜社词刊序》，见南江涛选编《清末民国旧体诗词结社文献汇编》第22册，国家图书馆出版社2013年版，第373页。

⑤ 吴梅：《潜社汇刊总序》，见南江涛选编《清末民国旧体诗词结社文献汇编》第22册，国家图书馆出版社2013年版，第369页。

干次，汇而刊之，亦盍各言志也。”[1] 可知，丙子（1936）后，词社仍然有延续。徐有富《吴梅与潜社》一文对该社之发展有细致描述。潜社成员之词、曲由吴梅编辑为《潜社汇刊》，包括《潜社词刊》《潜社曲刊》《潜社词续刊》三部分。南江涛选编《清末民国旧体诗词结社文献汇编》第22 册有收录。

3 月

16 日（为农历花朝节），嘤社成立。集会地点为宋氏止园，即北京什刹海南岸的宋小濂寓所。该社成员有张朝墉、成多禄、贺良朴、孙雄、黄维翰、周贞亮、陈士廉、路朝銮、向迪琮、曹经沅、王树枏、宋小濂、徐鼐霖、丁传靖、涂凤书等 15 人，由宋小濂主持社务。其中，前十人为原漫社社友。孙雄有诗《中元甲子花朝嘤社第一集会于宋氏止园，用蝇尘韵成四律，呈铁梅中丞及同社诸子索和》。成多禄作《和师郑先生二首》，翟立伟、成其昌注云：“甲子花朝节（二月十二日），嘤社成立，并在宋小濂的止园举行首次诗会。嘤社社友共十五人，除原漫社的张朝墉、成多禄、贺良朴、孙雄、黄维翰、周贞亮、陈士廉、路朝銮、向迪琮、曹经沅十人外，还有王树枬[2]、宋小濂、徐鼐霖、丁传靖、涂凤书。”[3] 辛培林《漫社与嘤社》云：“民国十三年（1924）又有嘤社成立。……嘤社之长改由执‘骚坛牛耳’的宋小濂担任。因原漫社成员中程炎震去世、萧延平回武汉、陈浏去哈尔滨，另增王树楠、宋小濂、徐鼐霖、涂凤书、丁传靖为新社员。”[4]

4 月

6 日，南社湘集在长沙刘园举行第一次雅集。参会者有傅熊湘、邓钟

---

① 吴梅：《潜社词续刊序》，见南江涛选编《清末民国旧体诗词结社文献汇编》第 22 册，国家图书馆出版社 2013 年版，第 463 页。

② “枏”是“楠”的异体字，且与“枬”和“柟”（也是“楠”的异体字）形近，因此在有的文献中“王树枏”也被写作“王树楠（枬、柟）”。另一位诗人杨寿枏也是同样情况。本书引用相关材料时不再一一注明。

③ 翟立伟、成其昌：《和师郑先生二首》注释，见翟立伟、成其昌编注《成多禄集》，吉林文史出版社 1988 年版，第 533 页。

④ 辛培林：《漫社与嘤社》，见黑龙江文史研究馆编《黑水十三篇》，上海书店出版社 1994 年版，第 114 – 115 页。

岳、侯服周、王永年、张翰仪、文斐、刘谦、谭介甫、张启汉等 23 人。傅熊湘当选社长。社刊为《南社湘集》，以提倡气节、发扬国学、演进文化为宗旨。第二次雅集时间为 1924 年 10 月 7 日，地点是长沙赐闲园，18 人参加；第三次雅集时间为 1925 年 3 月 26 日，地点是湖南省立通俗教育馆，19 人（含儿童 1 人）参加；第四次雅集情况不详；第五次雅集，合影照片文字署时间为“民国六年十二月”，地点为长沙曲园。据汪梦川统计，南社湘集正式雅集在 15 次以上。[①]

约 15 日，泰戈尔在杭州拜访陈三立。泰氏受北京讲学社之邀来华访问，于 4 月 12 日抵沪，14 日到杭州，15 日游西湖，16 日做演讲，17 日晨返沪。综合考量泰戈尔的行程安排，推测 15 日与陈三立见面的可能性较大。1924 年 4 月 16 日，《申报》所刊《太戈尔到杭之电讯》谓：“徐志摩昨有电致张君劢云：君劢兄，寒（十四）偕太戈尔到杭，欢迎者众，下车正十二时四十分，现下榻西湖饭店八二、八五、八八号房间。铣（十六）在教育会演讲，拟筱（十七）晨返沪。巧（十八）演讲，然后北上，诸同志均好。摩删（十五）。”[②] 吴宗慈称：“昔年印度泰戈尔来游吾国，尝与先生合摄影留念。华印两诗人，各为其本国之泰斗，比肩一帧，接迹重洋，诚近代中印文化沟通之佳话，尤国际诗人罕有事实也。”[③]

18 日，夏曾佑卒于北京，享年 62 岁。夏曾佑（1863—1924），字穗卿，号碎佛，浙江仁和（今杭州）人，其为晚清“诗界革命”的倡导者之一，有《夏别士先生诗稿》。生平事迹见梁启超《亡友夏穗卿先生》、夏循垍《夏先生穗卿传略》。汪辟疆谓：“夏穗卿学最淹贯，尤长乙部，尝为诸生讲史学，草中史教本，手辟鸿蒙，自凿户牖，发凡起例，尤具别裁，后此作者虽多，未之或先也。诗则融铸中西哲理，运陈入新，风格不失其旧，思致务极其新，偶出一篇，渊乎味永，平生所作，仅存杂报，惜无人裒葺以餍人望耳。”[④] 1997 年，台湾文景书局出版《夏曾佑穗卿先生诗集》。

9 月

23 日，罗惇曧卒，享年 53 岁。罗惇曧（1872—1924），字掞东，号

① 汪梦川：《南社词人研究》，上海古籍出版社 2015 年版，第 105 页。

② 佚名：《太戈尔到杭之电讯》，载《申报》1924 年 4 月 16 日第 4 张。

③ 吴宗慈：《陈三立传略》，见陈三立《散原精舍诗文集（增订本）》下册，李开军校点，上海古籍出版社 2014 年版，第 1512 页。

④ 汪辟疆：《汪辟疆诗学论集》上册，张亚权编撰，南京大学出版社 2011 年版，第 60 – 61 页。

瘿公，广东顺德人，有《瘿庵诗集》。朱文相《罗瘿公生平》云：“1924 年春（农历甲子四月）肺病复发，入德国医院。病中完成了京剧《金锁记》的改编稿。于同年 9 月 23 日（农历八月二十五日）卒于北京东交民巷法国医院，终年 44 岁。”[①] 钱基博谓：“顺德罗惇曧掞东、罗惇㬊敷庵，二难竞爽，咸推诗伯。然而惇曧苍秀，惇㬊精严。惇曧气体骏快，得东坡之具体。惇㬊意境老澹，有后山之遗响。迹其成就，其在散原，亦犹苏门之有晁、张也。”[②] 2008 年，中国书店出版社出版《瘿庵诗集》。

25 日，杭州西湖雷峰塔倒塌，文人雅士以诗词凭吊。许奏云《雷峰塔考》：“俗传塔砖可宜男镇邪辟火，游客争相挖取，塔基日削，甲子夏历八月二十七日未刻，突然倾倒。时正江浙兵争，战云弥漫。”[③] 陈方恪有词《八声甘州・吊雷峰塔》，其序云：“甲子八月二十七日，雷峰塔圮。据塔中所藏《陀罗尼宝箧印经》，造时为宋艺祖开宝八年，距今九百五十余年矣。相传吴越王钱俶妃黄氏，于南屏山雷峰显严院造塔，奉佛螺髻发，以宏恤胤锡羡之愿，故本名黄妃塔，俗以地名雷峰塔也。时值齐卢构患，孙氏乘其后，奄有两越，孙军入杭城，正值塔圮之日。夫肇始于五季蚕食之秋，复告终于九服鱼烂之际，此一大事因缘，不知尚有旃育迦王复作于阳羡劫灰之隙否？诸公有词吊之，尤推苍虬翁一阕，悲感苍凉。”[④] 陈曾寿《八声甘州》云：“镇残山风雨耐千年，何心倦津梁？早霸图衰歇，龙沉凤杳，如此钱唐。一尔大千震动。弹指失金装。何限恒沙数，难抵悲凉。　慰我湖居望眼，尽朝朝暮暮，咫尺神光。忍残年心事，寂寞礼空王。漫等闲，擎天梦了，任长空，鸦阵占茫茫。从今后，评谁管领，万古斜阳。”[⑤]

本月，陈登澥《恰克图诗历》出版。该集为陈登澥随北洋政府参加中、俄、蒙三国举行的恰克图会议时所作，为纪事诗。另外，商务印书馆曾于 1933 年 1 月出版其所撰《文键》。香港蝠池书院出版有限公司 2009 年出版的《中国边疆行纪调查记报告书等边务资料丛编（初编）》第 17 册收录《恰克图诗历》。

---

① 朱文相：《罗瘿公生平》，见程砚秋《程砚秋日记》，时代文艺出版社 2013 年版，第 61 页。

② 钱基博：《现代中国文学史》，上海书店出版社 2007 年版，第 188 页。

③ 许奏云：《雷峰塔考》，载《世界佛教居士林林刊》1925 年第 17 期。

④ 陈方恪：《八声甘州・吊雷峰塔并序》，载《词学季刊》1936 年第 3 卷第 3 号。

⑤ 陈曾寿：《苍虬阁诗集》，张寅彭、王培军校点，湖北教育出版社 2017 年版，第 300 页。

10 月

9 日，林纾卒于北京寓所，享年 73 岁。林纾（1852—1924），字琴南，号畏庐，福建闽县（今福州）人，有《畏庐诗存》。生平事迹见胡尔瑛《畏庐先生年谱》。[①] 陈衍《石遗室诗话》谓："少时诗亦多作，近体为吴梅村，古体为张船山、张亨甫。识苏堪后，悉弃去，除题画外，不问津此道者殆二十余年。庚戌、辛亥，同人有诗社之集，乃复稍稍为之，雅步媚行，力戒甚嚣尘上矣。"[②] 冒广生《小三吾亭词话》称："琴南又工填词，有补柳词一卷。"[③] 钱仲联《近百年词坛点将录》云："琴南以古文家而为小说家。所译海西说部，时有慢词或小令题其端，亦前人所未写之题材。晚年所为《子夜歌》一阕，可补樊山《后彩云曲》诗之所遗。"[④] 王伟勇主编《民国诗集丛刊》第 18 册收录《畏庐诗存》。

17 日，刘泽湘卒，享年 58 岁。刘泽湘（1867—1924），字今希，晚号钓月老人，湖南醴陵人，南社诗人，入社书编号 484。生平事迹见《刘泽湘先生传略》。傅熊湘《文学刘君墓志铭》云："为诗多而斗捷，词旨敷畅，类事称情，别见南社集中。有遗书待刊。晚尤好为七言歌行，锐意摹苏轼书，日数十纸。"[⑤] 1993 年，刘沐兰所编《南社三刘遗集》出版，收录《钓月山房诗存》《钓月山房文存》。

约 21 日前，浩然诗社成立。该社由田冈正树组织，成员有野村直彦、滨田正稻、吉川助之丞等人。约与诗社成立同时，田冈正树等创办了《辽东诗坛》杂志。《吴宓日记》民国十三年十月二十一日载："到奉以来，两月蛰居。此游殊畅，而诸君招待之热诚，甚可感也。大连之中日人士，有诗社之组织。月出《辽东诗坛》一册。毕君以见赠，并赠田冈君之《淮海诗钞》。"[⑥] 吴宓提及的诗社很可能是浩然诗社。孙海鹏《〈辽东诗坛〉研究》云："浩然社是由侨居在大连的日本诗人组成的，在田冈正树

---

① 胡尔瑛：《畏庐先生年谱》，载《国学专刊》1926 年第 3 期。

② 陈衍：《石遗室诗话》，见张寅彭主编《民国诗话丛编》第 1 册，上海书店出版社 2002 年版，第 56 页。

③ 冒广生：《小三吾亭词话》，见唐圭璋编《词话丛编》第 5 册，中华书局 1986 年版，第 4731 页。

④ 钱仲联：《梦苕庵论集》，中华书局 1993 年版，第 403 页。

⑤ 傅熊湘：《傅熊湘集》，颜建华编校，湖南人民出版社 2010 年版，第 368 页。

⑥ 吴宓：《吴宓日记》第 2 册，吴学昭整理，生活 · 读书 · 新知三联书店 1998 年版，第 306 页。

的组织下，在华与在日的日本汉诗作者，纷纷向田冈正树、野村直彦、滨田正稻、吉川助之丞等人所编辑的《辽东诗坛》投递诗作。"[①] 又云："就目前的资料来看很难推断浩然社的创办的具体时间，但是不应当晚于一九二四年《辽东诗坛》创刊。"[②] 姜长喜、谌纪平《辽宁老期刊图录》谓《辽东诗坛》是"专门发表旧体诗词的文学月刊，特 16 开，线装。印刷质量亦佳，刊名由刘心田、郑孝胥、罗振玉等题签。这是日本人办的诗刊，是日本侵略者实行文化侵略，即'以文学亲善国交'、建立所谓'大东亚共荣圈'的手段之一。该刊于 1924 年 10 月创刊"[③]。

11 月

12 日，田文烈卒于北京，享年 67 岁。田文烈（1858—1924），字焕庭，又字姚堂，晚号拙安老人，湖北汉阳人，有《拙安堂诗集》。王树枏《（田文烈）家传》云："罢官之后，杜门扫迹，时与二三遗老，饮酒赋诗，达官要人造其门者，皆谢绝不见。……甲子十月十六日，卒于京寓，春秋六十有七。"[④] 1926 年，《拙安堂诗集》刻行。

本月，《南社湘集》创刊。该刊为南社湘集社刊，前后共出版 7 册 8 期。该刊录社员诗、古文、词、译论、小说等，皆为文言。柳亚子谓："《社刊》说明'均以文言文为准'，这便是和新南社对抗的主因了。"[⑤] 2006 年，全国图书馆文献缩微复制中心影印出版《南社湘集》。

本月，方守彝卒，享年 80 岁。方守彝（1845—1924），字伦叔，又号清一老人，安徽桐城人，有《网旧闻斋调刁集》。戴文君《方守彝传略》云："辛亥革命后，方守彝隐居不仕，不谈国事，喜善交游，不畏崖岸天险，足迹遍历东南山水佳处，所至之处，赋诗尤盛。晚年写定《网旧闻斋调刁集》20 卷，世上称作自唐宋以来，杜甫、白居易、韩愈、梅尧臣、苏轼、黄庭坚等大家，靡不涵茹错综，掞藻驱澜，功力既极，乃以拙

① 孙海鹏：《〈辽东诗坛〉研究》，见中国历史文献研究会、大连图书馆编《典籍文化研究》，万卷出版公司 2007 年版，第 27 页。

② 孙海鹏：《〈辽东诗坛〉研究》，见中国历史文献研究会、大连图书馆编《典籍文化研究》，万卷出版公司 2007 年版，第 29 页。

③ 姜长喜、谌纪平主编：《辽宁老期刊图录》，辽宁人民出版社 2008 年版，第 23 页。

④ 王树枏：《（田文烈）家传》，见卞孝萱、唐文权编《辛亥人物碑传集》，团结出版社 1991 年版，第 379 页。

⑤ 柳亚子：《柳亚子文集　南社纪略》，柳无忌编，上海人民出版社 1983 年版，第 110 页。

胜。……方守彝于民国十三年（1924）十一月卒。”① 王伟勇主编《民国诗集丛刊》第3册收录《网旧闻斋调刁集》。2013年，黄山书社出版《晚清桐城三家诗》亦收录该集。

本年

林苍卒，享年55岁。林苍（1870—1924），字弼臣（又字耕煤），号天遗，福建闽县人，有《天遗诗集》。陈声聪谓：“丈诗极寒瘦。生平枕经葄史，腹笥甚富，工为骈体文，乃华藻一字不入于诗。所作力祛凡近，纤尘无染，题亦不出花木阴晴、光景流连之作。下世后，录其诗过千首。”② 陈衍《林天遗诗叙》云：“天遗之所以为诗，于清诗人似三人焉。前曰历樊榭，后曰陈弢庵、樊樊山。杭有西湖，东南山水窟也。樊榭生长老死其间，间出游扬州、津门已耳。故其诗为湖作者大半。吾乡亦有西湖，天遗弃官归，与朋辈徜徉无虚日。湖上之诗居全诗若干箅。视樊榭乃有过无不及矣。”③ 王伟勇主编的《民国诗集丛刊》第51册收录《天遗诗集》。

陆冠秋组织甲子吟社。参与者有许瘦蝶、王泰等人。郑逸梅《掌故小札》载：“甲子，陆冠秋创甲子吟社，约之（指许瘦蝶）襄助，与痴隐、鹗士、次青、翼谋、冠秋、无悲、小鹤辈，唱酬几无虚日，间亦为小品杂文，发表于《申报·自由谈》，及予任辑务之《金钢钻报》为多。”④

胡璧城卒。胡璧城（？—1924），字夔文，安徽泾县人，有《知困斋诗稿》。生平事迹见石皮《胡君夔文小传》。王揖唐《今传是楼诗话》谓：“安吴胡夔文璧城，亦同乡中之素负诗名者，久居日下，颇交胜流。所著有《知困斋甲乙集》，近方刊行，皆其四十后之作，顺德黄晦闻为之叙，称其‘才气赡冲，声情并茂’。……君好用史事，又工于体物，俊语甚多。晚年间一作画，点缀映媚，如其为诗。集中多题画之作，晦闻谓往往见其性情，亦可传云。”⑤ 1926年，《知困斋诗存》印行。

---

① 戴文君：《方守彝传略》，见安庆市政协文史委员会、桐城县政协文史委员会编《桐城近世名人传（续集）》，1996年版，第13－14页。

② 陈声聪：《兼于阁诗话》，上海古籍出版社1985年版，第154页。

③ 陈衍：《陈石遗集》（上），陈步编，福建人民出版社2001年版，第691页。

④ 郑逸梅：《掌故小札》，巴蜀书社1988年版，第140页。

⑤ 王揖唐：《今传是楼诗话》，张金耀校点，辽宁教育出版社2003年版，第59页。

董清峻《平子诗集》出版。该集收录其 1893—1924 年作品。董清峻（1874—1925），字汉苍，又字平子，四川南溪人，北洋政府褒奖其为硕学通儒。文守仁谓："清光绪初，湘潭王闿运入蜀主讲尊经书院，文尚六朝，诗宗六朝及盛唐，氏虽未及从闿运游，而工于骈体，华丽整赡。诗则雄深雅健，力摹唐人，犹深濡染其风者焉。"①

朱祖谋编选的《宋词三百首》问世。署名"上彊村民"，该集共收录 87 人 300 首词。《中国词学大辞典》云："首及帝王宋徽宗，终于女流李清照，其他词人各依时代先后排列。不久朱氏又对该选集重加增删，增补出张孝祥《念奴娇》（洞庭青草）等十一首，而另删去张先《生查子》（含羞整翠鬟）等二十八首。甚至苏轼《念奴娇》（大江东去）、秦观《踏莎行》（雾失楼台）、欧阳修《临江仙》（柳外轻雷）等名篇也在被删之列。故重编本仅选词二百八十三首，不足三百之数。"②

民国十四年　1925 年　乙丑

1 月

10 日，郁达夫在《文学周刊》第 4 期上发表《骸骨迷恋者的独语》。他认为旧体诗有新诗不易达到的好处，对他而言更易抒发性情，把牢骚发尽。文章称："讲到了诗，我又想起我的旧式的想头来了。目下在流行着的新诗，果然很好，但是像我这样懒惰无聊，又常想发牢骚的无能力者，性情最适宜的，还是旧诗，你弄到了五个字，或者七个字，就可以把牢骚发尽，多么简便啊，我记得前年生病的时候，有一诗给我女人说：'生死中年两不堪，生非容易死非甘，剧怜病骨如秋鹤，犹吐青丝学晚蚕，一样伤心悲薄命，几人愤世作清谈，何当放棹江湖去，浅水芦花共结庵。'若用新诗来写，怕非要写几十行字不能说出呢！不过像那些老文丐的什么诗选，什么派别，我是大不喜欢的，因为他们的成见太深，弄不出真真的艺

① 文守仁：《蜀风集：文守仁先生遗著》，文丕衡编，1998 年自印本，第 140－141 页。

② 马兴荣、吴熊和、曹济平主编：《中国词学大辞典》，浙江教育出版社 1996 年版，第 291 页。

术作品来。”[①]

2 月

13 日，汪文溥卒，享年 57 岁。汪文溥（1869—1925），字兰皋，江苏武进人，南社诗人，入社书编号 252。生平事迹见郑逸梅《南社丛谈》。其诗、文、词散见于各类选本，如柳亚子所编《南社诗集》第 2 册收录《和亚子观春航贞女血即事，赠子美之作，次楚伧韵》《编梅陆集，竟既为之序，更系以诗》《题亚子分湖旧隐图》《子美嘱题化佛化装百相，即柬亚子》。

15 日，南社在京同人于中央公园水榭举行雅集。参加者有吴虞、谢无量、邵瑞彭、叶楚伧、陈去病、杨杏佛、黄病蝶、蔡冶民等 20 余人。《吴虞日记》正月二十一日（2 月 13 日）载：“南社来函，本月十五日星期日上午十一时，在中央公园水榭宴集，随带分金三元。”[②] 他特意记录下信函中落款诸人姓名及年月：“南社旅京同人，陶牧、邓家彦、陈去病、周亮才、宋琳、杨铨、马君武、汪兆铭、陈世宜、陈万里、谢无量、邵瑞彭、于右任、谢良牧、邵飘萍、凌毅、张我华、冯自由、黄节、陶铸谨启　二月十日。”[③] 吴虞对 15 日当天的活动情形也做了描述：“十一时至水榭，到者二十余人，有：谢无量、邵次公、叶楚伧、陈佩忍、杨杏佛、黄病蝶，蔡冶民诸人，交分金三元，照像后席散即归。王峰翔来。今日雅集，予分韵得山字，作七律一首。”[④]

3 月

7 日，秦绥章卒，享年 77 岁。秦绥章（1849—1925），字佩鹤，号蕚庵，晚号恒庐，江苏嘉定（今属上海）人，有《蕚庵吟稿》等。生平事迹见唐文治《清故光禄大夫建威将军兵部左侍郎镶黄旗满洲副都统秦公墓志铭》。《晚晴簃诗话》卷一百七十四谓：“恒庐早擅才名，工于应制文字，大考第二，超擢侍讲学士。累典文衡，已跻卿贰，因官制变更，改授

---

① 郁达夫：《骸骨迷恋者的独语》，载《文学周刊》1925 年第 4 期。

② 吴虞：《吴虞日记》下册，中国革命博物馆整理，四川人民出版社 1986 年版，第 241 - 242 页。

③ 吴虞：《吴虞日记》下册，中国革命博物馆整理，四川人民出版社 1986 年版，第 242 页。

④ 吴虞：《吴虞日记》下册，中国革命博物馆整理，四川人民出版社 1986 年版，第 242 页。

武职。自有句云：'书生忝领前夫长，敢与干城一例论。'文人奇遇也。国变后，隐居沪上以终。诗多沧桑之感。"[①]《晚晴簃诗汇》录其诗10首。

8日，寥社举行花朝日雅集。参加者或为周熙民、林怡山、李宓庵、林梅南、何寿芬、林行陀、洪幼宽、王叔沂、唐汀镜、陈伯南等41人。[②]《寥社乙丑花朝集》载有雅集启示，谓"发唱日期夏历二月十四日铁限上午九时起唱，社员有因事未能亲到者，得派代表莅会代唱"，"发唱地点宣外车子营福建会馆"。[③]

春，聊园词社成立。发起者谭祖任，成员有夏孙桐、洪汝闿、寿玺、陈匪石、邵瑞彭、邵章、金兆藩、章华、赵椿年、吕桐花、汪曾武、陆增炜、三多、溥儒、叔明僡、罗惇㬊、向迪琮等人，词社活动前后持续10余年。徐珂《康居笔记汇函》谓："岁丁卯之春，京师有聊园词社，入社者十二人。珂所知者，谭篆青、洪泽丞、寿石公，所识者陈倦鹤、邵次公、邵伯絅、金篯孙同年，尝以清词人京城故居命题，同人分咏之。"[④]夏孙桐之子夏纬明（字慧远）《近五十年北京词人社集之梗概》云："逾二载乙丑，谭篆青祖任乃发起聊园词社，不过十余人。每月一集，多在其寓中。盖其姬人精庖制，即世称之谭家菜也。每期轮为主人，命题设馔，周而复始。如章曼仙华、邵伯絅章、赵剑秋椿年、吕桐花凤（剑秋夫人）、汪仲虎曾武、陆彤士增炜、三六桥多、邵次公瑞彭、金篯孙兆藩、洪泽丞汝闿、溥心畬儒、叔明僡、罗复堪、向仲坚迪琮、寿石工玺等，皆先后参与。而居津门者如章式之钰、郭啸麓则沄、杨味云寿枬，亦常于春秋佳日来京游赏时，欢然与会。当时以先君年辈在前，推为祭酒。一时耆彦，颇称盛况。其时仍以梦窗玉田流派者居多。继则提倡北宋，尊高周柳。自晚清词派侧重南宋，至此又经一变风气。聊园词社自乙丑成立，屡歇屡续，直至篆青南归，遂各星散，前后达十年以上。"[⑤]社中成员作品曾以《聊园词社稿》为题刊载于《艺林旬刊》。

---

① 徐世昌编撰：《晚晴簃诗话》下册，华东师范大学出版社2009年版，第1257页。

② 佚名：《寥社乙丑花朝集·同社齿录》，见南江涛选编《清末民国旧体诗词结社文献汇编》第25册，国家图书馆出版社2013年版，第471页。

③ 佚名：《寥社乙丑花朝集·启示》（标题为笔者添加），见南江涛选编《清末民国旧体诗词结社文献汇编》第25册，国家图书馆出版社2013年版，第472页。

④ 徐珂：《康居笔记汇函》（二），山西古籍出版社1997年版，第415页。

⑤ 慧远：《近五十年北京词人社集之梗概》，见张伯驹编著《春游琐谈》，中州古籍出版社1984年版，第19页。

4月

10日，蒋鉴璋在《晨报副刊·艺林旬刊》第1号刊登《今日中国的文坛——几年来目睹的怪现象》。他认为中国的旧诗并未破产，仍需研究，同时称并不反对新诗。同月14日，丁润石在《晨报副刊》第83号上发表《评〈今日中国的文坛〉》进行辩驳，认为新旧诗之争是不成问题的问题，并指出："旧诗之当废除，新诗之当建设，我简直视为是天经地义。我的最简单的理由是，文艺的作品是感情的流露，不能用任何方式限制它，正如不能用任何方式限制感情一样。"[①] 26日，蒋鉴璋在《晨报副刊》第92号刊载《诗的问题——答丁润石先生》对丁润石做了回应。文章称："我觉得旧诗依样不能废除的，因为我们中国的文学，诗总是占大部分。……我觉得提倡新诗的先生们，他们都是对于旧诗有研究的，他们能容新诗旧诗于一炉，才能够产生比较一般高明的新诗来。中学生还不知道旧诗是个什么东西，他们听了旧诗破产的佳音便把旧诗视同死尸一样的不去研究。这便是上了言过其实的当。"[②]

25日，樊增祥、郭曾炘、王式通、庄蕴宽、杨寿枏、赵椿年、关赓麟、梁鸿志、邵瑞彭、靳志、侯毅发起陶然亭修禊雅集。参加者还有赵尔巽、熊希龄、马吉樟、汤涤、金兆藩、翁廉、颜藏用、谭祖任、刘体乾、周肇祥、罗惇㬊、孙雄、金绍城、王承垣、贺良朴、胡祥麟、杨增荦、孟锡珏、林开謩、徐绍桢、江庸、陈铭鉴、陈士廉、陈任中、柯劭忞、陆增炜、林葆恒、陈庆龢、林志钧、刘敦谨、戚震瀛、贾秉章、章华、梁士诒、俞伯敭、陈懋鼎、胡焕、许宝蘅、闵尔昌、梁宓、邓一鹤、宗威、李绮青、朱文炳、李濡、郑中炯、马振鋆、马天徕、刘子达、高步瀛、关雺、林嵩堃、萧方骏、关蔚煌、汤用彬、许之衡、黄福颐、吴廷燮、宗之潢、曹经沅、威董卿、傅岳棻、李宣倜、杨毓瓒、邵章等。李绮青《乙丑三月三日集江亭修禊序》谓，"岁在乙丑三月三日，稊园同人集于京师宣南江亭为修禊事"[③]，"是日会者凡七十六人，主人则恩施樊增祥樊山，侯官郭曾炘匏庵，长乐梁鸿志众异，武进庄蕴宽思缄、赵椿年剑秋，山阴王式通书衡，无锡杨寿楠味云、侯毅疑始，淳安邵瑞彭次公，祥符靳志仲

① 丁润石：《评〈今日中国的文坛〉》，载《晨报副刊》1925年4月14日第83号。

② 蒋鉴璋：《诗的问题——答丁润石先生》，载《晨报副刊》1925年4月26日第92号。

③ 李绮青：《乙丑三月三日集江亭修禊序》，见南江涛选编《清末民国旧体诗词结社文献汇编》第12册，国家图书馆出版社2013年版，第135页。

云，南海关赓麟颖人也”[①]。侯毅对当时的情形做了详细描述：“乙丑上巳日，恩施樊增祥樊山、侯官郭曾炘春榆、山阴王式通书衡、武进庄蕴宽思缄、无锡杨寿楠味云、阳湖赵椿年剑秋、南海关赓麟颖人、长乐梁鸿志众异、淳安邵瑞彭次公、祥符靳志仲云诸公与毅邀客修禊于京师宣南陶然亭。宾主莅止者七十六人，以白乐天洛滨修禊五言一首分韵赋诗，相共倾觞撮影，并倩贺履之、林彦博、李雨林三君绘图。各题名氏、里籍于长卷，而散图卷存稊园。是日邀客一百九人，有未至而补赋者，得诗词共九十九首。”[②] 从上述文字可知，发起雅集者为樊增祥、郭曾炘、王式通等 11 人，实际到场者有 76 人。此次雅集所得诗歌汇为《江亭修禊诗》一册，于本年铅印刊行。南江涛选编《清末民国旧体诗词结社文献汇编》第 12 册收录该集。

本月，闻一多致信梁实秋，承认近来诗风有变。并附《废旧诗六年矣。复理铅椠，纪以绝句》《释疑》《天涯》《实秋饰蔡中郎演〈琵琶纪〉，戏作柬之》等四诗进行说明。[③] 其中，《废旧诗六年矣。复理铅椠，纪以绝句》云：“六载观摩傍九夷，吟成鴂舌总猜疑。唐贤读破三千纸，勒马回缰作旧诗。”[④] 《释疑》云：“艺国前途正杳茫，新陈代谢费扶将——城中戴髻高一尺，殿上垂裳有二王。求福岂堪争弃马？补牢端可救亡羊。神州不乏他山石，李杜光芒万丈长。”[⑤]

6 月

本月，刘豁公《上海竹枝词》由上海雕龙出版社再版。该集收诗百章，书前载有许奏云、李浩然、黄忏华、沈禹钟、唐伯耆、李次山、顾明道、刘炯公、郑青士等九人序。刘炯公序云：“季弟豁公，好作韵语，笔致逼近剑南，且寓沪久，凡有见闻，莫不笔之于书，形诸歌咏。近作《上海竹枝词》百章，章各系以小注，披览一过，觉春江之水、昆冈之云、柘湖之雨、金山之烟、绅商之豪举、士女之情伪、人情之奇特、世态之炎凉、狮子林之壁垒、黄歇浦之惊涛莫不奔赴毫端，淋漓腕底，较铁崖之西

---

① 李绮青：《乙丑三月三日集江亭修禊序》，见南江涛选编《清末民国旧体诗词结社文献汇编》第 12 册，国家图书馆出版社 2013 年版，第 137 页。

② 侯毅：《无锡侯毅疑始题记》，见南江涛选编《清末民国旧体诗词结社文献汇编》第 12 册，国家图书馆出版社 2013 年版，第 124 页。

③ 闻一多：《闻一多全集》第 12 册，湖北人民出版社 2004 年版，第 222 – 223 页。

④ 闻一多：《闻一多全集》第 12 册，湖北人民出版社 2004 年版，第 222 页。

⑤ 闻一多：《闻一多全集》第 12 册，湖北人民出版社 2004 年版，第 222 – 223 页。

湖吴下竹枝词殊不多让。”[①] 郑青士序谓：“刘子豁公患之以为政治之腐败、社会之黑暗，此辈实为构造之成分，不有以矫正，必如洪水横流，不可收拾，因发为宏愿，不作面壁虚造之文字。苟有著作，必以写实为归，爰作《上海竹枝词》百章，章指一事，痛快淋漓，极描写之能事，然犀烛怪，铸鼎象奸，此之谓也。”[②]

8 月

15 日，汪辟疆《光宣诗坛点将录》发表在《甲寅》周刊第 1 卷第 5 号。从本号开始，一直连载至第 9 号，署名“汪国垣”。汪辟疆在《〈光宣诗坛点将录〉定本跋》中称：“旧撰《光宣诗坛点将录》一卷，为己未年在南昌时所草创。又五年乙丑六月间过南京，柳翼谋诒徵、杨杏佛铨见之，亟推为允当，且有万不可移易者。当时杏佛拟刊诸《学衡》杂志。余辞以当须改定，愿以异日。是月至北京，适长沙章士钊办《甲寅》周刊。一日，章氏遇余宣武门江西会馆，见而携去，谓不可不亟为流传，乃为刊于《甲寅》。惟余雅不欲于此时流布，又以录中所评诸人，寓贬于褒，且有肆为讥弹之词，而其中人又多健在，有不可不留为后日见面地者，故于校稿时，稍为更易，实乖余本旨。不谓此书甫刊，旧京及津沪老辈名流，大为激赏，且有资为谈助者。而陈散原、康南海、陈苍虬、王病山、李拔可、周梅泉、袁伯揆诸公，辄举此以为笑乐。”[③] 又云：“又十年，上海陈灨一《青鹤》第三卷又再刊之。”[④] 可知《光宣诗坛点将录》创作于己未年（1919），杨杏佛曾欲刊于《学衡》，作者由于种种顾虑，当时并未允许，在《甲寅》刊行后，引起了许多关注。今查《青鹤》杂志，《光宣诗坛点将录》于 1934 年 12 月第 3 卷第 2 期开始连载，至第 7 期刊载完毕。

20 日，廖仲恺在广州被暗杀，享年 49 岁。廖仲恺（1877—1925），名恩煦，广东惠阳人，国民党元老，有《双清词草》。生平事迹见汪精卫《廖仲恺先生传略》及陈福霖、余炎光《廖仲恺年谱》等。陈声聪《兼于阁诗话》谓：“廖公仲恺自少从中山先生革命，至以身殉，高风亮节，足

---

① 刘炯公：《刘炯公先生序》，见刘豁公《上海竹枝词》，上海雕龙出版部 1925 年版，第 12 - 13 页。

② 郑青士：《郑青士先生序》，见刘豁公《上海竹枝词》，上海雕龙出版部 1925 年版，第 14 - 15 页。

③ 汪辟疆：《光宣诗坛点将录笺证》下册，王培军笺证，中华书局 2008 年版，第 781 页。

④ 汪辟疆：《光宣诗坛点将录笺证》下册，王培军笺证，中华书局 2008 年版，第 783 页。

与日月争光。其为诗，功力亦极深厚，世罕有知者。”[①] 曼昭《南社诗话》云：“廖仲恺生平诗词见于《双清词草》，篇什不富，而清丽中见骨气。”[②] 管林称其诗词“述国事，悲慨激烈；抒亲情，真实细微；对个人安危，置之度外；对百姓疾苦，深表同情。悲壮中显精神，清丽中见骨气，时有不朽的名句，风光霁月，蔼然照人”[③]。1928年5月，上海开明书店影印出版《双清词草》。

25日，高旭卒，享年49岁。高旭（1877—1925），字天梅，又字剑公、钝剑等，江苏金山（今属上海）人，南社诗人，入社书编号2，有《天梅遗集》。生平事迹见陈去病《高柳两君子传》、高镠《高天梅先生行述》。柳亚子《高天梅传》云：叔父吹万，老弟卓庵，都以诗文著名，人称一门三俊。”[④] 天下多并称其与柳亚子为“高柳”。钱仲联《近百年词坛点将录》云：“‘黄金华发两飘萧，剑气箫心一例消。洗尽东华尘土否？清尊读曲是明朝。’此庞檗子集定庵句赠天梅诗也。天梅与柳亚子创立南社。所为《箫心剑胆词》、《沧桑红泪词》、《鸳鸯湖上词》等，有八种之多，功力殊胜于柳。”[⑤] 2003年，社会科学文献出版社出版郭长海、金菊贞所编《高旭集》。

9月

28日，周树模卒，享年66岁。周树模（1860—1925），字少朴，号沈观，又号孝甄，晚年自号泊园老人，室名沈观斋，湖北天门人，有《沈观斋诗集》。生平事迹见左绍佐《清授光禄大夫建威将军黑龙江巡抚周公墓志》。王揖唐《今传是楼诗话》谓：“时贤之诗，其气象最博大者，要以天门周泊园中丞为首屈一指。泊园与樊樊山、左笏卿同称‘楚中三老’。”[⑥] 王伟勇主编《民国诗集丛刊》第50册收录《沈观斋诗集》，该集据民国二十二年（1933）稿本影印。

秋，陶社成立。诗社创立者为祝廷华（担任社长），成员最初有谢鼎

① 陈声聪：《兼于阁诗话》，上海古籍出版社1985年版，第316页。

② 曼昭：《南社诗话》，见杨玉峰、牛仰山校点《南社诗话两种》，中国人民大学出版社1996年版，第54页。

③ 管林：《长歌当哭，悲慨激烈——谈廖仲恺的诗词》，载《岭南文史》2007年第3期。

④ 柳亚子：《高天梅传》，见高旭《高旭集》，郭长海、金菊贞编，社会科学文献出版社2003年版，第676页。

⑤ 钱仲联：《梦苕庵论集》，中华书局1993年版，第397页。

⑥ 王揖唐：《今传是楼诗话》，张金耀校点，辽宁教育出版社2003年版，第217页。

镕、吴宝廉、祝书根、章廷华等十数人，后陆续增多。社友还有夏孙桐（陶社名誉社长）、陈衍、曹家达、章钟祚、陈宗彝、陈崇牧、章钟岳、郑翼堂、许咏仁、曹倜、王其元、向壅、周大封、章锡奎、唐鸣凤、曹亮臣、吴诚、章锡名、王家锦、陈名珂、钱寿岂、刘绶曾、吴鹏、章霖、沙志衔、沙曾达、郑立三、周维翰、章寿椿、钱夔、蒋学潜、陈以浦、祝枢寿、章作霖、徐禹畴、赵荣长、王绍曾、曹增寿、曹嘉寿、薛仪凤、谢幕韩、尹天民、刘汉桢、张镜因、王惊痦、夏诒霆、陈宗撰、吴增庆、钱少华、祝廷瑞、谢葆康、谢学裘、杨寿榛、沙蟾瑞、花亦芬、王蕴山、吴增甲、钱振锃、孙儆、徐识耜、唐肯、高燮、朱介曾、缪莆孙、戴克宽、陈锡桓、朱峻、庄先识、夏诒燕、孙翥云、蔡其谨、邓澍、朱鼎、沈觐安、陈亦齐、吴镜予、刘孝威、贾丰芸、葛昌楹、汪祖杭、何庸曾、孙寿熙、孙寿徵、缪僧保、陈以鸿、徐承谟、陈传德、钱任远、孙再壬、谢一飞、刘文林、史琴桢、童瑞钟、祝铨寿、祝民寿、朱麟瑞、邓嘉炳、高君藩、钱贵恒、张仁友、张本载、倪光耀、邹善扬、孙鸿、钱崇威、吴邦珍、金其源、郁钟棠、张寿丰、朱尧文、章慰高、廖麟年、金咏榴、徐公理、沈其光、李维藩、杨克家、曹定华、刘劲、金祥勋、夏本立、陆常浩、朱云樊、邱梁、吕允、倪镇、张泽坚、汪葆华、吴新禄、庄鉴澄、金再庚、陆君秀、周家凤、向颉垣、徐渊若、邓以焕、童养中、张烯、奚景范、潘幼东、许燕谋、乘实、秀元、圣融、阚献之等人。[①] 谢鼎镕《陶社命名记》云："迨乙丑秋冬间，喘息稍定，吏部乃与予及吴君吏清、祝君味三、章君绂云等十数人结社怡园，以践宿诺。其时，会稽周辨西大令権税吾澄，周故词坛之雄，欣然参加，共同组织，既公推吏部为社长，复谋所以名社者。其时在座诸君各有主张，莫衷一是。最后吏部提出陶社二字，征询众意，予知吏部命意所在，首表赞同，余人亦附和之，而名遂定。"[②] 吏部指祝廷华，吴君吏清即吴宝廉，祝君味三即祝书根，章君绂云即章廷华，周辨西即周大封。《陶社题名录》谓："乙丑秋间陶社成立。"[③] 谢学裘《陶社始末》一文云："吾邑于1924年由祝丹卿先生创立陶社于城南之怡园，以诗社始于陶令，故名陶社。家乡耆宿入社者有吴亦愚、陈沤公、章松庵、章钟祚、章国华、章霖、曹家达、钱葵、沙志衔、唐鸣凤、曹纶

---

① 谢鼎镕：《陶社题名录》，见南江涛选编《清末民国旧体诗词结社文献汇编》第9册，国家图书馆出版社2013年版，第535－553页。

② 谢鼎镕：《陶社命名记》，见南江涛选编《清末民国旧体诗词结社文献汇编》第9册，国家图书馆出版社2013年版，第531页。

③ 谢鼎镕：《陶社题名录前编·编者识》，见南江涛选编《清末民国旧体诗词结社文献汇编》第9册，国家图书馆出版社2013年版，第535页。

香、周维翰及丹卿胞弟廷瑞等。众推先生为社长，而以先君（幼陶谢鼎镕）协助之。”[①] 谢学裘为谢鼎镕之子，他对诗社成立的时间的说法与其父有出入，诗社创于 1924 年之说当误。南江涛选编《清末民国旧体诗词结社文献汇编》第 9 册收录谢鼎镕所编《陶社丛编丙集》，该集为民国三十六年（1947）铅印本。

11 月

本月，吴佩孚《吴佩孚先生诗稿》由北京永华印刷局出版。收录 50 余首作品。吴佩孚（1874—1939），字子玉，山东蓬莱人，以军事闻名于世。1924 年 9 月 8 日，其肖像曾刊登在美国《时代》周刊封面上。吴佩孚身为将帅兼有文才，所作诗歌述及其军事生涯、政治经历、人事变迁，有豪迈之慨、阳刚之气。如 1931 年冬所作《赠张汉卿》云：“棋枰未定输全局，宇宙犹存待罪身。醇酒妇人终短气，千秋谁谅信陵君。”[②] 2004 年，吉林文史出版社出版《吴佩孚文存》。

12 月

30 日，徐树铮被冯玉祥的士兵枪杀，时年 46 岁。徐树铮（1880—1925），字又铮，号铁珊，江苏省萧县醴泉村（今属安徽）人，有《兜香阁诗集》。生平事迹见徐道邻《民国徐又铮先生树铮年谱》、段祺瑞《陆军上将远威将军徐君神道碑》。王揖唐《今传是楼诗话》谓：“老友萧县徐又铮树铮，固今日谤满天下、誉满天下之一人也。其在历史上之位置，千秋自有论定，非吾辈所得阿私。即以吟事论，亦自有不可掩者。”[③] 钱仲联《近百年词坛点将录》云：“近代武将能词，碧梦庵殆推翘楚。善为拗句，而壮采幽奇，神游象外，遐庵之评如此。”[④] 1931 年，《视昔轩遗稿》刊行，收录《兜香阁诗》2 卷 92 首。

---

① 谢学裘：《陶社始末》，见中国人民政治协商会议江苏省江阴县委员会文史资料研究委员会编《江阴文史资料》第 6 辑，1985 年版，第 88 页。

② 唐锡彤等主编：《吴佩孚文存》，吉林文史出版社 2004 年版，第 222 页。

③ 王揖唐：《今传是楼诗话》，张金耀校点，辽宁教育出版社 2003 年版，第 79 页。

④ 钱仲联：《梦苕庵论集》，中华书局 1993 年版，第 399 页。

本年

李绮青卒，享年67岁。李绮青（1859—1925），字汉父（一字汉珍），别号倦斋老人，广东归善（今惠州）人，有《草间词》《听风听水词》。生平事迹见廖辅叔《惠州晚清两位诗人——江逢辰与李绮青》。叶恭绰《广箧中词》称“汉父丈为词卅载，功力甚深，清迥丽密，可匹草窗、竹屋”[①]，并录其词6首。钱仲联《近百年词坛点将录》拟其为“天英星小李广花荣”，谓“汉父为词三十载，《听风听水词》《草间词》，岭表词场之射雕手，上接翁山。持节龙荒，铜琶乱拨，雄丽绵密，得未曾有”[②]。

裴维侒卒。裴维侒（1856—1925），字韵珊，号君复，河南祥符（今开封）人，曾任清史馆副总裁。其生平事迹与诗词创作详见裴元秀《裴维侒的生卒时间及其字和号》[③]。裴维侒有《香草亭词草》《香草亭诗草》。朱祖谋所辑《沧海遗音集》录《香草亭词》60首。

民国十五年　1926年　丙寅

2月

本月，王国维《人间词话》由北京朴社出版。同年11月再版。俞平伯在《重印〈人间词话〉序》中称：“自来诗话虽多，能兼此二妙者寥寥；此重刊《人间词话》之意义也。虽只薄薄的三十页，而此中所蓄几全是深辨甘苦惬心贵当之言，固非胸罗万卷者不能道。读者宜深加玩味，不以少而忽之。其实书中所暗示的端绪，如引而申之，正可成一庞然巨帙。”[④] 此后，陆续出版多种刊本。如1928年1月，北京文化学社出版靳

---

① 叶恭绰选辑：《广箧中词》，傅宇斌点校，人民文学出版社2011年版，第110页。

② 钱仲联：《梦苕庵论集》，中华书局1993年版，第390页。

③ 裴元秀：《裴维侒的生卒时间及其字和号》，见赵松元主编《诗词学》第1辑，暨南大学出版社2010年版，第161－167页。

④ 俞平伯：《重印〈人间词话〉序》，见王静安《人间词话》，朴社1926年版，第1－2页。

德峻所作《人间词话笺证》。1933年12月，人文书店出版沈启无编校的《人间词及人间词话》。1937年2月，正中书局出版许文雨所作《人间词话讲疏》。1940年9月，开明书店出版徐调孚的《校注人间词话》。

本月，杨圻《江山万里楼诗词钞》由上海中华书局出版。该集由其子宏祚、炎祚、丰祚、贞祚所辑，分上下两册，共17卷，并附录其夫人李国香《饮露词》1卷。薛冰《金陵书话》云："陈玉堂先生《中国近现代人物名号大辞典》中，以为此书1926年版系刻本，以'鉴莹'为杨氏别号，以'野玉'为其别署；实则此书乃长仿宋字排印本，而'鉴莹'系杨氏初更名，'野王'则系其字。《中国文学大辞典》（上海辞书出版社1997年版）漏记吴佩孚序言，且以为此书'十七卷。凡诗钞十三卷，词钞四卷'，收诗'一千六百余首'；实则全书诗钞十二卷，收诗一千四百五十二首，词钞四卷，收词二百二十三首，后附其夫人李国香《饮露词》一卷十七首。倘细读此书，必不至有上述之误。"① 2003年，上海古籍出版社出版马卫中、潘虹校点的《江山万里楼诗词钞》。2003年，上海社会科学院出版社出版《江山万里楼诗词钞》。

3月

25日，梁实秋在《晨报副刊》第1369号上发表《现代中国文学之浪漫的趋势》。他认为诗歌有中外之辨，无新旧之分，现今的新文学是外国式的文学。文章称："新诗的发生，在文字方面讲，是白话文运动的一部分。但新诗之所谓新者，不仅在文字方面，即形体上、艺术上亦与旧诗有不同处。我又要说，诗并无新旧之分，只有中外可辨。我们所谓新诗就是外国式的诗。"② 该文于本月27日第1370号、29日第1371号、31日第1372号上连载。

4月

本月，钱仲联在《学衡》第52期发表《近代诗评》。③ 该文对王闿运、陈宝琛、易顺鼎、樊增祥、陈三立、郑孝胥、唐晏、沈曾植、梁鼎芬、冯煦、林纾、吴昌硕、陈衍、沈瑜庆、蒋智由、王国维等人的诗作有

---

① 薛冰：《金陵书话》，东南大学出版社2002年版，第288－289页。

② 梁实秋：《现代中国文学之浪漫的趋势》，载《晨报副刊》1926年3月25日第1369号。

③ 钱萼孙：《近代诗评》，见《学衡》1926年第52期。

评述。钱仲联自云："从1926年19岁时我在《学衡》杂志第五十一期发表第一篇论文《近代诗评》以来，72年间，我共撰写并发表各类学术文章160篇，平均每年两篇有余。"[①] 钱氏回忆有误，《近代诗评》实际上刊于第52期。

5月

11日，宗风学社在大连成立。[②] 社长为杨成能，副社长是林培基、陈子勋，主要成员还有李文权、毕乾一、野村直彦、田冈正树等人，本月至次年夏为该社主要活动时间。孙海鹏《〈辽东诗坛〉研究》云："一九二六年五月间宗风学社在大连成立。由杨成能担任社长，林培基、陈子勋担任副社长。……宗风学社成立后，发行有《宗风》杂志。并且先后组织了五次重要的雅集活动。第一次是于一九二六年七月十一日在老虎滩清风馆举行的消夏雅会。参加者有杨成能、林培基、梅季五、李文权、毕乾一、野村直彦。第二次是于同年八月十一日在万松阁举行的松山馆雅集。参加者有杨成能、陈子勋、毕乾一、侯云峰、王凤岐、郭蒲村、田冈正树、野村直彦。第三次是于同年十月三十一日在金州响水寺举行的观枫会雅集。参加者有杨成能、李文权、梅溪、侯小飞、陈子勋、尹本和、吴景勋、阎传绂、王承斌、武田南阳、野村直彦等三十余人。第四次是于一九二七年二月二十七日在寺儿沟觉民学校举行的宜春雅集。仅知道有杨成能、杨凤鸣、田冈正树等人参加。第五次是于同年四月三日在伏见台公学堂举行的宗风学校修褉会。参加人有杨成能、田冈正树、野村直彦等二十余人。……一九二七年夏杨成能离开大连赴沈阳。在其离开大连之后，宗风学社的活动即告终止。"[③]

本月，裴景福病卒，享年73岁。裴景福（1854—1926），字伯谦，号睫庵，一作睫闇，安徽霍邱人，有《睫闇诗钞》。生平事迹见金天翮《裴景福传》、汪茂荣《裴景福行年简编》。姚永概谓："伯谦于古大家诗，无所不学，至其得力，于杜、苏为多。《吴船》《岭云》两集才气已为极盛，至《西征》以后，光气发见，尤可喜可愕，足追并古人。"[④] 1918年3月，

---

① 钱仲联：《钱仲联学述》，周秦整理，浙江人民出版社1999年版，第128页。

② 辽宁省文化厅文化志编辑部编：《辽宁省文化艺术大事记（初稿）1840—1985》，1994年版，第17页。

③ 孙海鹏：《〈辽东诗坛〉研究》，见中国历史文献研究会、大连图书馆编《典籍文化研究》，万卷出版公司2007年版，第30－31页。

④ 姚永概：《序》，见裴景福《睫闇诗钞》，黄山书社2009年版，第7页。

上海商务印书馆印售裴景福《睫闇诗钞》，后又有《睫闇诗钞续集》刊行。2009 年，黄山书社出版汪茂荣点校的《睫闇诗钞》，收录正集及续集。

8 月

24 日，张謇卒，享年 74 岁。张謇（1853—1926），字季直，号啬庵，生于江苏海门长乐镇（今南通市海门区常乐镇），有《张季子九录》（含诗录 10 卷）。生平事迹见张孝若《张謇年谱》、曹文麟《张先生传》。《张謇诗文稿》一册现藏于南通博物苑，该稿系张謇晚年亲笔书写的诗文联语底稿，写作时间为 1923 年至 1925 年。[①] 王伟勇主编《民国诗集丛刊》第 20 册收录《张季子诗录》。

25 日，况周颐卒，享年 68 岁。况周颐（1859—1926）[②]，字夔笙，号玉梅词人，晚号蕙风词隐，广西临桂（今桂林）人，有《第一生修梅花馆词》（为《新莺词》《玉梅词》《锦钱词》《蕙风词》《菱景词》《二云词》《餐樱词》《菊梦词》《存悔词》9 种词集之合刊本）。生平事迹见郑炜明《况周颐先生年谱》。冒广生《小三吾亭词话》谓其"所刻新莺、玉梅、锦钱、蕙风、菱景、存悔诸词，婉约微至，多可传之作"[③]。叶恭绰《广箧中词》云："夔笙翁与幼遐翁崛起天南，各树旗鼓。半塘气势宏阔，笼罩一切，蔚为词宗。蕙风则寄兴渊微，沉思独往，足称巨匠。各有真价，固无庸为之轩轾也。"[④] 钱仲联《近百年词坛点将录》拟其为"天机星智多星吴用"，称："蕙风致力倚声五十年，所为词话，扬摧今古，洞瞩渊微，彊村推为绝作。自为词沉思独往，王静安以为'彊村虽富丽精工，犹逊其真挚'。褒扬未免过当。要之，一时巨匠，与半塘、彊村、大鹤被称为'清末四大家'，各树旗鼓，自有真价。"[⑤] 郑炜明在《况周颐佚诗辑

---

① 王玮丽：《张謇诗文稿特展开幕》，载《南通日报》2014 年 10 月 1 日第 A03 版。

② 况周颐之生年一说为 1859 年，一说为 1861 年。郑炜明《况周颐先生年谱》（上海古籍出版社 2009 年版）认为况生于 1861 年。秦玮鸿云："冯开《况君墓志铭》云：'民国十五年七月十八日病殁上海，享年六十有八。'据此上推，况周颐生于一八五九年。但况周颐在《蓼园词选序》中明确地说过：'曩岁壬申，余年十二。'而证以《广西乡试朱卷・光绪五年己卯科》所载况周颐履历为'咸丰十一年辛酉九月初一日吉时生'，可确知况氏生于一八六一年。"（见上海古籍出版社 2013 年版《况周颐词集校注》"前言"第 1 页）今暂从旧说。

③ 冒广生：《小三吾亭词话》，见唐圭璋编《词话丛编》第 5 册，中华书局 1986 年版，第 4677 页。

④ 叶恭绰选辑：《广箧中词》，傅宇斌点校，人民文学出版社 2011 年版，第 137 页。

⑤ 钱仲联：《梦苕庵论集》，中华书局 1993 年版，第 387－388 页。

考》中指出："况周颐（1861—1926）以词名家，诗作一向为人所忽略，近百年来几已散佚殆尽。本文即以辑录况氏佚诗为目标，共得18首完整的作品，另加12则断句；另有存疑诗作16首。初步的研究，证实了况氏在各个阶段都有诗作，而且众体俱备。……至其四、五十岁及以后，则不乏感时伤世、意内言外、寄托深远的诗作。笔者更认为况氏的部分清亡以后的诗作，可置身于有清遗民诗诸家之列而无愧。"① 2012年，广西师范大学出版社出版《况周颐集》。2013年，上海古籍出版社出版《况周颐词集校注》。

27日，白采卒，享年33岁。白采（1894—1926），原名童汉章，字国华，江西高安人，有《绝俗楼诗》《绝俗楼我辈语》。生平事迹见徐重庆《诗人白采及其著作》。俞平伯谓："省其遗著《绝俗楼诗》，古风数篇自堪千古。设天假之年，纵其健笔，掣海凌云，又何必多让前贤耶。"②又云："其'绝俗楼'诗（词亦未工）则较好，然尚可去其太半。惟其人已远'谁定吾文'遗迹犹存，徒增悲咤而已。"③ 1927年2月，《绝俗楼我辈语》由上海开明书店出版，分为4卷，记其生活轶事、趣闻及有关诗歌创作的主张与见解，颇具传统诗话性质。1935年，《绝俗楼诗》在江西南昌刊行，收诗2卷（525首）、词1卷（46首）。

9月

25日，秦树声卒于北京寓所，享年66岁。秦树声（1861—1926），字宥横，号乖庵，河南固始人，有《乖庵集》。生平事迹见王启《秦树声传》。王树枏《广东提学使固始秦君墓志铭》云："东海徐公为总统，开晚晴簃诗社，纂集清诗，日与诸同人联吟唱和，若将终身。丙寅秋八月十九日，偶感微疾，殁于京邸，春秋六十有六。……君博学，喜为诗古文辞，尤工骈俪。"④ 卒日以公历计，为9月25日。汪辟疆《光宣诗坛点将录》云："诗乃余事，然书味外溢，真气内充。中州诗人，右衡为冠。"⑤王揖唐谓其诗中有"傲兀之气"⑥。

① 郑炜明：《况周颐佚诗辑考》，香港大学饶宗颐学术馆2009年版，第1页。

② 俞平伯：《俞平伯全集》第一卷，花山文艺出版社1997年版，第505页。

③ 俞平伯：《俞平伯全集》第九卷，花山文艺出版社1997年版，第211页。

④ 王树枏：《广东提学使固始秦君墓志铭》，见卞孝萱、唐文权编《辛亥人物碑传集》，团结出版社1991年版，第746页。

⑤ 汪辟疆：《光宣诗坛点将录笺证》上册，王培军笺证，中华书局2008年版，第334页。

⑥ 王揖唐：《今传是楼诗话》，张金耀校点，辽宁教育出版社2003年版，第31页。

本月，《国学专刊》刊登《陈石遗先生答龙榆生问诗学书》。陈衍对王安石、厉鹗等人的诗学渊源进行了评点，并针对龙榆生提出以俚语入古文或诗的疑问做了回答。他指出："以俚语入文，桐城派所禁是也。其道不足以服人，即在此。用之殆亦有道，大抵报点明白，援引得势，不可突如其来，不可囫囵过去。其太粗鄙者，自决不可用。入诗则全藉前后左右烘托得法。"①

10月

24日，曾习经卒，享年60岁。曾习经（1867—1926），字刚甫，号蛰庵，广东揭阳人，有《蛰庵诗存》《蛰庵词》。生平事迹见曾靖圣《度支部右丞曾府君行状》、孙淑彦《曾习经先生年谱》。《行状》云："府君平生于学无所不窥，而尤肆力于诗。肄业广雅时，已为梁文忠公所赏异。既通籍，趁公之暇，嗜诗如性命。然不苟作，作必备极锤炼而后出，故所存不多，精光炯炯，得之若瑰宝。论者谓，府君早年近体宗玉溪；古体宗大谢；中岁取径宛陵、后山，而非貌袭西江者比；晚年所诣，往往入陶、柳圣处，诗境凡三变。读其诗，可见其人；抑知其人，然后益见其诗。有清易代之际第一完人也。诗一卷，手自写，定曰《蛰庵诗存》。其《蛰庵词》，见朱彊村侍郎《沧海遗音》中。府君生同治丁卯五月十八日，以丙寅九月十八日卒于宣南郡馆。年六十。"② 叶恭绰《蛰庵诗存序》谓："其为诗，回曲隐轸，芬芳雅逸。盖自《诗》、《骚》、曹、陆、陶、谢、李、杜、五③、韦、韩、孟、温、李以迄宋明欧、梅、苏、黄、杨、姜、何、李、钟、谭之徒，暨夫释家偈句、儒宗语录，悉归融洗，而一出以温厚清远，盖庶几古之所谓风人之言。尚论近三百年诗者，吾知将有所举似也。"④ 詹安泰称："和曾先生同时的诗家，若范肯唐，陈敬原，郑海藏，黄晦闻等，均各自成家，继起有人。这几家的作风，大抵气象发皇，笔势健举。独曾先生拔帜于各家之外，深自敛抑，绝不骋才使气，一若不用力，而用力者转不能到。"⑤ 1927年，《蛰庵诗存》二卷影印出版，为"番禺叶氏遐庵丛书"之一。

---

① 龙榆生、陈衍：《陈石遗先生答龙榆生问诗学书》，载《国学专刊》1926年第1卷第3期。

② 曾靖圣：《度支部右丞曾府君行状》，见孙淑彦《曾习经先生年谱》，中国文史出版社2006年版，第280页。

③ 《遐庵汇稿》所录《蛰庵诗存序》中"五"为"王"，以上引文中的"五"疑为排印错误。

④ 钱仲联：《梦苕庵论集》，中华书局1993年版，第392页。

⑤ 詹安泰：《曾刚甫先生及其蛰庵诗存》，载《时论月刊》1947年创刊号。

11 月

本月，沈宗畸卒，享年 62 岁。沈宗畸（1857—1926），字太侔，广东番禺人，南社诗人，入社书编号 291。生平事迹见郑逸梅《南社丛谈》。郑逸梅谓其“幼年随宦扬州，诗名震大江南北”[①]。钱仲联《近百年词坛点将录》云：“太侔南社词人，蜚声岭表，曾辑《今词综》四卷。自为《繁霜词》，《烛影摇红》《真珠帘》二首，遐庵谓其皆有本事，辞亦高华。”[②] 胡朴安选录的《南社丛选》录其诗 23 首、词 7 首。

12 月

26 日，沙元炳卒，享年 63 岁。沙元炳（1864—1926），字健庵，江苏如皋人，有《志颐堂诗文集》。生平事迹见沙彦高《沙元炳（健庵）先生事略》、黄天铨《辛亥革命时期的沙元炳先生》。《晚晴簃诗话》云：“健庵通籍后，以二亲年高归养。留意乡邦文献，尝搜集先哲遗书多至百余家。藏旧籍金石书画甚富，各加题识，有题跋文二卷。晚年究心内典。殁后，门人项本源录其诗文，得二十卷。”[③] 沈云龙主编《近代中国史料丛刊续编》第 42 辑收录《志颐堂诗文集》。

本年

刘龙慧卒，享年 53 岁。刘龙慧（1874—1926），原名诒慎（一作慎诒），字逊甫，安徽贵池（今池州）人，有《龙慧堂诗》。汪辟疆《光宣以来诗坛旁记》云：“逊甫尝自言：其诗尚有一段孤怀远抱，蕴酿胸中，未能尽摅出，以自成其至者。信乎诗人不可无年也。逊甫民国十五年丙寅食鲍鱼刺喉而卒，年才五十三云。（方湖壬申五月日记。）金松岑天羽，谓其诗坚苍蕴藉，中涵禅理，句法时学散原云。”[④]《龙慧堂诗》有民国自印本，分上、下二卷。又李国松《龙慧堂诗序》云：“刘君逊甫卒之二年，

① 郑逸梅编著：《南社丛谈》，上海人民出版社 1981 年版，第 154 页。
② 钱仲联：《梦苕庵论集》，中华书局 1993 年版，第 405 页。
③ 徐世昌编撰：《晚晴簃诗话》下册，华东师范大学出版社 2009 年版，第 1285－1286 页。
④ 汪辟疆：《光宣以来诗坛旁记》，辽宁教育出版社 1998 年版，第 109 页。

余重校其诗印行，乃为之叙。”[①] 该集当印于 1928 年。

民国十六年 1927 年 丁卯

2 月

6 日，余社诗人在车子营福建会馆雅集。参加者有周登皞、陈严孙、林梅南、黄考周、石岱霖、虞伯岩、林革奋、方策六、郑迈庵、郭祖南、黄峰秈、余鹤友、林怡山、周穆孙、何寿芬、蒲子雅、史友梅、陈能群、余辛枚、郑景波、黄宪民、张云蔚、王叔沂、陈星樵、林倚篷、原友梅、陈伯南、陈洵迈、郑天放、江春筠、童幼萱、方行维、郑藕生、陈南曾、尤和赓、陈其庐、李幼雁、谢希齐、林仲枢、陈伯东等人。[②] 本年所刊油印本《余社消闲吟集》卷首云：“本社定于丁卯正月初五星期日在车子营福建会馆齐集，准于九时起唱。”[③] 南江涛选编《清末民国旧体诗词结社文献汇编》第 22 册收录该集。

20 日，灯社在灵清宫陈宝琛宅雅集。参加者有陈宝琛、卓孝复、郭曾炘、陈寿彭、林颐、林开謩、周登皞、郑孝柽、薛肇基、刘蕲、林振先、何启椿、林皋、林柏棠、石恩纶、童咏、郑抡、王尚曾、林葆恒、陈保棠、余叙功、郑璆、陈懋鼎、黄瓛、黄穰、尤君飏、余爕梅、方兆鳌、黄懋谦、蒲志中、林步随、郭则沄、周葆銮、张大猷、陈应群、黄枝欣、曾克敬、黄孝平等。[④] 本年所刊油印本《灯社第十三集》卷首云：“本社定丁卯正月十九星期日在灵清宫陈太傅宅，准早九时齐集发唱。”[⑤] 南江涛选编《清末民国旧体诗词结社文献汇编》第 24 册收录该集。

---

① 李国松：《龙慧堂诗序》，载《青鹤》1933 年第 1 卷第 13 期。

② 佚名：《余社消闲吟集 · 同社齿录》，见南江涛选编《清末民国旧体诗词结社文献汇编》第 22 册，国家图书馆出版社 2013 年版，第 291－292 页。

③ 佚名：《余社消闲吟集 · 雅集小启》（标题为笔者所拟），见南江涛选编《清末民国旧体诗词结社文献汇编》第 22 册，国家图书馆出版社 2013 年版，第 290 页。

④ 佚名：《灯社第十三集 · 同社齿录》，见南江涛选编《清末民国旧体诗词结社文献汇编》第 24 册，国家图书馆出版社 2013 年版，第 163－164 页。

⑤ 佚名：《灯社第十三集 · 雅集小启》（标题为笔者所拟），见南江涛选编《清末民国旧体诗词结社文献汇编》第 24 册，国家图书馆出版社 2013 年版，第 162 页。

3 月

3 日，赵炳麟卒，享年 55 岁。赵炳麟（1873—1927），又名长乐，字竺垣（一字炳粤），号柏岩，别号清空居士等，室名潜并庐，广西全州人，有《柏岩诗存》《潜并庐诗存》等。生平事迹见蒋廷松《晚清御史赵炳麟》、邹湘侨《赵炳麟年谱》。2001 年广西人民出版社出版《赵柏岩集》，分为上、下两册。其中，下册收录《柏岩文存》《潜并庐杂存》《柏岩诗存》《柏岩联语偶存》《潜并庐诗存初续》《潜并庐诗存》《柏岩感旧诗话》。2014 年巴蜀书社又出版余瑾、刘深《赵柏岩诗集校注》。张寅彭《民国诗话丛编》第 2 册收录其所撰《柏岩感旧诗话》。

31 日，康有为病逝于青岛，享年 70 岁。康有为（1858—1927），原名祖诒，字长素，又号更生，广东南海人，有《康南海先生诗集》。生平事迹见《康南海自编年谱》、沈云龙主编《康有为评传》。梁启超《公祭康南海先生文》云："南海先生不以诗名，然其诗固有非寻常作家所能及者，盖发于真性情，故诗外常有人也。先生最嗜杜诗，能诵全杜集，一字不遗，故其诗虽非刻意有所学，然一见殆与杜集乱楮叶。"[①]《康南海先生诗集》曾于 1941 年由上海商务印书馆出版，沈云龙主编《近代中国史料丛刊续编》第 4 辑收录该集。

4 月

本月底，金泽荣于南通服毒自尽，享年 78 岁。金泽荣（1850—1927），字于霖，号沧江，又号韶濩堂主人等，朝鲜开城人，有《韶濩堂诗集》。生平事迹见崔文植《金泽荣其人其著》。张謇《朝鲜金沧江云山韶濩堂集序》谓："晋山金沧江能为诗，隐山泽间，与之言，隤然君子也。观其业，渊思而絜趣，踵古而冥追。世纷纭趋乎彼矣，沧江独抗志于空虚无人之区，穷精而不懈，自非所谓风雨如晦、鸡鸣不已者乎？道寄于文词，而隆污者时命，沧江其必终无悔也。"[②] 王伟勇主编《民国诗集丛刊》第 17 册收录《合刊韶濩堂集》，为诗文合集，共 6 卷，按年份排列。韩国学者吴允熙著有《沧江金泽荣研究》。

---

① 梁启超：《饮冰室诗话》，人民文学出版社 1959 年版，第 19 页。

② 张謇：《张謇全集》第 6 册，李明勋、尤世玮主编，上海辞书出版社 2012 年版，第 350 页。

5月

19日，王德楷卒，享年62岁。王德楷（1866—1927），字木斋，室名娱生轩，江苏上元（今南京）人，与文廷式、王瀣等友善，有《娱生轩词》。生平事迹见卢前《娱生轩》①、夏敬观《忍古楼词话·王木斋》。王瀣《娱生轩词序》谓："竟以丁卯年五月十九日卒，年六十有二。不觉哭之至恸也。君于诗文恢疏如其人，然不多作。于词，服文道希学士，唱和为多。……文学士赠君词，称君才气横逸，风期隽上。"② 钱仲联《近百年词坛点将录》云："木斋与黄公度、文芸阁交游，《娱生斋词》，迥异凡流。"③ 夏敬观《忍古斋楼词话》云："上元王木斋德楷，与予侄承庆为丁酉同年生，昔年在文芸阁席上见之，遂与订交。木斋记问博雅，善谈论。庚子辛丑间，在沪上，盖无日不相往还。所著娱生轩词，近年其乡人卢君冀野始获录刊一卷，盖遗稿散佚者多矣。"④ 1933年，《娱生轩词》由金陵卢氏饮虹簃刊刻。

6月

2日，王国维自沉于颐和园昆明湖，享年51岁。王国维（1877—1927），字静安，晚号观堂，浙江海宁人，有《静安诗稿》。生平事迹见袁英光、刘寅生《王国维年谱长编》。钱锺书《谈艺录》谓："老辈惟王静安，少作时时流露西学义谛，庶几水中之盐味，而非眼里之金屑。其《观堂丙午以前诗》一小册，甚有诗情作意，惜笔弱词靡，不免王仲宣'文秀质羸'之讥。古诗不足观；七律多二字标题，比兴以寄天人之玄感，申悲智之胜义，是治西洋哲学人本色语。"⑤ 又称："静安博极群书，又与沈乙庵游，而自少至老，所作不为海日楼之艰僻，勿同程春海以来所谓学人之诗者。得不谓为深藏若虚也哉。"⑥ 缪钺《王静安诗词述论》称："王静安的诗词在晚清诗坛中还是有一定地位的。主要有两个特点：第一，其

---

① 卢前：《卢前笔记杂钞》，中华书局2005年版，第436页。

② 王瀣：《娱生轩词序》，载《词学季刊》1933年第1卷第3号。

③ 钱仲联：《梦苕庵论集》，中华书局1993年版，第393页。

④ 夏敬观：《忍古楼词话》，见唐圭璋编《词话丛编》第5册，中华书局1986年版，第4826－4827页。

⑤ 钱锺书：《谈艺录（补订本）》，中华书局1984年版，第24页。

⑥ 钱锺书：《谈艺录（补订本）》，中华书局1984年版，第26页。

诗词不囿于当时的风气，而能特立独行，自辟蹊径。第二，诗词中多抒发哲理，而能融化于幽美的形象之中，清邃渊永，耐人寻味，这是自古以来诗人所不易做到的。”[①] 2011 年，上海古籍出版社出版陈永正整理编撰的《王国维诗词笺注》。

与此同时，各界人士纷纷赋诗哀悼。吴宓《空轩诗话》记云：“王静安先生讳国维，浙江海宁人。于丁卯民国十六年五月初三日阴历此日即阳历六月二日，自沉于颐和园之鱼藻轩。一时哀挽者极多，黄晦闻师、张孟劬先生、陈寅恪君等，均有诗。载《学衡》六十期。宓仅成短联。”[②] 本年，罗振玉所编《王忠悫公哀挽录》由天津罗氏贻安堂刊刻，分为文、挽诗和挽联等三部分，溥儒、郑孝胥、杨钟羲、朱汝珍、胡嗣瑗、钱骏祥、王树枏、邓之诚、林开謩、章钰、孙雄、林葆恒、王季烈、刘善泽、周学渊、张尔田、郭宗熙、高振霄、杨啸谷、周善培、袁金铠、曹经沅、张鋆衡、符璋、汪吟龙、曾学孔、钟广生、黄节、张伯祯、阚铎、梁国常、陈守谦、毓廉、唐兰、王力等人有挽诗。[③] 钱仲联谓：“沉渊后，海内文士哀挽之作至夥，而陈寅恪一长古尤工，盖诗史也。”[④] 这里的“长古”指陈寅恪所作《王观堂先生挽词》。

7 月

3 日，《国闻周报》第 4 卷第 25 期开始设置《采风录》。该栏目主编为曹经沅，刊登旧体诗词，延续至 1937 年 8 月第 14 卷第 32 期，历时 10 年。据 1930 年《国闻周报》第 7 卷第 50 期所载《〈采风录〉作者姓氏小录》，截至 1930 年 6 月，“采风录”作者有郑孝胥、杨寿枏、周善培、张孤、黄节、李兆珍、吕均、樊增祥、夏继泉、段芝泉、洪汝闿、冯飞、李经方、庄吕尘、陈宝琛、邵瑞彭、郑孝柽、周肇祥、奚侗、章梫、陈曾寿、陈箓、刘星楠、王揖唐、诗逋、邓慰梅、陈诗、黄濬、邓镕、彭粹中、周贞亮、李宣倜、陈中岳、周学熙、孙雄、徐宗浩、王履康、吴汝澄、曹经沅、王永江、王式禄、梁鸿志、凌启鸿、朱祖谋、王盛英、吴芳吉、陈葆生、章士钊、向迪琮、王丕煦、何振岱、周登皞、杨沧白、黄式

① 缪钺：《王静安诗词述论》，见吴泽主编《王国维学术研究论集》（一），华东师范大学出版社 1983 年版，第 330 页。

② 吴宓：《吴宓诗话》，吴学昭整理，商务印书馆 2005 年版，第 192 页。

③ 罗振玉编：《王忠悫公哀挽录》，天津罗氏贻安堂 1927 年版，第 12 – 21 页。

④ 钱仲联：《梦苕庵诗话》，齐鲁书社 1986 年版，第 92 页。

叙、丁传靖、杨云史、王守恂、李国柱、阚铎、张鹏翎、邓一鹤、郭则沄、黄炎培、严修、傅岳棻、谭延闿、邵章、光云锦、杨晶华、周宗岳、吕凤、朱士焕、柯风荪、乔大壮、欧阳溥存、许学源、江庸、赵元礼、徐行恭、宗威、唐兰、郭曾炘、胡嗣瑗、郭宗熙、陈衍、曾习经、方孝岳、夏敬观、徐珂、杨增荦、许承尧、黄维翰、陈世宜、孙宝琦、梁敬锌、马一浮、林尹、胡焕、汪廷松、黄复、金兆藩、李哲明、刘农伯、黄侃、冒广生、许之衡、钱承钧、黄懋谦、李澄宇、周学渊、叶恭绰、陈三立、赵尊岳、程颂万、张元济、林志钧、王潜刚、李宣龚、冯幵、周梅泉、吴用威、刘承干、袁毓麐、欧阳成、廉泉、黄孝平、姚华、延鸿、乐亭、汪鸾翔、王乃徵、孙祥偈、李景铭、王式通、由云龙、汪荣宝、诸宗元、吴桐鸳、王树枬、王国维、袁嘉谷、黄孝纾、潘飞声、罗惇㬊、诸以仁、蒲殿俊、朱益藩、赵熙、陈懋鼎、江格、章珏、林葆恒、廖道传、颜泽祺、陈朝爵、杨宗羲、吴羲、卓孝复、陈浏、林开謩、袁思亮、三多、瞿宣颖、黄石孙、夏仁虎、陈夔龙、陈文中、余肇康、马钟琇、吕鼎昌、吴梅、吴湖帆、萧方骐、易孺、刘异、萧方骏、邵启贤、曾念圣、寿玺、由宗龙、熊冰、江瀚、刘道铿、徐南州、张伯英、吴渊、张志潭、袁励准、谭祖任、胡汉民、熊式辉、李翊灼、陈宝书、汪东、孙道毅、何刚德、王震昌、李葆光、吴寿贤、李家煌、夏孙桐、陈宗蕃、景禔、关赓麟、陈敬第、傅增湘、卓定谋、曾广钧、闵尔昌、李景堃、郑沅、张鸣岐、林世焘、郭同、宋育德、杨鉴资、戴正诚、涂凤书等 218 人①。钱仲联谓："是录为蜀人曹缵蘅经沅所主纂。自民国十六年六月起，分期登载于《国闻周刊》。萃军人、党人、政客、名流、遗老、名媛于一编。"② 吴宓有感于当下的文学语境，直言："旷观我中华泱泱大国，其著录旧诗，刊布旧诗之园地及机关，今乃仅有曹缵蘅君（名经沅，四川绵竹人）主编之《采风录》，附载于《国闻周报》中者。(外此虽有，则殊微细，且稍出即止辍）是故切实言之，曹缵蘅君实今日中国诗界之惟一功臣。（亦即他曰诗史、诗学之惟一功臣）《采风录》亦即中国旧体诗之最后逋逃薮。"③

3 日，《国闻周报》第 4 卷第 25 期开始连载王揖唐《今传是楼诗话》。当时署名为"逸塘"，至 1929 年 6 月 30 日第 6 卷第 25 期结束。

本月，上海商务印书馆出版胡适选注的《词选》。该书分为 6 编，收录唐宋词人 39 家 351 首词，又曾于 1928 年 5 月再版，1930 年出版第 3

① 国风社：《采风录作者姓氏小录》，载《国闻周报》1930 年第 7 卷第 50 期。

② 钱萼孙：《十五年来之诗学》，载《学术世界》1937 年第 2 卷第 3 期。

③ 吴宓：《吴宓诗话》，吴学昭整理，商务印书馆 2005 年版，第 254 页。

版。1933 年，龙榆生所撰《论贺方回词质胡适之先生》云：“自胡适之先生《词选》出，而中等学校学生，始稍稍注意于词；学校中之教授词学者，亦几全奉此书为圭臬；其权威之大，殆驾任何《词选》而上之。”①

8 月

3 日，冯煦卒于上海寓所，享年 86 岁。冯煦（1842—1927），字梦华，晚号蒿庵，江苏金坛人，有《蒙香室词》。生平事迹见蒋国榜《金坛冯蒿庵先生家传》。陈声聪《兼于阁诗话》称：“金坛冯蒿庵（煦字梦华）达官而为词人，诗以词之影响，亦委婉多有神韵。”② 钱仲联《近百年词坛点将录》云：“蒿庵生早于半塘、大鹤、彊村诸家，而殁后于半塘、大鹤。词名早著，《蒙香室词》无愧正宗雅音。著《蒿庵词话》，选《宋六十一家词选》，可谓总探词坛声息。”③ 据《蒿庵类稿》扉页所署时间，知其刊于 1913 年 10 月，书前有陈夔龙序，该集共有 32 卷，其中卷三至卷八为诗，收录 759 首，卷九、卷十为词，录 141 阕，后又有《续稿》。沈云龙主编《近代中国史料丛刊》第 33 辑收录其《蒿庵类稿·续稿·奏稿》。

16 日，王德钟卒，享年 31 岁。王德钟（1897—1927），字玄穆，号大觉，江苏青浦（今属上海）人，南社诗人，入社书编号 402，有《风雨闭门斋遗稿》。生平事迹见《王大觉先生追悼录》。郑逸梅谓：“惊才艳艳王大觉。”④ 陈去病《王玄穆传》云：“才藻颖发，出入风雅。往往压倒流辈，卓然与古人相抗衡。而神情秀朗，丰度翩然，尤有谢家玉树之誉。以是南社俊流，民党魁杰，闻其名者，莫不折节倾倒，愿与之交。春秋佳节，修禊登高，抽笺染翰，斐然成章。则朝脱稿而夕已传诵词林矣。”⑤ 胡朴安选录的《南社丛选》录其诗 38 首。

9 月

本月，左绍佐卒，享年 82 岁。左绍佐（1846—1927），字季云，号笏

① 龙榆生：《论贺方回词质胡适之先生》，载《词学季刊》1936 年第 3 卷第 3 号。
② 陈声聪：《兼于阁诗话》，上海古籍出版社 1985 年版，第 34 页。
③ 钱仲联：《梦苕庵论集》，中华书局 1993 年版，第 405 页。
④ 郑逸梅：《艺林拾趣》，郑汝德整理，浙江文艺出版社 1990 年版，第 306 页。
⑤ 陈去病：《陈去病诗文集》上编，殷安如等编，社会科学文献出版社 2009 年版，第 307－308 页。

卿，别号竹笏生，湖北应山县太平乡左家河人，有《竹笏生诗钞》。生平事迹见傅岳棻《应山左笏卿先生墓碑》、李安善《著名学者左绍佐》。《晚晴簃诗话》云："笏卿早擅才华，为张文襄所识拔，采其文入《江汉炳灵集》，为时传诵。初以拔贡官秋曹，入词林，散馆复隶原部，归鄂掌教，久之始出。在谏垣时，数论时政，颇有远识。晚乃得岭南一道。著述甚富，仅见其晚年之作。"① 傅岳棻谓："（左绍佐）晚与樊樊山，周泊园过从最密，人号楚三老。诗简往复，殆无虚日，时互相召邀，余必与偕，谈道讲艺，娓娓不倦。"② 钱基博称其"有政声，诗词均戛戛独造。所为日记，密行精楷，数十年如一日。诗在昌黎、东坡之间，与增祥不同，而交期极笃"③。

10月

4日（农历重阳节），吴昌硕、周庆云、狄葆贤、姚景瀛、诸宗元发起华安楼雅集。黄孝纾《丁卯九日集华安高楼记》云："是日集者王秉恩雪澄、秦炳直子质、陈三立散原、余肇康尧衢、王乃徵病山、朱祖谋古微、金蓉镜甸丞、汪诒书颂年、潘飞声兰史、曾广钧重伯、吴庆焘宽仲、曾熙农髯、程颂万十发、钱葆青仲仙、黄庆曾笃友、余明颐寿丞、沈卫淇泉、徐珂仲可、陈曾寿仁先、夏敬观剑丞、严家炽孟繁、谢凤荪复园、宗舜年子戴、赵世桐叔孺、褚德彝礼堂、王体仁绶珊、叶尔恺柏皋、李厚礽云书、商言志笙伯、高时显欣木、丁仁辅之、袁思亮伯夔、袁思永巽初、谭泽闿瓶斋、陈宝书豪生、莫永贞伯衡、白曾麟石农、关䌹炯之、何遂叙甫、吴迈东迈、恽毓珂瑾叔、沈焜醉愚、邹景祺适庐、陈棠荫轩、王贤启之、吴敬铭肃丹。期而未至者恽毓龄季申、徐乃昌积余、陶葆廉拙存、张元济菊生、王震一亭、冒广生鹤亭、李宣龚拔可、蒋汝藻孟蘋、王蕴章西神、聂其杰云台、吴熙年引之、汪景玉璇甫、主人吴昌硕缶庐、周庆云梦坡、狄葆贤楚青、姚景瀛虞琴、诸宗元贞壮等，黄孝纾公渚记。"④

10日，魏铖卒，享年68岁。魏铖（1860—1927），字铁珊，晚号匏公，浙江山阴人，有《寄榆词》。生平事迹见陈毅《清故通议大夫私谥贞

① 徐世昌编撰：《晚晴簃诗话》下册，华东师范大学出版社2009年版，第1247页。

② 傅岳棻：《应山左笏卿先生墓碑》，见卞孝萱、唐文权编《民国人物碑传集》，团结出版社1995年版，第612页。

③ 钱基博：《现代中国文学史》，上海书店出版社2007年版，第148页。

④ 黄孝纾：《匑厂文稿》，见沈云龙主编《近代中国史料丛刊》第73辑，台湾文海出版社1973年版，第191－192页。

介魏君墓志铭》、高伯雨《精通技击的诗人魏铁珊》。《墓志铭》谓其卒于“丁卯九月丁丑，年六十八”，[①] 即公历 1927 年 10 月 10 日。黄濬《花随人圣庵摭忆》云：“弱庵词中之魏匏公，即山阴魏铁三，振奇人也，不可不记。匏公名有彧，与蜕庵、弱海至相善，博通史籍，无所不览，能为唐中晚诗、宋明文及制艺，尤工倚声，长短调及南北曲皆精善。又工书，法北魏，能以龙藏寺体作小楷，如半黍大，于大小篆籀隶字钟鼎又咸擅之。健谈，好饮酒，于星卜杂技，罔不通晓。至如筝、笛、琵琶、胡琴，以暨昆徽弋黄诸歌曲，皆娴熟如夙授。于武技，通易筋经诸拳法，有神勇名。凡上所述诸艺，匏公皆绰绰游刃有余。”[②]

11 月

8 日，郑孝胥与龙榆生初次见面。《郑孝胥日记》九月廿七日（11 月 8 日）载：“夏剑丞约晚饭，坐有余尧衢父子、沈昆山、周梅泉，有万载人龙沐勋，字榆生，剑丞称其能诗，尝为厦门大学汉文教授，与陈叔伊善。”[③]

29 日，吴昌硕卒，享年 84 岁。吴昌硕（1844—1927），名俊卿，字昌硕（一字仓硕），别号缶庐、苦铁等，浙江安吉人，有《缶庐诗》。生平事迹见陈三立《安吉吴先生墓志铭》、诸宗元《缶庐先生小传》。谭献《吴昌硕诗叙》：“吴君渊渊游心于古，初虽性好文字，而不欲与缘饰绮靡之流，骛旦夕之名。伫兴赋诗，寄其萧廖之心、浩荡之兴而已。拨弃凡近，而体素储洁，伊昔《箧中》、《极玄》二集，由此其选也。献识其幽语而思则隽，险致而声则清，如古琴瑟，不谐里耳。”[④] 沈曾植《缶庐集序》谓：“翁顾自喜于诗，惟余亦以为翁书画奇气发于诗，篆刻朴古自金文，其结构之华离杳渺，抑未尝无资于诗者也。顾尝拟翁诗以文太青、孙太初，太初足迹遍天下，归隐苕溪，翁出自安吉山中，仕隐徜徉，归老于海上，遭世不同，而其诗情纵放同，皆足以庄严吴兴山水。”[⑤] 2009 年，华东师范大学出版社出版童音点校的《吴昌硕诗集》。

---

① 陈毅：《清故通议大夫私谥贞介魏君墓志铭》，俞苗荣、龚天力主编《绍兴图书馆馆藏地方碑拓选》下，西泠印社出版社 2007 年版，第 595 页。

② 黄濬：《花随人圣庵摭忆》上册，李吉奎整理，中华书局 2013 年版，第 442 页。

③ 郑孝胥：《郑孝胥日记》第 4 册，劳祖德整理，中华书局 1993 年版，第 2208－2209 页。

④ 〔清〕谭献：《谭献集》（上），罗仲鼎点校，浙江古籍出版社 2012 年版，第 179 页。

⑤ 沈曾植：《缶庐集序》，见吴昌硕《吴昌硕诗集》，华东师范大学出版社 2009 年版，第 368 页。

本月，上海泰东图书局出版卢冀野所编《石达开诗钞》。该集后于1929年5月再版。柳亚子在1939年3月所撰《卢冀野辑〈石达开诗钞〉书后》一文中云："饮虹园丁卢前（冀野）所辑《石达开诗钞》，民国十六年十一月泰东书局版。记五六年前冀野教授暨南大学，余因章君依萍之介曾共一醉，遂索是书阅之。内容什九为天梅所作赝鼎，而颇多脱句误字，复缺二首，盖冀野未见天梅原刊本，第从《无生诗话》及《龙潭室诗话》得之，其搜集可谓勤矣。《饮冰室诗话》所载五首，赫然首列，颇有人疑出任公伪造，与天梅不谋而合。"① 同月，他又撰写《残山剩水楼刊本〈石达开遗诗〉书后》，谓："残山剩水楼刊本《石达开遗诗》，共二十五首。自答曾国藩五首，见于梁任公《饮冰室诗话》外，馀二十首，悉出亡友高天梅手。时在民国纪元前六年，同讲授沪上健行公学，天梅为余言将撰翼王诗赝鼎，供激发民气之用。遂以一夕之力成之，并及叙跋诸文，信奇事也。封面题字亦天梅所书。当时醵金印千册，流布四方，读者咸为感动。于是《无生诗话》、《虎潭室诗话》、《说元室述闻》、《太平天国野史》竞相转载，而卢前辑《石达开诗钞》，罗邕、沈祖基辑《太平天国诗钞》，亦并援引之。异哉！"② 罗尔纲称："自柳亚子的题跋在《大风旬刊》上发表后，世人才相信今世所传的《石达开诗》几乎都是赝品，才毫无疑问地证实了我的考证。"③

本年

花江九老会在哈尔滨成立。该社成员有周冕、李鸿谟、张朝墉、李世斌、曾韫、王顺存、陈浏、辛天成、韩宝濂等9人，年龄皆在60岁以上。诗社之成立最早由成多禄酝酿。1928年，诗社改名为后耆英会。诗社的活动与创作参见李兴盛《花江九老会与后耆英会》一文。④

雪鸿吟榭诗社成立。该社由郑士美、陈炎源、张翌东等发起。俞少川《近代安海的诗社及其他》一文谓："'雪鸿吟榭'于1927年由郑士美、

① 柳亚子：《磨剑室文录》下册，中国革命博物馆、上海人民出版社编，上海人民出版社1993年版，第1213页。

② 柳亚子：《磨剑室文录》下册，中国革命博物馆、上海人民出版社编，上海人民出版社1993年版，第1216页。

③ 罗尔纲：《太平天国史料辨伪集》，生活·读书·新知三联书店1955年版，第135页。

④ 李兴盛：《流人名人文化与旅游文化：塞月边风录》，黑龙江人民出版社2006年版，第300－302页。

陈炎源、张翌东等发起组织，参加成员多以雪字命名，如倪雪影、倪雪僧、黄雪卿、施雪舟、张雪庐、郑雪亭、陈雪汀、郑雪士、廖雪友、许雪堂、许雪聪、辛雪芝、杨雪溪、曾雪娥、曾雪堂、王志生、苏秋生、欧雪蕉、李雪燕、林雪文、傅雪峰等。该榭以研究诗学为宗旨，每逢星期日，由榭友轮流出题，每十期合编一集。这个吟社属诗钟性质。”①

刘毓盘卒，享年61岁。刘毓盘（1867—1927），字子庚，别号椒禽，浙江江山人，谭献弟子，北京大学教授，有《濯绛宧词》（又名《噙椒词》）、《词史》等。生平事迹见查猛济《江山刘先生遗著目录叙》、毛瑞棠《词学史家刘毓盘教授传略》。钱仲联《近百年词坛点将录》谓：“子庚著《词史》《词律斠注》，并校辑唐五代宋辽金元人词，有功词苑。自著《噙椒词》，‘选花评叶’，碎金可贵，所谓‘自解罗囊，斩新花样镜中看’也。”② 杨世骥《文苑谈往》云：“在近代词学上，刘毓盘的名字，虽然是十分生疏，而他的词既能着重意境，又非常讲究音律，大抵都是能按之管弦的，他不像同时一般词人们，为了要追踪梦窗玉田，乃至字模句拟，徒工涂藻，缺乏真趣。他对于词的整理，也能兼顾到这两方面，终身孜孜矻矻地工作着，除词以外无他嗜，其贡献适足与况周颐、王国维鼎足而三，他们都是能屹立于当时词坛风气之外的。”③

民国十七年　1928年　戊辰

1月

2日，《大公报·文学副刊》第1期出版。吴宓主编，赵万里、王庸、浦江清、张荫麟等人协助编辑，主要刊登旧体诗词。刘淑玲《大公报与中国现代文学》谓：“与通论相辉映的是许多极有价值的旧体诗词，《文学副刊》成为吴宓和他的朋友吴芳吉等人实践‘以新材料入旧格律’的园地，特别是日本入侵沈阳后，王越、王荫南等人以抗日为主题的旧体诗

① 俞少川：《近代安海的诗社及其他》，见安海乡土史料丛刊编委会编《风雨如磐话安海》，中国文联出版社2002年版，第319页。

② 钱仲联：《梦苕庵论集》，中华书局1993年版，第410页。

③ 杨世骥：《文苑谈往》第一集，中华书局1946年版，第42页。

词，感情激越，表现了壮烈的战斗场面和强烈的爱国情怀，成为早期抗日文学创作的重要收获，他们不仅从实践上，还从理论上进行了很深入的探讨。这些诗学探索不仅具有文学意义，更有历史意义。除去旧体诗词，《文学副刊》基本没有登载文学创作，只有沈从文的《丁玲女士失踪》和废名的《悼秋心（梁遇春君）》等零星几篇。”①

8 日，陈家鼎卒，享年 53 岁。陈家鼎（1876—1928），字汉元，湖南宁乡人，南社诗人，入社书编号 106，有《百尺楼诗集》。生平事迹见居正《陈家鼎传略》、许进《陈家鼎传略》。郑逸梅谓：“汉元诗文，造诣很深，从古朴率真中流露出不可一世的气魄。他和章太炎、刘光汉、黄季刚等，学写汉魏体诗。近体诗学杜少陵、李义山、苏子瞻。文则具先秦诸子和两汉风格，著有《百尺楼诗集》《半僧斋诗文集》，历经战乱，大都散佚。”②

2 月

2、3 月间，刘仁航《乐天却病诗》由上海天养馆出版。刘仁航（1884—1938），字镜机，号灵华，江苏邳县（今邳州）人，早年留学日本，林森曾委任其为中将参议。中年信佛，撰《东方大同学案》，轰动一时。该集共分为 14 卷，大致分为动物观、乾坤观、自然观、玄化观、梦观、历史观、社会观、新村观、学海观、报恩观、师友观、诗化观、美艺观、桃源友声诗等 14 类，收录 571 首诗。其中卷十四杂录刘仁航与友人诗 68 首。其《〈乐天却病诗〉自序》云：“予非诗人也，今乃执笔吟诗，何哉？试述予思想转入诗国之路线。予生长淮北，游学江海，乡接沂、泗之汇流。幼吊楚、汉之故墟。初慷慨于豪侠，继奋迅乎教宗，近脱化于美术，由刚而柔，由道而艺，由智意而情，由理想而实现，自有为而无为，有涯而无涯，有量而无量，将以一内外，齐物我，得游息焉。予好养生而不吝牺牲，好佛而不滞名相，爱美而调剂文质之中，茫乎无朕，廓兮无方，圆以无碍，莫可拟议，故咏叹之，淫佚之。芬芳其词，恢诡其趣，绵藐其神，恍惚迷离、缥缈依稀其境。拈花焉，指月焉，筌蹄所寄云尔。……故余此卷科学为经，美艺为纬，字里行间，莫非灵性所寓。所谓‘一花一渧皆入法界海’者非耶！深望同人，能由此大成，打破应用文与美文之界，及科、哲、政、教、道、艺、亚、欧文化之界，以至虚空一切界

① 刘淑玲：《大公报与中国现代文学》，河北教育出版社 2004 年版，第 17 - 18 页。
② 郑逸梅：《艺林拾趣》，郑汝德整理，浙江文艺出版社 1990 年版，第 306 页。

界，且归于实现，则吾愿毕矣。”①

3 月

2 日，徐珂卒，享年 60 岁。徐珂（1869—1928），字仲可，浙江杭县（今杭州）人，有《真如室诗》《纯飞馆词》。生平事迹见夏敬观《徐仲可墓志铭》。《墓志铭》谓：“年六十，以戊辰二月十一日卒。”② 以阳历计，即 3 月 2 日。汪辟疆《光宣以来诗坛旁记》云：“仲可诗文集有《小自立斋文》《真如室诗》《纯飞馆词》。诗清拔可味。石遗《近代诗钞》曾收其诗十三首。”③ 钱仲联《近百年词坛点将录》称：“仲可著作等身，词学则有《近词丛话》《清代词学概论》《历代词选集评》《清词选集评》等，度人金针。自著《纯飞馆词》，笔意淡宕疏快，不同于时人之好为艰涩者。”④ 1994 年，上海书店出版社出版《丛书集成续编》，集部第 144 册收录《真如室诗》1 卷。

10 日，《小说月报》第 19 卷第 3 号刊登赵万里所辑《人间词话未刊稿及其他》。⑤ 1960 年，人民文学出版社出版《蕙风词话》《人间词话》的合刊本，徐调孚《〈人间词话〉重印后记》云：“王国维的《人间词话》，最初只有上卷，刊载在一九〇八年的《国粹学报》上，分三期登完。到了一九二六年，才有俞平伯先生标点、朴社出版的单行本。一九二七年，赵万里先生又辑录他的遗著未刊稿，刊载于《小说月报》上，题为《人间词话未刊稿及其他》。一九二八年罗振玉编印他的《遗集》，便一并收入。分为上下两卷，以原来的为上卷，赵辑的为下卷；从这时候起，始有两卷本。一九三九年开明书店要重印这书，我就《遗集》中再辑集他有关论词的片段文字，作为补遗附后；这便是现在印行的本子。其中署名山阴樊志厚的《人间词》甲乙稿两序，据赵万里先生所作《年谱》，实在是王国维自己的作品，所以也一并收入附录中。这本小册子出版后，陈乃乾先生又从王氏旧藏各家词集的眉头，抄录他手写的评语给我，我在一九四

---

① 刘仁航：《乐天却病诗》，上海天养馆 1928 年版，第 5－6 页。

② 夏敬观：《徐仲可墓志铭》，见卞孝萱、唐文权编《民国人物碑传集》，团结出版社 1995 年版，第 751 页。

③ 汪辟疆：《光宣以来诗坛旁记》，辽宁教育出版社 1998 年版，第 99 页。

④ 钱仲联：《梦苕庵论集》，中华书局 1993 年版，第 412 页。

⑤ 王国维：《人间词话未刊稿及其他》，赵万里辑，载《小说月报》1928 年第 19 卷第 3 号。

七年印第二版的时候再补附在最后。”①

20 日，夏明翰被国民党枪决，临刑前作《就义诗》。其云：“砍头不要紧，只要主义真。杀了夏明翰，还有后来人。”

4 月

22 日，上巳诗社成立。成员有黄侃、陈汉章、汪友箕、胡小石、王伯沆、王晓湘、汪东、汪辟疆等人。1936 年，《制言》第 11 期刊登《上巳诗社第一集》《上巳诗社第二集》，孙世扬在《上巳诗社第一集》标题下的识语云：“季刚师平生好游览，每逢佳节必出游，以发抒其吟兴，民国十七年春，应旭初先生之约，教授于中央大学。上巳偕同事诸君修禊后湖，返而联句，因结为上巳诗社。自是遍游南都胜区，以及吴郡西山，凡五六集。每集皆各赋诗或填词如例，师尝称友朋唱酬之乐，南雍为最云。兹从旭初先生所觅得第一第二集诗篇，刊布于左，其余数集尚拟求之社中诸君，续付本刊，以纪当时东南吟坛之盛焉。”②

5 月

4 日，新文学家胡适、徐志摩与旧体诗人郑孝胥、陈三立、陈方恪、陈夔龙、夏敬观、李宣龚、林开謩等人在沈成式家共进晚餐。《胡适日记》本日载：“昆三家吃饭，见着郑苏堪、陈伯严两先生。陈先生今年七十六，郑先生六十九。郑先生说，他每天只睡五点钟，早晨三点半即起床，如是已十三年了。他的精神极好，像五十岁人。”③ 《郑孝胥日记》谓：“夜，赴沈昆三之约，坐客为陈伯严及其子彦通、陈小石、胡适之、徐志摩、夏剑丞、拔可、贻书。”④

11 月

12 日，陈去病与朱锡梁等人在苏州虎丘冷香阁发起南社二十周年纪

① 徐调孚：《〈人间词话〉重印后记》，见况周颐、王国维《蕙风词话　人间词话》，人民文学出版社 1960 年版，第 261 页。

② 孙世扬：《上巳诗社第一集 · 识语》，载《制言》1936 年第 11 期。

③ 胡适：《胡适日记全编》第 5 册，曹伯言整理，安徽教育出版社 2001 年版，第 74 页。

④ 郑孝胥：《郑孝胥日记》第 4 册，劳祖德整理，中华书局 1993 年版，第 2182 页。

念会。参加者有陈去病、费公直、吴相融、凌景坚、陈绵祥、朱剑芒、朱锡梁、包天笑、余天遂、姚石子、高圭、沈砺、冯平、狄君武、赵蕴安、程宗裕、胡颖之、邵力子、丘槛玉、陶小柳、黄宾虹、胡朴安、胡怀琛、胡惠生、郭惜、吕志伊、陆明桓、范烟桥、朱秋岑、范君博、陆兆鹍、庞树松、唐奇、冯济远、冯超、庄先识、韩烺、陈乃乾、平智础、张百川等40人。[①] 柳亚子《我和南社的关系》云："南社二十周纪念发起的主动人，是陈巢南和朱梁任，而我和朱少屏，却是被拉进去的。严格讲起来，年份和日子都有问题。因为南社第一次正式雅集，是一九〇九年（清宣统元年），算足周年纪念，到一九二八年（民国十七年）只是十九年而并非二十年，相差了一年。还有，那一年雅集的日子是十一月十三日，而现在开会却是十一月十二日，那是他们照旧历计算的缘故，又相差了一天。结果呢？我因病疟，少屏因病足，都没有到会。……到会的人数，据当时报纸上发表的纪录，是四十人。"[②]

20日，成多禄卒，享年65岁。成多禄（1864—1928），字竹山，吉林九台人，有《澹堪诗草》。生平事迹见成多禄《自定年谱》、王树枏《成澹堪墓志铭》。宋伯鲁谓："必也淡于荣利，使此心常若止水，不沸不波，精神敛而志气专，然后造意遣辞，选和练响，而真诗出矣。澹堪之诗，其佳处正在此。或大刀阔斧，或细针密缕，或云谲波诡，或如道家常。其气沉，其词炼，无一点嚣气犯其笔端，非养之有素、湛然恒清，不能有此境界，宜其以澹自命也。"[③] 1988年，吉林文史出版社出版翟立伟、成其昌编注的《成多禄集》。

本年

须社在天津成立。成员有陈恩澍、查尔崇、李孺、章钰、周登皞、白廷夔、杨寿枏、林葆恒、王承垣、郭宗熙、徐沅、陈实铭、周学渊、许钟璐、胡嗣瑗、陈曾寿、李书勋、郭则沄、唐兰、周伟等人。[④] 陈宝琛、樊增祥、夏孙桐、陈懋鼎、陈毅、高德馨、邵章、夏敬观、姚亶素、万承

---

① 柳亚子：《柳亚子文集　南社纪略》，柳无忌编，上海人民出版社1983年版，第112－114页。

② 柳亚子：《柳亚子文集　南社纪略》，柳无忌编，上海人民出版社1983年版，第111－112页。

③ 宋伯鲁：《澹堪诗草卷二·序》，见翟立伟、成其昌编注《成多禄集》，吉林文史出版社1988年版，第196页。

④ 佚名：《烟沽渔唱·须社词侣题名》，见南江涛选编《清末民国旧体诗词结社文献汇编》第16册，国家图书馆出版社2013年版，第113－114页。

栻、袁思亮、钟刚中、黄孝纾等为社外词侣。[①] 该社每月三集，社集过百，1931 年春停止活动。袁思亮《烟沽渔唱序》云："须社社友都二十人，皆工倚声，月三集，限调与题。久之，社外闻声相和者甚众，陈弢庵太傅、夏闰枝太守，其尤著也。起戊辰夏，讫辛未春，凡三年，得集盈百。社友颇有以事散之四方者，沤社遂起而继之矣。"[②] 1933 年《烟沽渔唱》刊行，共 7 卷，其中前 5 卷为社作，后 2 卷为集外词。南江涛选编《清末民国旧体诗词结社文献汇编》第 16 册收录该集。

郭则沄《龙顾山房诗集》刊行。该集收录其于光绪二十二年（1896）至民国十七年（1928）间所作诗。

徐世昌《归云楼题画诗》刊行。该集分为上、下两卷，共收录 261 首诗。

民国十八年　1929 年　己巳

1 月

4 日，郭曾炘卒，享年 75 岁。郭曾炘（1855—1929），字春榆，号匏庵，晚号福庐山人，福建侯官人，有《匏庵诗存》。生平事迹见陈宝琛《郭文安公墓志铭》、王树枏《赐进士出身诰授光禄大夫太子太保头品顶戴署典礼院掌院学士郭文安公神道碑》。《神道碑》谓："戊辰，值裕陵、定东陵之变，祭奠归，感愤致心痛疾。十一月二十四日，卒于京师。"[③] 卒日以公历计为 1929 年 1 月 4 日。何振岱《侯官郭文安公墓志铭并序》谓："辛亥后，感时怀旧一寓于诗，既成《亥既集》，继以《徂年集》，并《云萍篦稿》合刻为《匏庐诗存》，凡九卷，读之可以知公之所存矣。其

① 佚名：《烟沽渔唱·社外词侣题名》，见南江涛选编《清末民国旧体诗词结社文献汇编》第 16 册，国家图书馆出版社 2013 年版，第 115－116 页。

② 袁思亮：《烟沽渔唱序》，见南江涛选编《清末民国旧体诗词结社文献汇编》第 16 册，国家图书馆出版社 2013 年版，第 101 页。

③ 王树枏：《赐进士出身诰授光禄大夫太子太保头品顶戴署典礼院掌院学士郭文安公神道碑》，见卞孝萱、唐文权编《辛亥人物碑传集》，团结出版社 1991 年版，第 696 页。

未梓者，有《读杜札记》《楼居偶录》各一卷，《邴庐日记》若干卷。”[①] 汪辟疆《光宣诗坛点将录》谓：“春榆侍郎与弢庵、珍午多倡和，诗刻意杜韩，气势深稳。其大篇多不苟作，朝士辈鲜能及之。”[②] 王伟勇主编《民国诗集丛刊》第26册收录《匏庵诗存》。

15日，干弘颠《弘颠吟稿》由上海商务印书馆出版。干弘颠自云：“本稿诗凡四大类，（甲）五言律诗共三十三首。（乙）五言绝共二十九首。（丙）七言律共一百二十首。（丁）七言绝共二百〇二首，附以七言古风一首，《西江月》一首，又补录十首，总凡三百九十六首。”[③] 又谓：“本稿诗半多历年酬应之作，间以写景咏物，究诸程度颇属幼稚。偶与海上文豪樊山老人、散原老人、庸庵老人、天虚我生、袁君抱存、柳篴、吹万、鹓雏、亚子、伯葵、呋厂、彦和、秋岳、琴初、山农、海藏、弢庵、咏岩、谙仲、芝南、书衡、释戡、梅泉、倦知、蘉庵、空我、江东五友、蓉仙、南湖、荆山、诗庭、骧伯、寄尘、贞子、漱石生、漱六山房主人等诸君和韵之作，仅得四分之一，而拙作句语之粗疏，意义之简陋，不能免也。”[④]

19日，梁启超病逝于北京协和医院，享年57岁。梁启超（1873—1929），字卓如，号任公，又号饮冰室主人，广东新会人，有《饮冰室诗话》《饮冰室词》。生平事迹见丁文江、赵丰田所编《梁启超年谱长编》。汪辟疆《光宣诗坛点将录》谓：“新会向不能诗，惟尝与谭浏阳、黄公度鼓吹诗界革命，著为论说，颇足易一时观听。返国以来，从赵尧生、陈石遗问诗法，乃窥唐宋门径。游台一集，颇多可采。惟才气横厉，不屑拘拘绳尺间耳。”[⑤] 钱仲联《近百年词坛点将录》云：“《饮冰室词》，如《六丑》，词评家谓得片玉神味。然其虎步龙行之作，转失之目睫。”[⑥] 1959年，人民文学出版社出版《饮冰室诗话》。1987年，人民文学出版社出版王蘧常《梁启超诗文选注》。

本月，吴芳吉在《学衡》第67期发表《白屋吴生诗稿自叙》。他认为旧体诗的形式并非不佳，在变革的时代非变不能救诗亡，民国之诗应有民国之风味。文章称：“国家当旷古未有之大变，思想生活，既以时代精神，咸与维新，则自时代所产之诗，要亦不能自外。譬之乘火车者，既已

① 何振岱：《何振岱集》，刘建萍、陈叔侗点校，福建人民出版社2009年版，第108－109页。
② 汪辟疆：《光宣诗坛点将录笺证》上册，王培军笺证，中华书局2008年版，第296页。
③ 干弘颠：《弘颠吟稿》，商务印书馆1929年版，第1页“凡例”。
④ 干弘颠：《弘颠吟稿》，商务印书馆1929年版，第1页“凡例”。
⑤ 汪辟疆：《光宣诗坛点将录笺证》下册，王培军笺证，中华书局2008年版，第730页。
⑥ 钱仲联：《梦苕庵论集》，中华书局1993年版，第396页。

在车，无问其人之欲行不行。要当载之前趋，欲罢不止。故处今日之势，欲变亦变，不变亦变，虽欲固步自封而势有不许。……而诗之演进无穷，余于此乃有说焉。旧诗体制不能谓其非佳。今之新人，以其规律过严，视若累梏重囚，余以为过。盖自不解诗者言之，虽无规律，未必竟能成诗。而伟大作家，每有游艺规律之中，焕彩常情之外，规律愈严，愈若不受其限制者。故余于历代体制不轻弃之，不重视之，但因我便而利用之。然以今世事变之繁，人情之异，必非简单之体所能尽纳，此体制之不能不变者也。前辈之言诗者，曰宋，曰唐，曰汉与魏，无非悬此以为准则，便于初学师仿。然此学诗之过程，非可以为终极也。久假不归，从人忘己，古今一律。乃若印板文字，浦起龙所谓骨董器物，肖古便是赝品。惟命世豪杰，卓然乃成。余以民国之诗，当有民国之风味，以异于汉魏唐宋者，此格调之不能不变者也。”①

3 月

5 日，杨锡章卒，享年 66 岁。杨锡章（1864—1929），字至文，号了公，别署几园，江苏松江（今属上海）人，南社诗人，入社书编号 175。生平事迹见张寿甫《杨了公传》、徐侠《杨锡章世家》②。郑逸梅《南社丛谈》谓杨了公“为南社松江派的前辈，朱鸳雏就是他栽培成名的”③，“后来于公元一九二九年三月五日，病逝沪寓”④。姚鹓雏《松江杨了公先生墓碑》云：“于诗初为板桥、随园，机趣盎然，不矜格调。嗣弥刻意，时近剑南、诚斋。雅好倚声，尤擅令体，秀曼空灵，韵致独绝。”⑤ 陈声聪称：“松江杨了公清狂自喜，玩世不恭，诗词不拘恒格，妙趣横溢。”⑥ 1926 年，《杨了公先生诗集》印行，该集为线装手写体影印本，书前有孙玉声序。

春，萧惠清与蒋藩、李印泉等人复开衡门诗社。成员有周维华、陈勉安、许钧、金绍熙、金绎熙、许敬参、李允莱、胡诗昕、张廷珍、张少川、张缙璜、洪锡泽、何云蔚、陶钟翰、吴景平、朱御风等 118 人（包括

① 吴芳吉：《白屋吴生诗稿自叙》，载《学衡》1929 年第 67 期。

② 徐侠：《清代松江府文学世家述考》上册，上海三联书店 2013 年版，第 383 - 384 页。

③ 郑逸梅编著：《南社丛谈》，上海人民出版社 1981 年版，第 187 页。

④ 郑逸梅编著：《南社丛谈》，上海人民出版社 1981 年版，第 188 页。

⑤ 姚鹓雏：《姚鹓雏文集·杂著卷》下册，上海古籍出版社 2012 年版，第 971 页。

⑥ 陈声聪：《兼于阁诗话》，上海古籍出版社 1985 年版，第 113 页。

萧惠清、蒋藩、李印泉在内）。[1] 萧惠清《衡门社诗选序》云："有清光绪癸卯，汴中诗友结秋心社，丙午改梁社，甲寅改课诗钟，己未易名衡门诗钟社，嗣以时局章黄，社随停顿。己巳春，惠清与蒋君恢吾、李君秋川复开衡门诗社，效元代至元时浦江吴渭、谢翱诸公之月泉吟社，以春日田园杂兴为题，就社友之在汴垣及作客四方者寄简徵诗，得数十首，从此按月开课，轮次分题，远近吟朋，相将入社，可谓一时之盛矣。"[2] 1936 年春，聚丰印刷局铅印出版《衡门社诗选》。南江涛《清末民国旧体诗词结社文献汇编》第 23 册收录该集。

春，叶玉森《和东山乐府》刊行。共收录 200 首词，书前有张学宽序及作者自序。张学宽谓，叶氏"尝以宋贺氏东山一集，徘徊粉泽，拟议闺襜，有郁伊怆怏之遗靡，狄成涤滥之弊。凡所和作都二百阕，寻声定墨，沿隐绎辞，方其送抱千载之上，结契重虚之表，谢客拟邺，子瞻和陶，无以远过也"[3]。

4 月

本月，中华书局出版陈子展的《中国近代文学之变迁》。书中专列"宋诗运动及其他旧派诗人"一章，对王闿运、陈衍、陈三立、郑孝胥、樊增祥、易顺鼎等进行讨论。他总结道："这个时期的旧诗人，无论他的诗学宋，学唐，学六朝，学汉魏，乃至学《诗》《骚》，无奈他们所处的时代，总不是周、秦、汉、魏、六朝、唐、宋。他们在诗国里辛辛苦苦的工作，不过为旧诗姑且作一个结束。他们在近代文学史上的重要即在于此。"[4] 1930 年 11 月，上海太平洋书店出版了陈子展的《最近三十年中国文学史》（署名陈炳堃），对当时的诗坛做了进一步的描述："三十年来诗界的情况，和三十年以前的诗界并非截然无关；即算时代的生活和思想已有若何的变迁，而表现这时代精神的诗界也随着而有若干的变迁，但在这种变迁之中仍然可以找出一个异同沿革的线索，这是无疑的。"[5]

---

① 衡门诗社：《衡门社诗选·衡门社友录》，见南江涛选编《清末民国旧体诗词结社文献汇编》第 23 册，国家图书馆出版社 2013 年版，第 237－246 页。

② 萧惠清：《衡门社诗选序》，见南江涛选编《清末民国旧体诗词结社文献汇编》第 23 册，国家图书馆出版社 2013 年版，第 225 页。

③ 张学宽：《和东山乐府·序》，见叶玉森《和东山乐府》，1936 年自印本，第 1 页。

④ 陈子展：《中国近代文学之变迁》，中华书局 1929 年版，第 50－51 页。

⑤ 陈炳堃：《最近三十年中国文学史》，太平洋书店 1930 年版，第 15 页。

6月

本月，雪澄所编《汪精卫诗存》由上海光明书局出版。此后，汪精卫诗陆续出现多种版本。1945年5月，“汪主席遗训编纂委员会”曾编辑出版《汪精卫先生集》。1945年7月15日，《同声月刊》第4卷第3号刊登《双照楼诗词未刊稿》，龙榆生校记云：“汪先生《双照楼诗词稿》，前有曾仲鸣仿宋聚珍本，断手于十九年六月，题曰《小休集》。其后续有所作，改题《扫叶集》。久未续刊，自予创办《同声月刊》，因从先生乞得未刊各稿，分期刊布。已而日本人黑田君，及上海中华日报社，并有排印本，《小休》《扫叶》两集俱备。泽存书库主人陈人鹤君，复从先生乞取删定本，寿诸梨枣，藉为先生六十祝嘏之资，仍题曰《双照楼诗词稿》。予曾与校订之役。世行诸本，盖以此为最善云。后此有作，时时手写寄予，予为载入月刊。然亦偶有未备。自先生下世，曹少岩、屈沛霖两君，为理董遗稿。予从假得录副，以校泽存本，亦续有增改，因特补录，并为校记如上，容更商诸人鹤，为谋续刊。其已载《同声》今诗苑诸篇，亦仍重录，以免后先失次。”① 汪梦川考证云：“按汪氏《双照楼诗词稿》最早有曾仲鸣编辑本，仅《小休集》上下两卷，刊行于一九三〇年；其后有日人黑根祥作编辑校勘本，大略于曾本增《扫叶集》一卷，刊行于一九四一年，同年稍后又有《中华日报》社所刊三卷本，于《小休集》《扫叶集》诗词皆有所增补；再后则有陈群〈泽存书库〉本，亦都为三卷，乃据《中华日报》社本而略有增删，刊行于一九四二年；至汪氏去世后，有〈汪主席遗训编纂委员会〉刊本，于泽存本之外，复增〈三十年以后作〉一卷，刊行于一九四五年。此本为《双照楼诗词稿》最早之全本，亦后来台港诸翻印本之所据。”②

约6月，曹经沅作《移居城东，蹇庐枉诗，次韵》《叠韵留别城南旧居》二律诗纪念迁入新居，陈宝琛、樊增祥、卓孝复、邓镕等人以诗相和，此后数年间所和诗歌多达数百首。曹经沅《莼衷属题〈燕都丛考〉，为赋长句》一诗自注云：“予曩居南横街南园，署所居曰借槐庐。其地即刘申受礼部故宅，去夏移居城东，赋诗纪事，海内外和者近数百首。”③ 王揖唐《今传是楼诗话》谓，“纕蘅曩僦居宣武城南之南横街，其间壁为

① 龙榆生：《〈双照楼诗词未刊稿〉校记》，载《同声月刊》1945年第4卷第3号。
② 汪精卫：《双照楼诗词稿》，汪梦川注释，香港天地图书公司2012年版，第381页。
③ 曹经沅：《借槐庐诗集》，王仲镛编校，巴蜀书社1997年版，第111页。

翁松禅相国故居，而隔巷之米市胡同适为吴县潘文勤旧第，即世所谓‘滂喜斋’也。君有《留别南园》及《移居城东》两律，皆纪其事，海内外同作近数百人，应求之广，并世所称”[①]，“缫蘅觞客新居，坐皆耆硕，弢庵老人诗即席先成云：‘论都喋喋任西东，人海犹藏一粟中。倦圃宦游真意在，山薑诗韵胜流同。冷摊居近书常足，彦会身闲酒不空。铜狄摩挲还醉此，梦馀如对霸城翁。（坐有樊山。）’次樊山翁云：‘精庐新徙凤城东，师友聊为酒一中。家具囊琴携鹤易，乡风祀灶请邻同。隐侯刻意吟雌霓，景重何心滓太空。（是夕月色极佳。）昔铸同人曾眼见，猗嗟吾与霸城翁。’次卓巴园云：‘春晚酴醾开海东，水滨花事入诗中。（君游北戴河，见寄一诗，有‘毕竟海滨春事晚，酴醾五月尚开花’句。）兼旬莫笑山居暂，三径悬知月夜同。市近车尘偏不溷，秋来杯物尚能空。京华卅载头如雪，剩得旁人唤作翁。’忍堪和诗中有‘犹龙老子都还健’之句，自注：‘谓软脚之陈、樊诸老也’”[②]。《郑孝胥日记》五月初四日（6 月 10 日）记云：“曹缫蘅来，示《移居东城》诗。”[③] 曹缫蘅将诗拿给郑孝胥看的时间为6 月 10 日，曹诗当作于6 月 10 日前。1932 年，曹经沅就任安徽省政务厅厅长，再度移居，张大千、黄孝纾各作《移居图》，又引起海内诗友以诗相和。

7 月

本月，柳亚子《乘桴集》由上海平凡书局出版。这是他在 1927 年夏流亡日本时所作的旧体诗集，共收录 77 首诗。其《乘桴集小序》云：“丁卯首夏，携眷属走扶桑，薄游京洛间，颇与彼邦贤士大夫相结纳，遂得尽窥岚山、琵琶湖诸胜。诗豪画伯，不少逢迎。云影山光，都成寄托。计前后获诗七十有七首，裒为一集。”[④]

9 月

28 日，潘宗鼎等 17 人在扫叶楼雅集。除潘宗鼎外，还有夏仁溥、卢重庆、管祖式、陈泽、潘宗鼎、霍锐、甘其发、龚肇新、夏仁沂、郑为

① 王揖唐：《今传是楼诗话》，张金耀校点，辽宁教育出版社 2003 年版，第 383 页。
② 王揖唐：《今传是楼诗话》，张金耀校点，辽宁教育出版社 2003 年版，第 385 页。
③ 郑孝胥：《郑孝胥日记》第 4 册，劳祖德整理，中华书局 1993 年版，第 2237 页。
④ 柳亚子：《乘桴集》，平凡书局 1929 年版，第 1 页。

霖、仇埰、刘封瑞、陆长康、贾治邦、王孝煃、钟福庆。潘宗鼎《扫叶楼秋宴图序》云："岁在己巳，方辑扫叶楼集，恒就同社诸君商订丛残，徵求题咏，忽牵游兴，乃涓良辰，以八月二十七日公讌于扫叶楼，明遗老龚半千先生半亩园之遗址也。"[①] 又金嗣芬《扫叶楼秋宴记》云："与会者夏君博言年最长，推为祭酒。卢君善之、管君伯言、陈君仲达、潘君薑灵、皆六十初度，会以饮，即所以寿四君。霍君秋崖、甘君逸琴、龚君铭三、夏君梅叔逾花甲，以齿轮可称同辈之长。郑君雨三、仇君亮卿、刘君辑之、陆君风荪、贾君雪堂年亦近六十。王君东培五十五，予五十又三，惟钟君叔进鬓边有繁霜，年才五十又一耳。同人等虽非甚老，已过少年，兴致犹存，神明未减。"[②] 夏仁溥字博言，卢重庆字善之，管祖式字伯言，陈泽号仲达，潘宗鼎号薑灵，霍锐号秋崖，甘其发字逸琴，龚肇新字铭三，夏仁沂字梅叔，郑为霖字雨三，仇埰号述盦，刘封瑞字辑之，陆长康字风荪，贾治邦号雪堂，王孝煃字东培，钟福庆字叔进。1933年，潘宗鼎所辑《扫叶楼集》刊行。

约本月，蒋智由卒，享年65岁。蒋智由（1865—1929），原名国亮，字观云，浙江诸暨人，有《居东集》《海上观云集》等。生平事迹见章乃羹《蒋观云先生传》。其女弟子吕美荪谓其"民国己巳秋八月卒，年六十有五"[③]。汪辟疆《光宣诗坛点将录》云："观云居沪时，为杂报文字，喜入哲家言，与别士有'二俊'之目。其文闳深隽永，皆非新会所及也。东游后，肆力为诗，不为湖湘人语，亦不入新学末派。直造古人，而与李翰林为近。别士诗富有理致，皆近代诗家别开生面者也。"[④] 蒋智由去世后，其遗稿吕美荪辑录为《蒋观云先生遗诗》，书前有吕美荪跋、陈三立序。

10月

2日，龙榆生主持张园雅集。参加者有陈三立、朱祖谋、夏敬观、陈曾寿、袁思亮、王病山、程颂万、谢凤孙、黄孝纾、龙赓言等人。[⑤]

---

① 潘宗鼎辑：《扫叶楼集》，扫叶楼主持寄龛1933年刊行，第113页。
② 潘宗鼎辑：《扫叶楼集》，扫叶楼主持寄龛1933年刊行，第115页。
③ 吕美荪：《葂丽园随笔》，青岛华昌大印刷厂1941年版，第70页。
④ 汪辟疆：《光宣诗坛点将录笺证》下册，王培军笺证，中华书局2008年版，第413-414页。
⑤ 张晖：《龙榆生先生年谱》，学林出版社2001年版，第25页。

11 月

1 日，《当代诗文》创刊。当代诗文社刊印，刘大白主持，内容有文学作品、研究论文，并同时刊登新诗和旧体诗词，仅见其创刊号。本期载有刘大白《哭陈烈士伯平》，苏曼殊《碧阑》《以胭脂为某君题扇》，柳亚子《和长公》，病夫《南乡子》《湘月》《代闺人秋别》等。

11 日，曾广钧卒，享年 64 岁。曾广钧（1866—1929），字重伯，号觙庵，湖南湘乡人，有《环天室诗集》。生平事迹见曾昭杭等撰《哀启》、吴宓《环天诗人逝世》。汪辟疆《光宣诗坛点将录》谓："环天室诗多沈博绝丽之作。比拟之工，使事之博，虞山而后，此其嗣音。太傅、惠敏，并致力玉溪，至重伯则所造尤邃，可谓克绍家风矣。近诗人多祖宋祧唐，惟湖湘守八代初唐不变。湘绮而外，若重伯、实甫、陈梅根、饶石顽、李亦元、寄禅诸家，多尚唐音。"[①] 钱锺书《石语》载："（陈衍语）易实甫尚有灵机，曾重伯实多滞气。锺书对曰：'古人云："沉博绝丽"，重伯只做到前两字。'丈曰：然。"[②] 吴宓《空轩诗话》谓："其《环天室诗集》（木刻本，六卷，二册）刊于清宣统元年。后此有《环天室诗外集》及《支集》，登载《学衡》杂志第三十二及三十五期中，（无单行本）亦非全本也。环天室诗学六朝及晚唐，以典丽华赡、温柔旖旎胜。用典甚丰，典多出魏晋书南北史，或出耶教圣经。"[③]

本年

福建长乐人柯鸿年所撰《澹园遗稿》刊行。柯鸿年（1864—1927），字贞贤，自号澹园居士，福建长乐人，曾去法国学习法律，与陈宝琛、郑孝胥等关系密切，郑孝胥为其撰写《柯氏家庙记》、陈宝琛有《柯君贞贤哀诔并序》。该集收录古近体诗 60 余首，附录 33 首，补录 5 首。

王政谦《虎丘百咏》出版。后该集又于 1932 年再版，1933 年出第三版。该集为其游苏州虎丘名胜后所作，共 100 首，每首诗后均有注释。书前有汪定执、汪己文等人的题词及作者自序。

---

① 汪辟疆：《光宣诗坛点将录笺证》上册，王培军笺证，中华书局 2008 年版，第 398－399 页。
② 钱锺书：《石语》，中国社会科学出版社 1996 年版，第 39－40 页。
③ 吴宓：《吴宓诗话》，吴学昭整理，商务印书馆 2005 年版，第 212 页。

叶德辉《郎园诗文集》刊行。叶德辉（1864—1927），字焕彬，号郎园，湖南湘潭人，近代著名学者。生平事迹见黄兆枚《叶郎园先生传》等。2010 年，岳麓书社出版《叶德辉诗文集》。

民国十九年　1930 年　庚午

1 月

本月，金蓉镜卒，享年 76 岁。金蓉镜（1855—1930），初名鼎元，字甸丞，晚号香严居士，浙江秀水（今嘉兴）人，有《滮湖遗老集》。金兆蕃《从兄永顺君事略》谓其"己巳十二月，以微疾卒于家"[①]。又云："君出所蕴蓄，发为文章，务力申所见，往往有独到，而诗尤特工，苍坚深秀，能自名其家。"[②] 钱仲联《近百年诗坛点将录》将其拟为"地默星混世魔王樊瑞"，称："金蓉镜，沈曾植弟子也。《滮湖遗老集》瓣香海日楼，具体而微，面目黔黑之处，索解人正未易耳。"[③] 又《近百年词坛点将录》称："甸丞为寐叟高足，诗黔黑奥僻学海日楼，具体而微。《滮湖遗老词》亦略如《曼陀罗寱词》，几堕恶趣。"[④] 陈左高《文苑人物丛谈》谓："香岩器识议论，诗画创作，卓绝一时。王瑗仲先生称其诗画融会，冠冕当世。一时胜流乐于相接。如吴昌硕、潘兰史、葛词蔚、张元济、李审言、张葱玉、程子大、吴待秋等，或相互唱和，或评论文艺，留存大量篇什。"[⑤]

本月，胡云翼所著《词学 ABC》由世界书局出版。该书为普及读物，对词的特点、渊源、发展均有介绍。胡氏自述写作主旨："第一，我写这本《词学 ABC》，并没有意思提倡中国旧文学，这是最要辨明的。我们为甚么要研究词？乃是认定词体是中国文学里面一个重要的部分，它有一千

① 金兆蕃：《从兄永顺君事略》，见卞孝萱、唐文权编《民国人物碑传集》，团结出版社 1995 年版，第 707 页。

② 金兆蕃：《从兄永顺君事略》，见卞孝萱、唐文权编《民国人物碑传集》，团结出版社 1995 年版，第 708 页。

③ 钱仲联：《梦苕庵论集》，中华书局 1993 年版，第 369 页。

④ 钱仲联：《梦苕庵论集》，中华书局 1993 年版，第 401 页。

⑤ 陈左高：《文苑人物丛谈》，上海远东出版社 2010 年版，第 35 页。

多年的历史，遗留下来了许许多多不朽的作家和不朽的作品，让我们去赏鉴享受，我们当然不愿抛弃这种值得赏鉴享受的权利。可以说，我们的和词发生关系，完全是建立在读词的目标上面。因为要读词，便得对于词作一点粗浅的研究，懂一点词的智识。我写这本小册子的主旨，便只是想告诉读者一些词的常识，做读词和研究词的帮助。目的仅仅如是而已。我绝不像那些遗老们，抱着'恢复中国固有文学之宏愿'，来'发挥词学'的。这是读者必须认清的一点。第二，我这本书是'词学'，而不是'学词'，所以也不会告诉读者怎样去学习填词。如果读者抱了一种热心于学习填词的目标，来读这本书，那便糟了！因为我不但不会告诉他一些填词的方法，而且极端反对现在的我们，还去填词。为什么我们不应该再去填词？读者不要疑心我是看不起词体才说这种话。我们对于曾经有过伟大的光荣的词体，是异常尊重的。可是，这种光荣已经过去很久了，词体在五百年前便死了！"①

4 月

1 日，王式通、徐鼐霖、赵椿年、陈庆龢、吴祖鉴、卓定谋、江庸、黄濬、曹经沅、李宣倜等 10 人邀请北平名士至中央公园（今中山公园）水榭修禊雅集。到会者有 80 余人，吴宓、杨增荦等参加集会。《吴宓日记》云："至中央公园水榭，赴北平诸名士修禊之会（是日为阴历庚午上巳）。主人凡十：王式通、徐鼐霖、赵椿年、陈庆龢、吴祖鉴、卓定谋、江庸、黄濬、曹经沅、李宣倜。其招邀宓者则为曹、李二君（李字释戡，住弓弦胡同三十号）。到者八十馀人。签名，分韵，宓分得方字。照像，聚餐。宓诗则未作。于会中识杨增荦先生。"② 高拜石《古春风楼琐记》谓："庚午上巳旧都诸名士集水榭禊饮，分韵赋诗，可称极盛。后此，国难当头，谁都没有这种雅致，也不可能有此胜会了。其时纕蘅与李释戡（宣倜）曾函告正在日本任公使的汪衮甫，要他也做一诗，分得讯字韵：'江海一为客，遂如萍梗讯，六年此淹留，万事成愧忏。落日望中原，群豪方按剑，苟全良独难，浮名真误赚。开门得远书，冥想逐归帆，旧京日萧条，衣冠未沦陷。春城气始和，芳池清可鉴，围坛花欲燃，荫榭柳疑蘸。缅怀二三子，流咏杂仙梵，玄论超阿戎，醉墨妙狂监。焉知阑楯外，

① 胡云翼：《词学 ABC》，世界书局 1930 年版，第 1 - 2 页。
② 吴宓：《吴宓日记》第 5 册，吴学昭整理，生活 · 读书 · 新知三联书店 1998 年版，第 46 - 47 页。

豺虎纷虓阚。嗟予久离群，退耕乏长镵，胜游虽未从，新诗肯独欠？因风寄所怀，微言傥非儳。'"①

5 月

21 日，余天遂卒，享年 48 岁。余天遂（1883—1930），原名寿颐，号大颠等，江苏昆山人，南社诗人，入社书编号 63。生平事迹见冯超人《余天遂史略》、郑逸梅《哭余天遂先生》。柳亚子《挽余天遂》云："世变莽惊心，知君没而犹视；琴弦成绝响，嗟予生复奚堪。"② 胡朴安选录的《南社丛选》录其诗 10 首、词 3 阕、文 3 篇。

本月，于右任《右任诗存》由上海世界书局出版。收录清光绪二十九年（1903）至民国十八年（1929）年间所作诗歌。此后数年间，该集多次重印。

6 月

1 日，《国立中央大学半月刊》第 1 卷第 15 期出版，刊载"上巳社诗钞"及"禊社诗钞"。前者包括王伯沆《春分后一日社集玄武湖分韵得自字日字》，黄侃《春分后一日社集玄武湖分韵得虽字兵字》《四月八日立夏集湖上何奎垣寓斋分韵得犹亦二字》，汪辟疆《春分后一日社集后湖分韵》《明日再游分韵》，胡小石《春分后一日北湖社集分韵得满字春字》《明日重集湖上何葵园宅分得底字愿字》，王易《春分后一日社集北湖分韵得天字》《明日再集分韵得急春字各成一章》，以及汪东《春分后一日社集玄武湖分韵得光字》等诗。后者为何鲁的《四月八日邀禊社诸人小饮寓园分韵得芳草二字》及众人共同完成的《浣溪沙·后湖夜泛连句》。③ 沈卫威称："1929 年 10 月 1 日创刊的《国立中央大学半月刊》本来是支持新文学的，但 1930 年 6 月 1 日出版的第 1 卷第 15 期《国立中央大学半月刊》上又出现了'学衡派'势力的反弹。这一期上有'学衡派'成员参加的'上巳社诗钞'和'禊社诗钞'，作者分别有王伯沆、汪国垣、何奎垣、何鲁、黄侃（季刚）、胡光炜（小石）、王易（晓湘、晓香）、汪东

① 高拜石：《古春风楼琐记》第 19 集，台湾新生报社 1979 年版，第 94－95 页。

② 柳亚子：《柳亚子文集补编》，郭长海、金菊贞编，社会科学文献出版社 2004 年版，第 296 页。

③ 王瀣等：《"上巳社诗钞""禊社诗钞"》，载《国立中央大学半月刊》1930 年第 15 期。

(旭初)。‘禊社诗钞’只是两首诗，一首是何鲁的，另一首是五人联句的《浣溪沙·后湖夜泛连句》……《国立中央大学半月刊》登出的‘禊社诗钞’，实际上是显示出了中央大学、金陵大学中国文学系师生文学创作中崇尚古典主义的冰山之一角。而实际潜在的是古典诗词创作的一股很大的势力。这种势力分别体现在以黄侃为首的‘禊社’和以吴梅为首的‘潜社’。前者以诗为主，后者以词曲为主。这是被五四新文学运动重创的古典主义文学传统在1920年代末、1930年代上半期南京两所大学的文人中的复兴。”①

7月

2日，田桐卒，享年52岁。田桐（1879—1930）号梓琴，又号玄玄居士，湖北蕲春人，南社诗人，入社书编号85，有《玄玄遗著》。生平事迹见田桓《忆先兄田桐》、冯自由《田桐事略补述》。郑逸梅《南社丛谈》云：“他死于一九三〇年七月二日，年五十二。葬于武昌的洪山，各界人士和亲朋来会者凡二万人。……遗作刊成二册，名《玄玄遗著》，中有《太平策》、《杂著》、《扶桑诗话》、《革命闲话》、《诗存》、《联存》。”②1937年，《玄玄遗著》铅印刊行。

28日，黄维翰卒，享年64岁。黄维翰（1867—1930），字申甫，号稼溪，江西崇仁县人，有《稼溪诗草》。王树枏《呼兰知府黄君墓志铭》云：“君讳维翰，申甫其字也。先世自南宋末由汉阳迁居江西之崇仁县，世居稼溪里，故君又自号稼溪云。”③ 又云：“君以庚午六月三日卒于北平寓宅，春秋六十有四。”④

8月

15日，王允皙卒，享年68岁。王允皙（1863—1930），字又点，号碧栖，福建长乐人，有《碧栖诗》《碧栖词》。生平事迹见连天雄《碧栖

---

① 沈卫威：《文学的古典主义的复活——以中央大学为中心的文人禊集雅聚》，载《文艺争鸣》2008年第5期。

② 郑逸梅编著：《南社丛谈》，上海人民出版社1981年版，第110页。

③ 王树枏：《呼兰知府黄君墓志铭》，见卞孝萱、唐文权编《民国人物碑传集》，团结出版社1995年版，第519页。

④ 王树枏：《呼兰知府黄君墓志铭》，见卞孝萱、唐文权编《民国人物碑传集》，团结出版社1995年版，第521页。

词人韵事》[①]。陈宝琛《水龙吟·得碧栖临没手札，感痛代哭》谓："十年望断来鸿，发函乃出弥留顷。"[②]"发函"乃指王允皙弥留之际致绝笔信于陈宝琛。《何振岱日记》云："（七月）初二日，到弢老家，弢老方卧，闻予来即起，出王又点信见视。信系闰廿一夕所书，又点即以是夕亡，亦奇也。"[③]"闰廿一"为阳历 8 月 15 日。李宣龚《碧栖诗词序》称："（倚声）初为王碧山，因自署曰碧栖，嗣复出入白石、玉田之间，音响凄惋，直追南宋。……（诗）初喜贡父排奡，山谷奥密，积而久之，复肆力于东阿、嘉州，故意境高远，不可一世。是真能以少许抵人千百者。当丈入北洋海军幕府，时密迩畿辅，人物辐辏，与王幼遐给谏、朱沤尹宗伯辈相过从，接其谈论风采，又目睹戊戌庚子之变，孤愤溢怀抱，故其所著，无一非由衷之言。改革后，南北传食，讫无宁岁。迨宰皖之婺源，则管领山水，意稍有所属，能以吏事入诗，而诗境又一变，归休偃蹇，耽悦禅诵，遂不复作，而其毕生悲欢、愉戚、跌宕、慷慨之志之所蕴结，一寄之于诗若词。"[④]夏敬观《忍古楼词话》谓："长乐王允皙又点，予三十年之文字交也。所著有《碧栖楼词》一卷，吐属清婉，有一唱三叹之妙。"[⑤]钱仲联《近百年词坛点将录》云："又点诗词，俱以少胜多。《碧栖词》清疏骀宕，胎息姜、张，论者谓可并辔。"[⑥]

27 日，曾熙卒，享年 70 岁。曾熙（1861—1930），字子缉，初字嗣元，晚号农髯，湖南衡阳人。生平事迹见王中秀、曾迎三《曾熙年谱长编》。陈三立《清故兵部主事曾君墓志铭》谓："所著有《左氏问难》十卷、《春秋大事表》两卷、《历代帝王年表》两卷、《和陶诗》两卷、书画录、文集、诗集各若干卷。"[⑦]郑逸梅云："民初，曾农髯与李梅庵齐名，有北李南曾之号，盖李以北魏驰誉海内，曾则南宗也。……曾晚年喜为诗，洗涤凡俗，独标高格，与靖节为近，尝以书法喻诗，谓：'三代鼎彝，古朴奇奥，此三百篇离骚也。两汉碑志，雄强茂密，此十九首古乐府也。六朝志铭，遒丽精能，此三张、二陆、陶、谢、颜、鲍也。唐碑谨严，宋

---

① 连天雄编著：《坊巷雅韵》，福建美术出版社 2015 年版，第 103 - 112 页。

② 陈宝琛：《沧趣楼诗文集》（上），上海古籍出版社 2006 年版，第 288 页。

③ 何振岱：《何振岱日记》，福建人民出版社 2016 年版，第 275 页。

④ 李宣龚：《碧栖诗词序》，载《青鹤》1934 年第 2 卷第 19 期。

⑤ 夏敬观：《忍古楼词话》，见唐圭璋编《词话丛编》第 5 册，中华书局 1986 年版，第 4757 页。

⑥ 钱仲联：《梦苕庵论集》，中华书局 1993 年版，第 394 页。

⑦ 陈三立：《散原精舍诗文集（增订本）》下册，李开军校点，上海古籍出版社 2014 年版，第 1083 页。

帖豪放，近人恢奇恣肆，变态百出，此李、杜、韩、白、苏、黄、范、陆，以及湘绮、散原、海藏也。学诗者必先知其源流，推其条理，然后可以集大成，学书者何独不然。’厥语允当，闻者首肯。”①

本月，王蟫斋《月令杂事诗》由天津益报馆出版。王蟫斋（约1869—1944），名篔生，字荫斋（亦字蟫斋），山东潍县（今潍坊）人。该书有吴承烜、管之枢、张江裁序及作者自序、后序。其中，张江裁谓："鲁潍王蟫斋先生笃实君子，余之忘年友也。少以隽才称，工诗古文词，而尤邃于诗，为孙佩南、宋晋之两先生高足弟子。沈兰秋、柯凤荪两太史尤器重之。先生得诸前辈指导，文章、德行日臻于古，声誉著当世。”②诗集分为春季、夏季、秋季、冬季4卷，每一季又细分为3个月。

本月，干人俊《盘溪草》由宁波世界书局出版。干人俊（1901—1982），字庭芝，号梅园，浙江宁海县人，著名经史学家、方志学家。该集前有友人夏廷棫所作序及黄绳熙、周德中、方懋瀚题辞，共收诗120首。

9月

9日，余肇康卒，享年77岁。余肇康（1854—1930），字尧衢，号敏斋，晚号倦知，长沙人，有《敏斋诗存》。生平事迹见赵启霖《诰授荣禄大夫余公墓表》。陈三立《清故荣禄大夫法部参议余公墓志铭》云："（余肇康）庚午七月十七日病痢卒，享年七十有七。”③ 七月十七日为阳历9月9日。又谓："既久客不获归，履崩坼之运，系心故国，幽忧隐痛，一发摅于歌诗，恣肆豪宕，杂出怪变，其勤为之不厌，遗老惟金坛冯侍郎、贵阳陈尚书为能相与角逐焉。”④ 冯侍郎、陈尚书分别指冯煦和陈夔龙。陈衍所编《近代诗钞》（1923年排印本）第15册选录其诗。

22日，谭延闿卒，享年51岁。谭延闿（1880—1930），字组庵（一作祖安），号非庵、慈卫、讱斋，湖南茶陵人，曾出任国民政府行政院院长。生平事迹见谭伯羽《茶陵谭公年谱》、李肖聃《谭延闿别传》等。陈三立《讱庵诗稿题辞》谓："蕴义深微，抒情绵邈，其有意无意间，虽若

① 郑逸梅：《掌故小札》，巴蜀书社1988年版，第81页。

② 张江裁：《月令杂事诗·序》，见王蟫斋《月令杂事诗》，天津益报馆1930年版，第2页。

③ 陈三立：《散原精舍诗文集（增订本）》下册，李开军校点，上海古籍出版社2014年版，第1080页。

④ 陈三立：《散原精舍诗文集（增订本）》下册，李开军校点，上海古籍出版社2014年版，第1080－1081页。

乱头粗服，而老味溢出，风轨不坠。七律或近元裕之，殆亦声趣暗合耳。”[1] 沈云龙主编《近代中国史料丛刊》第68辑收录其《慈畏室诗草》《粤行集》《讱庵诗稿》。2013年湖南人民出版社出版《谭延闿集》，收录《庐山诗卷》《粤游集》《慈畏室诗》《非庵诗草》《非翁诗稿》《讱斋诗草》等。

30日，何藻翔卒，享年66岁。何藻翔（1865—1930），字翙高，一字梅夏，号溥廷，晚号邹崖逋者，广东顺德人，有《邹崖诗集》。生平事迹见吴天任《何翙高先生年谱》。陈声聪《兼于阁诗话》谓：“晚清顺德多诗人，何氏亦一巨擘。”[2] 1958年7月，香港大利文具图书印刷公司出版《邹崖诗集》。

秋冬间，沤社成立于上海。夏敬观、黄孝纾等发起，社员有朱祖谋、潘飞声、周庆云、程颂万、洪汝闿、林鹍翔、谢抡元、林葆恒、杨玉衔、姚景之、许崇熙、冒广生、刘肇隅、夏敬观、高毓浵、袁思亮、叶恭绰、郭则沄、梁鸿志、王蕴章、徐桢立、陈祖壬、吴湖帆、陈方恪、彭醇士、赵尊岳、黄孝纾、龙榆生、袁荣法等。[3] 潘飞声《沤社词选序》云：“辛未之秋，夏君剑丞招集映园同人议倡词会。时朱古微先生，以词坛耆宿，翩然戾止，厥兴甚豪，遂推祭酒。是日拟调《齐天乐》，有即席成者，会中共十四人。嗣后每月一会，以二人主之，题各写意，调则同一，必循古法，不务艰涩。襟抱之偕，唱酬之乐，虽王中仙集中咏物诸作，蔑以加焉。由是遂成沤社。入会益多，有隔数千里而邮筒寄递者，讵意壬申近腊，东寇乘我不备，突然袭攻沪北，我军歼敌，敌复集大队来攻，炮火轰天，迁徙流离，各不相顾，余家且陷贼中，仅以身免。朱古老于乱前已撒手西行，同人每不通音问，词社星散。殆如水中沤矣。逾岁之夏，沪居始定，同人重集江滨，社事再举，重拾坠欢。”[4] 沤社成立于辛未（1931）之秋的说法并不准确。1933年4月，《词学季刊》第1卷创刊号“词坛消息”中《沤社近讯》载：“沤社成立于十九年冬，为海上词流所组织，每月一集，集必填词。初有社员二十余人，以后续见增益，亦有散之四方者。自前年彊邨先生下世，一时顿失盟主，又值淞沪之变，颇现销沉气

---

① 陈三立：《散原精舍诗文集（增订本）》下册，李开军校点，上海古籍出版社2014年版，第1144－1145页。

② 陈声聪：《兼于阁诗话》，上海古籍出版社1985年版，第310页。

③ 佚名：《沤社词钞·沤社词集同人姓字籍齿录》，见南江涛选编《清末民国旧体诗词结社文献汇编》第20册，国家图书馆出版社2013年版，第5－7页。

④ 潘飞声：《沤社词选序》，载《词学季刊》1934年第1卷第4号。

象。近时局稍稍安定，社集照常举行，盛况仍不减于往日云。”① 由此可知，沤社成立当在1930年冬。另外，陈谊《夏敬观年谱》据《沤社词钞》沤社第一集中袁思亮《齐天乐》词题及第四集林葆恒《东坡引》词题，推断沤社成立于1930年秋冬之际②。1933年，《沤社词钞》刊行，共20卷，收词284阕。南江涛选编《清末民国旧体诗词结社文献汇编》第20册收录该集。

10月

30日（农历重阳节），邓隆、王永清、刘尔炘、罗经权等30余人在甘肃玉泉山登高赋诗。王永清有诗《庚午重九，邓德舆先生约于五泉山武侯殿登高，与会者三十余人，刘果斋前辈首唱一诗，余皆有作》，并自注云：“是日以刘果斋罗子衡两太史年最高。”③ 刘尔炘、邓隆有同题之作《题庚午重九登高诗》。

11月

约本月，海滨诗社成立。社员有周昌时、顾承曾、周襄、隋即吾、陆梦熊、王元超、王之鉴、彭东原、刘迎洲、胡士熙、李端怡、齐星五、林蟫、陈定保、沈曾荫、崔士杰、刘序易、丁惟明、茅镇岱、周锦、吕正德、李其惠、费源深、李炳章、刘希亮、赵镜清、王谈、何百希、潘世仁、陈锦鸿等。民国二十年（1931）海滨诗社所编《海滨诗选》例言云：“兹编所选各诗系自本社第一期至第二十期期年内之作品。”④ 且注明选诗时限为“中华民国十九年十一月至二十年十一月”⑤。诗社第一期活动在1930年11月，故推断其成立时间亦在此时。南江涛选编《清末民国旧体诗词结社文献汇编》第9册收录该集。

本月，钱基博《现代中国文学史》由上海世界书局出版。该书对民国旧体诗坛有细致的分析。钱基博认为“近来诗派大别为三宗：清季王闿运

① 雪：《词坛消息：沤社近讯》，载《词学季刊》1933年第1卷第1号。

② 陈谊：《夏敬观年谱》，黄山书社2007年版，第134－135页。

③ 王海帆：《王海帆诗集》，甘肃人民出版社2000年版，第121页。

④ 海滨诗社：《海滨诗选·例言》，见南江涛选编《清末民国旧体诗词结社文献汇编》第9册，国家图书馆出版社2013年版，第399页。

⑤ 海滨诗社：《海滨诗选·例言》，见南江涛选编《清末民国旧体诗词结社文献汇编》第9册，国家图书馆出版社2013年版，第405页。

崛起湘潭，与武冈邓辅纶倡为古体，每有作皆五言，力追魏晋，上窥《风》、《骚》，不取唐宋歌行近体；……武林诗人陈锐，字伯弢，为闿运弟子，……而自为诗，初学汉、魏选体；晚乃脱然自立，思深旨远，虽时嫌生硬，尚不失为楚人之诗也！是王闿运为一大宗。……樊山者，恩施樊增祥也。早岁崇清诗人袁枚、赵翼，自识之洞，乃悉弃去。从会稽李慈铭游，颇究心于中、晚唐，吐语新颖，则其独擅。龙阳易顺鼎，固能为元、白、温、李者；于是流风所播，中、晚唐诗极盛，然学者颇多而佳者卒鲜！何者？盖此体易入而难精造也。至同光体者，闽县郑孝胥之伦，所为题目同光以来诗人，不专宗盛唐者也，出入南北宋，标举梅尧臣、王安石、黄庭坚、陈师道、陈与义以为宗尚，枯涩深微，包举万象，亦一大宗也"①。

本月，苏曼殊《曼殊诗集》由上海光华书局出版。此前，上海亚细亚书局曾于 1929 年出版金织云所编《苏曼殊代表作》。1933 年 9 月，上海开华书局出版《苏曼殊诗集》。1935 年 7 月，上海群书图书公司出版《苏曼殊诗集》。

12 月

15 日，傅熊湘卒于安庆，享年 48 岁。傅熊湘（1883—1930），初名尃，字文渠，一字君剑，号钝安，湖南醴陵人，南社诗人，入社书编号 35，有《钝安诗》。生平事迹见其门人刘鹏年所作《傅钝安先生年谱》及李澄宇《傅钝安墓志铭》。吴恭亨谓："钝庵于文独往独来，均自具面目，亦在在如梨洲。言有情至之语，即如诗内《哭儿篇》。"② 《傅钝庵墓碑》云："近百年湖南文学家，曾文正外，大之者湘绮楼，而傅熊湘钝安哀然名后劲，洞庭衡岳间称者一口无异辞云。"③ 柳亚子称："傅钝根熟精《选》理，汪汪若千顷之波。"④ 2010 年，湖南人民出版社出版颜建华编校的《傅熊湘集》。

---

① 钱基博：《现代中国文学史》，上海书店出版社 2007 年版，第 141 - 142 页。

② 吴恭亨：《傅钝庵遗集序》，见傅熊湘《傅熊湘集》，颜建华编校，湖南人民出版社 2010 年版，第 2 页。

③ 佚名：《傅钝庵墓碑》，见傅熊湘《傅熊湘集》，颜建华编校，湖南人民出版社 2010 年版，第 2 页。

④ 柳亚子：《磨剑室文录》上册，中国革命博物馆、上海人民出版社编，上海人民出版社 1993 年版，第 474 页。

本年

奭良卒，享年80岁。奭良（1851—1930），字召南，满洲镶红旗人，有《野棠轩词集》。该集于1929年刊行，共4卷，录词百余首。生平事迹见徐一士《奭良与清史馆》等。吴永称其“诗多酬酢之作，有时微露其卓荦。词则原本家学，矜慎下笔，最心折于片玉、玉田之间，流入辛苏”①。沈云龙主编《近代中国史料丛刊》第17辑收录《野棠轩文集》。

陈锐《裦碧斋集》刊行。陈氏殁后，其遗稿由夏敬观、李宣龚及谭延闿搜辑、整理。1933年，《青鹤》第1卷第12期刊载《裦碧斋诗钟话》。

玉并《香珊瑚馆诗词》出版。玉并（1903—1930），字珊珊，顺天大兴人，15岁嫁三多。1930年，《东北丛刊》第10期以《香珊瑚馆诗词》为题，刊登30首诗、22首词，并同时载有金毓黻识语。金毓黻谓：“玉并女士之平生，已见三六桥先生所为传及尚节之先生所撰墓志，兹不具述。今年春，六桥先生自旧京来沈，寓居清故宫。毓黻往谒，见先生色戚戚然，问之，则泣然曰：‘姬人卧病久，且濒危笃。余离京已数日，现莫卜其生死，念之不能忘也。’所云姬人，即玉并女士也。未几，女士果殒。先生匆匆去，月余，始持此稿与俱返。既自为之传，复广征名流题咏，不减冒巢民之用情于董小宛也。毓黻请曰：‘先生现居东北，曷不以女士之作，及传述女士诸作，悉付丛刊，与世人以共见，且可永女士于无极乎。’先生以为然，乃为写定清本，以付手民，并名题咏之作曰‘香珊瑚馆悼词’。”② 张中行所撰《玉并女史》一文云：“不久之后就买到收录玉并作品的《香珊瑚馆诗词》，是三多赠人本，公元一九三〇年玉并死后为纪念她而编印的。书前有作者的小照，徐世昌《晚晴簃清诗选》中的小传，以及三多作的《玉并小传》。根据这些材料，知道玉并，字珊珊，大兴（即北京东城）人。清光绪二十九年（1903）生。四岁丧父母，就养于姑母家。聪慧，读书不少。喜作男装。十五岁嫁三多，因出自世家，为妾，讳言其姓氏，以‘玉’为姓。嫁后学诗词书画，不久即通晓。尤喜画梅，据云可入妙品，并名其室曰‘香珊瑚（红梅名）馆’。公元一九三〇年二十

---

① 吴永：《野棠轩文集·序》，见沈云龙主编《近代中国史料丛刊》第17辑，台湾文海出版社1973年版，第8-9页。

② 金毓黻：《香珊瑚馆诗词·识语》（标题为笔者添加），载《东北丛刊》1930年第10期。

八岁，病死。遗作诗词共五六十首，量虽然不多，我个人觉得，较之清朝中期的有名女诗人恽珠（著有《红香馆诗草》，编有《闺秀正始集》）似有过之无不及，因为有些篇什能够挣脱三从四德的拘束，有清新气。”①

民国二十年　1931 年　辛未

2 月

本月下旬，鲁迅作《无题（惯于长夜过春时）》诗。柔石、殷夫、胡也频、冯铿、李伟森等五人于 1931 年 2 月 7 日被国民党反动派杀害于上海龙华警备司令部，此诗因之而作。鲁迅在《柔石小传》中写道：“（柔石）一九三一年一月十七日被捕，由巡捕房经特别法庭交龙华警备司令部，二月七日晚，被秘密枪决，身中十弹。”② 周振甫《鲁迅诗歌注》指出：“鲁迅在 19、20、21 接连三天去内山书店。鲁迅看日本报得到消息当在这三天里。得到消息后写的这首诗，当在二月下旬。”③

本月，江恒源《补学斋诗稿》出版。江恒源（1886—1961），字问渔，号蕴愚，江苏灌云县人，曾留学日本，生平事迹见杨乃壮《忆江恒源先生》等。在《国讯旬刊》刊载《补学斋艺谈》《补学斋随笔》，撰有《中国诗学大纲》。《补学斋诗稿》创作于 1919—1930 年，分为燕山和海上两集。

本月，刘毓盘所著《词史》由上海群众图书公司出版。该书分为 11 章，依次介绍历朝历代词的发展状况。曹聚仁为其作跋云：“《词史》都一卷，刘师讲学北京大学时之手稿，先后刊印数次，随刊随有更定，此其晚年定本也。……今之言词者多矣，此其圭臬欤。”④ 1985 年，上海书店出版社影印出版该书。

---

① 张中行：《负暄琐话》，中华书局 2006 年版，第 119－120 页。
② 鲁迅：《鲁迅全集》第 4 卷，人民文学出版社 2005 年版，第 286 页。
③ 周振甫：《鲁迅诗歌注》，浙江人民出版社 1981 年版，第 77 页。
④ 曹聚仁：《跋》，见刘毓盘《词史》，群众图书公司 1931 年版，第 1－2 页。

3 月

14 日，樊增祥卒于北平，享年 86 岁。樊增祥（1846—1931），字云门，一字樊山，晚号天琴，湖北恩施人，有《云门初集》《北游集》《东归集》《涉江集》《关中集》等。生平事迹见蔡冠洛《樊增祥传》。钱海岳《樊樊山方伯事状》谓：“公学有师承，日肆力于古，涵而揉之，去故遗迹，咀含浸淫，渗漉衍溢，乃奋于词，而惟其自出，故骈文清新俊逸，上追初唐王、杨、卢、骆四子；诗开爽如信阳、北地，其七律近唐东川、义山，称心而言，如人人意中所欲言，实人人所不能言；词合南唐二主及清真、白石之长，力矫粗犷填砌，亦取屈曲尽意而止。文襄谓公诗第一，文次之，词又次之；又曰洞庭南北二诗人，王壬秋歌行，樊云门今体。”[①] 钱仲联《近百年词坛点将录》云：“云门为越缦高足，诗于近代亦标一宗。词品略如其师，陶方琦以为‘云门词学，自爱伯师外，同辈无与抗者’。其论词渭‘梦窗不如玉田’（俱见《兰当词跋》），又以苏、辛为变徵，遗山非极诣（见《东溪草堂词选自序》），晚年所作，率易者多。”[②] 2004 年，上海古籍出版社出版涂晓马、陈宇俊校点的《樊樊山诗集》。

22 日，袁克文卒，享年 42 岁。袁克文（1890—1931），字豹岑，又字抱存，号寒云，袁世凯第二子，“民国四公子”之一，精通书法、绘画，喜好诗词、歌赋，有《寒云诗集》《寒云词集》。生平事迹见王忠和《袁克文传》、文明国所编《袁寒云自述》、陈巨来《安持人物琐忆 · 袁寒云轶事》。同月 26 日，《北洋画报》刊登启事：“寒云主人潇洒风流，驰誉当世。尤工词章书法，得其寸褚者，视若拱璧。好交游，朋侣满天下，亦本报老友之一。体素健，初不多病；而竟以急症，于廿二日晚病故津寓。从此艺林名宿，又少一人，弥足悼已。”[③] 1938 年，袁克文《洹上词》刊行（油印本），书前有张伯驹《寒云词序》及夏仁虎《袁寒云洹上词序》。

春，松滨吟社成立。社长为马忠骏，成员有钟广生、李葆光、曾有翼、陈克正、沈瑞麟、郭宗熙、赵孚、王丕承等人。李兴盛《松滨吟社》一文称：“在九老会及后耆英会建立之前，由于众多文人在遁园内的经常

---

① 钱海岳：《樊樊山方伯事状》，见樊增祥《樊樊山诗集》下册，上海古籍出版社 2004 年版，第 2053 页。

② 钱仲联：《梦苕庵论集》，中华书局 1993 年版，第 402 页。

③ 北洋画报社：《启事》（原文无标题，“启事”系笔者所拟），载《北洋画报》1931 年第 13 卷第 603 期。

雅集与唱和，无形中已形成一诗社，此即松滨吟社（也就是马忠骏自称的遁园吟社）。不过松滨吟社的正式提出与命名，当在民国二十年（1931）春。"[①] 朱则杰、黄治国《"遁园吟社"与〈遁园杂俎〉》一文指出松滨吟社成立时间在"'辛未'亦即民国二十年（1931）的清明节（该年农历二月十九日）稍后"[②]。

春，毛泽东作《渔家傲·反第一次大"围剿"》。同年夏，又作《渔家傲·反第二次大"围剿"》。30 年代，毛泽东陆续创作《菩萨蛮·大柏地》（1933 年夏）、《清平乐·会昌》（1934 年夏）、《十六字令三首》（1934 年—1935 年）、《忆秦娥·娄山关》（1935 年 2 月）、《念奴娇·昆仑》（1935 年 10 月）、《清平乐·六盘山》（1935 年 10 月）、《沁园春·雪》（1936 年 2 月）等。

4 月

20 日，李宣倜、曹经沅等 38 人雅集于北京什（十）刹海。本次聚会以南北朝诗人颜延之《曲阿后湖诗》分韵赋诗。贺良朴、徐宗浩等作画描绘当时的情景，宝熙、邵章分别题《西涯禊饮图》。1932 年上巳节，李宣倜等 72 人（见刘哲《辛壬修禊诗草序》）再集于什刹海会贤堂，用白居易《三月三日诗》分韵赋诗，绘图纪胜，陈宝琛为题"西涯修禊图"。两次雅集唱和的作品后由曹经沅等编为《辛壬修禊诗草》，并于 1933 年刊行，书前有刘哲《辛壬修禊诗草序》、曹经沅《辛未壬申十刹海禊集诗序》、赵椿年《辛未上巳十刹海修禊诗序》及李宣倜识语，并载《辛未修禊诗草题名》《壬申修禊诗草题名》。

本月，陈复《春水集》由现代文学社出版。该集收诗词 70 余首，书前有金曾澄的题词及作者手写自序、后序。作者强调诗能够表现人生、安慰人生、创造人生。

5 月

19 日，李详卒，享年 73 岁。李详（1859—1931），字审言，江苏兴化人。生平事迹见陈训正《兴化李先生墓表》、李稚甫《李详传略》、尹

---

① 李兴盛：《流人名人文化与旅游文化：塞月边风录》，黑龙江人民出版社 2006 年版，第 304 页。

② 朱则杰、黄治国：《"遁园吟社"与〈遁园杂俎〉》，载《社会科学战线》2013 年第 11 期。

炎武《李审言先生传》。陈衍《李审言诗叙》云："余与审言交甚晚，少日偶补友人所注骈体文，审言见霍虎若瑾诸条，以为能读古书，心识久之。后三十年许，始相见于郑苏戡、沈子培所，谂知审言精《选》学，工为任沈之文，一时罕有其匹，宜其诗之为选体，若钟记室所云，师鲍照学谢朓者矣，顾独刻意学杜，用事甚备，雅近亭林、覃溪。"[①] 汪辟疆《光宣诗坛点将录》谓："李审言能为汪容甫文，早年不以诗名。晚侨申江，馆刘葱石家，始与郑夜起、沈寐叟、陈散原过从，诗乃益工。然审言本精选学及杜韩，益以博览，及为同光体，言皆有物，迥异乎妙手空空者矣。"[②] 1989 年，江苏古籍出版社出版李稚甫编校的《李审言文集》，下册有《学制斋诗钞》4 卷。

7 月

本月，张之汉卒，享年 66 岁。张之汉（1866—1931），字仙舫，别号方舟山人，又号辽海画禅、石琴庐主，辽宁沈阳人，有《石琴庐诗稿》，自编《石琴庐主年谱》。其子张述良谓："二十年七月以病卒于营口运署，享寿六十六岁。"[③] 成多禄《〈石琴庐诗集〉序》云："辽东有诗人曰张仙舫。其为人也，神闲而气静，博学而多能。素工画，能以左右手运笔，各极其妙，望之如宋元时人。及遭国变，默伤身世，豪宕感激。凡目之所构、耳之所闻，一切悲欢喜怒、同休同戚之故，一发之于诗。诗工矣，而画益愈进。……吾不知仙舫此日之诗能及辋川与否，然其境已自不凡。诗中画耶，画中诗耶，彼乌得而知之；今仙舫耶，古辋川耶，吾亦乌得而知之。噫！其可传矣哉！"[④] 王伟勇主编《民国诗集丛刊》第 69 册收录《石琴庐诗集》。

9 月

17 日，杨度卒于上海，享年 57 岁。杨度（1875—1931），原名承瓒，字哲子，后改名度，别号虎公、虎禅，又号虎禅师等，湖南湘潭人。生平

① 陈衍：《陈石遗集》（上），陈步编，福建人民出版社 2001 年版，第 681－682 页。

② 汪辟疆：《光宣诗坛点将录笺证》上册，王培军笺证，中华书局 2008 年版，第 334 页。

③ 张之汉：《石琴庐主年谱》，见北京图书馆编《北京图书馆藏珍本年谱丛刊》第 188 册，北京图书馆出版社 1999 年版，第 720 页。

④ 翟立伟、成其昌编注：《成多禄集》，吉林文史出版社 1988 年版，第 603－604 页。

事迹见李肖聃《杨度别传》、彭国兴编《杨度生平年表》等。梁启超云："湘潭杨皙子度，王壬秋先生大弟子也。昔卢斯福演说，谓欲见纯粹之亚美利加人，请视格兰德；吾谓欲见纯粹之湖南人，请视杨皙子。顷皙子以新作《湖南少年歌》见示，亟录之，以证余言之当否也。"① 汪辟疆《光宣诗坛点将录》谓："皙子诗功亦深，惟气体稍嫌平滞。"② 1986 年，湖南人民出版社出版刘晴波主编的《杨度集》。

18 日，日本关东军炮轰沈阳东北军北大营，制造九一八事变。一时以诗词纪事者颇多，如姚伯麟《辽警有感》、李贯慈《哭辽东》、希鲁《日本入寇东三省感赋》、刘永济《满江红·东北大学抗日义勇军军歌》、钱仲联《中秋月蚀》、商衍鎏《感愤二首》、钱来苏《"九一八"国难后有所见闻，愤而赋此》等。吴宓谓："九一八国难起后，一时名作极多，此诚不幸中之幸。以诗而论，吾中国之人心实未死，而文化尚未亡也。"③

九一八事变后，金梁避居天津，组织俦社。诗社成员有金梁、王伯龙、章梫、王彦超、金钺、杨寿枬、孙保滋、丁佩瑜、陈葆生、林芷馨、蒯若木、李又尘、张一桐、林笠士、郭则沄、林修竹等。李世瑜《俦社始末》一文对俦社有细致介绍。《天津五大道名人轶事》云："'俦社'是天津遗老的组织，其口号为'拥徐（世昌）迎驾（溥仪）'，在当时的社会有一定影响。主要成员有：金梁、金钺、章一山、杨味云、孙保滋、丁佩瑜、陈葆生、林芷馨、蒯若木、李又尘、王伯龙、张一桐、林笠士等。'俦社'成立之初有其政治倾向，但因无所作为，后成为普通的诗词结社。"④ 许钟璐《清故诰授光禄大夫头品顶戴赏戴花翎署浙江提学使司提学使侯官郭公墓表》云："公（郭则沄）博学能文，虽颠沛忧危之际，未尝朝夕废文字。在天津，结冰社、须社、俦社。在旧都，结钵社、律社。与一时硕彦耆儒商量旧学，皆推公为祭酒。"⑤ 可知郭则沄亦曾加入俦社。此外，山东林修竹亦为该社成员。洛川《林修竹》云："林修竹喜好古诗词，曾参加前清遗老金梁发起组织的'俦社''城南诗社'，还曾与张梦

---

① 梁启超：《饮冰室诗话》，人民文学出版社 1959 年版，第 66 - 67 页。

② 汪辟疆：《光宣诗坛点将录笺证》下册，王培军笺证，中华书局 2008 年版，第 405 页。

③ 吴宓：《吴宓诗话》，吴学昭整理，商务印书馆 2005 年版，第 239 页。

④ 天津市档案馆、天津市和平区档案馆编：《天津五大道名人轶事》，天津人民出版社 2008 年版，第 155 - 156 页。

⑤ 许钟璐：《清故诰授光禄大夫头品顶戴赏戴花翎署浙江提学使司提学使侯官郭公墓表》，见卞孝萱、唐文权编《辛亥人物碑传集》，团结出版社 1991 年版，第 784 页。

熊、王伯龙、俞伯明等词友结成‘玉澜词社’。”①

10 月

3 日，王式通卒，享年 68 岁。王式通（1864—1931），字书衡，山西汾阳人，有《志庵诗文稿》。生平事迹见孙宣《王公志庵先生传》。陈灨一《新语林》谓：“王书衡文若孙渊如，诗似蒋苕生，清言雅韵，蜚声一时。”② 沈云龙主编《近代中国史料丛刊》第 24 辑收录《志庵遗稿》，编号 239。

9 日，刘尔炘卒，享年 68 岁。刘尔炘（1864—1931），号果斋，甘肃兰州人，有《果斋前集》《果斋续集》《果斋别集》。生平事迹见其门人王烜《刘果斋先生年谱》、曹英《刘尔炘传略》及刘宝厚《我的父亲刘尔炘》。杨国桢《刘尔炘遗诗》云：“清光绪十五年（1889 年）进士，授翰林院编修，数年后，辞职归里，主讲兰州五泉书院，故自号五泉山人。果斋先生攻诗词，善巧对，尤擅长书法，五泉山上题联，多为书撰。晚年作画，笔势遒劲，层峦叠嶂，挥洒自如。尤工远势，尺幅千里，但不多作。与我父（杨巨川）善，故以画幅相赠。尤妙者画幅皆自题句，清新俊逸，读之口角生香。”③ “中国西北文献丛书”第 6 辑“西北文学文献”第 16 卷收录《果斋前集》《果斋别集》《果斋续集》《果斋日记》。

11 月

15 日，毛乃庸卒，享年 57 岁。毛乃庸（1875—1931），字伯时，别号剑客，晚年自署误生，有《剑客类稿》。生平事迹见柳诒徵《毛元徵传》。《传》云：“骈散文诗词，遒逸渊懿，淮士无出其右。刊定《剑客类稿》，凡散文一卷，骈文二卷，诗八卷，词二卷。……卒于民国二十年十一月十五日，年五十有七。”④

19 日，徐志摩因飞机失事遇难，各界纷纷写诗悼念。其生平事迹见

① 洛川：《林修竹》，见王志民主编《山东重要历史人物》第 6 卷，山东人民出版社 2009 年版，第 128 页。

② 陈灨一：《新语林》，上海书店出版社 1997 年版，第 47 页。

③ 杨国桢：《刘尔炘遗诗》，见甘肃省文史研究馆编《陇原鸿迹》，上海书店出版社 1994 年版，第 82 页。

④ 柳诒徵：《毛元徵传》，见卞孝萱、唐文权编《民国人物碑传集》，团结出版社 1995 年版，第 417 页。

曾庆瑞《新编徐志摩年谱》。黄炎培撰《哀徐志摩空行机坠死》三首，吴宓在《大公报·文学副刊》发表《挽徐志摩》。1932 年，吴家桢在《大夏》第 3 期发表《哀志摩》。

20 日，马君武《哀沈阳》诗二首发表于上海《时事新报》。[①] 秦道坚《马君武博士生平事迹》云："九一八事变，日军侵入东北沈阳，传闻张学良坐镇东北，按兵不动，且日与名媛赵四小姐及明星胡蝶等过从甚密，生活糜烂不堪，国人怨声四起。马博士便作诗二首，发表于报章，一时传诵各地，成为千古杰作。"[②]《良友画报》等纷纷刊载。

12 月

5 日，宋育仁卒，享年 74 岁。宋育仁（1858—1931），字芸子，号问琴阁主人，晚号复庵、道复，四川自贡人，有《哀怨集》《问琴阁诗录》《问琴阁词》等。生平事迹见易公度《宋育仁先生传略》及黄宗凯等所著《宋育仁思想评传》。吴之英《宋芸子〈问琴阁丛书〉序》云："为虑习辞赋者，趣纤丽，辟古拙，存《文录》《诗录》。经国变，感遭遇，存《哀怨集》。慨学唐诗者之眯于气运也，作《三唐诗品》。慨学古文者之罔顾典则也，作《夏小正文法今释》。"[③] 陈锐《褒碧斋词话》谓："宋芸子词，非颛门，要自情韵不匮。"[④]

25 日，鲁迅在《十字街头》第 2 期发表民歌体诗《南京民谣》。诗云："大家去谒灵，强盗装正经。静默十分钟，各自想拳经。"[⑤] 周振甫《鲁迅诗歌注》云："这首民谣体的歌可以跟《好东西歌》联系起来看。《好东西歌》里讲到广州和南京两方面妥协了，各自召开了国民党四全代表大会。结果，蒋介石表示让步，辞去国民政府主席及兼职，由广州方面的林森任主席，孙科任行政院长，汪精卫、蒋介石任国民党中政委常委。于是大家去谒中山陵，假装正经，在中山陵上静默十分钟表示纪念。按照当时习惯只是静默三分钟，这里运用夸张手法，说成十分钟，这正说明南京蒋介石派与两广派表面上表示对孙中山的悼念深切，但这是假的，是'强盗装正经'。在这'静默十分钟'里，不是悼念孙中山，是'各自想

---

① 马君武：《马君武感时近作》，载《时事新报》1931 年 11 月 20 日。

② 秦道坚编撰：《马君武博士生平事迹》，1980 年版，第 11 页。

③ 吴之英：《吴之英诗文集》，吴洪武、彭静中、吴洪泽校注，四川大学出版社 2008 年版，第 132 页。

④ 陈锐：《褒碧斋词话》，见唐圭璋编《词话丛编》第 5 册，中华书局 1986 年版，第 4198 页。

⑤ 鲁迅：《南京民谣》，载《十字街头》1931 年第 2 期。此诗发表于该刊时并未署作者姓名。

拳经'，各自想用哪一手来打倒对方。当时南京派和两广派虽然妥协了，双方还是各自怀着鬼胎。"①

30日，朱祖谋卒，享年75岁。朱祖谋（1857—1931），原名朱孝臧，字藿生，一字古微（亦作古薇），号沤尹，又号彊村，浙江归安（今湖州）人，本以诗名，后受王鹏运影响而专力为词，有诗集《彊村弃稿》（手订诗集）1卷、词集《彊村语业》（手订词集）3卷。生平事迹见陈三立《清故光禄大夫礼部右侍郎朱文直公墓志铭》、夏孙桐《清故光禄大夫前礼部右侍郎归安朱公行状》。王揖唐《今传是楼诗话》又云："归安朱疆邨先生，海内知其词名久矣，实则诗亦极工，特不多作。"② 钱仲联《近百年词坛点将录》将其拟为"天魁星呼保义宋江"，称："彊村领袖晚清民初词坛，世有定论。虽曰楬橥梦窗，实集天水词学大成，结一千年词史之局。《彊村丛书》之刊，整理校勘，厥功至伟，无待赘说。"③

本月，吴宓发表爱情诗《吴宓先生之烦恼》。其该诗仿英国小说家沙克雷所作《反少年维特之烦恼》。这组诗共有四首：（一）吴宓苦爱毛彦文，三洲人士共惊闻。离婚不畏圣贤讥，金钱名誉何足云。（二）作诗三度曾南游，绕地一转到欧洲。终古相思不相见，钓得金鳌又脱钩。（三）赔了夫人又折兵，归来悲愤欲戕生。美人依旧笑洋洋，新妆艳服金陵城。（四）奉劝世人莫恋爱，此事无利有百害。寸衷扰攘洗浊尘，诸天空漠逃色界。1935年中华书局出版的《吴宓诗集》中"毛彦文"三字留了空格。金岳霖回忆说："吴雨僧先生有一时期在报纸上发表了他的爱情诗，其中有'吴宓苦爱毛彦文，九洲四海共惊闻。'有一个饭团的同事觉得这很不对头，要我去劝劝他。我不知道为什么要我去，现在想来，更不知道我为什么就去了。我对他说：'你的诗如何我们不懂。但是，内容是你的爱情，并涉及毛彦文，这就不是公开发表的事情。这是私事情。私事情是不应该在报纸上宣传的。我们天天早晨上厕所，可是，我们并不为此而宣传。'这下他生气了。他说：'我的爱情不是上厕所。'我说：'我没有说它是上厕所，我说的是私事是不应该宣传。'"④ 2004年商务印书馆出版的《吴宓诗集》卷十三《故都集下》中第一首首句亦留有空格。

本月，钱南铁编《虞社社友录》由常熟开文社铅印刊行。社友有吴鸣

---

① 周振甫：《鲁迅诗歌注》，浙江人民出版社1981年版，第250－251页。

② 王揖唐：《今传是楼诗话》，张金耀校点，辽宁教育出版社2003年版，第360页。"疆邨"，原文如此。

③ 钱仲联：《梦苕庵论集》，中华书局1993年版，第387页。

④ 金岳霖：《金岳霖文集》第4卷，金岳霖学术基金会学术委员会编，甘肃人民出版社1995年版，第758页。

麒、宗舜年、管之枢、张郁文、张荣培、张茂炯、卢文炳、戴筠、费公直、徐子为、朱保熙、陆天放、金鹤筹、邵元晋、姚宗堂、王庆芝、胡炳益、孙雄、金清桂、李传笏、庞超、徐兆玮、曾冠章、徐元绶、陆永湘、金殿华、宗嘉佑、周璀、缪曾溥、周书、钱钟瑜、宗威、屈嗣奎、庞树阶、杨圻、庞树铧、徐凤标、陆宝树、季通、沈煚、蒋岱、陆定文、庞树松、钱育仁、徐亮、俞可、姚茝、唐光汉、钱贞元、马英、杨无恙、邵曾符、朱祖赓、吴敦、黄保锟、沈艺芬、殷民苐、陆熊祥、钱人麟、邵宪平、吴诵唐、顾光裕、俞鸿筹、陶家尧、范隐、钱人虎、花景福、李猷、钱人平、翁春孙（女）、华樽、邹文雄、侯学愈、侯鸿鉴、胡介昌、唐鸣凤、王传璧、王锡玙、钱基博、强光治、张枕鹤、过昭华（女）、邹柳侬（女）、吴放、钱振锽、邓春澍、陈渊、郁秾、程葆桢、章钟祚、丁汝瑞、郁芳润、郑翼堂、承之凤、章锡名、吴诚、郭莘同、吴理堂、毛灏、郑涵、向枕华、沈炳月、王栖霞、单恩藻、王铨运、钱元禧、王铨济、徐应鹏、胡光熙、雷以丰、郑祖侨、朱敦良、孙炽昌、朱声韶、项寰、徐公修、钱学乾、钱学坤、吴乃文、沈其光、仲泰年、曹修伦、朱世贤、陈祖衡、曲世镇、高燮、张廷升、黄寿镬、陆庆钰、蒋纯一、凌祖贻、闻浩、徐天劬、赵椿、吴蔚之、盛世程、孙秉公、狄辰、毕恭训、周树慈、山樗、孙儆、杨鸿年、韩道明、张树屏、夏鹃、张官倬、丁钵农、庞友兰、郭竹书、钱嘉縠、王汉民、沈世德、杨蔚、杨遵路、高增龄、马桂均、徐棣、毛文沂、王文潞、韦永和、徐燮、金式陶、王寅斗、张祉、臧志成、苏守仁、张斌、张文魁、阮德镕、凌钟智、郭龙官、王钟岳、徐梦榴、张聚奎、凌春生、金独觉、张隆文、史成德、陈鸿志、王恒清、蔡卓勋、蔡弁群、蒲瓒勋、金保权、李景康、欧阳宝鉴、麦璧堂、谢炳奎、吴德元、张江裁、李寄尘、黎师可、朱紫璥、何耀秋、朱钦、贺圣达、黄弼兴、杨世英、赵息黄、杨鼎钧、李泰康、孔宪瀛、毕培慈、方维翰、罗焕藻、姚洪淦、沈蛊、朱铠、徐步丹、冯灌甫、孙绮芬、陈杰、谈文灯、潘清、俞永浩、孔昭谦、林吟桥、周原、颜克澂、郑辉南、童可权、吴承烜、汪定执、程珍、潘逸园、程锡祥、吴瑞汾、戴坤、张世鋐、刘绍纶、李国环、王政谦、王庭槐、杨开森、沈德英、张克廉、赵宗琏、王心海、沈舫、李家恒（女）、王庆贤、李秀家（女）、史远岘、翁谦、方寿昌、胡天放、周鹏凌、吴学周、杨祖贤、宁澍南、林之美、王舒、何国瑾、杨名贤、唐尚宽、吴继襄、黄叶村、施泽民、汤英、李际春、陈蔚华、金心斋、郑启明、沈定、王曜、吴竹村、马祯、何隽、丁礽焕、邢修琏（女）、陈衍、林华、王捷魁、林步蟾、邹逸、郑存规、卓坚、林韶光、王良有、陈守治、陈葆元、詹宣猷、洪钟元、洪祖峙、张盘、李澄宇、周奉璋、彭森、冯坚、吴楚、李实蕃、罗声警、庹万选、陆文饶、万咸熙、朱显思、黄思贤、旷世斌等 299 人，[1] 囊括江苏、河北、广东、辽宁、黑龙江、江西、山东、浙江、安徽、福建、湖南、湖北等 12 个省份，其中江苏省 180 人。

本年

冯幵卒，享年 59 岁。冯幵（1873—1931），字君木，一字阶青，浙江慈溪人，有《回风堂诗文集》。生平事迹见陈三立《冯君木墓志铭》、沙孟海《冯君木先生行状》。陈三立称其“诗出入杜韩黄陈，酝酿万有，熔冶以情性，兼工倚声。尝与同邑陈镜塘诸子结剡社，用道义术业相切劘。晚客上海，四方承学之士，问业者踵至，析疑答难，竭情无隐，诱掖后进，因材曲成，所造就甚众”[2]。1941 年，《回风堂诗文集》由中华书局出版，共 14 卷（诗 9 卷、文 5 卷）。陈声聪谓：“慈溪冯君木（幵）之《回风堂诗文集》，卓然大家，词亦刊于《彊村丛书》中。”[3]

李学诗所撰《罗生山馆诗文集》由腾冲李根源刊行。李学诗（1874—1930），字希白，云南腾冲人。生平事迹见李根源《李希白先生年谱》。金天羽谓：“希白边将材也，老不得志而隐于吴门，时时往来石湖、天平、穹窿、邓尉间，芒鞋斗笠，与山僧野老共食脱粟，相笑语，其胸中磊落不可磨灭之精气，或寓于诗而不能尽泄也。近二十年，滇人士以将帅立功名，为室屋之娱于吴者亦多矣，如吾希白者，庶几郝太极之流亚哉。”[4]

---

① 钱南铁：《虞社社友录》，见南江涛选编《清末民国旧体诗词结社文献汇编》第 15 册，国家图书馆出版社 2013 年版，第 507－538 页。

② 陈三立：《散原精舍诗文集（增订本）》下册，李开军校点，上海古籍出版社 2014 年版，第 1121－1122 页。

③ 陈声聪：《兼于阁诗话》，上海古籍出版社 1985 年版，第 70 页。

④ 金天羽：《天放楼诗文集》中册，上海古籍出版社 2007 年版，第 927 页。

民国二十一年 1932年 壬申

1月

28日，一·二八淞沪抗战爆发。以诗词纪事者颇多，如姚伯麟《沪战发轫》、杨沧白《十九路军上海御倭感赋》、汪玉笙《誓师辞》、潘式《闻官军屡歼虏喜赋》、沈恩孚《淞沪捷》、朱大可《索夫团》等。

本月，何适《官梅阁诗词集》由厦门审美书社出版。书前有汪煌辉、毛常、陶杜唐、张时元、郝立权、贺仲禹等6人的序及作者自序。该集共收诗143首、词63首。何适自序云："世态沧桑，吾生寥落，课余从事诗词，聊以遣抒情怀，謏见寡闻，良用自慨。一日经厦书局，见《义山诗》及《花间集》，购而归，朝夕朗诵，始知诗以浓艳胜，词以委婉胜，乃步东莱之所为，取《义山诗》及《花间集》，模而仿之，时就正于玮瑕汪夫子，夫子韪之，谓：'可质诸当世。'"①

2月

3日，邓镕卒，享年61岁。邓镕（1872—1932），字守瑕（一作寿瑕、寿遐），号忍堪，四川成都人，有《荃察余斋诗存》。生平事迹见其自撰《忍堪居士年谱》。② 《吴虞日记》正月初七日（2月12日）记云："晤黄际虞之子，云邓寿遐兄于去腊月二十七日去世，闻之惊悼不已。"③汪辟疆《光宣诗坛点将录》谓："邓守瑕久官都下，凄婉之音，出以绵丽，使人读之回肠荡气。"④ 王揖唐《今传是楼诗话》谓，"忍堪诗沉博绝丽，耆宿倾服"，"所著《荃察余斋诗文集》已刊行，今之瓶水斋、烟霞万古楼也。君有《柬宝沈盦侍郎诗》中句云：'高帝子孙龙有种，旧时王谢燕无家。'颇为日下传诵"。⑤ 王伟勇主编《民国诗集丛刊》第75册收

---

① 何适：《官梅阁诗词集》，审美书社1932年版，第12－13页。

② 邓镕：《忍堪居士年谱》，见北京图书馆编《北京图书馆藏珍本年谱丛刊》第192册，北京图书馆出版社1999年版，第689－735页。

③ 吴虞：《吴虞日记》下册，中国革命博物馆整理，四川人民出版社1986年版，第609页。

④ 汪辟疆：《光宣诗坛点将录笺证》下册，王培军笺证，中华书局2008年版，第523页。

⑤ 王揖唐：《今传是楼诗话》，张金耀校点，辽宁教育出版社2003年版，第113页。

录《荃察余斋诗存》。

11日，诸宗元卒，享年58岁。诸宗元（1875—1932），字贞壮，一字贞长，晚号大至，浙江绍兴人，南社诗人，入社书编号265，有《大至阁集》。郑逸梅《南社丛谈》云："在南社诗人中，以冲和澹远胜的，当推黄晦闻和贞壮为巨擘。……民国二十一年二月十一日病逝沪寓蒲石路庆福里。无以为殓，柳亚子、梅兰芳各致唁二百元、于伯循致三百元、梁爰居致二百元，且为刊《大至阁集》。"[①] 柳亚子谓："诸贞长、黄晦闻雅近宋派，然亦自有其真，孑孑独造，非拾陈、郑唾馀，奉同光体为帝天者比。"[②] 梁鸿志《诸贞长大至阁诗序》谓："余识贞长逾二十年。……然则诗人多穷之说，其信然耶。贞长治诗垂四十年，不名一家。而所诣与范肯堂为近，陈伯严、郑太夷、俞恪士、黄晦闻、夏剑丞、李拔可交口称之。"[③] 1934年，《大至阁诗》刊行，不分卷。陈三立题"诸贞壮先生遗诗"，书前有梁鸿志、叶恭绰、夏敬观序。

13日，刘大白卒，享年53岁。刘大白（1880—1932），名靖裔，字大白，别号白屋，浙江绍兴人，有《白屋遗诗》。生平事迹见陈伯君《刘大白先生小传》。唐弢谓："新文人中颇多精于旧诗者，达夫凄苦如仲则，鲁迅洗练出定庵，沫若豪放，剑三凝古，此外如圣陶、老舍、寿昌、蛰存、锺书诸公，偶一挥毫，并皆大家。惟单行付梓，早获定评者，惟沈尹默、刘大白两家而已。尹默有书曰《秋明集》。大白旧诗集名《白屋遗诗》，遗诗云者，盖梓于大白逝世之后。"[④] 王世裕云："五四以还，大白敝屣其旧诗，然温丽隽爽，予夙爱之。尝戏谓他日署予名刻之何如。君殁后，诗稿存储君皖峰处，予乞以归，题曰白屋遗诗，付上海开明书店。"[⑤] 1935年4月，《白屋遗诗》由上海开明书店出版。

约本月，常乃德作《翁将军歌》，歌颂十九路军一五六旅旅长翁照垣英勇杀敌的事迹。左舜生《我所见晚年的章炳麟（1868—1936）》称："'一·二八'之役，翁照垣以守吴淞得大名，当战事正酣之际，余往谒先生，请书数字赠翁以资鼓励，先生颔之。次日余往索，先生则出文一首，长约千余言，且亲笔以宣纸楷书，誉照垣甚至。余大喜过望，即持至中华印刷所，托余友袁聚英君制成珂罗版，印三百份，分寄全国各报馆。

---

① 郑逸梅编著：《南社丛谈》，上海人民出版社1981年版，第238－239页。

② 柳亚子：《磨剑室文录》上册，中国革命博物馆、上海人民出版社编，上海人民出版社1993年版，第474页。

③ 梁鸿志：《诸贞长大至阁诗序》，载《青鹤》1936年第4卷第13期。

④ 唐弢：《晦庵书话》，生活·读书·新知三联书店2007年版，第281页。

⑤ 王世裕：《序》，见刘大白《白屋遗诗》，书目文献出版社1984年版。

时天津《大公报》，即据余所赠，复制锌版，刊诸报端，于是照垣之名更大噪于南北。余友常燕生兄，读先生此文，乃继黄公度《聂将军歌》后作《翁将军歌》一首，长达数十韵，亦为时人所传诵。”[①] 这里章太炎所作之文为《书十九路军御日本事》，文末所署时间为 1932 年 2 月 17 日[②]，《翁将军歌》当作于此后不久。吴宓谓：“统观辛未、壬申、癸酉间南北各地佳篇，应以常乃悳（燕生，山西榆次）之《翁将军歌》为首选。此歌气格高古，旨意正大。深厚而沉雄，通体精炼，无懈可击。其序系仿杜甫《同元使君春陵行》，其诗亦直追少陵及唐贤。惟予细读之，觉其甚肖李义山《韩碑》诗，疑作者必于此规抚。至若香山与梅村，皆欲突过之而不屑追步者矣。”[③]

春，沈祖棻作《浣溪沙》（芳草年年记胜游）。汪东谓：“后半佳绝，遂近少游。”[④] 程千帆笺云：“此篇一九三二年春作，末句喻日寇进迫，国难日深。世人服其工妙，或遂戏称为沈斜阳，盖前世王桐花、崔黄叶之比也。祖棻由是受知汪先生，始专力倚声，故编集时列之卷首，以明渊源所自。”[⑤]

4 月

12 日，萧公权以“巴人”的笔名在《大公报》发表《彩云曲》。吴宓《空轩诗话》载：“民国二十一年春，沪战后，前驻比公使谢寿康君来游故都，偶获赛金花，爰招邀名流友好于袁君宅茶叙。宓亦参与，遂得见曾孟朴（东亚病夫）《孽海花》小说及樊樊山《前后彩云曲》。（宓久拟编缉《中国近世诗选》一书，惟手头抄稿，缺乏樊山《后彩云曲》之序文。如有此序者，幸其写示，甚感。）诗中之女主角，甚觉其庸碌，然各报竞相传载，喧腾一时。（按最近有《赛金花本事》等书出，一时甚嚣尘上，有过昔年，实无足取。）是年（民国二十一年）四月十二日之《大公报》

---

① 左舜生：《我所见晚年的章炳麟（1868—1936）》，见许寿裳《章太炎传》，百花文艺出版社 2009 年版，第 198 页。

② 章炳麟：《章太炎全集》第 5 册，上海人民出版社编，上海人民出版社 1985 年版，第 327 页。

③ 吴宓：《吴宓诗话》，吴学昭整理，商务印书馆 2005 年版，第 239 页。

④ 沈祖棻：《沈祖棻全集　涉江诗词集》，程千帆笺，张春晓编，河北教育出版社 2000 年版，第 5 页。

⑤ 沈祖棻：《沈祖棻全集　涉江诗词集》，程千帆笺，张春晓编，河北教育出版社 2000 年版，第 5 页。

中，忽有署名巴人者，新作《彩云曲》，下注壬申，义正辞严，使吾侪警醒不少。应与樊山前后两曲并读也。”① 又云：“右《彩云曲》，予曾印授清华学生。时逾二载，乃知作者巴人即萧公权君。”② 在萧公权之前，以赛金花经历为题材者除樊增祥的《前后彩云曲》外，还有王部畇《彩云曲》、侯官薛秀玉《老妓行》。钱仲联《梦苕庵诗话》称：“樊山前后《彩云曲》，哀感顽艳，传诵艺林已久。余友王君瑗仲尊人部畇甲荣先生，亦有此曲，特较樊山为胜。”③ 又云：“同时侯官薛秀玉绍徽女士，亦有《老妓行》一诗咏彩云事，虽沈博绝丽，未逮樊、王二家，而翔实胜之。出诸闺秀手笔，尤为难能可贵。”④ 同年6月1日，《公安月刊》刊登《彩云曲》（署名巴人）。

5月

9日，吴芳吉卒，享年37岁。吴芳吉（1896—1932），自号白屋吴生，重庆人，有《白屋吴生诗稿》。生平事迹见吴宓《吴芳吉传》、吴泰瑛《吴芳吉行年纪略》。吴宓谓：“君所为诗极多，其后自加甄选，弃去少作，成《白屋吴生诗稿》上下卷，……于民国十八年春印行于成都，上海新月书店曾为代售。君久拟辞世务而隐居，以十年或二十年之力，撰作中华民族之史诗。及其殁，甫草创耳。悲夫！君之一生，以诗为事业及生命。欲知君或悼君者，览其《白屋吴生诗集》可也。”⑤ 1929年春，《白屋吴生诗稿》在成都出版。1982年，四川人民出版社出版《白屋诗选》。

6月

23日，程先甲卒，享年62岁。程先甲（1871—1932），字鼎丞，号一夔，江苏江宁人。生平事迹见潘宗鼎《私谥懿文程一夔先生墓志铭》。《墓志铭》称：“诗以古体为最，深得雅颂遗意，已刊者诗集十卷，复有续集六卷，诗话若干卷，而《唐人五律类编》刊有四卷，则学诗所从入

① 吴宓：《吴宓诗话》，吴学昭整理，商务印书馆2005年版，第248页。
② 吴宓：《吴宓诗话》，吴学昭整理，商务印书馆2005年版，第249页。
③ 钱仲联：《梦苕庵诗话》，齐鲁书社1986年版，第1页。
④ 钱仲联：《梦苕庵诗话》，齐鲁书社1986年版，第3页。
⑤ 吴宓：《吴宓诗话》，吴学昭整理，商务印书馆2005年版，第160页。

也。”① 据柯愈春《清人诗文集总目提要》，程氏共有诗文集 54 卷。②

仲夏，南雅诗社在昆明成立。发起者为由云龙，社员有周钟岳、赵式铭、袁嘉谷、萧瑞麟、徐之琛、王九龄、吴良桐、王九龄、熊廷权、孙嗣煌、易文蛙、何孝简、吴琨等人。张渤《周钟岳先生年谱》称：“仲夏，由云龙倡议继承莲湖吟社［按：莲湖吟社系光绪十二年（1886）由陈鸥、朱庭珍、李坤、陈度、赵藩等在昆明组成的文学团体］遗风，成立‘南雅诗社’，每月集社二次。社员除先生及由云龙外，尚有袁嘉谷、徐之琛、吴梓伯、王九龄、萧瑞麟、赵式铭、熊廷权等。”③《云南省志·人物志》云：“1931 年，云南通志馆成立，周钟岳任馆长，推荐赵式铭任副馆长兼编纂员。1939 年 5 月 18 日，周钟岳出任国民政府内政部长职，赵式铭升任馆长。……赵式铭曾参加过日新社、南社，晚年在昆明又与袁嘉穀、周钟岳、由云龙、萧石斋等结社联吟，为南雅诗社中坚。”④ 又云：“王九龄是南雅诗社成员，谙于诗道，与社中诸人多有唱和。”⑤ 由云龙选辑社员作品成《南雅社吟稿》一卷。

7 月

本月，夏宇众《雾净集》由北平著者书店出版。钱玄同为其题写书名。该书分为甲、乙两集，前者收录 1930—1932 年作品，后者则收录 1909—1929 年作品。

8 月

7 日，宋伯鲁病逝，享年 79 岁。宋伯鲁（1854—1932），字芝田，陕西醴泉（今礼泉县）人，有《海棠仙馆诗集》。生平事迹见张应超《宋伯鲁生平事略》等。1932 年 8 月 11 日《大公报》第 10438 号第一张第三版

---

① 潘宗鼎：《私谥懿文程一夔先生墓志铭》，见卞孝萱、唐文权编《民国人物碑传集》，团结出版社 1995 年版，第 531 页。

② 柯愈春：《清人诗文集总目提要》中册，北京古籍出版社 2001 年版，第 1982 页。

③ 张渤：《周钟岳先生年谱》，见云南省文史研究馆编《周钟岳研究文集》，云南民族出版社 2007 年版，第 361 页。

④ 云南省地方志编纂委员会总纂：《云南省志（卷 80）·人物志》，云南省地方志编纂委员会办公室人物志编辑组编撰，云南人民出版社 2002 年版，第 652 页。

⑤ 云南省地方志编纂委员会总纂：《云南省志（卷 80）·人物志》，云南省地方志编纂委员会办公室人物志编辑组编撰，云南人民出版社 2002 年版，第 48 页。

所刊《宋伯鲁突染疫逝世，关中虎疫愈烈，已蔓延至甘肃》及同年9月5日《大公报·文学副刊》第244期所载西安通讯《宋伯鲁逝世》均谓宋伯鲁卒于8月7日。王揖唐《今传是楼诗话》谓："秦中诗人，以余所见，当以芝田翁首屈一指。"① 王伟勇主编《民国诗集丛刊》第21、22册收录《海棠仙馆诗集》。

9月

秋，白下诗社在南京成立（后改名为石城诗社）。诗社主持者为刘子芬，据《石城诗社同人诗草第一集》《石城诗社同人诗草第二集》所录作者，社中成员有柳绍基、萧辉锦、林稷枬、潘元敉、孙靖圻、靳志、廖维勋、光晟、蹇先榘、杨时杰、毕鼎琛、陈新夔、王灿、郑衡之、李寅恭、郑权、黄湘云、彭清鹏、黄右昌、黄介民、王景岐、张九维、刘子芬、郑烈、周四维、吴兆枚、陈明、伍勋铭、陈乙白、杨寿岑、王开疆、刘定宇、卢蔚乾、毛福全、费畊石、刘琬、方希鲁、冯葆勋、窦应昌、王风雄、陈啸湖、徐忍茹、陈任樑、戴正诚、陈懋咸、孙祖贤、陈立言、罗述祎、刘趫蔚、邓寿佶、江绍元、闻时钜、陈海筹、丁毓礽等。刘子芬在《石城诗社同人诗草第一集》中云："石城同人继白下诗社之后，恢张坛坫，激扬风雅，藉杯酒之论交，豪气横溢，凭诗筒而唱和，逸兴遄飞，欢聚不限于禊集，吟咏无取乎拈韵，相与相得，三载于兹。在此三载之中，声应气求，诗道日广，计其吟侣，则登玉籍者六十有四人，总其篇章，则䌷锦囊者三千一百余首，甚盛事也。"② 又云："同人等喜吟咏，重交道，于中华民国二十一年秋，成立白下诗社以资联欢，以便酬唱。一年后，因变更组织，乃易白下为石城，不但因地为名，盖取其执义如石之坚，缔交如城之固也。"③

10月

3日，薛综缘、徐义、冯振等人组织无锡公园雅集。与会者有陈衍、

① 王揖唐：《今传是楼诗话》，张金耀校点，辽宁教育出版社2003年版，第72页。

② 刘子芬：《石城诗社同人诗草第一集·序》（标题为笔者添加），见南江涛选编《清末民国旧体诗词结社文献汇编》第1册，国家图书馆出版社2013年版，第527页。

③ 刘子芬：《石城诗社同人诗草第二集·序》（标题为笔者添加），见南江涛选编《清末民国旧体诗词结社文献汇编》第2册，国家图书馆出版社2013年版，第5页。

丁舜年、徐沂、戴宏复、杨炳芳、王正履、薛思明、任縠等。薛综缘《兼到杂跋之一》云："壬申秋九月重阳前五日，同学诸子公宴石遗师于无锡公花园。未入酒座，共留影多寿楼下。余与舒城徐仁甫义，左右分侍石遗师坐后，平石遗师左而立者北流冯振心振，先生吾侪之讲师，亦石遗师入室弟子也。冯先生左为长兴丁篪孙舜年、滁州徐乐山沂、姑苏戴健实宏复。顺余右而排立者则泾县杨炳芳炳芳、广陵王玄白正履与吴江薛思明玄鹗、昭阳任授经縠，计人数得十一。"①

约 12 日，鲁迅完成《自嘲》诗。本月 5 日晚，鲁迅、郁达夫及夫人王映霞、柳亚子及夫人郑佩宜、郁华及夫人陈碧岑与林微音雅集于聚丰园。席间，鲁迅以"横眉冷对千夫指，俯首甘为孺子牛"回答郁达夫对其近况的询问。郁达夫戏谓其"华盖运"未脱，鲁迅受到启发，凑成小诗。同月 12 日，鲁迅为柳亚子书写条幅，内容为此日所成之诗。《鲁迅日记》："午后为柳亚子书一条幅，云：'运交华盖欲何求，未敢翻身已碰头。旧帽遮颜过闹市，破船载酒泛中流。横眉冷对千夫指，俯首甘为孺子牛。躲进小楼成一统，管他冬夏与春秋。达夫赏饭，闲人打油，偷得半联，凑成一律以请'云云。"②

15 日，陈独秀在上海被捕入狱，此后两年间在狱中写下《金粉泪》组诗 56 首。这组诗歌对当时许多重要事件都有反映。如第二首所说的"要人玩耍新生活""满城争看放风筝"，分别指 1934 年蒋介石倡行新生活运动和褚民谊等在南京组织风筝比赛。朱洪在《陈独秀的最后岁月》中指出："这些诗，是陈独秀读报或听到什么消息的一时之作，类似大革命失败后写的《寸铁》。他喜欢写七绝，四句一首，记录下了兴致所至的感念。"③

20 日，陈三立八十大寿，袁思亮、张元济、徐悲鸿等人至庐山贺寿。马卫中、董俊珏《陈三立年谱》云："九月，公届八旬寿诞，寅恪、方恪、康晦等诸子女及亲朋故旧袁思亮、张元济、徐悲鸿等多人皆至庐山贺寿，陈宝琛、陈曾寿、吴用威、李宣龚、周达、王兆镛等亦各以诗来寿，叶玉麟为撰寿序。徐悲鸿并发起学界同人集资延滑田友与江小鹣赴庐山为公造像。时蒋介石亦以千金为寿，公拒不纳。"④ 潘益民、潘蕤《陈方恪

---

① 薛综缘：《兼到杂跋之一》，见南江涛选编《清末民国旧体诗词结社文献汇编》第 21 册，国家图书馆出版社 2013 年版，第 549－550 页。

② 鲁迅：《鲁迅全集》第 16 卷，人民文学出版社 2005 年版，第 330 页。

③ 朱洪：《陈独秀的最后岁月》，东方出版中心 2011 年版，第 49 页。

④ 马卫中、董俊珏：《陈三立年谱》，苏州大学出版社 2010 年版，第 504 页。

年谱》云："同月二十日（农历九月廿一日），为散原老人寿辰，亲戚朋友、门生故旧纷纷赠送寿礼或寄贺诗词、贺联、贺文，赶到庐山祝寿的也不在少数。"①

11 月

12 日，朱锡梁卒，享年 60 岁。朱锡梁（1873—1932），字梁任，江苏吴县人，南社诗人，入社书编号 153。生平事迹见章太炎《朱梁任墓表》、陈去病《为朱梁任先生父子发丧启》、金天羽《朱锡梁传》等。其墓碑文由李根源书写，张一麐篆额。胡朴安选录的《南社丛选》录其诗 44 首。

15 日，《青鹤》杂志在上海创刊。月出 2 期，主编为陈灨一，至 1937 年 7 月全面抗战爆发停办，历时 5 年，共出版 114 期，设有评论、专载、中外大事记、名著、丛录、文荟、词林、考据、述记、杂纂、谐作、小说等栏目，"词林"栏主要刊登旧体诗词。

12 月

8 日，程颂万卒，享年 68 岁。程颂万（1865—1932），字子大，号鹿川、石巢，晚号十发居士，湖南宁乡人，有《楚望阁诗集》。生平事迹见陈宝书《十发先生年略》等。《宁乡县志》谓其"壬申十一月十一日卒"②。陈三立《程子大鹿川诗集序》称："子大为诗数十年，屡刊布其稿，以浩博奇丽、横纵驰骋称天下。国变后，复有未刊稿十八卷，出而示余曰：'吾诗已变易其体，抑而就范于南北宋诗派者为多。'夫年至而业驯，敛矜气还质澹，亦自然之数也。然而子大晚岁所遭之世变，为古诗人所未有。天穷地覆，歌哭无所寄，郁极而思遁。其诗虽不忍袭王仲宣、杜子美激楚哀呻之音，翛然若有以自适，而笼景触物，月澹烟疏，草树杳蔼间，虎豹伏伺、龙蛇蠢动之迹，隐隐犹可窥而扪也。"③ 汪辟疆《光宣诗坛点将录》谓："子大惊才绝艳，诗凡数变。《楚望阁诗》，得诸乐府为

① 潘益民、潘蕤：《陈方恪年谱》，江西人民出版社 2007 年版，第 116 页。

② 佚名：《程颂万傅少岩传五十四下》，见周震鳞修《民国宁乡县志》，刘宗向纂，湖南人民出版社 2009 年版，第 856 页。

③ 陈三立：《散原精舍诗文集补编》，潘益民、李开军、刘经富辑注，江西人民出版社 2007 年版，第 299 页。

多，故才藻艳发。《石巢集》，则沈著矣。《鹿川田父集》，则竖苍矣。长篇短韵，出唐入宋，已非湖湘派所能囿也。”① 钱仲联《近百年词坛点将录》云：“宁乡十发居士，湘西才子，袁绪钦称其词‘瑰丽谲诡，驱驾气势，劲出横贯，多而不竭’（《湘社集序》）。盖奇情壮采，不知胸中吞几云梦也。光绪辛卯，编《湘社集》词，作者七人，见一时风雅之盛。”② 2009 年，湖南人民出版社出版徐哲兮校点的《程颂万诗词集》。

本年

沈昌眉卒，享年 61 岁。沈昌眉（1872—1932），字长公，江苏吴江人，南社诗人，入社书编号 14，有《沈长公诗集》。生平事迹见郑逸梅《南社丛谈》等。柳亚子《沈长公诗集叙》云：“长公负天人之资，器宇弘远，虽未行万里路，而能读万卷书。天风海水，长河乔岳，顾盼几席间，盖神与古会已。诗文宗尚性灵，亦不废格调。于乾嘉诸老，颇近简斋，拟诸乡先辈则灵芬之俦，特踪迹微异耳。余自胜衣就傅之岁，即与介第次公订莫逆交，继遂获请益于长公，忘年投分，不以童呆而遐弃我也。三十年来，相与征文考献，赏奇析疑，交情在师友之间。”③ 胡朴安选录的《南社丛选》录其诗 5 首、文 1 篇。

京城印书局出版梁启勋所著《词学》。该书分为上、下两编。上编包括总论、词之起源、调名、小令与长调、断句、平仄、发音、换头煞尾、慢近引犯、暗韵、衬音和宫调等 12 个部分。下编有概论、敛抑之蕴藉法、烘托之蕴藉法、曼声之回荡、促节之回荡、融和情景、描写物态、描写女性等八个部分。1933 年，《中华图书馆协会会报》第 8 卷第 4 期“新书介绍”栏目介绍称：“自来言词有词律词话之作，若以词学教人者未之见也。梁君此书专为初学填词者而作，挈领提纲，诸法俱备，所谓以金针度人。学词者手执是编，以资研究，有余师矣。”④ 同年，《国立北平图书馆馆刊》第 7 卷第 1 号亦对该书有介绍。1985 年，中国书店据京城印书局版影印《词学》。

---

① 汪辟疆：《光宣诗坛点将录笺证》上册，王培军笺证，中华书局 2008 年版，第 421－422 页。

② 钱仲联：《梦苕庵论集》，中华书局 1993 年版，第 404 页。

③ 柳亚子：《磨剑室文录》下册，中国革命博物馆、上海人民出版社编，上海人民出版社 1993 年版，第 1076 页。

④ 佚名：《新书介绍·词学》，载《中华图书馆协会会报》1933 年第 8 卷第 4 期。

民国二十二年　1933 年　癸酉

1 月

1 日，朱光潜《替诗的音律辨护——读胡适的白话文学史后的意见》刊载于《东方杂志》第 30 卷第 1 号。文章称："胡先生的全部书都是隐约含着一个'作诗如说话'的标准，所以他特别赞扬韩愈和宋朝诗人的这一副本领。其实'作诗如作文''作诗如说话'都不是韩愈和宋朝诗人的'特别长处'。作文可如说话，作诗决不能如说话，说话像法国喜剧家莫利耶所说的，就是'做散文'，它的用处在叙事说理，它的意义贵直捷了当，一往无余，它的节奏贵直率流畅（胡先生的散文就是如此）。做诗却不然，它要有情趣，要有'一唱三叹之音'，低徊往复，缠绵不尽。《诗经》是诗中的最上品，如果拿'作诗如说话'的标准来批评它，它就未免太不经济了。"①

本月，卢葆华《飘零集》由杭州苍山书店出版。卢葆华（1903—1945），字韵秋，贵州遵义人，生平事迹见姚世达《卢葆华生世简述》、翁仲康《卢葆华身世搜逸》等。书前有柳亚子、王廷扬、何崇义的题词及曾今可等人的序和作者自序。潘伯鹰评价该集："作者锤炼之功虽未稳洽，音节之美虽未尽谐，然于其直抒胸臆不伪不僻之处，则极认为学诗应取之态度也。"②

本月，上海国立暨南大学南洋文化事业部发行施祖皋《硕果斋词》。施祖皋字伯谟，著有《天南回忆录》等。该集收录小令、中调、长调 90 首。叶恭绰为之题书名，书前有作者自序及刘士木、潘四存、尤惜阴、陈宗山、高冠吾、沈汝梅等人序。施祖皋自序云："癸亥春，兼应华侨中学校国学教授之聘，群弟子知予喜填词，每日课后，咸集问津，乃搜辑旧稿更以新撰，得小令、中调、长调共八十二谱，为词九十首，以略示门径。惜课余晷短不及一年，予又因事告辞，未能尽我力以深造之，辜负雅意，在所难免。嗟乎，技之传不传，虽曰小道，不有运会乎。今方重理成帙，

① 朱光潜：《替诗的音律辨护——读胡适的白话文学史后的意见》，载《东方杂志》1933 年第 30 卷第 1 号。

② 吴宓：《吴宓诗话》，吴学昭整理，商务印书馆 2005 年版，第 224 页。

将付梓人，以待后之学者。”[①] 1935 年 7 月，该集由上海三民图书公司修订再版，封面题名为“模范作词读本”。

本月，上海新时代书局再版曾今可所著词集《落花》。曾今可（1901—1971），笔名君荷、金凯荷，江西泰和人。此前，该集曾于 1932 年 8 月初版。该集共收录 30 首词，书前有柳亚子《词的我见》（代序）、作者自序、再版自序，并附录《好评一束》《词的解放运动》。曾今可《再版自序》云：“真出我意料之外，像这种被一部分人认为是‘古董’的词集居然在四个月之间卖完了两千册，使我现在有把它详为改正去重印的机会。”[②]

2 月

本月，王礼锡的《市声草》由上海神州国光社出版。集中有胡秋原、赖维周、陆晶清所作序及作者自序，内容分为《市声集》（1932 年）、《风怀集》（1928—1930 年）、《流亡集》（1926—1928 年）和《困学集》（甲子中秋）四辑。胡秋原谓：“（王礼锡）在宋诗中锻炼了诗笔，感染于长吉的险怪，走金和与江湜这一条路，而以颖敏的才华出之者，是作者的诗。诗分为四部分，正代表作者的生活的变迁以及诗中情调的变化，《闲学集》多田园诗的成分，《流亡集》纪离乱之生，在脆弱的地方，见幽默之余裕。《风怀集》中是作者沉浸于蔷薇之梦的时代，惊涛骇浪后的温情，酿出馨逸的多情之什。到了《市声集》，作者已努力以旧诗写都市，写新的动的风光了。”[③] 1989 年，北京新华出版社出版《王礼锡文集》。1993 年，上海文艺出版社出版《王礼锡诗文集》。

3 月

本月，陈树人《专爱集》由上海和平社出版。其后，该集一版再版。如上海中华书局曾于 1947 年 8 月出版该集。陈曙风谓：“在这集子里是一双在革命时代中的爱人，由青春至白发相庄的合传！在这四百多首诗中，

① 施祖皋：《硕果斋词》，暨南大学南洋文化事业部 1933 年版，第 1 页。

② 曾今可：《落花》，新时代书局 1933 年版，第 1 – 2 页。

③ 胡秋原：《市声草·胡序》，见王礼锡《王礼锡诗文集》，上海文艺出版社 1993 年版，第 553 页。

是爱的成长的年轮。在其中我们可以吟味到每个时候的境界。”[①] 另外，1935 年，陈树人出版《廿四年吟草》；1938 年 8 月，又出版《战尘集》。1948 年 1 月，上海世界书局出版其《自然美讴歌集》，收录 1911—1947 年的诗。

春，陈家庆《碧湘阁集》出版。该集为诗、词、文合集。1933 年 8 月，《词学季刊》第 1 卷第 2 号“词坛消息”栏目《女词人陈家庆碧湘阁词出版》云：“宁乡陈家庆女士，受词学于刘子庚、吴瞿安两先生，早岁蜚声遐迩。自归汉川徐澄宇英，文字唱随之乐，不减李易安。近方教授上海，夫妇合刊所为诗词集，凡爱读女士词者，径向上海法租界辣斐德路益余坊四号徐澄宇先生处购取可也。”[②] 吴宓《空轩诗话》谓：“癸酉春，澄宇之《天风阁诗》与秀元之《碧湘阁集》（诗词文）同时刊行（二集皆上海四马路华通书局印售，实价各一元），且互为题辞。澄宇诗尚唐音，大雅正宗。”[③] 又云：“《碧湘阁集》词胜于诗文。”[④] 徐澄宇（1902—1980），初名英，字澄宇，后以字行，湖北汉川人。陈家庆（1904—1970），自号碧湘，湖南宁乡人。二人生平事迹见徐永端《先父徐澄宇先生先母陈家庆夫人年谱简编》。2012 年，黄山书社出版夫妇二人的合集《澄碧草堂集》，包括徐澄宇《天风阁诗》初集、续集、三集及陈家庆《碧湘阁集》。

4 月

本月，《词学季刊》在上海创刊。主编龙榆生，内容主要分为论述、专著、遗著、辑佚、词录、图画、佥载、通讯、杂缀等。其中杂缀又分为词籍介绍和词坛消息。本期附录中载有《词学季刊社简章》和《词学季刊编辑凡例》，《简章》谓：“本社以约集同好，研究词学，发行定期刊物为宗旨。”[⑤] 至 1936 年 9 月，共出版 11 期（第 12 期处于排版中）。1985 年，上海书店影印出版该刊，包括 3 卷 12 期（含第 12 期残存稿样），分上、下两册。

本月，卓剑舟《摩兜坚馆诗草》由上海民族书店出版。卓剑舟（1901—1953），别号天南遁客，福鼎桐山人，有《太姥山全志》《太姥纪

① 陈曙风：《序》，见陈树人《专爱集》，中华书局 1947 年版，第 2 页。

② 词学季刊社：《词坛消息：女词人陈家庆碧湘阁词出版》，载《词学季刊》1933 年第 1 卷第 2 号。

③ 吴宓：《吴宓诗话》，吴学昭整理，商务印书馆 2005 年版，第 222 页。

④ 吴宓：《吴宓诗话》，吴学昭整理，商务印书馆 2005 年版，第 224 页。

⑤ 词学季刊社：《词学季刊社简章》，载《词学季刊》1933 年第 1 卷第 1 号。

游集》等。该集收录其 1921—1933 年 200 余首诗，书前有柳亚子、戚饭牛等人题词以及心禅居士等人序和作者自序。福鼎诗词学会、福鼎太姥诗社曾编辑出版《摩兜坚馆诗草》。

约本月，上海极司非而路三十四号康桥画社发行夏敬观《吷庵词》。1933 年 4 月，《词学季刊》创刊号“词籍介绍”栏目专门介绍《吷庵词》：“夏剑丞先生，少负盛名，年三十许，即已刊行所为《吷卷词》[①] 一卷，归安朱彊邨先生称其‘沈思孤迴，切情依黯，能于西江前哲，补未逮之境’。武陵陈伯弢先生又称其词‘奄有清真、梦窗之长’。钱塘张孟劬先生则谓‘近代学北宋词，能得真髓者，非吷庵莫属’。惟先生近二十年来，专力于东野、宛陵诗，屏歌词不复作；旧刊词集，传本遂稀；海内声家，往往兼金求之不得。前年沪上词流，发起沤社，既推彊邨翁为盟主，先生亦故调复弹；并取丁未旧刊词，及续刻一卷（丁未至庚戌间作）重印行世。先生往与大鹤、彊邨常以词相切磨，造诣既深，近岁新篇，将于本刊次第登载。想爱读先生词者，必以得睹兹集为快也。”[②]

6 月

1 日，柳亚子撰《我对于创作旧诗和新诗的感想》，自述学诗经历及诗学态度。文章称：“以体裁而论，我不赞成把外国诗体移植到中国来。我所主张的，是有韵脚的自由诗。所以要有韵脚，是为念起来好听，并且容易记得，这是中国旧诗的特长。所以要自由诗，是为便于传达感情，可以不受字句的限制。倘然废除了五七言，依旧要用十四行体等等来做桎梏，我觉得是很不值得的。”[③]

12 日，吴士鉴卒，享年 66 岁。吴士鉴（1868—1933），字絅斋，号公詧，晚号式溪，浙江钱塘人，有《含嘉室诗集》。生平事迹见吴式洵兄弟四人所作《故光禄大夫头品顶戴翰林院侍读先考絅斋府君行状》。汪辟疆《光宣诗坛点将录》谓：“絅斋、仲弢，皆学使能诗者也。絅斋风骨高骞，喜用近代掌故及西史事实，能雅能隽。”[④] 王伟勇主编的《民国诗集丛刊》第 71 册收录《含嘉室诗集》。

---

① “吷卷词”疑为“吷庵词”之误。

② 词学季刊社：《词籍介绍：吷庵词》，载《词学季刊》1933 年第 1 卷第 1 号。

③ 柳亚子：《磨剑室文录》下册，中国革命博物馆、上海人民出版社编，上海人民出版社 1993 年版，第 1146 页。

④ 汪辟疆：《光宣诗坛点将录笺证》下册，王培军笺证，中华书局 2008 年版，第 622 页。

18日，杨杏佛遭枪击身亡，享年41岁。杨杏佛（1893—1933），名铨，杏佛为其字，江西清江人。生平事迹见杨宇清《杨杏佛年谱》、柳诒徵《记杨铨》。唐钺《杨铨传略》谓："能诗词，虽案牍劳形，终不废吟咏。"[①] 1991年，中国文史出版社出版杨宇清编著的《江西文史资料选辑》第38辑《杨杏佛》，内有《杏佛诗词选》。

本月，沈仁《沈亮钦诗及诗话》由上海文明印刷局出版。该集分"亮钦诗存"和"亮钦诗话"两部分，前者收诗数十首，后者细分为诗理、诗法、诗评、改诗、录诗等5个层次。其自序云："诗而言做，词而言填，于是堆砌之作日多，而真诗真词少。东坡谓诗须有为而作，山谷谓诗不造空、强作，待境而生则工，斯言也实获我心。予年近三十，始学为诗，日则与友研讨，夜则取书讽咏，遇有所感，乃发为诗，迄今十载。虽所作未多，要皆存我之真，而不务雕琢也。"[②]

本月，朱右白《鲁阳集》由上海女子书店出版。该书分鲁阳集、他山集、哀乐集、鸿爪集。侯堮序云："我友泰兴朱右白，今之哲人且诗人也。平日处世接物壹以真性情相酬酢，且时时表现充分之哲意或圆润之诗意，在同侪中为特出之彦！顷惠示《右白诗存》一册，中分鲁易、他山、哀乐、鸿爪、新声五集，皆近十年来之创作，右白感情深挚于祖国，忧患言之恻怛，《鲁易集》中，能以工部沉郁之气韵，佐以剑南明晢之笔资，引人深入，最为上乘。"[③] 1936年，上海商务印书馆曾出版朱右白《中国诗的新途径》。

7月

29日，曹经沅在牯岭李氏山馆发起万松岭诗会。参加者有陈三立、陈隆恪、蒋介石、王揖唐、邵元冲、张默君、熊式辉、许世英、太虚、彭醇士、汪精卫、戴季陶、王庚、曾仲鸣、李烈钧、吴宗慈等30余人。曹经沅将此次雅集所得诗编成《癸酉庐山雅集诗草》。《邵元冲日记》云："下午三时偕默君至五十一号（在万松林中，即牯岭侵占者李德立之别墅，近已改售粤人李煜堂），举行匡庐雅集，到者有熊天翼、许俊人、太虚、

---

① 唐钺：《杨铨传略》，见卞孝萱、唐文权编《民国人物碑传集》，团结出版社1995年版，第39页。

② 沈仁：《沈亮钦诗及诗话》，文明印刷局1933年版，第1页。

③ 侯堮：《序》，见朱右白《鲁阳集》，女子书店1933年版，第1页。"鲁易"为"鲁阳"之误。

曹缵蘅、彭醇士、王逸塘诸君，约三十人，兼谈复兴白鹿书院事。旋陈散原亦率其子彦和扶杖而至，茗谈、摄影，并以慧远庐山诗分韵，余拈得关字，默君拈得籁字，并代泰水拈得云字，六时顷散。”① 陈三立《癸酉庐山雅集诗草序》云：“庐山牯牛岭为海内外人士避暑之所，今岁争趋者逾众，中杂骚人墨客以能诗鸣者亦不下数十人②。一日，此数十人者期集万松林别馆，咸责赋诗纪遇，因援远公《游庐山》诗，分摘诗中字为韵。”③

本月，汪荣宝卒，享年 56 岁。汪荣宝（1878—1933），字衮甫，一作衮父，号太玄，江苏吴县人，有《思玄堂诗集》。生平事迹见章太炎《故驻日本公使汪君墓志铭》。王揖唐《今传是楼诗话》谓：“郑孝胥极称汪荣宝诗。”④ 且云：“衮甫近作年来写示不少，海藏每谓其色香兼至，敻越寻常。”⑤ 钱仲联《近百年诗坛点将录》称：“荣宝出太炎之门，长期出使日本。诗宗玉溪，故是吴门诗派后劲。”⑥ 沈云龙主编《近代中国史料丛刊》第 60 辑收录《思玄堂诗》。

8 月

31 日，柯劭忞卒，享年 84 岁。柯劭忞（1850—1933），字凤荪，号蓼园，山东胶州人，有《蓼园诗钞》。生平事迹见张尔田《清故学部左丞柯君墓志铭》、张尔田《清故学部左丞柯君墓志铭》、徐一士《一士类稿 · 谈柯劭忞》。吴宓《空轩诗话》谓：“往者，王静安先生尝语宓云，‘今世之诗，当推柯凤老为第一。以其为正宗，且所造甚高也’。”⑦ 1924 年，《蓼园诗钞》由中华书局刊印。

8 月，夏敬观《忍古楼词话》登载于《词学季刊》第 1 卷第 2 号。此后，陆续于 1933 年第 1 卷第 3 号、1934 年第 1 卷第 4 号、1934 年第 2 卷第 1 号、1935 年第 2 卷第 2 ～ 4 号、1936 年第 3 卷第 1 ～ 3 号上连载。此

① 邵元冲：《邵元冲日记》，王仰清、许映湖标注，上海人民出版社 1990 年版，第 1015 页。

② 此处引文在《散原精舍诗文集》上海古籍出版社 2003 年版和 2014 年增订本中有出入，2003 年版作“以能诗鸣者不下数十人”，2014 年版为“以能诗鸣亦者不下数十人”。今查《散原精舍诗文集》校点者李开军所撰《陈三立年谱长编》（中华书局 2014 年版）下册第 1451 页，作“以能诗鸣者亦不下数十人”，今据此改正，以便阅读。

③ 陈三立：《散原精舍诗文集（增订本）》下册，李开军校点，上海古籍出版社 2014 年版，第 1149 页。

④ 王揖唐：《今传是楼诗话》，张金耀校点，辽宁教育出版社 2003 年版，第 204 页。

⑤ 王揖唐：《今传是楼诗话》，张金耀校点，辽宁教育出版社 2003 年版，第 204 页。

⑥ 钱仲联：《梦苕庵论集》，中华书局 1993 年版，第 370 页。

⑦ 吴宓：《吴宓诗话》，吴学昭整理，商务印书馆 2005 年版，第 198 页。

后，《忍古楼词话》亦曾连载于1944年《同声月刊》第4卷第1 ～3号。

约8月，龙榆生所辑《彊村遗书》印行。1933年8月，《词学季刊》第1卷第2号“词坛消息”刊登《〈彊邨遗书〉发售预约》，谓：“龙榆生君辑刻之《彊邨遗书》，原定春季即可竣事。嗣以刻工延误，直至最近，始全部告成。除拟以募得余资，印书二百部，分致助款诸君，由其自由赠人外；海内爱彊邨先生遗著者，来函索购，络绎不绝。爰由本社商诸龙君，代为加印百部，发售预约。”[1] 同年12月，该刊第1卷第3号“词坛消息”又登载《〈彊邨遗书〉第二次开印》的启事，云：“前由本社发售预约之《彊邨遗书》，第一次印出，旋即售罄，而各方来函订购者不绝；本社为流通起见，爰再添印百部，约于一月内，可以出书。”[2]《遗书》分为内、外编，内编包括《云谣集杂曲子》一卷、《词莂》一卷、《梦窗词集》一卷、《沧海遗音集》十三卷、《彊邨语业》三卷、《彊邨弃稿》一卷。外编有《彊邨词剩稿》二卷、《彊邨集外词》一卷。其中《沧海遗音集》收录沈曾植《曼陀罗寱词》一卷、裴维侒《香草亭词》一卷、李岳瑞《郢云词》一卷、曾习经《蛰庵词》一卷、夏孙桐《悔庵词》一卷、曹元忠《凌波词》一卷、张尔田《遁庵乐府》一卷、王国维《观堂长短句》一卷、陈洵《海绡词》二卷、《海绡说词》一卷、冯幵《回风堂词》一卷、陈曾寿《旧月簃词》一卷。1989年，上海古籍出版社出版《彊邨丛书》，其中，第9、10册录有《彊邨遗书》。

9月

本月，叶玉森卒，享年54岁。叶玉森（1880—1933），字荭渔，号中泠，江苏镇江人，有《啸叶庵词》（包括《樱海词》《桃渡词》）。生平事迹见柳曾符《叶玉森先生事辑》。吴清庠《叶中泠词卷序》云：“今中泠镕唐五代于寸心，制南北宋以一手，令慢树之兴观，犯引通之弦瑟。譬之时花美人，艳不入妖；剑侠飞仙，豪不走犷。凡马一空，真龙毕见。”[3] 钱仲联《近百年词坛点将录》云：“荭渔词藻彩飞腾，才气亦大。《甘州·夜渡太平洋》、《浣溪沙》诸阕，可谓‘逸气入云高’。‘试问雄飞战史，有几家血泪，几种哀潮？是分明祸水，飓母扇惊飙。待何时波魂涛

---

① 词学季刊社：《词坛消息：〈彊邨遗书〉发售预约》，载《词学季刊》1933年第1卷第2号。

② 词学季刊社：《词坛消息：〈彊邨遗书〉第二次开印》，载《词学季刊》1933年第1卷第3号。

③ 胡朴安选录：《南社丛选》上册，解放军文艺出版社2000年版，第256页。

魄，化中流铜柱压天骄？楼钟震，蚤扶桑晓，海日红烧。’张乐洞庭之野，无此大声鞺鞳。”① 胡朴安选录的《南社丛选》录其文1首、诗26首、词12首。

10月

4日，陈去病卒，享年60岁。陈去病（1874—1933），字病倩，号佩忍，别号巢南，曾自署垂虹亭长，晚号勤补老人，南社发起人之一，入社书编号1，有《浩歌堂诗钞》等。汪精卫谓："陈子佩忍，尤南社中之矫矫者也。少年时负奇气，一往无前，今者垂垂老矣，而精悍之色，犹发于眉宇。其所为诗，志趣贞洁，而情感浓挚，沈著痛快处，往往突过古人。非特于诗致力深至，所素养者然也。"② 2009年，社会科学文献出版社出版殷安如、刘颖白所编《陈去病诗文集》。2016年，上海古籍出版社出版《浩歌堂诗钞》。

4日，廉建中《蓉湖诗钞》印行。该集收诗100余首。胡介昌、许有成、钱海岳等为之序。钱海岳序云："建中源渊于骚雅，兴发于篇章，长居水沧风漪之乡。每于山川、云烟、木石、禽鱼间，与友朋相酬答，取彼清华，资我吟啸，锵锵乎，笙磬同音已。余少学为诗，未冠出游九州，历其七，所作喜悲凉高壮，以登览者为多，独于抒写性情之什无之，故读建中诗，不觉洒然，为之嗟味者久之。"③

27日（农历重阳节），邵元冲、陈蔼士、曾仲鸣、冒广生、黄濬、曹经沅组织扫叶楼登高雅集。参与者有滕固、巴壶天、邵元冲、徐乃昌、李宣倜、黎承福、许崇灏、冒广生、黄濬、李宣龚、吴梅、沈砺、陈其采、刘季平、卢前、黄曾樾、何遂、江挈生、汪辟疆、丁宝轩、胡奂、乔大壮、张占鳌、廖恩焘、陈世宜、吴虞、关赓麟、李启琛、何承徽、吴锡永、陈毓华、龙达夫、蹇先榘、谢无量、陈新燮、伍非百、王灿、高一涵、高赞鼎、方叔章、陆增炜、贺俞、陈汝霖、黄孝绰、彭醇士、李翊灼、刘趣蔚、黄福颐、陈树人、汪精卫、王易、徐宝泰、张元群、释寄龛、赖维周、蔡允、关霁、吴镜予、曾仲鸣、王用宾、孙澄方、曾小鲁、

① 钱仲联：《梦苕庵论集》，中华书局1993年版，第397－398页。

② 汪精卫：《浩歌堂诗钞·叙一》，见陈去病《浩歌堂诗钞》，上海古籍出版社2016年版，第2页。

③ 钱海岳：《蓉湖诗钞序》（三），见廉建中《蓉湖诗钞》，1933年版，第3页。

曹经沅、姚琮等人。[①] 陈三立亦参与其会。《邵元冲日记》载：“三时赴清凉山扫叶楼，因今日为旧历重九，特于此作登高之会，到者自陈散原以次凡六十余人，实为空前盛举，并以龚半千半亩园诗分韵。”[②] 众人以明遗民龚半千《半亩园诗》分韵赋诗。本次雅集所得诗作于次年春编辑为《癸酉九日扫叶楼登高诗集》。

本月，朱惟公所编《现代五百家圆圈诗集》由上海广益书局出版。朱惟公（1895—1939），初名惟恭，字益明，号太忙，上海周浦人。该集收录于圈《原唱圆圈二章》及530余人所作和诗，每首诗颔联押“圆”字，尾联押“圈”字。书末附录朱惟公《圆圈诗话》、于圈《香草遗文》等。

12月

1日，李瑞清遗诗刊登于《青鹤》第2卷第2期，题为《梅庵诗文未刊稿》。自本期开始，第4、8、12期陆续刊登40余首。

7日，周庆云卒于上海，享年70岁。周庆云（1864—1933），字湘舲，一字梦坡，浙江吴兴人，有《梦坡诗文》，生平事迹见夏敬观《吴兴周梦坡墓表》、章太炎《周湘舲墓志铭》等。周延礽《吴兴周梦坡先生年谱》谓：“母率延礽等日夕祷求，念府君奉行众善，施舍不可胜计，终当无恙，不谓（农历十月）二十日酉时竟弃延礽而长逝。”[③] 叶恭绰云：“梦坡建两浙词人祠堂于西溪，复编《两浙词人小传》、《浔溪词征》，沆瀣流传，用意良美。所作亦清拔殊俗。”[④] 周庆云《梦坡诗存》于本年刊行。

约本年末，王乃徵卒，享年74岁。王乃徵（1861—1933），字聘三，晚号病山，又号潜道人，四川中江人。生平事迹见汪辟疆《光宣以来诗坛旁记》。陈诗《尊瓠室诗话》云：“王聘三方伯乃徵，四川中江人也。光绪庚寅翰林，历官江西抚州守，湖北荆、宜、施道，擢藩司，护鄂督篆。宣统初年，调河南、贵州藩司。辛亥国变，弃官寓沪，以医自给，改号病山，又号潜道人。善诗词，诗派中和醇正，类权德舆。……癸酉仲冬，病

---

① 尹奇岭：《民国南京旧体诗人雅集与结社研究》，中国社会科学出版社2011年版，第199－201页。

② 邵元冲：《邵元冲日记》，王仰清、许映湖标注，上海人民出版社1990年版，第1045页。

③ 周延礽编：《吴兴周梦坡（庆云）先生年谱》，见沈云龙主编《近代中国史料丛刊》第82辑，台湾文海出版社1972年版，第131页。

④ 叶恭绰选辑：《广箧中词》，傅宇斌点校，人民文学出版社2011年版，第227页。

卒于沪，年七十三。”[①] 汪辟疆《光宣诗坛点将录》谓：“病山诗工甚深，曾见其《嵩山游草》，风骨韵味，具臻胜境。”[②] 钱仲联称：“病山身登膴仕，晚托悬壶。《霜叶飞》、《八声甘州》等与彊村酬唱之作，居然当行。”[③] 1934—1935 年，《青鹤》第 3 卷第 2、4、6、8、10、12、14、16、18 期陆续刊登《病山遗稿》。1935 年，《词学季刊》第 2 卷第 3 号刊载《王病山先生遗词》。

本年

杨增荦卒，享年 73 岁。杨增荦（1860—1933），字昀谷，又字滃南，别号延真子，曼陀楼主，江西新建人，有《杨昀谷先生遗诗》。生平事迹见杨圣希《先祖昀谷公事略》。汪辟疆云：“昀谷平生谨饬自守，潜心于学，戊戌通籍，诗名益著。迄于光宣之交，京国胜流，无不知有诗人杨昀谷者，其诗善抒名理。若偈若文，难以巧似。至其胸怀高澹，吐属天然，自然有一种隽永疏秀气体，在江西诗派中自创风格。”[④] 1935 年，王揖唐捐资刊刻陈中岳整理的《杨昀谷先生遗诗》。

民国二十三年　1934 年　甲戌

1 月

24 日，柳亚子夫妇自上海赴南京，于右任、张继、邵力子、傅学文与之同游，所到之处有诗纪之。柳亚子云：“二十四日，偕佩宜赴南都，狂游雨花台、灵谷寺、牛首山诸胜，有诗纪游。同游者，于右任、张溥泉、邵力子、傅学文也。晤汪子柔、杨无双夫妇，索诗留别。赋《秣陵杂赠》及《秣陵续赠》，共六十首。中枢人物，大略具备，可谓当代

---

① 陈诗：《尊瓠室诗话》，见张寅彭主编《民国诗话丛编》第 2 册，上海书店出版社 2002 年版，第 96 页。

② 汪辟疆：《光宣诗坛点将录笺证》下册，王培军笺证，中华书局 2008 年版，第 720 页。

③ 钱仲联：《梦苕庵论集》，中华书局 1993 年版，第 411 页。

④ 汪辟疆：《汪辟疆诗学论集》上册，张亚权编撰，南京大学出版社 2011 年版，第 140 页。

诗史。”①

2 月

2 日，稊园、青溪两诗社同时为庆贺苏轼寿辰而雅集赋诗。1934 年 3 月，《铁路学院月刊》第 8 期刊登关赓麟《癸酉十二月十九日稊园青溪两社同时为东坡先生作生日有分韵赋诗余探得尽字南中友人复代探前字合成一首》。

3 月

4 日晚，南社社友 109 人在上海北四川路新亚酒店举行临时雅集。社友胡怀琛提议由柳亚子仿照《东林点将录》《乾嘉诗坛点将录》，开拟座次。蔡元培被推为“梁山泊开山头领托塔天王”，柳亚子为“天魁星呼保义”，林庚白为“天猛星霹雳火”。柳亚子《我和南社的关系》云：“巢南是一九三三年（民国廿二年）十月四日去世的，距虎丘纪念，已有五年了。到明年一九三四年（民国廿三年）三月四日，我和上海市长吴铁城还有南社老社友胡朴安、朱凤蔚、朱少屏等发起，在上海西藏路宁波同乡会开追悼会，到的人很多。晚上就在北四川路新亚酒店举行了一次南社临时雅集，到者社友和非社友共一百〇九人。”②

9 日，如社成立于南京。③ 首倡者林鹍翔，成员有廖恩焘、周树年、邵启贤、夏仁沂、蔡宝善、石凌汉、杨玉衔、仇埰、孙濬源、夏仁虎、吴锡永、吴梅、陈匪石、寿鑈、蔡嵩云、汪东、向迪琮、乔大壮、程龙骧、唐圭璋、卢前、吴徵铸、杨胜葆等。④ 卢前《冶城话旧》谓：“南雍有词社曰潜社，集上海者曰沤社，近日又有如社。如社社友除霜厓师外，有陈倦鹤（匪石）、仇述庵（埰）、石弢素（凌汉）、林铁尊（鹍翔）、夏博言（仁溥）、夏枚叔（仁沂）、王东培（孝煃）、汪旭初（东）、廖忏盦（恩焘）、乔大壮（曾劬）、蔡师愚、邵濂、蔡嵩云诸先生。而吾友唐君圭璋

① 柳亚子：《柳亚子文集　自传·年谱·日记》，柳亚子文集编辑委员会主编，上海人民出版社 1986 年版，第 28 页。

② 柳亚子：《柳亚子文集　南社纪略》，柳无忌编，上海人民出版社 1983 年版，第 116 页。

③ 据《吴梅日记》所载，如社本日在美丽菜馆举行第一次雅集，到者有廖恩焘、林鹍翔、石凌汉、仇埰、沈士远、陈匪石、吴梅、汪东、乔大壮、唐圭璋等。

④ 佚名：《如社词钞·如社词集同人姓字籍齿录》，见南江涛选编《清末民国旧体诗词结社文献汇编》第 2 册，国家图书馆出版社 2013 年版，第 271 – 273 页。

与焉，夏蔚如、向仲坚来京则与社集。每集只限调，不限题韵。予居上海，籍列沤社，时彊村先生已下世，所周旋者夏吷庵、叶遐庵、陈彦通诸公。每月偶返都下，如社中人亦往往招往参加，尝主课一次，大抵如社社课，遇名家自度腔亦以依四声，用原题，步韵为主；予旧所谓‘捆起三道绳来打’是也。独余值课用高阳台调。近日亦渐有用小令者。沤社每集两题，一限题一不限题，如社视之尤严。”① 1936 年 9 月 30 日，《词学季刊》第 3 卷第 3 号“词坛消息”所载《南京词坛近讯》云：“南京原有如社，为诸词家之游宦或教授于京中者所组织，历时数载，迄未少衰，年来海内词流，四方流转，沪、津各社，阒响无闻。惟金陵为人文荟萃之区，如社遂成仅存之硕果，并已刊有《如社词钞》云。”② 《如社词钞》1936 年刊行，共 12 集，录词 226 阕。南江涛《清末民国旧体诗词结社文献汇编》第 2 册收录该集。

30 日，吕美荪作《甲戌二月既望青岛喜见春雪爰赋长句就正诗家并乞雅和》四首。并将其寄给各地诗友，和答者有 45 人，③ 如路朝銮有《美荪先生以春雪篇属和次韵奉酬》。吕美荪将唱和之作编辑为《阳春白雪词》。

本月，刘大杰《春波楼诗词》由上海北新书局出版。刘大杰（1904—1977），室名春波楼，湖南岳阳人，文史学家。该集分“春波楼诗”“春波楼词”两卷，收百余首诗词。杨义谓：“以古诗词入新小说，是刘大杰早期创作的一个抒情的特点。刘大杰对我国古典诗词，学识渊博，造诣精深，青年时期所作的《春波楼诗词》凡一百余首，言情赠别，清婉雅丽。”④

4 月

5 日，《人间世》创刊号刊登周作人《五秩自寿诗》，林语堂、刘半农、沈尹默、胡适、蔡元培、沈兼士、俞平伯、王礼锡、钱玄同、刘大杰、吴稚平等人以诗相和。李景彬、邱梦英《周作人评传》云：“1934 年 1 月 15 日，按我国传统的年龄计算法，恰值周作人的五十寿辰。周作人于

---

① 卢前：《冶城话旧》，见南京市通志馆文献委员会编《南京文献》第 4 号，南京市通志馆 1947 年版，第 23 页。

② 词学季刊社：《词坛消息：南京词坛近讯》，载《词学季刊》1936 年第 3 卷第 3 号。

③ 青岛市崂山区史志办公室编：《游览崂山闻人志》，方志出版社 2010 年版，第 568 页。

④ 杨义：《中国现代小说史》第 1 卷，人民文学出版社 2005 年版，第 649 页。

13日和15日作‘牛山体’打油诗二首用以自寿。诗云：前世出家今在家，不将袍子换袈裟。街头终日听谈鬼，窗下通年学画蛇。老去无端玩骨董，闲来随分种胡麻。旁人若问其中意，且到寒斋吃苦茶。半是儒家半释家，光头更不着袈裟。中年意趣窗前草，外道生涯洞里蛇。徒羡低头咬大蒜，未妨拍桌拾芝麻。谈狐说鬼寻常事，只欠工夫吃讲茶。周作人将这两首诗抄赠给自己的故交。正在上海创办《人间世》的林语堂，在得到周作人的这两首自寿诗后，以《五秩自寿诗》为题揭载在1934年4月5日出版的《人间世》创刊号上。而且在扉页上整版印制了周作人的标准像。同期刊出的还有刘半农的《新年自咏次知堂老人韵》四首，沈尹默的《和岂明五十自寿打油诗歌》二首、《自咏二首用裟韵》及《南归车中无聊再和裟韵得三首》共七首，最后是林语堂自己的《和京兆布衣八道湾居士岂明老人五秩诗原韵》一首。这些唱和诗一律以手迹制成锌版刊出，显得十分隆重。周作人的这两首自寿打油诗，《人间世》既揭载在前，《现代》又刊出于后。唱和者络绎不绝，连上海的一些末流的报刊也来赶这个热闹。"[①] 胡适在1月17日依韵作七律《戏和周启明打油诗》，18日作五律《再和苦茶先生的打油诗》，3月5日又作《苦茶先生又寄打油诗来，再叠韵答之》。4月20日，《人间世》第2期上又刊登蔡元培、沈兼士二人的和诗。俞平伯有《寿诗和人韵》、王礼锡有《和周作人自首》，钱玄同作《和知堂五十自寿诗二首》。此外，1934年6月1日出版的《文艺春秋》第9、10期合刊登载刘大杰、吴稚平等人和诗。

14日，曹经沅召集诗坛名流，修禊于南京玄武湖汪氏园。参与此次雅集者有程天放、滕固、徐宝泰、李景堃、释寄龛、潘宗鼎、曹熙宇、龙榆生、常任侠、黄福颐、张元节、方叔章、陈毓华、陈汝霖、伍非百、刘趫蔚、李启琛、吴镜予、王灿、汪精卫、游洪范、黄寿慈、廖恩焘、陈新佐、曹浩森、王易、柳诒徵、江洪杰、陈新燮、张维翰、高赞鼎、陈懋解、巴壶天、林鹍翔、张元群、马宗霍、吴梅、江挈生、陆增炜、曹经沅、郑篪、向煜、蹇先榘、钱谌槃、刘成禺、谢国桢、陈延杰、张翼鹏、戴正诚、陆丹林、唐圭璋、程龙骧、陈伯达、何遂、陈衍、陈懋咸、冒广生、陈树人、李宣倜等。[②] 曹经沅将这次雅集的作品与本年重阳节豁蒙楼登高所赋之诗辑录为《甲戌玄武湖修禊豁蒙楼登高诗集》，陈衍为之撰序，该集于1935年刊印。

---

① 李景彬、邱梦英：《周作人评传》，重庆出版社1996年版，第201－202页。

② 尹奇岭：《民国南京旧体诗人雅集与结社研究》，中国社会科学出版社2011年版，第213－216页。

22 日，潘飞声卒于上海，享年 77 岁。潘飞声（1858—1934），字兰史，号剑士，广东番禺人，有《说剑堂诗集》《说剑堂词》。生平事迹见高驰《潘飞声传稿》、汪辟疆《光宣以来诗坛旁记・潘兰史》。1934 年 10 月 16 日，《词学季刊》第 2 卷第 1 号“词坛消息”所载《潘兰史先生下世》云：“自彊村先生归道山，沪上词流，推番禺潘兰史先生（飞声）最为老宿。去年先生方为本刊特撰《粤词雅》一编，兴复不浅，不幸于本年三月初九日（笔者注，为农历）下世，身后萧条，赖故旧如叶遐庵、夏映庵诸先生为经纪其丧，复于七月一日，假湖社举行追悼会。”[①] 叶恭绰《潘兰史先生诗序》谓：“先生少负才气，弱冠后即声名踸踔，所为诗歌甚富，皆取办俄顷。中年以往，转益矜慎，然狂歌醉墨，犹随地涌出。今所存仅此，可见其不苟也矣。先生性介而和易，不立涯岸，诗亦如其人，不强树宗派，而有优游自得之趣。”[②] 钱仲联《近百年词坛点将录》云：“兰史早岁蜚声域外。《双双燕・追和人境庐罗浮》一词，仙袂飘举，足与公度抗手。然《说剑堂词》才华艳发，与公度亦不尽同也。”[③] 1977 年，香港龙门书店有限公司出版《说剑堂集》。

本月，龙榆生所撰《研究词学之商榷》发表于《词学季刊》第 1 卷第 4 号。该文界定了词学的含义、范围，并回顾了词的发展概况，深具科学反思的精神。张晖评价：“《研究词学之商榷》首次对词学研究给出了明确的工作范围和目标，指明了词学研究努力的方向，对当时及后代的词学研究界产生了深远的影响。”[④]

7 月

2 日，周大烈病逝，享年 73 岁。周大烈（1862—1934），字印昆，别号夕红楼，湖南湘潭人，有《夕红楼诗集》《夕红楼诗续集》等。生平事迹见周俟松《湘潭诗人周大烈》。黄濬《花随人圣庵摭忆》谓：“初不闻其为诗，晚得诗一卷，乃近六十所作，五言律诗最佳，语羞雷同，时出新意，七绝亦别有一境，萧疏崛健绝人。晚岁惟往来西山八大处、香山及北戴河间，自乐其乐。”[⑤] 王伟勇主编《民国诗集丛刊》第 53 册收录《夕红

① 词学季刊社：《词坛消息：潘兰史先生下世》，载《词学季刊》1934 年第 2 卷第 1 号。
② 叶恭绰：《潘兰史先生诗序》，载《青鹤》1935 年第 4 卷第 1 期。
③ 钱仲联：《梦苕庵论集》，中华书局 1993 年版，第 398 页。
④ 张晖：《张晖晚清民国词学研究》，张霖编，南京大学出版社 2014 年版，第 195 页。
⑤ 黄濬：《花随人圣庵摭忆》下册，李吉奎整理，中华书局 2013 年版，第 721 页。

楼诗集》，共11卷774首诗。

9月

秋，钱仲联赴无锡国专担任授课老师。约在此前后，学生沈切，陈起昌、韩宝荣、戴传安、崔龙等九人结为持恒诗社；陈光汉、郑学韬、张广生，戴双倩、陈显道、周少云等八人结为秋水诗社；吴家驹、陈新猷、虞斌麟、郭文衡等八人则成立芙蓉诗社；吴湘君等人则结为国风诗社。钱氏曾为各诗社评审作品。钱仲联《梦苕庵诗话》云："甲戌秋，余应唐蔚师之招，来锡山国学院为诸生讲诗。诸生中嗜诗者至夥，互结为诗社。沈切，陈起昌、韩宝荣、戴传安、崔龙等九人为持恒诗社。陈光汉、郑学韬、张广生，戴双倩、陈显道、周少云等八人为秋水诗社。吴家驹、陈新猷、虞斌麟、郭文衡等八人为芙蓉诗社。又有吴湘君等若干人为国风诗社。皆乞予操修月之斧。其不入诗社者，又有金山彭天龙等。各诗社每一来复日为社课，或由余命题，或否。"① 其《自撰学术年表》谓本年下半年，"在国专，担任诗选、古文选等专业必修课。学生组织的诗社，如'持恒诗社'等请我为顾问，审评他们的作品"。② 《钱仲联学述》云："无锡国专的学生必须会写文言文和旧体诗。作为诗文教授，我既讲授文选和写作，又讲授诗选。课内作业已经很多，而学生自由结合的诗社，最盛时有国风、持恒、秋水、芙蓉、变风等社，都聘请我担任导师，学生课外的诗歌习作也要请我评改。"③

10月

10日，马骏《马氏丛书》第1辑由北平中华印书局出版。马骏（1881—1945），字君图，回族，山西晋城人，其出版此书时正担任山西省政府委员。此书有阎锡山、郭象升、徐永昌、曹尊贤、尹光宇等人序，内容主体部分为"历朝史诗"（以诗吟咏各个朝代），并附录杂诗等。曹尊贤序云："今山西省政府委员，马先生君图，博学能文，下笔千言，生平读书得间，其所著述不下数十种，又手创晋城崇实学校，独力楮持，几二

---

① 钱仲联：《梦苕庵诗话》，齐鲁书社1986年版，第140页。

② 钱仲联：《钱仲联自撰学术年表》，见常熟市政协学习和文史委员会编《常熟文史》第29辑，2001年版，第5页。

③ 钱仲联：《钱仲联学述》，周秦整理，浙江人民出版社1999年版，第131页。

十载，今岁仲春，校内同仁佥请先生出所著书，嘉惠后学，先生逊谢不遑，因先检其所著读书索隐、封神传索隐、白蛇传索隐三种暨咏历朝史五绝诗注解千余首刊为晋城清真崇实中校马氏丛书之一，其文其诗，无不独具特识，阐发前人所未发，象形等字之索解，关于中西文字来源，尤能钩抉玄微，洵足为启发青年智慧之宝钥。”①

16 日（农历九月九日，重阳节），曹经沅在南京组织鸡鸣寺豁蒙楼登高雅集。参加者有黎承福、黄孝纾、曹经沅、郑洪年、姚琮、叶楚伧、黄秋岳、李启琛、赵丕廉、张元节、李翊灼、许崇灏、于志昂、陈延杰、李景堃、叶恭绰、谈社英、伍非百、唐圭璋、程天放、胡奂、郦承铨、陈懋咸、张默君、李宣倜、黄侃、刘趋蔚、钱海岳、刘成禺、曾仲鸣、曾熙宇、陈录、黄寿慈、郑篪、光晟、梁天民、蔡允、关霁、张维翰、吴石、黄曾樾、林一厂、何遂、陈衍、方叔章、陈新燮、王灿、陈毓华、柳诒徵、张翼鹏、廖恩焘、高赞鼎、林鹍翔、吴镜予、释太虚、蹇先榘、汤增璧、程学恂、陈汝霖、戴正诚、张元群、龙榆生、徐宝泰、谢无量、黄福颐、林庚白、陈树人、曾小鲁等。② 本次雅集以杜甫《九日五首》分韵赋诗，后将所得作品收入《甲戌重九鸡鸣寺豁蒙楼登高诗集》。

11 月

24 日，共产党人吉鸿昌遭国民党北平军分会枪决，就义前作绝命诗。诗云：“恨不抗日死，留作今日羞。国破尚如此，我何惜此头！”③

12 月

20 日，鲁迅致信杨霁云，认为一切好诗，到唐已被作完。他说：“我以为一切好诗，到唐已被作完，此后倘非能翻出如来掌心之‘齐天大圣’，大可不必动手，然而言行不能一致，有时也诌几句，自省殊亦可笑。玉溪生清词丽句，何敢比肩，而用典太多，则为我所不满，林公庚白之论，亦非知言；惟《晨报》上之一切讥嘲，则正与彼辈伎俩相合耳。”④

---

① 曹尊贤：《历朝史诗序四》，见马骏《马氏丛书》第 1 辑，中华印书局 1934 年版，第 9 页。

② 尹奇岭：《民国南京旧体诗人雅集与结社研究》，中国社会科学出版社 2011 年版，第 226－228 页。

③ 吉鸿昌：《就义诗》，见萧三主编《革命烈士诗抄》，中国青年出版社 1962 年版，第 100 页。

④ 鲁迅：《鲁迅全集》第 13 卷，人民文学出版社 2005 年版，第 307 页。

本年

张默君《白华草堂诗》《玉尺楼诗》刊行。陈三立《张默君玉尺楼诗题词》云："默君世讲抵庐山，出示兹册。所为诗，天才超逸，格浑而逸远，为闺媛之卓荦不群、效古能自树立者。顾乃于操玉尺校士衡文之余隙，名章屡就，而以濡朱大笔，淋漓写之，异数美谈，夸越前古，固不徒试院唱酬之盛，可傲视欧梅诸公矣。"① 邵元冲《默君诗草序》云："今默君辑其所作为《白华草堂诗》《玉尺楼诗》各一卷，因为书数语，纵论流变，既以寄慨于正声之微茫，且期默君之涵咏深醇，上攀风雅，以一匡末俗之卑靡。"② 1941 年，京华印书馆印行张默君《正气呼天集》。

唐圭璋《词话丛编》刊行。吴梅《〈词话丛编〉序》云："圭璋广罗群籍，会为兹篇，校勘增补，用力弥勤。所收诸书，多出善本，未刊之籍，亦得二三。推求牌调，则用《漫志》之精核，考订律吕，则有《词源》之详赡。《白雨》开沉郁之途，《蕙风》发重拙之论，其余诸家，亦各有雅言。学者手此一编，悠然融贯，则命意遣辞，俱有法度，考证校订，并有所资。圭璋此书，洵词林之巨制，艺苑之功臣矣。"③

蔡冶民卒，享年 62 岁。蔡冶民（1873—1934），字清任，名寅，冶民为其号，江苏吴江人，南社诗人，入社书编号 204。生平事迹见金天羽《蔡冶民传》等。郑逸梅《南社丛谈》云："他是柳亚子的姑夫，又是一位革命诗人。……他工诗，对于诗学，有那么一套理论：'诗也者，乃本诸无心之倾吐，亦有为而寄托，一人有一人之诗，一时有一时之诗，一境有一境之诗，有真性情之流露，斯有真事实之证明。'"④

郭曾炘《匏庐诗存》刊行。收录辛亥后所作《亥既集》3 卷、《徂年集》3 卷、《云苹簏稿》2 卷及《匏庐剩草》1 卷。

---

① 陈三立：《散原精舍诗文集补编》，潘益民、李开军、刘经富辑注，江西人民出版社 2007 年版，第 323 页。

② 邵元冲：《默君诗草序》，载《青鹤》1933 年第 1 卷第 22 期。

③ 吴梅：《〈词话丛编〉序》，载《词学季刊》1935 年第 2 卷第 3 号。

④ 郑逸梅编著：《南社丛谈》，上海人民出版社 1981 年版，第 262 页。

民国二十四年　1935 年　乙亥

1 月

16 日，《词学季刊》第 2 卷第 2 号刊登龙榆生《今日学词应取之途径》。文章称："且今日何日乎？国势之削弱，士气之消沉，敌国外患之侵凌，风俗人心之堕落，覆亡可待，怵目惊心，岂容吾人雍容揖让于坛坫之间，雕镂风云，怡情花草，竞胜于咬文嚼字之末，溺志于选声斗韵之微哉？溯南宋之初期，犹有权奇磊落之士，豪情壮采，悲愤郁勃之气，一于长短句发之。南宋之未遽即于灭亡，未尝不由于悲愤郁勃之气，尚存于士大夫间，大声疾呼，以相警惕。……词在今日，不可歌而可诵，作懦夫之气，以挽颓波，固吾辈从事于倚声者所应尽之责任也。"①

同日，周涤钦《涤钦二十年诗编》由镇江江南印书馆出版。周涤钦（1894—1939），与徐悲鸿友善，曾写作抗日诗词。书前有易君左序、卢前所题诗及作者自叙，收诗 200 首。周涤钦《自叙》云："癸酉年十二月廿一日（即民国廿三年一月十六日）为余四十生辰，壮志未酬，华年渐逝，重温旧梦，百感交萦！有持馈贶为余寿者，余笑而却之，寿余者知余意，亦不复相强，乃转而怂恿余将过去诗草付梓，留为纪念！余韪其言，乃将廿年来学诗成绩，从箧中检出，择其可存者，凡二百首，厘为六卷，合成一帙，金陵卢冀野兄为余题其端：涤钦二十年诗编。誊录既成，乃就商于琴意楼主人，主人曰：'可。'然后付手民。嗟乎！余乃天下第一伤心人也，岂好为此雕虫末技哉？昔日游皖中，皖中人士争目余为诗人。夫读余诗者而以诗人目余之诗，以诗人目余之人，是岂余之知己也哉？"②

24 日，黄节病卒于上海，享年 63 岁。黄节（1873—1935），字晦闻，号蒹葭楼主，广东顺德人，有《蒹葭楼诗》。生平事迹见章太炎《黄晦闻墓志铭》、吴宓《最近逝世之中国诗学宗师黄节先生学述》等。汪辟疆称："辛亥改步以后，北上任教北雍，与旧京诗人如陈宝琛、曾习经、罗惇曧等皆有往还，而诗亦日益高，名日益盛，篇什日富，南北诗坛无人不知。其诗咽处见蓄，瘦处见腴，其回肠荡气处见孤往之抱；其融情入景处

---

① 龙沐勋：《今日学词应取之途径》，载《词学季刊》1935 年第 2 卷第 2 号。

② 周涤钦：《涤钦二十年诗编》，江南印书馆 1935 年版，第 5 - 6 页。

有缥渺之思，而其使人低回往复感人心脾者，皆在全篇，难以句摘。”①胡先骕《题黄晦闻先生蒹葭楼诗》其二谓：“后山以后见公诗，句法涪皤我所师。高咏直令真宰泣，酸怀微许素心知。百年世变今为亟，一暝家山梦尚疑。响往有年悭一面，倘凭精气接须眉。”② 1972年，台湾广文书局有限公司出版梁秩风校辑的《蒹葭楼诗》；1989年，中国人民大学出版社出版马以君所编《黄节诗集》；1998年，广东人民出版社出版《蒹葭楼自定诗稿原本》。

本月，韩一青《雷吼诗集》由上海大达图书供应社出版。韩一青在抗战时期编辑多种书籍，如《抗敌文选》（大东书局1939年版）、《抗战虎啸歌曲》（复兴出版社1939年版）、《抗战小儿语》（大东书局1939年版）、《抗战国语选》（大东书局1940年版）、《战时最新军政活用公文程式》（大东书局1940年版）、《抗战国语升学指导》（大东书局1940年版）等。该集收诗近300首，选材多样，基本围绕爱国主题。

2月

10日，华林诗社举行雅集。此次雅集以杜甫《人日两篇》其一中的各字为韵，赋诗者有周筠白、王去病、陈天锡、戴道骝、陈曼若、梁天民、钟少祥、吴邦珍、曹种文、黄孝鳌、谈社英、吴心恒、曹冕、沈兼士、吴绍蔚、奚则文、邱懿元、仇鳌、方兆鳌、沈士远、伍非百、朱孔文、饶炎、许崇灏、吴德馨、阳兆鲲、朱云华、黄寿慈、徐天啸、潘凤起、胡端、林韡栘、汤壮飞、赵龙章、龙潜等。③ 如周筠白有诗《乙亥人日华林诗社雅集分韵得元字》。同年3月6日，该社又举行花朝日雅集，以钱谦贞《仲雪见示花朝二诗依韵奉和》其一中的各字为韵，后编为《花朝集》。如曹冕有诗《乙亥花朝华林诗社分韵得平字》。其后，该社又于4月5日（上巳日）举行雅集，以韩翃《寒食》及常建《三日寻李九庄》分韵赋诗。如沈兼士有《上巳禊饮分均得食字》。1935年，华林诗社所辑《华林诗集》铅印刊行。南江涛选编《清末民国旧体诗词结社文献汇编》第9册收录该集。

18日，袁励准卒，享年60岁。袁励准（1876—1935），字珏生，号

---

① 汪辟疆：《汪辟疆诗学论集》上册，张亚权编撰，南京大学出版社2011年版，第147页。

② 胡先骕：《胡先骕诗文集》（上），熊盛元、胡启鹏编校，黄山书社2013年版，第99页。

③ 华林诗社：《华林诗集·人日集目次》，见南江涛选编《清末民国旧体诗词结社文献汇编》第9册，国家图书馆出版社2013年版，第9-10页。

中舟，顺天宛平（今北京）人，有《恐高寒斋诗集》等。生平事迹见杨钟羲《皇清诰授光禄大夫南书房行走翰林院侍讲袁君墓志铭》。其“生平诗文，善叙事言情，其写景似郦亭、柳州”①。1930 年，《恐高寒斋诗》2 卷刊行。

25 日，《诗经》杂志在上海创刊。上海大夏诗社编辑，至 1936 年 4 月 1 日共出版 6 期，主要栏目有文言诗、白话诗、译诗、词曲四部分。其中，文言诗及词曲占据该刊主要篇幅。文言诗栏下主要刊登诗社师生及当时诗坛名宿的作品，本期刊有陈衍、陈柱、黄宾虹、夏敬观、张尔田、潘飞声、王蘧常等人的作品。南江涛选编《民国旧体诗词期刊三种》第 1 册收录该刊。

3 月

1 日，周邦式开始编辑《中央日报》副刊《中央公园》。此后，在该刊物上逐渐聚合起强调中国“固有之文字技巧”的东社。1935 年 3 月 1 日，《中央日报》副刊《中央公园》登载周邦式《中央公园的今后》一文，云：“华林先生辞职了，本刊编辑的责任，经沧波社长的指定，将暂时由我担负。……今后的‘中央公园’，对于‘趣味’一方面，自然也不能不想当的顾到，但是我们要注意的，所谓‘趣味’，却有高级的与低级的两种。高级的趣味，可以‘提高人格’，‘美化人生’，‘发展创造□’，‘获得新生命’。……今后‘中央公园’的文字，务使其明白晓畅，篇篇可读。”②《中央公园》持续登载旧体诗词，如 3 月 1 日登载强赦老人《悔壮》，3 月 3 日刊登周觐年《渔》，3 月 4 日有周觐年《樵》、柳亚子《金缕曲》（哭黄晦闻老友），3 月 5 日载周觐年《耕》、黄节遗诗《题郑所南诗集后》，等等。赵丽华《民国官营体制与话语空间——〈中央日报〉副刊研究（1928—1949）》云：“1932 至 1937 年间，《中央日报》主要的副刊是《中央公园》和《中央日报副刊》，前者的主要编辑有储安平（1933 年 7 月—1934 年 6 月）、华林（1934 年 11 月—1935 年 2 月）和周邦式（1935 年 3 月—1937 年 11 月），后者则由储安平一人负责。……华林和周邦式编辑的《中央公园》，都较为偏重从传统的文化、文学形态以及英雄

---

① 杨钟羲：《皇清诰授光禄大夫南书房行走翰林院侍讲袁君墓志铭》，见卞孝萱、唐文权编《辛亥人物碑传集》，团结出版社 1991 年版，第 742 页。

② 周邦式：《中央公园的今后》，载《中央日报副刊·中央公园》1935 年 3 月 1 日第 3 张第 4 版。

名士的史迹中挖掘民族精神与民族意识，传统的书画、碑刻、瓷器、金石等的赏鉴，古典诗词曲的研究等随处可见。”① 又云：“周邦式还在《中央公园》上聚合起强调中国‘固有之文字技巧’的‘东社’，社员有田星六、罗达存、冯一擎、龙湛岑、冉豫初、张业辉、管雪庐、鲍慈修（先德）、潘勋青、朱寄侯、顾九（蔗园）、黄黼馨、周邦式等人……在1935至1937年周邦式编辑《中央公园》时，东社成员是撰稿的主力。在首都雅集时东社同人均以文言诗词互相唱和，他们在强调‘固有之文字技巧’‘固有之诗词音律’时所透露的民族主义情绪，以及雅集、唱和这些相互交往的方式，都让人联想起试图以士子之力光复汉室、恢复神州的南社。”②

5日，陈宝琛病卒，享年88岁。陈宝琛（1848—1935），字伯潜，号弢庵，福建闽县人，有《沧趣楼诗》。生平事迹见陈懋复等《诰授光禄大夫晋赠太师特谥文忠太傅先府君行述》。汪辟疆谓：“弢庵师傅行辈为最尊，诗名亦最著。光绪初年与张之洞、张佩纶、宝廷、黄体芳诸人以文章气谊相推重，守正不阿，风节独著。及受谴家居，筑沧趣楼、听水二斋，与陈书木庵酬倡往来，无间晨夕，而诗日益工。体虽出于临川，实则兼有杜、韩、苏、黄之胜。”③ 2006年，上海古籍出版社出版刘永祥、许全胜校点的《沧趣楼诗文集》。

6日，费仲深卒，享年53岁。费仲深（1883—1935），原名树蔚，号韦斋，又号愿梨，江苏吴江人，有《费韦斋集》。生平事迹见傅增湘《吴江费君墓志铭》。陈三立《费树蔚费韦斋集题词》谓：“神理绵密，光灵荡摩。咀百家而孤斟，纳怪变于蕴藉。坛坫有儒者气象，庶几遇之。”④ 1951年，《费韦斋集》刊印。

4月

20日，谢觐虞卒，享年37岁。谢觐虞（1899—1935），字玉岑，号

---

① 赵丽华：《民国官营体制与话语空间——〈中央日报〉副刊研究（1928—1949）》，中国传媒大学出版社2011年版，第137－138页。

② 赵丽华：《民国官营体制与话语空间——〈中央日报〉副刊研究（1928—1949）》，中国传媒大学出版社2011年版，第139－140页。

③ 汪辟疆：《汪辟疆诗学论集》上册，张亚权编撰，南京大学出版社2011年版，第138－139页。

④ 陈三立：《散原精舍诗文集补编》，潘益民、李开军、刘经富辑注，江西人民出版社2007年版，第298页。

孤鸾，江苏常州人。生平事迹见夏承焘《谢玉岑遗稿题辞》、郑逸梅《谢玉岑与王春渠》等。范志希《谢玉岑先生作古》谓："本院文书主任毗陵谢觐虞玉岑先生，为衡阳曾农冉先生入室弟子，文章道德，蜚声海内，而所作词赋尤能得宋元胎息。平日与名画家张善孖昆仲及吴门金松岑先生为莫逆交，书翰往还，互相推许。不意去冬忽罹肺疾，医治罔效，延至本年四月二十日晚突然作古。"[1] 张大千《谢玉岑遗稿序》谓："玉岑诗词清逸绝尘，行云流水不足尽态。悼亡后，务为苦语，长调短阕，寒骨凄神。"[2]

5 月

本月，吴宓《吴宓诗集》由上海中华书局出版。书前有吴宓所译法国解尼埃之《创造》诗第 181 至 184 行："采撷远古之花兮，以酿造吾人之蜜。为描画吾侪之感想兮，借古人之色泽。就古人之诗火兮，吾侪之烈炬可以引燃。用新来之俊思兮，成古体之佳篇。"诗集中录有刘朴《吴雨僧诗集序》、吴芳吉《读雨僧诗稿答书》、缪钺《读吴雨僧兄诗集》、李汉声《吴宓诗集跋》、陈寅恪《雨生落花诗评》、凌宴池《吴雨生诗评》、常乃德《吴雨生诗评》、徐震堮《论欧游杂诗注》、方玮德《论吴雨生丈近诗》等。

本月，张学瀚《云台导游诗钞》出版。张学瀚（1868—1940），字百川，清末贡生，除该集外，还有《红叶山房诗稿》。生平事迹见张义壮《云台近代教育的开路先锋张学瀚老人》。骆玉宽谓："他的《诗钞》对云台山一带风景名胜一一为之品题。诗有未尽处，又复以短文详述于前。'凡斯山之一崖、一涧、一寺、一塔均由百川先生以诗歌颂之。纪其道里，详其史绩，使读者如置身图画中。世谓辋川山水得摩诘之诗而益显，云台殆亦犹是。地以文而传，无可憾矣！'（《诗钞》盐城曹中权序）此书于民国二十二年（1933 年）成，民国二十四年（1935 年）出版了 500 册，在海州地区引起轰动，和民国十三年（1924 年）出版的《苍梧片影》、民国二十五年（1936 年）出版的《连云一瞥》，成为民国时期海州地区的有关云台山的三部抢手之作。"[3]

---

① 范志希：《谢玉岑先生作古》，载《国立上海商学院院务半月刊》1935 年第 30 期。

② 曹大铁、包立民编：《张大千诗文集编年》，荣宝斋 1990 年版，第 254 页。

③ 骆玉宽：《张松年与〈云台导游诗钞〉》，见政协连云港市委员会学习文史资料委员会编《连云港近现代人物——连云港文史资料第十七辑》，2004 年版，第 191 页。

6月

18日，瞿秋白就义前作绝笔诗《偶成》。其在就义当天曾写下一段文字："一九三五年六月十七日晚，梦行小径中，夕阳明灭，寒流幽咽，如置仙境。翌日读唐人诗，忽见'夕阳明灭乱山中'句，因集句得《偶成》一首：夕阳明灭乱山中，落叶寒泉听不穷。已忍伶俜十年事，心持半偈万缘空。方欲提笔录出，而毕命之令已下，甚可念也。秋白曾有句：'眼底云烟过尽时，正我逍遥处'，此非词谶，乃狱中言志耳。"①

18日，声社成立于上海。成员有夏敬观、高毓彤、叶恭绰、杨玉衔、林葆恒、黄濬、吴湖帆、陈方恪、赵尊岳、黄孝纾、龙榆生、卢前等。1935年7月16日，《词学季刊》第2卷第4号"词坛消息"栏下所载《京沪词坛近讯》谓："其在上海者曰声社，以本年六月十八日成立于沪西康家桥夏吷庵宅，主其事者为夏敬观吷庵、高毓浵潜子、叶恭绰遐庵、杨玉衔铁夫、林葆恒讱庵、黄濬秋岳、吴湖帆丑簃、陈方恪彦通、赵尊岳叔雍、黄孝纾公渚、龙沐勋榆生、卢前冀野，亦以十二人为限。"②

29日，孙雄卒，享年70岁。孙雄（1866—1935），原名同康，字师郑，号郑斋、诗史阁主人，江苏昭文（今常熟）人，辑《道咸同光四朝诗史》，有《旧京诗文存》《诗史阁诗话》。生平事迹见俞寿沧《常熟孙史部传》等。陈灨一《新语林》谓："孙师郑工骈体文，典丽绮藻中有简静肃穆之气，论者谓合洪稚存、袁简斋为一手。"③ 陈衍《石遗室诗话》云："昭文孙师郑史部雄，号郑斋。治经学、骈文体，而绝喜言诗。辑前清道、咸、同、光四朝诗史十余集，集百十人，无贵贱老幼与相识不相识，以诗至者，无不甄录。用钢笔写印，高可隐人，捆载赠所知。又分为甲乙各集，镂板行世。数请余为叙。余谓：'君作诗话，称余严于论诗，今并蓄兼收若此，余何以措词？'君曰：'吾诗史之名固不称，第储史料，以待后人之去取，当亦无恶于志。'乃本君此意言之。"④ 沈云龙主编《近代中国史料丛刊》第55辑收录《旧京诗文存》，诗歌部分有《旧京诗存》8卷。

---

① 周红兴：《信是春再来　应有香如故——重评瞿秋白狱中诗》，见史习坤编《瞿秋白研究资料》下册，中央民族学院科研处1982年版，第599－600页。

② 词学季刊社：《词坛消息：京沪词坛近讯》，载《词学季刊》1935年第2卷第4号。

③ 陈灨一：《新语林》，上海书店出版社1997年版，第48页。

④ 陈衍：《石遗室诗话》，见张寅彭主编《民国诗话丛编》第1册，上海书店出版社2002年版，第112－113页。

7 月

12 日，徐自华卒，享年 64 岁。徐自华（1872—1935），字寄尘，号忏慧，浙江石门（今桐乡）人，与秋瑾为刎颈交，秋瑾死，为之营葬西泠，有《忏慧词》《听竹楼诗稿》。生平事迹见柳亚子《忏慧词人墓表》、陈去病《徐自华传》、秋宗章《记徐寄尘女士》。陈去病《忏慧词序》谓："顾独好文字，往往抽笺染翰，斐然有作。缠绵凄楚，如闻羌笛，而听哀笳呜呜然，其离鸾别鹄之音也。"① 又《题忏慧诗集》诗云："天生风雅是吾师，拜倒榴裙敢异词。为约同仁扫南社，替君传布廿年诗。"② 1990 年，中华书局出版郭延礼编校的《徐自华诗文集》。

27 日，蒋介石作《游峨眉口占二首》。自署时间为"中华民国二十四年七月二十七日"，其一《游金顶有感》云："朝霞映旭日，梵贝伴清风。雪山千古冷，独照峨眉峰。"③ 其二《自金顶下山回新开寺》云："步上峨眉顶，强消天下忧。逢寺思慈母，望儿感独游。"④

10 月

7 日，黄侃卒，享年 50 岁。黄侃（1886—1935），字季刚，湖北蕲春人。生平事迹见汪东《蕲春黄君墓表》及司马朝军、王文晖《黄侃年谱》等。王揖唐《今传是楼诗话》云："君工填词，诗亦不作六代以后语，近体尤不轻作。"⑤ 钱仲联《近百年词坛点将录》称："余杭门下，棒喝擅名。半庵论词，称清代经师惠定宇、段懋堂辈多工小令。季刚后出，为乾嘉学派殿军。词则不徒小令高华，慢词亦有家数。"⑥ 1985 年，湖北人民出版社出版《黄季刚诗文钞》。

本月，毛泽东作《七律・长征》（红军不怕远征难）。臧克家主编《毛泽东诗词鉴赏》云："这首诗最早收入埃德加・斯诺著《西行漫记》。

---

① 陈去病：《陈去病诗文集》上编，殷安如等编，社会科学文献出版社 2009 年版，第 435 页。

② 陈去病：《陈去病诗文集》上编，殷安如等编，社会科学文献出版社 2009 年版，第 67 页。

③ 蒋介石：《游峨眉口占二首》，见曾景志编注《蒋介石家书日记文墨选录》，团结出版社 2010 年版，第 323 页。

④ 蒋介石：《游峨眉口占二首》，见曾景志编注《蒋介石家书日记文墨选录》，团结出版社 2010 年版，第 323 页。

⑤ 王揖唐：《今传是楼诗话》，张金耀校点，辽宁教育出版社 2003 年版，第 157 页。

⑥ 钱仲联：《梦苕庵论集》，中华书局 1993 年版，第 399 页。

后经作者同意，正式发表于《诗刊》1957 年 1 月号。”① 又云：“1934 年 10 月间，中央红军主力从中央革命根据地出发作战略大转移，经过福建、江西、广东、湖南、广西、贵州、四川、云南、西康、甘肃、陕西等 11 省，击溃了敌人多次的围攻和堵截，战胜了军事上、政治上和自然界的无数艰险，行军二万五千里，终于在 1935 年 10 月到达陕北革命根据地。这首诗和《念奴娇·昆仑》、《清平乐·六盘山》都是在长征取得胜利时所作。”②

11 月

10 日，南社社友会葬陈去病于苏州虎丘，晚上在中央饭店举行临时雅集。到者有柳亚子、郑佩宜、费公直、凌景坚、陈绵祥、范烟桥、凌光谦、范君博、陆兆鹍、王秋厓、朱少屏、朱谦良、丘翊华、林一厂、郭惜、柳绳组、柳慧依、周麟书等。③ 柳亚子《南社大事记》云：“一九三五年（民国二十四年）十一月十日，南社社友会葬陈去病于苏州虎丘，晚宴城中中央饭店，举行南社临时雅集，到者十八人。”④

11 月，赵启霖卒，享年 77 岁。赵启霖（1859—1935），字芷荪，晚号瀞园，湖南湘潭人，有《瀞园集》。生平事迹见赵启霖《瀞园自述》、陈继训《清四川提学使赵公墓表》、易孟醇《赵启霖传略》。刘善泽《读赵提学〈瀞园集〉》谓：“越石清刚气，高文具有之。思公如隔世，幸我与同时。立懦廉顽笔，怀忠抱义词。哀梨兼脆枣，味岂俗人知。”⑤ 1992 年，湖南出版社出版施明、刘志盛整理的《赵瀞园集》。2012 年，湖南人民出版社出版易孟醇校注的《赵启霖集》。

12 月

17 日，江瀚病逝北平，享年 93 岁。江瀚（1853—1935），字叔海，号石翁，福建长汀人，有《慎所立斋诗文集》。生平事迹见江庸《江叔海先生讣告》、范启龙《江瀚、江庸传略》。江瀚在临终前一日作绝笔诗

---

① 臧克家主编：《毛泽东诗词鉴赏》，河北人民出版社 2003 年版，第 102 页。

② 臧克家主编：《毛泽东诗词鉴赏》，河北人民出版社 2003 年版，第 102 页。

③ 柳亚子：《柳亚子文集　南社纪略》，柳无忌编，上海人民出版社 1983 年版，第 127－128 页。

④ 柳亚子：《柳亚子文集　南社纪略》，柳无忌编，上海人民出版社 1983 年版，第 180 页。

⑤ 刘善泽：《读赵提学〈瀞园集〉》，见赵启霖《赵瀞园集》，湖南出版社 1992 年版，第 403 页。

《和曹湘蘅自贵阳索和重九日诗》："近得黔中重九句，飞书作答愧枚皋。惠心雅兴难兼有，政绩诗名许并高。胜境定知多眺览，穷阎何幸少呼号。独怜皓首金台客，病起依然意气豪。"[①] 汪辟疆《光宣诗坛点将录》谓："叔海宗选体，而近体清健，晚作尤胜。"[②] 沈云龙主编《近代中国史料丛刊》第 71 辑收录《慎所立斋诗文集》；王伟勇主编《民国诗集丛刊》第 21 册亦有收录该集。该集据民国二十二年（1933）铅印本影印，共 10 卷 740 首诗。

26 日，续范亭在南京中山陵前剖腹明志，幸而被人发现，经抢救脱险。其自杀前作《绝命诗》五首。其一云："赤膊条条任去留，丈夫于世何所求？窃恐民气摧残尽，愿将身躯易自由。"[③] 续范亭自跋谓："纯洁伟大的学生爱国运动，是吾民气之表现。冰天雪地之中，热血沸荡，奋发呼号，期以促醒当道之迷梦；不意反为恶犬所噬，焦头烂额，犹不肯已。我国民气当可用也！当道不悟，摧残已尽，谁为爱护国家者？闻讯之下，令人脑浆欲裂，肝肠欲断。何以助我爱国青年？百思无计，热血一腔，聊当同情之泪。"[④]

本月，秦铭光《锡山风土竹枝词》由无锡文新印刷所印行。秦铭光（生卒年不详），字颂硕，号颂石，江苏无锡人，有《瑞春轩诗词稿》。该集录诗 150 首，书前有徐彦宽、钱基博序。钱基博谓："颂硕亲家撰《锡山风土竹枝词》，积十五年之力，以得百五十篇。意有不尽，辅以细注。流风旧俗，展卷烂然，而搜奇采胜，往往有邑志之所未备者。"[⑤]

本年

福州寿香诗社成立。该社由魁岐协和文学院中文系学生郭毓麟、王劭发起，成员有王德愔、刘秀明、叶可羲等。郭毓麟《鼓楼区传统诗社纪要》载："福州寿香诗社，是 1935 年魁岐协和文学院中文系学生郭毓麟、王劭，课余在福州组织成立的。寿香二字的取义，是因为有数位老年人参加，故以'寿'字为标志，又有好几个妇女参加，故以'香'字为标志，其余则多是二十多岁至三十岁的男青年。……该社仅维持两年，在对日抗

① 江庸辑：《江叔海先生遗像等四种》，见江瀚《江瀚日记》，凤凰出版社 2017 年版，第 336 页。

② 汪辟疆：《光宣诗坛点将录笺证》上册，王培军笺证，中华书局 2008 年版，第 301 页。

③ 续范亭：《续范亭诗集》，续磊、穆青编校，山西人民出版社 1980 年版，第 22 页。

④ 续范亭：《续范亭先生拜陵剖腹诗五首》，载《正气》1936 年第 1 卷第 2 期。

⑤ 钱基博：《序》，见秦颂石《锡山风土竹枝词》，文新印刷所 1935 年版，第 3 页。

战之中结束。寿香社的王德愔、刘秀明（即刘蘅，今仍健在，九十八岁）[①]、叶可羲（字超农）等，均名词家何振岱（字梅生，人称梅叟）的弟子，早有作品刊在林葆恒《闽词徵》中。所以寿香社可说是福州三十年代第一个有妇女参加并现场作诗词的诗社。”[②] 刘大治《寿香诗社女诗人》云：“寿香诗社有女诗人王德愔、刘蘅、何曦、薛念娟、张苏铮、施秉庄、叶可羲、王真、洪璞、王娴等十人，均师事著名词家、南华老人何振岱。”[③]

叶恭绰所编《广箧中词》刊刻。叶恭绰（1881—1968），字裕甫，又字玉甫、玉虎、誉虎，号遐庵，叶衍兰（清代词坛“粤东三家”之一）之孙，广东番禺人，有《遐庵诗稿》《遐庵词》。钱仲联谓：“遐庵词学世家，席丰履厚，又为北洋‘交通系’政要，财力雄富，为并世词流所不及。编《全清词钞》，所收词人达三千一百九十六家，使有清一代词学之源流正变，得以推寻，有功于艺苑者匪细。遐庵自为词亦工，间接闻谭献绪论，于彊村、蕙风、芸阁，均亲接謦欬，其造诣之深，非偶然也。”[④]《广箧中词》共4卷，收录清初迄民国400余家1000余首词作，体例上仿照谭献《箧中词》，而且扩大选录范围。书前有夏孙桐、夏敬观二人序及例言。1998年，浙江古籍出版社影印出版《御选历代诗余》《箧中词》及《广箧中词》的合刊本。2011年，人民文学出版社出版傅宇斌点校的《广箧中词》。

民国二十五年　1936年　丙子

1月

1日，易顺鼎所编《潇鸣社诗钟集》开始在《青鹤》杂志第4卷第4期上刊出。此后，作品陆续于第4卷第6、8、11、13、15、17、19、21、

---

① 刘蘅卒于1998年，享年103岁。括号中内容为本段引用材料中原有。

② 郭毓麟：《鼓楼区传统诗社纪要》，见中国人民政治协商会议福州市鼓楼区委员会文史资料委员会编《鼓楼文史》第4辑，1992年版，第36－37页。

③ 刘大治：《寿香诗社女诗人》，见《福州掌故》编写组编《福州掌故》，福建人民出版社2002年版，第276页。

④ 钱仲联：《梦苕庵论集》，中华书局1993年版，第388－389页。

23 期及 1937 年第 5 卷第 17 期上连载。

2 月

5 日，胡适在《自由评论》第 12 期上发表《谈谈“胡适之体”的诗》。他强调诗歌创作应注意“说话要明白清楚”“用材料要有剪裁”“意境要平实”①。这些见解虽然是针对其“胡适之体”的新诗而言，却与他求学期间旧体诗创作的一贯主张是吻合的，反映了其步入中年后的论诗旨趣。《自由评论》同期还刊登了梁实秋的《我也谈谈‘胡适之体’的诗》。其云：“我觉得上述‘胡适之体’的三个特点，只有第一个值得令我们特别提出来讨论一下，第二第三可以暂且不谈，因为第二条所谓‘用材料要有剪裁’是大家都可以接受的一条原则，不仅限于‘胡适之体’的诗，更不限于诗，一切艺术品没有不重剪裁的；第三条所谓‘意境要平实’，实在也只是一种意境，诗的意境原不必千篇一律的都以‘平实’为依归，司空图《二十四诗品》所谓‘雄浑’‘豪放’‘纤秾’‘绮丽’也是很可爱的意境，各有所好，各不相妨，故亦可存而不论。”②

6 日，梁格《啼鸟》由广州国立中山大学图书馆出版。书前有作者所撰《诗思赋》及两篇序，收录《啼鸟》《国歌》《国势》《我国》《人脑》《文化》《歌》《作诗》《看雨》《读廉吏传》《怀顾亭林》《淑女》《英才》《志加薪》《致谢主任》《清明》等数十首作品，语言浅近通俗。梁格还曾出版旧体诗集《飘飘东南风》（1932）、新诗集《宇宙的统治》（1935）。

7 日，南社纪念会在上海福州路同兴楼举行第二次聚会。到会者 157 人，推选蔡元培为名誉会长。柳亚子谓：“一九三六年（民国二十五年）二月七日，南社纪念会举行第二次聚餐会于上海福州路同兴楼，到者一百五十七人，推蔡孑民为名誉会长，以徐蔚南任编辑部主任，蒋慎吾任文书部主任，郭孝先任会计部主任，胡道静任事务部主任。”③ 又云：“这样，从南社二十周纪念到南社纪念会，经过十年间的历史，总算暂时告一段落了。”④

7 日，王树枏卒，享年 86 岁。王树枏（1851—1936），字晋卿，晚号陶庐老人，直隶新城（今河北高碑店）人，有《文莫室诗集》。生平事迹

① 胡适：《谈谈“胡适之体”的诗》，载《自由评论》1936 年第 12 期。

② 梁实秋：《我也谈谈“胡适之体”的诗》，载《自由评论》1936 年第 12 期。

③ 柳亚子：《柳亚子文集　南社纪略》，柳无忌编，上海人民出版社 1983 年版，第 180 页。

④ 柳亚子：《柳亚子文集　南社纪略》，柳无忌编，上海人民出版社 1983 年版，第 141 页。

见尚秉和《故新疆布政使王公行状》。其所著诗文集有“《文莫室诗集》八卷，《陶庐诗续集》十二卷，《陶庐文内集》三卷，《陶庐文集》二十卷，《陶庐笺牍》四卷，《骈文》一卷，《陶庐外篇》一卷，《陶庐随笔》若干卷，《诗话》若干卷”[①]。钱仲联《近百年诗坛点将录》谓：“王树枏为北方学者祭酒。《文莫室诗》肆力杜、韩，挥霍雷电，吞吐河岳，是何神勇。”[②] 王伟勇主编《民国诗集丛刊》第18、19册分别收录《文莫室诗集》《陶庐诗续集》。

本月，柳亚子主编的《南社诗集》由上海中学生书局出版发行。共6册，收录350位作者的作品。第1册有高尔松、高尔柏共同撰写的引言及胡怀琛《南社的始末》一文。这套书出版的原因是《南社丛刻》《南社丛选》已无法满足读者的阅读需求。引言云：“《南社丛刻》在当时的印数很少，又经过了这动乱多事的好些年头，大都已是散失殆尽了。因此，虽有许多人很想欣赏这些作品，也都求之不得，只好望洋兴叹！胡朴安先生虽有《南社丛选》的印行，但因它的发行并不普遍，而且只选了其中的一部分，仍是不能十分满足一般人的要求。”[③]

约本月，张曼石等辑录的《衡门社诗选》6卷（正集4卷，副集2卷）印行。扉页署：“丙子春二月衡门诗社印行。”蒋藩《衡门社诗选序》云：“光绪末，余客夷门，与先生（指萧惠清）缔交结梁社。民国戊午，创衡门诗钟社，丁卯课诗，有唱和集一卷。旋以时局俶扰而止。戊辰冬，先生与余及李秋川同年倡议兴复，因名曰重开衡门社，肇己巳，迄甲戌，阅六寒暑，积稿盈尺。同人拟付剞劂，推十五人分选，而请张曼石先生总其成，复由吉甫先生补选。乙亥春夏之作，而以丁卯一集附焉，都六卷，为诗千一百九十二首，作者百一十有八人。”[④] 此前，该社曾于1933年刊印萧惠清等所辑《衡门社诗钟选第一集》。

3月

5日，《逸经》半月刊第1期（创刊特大号）出版。据《〈逸经〉文

① 尚秉和：《故新疆布政使王公行状》，见卞孝萱、唐文权编《辛亥人物碑传集》，团结出版社1991年版，第712－713页。

② 钱仲联：《梦苕庵论集》，中华书局1993年版，第376页。

③ 高尔松、高尔柏：《引言》，见柳亚子主编《南社诗集》第1册，中学生书局1936年版，第1－2页。

④ 蒋藩：《衡门社诗选序》，见南江涛选编《清末民国旧体诗词结社文献汇编》第23册，国家图书馆出版社2013年版，第227－228页。

史半月刊发刊启事》所云，《逸经》之宗旨“乃在供给一般读者们以高尚雅洁而兴趣浓厚，同时既可消闲复能益智的读品，并图贡献于研究史学及社会科学者以翔实可靠的参考资料，务期开卷有益，掩卷有味”“（所刊诗歌）注重咏史，咏人，咏物，咏事”①。如本期发表俞平伯《丙子新正二律句》。1936 年 5 月 5 日，《逸经》第 5 期开始连载刘成禺《洪宪纪事诗本事注》。

约本月，绮社成立。社员有虞受言、黎名孝、薛综缘、金蜀章、徐梦榴、周梦庄、严如箴、黎名德、李松龄、张文魁、曹树桐、滕武信等人。1933 年 6 月，薛综缘所撰《绮社杂稿叙》云：“今年春三月，虞虞山自西伯利亚归。纯甫（黎）宴于家，劳其苦役，余与丽川（金）、筱荔（徐）、梦庄（周）、景颜（严）、树滋（黎）均左饮酒酣。虞山慷慨道漠北战倭事，闻者泣下。丽川尤感痛，以为大丈夫生不能执兵解国难，亦当撢研文史，发为歌诗，以张皇民气，垂警于将来也。因倡创小集，略师复社之旨。诸人及余和之，字名曰绮。取其织茧纬文，寓经纶章采之意。厥后，李薇庐、张博斋、曹晓墅、滕毅孚并先后附列，月必四集，每集各出金石书画，诗古文辞相互讨论。”②

3、4 月间，陈诗等人在安徽庐江成立筠社。成员 20 余人。陈诗《筠社初集序》云：“丙子暮春，予由沪归，盖离家十四年矣。偶游冶父，遇善书之岊溪上人，兴怀莲社，又睹修竹际天，碧云匝径。遂与同人有筠社之设，即事赓咏，永此朝夕，而乡闾后进亦乐酬和。惟限七绝，抒情述景，有类竹枝，亦在乡言乡之义也。凡得人二十有奇，得诗数十首。予不敏，择其佳篇汇成一集。”③

4 月

本月，瑞洵卒，享年 78 岁。瑞洵（1859—1936），博尔济吉特氏，字信夫，号景苏，晚年自号天乞居士，满洲正黄旗人，有《犬羊集》。生平事迹见杨钟羲《科布多参赞大臣瑞洵传》。陈三立《瑞司业诗集跋》云：“居士穷饿拂逆，励清修不懈，寄迹萧寺，专耽佛乘，日夕有常课。余暇

---

① 逸经社同人：《〈逸经〉文史半月刊发刊启事》，载《逸经》1936 年第 1 期。

② 薛综缘：《绮社杂稿叙》，见南江涛选编《清末民国旧体诗词结社文献汇编》第 21 册，国家图书馆出版社 2013 年版，第 533－534 页。

③ 陈诗：《筠社初集序》，见南江涛选编《清末民国旧体诗词结社文献汇编》第 16 册，国家图书馆出版社 2013 年版，第 49 页。

或以诗歌自遣，类清超绝俗，与其情欵、节概相表里者也。”① 1935 年，铃木吉武所编《犬羊集》由铃木氏餐菊轩刊行。

5 月

12 日，胡汉民卒，享年 58 岁。胡汉民（1879—1936），字展堂，晚年号不匮室主，广东番禺人，有《不匮室诗钞》。生平事迹见蒋永敬《民国胡展堂先生汉民年谱》。钱仲联《近百年诗坛点将录》云：“国民党文人高官能诗者，世称胡汉民。与程潜一文一武，对张诗帜。程宗八代，胡尚荆公，流派亦不同。陈衍《石遗室诗话续编》，论胡诗綦详，褒扬过情。余则以为胡诗时不免以文为诗之病耳。”② 同年 10 月 25 日，国葬典礼委员会编印《不匮室诗钞》，书前有陈衍、冒广生、易孺所作叙，陈三立、夏敬观、吴用威等人题辞，录诗八卷。沈云龙主编《近代中国史料丛刊续编》第 83 辑收录该集。

15 日，陈衍与金天羽赴蜀，受到赵熙热情接待，彼此赋诗唱和，传为诗坛佳话。陈衍成《蜀游诗》30 首，金天羽前后得诗 50 余首。《侯官陈石遗先生年谱》云：“将至峡中，怀拔可丈诗。首二句云：‘满拟连床续旧游，如何买券不同舟。’盖丈与张菊生先生、高梦旦丈亦同时作蜀游也。……历西陵、巫峡、夔府诸胜。又由重庆乘飞机至成都，谒武侯祠，过杜工部草堂。……游桂湖，吊杨升庵（新都桂湖，为杨升庵故居）。眉州渡玻璃江，登蟆颐山，过三苏祠。星伯由沪返蜀，为公向导，招同公与松岑丈饮枕江楼。楼在万卫桥畔，下为锦江。赵尧生先生自荣县来会。公与先生别二十五年矣。先生曾寄公诗云：‘我自入山无出理，断难相见只相思。’至此相见抱而哭，先生年亦七十余，盖皤然两老矣，遂同宿乌龙寺。夜与尧生先生、松岑丈待月尔雅台。自乌尤至草鞋渡，经沙原、苏溪、乌山铺、符文镇，达峨眉县，登峨眉山。由龙门峡历清音阁、观心坡，而宿华岩顶。翌日，游仙峰瀑，公有题名。至九老洞，公欲奋步下山，众难之，已而雨至。尧生先生诗所谓‘得瀑峰逾活，留人雨作寒’也。住山三日，由报国寺下山，公乘轮返。又历灌门离堆（松岑丈云：灌县离堆为李冰所凿，下有绳桥，长百二十丈，前毁于兵，现已修复）。入青城，至朝阳、降魔二洞。仍返重庆，缫蘅自贵阳来会，置酒饯公。舟待发不得少留，怅怅而别。此行以五月十五日由沪赴蜀，六月十八日返苏，

① 陈三立：《瑞司业诗集跋》，载《船山学报》1935 年第 10 期。

② 钱仲联：《梦苕庵论集》，中华书局 1993 年版，第 370－371 页。

共三十五日，行万四千里。登峨眉，访青城，渡绳桥，饱览三峡之胜，得诗三十余首。”① 钱仲联《梦苕庵诗话》谓：“丙子夏，石遗老人与金松岑先生联袂作蜀游，借舟车航空之利便，五月十五日自沪启程，六月十八日回苏，往返才月余。石老以八十余高龄，跋涉万里，振衣千仞，有《蜀游诗》三十首，读之可当卧游。”② 又云：“石遗、松岑二丈同作蜀游，石遗游诗多成于途次，松岑则归后补作，共五十二首，皆镵刻奇伟。”③

本月，李宣龚、张元济与高梦旦等入蜀。张树年云：“三位尊长于 5 月 29 日登轮溯江而上，在宜昌换乘民生公司的‘民权’轮，饱览三峡风光。可惜当时未作任何记述。约 6 月初抵达重庆，在渝逗留数日，6 月 8 日游南温泉。”④ 王仲镛《赵熙年谱》亦云：“四月，陈衍偕吴江金天羽入蜀相访，期会于乌尤寺，欢晤小憩后，又陪同游峨眉，上华严顶，盖五游矣。时陈衍年八十，临行，赋长诗留别，于报国寺门首，执手相对而泣。是时，壬辰同年张元济、林思进、庞俊及执教四川大学之镇江杨伯屏，皆相继来会。”⑤

本月，俞锷卒，享年 51 岁。俞锷（1886—1936），字剑华，号一粟，江苏太仓人，南社诗人，入社书编号 31。生平事迹见郑逸梅《南社俞剑华轶事》、陆峣《俞剑华先生生平简介》。钱仲联《南社吟坛点将录》谓：“《俞剑华先生遗集》，云兴飙举，惊才绝艳，革命家之本色，晚期色泽稍褪，而锻炼较精。”⑥ 1984 年 10 月，俞剑华之女俞成椿辑注的《南社俞剑华先生遗集》在台北刊行。

6 月

14 日，章太炎卒，享年 69 岁。章太炎（1869—1936），原名学乘，后改为炳麟，字枚叔，号太炎，浙江余杭人。生平事迹详见章太炎《自定年谱》、汤志钧《章太炎年谱长编》。钱仲联谓：“太炎学人，诗非所措意。然早年所作五律，颇高简。后来入集诸诗，学汉魏乐府，诘屈古奥，

---

① 陈声暨编：《侯官陈石遗先生年谱》，王真续编，叶长青补订，见陈衍《陈石遗集》（下），陈步编，福建人民出版社 2001 年版，第 2083 页。

② 钱仲联：《梦苕庵诗话》，齐鲁书社 1986 年版，第 222 页。

③ 钱仲联：《梦苕庵诗话》，齐鲁书社 1986 年版，第 224 页。

④ 张树年：《我的父亲张元济》，东方出版中心 1997 年版，第 159 页。

⑤ 王仲镛：《赵熙年谱》，见赵熙《赵熙集》，巴蜀书社 1996 年版，第 1320 页。

⑥ 钱仲联：《南社吟坛点将录》，载《苏州大学学报》（哲学社会科学版）1994 年第 1 期。

与其论诗之主张相合。”① 1982 年，齐鲁书社出版《章太炎自写诗稿》。

30 日，《词学季刊》第 3 卷第 2 号“词坛消息”栏登载《诗词函授社之筹备》的启事。其云：“文坛老宿新建夏吷庵先生（敬观），近感于海内爱好诗词者之多，而苦乏师承，不易探求途径，往往劳而寡功，因发心创为诗词函授社，以备各方之咨询。并邀本刊主编龙榆生先生合作，略尽承先启后之义。顷正草拟章程，约分通信指导与批改诗词二种，酌收学费，限日程功。有志斯学者，可径向上海极司非而路三十四号康桥画社夏吷庵先生，或极司非而路康家桥廿一坊二号《词学季刊》社龙榆生先生处索取章程可也。”②

本月，《诗林》双月刊第 1 卷第 1 期在上海出版。内容分为文言和白话两部分。前者主要刊登旧体诗词，如第 2 期刊登有宋育仁、黄侃、高天梅、顾名等四家遗诗，胡展堂先生遗诗等。

本月，姚楚英《楚英诗存》出版。姚楚英（1900—1982），女诗人，江苏南汇（今属上海浦东新区）人。生平事迹见 1933 年《东方杂志》第 33 卷第 1 号所载《新加坡南华女学校姚楚英》。书前有朱太忙《楚英诗存序》、黄少牧序、高二适《楚英诗存弁言》及著者自序。郁达夫《题姚楚英诗册》谓：“文物中原剩劫灰，朅来异地育英才。木兰心事何人会，南海舟中一剪梅。”③

8 月

1 日，汪东在《文艺月刊》第 9 卷第 2 期发表《国难教育声中发挥词学的新标准》。文章称：“诗词正变，既是世道隆污，国势盛衰必然的结果，那么，我们今日谈词作词便该感觉到自身所处的地位环境是怎么样。……现在人心颓废到极点了，浮靡之音，固足以加其麻醉，便是愁苦的话，也足以促其消沉。不如注重慷慨悲壮，甚至粗厉猛奋的声调，予以刺激，使人心渐渐振作起来，这才见文学的功用，也才是文学家或者说词家所应当分担的责任。……希望以后与其多出几个人以词传的周、柳，不如多出几个词以人传的文、岳。”④

---

① 钱仲联：《梦苕庵论集》，中华书局 1993 年版，第 369 页。
② 睦宇：《词坛消息：诗词函授社之筹备》，载《词学季刊》1936 年第 3 卷第 2 号。
③ 郁达夫：《郁达夫全集》第 7 卷，吴秀明主编，浙江大学出版社 2007 年版，第 192 页。
④ 汪旭初：《国难教育声中发挥词学的新标准》，载《文艺月刊》1936 年第 9 卷第 2 期。

10 月

1 日，陈锐遗著《裦碧斋诗词话》刊于《青鹤》杂志第 4 卷第 22 期。同年 11 月 1 日，第 4 卷第 24 期连载该著。

1 日，钱仲联《梦苕庵诗存》刊行。版权页署“常熟钱萼孙”，无锡图书馆路文新印刷所印刷，收录 1922 年至 1936 年间的作品。金天羽《梦苕庵诗存序》云：“如何而可谓之诗人乎？诗者，尽人所能为也。所贵者在乎有诗人之心。诗人之心出幽入明，控古勒今，不局局于当前之境，恒与造化者游处，其心哲，其思虑沈，其德愔愔，夫是之谓诗人之心。诗人之心因其时而变，譬之四时，然春则繁丽也，夏则蓬勃也，秋则萧散也，冬则解脱也。反是者谓之失序。诗人之心因其世而变，治世之心广博而愉夷，乱世之心郁勃而拗怒。其或拨乱世反之正，则必以弘伟平直之心发为音声，以震动天下。若夫嘶吟噍杀，则国亡而不可救矣。故曰：‘音之起，由人心生也。’凡一诗人之心，必合众诗人之心以为长，无古无今，无中无外，去其疵累，撷其所长，而又必具有我之特长。”①

19 日，鲁迅卒，享年 56 岁。鲁迅（1881—1936），原名周树人，字豫才，浙江绍兴人。生平事迹见李何林主编《鲁迅年谱》。钱仲联《近百年诗坛点将录》云：“树人为诗不多，少作亦时调，风华流美。后臻简雅，得其师太炎风格，亦有学长吉者，要皆自存真面。留学东瀛时，本治医学，为救国病，乃攻文学。为《摩罗诗力说》，楬橥摩罗诗派之旨，‘立意在反抗，指归在动作’，‘大都不为顺世和乐之音，动吭一呼，闻者兴起，争天拒俗，而精神复深感后世人心，绵延至于无已’。‘发为雄声，以起其国人之新生，而大其国于天下’。树人诗云：‘我以我血荐轩辕。’请即以斯言还颂其诗。”② 1991 年，江苏教育出版社出版《鲁迅诗全笺》。1996 年，该社又出版许广平辑注、魏建功手书的《鲁迅先生诗存》。2011 年，人民出版社出版《鲁迅诗编年笺证》。

本月，上海开华书局发行柳亚子主编的《南社词集》。共 2 册，收录丁以布、丁三在、王德钟、王汉章、王横、王钟麒、王蕴章、古直等 145 家词。每册书末附有《南社词集姓名籍贯考》。

① 金天羽：《梦苕庵诗存序》，见钱仲联《梦苕庵诗存》，文新印刷所 1936 年版，第 1 页。
② 钱仲联：《梦苕庵论集》，中华书局 1993 年版，第 382 – 383 页。

11 月

23 日，沈钧儒遭国民党逮捕入狱，羁押期间，开始集中创作诗歌。至1937 年7 月31 日，沈钧儒等七人获释，其狱中所作之诗，收入《寥寥集》。沈钧儒在1938 年3 月27 日所作《〈寥寥集〉自序》中称："最近十年以来，忧国悼亡，成篇的诗始较多。二十五年被拘苏州，韬奋、乃器日必作文自三千至五千字为率，造时译书，千里、公朴亦写文，公朴且学为诗。我在看书写字外，觉得到处充满了诗意，有时正在盥洗，赶紧放了毛巾，找纸头来写；有时从被窝里起来开了电灯来写，想到就写，抓住就写，写出就算。有的竟不象了诗，亦不管它，择其较象诗的录在本子上。"①

12 月

冬，陈毅作组诗《梅岭三章》。此时，他被国民党军队围困在赣粤两省交界处的梅岭（大庾岭），认为无法突围，欲留诗明志。其云："一九三六年冬，梅山被围。余伤病伏丛莽间二十馀日，虑不得脱，得诗三首留衣底。旋围解。"②

本年

英国伦敦举行国际笔会，中国拟派胡适、陈三立参加，但陈三立未能成行。胡适、陈三立当选为"笔会"名誉会员是在两年前。1934 年6 月2日，《申报》曾刊载《中国著作家之荣誉——陈三立、胡适被选笔会名誉会员》，谓："笔会（P. E. N. Club）系由英国女作家道生石家蒂夫人所发起。凡诗人、戏剧家、散文作家、小说家及主笔等，均得为会员，以伦敦为总会址。第一任会长为高尔华绥氏，名誉会员为哈代。现两氏均已逝世。现任会长为著名之魏尔斯。世界上已有二十八国成立笔会，各国有名作家之被选为伦敦笔会名誉会员者总计只有四十人。中国方面有陈三立、胡适，系日前由该会选任为名誉会员。其他名誉会员，有德之浩普提曼、托马斯曼，法之罗曼罗南、瓦列雷，印度之泰戈尔等。笔会每年轮流在各

① 沈钧儒：《沈钧儒文集》，周天度编，人民出版社1994 年版，第352 页。
② 陈毅：《陈毅诗词选集》，人民文学出版社1977 年版，第20 页。

国举行国际会议一次，由各国笔会派代表赴会。今年国际会议定在苏格兰爱丁堡举行，会期自六月十六日起，以一星期为会期。已函请中国笔会派员参加，中国笔会系于十九年冬，由胡适、徐志摩、杨杏佛、蔡元培、叶玉虎、谢寿康、邵洵美、郭有守等数十人所发起组织，会暂设在上海云。”① 郑逸梅《艺林散叶》云：“一九三六年，英国伦敦举行国际笔会，邀请中国代表参加。其时派代表二人，一胡适之，代表新文学，一陈三立，代表旧文学。但陈三立年八十四岁，不能远涉重洋，不果行。”②

民国二十六年　1937 年　丁丑

1 月

本月，钱仲联在《学术世界》第 2 卷第 3 期发表《十五年来之诗学》。他认为 1922—1937 年为诗坛转变的关键期。文章指出，“自嘉兴沈子培曾植先生之没，于今十五年矣。海内所推诗坛领袖陈散原三立今年八十四，陈石遗衍今年八十一，郑海藏孝胥今年七十七，皆垂垂老。故此十五年中，实为诗坛转变之枢。论其趋势，则由模仿而进于创造，由窘束而进于解放，而其成熟之果，则尚有待于将来焉”；“宋诗运动，至今日已为强弩之末，不容为讳。闽派领袖石遗老人，近年卜居吴门，诗流奉为盟主。而其持论，亦主解放，大异曩昔矣”；“此十五年中，有所谓白话新体诗者，胡适之适《尝试集》为其开山，刘大白、刘复、俞平伯、康洪章、郭沫若、徐志摩诸家继之，固亦从事于诗体解放者也。然紫色蛙声，余分闰位，大雅所弗尚也”。③

3 月

春，蛟川崇正诗社成立。诗社发起者为周锡藩，主事者为庄纲，成员有吴翰、陈启新、陈佐廷、陈忠杰、陈邦安、张树森、张咏舫、金贤松、

① 佚名：《中国著作家之荣誉——陈三立、胡适被选笔会名誉会员》，载《申报》1934 年 6 月 2 日第 5 张。

② 郑逸梅：《艺林散叶》，中华书局 1982 年版，第 326 页。

③ 钱萼孙：《十五年来之诗学》，载《学术世界》1937 年第 2 卷第 3 期。

金贤瑮、黄华、邵亨泰、戴斌章、董祐栻、林修华、林齐煌、刘安川、刘郇、刘钟梅、叶菁、来裕恂、周汝磐等。庄纲《蛟川崇正诗社丁丑集序》云："清末迄今，垂三十年矣。今年本会（指崇正学会）开会时，由主席周子鉴清提议，以为崇正书院名存实亡，拟设立诗社，藉以保存国粹，且可联络友谊。并谓近今学术虽不重视诗词，但遇庆吊文字依然不能废除。若不商量旧学，恐将来无处问津矣。众意佥同，即经选举基本社员，成立蛟川崇正诗社，并分头征集社员。自春徂冬，应征入社者，与时俱增。"[①] 此序落款时间为"丁丑初冬"，且有"自春徂冬"之语，可知诗社成立于1937年春。林修华《蛟川崇正诗社戊寅集序》谓："岁丁丑，蛟川崇正诗社成，主其政者为庄锦逊先生，清才高龄，不愧骚坛祭酒，分期征课，按时命题，登高一呼，应之者大不乏人。自春徂冬，已裒然成帙，为丁丑集，将付剞劂问世焉。"[②] 该社作品后于1939年编辑为《蛟川崇正诗社诗稿丁丑戊寅合集》。南江涛选编《清末民国旧体诗词结社文献汇编》第12册收录该集。

4月

15日，《国专月刊》第5卷第3期刊登《陈石遗先生答陈光汉诗学阙疑七则》。陈衍认为初学写诗者，"无可专学，无不可学，生硬可也，枯涩断不可。偶然空泛犹可，浅薄不必作矣"；"诗者有韵之言语，说到学已非其道，岂可专学一代，专学一家，况专学一体乎？此无志之人，只求有少许诗可传者之所为，有志者无所不能而后可"。[③]

本月，杨赓笙《伏枥轩四种诗钞》出版。主要收录作者60岁以后（1929年以后）的诗作。杨赓笙（1869—1955），号咽冰，江西湖口人，国民党元老。生平事迹及诗歌创作见杨仲子、孙肖南所编《只凭天地鉴孤忠——杨赓笙诗作及生平大事集》。詹骁勇《杨赓笙〈伏枥轩诗钞〉校勘记》谓杨氏之诗"多作于家国危亡之时，忧国忧民，长歌当哭，可称诗史"[④]。

---

① 庄纲：《蛟川崇正诗社丁丑集序》，见南江涛选编《清末民国旧体诗词结社文献汇编》第12册，国家图书馆出版社2013年版，第5页。

② 林修华：《蛟川崇正诗社戊寅集序》，见南江涛选编《清末民国旧体诗词结社文献汇编》第12册，国家图书馆出版社2013年版，第53页。

③ 陈衍：《陈石遗先生答陈光汉诗学阙疑七则》，载《国专月刊》1937年第5卷第3期。

④ 詹骁勇：《杨赓笙〈伏枥轩诗钞〉校勘记》，见杨仲子、孙肖南主编《只凭天地鉴孤忠——杨赓笙诗作及生平大事集》，中国文史出版社2011年版，第10页。

5 月

1 日，叶公超在《文学杂志》创刊号上发表《论新诗》。他认为近年来人们对旧诗的态度有所转变，旧诗正对新诗作者产生影响。好的旧诗不受格律限制，格律等于镣铐是对坏的旧诗而言的。文章指出，“近几年来，讨论新诗的人似乎都在发愁，甚至于间或表现一种恐怖的感觉：他们开始看出旧诗的势力了。仿佛旧诗的灵魂化身，蒲留仙的花妖狐魅，在黑暗里走进新诗人的梦中，情趣丰富的青年那能坐怀不乱！于是，旧诗的情调，旧词的意境和诗人一同醒来”；“与其说旧诗的格律等于镣铐，莫如说它是一种勉强撑持的排场。这当然是指坏的旧诗而言，好的旧诗仍然还有人能写，写出来还是有格律的，旧诗的格律对于旧诗的文字可以说是最适合，最完备的技巧”。[①] 类似以“论新诗”为题的文章，大都着眼于反思新旧诗的关系，如臧克家《论新诗》谓：“来检阅一下十几年来的诗坛，我不禁要叹一口气！是的，它进步的痕迹是很显然，可以说是有点可喜，然而可喜的不比可悲的多！当新诗刚有了生命的时节，像一个乍放了脚的女子不免有点袅娜，仍然脱不掉旧诗词的气派，那是没法的事。”[②] 《光华附中》1936 年第 4 卷第 4、5 期合刊“新诗专号”所载童天涧《论新诗》云：“‘五四’运动后中国的新诗，显然是由有着长久历史的旧诗词解放的。”[③]

16 日，林开謩卒，享年 76 岁。林开謩（1862—1937），字益苏，号贻书，福建长乐人。徐一士《一士谭荟》云：“入民国后，却征不出，而亦未尝以遗老厚自表襮。晚年久居北京，与陈宝琛结邻。”[④] 《郑孝胥日记》四月十日（5 月 19 日）载：“得稚辛初八日书，贻书以初七日病殁。”[⑤] 沈卫挽联谓：“清望在宣南，教泽在中州，治功在江左右，虽声华藉甚，实未尽君之才，只老来意气犹豪，多子多孙夸晚福；善奕若支公，健啖若廉颇，好游若宗少文，而囊橐萧然，惟以吟诗为乐，到此际死生无碍，看山看水了馀年。”[⑥]

---

① 叶公超：《论新诗》，载《文学杂志》1937 年第 1 卷第 1 期。

② 臧克家：《论新诗》，载《文学》1934 年第 3 卷第 1 号。

③ 童天涧：《论新诗》，载《光华附中》1936 年第 4 卷第 4、5 合期。

④ 徐一士：《一士谭荟》，中华书局 2007 年版，第 235 页。

⑤ 郑孝胥：《郑孝胥日记》第 5 册，劳祖德整理，中华书局 1993 年版，第 2671 页。

⑥ 沈卫：《挽林开謩》，见邹华享、程亚男、张志浩、雷树德编《近现代名人挽联选》，岳麓书社 1994 年版，第 233 页。

6 月

约6月至7月，吴恭亨卒，享年81岁。吴恭亨（1857—1937），字悔晦，湖南慈利人，南社诗人，入社书编号782，有《悔晦堂诗集》。生平事迹见其自撰《吴恭亨年谱》《诗人吴悔晦墓表》。汪儒烈《慈利文人吴恭亨》称："吴恭亨清咸丰七年（一八五七年）十月初十日生，民国二十七年农历五月中于常德市新街口寓所病逝，终年八十一岁，葬于慈利县羊角山麓枣儿湾。墓碑上刻有'诗人吴悔晦之墓'，乃江西督军李烈钧所题。"[①] 郑逸梅谓其诗"诡异崛特，别有致趣"[②]。傅熊湘《题吴悔晦集》其一云："律诗辣似黄山谷，绝句险如龚定盦。谁与此胸摩百怪，哆然张舌肆高谈。"[③] 1920年，《悔晦堂文集》刊行。1925年，《悔晦堂丛书》刊行。1984年，岳麓书社出版其所撰《对联话》。

本月，陈衍所辑《说诗社诗录》三十八卷由福州中西印务局印行。南江涛选编《清末民国旧体诗词结社文献汇编》第17册收录该集。

夏，钱文选《吴越纪事诗一百二十首》出版。钱文选（1874—1957），字士青，安徽广德人，吴越武肃王三十二世孙，生平事迹见甘泽沛、王永清《钱士青先生编年事略》，陈凤章《钱士青先生年谱》，蒋絅裳《钱士青先生年谱》。钱文选谓："举列祖事迹，撰诗一百二十首，前一百零五首系分述，后十五首系综叙。谓之纪事固可，谓之述德亦无不可。如欲知五王事实者，读之即可了然。不致再为新史所误。非敢附于著作之林，亦聊使祖德之永垂于天壤，遍传于宇内而已。"[④] 1939年8月，钱文选《士青全集》由上海商务印书馆出版，第四集（该书第四部分）收录诗稿，卷一为《吴越纪事诗一百二十首》。

7 月

7日，卢沟桥事变爆发。一时以诗纪事者颇多，如王泠斋《卢沟桥抗战纪事诗五十首》、王蘧常《大刀勇士》、欧阳文《七七事变》、刘光裕

---

① 汪儒烈：《慈利文人吴恭亨》，见中国人民政治协商会议湖南省慈利县委员会文史资料委员会编《慈利文史资料》第1辑，1985年版，第79－80页。

② 郑逸梅编著：《南社丛谈》，上海人民出版社1981年版，第165页。

③ 傅熊湘：《傅熊湘集》，颜建华编校，湖南人民出版社2010年版，第67页。

④ 钱文选：《士青全集·第四集　诗稿》，商务印书馆1939年版，第2页。

《卢沟桥事变》、杜衡《卢沟桥衅起》、杨沧白《悲吊卢沟桥抗敌死义诸烈》等。

8 日，陈衍卒，享年 82 岁。陈衍（1856—1937），字叔伊，号石遗老人，福建侯官人，有《石遗室诗集》《石遗室诗话》等。生平事迹见陈声暨等所编《侯官陈石遗先生年谱》、唐文治《陈石遗先生墓志铭》。钱仲联《近百年诗坛点将录》谓："陈氏为'同光体'之鼓吹者，寿逾八旬，影响近代诗坛甚大，所选《近代诗钞》及所著《诗话》，虽以'同光体'诗为主，然亦广涉各种流派，如湖湘派之王闿运、邓辅纶，诗界革命派之黄遵宪、康有为、梁启超、金天羽，南社之黄节、诸宗元、沈宗畸、林学衡等，亦皆涉及，盖尚非墨守门户之见者。"[①] 2001 年，福建人民出版社出版《陈石遗集》。

8 月

10 日，郭沫若在《光明》第 3 卷第 5 号发表手书《黄海舟中》（诗二首）。其一云："此来拚得一家哭，今往还将遍地哀。四十六年余一死，鸿毛泰岱早安排。"[②] 其二云："又当投笔请缨时，别妇抛雏断藕丝。去国十年余泪血，登舟三宿见旌旗。欣将残骨埋诸夏，哭吐精诚赋此诗。四万万人齐蹈厉，同心同德一戎衣。"[③] 并题写"归国书怀（用鲁迅韵）"。

该诗系步韵鲁迅《无题》（惯于长夜过春时）。本年 10 月，上海大时代出版社再版郭沫若所著《抗战与觉悟》，作者曾将该诗手迹放在书前，作为"代序"。张元济有诗《和沫若先生归国书怀并步原韵》（报国男儿肯后时）。

13 日，"八一三"事变爆发。张一麐作《八一三纪事诗》200 首。这些诗陆续发表在《大风》杂志及《文汇报》，影响很大。蔡元培《题〈八一三纪事诗〉第二册》谓："世号诗史杜工部，亘古男儿陆渭南。不作楚囚相对态，时闻谔谔展雄谈。"[④]

17 日，国民政府空军飞行员阎海文驾机作战，机身中弹，跳伞误入日军阵地，拔枪击毙多名敌人后自杀殉国，一时轰动中外。[⑤] 各界人士以

---

① 钱仲联：《梦苕庵论集》，中华书局 1993 年版，第 358 页。

② 郭沫若：《黄海舟中》，载《光明》1937 年第 3 卷第 5 号。

③ 郭沫若：《黄海舟中》，载《光明》1937 年第 3 卷第 5 号。

④ 蔡元培：《蔡元培全集》第 8 卷，中国蔡元培研究会编，浙江教育出版社 1997 年版，第 585 页。

⑤ 赵铭纲：《悼同学阎海文》，载《抗战半月刊》1937 年第 3 号。

诗词哀悼，有代表性的诗词包括锦江《书阎海文烈士殉难》、大可《飞将军歌》、冯玉祥《烈士阎海文》、陈禅心《悼空军烈士阎海文》五首、卢前《满江红》（蔽日拿云）等。其中陈诗诗云：“空军将，阎海文，奋飞杀倭在沪滨。久战炮伤机欲坠，持伞下落吾犹可。误入敌阵耻为擒，骤拔手枪杀数人。尚留一弹自戕身。智谋勇沉此壮士，中外报章纪名字。少年卫国寰宇钦，是时丁酉秋风鸣。”[①]

26日，黄濬因从事间谍活动，被执行枪决。黄濬（1891—1937），字秋岳，室名“花随人圣庵”，福建闽侯人，有《聆风簃诗》。《郑孝胥日记》七月廿九日（9月3日）云：“报言，黄秋岳八月廿六号被杀于南京，以间谍牵及者，凡十八人。”[②] 1937年8月28日，夏承焘在日记中写道：“黄秋岳、黄晟父子与其他汉奸共十八人，以二十六晨枪决。午后翻《石遗室续诗话》，读黄各诗，诚极工，此人可惜可恨。顾宁人谓‘士大夫无耻，是为国耻’，此尤不但无耻而已。拟抄其好诗印为一册，曰黄汉奸诗钞，以伯衡所藏秦桧墨迹冠其封面，骂此等人，使此等人遗臭千古，是忠厚之道，浑非刻薄。”[③] 汪辟疆在《光宣诗坛点将录》（甲寅本）中评价称：“秋岳诗工甚深，天才学力，皆能相辅而出，有杜韩之骨干，兼苏黄之诙诡，其沉着隐秀之作，一时名辈，无以易之。近服膺散原，气体益苍秀矣。”[④] 夏敬观《忍古楼词话》谓：“闽县黄秋岳濬，记问渊博，诗文功力甚深，与长乐梁众异鸿志齐名。惟素不作词，闽县林子有葆恒辑刊闽词，得众异幼作数阕，秋岳则付阙如。余顷得其词二阕，盖近日始为之也。……二词意味蕴藉，出手即迥不犹人。可证倚声一道，不必专在词中致力也。”[⑤] 1941年，《聆风簃诗》刊行，收诗8卷，附《聆风簃词》1卷。

30日，郭沫若在上海《救亡日报》发表《由“有感”说到气节》，认为作旧诗有作旧诗的好处。文章称：“朋友们有的劝我不要做旧诗，但我总觉得做旧诗也有做旧诗的好处，问题该在所做出的诗能不能感动人而已。在我的想法，目前正宜于利用种种旧有的文学形式以推动一般的大

---

① 陈克超：《陈诗》，见中国人民政治协商会议庐江县委员会编《潜川古今》第1集，1985年版，第182页。

② 郑孝胥：《郑孝胥日记》第5册，劳祖德整理，中华书局1993年版，第2684页。

③ 夏承焘：《天风阁学词日记》，浙江古籍出版社1984年版，第532页。

④ 汪辟疆：《光宣诗坛点将录笺证》下册，王培军笺证，中华书局2008年版，第799页。

⑤ 夏敬观：《忍古楼词话》，见唐圭璋编《词话丛编》第5册，中华书局1986年版，第4773－4774页。

众，我们的著述对象是不应该限于少数文学青年的。”①

9 月

7 日，宝山城破，第五八三团三营营长姚子青与全营官兵殉国。10 日，国民党中央执行监察委员会通电全国，谓：“宝山之战，姚子青全营与孤城并命等，志气之壮，死事之烈，尤足以动天地而泣鬼神。”② 各界人士以诗词悼之，如姚伯麟《宝山一营殉国》、朱大可《哀姚子青将军》、唐玉虬《宝山烈士歌》、易君左《姚将军歌》、契云《吊姚子青营长》等。其中卢前《满江红·宝山之役》云：“斗大孤城，竟一日化为碧血。今又见田横忠勇，张巡节烈。六百士当千万敌，出生入死吴淞缺。听子青奋臂一声呼，君休怯！　弹虽尽，枪虽折；头未断，心还热。况此城与我，存忘关切③。有我不能抛寸土，须知吾志坚如铁④。载‘姚营’，他日史书存，歌先发。”⑤

14 日，陈三立卒于北京，享年 85 岁。陈三立（1853—1937），字伯严，号散原，江西义宁人，有《散原精舍诗文集》。生平事迹见马卫中、董俊珏《陈三立年谱》及李开军《陈三立年谱长编》。1938 年 11 月 20 日，邵祖平在《新阵地》第 25 期发表《记绝粒殉国之大诗人陈散原》追述陈三立之品节与成就。汪辟疆《近代诗派与地域》云：“至陈散原先生，则万口推为今之苏黄也。其诗流布最广，工力最深，散原一集，有井水处多能诵之。”⑥ 张慧剑《辰子说林》称：“诗人陈散原先生，为中国诗坛近五百年来之第一人。”⑦ 2003 年，上海古籍出版社出版李开军校点的《散原精舍诗文集》。2007 年，江西人民出版社出版潘益民、李开军辑注的《散原精舍诗文集补编》。2014 年，上海古籍出版社出版《散原精舍诗文集》增订本。

25 日，八路军第一一五师在平型关取得大捷。这次胜利极大地鼓舞

---

① 郭沫若：《郭沫若全集》第 18 卷，郭沫若著作编辑出版委员会编，人民文学出版社 1992 年版，第 156 - 157 页。

② 于右任：《民族抗战之精神》，见文汇年刊编辑委员会编《文汇年刊》，英商文汇有限公司出版部 1939 年版，第 135 页。

③ “存忘关切”，《卢前诗词曲选》（中华书局 2006 年版）作“存亡关切”（见第 129 页）。

④ “有我不能抛寸土，须知吾志坚如铁”，《卢前诗词曲选》（中华书局 2006 年版）作“有我不能寸土失，要知吾土坚如铁”（见第 129 页）。

⑤ 卢前：《中兴鼓吹抄》，建国出版社 1943 年版，第 43 页。

⑥ 汪辟疆：《汪辟疆诗学论集》上册，张亚权编撰，南京大学出版社 2011 年版，第 48 页。

⑦ 张慧剑：《辰子说林》，上海书店出版社 1997 年版，第 19 页。

了中国军民的抗战士气。以诗词纪事者颇多，如杨沧白《闻第八路军平型关捷》、邵祖平《闻人述八路军平型关之捷》、卢前《满江红·平型关大捷》等。身陷上海孤岛的姚伯麟所作《平型关及锋而试》云："风云八路动欢颜，游击纵横战术娴。大破倭军寒敌胆，锋铓始露平型关。"① 陈毅《闻八路军大捷》则谓："抗日旌旗战局开，大年东出薄燕台。南方豪杰风雷动，团结救亡下山来。"②

11 月

本月，上海中华书局出版夏敬观《忍古楼诗》。共 15 卷，收录古今体诗 1433 首。1941 年 1 月 20 日，《同声月刊》第 1 卷第 2 号"诗坛近讯"云："新建夏吷庵（敬观）先生，博通经史乐律声韵词章之学，清季即负盛名，一时名宿，如陈散原（三立）、郑大鹤（文焯）、朱彊邨（孝臧）、郑海藏（孝胥）、陈石遗（衍）诸公，交相引重。所著《汉短箫铙歌注》《音学备考》《词调溯源》《吷庵词》《忍古楼诗话》《词话》等，并早经行世。……诗宗宛陵（梅尧臣），上窥汉魏，旁及唐宋诸大家，议论一无偏倚，且喜诱掖后进，诙谐杂作，不为崖岸，以故学者皆乐趋之。所著《忍古楼诗》，由上海中华书局承印，乱后始经出版，用仿宋字，线装四册，蜀中嗜诗者，航空购取，价重可知。"③ 此处所述之诗集指本年出版的《忍古楼诗》。1958 年冬，《忍古楼诗续》印行，共 4 卷，收录古今体诗 357 首，沈云龙主编《近代中国史料丛刊》第 97 辑收录该集。

12 月

2 日，邵瑞彭卒，享年 51 岁。邵瑞彭（1887—1937），字次公，浙江淳安人，南社诗人，入社书编号 372，有《扬荷集词》。《淳安县志》谓其"1937 年 12 月 2 日在开封病逝"④。夏敬观《忍古楼词话》谓："著有《扬荷集词》四卷，已行世。次公为词，宗尚清真，笔力雄健，藻彩丰赡。近自中州寄示所作五词，则体格又稍变，运用典实，如出自然。博综经籍

---

① 姚伯麟：《抗战诗史》，上海书店出版社 2015 年版，第 18 页。

② 中共中央文献研究室编：《陈毅诗词集》上册，中央文献出版社 2011 年版，第 51 页。

③ 同声月刊社：《诗坛近讯：忍古楼诗出版》，载《同声月刊》1941 年第 1 卷第 2 号。

④ 淳安县志编纂委员会编：《淳安县志》，汉语大词典出版社 1990 年版，第 742 页。

之光，油然于词见之。盖托体高，乃无所不可耳。”① 叶恭绰《广箧中词》称：“次公词清浑高华，工于熔剪，残膏剩馥，正可沾溉千人。”② 况周颐《蕙风词话》云：“淳安邵次公（瑞彭）谙政术，擅词章，风骨骞举，世人多识其事也。”③ 胡朴安所编《南社丛选》录其诗 34 首、词 24 首。2017 年，河南大学出版社出版《邵瑞彭诗词笺注》。

13 日，南京沦陷，侵华日军制造南京大屠杀惨案。旧体诗词记录了触目惊心的历史细节和侵略者惨无人道的罪行。如邵祖平《南京失陷悲感》称：“临风万家啼，门板缚婴孺。浮沉委江水，天亲负慈拊。石城应缺角，龙蟠俨藏怒。妇女迫横陈，男儿困刀锯。血染秦淮碧，肠挂白门树。”④ 霍松林《惊闻南京沦陷，日寇屠城（二首）》谓，“血染长江赤，尸填南埭平”“忍见人文薮，又成地狱图！死伤盈百万，挥泪望南都”。⑤ 其他有代表性的作品还包括陈中凡《南京沦陷，和家书木感怀韵》、杨沧白《哀南京》、杜衡《痛南京失陷》、姚伯麟《首都沦陷国府西迁》等。

本年

吴克昌、王化南、纪锡铭、郑子修在牡丹江地区成立商山诗社。诗社延续近十年（1937—1947）。张呈文、周哲辉《商山诗社初探》称，“诗社初期由四人组成，四人都已超过中年，便依西汉初年‘商山四皓’的典故，取名‘商山诗社’。四位成员的名字分别是：吴克昌、王化南、纪锡铭、郑子修”“商山诗社拥有一个相当可观的创作群体，规模不可谓不大。它实际上就是牡丹江地区的诗词团体”。⑥

---

① 夏敬观：《忍古楼词话》，见唐圭璋编《词话丛编》第 5 册，中华书局 1986 年版，第 4789 页。

② 叶恭绰选辑：《广箧中词》，傅宇斌点校，人民文学出版社 2011 年版，第 406 页。

③ 况周颐：《蕙风词话辑注》，屈兴国辑注，江西人民出版社 2000 年版，第 546 页。

④ 邵祖平：《培风楼诗》，浙江大学出版社 2000 年版，第 134 页。

⑤ 霍松林：《青春集》，西安出版社 2007 年版，第 178 页。

⑥ 张呈文、周哲辉：《商山诗社初探》，见黑龙江省文史研究馆编《龙江文史：纪念黑龙江省文史研究馆建馆五十周年特刊》，黑龙江人民出版社 2007 年版，第 213 页。

民国二十七年　1938 年　戊寅

1 月

18 日，胡怀琛卒，享年 53 岁。胡怀琛（1886—1938），字季仁，后更字寄尘，安徽泾县人，南社诗人，入社书编号 105。生平事迹见柳亚子《亡友胡寄尘传》、胡小静《胡怀琛传略》、郭甜甜《胡怀琛年表》。胡朴安云："弱冠而后，学唐、学宋、学汉魏，苦吟深思，不苟下一字，及其成也，乃复归于自然。盖几几乎可傲古人矣。"① 钱仲联《南社吟坛点将录》谓："《大江集》与《江村集》，旧体新裁合一家。笔战何妨到《尝试》，妙莲开出笔端花。"② 1921 年 3 月，上海四马路崇文书局出版胡怀琛《大江集》，后于 1923 年再版。1926 年 7 月，商务印书馆出版《胡怀琛诗歌丛稿》。

本月，教育短波社编辑、出版《抗战诗选》（版权页又署"抗战歌谣选"）。收录冯玉祥《检查》《打蜈蚣》《缴械》《李连长》《张庆余将军》《女军人》《飞将军阎海文》，以及杜重石《难民吟》、何香凝《冰莹女士抗战纪念》、叶圣陶《伤兵难民》（卜算子）、健先《十月某日晚黄浦滩头所见》（望江东）、马君武《抗日纪事》、王统照《南北》等旧体诗词，同时收录冯玉祥、柳倩、艾芜、杨骚、芦焚、郭沫若、臧克家等三十多人的新诗。胡迎建《民国旧体诗史稿》谓："教育短波出版社出版《抗战诗选》，内收有冯玉祥、何香凝、叶圣陶、王统照、马君武、艾芜等人新旧体诗共五十六首，标志着新、旧体诗人为宣传抗战而走到相互宽容的道路上来了。"③

2 月

本月，李宣倜、王蕴章、陈寥士等先后进入筹备汉奸政府的班底。潘

① 胡朴安：《胡怀琛诗歌丛稿序》，见胡怀琛《胡怀琛诗歌丛稿》，商务印书馆 1926 年版，第 2 页。

② 钱仲联：《南社吟坛点将录》，载《苏州大学学报》（哲学社会科学版）1994 年第 1 期。

③ 胡迎建：《民国旧体诗史稿》，江西人民出版社 2005 年版，第 21 页。

益民、潘蕤《陈方恪年谱》云："同月，李释戡、王西神、陈寥士等一批'名士'，因各自的原因先后被梁鸿志、陈群、李择一等拉进筹备汉奸政府的班底。"[①]

本月，金重子所编《抗战诗选》由汉口战时文化出版社出版。内容分为两部分：第一部分收录郭沫若、王统照、易君左、罗家伦、臧克家、冯玉祥、李金发等人 47 首新诗；第二部分收录田汉、郭沫若、张一麐、陈古枝、冯玉祥、罗家伦、马君武、易君左、王统照、罗卓英等人 77 首旧体诗。茅盾对当时诗歌之特性进行了概括，认为其"步步接近大众化""不注意于技巧，而技巧自在其中""抒情与叙事镕冶为一，不复能分"。[②]

3 月

本月，夏敬观、陈夔龙、冒广生、张元济、李宣龚、周达、袁思亮等七人发起组织陈三立追悼会，地点在上海贵州路湖社。潘益民、潘蕤《陈方恪年谱》云："三月，冒鹤亭、陈庸庵、张菊生、夏剑丞、李拔可、周梅泉、袁伯夔等发起，假贵州路'湖社'之址，为散原老人举行隆重的祭奠集会，'孤岛'文坛名流大都前往；上海《申报》上曾刊登此次集会的启事。"[③] 陈谊《夏敬观年谱》云："3 月，先生与陈夔龙、冒广生、张元济、李宣龚、周达、袁思亮七人作为发起人，假贵州路湖社，为陈三立举行追悼会（上海《申报》1938 年 3 月启事）。"[④]

本月，冯玉祥《抗战诗歌集》由三户图书印刷社出版发行。该集收诗 80 首，文字朴实、形式通俗、感情浓厚、所言具体而微，还有何容、吴组缃序及作者自序。其《自序》云："我在公余之暇，很喜欢写些诗。我写的诗粗而且俗，和雅人们的雅诗不敢相提并论。因此，我只好把它叫做'丘八诗'。我不会作那种雅诗。在目前，对于那种雅诗我也不大赞同。因为那些风花雪月之类，你写，它是花风雪月；你不写，它还是风花雪月：写不写都没有关系。至于什么哀愁烦恼等等，在我也都觉得不可捉摸，个人这些无关重要的情怀，老是撩拨它，到底有什么好处呢？我所看见的，是广大的劳苦同胞，他们贫困落后的生活，使我悲痛，我一刻也不能忘

① 潘益民、潘蕤：《陈方恪年谱》，江西人民出版社 2007 年版，第 133 页。

② 茅盾：《序：这时代的诗歌》，见金重子编《抗战诗选》，战时文化出版社 1938 年版，第 2 页。

③ 潘益民、潘蕤：《陈方恪年谱》，江西人民出版社 2007 年版，第 133 页。

④ 陈谊：《夏敬观年谱》，黄山书社 2007 年版，第 165 页。

记。我所知道的，是日本帝国主义的凶残恶毒，它紧紧掐着我们民族的咽喉，我们若不觉醒奋发．并力抵御，那我们就只有死路一条。争取民族的生存与自由，和使得每个同胞都有很大的力量参加斗争：这二者是密切关联着的。我觉得我们应该把全副的时间和精力摆放在这上面，把一切可能的行动和方法运用在这上面。文字是有伟大效力的一个工具，有韵的文字，尤为一般同胞所最喜爱的形式。我们正应该把它拿来，在这上面发挥作用。但是我所读到的有韵文字，有的是太古奥典雅，有的是太新鲜离奇。而目前大多数的同胞，文化水准都是很低很低。他们对于这类的诗，看，也看不懂；听，也听不懂：事实上他们只有瞪眼着急，简直毫无办法。更不用说他们根本就不愿意去接近了。我所以不揣谫陋，时常写些粗而俗的‘丘八诗’出来，正就是想利用诗的形式，发挥一点灌输和唤醒的作用。”①

本月，黄炎培所著《苞桑吟》印行。这是作者自全面抗战爆发以后推出的第一部诗集，署名“抱一”。1943年2月，黄炎培的《天长集》在重庆由国讯书店出版。姚维钧《〈天长集〉序》云：“《天长集》是黄师在抗战以后的第二部诗集，自民纪二十九年十二月起至三十一年八月止。”②1946年11月，开明书店在重庆出版其《苞桑集》，主要收录抗战胜利之前的作品，后该集于1949年2月又由开明书店在上海再版。

4月

7日，台儿庄会战取得胜利。这次战役始于3月23日，中国军队经过浴血奋战，歼灭日军一万余人。李宗仁在《回忆录》中指出：“台儿庄一役，不特是我国抗战以来一个空前的胜利，可能也是日本新式陆军建立以来第一次的惨败。足使日本侵略者对我军另眼相看。”③ 此战的胜利不仅激发了昂扬的民族精神，而且对文学创作尤其是旧体诗词写作也有积极的影响。如李宗仁《台儿庄大捷》、王陆一《喜闻台儿庄大捷》、唐玉虬《台儿庄纪捷》、胡小石《台儿庄大捷书喜》、霍松林《喜闻台儿庄大捷》、姚伯麟《台儿庄大捷歌》、胡厥文《台儿庄大捷二首》、杜衡《喜台儿庄歼敌大捷》。其中，罗家伦《台儿庄大捷放歌》云：“十万横磨肃晓霜，

---

① 冯玉祥：《抗战诗歌集》，三户图书印刷社1938年版，第7－8页。

② 姚维钧：《〈天长集〉序》，见黄炎培《天长集》，国讯书店1943年版，第1页。

③ 李宗仁口述：《李宗仁回忆录》，唐德刚撰写，广西人民出版社1988年版，第517页。

一挥天上斩贪狼。朝朝积郁冰消尽，八表苍生涕泪狂。”①

28 日，郑孝胥死于长春柳条路寓所，时年 79 岁。郑孝胥（1860—1938），字苏龛，号海藏，福建闽县人，有《海藏楼诗集》。生平事迹见叶参等人所编《郑孝胥传》。汪辟疆《光宣诗坛点将录》云：“若就诗论诗，自是光宣朝作手。《海藏》一集，难可泯没。”② 2003 年，上海古籍出版社出版黄珅、杨晓波校点的《海藏楼诗集》。

29 日，日本海军第 2 联合航空队空袭武汉，中国空军击落敌机 21 架，取得胜利。冯玉祥《四二九空战大捷》云：“二一八，敌来袭，被我空军大打击。那次打落十二架，两三个月敌敛迹。四月二十九，敌机又送礼。警报一得到，我方布置齐。防空高射炮，整容待时机。神勇飞将军，一一腾空起。天罗与地网，陷阱成立体。三十六架敌飞机，霎时武汉上空逼。高射炮，发炮密。我空军，机枪击。上下夹攻敌落胆，队形散乱窜不及。激战共有半小时，敌机纷落如雨滴。勇将董明德，打落二架轰炸机。勇将刘宗武，打落二架驱逐机。飞将刘志汉，打落一架机，飞将杨慎贤，打落一架机。××队合击，打落十二轰炸机。尚有飞将因机坏，猛撞敌机均落地。舍身成仁同归尽，壮烈牺牲神鬼泣！合计打落廿一架，残敌零星狼狈去。万民欢腾大拍掌，庆我二次大胜利。青年空军诸将士，赤胆神威真无比！气概壮山河，百战皆胜敌。还要沉着好准备，予敌更大之打击。空军将士呵！复兴民族多靠你。空军将士呵，同胞向你们致敬礼！”③ 丰子恺《望江南六首》其二云：“闻警报，逃到酒楼中。击落敌机三十架，花雕美酒饮千盅，谈话有威风。”④ 另外，唐玉虬有《咏武昌空战大捷》。

5 月

本月，《民族诗坛》（月刊）在汉口创刊。于右任创办，卢冀野主编，主要栏目有诗录、词录、曲录、新体诗录等，以发表旧体诗词为主，主要撰稿人有于右任、卢冀野、易君左、钱少华、王陆一、林庚白、江絜生、张庚由、曾小鲁等。1945 年 12 月停刊，共出版 5 卷 29 辑（前 4 卷每卷 6

---

① 罗家伦：《台儿庄大捷放歌》，见袁行霈主编《诗壮国魂：中国抗日战争诗钞·诗词》（上），中国青年出版社 2015 年版，第 379 页。

② 汪辟疆：《光宣诗坛点将录笺证》上册，王培军笺证，中华书局 2008 年版，第 26 页。

③ 冯玉祥：《四二九空战大捷》，见陈汉平编注《抗战诗史》，团结出版社 1995 年版，第 214－215 页。

④ 丰子恺：《丰子恺文集·文学卷三》，浙江文艺出版社、浙江教育出版社 1992 年版，第 744 页，

辑，第5卷出版5辑）。创刊号所载《缘起》云："民国肇建，仅二十有七年，寥寂诗坛，谁为健者？自抗战军兴，万民腾沸，怒吼之声，响彻天地。武穆冲冠之愤，文山正气之歌，必有雄辞，而非其世。越汉跨唐，是在今日。爰为社集，曰民族诗坛。要能发扬光大我民族精神，庶不负此当前之大时代也。"① 南江涛选编《民国旧体诗词期刊三种》第1～5册收录该刊。

6月

本月，沈钧儒的旧体诗集《寥寥集》由生活书店在汉口出版。1944年10月，《寥寥集》由峨眉出版社再版，后上海艺术书店于1946年5月出版第三版。据沈叔羊《沈钧儒诗集〈寥寥集〉出版经过》所云，《寥寥集》是沈钧儒唯一的诗集。②

8月

本月，刘季平卒，享年49岁。刘季平（1890—1938），原名钟龢，行三，自署江南刘三，上海华泾人，南社诗人，入社书编号640，有《黄叶楼遗诗》。生平事迹见马叙伦《刘三先生传》等。柳亚子谓："刘季平一代奇才，尤饶英气。"③ 姚鹓雏云："刘三如霜后黄花，于淡雅中出幽妍，憔悴支离，俨然高格。"④ 1995年，中国人民大学出版社出版《黄叶楼遗稿》。2009年，上海人民出版社出版《刘三遗稿》。

9月

21日，经亨颐卒于上海，享年62岁。经亨颐（1877—1938），字子渊，晚自署颐渊，浙江上虞人，有《颐渊金石诗书画合集》。生平事迹见柳亚子《经颐渊先生传》、范寿康《经亨颐先生传》等。于右任谓："余尝谓颐渊先生矫然如岩上松柏，行者、过者皆仰其高，承其荫，而叹为不

---

① 佚名：《缘起》，载《民族诗坛》1938年第1卷第1辑。

② 沈叔羊：《沈钧儒诗集〈寥寥集〉出版经过》，见中国人民政治协商会议北京市委员会文史资料研究委员会编《文史资料选辑》第23辑，北京出版社1985年版，第107页。

③ 柳亚子：《磨剑室文录》上册，中国革命博物馆、上海人民出版社编，上海人民出版社1993年版，第474页。

④ 姚鹓雏：《姚鹓雏文集·杂著卷》下册，上海古籍出版社2012年版，第774页。

可企及。此其人非仅宜以文章学问照耀一世而已。顾先生默默无所驰骛，独自负其艺事曰：吾治印第一，画第二，书与诗文又其次也。余诵先生诗，超逸冲淡，佳者上宗陶、孟，下亦出入倪云林、吴野人之间。大音希声，摆落尘壒，安得在书画治印之下？”① 1984 年，浙江古籍出版社出版《颐渊诗集》。2011 年，浙江大学出版社出版《经亨颐集》。

10 月

10 日、19 日、21 日，卢前以《民族诗坛》主编的身份应邀在中央广播电台发表题为《民国以来我民族诗歌》的演说。他对戊戌政变以来诗坛流行的选体诗派、新学诗派、南社诗派以及 27 年间诗坛上出现的词体兴盛、散曲运动、新体白话诗的尝试等事件进行了检讨，认同吴宓“以新材料入旧格律”的主张。卢前指出：“力持以新材料入旧格律的主张者是吴雨僧先生，《学衡》杂志的主编者。他曾系统地介绍西洋文学到中国来，也能够取异国文体之长，与我们旧有的技巧相融合。客观地说：他的主张是最中正公允的。”② 又称：“新体白话诗，大家认为是失败了。究竟能代表我们中国民族的诗歌是什么呢？还是充实旧有的各体呢？在创新体这方面来说，移植西洋诗体是不合适的。……充实旧有各体的一方面，我在上面谈过散曲运动，认为散曲运动还可以制作。诗，尤其古体诗，我们仍可循着走前人所没有走过的途径。有许多人觉着我们旧有诗体完备，无论整齐句法与长短句法。恐怕汉字一天不变的话，将无法创出新的形式。这也自有道理。不独句法如此，而且各体有他特性，近体与古体不同，词与曲不同，一个人不必兼作各体，但是我们从事制作要重新立定标准。我们现有的意识与材料和前人都不尽同。只要能以纯熟的技巧择适宜的体裁，装进丰富的材料，造成活泼的意境，自然成其为我们中华民国的歌诗。现在我们常用的比喻，叫做‘旧瓶新酒’。有些人要为酒造瓶，实际上造酒是一事，造瓶是一事：只要酒好，瓶的关系小。何况我们已有大大小小不同的瓶，任你选用呢。”③

15 日，徐佛苏《国难歌史及诗史》出版。该集包括国难歌史、自悲诗史等，并附王克敏、汤尔和、王揖唐、齐燮元、余晋苏、伍庄、刘大绅、何其巩、陈则民、冷家骥、恽宝惠、吴家驹、沈允昌、王君宣、黄剑

① 于右任：《序》，见经亨颐《颐渊诗集》，浙江古籍出版社 1984 年版，第 1 页。

② 卢前：《卢前文史论稿》，中华书局 2006 年版，第 280 页。

③ 卢前：《卢前文史论稿》，中华书局 2006 年版，第 280 – 281 页。

虹、江天铎、许汉卿、萨福懋等18人的赠诗。《歌史诗史总序》谓：“歌名国难歌史，诗名自悲诗史，同抱二大主义：一判定党府惟一罪证，望国人明白国难根源及永久消防法；二纠正后学‘误认国学国文为背时代性’，故作旧格新词之诗歌，纵谈国事文学。”①

10月下旬，武汉、广州相继失守，许多文化名人迁往重庆、桂林和昆明。桂林的旧体诗坛相当活跃（1941年12月25日香港沦陷前，大批文化人涌至桂林。这里是就桂林于1944年11月10日沦陷前的情况而言）。雷锐指出：“由于特殊的政治文化环境，桂林文化城时期旧体诗词产生的数量和质量比之其他地方都不遑多让，甚至在一定程度上站在全国旧体诗词之前列。据不完全统计，此期间发表在桂林报刊上的旧体诗词当在两千首以上。著名社会活动家何香凝、马君武、李任仁，著名学者陈寅恪、章士钊、冯振，诗人、文学家柳亚子、郭沫若、田汉、茅盾、端木蕻良、陈迩冬、秦似……旅桂期间都创作了不少旧体诗词。可以毫不夸张地说，几乎每一位受过旧文学影响的文化人，在当时为情所感为事所激，都会哼出几句旧体诗词来。”②

本年

戚牧卒，享年62岁。戚牧（1877—1938），号饭牛，浙江余姚人，南社诗人，入社书编号386，有《饭牛翁小丛书》。生平事迹见许瘦蝶《记戚饭牛》、郑逸梅《南社丛谈》。钱仲联《南社吟坛点将录》：“戚饭牛工诗及诗钟，著《绿杉野屋诗话》、《红树楼吟草》。都讲约翰大学，讲课多妙趣。”③ 郑逸梅《南社丛谈》录其诗13首。

雍园词社成立于重庆。乔大壮、杨公庶发起，因兴于巴县沙坪坝雍园而得名。成员有叶麐、吴白匋、沈祖棻、汪东、唐圭璋、沈尹默、陈匪石等，约于1945年停止活动。丙戌年（1946），《雍园词钞》刊行，收录叶麐《轻梦词》、吴白匋《灵琐词》、乔大壮《波外乐章》、沈祖棻《涉江词》、汪东《寄庵词》、唐圭璋《南云小稿》、陈匪石《倦鹤近体乐府》，以及沈尹默《念远词》《松壑词》等词作。杨公庶《〈雍园词钞〉序》

① 徐佛苏：《国难歌史及诗史》，1938年版，第1页。

② 雷锐、黄绍清主编：《桂林文化城诗歌研究》，中国社会科学出版社2008年版，第250－251页。

③ 钱仲联：《南社吟坛点将录》，载《苏州大学学报》（哲学社会科学版）1994年第1期。

云："仆往与内子溯江入蜀，卜居巴县沙坪坝之雍园，并嗜倚声，雅志搜访。越明年抗战军兴，并世词客多聚西南，刻羽引商，备闻绪论，比九更寒暑矣。……民国三十五年一月杨公庶识。"[①]

王式通《志庵文稿》刊行。何振岱编订，分两册，共 10 卷，其中诗 6 卷，收录古今体诗 226 首。

陈宝琛《沧趣楼诗集》刊行。收录 1887—1935 年所作古体诗，附《听水斋词》一卷，陈曾寿为之序。

民国二十八年　1939 年　己卯

2 月

本月，易君左在《民族诗坛》第 2 卷第 4 辑发表《建立"国民诗学"刍议》。文章称："今日'抗战建国'之局面，实为我国自有史以来空前未有之大时代。诗学至此大时代，宜截然与从前不同：一方尤须发挥诗学本身之进步性，一方尤须光大时代所赋予之使命。民国建立，已二十有七年，而诗学不振，无以应国家民族之用，诚属遗憾，今宜急起直追，以大民族之精神，为划时代之写作，而建立'民国诗学'之基石。"[②] 此后，他又发表多篇文章进行讨论，如 1941 年在《时代精神》第 4 卷第 4 期发表《"中华民国诗"之建立》，1943 年在《文艺先锋》第 3 卷第 2 期、第 4 期、第 6 期连载长篇论文《如何创建新民族诗》（第 2 期文章的标题下副标题为"切望以此引起论坛广大的共鸣"[③]），又于 1944 年在《文艺先锋》第 4 卷第 6 期发表《新民族诗的音节和符号》。

3 月

17 日，吴梅卒于云南大姚县李旗屯，享年 56 岁。吴梅（1884—

① 杨公庶：《〈雍园词钞〉序》，见《雍园词钞》，丙戌年（1946）刻本。
② 易君左：《建立"国民诗学"刍议》，载《民族诗坛》1939 年第 2 卷第 4 辑。
③ 易君左：《如何创建新民族诗》，载《文艺先锋》1943 年第 3 卷第 2 期。

1939），字瞿安，晚自号霜厓，江苏吴县人，有《霜厓诗录》。生平事迹见王卫民《吴梅评传》。卢前《长洲吴先生行状》云："芦沟桥事起，移家至汉口，而湘潭，而桂林，而昆明，以民国二十八年三月十七日殁于云南大姚县李旗屯，年五十六岁。殁前三月，总其著述为《霜厓文钞》二卷、《诗钞》四卷、《词钞》一卷，《霜厓三剧》不分卷，《曲录》二卷，《南北词简谱》十卷。"① 1939 年，《霜厓诗录》四卷由白沙吴先生遗书编印处印行。1940 年，《图书季刊》新第 2 卷第 1 期介绍说："瞿安先生生平诗稿向少刊布，此册系二十六年客居湘潭时所编整，殁后由其门人等付印者。内容四卷：计古今体诗三百八十一首，卷一起戊戌（光绪二十四年）讫辛亥（宣统三年），凡六十五首，卷二起壬子（民国元年）讫辛酉（十年）七十六首，卷三起壬戌（十一年）讫丁卯（十六年）九十四首。卷四起戊辰（十七年）讫丁丑（二十六年）一百四十六首。"② 吴宓称："作者以词曲显，其诗风华婉约，以言情者为胜。始光绪戊戌。早有得于义山、梅村、白石。"③ 钱仲联《近百年词坛点将录》云："瞿安曲学大师，早年讲学吴门，与黄人相狎，后掌教南雍，门下士遍天下，名乃出黄人上。词笔高逸，不让东塘、昉思擅美于前。"④ 2002 年，河北教育出版社出版《吴梅全集》，《作品卷》收录《霜厓诗录》等。

5 日，郁达夫《毁家诗纪》发表在香港《大风》杂志第 30 期。⑤ 其包括 19 首诗、1 首词，每首作品后皆有注文，记述他与王映霞婚变的过程，一时引起轰动。之后，王映霞亦如法炮制，于第 34 期刊登《一封长信的开始》，仅登其诗，未发表注释。陆丹林所撰《郁达夫"毁家"前后》对事情经过有详细介绍。

4 月

22 日，梁鸿志邀陈方恪、陈寥士、吴用威、李宣倜等人在伪"维新政府行政院"所在地南京西园雅集唱和。潘益民、潘蕤《陈方恪年谱》云："同月二十二日（农历三月初三日），梁鸿志邀先生和陈道量、吴用威以及李释戡、李石九兄弟等人在维新政府行政院所在的西园雅集，因有

---

① 卢前：《长洲吴先生行状》，见卞孝萱、唐文权编《民国人物碑传集》，团结出版社 1995 年版，第 651 页。

② 图书季刊编辑部：《图书介绍：霜厓诗录》，载《图书季刊》1940 年新 2 卷第 1 期。

③ 吴宓：《吴宓诗话》，吴学昭整理，商务印书馆 2005 年版，第 268 页。

④ 钱仲联：《梦苕庵论集》，中华书局 1993 年版，第 398 – 399 页。

⑤ 郁达夫：《郁达夫全集》第 7 卷，吴秀明主编，浙江大学出版社 2007 年版，第 170 页。

诗《己卯上巳爰居阁主人召集，禊饮于廨宇之西园，分韵得犹字》。”① 本年重阳节，梁鸿志又邀陈方恪、江古怀、陈寥士、汪曾武、李宣倜、陈伯冶、黄公孟、曹靖陶、吴用威等人在西园雅集。②

5月

3、4日，日军飞机轰炸重庆。旧体诗词记录了当时种种惨象和时人的心理状态。如郭沫若《惨目吟》谓：“五三与五四，寇机连日来。渝城遭惨炸，死者如山堆。中见一尸骸，一母与二孩。一儿横腹下，一儿抱在怀。骨肉成焦炭，凝结难分开。呜呼慈母心，万古不能灰。”③ 吴祖光《临江仙·重庆日机轰炸》云：“人道吴牛能喘月，国人此日吴牛。天晴翻教众人愁。但逢明月夜，轰炸不曾休。　中华国土无边际，任他轰炸何尤？而今又见月当头。起来天似水，摇出一江秋。”④

6月

5日，徐世昌卒，享年85岁。徐世昌（1855—1939），字卜五，号菊人，又号弢斋，晚号弢斋、水竹村人等，天津人，曾任民国大总统，组织晚晴簃诗社，并主持编纂《晚晴簃诗汇》，有《水竹村人诗集》等。生平事迹见贺培新《徐世昌年谱》。柯劭忞谓：“其诗则醰醰乎，别有余味焉。盖公之学弥昌，才弥敛，诗弥工，而神味亦弥为隽永矣。……近时畿辅之善诗者，推文襄与水竹村人为两大宗，以文襄之言神味，证之于水竹村人之诗，吾知其针芥之有合也。”⑤ 沈云龙主编《近代中国史料丛刊》第67辑收录《水竹村人诗集》。1991年，中国书店据原刻本影印出版《海西草堂集》，共17卷，收各体诗1800余首。

本月，午社成立于上海。夏敬观等发起，成员有廖恩焘、金兆藩、林鹍翔、林葆恒、冒广生、仇埰、夏敬观、吴庠、吴湖帆、郑昶、夏承焘、龙榆生、吕贞白、何嘉、黄孟超等，前后雅集7次，作词160阕。夏承焘

① 潘益民、潘蕤：《陈方恪年谱》，江西人民出版社2007年版，第139页。

② 潘益民、潘蕤：《陈方恪年谱》，江西人民出版社2007年版，第141页。

③ 王继权、姚国华、徐培均编注：《郭沫若旧体诗词系年注释》（上），黑龙江人民出版社1982年版，第240页。

④ 吴祖光：《临江仙·重庆日机轰炸》，见张洁、许国荣《吴祖光悲欢曲：吴祖光传》，四川文艺出版社1986年版，第53-54页。

⑤ 柯劭忞：《海西草堂集序》，见徐世昌《海西草堂集》，中国书店1991年版。

《天风阁学词日记》6月11日载：“午，过榆生，同赴夏吷翁招宴，座客十二人，馔甚丰。吷翁约每月举词社一次。是日年最长者廖忏庵，七十五岁。金籛孙亦七十馀。吴湖帆自谓今年四十六，与梅兰芳同年。予与吕贞白轮作第六期东道。二时半席散。冒玖翁最多高论。林铁师终席无杂言。”[①] 6月25日云：“十时余，冒雨赴愚园路林子有家作词社第一集。林铁师、廖忏翁作东。拈得归国谣、荷叶杯二调，不限题。铁师拟名夏社，吷翁谓不可牵惹人名，因作罢。”[②] 6月30日谓：“接铁师函，谓词社定名申社、午社，征求众意。即复，选申字。”[③] 1940年，该社编辑刊行《午社词》一册，南江涛《清末民国旧体诗词结社文献汇编》第1册收录该集。

本月，卢前所撰词集《中兴鼓吹》由独立出版社出版。同年，成都黄氏茹古堂刊行线装本《中兴鼓吹》二卷。《图书季刊》称该书“感愤激励，非同凡响俗韵，以靡丽相尚者也”[④]，又谓：“著者宗法苏辛，自云：‘算花间绮语，徒然丧志；后来柳贺，搔首弄姿，叹老嗟贫，流连光景，孤负如椽笔一枝。’又云：‘天下兴亡，责在我辈，文章信有之，如何可为他人，抒写儿女相思?’可见其取法立意之大概。在能一扫纤丽，不事斧凿，为洗凡艳，而别开旗鼓。盖欲有所立以继前贤，警世之旨甚厚也。”[⑤] 该集流行范围广，版本多。1942年6月，独立出版社再版。1944年3月，开明书店出版英汉对照版。

约本月，易君左在重庆组织中兴诗社。他在《民族诗坛》第3卷第2辑刊登《中兴诗社小启》称：“板荡疾威，蛮夷猾夏。敷天共愤，与子同仇。深惟斧钺之严，宜有春秋之笔。同人等以友辅仁，可无文会？明耻教战，应立典型。爰集朋僚，创兹诗社。”[⑥] 1944年，易君左《中兴集》刊行，该集第二部分《青城集》收录的诗作写于1939年春至秋之间，其中就录有《庆中兴诗社成立》：“避秦无益曷亡秦？指点仙源化孟津。谈笑之间参战火，酒杯而内敛倭尘。诗尊老杜原忠爱，社号中兴返朴淳。好向

---

① 夏承焘：《天风阁学词日记（一九三九年·续一）》，见《词学》编辑委员会编辑《词学》第5辑，华东师范大学出版社1986年版，第45页。

② 夏承焘：《天风阁学词日记（一九三九年·续一）》，见《词学》编辑委员会编辑《词学》第5辑，华东师范大学出版社1986年版，第48页。

③ 夏承焘：《天风阁学词日记（一九三九年·续一）》，见《词学》编辑委员会编辑《词学》第5辑，华东师范大学出版社1986年版，第49页。

④ 图书季刊编辑部：《图书介绍：中兴鼓吹二卷》，载《图书季刊》1940年新2卷第2期。

⑤ 图书季刊编辑部：《图书介绍：中兴鼓吹二卷》，载《图书季刊》1940年新2卷第2辑。

⑥ 易君左：《中兴诗社小启》，载《民族诗坛》1939年第3卷第2辑。

青山云影里，陶魂铸胆乐天真。”[①] 诗社当成立于1939年夏秋之间。《隆莲大师文汇》中有《中兴诗社初集次韵》：“逢见渔人话避秦，仙源难问旧时津。却将灌口千堆雪，来洗城西万斛尘。一代文章关治乱，两京风气孰浇醇。小邦蕞尔羌髳列，鱼目明珠恐乱真。”[②] 可知隆莲大师出家之前亦曾参与此次雅集。

夏，中华书局出版夏孙桐《观所尚斋诗存》。收录作者23岁到84岁所作诗200余首。1941年9月20日，《同声月刊》第1卷第10号“词林近讯”云：“江阴夏闰枝（孙桐）先生，在现代词坛，最为老宿，所为《悔龛词》一卷，朱彊邨先生于十年前，为刻入《沧海遗音集》中，续稿一卷，将于本刊分期揭载后，别谋雕版。……生平所为诗篇，不自收拾，前岁始就追忆所录，及搜寻于友朋家者，编为《观所尚斋诗存》二卷，付哲嗣排印，分赠亲知。俞阶青先生序称‘其词峻而雅，其气渊以静，五七言古诗雅近韩、苏，近体能融情景于一。时接宋贤之度’云云。集中又多有关掌故之作，学者所宜留意也。”[③]

约夏、秋间，汪东、章士钊、沈尹默、潘伯鹰、曾克耑等人成立罗湾诗社。此社为友朋间较为松散的诗歌唱和群体。薛玉坤《汪旭初（东）先生年谱稿》云：“夏，自贵州归，旧居都毁，遂就章士钊居龙洞口，时亦往来歌乐山、向家湾、杨园诸处。章寄怀于诗，才思敏捷，日课数韵，成必督和之。是年，与章士钊、沈尹默、潘伯鹰等组‘罗湾诗社’于下罗家湾曾履川（克耑）寓所‘颂桔庐’。时章士钊方与曾履川竞作寺字韵诗，往复过百叠。一时和者甚众，争强斗险，愈出愈奇，当时称为‘诗战’。汪东亦多与周旋，所作至五六十叠。”[④] 这里提及“罗湾诗社”成立于1940年，但陈禅心《抗倭集》中《赋得“何由见两京”呈〈罗湾诗社〉陈铭枢潘伯鹰诸前辈》所署创作时间为“一九三九年秋”[⑤]，说明“罗湾诗社”的成立时间应在此之前。另外，陈禅心有《浣溪沙·纪念陈真如（铭枢）先生诞辰一百周年二首》，其自注云：“抗日战争时期陈公与曾履川、潘伯鹰、陈仲恂诸前辈在重庆创立‘罗湾诗社’，余时与过从。”[⑥] 陈氏与陈铭枢、潘伯鹰等人有过交往，且曾亲往重庆以诗拜会各

① 易君左：《中兴集》，中央印刷所1944年版，第56页。

② 隆莲大师：《隆莲大师文汇》，华夏出版社2011年版，第232页。

③ 同声月刊社：《诗坛近讯：观所尚斋诗出版》，载《同声月刊》1941年第1卷第10号。

④ 薛玉坤：《汪旭初（东）先生年谱稿》，见马兴荣、邓乔彬主编《词学》第29辑，华东师范大学出版社2013年版，第280页。

⑤ 陈禅心：《抗倭集》，海峡文艺出版社1986年版，第109页。

⑥ 陈禅心：《归鸿词抄》，福建省莆田市海外联谊会1993年版，第27页。

位诗家，其说法当更为可信，暂从此说。

7 月

16 日，姚永朴卒，享年 79 岁。姚永朴（1861—1939），号仲实，晚号蜕私老人，安徽桐城人，有《蜕私轩集》《蜕私轩诗说》。生平事迹见姚塽《姚仲实行述》、王蘧常《桐城姚仲实教授传》、马厚文《桐城姚仲实先生生平事迹》。吴孟复《二姚先生传略》云：“蜕私诗文皆守方、姚遗绪，为‘桐城派’嫡脉。”① 1921 年，姚永朴《蜕私轩集》由其弟子安徽秋浦人周明泰刊行，收诗 1 卷，其中古体诗 50 首，近体诗 99 首。

28 日，汪兆镛卒，享年 79 岁。汪兆镛（1861—1939），字伯序，自号慵叟，晚号清溪渔隐，广东番禺人，有《微尚斋诗》《微尚斋诗续稿》《雨屋深灯词》等。生平事迹见张学华《诰授朝议大夫湖南优贡知县汪君行状》、张尔田《清故朝议大夫湖南优贡知县汪君墓志铭》。张学华谓其“诗词托意深婉，皆卓有雅音，不诡随俗尚，其品格亦可见也”②。夏敬观《忍古楼词话》云：“其词致力姜、辛，自摛怀抱，其品概亦今日之邝湛若也。”③ 2012 年，广东人民出版社出版邓骏捷、陈业东编校的《汪兆镛诗词集》。

本月，章伯寅《国难诗稿》再版。同年 11 月，增订第三版印行。该集初版时间不详。再版书前有作者《国难诗稿序》，所录诗歌记录抗日战争之史实，书后附录检讨文等 3 篇。增订第三版，共 5 卷，收录 300 余首诗，卷首有方克刚、宗子威、钟钟山序及作者自序。

8 月

26 日，王礼锡病逝于洛阳天主堂医院，享年 39 岁。王礼锡（1901—1939），江西安福人，有旧体诗集《市声草》。生平事迹见陆晶清《王礼锡先生传略》、潘颂德《王礼锡传略》。王礼锡去世后，各界纷纷悼念。如 1939 年 10 月，老舍在《抗战文艺》第 4 卷第 5、6 期合刊上发表《哭

---

① 吴孟复：《吴孟复安徽文献研究丛稿》，黄山书社 2006 版，第 153 页。

② 张学华：《诰授朝议大夫湖南优贡知县汪君行状》，见邓骏捷、陈业东编校《汪兆镛诗词集》，广东人民出版社 2012 版，第 190 页。

③ 夏敬观：《忍古楼词话》，见唐圭璋编《词话丛编》第 5 册，中华书局 1986 年版，第 4761 页。

王礼锡先生》五律二首。同年11月30日，郭沫若于《南洋商报》发表《悼爱国诗人王礼锡》七律一首。杨朔谓："他的成就在旧诗。流利、明快，仿佛是石涧的清泉，这是他的诗的风格。……他爱宋诗，尤其爱苏轼。因此，他的诗里缺少唐诗所具有的高亢的风骨，更缺少象李杜那样奔流而沉雄的感情，他所擅有的却是宋代诗家的细致的情绪，以及文字上特别微细而深刻的描写。"[①] 1989年，新华出版社出版王士志、卫元理所编《王礼锡文集》。1993年，上海文艺出版社出版《王礼锡诗文集》。

28日，胡蕴卒，享年72岁。胡蕴（1868—1939），字介生，号石予，江苏昆山人，南社诗人，入社书编号190，有《半兰旧庐诗集》《半兰旧庐诗话》。生平事迹见胡昌治《我父亲胡石予的诗与人》及郑逸梅《先师胡石予先生》《胡石予先生年表》。姚鹓雏评价其诗："萧散冲和如陆放翁。"[②] 金天羽谓："友好中诗骨之清而不染时习者，蓬阆胡石予。"[③] 胡朴安选录的《南社丛选》录其诗51首、文3篇。

9月

5日，椒花诗社举行第1次社集。成员有吴宓、周珏良、郑侨、杨周翰等十余人。周珏良为本次雅集的组织者，参加者有吴宓、王德锡、李赋宁等人。《吴宓日记》本日载："晚，在珏处举行椒花诗社第一社集。珏良备酒菜与果点，为本集之社主。同饭之五人，各作七绝一首。复同记分评定甲乙。宓是晚所作《赏桂》一绝，又代德锡作《杨贵妃死于马嵬坡》一绝，均另录。……其时，天雨。10:30雨止，乃偕宁归舍。"[④] 9月7日又云："5:00宁来，约同珏、侨至绥靖路保定东方酒楼宴，举行椒花诗社第二集。宁为社主。仍拈题作七绝。"[⑤]

---

① 杨朔：《诗人王礼锡》，见王士志、卫元理编《王礼锡文集》，新华出版社1989版，第237-238页。

② 郑逸梅编著：《南社丛谈》，上海人民出版社1981年版，第306页。

③ 郑逸梅编著：《南社丛谈》，上海人民出版社1981年版，第306页。

④ 吴宓：《吴宓日记》第7册，吴学昭整理，生活·读书·新知三联书店1998年版，第63-64页。

⑤ 吴宓：《吴宓日记》第7册，吴学昭整理，生活·读书·新知三联书店1998年版，第65页。

10 月

本月，贺扬灵调任浙西行署主任，开始诗词创作。至壬午（1942）年末，作品结集为《劈天集》。贺扬灵《〈劈天集〉序》云："己卯九月，余自会稽奉调西来，下严濑，泛桐江，达于浙西行署。时方霜降木落，狼烟愈明，俯仰惋叹，遂有吟唱，未敢以言诗也。明春三月，逆贼为伥，毒流三州；初冬，胡马更逼天山南北。历危转安，但凭肝胆，续有所作，无非伤悯愤激之意，复不足以言诗也。迨辛巳春，出巡堕马，创臂累月，宛转山楼，不得不遣以句；夏秋以还，更尝北逾冰坑，南涉碧浦，风霜雨雪之中，发为喑呜凭吊之声，亦自抒报国微忱而已，又何足以言诗哉！迄至今年夏五，夷虏上窥三衢，旁陷新桐，薄力支危，问天无语，凡所发泄，以求叶于清婉萧闲之旨，更穹乎远矣。故自越王城来，更历三载，揽辔廿三县市，得诗词百七十九首，但纪吾所见所闻所感所奋已耳，不遑琐琐求之于句读间也。庚辰之春，曾谱《卜算子》有云：'拔剑向天劈。'天何可碎，瓯当重完，撷此以名吾稿，聊资异日追溯，他非所计焉。壬午腊月永新贺扬灵自序。"① "奉调西来"即指贺调任浙西行署主任。

11 月

23 日，郁华遭暗杀，享年 56 岁。郁华（1884—1939），字曼陀，浙江富阳人，有《静远堂诗画集》。生平事迹见王昆仑《郁华烈士传略》。郁达夫《悼胞兄曼陀》云："他的天性，却是倾向于艺术的。他闲时作淡墨山水，很有我们乡贤董文恪公的气派，而写下来的诗，则又细腻工稳，有些似晚唐，有些像北宋人的名句。"② 柳亚子《〈郁曼陀先生诗集〉叙》谓："君诗才俊逸。"③ 1983 年，郁华及其夫人诗合集《郁曼陀陈碧岑诗抄》由上海学林出版社出版。

24 日，萧瑞麟卒，享年 72 岁。萧瑞麟（1868—1939），字石斋，云南昭通人，有《榴花馆诗存》。生平事迹见周钟岳《萧瑞麟先生神道碑

---

① 贺扬灵：《〈劈天集〉序》，见贺绍英编《追思》，中国文史出版社 2009 年版，第 209 页。

② 郁达夫：《郁达夫全集》第 3 卷，吴秀明主编，浙江大学出版社 2007 年版，第 364 页。

③ 柳亚子：《磨剑室文录》下册，中国革命博物馆、上海人民出版社编，上海人民出版社 1993 年版，第 1244 页。

铭》。萧家仁《先府君萧公石斋年谱》云："民国二十八年己卯……不幸十月十四日，遽以微疾卒于可保村别墅。"① 十月十四日为农历，以公历计，为 11 月 24 日。2014 年，《萧瑞麟诗文选译》出版。

12 月

7 日，蔡元培用《满江红》词调作《国际反侵略运动大会中国分会会歌》。其云："公理昭彰，战胜强权在今日。概不问，领土大小，军容赢诎。文化同肩维护任，武装合组抵抗术。把野心军阀尽排除，齐努力。 我中华，泱泱国。爱和平，御强敌。两年来博得同情洋溢。独立宁辞经百战，众擎无愧参全责。与友邦共奏凯旋歌，显成绩。"② 据蔡元培日记，其于本年 11 月 29 日"得国际反侵略运动中国分会函，属制该会会歌，于年底前寄去"③。

本年

周葆贻等所辑《武进兰社弟子诗词集》印行。集中有陈名珂、姜光廸、戴春生、周葆贻、邹文渊等人序。周葆贻序云："余花甲以还，倦游归里，息影著书，见后学读书十年，不知平仄，随口乱读，大惧斯文将坠。爰设兰社，补习国文，兼授韵学，以辅学校之不足。盖自民国十六年丁卯至去岁丁丑，此十年间，得百余男女弟子之诗词，汇为一集，名之曰'武进兰社男女弟子诗词百人集'。"④ 南江涛选编《清末民国旧体诗词结社文献汇编》第 4 册收录该集。

约本年末或下年初，延秋词社在北京成立。成员有袁毓麐、夏仁虎、陈宗蕃、郭则沄、张伯驹、林笠似、杨君武、黄孝纾、黄襄成、黄孝平等。词社具体情况不详。1940 年 3 月，《雅言》第 2 卷"词录"栏刊登

① 萧家仁：《先府君萧公石斋年谱》，见北京图书馆编《北京图书馆藏珍本年谱丛刊》第 192 册，北京图书馆出版社 1999 年版，第 241 页。

② 蔡元培：《蔡元培全集》第 8 卷，中国蔡元培研究会编，浙江教育出版社 1997 年版，第 581 页。

③ 蔡元培：《蔡元培全集》第 17 卷，中国蔡元培研究会编，浙江教育出版社 1998 年版，第 375 页。

④ 周葆贻：《〈武进兰社弟子诗词集〉序四》，见南江涛选编《清末民国旧体诗词结社文献汇编》第 4 册，国家图书馆出版社 2013 年版，第 417 页。

《延秋词社第一集》，据此推断，词社成立于此前不久。此次唱和使用词牌“换巢鸾凤”，依次刊载郭则沄、夏仁虎、陈宗蕃、张伯驹、林彦京、杨秀先、袁毓麐、黄孝纾、黄襄成等人词。1940 年 12 月 20 日，《同声月刊》第 1 卷创刊号“词林近讯”云：“北京方面，近有延秋词社，作者为袁文薮（毓麐），夏枝巢（仁虎），陈莼衷（宗蕃），郭蛰云（则沄），张丛碧（伯驹），林笠似（彦京），杨君武（秀先），黄碧虑（孝纾），黄缃龛（襄成），黄君坦（孝平）诸人云。”①

民国二十九年　1940 年　庚辰

1 月

16 日，林鹍翔卒，享年 70 岁。林鹍翔（1871—1940），字铁尊，号半樱，浙江吴兴人，有《半樱词》。夏承焘《天风阁学词日记》1940 年 1 月 18 日载：“阅报，惊见林铁师一月十六日卯时之耗。”② 叶恭绰谓：“铁尊词深得彊村翁神髓，短调尤胜，可谓升堂入室。”③

18 日，袁思亮卒，享年 62 岁。袁思亮（1879—1940），字伯夔，自号蘉庵，湖南湘潭人，有《蘉庵诗集》。生平事迹见李国松《湘潭袁君墓志铭》。陈诗《尊瓠室诗话》谓：“湘潭袁伯夔部郎思亮，原字伯揆，亦号蘉庵，为前上海道，官至粤督，海观制府树勋之长君。癸卯举京兆试，遂官京师。国变后，以亲在，为时所迫，一出旋归隐于沪，寂居廿余载。劬学，工诗词，尤善桐城古文，为陈散原先生入室弟子。貌丰腴，性和厚，爱文士若骨肉，无贵介习，士林称之。己卯腊月初十日，以喘咳疾卒。”④ 沈云龙主编《近代中国史料丛刊续编》第 21 辑收录《蘉庵诗集》上下二卷、《冷芸词》上下二卷。

约本月，余园诗社成立。傅增湘、王什公、安藤栗村、梁众异、赵坡邻、林出慕圣、冈田愚山、桥川略厂、夏蔚如、瞿兑之、溥叔明、李弥

---

① 同声月刊社：《诗坛近讯：燕沪词社近讯》，载《同声月刊》1940 年创刊号。

② 夏承焘：《夏承焘集》第六册，浙江古籍出版社、浙江教育出版社 1997 年版，第 168 页。

③ 叶恭绰选辑：《广箧中词》，傅宇斌点校，人民文学出版社 2011 年版，第 297 页。

④ 陈诗：《尊瓠室诗话》，见张寅彭主编《民国诗话丛编》第 2 册，上海书店出版社 2002 年版，第 112 页。

厂、李广平、白坚甫等人组织。王森然《傅增湘先生评传》称:“民国二十九年庚辰(一九四〇),先生与王什公、安藤栗村、梁众异、赵坡邻、林出慕圣、冈田愚山、桥川略厂、夏蔚如、瞿兑之、溥叔明、李弥厂、李广平、白坚甫等,组织北京余园诗社,发刊《雅言》,以王会厂为编辑主任,先生为社长。”[①]《雅言》于本年一月创刊,编辑者署名为“余园诗社”,故诗社亦当于不久前成立。

本月,《雅言》创刊于北京。其由余园诗社编辑,为文言杂志,设有诗录、词录、文录,主要刊登旧体诗文词,1944 年改为季刊,出版两卷后停刊,其前后共出版 44 卷。本期所载《雅言叙例》云,“洙泗之教,诗与书礼,并属雅言,而诗为称首,故以雅言标目”,“是编以诗为主,但有专门以尽其长,亦宜博涉以昭其趣,凡题跋、游记之属,有资考古,不厌多闻,如有佳文,亦当采录”。[②] 张泉《抗战时期的华北文学》称:“1940 年 1 月,在日人和南京、华北伪政权要员的赞助下,北京余园诗社创办了专门刊登文言旧体诗文的月刊《雅言》,社长傅增湘。余园诗社的中日成员酷爱中国传统文学,其中也有一些文化复古主义者,以及汉奸政府的头面人物。《雅言》的出版时间使用干支纪年。设有‘诗录’‘调录’和‘文录’三个栏目。作者署名使用别号或室号。杂志竖排线装,使用竹纸。与形式相一致,所刊诗文刻意追求传统文人雅士情趣和古意,显示出在一个普遍失却文化依归感的社会环境中,诉诸传统的一类文人的志趣心态。”[③] 南江涛选编《民国旧体诗词期刊三种》第 5 ～ 9 册收录该刊。

2 月

8 日,陈蝶仙卒于上海,享年 62 岁。陈蝶仙(1879—1940),名栩,号蝶仙,别号天虚我生,浙江杭县人,南社诗人,入社书编号 595,有《栩园诗集》。生平事迹见郑逸梅《南社丛谈·陈蝶仙》、孙福基《陈蝶仙:私谥惠文》、许瘦蝶《记陈蝶仙》。王伟勇主编《民国诗集丛刊》第 92 册收录《栩园诗集》,系据上海著易堂印书局藏版影印,共 12 卷 1177 首诗,含《惜红精舍诗》等 12 种诗稿,起于辛卯年(1891),止于丙辰年(1916)。

① 王森然:《近代名家评传》二集,生活·读书·新知三联书店 1998 年版,第 236 页。

② 南江涛选编:《民国旧体诗词期刊三种》第 5 册,国家图书馆出版社 2013 年版,第 231 页。

③ 张泉:《抗战时期的华北文学》,贵州教育出版社 2005 年版,第 124 页。

3 月

3 日，蔡元培卒，享年 73 岁。蔡元培（1868—1940），字鹤卿，又字孑民，浙江绍兴人。生平事迹见孙德中《民国蔡孑民先生元培简要年谱》、高平叔《蔡元培年谱长编》。王揖唐《今传是楼诗话》谓："孑民诗不多作，寥寥数语，殊不肯人云亦云。"[①] 高伯雨《听雨楼随笔》云："蔡元培不以诗名，但偶然有作，独具新意，近日见他题徐仲可《纯飞馆填词图》七绝一首，就不是随便之作。诗云——文人自命便无用，此论未公吾不凭。五代若非词世界，一般相斫更堪憎。"[②] 据庞振超《蔡元培诗联初探》统计，中国蔡元培研究会编《蔡元培全集》收录诗歌和对联 281 篇。

4 月

5 日，五溪诗社在湘西辰溪举行第一次雅集。此次雅集由湖南大学教授吴绍熙、陈兆畴主持，参加者有杨树达等人。该社持续时间当在 4 年以上，成员还有李肖聃、伍薏农、曾运乾、熊正理等。杨树达《积微翁回忆录》云："（四月）五日。五溪诗社第一次宴集。陈、吴二君主之。索诗，戏答之云：'迦陵词伯天下贤，梅村携手开琼筵。颜酡腹饱狂烂漫，叩门寻我索诗篇。我生朴拙不能诗，愁来开卷偶吟之。追逋火急无地避，欲从王赧筑台谚。笑谓两君何太暇，曷不持戈跨鞍马？中原胡骑正纷纷，长吟短咏胡为者？君家胜广人中龙，大泽一呼咸阳空。期君绳武举义旆，驱逐虾夷返海东。不然定恋毛锥子，要办诗坛中兴事。拔帜开垒迎君来，老夫投笔从此始。'吴君诗有'诗坛莫让杨曾霸，后起陈吴是正宗'之语，故戏及之云。此诗成于枕上，机气凑泊，顷刻成章。曾星笠见之，大加赞美，谓神似东坡。良友阿好，殊足愧也。"[③] 其所撰《兆畴绍熙主五溪诗社第一集有诗索酬戏答》所署时间为"一九四〇年四月六日"[④]。李肖聃《邀某某入五溪诗社启》云："兑为丽泽，《易》称讲习之功；晦有鸡鸣，《诗》念雨风之夕。溯五溪之立社，忽四载以于兹，同众志于联吟，振风流于末世。将扬雅教，必待专家。阁下三吴老学，一代宗工，昔都鹿苑之

① 王揖唐：《今传是楼诗话》，张金耀校点，辽宁教育出版社 2003 年版，第 249 页。

② 高伯雨：《听雨楼随笔》（伍），香港牛津大学出版社（中国）2012 年版，第 273 页。

③ 杨树达：《积微翁回忆录》，北京大学出版社 2007 年版，第 111 页。

④ 杨树达：《积微居诗文钞》，上海古籍出版社 1986 年版，第 38 页。

盟，今步龙标之躅。夙闻高义，幸托同岑，敬御琴轩，莅临吟席。惟夷侵由于雅废，诗人述以伤心；知闻政必始诵诗，元圣所由通志。凡诸要义，胥望传宣。庶开南岳之云，用拨青天之雾。肃陈寸简，敬俟玉音。”[①] 可知，李肖聃亦为诗社成员，“五溪诗社”持续时间在 4 年以上。杨逢彬《伶人周曼如杂忆》谓曾任湖南大学文法学院政治系主任的伍薏农亦为诗社活跃分子，其云：“抗战中，国立湖南大学迁往湘西辰溪，祖父（指杨树达）曾任文法学院院长，伍薏农任该院政治系主任。当时祖父等发起组织了‘五溪诗社’，伍教授是其中的活跃分子。”[②] 章兢《从书院到大学：湖南大学文化研究》云：“同时蒿目时艰，系心天下，与吴绍熙、曾运乾、熊正理诸教授组成五溪诗社，以吟咏诗篇宣其忧思。”[③]

16 日，奚燕子卒，享年 65 岁。奚燕子（1876—1940），名囊，上海浦东人，南社诗人，入社书编号 593，有《燕子吟》诗抄。生平事迹见路子《追悼奚燕子先生》、郑逸梅《南社丛谈》。钱仲联谓：“有咏燕诗二首，佳句如‘三月新巢营绣户，十年旧梦记红楼’，风华旖旎，因而有‘奚燕子’之称。”[④]《上海县志》云：“抗日战争爆发，居上海租界，大节不逾，常驰心乡国，晚年之诗沉雄悲壮，不作拈花摘叶，又作《孤岛忆梅图》广征题咏以寄意。贫病交攻，终于 1940 年 4 月 16 日弃世。”[⑤]

5 月

16 日，第五战区右翼集团军兼第三十三集团军总司令张自忠殉国。各界人士以诗词悼之，如陈铭枢《挽张自忠将军》、张治中《挽张自忠将军》、孙科《挽张自忠将军》、王蘧常《张自忠将军挽辞》、邵力子《满江红·挽张自忠将军》等。其中，胡先骕作《张总司令自忠挽诗》：“大星落处日为昏，噩耗惊传尽断魂。忠并马援甘裹革，悲同先轸幸归元。三年荡寇称无敌，百战论功数独尊。地下有灵应瞑目，终看强虏溃襄樊。”[⑥]

---

① 李肖聃：《李肖聃集》，岳麓书社 2008 年版，第 455 – 456 页。

② 杨逢彬：《伶人周曼如杂忆》，见《东方早报·上海书评》编辑部编《穿越时空的六重奏》，上海书店出版社 2010 年版，第 231 页。

③ 章兢主编：《从书院到大学：湖南大学文化研究》，高等教育出版社 2011 年版，第 151 页。

④ 钱仲联：《南社吟坛点将录》，载《苏州大学学报》（哲学社会科学版）1994 年第 1 期。

⑤ 上海县县志编纂委员会编：《上海县志》，上海人民出版社 1993 年版，第 1178 页。

⑥ 胡先骕：《胡先骕诗文集》上，熊盛元、胡启鹏主编，黄山书社 2013 年版，第 225 页。

6月

9—10日，郭沫若在重庆《大公报》刊登《“民族形式”商兑》。认为可以利用五言、七言、长短句等传统文体形式来描写抗战。文章称：“在目前我们要动员大众，教育大众，为方便计，我们当然是任何旧有的形式都可以利用之。不仅民间形式当利用，就是非民间的士大夫形式也当利用。用鼓词、弹词、民歌、章回体小说来写抗日的内容固好，用五言、七言、长短句、四六体来写抗日的内容，亦未尝不可。例如张一麐老先生的许多关于抗战的绝诗，卢骥野先生的《中兴鼓吹集》里面的好些抗战词，我们读了同样的发生钦佩而受鼓舞。但为鼓舞大多数人起见，我们不得不把更多的使用价值，放在民间形式上面。”①

7月

本月，商务印书馆出版赵景深所辑《民族词选注》。次年3月，该书再版。赵景深在《凡例》中对编选的用意做了说明：“近年来选民族诗者殊夥，成书问世，亦几近二十部；惟绝无专选民族词者。即有之，亦仅于诗选中附及，断简零篇，殊不足餍吾人之望；因于课暇选此，以补缺陷。”②

8月

1日，马君武卒，享年60岁。马君武（1881—1940），名和，君武为其字，广西桂林人，有《马君武诗稿》。生平事迹见张清涟《马君武先生事略》、华成《马君武传略》等。居正《国立广西大学校长马君武先生碑铭》云：“中华民国二十九年秋八月丙子，国立广西大学校长马君武先生，以疾卒于桂林良丰校舍。”③ 钱仲联谓：“君武通西学，善译诗。自为诗亦能融欧亚文学于一炉，‘须从旧锦翻新样，勿以今魂托古胎’，即自道其宗

---

① 王训昭等编：《郭沫若研究资料》上，知识产权出版社2009年版，第241页。

② 赵景深：《民族词选注》，商务印书馆1940年版，第1页。

③ 居正：《国立广西大学校长马君武先生碑铭》，见卞孝萱、唐文权编《辛亥人物碑传集》，团结出版社1991年版，第43页。

趣。‘甘以清流蒙党祸，耻于亡国作文豪’，是何气概雄杰。”① 《黄裳书话》称：“马君武诗的创作时代约略与南社诗人同时，但显得更新鲜、更有生气。在民族革命的浓烈色彩之外，还包含了自己的特色，这就是现代科学精神。这是他区别于同样也善于运用新词汇入诗的老一辈诗人如黄公度等的。”② 1914 年 6 月，上海文明书局出版《马君武诗稿》。1985 年，广西民族出版社出版《马君武诗注》。

11 日，杨钟羲卒，享年 76 岁。杨钟羲（1865—1940），字子勤，一字芷晴，号留垞，又号雪桥、雪樵，晚号圣遗居士，有《雪桥诗话》《雪桥词》等。生平事迹见《雪桥自订年谱》、郁辉《杨钟羲年谱补编》。汪辟疆《光宣诗坛点将录》云：“圣遗于清末官江宁村。辛壬改物，乃息影旧京，键户著书，撰《雪桥诗话》三十二卷。非惟论诗，盖备有清一代掌故也。诗以韵胜，故不为奇倔，亦不貌袭唐贤。称心而言，自然意远。盖以胸罗愤（坟）籍，光气外溢故也。”③ 夏敬观《忍古楼词话》谓：“辽阳杨钟羲太守梓勤，亦字留垞，为八旗知名士。端忠愍督两江时，梓勤知江宁府。生平讷于语言，然所著《雪桥诗话》凡四续，共四十卷。近代为诗话，未有过之者，笔谈固甚豪也。梓勤胸次博雅，尤熟于一代掌故，诗词均臻上品。”④ 钱仲联《近百年词坛点将录》称：“雪桥汉军旗人，于诗有《雪桥诗话》，于词有《白山词介》，皆有功满洲文献之书。其自为《雪桥词》，功力匪浅。《浪淘沙慢・和身云》，讽樊山出仕，遐庵所谓‘深心托豪素’者。《东坡第一枝》云：‘那堪向易主楼台，又见定巢语燕。’虽属遗老口吻，而对当时袍笏登场之北洋新贵，亦备致揶揄矣。”⑤ 1989 年，北京古籍出版社出版《雪桥诗话》，后又于 1991 年、1992 年分别出版《雪桥诗话续集》和《雪桥诗话余集》。

10 月

本月，贺觉非《西康纪事诗本事注》由戍声出版社出版。贺觉非（1910—1982），原名策修，湖北竹溪丰溪人。1936 年秋，入西康，睹其风土人情，作绝句百余首，并为之注释。1938 年，《新西康》月刊第 1 卷

---

① 钱仲联：《南社吟坛点将录》，载《苏州大学学报》（哲学社会科学版）1994 年第 1 期。

② 黄裳选编：《黄裳书话》，姜德明主编，北京出版社 1996 年版，第 236 页。

③ 汪辟疆：《光宣诗坛点将录笺证》上册，王培军笺证，中华书局 2008 年版，第 325 页。

④ 夏敬观：《忍古楼词话》，见唐圭璋编《词话丛编》第 5 册，中华书局 1986 年版，第 4776 页。

⑤ 钱仲联：《梦苕庵论集》，中华书局 1993 年版，第 405 页。

第1、2期曾刊登部分诗作。《西康纪事诗本事注》后于1945年12月，由重庆史学书局再版。1946年，《图书季刊》新第7卷第1、2期合刊介绍该书："虽以诗为主，其价值翻在注而不在诗。文人之吟咏边地风物者，前人虽多有之，惟大都好奇矜异，所作有类齐谐志怪。贺君此书取材多得之身历，即述前史，亦翔实可据，无取幽怪之传说。此其长一也。自来汉族狃于传统观念，视边民为外化，又往往以汉族伦常准绳边民，故辄于文字间流露鄙夷边民之意。贺君则能捐除成见，屏绝意气之纷争，使读是书者自得康省康人之真象，此其长二也。"① 1988年，西藏人民出版社出版该书。

本月，徐君梅《抗战诗歌十九首》由福建省政府教育厅编印。徐君梅（1911—1966），福州人，20世纪三四十年代在福建省政府教育厅工作。作者在《抗战诗歌十九首·弁言》中称该集"内容一以一般民众为对象，文字力求活泼通俗"②。此后，福建省政府教育厅又于1941年5月印行其《抗战声律启蒙》。

11月

10日，高步瀛卒，享年68岁。高步瀛（1873—1940），字阆仙，河北霸县（今霸州）人，寒山诗社重要成员，有《唐宋诗举要》。生平事迹见王森然《高步瀛先生评传》、尚秉和《高阆仙先生传》、程金造《回忆先师高步瀛阆仙先生》、顾学颉《笺证、考据学大家——高步瀛先生》。程金造《高步瀛传略及传略后记》谓："既后任私立辅仁大学教授，始一年，故友凋零，长日忧国，居恒郁郁，一夕而卒。享年六十有八，时二十九年十一月十日也（一九四〇年）。"③ 其诗钟作品见录于《寒山社诗钟选乙集》《寒山社诗钟选丙集》等。

12月

20日，《同声月刊》在南京创刊。同声月刊社编辑，龙榆生主持，主要栏目有论著、译述、诗词、遗著、杂俎等，其中"诗词"栏又分为今诗

---

① 图书季刊编辑部：《图书介绍：西康纪事诗本事注》，载《图书季刊》1946年新7卷第1、2期合刊。

② 徐君梅：《抗战诗歌十九首》，福建省政府教育厅1940年版，第1页。

③ 程金造：《高步瀛传略及传略后记》，载《晋阳学刊》1983年第4期。

苑和今词林。主要撰稿人有龙榆生、汪精卫、王辑唐、梁鸿志、李宣倜、陈曾寿、张尔田、黄孝纾、夏孙桐等。1945 年 7 月 15 日，《同声月刊》出版第 4 卷第 3 期后停刊，共出版 39 期。创刊号所载《〈同声月刊〉缘起》云："然则《同声月刊》，所以联声气之雅，期诗教之中兴也。所以通上下之情，致中华于至治也。所以广至仁之化，进世界于大同也。"①

本年

杨庄卒，享年 63 岁。杨庄（1878—1940），字叔姬，为王闿运女弟子，杨度之妹，有《湘潭杨叔姬诗文词录》。汪辟疆云："杨庄，字叔姬，湖南湘潭人，杨度妹，湘绮少子代懿室也。为湘绮弟子，服膺师说，始终弗渝。其五言诗泽古甚深，得湘绮嫡传，同门莫能及。"② 寻霖、龚笃清《湘人著述表》称："《湘潭杨庄诗文词录》一卷，王闿运批点，清宣统二年（1910）影印本；1934 年刻本；1940 年铅印本。"③ 该集书名实为"湘潭杨叔姬诗文词录"，扉页由齐白石题签"湘潭杨叔姬诗文词"。

沈惟贤卒，享年 75 岁。沈惟贤（1866—1940），号思齐，晚号逋翁、逋居士，江苏华亭（今上海）人，有《平原村人词》。生平事迹见金兆藩《勤敏先生沈君墓志铭》、唐文治《沈思齐先生传》、姚鹓雏《沈逋翁传》、王正《〈勤敏先生沈君墓志铭〉所见之沈惟贤生平世系》。姚鹓雏《〈逋居士集〉跋》称其"治诗熟精选理，挹义山以追杜陵。为词刻意律吕，不失铢寸。出入梦窗、碧山间，而倦怀邦国，每作必有所寓，非泛然设"④。1939 年，《逋居士集》刊于杭州，内附《平原村人词》。1992 年，该集由中国书店影印出版。

沈尹默、章士钊、汪东、乔大壮、江庸等人在重庆发起成立饮河诗社。诗社成员多为著名学者和社会名流，如俞平伯、朱自清、缪钺、叶圣陶、郭绍虞、陈铭枢、吴宓等。约至 1949 年，该社活动逐渐停止。戴自中《沈尹默年谱》云："以诗书会友。与章士钊（行严）、汪东（旭初）、乔大壮（曾劬）、江庸（翊云）等，发起成立'岷江文会'，又名'饮河

① 同声月刊社：《〈同声月刊〉缘起》，载《同声月刊》1940 年创刊号。
② 汪辟疆：《汪辟疆诗学论集》上册，张亚权编撰，南京大学出版社 2011 年版，第 149 页。
③ 寻霖、龚笃清编著：《湘人著述表》第 1 册，岳麓书社 2010 年版，第 450 页。
④ 姚鹓雏：《姚鹓雏文集·杂著卷》下册，上海古籍出版社 2012 年版，第 905 页。

诗社'，以旧体诗文交流为主，推动旧诗发展。"① 这里明确指出了五位发起人。许伯建、唐珍璧《饮河诗社史略》称："诗社由章士钊、沈尹默、乔大壮、江庸等人发起，1940 年创办于重庆。社名取庄子'服鼠饮河，不过满腹'之句。社员借此针贬时弊，反映民生疾苦，抒写爱国情怀。诗社团结了一些著名学者和社会名流。参加诗社的有：俞平伯、朱自清、缪钺、叶圣陶、郭绍虞、陈铭枢、肖公权、吴宓、黄杰、谢稚柳、徐韬、黄稚荃（女）、黄苗子、蒋山青、钱问樵、王季思、沙孟海、程千帆、沈祖棻、萧涤非、成惕轩、施蛰存、曹聚仁、萧赞育、叶恭绰、屈义林、陈寅恪、王蘧常、游国恩、谢无量、李思纯、夏承焘、浦江清、潘光旦、马一浮等。一时群贤齐聚、俊彦荟萃。社中作者除有当世知名耆宿外，也有青年学生。先后参加《饮河集》、《诗叶》和《饮河》渝版的作者共一百余人。通讯的诗友遍及全国各地。"②

宗子威、柳敏泉、谢玉芝、苏鹏、邹觉人等组织荚江吟社。章士钊、杨云史、张默君、贺学海等曾加入该社。谢玉芝《荚江吟社诗集序》云："近则老成凋谢，几于阮步兵死，空山千载无哭声；乃忽来常熟宗子，昭陵贺子、古罗柳子，或挈家避难，胜访武陵，或渌水红莲，宾称入幕。其人并负屈贾抑塞磊落奇才，怀抱观古今，咳唾成珠玉，遂乃辟坛坫，结社盟，而共推常熟执牛耳。"③ 常熟宗子、昭陵贺子、古罗柳子分别指宗子威、贺学海、柳敏泉。马少侨《自传》云："1940 年他（指宗子威）同湘阴柳敏泉先生为首，与新化名宿谢玉芝（女作家谢冰莹的父亲）、苏鹏（老同盟会员，送陈天华尸回国归葬的留日学生）、邹觉人等，共同组织了'荚江吟社'，一时海内名流如章士钊、杨云史、张默君、贺学海等，都成为荚江吟社的社员。在我的同学中有个叫肖湘雁（柄南）的，也很爱写格律诗，我们都受教于宗、柳两先生，时柳先生为新化县政府记室，工骈文，善书法，为诗社的副社长。如果说我在诗词写作上取得了成绩，在海内诗坛上占有一席地位的话，这两位师长确实是我的恩师，也是肖湘雁的恩师，我们两人先后加入了荚江诗社，成为诗社中最年轻的诗人。"④

---

① 戴自中：《沈尹默年谱》，见戴承元主编《三沈研究》，西北大学出版社 2008 年版，第 90 页。

② 许伯建、唐珍璧：《饮河诗社史略》，载《文史杂志》1994 年第 2 期。

③ 谢玉芝：《荚江吟社诗集序》，见中国人民政治协商会议湖南省冷水江市委员会文史资料研究委员会编《冷水江市文史资料》第 3 辑，1990 年版，第 111 页。

④ 马少侨：《马少侨自传》，见傅治同主编《纪念诗人学者马少侨》，中国文联出版社 2007 年版，第 26－27 页。

湖南蓝田的国立师范学院中文系成立山中诗社。成员有钱基博、吴忠匡、钱锺书、马厚文、徐燕谋等。吴海发《二十世纪中国诗词史稿》云："1940 年，湖南蓝田的国立师范学院中文系聚集一批从上海等地流寓而去的文化人，不久即成立诗社，题为山中诗社，只因住在蓝田山中。其成员有钱基博、吴忠匡、钱锺书、马厚文、徐燕谋等。这些人都有诗作传世，其中钱锺书、马厚文、徐燕谋都有诗集存世。四十年之后，即 1979 年，马厚文将诗稿结集，请钱锺书题诗，钱锺书读着诗集目录，深情忆旧，其中有句：'把玩新编重品目，卅年惆怅溯诗盟'。其所谓'诗盟'即山中诗社。"①

玉澜词社在天津成立。主其事者杨寿枏、向迪琮，社员有周维华、巢章甫、胡倾白、姚灵犀等人。1941 年，《同声月刊》第 1 卷第 5 号"词林近讯"云："天津词流，近有玉澜词社之集，当推杨味云、向仲坚两先生，主持风会。社友有周维华（公阜）、巢章甫诸君，颇极一时之盛云。"② 巢章甫《海天楼艺话》云："蜀人胡倾白君素，寒云弟子。……诗文雅好，早在人耳目。旋复努力于词，与姚灵犀等均为玉澜词社主要分子。"③

商务印书馆出版唐圭璋所编《全宋词》。共 20 册，300 卷，附录 2 卷、索引 1 卷。唐圭璋《自传及著作简述》云："一九三五年，我经汪辟疆先生介绍，任国立编译馆编纂（馆址在今山西路南京图书馆前）。汪先生并竭力敦促馆中印《全宋词》。当时的馆长辛树帜认为这是不急之务，不同意印。但馆中人文组组长周其勋特地请教过汪先生此书能印与否。汪先生坚决主张要印。因此周先生最后尊重汪先生的意见，决定接收付印。先后三次印出《全宋词目录》，分发全国各地，广泛征求意见，并先写成六十家词跋尾，发表在《江苏国立图书馆年刊》上，后又写成四十种词跋尾，发表在《制言》上，作为准备工作。一九三七年全书初稿完成，由编译馆交上海商务印书馆排印。因其时抗战爆发，上海商务印书馆移到香港排印，于一九四〇年出版线装本。计所辑两宋词人约一千多家，词二万多首。这部书，当时印数极少，流传不广；而且由于历史条件的限制，书中还存在不少缺点。"④ 吴梅所撰《〈全宋词〉序》谓："今唐子以一人之耳

① 吴海发：《二十世纪中国诗词史稿》，中国文史出版社 2004 年版，第 534 页。
② 同声月刊社：《词林近讯：玉澜词社近讯》，载《同声月刊》1941 年第 1 卷第 5 号。
③ 巢章甫：《海天楼艺话》，人民美术出版社 2009 年版，第 47 页。
④ 唐圭璋：《梦桐词》，江苏古籍出版社 1987 年版，第 135 页。

目，十年之岁月，成此巨著，举凡山川琐志、书画题跋、花木谱录，无不备采，已非馆阁诸臣所及。而互见表一卷，尤足息前人之争，祛来学之惑，此岂清代词臣得望其项背哉!”[①] 1965 年，中华书局出版《全宋词》修订版。1981 年，中华书局出版孔凡礼《全宋词补辑》。

李宣龚《硕果亭诗》刊行。分上、下两卷，书前有己卯年（1939）杨钟羲、陈诗序，庚子年（1900）五月林纾序及庚辰年（1940）作者自序。1941 年 1 月 20 日，《同声月刊》第 1 卷第 2 号“诗坛近讯”云：“闽县李拔可（宣龚）先生，少以诗名，与林暾谷（旭）先生以经世之学相淬厉，为诗共嗜后山（陈师道），凄惋得江山助。生平笃于风义，自暾谷罹于戊戌之难，先生为收遗稿，辑刊《晚翠轩诗》。三十年来，瘁心力于商务印书馆，辛勤擘画，蔚为文化中心，而感事伤时，不无拂郁，益以性情怀抱，迥异恒人，发为歌诗，自然沈挚。……商务印书馆已将先生硕果亭诗印出，并承释戡先生转赠一部，岁寒检读，不觉神往，因书所感，藉当介绍云。”[②] 沈云龙主编《近代中国史料丛刊》第 91 辑收录该集。

民国三十年　1941 年　辛巳

1 月

6 日，国民党顽固派制造“皖南事变”。新四军军部及江南部队 9000 余人奉命北上，行至皖南泾县茂林地区，突遭国民党军队袭击，血战 7 昼夜，仅 2000 余人突围。殷扬《皖南事变零忆》、陈毅《皖南事变书愤》、陈国柱《至平顺始知茂林事变愤甚作此》等记述了事变的经过和内心的悲愤。

18 日，《新华日报》刊载周恩来《为江南死国难者志哀》。诗云：“千古奇冤，江南一叶；同室操戈，相煎何急。”[③]

① 吴梅：《吴梅全集·理论卷》（中），河北教育出版社 2002 年版，第 978 页。

② 同声月刊社：《诗坛近讯：硕果亭诗出版》，载《同声月刊》1941 年第 1 卷第 2 号。

③ 周恩来：《为江南死国难者志哀》，载《新华日报》1941 年 1 月 18 日第 2 版。

2 月

20 日，龙榆生所撰《晚近词风之转变》一文发表于《同声月刊》第 1 卷第 3 号。文章称："词至今日，一方以列于大学课程，而有复兴之望，一方以渐滋流弊，而有将绝之忧，此亦所谓存亡之机，间不容发之时矣！词本以合乐为主，旧谱亡而化为'长短不葺之诗'，然其声调之美，固犹富有音乐性也。因其体式而少加变化，以就今日流行之西洋音乐，殆亦事所必然者，此重振词学之一途也。认词为'渐进自然'之新体律诗，相尚以意格，而举作者所有'照天腾渊之才，溯古涵今之思，磅礴八极之志，甄综百代之怀'，悉纳其中，则吾以为云起轩一派之词，合当应运而起。私意欲窃取周氏四家词选之义，标举周（清真）、贺（方回）、苏（东坡）、辛（稼轩）四家，领袖一代，而附以唐宋以来，下逮近代诸家之作，取其格高而情胜，笔健而声谐者，别为一编，示学者以坦途，俾不至望而生畏，转而求词于胡适《词选》，以陷于迷误忘归。又别取词调若干，制为简谱，说明其声韵配合之妙，俾学者有所遵循，而便于研习，庶斯道得以微而复振，历久不渝。质之海内通人，倘不以其言为谬妄，则幸矣！"①

同日，《同声月刊》第 1 卷第 3 号"通讯"栏下登载张尔田《与龙榆生论词书》及吴庠《与夏瞿禅书》《与友人论填词四声书》《致夏瞿禅书》《覆夏瞿禅书》。《同声月刊》编者案云："吴眉孙先生，闭门撰述，近方笺注《遗山乐府》，并为孟劬先生校刻《遁庵文集》。顷从友人处，得见其论词数札，有关于词学前途者颇巨，爰为刊布，冀与同好共商讨之。"②

3 月

本月，《文史季刊》在江西泰和创刊。国立中正大学文史季刊编辑委员会编辑出版，设"诗录"栏，刊登旧体诗，章士钊、胡先骕、周登岸、沈尹默、胡小石、陈树人、涂世恩、王英瑜等有诗发表。至次年 3 月停刊，共出版 5 期。

春，吴用威卒。吴用威（1873—1941），字董卿，号屐斋，浙江仁和人，有《蒹葭里馆诗》。生平事迹见冒佳骐《吴董卿与〈蒹葭里馆诗〉》

---

① 龙沐勋：《晚近词风之转变》，载《同声月刊》1941 年第 1 卷第 3 号。

② 佚名：《编者案》，载《同声月刊》1941 年第 1 卷第 3 号。

等。1941 年 4 月 20 日，《同声月刊》第 1 卷第 5 号“词林近讯”云：“杭州吴董卿（用威）先生，别号屐斋，为诗坛名宿。今春以肋膜炎病逝沪上。”[①] 夏敬观《忍古楼词话》谓：“杭县吴董卿用威著有《兼葭里馆诗集》，大雅真挚，风致尤美。”[②] 汪辟疆称：“屐斋诗，风神摇曳，不减张绪当年。新城而后，此其嗣音。至其风骨高骞，情韵兼美，并世诸贤，亦当俯首。”[③] 1919 年，《兼葭里馆诗》刊行，由郑孝胥题签，李宣龚作序。

5 月

16 日，延安《解放日报》创刊。该报系中共中央的机关报，所刊旧体诗词主要是中共领导人及著名民主人士的作品。韩晓芹《体制化的生成与现代文学的转型：延安〈解放日报〉副刊的文学生产与传播》称：“延安《解放日报》是中共中央在革命根据地办的第一张大型日报，也是中共中央及西北局的机关报，1941 年由延安《新中华报》和《今日新闻》合并而成，5 月 16 日在延安创刊，1947 年 3 月 14 日在胡宗南进攻延安时随中共中央撤离，到陕西子长县史家畔村继续出版，3 月 27 日停刊，存在时间长达 6 年 10 个月 11 天，共 2130 号。”[④]

17 日，陈孝威致信美国总统罗斯福，并附呈所作七言律诗《美利坚国总统罗斯福先生读余去年十月七日论文赐函奖饰辄酬一律赋谢》。之后，他向各界人士广泛征诗（后结集为《太平洋鼓吹集》）。陈孝威《太平洋鼓吹集自序》云：“中华民国二十九年（西历一九四零年）九月二十七日，德、义、日三国同盟协定成，国际论坛咸目为攻美之先声。余则判断为德攻苏先于攻美，日必进窥南洋。时我全军全民以倭寇来犯、独力苦战既三年，争取与国，补充军实，人各有责。故余有十月七日《德义日三国同盟协定对英对美对苏作战案》之作，（全文刊在本集卷之第一页）英译分呈美利坚大总统罗斯福先生，国务卿赫尔先生，陆军部长史汀生先生，海军部长诺克斯先生，旨在呼吁美国以物资援助我国家，驱敌于国境之外也。……余前文亦获上达白宫，邀罗斯福总统之省览，奖誉有加。赫尔与诺克斯两先生亦先后有函见称。史汀生先生且函称：‘读之深饶兴趣，愿

① 同声月刊社：《词林近讯：吴屐斋病逝沪上》，载《同声月刊》1941 年第 1 卷第 5 号。

② 夏敬观：《忍古楼词话》，见唐圭璋编《词话丛编》第 5 册，中华书局 1986 年版，第 4802 页。

③ 汪辟疆：《光宣诗坛点将录笺证》下册，王培军笺证，中华书局 2008 年版，第 487 页。

④ 韩晓芹：《体制化的生成与现代文学的转型：延安〈解放日报〉副刊的文学生产与传播》，中国社会科学出版社 2012 年版，第 5 页。

予保存作为陆军部之借镜。’凡兹所举，非我国家得道多助，何以至此！自献文之后凡五月，罗斯福先生于三届连任总统后所实施之新政策，中有与拙论相契于无言者，心益仪之，不自禁赋诗一章，英译献呈罗斯福总统，其诗曰：‘白宫三主承明席，砥柱终回逆水流。降此鞠凶人扰扰，贤哉元首政优优。干戈到处汹群盗，日月无私照五洲。欲脍鲸鲵济沧海，八方风雨感同舟。’江东杨云史先生时尚健在，闻其事，和长歌千余言，有序，沉雄高浑，兼而有之。于是从事翻译，自任韵语，演为语体文。张启贤博士以语体文英译，英国旅港诗人柯克先生董其成，仿古装潢，维精维妙。人或惮其烦，余乐此不疲。艺林咸目为沟通中美文化之津梁，余未之敢承也。”[①] 胡适云：“陈孝威将军在一九四一年作七言律诗，颂赞罗斯佛大总统，杨云史先生作长诗和之。当时海内外和作者二百余家。珍珠港事变后，孝威避难，间关至广西桂林，又续得若干和诗，前后凡得诗三百六十三首，印成六卷，题曰‘太平洋鼓吹集’。桂林遭劫后，仅存孤本两册，孝威以其两册之一留赠国立罗斯福图书馆、并嘱适记其原起。”[②]

30 日，中华全国文艺界抗敌协会（简称“文协”）举行第一届诗人节。“文协”在重庆中国留法比瑞同学会礼堂开晚会庆祝。大会主席于右任将诗人节的含义归纳为：诗的内容是要反抗侵略，阐明真理，诗人也就该是战士。老舍《第一届诗人节》一文介绍了诗人节的缘起：“去年端阳节，‘文协’的会员们开了个晚会，纪念大诗人屈原，并有纪念文字发表于各报纸及文艺刊物。当天，就有人提议，好不好定此日为诗人节。过了一年，‘文协’的朋友们又想起那个重要的提议，而各方面——教授们，爱好文艺者，特别是老诗人们——都以为事不宜迟，应马上去作。于是，几个朋友就去起草诗人节缘起，由郭沫若先生修正。缘起写好，印好，交给了文协散发。同时，柳倩、安娥、云远、方殷，还有几位，就征求纪念文字，并与陪都各报纸接洽出特刊。各报纸都乐意赞助，而且《大公》与《新蜀》两家表示继出三天也可以。大家动起笔来。于右任院长、陈立夫部长、梁寒操副部长、冯玉祥将军，都写了诗或散文；文艺界友人们，如郭沫若、孙伏园、易君左、徐仲年、李长之、黄芝冈、张铁弦、徐迟、王进珊、安娥、堵述初、陈纪滢、李嘉、牧原、吴组缃、任钧、李石锋、和山、刘云僧、老舍……也都交出诗篇或文章。可惜，《新蜀报》却在节前

① 陈孝威：《太平洋鼓吹集自序》，见陈孝威编著《太平洋鼓吹集》，台湾“国防研究院”1965 年版，第 14－15 页。

② 胡适：《太平洋鼓吹集　题词（二）》，见陈孝威编著《太平洋鼓吹集》，台湾“国防研究院”1965 年版，第 3 页。

失火，不能马上出整张的报，所以把几篇特刊的文字暂行保存，另由老舍写了一小篇社论。……写诗的，爱诗的；诗人，诗人的朋友；白发的诗客，短裤的青年，赤足的女郎……都含笑而来。有的携来当日作的诗歌，求指教，有的立着或坐下'拜读'。老诗人于右任先生到场，即被推为主席。行礼如仪后，主席以极简炼的言语，道出今年诗人节与五卅恰好在同日的含义——诗的内容是要反抗侵略，阐明真理；诗人也就该是战士啊！"[①] 诗人节的确立引发了一些争论。王家康《四十年代的诗人节及其争论》云："1944 年的诗人节纪念期间，孙次舟等学者由诗人节引出了屈原问题的争论。不同政治和学术信仰的学者和文人知识分子们，围绕诗人节，展开过长达多年的学术争论，一直持续到 1946 年底。最后是对屈原持否定的观点遭到了多数人的否定。但奇怪的是，1949 年建国后，诗人节却又悄悄的被人淡忘了。"[②]

约本月，萨镇冰《古稀吟集》印行。萨伯森、萨兆寅《萨鼎铭先生年谱》云："孟夏，公诗集《古稀吟集》印行。陈海瀛自福州呈诗代序云：'将军长句若长城，竟病诗成世已惊。东海鲸鲵闻破胆，九关虎豹看销声。风骚自足千秋业，耄耋能行万里程。川、黔、滇、湖，行迹几遍。他日平倭修战史，同仇袍泽识威名。'"[③] 此前，萨镇冰曾于 1940 年在重庆刊行《庚辰年间吟》。

6 月

夏，夏仁虎《清宫词》由北平师范大学文学院印行。此本较为稀见。夏仁虎（1873—1963），字蔚如，号啸庵，别号枝巢，江苏江宁人。清代举人，官至御史，曾任北洋政府财政部次长、代总长，国务院秘书长等职。中华人民共和国成立后，任中央文史研究馆馆员，有《啸庵词》《零梦词》等。生平事迹见邓云乡《枝巢老人及其著述》、王景山《夏仁虎年表》等。2009 年，浙江文艺出版社出版王景山主编《国学家夏仁虎》，收录《清宫词》。

---

① 老舍：《第一届诗人节》，载《宇宙风》1942 年第 119、120 期合刊。

② 王家康：《四十年代的诗人节及其争论》，载《中国现代文学研究丛刊》，2003 年第 1 期。

③ 萨伯森、萨兆寅：《萨鼎铭先生年谱》，张作兴主编《船政文化研究》，海潮摄影艺术出版社 2006 年版，第 159 页。

7 月

本月，杨圻卒，享年 67 岁。杨圻（1875—1941），字云史，江苏常熟人，有《江山万里楼诗词集》。生平事迹见陈灨一《杨云史先生家传》、李猷《杨圻传》。辛桂成《杨云史及其论诗》称："先生诗名满天下，论者多矣，然其虽宗盛唐，而不薄宋派，不轻时尚，不伐异同。其言曰：宗派之说，各近其性，岂可悬鹄而射，以之自律则可，以之论人则不可。闻者服其通达而广大。不用僻典奇字，不爱对仗巧取，其所用为人人皆识之字，人人习知之典，重在真意与气骨格律。或问时人喜僻冷，其道何如？先生曰：僻字冷书，在作者有之，在读者未必有之，诗文欲人解，非欲人不解也，我故不取。"[①] 钱仲联《近百年词坛点将录》拟之为"地僻星打虎将李忠"，谓："杨云史词，奇丽俊美，自《花间》、南唐以逮宋人，不取一法，不舍一法。如此江山，消魂绝代。"[②] 2003 年，上海古籍出版社出版马卫中、潘虹校点的《江山万里楼诗词钞》。

8 月

20 日，吴眉孙《清空质实说》发表于《同声月刊》第 1 卷第 9 号。文章称："质者，本质也，即词家之命意也。惟质故实，所谓意余于辞也。文者，文饰也，即词家之遣辞也。惟文故空，所谓辞余于意也。予故以为梦窗词，正是文而空，不是质而实。白石词正是质而实，不是文而空。不过梦窗文中有质，白石质外有文，而其传诵之作，又皆有清气往来，此其所以为名家也。"[③] 又云："填词未成，好讲四声，最为可笑。……切愿填词者，取此二说，审思之，先求命意遣辞，进一步求行气，再进一步求依声。至于某家某派，从吾所好，以求文质适中可耳。论甘而忌辛，好丹而非紫，大可不必。"[④]

本月，方克刚《第二次世界大战纪事诗》由长沙妙高峰中学校出版。所录诗均与国际重大政治事件相关，诗后有文字说明来龙去脉。作者所撰《绪言》云："其动机，固未计及文字之工拙，以快阅者之心情，欲藉记

---

① 辛桂成：《杨云史及其论诗》，载《大风》1940 年第 70 期。

② 钱仲联：《梦苕庵论集》，中华书局 1993 年版，第 397 页。

③ 吴眉孙：《清空质实说》，载《同声月刊》1941 年第 1 卷第 9 号。

④ 吴眉孙：《清空质实说》，载《同声月刊》1941 年第 1 卷第 9 号。

述大战因果，减少人类将来之不幸；故于国际情形，政变经过，科学进步，及人类报复行为之痛苦，再三致意焉。”①

本月，《鲁迅诗集》由桂林白虹书店出版。奚名编辑，该集或为文学史上第一种鲁迅诗集，其内容依次是旧诗、新诗、译诗、附录，收录旧诗50首，第一首为《自题小像》。

9月

5日，林伯渠发起成立怀安诗社。社务由李木庵主持，诗社“有一个半百来人的作者圈”“其中有老一辈无产阶级革命家和革命的老干部”，②比如著名的“十老”——朱德、董必武、林伯渠、吴玉章、徐特立、谢觉哉、续范亭、李木庵、熊瑾玎、钱来苏。其宗旨为利用旧形式，装置新内容，用诗歌激励抗战，前后持续近八年。1941年9月7日，《解放日报》专门报道了怀安诗社的成立。李木庵《窑台诗话》谓：“一九四一年九月五日，陕甘宁边区政府主席林伯渠同志，于公余之暇，约集在延安之能吟事者廿余人成立诗社，标名‘怀安’，以边区建设民主政治，要做到老者能安，少者能怀，深寓策励之义。并指出诗社宗旨在于利用旧形式，装置新内容，即旧瓶装新酿；用诗歌激励抗战，收复国土，反对专制，争求民主，揭露黑暗，歌颂光明，团结同情者，赞助革命。林老首倡五七律各一章后，驻足重庆的董老，闻讯遥颁和章，朱总司令也依董老诗韵步和，叶参谋长，续范亭司令都有和诗。其他唱和者尚多，琳琅满目，美不胜收，为一时盛事。”③ 1980年，陕西人民出版社出版李石涵所编《怀安诗社诗选》。

秋，千龄诗社在兰州成立。成员有朱绍良、高一涵、萨镇冰、黎锦熙、慕寿祺、方旭芝、丁宜中、王竹民、翁醉亭、张质生、徐韵潮、徐玉章、范振绪、杨济州、易君左、冯国瑞、陈果青、李宜晴、包道平等。前期主持人为朱绍良、高一涵，后期是水梓。黎锦熙称：“千龄诗社多老人，如慕寿祺、萨镇冰、高一涵、方旭芝等，总得一千岁，故名。”④ 唐昭防《和平诗社杂忆》云：“兰州千龄诗社，自朱逸民东调，高一涵解职，水

---

① 方克刚：《第二次世界大战纪事诗》，妙高峰中学校1941年版，“绪言”。

② 李石涵编：《怀安诗社诗选》，陕西人民出版社1980年版，第2页“前言”。

③ 李木庵编著：《窑台诗话》，湖南人民出版社1984年版，第2页。

④ 黎锦熙：《〈端午诗人节，兰州千龄诗社小集，用元袁易重午客中诗分韵，唐君为代拈得诗字〉自注》，见卢金洲选注《兰州古今诗词选》，兰州大学出版社1991年版，第148页。

梓继任社长。”[①] 水天中《煦园春秋——水梓和他的家世》称：“由各地流寓兰州的诗人几乎都与父亲（指水梓）有所交往，经常举行各种类型的雅集，互相交流新作。上层文士组成千龄诗社，是在抗战后期。先后参加千龄社活动的除了父亲外，还有高一涵、朱绍良、慕绍堂、丁宜中、王竹民、翁醉亭、张质生、徐韵潮、徐玉章、范振绪、杨济州、易君左、冯国瑞、陈果青等人。由于参加者年龄相加约一千岁，遂定名为‘千龄社’。千龄社主持人为朱绍良、高一涵，朱、高离兰后，由父亲主持诗社活动。千龄社没有固定的活动地点，但每年春秋佳日，即牡丹盛开时和重阳节前后，千龄社成员必然到煦园聚会，他们在春日花丛或深秋红叶间漫步宴饮，分韵作诗。千龄社诗文已散佚殆尽。”[②]

11 月

16 日，郭沫若 50 岁生日，各大报纸纷纷刊登纪念文章，董必武、沈钧儒、沈尹默、许宝驹、吴克坚、梁寒操、马衡、顾一樵、老向、陈布雷、柳亚子等以诗相贺。如 11 月 17 日，中央社在《国民公报》上刊登《两千余人济济一堂　文化界祝贺郭沫若》，《新民报》刊登《民族诗坛留佳话　郭沫若五十寿辰》，《新华日报》刊登《救亡日报留港同人夏衍等贺电》。11 月 18 日，《解放日报》刊登《郭沫若先生五十寿辰——延安文化界集会庆祝》等文章。[③] 诗歌方面有董必武《郭沫若先生五十大庆》（《新华日报》11 月 16 日）、沈钧儒《奉沫若先生》（《新华日报》11 月 16 日）、沈尹默《赠郭先生》（《新华日报》11 月 16 日）、许宝驹《赠沫若先生》（《扫荡报》11 月 15 日）、吴克坚《沫若先生创作廿五周年纪念》（《新华日报》11 月 16 日）、梁寒操《诗寿郭沫若——歌德拜伦不老》（《新民报晚刊》11 月 7 日）、马衡《沫若先生五十初度》（《新民报晚刊》11 月 15 日）、顾一樵《寿郭沫若五十》（《中央日报》11 月 16 日）、卢前《寿沫若五十（双调折桂令）》（《新民报》11 月 17 日）、陈布雷《沫若先生二十五年创作纪念诗》（《大公报》11 月 28 日）、柳亚子《贺郭沫若先生五十寿》（《新华日报》12 月 2 日）等。[④]

① 唐昭防：《和平诗社杂忆》，见中国人民政治协商会议兰州市委员会文史资料和学习委员会主编《兰州文史资料选辑》第 17 辑，兰州大学出版社 1998 年版，第 204 页。

② 水天中编：《煦园春秋——水梓和他的家世》，中国艺苑出版社 2006 年版，第 44 页。

③ 曾健戎编：《郭沫若在重庆》，青海人民出版社 1982 年版，第 185 – 224 页。

④ 曾健戎编：《郭沫若在重庆》，青海人民出版社 1982 年版，第 139 – 153 页。

12 月

13 日，张鸿卒，享年 75 岁。张鸿（1867—1941），初名澂，字师曾，别署隐南、璚隐、晚号蛮公，江苏常熟人，有《蛮巢诗词稿》。生平事迹见唐文治《张君璚隐墓志铭》、时荫《张鸿年谱》及钱仲联《张璚隐传》。钱仲联《近百年诗坛点将录》谓：“清末吴中诗派，宗尚玉溪，与湘人桴鼓相应，张鸿、曹元忠诸人实为之首倡。张时能参异己之长，唐人如樊宗师，宋人如梅尧臣，皆所效法。鸿中岁宦游扶桑，并官译署，谙悉外事，识解开明。晚岁避寇伤足，病卧申江，气节凛然，有足多者。”① 《近百年词坛点将录》又云：“蛮巢词风华绝代，与冒广生、曹元忠相酬答。晚经桑海，病卧申江，皂帽藜床，风节卓著，词才未退，藻彩犹腾。”② 《蛮巢诗词稿》于 1939 年印行，《清代诗文集汇编》第 791 册收录该集。

14 日，蔡哲夫卒，年 63 岁。蔡哲夫（1879—1941），名守，字成城，别号寒琼，广东顺德人，南社诗人，入社书编号 25，有《寒琼遗稿》。郑逸梅《南社丛谈》云：“作诗文常署寒琼，晚年自号寒翁，参加南社及南社湘集。……他患心脏病，一九四一年十二月十四日逝於南京。”③ 黄宾虹《寒琼遗稿叙》云：“蔡君研究古籀文字，诗学宋人，书画篆刻，靡不涉猎，海内知名之士，文翰往还，几无虚日。……后以访友重来，旋寓金陵，偕其配月色夫人，文艺自乐，倡和尤多。然坎坷无所遇，处境益贫，而诗日益进。性独嗜茶，自比于杜茶邨，而卒郁郁以老。嗟夫！茶邨挟济世才，丁时数奇，忧患流离，羁栖转徙，其所为诗，读者谓为如天宝之杜甫，义熙之陶潜，前后不同。以蔡君之才之遇，方之茶邨，古今一辄，当无不同。”④ 1943 年，蔡哲夫的夫人谈月色为之编次《寒琼遗稿》，黄宾虹作序，新明印书馆承印。

19 日，林庚白卒，享年 45 岁。林庚白（1897—1941），名学衡，字浚南，又署众难，福建闽侯人，南社诗人，入社书编号 219，有《丽白楼遗集》。生平事迹见林北丽《庚白的死》、周永珍《林庚白年表》等。柳亚子《林庚白家传》云：“庚白生中华民国纪元前十五年丁酉旧历三月二

---

① 钱仲联：《梦苕庵论集》，中华书局 1993 年版，第 369－370 页。

② 钱仲联：《梦苕庵论集》，中华书局 1993 年版，第 399 页。

③ 郑逸梅编著：《南社丛谈》，上海人民出版社 1981 年版，第 262－263 页。

④ 上海书画出版社、浙江省博物馆编：《黄宾虹文集　杂著编》，上海书画出版社 1999 年版，第 563 页。

十日，殁三十年辛巳国历十二月十九日，春秋四十有五。……遗诗刊布最早者，为《太学二子集》，次为《急就集》，为《舟车集》，今皆不可觅。十七年以后，往来秣陵沪渎间，有《藕丝集》、《燹馀集》，已毁于‘一·二八’之役；《过江集》与《空前词》，藏浏阳黄淑仪处，未得见。二十五年起，为《水上集》三卷，为《吞日集》八卷，为《角声集》四卷，为虎尾前后集各一卷，今存。曾辑《今诗选》，自林文起，至严既澄止，得百馀家，稿未完成，仅有什一，别附郑孝胥、汪兆铭、梁鸿志三逆诗，盖寓衮钺之义于诗史者，今拟写定之为《今诗选》残稿一卷，与《丽白楼文剩》一卷，‘词剩’一卷，‘语体诗剩’一卷，‘诗话’二卷，《虎穴馀生记》一卷，并附‘水上’、‘吞日’、‘角声’、‘虎尾’诸集后，合为《丽白楼遗集》行世。顾《今诗选》中，自选独多，其取材又不限于‘吞日’、‘角声’两集，则拟辑为《丽白楼自选诗》一卷别行云。当港九沦陷时，全稿落倭夷手，几与车尘马足同尽。桐城章曼实任侠好义，以奇计出之，始归赵璧，其功有弗可泯灭者。梓行有日，编纂校订之役，余与北丽尸之。而临桂朱生荫龙，陈生迩冬辈，亦踊跃愿执简以从。庚白地下有知，庶几无憾欤。”[①] 林北丽谓：“值讨倭军兴，中国更入一大时代，庚白偕余西迁入蜀，匆匆五年，积稿益富。余心喜其诗，讶为百年以来所未有。盖非必其才力与情感，有以远胜于古人也，实百年以来之时与世，有以昌其诗耳。时贤于此，乃尽忘其时与世，一若身为汉、魏、唐、宋人者，岂不谬哉！至才力与情感之不能兼擅，则犹其馀事耳。世睹此文，或以余言为夸大，谬誉庚白，试取庚白诗而读之，凡所抒写，什七皆古人之所无，而又为今人所未言，犹得谓非百年来之珍品耶?”[②] 1996年，中国人民大学出版社出版周永珍所编《丽白楼遗集》。

26日，大厂居士卒，享年68岁。大厂居士（1874—1941），名易孺，字季复，晚号念翁，广东鹤山人，有《守愚斋题画诗词残存录》。生平事迹见杰庭居士《易大厂略传》。《略传》谓：“居士于国粹艺术，如文艺、诗词、书画、歌曲、金石等，罔不精严并擅，蔚为一代宗匠，所作艺事，冲淡逸隽，超迈时贤，见者莫不叹为神品。”[③] 郑逸梅云：“综其一生，凡诗古文辞，金石书画，词曲声韵，训诂篆刻，都精湛淹博。作诗词从不起

---

① 柳亚子：《林庚白家传》，见周永珍编《丽白楼遗集》下卷，中国人民大学出版社1996年版，第1229页。

② 林北丽：《〈丽白楼自选诗〉序》，见周永珍编《丽白楼遗集》下卷，中国人民大学出版社1996年版，第1245页。

③ 杰庭居士：《易大厂略传》，载《永安月刊》1942年第34期。

草，有所题咏，略一思索，提笔而就。”[①] 1942 年 2 月 15 日，《同声月刊》第 2 卷第 2 号“词林近讯”登载大厂居士下世的消息。其《守愚斋题画诗词残存录》曾于 1936—1937 年在《逸经》杂志第 17 ～ 24 期上连载，后于 1937 年 4 月由上海逸经社出版。

本年

邵祖平的旧体诗集《培风楼诗续存》获得国民政府教育部第一届“著作发明及美术奖励”文学类三等奖。[②] 本年度文学类只设有三等奖，故此三等奖为文学类最高奖项。获此殊荣者，除邵祖平外，还有唐玉虬，其旧体诗集《国声集》《入蜀稿》获得 1942 年第二届“著作发明及美术奖励”文学类三等奖。[③]

黄濬《聆风簃诗》刻行。早在 1937 年，上海中华书局拟同时出版梁鸿志《爰居阁诗》、夏敬观《忍古楼诗》、黄濬《聆风簃诗》，后黄濬因叛国罪被处死，故此事搁浅。当时出版者仅《忍古楼诗》一种。此事详见汪辟疆《光宣诗坛旁记》。1941 年 11 月 20 日，《同声月刊》第 1 卷第 12 号“词林近讯”谓：“侯官黄哲维先生，少治诗，与梁仲毅、朱芷青、罗敷庵诸子，知名当世。陈石遗先生尤称许之。身后遗稿，由梁众异先生，精刻为《聆风簃诗》八卷，附词一卷。顷经印出，曾以分赠各方知好云。”[④]

周麟书《笏园诗钞》由吴江印务局印行。周麟书（1888—1943），字嘉林，号迦陵，江苏吴江人，生平事迹见金天羽《迦陵生传》、周德华《吴江诗人周迦陵》。1941 年 11 月 20 日，《同声月刊》第 1 卷第 12 号“词林近讯”谓：“吴江诗人周嘉林（麟书）先生，嗜酒作达，任教吴江各校，极为诸生所敬。金鹤望（天羽）先生为作《迦陵生传》，极推许之，为诗初慕渔洋，旋复出入瓯北、瓶水之间，终乃取径坡、谷，与费韦斋、金鹤望相切劘。顷方自定所作，为《笏斋诗钞》四卷，附词一卷，由

---

① 郑逸梅编著：《南社丛谈》，上海人民出版社 1981 年版，第 91 – 92 页。

② 教育年鉴编纂委员会编：《第二次中国教育年鉴》第 4 册，见沈云龙主编《近代中国史料丛刊三编》第 11 辑，台湾文海出版社 1986 年版，第 867 页。

③ 教育年鉴编纂委员会编：《第二次中国教育年鉴》第 4 册，见沈云龙主编《近代中国史料丛刊三编》第 11 辑，台湾文海出版社 1986 年版，第 867 页。

④ 同声月刊社：《词林近讯：聆风簃诗刻成》，载《同声月刊》1941 年第 1 卷第 12 号。

其门弟子合资排印。”①

民国三十一年　1942 年　壬午

2 月

7 日，夏孙桐卒，享年 86 岁。夏孙桐（1857—1942），字闰枝，一字悔生，晚号闰庵，江苏江阴人，有《观所尚斋诗存》《悔龛词》。生平事迹见傅增湘（傅岳棻代笔）《江阴夏闰庵先生墓志铭》、陈叔通《江阴夏孙桐墓志铭》。马兴荣《夏孙桐年谱》谓：“孙桐，清咸丰七年（一八五七）生……民国三十一年（一九四二）二月七日病逝于北京。”② 钱仲联《近百年词坛点将录》云：“龙榆生曰：‘孙桐与朱祖谋为儿女亲家，祖谋尝言其从事倚声，实由孙桐诱导。’叶遐庵以为‘正法眼藏，非公莫属’。此是彊村词派之月旦。”③ 王伟勇主编的《民国诗集丛刊》第 33 册收录其《观所尚斋诗存》。2001 年，内蒙古大学出版社出版《悔龛词笺注》。

3 月

23 日，赵椿年卒，享年 75 岁。赵椿年（1868—1942），字剑秋，一字春木，晚号坡邻，江苏常州人，有《覃研斋诗存》。生平事迹见夏仁虎《武进赵公椿年暨元配吕夫人合葬墓志铭》。陈三立《赵椿年覃研斋诗存题词》谓：“魄力倔强，韵格苍坚，使气孕味，颇能追摄韩、苏胜境，诚晚近杰出之作者也。”④ 1935 年，《覃研斋诗存》刊行。

4 月

13 日，《新华日报》开辟“《屈原》唱和专栏”，刊登黄炎培与郭沫

① 同声月刊社：《词林近讯：笏园诗钞出版》，载《同声月刊》1941 年第 1 卷第 12 号。
② 马兴荣：《马兴荣词学论稿》（下），上海古籍出版社 2013 年版，第 754 页。
③ 钱仲联：《梦苕庵论集》，中华书局 1993 年版，第 391 页。
④ 陈三立：《散原精舍诗文集（增订本）》下册，李开军校点，上海古籍出版社 2014 年版，第 1480 页。

若的四首唱和诗，在社会上引起较大反响。沈钧儒、董必武、陈禅心等亦有和作。陈禅心《〈屈原〉剧与〈屈原〉唱和》云："为了扩大《屈原》在社会上的政治影响，一九四二年四月十三日《新华日报》开辟了'《屈原》唱和专栏'，刊载了黄老与郭老的上述四首唱和诗。真是一呼百应，紧接着以《屈原》为题材的唱和诗篇就如雨后春笋般地涌现出来，《新华日报》与其他进步报刊陆续予以刊登。……一九四二年四月十三日，郭老热情接见了我，随后把黄炎培、沈钧儒、董必武诸前辈与他唱和《屈原》的诗作递给我看，邀我和作。我见猎心喜，当日夜间依韵作诗二首。"①

17 日，朱少屏在马尼拉遭日军杀害。朱少屏（1882—1942），原名葆康，少屏为其字，上海人，南社四位创始人之一（另三位分别是陈巢南、柳亚子、高天梅），入社书编号 6。生平事迹见朱康生整理的《朱少屏传略》及柳无忌《纪念父执朱少屏》《缅怀父执朱少屏先生》等。1945 年，柳亚子《少屏殉难，诗以哀之，九月十一日作》谓："恶耗四年今证实，交情卅载欲无言。影形踪迹终难忘，出处恩仇忍细论。不是坡公谣海外，竟同鲁国殉平原。东归倘觅经行地，白社黄垆尽泪痕。"② 该诗小序云："太平洋战事起后，即闻少屏殉难马尼拉之耗，顾犹冀其不确也。顷见《中央日报》载华人公墓发现题名事，则知其无幸矣。"③ 胡朴安《南社诗话》称："朱葆康，字少屏，不能赋诗。而南社每次雅集，少屏必到，颇为亚子之臂助。南社社友，少屏无一不认识。少屏虽不能诗，尝为南社之中心。"④

5 月

6 日，陈洵卒，享年 72 岁。陈洵（1871—1942），字述叔，号海绡，广东新会人，有《海绡词》。生平事迹见陈一峰《近代著名词人陈洵传略》、张采庵《词人陈洵》等。1940 年 12 月 20 日，《同声月刊》第 1 卷创刊号"词林近讯"云："新会陈述叔先生（洵）为岭表词学大师，朱彊

---

① 陈禅心：《中国抗日"空军诗人"陈禅心文集》，福建省莆田市城厢区档案局（馆）编，1996 年版，第 169 页。

② 柳亚子：《磨剑室诗词集》（下），中国革命博物馆编，上海人民出版社 1985 年版，第 1313－1314 页。

③ 柳亚子：《磨剑室诗词集》（下），中国革命博物馆编，上海人民出版社 1985 年版，第 1313 页。

④ 胡朴安：《南社诗话》，见杨玉峰、牛仰山校点《南社诗话两种》，中国人民大学出版社 1996 年版，第 140 页。

邨先生所谓‘新拜海南为上将，更邀临桂角双雄’（《彊邨语业》卷三《忆江南》）者也。”[①] 钱仲联《近百年词坛点将录》云：“海绡词极为彊村推许，与蕙风并举，称为‘并世两雄，无与抗手’。”[②] 龙榆生《陈海绡先生之词学》谓：“海绡翁在词林为不朽矣。”[③] 2002 年，上海古籍出版社出版《海绡词笺注》，录词 3 卷，补遗 1 卷。

27 日，陈独秀病逝，享年 64 岁。陈独秀（1879—1942），字仲甫，安徽怀宁人。生平事迹见王光远《陈独秀年谱》。1934 年，王森然在《近代二十家评传》中称陈独秀“诗学宋，有大胆之变化”，“知先生二十年前，亦中国最有名之诗人也”。[④] 2003 年，安徽教育出版社出版《陈独秀诗存》。

夏，王蕴章卒，享年 59 岁。王蕴章（1884—1942），字莼农，号西神，江苏无锡人，南社成员，入社书编号 88，有《云外朱楼集》《然脂余韵》《梁溪词话》等。生平事迹见赵苕狂《王西神传》等。郑逸梅谓：“王西神以词章驰誉大江南北，缡辞琢句，清妍绝伦，我极爱诵。”[⑤] 钱仲联《近百年词坛点将录》云：“金天翮《艺中九友歌》云：‘大鹤沤尹双词仙，莼农后起少不廉。扬帆直挂南溟天，象王宫阙蠔山粘，桄榔面涩椰酒甜。蛮姬红语娇胜莲，讵知秋士心肠煎，泪下檀板金樽前。’又序称莼农‘弱冠美少年，慷慨世事’，‘忧患迭更，陶写丝竹，妍唱遂多’，‘《西神樵唱》数十首，庶几梅溪、草窗之遗，东南人士谈及莼农，无不知为梁溪王蕴章也’。莼农为南社初期眉目，方之几社词人，则云间三子之李蓼斋，得无身世相同？”[⑥] 张寅彭主编《民国诗话丛编》第 5 册收录其所撰《然脂余韵》。

7 月

15 日，陈洵《海绡词》刊登于《同声月刊》第 2 卷第 7 号。龙榆生在刊布之词后所加识语云：“海绡词翁遗词一卷，有海绡楼原钞，及万雄二澳鱼屋钞本，予既承汪先生之命，并以所藏手稿，参互写定。别为校记，将以木板刊行。而世之欲读翁词者，以刊版稍稽时日，盼先在本刊发

① 同声月刊社：《词林近讯：海绡翁近状》，载《同声月刊》1940 年第 1 卷第 1 号。
② 钱仲联：《梦苕庵论集》，中华书局 1993 年版，第 389 页。
③ 龙沐勋：《陈海绡先生之词学》，载《同声月刊》1942 年第 2 卷第 6 号。
④ 王森然：《近代二十家评传》，北平杏岩书屋 1934 年版，第 256 页。
⑤ 郑逸梅：《民国笔记概观》，郑汝德整理，上海书店出版社 1991 年版，第 89 页。
⑥ 钱仲联：《梦苕庵论集》，中华书局 1993 年版，第 406 页。

表。爰就原钞揭载，而以万钞所多出之三阕，附录为补遗云。”①

8 月

本月，柳亚子撰写《新诗和旧诗》一文，以之作为柳无忌新诗集《抛砖集》的序。他断言再过五十年，不见得会有人再做旧诗。柳无忌《柳亚子年谱》云：“为无忌新诗集《抛砖集》撰代序，题作《新诗和旧诗》，自云：‘我是喜欢写旧诗的人，不过我敢大胆地肯定说道：再过五十年，是不见得会有人再做旧诗的了。’并说：‘除非是闲着没有事情做，把它来当消遣品。’”②

本月，胡志明在广西被国民党当局逮捕，先后关押于桂林和柳州的监狱，他在狱中写下 100 多首旧体诗，取名《狱中日记》。雷锐、黄绍清《桂林文化城诗歌研究》云：“这部诗集记录了作者在广西期间的战斗生活，也真实地反映了 1942 年到 1943 年间中国社会的局部面貌，表达出胡志明作为无产阶级革命家的坚强意志和高尚情操。”③

9 月

本年秋，每逢星期天中午，李宣倜定期在桥西草堂寓所举行雅集，称为“星饭会”。潘益民、潘蕤《陈方恪年谱》云：“秋起，每逢星期天中午，李宣倜定期在桥西草堂寓所雅集，称之为‘星饭会’。先生与龙榆生、陈寥士、高子濩、郭枫谷、陈柱尊、黄燧、何嘉、潘其璇、汤澹然、杨无恙、张次溪、陈啸湖、冒孝鲁、钱萼孙、陈伯冶以及日人今关天彭、冈田清、冈田尚等是饭局常客，所开支的经费由汪精卫、梅思平等按月报销。用李释戡出面，聚集、拉拢沦陷区的学者文人。同时以《学海月刊》等杂志名义约稿，以稿费形式，给予一些文人以生活津贴。参加星饭会的人员在享用李府烹制的闽菜佳肴后，大多是诗词唱和，所作在《国艺月刊》《学海月刊》《同声月刊》等杂志刊载，也曾结集刊行。”④

① 龙沐勋：《识语》，载《同声月刊》1942 年第 2 卷第 7 号。

② 柳无忌编：《柳亚子年谱》，中国社会科学出版社 1983 年版，第 117 页。

③ 雷锐、黄绍清主编：《桂林文化城诗歌研究》，中国社会科学出版社 2008 年版，第 272 页。

④ 潘益民、潘蕤：《陈方恪年谱》，江西人民出版社 2007 年版，第 156 页。

10月

1日，《中国诗刊》在南京创刊。中国诗刊社（陈寥士任社长）编辑、发行，主要发表旧体诗词，至本年12月停刊，共出版3期。周葱秀、涂明《中国近现代文化期刊史》云："该刊发表的几乎都是旧体诗词，且多是为汪伪政权粉饰太平之作。"①

13日，李叔同卒，享年63岁。李叔同（1880—1942），即弘一法师，初名广侯，继名岸，字息霜，号叔同。生平事迹见朱经畲《李叔同年谱》、姜丹书《释演音传》。陈声聪《兼于阁诗话》谓："诗字皆未尝深学而有奇趣。诗好作长短不齐之句，平仄互押之韵，不似古诗，亦不似词，盖自创之体格也。"② 1995年，浙江文艺出版社出版《李叔同诗全编》。

11月

23日，张恨水在重庆《新民报》上发表《新文艺家写旧诗》。他认为近来许多新文艺家喜欢作旧诗，既不全是文艺家进步，亦非向旧诗投降。诗的价值并不关乎诗的体裁如何，而在于诗的力量能否感动人。文章称："近来许多新文艺家，都喜欢作旧诗，而且是作七律。有人以为这是文艺家进步，又有人以为是向旧诗投降。我以为前者不全是，后者却全非。任何一项文艺，都有各种不同的形态存在着。即以诗论，语体式的也好，论平仄韵文式的也好，都是用来表现我们感情或意志。是一个诗人，也就应该知道诗的各种写法。向来作新诗的朋友，偶然作几首旧诗，这不过是他更多的读了些旧诗，受到一种影响，再以与新诗不同的表现，来写几首旧诗试试。写得好，自然是进步，写得不好，恐怕他的新诗也未必好，进步两个字就谈不上。我们知道，唐人的旧诗，比齐梁体高明，然而唐人也就常拟齐梁体，我们能说唐人向齐梁体投降吗？诗有传之千百年的，也有五分钟内就让人遗忘的，这并不关乎诗的体裁如何，而是在于诗的力量能否感动人。因此，我们对新文艺家写旧诗，除了许可他有多一种手法而外，不必有其他感想。"③

本月下旬，湖海诗社在苏北盐阜区成立。陈毅《湖海诗社开征引》

---

① 周葱秀、涂明：《中国近现代文化期刊史》，山西教育出版社1999年版，第513页。

② 陈声聪：《兼于阁诗话》，上海古籍出版社1985年版，第92页。

③ 洪江编：《张恨水文集 散文卷》，华中师范大学出版社1997年版，第282页。

谓："今我在戎行，曷言艺文事？慷慨每难免，兴会淋漓至。柔翰偶驱策，婉转成文字。不为古人奴，浩歌聊自试。师今亦好古，玩古生新意。大雅未能跻，庸俗早自弃。李杜长已矣，苏黄非我类。韩孟能硬瘦，温李苦柔媚。元白自清浅，刘陆但恣肆。降及元明清，风格愈下坠。微时工穷愁，达时颂高位。一生营营者，个人利禄累。艺文官僚化，雕虫尽可废。岂无贤与豪，诗骨抗权贵？仅存气节耳，高压即粉碎。封建为基础，流变益疡溃。晚近新诗出，改革仅形式。其中洋八股，列位更末次。应知时势变，新局启圣智。人民千百万，蓬勃满生气。斗争在前茅，屈伸本正义。此中真歌哭，情文两具备。豪气贯日月，英风动大地。万古千秋业，天下为公器。先圣未能此，后贤乏斯味。若无大手笔，谁堪创世纪？嗟予生也鲁，空有运斤意。淮南多俊贤，历代挺材异。诗国新疆土，大可立汉帜。薄言当献芹，文坛望新赐。"[①] 其自注："一九四二年十一月二十日，反'扫荡'准备中倚马走笔。"[②] 可知，诗社之成立当在11月下旬。丁茂远《抗日革命根据地的三大诗社》云："1942年10月25日，盐阜区第一届参议会正式开幕，会议期间，陈毅多次召集根据地文化界人士座谈，亲自倡议成立一个广泛团结各阶层文化人士的诗文组织，以充分发挥革命文艺在抗日战争中的作用。不久，即由陈毅、彭康、李一氓、李亚农、庞友兰、杨芷江、唐碧澄、计雨亭、姜指庵、王冀英、顾希文、沈其震、范长江、王阑西、白桃、车载、乔耀汉、杨幼樵、薛暮桥、叶芳炎、杨帆、阿英等22人作为发起人，同时拟定首批邀请入社者40余人，旋即宣布正式成立'湖海诗社'。……同年11月，在'湖海诗社'成立大会上，陈毅即席讲话，并示新作《湖海诗社开征引》。"[③]

12月

16日，中共中央在太行山根据地为刘伯承举行五十诞辰庆祝活动，朱德、叶剑英、陈毅等有诗相贺。梁汉、黄珊珊《刘伯承》云："1942年12月，中共中央决定在太行山根据地为刘伯承五十诞辰举行庆祝活动，以扩大中国共产党和八路军的影响，鼓舞人民的抗日热情。刘伯承获悉后非常不安，始终不肯说出自己的生日。师政治部去问汪荣华，汪深受刘伯承的影响，也不愿说。政治部只好自行决定在12月16日举行庆祝活动。

---

① 中共中央文献研究室编：《陈毅诗词集》上册，中央文献出版社2011年版，第107－108页。
② 中共中央文献研究室编：《陈毅诗词集》上册，中央文献出版社2011年版，第107页。
③ 丁茂远：《抗日革命根据地的三大诗社》，载《文教资料》1995年第1期。

后来大家才知道他的确切生日是 12 月 4 日。”[①] 朱德有《祝刘师长五十寿》，叶剑英作《刘伯承同志五十寿祝》，陈毅撰《祝刘伯承将军五十寿辰》。

31 日，田汉等 19 人雅集于桂林广西省立艺术馆，赋诗、联句为身在重庆的洪深祝寿。参加者除田汉外，还有柳亚子、欧阳予倩、刘问秋、熊佛西、叶仲寅、安娥、宋云彬、端木蕻良、孟超、郁风、萨空了、周钢鸣、许之乔、孙宝刚、杜宣、姚展、特伟、赵三等。柳亚子赋《洪浅哉五十初度，遥祝一首即寄渝都，时十二月三十一日也》：“剧国文场旧霸才，洪郎五十气能恢。巴山此日开筵未，愿献漓江作酒杯。”[②] 当天聚餐之时又有诗，题为《是夕寿昌招宴嘉陵馆，同集者予倩、问秋、佛西、仲寅、安娥、云彬、蕻良、孟超、郁风、萨空了、周钢鸣、许之乔、孙宝刚、杜宣、姚展、特伟、赵三暨余共十九人，赋诗纪事，兼赠馆主徐寿轩、宿伯石夫妇》[③]。张向华《田汉年谱》称：“三十一日下午，（田汉）与欧阳予倩发起为洪深五十生辰举行庆祝会，并作讲演，希望大家近日内多写讨论洪深作品的文章。会后，参加在嘉陵川菜馆举行的聚餐，还同众人一起联句成诗一首赠予洪深。”[④] 陈美英《洪深年谱》亦谓：“（12 月 31 日）田汉、欧阳予倩在桂林省立艺术馆也召集庆祝会，柳亚子先生当场赋诗一首，到会者又即兴联句一首，由柳亚子先生书录后寄洪深。”[⑤] 1943 年 1 月 8 日发表在《新华日报》上的秋飏《桂林祝洪深寿》称：“开会前柳亚子在一张宣纸上写了一首诗，诗句如下：‘戏国文场获霸才，洪郎五十气能恢；巴山此日开筵未？愿献漓江作酒杯！’诗后到场的人都签了名。……到了嘉陵（指会后到该饭馆聚餐），大家决定再联句一首赠给洪深。席中写成了下列一首诗：‘洪深一代才（蕻良），才大如江淮（亚子），照人以肝胆（云彬），叱咤生风雷（田汉）。名成不怕死（空了），艺遂蔷薇开（田汉），啄余香稻米，桃花劫后灰（蕻良），五奎桥畔柳（孟超），多年媳妇哀（钢鸣）。离离寄生草，仆仆京华街（蕻良）。铁板录红泪，醉梦口悲怀（田汉）。尤有包得行，妙笔脱旧胎（亚子）。压岁钱多少，海棠花之魁（安娥）。黄白又丹青，妍媸巧安排（郁风）。世事

① 梁汉、黄珊珊：《刘伯承》，昆仑出版社 1999 年版，第 79 - 80 页。

② 柳亚子：《磨剑室诗词集》（下），中国革命博物馆编，上海人民出版社 1985 年版，第 1022 页。

③ 柳亚子：《磨剑室诗词集》（下），中国革命博物馆编，上海人民出版社 1985 年版，第 1022 页。

④ 张向华编：《田汉年谱》，中国戏剧出版社 1992 年版，第 326 页。

⑤ 陈美英编著：《洪深年谱》，文化艺术出版社 1993 年版，第 112 页。

如棋局，慷慨共徘徊（予倩）。风雨压归舟，把舵不可歪（佛西）。今日为君寿，美酒红香腮（向秋[①]）。心如飞将军，遐龄祝浅哉（仲寅）。' 句中多引用洪的剧本名称，虽然是游戏，也是很好的纪念，即席请柳亚子写就预备寄给洪深。"[②]

本月，陈中凡《清晖吟稿》由重庆独立出版社出版。陈中凡（1888—1982），原名钟凡，江苏盐城人。该集署名"陈钟凡"，收录1937—1940年200余首作品。1987年，柯夫所编《清晖集》由书目文献出版社出版，为诗歌与散文的合集，收录《清晖山馆诗钞》《清晖吟稿》等。

冬，朱家驹卒，享年86岁。朱家驹（1857—1942），字昂若，晚号遁庸，江苏奉贤（今属上海）人，有《闻妙香斋诗存》。生平事迹见沈其光《奉贤朱遁庸先生行状》、唐文治《奉贤朱遁叟先生家传》等。1955年，《闻妙香斋诗存》印行，沈尹默、叶恭绰题端，孙雄、高燮、沈其光为之序。

本年

浙江大学龙泉分校师生在陈训慈的主持下成立风雨龙吟社。应向伟、郭汾阳《名流浙大》中载："1942年，浙江大学龙泉分校师生在陈训慈的主持之下，成立有'风雨龙吟社'。"[③] 张梦新、任平《〈新编风雨龙吟楼诗词集〉前言》谓："当时郑晓沧、徐震堮、夏承焘、王季思、王敬五、陆维钊、任铭善等先生在暇时经常吟诗作词，并成立了'风雨龙吟社'，时常雅集，互相唱和。这些老一辈浙大学人在抗日烽火燃烧，国家民族危亡的时刻弦歌不辍，展现了中国知识分子刚毅忠勇的宝贵品格。"[④] 2018年，浙江大学出版社出版《新编风雨龙吟楼诗词集》，收录该社的部分诗词。

广西昭平县县长李治年发起成立嘤鸣诗社。《昭平风物志》载："1942年李治年任昭平县长时，为附庸风雅，邀请县内名士严端等组织

① "向秋"疑为"问秋"之误。

② 秋飏：《桂林祝洪深寿》，见李建平编著《桂林文史资料》第33辑《抗战时期桂林文学活动》，桂林市政协文史资料委员会主编，漓江出版社1996年版，第200－201页。

③ 应向伟、郭汾阳编著：《名流浙大》，浙江大学出版社2007年版，第120页。

④ 张梦新、任平主编：《新编风雨龙吟楼诗词集》，浙江大学出版社2018年版，"前言"第4页。

‘嘤鸣’诗社，即取《诗经》‘嘤其鸣矣，求其友声’之意，在士绅、参议员之间唱和；又曾出联求对，给予奖励。……韦瑞霖接任昭平县长后，根据当时的形势，与疏散来昭的进步民主人士协商，共同组织昭平抗日自卫力量。……他们在办好日常公务之余，恢复‘嘤鸣’诗社创作活动，并公推严端为社长，定期聚集吟咏。何香凝、莫乃群、欧阳予倩、吕集义、冯秋雪等都常常参与。”①

民国三十二年　1943 年　癸未

1 月

1 日，唐圭璋《论词之作法》发表在《中国学报》第 1 卷第 1 期。文章称：“词以两宋为极盛，治词名家，无不屏绝他业，殚精竭虑于一途，各树标帜，各放异彩。吾人欲学词，自当求其所以上不类诗，下不类曲之故，努力专攻。兹因先论作词之要则，次论词之组织，再次论词之作风，以供学者参证。”②

15 日，陈诗卒，享年 80 岁。陈诗（1864—1943），字子言，号鹤柴山人。安徽庐江人，有《尊瓠室诗》《尊瓠室诗话》等。生平事迹见郑逸梅《记故词翁陈鹤柴遗事》等。汪辟疆谓：“子言于清末曾随俞恪士提学至甘陇，为诗甚富，诗皆绝佳。”③ 又云：“并世诗人，子言终不失为卓然自立家数。盖子言之诗，植体中晚，益以深思，造语古淡，韵格凄清，故能拔戟自成一队。”④ 陈诗晚年致力于乡邦诗歌文献的搜集整理，纂《皖雅初集》40 卷。陈三立《皖雅序》称：“先是鹤柴尝辑《庐江诗隽》二卷、《泸州诗苑》八卷，兹复勤搜博访，辑尽皖所属诗之可采者，命曰《皖雅》，先成初集四十卷，始国朝顺治，讫宣统，附《近人诗》二卷、《名宦诗》二卷，大抵务网罗放失，彰阐幽隐，而稍略负高誉显传于世者，不可谓非仁人君子之用心也。独念鹤柴当盛倡灭古嬗新体之日，大势之所趋，大力之所劫，毅然甘尸呵护残遗、拘狃顽旧之名，不恤时流之訾笑，

① 昭平风物志编委会编：《昭平风物志》，广西民族出版社 1992 年版，第 143 – 144 页。
② 唐圭璋：《论词之作法》，载《中国学报》1943 年第 1 卷第 1 期。
③ 汪辟疆：《光宣以来诗坛旁记》，辽宁教育出版社 1998 年版，第 95 页。
④ 汪辟疆：《光宣以来诗坛旁记》，辽宁教育出版社 1998 年版，第 96 页。

以孤寄其意，钻研别择，不倦不惑，又所谓‘从吾所好，不知老之将至’者欤?”① 2010 年，黄山书社出版《陈诗诗集》，收录《藿隐诗草》《据梧集》《尊瓠室诗》《鹤柴诗存》《凤台山馆诗钞》《凤台山馆诗续钞》。

24 日，吕碧城卒，享年 61 岁。吕碧城（1883—1943），一名兰清，字遁夫，号明因，后改为圣因，晚年号宝莲居士，安徽旌德人。生平事迹见龙熠厚《近代女词人吕碧城》、陆丹林《女词人吕碧城》等。1943 年 3 月 15 日，《同声月刊》第 3 卷第 1 号《词林近讯》云：“旌德吕圣因女士（碧城），蜚声词苑，历有岁年。所著《信芳词》《晓珠词》等，刊行已久。女士旅居瑞士山中，专以宣扬佛化为己任，译注经典，流行欧美各国间。二次欧战发生，始束装东返，初居星加坡槟榔屿等地，旋归香港，舍山光道私宅为东莲觉苑佛堂，精修梵行。去年十二月二十一日，有书致其词友龙榆生君，谆劝学佛，有言尽于此之语，又检所藏樊樊山、严几道诸先生昔年与彼唱和诗稿，及瑞士山居风景片四帧，寄赠龙君，一若预示将永别者。顷得上海《觉有情》半月刊编者陈无我君转示东莲觉苑林楞真女士来信，略称吕女士已于本年一月二十四日生西。临命终时，含笑念佛，境界安详。遗命将遗体火化，骨灰和面为丸，投诸海滨，与水族结缘云云。成佛升天，悲具夙根，安能大澈大悟如此。闻《觉有情》半月刊，将为出专号以志悼慕云。”② 钱仲联《近百年词坛点将录》谓：“圣因近代女词人第一，不徒皖中之秀。”③ 章士钊称：“淮南三吕，天下知名。”④ “三吕”即指吕惠如（1875—1925）、吕美荪（1882—1945）和吕碧城三姐妹。陆丹林《淮南三吕的诗词》对三姐妹的创作做了评述。2007 年，上海古籍出版社出版《吕碧城诗文笺注》。

本月下旬，皓青、聂荣臻、阮慕韩、张苏、刘奠基、宋劭文、吕正操、于力、邓拓等人在阜平温塘举行晋察冀边区参议会期间发起成立燕赵诗社。1943 年 2 月 5 日《晋察冀日报》对燕赵诗社的成立进行了报道：“此次边区参议会召开，各地缙绅耆老、硕彦鸿儒济济一堂，彼此欢叙，畅谈国是民瘼，咸谓边区为古之燕赵，英雄豪杰，历代辈起，慷慨壮歌，后人景仰，际兹抗战时期，反攻胜利端赖激昂志气，鼓舞军民。经各方之倡议，组织燕赵诗社，征求社友，即日成立。当由皓青、聂荣臻、阮慕

① 陈三立：《散原精舍诗文集（增订本）》下册，李开军校点，上海古籍出版社 2014 年版，第 1064 页。

② 同声月刊社：《词林近讯》，载《同声月刊》1943 年第 3 卷第 1 号。

③ 钱仲联：《梦苕庵论集》，中华书局 1993 年版，第 404 页。

④ 章士钊：《章士钊全集》第 6 卷，文汇出版社 2000 年版，第 509 页。

韩、张苏、刘奠基、宋劭文、吕正操、于力、邓拓诸公为发起人。……各参议员传阅缘起，不胜欣跃，当日报名参加者，即有成仿吾、刘仁（女）、马致远、张临晓、曲凤章、田间、沙可夫、王承周、刘子容、段良弼、魏孔音诸先生。其它向大会秘书处请求报名参加者尤多。”①

2 月

16 日，王德森卒，享年 88 岁。王德森（1856—1943），字严士，号鞠坪，晚号岁寒老人，江苏昆山人，有《岁寒诗稿》。生平事迹见蒋志坚《玉峰名士王德森》《吴中相契绽文芳——王德森与叶德辉之交》等。俞志高《清末昆山医家王德森》云：“（王德森）撰有《保赤要言》（一名《保婴要言》）、《市隐庐医学杂著》等医著，尚有《岁寒文稿》《劝孝词》《岁寒诗稿》及《养正庸言释义》等文籍、文稿。……生于咸丰六年（1856）十二月十三日，卒于民国三十二年（1943）二月十六日，终年八十八岁。”② 王伟勇主编的《民国诗集丛刊》第 31 册收录其《岁寒诗稿》。

28 日，湄江吟社举行第一次雅集。该社由迁至湄潭县的浙江大学教授发起。社员有王琎、江恒源、祝文白、胡哲敷、张鸿谟、郑晓沧、刘淦芝、钱宝琮、苏步青。③ 本次雅集由江恒源主持。祝文白有诗《二月二十八日问老主持首次社课分韵得边字》，“问老”即江恒源（字问渔）。诗社共组织 8 次雅集，后将作品编为《湄江吟社诗存》。

3 月

15 日，《同声月刊》第 3 卷第 1 号登载《名著刊发预告》，为文廷式遗著做宣传。其云：“文芸阁先生，为清季词学大宗，亦光绪时讲求维新之主要人物，不幸抑郁早逝。等身著作，湮没不彰。近由国府主席汪公为刊《纯常子枝语》四十卷，雕版将毕。本社复从叶遐庵先生处，商借芸阁先生遗著多种，将分期载入本刊。举凡朝章国故、学术源流，灿然可睹，想亦海内学人所共思快读者也。”④

---

① 刘增杰等编：《抗日战争时期延安及各抗日民主根据地文学运动资料》中，山西人民出版社 1983 年版，第 212 – 213 页。

② 俞志高：《清末昆山医家王德森》，载《江苏中医杂志》1985 年第 6 期。

③ 佚名：《湄江吟社诗存第一辑》，见中国人民政治协商会议湄潭县委员会文史资料征集办公室编《贵州省湄潭县文史资料》第 3 辑，1986 年版，第 110 – 111 页。

④ 同声月刊社：《名著刊发预告》，载《同声月刊》1943 年第 3 卷第 1 号。

6 月

本月，《大千杂志》第 1 期在桂林出版。陈迩冬主编，设置“大千诗词”栏目，柳亚子、邹鲁、朱琴可、黄炎培等有诗词刊登。1943 年，《大千杂志》出版 1 ～ 3 期，次年出版 4 ～ 6 期（其中第 5、6 期为合刊），后停刊，1946 年曾复刊。

9 月

本月，罗家伦《耕罢集》由重庆商务印书馆出版。罗家伦（1897—1969），字志希，浙江绍兴人，五四新文化运动的代表人物。其以法时帆之语“情有不容已，语有不自知。天籁与人籁，感召而成诗”[①] 代序。1946 年 1 月，罗家伦的另一部旧体诗集《西北行吟》由重庆商务印书馆出版。

10 月

15 日，陈训正卒，享年 72 岁。陈训正（1872—1943），字屺怀，号玄婴，浙江慈溪人，有《天婴室诗稿》《天婴诗辑》《晚山人集》。生平事迹见《陈孟房家谱》中所载《陈训正传略》。陈建风等所撰《（陈训正）行述》云：“府君讳训正，字屺怀，别署玄婴，晚号晚山人，寓避免日寇之意也。”[②] 又云：“卅二年……十月十五日，又发高热……延至十九日晨一时，遂弃不孝等而长逝矣。”[③] 沙孟海《〈晚山人集〉题辞》谓：“此《晚山人集》皆抗日期间退居家乡及避地浙南忧时伤乱之作。”[④] 王伟勇主编的《民国诗集丛刊》第 76 册收录《天婴室诗稿》《天婴诗辑》。

20 日，王陆一卒，享年 48 岁。王陆一（1896—1943），名肇巽，一名天士，号陆一，陕西三原人，有《长毋相忘诗词集》。生平事迹见叶楚伧《王故中央执行委员监察使陆一先生神道碑》、于右任《王故监察使陆

---

① 罗家伦：《耕罢集》，商务印书馆 1943 年版，“代序”（法时帆句）。

② 陈建风、陈建斗、陈建尾：《（陈训正）行述》，见卞孝萱、唐文权编《民国人物碑传集》，团结出版社 1995 年版，第 23 页。

③ 陈建风、陈建斗、陈建尾：《（陈训正）行述》，见卞孝萱、唐文权编《民国人物碑传集》，团结出版社 1995 年版，第 27 页。

④ 朱关田总编：《沙孟海全集》（7），西泠印社出版社 2010 年版，第 521 页。

一墓志铭》及潘志新、王新运《王陆一先生事略》等。刘梦芙《冷翠轩词话》云："其诗词多作于戎马倥偬之际，抗战中诸篇，价值尤高。词以才华取胜，情感真纯，神骨秀拔，忧国之忧与亲友之爱一体浑融，不求工而自工。"[①] 沈云龙主编《近代中国史料丛刊续编》第 17 辑收录《长毋相忘诗词集》。

24 日，张一麐卒于重庆，享年 77 岁。张一麐（1867—1943），字仲仁，号公绂，别署红梅阁主，江苏吴县人，有《心太平室诗文钞》。生平事迹见钱基博《张仲仁先生轶事状》、王宠惠《张仲仁先生》、李猷《张一麐传》。1947 年，张一麐《心太平室集》印行。1991 年，上海书店出版社影印出版《心太平室集》。

本月，南京北极阁举行欢迎日本诗人安冈正笃等人的雅集。梁鸿志、江亢虎、缪斌、蔡培、陈方恪、李宣倜、吴廷燮、陈柱、钱仲联、龙榆生、陈啸湖、林霜杰、何嘉、陈世镕、李景纲等参加活动。1943 年，《中日文化》第 3 卷第 11、12 期合刊上登载《北极阁欢迎日本大诗家安冈正笃先生雅集诗录》，其中就有安冈正笃、梁鸿志、江亢虎、重光葵、缪斌、蔡培、陈彦通、李宣倜、吴廷燮、陈柱、钱萼孙、龙沐勋、陈獻湖、寺冈谨平、林霜杰、何嘉、陈世镕、李景纲等人诗。[②]

本月，梁寒操《西行乱唱》由重庆五十年代出版社出版。此后，该集又于 1944 年再版。梁寒操（1898—1975），号君默，广东高要人，曾任国民党中央执行委员、中央宣传部部长。作者云："去秋今春两次于役新疆，均曾得诗若干首，而以今春所得独多。盖曾周历南疆，五千里途程，往返皆以汽车。车厢排闷，哦诗最宜耳。此册十九皆成于车中，体裁不一。中有自由词数首，长短句随意，不依词牌，盖有意为之者。大胆尝试，冀为中国诗开一新路。"[③] 何冀《诗论——读〈西行乱唱〉作》谓："《西行乱唱》在文学上的高下，能否和李、杜、苏、黄一样传之不朽，我不能说，这只好留付读者自己下评价，其不朽与否固应由读者间的自然决定。但《西行乱唱》的作风是诗法之堂堂大道，且乃古老相承的最正确法子，值得表扬的。"[④]

---

① 刘梦芙：《冷翠轩词话》，刘梦芙编校《当代诗词丛话》，黄山书社 2009 年版，第 416 页。

② 《北极阁欢迎日本大诗家安冈正笃先生雅集诗录》，载《中日文化》1943 年第 3 卷第 11、12 期合刊。

③ 梁寒操：《西行乱唱》，五十年代出版社 1943 年版，第 1 页。

④ 何冀：《诗论——读〈西行乱唱〉作》，载《文艺先锋》1943 年第 3 卷第 6 期。

12 月

本月，《太平洋鼓吹集》由桂林拔提书店出版。该集印成后，遭到敌机轰炸，仅存两册，一册赠美国国立罗斯福图书馆，另一册由陈孝威携至台湾，后于1965年4月再版。据1965年版《太平洋鼓吹集》，该集所录作家名单如下：陈孝威、杨云史、潘公展、陈树棠、郑洪年、林众可、黄天石、涂景元、胡先骕、劳勉、欧阳祖经、宗子威、唐玉虬、张建白、杨千里、李吹万、周炎荔、陈桂琛、卢前、朱汝珍、桂坫、沈演公、贝祖诒、邱菽园、林庚白、王愓山、黄嗣拔、沈仪彬、谈社英、吴勉持、李抚虹、林思进、陈延谦、张永暗、许允之、吴肇锺、潘文安、童杭时、邵祖平、吴藹宸、李俊承、黄旭初、方东美、田翠竹、李西浪、马小进、濯沧斋主、樊光、黄孟圭、黄拜言、邹树文、梁劲予、赵授承、陆敬说、区太原、平岩、冼玉清、蔡语邨、吴渭渔、林德铭、潘国渠、龙思鹤、胡伯孝、陈蓉光、杨铁夫、詹仲秀、汪懋祖、潘延禧、岑光樾、王体乾、周美觉、谢玉树、杨四知、寿平、郑师许、杜星曹、刘楚材、陈振贤、东江九八老人、桥江一老、加尚翁、迭灏叟、胡迈、邝笛云、江若园、柯柏行、刘毅庐、徐搏庵、吴菱庄、唐炎伯、陈易、曹经沅、郭焕南、欧阳献、卢觉非、林蔚云、杜宣明、邹鲁、谢玉芝、梁敬錞、詹安泰、温雄飞、贺学海、钟才潭、李维源、梁寒操、沈羹梅、陈闳慧、吴如霖、陈毓华、蔡斗垣、李景康、黄枯桐、陈湛铨、欧阳翥、张维翰、许凝生、刘泽春、陈仿林、何沃泉、涂世恩、李明堂、许宗宣、苏醒余、苏甦、关丽川、吕乃文、赵熙、李烈钧、罗家伦、马衡、陈觉夫、张杰儒、晏孝型、王病除、姚自南、万国钧、沈仲节、王兆祥、覃寿堃、区昌来、王钀、冯自由、莫德惠、管震民、许君毅、许谷村、许傅霖、周美渊、胡默远、廖财宁、钟石六、黄密弓、曹仲衡、陈传文、简中庸、吴古图、黄松鹤、姚自南、许云烟、钟国汉、林晓屏、蔡澄瑶、蔡继唐、陆重山、丁季平、岑学吕、江镜波、许世英、郁达夫、黄琰、周钟岳、郭步陶、何冀、林清芬、利树宗、张白英、李嘉有、邱新谋、敖德大、吴敬恒、张知本、张任民、陈一峰、刘哲、太虚、吴经熊、易君左、吴虞、但焘、张祝龄、陈其采、阳懋德、杜印陶、钱宝龢、张纯一、林景、谢云声、廖拔初、陈今坡、周曼沙、阮退之、何振岱、何敬群、陈声聪、梁岵庐、陈啸峰、程时煃、贺良璜、黄伯轩、封祝祁、李培恩、曹昇之、易幼涟、张振余、叶可樑、黄涛、徐培、陈树勋、吴承燕、唐伟岩、吴醒民、施景琛、龙伯纯、刘予、龚寿昌、李黎洲、林肯安、金秉燧、金问源、谢振民、金庄、金维炯、林托山、任传藻、区文雄、罗正伟、姜均一、王开节、龚张斧、段瑞翔、向惺、王租柱、阳慰农、蔡树、徐启明、陈啸江、张大猷、魏祝民、郑贞文、周鼐、周震、涂湘琴、郑迅、林君扬、冷灰生、陈苍、林葆颐、杨赫坤、陈中岳、陶昌善、杜宣明、朱荫龙等人。有关《太平洋鼓吹集》的成书过程参见田翠竹《记〈太平洋鼓吹集〉献给美国总统罗斯福的始末》。

本月，邵祖平《培风楼诗》由重庆商务印书馆出版。作者在该集第三篇自序中说："三十一年春，旅渝州，都讲大庠，有余隙，因取而芟薙之。敛诸箧，衍得六百首，将授商务印书馆印行，以贻同好。盖平居之所观感，遭乱之所发愤，亦庶足存其真于万一矣。来渝后，溢其兴为诗余，得七十五阕，亦附卷后"。[①] 其后，商务印书馆于 1946 年 8 月出版增订本。2000 年，浙江大学出版社出版《培风楼诗》，收录 1922—1968 年所作诗 1508 首。

本年

梦碧词社在天津成立。社长为寇梦碧，成员有 80 余人。寇梦碧《霜叶飞·题斜街唤梦图》小序谓："天津梦碧词社尝宴集于癸未戊子之间。"[②] 其《四十年代的天津梦碧词社》称："天津近六十年来的诗词社，最早为严范孙先生主办之城南诗社。稍后有郭则沄、周学渊诸公之须社。沦陷初期有张异荪、王禹人所发起之冷枫诗社、玉澜词社。四十年代以来，均已停办。梦碧词社较为晚起。社址在天津东门外南斜街，由寇逢泰（梦碧原名）发起并主持，社友多系原来各社中人，先后达八十余人。从 1943 年到 1948 年历时六年，共出社刊十期。'梦碧'之命名有二：一以南宋词人吴文英梦窗、王沂孙碧山为宗；二取梦窗《瑞鹤仙》词'草生梦碧'句，有小草萌发，充满生机之意。"[③] 杨轶伦《梦碧词社沿革小记》云："梦碧词社者，吾友寇泰逢社长之所创立也，实为现在沽上唯一研究词学之组织。初成立于民国三十二年，名癸未文社，内分诗词、诗钟、谜语诸门，而以词为之主。三十三年，经词坛前辈向仲坚、周公阜、姚灵犀诸先生之宣导，社务益形发展，又更名为甲申文社。是年秋，姚灵犀社长

① 邵祖平：《培风楼诗》，商务印书馆 1943 年版，"自序（民国三十一年）"第 1 页。

② 寇梦碧：《夕秀词》，黄山书社 2009 年版，第 42 页。

③ 天津市文史研究馆编：《沽上艺文》，上海书店出版社 1993 年版，第 16 页。"逢泰"为"泰逢"之误。

复改名为吟秋社，与城南、冷枫、玉澜、丽则诸诗词社，各树一帜，沽上吟坛，因之颇不寂寞。胜利以还，百业复原，社中同志，乃多离津他去，风流云散，社务遂渐形阑珊。三十五年夏季，泰逢社长复邀集社中旧日诸同志，并在报端公开征求新社友，而成立梦碧社，仍以倚声为主，另附诗课。是时予乃以郑阜南先生之介绍，而得入社，俟后冷枫、玉澜诸友好，亦多闻风加入，社友已至三十余人，啸聚一堂，亦可谓极一时之盛事者矣。”①

民国三十三年　1944 年　甲申

1 月

11 日，李任仁等人于秀峰山下饯别李济深。柳亚子有诗《任潮将有渝都之行，重毅诸君饯之于独秀峰下，为赋二截句，时一月十一日也》，任潮为李济深，重毅即李任仁。赋诗者有陈宗运、李维源、林文春、龙潜、龙泽厚、吕集义、麦朝枢、区文雄、覃异之等。如区文雄《饯别李济深将军》云：“南州坐镇敌心寒，诗酒延宾礼数宽。名将旧尝培岭表，壮猷今更赞长安。疾纾华夏阳先复，春满巴渝道不难。独惜故乡文物减，儒风孰与领词坛。”② 其后，吕集义将所得诗篇辑录为《秀峰饯别集》。《桂林抗战文学史》云：“1944 年 1 月由吕集义编辑出版的《秀峰饯别集》，更是别具一格。该书系以广西名人李任仁、龙潜、陈此生、周鼐等数十人为李济深饯别而作的诗集，通过饯别来抒发抗日爱国情感，展望抗战胜利。”③ 不久，桂林文协亦为李济深组织欢送宴会，参加者有柳亚子、田汉、欧阳予倩、熊佛西、端木蕻良等。1944 年 1 月 16 日，桂林《大公报》刊载曾敏之的《不平凡的宴会——记桂林文协欢宴李济深先生》对这次活动有记述。

---

① 杨轶伦：《梦碧词社沿革小记》，见魏新河《词林趣话：彩图本》，黄山书社 2009 年版，第 300 - 301 页。

② 区文雄：《饯别李济深将军》，见于水源主编《临桂诗词系列丛书 · 民国卷》，线装书局 2016 年版，第 251 页。

③ 蔡定国、杨益群、李建平：《桂林抗战文学史》，广西教育出版社 1994 年版，第 541 - 542 页。

3 月

本月，王世鼐遗著《猛悔楼诗》由重庆京华印书馆出版。王世鼐（1902—1943），字调甫，号心雪，安徽贵池人。生平事迹见李渔叔《鱼千里斋随笔》所载《王调甫与猛悔楼诗》。其云："吾友曾克耑履川，与调甫结契最深，于其殁后，为刊猛悔楼遗诗五卷，调甫平生所为略具于此，大抵粗可论定矣。"① 陈声聪《兼于阁诗话》谓："石城王调甫（世鼐）诗，冷香孤艳，当以《笛怨辞》十二首为代表作。"② 沈云龙主编《近代中国史料丛刊续编》第 83 辑收录《猛悔楼诗》。

5 月

8 日晚，闻一多在西南联大纪念五四运动的文艺晚会上做题为《新文艺和文学遗产》的发言。出席会议者有冯至、朱自清、孙毓棠、沈从文、卞之琳、闻家驷、李广田、杨振声、闻一多、罗常培等。闻一多认为："从五四到现在，因为小说是最合乎民主的，所以小说的成绩最好，而成绩最坏的还是诗。这是因为旧文学中最好的是诗，而现在做诗的人渐渐地有意无意地复古了。现在卞先生（之琳）已经不做诗了。这是他的高见，做新诗的人往往被旧诗蒙蔽了渐渐走向象牙塔。"③ 吴世勇《沈从文年谱》云："西南联大重开纪念五四文艺晚会，改由国文学会主办，罗常培、闻一多共同主持，地点在新校舍图书馆前草坪。演讲除原请教师外，增请闻家驷、孙毓棠两人，各就新文学运动中各种文学体裁的收获以及新文学与西洋文学、与文学遗产的关系等发言，校内外参加者近三千人。"④

约本月，饮河诗社在重庆红岩村举行雅集。到会者有刘成禺、江翊云、靳志、沈尹默、李次贡、张宗祥、钱问樵、沈羹梅、曹经沅、王芃生、徐曼略、乔大壮、陈仲陶、曾克耑、吴稚鹤、曾小鲁、顾翊群、王幼遴、谢湛如、冒孝容、许伯建等 30 余人，席间以杜甫《闻官军收河南河北》诗分韵赋诗填词。许伯建《宴清都》词序云："闰四月休沐，鹰公约

---

① 李渔叔：《鱼千里斋随笔》，见沈云龙主编《近代中国史料丛刊续编》第 83 辑，台湾文海出版社 1981 年版，第 38 页。

② 陈声聪：《兼于阁诗话》，上海古籍出版社 1985 年版，第 223 页。

③ 闻一多：《闻一多全集》第 2 册，湖北人民出版社 2004 年版，第 216 页。

④ 吴世勇编：《沈从文年谱》，天津人民出版社 2006 年版，第 258 页。

应红岩酒集，是日集者，刘禺生，江翊云，靳仲云，沈尹默，李次贡，张阆声宗祥，钱儋叟问樵，沈羹梅，曹缫蘅，王芃生，徐曼略，乔大壮，陈仲陶，曾颂橘克耑，吴稚鹤，曾小鲁，顾翊群，王幼遴，谢湛如，冒孝容凡三十余人。以刘禺老年七十为祭酒，而余与如皋冒君最少，然亦皆三十有一矣。以工部《闻官军收河南河北》诗分韵，得好字，因成是解。”①

7 月

本月，《正声诗词社丛书》第一种《风雨同声集》在成都出版。收录杨国权《苾馨词》30 首、池锡胤《镂香词》25 首、崔致学《寻梦词》31 首、卢兆显《风雨楼词》36 首。沈祖棻为之序（以上四人为沈氏之门人）。程千帆云：“杨国权，四川綦江人，金陵大学国文专修科毕业，词笔清丽。尝与同学池锡胤、崔致学、卢兆显合刊风雨同声集……章行严丈见而赏之，其论近代诗家绝句有云：‘大邦盈数合氤氲，门下门生尽有文。新得芙蓉开别派，同声风雨已堪闻。’”②

8 月

12 日，虞和钦卒于上海寓所，享年 66 岁。虞和钦（1879—1944），字自勋，讳铭新，浙江镇海县人，有《和钦诗稿》《诗板臆论》。生平事迹见虞和寅《亡兄莳薰先生述》、陈一鸣《虞和钦家史考略》等。虞和寅谓：“先生少好诗文，老而弥笃。于文，宗法桐城而扩大之。诗尤擅长，独尊工部，尝谓学诗，须有内外功，而以词句章律为外功，神气味韵为内功，内外兼修，诗乃有成。清末民初之季，诗人辈出，大半皆以纤巧取胜，而平正者，又庸弱无力。先生一洗积习，专从真诚上见功力，正直中求神明，且谓巧伪实不如拙诚也。现代诗家郑苏戡，于当代诗，独推先生一人，尝评先生诗，有‘沈雄出意表，纤巧端可扫’之句。又云：‘明七子复古，但具轮廓，而虞君独得精神。’”③

---

① 许伯建：《补茅文集》，1998 年自刊本，第 191 页。

② 沈祖棻：《沈祖棻全集　涉江诗词集》，程千帆笺，张春晓编，河北教育出版社 2000 年版，第 178－179 页。

③ 虞和寅：《亡兄莳薰先生述》，见卞孝萱、唐文权编《民国人物碑传集》，团结出版社 1995 年版，第 586 页。

9月

1日，闻一多在《火之源》第2、3集合刊上发表《诗与批评》。文章称："诗是社会的产物。若不是于社会有用的工具，社会是不要它的。诗人掘发出了这原料，让批评家把它做成工具，交给社会广大的人群去消化。所以原料是不怕多的，我们什么诗人都要，什么样诗都要，只要制造工具的人技术高，技术精。我以为诗人有等级的，我们假设说如同别的东西一样分做一等二等三等，那么杜甫应该是一等的，因为他的诗博、大。有人说黄山谷，韩昌黎，李义山等都是从杜甫来的，那么，杜甫是包罗了这么多'资源'，而这些资源大部是优良的美好的，你只念杜甫，你不会中毒；你只念李义山就糟了，你会中毒的，所以李义山只是二等诗人了。陶渊明的诗是美的，我以为他诗里的资源是类乎珍宝一样的东西，美丽而不有用，是则陶渊明应在杜甫之下。"①

25日，王瀣卒，享年74岁。王瀣（1871—1944），字伯沆，一字伯谦，晚年自号冬饮，江苏南京人，有《冬饮庐诗稿》《冬饮庐词稿》《冬饮庐文稿》。生平事迹见钱堃新《冬饮先生行述》②、周本淳《王伯沆先生传略》。钱仲联《近百年诗坛点将录》谓："伯沆先生，覃思博览，早为陈三立所赏，陈子寅恪等皆亲侍皋比。其诗早期以五言幽敻取胜，得《咏怀堂集》神理。晚岁困卧南都，坚夷齐薇蕨之操，所为律诗，陈芳诗王，千载如晤。"③ 胡先骕云："先生诗词篆刻绘画无不精妙，而尤工书法，行楷行书尤隽秀绝伦，尝手钞阮大铖咏怀堂集，丹黄烂然，赏心悦目。工诗不宗唐拟宋，而韵味独绝，于柳柳州或近之，词则近山中白云，与王木斋娱生轩词异趣也。先生最善谈诗，不宗门户，具得其精要。"④ 1948年，南京市通志馆文献委员会所编《南京文献》第21号曾刊载《冬饮庐诗稿》《冬饮庐词稿》《冬饮庐文稿》等。1962年，台湾中国文化研究所刊行《王冬饮先生遗稿》。

9、10月间，钱振锽卒，享年70岁。钱振锽（1875—1944），字梦鲸，号谪星，后号名山，江苏阳湖（今常州）人，有《名山诗集》《谪星词》《谪星说诗》《谪星笔谈》。生平事迹见郑逸梅《民族诗人钱名山》、

---

① 闻一多：《闻一多全集》第2册，湖北人民出版社2004年版，第222－223页。

② 钱堃新：《冬饮先生行述》，载《贵大学报》1946年第1期。

③ 钱仲联：《梦苕庵论集》，中华书局1993年版，第377－378页。

④ 张大为、胡德熙、胡德焜编：《胡先骕文存》上卷，江西高校出版社1995年版，第512页。

钱璱之《我的祖父钱名山》。张孝伯《钱名山之生平》称："先生已于卅三年秋，病卒于上海复兴中路桃源村二十一号。"① 冒广生《小三吾亭词话》云："所刻《谪星》初二三集中，说诗、笔谈、杂著诸种，持论或未免过高，骇人闻听。要其浩浩落落，自抒胸臆，固不屑有一字一句寄人篱下也。"② 钱仲联《梦苕庵诗话》谓："先生诗于古人不专学一家，以意胜，不屑于字句间争工拙，其极至之作，盖有合于兴观群怨之旨者，非世之寻章摘句者所能知也。"③ 王伟勇主编《民国诗集丛刊》第79册收录《名山诗集》，该集含诗13卷1012首、词93阕。张寅彭主编《民国诗话丛编》第2册收录《谪星说诗》《名山诗话》。

10月

1日，陈柱卒，时年55岁。陈柱（1890—1944），字柱尊，广西北流人，南社诗人，入社书编号196，有诗集《待焚草》。生平事迹见唐文治《广西北流陈君柱尊墓志铭》、赵盾成《陈柱传略》、刘小云《陈柱生平事略》。郑逸梅《酒国诗人陈柱尊》称："柱尊所嗜，书和酒外，第一就是诗。"④ 金天羽《赠北流陈柱尊柱并题其待焚诗存后》谓其"才笔横来不可羁""力破千秋诗械缚"。⑤ 钱仲联《南社吟坛点将录》云："《守玄阁诗》，又名《待焚诗稿》，颇欲自出手眼，越出其乡朱琦、王拯之藩篱。张尔田比之汤鹏，陈衍谓似宋湘。桂林道中纪游之作至工。余则奇句如：'月缺何妨千载洁，天高容得万山侵。''我愿星星皆堕地，一人一星万河山。秦皇汉武随所安，世界永无战争端，尘寰扰扰成仙寰。'奇横无匹，足令小儒咋舌。"⑥ 王伟勇主编《民国诗集丛刊》第108、109册收录《待焚诗稿》，其中《待焚诗稿一》影印1929年刻本，书前有陈柱《待焚诗稿叙》《后序》《旧序》，共10卷，卷一为三言古诗、卷二四言古诗、卷三五言古诗、卷四七言古诗、卷五五言绝句、卷六六言绝句、卷七七言绝句、卷八五言律诗、卷九七言律诗、卷十为集句。《待焚诗稿二》扉页署"变风变雅楼丛书待焚诗稿二集"，书前有1933年9月所作序，《赠言录》

① 张孝伯：《钱名山之生平》，载《永安月刊》1949年第117期。

② 冒广生：《小三吾亭词话》，见唐圭璋编《词话丛编》第5册，中华书局1986年版，第4712页。

③ 钱仲联：《梦苕庵诗话》，齐鲁书社1986年版，第148页。

④ 郑逸梅：《艺林拾趣》，郑汝德整理，浙江文艺出版社1990年版，第283页。

⑤ 金天羽：《天放楼诗文集　上册》，上海古籍出版社2007年版，第305页。

⑥ 钱仲联：《南社吟坛点将录》，载《苏州大学学报》（哲学社会科学版）1994年第1期。

部分自称“自第一集刊布后，平生师友、海内诗人多有品平，类存褒诱”①。

11 月

10 日，汪精卫卒，时年 62 岁。汪精卫（1883—1944），名兆铭，字季新，号精卫，生于广东三水，有《双照楼诗词稿》。生平事迹见朱子家《汪政权的开场与收场》、闻少华《汪精卫传》。余英时谓：“汪的古典诗词在他那一代人中无疑已达到了第一流的水平。”② 叶嘉莹云：“我曾经以为一个真正的诗人，应该是用自己的生命来写作自己之诗篇，用自己的生活来实践自己之诗篇的。读汪氏之作，令我深感他的诗词之佳处乃竟与我的论诗之说颇相契合。”③ 2012 年，香港天地图书有限公司出版汪梦川整理、注释的《双照楼诗词稿》。

民国三十四年　1945 年　乙酉

1 月

本月，苏渊雷《陪都赋大战杂诗合刻》由重庆黄中出版社出版。苏渊雷（1908—1995），原名中常，字仲翔，晚署钵翁，又号遁园，浙江平阳人，有《钵水斋诗》。生平事迹见《苏渊雷（仲翔）自传》。陈声聪《〈钵水斋诗〉题语》云：“渊雷先生学术兼文史哲，足迹半天下，交游皆一时名士，所谓书卷、山川、朋友三者备之矣。论其世过于少陵天宝之乱，其遇甚于东坡海南之穷，所作雄奇瑰特，哀而不伤，怨而不怒，为《风》为《雅》，亦史亦文，并世词流，无以尚之。大致为宋人语，然有奇于宋人者，则颇受定盦、默深之影响。盖以学者为诗，而又时代相近，

① 陈柱：《待焚诗稿二》，见王伟勇主编《民国诗集丛刊》第 109 册，台湾文听阁图书公司 2009 年版，第 427 页。

② ［美］余英时：《序一》，见汪精卫《双照楼诗词稿》，汪梦川注释，香港天地图书有限公司 2012 年版，第 9 页。

③ 叶嘉莹：《序二》，见汪精卫《双照楼诗词稿》，汪梦川注释，香港天地图书有限公司 2012 年版，第 31 页。

情趣易合耳。”[①] 定盦、默深即龚自珍和魏源。钱锺书谓：“《钵水斋诗》，其发而为言外者，欲兼珠光与剑气；其蕴而为意内者，欲兼情韵与理趣。”[②] 刘永翔《〈钵水斋诗词集〉序》称：“钵水丈少参革命，长历抗倭，壮迎鼎革，晚陷防川，仅脱丙丁之劫，终逢更化之朝。身之所历、目之所睹、心之所思、情之所感，一发于诗，国之兴亡治乱，已之行藏遭际，尽在斯矣。然则丈之诗，盖合上述诗史之二义而一之：丈之诗，丈之史也，亦国之史也。”[③] 2005 年，上海画报出版社出版《苏渊雷书画诗文集》。

2 月

4 日，张素卒，享年 68 岁。张素（1877—1945），字挥孙，号婴公，江苏丹阳人，有《闷寻鹦馆诗抄》《瘦眉词卷》。1945 年，高燮有诗《吊张挥孙。君曾主远东日报，新闻报曾一再度辽南社集所载君词甚多，有闷寻鹂馆诗词、草间集、婴公文存等，卒于去年十二月二十二日，年六十九》[④]。《高燮集》本年所用时间基本为旧历，如本年《二月初三日又雪，十四迭前韵》，此处“十二月二十二日”是旧历，以阳历计则为 1945 年 2 月 4 日。诗题中所称“闷寻鹂馆诗词”，疑为“闷寻鹦馆诗词”之误。邵瑞彭《张挥孙词叙》谓：“戊己之际，乃遘张子。时复招邀，劳声相和。名篇飙发，心赏弥永。詹詹小言，瞠乎后矣。继而思之，词之为道，穷其情变，则通乎一世；撷其精气，则存乎其人。”[⑤] 王伟勇主编《民国诗集丛刊》第 84、85、86 册收录《闷寻鹦馆诗抄》。张宏生编《清词珍本丛刊》第 21 册收录张素《瘦眉词》。2008 年，大众文艺出版社出版《南社张素诗文集》。

19 日，张尔田卒，享年 72 岁。张尔田（1874—1945），一名采田，字孟劬，浙江杭县人。生平事迹见王蘧常《张孟劬先生传》、钱仲联《张尔田评传》、邓之诚《张君孟劬别传》。夏敬观《忍古楼词话》云：“嘉兴

---

① 陈声聪：《兼于阁杂著》，上海古籍出版社 2002 年版，第 86 页。

② 钱锺书：《评语》，见苏渊雷《苏渊雷文集》第 4 卷，上海人民出版社 1999 年版，第 1913 页。

③ 刘永翔：《〈钵水斋诗词集〉序》，见苏渊雷《苏渊雷文集》第 4 卷，上海人民出版社 1999 年版，第 1814 页。

④ 高铦、高锌、谷文娟编：《高燮集》，中国人民大学出版社 1999 年版，第 754 页。

⑤ 邵瑞彭：《张挥孙词叙》，见冯乾编校《清词序跋汇编》第 4 册，凤凰出版社 2013 年版，第 2047 页。

张孟劬太守尔田，绩学之士也。著述甚丰。曩同需次在吴中，与沤尹侍郎、叔问舍人，过从尤密。辛亥后，闭门不出，其品学皆非予所能及也。所著《遁庵乐府》，沤尹为刊之《沧海遗音》中。"[①] 钱仲联《近百年词坛点将录》谓："孟劬史学山斗，填词渊源家学，复与大鹤探讨，濡染者深。《遁庵乐府》，感时抒愤之作，魄力沉雄，诉真宰，泣精灵，声家之杜陵、玉溪也。"[②] 2018年，上海大学出版社出版《张尔田著作集》。

5月

1日，《中华乐府》第1卷第1辑出版。封面并署"诗词曲月刊"，内容分诗、词、曲三部分。《代发刊词》是于右任所作《破阵子·祝〈中华乐府〉》，其云："峡星河影动，五更鼓角声悲。骚雅而还天道转，关马之兴地运移。作家当战时。　雨浥文人笔砚，云生大将旌旗。漫说《缁衣》为讽刺，岂有《甘棠》不疗饥。太平先有诗。"[③] 本辑中有于右任、沈尹默、沈兼士、汪辟疆、李根源、姚鹓雏、孙蔚如、高一涵、叶元龙、刘成禺、钱智修、卢前、谢无量、罗卓英、王陆一等人作品。

17日，姚光卒，享年55岁。姚光（1891—1945），号石子，以号行，江苏金山（今属上海）人，南社诗人，入社书编号26，有《倚剑吹箫楼诗集》等。生平事迹见周大烈《复庐姚先生别传》、姚昆群《先父传略》等。1918年10月10日，姚石子当选为南社主任。钱仲联《南社吟坛点将录》拟之为"天闲星入云龙公孙胜"，谓："石子觥觥，金山之英。龙德而隐，脱略公卿。胸中丘壑，泉石移情。跌宕文史，坐拥百城。天放之闲，早计埋名。亚子辞位，群推主盟。登坛振旅，一军皆惊。意在辅弼，承乏经营。飞龙升云，功有众评。"[④] 2000年，社会科学文献出版社出版姚昆群等编《姚光集》，分文集、诗集、书牍偶存等三卷，如诗集部分收录《荒江樵唱》（1904—1910年）、《浮梅草》（1909年）、《续浮梅草》（1915年）、《倚剑吹箫楼诗集》（1911—1942年）。

本月，许永璋《抗建新咏》由安徽企业公司印刷厂印刷。许永璋（1915—2005），字允臧，号我我主人，亦有号跌翁、石厅左林翁，安徽桐

① 夏敬观：《忍古楼词话》，见唐圭璋编《词话丛编》第5册，中华书局1986年版，第4775页。

② 钱仲联：《梦苕庵论集》，中华书局1993年版，第389页。

③ 于右任：《破阵子·祝〈中华乐府〉（代发刊词）》，载《中华乐府》1945年第1卷第1辑。

④ 钱仲联：《南社吟坛点将录》，载《苏州大学学报》（哲学社会科学版）1994年第1期。

城人。毕业于无锡国立专科学校，1978 年后担任南京大学中文系教授。生平事迹见许结《诗囚：父亲的诗与人生》。[①] 该集收诗 300 首，以抗战为题材。其自序云：“余故私淑子美，欲迹其所以恢往哲之志为志，剔抉民族抗战来诗稿，存其三百，名为抗建新咏，刊公社会。愿与留心风雅人士，比意同力，宏厥成规，不炫新奇，不拘陈旧，不迁时代，不瞀人言，将神游太虚，而与造物者谋。”[②] 此前，该集于 1944 年 12 月出版。2009 年，诗联文化出版社出版褚宝增《许永璋诗集初编笺注》。次年，该社又出版《许永璋诗集续编笺注》。

6 月

14 日，朱剑芒等人在福建永安桥尾罗稚华的燕尾楼中组织成立南社闽集。朱剑芒、罗稚华为正副社长，参加者还有林霭民、胡孟玺、陈守治、姚景椹、田子泉、高伯英、潘希逸等。王瑜孙《南社闽集》记录了潘希逸对诗社的回忆：“朱剑芒为南社宿将，他来永安后在报上发表了几首悼南社社员弘一法师（李叔同）的诗，引起社会上的注意，很多人探问南社情况，他写了《南社感旧录》在《人报》上发表，其时南社在福建的社友有：福州林之夏（秋叶）、上杭丘复（荷公）、丘翊华（潜庐）等数人，一致要朱出来组织南社闽集，一直酝酿到 1945 年端阳日始正式成立，地点在永安桥尾罗稚华（福建宁化人，名丹，书法家）的燕尾楼中。推朱剑芒、罗稚华为正副社长。当时社员多数在省政府各部门工作，罗稚华则在永安桥尾开设风行印刷社。成立会上，朱剑芒曾咏七律一首，题为《南社闽集第一次雅集呈同座诸老》。”[③] 潘希逸有唱和之作《南社闽集第一次雅集步朱剑芒社长韵乙酉诗人节》，该诗小注云：“到会社友摄影留念。除朱剑芒、罗丹正副社长外，记得有林霭民、胡孟玺、陈瘦愚、姚景椹、田子泉、高伯英及予，其他已忘记。”[④] 胡孟玺为林纾入室弟子，擅诗词。此外，罗钟《南社闽集事略》亦对该社事迹有记述。

5 月中下旬或 6 月上旬，瓶花簃词社第一次雅集。组织者郭则沄，社长为杨秀先，成员有黄孝纾、夏仁虎、傅岳棻、黄君坦、张伯驹、寿玺等

---

① 许结：《诗囚：父亲的诗与人生》，凤凰出版社 2009 年版。

② 许永璋：《抗建新咏》，安徽企业公司印刷厂 1945 年版，第 2 页。

③ 王瑜孙：《南社闽集》，见顾国华编《文坛杂忆初编》，上海书店出版社 1999 年版，第 211－212 页。

④ 潘希逸：《孟晋斋诗存》，1985 年自印本，第 37 页。

人。黄宾虹于1945年为杨秀先作《芍药图》，该图有杨秀先、黄孝纾、郭则沄、夏仁虎、傅岳棻、黄君坦、张伯驹、寿玺等8人所作词（张伯驹词为补作），其中4首词有标题，寿玺之词题为《宴清都·瓶社第一集赋瓶中芍药》，杨秀先落款署时间为“乙酉孟夏”，词社当成立于此时。众人在落款中大都注明蓼厂嘱录，黄孝平在落款中称“蓼厂社长属书”[1]。“蓼厂”即杨秀先。

7月

15日，《同声月刊》第4卷第3号刊登汪精卫《双照楼诗词未刊稿》。收录《海上》《六十生日口占》等诗33首，词3首，并附有校记。[2] 本期还刊有汪精卫手书诗札，题为《汪先生手书诗札》，以及龙榆生的《梅花山谒汪先生墓文》。

8月

15日，日本天皇裕仁宣布无条件投降。9月2日，日本正式签署无条件投降书。实际上早在8月10日，日本乞降的消息就已经广为传播。朱德总司令于1945年8月10日24时下达命令，谓：“日本已宣布无条件投降，同盟国在波茨顿宣言基础上将会商受降办法。因此，我特向各解放区所有武装部队发布下列命令。”[3] 当时，各界人士纷纷以诗词表达欣喜之情。如王冷斋《民国三十四年八月十日晚八时闻爆竹声乃知日敌乞降狂喜书感》、马叙伦《八月十日夜闻日本乞降七首》、陈寅恪《乙酉八月十一日晨起闻日本乞降喜赋》、柳亚子《八月十日夜电传倭寇乞降，十二日补赋一首》、于右任《闻日本乞降作付中华乐府十首》、卢前《点绛唇·八月十日夜闻倭请降》等。其中，曾仰丰《胜利吟（八月十日日本投降）》其一云：“秋雨秋风一夜愁，欣传捷报解千忧！万邦和协妖氛靖，痛饮黄龙兴自悠！”[4] 邓拓《清平乐·庆祝抗战胜利》：“喧天锣鼓，卷地红旗舞。革命长征万里路，极尽人间艰苦！　今朝四海同声，欢呼抗战功成。喜

① 张学舒编：《黄宾虹年谱》，见黄宾虹《黄宾虹全集》第10卷，山东美术出版社、浙江人民美术出版社2006年版，第249页。

② 汪精卫：《双照楼诗词未刊稿（附校记）》，载《同声月刊》1945年第4卷第3号。

③ 朱德：《延安总部命令第一号》，见中国延安精神研究会编《中共中央在延安十三年资料（2）　重要资料选辑》中卷，中央文献出版社2017年版，第411页。

④ 曾仰丰：《胜利吟》，载《盐务月报》1945年第4卷第9、10期合刊。

见漫山遍野，火光星月齐明。”①

30 日，柳亚子与毛泽东在重庆曾家岩相见，并作《八月二十八日，喜闻润之来渝，三十日下午相见于曾家岩畔，赋赠一首》。此诗见《磨剑室诗词集》中《巴山集》卷一。柳亚子《自撰年谱》云：“直到明天（三十日）下午，毛先生亲自到来，我和他单独谈了一次话，觉得他这次是抱着大仁、大智、大勇三者的信念而来的，单凭他伟大的人格，就觉得世界上没有不能感化的人，没有不能解决的事件。经过这次的谈话，便把我心中的疑团完全打破，变做非常乐观了。……这夜又是失眠竟夕，却在枕上做成了送给毛先生的一首诗。”②

9 月

17 日，郁达夫在苏门答腊被日本宪兵杀害，享年 50 岁。郁达夫(1896—1945)，名文，字达夫，浙江富阳人。生平事迹见胡愈之《郁达夫的流亡和失踪》、郁云《郁达夫传》、陈其强《郁达夫年谱》、方忠《郁达夫传》。黄苗子谓：“大抵达夫的诗，风韵处似渔洋，侧艳处似义山，感慨处近放翁，含蓄写景近范石湖，缠绵述事类黄仲则，但都似而不似，集诸家之所长，发一己之胸臆，从来大家往往如此，但近代人作诗，像他那样戛戛独造，终归是不多的。他晚年的作品更入化境。”③ 1989 年，浙江文艺出版社出版《郁达夫诗全编》。2006 年，上海古籍出版社出版《郁达夫诗词笺注》。

10 月

4 日，毛泽东写信给柳亚子，高度评价其诗歌成就。其云：“先生诗慨当以慷，卑视陆游陈亮，读之使人感发兴起。”④

8 日，李少石遇刺身亡，享年 40 岁。李少石（1906—1945），字默农，少石为其化名，广东新会人，柳亚子称其为“诗翁”，有《少石遗诗》。据李少石之女李湄所撰《李少石遇难》一文所云，李少石于 8 日下

① 邓拓：《邓拓文集》第四卷，北京出版社 1986 年版，第 56 页。

② 柳亚子：《柳亚子文集　自传·年谱·日记》，柳亚子文集编辑委员会主编，上海人民出版社 1986 年版，第 213 - 214 页。

③ 黄苗子：《青灯琐记》，大众文艺出版社 2001 年版，第 245 页。

④ 中共中央文献研究室编：《毛泽东书信选集》，中央文献出版社 2003 年版，第 237 页。

午送柳亚子回沙坪坝返回途中遭射击，后不治身亡。[①] 柳亚子有《诗翁行，哭李少石，二十叠九字韵，十月九日作》诗。1979 年，生活·读书·新知三联书店出版《少石遗诗》。

10 日，桂中枢《待旦楼诗词稿》由上海中国评论周报社出版。桂中枢（1895—1987），四川开县（今重庆开州）人，新闻家、汉字学家，与友人联合创办《中国评论周报》。该集收录诗词 50 首，旨在阐扬抗战。《万县市文史资料》第 3 辑录有部分诗词，并称该集出版后获得各界赞誉。

16 日，柳亚子于重庆沙坪坝津南村撰写《我的诗和字》。其认为旧体诗的命运不出 50 年。文章称："我是喜欢做旧体诗的，不大会做新体诗的。但我的估计，却以为旧体诗的命运不出五十年了。不过我对于新体诗实在太陌生，太浅薄，所以虽然做了三次，终不能走上新体诗的道路。至于旧体诗，我认为是我的政治宣传品，也是我的武器，大刀、标枪果然不及唐克车、飞机的利害，但对于不会使用唐克车、飞机的人，似乎用大刀、标枪来奋斗也不能认为错误吧。我的蔑视旧体诗，而仍然要做旧体诗者，其原因就在于此了。"[②]

本月，马鹤天《边疆杂咏》由西安中国边疆学会陕西省分会出版。该集分为蒙古行、康藏行、绥蒙杂咏、榆林杂咏、滇游杂咏等 6 部分。马鹤天（1877—1962），原名鸣鸾，号和亭，山西芮城人，有《救国嘤鸣集》《内外蒙古考察日记》《甘青藏边区考察记》等。生平事迹见《中国革命名人传·马鹤天先生传》。

约本月，柳亚子、郭沫若等人组织革命诗社。《民主与科学》杂志第 1 卷第 9、10 期合刊发表署名柳亚子、郭沫若、熊瑾玎、张西曼、田汉、林北丽等的《"革命诗社"征诗启》。《诗启》云："'诗以言志'，昔贤已贵代表民众之呼号；'文以载道'，内含应具针对现实之特点。旧酒新醅，何争形式？唐风宋体，各有优长。只期传统骚情，无缘再滥。却幸感时忧愤，有力同抒。爰纠民主歌手，创立革命诗社，配合时代，争取光明。所愿入选新篇，流传大地；至望吟坛国士，时锡瑶章。"[③] 卢正言《郭沫若年谱简编》认为革命诗社成立于本年八月。然据龚济民、方仁念《郭沫若年谱》，郭沫若于 1945 年 6 月 9 日赴莫斯科，至 8 月 20 日抵重庆，在这之后接连出席各种茶话会，似无暇顾及诗社事宜。因《"革命诗社"征诗

---

① 李湄：《梦醒——母亲廖梦醒百年祭》，中国工人出版社 2004 年版，第 202－215 页。

② 柳亚子：《磨剑室文录》下册，中国革命博物馆、上海人民出版社编，上海人民出版社 1993 年版，第 1471 页。

③ 柳亚子等：《"革命诗社"征诗启》，载《民主与科学》1945 年第 1 卷第 9、10 期合刊。

启》发表于10月，故将诗社成立时间暂系于本月。

11 月

14日，毛泽东《沁园春·雪》首发于《新民报·晚刊》。当时，该词题为《毛词·沁园春》，编者在词后补充说："毛润之氏能诗词似鲜为人知，客有钞得其沁园春咏雪一词者，风调独绝，文情并茂，而气魄之大乃不可及。据氏自称则游戏之作，殊不足为青年法，尤不足为外人道也。"①据臧克家主编的《毛泽东诗词鉴赏》所云："1945年10月，毛泽东同志在重庆曾把这首词写赠柳亚子［参看《七律·和柳亚子先生》（索句渝州叶正黄）注］，因而被重庆《新民报晚刊》在11月14日传抄发表，以后别的报纸陆续转载，但多有讹误，不足为据。1951年1月8日《文汇报副刊》曾将作者写赠柳亚子的这首词的墨迹制版刊出。"②为压制《沁园春·雪》的风头，国民党内部曾秘密开展征集活动。③有研究者指出："国民党控制的报刊连续发表了所谓的'和词'近30首、文章10余篇，大肆'围剿'毛泽东的咏雪词。"④

25日，柳亚子与尹瘦石在重庆举行"柳诗尹画联展"。柳无忌编《柳亚子年谱》谓："柳诗尹画联展，在重庆中苏文化协会举行，柳亚子所撰诗，有赠毛泽东、董必武、沈钧儒、郭沫若诸作；另有《抗战胜利口号》及〔沁园春〕等诗词，共数十首。柳亚子亲临会场，并应苏联观众之请，讲解所书巨幅中堂、赋呈毛泽东诗。"⑤

12 月

1日，"一二·一"昆明惨案发生。国立西南联合大学学生潘琰等四人被国民党特务残杀。同时被害的还有李鲁连、荀极中（原名张华昌）和于再。闻一多1946年2月所作《一二·一运动始末记》对事件有细致叙述。各界人士赋诗词以志哀，如马叙伦《昆明民主运动死难师生挽歌》、郑立南《潘琰曲》及谭平山、孙荪荃《满江红》（怪底惊人）等。其中，

---

① 见1945年11月14日重庆《新民报·晚刊》第2版。

② 臧克家主编：《毛泽东诗词鉴赏》，河北人民出版社2003年版，第137－139页。

③ 此事后由参与此事的国民党要员透露出来，台湾台南神学院教授孟绝子《1984年的民心》予以披露。

④ 林桥：《〈沁园春·雪〉引发的文坛笔战》，载《文史月刊》2010年第4期。

⑤ 柳无忌编：《柳亚子年谱》，中国社会科学出版社1983年版，第132页。

柳亚子《十二月九日，为陪都各界追悼昆明被难师生大会，赋此书痛，兼誓努力》云："渝水天沈醉，滇京血怒流。丧心愤群丑，切齿誓同仇。民主功应奏，和平愿倘酬。英灵知未沫，扫荡旧神州。"[①] 田汉《昆明祭烈士》："素车百里吊来迟，且向刀丛觅小诗。冷雨萧街天亦泪，秋风碧浪海频嘶。十年蛮触争无已，三次龙蛇劫有时。大难已临人尽醉，谁教忧国血成池。"[②] 另外，萧涤非写下《哭潘琰君》诗二首，他回忆说："我真是怒不可遏，写了《哭潘琰君》诗二首，开头两句是：'堂堂黉宇变屠宫，血染青天白日红。'诗被学生拿去发表在《妇女旬刊》专号上，让一个国民党员同事发现了，半夜找上门来提出警告，说是侮辱'党国'，要我当心点。"[③] 1946年，昆明学生联合会编印《一二·一惨案死难四烈士荣哀录》。

民国三十五年　1946年　丙戌

1月

16日，《中央日报》副刊《泱泱》创刊。主编卢前，刊登诗词曲等文言作品。赵丽华《民国官营体制与话语空间〈中央日报〉副刊研究（1928—1949）》云："在马星野的盛情邀请下，卢冀野'下海'主编《中央日报》副刊。《泱泱》于1946年1月16日创刊，出版至1948年11月29日，共646期，这是卢全力编辑的副刊。可以说，《泱泱》与1920年代的《学衡》、《国学丛刊》、《史地学报》、《文哲学报》、《东南论衡》，1930年代的《国风》等，基本上属同一谱系，即欲与倡导新文化运动的'北大'相抗衡的'南高'谱系，和抗战时期的《民族诗坛》、《思想与时代》等刊也在一定程度上同气相求。《泱泱》是'南高'谱系与《中央日报》发生直接关联的标志。"[④]

本月，顾毓琇《蕉舍吟草》由上海世界书局出版。顾毓琇（1902—

---

① 柳亚子：《磨剑室诗词集》（下），中国革命博物馆编，上海人民出版社1985年版，第1407页。

② 田汉：《田汉全集　诗词》，《田汉全集》编委会编，花山文艺出版社2000年版，第425页。

③ 萧涤非：《萧涤非文选》，萧光乾选编，山东大学出版社2006年版，第3页。

④ 赵丽华：《民国官营体制与话语空间——〈中央日报〉副刊研究（1928—1949）》，中国传媒大学出版社2011年版，第202页。

2002)，字一樵，教育家、科学家、诗人，江苏无锡人。生平事迹见其《百龄自述》、万国雄《顾毓琇传》。《蕉舍吟草》署名“顾一樵”。作者自序云：“本集卷一，共收五律四十五首，五绝二十五首，七律五十首，七绝八十首，共诗二百首，字七千三百四十。起民国二十九年庚辰，至民国三十四年乙酉，历时六年。本集卷二，共收词五十首。较长调为《沁园春》、《百字令》、《满江红》（四首）。平韵《满江红》系十万英雄歌，《蓦山溪》系青年从军歌，《御街行》系送出征将士歌，《好事近》系自由中华歌，均已请人作曲。又《塞外江南》由刘雪厂制谱，《喜雨》由应尚能制谱，均调寄《浪淘沙》。”[①] 2000 年，辽宁教育出版社出版《顾毓琇全集》，其中第 3 ～ 6 卷为诗词。

2 月

14 日，叶楚伧卒，享年 60 岁。叶楚伧（1887—1946），原名宗源，署名叶叶，字卓书，别字小凤，江苏吴县人，南社诗人，入社书编号 32，有《世徽楼诗集》。生平事迹见叶元《忆先父叶楚伧》、于右任《叶楚伧先生墓碑》、吴练才《叶楚伧先生简历》。钱仲联《南社吟坛点将录》拟之为“天雄星豹子头林冲”，云：“吴江诗体，上继汉槎。悱恻其情，绝世奇葩。慷慨其怀，古戍寒笳。西山会后，右趋堪嗟。”[②] 胡朴安《南社诗话》谓：“我尝云南社社员楚伧好作豪语，亚子好作愤语，天梅好作放语，寄尘好作幽语，子实好作谐语。楚伧、天梅终日以酒自遣，所以多豪放也。”[③] 1988 年，生活 · 读书 · 新知三联书店上海分店出版叶元所编《叶楚伧诗文集》。

3 月

本月，林庚白《丽白楼自选诗》由上海开明书店出版。该集及《丽白楼遗集》均由柳亚子于 1944 年编辑。叶圣陶当时在开明书店工作，为林庚白《丽白楼自选集》撰写广告云：“这部书是从林庚白先生生前编集《今诗选》残稿中辑成的。林先生生前作诗很多，这里选的是他自负为史

① 顾一樵：《蕉舍吟草》，世界书局 1946 年版，第 6 – 7 页。

② 钱仲联：《南社吟坛点将录》，载《苏州大学学报》（哲学社会科学版）1994 年第 1 期。

③ 胡朴安：《南社诗话》，见杨玉峰、牛仰山校点《南社诗话两种》，中国人民大学出版社 1996 年版，第 150 页。

诗最有价值者，以为前无古人。大致说，他未必胜古人，可是他所遇到的‘时’与‘世’都是古人所没有遇到过的，他能把此时此世的意境情绪交织在诗里，不模拟古人形貌，不拘守古人骸骨。虽是旧体，却充满了时代的精神，与规唐摹宋的作品大异，给诗坛开辟了一个新境界。”①

本月，芮麟《莽苍苍行》由青岛乾坤出版社出版。芮麟（1909—1965），字子玉，号玉庐，著名社会教育活动家、诗人，江苏无锡人。生平事迹见芮少麟《重吻大地：我的父亲芮麟》。《莽苍苍行》分为 9 卷，共收录 634 首诗，主要为抗战纪行诗，在 1946 年获得国民政府考试院颁发的优等奖及奖金。② 考试院审查意见云：“晚近诗学不讲，得见此作，读之神旺。作者于诗，专主性灵，不事雕琢，佳处在此，病处亦在此，此为作者所自知，当亦为人所共认。综观全体，七言今体，几占全部。论其功力，自然后优于前。九年之中，得六百余首，可谓富矣。其中抒写个人境遇之作多而详，关系史实之作少而略，以之作一人一家经历洄溯之参考，自甚有用，若以传久致远，则有不必以多为贵矣。又诸作旅字始字，每须作平声读，无如字读，则甚拗口，似宜不囿于个人成见，略从事于诗律也。”③

4 月

27 日，陈陶遗卒于上海，享年 66 岁。陈陶遗（1881—1946），原名公瑶，又名水，陶遗为其号（一作陶怡），江苏金山（今属上海）人，其为南社 17 位发起人之一，入社书编号 29。生平事迹见陈叔通《陈君陶遗家传》、沈沉《坚贞晚节浥清芬——忆外祖父陈陶遗》。早年以革命为己任，有《满江红・题秋夜草疏图》以寄意。郑逸梅《南社丛谈》谓其“所撰诗文书札及笔记诸稿，有好多箧，藏在故乡，以待整辑，不幸毁于兵燹”④。2015 年，上海科学技术文献出版社出版陈颖（陈陶遗的曾孙女）所编《贞毅先生陈陶遗诗文集》。

---

① 叶圣陶、叶子善：《叶氏父子图书广告集》，上海三联书店 1988 年版，第 35 页。

② 芮少麟：《重吻大地：我的父亲芮麟》，上海远东出版社 2011 年版，第 289－291 页。

③ 《考试院颁给优等奖状奖金》，见黄哲渊《离乱十年》，乾坤出版社 1948 年版，第 344 页。

④ 郑逸梅编著：《南社丛谈》，上海人民出版社 1981 年版，第 183 页。

5 月

27 日，62 岁的周作人因汉奸罪被解送南京老虎桥监狱。此后数月间，作诗数十首，如组诗《往昔》30 首。周作人在 1947 年 1 月 20 日所作的《〈往昔三十首〉后记》中云："去年五月末自北平移南京，居于老虎桥，长夏无事，偶作小诗并为人题画，前后半年，得诗数十，其中有《往昔》一题，凡五续，共三十首，别录为一卷。兴之所至，随意写出，初无格律，亦多出韵，本不可以诗论，但期达意而已。情动于中而形于言，咏叹淫泆，乃成为诗，而人间至情，凡大哀极乐，难写其百一，古人尚尔，况在鄙人，深恐此事一说便俗，非唯不能，抑亦以为不可者也。此三十首多说史地杂事，稍附意见，多已见于旧日小文中，亦无甚新意，其与旧作有殊者，唯在形式似诗耳。若即此以为是诗，则唐突诗神，亦已太甚矣。"①

本月，顾震白《西征吟雁》由蓬莱书店出版。该集在"设置"上别出心裁，分为楔子、由宁赴湘、太华卜居、由滇移川、由渝返桂、接待难友、游览兴安、桃源第二、屈原唱和、念奴一阕、桂林八咏、古风一章、惨绝人寰、书呆两个、秋心四律、尾声等 16 个部分，以文叙事，以诗抒情。

6 月

本月，翁文灏将 1935—1946 年所作的 341 篇诗稿进行整理、刊印，题为《蕉园诗稿》。李学通《翁文灏年谱》云："6 月将自 1935 年至 1946 年历年所做诗稿 341 篇整理，自行少量刊印，以战时在重庆南开中学居于蕉园，诗稿大半成于此宅，故名为《蕉园诗稿》。翁文灏在自叙中表示：'余不能诗，亦不自期为诗人，而兴之所至，偶有吟咏，不求琢句之工，但纪感念之意……讽咏所及，辄有寄于笔端。'"② 1999 年，团结出版社出版《翁文灏诗集》，收录其 1951—1970 年所作之诗。

夏，南社湘集举行复社的首次集会。参加者有柳敏泉、张启汉（字平子）、马少侨等。此后几年间，又举行数次雅集。柳敏泉曾编选南社湘集社员作品，成《南社湘集诗词存稿》，然未能出版。马少侨《我与南社湘

---

① 周作人：《周作人散文全集》第 9 册，钟叔河编订，广西师范大学出版社 2009 年版，第 657 页。

② 李学通：《翁文灏年谱》，山东教育出版社 2005 年版，第 327 页。

集》谓：“南社湘集复社的首次集会（1946 年夏）是在青年会的大楼举行的。内容除了落实柳敏泉先生出任会长和吟唱活动的安排之外，大家交流了自己的诗作。我记得张平子先生提交了一首回文体七绝，题目是《消夏》，得到了诗人们的一致好评；张先生也很自负，颇有感慨地说：‘此类诗虽雕虫小技，但只我辈能之，继起无人，广陵散将成绝响矣！’柳敏泉先生笑指着我说：‘我弟子能之。薪自尽，火自传也！’即以原题命我即席作诗。我那时少年好胜，也小有歪才，不 20 分钟便写好了一首七言律诗：‘低高树锁乱云愁，未有诗怀入梦幽。棋局几回争黑白，酒杯千举叹沉浮。离离草色天连水，淡淡山光花满楼。谁与共吟长日永，微风暖拂柳丝柔。’张平子先生读罢拍着我的肩膀说：‘后生可畏，安知来者之不如今也！吾老矣，无能为矣，薪自尽，火自传也！’读时摇头晃脑，拖着悠长的声调，引起哄堂大笑，说张先生在与柳先生争我做‘薪传弟子’。回首 53 年，往事历历在目，而两先生则作古久矣。”[①] 又云：“我最后一次参加雅集活动是 1948 年重阳秋集，我因故没有赶上集会，柳先生代我拈韵得‘长’字，我以‘满城风雨近重阳’句为辘轳体写七律四章。”[②]

7 月

6 日，许承尧卒，享年 73 岁。许承尧（1874—1946），字际唐，别署疑庵，晚号疑翁，安徽歙县人，有《疑庵诗》。生平事迹见徐步云《许疑庵传略》等。陈宝琛《疑庵诗序》云：“歙县许际唐太史示所撰《疑庵诗》，自戊戌以讫癸亥，凡五卷，属为之序。宝琛读竟，喟然叹曰：是正声也。庶几无邪之旨矣。戊戌者，事变所自昉也。至于今，天运人事之俱穷，诚有足深感痛慨者。君则径情肆陈，亦或托物寓讽，要使读者按节寻求，可得其所为言之故，异于不病之呻者矣。乃至泛江涉汉，出渡关陇，目怵离析，身历险巇，孤栖慕侣，远适怀乡，入世不辰，或广而为出世之语。庄生所谓无可如何而安之若命者，此其情欤？然且駊娑光景，体状物理，云态风绪，花坼树萌，莫不有独喻之微、弗宣之趣。弗觊人同，而人亦罕同之。其心孤，故其气静，好恶受之以正，而天地民物之变数相与感发于无穷。由是心而推之，将可寄之以道，岂但言诗而已！夫以末艺视

① 马少侨：《我与南社湘集》，见湖南省文史馆组编《湖湘文史丛谈》第一集，湖南大学出版社 2008 年版，第 133 - 134 页。

② 马少侨：《我与南社湘集》，见湖南省文史馆组编《湖湘文史丛谈》第一集，湖南大学出版社 2008 年版，第 134 页。

诗，与欲因之以为名，皆中不足而张于外者。然则劳逸休拙，为作德作伪之征，在于诗亦有然矣。吾道不孤，君其起与证之!”① 王揖唐《今传是楼诗话》谓：“歙多学人，亦多诗人，以余所知，际唐即其一也，所著《疑盦诗》已印行，陈弢庵先生为之序。君自谓于宋取陈与义、梅尧臣，诗格亦似近之。吾友磨僧开府陇上，君五度往还，故集中多关陇行役之作，哀乐过人，自成馨逸，较之弢庐，更为精专。”② 1990 年，黄山书社出版《疑庵诗》。

15 日，闻一多遇刺身亡，享年 48 岁。闻一多（1899—1946），本名家骅，湖北浠水人。生平事迹见《（闻家骅）事略》③、臧克家《闻一多先生传略》。苏雪林在《论闻一多的诗》一文中指出：“闻氏似乎有着一个东方的灵魂，天然憎恶欧美的物质文明，所以对于他们的文艺也不象别人那样盲目地崇拜，甚至不问好坏只顾往自己屋里拉。有时候我们的诗人竟觉得‘东方文化是绝对地美的，是韵雅的’，‘东方文化是人类所有的最彻底的文化，我们不要被叫嚣旷野的西人吓倒了’。”④ 梁羽生谓：“谈到诗才，他也是多方面的。最著名的当然是他的‘新诗’，但他也会写旧诗，而且据说他的英文诗也写得很不错。”⑤ 又云：“他虽然是个会写英文诗的留学生，但绝对不象胡适之流的唯洋是尚，而是重视祖国文化的。正是从这点出发，所以他的新诗很少欧化的味道，而是带有泥土气息的道地的‘中国诗’。”⑥ 1995 年，浙江文艺出版社出版《闻一多诗全编》。

本月，李雄《侠庐五七言》由福州大江出版社出版。集中有陈培锟序及作者自序。据自序所云，该集共有 4 卷，收诗 300 余首，以时间为顺序进行划分，为其个人经历之回忆。

10 月

8 日，国民政府高等法院在南京老虎桥监狱设置临时法庭，以汉奸罪判处林柏生死刑，其临刑前赋诗一首。诗云：“春去春来有定时，花开花

---

① 陈宝琛：《沧趣楼诗文集》（下），上海古籍出版社 2006 年版，第 486 - 487 页。

② 王揖唐：《今传是楼诗话》，张金耀校点，辽宁教育出版社 2003 年版，第 133 页。

③ 佚名：《（闻家骅）事略》，见卞孝萱、唐文权编《民国人物碑传集》，团结出版社 1995 年版，第 491 - 494 页。

④ 苏雪林：《论闻一多的诗》，见方仁念选编《新月派评论资料选》，华东师范大学出版社 1993 年版，第 67 页。

⑤ 梁羽生：《笔不花》，中国友谊出版公司 1990 年版，第 132 页。

⑥ 梁羽生：《笔不花》，中国友谊出版公司 1990 年版，第 133 页。

落无尽期。人生代谢亦如此，杀身成仁何所辞?”《见闻周报》所刊《枪毙林柏生》一文云：“伪宣传部长林柏生自五月三十一日经首都高院判处死刑后，迭经抗告，要求停止执行，均遭驳回，已于十月八日下午三时零一分，在首都老虎桥监狱刑场执行枪决。林临刑时态度甚为镇静，当检察官询其有无遗言时，林谓：‘没有什么，没有什么，这是国家的事，放心好了，没有关系，我有几个字要写一写。’于是即就公案前，翻开所携西文书，在空白里页上写诗一首，诗曰：‘春去春来有定时，花开花落无尽期，人生代谢亦如此，杀身成仁何所辞?’上题‘余妻莹及诸儿留念’，下署‘柏生，十月八日下午二时五十五分’。”①

本月，曹经沅卒于南京，享年 55 岁。曹经沅（1892—1946），字纕蘅，四川绵竹人，有《借槐庐诗集》。生平事迹见黄稚荃《曹经沅小传》。黄稚荃《借槐庐诗集序》云：“先生早年诗，多登临赏玩，留连光景之作。自日寇陷辽沈，淞沪战争爆发，我方旋又撤军，满腔悲愤，一泄之于诗，诗风为之一变。检集中辛未、壬申之作，逐处可证。……人多误以先生诗为江西派，江西派虽以尊杜为号召，而其所祖，实为黄山谷、陈后山。黄、陈皆狷狭之士，其诗故为生涩拗曲，何能与老杜并言。因先生早年所从游诸老多属江西派诗人，遂误以为先生亦为江西派。其实先生之诗，盖宗老杜而类东坡者也。曾学孔为先生入室弟子，谓先生诗‘不事苦吟，出入唐宋’。此说，颇平正确切。惟其不事苦吟也，故能天机流露，体现性灵；惟其出入唐宋也，故能气象光昌，又超心炼冶。是以腾声飞实，遐迩具瞻。”② 高拜石《古春风楼琐记》谓：“《国闻周报》是附设在天津大公报社里，采风录编辑室，则在主编者的公事包里，跟着主编者到处奔跑，按期发稿，逐期刊出，刊出后也没有稿费的酬予，只寄抽印单页给作者而已。凭着这几页的地盘，南北各省许多名流诗人，翕然从风，诗简传寄，常无虚日，着实热闹一时，因此，有人推为‘诗界功臣’；也有谑为‘诗坛经纪’。他都一笑置之，孜孜矻矻编至抗日战争爆发《国闻周报》停刊之日始止。此人非他，四川绵竹曹经沅也。”③ 1997 年，巴蜀书社出版《借槐庐诗集》。

---

① 佚名：《国内时事：枪毙林柏生》，载《见闻周报》1946 年第 1 卷第 15 期。

② 黄稚荃：《借槐庐诗集序》，见曹经沅《借槐庐诗集》，王仲镛编校，巴蜀书社 1997 年版，第 2 -3 页。

③ 高拜石：《古春风楼琐记》第 19 集，台湾新生报社 1979 年版，第 90 页。

11 月

9 日，梁鸿志在上海被枪决，时年 64 岁。梁鸿志（1882—1946），字众异，晚年号迂园，福建长乐人，有《爰居阁诗》。生平事迹见陈器伯《梁鸿志与伪维新政府》、连城《梁鸿志生前死后》[①] 等。黄濬《梁众异爰居阁诗序》谓："梁子之诗，神锋遒上，后有千禩，宜无间言。"[②] 朱子家《汪政权的开场与收场》云："梁虽在缧绁之中，而吟咏不废，在楚园时代，成诗一百余首，名曰'入狱集'。自解牢狱起，以迄其死，又成诗百余首，名曰'待死集'。曾将其手稿交我保存，而自我出狱，又经世变，不特原稿早已散佚，即其念女诸作，缠绵悱恻，可称绝唱，只以健忘，竟已不复能再忆录。"[③] 其在待死之时，"每每吟诗寄哀。就所能想到的题目做完之后，又对囚室内无床、无灯、无桌、无砚、无茶具、无酒、无书都写了绝句"[④]。

24 日，张其淦卒于上海，享年 88 岁。张其淦（1859—1946），字豫泉，晚号罗浮豫道人，广东东莞人，有《梦痕仙馆诗钞》《邵村咏史诗钞》。生平事迹见杨宝霖《张其淦和他的诗》、田根胜《晚清遗老张其淦研究》。陈诗《尊瓠室诗话》谓："东莞张豫泉太史其淦乃学海堂山长陈兰甫先生之门人。工骈文，似徐庾；善古近体诗，不拘一格。"[⑤] 王伟勇主编《民国诗集丛刊》第 45、46 册收录《邵村咏史诗钞》。

12 月

15 日，沈砺卒，享年 68 岁。沈砺（1879—1946），号道非，浙江嘉善人，南社诗人，入社书编号 10。生平事迹见郑逸梅《南社丛谈·沈道非》[⑥] 等。邵迎武《南社人物吟评》谓："1946 年 12 月 15 日，不幸因煤气中毒卒于南京。为人嵚奇磊落，擅诗文。"[⑦] 其作品散见于各种选本，

---

① 连城：《梁鸿志生前死后》，载《子曰丛刊》1948 年第 1 期。

② 黄濬：《梁众异爰居阁诗序》，载《青鹤》1937 年第 5 卷第 13 期。

③ 朱子家：《汪政权的开场与收场》第 4 册，香港春秋杂志社 1961 年版，第 38 页。

④ 曹振威：《梁鸿志》，见黄美真主编《汪伪十汉奸》，上海人民出版社 1986 年版，第 426 页。

⑤ 陈诗：《尊瓠室诗话》，见张寅彭主编《民国诗话丛编》第 2 册，上海书店出版社 2002 年版，第 103 页。

⑥ 郑逸梅编著：《南社丛谈》，上海人民出版社 1981 年版，第 157－158 页。

⑦ 邵迎武：《南社人物吟评》，社会科学文献出版社 1994 年版，第 118 页。

如吴芹所辑《近代名人诗选》收录《简亚子》《偶成》《踽踏二首》《渡歇浦》《崐山咏怀》《阳城湖在车左金沙湖流车右车夹两湖行真绝景也》《将至苏州》。[①] 胡朴安《南社丛选》录其诗55首。[②]

民国三十六年　1947年　丁亥

1月

8日，郭则沄卒，享年66岁。郭则沄（1882—1947），字啸麓，号蛰云，又号龙顾山人，福建侯官人，郭曾炘长子，有《龙顾山房诗集》《十朝诗乘》《清词玉屑》。生平事迹见《郭则沄自订年谱》、郭久祺《郭则沄传略》等。许钟璐《清故诰授光禄大夫头品顶戴赏戴花翎署浙江提学使司提学使侯官郭公墓表》云："公（郭则沄）生于光绪壬午年八月二十八日，卒于丙戌年十二月十七日。"[③] 以阳历计，即1947年1月8日。叶恭绰《广箧中词》谓："啸麓为词未五年，高者遂已火攻南宋，能者固不可测也。"[④] 钱仲联《近百年词坛点将录》云："啸麓闽海名家，《龙顾山房诗余》，遐庵誉其'高者火攻南宋'。"[⑤] 夏敬观《忍古楼词话》称："著有《龙顾山房诗集》，渊茂俊上，蕴蓄雅正。词三卷，附于诗后，曰《潇梦》，曰《镜波》，曰《絮尘》。余尝谓南宋惟史邦卿梅溪词，为能炼铸精粹，上比清真，得其大雅，下方梦窗，不伤于涩。今能为梅溪词者，除况夔笙略似以外，厥惟啸麓。"[⑥] 1976年，台湾学生书局出版《十朝诗乘》。2014年，浙江古籍出版社出版《清词玉屑》。

10日，金天羽卒，享年74岁。金天羽（1874—1947），又名天翮，字松岑，江苏吴江人，有《天放楼诗集》《红鹤词》。生平事迹见徐震《贞献先生墓表铭》、金元宪《伯兄贞献先生行状》。钱仲联《十五年来之

① 吴芹编辑：《近代名人诗选》，大达图书供应社1936年版，第154－156页。

② 胡朴安选录：《南社丛选》下册，解放军文艺出版社2000年版，第710－718页。

③ 许钟璐：《清故诰授光禄大夫头品顶戴赏戴花翎署浙江提学使司提学使侯官郭公墓表》，见卞孝萱、唐文权编《辛亥人物碑传集》，团结出版社1991年版，第784页。

④ 叶恭绰选辑：《广箧中词》，傅宇斌点校，人民文学出版社2011年版，第250页。

⑤ 钱仲联：《梦苕庵论集》，中华书局1993年版，第399页。

⑥ 夏敬观：《忍古楼词话》，见唐圭璋编《词话丛编》第5册，中华书局1986年版，第4790页。

诗学》谓，“当此宋诗运动衰落之期，有异军突起，为诗坛树赤帜者，首推吴江金松岑天羽，有《天放楼诗》正续集。松岑天才横肆，极不喜近代闽赣诸派”①，“自清末黄公度遵宪倡诗界革命之说，梁任公启超辈和之，有‘诗界潮音集’之选，而除公度外，成就皆未能如所期。松岑继之，拓而益大，俯视人境，可无愧色”②。叶德辉云：“金君诗格调近高、岑，骨气兼李、杜，卑者不失为遗山、道园，余每语人：‘金君诗皆千锤百炼而成，读之极妥帖，造之极艰辛。’君闻之欣然，以为余知甘苦也。”③ 2007年，上海古籍出版社出版《天放楼诗文集》。

本月，神州国光社出版唐圭璋《宋词三百首笺》。次年10月，该社再版此书。吴梅《〈宋词三百首〉笺序》云：“圭璋据厉、查二家笺《绝妙好词》例，疏通而畅明之，晨夕钞录，多历年所，引书至二百余种，都若干万言，可云勤矣。籀讽再四，有数善焉。卷中所录，半负盛名，顾如时彦名闻不著，圭璋爬梳遗逸，字里爵秩，粲然具备，其善一也。采录诸词，脍炙万口，诸家评骘，有如散沙。圭璋博收广采，萃于一编，遗事珍闻，足资谭屑，其善二也。彊村所尚在周、吴二家，故清真录二十三首，君特录二十四首，其义可思也。圭璋汇列宋以后各家之说，而于近人中如亦峰、夔笙、孺博、任公、壬秋、伯弢、静安、述叔诸子之言，亦捃摭集录，较他家尤备，力破邦彦疏隽少检、梦窗七宝楼台之谰言，其善三也。”④

2月

1日，陈运彰《双白龛词话》发表在《雄风月刊》第2卷第2期，署名“蒙庵”。此外，其所撰词话还曾发表在1948年《茶话》第23期。2012年，《文学与文化》第1期刊载《〈双白龛词话〉汇辑》⑤。

本月，航空委员会政治部出版唐玉虬《猛思集》。所录诗篇记录了抗

---

① 钱萼孙：《十五年来之诗学》，见无锡国学专修学校编辑《私立无锡国学专修学校十五周纪念册》，1936年版，第17页。

② 钱萼孙：《十五年来之诗学》，见无锡国学专修学校编辑《私立无锡国学专修学校十五周纪念册》，1936年版，第18－19页。

③ 叶德辉：《天放楼诗集叶序》，见金天羽《天放楼诗文集》下册，上海古籍出版社2007年版，第1408页。

④ 吴梅：《〈宋词三百首〉笺序》，见唐圭璋《宋词三百首笺》，神州国光社1947年版，第1－2页。

⑤ 陈运彰：《〈双白龛词话〉汇辑》，孙克强，刘少坤点校整理，载《文学与文化》2012年第1期。

战时期杭州、武汉、重庆等地的著名空战，歌颂了中国空军的壮举，如《杭州空战行》《咏武昌空战大捷》《武汉空战三捷歌》《成都空战行》等。该集《附记》云："本书原名《九万里以上高歌第一集》，因集中所味系为我空军杀敌及诸烈士成功成仁之伟绩，际兹抗战胜利、国土重光，缅怀往迹，令人不胜其'大风猛士'之思，故名《猛思集》，以符原意。"① 此前，唐玉虬曾于 1945 年 12 月出版《慷慨集》。冯永军《当代诗坛点将录》谓："唐玉虬为钱名山门下高第，少年与谢玉岑为文字骨肉。抗战时期著有《国声集》、《入蜀集》等。自九一八事变以来，凡重要史事，几尽囊括以诗，可作八年抗战史读。唐氏喜作五七言大篇，大声镗鞳，风骨骞举，谕其气魄，一时无两；即其数量之多，亦突过梦苕庵。若玉虬可谓善养浩然之气者。其诗微不足者，不耐沉潜，与老杜之沉郁，交臂失之。"②

3 月

22 日，沈从文在《益世报·文学周刊》发表《新废邮存底》。这封信实际上是给投稿人灼人的回信。沈从文不否认诗的功用价值，但也主张评价诗歌必须看作品本身。信中写道："诗应当是一种情绪和思想的综合，一种出于思想情绪重铸重范原则的表现。容许大而对宇宙人生重作解释，小而对个人哀乐留个记号，外物大小不一，价值不一，而于诗则为一。诗必需是诗，征服读者不是强迫性而近于自然皈依。诗可以为'民主'为'社会主义'或任何高尚人生理想作宣传，但是否是一首好诗，还在那个作品本身。……我们的困难在充数的诗人太多，却迫切要他人认可他为'大诗人'或'人民诗人'，没有杜甫十分之一的业绩，却乐意于政治空气中承受在文学史上留下那个地位。"③

5 月

28 日，林之夏卒，享年 71 岁。林之夏（1877—1947），原名知夏，字凉生（一说名凉笙）、亮生，号秋叶，福建闽侯人，南社诗人，入社书编号 128，有《玉萧山馆诗集》《画眉禅外集》等。生平事迹见林元荃

① 唐玉虬：《猛思集》，航空委员会政治部 1947 年版，第 25 - 26 页。
② 冯永军：《当代诗坛点将录》，华东师范大学出版社 2010 年版，第 59 页。
③ 沈从文：《新废邮存底》，载《益世报·文学周刊》1947 年第 33 期。

《先父林之夏轶事数则》、灵皋《林之夏先生二三事》、林有成《南社诗人林之夏与柳亚子的诗文交往》。柳亚子编《南社丛刻第二十三集第二十四集未刊稿》收录其诗269首。[①] 胡朴安《南社丛选》录其诗29首。[②]

6月

6、7月间，周作人在老虎桥监狱中创作组诗《儿童杂事诗》。分为甲、乙、丙三编，共72首。周作人在1948年3月20日所作《〈儿童杂事诗〉序》中云："今年六月偶读英国利亚（Ed. Lear）的诙谐诗，妙语天成，不可方物，略师其意写儿戏趁韵诗，前后得十数首，亦终不能成就，唯其中有三数章，是别一路道，似尚可存留，即本编中之甲十及十九又乙三是也。因就其内容分别为儿童生活、儿童故事两类，继续写了十日，共得四十八首，分编甲乙，总名之曰《儿童杂事诗》。后又续有所作，列为丙编，乃是儿童生活诗补，亦二十四首，唯甲编以岁时为纲，今则以名物分类耳。我本不会做诗，但有时候也借用这个形式，觉得这样说法别有一种味道，其本意则与用散文无殊，无非只是想表现出一点意思罢了。"[③]《儿童杂事诗》曾先后由香港崇文书店（1973）、文化艺术出版社（1991）、中华书局（1999）、岳麓书社（2005）、安徽大学出版社（2011）、海豚出版社（2016）等印行。

7月

9日，胡朴安卒，享年70岁。胡朴安（1878—1947），原名韫玉，字仲明、仲民，安徽泾县人，南社诗人，入社书编号97，有《南社诗话》《南社丛选》等。生平事迹见陈诒先《胡朴安先生周年祭》、汪渭《胡朴安传略》等。钱仲联《南社吟坛点将录》谓："朴学斋高矗皖天，霜笳悲角唱华年。余波绮丽偏多样，'嫩绿随波欲上船'。"[④] 傅熊湘《〈南社丛选〉序》云："安吴胡子朴安，瘁学鞠教，甄文综献，感故旧之凋落，绵

---

① 柳亚子编：《南社丛刻第二十三集第二十四集未刊稿》，马以君点，社会科学文献出版社1994年版，第361－419页。

② 胡朴安选录：《南社丛选》下册，沈锡麟、毕素娟点校，解放军文艺出版社2000年版，第650－655页。

③ 周作人：《周作人散文全集》第9册，钟叔河编订，广西师范大学出版社2009年版，第676－677页。

④ 钱仲联：《南社吟坛点将录》，载《苏州大学学报》（哲学社会科学版）1994年第1期。

往迹于未湮。乃就社集所刻，综之剔之，为《南社诗文词》若干卷。仆昔有斯志，顾以荒学未能而废，今犹耿耿。集社刻者，柳子亚庐之力为多。尝见其每集稿成，皆朱丝阑亲端书，偏左，其右逐字圆规，光墨万珠，曾不少苟。胡之勤不必如柳，而甄综芟削之功则过之。是南社得柳而大，得胡而长也。”①

23日，贺扬灵病卒，享年46岁。贺扬灵（1902—1947），字培心，江西永新人，有《劈天集》。生平事迹见卢继芳《贺扬灵先生传略》、施叔范《贺扬灵先生墓志铭》、张凤《贺公碑铭》。胡迎建《近代江西诗话》谓其“性好吟，有《劈天集》一册，是乱离之惨象，一方之痛史，抗日之心声，灵感之迸发”②。2009年，中国文史出版社出版贺绍英所编《追思》，收录贺扬灵1939—1945年所作诗词（主要是《劈天集》及《民族日报》上的诗词）。

9月

26日，周学熙卒，享年82岁。周学熙（1866—1947），字缉之，又字止庵，晚号松云居士，又号研耕老人，安徽建德人，有《止庵诗存》。生平事迹见《周止庵先生自叙年谱》、《周止庵先生自撰墓志铭》及颜惠庆《周止庵先生事略》。王揖唐《今传是楼诗话》谓：“建德周止盦学熙，为玉山老人之季子。人但称其精于理财，而不知诗诣之深，亦远迈并时流辈。”③ 又云其“寝馈陆游诗”④。1948年7月，《止庵诗存》印行，沈云龙主编《近代中国史料丛刊续编》第40辑收录该集。

27日，庞友兰卒，享年74岁。庞友兰（1874—1947），字馨吾，笔名古愚、老丐，江苏阜宁人，有《古愚诗文钞》。生平事迹见张豫光、毕长江《庞友兰先生生平简介》。1934年，《古愚诗文钞》刊行。王伟勇主编《民国诗集丛刊》第96册收录《古愚诗钞》。

10月

1日，《中国作家》创刊号登载闻一多遗著《文学的历史动向》。他认

① 傅熊湘：《傅熊湘集》，颜建华编校，湖南人民出版社2010年版，第322页。

② 胡迎建：《近代江西诗话》，百花洲文艺出版社1994年版，第270页。

③ 王揖唐：《今传是楼诗话》，张金耀校点，辽宁教育出版社2003年版，第22页。“止盦”，原文如此。

④ 王揖唐：《今传是楼诗话》，张金耀校点，辽宁教育出版社2003年版，第22页。

为新诗不应放弃传统意识（含旧体诗的影响）。文章称："但在这新时代的文学动向中，最值得揣摩的，是新诗的前途。你说，旧诗的生命诚然早已结束，但新诗——这几乎是完全重新再做起的新诗，也没有生命吗？对了，除非它真能放弃传统意识，完全洗心革面，重新做起。但那差不多等于说，要把诗做得不像诗了。"①

15日，于右任开始创作《第二次大战回忆歌》（一作《第二次世界大战回忆歌》），至本年12月完成。其自注云："10月15日夜3时不能成寐，倚枕作此，未及完篇而病，12月4日京沪夜车中更续成之，36年12月5日太平老人记。"② 次年1月，《第二次世界大战回忆歌》出版。

11月

本月，朱德作《感事八首用杜甫〈秋兴〉韵》。包括《冀中战况》《贺晋察冀军区歼蒋第三军》《新农村》《十月战景》《攻克石门》《战局时局》《寄南征诸将》《寄东北诸将》。其中《寄南征诸将》云："南征诸将建奇功，胜算全操在掌中。国贼军心惊落叶，雄师士气胜秋风。独裁政体沉云黑，解放旌旗满地红。锦绣河山收拾好，万民尽作主人翁。"③

12月

15日，张继卒，享年66岁。张继（1882—1947），原名溥，后改为继，字溥泉，河北沧县人。生平事迹见汪东《故国史馆馆长沧县张公墓志铭》、徐文珊《张溥泉先生年谱》。冒鹤亭《祭张溥泉先生文》谓："今时贪夫，多藏金帛，惟公嗜古，高文典册，晚为韵语，自谓过时。吾举高适，五十学诗，公壮吾言，不耻下问，丹墨涂乙，积稿盈寸。"④ 喻血轮《绮情楼杂记》云："张溥泉先生谢世，已六易寒暑矣。溥老从事革命，自足彪炳青史，固毋待予言。唯其为人，慷慨激昂时，确有燕赵豪杰之风，而其作书为诗时，则又有江南名士之态，故与之亲近者，莫不有清芬意高之感。"⑤ 其诗词见《张溥泉先生全集》《张溥泉先生全集补编》。

---

① 闻一多：《文学的历史动向》，载《中国作家》1947年创刊号。

② 于右任：《于右任诗集》，刘永平编，团结出版社1996年版，第338页。

③ 中共中央文献研究室编：《朱德诗词集》上册，中央文献出版社2007年版，第128－129页。

④ 冒鹤亭：《祭张溥泉先生文》，载《国史馆馆刊》1948年第1卷第2期。

⑤ 喻血轮：《绮情楼杂记》，眉睫整理，九州出版社2017年版，第171页。

本年

谭泽闿卒，享年59岁。谭泽闿（1889—1947），字祖同，又字大武，号瓶斋，湖南茶陵人，谭延闿之弟。生平事迹见徐崇立《茶陵谭瓶斋先生墓志铭》、夏敬观《谭大武传》。夏敬观云：“尝从王湘绮问学，为诗宗灵运，湘绮深许之，诫曰：‘以是求精，毋他骛。’是时诗家多宗宋，君终不为风气所移。”① 陈诗《尊瓠室诗话》：“茶陵谭瓶斋处士泽闿为两广总督文勤公钟麟季子。少孤能立，敏慧夙成。游沪二十余年，以诗词、书法名世，著有《止义斋集》。”②

民国三十七年 1948年 戊子

1月

本月，张昭麟《海天楼诗集》由武汉日报印行。张昭麟（1898—?），字圣知，云南剑川县人，曾任浙江省教育厅厅长等职。生平事迹见杨适夫《白族诗人张昭麟生平崖略》③。该集所录诗创作于1921—1948年。书前有徐震、陈涵虚序和作者自序以及马元枢、张继煦、陈廷英、吴雪俦、鲁岱、张克祥、张翮、陈兆珊等人题词，并附录孙德谦、赵熙、王应嵩、胡小石、陈强秋等人跋。

2月

18日，许寿裳在台北寓所遭杀害，享年66岁。许寿裳（1883—1948），字季黻，号上遂，浙江绍兴人。生平事迹见许世瑛《先君许寿裳年谱》。《年谱》云：“先君作旧体诗，亦自民国二十一年开始，皆随兴而

---

① 夏敬观：《谭大武传》，见卞孝萱、唐文权编《民国人物碑传集》，团结出版社1995年版，第805－806页。

② 陈诗：《尊瓠室诗话》，见张寅彭主编《民国诗话丛编》第2册，上海书店出版社2002年版，第111页。

③ 剑川县政协文史资料委员会编：《剑川文史资料选》第2辑，1992年版，第74－84页。

发，寄诸律绝，故十余年来，所得不过八十余首而已。”① 倪墨炎、陈九英所编《许寿裳文集》收 1908—1947 年诗 99 题、158 首。

3 月

本月，俞平伯五言长诗《遥夜闺思引》由北平彩华印刷局影印出版。作者为该诗撰跋语 17 篇，其中《第一写本赠许季珣君》谓：“诗作于甲乙之际，索居古燕，遣愁笔也。以闺思名，故相思相望，会少离多。虽是陈言，却为正意。而海山窅冥，光景流连，亦情悰所寄。”② 唐弢云：“《忆》出版后二十三年，俞平伯又有手写诗稿（即《遥夜闺思引》）出版，不过前者为新诗，这回写的却是长篇古风，虽然书法隽秀，远过畴昔，但在新文学的立场上却是转弯抹角，又回到老路上来了。”③

本月，姚伯麟《抗战诗史》由上海改造与医学社出版。姚伯（1877—1953），字鑫振，陕西三原人，医学家。该集有关抗战之诗分为“九一八”“一·二八”“七七”“八一三”“太平洋”五大类，按年代次序列入。书前有茹欲立、李浩然、汪企张、钱崇威、王才轩、黄鸣山、宋中惠序及作者自序。2015 年，上海书店出版社影印再版该集。

本月，程潜《养复园诗集》由上海中国诗学会印行。程潜（1882—1968），字颂云，湖南醴陵人。其女程瑜云谓该集此前曾有民国三十一年（1942）渝州刊本，二者为初版与再版之关系。书前有赵熙序及程潜自序，收录 225 首诗。钱仲联云：“国民党人不乏能诗者，军人工诗者未闻。程潜治军三十余年之久，治诗之年更久。自序《养拙园诗集》，于明尊青田，于清尊湘绮。……今其集中所存，皆为五言选体，七古乐府仅数首，近体诗无一首。虽其乡邓辅纶、王闿运之笃古，亦不若是之专也。”④ 1984 年，黑龙江人民出版社出版《程潜诗集》。2012 年，岳麓书社出版《养复园诗集新编》。

5 月

3 日，《岭雅》在广州创刊。初为《广东日报》文艺副刊，发起人陈

---

① 许寿裳：《许寿裳文集》下册，倪墨炎、陈九英编，百家出版社 2003 年版，第 1076 页。
② 俞平伯：《俞平伯全集》第一卷，花山文艺出版社 1997 年版，第 492 页。
③ 唐弢：《唐弢文集》第 5 卷，社会科学文献出版社 1995 年版，第 507 页。
④ 钱仲联：《梦苕庵论集》，中华书局 1993 年版，第 370 页。

融和张北海，主编陈寂，至第 45 期，傅静庵接替陈寂主持编务。《岭雅》设有诗录、文录、词录等，皆用文言，每周发行一期。1949 年 4 月，《广东日报》合并到《中央日报》，《岭雅》转为其副刊，继续刊行。1949 年 10 月 3 日，《岭雅》停刊，前后共出版 71 期，刊登 2000 余篇旧体诗词文，作者有 180 人[①]，大都为粤籍，如江霞公、商衍鎏、叶恭绰等。这一作家群是社会转型和旧文学没落之际，中国内地旧式文人最后一次以报刊为阵地的大规模集结，“岭雅”二字意在强调创作主体的地域性和文学取向的雅正，盖其欲以岭南一隅力挽文言之衰颓。陈永正等辑校的《岭雅》前言谓：“《岭雅》作者主要是粤籍人士，有着深厚国学根基的诗人学者，名籍可考者约一百五十余人，时大批粤籍文化界人士聚集于广州，也有不少外省文人为逃避战乱流寓于此。这些人中，有来自本土书香门第、清末已成名的前辈诗文大家，如江霞公、商衍鎏、张汉三、廖忏庵、朱师辙、孙仲英、叶恭绰等，有大学教授吴三立、王越、王韶生、王壮为、阮退之、朱子范、严既澄、罗孟韦、钟敬文、钟应梅、黄尊生、黄海章、黄轶球、詹安泰等，也有以擅诗词的文士如石维岩、黎国廉、黄荣康、刘伯端、刘草衣、黎骚、黄咏雩、李沧萍、陈寂、何曼叔、陈荆鸿、余祖明、熊润桐、李隐青、吴天任、胡伯孝、佟绍弼、陈湛铨、陈襄陵、佟立章、傅静庵、朱庸斋等，也有政界人士如陈融、周子元、伍朝柱、李君佩、李立之、邱汝滨、胡毅生、罗翼群、陆匡文、陆光字、张北海等，还有书画家高剑父、张谷雏、李居端、张纯初、冯印雪、冯缃碧等，女诗人冼玉清、陈璿珍、张纫诗等，此外还有寓粤人士二十余人，如冒鹤亭、王季友、方孝岳、熊十力、巴壶天、陈粹劳、陈恒安、刘筱云、徐文镜、徐梗生、刘家传、刘成禺、钱宝龢、卢冀野、钟泰、谢康、罗慷烈、罗球、颜继金、刘伯闵、霍松林等，皆国中文化学术界知名之士。《岭雅》作者阵容之大，文言诗文作品数量之多、品质之高，在国内可谓一时无两。”[②]

9 日，王蘧常《抗兵集》由上海新纪元出版社出版。王蘧常（1900—1989），字瑗仲，浙江嘉兴人，曾于 1931 年与钱仲联合刊《江南二仲集》。生平事迹见黄清宁、柳巩阳《王蘧常传略》。《抗兵集》共两卷，诗、文各一卷，内容以哀叹民生、鼓舞士气为主。其弟子吴丕绩所撰《〈抗兵集〉序》谓：“东寇之乱，抗节不屈，隐然支柱东南正气，尤为士子所归向。明岁政五十，无锡王亢元先生拟校刊其诗文集，用飨多士；然以所积

---

① 张瑜：《〈岭雅〉研究》，中山大学 2015 年硕士学位论文，第 16 页。

② 陈寂、傅静庵主编：《岭雅》，陈永正、李国明、李文约辑校，广东人民出版社 2013 年版，“前言”第 6 -7 页。

太多，雠梓不易，爰属丕绩，择其有关寇乱者，得若干篇，诗文各为一卷，请于师。师取老子语，命曰《抗兵集》。盖吾师涕泪民物之志，粗具于是。”[①] 沈云龙主编《近代中国史料丛刊》第82辑收录该集。

7月

3日，乔大壮自沉于苏州河，享年57岁。乔大壮（1892—1948），原名曾劬，号波外居士，四川华阳（今成都市）人，有《波外楼诗集》。生平事迹见乔无疆《先父乔大壮先生事略》、台静农《记波外翁》、唐圭璋《回忆词坛飞将乔大壮》、钱歌川《悼念乔大壮教授》。陈声聪《兼于阁诗话》谓其“博雅渊懿，诗词篆刻，皆卓然大家”[②]。黄墨谷《词人乔大壮先生遗事》称，“先生于古典文学多所涉猎，造诣均极高，而于倚声，尤为当行出色。王旭初先生称其为‘一代词坛飞将’”[③]；“在词学教学、研究、创作等活动，约可分为两时期：第一时期，乃九一八事变后，南下在南京中央大学任教时，参加吴梅先生组织，有汪东、唐圭璋、陈匪石诸名词家为成员之词学团体‘如社’，每月集社填词。先生这一时期的词，多寓新亭伤心之意……先生词学活动第二时期，乃七七事变以后，抗日军兴，先生入蜀。四十年代在中央大学中文系讲学，一时重庆文士，均与之游，尊为词学大师”[④]。1959年，艺文印书馆印行《波外诗稿》。1990年，四川人民出版社出版《乔大壮诗集》《乔大壮词集》。

8月

12日，朱自清卒，享年51岁。朱自清（1898—1948），原名自华，号秋实，后改名自清，字佩弦，祖籍浙江绍兴，出生于江苏东海县，有《敝帚集》《犹贤博弈斋诗钞》。生平事迹见姜建、吴为公《朱自清年谱》等。朱自清《〈犹贤博弈斋诗钞〉自序》称：“余以老泉发愤之年，僭大学说诗之席，语诸生以巧拙，陈作者之神思，而声律对偶，劣得皮毛；甘苦疾徐，悉凭胸臆。瘙痒有隔靴之叹，举鼎殷绝膑之忧。于是努力桑榆，

① 吴丕绩：《〈抗兵集〉序》，见王蘧常《抗兵集》，新纪元出版社1948年版，第1页。

② 陈声聪：《兼于阁诗话》，上海古籍出版社1985年版，第191页。

③ 黄墨谷：《词人乔大壮先生遗事》，见《词学》编辑委员会编辑《词学》第5辑，华东师范大学出版社1986年版，第172页。

④ 黄墨谷：《词人乔大壮先生遗事》，见《词学》编辑委员会编辑《词学》第5辑，华东师范大学出版社1986年版，第172－173页。

课诗昕夕，学士衡之拟古，亦步亦趋；讽惜抱所钞诗，惟兢惟业。”[①] 时荫谓：“朱自清的旧体诗，颇能表示其书生气的风格。他的旧体诗，严谨而又清新，瘦劲兼显隽永，读之初觉生涩，细品则回味津津，如嚼青果。朱自清作诗的造诣深湛，却惜墨如金。”[②] 程千帆云：“模仿是必要的，朱自清有拟古诗，是黄节先生的作业，一句一拟，是下功夫的。朱先生讲诗作诗有意思，是下功夫熟悉的。”[③]《朱自清全集》第五册收录《敝帚集》《犹贤博弈斋诗钞》及补遗。2014 年，人民出版社出版常丽洁《朱自清旧体诗词校注》。

17 日，陈夔龙卒于上海寓所，享年 92 岁。陈夔龙（1857—1948），字筱石，一作小石，号庸庵、花近楼主，贵州贵筑（今贵阳）人，有《松寿堂诗钞》《花近楼诗集》《鸣原集》。生平事迹见高振霄《清授光禄大夫太子少师故直隶总督北洋大臣陈公墓志铭》、陈训明《陈夔龙传略》。王闿运谓：“看陈小石近诗，其七律亦自使笔如古，盖所谓险韵能稳，难对能易者，与樊山同开和韵一派也。”[④] 1980 年，中国书店刊印陈夔龙所著《庸庵居士四种》，包括《庸庵尚书奏议》16 卷（1 ～ 8 册），《梦蕉亭杂记》2 卷（9、10 册），《松寿堂诗钞》10 卷（13、14 册），《花近楼诗存》3 卷、续编 2 卷、三编 2 卷、四编 2 卷、五编 2 卷、六编 2 卷、七编 2 卷、八编 2 卷（15 ～ 22 册）。

9 月

10 日，王揖唐被枪决，时年 72 岁。王揖唐（1877—1948），字一堂，号揖唐，笔名逸塘，晚号今传是楼主人，安徽合肥人，有《今传是楼诗话》《逸塘诗存》。生平事迹见李元晖《今传是楼主人年谱》、曹增祥《王揖唐汉奸案》等。汪辟疆《光宣以来诗坛旁记》载：“今传是楼主人旧有《逸塘诗存》一卷，所收诗至民国廿九年庚辰止。近则以事伪入狱，年已七十矣。对簿公庭，噤不一言，然在狱中固尝吟咏自遣。玩其意兴，亦殊无衰飒颓唐之气，可异也。”[⑤]《逸塘诗存》印行于 1941 年。2003 年，辽宁教育出版社出版《今传是楼诗话》。

---

① 常丽洁校注：《朱自清旧体诗词校注》，人民出版社 2014 年版，第 187 页。

② 时萌：《闻一多朱自清论》，上海文艺出版社 1982 年版，第 167 页。

③ 程千帆：《桑榆忆往》，上海古籍出版社 2000 年版，第 140 页。

④ 王闿运：《湘绮楼日记》第 5 卷，岳麓书社 1997 年版，第 3244 页。

⑤ 汪辟疆：《光宣以来诗坛旁记》，辽宁教育出版社 1998 年版，第 112 页。

27 日，赵熙卒，享年 82 岁。赵熙（1867—1948），字尧生，号香宋，四川荣县人，有《香宋诗前集》《香宋词》。生平事迹见王仲镛《赵熙年谱》、陶亮生《赵尧生先生事略》。汪辟疆称："香宋诗苍秀密栗。其遣词用意，或以为苦吟而得，实皆脱口而出者也。石遗、昀谷咸极推服。张清一日连打十五将，日不移影。香宋有此神速。"[①] 钱仲联《近百年诗坛点将录》谓："香宋为晚清名御史，与刘光第友善，康、梁俱敬仰之。为诗以敏捷著，曾一夕以七律遍赠座客。送友入蜀为绝句三十首，一夕增成六十首。所为峨眉诸诗尤精警。"[②] 又《近百年词坛点将录》云："尧生工诗，世称捷才。壬子归蜀，始为词，于六百日中成《香宋词》三卷，能得尧章神理。夏映庵以为'芳芬悱恻，骚雅之遗'。"[③] 1996 年，巴蜀书社出版《赵熙集》。

10 月

4 日，陈树人卒，享年 65 岁。陈树人（1884—1948），笔名猛进，广东番禺人，有《专爱集》《廿四年吟草》《战尘集》《自然美讴歌集》等。生平事迹见陈真魂主编《陈树人先生年谱》、冯自由《陈树人事略》。陆丹林《陈树人的画与诗》云："陈氏的诗也和绘画般注意自然，不只是春兰秋菊般，各有千秋，真是诗中有画，画中有诗，璧合珠联般的联系与调和。"[④] 陈永正《岭南文学史》谓："陈树人诗画俱佳。早年曾学画于居廉，后与高剑父、高奇峰兄弟共创中国画的革新流派——岭南画派。政馀之暇，徜徉山水之间，觅画寻诗，作品不少。陈树人画名甚大，其诗名半为其画名所掩。其为诗秀逸温润，崇尚自然，语言浅白，无怪僻艰涩之弊。"[⑤]

6 日，和平诗社在兰州成立。当天参会者有水梓、王著明、徐渊如、丁宜中、范禹勤、康竹鸣、韩定山、王干一、陈世勇、高维天、易君左、蔡晓霆、冯国瑞等 60 余人。唐昭防《和平诗社杂忆》云："10 月 6 日下午 2 时，在兰州金汤门物产馆文化茶座举行盛大集会，社友们及特邀人士纷纷到会。出席此次集会者约 60 余人，其中女社友 8 人，年龄最高者为

---

① 汪辟疆：《光宣诗坛点将录笺证》上册，王培军笺证，中华书局 2008 年版，第 190 页。

② 钱仲联：《梦苕庵论集》，中华书局 1993 年版，第 364 页。

③ 钱仲联：《梦苕庵论集》，中华书局 1993 年版，第 391 页。

④ 陆丹林：《陈树人的画与诗》，见"广东美术百年"书系编委会编《其命惟新：广东美术百年研究文选》（上），岭南美术出版社 2017 年版，第 344 页。

⑤ 陈永正主编：《岭南文学史》，广东高等教育出版社 1993 年版，第 833 页。

兰州逊清进士王著明，时年 73 岁，徐渊如亦年迈古稀，年龄最小的是一名中学男生，年仅 17。此时在册社友已逾 80，包括未到会的外县和新疆的社友。当水老光临时，社众鼓掌欢迎，君左提议水老为大会主席，王干一为大会纪录，水老略谓本继往开来，以文会友之精神，而和平为人类之心声，共悬和平颂祷之鹄，为本社以和平命名之用意也。继而审查社章，社章计 11 条共 25 节，逐条逐节朗读，经讨论修改，最后通过。会中推选水梓、丁宜中、范禹勤、徐渊如、康竹鸣、韩定山、王干一、陈世勇、高维天等九人为理事，易君左、蔡晓霆、冯国瑞等三人为监事，宣布和平诗社成立。”①

12 月

本月，严蕴梁《玫瑰集》由上海商务印书馆出版。这是作者以本土艺术进行传教的实践。该集收录 75 首诗，分 3 卷，上卷“白色玫瑰——忆圣母欢喜奥迹”、中卷“红色玫瑰——忆圣母痛苦奥迹”、下卷“金色玫瑰——忆圣母荣福奥迹”。苏雪林《〈玫瑰集〉序》云：“严蕴梁修士邮示其所作《玫瑰集》，余则大喜，以为吾愿已稍稍获偿，今修士将梓其诗以公诸世，索余一言，乌能不有以应。修士髫龄慕道，神哲学外，穷究语言之学，复寝馈于汉诗，每有所作，卓然可诵，吴德生博士亟赏之，许为大器，修士益自淬厉，以天学诗人自期，《玫瑰集》之脱稿，吴公奖掖之功居多，修士亦可谓不负吴公之望矣。”②

7 日，杨寿枬卒，享年 81 岁。杨寿枬（1868—1948），字味云，晚号苓泉居士，江苏无锡人，有《云在山房诗文集》。生平事迹见其《苓泉居士自订年谱》、郑逸梅《杨味云摭忆》。1930 年，其所撰《云在山房类稿》刊行，有唐文治、孙师郑等人序，包括《思冲斋诗钞》《思冲斋诗补钞》等。唐文治《〈云在山房类稿〉序》谓：“执友杨君味云裒所著书十四种，题曰：《云在山房类稿》。书来属为总序，发而读之，文采斐郁，诸体咸备。而黄农虞夏之思，黍离麦秀之感，与夫国计民生，荩谋硕画，都萃其中，不禁作而叹曰：‘美矣盛矣。’”③ 陈三立《杨寿枬思冲斋诗钞题词》云：“神骨峻挺，色泽华腴。其逸气高格，往往出入摩诘、太白。寻坠绪

① 唐昭昉：《和平诗社杂忆》，见中国人民政治协商会议兰州市委员会文史资料和学习委员会主编《兰州文史资料选辑》第 17 辑，兰州大学出版社 1998 年版，第 205 页。

② 苏雪林：《〈玫瑰集〉序》，见严蕴梁《玫瑰集》，商务印书馆 1948 年版，第 2 - 3 页。

③ 唐文治：《〈云在山房类稿〉序》，载《国专月刊》1935 年第 2 卷第 2 期。

而接遗响，最推胜境。”① 1994 年，文史哲出版社影印出版《云在山房类稿》。

民国三十八年　1949 年　己丑

2 月

17 日，章梫卒，享年 89 岁。章梫（1861—1949），初名桂馨，后更名梫，字一山，浙江宁海人，有《一山诗存》《一山文存》。生平事迹见章乃羹《清翰林院检讨学部左丞宁海章先生行状》、章郇《章一山先生事略》、章以赫《一山先生逸事》。王揖唐《今传是楼诗话》谓：“章梫诗写家国恨。”② 1926 年，刘承干曾辑王舟瑶、章梫二人诗为《王章诗存合刻》17 卷，刊行于世。

3 月

本月，杜衡《剑璧楼诗纂》由广州诗学社出版。杜衡（1892—1970），字湘俊，广东三水人，毕业于日本早稻田大学政治经济科，梁启超弟子。陈炳权《剑璧楼诗序》云：“杜君诗宗剑南，少壮劬于治学，恒少为诗，中年始渐多，然自谓沉劲不及翁山、独漉，隽雅不及咏兰、二樵，剀切不及哲庵、晦闻，雄迈不及公度、沧海，殆自贬耳。杜氏昆仲，乃兄惺父，乃弟蔚侯均能诗，曾有《埙篪集》刊行，所谓风雅萃于一门者欤。”③

4 月

16 日，南社与新南社举行临时联合雅集。参加者有柳亚子、郑佩宜、黄复、沈体兰、郑桐荪、宋紫佩、寿玺、吴修源、张志让、徐德培、阮介

---

① 陈三立：《散原精舍诗文集（增订本）》下册，李开军校点，上海古籍出版社 2014 年版，第 1480 页。

② 王揖唐：《今传是楼诗话》，张金耀校点，辽宁教育出版社 2003 年版，第 180 页。

③ 陈炳权：《剑璧楼诗序》，见杜衡《剑璧楼诗纂》，广州诗学社 1949 年版，第 2 页。

蕃、沈雁冰、孔德池、邵力子、欧阳予倩、胡先骕等 80 余人。柳亚子《〈南社、新南社临时联合雅集社友题名录〉题记》云：“一九四九年己丑四月十六日，南社、新南社举行临时联合雅集于中山公园来今雨轩，时中华人民共和国犹未成立，故仍称北平云。”① 并在社友题名录后补充说：“以上共十六人，以一九四九年四月十六日，在北平中山公园来今雨轩，举行南社、新南社临时联合雅集，并招待民主人士，集者主宾共八十余人，亦可谓极一时之盛矣！”②

28 日，北平各界悼念李大钊殉难二十二周年。《人民日报》刊载吴玉章《纪念李大钊同志光荣殉难的二十二周年》、沈钧儒《纪念李大钊先生》及范文澜、王南《中国早期的唯物历史科学家——李大钊同志》等文章。柳亚子有诗《四月二十八日，为李守常先烈成仁二十二周年纪念，再用谢老见惠诗韵志悼》。

29 日，毛泽东作《七律·和柳亚子先生》。诗云：“饮茶粤海未能忘，索句渝州叶正黄。三十一年还旧国，落花时节读华章。牢骚太盛防肠断，风物长宜放眼量。莫道昆明池水浅，观鱼胜过富春江。”③ 柳亚子原诗作于 3 月 28 日，题为《感事呈毛主席一首，三月二十八日夜作》，其云：“开天辟地君真健，说项依刘我大难。夺席谈经非五鹿，无车弹铗怨冯驩。头颅早悔平生贱，肝胆宁忘一寸丹。安得南征驰捷报，分湖便是子陵滩。”④

本月，毛泽东作《七律·人民解放军占领南京》。诗云：“钟山风雨起苍黄，百万雄师过大江。虎踞龙盘今胜昔，天翻地覆慨而慷。宜将剩勇追穷寇，不可沽名学霸王。天若有情天亦老，人间正道是沧桑。”⑤

约本月，沈祖棻手订而成《涉江词稿》。张春晓《微笑地承受苦难——〈沈祖棻全集〉序》云：“《涉江词》是她在 1949 年的春天手订而成。收有自 1932 年春到 1949 年春的四百零三首作品，全集以一首《浣溪

---

① 柳亚子：《柳亚子文集补编》，郭长海、金菊贞编，社会科学文献出版社 2004 年版，第 284 页。

② 柳亚子：《柳亚子文集补编》，郭长海、金菊贞编，社会科学文献出版社 2004 年版，第 285 页。

③ 臧克家主编：《毛泽东诗词鉴赏》，河北人民出版社 2003 年版，第 156 页。

④ 柳亚子：《磨剑室诗词集》下，中国革命博物馆编，上海人民出版社 1985 年版，第 1549 页。

⑤ 臧克家主编：《毛泽东诗词鉴赏》，河北人民出版社 2003 年版，第 149 页。

沙》开篇。”[①] 汪东《涉江词稿序》所署时间为“己丑四月”[②]。1978 年，《涉江词稿》线装大开油印本出版，唐圭璋题笺，附作者影像及墨迹插图。1982 年，湖南人民出版社出版《涉江词》。2000 年，河北教育出版社出版程千帆所笺《涉江诗词集》。

5 月

9 日，吴虞卒，享年 78 岁。吴虞（1872—1949），原名姬传，字又陵，四川新繁（今成都新都）人，有《秋水诗集》。生平事迹见范朴斋《吴又陵先生事略》。柳亚子谓：“吴又陵先生，西蜀大儒，博通古今中外之学。其言非孔，自王充、李卓吾以来，一人而已。诗亦卓然名家，尤长于七言。其治古诗，以鲍照、吴均、蒋道衡、卢思道、江总、李白、杜甫、吴伟业为宗，而参以眉山、遗山；律诗则喜杜少陵、刘长卿、刘梦得、李义山、温飞卿、陆龟蒙、皮日休、吴融、韦庄、韩偓、陈卧子、吴梅村十二家。所持极正，而所造极深、当代作者，殆罕其匹。故耆硕之士，如谢无量、陈独秀、章秋桐、刘申叔辈（举刘申叔者，以学术论，非以人格论，阅者谅之），咸深相推服，即仆亦顶礼而尸祝之，以为敻乎其不可及也。”[③] 1985 年，四川人民出版社出版赵清、郑城所编《吴虞集》，其中诗选部分所录作品的起讫时间为 1892—1941 年。

本月，顾佛影《大漠呼声》由上海中央书店出版。顾佛影（1901—1955），原名廷璧、宪融，号大漠诗人，江苏南汇（今属上海浦东新区）人，有《大漠诗人集》《大漠呼声》等。《大漠诗人集》于 1934 年 1 月由上海大公书店出版。郑逸梅谓：“顾佛影刊有《大漠诗人集》及《大漠呼声》二书，大漠获得郑苏堪、朱古微之好评，呼声则陶行知赏识之。谓大漠充满浪漫颓废旧气氛，呼声形成时代意识新精神，迥然不同。”[④]

---

① 张春晓：《微笑地承受苦难——〈沈祖棻全集〉序》，见沈祖棻《沈祖棻全集　涉江诗词集》，程千帆笺，张春晓编，河北教育出版社 2000 年版，第 2 页。

② 汪东：《涉江词稿序》，见沈祖棻《沈祖棻全集　涉江诗词集》，程千帆笺，张春晓编，河北教育出版社 2000 年版，第 4 页。

③ 柳亚子：《磨剑室文录》上册，中国革命博物馆、上海人民出版社编，上海人民出版社 1993 年版，第 475 页。

④ 郑逸梅：《艺林散叶荟编》，中华书局 1995 年版，第 244 页。

6月

30日，余绍宋卒，享年67岁。余绍宋（1883—1949），字越园，号寒柯，浙江龙游人，有《寒柯堂诗集》。生平事迹见林志钧《龙游余君墓志铭》、余子安《亭亭寒柯：余绍宋传》。余重耀《〈寒柯堂诗〉贺刻序》："吾家越园先生，清轨逸尘，等身著述，雅不欲以诗人自命。国难以来，蒿目忧世，忽以诗鸣而大放厥词，数年来裒然成巨帙，仆读之作而叹曰：此非越园之诗，乃越园之野史也；此固越园之诗，即越园之诗史也。似歌、似谣、似隐、似徘、似乐府、似汉魏、似三唐，似少陵野老之哀，似香山讽谕之作。盖诗也，而进于史矣。"① 1972年，台湾商务印书馆出版《寒柯堂诗》。

9月

1日，陈曾寿卒于上海，享年72岁。陈曾寿（1878—1949），字仁先，号耐寂、复志、焦庵，自称苍虬居士，湖北蕲水（今浠水县）人，有《苍虬阁集》。生平事迹见陈祖壬《蕲水陈公墓志铭》、陈曾则《苍虬兄家传》。《墓志铭》云："以己丑岁闰七月九日卒上海，年七十有二。"② 以阳历计，为9月1日。沈兆奎《苍虬阁诗续集跋》称："近代称诗，海内三陈，词林并重。沧趣、散原与师，虽蹊径不同，而各有独至，未可以嗜好为轩轾也。"③ 钱仲联谓："陈仁先曾寿《苍虬阁诗》为陈、郑后一名家，其诗不专学宋人，致力于玉溪甚深，故出语皆清深高朗，无时人犷悍之气，实造古人极至之域。散原序其集，至称'比世有仁先，遂使余与太夷之诗，或皆不免为伧父'云云，可谓推崇备至。《苍虬阁诗》之声价，亦从可知矣。"④ 又其《近百年词坛点将录》云："苍虬四十为词，瑶台婵娟，天生丽质，写情寓感，时杂悲凉，遐庵以为'门庑甚大'，'并世殆罕俦匹'，则不知其置彊村、大鹤于何地。孟劬谓'苍虬诗人之思，泽而

① 余重耀：《〈寒柯堂诗〉贺刻序》，见赖谋新、朱馥生、余子安编《余绍宋》，团结出版社1989年版，第220页。

② 陈祖壬：《蕲水陈公墓志铭》，见卞孝萱、唐文权编《民国人物碑传集》，团结出版社1995年版，第690页。

③ 沈兆奎：《苍虬阁诗续集跋》，见陈曾寿《苍虬阁诗集》，上海古籍出版社2009年版，第499页。

④ 钱仲联：《梦苕庵诗话》，齐鲁书社1986年版，第27页。

为词，似欠本色’。又谓‘苍虬颇能用思，不尚浮藻，然是诗意，非曲意，此境亦前人所未到者’。斯乃持平之论也。”① 2009 年，上海古籍出版社出版张寅彭、王培军校点的《苍虬阁诗集》。

10 月

1 日，中华人民共和国成立。数日前（即 9 月 20 日），郭沫若作组诗《新华颂》歌颂取得革命胜利的人民中国。其一云：“人民中国，屹立亚东。光芒万道，辐射寰空。艰难缔造庆成功，五星红旗遍地红。　生者众，物产丰，工农长作主人翁。使我光荣祖国，稳步走向大同。”② 陈毅《开国小言》对开国大典的壮观场面做了生动记述：“（其一）天安门上望，城下人如海。举头红五星，共庆山河改。（其二）天安门上望，京阙焕新采。亿众大革命，流血三十载。（其三）天安门上望，红旗翻作海。万岁涌潮来，军民真主宰。（其四）元首耀北辰，元戎雄泰岱。群英共检阅，盛业开万代。（其五）人民庆开国，宇内浸狂欢。幽燕秋花发，从此岁不寒。（其六）一九四九年，国际庆伟观。东方红日起，光焰照人寰。（其七）革命久从戎，胜利不自期。盛典今眼见，此生信不虚。（其八）奇景要大作，开国待雅言。拙句何足数，避席让群贤。”③ 次年 10 月 1 日，柳亚子又有《十月一日第一届国庆节，即中华人民共和国建国一周年纪念日也，天安门上检阅台前作》：“联盟领导属工农，百战完成解放功。此是人民新国庆，秧歌声里万旗红。”④ 凸显了中国人民昂扬的精神面貌。而毛泽东《浣溪沙·和柳亚子先生》则明确指出：“一唱雄鸡天下白，万方乐奏有于阗，诗人兴会更无前。”⑤ 这些作品充满激情、力量以及乐观主义精神和理想主义色彩，昭示着一个新的文学时代已经来临。

---

① 钱仲联：《梦苕庵论集》，中华书局 1993 年版，第 390 页。

② 王继权、姚国华、徐培均编注：《郭沫若旧体诗词系年注释》（下），黑龙江人民出版社 1982 年版，第 190 – 191 页。

③ 中共中央文献研究室编：《陈毅诗词集》上册，中央文献出版社 2011 年版，第 263 页。

④ 柳亚子：《磨剑室诗词集》（下），中国革命博物馆编，上海人民出版社 1985 年版，第 1668 页。

⑤ 臧克家主编：《毛泽东诗词鉴赏》，河北人民出版社 2003 年版，第 167 页。

下　编

民国旧体诗词概述

中华民国的成立揭开了中国历史新的一页。詹福瑞称："民国时期，中国处在从近代社会向现代社会转型蜕变的一个重要阶段。这个时期，政治风云变幻，思想文化激荡，内忧外患迭起。国家政治、经济、文化等均发生了翻天覆地的巨大变化。新与旧、中与西、自由与专制、激进与保守、发展与停滞、侵略与反侵略，各种社会潮流在此期间汇聚碰撞，形成了变化万千的特殊历史景观。"① 诗词的发展也随着社会的"转型蜕变"进入新的阶段。文人雅士在与古人的"对话"中诠释诗词传统和审美范式，将朝代更迭、历史演进、社会转型中的生命体验和文化反思熔铸于诗词，显示出"民国风味"②。数量巨大、内涵丰富的旧体诗词是这个时期民族文学史、文化史和心灵史极为重要的组成部分。

第一节　民国旧体诗词的发展历程

民国旧体诗词经历了 38 年（1912—1949）的发展。有关其分期的问题一直备受关注。胡迎建归纳说："旧体诗在民国时期，经历了一个驼峰状的曲线，即由初期的高峰跌入低谷，然后在三十年代初复苏，在抗战至解放战争阶段更得到复兴，进入其高峰期。"③ 曹辛华将民国时期词体的发展分为三个阶段："第一个时期为 1912—1923 年，第二个时期为 1924—1937 年，第三个时期 1938—1949 年。"④ 分界点是 1923 年南社解体和 1937 年抗日战争的全面爆发。上述两家的划分有其合理性，但也存在一些问题。如前者"驼峰状曲线"说法中"低谷""高峰"的判断似乎忽略了旧体诗词创作的"稳定性"，因为旧体诗人大都处在各自的诗词圈，或雅集，或结社，或自我吟咏，并没有因外界环境的变化而中断创作。"抗战至解放战争阶段更得到复兴"的看法低估了解放战争时期政治生态对旧体诗创作的消极影响。曹辛华的三分法注意到南社解体的特殊意义，然而单一社团的转变能否代表诗词创作的整体转型，并反映大的历史语境中创作本身的"变化"，或许也存在疑议。鉴于此，笔者从诗词创作历史转向

---

① 詹福瑞：《总序》，见国家图书馆出版社整理《近代人物年谱辑刊》第 1 册，国家图书馆出版社 2012 年版，第 1 页。

② 吴芳吉《白屋吴生诗稿自叙》（《学术》1928 年第 67 期）阐述其诗学主张："余以民国之诗，当有民国之风味，以异于汉魏唐宋者，此格调之不能不变者。"此处借鉴了这种说法。

③ 胡迎建：《民国旧体诗史稿》，江西人民出版社 2005 年版，第 1 页。

④ 曹辛华：《民国词史考论》，人民出版社 2017 年版，第 10 页。

的角度来考量分期问题。

一、1912—1916 年：中国诗词的“惯性”发展

民国初年，政权的更迭、混乱的时局对诗人的人生际遇、创作心态、作品主题、文学风格产生了深远影响。但诗坛上流行的审美范式和创作理念仍停留在传统诗学的范畴，这一时期的诗词创作可以说是古典诗词的自然延伸和惯性发展。

当时诗坛上主要存在两大诗人群——清遗民诗人和南社诗人。新文学倡导者在审视国内诗歌创作时以这两类人为批评对象。任鸿隽称：“吾尝默省吾国今日文学界，即以诗论，其老者如郑苏盦、陈三立辈，其人头脑已死，只可让其与古人同朽腐。其幼者如南社一流人，淫滥委琐，亦去文学千里而遥。”[①] 胡适也有类似描述：“尝谓今日文学之腐败极矣：其下焉者，能押韵而已矣。稍进，如南社诸人，夸而无实，滥而不精，浮夸淫琐，几无足称者（南社中间亦有佳作。此所讥评，就其大概言之耳）。更进，如樊樊山、陈伯严、郑苏盦之流。”[②] 这些颇为“刻薄”的言辞直指旧体诗词圈，带有群体性评价的意味。批评者“攻其一点，不及其余”的方式，虽有偏激之处，却也击中了诗词创作重形式轻内容，重拟古轻创新的弊病。这种态度反映出新的历史阶段人们渴求诗词新变的强烈愿望。

面对新政权，清遗民大都表现出疏离的姿态。如李瑞清隐姓埋名，在上海以卖字鬻画为生。王树枏隐居北京之僻巷，不问世事。陈三立在《清故江苏提法使兼署布政使左公神道碑铭》中细致地描述了友人左孝同的遭遇和心境：“而逊位之诏复下，国凶家难，丛集俄顷，忧悲催挫，形神囚瘁。居十余岁，崩坼之天地，羁孤之岁月，但日以纵酒写篆籀自遣而已。”[③] 诗词成为这些人联络故旧、吟咏性情、排遣忧愁的重要手段。陈子展称：“满清亡国以后，旧日官僚名士多自托遗老，吟诗见志。”[④]

北京、天津、青岛和上海是清遗民的聚居地。[⑤] 其中，沪上诗词活动最引人注目。清遗民效仿历史上改朝换代之际先贤们遗世独立的姿态，追

---

① 胡适：《胡适日记全编》第 2 册，曹伯言整理，安徽教育出版社 2001 年版，第 449 页。

② 胡适：《胡适文集》第 2 册，欧阳哲生编，北京大学出版社 1998 年版，第 4 页。

③ 陈三立：《散原精舍诗文集（增订本）》下册，李开军校点，上海古籍出版社 2014 年版，第 1050 页。

④ 陈炳堃：《最近三十年中国文学史》，太平洋书店 1930 年版，第 27 页。

⑤ 林志宏《民国乃敌国也：政治文化转型下的清遗民》（中华书局 2013 年版）第一章“异乡偏聚故人多：活动范围”对此有专门介绍。

怀故国，砥砺气节。周庆云《淞滨吟社集序》称：“当辛壬之际，东南人士胥避地松滨。余于暇日仿月泉吟社之例，招邀朋旧月必一集，集必以诗选胜。携尊命俦啸侣，或怀古咏物，或拈题分韵，各极其至。”① 如1913年农历三月初三，周庆云、刘承干等人在上海徐园双清别墅雅集，成立淞滨吟社。此次雅集，参加者有22人，如沈守廉、潘飞声、钱溯耆、刘炳照、许溎祥、周庆云、吴昌硕、刘承干、沈焜、李瑞清、金武祥、刘世珩、陶葆廉、朱锟等。他们用诗词书写时代之纷纭、人世之沧桑。如周庆云诗云：“今看戎马妨农田。风云俶扰尽天边，棋局变化乃万千。义熙甲子私家偏，脉脉江山空自怜。”② 战乱频繁，政局变幻，作者以追求忠贞之节自期。金武祥诗谓：“永和九年禊事修，廿七癸丑递赓续。松滨寓公多胜流，一觞一咏信可乐。那堪新旧历参差，义熙岁月迷晦朔。兰亭已矣感新亭，举目河山歌当哭。”③ 友朋的雅集固然可以给人带来欢乐，但当联想到山河易色，诗人不禁潸然泪下。许溎祥感叹：“嗟哉人事感沧桑，俄顷白云变苍狗。……今之视昔果如何？隐痛于心敢宣口？所望甲子再一周，世界承平戴元后。”④ 人间一切皆如白云苍狗，还有什么可以依靠和信赖的呢？现实没有出路，只好祈求在六十年一甲子的轮回之后，世间能够太平。

从审美趣味上看，他们或寝馈汉魏，或倡言宋诗，拟古之风颇为浓厚。柳亚子直言不讳地说：“国事至清季而极坏，诗学亦至清季而极衰。郑、陈诸家，名为学宋，实则所谓同光派，盖亡国之音也。”⑤ 陈子展在1929年出版的《中国近代文学之变迁》一书中专列“宋诗运动及其他旧派诗人”一章，评介诗坛上的代表人物王闿运、陈衍、陈三立、郑孝胥、樊增祥、易顺鼎等，称他们“在诗国里辛辛苦苦的工作，不过为旧诗姑且作一个结束。他们在近代文学史上的重要即在于此”⑥。“为旧诗姑且作一个结束”的判语正是对他们的诗学观念和审美旨趣延续传统的一种概括。

---

① 周庆云：《松滨吟社集·序》，见南江涛选编《清末民国旧体诗词结社文献汇编》第10册，国家图书馆出版社2013年版，第371页。

② 南江涛选编：《清末民国旧体诗词结社文献汇编》第10册，国家图书馆出版社2013年版，第383页。

③ 南江涛选编：《清末民国旧体诗词结社文献汇编》第10册，国家图书馆出版社2013年版，第386页。

④ 南江涛选编：《清末民国旧体诗词结社文献汇编》第10册，国家图书馆出版社2013年版，第381－382页。

⑤ 柳亚子：《磨剑室文录》上册，中国革命博物馆、上海人民出版社编，上海人民出版社1993年版，第457页。

⑥ 陈子展：《中国近代文学之变迁》，中华书局1929年版，第50－51页。

相较于清遗民诗人诗词作品中的落寞和消沉，南社诗人则用诗词记录了他们因中华民国成立而生发的欣喜之情。如高旭《进步歌，题中山先生所书字册》称："中山先生复绝伦，是仙是佛是圣神。四千年来方出世，北斗以南惟一人。天福我华竟如许，东南五色旗尽举。"① "东南五色旗尽举"昭示着一个崭新的时代已经来临。宁调元《壬子感事四章》其三则云："世渐承明喜欲狂，衣冠重睹汉家装。"② 南京临时政府的成立使他感到自豪。

在审美取向上，柳亚子认为"民国肇兴，正宜博综今古，创为堂皇矞丽之作，黄钟大吕，朗然有开国气象……欲中华民国之诗学有价值，非扫尽西江派不可。反对吾言者，皆所谓乡愿也"③。他主张与新时代相匹配的应该是"堂皇矞丽之作"，而"同光体"一派注重拟古、艰涩生硬的"作风"已经落伍，理应被抛弃。其实，这种看法属于"非此即彼"的意气之争，并没有触及文体本身的审思以及文体与时代的关系。

事实上，这个时期，"旧"文体与"新"时代的"错位"并未被察觉。甚至作为引领社会思想和时代风气的新潮刊物的《青年杂志》都对旧体诗持肯定态度。1915 年 11 月 15 日，《青年杂志》第 1 卷第 3 号刊登谢无量的五言古诗《己酉岁未尽七日自芜湖溯江还蜀入春淹泊峡中观物叙怀辄露鄙音略不诠理奉寄会稽山人冀资嗢噱》（又题为《寄会稽山人八十四韵》）。《青年杂志》以"记者识"的形式评论说："文学者，国民最高精神之表现也，国人此种精神委顿久矣。谢君此作，深文余味，希世之音也。子云相如而后，仅见斯篇。虽工部亦只有此工力，无此佳丽。谢君自谓天下文章，尽在蜀中，非夸矣。吾国人伟大精神，犹未丧失也欤，于此征之。"④ 编者盛赞该诗为"稀世之音""子云相如而后，仅见斯篇"，很能说明文学革命发生前人们对待传统文艺的态度。

也正因为如此，这一时期的诗词创作、诗学观念和审美认知并未跳脱传统诗学的拘囿，所以也就无法超越诗学派别之争，觅求诗词创作的新境界。

---

① 高旭：《高旭集》，郭长海、金菊贞编，社会科学文献出版社 2003 年版，第 168 页。

② 宁调元：《宁调元集》，杨天石、曾景忠编，湖南人民出版社 1988 年版，第 158 页。

③ 柳亚子：《磨剑室文录》上册，中国革命博物馆、上海人民出版社编，上海人民出版社 1993 年版，第 457 页。

④ 佚名：《寄会稽山人八十四韵・记者识》，载《青年杂志》1915 年第 1 卷第 3 号。

二、1917—1930 年：文学革命与旧体诗词的边缘化

历来处于正统地位的旧体诗词在声势浩大的文学革命后，逐渐退居边缘。1917 年 1 月 1 日，胡适于《新青年》第 2 卷第 5 号发表《文学改良刍议》，认为文学改良“须从八事入手”[①]。“文学革命”就此拉开序幕。陈独秀在《新青年》第 2 卷第 6 号发表《文学革命论》，主张推倒“雕琢的阿谀的贵族文学”“陈腐的铺张的古典文学”“艰涩的山林文学”[②]。旧体诗作为旧文学的代表，受到批判。同年 5 月 1 日，刘半农在《新青年》第 3 卷第 3 号上发表《我之文学改良观》，指出应当废除律诗、排律。沈尹默、刘半农、周作人等写作新诗，用创作实践为新文学推波助澜。

而后，新诗逐渐受到报纸杂志及读者的青睐，得以广泛传播。有的新文学家说：“最初登载新诗的杂志是《新青年》。《新潮》《每周评论》继之。及到‘五四运动’以后，新诗便风行于海内外的报章杂志了。”[③] 这同时也意味着旧体诗词在公共文学空间中的地位大不如前。有研究者在对比了 1917 年前后旧体诗词的发表情况后指出：“旧体诗词在 1917 年之后出版的期刊里，处于逐渐式微的趋势，有时沦为补白地位（如在 1923 年 1 月创刊于上海的《小说世界》中的地位），专门刊登旧体诗词的栏目在现代文学的期刊里几乎没有。有些刊物开始的时候还以旧体诗词为主，但渐渐就改换成以新文学为主了。”[④] 因此，吴宓悲观地说，“旷观我中华泱泱大国，其著录旧诗，刊布旧诗之园地及机关，今乃仅有曹缵蘅君（名经沅，四川绵竹人）主编之《采风录》”“《采风录》亦即中国旧体诗之最后逋逃薮”。[⑤]

与此同时，新诗集的出版数量远超旧体诗集。其具体情况如表 1 所示。

---

① 胡适：《文学改良刍议》，载《新青年》1917 年第 2 卷第 5 号。

② 陈独秀：《文学革命论》，载《新青年》1917 年第 2 卷第 5 号。

③ 北社编：《一九一九年诗坛略纪》，见《新诗年选》，亚东图书馆 1929 年版，第 2 页。

④ 尹奇岭：《民国南京旧体诗人雅集与结社研究》，中国社会科学出版社 2011 年版，第 72－73 页。

⑤ 吴宓：《吴宓诗话》，吴学昭整理，商务印书馆 2005 年版，第 254 页。

表1　1917—1930年新旧体诗集出版情况统计

年份	新诗集出版数量	旧体诗集出版数量	年份	新诗集出版数量	旧体诗集出版数量
1917	0	3	1924	9	4
1918	0	1	1925	11	3
1919	0	1	1926	13	1
1920	1	0	1927	23	0
1921	2	5	1928	35	4
1922	7	1	1929	45	12
1923	10	3	1930	40	6

注：据北京图书馆所编《民国时期总书目　文学理论·世界文学·中国文学》上册统计。无具体年份者不计算在内，同一别集再版者计为一种，根据首次出版时间列入相应年份。所统计之诗集只包含在中国内地出版者。

1920年，第一部新诗集《尝试集》出版，此后数年间新诗集的数量逐年上升，增幅明显。在图书出版领域，新诗得到了市场的认可，“热度”总体上超越了旧体诗。诗集出版的行情一定程度上反映出新诗传播广、受众多的现实。

郁达夫曾于1925年1月10日在《文学周刊》第4期发表《骸骨迷恋者的独语》，自我调侃般地谈旧体诗写作的心得，强调他的性情最适宜写旧体诗。这很大程度上是因为他感觉到白话诗的流行给旧体诗写作带来了压力。自幼学习旧体诗的钟敬文面对外界压力就不得不改弦更张，如其在《〈天风海涛室诗词钞〉跋语》一文中所说：“我幼年即学作旧诗。稍后因新文化运动兴起，此事被认为迷恋骸骨，遂弃去改作新诗。然旧习难忘，诗境当前，时亦偶一为之。只以自娱，或寄示一二亲友，未敢公开发表也。”① 在新文学倡导者的眼中，旧体诗已然“古董”，旧体诗人顽固不化，执着于此，犹如佛家所说的“迷”，他们沉溺其中，离文学发展的“正途”越来越远。

新文学家们以颇具优越感的姿态审视旧体诗圈，认为这些“混迹”于此的旧体诗人“执迷不悟”到了无可救药的地步。这种带有“文学进化”意味的论调，既说明他们对新文学前景的乐观，也反映出他们的“想当然”。他们不愿承认旧体诗之长，也不肯走近旧体诗圈，去理解“落伍

① 钟敬文：《沧海潮音》，黑龙江人民出版社2002年版，第157页。

者”的思想与精神，只想通过一种带有贬低意味的强势话语来削弱旧体诗在这个时代存在的合理性，以此孤立旧体诗圈，使后来者望而生畏，止步于诗圈之外。

然而，无论时代风气如何变化，公共舆论如何喧嚣，笃守传统文化的旧体诗人却一仍其旧，沉浸在各自的诗歌圈中，不为所动。安徽籍大诗人陈诗从其所好，丝毫不在乎外界的冷嘲热讽，陈三立在《皖雅序》中称赞道：“独念鹤柴当盛倡灭古嬗新体之日，大势之所趋，大力之所劫，毅然甘尸呵护残遗、拘狃顽旧之名，不恤时流之訾笑，以孤寄其意，钻研别择，不倦不惑，又所谓‘从吾所好，不知老之将至’者欤？”①

当此之时，旧体诗人常以雅集结社为乐，通过仪式化的诗酒文会追摹古人，展示理想化的人生姿态。比如，1918 年前后成立的武进苔岑吟社，由最初友朋间的“蟋蟀吟”，很快发展为跨省的大型文学社团，它的发展壮大主要是因为成员千里同心，自觉体认兰亭集会般的雅趣。而罗溪吟社“为之于众人不为之日，称之于举世羞称之时”②（孙延庚《〈罗溪吟社诗存〉序》）。今雨雅集社则“以觞以咏，有元嘉乐苑之风流”③（赵继声《今雨雅集社壬戌诗选序》），借助鸣琴、弹棋、雅歌、清吹，步武古人，尽显风流，使内心得到满足。

当然，旧体诗人的雅集、唱和与结社难免有“局内人”的封闭性。然而，面对纷乱之时局、变幻之人事、多舛之命途，他们却能在花、鸟、虫、鱼、山、林、河、泉的吟咏中表现出从容自得的文学风度和雍容典雅的文学品味，在自我伤悼中真诚坦露丰富的生命体验，在同题共咏中反复体味志同道合的人生期许，具体而细腻地展示独立高蹈的群体形象。从这个意义上讲，他们找寻到了精神排解与情感宣泄的最佳途径。

新文学家以文学之“革命”向旧体诗人宣战，老辈诗人尽管对文学革命深感不满，却大都各自“埋头”，无意与其开战。倒是不少年轻学人挺身而出，为旧体诗摇旗呐喊，由此旧体诗的反对者与支持者剑拔弩张，各自做出“纠误”的姿态，夹杂着个人意气，“论”在一定程度上被“争”掩盖。反对者只攻其缺点，以文学进化论为依据，却无法从学理上证明旧体诗将走向灭亡的理由。拥护者虽指出旧体诗的种种好处，却难以说明其

---

① 陈三立：《散原精舍诗文集（增订本）》下册，李开军校点，上海古籍出版社 2014 年版，第 1064 页。

② 孙延庚：《〈罗溪吟社诗存〉序》，见南江涛选编《清末民国旧体诗词结社文献汇编》第 26 册，国家图书馆出版社 2013 年版，第 125 页。

③ 赵继声：《今雨雅集社壬戌诗选序》，见南江涛选编《清末民国旧体诗词结社文献汇编》第 1 册，国家图书馆出版社 2013 年版，第 401 页。

不被新诗取代的合理性。当双方普遍朝有利于自身的方向论证，并有意忽略对方的合理性时，也就说明他们其实已经意识到对方的合理之处。这既是一种论辩策略，亦是当时人们在文体选择和文化认同上的矛盾心态。就其实质而言，双方的博弈使欢喜新诗者继续欢喜，青睐旧诗者继续青睐，并不以一方之胜败作结。时移世易，旧体诗人退守诗圈，新旧格局就此形成，并长久延续。这从深层次上反映出雅与俗的对立、交织与融合，体现出社会转型之际文学需求和取向的复杂与多元化。

三、1931—1945 年：抗日战争与现代旧体诗词的新变

“国家不幸诗家幸。”（赵翼《题遗山诗》）抗日战争为旧体诗词创作提供了新的题材、视角和诗情。1931 年九一八事变后，一批高扬爱国主义的旧体诗词，如马君武《哀沈阳》二首、常乃德《翁将军歌》、刘永济《满江红·辽吉沦陷，东北诸生痛心国难，自组成军，来征军歌以作敌忾之气。为谱此调与之》等在社会上产生很大反响，旧体诗词重新活跃在公众视野中。

抗战时期，旧体诗人以开阔的视野审视现实，吸纳各种素材入诗词，将旧体诗词的“包容性”发挥到极致，举凡前线战事、后方民情、故土沦丧、困窘生活、亲朋离散、阶级压迫、人性挣扎等均在诗中得到呈现。马一浮、陈寅恪、吴宓、冯振、邵祖平、钱锺书、郭沫若、王统照、老舍、王礼锡、潘伯鹰、但焘、程潜、卢前、于右任、顾随、贺扬灵等人的诗词广泛而深入地表现和描绘了当时的社会现实。

邵祖平《南京失陷悲感》称：“临风万家啼，门板缚婴孺。浮沉委江水，天亲负慈拊。……妇女迫横陈，男儿困刀锯。血染秦淮碧，肠挂白门树。”[①] 诗作描写了南京沦陷后民众惨遭日寇屠戮的骇人景象，语语沉痛，字字血泪。郭沫若的《惨目吟》记述了重庆遭敌机轰炸后的悲惨场面：“渝城遭惨炸，死者如山堆。中见一尸骸，一母与二孩。一儿横腹下，一儿抱在怀。骨肉成焦炭，凝结难分开。呜呼慈母心，万古不能灰。”[②] 堆积如山的尸体、相拥而亡的母子都在控诉战争的残酷，同时也隐含着诗人对生命的怜悯和同情。顾随《临江仙》谓：“卷地风来尘漠漠，管弦声送斜阳。回肠荡气转凄凉。百忧抽乱绪，两鬓点繁霜。　城郭人民随世

---

① 邵祖平：《培风楼诗》，浙江大学出版社 2000 年版，第 134 页。

② 王继权、姚国华、徐培均编注：《郭沫若旧体诗词系年注释》（上），黑龙江人民出版社 1982 年版，第 240 页。

改，马龙车水相将。古都又是一沧桑。为谁归去晚，犹自立苍茫。”① 目之所见、耳之所闻皆触动心扉，令人伤感悲怆。任教于西南联大的萧涤非因生活所迫，不得不考虑将未出世的孩子送人，其《早断》诗谓：“好去娇儿女，休牵弱母心。啼时声莫大，逗者笑宜深。赤县方流血，苍天不雨金。修江与灵谷，是尔故山林。”② 诗人嘴上所说“好去”“休牵”云云，实则是言不由衷的托辞，“早断”蕴含着为人父母者肝肠寸断的痛楚。

这里要着重指出的是姚伯麟。他身处上海孤岛，创作近2000首旧体诗（后于1948年结集为《抗战诗史》），对1931—1945年的历史做了“全景式记录”，不仅囊括九一八事变、一·二八事变、七七事变、八一三事变和太平洋战争等重大历史事件，还涉及境外的时人要闻、国计民生。如《试验原子弹威力》《原子弹之紧要部分》《二十五年后飞机将成落伍武器》《雷达攻击火箭弹》慨叹现代武器的神奇“功效”，《笕桥飞机出动》《飞机炸敌舰》《出云舰沉》《满天飞》等描述八一三事变以来中国空军英勇奋战重创日军的壮举。《胡阿毛见危授命》则讴歌小人物的英勇事迹：“汽轮开驶势难逃，不惜倾身葬暮涛。临难从容毋苟免，阿毛一死岂鸿毛。”③ 1932年淞沪抗战中，汽车司机胡阿毛将车开入黄浦江，毅然与押运日军同归于尽。《哀女兵》《哀女间谍》《哀犬军》还写到了日本女兵、女间谍、警犬等，姚伯麟诗作的题材可以说是包罗万象。

1917年文学革命以来，有关新旧文学优劣的讨论从未停止。抗战转移了新旧文学之争的焦点，为文体的互动和融合提供了契机，旧体诗词借鉴新文体之长，焕发出新的艺术魅力。

首先，旧体诗词突破技法的束缚，直抒胸臆，部分地实现了新旧意趣的融合。如胡朴安的《八百壮士歌》谓：“纷纷敌军四面来，视之真如牛马齿。态度从容胆识豪，据一仓库作军垒。只凭一片忠勇心，守到最后一弹子。”④ 平铺直叙士兵坚守阵地，不让寸土的忠勇之心。字里行间闪现着新诗的灵动，与新诗惯用的线性抒情的方式很接近。有些诗人在新旧诗融合的道路上走得更远，其作品甚至“新旧难辨”。冯玉祥的许多旧体诗都有这样的特点，如《二百条鱼》云：“八月十七日，午后二点钟。敌机共三架，仓皇来自东。相距约四里，轰炸连三声。一弹落山上，二弹掷水

① 顾随：《顾随全集·创作卷》，河北教育出版社2000年版，第142页。

② 萧涤非：《萧涤非杜甫研究全集：附编》，萧光乾整理，黑龙江教育出版社2006年版，第26页。

③ 姚伯麟：《抗战诗史》，上海书店出版社2015年版，第9页。

④ 胡朴安：《八百壮士歌》，见重庆文史研究馆编《中国抗日战争诗词曲选》，重庆出版社1997年版，第74页。

中。目标为何物？长桥六十孔。鱼死二百条，桥自水上横。母舰运飞机，黩武以穷兵。海陆搬万里，炸鱼成大功。可怜日民血，军阀乱挥用。”①诗歌语言俚俗直白，如同喃喃自语，充满谐趣，既有新诗的明快，又潜藏着意在言外的韵味。

其次，旧体诗词汲取小说笔法，通过细节强化叙事效果，增强故事性。张恨水、赵树理等人的作品很有代表性。1934 年，张恨水游历西北，目睹天灾人祸，赋《竹枝词·西北行》，第一首云：“一升麦子两升麸，埋在墙根用土铺；留得大兵来送礼，免他索款又拉夫。”② 诗人抓住当地百姓埋“麦”“麸”于墙根的“荒诞”行为，通过类似“留得大兵来送礼”的答语，解除了局外人的疑惑，暗示了百姓被“鱼肉”的过往和仍将继续的不幸。再如 1941 年，赵树理所作《避雨者》，开头以“夜沉沉，雨淋淋”作环境渲染，进而设置悬念，“谁敲柴门三两声？开门见客不相识，问客何事入山村”③，一步步引出惊心动魄的故事。来客讲述了自己的经历，日寇抓丁导致妻离子散，他趁日军押运交接之时同众人一起逃命，侥幸躲过日军机枪的扫射，活了下来，所谓“一日黄昏车入站，要向北来车上换。寇兵押下原车来，众人争命各纷窜。机枪‘咯咯’发狂威，众人视死皆如归”“尔时幸余偶得脱”。④ 这首诗情节曲折，笔法颇似“小说”。

再次，旧体诗词吸收杂文手法，犀利地表达对现实政治的思考。鲁迅的旧体诗被公认具有杂文化的倾向。20 世纪 30 年代，鲁迅的杂文受到国民党当局和文坛敌手联合“围剿”，但同时该时期也是他旧体诗创作的“密集期”，这说明他策略性地选择了旧体诗来替代和弥补杂文的批判功用。除了鲁迅，还有不少作家善于将杂文笔法熔铸于诗，比如陈独秀、瞿秋白的旧体诗也是嬉笑怒骂“皆成文章”。陈独秀被捕入狱后，创作了组诗《金粉泪》（共 56 首）。徐晋如高度肯定《金粉泪》的价值，认为其“把社会本质完全说尽”⑤。瞿秋白的《妖孽》、《无题》（不向刀丛向舞楼）等犀利地抨击国民党当权者的“无耻”、冷漠文人的“无聊”。

极端险恶的战争环境刺激着诗人敏感的神经，这一时期的旧体诗词普遍蕴含着浓重的悲情。

---

① 冯玉祥：《抗战时歌选》，三户图书印刷社 1938 年版，第 10 – 11 页。

② 张恨水：《燕归来》，北岳文艺出版社 1994 年版，第 1 页。

③ 赵树理：《赵树理全集》第 2 卷，大众文艺出版社 2006 年版，第 13 页。

④ 赵树理：《赵树理全集》第 2 卷，大众文艺出版社 2006 年版，第 16 页。

⑤ 徐晋如：《缀石轩论诗杂著》，海南出版社 2011 年版，第 252 页。

九一八事变的噩耗传来，许多埋头书斋的学人为之震颤，悲从中来。黄侃《八月十五夜月食》云："江国冥冥水接天，关山处处起烽烟。秋光纵好知何益，明月多情不忍圆。"① 战争的烽烟使其无心顾怜大好秋光。老辈诗人陈三立在《癸酉庐山雅景诗草序》中感叹："今诸子把臂入林，群鸟在枝，殆有感于求其友声，效嘤鸣之相乐欤？抑国势岌岌，迫危亡之会，无所控诉，姑假以写忧而忘世变与？"② 山水之美，嘤鸣之乐，实难消解世变之忧。

谢冕在《辉煌而悲壮的历程》中指出："近代以来接连不断的内忧外患，使中国有良知的诗人、作家都愿以此为自己创作的基点。"③ 这场持续时间长且又极为惨烈的抗日战争将人们推向生死边缘，带给诗人前所未有的"绝望"，因而这一时期旧体诗词中的悲剧意蕴远远超过其他时期。汤国梨《仲弟葬沪郊中国公墓外子浮厝于苏州园中今二地相继失陷拜扫无由诗以志恨》云："芳草凄凉绿接天，陌头花落柳吹绵。经年不梦吴门路，何日招魂歇浦边。藉地血飞寒日雨，连郊烽火急狼烟。榆钱飘尽春无主，野哭无人冷墓田。"④ 战火纷飞，狼烟四起，故园面目全非，生者已无力为逝者招魂。

吴梅的《避寇杂咏》（共50首）记录自己携家西行、避难湘潭的坎坷经历，其诗云，"一夜胡床难合眼，起看星斗伫雄才"⑤，"自知不作还乡梦，但拥寒衾等晓鸡"⑥，"相看尽是惊弓鸟，每向尊前唤奈何"⑦。漂泊的人、不眠的夜、无奈的哀叹，不仅是他本人境遇的写照，也是这一代人共同的命运缩影。

1939年秋，陈寅恪辗转到达昆明，不禁沉吟"残剩河山行旅倦，乱离骨肉病愁多""人事已穷天更远，只余未死一悲歌"⑧（《己卯秋发香港重返昆明有作》）。这位谙熟历史玄机的史学家心头无限悲凉。次年，他在《庚辰元夕作时旅居昆明》中写道："念昔伤时无可说，剩将诗句记飘

① 黄侃：《黄侃日记》下册，黄延祖重辑，中华书局2007年版，第742页。

② 陈三立：《散原精舍诗文集（增订本）》下册，李开军校点，上海古籍出版社2014年版，第1149－1150页。

③ 谢冕：《文学的纪念：谢冕自选集》，首都师范大学出版社2018年版，第65页。

④ 汤国梨：《仲弟葬沪郊中国公墓外子浮厝于苏州园中今二地相继失陷拜扫无由诗以志恨》，见毛谷风编著《二十世纪名家诗词钞》，华东师范大学出版社1993年版，第193页。

⑤ 吴梅：《吴梅全集 作品卷》，河北教育出版社2002年版，第97页。

⑥ 吴梅：《吴梅全集 作品卷》，河北教育出版社2002年版，第99页。

⑦ 吴梅：《吴梅全集 作品卷》，河北教育出版社2002年版，第101页。

⑧ 陈寅恪：《陈寅恪集 诗集》，生活·读书·新知三联书店2001年版，第28页。

蓬。”① “无可说” 不仅是心灰意冷，更暗示出深深的绝望。

抗战时期旧体诗词所描写的山河破碎、无定漂泊、深重凄苦、无尽血泪与人们的现实遭遇深度契合。诗词中寄托深远、内涵丰富的意象和典故也使人体悟到沉重的历史宿命和文化悲情，能够引发读者的精神共鸣。旧体诗词在这一段国运最为艰难的时期承担了存史、记事、抒情、言志等多种功能，在传统与现代的碰撞与融汇中达到了现代旧体诗词史上的高峰。

四、1946—1949 年：旧体诗词创作的整体衰落

1945 年 9 月 2 日，日本签署投降书，中国取得抗日战争的胜利。当时的舆论不断渲染和平建国，但在明眼人看来，这不过是一种幻想。伴随着国内激烈的政治变革，旧体诗词创作也从整体上显露出衰落的迹象。

首先，诗人的“凋零”削弱了诗词创作的力量。1937 年 9 月 14 日，陈三立卒于北京，这位诗坛领袖的逝去，似乎预示了古典诗歌的衰落，有学者称其为中国“最后一位古典诗人”②。当然，钱仲联在《十五年来之诗学》中有不同的看法：“自嘉兴沈子培曾植先生之没，于今十五年矣。海内所推诗坛领袖陈散原三立今年八十四，陈石遗衍今年八十一，郑海藏孝胥今年七十七，皆垂垂老。故此十五年中，实为诗坛转变之枢。论其趋势，则由模仿而进于创造，由窘束而进于解放，而其成熟之果，则尚有待于将来焉。”③ 在他看来，陈散原、陈衍、郑孝胥等虽“皆垂垂老”，但诗坛仍有新气象。他进一步指出：“当此宋诗运动④衰落之期，有异军突起，为诗坛树赤帜者，首推吴江金松岑天羽，有《天放楼诗》正续集。松岑天才横肆，极不喜近代闽赣诸派。……自清末黄公度遵宪倡诗界革命之说，梁任公启超辈和之，有‘诗界潮音集’之选，而公度外，成就皆未能如所期。松岑继之，拓而益大，俯视人境，可无愧色。”⑤ 钱仲联认为诗坛上异军突起者大有人在，金松岑就是在诗境上深具开拓性的代表人物。实际

---

① 陈寅恪：《陈寅恪集 诗集》，生活·读书·新知三联书店 2001 年版，第 29 页。

② 如，刘纳《陈三立：最后一位古典诗人》，载《传记文学》1999 年第 8 期。这种说法最早或源于两件事。1924 年，泰戈尔访华期间曾与陈三立相见，曾视陈三立为中国诗人的代表；又郑逸梅《艺林散叶》云：“一九三六年，英国伦敦举行国际笔会，邀请中国代表参加。其时派代表二人，一胡适之，代表新文学，一陈三立，代表旧文学。但陈三立年八十四岁，不能远涉重洋，不果行。”这反映出陈三立的地位和影响力，故后人以“最后一位古典诗人”目之。

③ 钱萼孙：《十五年来之诗学》，载《学术世界》1937 年第 2 卷第 3 期。

④ 原文中，此处为“宋诗运”，据全文来看，当为“宋诗运动”之脱文。此文曾于 1936 年收录于《私立无锡国学专修学校十五周年纪念册》中，即为“宋诗运动”，今改正。

⑤ 钱萼孙：《十五年来之诗学》，载《学术世界》1937 年第 2 卷第 3 期。

上，1946年后旧体诗的创作并不像钱预期的那样乐观。1946—1949年，数十位知名旧体诗词创作者相继离世。

1946年
2月14日，叶楚伧卒，享年60岁。
7月15日，闻一多遇刺身亡，享年48岁。
10月，曹经沅卒，享年55岁。
11月9日，梁鸿志被枪决，时年64岁。

1947年
1月8日，郭则沄卒，享年66岁。
1月10日，金天羽卒，享年74岁。
3月17日，太虚卒，享年59岁。
7月9日，胡朴安卒，享年70岁。
7月23日，贺扬灵病卒，享年46岁。
9月26日，周学熙卒，享年82岁。
12月15日，张继卒，享年66岁。

1948年
7月3日，乔大壮投水自沉，享年57岁。
8月12日，朱自清卒，享年51岁。
8月17日，陈夔龙卒，享年92岁。
9月10日，王揖唐被枪决，时年72岁。
9月27日，赵熙卒，享年82岁。
10月4日，陈树人卒，享年65岁。

1949年
2月17日，章梫卒，享年89岁。
5月9日，吴虞卒，享年78岁。
6月30日，余绍宋卒，享年67岁。
9月1日，陈曾寿卒，享年72岁。

上述诗词作家或为政要，或为文坛名家，风调冠绝，在诗坛和词坛上有举足轻重的地位。他们身体力行地倡导和组织雅集唱和，对维系旧体诗词圈起了重要作用。这些“意见领袖”的离世意味着旧体诗词圈失去了“关键节点”，旧体诗人的关系由“密切”转向“疏离”，雅集唱和规模变小，频次降低，社会影响逐渐减弱。

其次，旧体诗词创作也面临衣钵传承的困局。1946 年夏，南社湘集恢复，并举行首次集会。张平子的《消夏》诗得到与会者的好评，他却感慨地说：“此类诗虽雕虫小技，但只我辈能之，继起无人，广陵散将成绝响矣。”① 当时柳敏泉命弟子即席赋诗，以证明少年诗人大有可为，张平子承认：“后生可畏，安知来者之不如今也！吾老矣，无能为矣，薪自尽，火自传也。”② “安知来者之不如今也”这番话是对晚辈后学的勉励之词，有应酬的意味，倒是“吾老矣，无能为矣”一语很能说明张平子黯然神伤的心境以及对旧体诗词前途的担忧。

再次，国内政治环境和文艺政策也影响了旧体诗词的发展。一方面，国民党当局极力遏制舆论，束缚文艺创作和自由表达。如 1945 年 12 月 1 日，潘琰被国民党特务残杀，萧涤非写下《哭潘琰君》诗二首，半夜便有一个身为国民党员的同事上门警告萧涤非不要乱写，言论之不自由可见一斑。另一方面，中国共产党领导的人民解放军取得节节胜利，“大众化”的文艺政策也在不断扩大的解放区推行和延伸，这对诗词创作产生了深刻的影响，很多作品过分强调“功能”，忽视了审美价值。郭沫若 1948 年出版的《蜩螗集》中的作品就有“做党的喇叭”③ 的意味。如《董老行》云：“共和肇造三十三，空有其名尚襁褓。自来有土此有民，民为邦本谁不晓？如将本末倒置之，乃是古今之霸道。当年孔孟不谓然，今日盟邦常诟诮。大车易辙正当涂，四万万人咸庆祷。日中必熭操刀割，时不可失争分秒。以众智智众力勇，忧乐共分庸不扰。心各开诚道布公，同其取大异舍小。内纷赖此可消泯，外寇赖此期荡扫。兴国赖此得建立，新民赖此解镣铐。”④ 作品的政治色彩过于浓厚，类似宣传口号。又如《寿朱德》云：“你服从人民，服从主义，服从主席毛。中国人民爱戴你，你永远不会老。”⑤ “歌颂”的色彩比较明显。又如邓拓《记土地改革工作团》云：“天下农民齐伸手，要求土地好翻身。搬开封建千钧石，救出饥寒万户贫。

① 马少侨：《我与南社湘集》，见湖南省文史馆组编《湖湘文史丛谈》第一集，湖南大学出版社 2008 年版，第 133 页。

② 马少侨：《我与南社湘集》，见湖南省文史馆组编《湖湘文史丛谈》第一集，湖南大学出版社 2008 年版，第 134 页。

③ 林林：《做党的喇叭——忆郭老在日本二三事》，载《人民文学》1978 年第 7 期。

④ 郭沫若：《蜩螗集 附：战场集》，群益出版社 1948 年版，第 100 页。

⑤ 郭沫若：《蜩螗集 附：战场集》，群益出版社 1948 年版，第 79 页。

诉苦挖根追血债，分田变产送穷神。从今不拜观自在，只靠忠心革命人。”[①] 这些作品反映出创作者想要“驾驭”诗词文体为政治服务的意愿。

不少诗词名家的创作也出现了向政治靠拢的“转向”。如柳亚子《二月廿三日红军纪念节有作》云：“马恩斯列堂堂在，我有孙毛誓勿疑。来日大同新世界，五洲万国尽红旗。”[②] 再如《拟民谣二首》其一云：“太阳出来满地红，我们有个毛泽东，人民受苦三千年，今日翻身乐无穷。”[③] 作品的语言直白，表达了对伟人的赞美。再如，李济深的一些作品也缺失了文学性，其《悼冯玉祥同志》云：“计公死至今，历时才一载。短短一载来，局面已大改。领导有贤明，团结力滋大。解放立丰功，生产竞超迈。封建已消除，帝国已失败。人民翻了身，国势弥澎湃。”[④] 作者对逝者的“悼念”变成了对时局的“颂扬”，这就使得私人化的感伤的凭吊之情被热烈的赞歌掩盖。正如沈从文所言：“诗可以为‘民主’为‘社会主义’或任何高尚人生理想作宣传，但是否是一首好诗，还在那个作品本身。”[⑤] 李遇春曾提出“新台阁体”的概念，认为“随着郭沫若政治身份的凸显和强化，其诗人身份和学者身份相应淡化或弱化。由此带来了‘诗人之诗’和‘学人之诗’被消解或遮蔽，而‘士人之诗’被过分地放大和拔高，以至蜕变成纯粹的‘仕人之诗’”[⑥]。可以说，新中国成立后“新台阁体”的出现是这一时期诗词创作的自然演化。

文学环境的骤变使不少作家感到困惑和彷徨。方回《悼乔大壮先生》谓：“中国的知识分子，所谓读书人，本来是一个很特殊的社会阶层。一到离乱之际，便增加了他们的迷惘与彷徨。在以前不过改朝易姓，进退之间不算太困难：贰臣，殉节，隐逸，尚有三窟可逃。到了今日，已经不是朝代的更易，而是两个时代两种文化在那里竞争，旧的必灭亡，新的必成长。”[⑦] 1948 年 12 月，人民解放军包围北平，身处“围城”的张恨水自述云：“我家乡安徽人说的话，今天脱了鞋和袜，不知明日穿不穿。这个‘不知’目前是非常之明显。万一是明天不穿，趁着今天健康如牛，我是

---

① 邓拓：《邓拓文集》第四卷，北京出版社 1986 年版，第 59 页。

② 柳亚子：《磨剑室诗词集》（下），中国革命博物馆编，上海人民出版社 1985 年版，第 1425 页。

③ 柳亚子：《磨剑室诗词集》（下），中国革命博物馆编，上海人民出版社 1985 年版，第 1508 页。

④ 李济深：《李济深诗文选》，文史资料出版社 1985 年版，第 18 – 19 页。

⑤ 沈从文：《新废邮存底》，载《益世报·文学周刊》1947 年第 33 期。

⑥ 李遇春：《身份嬗变与中国当代“新台阁体”诗词的形成——郭沫若旧体诗词创作转型论》，载《中国政法大学学报》2011 年第 3 期。

⑦ 方回：《悼乔大壮先生》，载《文学杂志》1948 年第 3 卷第 6 期。

不是有些事要交代呢？"[1] 这个鸳鸯蝴蝶派的主将此刻对将来的出路充满焦虑。1948 年 12 月 1 日，沈从文在给季陆的信中亦有同样的感受："大局玄黄未定，惟从大处看发展，中国行将进入一新时代，则无可怀疑。用笔的求其有意义，有作用，传统写作方式态度，恐都得决心放弃，从新起始来学习从事。人近中年，观念凝固，用笔习惯已不容易扭转，加之误解重重，过不多久即未被迫搁笔，亦终得搁笔。"[2] 这些只言片语很能说明作家们的敏感和压力。同样的，旧体诗人也难以超脱于外，他们或屈从于文艺政策，或就此"销声匿迹"[3]。在破旧迎新、服务大众的新时代要求下，旧体诗词受到限制和冷落是可以想见的。

第二节　民国旧体诗词的特点

有关民国旧体诗词特质的讨论一直是学界的热点。胡迎建从四个方面做了概括："党派意识与群体观念浸润于党人诗中，为党的宗旨而奋斗，为共同目标而相互鼓舞，使诗带有明显的政治性"；"学者教授成为旧体诗队伍的主体，与封建社会的诗人以官吏与布衣隐士为主体不同"；"一批书画大师恪守传统，力求创新，并证明诗书画同源而互补的道理"；"由于时代社会的变化，现代生活内容进入诗人视野，由此带来题材、意境、情趣的变化"。[4] 刘梦芙认为，"随着社会的发展、政治与经济体制的变更，诗词家一方面继承古典诗词优秀的人文精神和精美的艺术形式，另一方面又汲取新文化和新观念，提炼新词口语以入诗，体现出新旧交融、神契先哲而又与古人面目不同的时代风采"[5]，并进一步指出其内容突出的表现在三个层面：爱国情怀与忧患意识、自由之思想与独立之精神、悲悯人生与博爱宇宙万物的终极关怀。[6] 这些观点颇有启示意义。笔者认为民国旧体诗词有四大特点：延续性、探索性、现代性和悲剧性。

---

① 张恨水：《写作生涯回忆》，人民文学出版社 1982 年版，第 2 页。
② 沈从文：《沈从文全集》第 18 卷，北岳文艺出版社 2002 年版，第 517 页。
③ 指停止创作或悄悄地私下创作，不再进入公众视野。
④ 胡迎建：《试论民国时期旧体诗的发展轨迹与特征》，载《中国韵文学刊》2014 年第 2 期。
⑤ 刘梦芙：《近百年名家诗词及其流变研究》上册，学苑出版社 2013 年版，第 15 页。
⑥ 刘梦芙：《近百年名家诗词及其流变研究》上册，学苑出版社 2013 年版，第 17－26 页。

一、延续性：浓郁的“复古”色彩

“复古”一词有恢复旧制度、旧风尚之意。老子在《道德经》中对远古时期小国寡民的社会状态充满眷恋。孔子则主张克己复礼。罗根泽认为，“自孔子复古改制而后，墨子道夏禹，孟子言必称尧舜，许行则为神农之言，庄子更意造古圣先王之说，其他托古著书者，所在多有，不胜枚举”①。正如有的研究者所说：“复古是中国的传统思想，而孔子则是这种思想的承上启下的关键性人物。……复古倾向的基本精神就是在文化的一切方面都依法前人，而依法前人，当然是愈古愈好。所以孔子特尊崇帝尧。孔子本人崇古，崇拜孔子的人当然也崇古，孔子本人推崇皇古，崇拜孔子的人当然也不会例外。”② 许结在《中国文化史论纲》中说：“中国文学的复古传统，诚与政治文化的‘托古改制’传统相埒。”③ 这在古典诗歌领域也有体现。初唐时期，陈子昂主张承继“汉魏风骨”“正始之音”，恢复“风雅”传统。郭绍虞指出：“在齐、梁文学的流风余韵未尽捐弃之时，而于诗国首先竖革命的旗帜，以复古号召者，厥为陈子昂。”④ 中唐时期，诗歌领域亦流行复古，蒋祖怡认为，“唐代的复古运动，不但是提倡古文，并且也有诗的复古，因为这时候受了齐梁音韵的影响”⑤。

就作家个体来看，凡能够卓然自立的大家、名家大都自觉地向古人学习。杜甫在《戏为六绝句》中对“初唐四杰”“魏晋风骚”推崇备至，认为“不薄今人爱古人，清词丽句必为邻”“别裁伪体亲风雅，转益多师是汝师”。私下教育儿子“熟精文选理”（《宗武生日》）。杜甫的“集大成”得益于他以古人为师。元稹在《唐检校工部员外郎杜君墓系铭并序》中评价说：“至于子美，盖所谓上薄风雅，下该沈宋，言夺苏李，气吞曹刘，掩颜谢之孤高，杂徐庾之流丽，尽得古今之体势，而兼文人之所独专矣。使仲尼考锻其旨要，尚不知贵，其多乎哉！苟以为能所不能，无可无不可，则诗人以来，未有如子美者。”⑥ 李商隐亦善取法前人。吴调公在《李商隐诗歌渊源论》中称：“李商隐向前辈诗人学习，方面是很多的。他的古体诗主要是学习李贺，但偶然也规抚左思的《娇女诗》而作《骄

---

① 罗根泽：《诸子考索》，人民出版社 1958 年版，第 69 页。
② 汤一介、张耀南、方铭主编：《中国儒学文化大观》，北京大学出版社 2001 年版，第 604 页。
③ 许结：《中国文化史论纲》，江苏教育出版社 2006 年版，第 334 页。
④ 郭绍虞：《中国文学批评史》，百花文艺出版社 1995 年版，第 172 页。
⑤ 蒋祖怡：《诗歌文学纂要》，正中书局 1946 年版，第 86 页。
⑥ 仇兆鳌：《杜诗详注》第五册，中华书局 1979 年版，第 2235 – 2236 页。

儿诗》。有时更取法高适、岑参的悲壮劲健，如《偶成转韁七十二句赠四同舍》。有时也取法韩愈的排傲雄奇，如《李肱所遗画松诗书两纸得四十一韵》。他的七律诗主要是学习杜甫，但偶然也汲取刘禹锡的浑润倜傥的特长，如《喜闻太原同院崔侍御台拜兼寄在台三二年之什》。"[①] 宋代的梅尧臣、苏舜钦、欧阳修、苏轼、黄庭坚，金代的元好问，元代的杨维桢，明代前后七子，清初顾炎武、黄宗羲、王夫之、吴伟业、钱谦益，稍后的王士祯、沈德潜，以及晚清之龚自珍、黄遵宪等皆是善于学习古人的好手。

这种传统一直延续到民国。旧体诗人似乎存在一种共识，即学习和模仿古人是旧体诗词入门和自立的基本途径。正如柳诒徵在总结其学诗经历时所说："予益知诗不易为，而取径尤不可简。"[②] 金元宪在《伯兄贞献先生行状》中论金松岑的诗歌，称其"诗歌行蹊径在高、岑、王、孟间，而浸淫于宋苏、黄、欧、王四家"[③]。蒋智由自称："吾于诗，先学少陵，继学太白，后乃学昌黎。"[④] 陈衍在总结近代以来诗学时称："前清诗学，道光以来一大关捩。略别两派：一派为清苍幽峭。自古诗十九首、苏、李、陶、谢、王、孟、韦、柳以下，逮贾岛、姚合，宋之陈师道、陈与义、陈傅良、赵师秀、徐照、徐玑、翁卷、严羽，元之范梈、揭傒斯，明之钟惺、谭元春之伦，洗炼而熔铸之，体会渊微，出以精思健笔。……此一派近日以郑海藏为魁垒，其源合也；而五言佐以东野，七言佐以宛陵、荆公、遗山，斯其异矣。后来之秀，效海藏者，直效海藏，未必效海藏所自出也。"[⑤] 陈衍对"清苍幽峭"一派的诗法取径做了较为全面的总结，并指出郑孝胥为这一派的代表，由此可看出郑氏取径之广。值得注意的是"效海藏者，直效海藏，未必效海藏所自出也"这句话，郑孝胥作为同光体闽派的代表人物，声名远播，海内瞩目，然而效法者往往仅师法其个人，却未能领悟海藏本人渊源所自，因而趋于"下流"。这里也暗示出陈氏的诗学态度，即取径要宽，取法乎上，眼光要远，而不应拘泥于一时一

---

① 吴调公：《李商隐诗歌渊源论》，载《北方论丛》1980 年第 2 期。

② 柳诒徵：《（柳诒徵）自述》，见卞孝萱、唐文权编《民国人物碑传集》，团结出版社 1995 年版，第 485 页。

③ 金元宪：《伯兄贞献先生行状》，见卞孝萱、唐文权编《民国人物碑传集》，团结出版社 1995 年版，第 704 页。

④ 章乃羹：《蒋观云先生传》，见卞孝萱、唐文权编《民国人物碑传集》，团结出版社 1995 年版，第 785 页。

⑤ 陈衍：《石遗室诗话》，见张寅彭主编《民国诗话丛编》第 1 册，上海书店出版社 2002 年版，第 47 页。

人。钱基博在总结王闿运魏晋诗派时称："衡阳曾熙学诗辅纶，又奉手王闿运，述二人教学诗之法曰：'拟古而已。'"[①] 从上述诗家的创作来看，"拟古"已然成为作诗的不二法门。

甚至连南社这样富有革新精神的文学社团亦提倡复古。作为南社发起人之一的高旭认为，"诗文贵乎复古"[②]。南社以恢复明末几社、复社的文化精神和志节相期许，并"顺着复社、几社指示的方向上溯到前后七子所提倡的诗宗盛唐，词宗晚唐北宋的方向"[③]。1917 年，南社主任柳亚子与社友姚鹓雏、闻野鹤、朱鸳雏及成舍我等人对同光体的评判问题发生争论，其实是重蹈了唐宋诗之争的旧辙。

从诗歌鉴赏的角度看，人们品评诗歌艺术特色时，通常都会追溯该诗人渊源所自。陈衍《石遗室诗话》谓："叶损轩郡丞为诗三十年，寝馈于渔洋、樊谢，语多冷隽。"[④] 夏敬观《忍古楼诗话》云："山阴俞恪士提学明震，有《觚斋诗集》。伯严吏部称其托体简斋，句法间追钱仲文。"[⑤] 钱基博在《现代中国文学史》中直言，"陈三立诗豪放恣肆，以山谷为门户，而根极于韩愈"[⑥]，又称"孝胥之诗似宋之王安石"[⑦]。

由此可见复古传统影响之深远。这种自觉学习和模拟的意识已经潜移默化地影响到诗人的创作、接受和评价等诸多方面。表面上看，诗歌的复古与创新似乎并不相关，甚至矛盾；实际上，二者之间却有着紧密的联系，因为真正的创新大都是在继承中向前发展。诗人们在旧的诗艺基础上创造出新的技法，在既定的审美范式中开拓出新的境界。诗歌之复古从深层意义上讲，反映了人们对诗学传统和诗歌典范的敬畏，以及与不同时代诗人之间的情感呼应和精神共鸣。说到底，这也是审美艺术的一种传承。复古并非创新，但它是创新的先决条件，因为若无旧的积累，也就谈不上新的创造。诗歌的复古常常带来多种审美风格的碰撞、多种诗艺的较量，孕育出新的因子，加之个体的生命体验，最终促成诗人独特的诗歌风貌。

---

① 钱基博：《现代中国文学史》，上海书店出版社 2007 年版，第 142 页。

② 高旭：《高旭集》，郭长海、金菊贞编，社会科学文献出版社 2003 年版，第 546 页。

③ 孙之梅：《南社研究》，人民文学出版社 2003 年版，第 39 页。

④ 陈衍：《石遗室诗话》，见张寅彭主编《民国诗话丛编》第 1 册，上海书店出版社 2002 年版，第 26 页。

⑤ 夏敬观：《忍古楼诗话》，见张寅彭主编《民国诗话丛编》第 3 册，上海书店出版社 2002 年版，第 23 页。

⑥ 钱基博：《现代中国文学史》，上海书店出版社 2007 年版，第 178 页。

⑦ 钱基博：《现代中国文学史》，上海书店出版社 2007 年版，第 182 页。

二、探索性：题材、意境的新变

“文变染乎世情，兴废系乎时序。”（刘勰《文心雕龙·时序》）民国时期，中国处于大变局中，旧体诗词的题材、意境为之一变。

现代文明中产生的新奇事物成为诗词中新的意象。如沈祖棻《浣溪沙三首》其二云：“夹道垂杨百尺长，青骢朱毂大堤旁。万荷迎桨月生凉。　　电扇风回兰麝腻，冰盘雪凝橘橙香。白门清事最难忘。”[①] 电扇作为当时国内流行不久的新鲜事物，乍一看，很难有“诗意”可言，但作者却以之入词，不仅未损害整体意境，反而让人看到了电扇转动、凉风习习、兰麝飘香的生动画面。《浣溪沙三首》其三又云：“流线轻车逐晚风，摩天楼阁十三重。播音新曲彻云中。　　银管贮凉欺舞扇，繁灯围梦入琼钟。申江回首昔游空。”[②] 疾驰而过的汽车、高耸云霄的摩天大楼、嘈杂的广播等冷冰冰的城市景观仿佛被“皴染”，生发出一种清雅的古典美，彰显出现代都市的勃勃生机。汪东对此表示充分认可：“善以新名入词，自然熨贴。”[③] 有学者就指出沈祖棻词体创作“以用新名入词的尝试比较突出”[④]，“一反以往以大量古典意象如悲笳、清角、烽烟、朱毂、斜阳、啼鹃等表现现实的手法，而以浅俗的新名入词，诸如流线轻车、摩天楼阁、电扇、霓灯等等，罗列使用”[⑤]。石城诗社的王景岐所作《电灯》云：“蜡烛同开几百枝，紫流奔灌白金丝。虽多俯仰分光手，幸有清明接线机。劳役不辞供织纺，高辉也可伴吟诗。无烟无焰长生保，风雨晦冥独力支。”[⑥] 诗人感叹电灯的神奇，无烟无焰，不受风雨干扰，给人带来便利、光明和欢乐。

除了对新事物与新体验的描写，旧体诗词也有对新时代背景下文化思

---

① 沈祖棻：《沈祖棻全集 涉江诗词集》，程千帆笺，张春晓编，河北教育出版社2000年版，第52页。

② 沈祖棻：《沈祖棻全集 涉江诗词集》，程千帆笺，张春晓编，河北教育出版社2000年版，第52页。

③ 沈祖棻：《沈祖棻全集 涉江诗词集》，程千帆笺，张春晓编，河北教育出版社2000年版，第52页。

④ 张春晓：《论沈祖棻〈涉江词〉》，见张宏生、钱南秀主编《中国文学：传统与现代的对话》，上海古籍出版社2007年版，第496页。

⑤ 张春晓：《论沈祖棻〈涉江词〉》，见张宏生、钱南秀主编《中国文学：传统与现代的对话》，上海古籍出版社2007年版，第497页。

⑥ 王景岐：《电灯》，见南江涛选编《清末民国旧体诗词结社文献汇编》第2册，国家图书馆出版社2013年版，第142页。

想、社会风俗、人情世态变迁的洞察。刘豁公《上海竹枝词》着力摹画上海这座现代大都市的风土人情。他描写当时的婚恋，谓："恋爱于今尚自由，欲谈贞操使人愁。朝秦暮楚寻常见，身世真不如系舟。"[①] 又云："结婚而后又离婚，覆雨翻云不惮烦。海上忽逢陈仲子，鱼轩辗转入侯门。"[②] 以恋爱之名求自由，抑或以自由之名谈恋爱，皆带有反叛色彩，这种反传统世俗的婚恋观正确与否难有定论，但一幕幕闹剧甚至丑剧的发生却说明开放、新潮的思想文化对市民阶层产生了深刻影响。刘炯公甚至细致列举了他所写的题材："春江之水、昆冈之云、柘湖之雨、金山之烟、绅商之豪举、士女之情伪、人情之奇特、世态之炎凉、狮子林之壁垒、黄歇浦之惊涛，莫不奔赴毫端，淋漓腕底，较铁崖之西湖吴下竹枝词殊不多让。"[③] 刘哀时则评价："偷闲拾得新诗料，话到沧桑事逼真。"[④]

旧体诗词还记录了诗人对世界格局的审视和省思。如 1939 年，纳粹德国闪击波兰后，一些诗人密切关注欧洲战场的形势。李竹侯预感到欧洲战事将会扩大，其《欧战爆发，德军三路进攻波兰》谓："英法诺言如漠视，星星之火决燎原。"[⑤] 杨沧白《德波战起，英法海陆空军动员，感叹有作》云："奇盟缔苏德，冰炭已能容。"[⑥] 认为《苏德互不侵犯条约》的签订滋长了纳粹德国的侵略气焰，局势将进一步恶化。日军偷袭美国珍珠港后，陈树人写下《太平洋战事爆发感赋》，称日本此举是"不义多行必自亡"[⑦]。陈国柱《浪淘沙·时事二首》其二认为珍珠港事件体现了日本的猖狂、美国的疏忽，面对这种局面，"挽救莫彷徨，同逞强梁，加英法奥共联防。更与中华施夹击，歼彼豺狼"[⑧]。这些作品涉及对世界战局的预测、判断及对政策的审思，强调中国战场的重要意义，展示出创作者反抗法西斯侵略的坚定信念和自觉的"世界意识"。

此外，旧体诗词也涉及异域"体验"的书写。苏曼殊多次远赴日本，

---

① 刘豁公：《上海竹枝词》，上海雕龙出版部 1925 年版，第 12 页。

② 刘豁公：《上海竹枝词》，上海雕龙出版部 1925 年版，第 13 页。

③ 刘炯公：《刘炯公先生序》，见刘豁公《上海竹枝词》，上海雕龙出版部 1925 年版，第 13 页。

④ 刘哀时：《刘哀时先生题词》，见刘豁公《上海竹枝词》，上海雕龙出版部 1925 年版，第 21 页。

⑤ 李竹侯：《欧战爆发，德军三路进攻波兰》，见陈汉平编注《抗战诗史》，团结出版社 1995 年版，第 314 页。

⑥ 杨沧白：《天隐阁集》，重庆市文化局、重庆市博物馆编，重庆出版社 1991 年版，第 199 页。

⑦ 陈树人：《太平洋战事爆发感赋》，见陈汉平编注《抗战诗史》，团结出版社 1995 年版，第 443 页。

⑧ 陈国柱：《浪淘沙·时事二首》，见陈汉平编注《抗战诗史》，团结出版社 1995 年版，第 443 页。

热衷描写樱花，作品因而带有浓郁的“日本风味”。如《本事诗》其九云：“芒鞋破钵无人识，踏过樱花第几桥?”他将流落天涯的身世与异乡飘落的樱花交织在一起，意境凄迷，哀婉动人。吕碧城有不少诗词描写游历欧洲的见闻，《好事近》［登阿尔伯士（Alps）雪山］云：“寒锁玉嵯峨，掠眼星辰堪撷。散发排云直上，闯九重仙阙。 再来刚是一年期，还映旧时雪。说与山灵无愧，有襟怀同洁。”阿尔卑斯山高耸入云，白雪皑皑，犹如诗人的灵魂与胸襟，这种清旷的境界超凡脱俗，高远而神圣。茅于美指出：“碧城漫游世界，孤踪独往，名胜古迹，几无处不去。意大利的火山熔岩，阿尔卑斯山的峰峦残雪，环球凉热都融纳胸中，构成诗境，富哲理意味。她曾在大风雪中渡英伦海峡，有句云：‘海潮多，彤云乱拥逶迤。打孤舷，雪花如掌，漫空飞卷婆娑。落瑶簪，妆残龙女，挥银剑，舞困天魔。怒飓喑呜，骇涛澎湃，骞槎无恙渡星河。’（《多丽》）她描绘日内瓦的铁索桥云：‘虹影牵斜，占鹫岭天风，长缕轻飙。谁炼柔钢，绕指巧翻新样。还似索挽秋千。逐飞絮、落花飘荡。任冶游、湖畔来去，通过画船双桨。’（《玲珑四犯》）像这样的景观和建筑在词体中殊不多见，而在吕词中则俯拾即是。这赋予了她词作中以异彩，每易引人入胜。”[①] 中国远征军两次入缅作战，罗卓英、戴安澜、成刚、廖汝昌等亲历者用旧体诗记述了在缅甸作战的经历，如罗卓英《巡视瓦城四首》《军情》等，进一步拓展了战争诗的题材范畴。

吴承学认为，“在中国古代，‘文体’一词，内容相当丰富，既指文学体裁，也指不同体制、样式的作品所具有的某种相对稳定的独特风貌，是文学体裁自身的一种规定性”[②]。但文体的“规定性”强调形式的“稳定”，并不代表题材与内容“一成不变”。可见，旧体诗词题材、意境的开拓和新变正体现了创作者的与时俱进。而由此产生的不同的诗词风格一方面显示了不同的诗歌趣味和诗学取向，另一方面也折射出在波澜壮阔的历史语境中诗人努力推动旧体诗词发展的主观意愿。

三、现代性：社会现实的批判与生命价值的高扬

中国古典诗词有悠久的抒情传统，除述怀明志、伤春悲秋、吟咏风月外，还特别注重忧时书愤、借古讽今。历代都有诗人嘲讽统治者的冷酷无

① 茅于美：《飞将词坛冠众英——现代女词人吕碧城》，见中华诗词学会编《中华诗词》第二辑，中国文史出版社1991年版，第54页。

② 吴承学：《中国古代文体形态研究》，中山大学出版社2000年版，第322页。

情、卑劣残忍，却很难跳脱儒家忠君恋阙的情感羁绊。可以说，传统诗词中的批判通常是有限度的咆哮，隐含着“下”对“上”的妥协、个体对群体的依附，久而久之，情感表达形成一定的模式，作品的思想深度也就受到影响。随着专制君主的消失，现代旧体诗人身处思想激荡、政治诡谲的语境中，他们开始大胆“质疑”，敢于直面存在已久、习以为常的人情与事理，将矛头直指黑暗现实、阶级压迫、罪恶人性，并极力阐扬生命的尊严和自由的神圣。有学者敏锐地指出了近现代旧体诗词的现代性价值，认为“现代性资源是20世纪中国旧体诗词在内容上区别于传统诗词的重要方面”，“更多的作品表现了对真、善、美、自由、民主、平等、正义等人类终极价值的关注和追求，对国家现代化和民族复兴的渴望，具有浓烈的现代色彩”。[①] 这些现代性资源涵盖生命意识、个性主义、独立人格、自由精神、人道主义等价值观念与人生诉求。李仲凡称：“自由、民主、科学、法治和人的现代化等现代性价值观是20世纪中国旧体诗词的重要内容和精神资源。现代旧体诗词在这方面提供了中国传统文化和文学中不具备的新质素。”[②]

1926年5月21日，吴芳吉适逢30岁生日，寄寓西安，遭逢战乱，写下了《壮岁诗》。有感于军阀混战、民不聊生，诗人高扬“生命”的旗帜，疾呼生命的权利与价值。诗云：

> 天遣吴生鸣不平，单骑冒险来西京。于时吴生年方壮，精神弥满血洋盈。私斗连年不解兵，饥荒三月困围城。奇冤无尽人无数，明知此身难保不合死吞声！家书三嗅虔锁钥，诗草百篇秘囊橐。危邦敝俗付谁收，蓬须萍梗任漂泊。勇士常思元首，志士不忘沟壑。敢死直教万难却，誓横绝岛逾沙漠。一息犹存志不衰，只恐吾声未辽阔。呜呼！谁将此声寄吾亲友觉，得摅游子情怀恶？吾闻王道唐虞初，杀一不辜非所图。王道迹销霸道出，匡合犹存仁义敷。不闻政令夸民主，翻新匪道尚萑苻。萑苻此土犹猖獗，当中两虎声赫赫。恃城死守风威，二十万人非所恻。言和谁家子？词严义激烈。“通敌”两字冤，悄然归寸磔。……家无壮男，驱妇掘堑。盎无斗储，当餐送饭。大家馍十斤，小户钱半串。沿门鞭挞急，供应不容慢。南城东关，情何惨淡！尽室驻大兵，深宵惊激战。堂前随马溲，酒后索人玩。闺女逃不得，苍黄枯井践。兼旬失所依，委弃复何算。鼓角满城头，黄昏归鸟

---

① 陈友康：《二十世纪中国旧体诗词的合法性和现代性》，载《中国社会科学》2005年第6期。

② 李仲凡：《现代旧体诗词的非现代性》，载《求索》2008年第12期。

唤。顷刻难民集，哭声四五万。大旗陕西军，赳赳皆雄弁。市静骑官来，宁能劳一眄！城下朝朝战不休，一声炮响万家愁。巨弹如潮何处避，各祈飞坠远天头…却忘生命不如蚁，过后相逢笑语悠。邻儿伤重独惧忧，治疗安顿两无由。几家病院尸盈满，二寸桐棺军扣留。[①]

乱世之中，“民生”“民主”成为奢谈，百姓动辄被扣上“通敌”的罪名，被任意残杀。从事苦役的妇女、被蹂躏的闺女、嚎啕大哭的难民、生命垂危的邻儿无不让人悲悯。这里俨然人间地狱，生命卑贱不如蝼蚁。吴芳吉心情极为失落，谓：“天命未忠，应获无恙，倘有不讳，此为最后一息。”[②] 梁启超认为《壮岁诗》等必为诗坛辟世界，对其秉笔直书给予高度肯定。

1932 年 15 日，陈独秀在上海被捕入狱，此后两年间他在狱中写下《金粉泪》组诗 56 首。这组作品表达了他对国家命运、社会局势和专制统治犀利而深刻的见解。如第十四首云：“民智民权是祸胎，防微只有倒车开。嬴家万世为皇帝，全仗愚民二字来。”[③] 诗人抨击蒋介石压抑民权和民智，以此维系专制统治，其所为与当年的秦始皇实行愚民政策如出一辙。这也道破了历代皇帝君临天下，维持统治的隐秘。第三十三首称：“感恩党国诚宽大，并未焚书只禁书。民国也兴文字狱，共和一命早呜呼。”[④] 陈独秀以反讽的手法调侃国民党通过密集的“文网”，压制言论自由。第四十二首谓：“党权为重国权轻，破碎山河万众惊。弃地丧权非细事，庙谟密定两三人。”[⑤] 诗人斥责国民党将私欲凌驾于国家民族利益之上，因而造成山河破碎，关乎天下命运的决策不过是“两三人”（蒋、宋、孔等）不负责任的荒唐之举。在这些诗歌中，陈独秀展示了金刚怒目式的愤慨，批判了国民党要人，刘惠恕对此总结说：“计在《金粉泪》组诗中，遭陈独秀鞭挞的国民党首脑及政府要员有：蒋介石、汪精卫、宋子文、孔祥熙、陈立夫、何应钦、胡汉民、戴季陶、吴稚晖、孙科、陈公博、张静江、陈济棠、李石曾、邵元冲、杨永泰等 16 人。陈独秀的这些

① 吴芳吉：《吴芳吉集》，巴蜀书社 1994 年版，第 250－252 页。

② 吴芳吉：《吴芳吉集》，巴蜀书社 1994 年版，第 250 页。

③ 陈独秀：《陈独秀诗存》，安庆市陈独秀学术研究会编注，安徽教育出版社 2003 年版，第 89 页。

④ 陈独秀：《陈独秀诗存》，安庆市陈独秀学术研究会编注，安徽教育出版社 2003 年版，第 98 页。

⑤ 陈独秀：《陈独秀诗存》，安庆市陈独秀学术研究会编注，安徽教育出版社 2003 年版，第 103 页。

诗在国民党黑暗统治时期，像锋利的匕首，直刺敌人的心脏。”①

如果说上述作品主要关注乱世中人的痛苦挣扎及政治压迫的无情与残暴，那么王礼锡的《夜过霞飞路》则聚焦都市霓虹灯下的众生面相。诗云：

> 电灯交绮光，荡漾柏油路，泻地车无声，烛天散红雾。丽服男和女，揽臂矜晚步。两旁玻璃窗，各炫罗列富。精小咖啡馆，谑浪集人妒，狐舞（Fox－trot）流媚乐，缭绕路旁树，宛转入人耳，痴望行者驻。前耸千尺楼，高明逼神恶，叠窗如蜂巢，纵横不知数。下有手车夫，喘奔皮骨柱；又有白俄女，妖娆买怜顾；惶惶度永夜，凄凄犯风露。墙根劳者群，裹草寒无裤。仅图终夜眠，室庐宁敢慕？谁念崔巍者，此辈力所赴！一一手为之，室成便当去。即此墙根地，岂能安寐寤？警来驱以杖，数迁始达曙。都市如魔窟，璀灿锦幕布。偶然一角揭，惨虐殊可怖。良药宁能医，嗟此疾已痼！②

夜幕降临，在霓虹闪烁的城市里，身着丽服的男女优雅甜蜜地散步，两旁的商店琳琅满目，精巧的咖啡馆聚集了谑浪而欢愉的人群，舞厅里人头攒动，音乐缭绕，一派歌舞升平的景象。这也许是现代大都市最为诱人的一面。然而，王礼锡同时看到了疲于奔命的手车夫、笑脸迎客的白俄女子、缺衣少食饥寒交迫的失业劳工以及耀武扬威的警察。城市看似繁华的表象掩盖了“文明”的缺失，个体天差地别的遭遇深刻地反映出阶级的差异、贫富的分化、人情的冷暖和人性的善恶。这类探讨城市中生存、生活和生命的作品是此前少有的。

面对日本侵略者的罪恶行径，诗人对国家民族的前途命运有了更深的体悟。叶圣陶曾亲历日军的轰炸，其《乐山寓庐被炸，移居城外野屋》谓：“轰然乱弹落，焰红烟尘黑。吾庐顿燔烧，生命在顷刻。夺门循陋巷，路不辨南北。涉江魂少定，回顾心怆恻。嘉州亦清嘉，一旦成荒域。焦骸相抱持，火墙欲倾侧。酒浆和血流，街树烧犹植。国人方同命，伤残知何极。死者吾弟兄，毁者吾货殖。”③ 在这里，诗人命悬一线，虽成功脱险，却惊魂难定，“焦骸相抱持，火墙欲倾侧。酒浆和血流，街树烧犹植”刺激着他的神经，使他体会到在民族危亡的时刻“国人方同命”“死者吾弟

① 刘惠恕：《刘惠恕文存》，百家出版社2006年版，第19页。

② 王礼锡：《王礼锡诗文集》，上海文艺出版社1993年版，第571页。

③ 叶圣陶：《乐山寓庐被炸，移居城外野屋》，载《文学集林》1939年第2期。

兄，毁者吾货殖”，所有人组成了荣辱与共的整体。带有归属感与认同感的“民”之概念，经常出现在叶圣陶的诗作中。例如“汇为巨力致民主”（《挽陶行知先生》）、“贯之以一为人民”（《寿昌创作三十年》）、“翻身民众开新史”（《自香港北上呈同舟诸公》）。这种观念不同于古典诗歌中的忧国忧民，而是突出了世界一体化进程中落后民族的觉醒，隐含着民族复兴的诉求。

对自由的向往和追求是国人现代性思想觉悟的重要标志。陈寅恪感于时局，慨叹“自由共道文人笔，最是文人不自由”（《阅报戏作二绝》）。1938 年 8 月，又作《戊寅蒙自七夕》：“银汉横窗照客愁，凉宵无睡思悠悠。人间从古伤离别，真信人间不自由。”一个视自由为生命的人却身不由己、辗转漂泊，“自由”无处可寻。1945 年，陈寅恪又说道：“换羽移宫那自由。”（《与公逸夜话用听水斋韵》）“自由”意味着人格独立、行为坦荡和精神恒定，这是现代文人的集体共识和毕生追求。

正如饶宗颐所说：“诗者，最足以襮吾天者，肝胆器识，于是乎在。夫然后独来独往，始能为天地间必不可无之文。”[①] 这些作品有一种共性，即强调个体、生命、理想，呼唤民主和自由。这种突破文化传统羁绊的思想觉悟和精神追求使现代旧体诗词具有了一种特别的深度，展示出对当代人命运的思考与探索。

四、悲剧性：挥之不去的精神焦虑

中华民国实行共和制政体，宣称主权属于全体国民。但新时代并不像人们预期的那般理想，政治派系的斗争、吏治的腐败、人情的冷漠、信仰的危机深刻地影响着世人的心态。尤其是文人，他们似乎已洞穿政局迷乱、文化嬗变、人事变迁中的某种必然，在俯仰之间、凝眸之际总表现出异乎寻常的“敏感”，生发出自觉的悲情。如黄节在二次革命失败后，“请徐星洲刻‘如此江山’印，为人作书，经常钤用”[②]。“如此江山”寥寥四个字透着失望与悲愤。

时局波诡云谲，老辈诗人选择置身事外，自适其所适，其作品却难掩孤独、忧愁和愤懑。1913 年秋，沈曾植、郑孝胥等人有过一次唱和。沈曾植作《简苏龛》三章，钱仲联在《梦苕庵诗话》中称其“皆鬼趣

① 饶宗颐：《饶宗颐二十世纪学术文集》第 14 卷，中国人民大学出版社 2009 年版，第 131 页。
② 郑逸梅编著：《南社丛谈》，上海人民出版社 1981 年版，第 250 页。

诗”①。其一云：“秋叶脱且摇，秋虫吟复喑。秋宵无旦气，秋啸无还音。寸寸死月魄，分分析星心。天人目其眩，海客珠方沈。悖史执简槁，日车旋泞深。寄声寂寞滨，乞我膏肓针。”②“秋叶”“秋虫”“秋宵”“秋啸”营造出一片肃杀的氛围，冰清玉洁的月光被称作“死月魄”，“天人”“海客”等意象带有颓废、失意的色彩。王国维称该诗“见忧时之深”③。郑孝胥《答乙庵短歌三章》其一云：“仰见秋日光，秋气猛入肠。相守虫啸夜，相哀叶摇黄。枕书窗间人，二竖语膏肓。日车何时翻，一快偕汝亡。寂寞非寂寞，煎愁成沸肠。同居秋气中，一触如金创。”④“寂寞非寂寞，煎愁成沸肠”言明了诗人的凄苦、悲怆。

在民国诗坛，陈三立或许是在创作和理论上给予“悲”最多关注的诗人。他认为“诗者，写忧之具也”⑤，并将“写忧”与诗的情感取向、表达功能相联系。在他看来，“写忧”应该是诗歌的功能和价值所在，因而诗歌在题材选择、主题表达和审美情感上理应有一种规约性和倾向性。换言之，陈三立将“诗言志”中具有泛化意味的“志”，更为集中地转向人生之“忧”，聚焦于心灵深处的悲哀、孤独、穷愁与落寞。他在给寄禅的和诗中称“安危到汝今能觉，灯火摇歌自写悲”⑥（《沪上遇八指头陀赋诗见诒于灯下和之》）。其《携曹范青新诗至山中读之题其后》云：“自写悲怀向天壤，从来顾影属吾曹。”⑦这里的“自写悲”“自写悲怀”与“写忧”意思相通。

陈三立的许多诗歌作品的内容和情感基调也显露出浓郁的“悲”意。如1912年，他在《古微同年归鹤图》一诗中说：“人生负手视劫运，避地避世何贤愚。梦中高天终照眼，蔼蔼霞峤将其雏。且翻新拍作孤唳，荡涤恶抱倾酒壶。”⑧同年，他为陈诗的《红柳庵行卷》题诗称：“鬓发凋疏面

---

① 钱仲联：《梦苕庵诗话》，齐鲁书社1986年版，第237页。

② 沈曾植：《沈曾植集校注》上册，钱仲联校注，中华书局2001年版，第702－703页。

③ 王国维：《王国维学术随笔》，赵利栋辑校，社会科学文献出版社2000年版，第107页。

④ 郑孝胥：《海藏楼诗集》，黄珅、杨晓波校点，上海古籍出版社2003年版，第250页。

⑤ 陈三立：《散原精舍诗文集（增订本）》中册，李开军校点，上海古籍出版社2014年版，第956页。

⑥ 陈三立：《散原精舍诗文集（增订本）》上册，李开军校点，上海古籍出版社2014年版，第278页。

⑦ 陈三立：《散原精舍诗文集（增订本）》上册，李开军校点，上海古籍出版社2014年版，第310页。

⑧ 陈三立：《散原精舍诗文集（增订本）》上册，李开军校点，上海古籍出版社2014年版，第336页。

目黧，莽穿关塞命如丝。更弹地变天荒泪，成就穷边一卷诗。”[①]“且翻新拍作孤唳”“更弹地变天荒泪，成就穷边一卷诗”皆苦心孤诣，语意沉痛悲凉。吴庆坻敏锐地体会到友人诗歌中的悲怀与遗恨，评价称“雅诗忠悱常忧国”“誓墓文成多血泪”（《秣陵访陈伯严同年吏部相见悲喜》）。

陈三立晚年，诗歌造诣炉火纯青，思想日趋通达，但“诗者，写忧之具”的理念却一以贯之。如1930年，他在《曹广权南园诗集序》中说：“大盗既窃国，祸变踵起，忧郁愤懑，冤结无所控诉者，颇泄诸吟咏。”[②]面对国家变乱，诗人悲从中来，试图以“吟咏”宣泄满腔愤懑。1931年，其《叶恭绰遐庵诗序》称：“夫诗，士之穷而不遇者之所为也。”[③]与传统诗学“穷而后工”的着眼点不同，陈三立特意强调诗的创作主体应该是“士之穷而不遇者”，委婉地指出诗对于“士之穷而不遇者”的功能性意义。1932年，陈三立在《王家坡听瀑亭记》中云：“未几，一公踵置亭双瀑下，名曰听瀑，益便苏筋骸恣休憩，且使劫余避乱之山中人，娱目骋怀，写幽忧忘世变，非兹亭也欤?”[④]在他看来，“劫余避乱之山中人”虽然可以“娱目骋怀”，享受欢愉，却不能抛开“写幽忧”。

跻身民国功臣之列的南社诗人也觉察到政治的危机和残酷的现实，不禁伤时忧世，黯然神伤。宁调元《粤东感赋》云：“彩凤荒唐逐野鸦，天涯何处觅飞花？端居闷闷烦忧集，尘海茫茫百念差。一代兴亡成昨梦，万重恩怨视空华。糊涂长大糊涂老，闲坐千杯那用嗟?”[⑤]朝代之兴亡犹如梦幻，万重恩怨若隐若现。姚石子《岁岁》诗云：“岁岁伤春多有诗，今年春尽未成辞。胸中无限伤时感，历历心头谁可知。”[⑥]春天的逝去易引人感伤，但诗人之伤感不关乎“春”，而关乎“时”。张默君《秋夜书感》云：“天胡此醉拚高卧，风送秋声到枕寒。黯黯红尘求死易，茫茫碧海涤愁难。花魂惨澹香弥永，剑影依稀血未干。（原注：是夕梦仗剑诛某民

① 陈三立：《散原精舍诗文集（增订本）》上册，李开军校点，上海古籍出版社2014年版，第335页。

② 陈三立：《散原精舍诗文集（增订本）》下册，李开军校点，上海古籍出版社2014年版，第1435页。

③ 陈三立：《散原精舍诗文集（增订本）》下册，李开军校点，上海古籍出版社2014年版，第1438页。

④ 陈三立：《散原精舍诗文集（增订本）》下册，李开军校点，上海古籍出版社2014年版，第1086页。

⑤ 宁调元：《宁调元集》，杨天石、曾景忠编，湖南人民出版社1988年版，第156－157页。

⑥ 姚光：《姚光集》，姚昆群、姚昆田、姚昆遗编，社会科学文献出版社2000年版，第223页。

贼。）大好河山已如此，宁能不作梦中看。”[①] 现实中，大好河山满目疮痍，令人目不忍视，诗人只好相看梦里河山。傅熊湘《辑宁太一武昌狱中诗竟，因题其后述哀》其一云：“如君已死更安归，风景河山举目非。传志未成应有待，母妻何托竟无依。并时功罪千秋在，惊世文章知者稀。从此西山一抔土，年年凭吊泪沾衣。”[②] 诗人因友人的逝去和“风景河山”之异而痛心疾首。

旧体诗人的“悲情”固然与关注现实、感时伤世的诗学传统有关，更重要的是，这一时期他们遭遇了“亘古未有”的精神危机，“无所适从”的焦虑已然成为一种病症，治而不愈，抑而不能。如黄摩西的作品就充满了孤独和压抑。其友人评价说：“其所为词，每使余悄然而悲，悠然而思，如见黄子毵毵短发，披散项间，负手微吟于残灯曲屏间。”[③] 再如从“沉沦”中走出来的郁达夫，也时常慨叹自己无可为，其《新婚未几，病疟势危，斗室呻吟，百忧俱集。悲佳人之薄命，嗟贫士之无能，饮泣吞声，于焉有作》谓：“生死中年两不堪，生非容易死非甘。剧怜病骨如秋鹤，犹吐青丝学晚蚕。一样伤心悲薄命，几人愤世作清谈。何当放棹江湖去，芦荻花间结净庵。”[④] 这个“伤心人”俨然是孤独无依的“多余者”，既无意斗争，也难以抗拒压迫，无法寻找到理想的位置。鲁迅这个敢于“直面惨淡的人生”“正视淋漓的鲜血”[⑤] 的猛士面对严酷的现实，也心怀戚戚。其《无题》云：“洞庭木落楚天高，眉黛猩红涴战袍。泽畔有人吟不得，秋波渺渺失离骚。”[⑥] 在这里，我们看到诗人们清醒而无法自安的困境，激情消磨于琐事的无奈。他们挣扎着寻求个体的出路与存在的价值，却无法如愿。灵魂之孤独，生命之震颤成为这一代人共同的“梦魇”。

总之，民国旧体诗词深刻地反映了时代巨变和个体命运，张中良称：“旧体诗词的创作显示出传统文学的强大生命力，其中折射出气象万千的时代风貌，透露出现代人幽深的内心世界。”[⑦] 更为重要的是，这一文体所展示的顽强的“继承性”与执着的“创新性”最终促成“民国风味”。而这种风格的形成与时人的自觉努力是分不开的。诚如吴芳吉所言：“余

---

① 张默君：《秋夜书感》，见郑逸梅编著《南社丛谈》，上海人民出版社 1981 年版，第 412－413 页。

② 傅熊湘：《傅熊湘集》，颜建华编校，湖南人民出版社 2010 年版，第 35 页。

③ 郑逸梅编著：《南社丛谈》，上海人民出版社 1981 年版，第 254 页。

④ 郁达夫：《郁达夫全集》第 7 卷，吴秀明主编，浙江大学出版社 2007 年版，第 103－104 页。

⑤ 鲁迅：《鲁迅全集》第 3 卷，人民文学出版社 2005 年版，第 290 页。

⑥ 鲁迅：《鲁迅全集》第 7 卷，人民文学出版社 2005 年版，第 153 页。

⑦ 张中良：《民族国家概念与民国文学》，花城出版社 2014 年版，第 63 页。

以民国之诗，当有民国之风味，以异于汉魏唐宋者，此格调之不能不变者也。”①

第三节　诗词社团：旧体诗人安身立命的文学空间

诗人结社历史久远，胡怀琛判断“诗人结社始于南宋”②。谢国桢指出：“结社这一件事在明末已成风气，文有文社，诗有诗社，普遍了江、浙、福建、广东、江西、山东、河北各省，风行了百数十年，大江南北，结社的风气犹如春潮怒上，应运勃兴。”③ 一般来说，结社表征着群体内部诗学观念、创作诉求和情感志趣“彼此相契”。民国时期的诗词社团一方面沿袭了以往的传统，重视雅集、唱和，切磋诗艺，联络友谊；另一方面，这一时期的诗词社团也有了一些新的特点。文学革命发生后，它逐渐成为旧体诗人安身立命的文化场域和文学空间。

一、民国诗词社团的特点

民国时期的诗词社团数量大、类型多，诉求也更为复杂。据曹辛华统计，民国时期的诗词社团有483个④，数量远超晚清，“究其缘由，因民国时期不仅有传统诗社存在，也有以刊物为核心的社团存在，更有由国学、学术组织形成的诗词社团，还有行业组织形成的诗词社团”⑤。他按成因、目的，将诗词社团划分为宗风型、学术型、教学型。事实上，除成因、目的外，还可依据社员身份、职业、地域、组织方式等多种标准进行区分。比如，从身份上看，云南丽江的桂香诗社主要由士绅构成，沤社、超社、逸社的成员主要是清遗民诗人，潜社则由东南大学师生组织，五溪诗社的社员为湖南大学教授，风雨龙吟社的成员主要为浙江大学龙泉分校的师生。

---

① 吴芳吉：《白屋吴生诗稿自叙》，载《学衡》1929年第67期。

② 胡怀琛：《中国文学史概要》，商务印书馆1931年版，第128页。

③ 谢国桢：《明清之际党社运动考》，上海书店出版社2006年版，第8页。

④ 曹辛华：《晚清民国旧体诗词结社文献的类型、特点及其价值》，载《复旦学报》（社会科学版）2015年第1期。

⑤ 曹辛华：《晚清民国旧体诗词结社文献的类型、特点及其价值》，载《复旦学报》（社会科学版）2015年第1期。

其实单纯以宗风、学术、教学抑或是身份、职业、地域、组织方式等来衡量旧体诗词社团，也还是失之简单化和表面化，因为诗词社团之组织所隐含的动机、趣味、性质以及潜在意义很难一概而论。比如怀安诗社、燕赵诗社以抗战为宗旨，联络新旧学人，致力于“老者能安，少者能怀”[①]，以达成“统一战线”，因而它们就显示出浓厚的政治色彩。梅社（汪东、吴梅指导成立）社员全部为女学生，带有一定的女性主义的倾向，这与当时女性解放的思潮有关。又如 1924 年，傅熊湘发起和组织南社湘集，该社团乃新文学运动刺激下，湖湘诗人借“南社”之名主导的一次旧文学同人的大规模集结。它与新南社属意新文学的取向不同，二者显示了旧式文人在新时代背景下的不同文化选择。

社团类型的多样性反映了民国以来诗人选择的自主化、人际关系的复杂化、文学需求和取向的多元化。与此同时，也应注意到每一个诗词社团都是自足的单位和群体，只有对其进行深入具体的分析，才能揭示其幽微隐秘的“特质”以及在“现代”语境中的新变。

这一时期，诗词社团的组织方式相对比较严密。以往的诗词社团大都自发组织，内部关系松散，社团对个体的约束力较弱。民国时期的诗词社团多数有明确的社团宗旨、规范的组织程序和详细的社员名单。比如，南社多次推出社中“条例”，1910 年修订的《南社第三次修改条例》云：

一　品行文学两优，得社友介绍者，即可入社。

二　入社须纳入社金三元。

三　愿入社者，由本社书记发寄入社书，照式填送，能以著述及照片并寄，尤妙。

四　社友须不时寄稿本社，以待汇刊；所刊之稿，即名为《南社丛刻》。

五　社稿岁刊两集，以季夏季冬月朔出版，先两月集稿付印。

六　社中公推编辑员三人，会计、书记各一人，庶务二人。

七　社稿以百页为度，分诗、文、词录三种。诗、文录各四十页，词二十页。

八　选事由编辑员分任。

九　社稿出版后，分赠社友每人一册，其余作卖品。

十　各社友散处，每以不得见面为恨，故定于春秋佳日，开两次

① 李木庵编著：《窑台诗话》，湖南人民出版社 1984 年版，第 2 页。

雅集。其地址、时期，由书记于一月前通告。

十一 职员每岁一易人，雅集时由众社友推举，连任者听。

十二 雅集费临时再行酌捐。

十三 条例每半年于雅集时修改。[①]

柳亚子称其为“南社大宪章”[②]，这个“大宪章”的说法有彰显其规约性的意味。它规定入社须社友介绍，须填写入社书，须缴纳入社金，社团内部还要推选编辑员三人，会计、书记各一人，庶务二人。为加强联络，还规定春秋佳日开两次雅集。诗社的组织和管理可以说井井有条。此后，“条例”不断修改，但这些基本条款都保留了下来，保证了社团的凝聚力和稳定性。

南雅诗社也曾公布其社约：

洛下香山，承平韵事，七子五子，标榜颓风，兹之杜集，时殊事异，嘤鸣求友，抒写性情，月泉汐社，或其庶几；

雅集清吟，以简率淡泊为宜，故礼节拘牵，厨传繁猥，一概屏弃，不惟明志，抑贵率真；

社集之期多则嫌烦，少亦寡欢，以半月一次为宜（诗题及限韵与否均临时酌定）；

佳节良辰，多有感发，自不宜旷废。此外，常会之地址、日期，均于前期酌定之；

能事促迫，达人所讥，首集之诗，限于次期交社（社址暂定由氏涵翠楼），若夫八叉而成一挥而就者听；

集会地址，住宅固佳，若须借赁，要以清雅为宜；

每三期即汇齐吟稿，公同评定，陆续付刊；

社外友人有佳作亦可收录。[③]

社约明确提出“嘤鸣求友，抒写性情”的宗旨，规定社集频次、创作旨趣、聚会地点，充分考虑到内部成员之间友谊的增进和关系的维护。

又如寒山社在迎来一百期大会时，发布《本社第一百期大会小

① 柳亚子：《柳亚子文集 南社纪略》，柳无忌编，上海人民出版社1983年版，第23－24页。

② 柳亚子：《柳亚子文集 南社纪略》，柳无忌编，上海人民出版社1983年版，第23页。

③ 由云龙：《南雅诗社社约》，见南江涛选编《清末民国旧体诗词结社文献汇编》第8册，国家图书馆出版社2013年版，第61－62页。

启》云：

> 倏易三载，寻届百期，顾维白露未晞，诗人有遗逸之嗟，何草不黄，君子动经营之悴，览时感物，发声宣心，亦慨寻常小集，曾不终朝，益以相思旷代，多未谋面，爰假仲秋，望后一日，为斯佳会，并纪周晬。是日亭午，以至夜分，拟刻十题，略投赠品，藉兹雅叙，为结胜缘。……日期十月五日即旧历八月十六日。①

寒山社不仅详细说明大会的规则，还预先给出明确的时间（巳初起亥正止）和地点（东单牌楼二条胡同本社）。这场“百期大会”犹如举办方精心策划的“征稿比赛”，反映出现代诗词社团渴望标举旗帜、阐扬宗旨的功利性目的。

诗词社团还推出登记制度，给社员编上序号，并不定期地公布社员名单。如南社社员统一填写《南社入社书》——这既是个人的基本信息资料表，也是入社的凭证，并陆续刊印《南社通讯录》《南社姓氏录》《重订南社姓氏录》。1928 年，罗溪吟社刊印《罗溪吟社诗存》，内附《罗溪吟社姓氏录》。1930 年，郑少昂、陈子慧合订《萍社吟集》，内附《同社题名录》。1931 年，常熟开文社刊行钱南铁所编《虞社社友录》，载录社友 299 人。1932 年，《聊社诗钟》刊行，内附《聊社同人录》。1947 年，谢鼎镕所辑《陶社丛编丙集》印行，内附《陶社题名录》。有的诗社甚至连社员的详细住址亦作收录和刊行，如寒山诗钟社编印《寒山诗钟社姓名住址录》。这些“名录”的编集、印行说明民国诗词社团非常重视社员资源的整合利用，社员的分布间接地彰显了它们在诗坛的影响力。

同时，民国诗词社团十分看重诗词作品的整理和编纂。许多诗词社团曾刊印本社的诗词总集。如刘子芬编校《石城诗社同人诗草第二集》、上海聚珍仿宋印书局出版《花近楼逸社诗存》、周葆贻编辑《武进兰社弟子诗词集 附双溪毓秀馆吟草一卷》等。还有一些社团以丛刻、丛刊的形式有计划地大规模出版本社社员的作品。如希社先后刊行《希社丛编》8 册。南社印行《南社丛刻》（共 22 集），前后持续十四年（1909—1923）。

可以说，民国诗词社团既在横向上展示出特定时期的群体面貌、创作概况和文学理念，也在纵向上反映出诗坛及词坛的嬗变。它们组成一个个诗词圈，这些圈子或独立，或交叉，构成复杂的关系网。旧体诗人在关系

① 佚名：《寒山社诗钟选乙集 · 本社第一百期大会小启》，见南江涛选编《清末民国旧体诗词结社文献汇编》第 14 册，国家图书馆出版社 2013 年版，第 243 页。

错综复杂的圈子中切磋诗艺，共同抵御外部之扰攘，维系着旧体诗词的命脉。

二、一个逆流而上的社团：苔岑吟社的“悲戚”与“狂欢”

1918年秋天，苔岑吟社正式成立，此时文学革命正如火如荼地开展。顾福棠在《〈武进苔岑社丛编〉序》中说：

> 吾社之设也，丁巳之秋，吴子剑门与余子希澄、钟子冕夫同作蟋蟀吟，词高而旨远，一时和者至数十人，佥曰：异苔同岑，少长咸集，一若山阴诸子之会于兰亭焉。及其继也，徐子养浩自青溪来，金子染香自虞山来，徐子钰斋自澄江来，罗子佩芹自浙来，方子佛生、吴子东园自皖来，姚子东木与朱子粥叟、遁庸自沪来，吾邑之徐子桂珐、汪子琢黼亦偕来。古茂渊懿，气度冲夷，复若洛中诸老之为尚齿会焉。惟兰亭得一隅之俊，此则合各省之才。[1]

苔岑吟社最初仅是吴放、余端、钟大元三人的“蟋蟀吟”，紧接着便引起本地数十人唱和。“异苔同岑，少长咸集”，尽管聚集在一起的诗人有年龄差别，但他们却在唱和中体验到了类似兰亭雅集的乐趣。

之后，其他地区的诗人纷纷加入该社，有的成员来自本省，如常熟、江阴、上海、华亭。[2] 有的则来自外省，如浙江、安徽。他们跨越地域之阻隔加入诗社，说明他们对该社之宗旨趣味有强烈的认同感。正如余端所言，“气求声应，无非文字因缘”。[3]

随着社员的增加，苔岑吟社制定出“社规”，宗旨明确，运行有序。1921年出版的《苔岑丛书》中所载《武进苔岑吟社简章》内容如下：

> 定名　本社取异苔同岑之义，定名为苔岑吟社。
> 宗旨　本社专以保存国粹，提倡文学为宗旨。
> 资格　社友以品行端方、学术优美为合格。

---

① 顾福棠：《武进苔岑社丛编·序》，见南江涛选编《清末民国旧体诗词结社文献汇编》第5册，国家图书馆出版社2013年版，第13页。

② 以上四地皆为当时江苏省下辖县，其中华亭县此时已更名为松江县，此处“华亭”之说乃苔岑吟社中人自谓也。

③ 余端：《武进苔岑社丛编·识语》，见南江涛选编《清末民国旧体诗词结社文献汇编》第5册，国家图书馆出版社2013年版，第8页。

入社　凡社友入社须得本社友二人以上之介绍，给与入社凭证，应缴入社费一元。

职员　本社设编辑主任及副编辑、书记、会计、干事等职共若干人。

事务　本社每年一次，由编辑部精选社友诗、文、书、画，刊印《苔岑丛书》，以资提倡。

雅集　每年春秋两季，邀集社友，公同研究，以联友谊，而策进行。

社址　本社呈请县署准予立案，就武进县北直街祥源观后建筑聊园为本社社所。

齿录　《庚申齿录》早经出版，本年续刊《辛酉尚齿录》，分送同人，俾资接洽，嗣后入社者，满五十人即行续编。[①]

苔岑吟社有社团宗旨、入社要求、职员、编辑部、社所，并呈请县署备案，获得官方认可。

1919 年所刊《武进苔岑社丛编》专列《诗社职员姓名录》，其内部结构与人员名单如下：

名誉理事：姚文栋、汪赞纶、谢绍佐、徐琢成、徐公修、罗焕藻、唐肯、王瑄、吴承烜、金武祥、朱家骅、金廷桂、徐公翰、朱正辉、俞琪、林凤翊、徐寿基、谢绍安、朱家驹、沈珂、钱融、过镜涵、宋达权、荆凤冈、朱承先、徐昌镐、卞宝昌、徐公辅、程渶、寻德星、吴家騄、胡琛。

名誉社长：钱振镗、金式陶、周廛一、杨冠南、陈栩、张祉、顾骏、蔡钺、徐夔、阮寿慈、缪九畴、聂聚奎、程松生、金兆芝、吴闻元、章人镜、宛凤岐、沈杓、董复、荆祖铁、张官倬、金鹤翔、丁介石、冯毅。

审定长：方泽久、王承霖、顾福棠、诸懿德。

正编辑主任：余端

副编辑主任：钟大元、吴放、王心存。

社董：孙起蔚、刘宏、王湛沧、李馨、施恺泽、郑文涛、秦景清、郁秾、章达、谢约、邓澍、傅絅、谢觐虞、夏祖禹、朱澡、汪

① 苔岑吟社：《苔岑丛书（辛酉）·武进苔岑吟社简章》，见南江涛选编《清末民国旧体诗词结社文献汇编》第 6 册，国家图书馆出版社 2013 年版，第 245 页。

湜、殷士敏、范宗淹、曹新、高镜。[1]

这说明苔岑吟社已经突破以往依据同窗、乡谊、亲缘等关系的结社模式，向着规模化的团体方向发展，社团内部的分工及名誉理事、名誉社长、社董的设置体现了组织化程度的提高和关系圈的拓展。

为“保存国粹”，苔岑吟社先后印行《武进苔岑社丛编》、《苔岑丛书》（庚申）、《苔岑丛书》（辛酉）等。作品集不仅囊括社员私下创作的诗文词，还载录不少社课作品。比如1920年刊行的《苔岑丛书》（庚申）收录《同岑集》《聊园文钞》《纫秋轩词钞》《傅渭矶先生手札》《缨义楼金香录》《问梅盦诗余》《豢鹤山房词》《剑影琴声室诗胜》《藕船诗话》《衲兰新咏》《苔岑社诗课》等。1921年刊行的《苔岑丛书》（辛酉）则录有《同岑集》《聊园文钞》《纫秋轩词钞》《四运堂题襟集》《玄灵诗社九秋唱和遗集》《放如斋诗钞》《放如斋词草》《墨禅诗存》《墨禅诗余》《举椀草堂诗钞》《恨蝶吟》等。这反映了苔岑吟社自觉的文献传承意识。故王承霖评价：“天未犹丧斯文，后死责无旁贷，家山念破，变徵音多，天海风迴，清商调远，拨秦灰于垂烬，存汉腊之旧名，则斯编也。”[2]

从具体创作来看，苔岑吟社的诗歌中蕴含着抑郁穷愁之苦与孤芳自赏之情。两种看似对立的情绪状态，都是创作主体与主流不相契合、被边缘化的表现。

一方面，社中诗人普遍有年华虚度、人生无常之叹。这在那些经历过改朝换代的老辈诗人的作品中经常出现，如罗焕藻称“白驹太息空驰走，苍狗伤怀几变迁”，“万事每深今昔感”[3]（《七十述怀六首》其一）；陶祖典深感“时世有迁变，故我竟依然。无闻不足畏，蹉跎空自怜”[4]（《四十自述》）。

令人惊讶的是，沉痛的感慨也时常出于年轻诗人之口，如江苏常熟张麟瑞四首《二十述怀》诗云：

---

① 苔岑吟社：《武进苔岑社丛编·诗社职员姓名录》，见南江涛选编《清末民国旧体诗词结社文献汇编》第5册，国家图书馆出版社2013年版，第181－182页。

② 王承霖：《苔岑丛书（辛酉）·总序》，见南江涛选编《清末民国旧体诗词结社文献汇编》第6册，国家图书馆出版社2013年版，第7页。

③ 罗焕藻：《七十述怀六首》，见南江涛选编《清末民国旧体诗词结社文献汇编》第6册，国家图书馆出版社2013年版，第51页。

④ 陶祖典：《四十自述》，见南江涛选编《清末民国旧体诗词结社文献汇编》第6册，国家图书馆出版社2013年版，第46页。

弹指光阴廿载过，少年事业愧蹉跎。壮怀欲破乘风浪，奢愿徒挥逐日戈。酒可浇愁常怕少，学非干禄总贪多。此身早似忘机鸟，种树何须问橐驼。

家国蜩螗未易持，人心鬼蜮本难知。象因有齿翻招祸，鼠岂无牙竟被欺。一砚自传惭大父，双亲早背痛孤儿。令人最是伤情处，风雨潇潇泣子规。

纷纷蛮触苦相争，枉见山河易汉旌。烽火连天频报警，干戈遍地未休兵。乱时始觉居家乐。浊世方知志学轻。自笑年来潦倒甚，微吟惯作不平鸣。

大千世界总愁城，愿混渔樵过一生。万里秋风江山钓，两湖烟岫雨中更。逸人梅鹤心先淡，旧德莼鲈梦已成。我自高眠耽乐趣，任他午夜闹鸡声。①

光阴之流逝、岁月之蹉跎、家国之飘摇、人心之叵测、连年之战乱、潦倒之生活，皆如挥之不去的阴霾，笼罩在这个年轻诗人的心头。这使他觉得大千世界到处是一座座“愁城”，自己唯有混迹山林，渔樵为生，才能寻得一己之心安。他不得不选择“渔樵过一生”。“高眠耽乐趣”意味着他选择了远离尘世，疏远了充满纷争的主流生活。

据《武进苔岑社辛酉续刊尚齿录》所载，社中新增70岁以上诗人有1人，60～69岁的有6人，50～59岁的有13人，40～49岁的有11人，30 ~39岁的有15人，30岁以下的有39人，20岁以下的有5人，其中年龄最小者仅15岁。40岁以下的诗人约占总人数的64%，30岁以下的约占总人数的46%。② 如果以儒家“三十而立”为标准的话，那么新入社的未到而立之年的诗人占了新增人数的近一半。这是一个充满生机的年龄，生命即将步入正轨，一切皆在进行中，然而他们却深感失意。如施恺泽《二十初度放歌》称“双丸跳荡急如梭，囊书匣剑空蹉跎”，“意气磊落凌霄汉，有志何日偿生平”③。浙江海宁的张瑞麟《二十述怀》有“弱冠无能

① 张麟瑞：《二十述怀》，见南江涛选编《清末民国旧体诗词结社文献汇编》第6册，国家图书馆出版社2013年版，第73页。

② 苔岑吟社：《武进苔岑社辛酉续刊尚齿录》，见南江涛选编《清末民国旧体诗词结社文献汇编》第6册，国家图书馆出版社2013年版，第237－243页。

③ 施恺泽：《二十初度放歌》，见南江涛选编《清末民国旧体诗词结社文献汇编》第5册，国家图书馆出版社2013年版，第79－80页。

毁誉轻，蹉跎岁月使人惊”[1] 之叹。反复出现的“蹉跎”二字说明了理想与现实之间距离的遥远，他们迷惘、失落、无奈。所以 28 岁的朱祖赓便有很深的浮沉之感，楚囚之悲。其《感怀并寄诸同社》云：“浮沉尘海几春秋，不识何因作楚囚。忧国贾生频洒泪，依人王粲尚登楼。休谈寰海惊烽火。且向烟波狎鹭鸥。千古名山一席占，虚声纯盗耻巢由。”[2] 25 岁的史远岘则忍不住嗟叹理想之破灭，在《庚申秋日都门杂感》其一中感慨：“嗟凤伤麟吾道穷，乘时屠狗亦英雄。沙场白骨招新鬼，古道衰杨隐故宫。抱负空存鸿鹄志，功名竟似马牛风。他时得遂归田愿，雨笠烟蓑学钓翁。”[3] 张文魁在 30 岁生日的时候极为伤感地回顾了一生所历，在《庚申上巳三十自述》中称：“落拓三十载，非愚亦非痴。为爱少年游，朝夕逐戏嬉。白云幻苍狗，时事数迁移。悲风催梁木，耆旧几仳离。蓬蒿藉小隐，狂吟东海涯。……俯仰岁月宽，郁郁者胡为。”[4] 他虽然在诗的结尾强作支撑，安慰自己不要郁郁寡欢，却无法掩饰内心的失落。

除了这种“悲戚”，诗社成员还侧重表现酬唱雅聚的热闹和欢愉。如余端《酬剑门偶成原韵》云：“袁安久分老深山，惯爇奇香待鹤还。花落春归三月暮，月明人傍九霄间。销磨诗画个中趣，领略林泉自在闲。南北从今尘劫尽，蓬门云锁不须关。”[5] 诗人自述归隐深山，寄情诗画，逍遥林泉之乐。《再用原韵答剑门》称：“敢云著作付名山，似水年华去不还。得句肯随健者后，置身合在古人间。蹉跎寿补着鞭晚，淡泊心同出岫闲。多谢吴刚情意重，时分好月到柴关。”[6] 该诗以达观的口吻反复强调淡泊心境。方泽久《叠韵慨时事》谓：“纷纷相忌复相猜，何物狂奴攘臂来。未必尽由天作孽，方知到此祸成胎。苍茫烟水归鱼艇，破碎河山胜钓台。

---

① 张瑞麟：《二十述怀》，见南江涛选编《清末民国旧体诗词结社文献汇编》第 6 册，国家图书馆出版社 2013 年版，第 93 页。

② 朱祖赓：《感怀并寄诸同社》，见南江涛选编《清末民国旧体诗词结社文献汇编》第 6 册，国家图书馆出版社 2013 年版，第 93 页。

③ 史远岘：《庚申秋日都门杂感》，见南江涛选编《清末民国旧体诗词结社文献汇编》第 6 册，国家图书馆出版社 2013 年版，第 67 页。

④ 张文魁：《庚申上巳三十自述》，见南江涛选编《清末民国旧体诗词结社文献汇编》第 6 册，国家图书馆出版社 2013 年版，第 36 – 37 页。

⑤ 余端：《酬剑门偶成原韵》，见南江涛选编《清末民国旧体诗词结社文献汇编》第 5 册，国家图书馆出版社 2013 年版，第 27 页。

⑥ 余端：《再用原韵答剑门》，见南江涛选编《清末民国旧体诗词结社文献汇编》第 5 册，国家图书馆出版社 2013 年版，第 28 页。

理乱不闻藏我拙，小楼听雨一樽开。”① 面对纷乱的时局与祸乱，诗人尽揽于心，他洞悉“狂奴”的把戏，却不屑与之为伍，于是“藏拙”“听雨”“开樽”，且尽其欢。

诗人们亲近山川草木虫鱼，吟咏燕、柳、鸦、菊、梅、月、夜、雨、雪、藕。黄敬熙《咏梅》诗云：“霜雪久经历，花开无俗资。香风度东阁，晴日逗南枝。傲骨输桃媚，孤芳叹菊迟。林逋已长往，知己与谁期。”② 这里的梅花久经霜雪，一身傲骨，没有俗媚之态。世间没有了以梅为妻、以鹤为子的林逋，还有谁能赏识它呢？这叹息中，有同病相怜的哀怨，更有惺惺相惜的欢喜。

又如宛凤岐所作《己未秋季旅行浮山作长歌以纪之》云：

> 天地一浮渡，水浮山以亘。三十有六岩，岩岩开异境。或如松之盖，或如荷之柄。或如钟之卧，或如鼎之正。或如凤之翼，或如鹤之胫。或蜿蜒如蛇，或狰狞如獍。或错落如棋，或莹洁如镜。或如婵娟女，晓妆红楼靓。或如入定僧，趺坐蒲团净。又如炊午饭，蓬蓬气生甑。又如工音乐，硿硿声出磬。万状极诡变，缕数殊难罄。山灵真狡狯，莫可穷究竟。就中奇绝处，山水两相称。人间有此山，安得不游骋。……富贵果何物，仰天飞逸韵。具有终焉志，爱此山容凝。安得古庐敖，云床石作枕。举首告山灵，此约他年订。③

浮山之境给诗人以极大的震撼，在山水之间，他为世俗所压抑的性灵得到释放，所谓“人间有此山，安得不游骋”“富贵果何物，仰天飞逸韵”。在“奇幻”的世界里，诗人仿佛遗忘了世间的诸多纷扰，睥睨万物，精神上得到满足。

苔岑吟社的创作所流露的郁积已久的失意，在民国旧体诗词社团中很有代表性。他们的悲戚孤感反映了旧文学、旧文化没落之际一代人内心的失衡和失落，显示出其精神上“休戚与共”的自足与封闭。同时，他们借助山水、风物、宴饮与酬唱实现了内心的狂欢。诗词社团作为旧体诗人基于文化认同的选择与集结，最终赋予其精神的“庇护”与“慰藉”，使之

---

① 方泽久：《叠韵慨时事》，见南江涛选编《清末民国旧体诗词结社文献汇编》第5册，国家图书馆出版社2013年版，第21－22页。

② 黄敬熙：《咏梅》，见南江涛选编《清末民国旧体诗词结社文献汇编》第5册，国家图书馆出版社2013年版，第341页。

③ 宛凤岐：《己未秋季旅行浮山作长歌以纪之》，见南江涛选编《清末民国旧体诗词结社文献汇编》第5册，国家图书馆出版社2013年版，第362－363页。

获得精神的超越。

第四节　大众媒介与旧体诗词影响力的重塑

随着近现代印刷技术的革新，报纸杂志等大众媒介在公众中的影响力越来越大。有学者指出，“印刷媒介是通过印刷出版物进行文化传播的有效工具”“新式印刷术也是中国社会文化变革不可忽视的推手”①。借助这些媒介，读者与作者之间的关系也发生了微妙的变化。美国著名文化研究者尼尔·波兹曼认为，“在印刷术统治下的文化中，公众话语往往是事实和观点明确而有序的组合，大众通常都有能力进行这样的话语活动。在这样的文化中，如果作者撒谎、自相矛盾、无法证明自己的观点或滥用逻辑，他就会犯错误。在这样的文化中，如果读者没有判断力，他也会犯错误；如果他对一切漠不关心，情况则会更糟”②。作者发表“观点”，读者设法“判断”，在这样一个建构与阐释的时代，旧体诗词更像是一种带有隐喻色彩的修辞形式，这种承载着“隐秘”和“匠心”的古老文体与现代媒介一经融合，便生发出许多新的意义。

一、从作者中心到读者中心：被阅读的渴望

文学作品只有为读者（包括一般读者和文学批评家）所知，经过阅读，才能产生影响，算作“文学作品”，参与文学史进程。有些文艺理论家指出：“文学文本是指有待于读者阅读并赋予意义的语言产品。一部由作者创作出来的‘语言艺术品’，当其未经读者阅读时，就还只是文学文本，而不是文学作品；而只有经过读者阅读以后，这文本才真正变成了作品。简言之，文学文本加上读者阅读才变成文学作品。”③ 民国建立以后，读者群体不断壮大，他们与作者的关系也愈加密切，读者的阅读意志、审美趣味、价值判断对作者形成深刻的影响。

① 于翠玲：《印刷文化的传播轨迹》，中国传媒大学出版社 2015 年版，第 114 页。
② ［美］波兹曼：《娱乐至死》，章艳译，中信出版社 2015 年版，第 63 页。
③ 王一川：《文学理论》，四川人民出版社 2003 年版，第 151 页。

（一）读者中心时代

中国传统的诗文创作大都以作者为中心，抒情言志常以“我”为先。清末“文界革命”后，以读者为中心的趋势逐渐显著。以启蒙革新为己任的梁启超对读者阅读兴趣的把握颇有一番体会：“启超亦自美洲驰归，及上海而事已败。自是启超复专以宣传为业，为《新民丛报》、《新小说》等诸杂志，畅其旨义，国人竞喜读之；清廷虽严禁，不能遏；每一册出，内地翻刻本辄十数。二十年来学子之思想，颇蒙其影响。启超夙不喜桐城派古文，幼年为文，学晚汉魏晋，颇尚矜炼，至是自解放，务为平易畅达，时杂以俚语韵语及外国语法，纵笔所至不检束，学者竞效之，号新文体。老辈则痛恨，诋为野狐。然其文条理明晰，笔锋常带情感，对于读者，别有一种魔力焉。”[①] 他在《清议报》《新民丛报》等报纸上发表一系列“新文体”文章，“专以宣传为业”“畅其旨义”，明显从读者角度出发，因而才达到“国人竞喜读之”“别有一种魔力”的传播效果。

1903 年，梁启超在广智书局发行的《饮冰室文集》自序中说：“吾辈之为文，岂其欲藏之名山，俟诸百世之后也！应于时势，发其胸中所欲言，然时势逝而不留者也，转瞬之间，悉为刍狗。况今日天下大局日接日急，如转巨石于危崖，变异之速，匪翼可喻。今日一年之变，率视前此一世纪犹或过之。故今之为文，只能以被之报章，供一岁数月之遒铎而；过其时，则以复瓿焉可也。”[②] 明确指出写作是为应对时势，满足“被之报章，供一岁数月之遒铎”的现实需求，故应充分考虑到读者的阅读趣味。这与传统文人强调“藏之名山，俟诸百世之后”的创作意图明显不同。

在大时代潮流的裹挟之下，旧体诗词创作也不能罔顾读者。陈三立所撰《蒋观云先生诗序》云：“己巳秋八月，蒋君观云卒上海。旬有三日，其弟子吕美荪女士造余庐而言曰：‘吾师之志事行谊，未尝翘知于人，人亦无知之者。既不幸忧伤抑郁、傺侘冤愤、不获偿所愿以死，其平生闳识孤抱之所寄、劬躬绩学之所得、怼时嫉俗洁己高世之怀之所蕴结，一发之于诗。又自尤其少作，拉杂摧烧之以尽。所手定者，才百数十首而止耳。美荪将汇而存之，庶几明德达道之士，读吾师之诗，可以窥寻其意理而想像其为人。’”[③] 在吕美荪看来，蒋智由平生“未尝翘知于人”，借助诗集

① 梁启超：《清代学术概论》，朱维铮校注，中华书局 2010 年版，第 128 页。

② 梁启超：《饮冰室文集点校》第 1 集，吴松等点校，云南教育出版社 2001 年版，第 1 页。

③ 陈三立：《散原精舍诗文集（增订本）》下册，李开军校点，上海古籍出版社 2014 年版，第 1423 页。

之刊行，才能使更多人了解其师之生平为人。言下之意，只有通过读者的赏鉴，作品的意义、作者的价值才能得以实现。陈衍在谈及诗歌创作时，特意说："凡诗必须使人读得、懂得，方能传得。"①

大众媒介为旧体诗词提供了重要的发表平台，在一定程度上促进了旧体诗词的发展。笔者据上海图书馆所编《中国近代期刊篇目汇录》统计，文学革命以前设有"文艺"栏（或称艺苑、文苑、词章等）的期刊多至百余种，如《女权》《古学汇刊》《湖南教育杂志》《生活杂志》《海军杂志》《文艺俱乐部》《新纪元星期报》《四川国学杂志》《独立周报》《民国经济杂志》《国学丛选》《军事月报》《民谊》《民誓杂志》《中国学报》《神州女报》《庸言》《武德》《实报》《不忍杂志》《平论报》《文史杂志》《宪法新闻》《国民杂志》《大同周报》《新神州杂志》《国是》《国民月刊》《白阳》《公论》《商学协会杂志》《神州丛报》《文艺杂志》等。不少刊物虽然性质上不属于专门的文学报刊，却也开设专栏，刊登旧体诗词，比如 1912 年 9 月创刊的《经济杂志》，其附录栏中有"法令""文苑"（录有诗歌）。同年 11 月，《军事月报》由陆军学会（该会为军界人员所组织）编辑发行，这种"准军事期刊"也有"文苑"栏，刊登旧体诗文。

文学革命发生后，与新文学相比，专门刊载旧体诗词的刊物不多。如前文所述，旧体诗词有时会沦为一些刊物的"补白"，呈现出"式微"之势。但是旧体诗词的读者群仍然存在，它还有一定的"市场"。因此，大众媒介在读者和作者之间起到了调适的作用，刊物借助旧体诗词拓展了自身在特定读者群的影响力，同时也无形中扩大了旧体诗词作家的知名度和影响力。

（二）自觉的传播意识与旧体诗词影响力的生成

在读者中心时代，旧体诗人并没有拘囿在圈子内，他们借助新兴的大众媒介扩大影响力。很多不问世事的清遗民诗人"禁不住"将作品刊诸报端。比如梁鼎芬在清亡后去河北易县看守崇陵，植树护林，杜如松在《民初修建清室崇陵和光绪"奉安"实况》一文中说："（梁鼎芬）每日必随班朝奠，风雨无阻，并有时哭临于梓宫前，跪地不起。梁鼎芬忠于光绪帝，比较清室亲贵有过之而无不及。"② 这位清代遗老曾将作品刊登在

① 钱锺书：《石语》，中国社会科学出版社 1996 年版，第 39 页。

② 杜如松：《民初修建清室崇陵和光绪"奉安"实况》，见中国人民政治协商会议全国委员会文史资料研究委员会编《晚清宫廷生活见闻》，文史资料出版社 1982 年版，第 140 页。

《宪法新闻》（1913年4月创刊）和《微言》（1918年5月创刊），1916年《大中华》杂志第12期还刊登了他在崇陵种树时的照片。王闿运、梁鼎芬、樊增祥、朱祖谋、陈衍、陈三立、郑孝胥、赵熙、俞明震、林纾、沈曾植、朱祖谋、郭曾炘、周树模、江朝宗、郭则沄等人的诗词也经常刊登在报纸杂志上。

女性旧体诗词作家因为“性别”和“文体”，有被双重遮蔽的“不幸”。但在这个时期，一些女性杂志的出现，帮她们成功规避了风险。例如中国近代著名的女性杂志《眉语》（月刊）专门刊载女性作家的作品。该刊第1卷第1号发表了马嗣梅女士（生平不详，著有《丽春堂诗存》）的《红楼梦人物咏》，包括《宝玉》《黛玉》《宝钗》《湘云》《探春》《李纨》《熙凤》《可卿》《妙玉》《鸳鸯》《平儿》《香菱》《紫鹃》《晴雯》《袭人》等。这些作品低徊惆怅，凄迷感伤，具有浓郁的“自怜”之意。作品的刊登折射出女性作家迫切希望得到关注、理解的心态。《眉语》在声名远播的同时，也将以“眉语”为特色的作家推向了公众视野，使她们广为人知。

从深层来看，一方面，报刊杂志的大众传播属性客观上实现了旧体诗词社会批判的文体功能。1912年，鲁迅因友人范爱农之死写下组诗《哀范君三章》，自称“于爱农之死，为之不怡累日，至今未能释然。昨忽成诗三章，随手写之，而忽将鸡虫做人，真是奇绝妙绝，辟历一声，速死豸之大狼狈矣。今录上，希大鉴定家鉴定，如不恶，乃可登诸《民兴》也”[①]。鲁迅将这组诗发表在《民兴日报》，希望引起读者注意，以便“辟历一声，速死豸之大狼狈”。有学者指出，“此在鲁迅主动要求发表诗作之生涯中亦并不多见也”[②]。作家强烈的“被阅读”的诉求隐晦地道出了难以明言的“实情”——友人之死源于社会的压迫。后来鲁迅在居住上海期间，很看重杂文，有迫切的创作欲望，但是外部环境却令其顾虑重重。在这种情况下，他写作旧体诗，努力将其发表在刊物上，借以讽喻和反抗。

又如，九一八事变后，马君武将《哀沈阳》诗二首[③]发表在上海《时事新报》上，后被多家刊物登载，一时传诵各地，成为名作。从作品本身看，描写有未尽其实的地方，比如北洋名媛朱湄筠、电影明星胡蝶等与张学良并无关系。詹焜耀就指出：“1931年‘九一八’事变发生，张学良将

① 鲁迅：《鲁迅全集》第7卷，人民文学出版社2005年版，第450页。

② 阿袁：《鲁迅诗编年笺证》，人民出版社2011年版，第70页。

③ 其一云：“赵四风流朱五狂，翩翩胡蝶最当行。温柔乡是英雄冢，那管东师入沈阳。”其二云：“告急军书夜半来，开场弦管又相催。沈阳已陷休回顾，更抱佳人舞几回。”

军奉命不抵抗，以致国土沦丧、舆论哗然，咸谓张将军醇酒妇人，铸此大错。近累阅报纸，谓六国饭店舞会事，根本没有，张将军亦抱病在身，甚至有谓胡蝶当时亦不在北京。一时烛影摇红，成一疑案矣。”[①] 马君武的诗内容虽系虚构，但所刻画之形象却又蕴含着极为深刻的历史真实。人们很容易从这个“花天酒地”的“张学良”联想到中国历史上的亡国之君。历史惊人的相似性，更容易让人们感受到当下民族危亡的严峻形势。再如名篇《军中杂诗》也是借助报刊流传开来的。吴宓回忆说：“九一八沈变起后，当局持不抵抗主义，节节退军，不数月而失三省之地，此诚吾国之奇耻大辱。有署名记室者，由滦州陆军第二十旅部寄来《军中杂诗》十余首，雄浑苍凉。予亟为刊登《大公报·文学副刊》。”[②] 作家选择以旧体诗的形式记录大事件，并将其投诸报刊，急切地“流传”出去，这在很大程度上说明他们对旧体诗词的影响是有预期的，这些作品暗示性的描述、苍凉的风格极大地刺激了读者，激起了广泛的抗敌热情。

另一方面，就个人而言，报纸杂志的大众传播属性强化了旧体诗词情感宣泄的效果。如郁达夫曾将隐藏着“家丑”的《毁家诗纪》发表出来，似乎隐私若不被公众阅读和知晓，便难以消除自己内心的激愤。1928 年 2 月，郁达夫与王映霞于杭州西子湖畔举行婚礼，一时传为佳话。然而至 1936 年，两人的婚姻遭遇危机。郁达夫自云：“一九三六年春，杭州的‘风雨茅庐’造成之后，应福建公洽主席之招，只身南下，意欲漫游武夷太姥，饱采南天景物，重做些记游述志的长文，实就是我毁家之始。”[③] 1939 年 3 月 5 日，郁达夫的《毁家诗纪》刊登在香港《大风》杂志第 30 期。这组诗记录了郁达夫与王映霞婚变的过程以及他的心理状态。这本是一种“隐私”，但郁达夫在每首诗的后面加注，对诗进行详解。这对才子佳人的隐秘私事也就统统见诸报端。如第四首云：“寒风阵阵雨潇潇，千里行人去路遥。不是有家归未得，鸣鸠已占凤凰巢。”[④] 诗中“鸠占凤凰巢”的影射意味已较为浓烈，而他在注文中曝光了更加惊人的隐情——妻子因与他人有染，不肯与自己同房。他在《毁家诗纪》其九中感叹：“敢将眷属比神仙，大难来时倍可怜。”[⑤] 郁达夫注云：“映霞出走后，似欲重奔浙江，然经友人劝阻，始重归武昌寓居。而当时敌机轰炸日烈，当局下

① 詹焜耀：《马君武诗史》，顾国华编《文坛杂忆续编》，上海书店出版社 1999 年版，第 178 页。

② 吴宓：《吴宓诗话》，吴学昭整理，商务印书馆 2005 年版，第 241 – 242 页。

③ 郁达夫：《郁达夫全集》第 7 卷，吴秀明主编，浙江大学出版社 2007 年版，第 170 页。

④ 郁达夫：《郁达夫全集》第 7 卷，吴秀明主编，浙江大学出版社 2007 年版，第 172 页。

⑤ 郁达夫：《郁达夫全集》第 7 卷，吴秀明主编，浙江大学出版社 2007 年版，第 174 页。

令疏散人口，我就和她及小孩、伊母等同去汉寿泽国暂避。闲居无事，做了好几首诗。因易君左兄亦返汉寿，赠我一诗，中有‘富春江上神仙侣’句，所以觉得惭愧之至。”① 在外人看来，郁、王是神仙眷侣，而个中冷暖只有当事人自己才最清楚。照常理，家丑不宜张扬，而郁达夫却将之呈现在公众视野。诗人迫切地需要和希望读者参与阅读，欲通过制造舆论来获得一种心理补偿，以达到精神上的释放和满足。

文学革命后，“文体竞逐”已经成为一种常态。人们对传统文体尤其是旧体诗词的价值、地位的认识存在分歧。但在大众媒介迅猛发展的形势下，旧体诗词非但没有迅速“灭绝”，反倒相当适应这种传播格局。旧体诗词借助大众媒介，展示了诗人优雅的气度和睿智的哲思，利用文体优势“顾左右而言他”，策略性地叙事言情，为读者留下丰富的阐释空间。在文化激荡、思想纷杂、政局迷乱的社会转型期，大众媒介强化了旧体诗人的宣传责任，扩大了旧体诗词的影响范围。它与旧体诗词形成“合谋”，刺激舆论、形成话题，满足了作者、读者、媒介的多方需求。这也就意味着旧体诗词在经历了文学革命的“拷打”之后，逐渐开辟了新的战场。

二、公开的“宣言”：报纸杂志与旧体诗学观念的传播

何文焕称：“诗话于何昉乎？赓歌纪于《虞书》，六义详于古序，孔孟论言，别申远旨。《春秋》赋答，都属断章，三代尚已。汉魏而降，作者渐夥，遂成一家言，洵是骚人之利器，艺苑之轮扁也。”② 他将“诗话”的渊源追溯至上古。尽管历代诗学理论很多，但流传途径基本属于口耳相传、书信往还或典籍刊刻，这既限制了传播范围和效率，也影响到诗学观念的融合、碰撞与传承。报纸杂志的发展改变了以往的文化传播方式，为旧体诗学的交流与互动创造了条件。

（一）“大声疾呼”的“私见”

相较于同时期新文学家们多以“论战”的形式发表各种意见和理论主张，旧体诗人则显得相当谨慎。他们通常以“自叙”“刍议”“商兑”的形式呈现有关旧体诗词的见解。这些带有“谦卑”意味的命题方式说明其将诗学理念首先视为一种“私见”。报纸杂志的流行使“私见”有足够的条件变成“共识”。

---

① 郁达夫：《郁达夫全集》第7卷，吴秀明主编，浙江大学出版社2007年版，第174页。
② 〔清〕何文焕辑：《历代诗话》上册，中华书局1981年版，第3页“序”。

陈衍作为诗坛赫赫有名的同光派理论家，原本不屑于指摘风起云涌的新文学思潮，但这并不代表他不关心文坛风气和旧体诗创作的动向。陈衍把私下为友朋答疑解惑的见解分享给读者，借此宣扬自身的立场和诗学主张。1926年9月，《国学专刊》刊登《陈石遗先生答龙榆生问诗学书》的通讯。陈衍针对龙榆生提出的以俚语入古文或诗的疑问，回复道："以俚语入文，桐城派所禁是也。其道不足以服人，即在此。用之殆亦有道，大抵报点明白，援引得势，不可突如其来，不可囫囵过去。其太粗鄙者，自决不可用。入诗则全藉前后左右烘托得法。"①

陈衍选择公开发表回复内容，其意义就超越了一般的作者与读者交流的范围，他斩钉截铁地表示"以俚语入文，桐城派所禁是也。其道不足以服人，即在此"，既以此正视听，又反击了新诗创作过于直白浅陋的弊病。后来，《国专月刊》第5卷第3期又刊登《陈石遗先生答陈光汉诗学阙疑七则》，指出"诗者有韵之言语，说到学已非其道，岂可专学一代，专学一家，况专学一体乎？此无志之人，只求有少许诗可传者之所为，有志者无所不能而后可"②。陈衍仍然是"意在言外"，欲为大众指点迷津，同时宣扬自己的诗学理念。

抗战时期，旧体诗词重新活跃在公众视野中，其诗学理论虽不及新文学那样热闹，但也在不断发展。易君左在《民族诗坛》第2卷第4辑上发表《建立"国民诗学"刍议》，称："今日'抗战建国'之局面，实为我国自有史以来空前未有之大时代。诗学至此大时代，宜截然与从前不同：一方须发挥诗学本身之进步性，一方尤须光大时代所赋予之使命。民国建立，已二十有七年，而诗学不振，无以应国家民族之用，诚属遗憾，今宜急起直追，以大民族之精神，为划时代之写作，而建立'民国诗学'之基石。"③ 他从"空前未有之大时代"的背景出发，强调以"大民族之精神"，构建"民国诗学"。1940年6月9、10日，郭沫若在重庆《大公报》发表《"民族形式"商兑》，强调利用五言、七言、长短句等来服务抗战："在目前我们要动员大众，教育大众，为方便计，我们当然是任何旧有的形式都可以利用之。不仅民间形式当利用，就是非民间的士大夫形式也当利用。用鼓词、弹词、民歌、章回体小说来写抗日的内容固好，用五言、七言、长短句、四六体来写抗日的内容，亦未尝不可。"④ 又云："象旧小

---

① 龙榆生、陈衍：《陈石遗先生答龙榆生问诗学书》，载《国学专刊》1926年第1卷第3期。

② 陈衍：《陈石遗先生答陈光汉诗学阙疑七则》，载《国专月刊》1937年第5卷第3期。

③ 易君左：《建立"国民诗学"刍议》，载《民族诗坛》1939年第2卷第4辑。

④ 王训昭等编：《郭沫若研究资料》（上），知识产权出版社2009年版，第241页。

说中的个性描写，旧诗词的谐和格调，都值得我们尽量摄取。”① 郭沫若选择将这“商兑”发表，不能不说是对战时文学主张的一种合理补充。

旧体诗人的“私见”当然可以众说纷纭、莫衷一是，这是文学生态良性发展的重要表现。然而，一旦“私见”借助报纸杂志公开发表，它便具有了“宣言”的意义，衍生出各种暗示和隐喻，从而成为一种可资借鉴的话语资源。这是大众媒介赋予诗人的一种话语权。

（二）“富有悬念”的诗话连载

在现代文学史上，诗话（或者词话）连载是旧体诗学话语与大众媒介相结合的重要现象。比如1927年7月3日，《国闻周报》第4卷第25期开始连载王揖唐《今传是楼诗话》，当时署名为“逸塘”，至1929年6月30日第6卷第25期结束。诗话连载意味着作者源源不断地输出观点和见解，在接受读者意见反馈的基础上，去取删选，有节制、有悬念地评点和批判。

陈衍《石遗室诗话》的撰写、流传与《庸言》《东方杂志》等密切相关。石遗老人曾自述《石遗室诗话》的成书过程：“数十年来多说诗，意有所得，辄拉杂笔之，未成书也。壬子秋客居都门，梁任公编《庸言》杂志，属助臂指，则请任诗话，襞绩旧说，博依见闻，月成一卷，卷可万言贻之。癸丑旋里，寄稿偶有间断。迨甲寅夏日印行仅十三卷，诗之可话者尚多，而《庸言》则既停矣。乙卯六月，李拔可谋为《东方杂志》增文苑材料，复以诗话见委，亦月成一卷，卷万言，至十有八卷而复止。则鄙人有《福建通志》之役，事方殷也。久之，十三卷之本，坊间私行翻印，既非完书，复多错误。十八卷之本从未单行。阿好者欲购末由，时来问讯。乃取旧稿，删改合并，益以近来所得，都三十二卷。属涵芬楼主人印之，以饷海内之言诗者。”② 这段文字中，有三点值得注意：第一，陈衍虽“数十年来多说诗”，却“未成书也”，所积心得也就无法令世人一睹为快，梁启超主编《庸言》，邀请陈衍撰写诗话，促使其“襞绩旧说，博依见闻，月成一卷”。可以说，多年夙愿凭借《庸言》一朝得成。第二，陈衍为《庸言》撰写诗话，“印行仅十三卷，诗之可话者尚多，而《庸言》则既停矣”，言语间大有欲罢不能之憾，好在《东方杂志》又为陈衍提供了方便，促成另外十八卷的撰写和发表。第三，在《石遗室诗话》未出单行本之时，坊间所见文字主要依赖《庸言》《东方杂志》。这些细节

① 王训昭等编：《郭沫若研究资料》（上），知识产权出版社2009年版，第248页。

② 陈衍：《陈石遗集》（上），陈步编，福建人民出版社2001年版，第698－699页。

表明报纸杂志不仅决定读者阅读的内容，还在很大程度上影响着内容的生成、诗学批评者的书写习惯和心态。

汪辟疆《光宣诗坛点将录》的连载充满戏剧性，颇有“扣人心弦”的魅力。1925 年 8 月 15 日，汪辟疆《光宣诗坛点将录》开始在章士钊创办的《甲寅》周刊第 1 卷第 5 期上连载。他在《〈光宣诗坛点将录〉定本跋》中称：“旧撰《光宣诗坛点将录》一卷，为己未年在南昌时所草创。又五年乙丑六月间过南京，柳翼谋诒徵、杨杏佛铨见之，亟推为允当，且有万不可移易者。当时杏佛拟刊诸《学衡》杂志。余辞以当须改定，愿以异日。是月至北京，适长沙章士钊办《甲寅》周刊。一日，章氏遇余宣武门江西会馆，见而携去，谓不可不亟为流传，乃为刊于《甲寅》。”[①]《光宣诗坛点将录》因分期连载，便有了“悬念”，不仅带动了刊物的销量，还使读者获得了参与感。如汪辟疆所云：“沪上诸名流过南海，多预猜某为天罡，某为地煞，某当某头领，日走四马路书坊，询《甲寅》出版日期。比寄沪，争相购致，一时纸贵。及急为翻阅，中者半，不中者半，偶见其比拟确切处，辄推允洽。”[②]

有些诗话作者不以真实身份示人，这又增加了“悬念感”。比如署名“曼昭”的《南社诗话》，杨玉峰描述说：“《南社诗话》最初发表于香港《南华日报》，署名‘曼昭’，后来又连载于上海《中华日报·小贡献》，而部分内容复于《蔚蓝画报》、《古今半月刊》登载。”[③] 诗话辗转刊登在各种刊物，一方面是由于作者有广泛传播的意愿，另一方面也说明诗话受到读者追捧。正如屈向邦《广东诗话》谓：“《南社诗话》曾登港中某报，说南社诸人诗事，评论固当，而常有珍贵逸闻，醰醰有味，读者爱诵之。惜无单行本，欲温故而不可得也。或曰，曼昭，双照楼主之别名也。”[④] 诗话中透露的诗坛逸闻及作者与著名诗人的交往颇能激起人们的好奇心，加上作者身份不明，更让诗话充满了神秘色彩，增加了对读者的吸引力。

诗话连载看似仅仅是文字的发表途径，但“连载”却使“每有所得，辄著于篇，不分先后”[⑤] 的散乱诗论成线性排列，建构起一定的体系。诗话连载也就变成一种持续的“发声”形式，培养起读者的阅读趣味、阅读

① 汪辟疆：《光宣诗坛点将录笺证》下册，王培军笺证，中华书局 2008 年版，第 781 页。

② 汪辟疆：《光宣诗坛点将录笺证》下册，王培军笺证，中华书局 2008 年版，第 781－782 页。

③ 杨玉峰：《校点与体例说明》，见杨玉峰、牛仰山校点《南社诗话两种》，中国人民大学出版社 1996 年版，第 5 页。

④ 屈向邦：《广东诗话正续编》，香港龙门书店 1968 年版，第 9 页。

⑤ 曼昭：《原版自序》，见杨玉峰、牛仰山校点《南社诗话两种》，中国人民大学出版社 1996 年版，第 3 页。

习惯，从而借助喋喋不休的力量，把作者的诗学观念传递出去。

三、“仪式”与“表演”：报纸杂志与旧体诗人的处世之道

辛亥革命后，中国社会由近代向现代转型，经济基础与上层建筑的方方面面都发生了深刻变化。执守传统文化的旧体诗人历经“世变”，或愤世嫉俗、怨刺怒骂，或隐其行迹、不问世事，或放浪形骸、优游余岁。他们虽然出处有别，遭遇各异，诗歌风格、诗学主张也大相径庭，却在言谈举止等方面显露出群体性的仪式化倾向，并通过报纸杂志等大众媒介向公众展示他们的趣味、仪式和形象，强化其存在的意义。

（一）“仪式化”的倾向与“表演”

仪式的概念最早由英国博物学家赫胥黎提出，用来描述鹏鹛的求爱行为，此后逐渐引入人类学、神话学、宗教学、社会学、传播学等领域。不同学科、不同学者对这个词的理解存在不少差异。彭兆荣指出：“它是一个从内涵到外延都不易框定的巨大的话语性包容。”① 又称：“倘若当今我们不加以基本的框架，单就仪式一词的语义就多得令人瞠目。其边界也很难确认：它可以是一个普通的概念、一个学科领域的所指、一个涂染了艺术色彩的实践、一个特定的宗教程序、一个被规定了的意识形态、一种心理上的诉求形式、一类生活经验的记事习惯、一种具有制度化的功能行为、一个政治场域内的策谋、一个族群的族性（ethnicity）认同、一系列节日庆典的展示、一个人生礼仪的通过程序、一个社会‘公共空间’表演。”② 笔者此处所说的“仪式化”倾向指旧体诗人在旧文化传统受到冲击和撼动的时代浪潮中，试图通过行为模式、生活态度、诗歌创作，模拟和效法古代先贤，表现和塑造自我形象、群体形象，以满足情感需求和精神共鸣的强烈诉求。

1920 年胡朴安、汪子实发起成立鸥社。这个“鸥”字就很容易让人联想到杜甫的“白鸥没浩荡，万里谁能驯”（《奉赠韦左丞丈二十二韵》）和黄庭坚的“万里归船弄长笛，此心吾与白鸥盟”（《登快阁》）。“鸥”折射出了社团中人洒脱不羁的性情。首次雅集参加者有胡朴安、潘兰史、徐仲可、孙小舫、陶小柳、汪子实、宋痴萍、胡寄尘、汪兰皋、傅熊湘、王莼农等 11 人。胡朴安回忆说：“民国九年，我们几个在上海南社的朋

① 彭兆荣：《人类学仪式的理论与实践》，民族出版社 2007 年版，第 9 页。
② 彭兆荣：《人类学仪式的理论与实践》，民族出版社 2007 年版，第 10 页。

友，由子实与我发起，组织了一个鸥社。成立之日，命小女漳平绘图，我作五古一首，诗云：'大风走沙石，天地变苍黄。豺虎相啖食，蛟龙各潜藏。浩劫古未有，乱极转不伤。飘飘一鸥寄，何处是故乡。离忧悲屈子，任运效蒙庄。萍踪偶然合，欢言命酒浆。江海各忘机，颓然倾台觞。老兰生白发，意气犹激昂。词人徐仲可，吐属自芬芳。小舫何沉默，小柳何清扬。子实何跌宕，痴萍何端详。寄尘清且癯，兰皋慨以慷。郁郁文采傅（傅屯艮），翩翩风度王（王莼农）。言笑欢永夕，各自有篇章。……'"[①]胡朴安明白地交代他们在"悲屈子""效蒙庄"，"效"说明他们是在有意模仿古人。

今雨雅集社明确以效仿古代先贤、提倡风雅相号召。赵继声《今雨雅集社壬戌诗选序》云：

> 今雨雅集社者，乃盩厔路禾父，暨京兆糜仲章等招，萍聚青门。诸名宿结文酒之会，消遣闲愁，忘隐见之心，提倡古道者也。以觞以咏，有元嘉乐苑之风流，奚主奚臣，无永明芳林之朝忌。雁塔曲江而外，别续芳踪，杜陵韦墅之间，重寻韵事。伸约章于尊酒，徵同意于群贤，为期则雪月风花之赏，与时偕行，其地则林亭山水之游，从吾所好。[②]

诗社同人通过"消遣闲愁""提倡古道""以觞以咏"来模拟"元嘉乐苑之风流"，在历史的凭吊中重拾风雅。

又如1929年春，萧惠清与蒋藩、李印泉等人复开衡门诗社。萧惠清《衡门社诗选序》云：

> 己巳春，惠清与蒋君恢吾、李君秋川复开衡门诗社，效元代至元时浦江吴渭、谢翱诸公之月泉吟社，以春日田园杂兴为题，就社友之在汴垣及作客四方者寄简徵诗，得数十首，从此按月开课，轮次分题，远近吟朋，相将入社，可谓一时之盛矣。[③]

---

① 胡朴安：《南社诗话》，见杨玉峰、牛仰山校点《南社诗话两种》，中国人民大学出版社1996年版，第152页。

② 赵继声：《今雨雅集社壬戌诗选序》，见南江涛选编《清末民国旧体诗词结社文献汇编》第1册，国家图书馆出版社2013年版，第401页。

③ 萧惠清：《衡门社诗选序》，见南江涛选编《清末民国旧体诗词结社文献汇编》第23册，国家图书馆出版社2013年版，第225页。

诗人们旗帜鲜明地表示仿效元朝吴渭、谢翱等人组织的月泉吟社，由此可见其追摹古人、赓续风雅之意。

不论是农历三月三的修禊雅集，还是重九的登高唱和，这类在旧体诗词圈普遍存在的集结方式，反映出文人雅士皈依传统文化，渴望追摹古人的风流气度。而报纸杂志为旧体诗人仪式化的“表演”创造了条件，诗人的风流蕴藉、高蹈独立的姿态得以呈现在公众视野中。

1930 年 6 月 1 日，《国立中央大学半月刊》第 1 卷第 15 期刊载了“上巳社诗钞”及“禊社诗钞”。其中“上巳社诗钞”部分囊括了王伯沆、黄侃、汪辟疆、胡小石、王易、汪东等人的旧体诗，“禊社诗钞”则为何鲁的《四月八日邀禊社诸人小饮寓园分韵得芳草二字》及诸人共同完成的《浣溪沙·后湖夜泛连句》。王伯沆等名教授通过分韵赋诗，展示学识、比拼才华、分享乐趣，向外界传达了不合流俗的态度。沈卫威分析说：“《国立中央大学半月刊》登出的‘禊社诗钞’，实际上是显示出了中央大学、金陵大学中国文学系师生文学创作中崇尚古典主义的冰山之一角。而实际潜在的是古典诗词创作的一股很大的势力。这种势力分别体现在以黄侃为首的‘禊社’和以吴梅为首的‘潜社’。前者以诗为主，后者以词曲为主。这是被五四新文学运动重创的古典主义文学传统在 1920 年代末、1930 年代上半期南京两所大学的文人中的复兴。”① 与其说是古典主义文学传统的某种“复兴”，倒不如说是通过分韵赋诗的表演，向世人展示古典主义文学传统的延续和不灭。

抗战时期，旧体诗人的雅集、唱和也蕴含丰富的“象征”意味。比如 1941 年 9 月 5 日，林伯渠发起成立怀安诗社，旨在利用旧形式，装置新内容，用诗歌激励抗战。1941 年 9 月 7 日《解放日报》专门报道了怀安诗社的成立：“九月五日，林伯渠、谢觉哉、高自立等同志，于交际处宴请延安民间诗人墨客，到会者多为寿高六十或七十岁以上之老人，如东市遗老吴汉章老先生、席老先生、白老先生等十余人，并请王明同志作陪。其中计有秀才五人，拔贡一人。畅谈当年入场及清末遗事甚欢。因当场多诗词之士，乃由林老发起组织一诗社，本‘老者安之，少者怀之’之旨，定名怀安诗社，由法院李木庵同志主持诗坛，荟集佳作。闻者多称之曰延水雅集。”② 交际处宴请的这些延安民间的诗人墨客，或为“遗老”，或为

---

① 沈卫威：《文学的古典主义的复活——以中央大学为中心的文人禊集雅聚》，载《文艺争鸣》2008 年第 5 期。

② 刘润为主编：《延安文艺大系·文艺史料卷》（上），湖南文艺出版社 2015 年版，第 502 页。

"秀才""拔贡"，阅世深，见识广，本就擅长吟诗作词，而林伯渠组织怀安诗社的倡议刚好符合其所长，这就进一步拉近了彼此的关系，激发民族情感和文化认同。"延水雅集"从而在报纸的报道和渲染中，成为"中国共产党领导的抗日战争中的一个美好插曲，也是现代诗史上的佳话"①。

现代旧体诗人的痛饮狂歌、雅集唱和一经报纸杂志登载，似乎变成了对旧体诗人生活方式、创作方式的诗意塑造，这种方式逐渐成为他们的"处世之道"。人们想当然地把他们看成"一类人"，而忽略了其原本存在的个性。在一个注重文学个性的时代里，他们不得不通过仪式化的行为和集体的表演进一步强化其存在的意义。

（二）以报刊为中心的"阵营"

报纸杂志对文人群体有着深刻的影响，旧体诗人以报纸杂志为中心，形成不同的创作圈。正如有的学者所说："报章不仅仅取代了旧有的书籍载体，更为文人的交游延展出无比广阔的平台，虽然实体的聚会可能只有寥寥数人，但在这广阔平台之上，却有着成千上万的潜在的参与者……近代媒体已经显示出其不同凡响的社会功能，为文人提供了交往及参与社会的新的可能。"②

早在民国初年，南社就凭借掌握的报刊资源，极大地拓展了影响力。1912 年 4 月 1 日在上海创刊的《太平洋报》就是由南社成员主持。柳亚子说："《太平洋》的局面是热闹的。大家都是熟人，并且差不多都是南社的社友。不是的，也都拉进来了。那时候，可称为南社的全盛时代。"③姚雨平任太平洋报社社长，陈陶遗、邓树楠为顾问，叶楚伧任总主笔，柳亚子、苏曼殊、李息霜、林一厂、余天遂、姚鹓雏、夏光宇、胡朴安、胡寄尘、周人菊、陈无我、梁云松等人为主笔，朱少屏、王锡民为干事，报社清一色南社人。④ 在上海其他的报纸中，南社社员也占据着重要位置，如《天铎报》（邹亚云、李叔同、俞语霜）、《民立报》（范鸿仙）、《民权报》（戴季陶、汪子实、牛霹生）、《时报》（包天笑）、《神舟日报》（黄宾虹、王无生）、《大共和报》（王旭初）、《民国新闻》（陈全卿、吕天民、陶冶公、沈道非、林庚白）、《民声日报》（黄季刚、刘昆孙）等。⑤

---

① 陈友康：《现代诗词的价值与命运》，华中师范大学出版社 2015 年版，第 267 页。

② 凌硕为：《新闻传播与近代小说之转型》，浙江大学出版社 2013 年版，第 79 页。

③ 柳亚子：《柳亚子文集 南社纪略》，柳无忌编，上海人民出版社 1983 年版，第 42 页。

④ 柳亚子：《柳亚子文集 南社纪略》，柳无忌编，上海人民出版社 1983 年版，第 42 页。

⑤ 柳亚子：《柳亚子文集 南社纪略》，柳无忌编，上海人民出版社 1983 年版，第 42－43 页。

这些报纸或由南社社员主持，或由其主笔。胡朴安称："南社本是与国民党先后组织的，国民党为革命实际之行为，南社为革命文字之鼓吹。民国成立，民党报纸，其任编辑者，多半是南社社员，常与非民党报纸，以笔墨相战斗。"① 因此，南社社员的诗、文、词经常见诸报端，为传递社团的文学理念创造了条件，使其获得了在公共文学空间发声的主动权。

20世纪二三十年代，曹经沅担任《国闻周报·采风录》主编，他联络各界文学名流，以刊载旧体诗词为纽带，联络和组织了庞大的文人群。据1930年《国闻周报》第7卷第50期所载《〈采风录〉作者姓氏小录》，截至1930年6月，《采风录》作者有郑孝胥、黄节、樊增祥、段芝泉、陈宝琛、邵瑞彭、章梫、陈曾寿、王揖唐、陈诗、黄濬、邓镕、周学熙、孙雄、梁鸿志、朱祖谋、吴芳吉、章士钊、向迪琮、何振岱、杨沧白、丁传靖、杨云史、郭则沄、黄炎培、傅岳棻、谭延闿、柯凤荪、乔大壮、唐兰、郭曾炘、陈衍、曾习经、方孝岳、夏敬观、徐珂、杨增荦、许承尧、马一浮、黄侃、冒广生、叶恭绰、陈三立、赵尊岳、程颂万、张元济、林志钧、李宣龚、冯幵、周梅泉、吴用威、刘承干、王式通、汪荣宝、诸宗元、王国维、潘飞声、罗惇曧、赵熙、胡汉民等218人。②《国闻周报·采风录》从1927年第4卷第25期开始设置，一直延续至1937年8月第14卷第32期，历时10年。它在新文学流行的时代对维系旧体诗词圈起到了巨大的作用。吴宓认为，"曹缥蘅君实今日中国诗界之惟一功臣""《采风录》亦即中国旧体诗之最后逋逃薮。"③

再如，20世纪40年代末创刊于广州的《岭雅》前后共出版71期，刊登旧体诗词文2000余篇，作者有180人，如江霞公、商衍鎏、叶恭绰、钟敬文、詹安泰、黄咏雩、朱庸斋、冼玉清、冒鹤亭、王季友、方孝岳、熊十力、卢冀野。如一些学者所说："《岭雅》作者阵容之大，文言诗文作品数量之多、品质之高，在国内可谓一时无两。从《岭雅》刊登的作品中，可窥见抗战结束后岭南诗词界的盛况。"④

报纸杂志对于保存诗词文献、传播文学观念、培育受众群体、凝聚文人精神具有极为重要的意义。与此同时，它还为作者、读者的深入互动创造了条件，其对诗词传承的推动作用是其他途径难以企及的。

---

① 胡朴安：《南社诗话》，见杨玉峰、牛仰山校点《南社诗话两种》，中国人民大学出版社1996年版，第149页。

② 国风社：《采风录作者姓氏小录》，载《国闻周报》1930年第7卷第50期。

③ 吴宓：《吴宓诗话》，吴学昭整理，商务印书馆2005年版，第254页。

④ 陈永正、李国明、李文约辑校：《岭雅》，广东人民出版社2013年版，"前言"第7页。

结　语

旧体诗词作为传统文学中最具代表性的文体，在旧式文人的生活中扮演着重要角色，甚至已演变成风流、智识与雅趣的象征。但在文学革命后，这种带有精英文化色彩的文体的创作、传播和流行受到不少限制。曲高而和寡是民国旧体诗词发展的瓶颈，作为少数人谙熟的文体形式，其成为大众文学时代的“小众”文学。

但民国旧体诗词记录了社会转型之际人们复杂的思想纠葛和矛盾的文化心理，承载着诗人夫子自道似的“隐秘”与精神寄托。正如张中良所云：“旧体诗词的创作显示出传统文学的强大生命力，其中折射出气象万千的时代风貌，透露出现代人幽深的内心世界。”①

新旧文体虽存在竞逐，但“共生”才是长久以来的真实格局。随着时代和文学的演进，各种文体在艺术手法上有相互借鉴与融合的趋势。现代旧体诗词是中国古典诗词在新的历史条件下的延续和发展，它所体现的“继承性”和“现代性”是文化传统与现实处境两种合力相互作用的结果，最终促成了一种鲜明的“民国风味”。这种风格的形成与旧体诗人自觉的努力是分不开的。诚如吴芳吉所言：“余以民国之诗，当有民国之风味，以异于汉魏唐宋者，此格调之不能不变者也。”② 从这个意义上讲，其理应成为民国文学史、现代文学史建构的重要组成部分。

总之，旧体诗词的价值与内涵已经远远超出文学、文体的范畴，逐渐成为一种文化隐喻，绵延着民族的记忆，生发出独特的意义。它对于中国当代文化而言，不可或缺，对于世界文化的多样性而言，亦不可缺失。

---

① 张中良：《民族国家概念与民国文学》，花城出版社2014年版，第63页。

② 吴芳吉：《白屋吴生诗稿自叙》，载《学衡》1929年第67期。

附　录

相关研究文章

胡适的旧体诗观①

1918年1月，胡适、刘半农、沈尹默在《新青年》第4卷第1号发表了一批新诗，拉开了新诗运动的帷幕。这是一场完全不同于历史上任何一次诗文运动的大变革。倡导者们所提倡的新诗无论在形式还是内容上都迥异于传统的旧体诗。从这个意义上说，新诗运动是对传统诗歌的大反叛。

胡适是这场运动的倡导者，他总是以旧体诗批判者的姿态出现在公众视野中，给人的印象似乎是只爱新诗，不喜旧诗，甚至对旧诗充满厌恶。而实际上，胡适对旧体诗的态度比较复杂，就连与其关系密切的友人，在谈及他对旧体诗的态度时，都产生了两种截然不同的观点。梁实秋称："近读《胡适文存》中有关论诗之作，我觉得胡先生的意见前后几十年间一以贯之，很少变化。这大概也就是胡先生的坚定不移的性格之一例证，一有所见，便终身以之。"② 唐德刚却认为胡适对旧体诗的态度在晚年与少年存在差别，他说："胡适对旧诗的看法，在我的体验中，他晚年和少年时期的分别是很大的。但是一经我追问他又不得不为他少年时期的言论作辩论，因而其言论就显出矛盾了。"③

学界对此问题也争论不休。郑敏在《世纪末的回顾：汉语语言变革与中国新诗创作》一文中指出，"读破万卷书的胡适，学贯中西，却对自己的几千年的祖传文化精华如此弃之如粪土"④。而王瑶先生则认为胡适"对中国古典诗歌传统是有所扬弃，也有所继承的"⑤。这些论述无疑是具有启发性的，但或囿于一端，或失之笼统，未能尽窥其貌，无法展示胡适不同时期诗论的发展变化及矛盾、困惑。有鉴于此，我们有必要对胡适的旧体诗观做全面的梳理和审视。

---

① 本文原载《北京社会科学》2014年第4期。
② 《梁实秋文集》编辑委员会编：《梁实秋文集》第1卷，鹭江出版社2002年版，第720页。
③ 唐德刚：《胡适杂忆》，广西师范大学出版社2005年版，第95页。
④ 郑敏：《世纪末的回顾：汉语语言变革与中国新诗创作》，载《文学评论》1993年第3期。
⑤ 王瑶：《中国现代文学史论集》，北京大学出版社1998年版，第325页。

一、不同时期的旧体诗论

由于依据标准不同，有关胡适生平的传记或研究专著对其人生阶段的划分意见往往不一致，若仅就其对旧体诗的态度而言，分为四个时期似乎更为恰当。

1. 求学阶段

1907 年，胡适 17 岁，正就读于上海中国公学。李敖在《胡适评传》中将这一时期胡适能走上旧体诗写作的道路归结为两个偶然因素：一是胡适在脚气病养病期间读到了吴汝纶选的古文读本里头不少的古诗歌；二是胡适以诗送别《竞业旬报》社的傅君剑返乡，对方以一首《留别适之即和赠别之作》相答，诗中有“天下英雄君与我，文章知己友兼师”的赞语，这让胡适受宠若惊，“更加重了他对诗歌的热爱，使他‘发愤读诗，想要做个诗人’”[①]。也正是在这样的背景下，胡适开始了对旧体诗的思考。

他对律诗表示不满。他说：“做惯律诗之后，我才明白这种体裁是似难而实易的把戏；不必有内容，不必有情绪，不必有意思，只要会变戏法，会搬运典故，会调音节，会对对子，就可以诌成一首律诗。这种体裁最宜于做没有内容的应酬诗，无论是殿廷上应酬皇帝，或寄宿舍里送别朋友，把头摇几摇，想出了中间两联，凑上一头一尾，就是一首诗了；如果是限韵或和韵的诗，只需从韵脚上去着想，那就更容易了。……七言律诗，我觉得没有一首能满意的，所以我做了几首之后就不做了。”[②] 他把律诗看作文字游戏，并认为其最适宜用作应酬诗。今查《胡适全集》，1907—1910 年在上海期间，保留下来的旧体诗有 40 首。写于 1907—1908 年间的共 21 首，其中古体诗有 12 首，五七言律诗 5 首，七言绝句 4 首。律诗明显少于古体诗。李敖认为此时“他开始恨律诗，开始倾向诗体解放，开始给日后的‘文学革命’种下了伏机”[③]。

另外，胡适自称从他的旧笔记《自胜生随笔》中所摘录的几条前人诗论，已能看出其“十六岁时论诗的旨趣了”[④]：

---

① 李敖：《胡适评传》，文汇出版社 2003 年版，第 141 页。

② 胡适：《四十自述》，中国文联出版公司 1992 年版，第 70 页。

③ 李敖：《胡适评传》，文汇出版社 2003 年版，第 142 页。

④ 胡适：《胡适文集》第 9 册，欧阳哲生编，北京大学出版社 1998 年版，第 71 页。

作诗必使老妪听解，固不可；然必使士大夫读而不能解，亦何故耶？（录《麓堂诗话》）

东坡云，“诗须有为而作。”元遗山云，“纵横正有凌云笔，俯仰随人亦可怜。”（录《南濠诗话》）①

前一段强调诗歌语言既不能过于直白，也不应偏于晦涩难解，而应以达意为准。后一段强调诗歌应当“有为而作”，创作应带有某种目的，同时诗人不应一味模仿，失去个性。

1910年9月，胡适来到美国，先后入康奈尔大学和哥伦比亚大学读书。这期间他更加自觉地对旧体诗进行反思。

首先，他十分重视诗歌的“真”。1911年4月13日，他在日记中写道：“汉儒解经之谬，未有如《诗》笺之甚者矣。盖诗之为物，本乎天性，发乎情之不容已。诗者，天趣也。汉儒寻章摘句，天趣尽湮，安可言诗。”② 胡适对汉儒穿凿附会《诗经》大为不满，他认为诗歌应出自人的天性本心，是情感不能自已时的产物，因而要有为而发，以保留“天趣”。在答友人任叔永的诗中称“叔永至性人，能作至性语。脊令风雨声，令我泪如雨”③。季彭为任叔永之弟，因忧愤时政投井而死，叔永将季彭生前寄给他的书信整理成《脊令风雨集》，并系诗纪念，有诗句“何堪更发旧书读，肠断脊令风雨声”。胡适“脊令风雨声”一语是对应任叔永之语而发。何为“至性人”“至性语”？胡适没有直言，却给了提示：“至性人”“至性语”能够“令我泪如雨”。只有蕴含了作者本人真情的诗语才能感人肺腑。友人许怡荪1911年寄长诗《哭程君乐亭》给胡适，胡适评价云：“情真语挚，读之令人泪下。”④ 1915年胡适明确提出“诗贵有真”⑤。他说：“诗贵有真，而真必由于体验。若埋首牖下，盗袭前人语句以为高，乌有当耶。”⑥

其次，诗歌应当自然、达意。他颇为得意地评价《自杀篇》，云：“此诗全篇作极自然之语，自谓颇能达意。”⑦ 其后在总结自己诗歌的特点

① 胡适：《胡适文集》第9册，欧阳哲生编，北京大学出版社1998年版，第71页。
② 胡适：《胡适日记全编》第1册，曹伯言整理，安徽教育出版社2001年版，第84页。
③ 胡适：《胡适日记全编》第1册，曹伯言整理，安徽教育出版社2001年版，第331页。
④ 胡适：《胡适日记全编》第1册，曹伯言整理，安徽教育出版社2001年版，第102页。
⑤ 胡适：《胡适日记全编》第2册，曹伯言整理，安徽教育出版社2001年版，第48页。
⑥ 胡适：《胡适日记全编》第2册，曹伯言整理，安徽教育出版社2001年版，第51页。
⑦ 胡适：《胡适日记全编》第1册，曹伯言整理，安徽教育出版社2001年版，第332页。

时称“吾诗清顺达意而已”①。这与传统诗歌中讲求“天然去雕饰”是一致的。但是胡适之诗语不在刻意“自然”，而以“达意”为目的。在这个前提下，白话、俗语任其驱策。《自杀篇》中胡适就使用了口语“我不识贤季，焉能和君诗？颇有伤心语，试为君陈之”，“我闻古人言，‘艰难惟一死’。我独不谓然，此欺人语耳”。② 1916 年 1 月 29 日，胡适一首和任叔永的小诗云：“我无三子长，亦未敢自菲。行文颇大胆，苦思欲到底。十字以自嘲，倘可视知己。”他自己感慨说：“近来作诗颇同说话，自谓为进境。”③ 胡适将“作诗颇同说话”看作“进境”，表明这是其有意为之的结果。

再次，诗贵创新，不应蹈袭。胡适在总结其诗歌创作时云：“吾近来作诗，颇能不依人蹊径，亦不专学一家，命意故无从摹效。即字句形式亦不为古人成法所拘，盖胸襟魄力，较前阔大，颇能独立矣。”④ 此语并非虚言，前者所论以口语、俗语入诗已经显示出他自觉的尝试。1915 年 4 月 26 日，胡适作《老树行》，认为“此诗用三句转韵体，虽非佳构，然末二语决非今日诗人所敢道也”⑤。末二语为“既鸟语所不能媚，亦不为风易高致”，这引起了同辈的传论，所谓“侪辈争传，以为不当以入诗”，“今晨叔永言见芙蓉盛开而无人赏之，为口占曰：‘既非看花人能媚，亦不因无人不开’，亦效胡适之体也”。⑥ 友人杨杏佛、任叔永的模仿也许带有开玩笑的意味，但从他们称其为“效胡适之体”，可以看出这个诗句明显带有胡适本人的个性特征。胡适论韩愈的诗，以为“韩退之诗多劣者。然其佳者皆能自造语铸词，此亦其长处，不可没也”⑦。“自造语铸词”才能推陈出新，显示出诗人的个性特征。

2. 文学革命时期

钱基博称：“可以考见胡适文学革命思想之历程者，盖莫如《尝试集自序》。”⑧ 胡适在这篇序言中总结了自己学写旧诗的经历，回顾了与友人梅光迪、任叔永论争的经过。他也因此产生了用白话作诗的念头，并做了

---

① 胡适：《胡适日记全编》第 2 册，曹伯言整理，安徽教育出版社 2001 年版，第 51 页。
② 胡适：《胡适日记全编》第 1 册，曹伯言整理，安徽教育出版社 2001 年版，第 331 – 332 页。
③ 胡适：《胡适日记全编》第 2 册，曹伯言整理，安徽教育出版社 2001 年版，第 332 页。
④ 胡适：《胡适日记全编》第 1 册，曹伯言整理，安徽教育出版社 2001 年版，第 332 页。
⑤ 胡适：《胡适日记全编》第 2 册，曹伯言整理，安徽教育出版社 2001 年版，第 120 – 121 页。
⑥ 胡适：《胡适日记全编》第 2 册，曹伯言整理，安徽教育出版社 2001 年版，第 174 页。
⑦ 胡适：《胡适日记全编》第 2 册，曹伯言整理，安徽教育出版社 2001 年版，第 527 页。
⑧ 钱基博：《现代中国文学史》，上海书店出版社 2007 年版，第 375 页。

这样的表态："文章革命何疑？且准备搴旗作健儿。"[①]

1917 年 1 月 1 日，胡适于《新青年》第 2 卷第 5 号发表《文学改良刍议》，胡不归称，"这才是公开向国内提倡白话文学的第一炮"[②]。他提出文学改良"须从八事入手"。这些主张基本上是针对旧体诗而发。郑振铎称："这诚是一个'发难'的信号。可是也只是一种'改良主义'的主张而已。"[③] 这些要求可以说是对他求学期间诗歌理论的集中系统总结，反映出他试图从形式与精神两方面改良旧体诗的用意。而随着新文学运动的深入，胡适对旧体诗进行了猛烈抨击。

（1）语言层面。在《建设的文学革命论》中，他说："简单说来，自从《三百篇》到于今，中国的文学凡是有一些价值有一些生命的，都是白话的，或是近于白话的。其余的都是没有生气的古董，都是博物院中的陈列品。"[④] 他有意夸大白话的作用，为的是抬高其地位，以此与盛行的"文言"相抗衡。又说："那些用死文言的人，有了意思，却须把这意思翻成几千年前的典故；有了感情，却须把这感情译为几千年前的文言……因此我说，'死文言决不能产出活文学'。"[⑤] 在 1918 年 10 月的《答任叔永》的信中他说："文言不易达意。"[⑥] 这些激烈的批判显示出胡适决绝的态度。

（2）诗体本身。他在写给任叔永的信中说："律诗更作不出好诗。"[⑦] 1919 年 10 月 10 日，胡适在《星期评论》上发表《谈新诗》，称："中国近年的新诗运动可算得是一种'诗体的大解放'。因为有了这一层诗体的解放，所以，丰富的材料，精密的观察，高深的理想，复杂的感情，方才能跑到诗里去。五七言八句的律诗决不能容丰富的材料，二十八字的绝句决不能写精密的观察，长短一定的七言五言决不能委婉达出高深的理想与复杂的感情。"[⑧] 五七言律诗由于受到平仄、对仗、押韵等规则严格的限制，与讲求有什么话就说什么话的新诗相比，表情达意是不够自由的。"直到近来的新诗发生，不但打破五言七言的诗体，并且推翻词调曲谱的

---

① 胡适：《胡适文集》第 9 册，欧阳哲生编，北京大学出版社 1998 年版，第 75 页。

② 胡不归等：《胡适传记三种》，安徽教育出版社 2002 年版，第 19 页。

③ 郑振铎编选：《中国新文学大系 · 文学论争集》，上海文艺出版社 2003 年版，"导言"第 2 页。

④ 胡适：《胡适文集》第 2 册，欧阳哲生编，北京大学出版社 1998 年版，第 46 页。

⑤ 胡适：《胡适文集》第 2 册，欧阳哲生编，北京大学出版社 1998 年版，第 46 – 47 页。

⑥ 胡适：《胡适文集》第 2 册，欧阳哲生编，北京大学出版社 1998 年版，第 77 页。

⑦ 胡适：《胡适文集》第 2 册，欧阳哲生编，北京大学出版社 1998 年版，第 77 页。

⑧ 胡适：《胡适文集》第 2 册，欧阳哲生编，北京大学出版社 1998 年版，第 134 页。

种种束缚；不拘格律，不拘平仄，不拘长短；有什么题目，做什么诗；诗该怎样做，就怎样做。”[①] 这反映出胡适想要创造一种适于表达新思想、新情感的自由诗体的强烈诉求，也是对旧体诗末流堆砌文字、摹古成风的反拨。正如一些研究者所论，“新诗最早的开拓者，着手创立白话诗的试验，一开始就朝着打破旧诗词最顽固的语言形式桎梏的方向冲击”[②]。

3．新文化运动落潮之后

20 世纪 20 年代中期以后，新文化运动渐趋落潮。许多新诗人又做起了旧诗，胡适也不例外。今查《胡适全集》，《尝试后集》中有七律 3 首、五律 6 首、七绝 21 首、五绝 1 首。其中最早的一首是《题章士钊、胡适合影》，写于 1925 年 2 月。最晚的《冲绳岛上口占，赠钮惕生先生》写于 1958 年 6 月 16 日。

这些诗歌大部分是朋友间酬唱赠答的游戏之作。1934 年 1 月 13 日，周作人作《二十三年一月十三日偶作牛山体》。1 月 17 日胡适依韵作七律《戏和周启明打油诗》，诗云：“先生在家象出家，虽然弗着倷袈裟。能从骨董寻人味，不惯拳头打死蛇。吃肉应防嚼朋友，打油莫待种芝麻。想来爱惜绍兴酒，邀客高斋吃苦茶。”以戏谑文字勾勒友人形象，胡适自称“写吾兄文雅”[③]。1 月 18 日作五律《再和苦茶先生的打油诗》，则称“写一个流氓的俗气”[④]。3 月 5 日又作《苦茶先生又寄打油诗来，再叠韵答之》，亦属游戏笔墨。再如七绝《贺元任、韵卿银婚纪念的小诗》更是充满滑稽和诙谐意味。诗云：“甜甜蜜蜜二十年，人人都说好姻缘。新娘欠我香香礼，记得还时要利钱。”

1931 年 9 月 26 日，胡适在《致周作人》的信中寄有律诗《题唐景崧先生遗墨》，并在信末写道：“胡适之做律诗，没落可想。”[⑤] 他这句带有自嘲意味的话，或许可以从两方面来理解：首先，他本人是主张写新诗的，此时却也写起了旧诗。其次，他向来鄙薄律诗，视其为文字游戏，现在却用来写庄重严肃的哀悼文字。在这里，胡适对律诗的评价仍然不高。

值得注意的是，他在 1929—1955 年间的书信中，讨论或赠答诗歌的

---

① 胡适：《胡适文集》第 2 册，欧阳哲生编，北京大学出版社 1998 年版，第 138 页。

② 张松如：《中国诗歌史论》，吉林大学出版社 1985 年版，第 307 页。

③ 胡适：《胡适书信集》中册，耿云志、欧阳哲生主编，北京大学出版社 1996 年版，第 606 页。

④ 胡适：《胡适书信集》中册，耿云志、欧阳哲生主编，北京大学出版社 1996 年版，第 606 页。

⑤ 胡适：《胡适书信集》上册，耿云志、欧阳哲生主编，北京大学出版社 1996 年版，第 559 页。

有17封，其中关于旧体诗的有9封，关于新诗的有8封。这9封信中，有赠友人的游戏笔墨，如写给周作人的4封信中，就包括了上面3首律诗；有写给妻子的抒情之作，如1937年写给江冬秀的小诗云："棕榈百扇静无声，海上中秋月最明。如此海天如此夜，鸡声催我起飞行。"亦有勉励友人的作品，如1943年赠陈树棠诗："海外欣闻有朴园，藏书万卷至今存。好为宗国留文献，岂但楹书贻子孙。"胡适在私人化的书信中以旧体诗赠友人和亲人，并视其为表情达意的手段。这与其在文学革命时期公开批评旧体诗的态度立场是有区别的。

这一时期，他对绝句更为偏爱，不仅在他的旧体诗创作中绝句占很大比重，而且他在一些文章中也流露出对绝句的重视。在《〈每天一首诗〉识语及后记》中，胡适于1934年4月20日写下了这样一番话："从今天起，每天写一首我能背诵的好诗，不论长短，不分时代先后，不问体裁。"[①] 同年的5月24日，他又写道："后来我决计专抄绝句了。"[②] 由不分体裁转变为专抄绝句，很能说明他对绝句的偏好。1947年他在写给俞平伯的信中说："文人从民歌那里得了绝句体裁，加上新的见解，加上比较深刻的观察，加上比较丰富的内容，所以诗人的绝句，往往有新的境界，有民间歌唱不容易达到或不能达到的境界，老杜的《漫兴》是最好的例子。"[③] 他认为经过文人改造的绝句能够写出新的境界，有更好的艺术效果。

1936年2月5日，胡适在《谈谈"胡适之体"的诗》中指出诗歌"说话要明白清楚"，"用材料要有剪裁"，"意境要平实"。[④] 虽然这些见解主要是针对其"胡适之体"的新诗而言的，但这与他求学期间旧诗创作的一贯主张是吻合的。这些原则可以看作是胡适对新诗发展的要求，当然也是旧体诗应该坚守的底线。由此可见胡适步入中年后的论诗旨趣。

4．寓居美国以后

1949年以后，胡适长期寓居美国。这时期他对旧体诗的态度最值得注意的有两方面：一是认可律诗，二是坦言旧体诗的文学价值。

唐德刚说："胡先生不喜欢旧诗词，我们都无话可说，视为当然。不过笔者（唐德刚）倒为胡适的另一句评语说得大惊失色。胡氏特别喜欢郑

---

① 胡适：《胡适全集》第12册，安徽教育出版社2003年版，第237页。

② 胡适：《胡适全集》第12册，安徽教育出版社2003年版，第237页。

③ 胡适：《胡适书信集》中册，耿云志、欧阳哲生主编，北京大学出版社1996年版，第1120页。

④ 胡适：《胡适全集》第12册，安徽教育出版社2003年版，第343－344页。

孝胥的律诗。他说：'律诗难做啊！要做到像郑苏堪那样的律诗要下几十年的工夫啊。'"[①] 胡适在相当长的一段时期内并不看重律诗，然而此时却甚为称许郑孝胥的律诗。这让与胡适过往密切的唐德刚"大惊失色"，足见胡适对律诗的态度前后反差之大。

胡适亦坦言旧体诗的文学价值。"'旧诗怎么不是文学？'胡先生说，'李白、杜甫做的不都是旧诗？'"[②] 胡适即兴之时，选择用绝句来抒发故人重逢的喜悦和感慨。1958 年夏天，胡适与国民党元老钮永建同坐飞机去美国，途经冲绳岛休息，二人交谈甚欢。胡适兴奋之余便口占一绝句，诗云："冲绳岛上话南菁，海浪天风不解听。乞与人间留记录，当年朋辈剩先生。"[③] 这很能说明他对旧体诗表情达意的看重。在流寓纽约期间，他常常重温旧诗词。唐德刚回忆说，"那时笔者便曾向胡先生抱怨新文学'看得懂，背不出'。去国日久的华侨，故国之思愈深，愈欢喜背诵点诗词和古文……"[④]，"有时我把这些感触说给胡先生听，他也往往半晌不知所答。他那位老寓公，古文、诗、词，出口成诵。孤灯清茶，闲对古人，原来也是他老人家的乐趣啊"[⑤]。胡适这位"老寓公"居然也"孤灯清茶"地读古人的诗词。这或许是去国日久，"故国之思愈深"的缘故，或许也有在文化上寻找认同感和归属感的意味，但从中亦可看出他对旧体诗词的认同和喜爱。

吴奔星、李兴华所编《胡适诗话》中载有 1960 年 12 月 23 日胡适的一段话，也能说明胡适思想的转变：

> 无论诗或文，第一要做通。所谓通，就是要通达。我的意思能够通达到你，你的意思能够通达到我，这才叫做通。我一向主张要做到明白清楚，你能做到明白清楚之后，你的意思才能通达到别人。第二叫力量。你能把你的意思通达到别人，别人受了你的感动，这才叫力量。诗文能够发生力量，就是到了最高的境界，这个叫做美。[⑥]

胡适就诗或文的一概之论实际上已经跳出了文学革命时期新旧文学或者新旧诗之间必须舍此而就彼的"优劣"之论。他所指出的这三条原则意

---

① 唐德刚：《胡适杂忆》，广西师范大学出版社 2005 年版，第 94 页。
② 唐德刚：《胡适杂忆》，广西师范大学出版社 2005 年版，第 94 页。
③ 胡适口述：《胡适口述自传》，唐德刚译注，广西师范大学出版社 2005 年版，第 32 页。
④ 唐德刚：《胡适杂忆》，广西师范大学出版社 2005 年版，第 92 页。
⑤ 唐德刚：《胡适杂忆》，广西师范大学出版社 2005 年版，第 93 页。
⑥ 胡适：《胡适诗话》，吴奔星、李兴华编，四川文艺出版社 1991 年版，第 635 页。

味着他已经能较为通达公允地对待诗或文。所以吴奔星评价说：“‘通达’、‘力量’和‘美’表现了胡适的文艺思想，即是他评论文艺作品的艺术标准，也是他欣赏诗文的审美尺度。这种通俗易懂的美学观点值得肯定。”①

二、说与做的矛盾

胡适对旧体诗态度的前后变化过程，似乎一直贯穿着这样的矛盾：胡适一面公开批判旧体诗，指摘其弊端，一面又不划清界限决然割舍，在私人化的阅读和书写中亲近旧体诗。这种矛盾性该如何理解？

胡适公开批判旧体诗或许是出于以下三方面的原因：首先，创造新文学的需要。新文学的鼓吹者为了给新文学争取生存空间，所以在批判旧体诗之短时，顺势抹杀了其所长。周作人的话也许最能揭示那一代人的复杂心理：“我们生在这好而又坏的时代，得以自由地创作，却又因为传统的压力太重，以致有非连着小孩一起便不能把盆水倒掉的情形，所以我们向来的诗只在表示反抗而非建立，因反抗国家主义遂并减少乡土色彩，因反抗古文遂并少用文言的字句，这都如昨日的梦一般。”②

其次，文学进化论的影响。达尔文的进化论对五四新文学的发生起着不可忽视的作用，是新文学推翻旧文学的理论依据和强大支撑。胡适在《文学改良刍议》中说：“文学者，随时代而变迁者。一时代有一时代之文学：周、秦有周、秦之文学，汉、魏有汉、魏之文学，唐、宋、元、明有唐、宋、元、明之文学。此非吾一人之私言，乃文明进化之公理也。”③既然一时代有一时代之文学，那今人就应当创作当今时代之文学。从逻辑上讲，旧体诗作为一种具有浓郁旧时代气息的文体自然就应在摒弃之列。正如有的研究者所云：“胡适依据这种进化论提出文学的进化论，对中国文学的痼疾进行否定性的批判，不但高度重视文学的体式和语言工具的发展变迁，而且强调文学的内容和社会时代有密不可分的关系，必须随着社会时代的发展变化而不断变迁。”④

再次，从文化的角度来看，这也是批判旧文化的需要。在新文学倡导者眼中，旧体诗是旧文化的一部分，批判旧体诗也是为了批判旧文化。胡

---

① 胡适：《胡适诗话》，吴奔星、李兴华编，四川文艺出版社 1991 年版，第 635 页。
② 周作人：《周作人早期散文选》，上海文艺出版社 1984 年版，第 317 页。
③ 胡适：《胡适文集》第 2 册，欧阳哲生编，北京大学出版社 1998 年版，第 7 页。
④ 庄森：《胡适的文学进化论》，载《华南师范大学学报》2005 年第 5 期。

明在《胡适传论》中指出："他甚至将'律诗'与'八股、小脚、太监、姨太太、贞节牌坊、地狱的监牢、夹棍板子的法庭'相提并论，认作是应该一古脑儿扫荡干净的文化垃圾。"① 胡适对旧体诗的不满，显然掺杂了对传统文化中种种落后、邪恶因素的憎恨。或者说，他是有意将旧体诗与其所痛恨的种种落后、邪恶因素并举。美国学者格里德在《胡适与中国的文艺复兴》一书中有更为深刻的论述："1911 年崩溃之后，古文言的遗存不仅确保了传统文化的存留，而且保证了传统社会态度的永久延续性。所以，这场文学革命的目标就远远超出了对一种文学风格的破坏。这场革命的反对者所保护的是一完整的社会价值体系。"② 胡适将文学的批评与文化的批判杂糅，甚至混为一谈，这是"醉翁之意"，其矛头指向的是文言传承的传统文化及其所维护的"统治者与被统治者之间的等级界限"③。所以他对旧体诗的批判与憎恶，其实也就夹杂了对旧传统、旧文化以及等级制度的仇恨。

但是，文学毕竟是人学，文学的研究对象主要还是人的思想情感这种无形之物。因此，生物学上的进化论并不能简单地照搬到文学发展上。胡适敏锐地觉察到，新诗取代旧体诗并不是一蹴而就的过程。他虽然鼓吹"一时代有一时代之文学"，但是又说"我说新体是中国诗自然趋势所必至的，不过加上了一种有意的鼓吹，使他于短时期内猝然实现，故表面上有诗界革命的神气"④。他承认夸张地批评旧体诗是其有意为之，目的是使新诗"于短时期内猝然实现"。在《读沈尹默的旧诗词》中，他重申旧体诗写作的若干主张，并认为新诗应向旧体诗借鉴。他在《谈新诗》中称新诗描写，越具体越好，并以古诗词为例进行说明，在大量列举后，说："旧诗如此，新诗也如此。"⑤ 王瑶指出："他在谈到'诗需要用具体的做法，不可用抽象的说法'时，所举的例证全部都是传统的旧诗词，这几乎已经是一种自觉的借鉴了。"⑥ 胡适将旧诗与新诗并举，表明他并没有将二者看成不可共存的对立面，也暗示出旧体诗与新诗之间具有某种互补性，新诗需从旧体诗中汲取营养。

① 胡明：《胡适传论》（上），人民文学出版社 2010 年版，第 201 页。

② ［美］格里德：《胡适与中国的文艺复兴》，鲁奇译，王友琴校，江苏人民出版社 1996 年版，第 85 页。

③ ［美］格里德：《胡适与中国的文艺复兴》，鲁奇译，王友琴校，江苏人民出版社 1996 年版，第 85 页。

④ 胡适：《胡适文集》第 2 册，欧阳哲生编，北京大学出版社 1998 年版，第 138 页。

⑤ 胡适：《胡适文集》第 2 册，欧阳哲生编，北京大学出版社 1998 年版，第 147 页。

⑥ 王瑶：《中国现代文学史论集》，北京大学出版社 1998 年版，第 325 页。

甚至就连他本人的创作都在接受旧体诗词的影响。陈子展说："又胡适于《尝试集》以后的诗，散见于各种杂志，论其音节意境，受旧词的影响更深。"[①] 王瑶认为："'五四'时期的新作家、新诗人尽管在公开场合提倡新诗，自觉学习外国诗歌，表现出与传统诗词的决绝姿态，但他们自幼自然形成的古典诗词的深厚修养却不能不在他们的实际创作中发生影响；尽管这种影响有一个从'潜在'到'外在'、从'不自觉'到'自觉'的过程，但这种影响存在的本身就表现出了一种深刻的历史联系。"[②] 可见胡适并不真心排斥旧体诗。

从渊源上看，胡适的诗学观念与传统诗论关系密切。胡明论述说："胡适在讨论文学革命最关键的时刻，在他的留学日记里大量摘录袁枚的言论，如《答沈大宗伯论诗书》《答施兰蘅第二书》《答程蕺园论诗书》《与洪稚存论诗书》《答祝芷塘太史》《答孙俌之》《再答李少鹤》（均见《胡适留学日记》卷一三）等。胡适曾情不自禁地指出：'袁简斋之眼光见地有大过人处，宜其倾倒一世人士也。其论文学，尤有文学革命思想。'"[③] 胡适 1916 年 7 月 12 日在日记中摘录了以上各篇文字。在文末，他意犹未尽地写道："袁随园有《牍外余言》一书中多可诵之语，惜无暇，不能摘录之。"[④] 可见他对袁枚文学观点之推崇。另外，在他的日记中还摘抄有白居易的《与元九论诗书》，称"上所录之文，乃文学史上极有关系之文字也"，"可作实际派文学家宣告主义之檄文读也"。[⑤] 从这些带有溢美之词的描述中，可以看出胡适对古代诗人曾一度怀有敬畏之心。

在这两种力的作用下，胡适在"说"与"做"上就显出了矛盾。一面在公众视野中批评，一面又在私人化的阅读和写作中亲近。两种立场交织在一起，让人很难看清其真实想法，也就导致了研究者在讨论其对旧诗的真实态度时往往莫衷一是。

当然，胡适自有其不得已的苦衷。他是白话诗的倡导者，也是最早的实践者。早在 1916 年 8 月 4 日写给任叔永的信中，他就明言："可惜须单身匹马而往，不能多得同志，结伴同行。然吾去志已决。公等假我数年之期，倘此新国尽是沙碛不毛之地，则我或终归老于'文言诗国'，亦未可

① 陈子展：《中国近代文学之变迁：最近三十年中国文学史》，徐志啸导读，上海古籍出版社 2000 年版，第 320 页。

② 王瑶：《中国现代文学史论集》，北京大学出版社 1998 年版，第 325 页。

③ 胡明：《胡适传论》（上），人民文学出版社 2010 年版，第 363 页。

④ 胡适：《胡适日记全编》第 2 册，曹伯言整理，安徽教育出版社 2001 年版，第 423 页。

⑤ 胡适：《胡适日记全编》第 2 册，曹伯言整理，安徽教育出版社 2001 年版，第 226 页。

知。"[①] 为开辟新诗国土，胡适在众人的猜疑和嘲讽中"单身匹马而往"，成败难以预料。在这样的处境中，他自然不适宜公开赞扬旧体诗。

结　语

"五四"之后的许多年，唐弢仍愤愤不平地说："我们在'五四'精神哺育下成长起来的人，现在怎能又回过头去提倡写旧体诗?"[②] 这代表了相当一部分经过新文化洗礼的知识分子的决绝态度。但他们却无法否认这样的事实："旧诗在表达现代人（现代文人）的思绪、情感……方面，并非无能为力，甚至在某些方面，还占有一定的优势。"[③]

胡适对旧体诗态度的前后变化及其诗论中所表现的矛盾性，暗示出他已经敏锐地意识到了在对待旧体诗这一文体时所遭遇的困境。因而他在看似激进的批判后，逐渐归于理性。他的诗论以及旧体诗创作也在一定程度上体现了他试图拯救旧体诗的努力。而他在公共视野之外对旧体诗的"亲密接触"，则说明他在经历了新旧诗长久的对抗后，最终走向了和解。胡适的转变亦印证了这样的事实：判断一种文体优劣与否，并不取决于形式本身。他对旧体诗的评价历程，最后也就成了对旧体诗存在价值的一种体认。他的转变在新文学家中颇具代表性，理应受到关注和反思。

---

① 胡适：《胡适书信集》上册，耿云志、欧阳哲生主编，北京大学出版社1996年版，第82页。

② 唐弢：《唐弢文集》第九卷，社会科学文献出版社1995年版，第379－380页。

③ 钱理群：《论现代新诗与现代旧体诗的关系》，载《诗探索》1999年第2期。

文体代偿：旧体诗之于鲁迅的特殊意义[①]

新文学家的旧体诗词一直备受学界关注，其中有关鲁迅旧体诗的讨论最丰富。这些研究既包括诗歌整体上的注释、解析、释读、臆说、笺证，也涉及具体的诗歌意象、深层的艺术特质和复杂的诗学渊源，代表性成果如张向天《鲁迅旧诗笺注》、周振甫《鲁迅诗歌注》、倪墨炎《鲁迅旧诗探解》、阿袁《鲁迅诗编年笺证》、李德尧《屈原情结与鲁迅的诗》、李怡《鲁迅旧体诗新论》、李国华《鲁迅旧诗的菰蒲之思》等。这些探讨大都围绕旧体诗本身，着眼于文本内容、思想情感、隐含意义和创作本事，未能从文体形式的角度深入反思旧体诗对于鲁迅所承载的特殊意义，因而也就没法从根本上解释鲁迅何以两次“停歇”诗笔，又两次重拾旧体诗，[②]没法理解鲁迅这种欲“罢”而不能的行为背后的隐情。基于此，本文试从文体角度入手，重新审视鲁迅的旧体诗。

一、鲁迅旧体诗的文体代偿功能

鲁迅在晚年曾多次提及他对旧体诗的态度，如 1934 年 12 月 20 日在写给友人杨霁云的信中说：“我以为一切好诗，到唐已被做完，此后倘非能翻出如来掌心之‘齐天太圣’，大可不必动手，然而言行不能一致，有时也诌几句，自省殊亦可笑。”[③] 次年，又在致山本初枝的信中称：“我是散文式的人，任何中国诗人的诗，都不喜欢。”[④] 且云：“我其实是不喜欢做新诗的——但也不喜欢做古诗。”[⑤] 鲁迅作为“散文式的人”，本就不喜欢诗，并且认为“一切好诗，到唐已被做完”，但他“言行不能一致”。对此，他给出的解释是“旧诗本非所长，不得已而作”[⑥]。也就是说，鲁

---

① 本文原载《新文学评论》2019 年第 2 期。

② 综观鲁迅一生的旧体诗创作，最早的一组诗《别诸弟》作于 1900 年，1900—1901 年，陆续创作 12 首诗。此后，诗笔或就此停歇，直至 1912 年写下《哀范君三章》。继而，鲁迅又罢笔十余载，到 1924 年重拾旧体诗，此后笔耕不辍，直至生命结束的前一年（1935）。

③ 鲁迅：《鲁迅全集》第 13 卷，人民文学出版社 2005 年版，第 307 页。

④ 鲁迅：《鲁迅全集》第 14 卷，人民文学出版社 2005 年版，第 337 页。

⑤ 鲁迅：《鲁迅全集》第 7 卷，人民文学出版社 2005 年版，第 4 页。

⑥ 鲁迅：《鲁迅全集》第 13 卷，人民文学出版社 2005 年版，第 283 页。

迅尽管主观上不情愿，但还是出于某种“不得已”的原因，选择了旧体诗。这一选择带有退而求其次的意味，隐约表明旧体诗这种非首选的文体形式在他“不得已”之时满足了个人某种表达的需求，起了代偿的作用。

代偿作用是生理学上的专业术语，指某一器官发生病变时，机体调动其他未受损的部分或者有关器官、组织等来替代或补偿它的功能。在这里，笔者用“文体代偿”一词来说明作家在借助某种文体表达思想受阻而未尽其意时，转而通过其他文体“替代”性地满足表情达意的需要。这与一般情况下作家通过不同文体表达相同或相似的主题有明显区别：其一，就发生条件看，文体代偿起因于创作主体受到压迫，是“不得已”而为之。一般的创作，文体选择通常是自主、自由的。其二，就诉求来看，文体代偿除满足创作主体情感宣泄的需要外，还有强烈的宣之于众的倾向，一般的文体选择和创作并不汲汲于广而告之。其三，就文体间的关系来说，代偿文体与被代偿文体之间是补充关系，而后一种情况中各文体之间是并列关系。

在所有文体中，鲁迅用力最勤、成就最大的莫过于小说和杂文。在他去世多年后，曾经的友人和论战对手林语堂称他为“一九二〇和三〇年代对年青一代极具影响的煽动性作家”，“既写批评当前事物的杂文，也写短篇小说，两者都写的不坏”。[①] 两者之中，杂文更受其青睐。鲁迅 1927 年移居上海后，把主要精力放在杂文创作上。英国汉学家秦乃瑞说：“就文学成果的‘产量’而言，生活在上海的 9 年是鲁迅一生中创造力最为旺盛的时期。在此期间，他出版的杂感作品是过去 9 年的两倍。”[②] 按照通行的说法，鲁迅一生创作 16 部杂文集，其中在 1927—1936 年出版了 12 部。[③]

鲁迅在移居上海后，很看重杂文，有迫切的创作欲望，但是外部环境却令其顾虑重重。在 1927—1935 年的书信中，鲁迅曾数十次谈到当局的压迫、敌人的攻击给他的创作和作品发表带来诸多不便。比如 1930 年 5 月 3 日致信李秉中：“我于《彷徨》之后，未作小说，近常从事于翻译，间有短评，涉及时事，而信口雌黄，颇招悔尤，倘不再自检束，不久或将不能更居上海矣。”[④] “信口雌黄，颇招悔尤，倘不再自检束，不久或将不

---

① 林语堂：《有不为斋随笔》，台湾金兰文化出版社 1986 年版，第 191 页。

② ［英］秦乃瑞：《鲁迅的生命和创作》，王家平、张素丽译，中国国际广播出版社 2014 年版，第 316 页。

③ 丁帆、朱晓进等主编《中国现当代文学》、朱栋霖等主编《中国现代文学史：1917—1997》等皆持此观点。

④ 鲁迅：《鲁迅全集》第 12 卷，人民文学出版社 2005 年版，第 233 页。

能更居上海矣”等带有“自省”色彩的话语说明他这个敢于“直面惨淡的人生”“正视淋漓的鲜血”[①] 的猛士不得不为现实处境担忧。同年11月19日，他致信崔真吾抱怨作品发表的艰难：“今年是‘民族主义文学’家大活动，凡不和他们一致的，几乎都称为‘反动’，有不给活在中国之概，所以我的译作是无处发表，书报当然更不出了。”[②] 外部环境造成的压迫是持久的，且有愈演愈烈的势头，因此鲁迅一再跟友人倾诉和抱怨：

> 此时对于文字之压迫甚烈，各种杂志上，至于不能登我之作品，绍介亦很为难。[③]（1931年2月24日《致曹靖华》）
>
> 且现在法律任意出入，虽文学史，亦难免不触犯反革命第×条也。[④]（1931年4月26日《致李小峰》）
>
> 但现在文网密极，动招罪尤。[⑤]（1931年7月30日《致李小峰》）
>
> 现在行止颇不自由，也不很做文章，即做，也很难发表。[⑥]（1932年12月26日《致张冰醒》）
>
> 现在很少著作，且被剥夺了发表自由。[⑦]（1933年2月13日《致程琪英》）
>
> 我连改名发表文章，也还受吧儿的告密。[⑧]（1933年8月1日《致胡今虚》）
>
> 《自由谈》并非我所编辑，投稿是有的，诚然是用何家干之名，但现在此名又被压迫，在另用种种假名了。[⑨]（1933年10月21日《致王熙之》）
>
> 这一月来，我的投稿已被封锁，即无聊之文字，亦在禁忌中，时代进步，讳忌亦随而进步，虽“伪自由”，亦已不准。[⑩]（1933年11月20日《致郑振铎》）

在撰写文学史都“难免不触犯反革命第×条”的时代，锋芒毕露的杂

---

① 鲁迅：《鲁迅全集》第3卷，人民文学出版社2005年版，第290页。
② 鲁迅：《鲁迅全集》第12卷，人民文学出版社2005年版，第247页。
③ 鲁迅：《鲁迅全集》第12卷，人民文学出版社2005年版，第258页。
④ 鲁迅：《鲁迅全集》第12卷，人民文学出版社2005年版，第263页。
⑤ 鲁迅：《鲁迅全集》第12卷，人民文学出版社2005年版，第269页。
⑥ 鲁迅：《鲁迅全集》第12卷，人民文学出版社2005年版，第355页。
⑦ 鲁迅：《鲁迅全集》第12卷，人民文学出版社2005年版，第372页。
⑧ 鲁迅：《鲁迅全集》第12卷，人民文学出版社2005年版，第427页。
⑨ 鲁迅：《鲁迅全集》第12卷，人民文学出版社2005年版，第465页。
⑩ 鲁迅：《鲁迅全集》第12卷，人民文学出版社2005年版，第501页。

文也就成了违禁品。鲁迅采取了一些策略，如频繁更换笔名，但“密极”的“文网”、告密的“吧儿”、严厉的“封锁”极大地限制他的创作自由，妨碍其作品的刊登和传播。如他在1932年4月24日所撰《三闲集·序》中沉痛地说：“我先编集一九二八至二九年的文字，篇数少得很，但除了五六回在北平上海的讲演，原就没有记录外，别的也仿佛并无散失。我记得起来了，这两年正是我极少写稿，没处投稿的时期。我是在二七年被血吓得目瞪口呆。”[①] 他把1928—1929年极少写稿归因于“被血吓得目瞪口呆”。1935年12月30日，他在《且介亭杂文·序言》中说：“这一本集子和《花边文学》，是我在去年一年中，在官民的明明暗暗，软软硬硬的围剿‘杂文’的笔和刀下的结集。”[②] 创作和传播杂文殊为不易，得时刻提防和躲避“官民的明明暗暗，软软硬硬的围剿”。

相比之下，旧体诗创作的境遇要好许多。鲁迅不仅未提及受阻的情况，反而得意于他的旧体诗能在当局的审查中“蒙混过关”。1935年，鲁迅两次致信杨霁云谈旧体诗的优势：“《集外集》既送审查，被删本意中事，但开封事亦犯忌却不可解，大约他们决计要包庇中外古今一切黑暗了。而古诗竟没有一首删去，却亦不可解，其实有几首是颇为‘不妥’的。”[③] 又称：“《集外集》止抽去十篇，诚为‘天恩高厚’，但旧诗如此明白，却一首也不删，则终不免‘呆鸟’之讥。”[④] 若检视1935年5月群众图书公司出版的《集外集》，会发现一些篇目中的语句颇为辛辣，如《无题》云：“大野多钩棘，长天列战云。几家春袅袅，万籁静愔愔。下土惟秦醉，中流辍越吟。风波一浩荡，花树已萧森。”周振甫对这首诗做了很好的解释：“大地上有很多全副武装的敌人，长空里笼罩着战云，反动派十分猖狂”，“在这种白色恐怖下，到处死一样的沉寂”，“春天不再是属于被迫害的人民的，只有那些反动的豪门才在欢笑”，“在这种反动的风波激荡下，花树都凋零了，文化界也受到了极大的摧残”。[⑤] 再如“云封高岫护将军，霆击寒村灭下民”（《二十二年元旦》）、“如磬夜气压重楼，剪柳春风导九秋”（《悼丁君》）等皆语带不满。旧体诗虽寓有尖锐的深刻的社会批判，但毕竟在阐释上有一定的弹性，甚至“迷惑性”，表达“如此明白”又颇为“不妥”，却能入审查者的法眼，顺利通过审查。这

① 鲁迅：《鲁迅全集》第4卷，人民文学出版社2005年版，第4页。
② 鲁迅：《鲁迅全集》第6卷，人民文学出版社2005年版，第4页。
③ 鲁迅：《鲁迅全集》第13卷，人民文学出版社2005年版，第362页。
④ 鲁迅：《鲁迅全集》第13卷，人民文学出版社2005年版，第370页。
⑤ 周振甫：《鲁迅诗歌注》，浙江人民出版社1981年版，第87－88页。

对急欲“言所欲言”的鲁迅来说，自然是一种理想的选择。尽管鲁迅一再表明缺乏对旧体诗的好感，但一个不争的事实是，鲁迅在移居上海后，旧体诗创作步入多产期，仅1931—1933年就创作了43首，占其全部诗歌的68%。[①] 在他遭受深重压迫的时候，旧体诗反而逆势而增。这说明鲁迅在对各种文体进行权衡后，最终启用和倚重这种既不被其喜欢也非其所长且长期处于“闲置”地位的备选文体。旧体诗也就客观上成为鲁迅所惯用的文体形式——杂文的代偿文体。

旧体诗既然扮演代偿文体的角色，自然要完成杂文的应尽之责。鲁迅在描述杂文的功能时说：“作者的任务，是在对于有害的事物，立刻给以反响或抗争，是感应的神经，是攻守的手足。”[②] 旧体诗也时时、处处显露出“反响”“抗争”，其代偿主要体现在两个方面。

首先，以杂文手法入诗，破体为文，浓缩地表达对现实政治的思考，或揭露，或嘲讽。李遇春、魏耀武在《论鲁迅旧体诗的杂文化倾向》一文中指出：“鲁迅旧体诗的杂文化倾向，主要体现在话语体式和结构方式两个方面。就话语体式而言，鲁迅旧体诗中常见的戏仿、反语等修辞策略具有与杂文话语体式相似的‘双声’特征和相似的运作机制；就结构方式而言，鲁迅的许多旧体诗与辩驳论说体杂文具有同构性。”[③] 除了话语体式和结构方式，鲁迅诗中的观察视角、叙述口吻、语言风格、批判手法等都“似”杂文。这些表征说明他对杂文难以割舍，自觉以杂文入诗。因此，这类具有“杂文化倾向”的旧体诗也就客观上在对杂文进行功能代偿。如他将目光投向政界，将这个圈子中许多不足为外人所道的秘密诉诸诗笔。如《好东西歌》（1931）：“南边整天开大会，北边忽地起烽烟，北人逃难男人嚷，请愿打电闹连天。还有你骂我来我骂你，说得自己蜜样甜。文的笑道岳飞假，武的却云秦桧奸。相骂声中失土地，相骂声中捐铜钱。失了土地捐过钱，喊声骂声也寂然。文的牙齿痛，武的上温泉，后来知道谁也不是岳飞和秦桧，声明误解释前嫌，大家都是好东西，终于聚首一堂来吸雪茄烟。”名义上是为“好东西”而歌，实际上却是揭露国民党高层争权夺利，勾心斗角，置民族大义于不顾，甚至为一己私利相互妥协，诗中分明有一句呼之欲出的潜台词叫作“真不是东西”。不久，鲁迅又刻画了国

---

① 鲁迅旧体诗的数量因划分标准不同而存在差异。如周振甫《鲁迅诗歌注》（浙江人民出版社1981年版）收录旧体诗50题64首，阿袁《鲁迅诗编年笺证》（人民出版社2011年版）收录53题63首诗。在这里，主要依据《鲁迅诗编年笺证》进行统计。

② 鲁迅：《鲁迅全集》第6卷，人民文学出版社2005年版，第3页。

③ 李遇春、魏耀武：《论鲁迅旧体诗的杂文化倾向》，载《福建论坛》2014年第1期。

府要员到中山陵谒陵的一幕场景。《南京民谣》（1931）云："大家去谒陵，强盗装正经。静默十分钟，各自想拳经。"在鲁迅看来，这群国民党高层伪装成孙中山的信徒，装模作样，以非比寻常的规格"静默十分钟"来表示诚心，表面上看，他们对孙中山及其倡导的三民主义毕恭毕敬，实际上却各有自己的算盘。他们道貌岸然，是地地道道的演技派，是装正经的"强盗"。这两首诗先后刊登于 1931 年 12 月《十字街头》第 1 期、第 2 期上，可见，鲁迅以诗晓谕世人的用意是明显的。

酬赠诗、赠别诗这类原本具有固定套路的传统诗歌体式也在鲁迅手中得到"改造"。他一反传统赠诗聚焦友朋情谊、抒发离愁别绪的常态，舍弃"应酬""客套"的成分，反思世风、时风与人性，批判色彩浓厚。尽管其中一些作品没有公开发表，但其借着"酬赠"的名义宣之于众的用意是明显的。如《题赠冯惠熹》（1930）大大超出亲友间题赠的范式，闪露出"匕首""投枪"的锋芒。诗云："杀人有将，救人为医。杀了大半，救其孑遗。小补之哉，呜呼噫嘻！"冯惠熹为许广平表妹，照理说题赠诗多为应酬性质，显得较为客套，鲁迅却借勉励的机会，对国内杀伐不断的残酷现实大加挞伐，认为医生虽能救死扶伤，但在这样的现实环境中，也只是"救其孑遗""小补之哉"。其《送 O. E. 君携兰归国》（1931）云："椒焚桂折佳人老，独托幽岩展素心。岂惜芳馨遗远者，故乡如醉有荆榛。"鲁迅以隐晦的字眼描述白色恐怖弥漫的当下社会，以"椒焚桂折"暗示革命青年遭残杀，曹礼吾认为此乃"言'左联'五烈士之死也"[①]。该诗与《无题》（大野多钩棘）、《湘灵歌》同时发表在 1931 年 8 月 10 日《文艺新闻》第 22 号上，以《鲁迅氏的悲愤——以旧诗寄怀》的名义刊出。可以想见，鲁迅颇希望世人能够了解他的苦心孤诣。又如《赠邬其山》（1931）称："廿年居上海，每日见中华。有病不求药，无聊才读书。一阔脸就变，所砍头渐多。忽而又下野，南无阿弥陀。"邬其山即内山完造。据许广平回忆，内山完造曾向鲁迅聊起在中国的感受："在上海居住了二十年之久，眼看中国的军阀政客们的行动，和日本的军阀政客的行动，真是处处相同；那就是等待时机，一朝身在要职，大权在握时，便对反对他们的人们，尽其杀害之能事，可是到了局势对他们不利的时候，又像一阵风似地消声匿迹，宣告下野，而溜之大吉了。"[②] 鲁迅听完，"颇感兴趣"[③]，遂写成该诗。这首诗显然是对内山完造所目睹的中国社会现状

① 曹礼吾：《鲁迅旧体诗臆说》，湖南人民出版社 1981 年版，第 23 页。
② 鲁迅博物馆、鲁迅研究室编：《鲁迅年谱》第 3 卷，人民文学出版社 1981 年版，第 253 页。
③ 鲁迅博物馆、鲁迅研究室编：《鲁迅年谱》第 3 卷，人民文学出版社 1981 年版，第 253 页。

的一种影射。在上述诗歌中，鲁迅是醉翁之意不在酒，最终目的仍然是批判、呐喊和抗争，诗歌本质上仍为杂文之代偿。

其次，鲁迅将旧体诗嵌置在杂文中，进行形式上“移花接木”似的处理，以诗歌的弦外之音补偿文章未能释放的部分思想与情感。1933 年，鲁迅为纪念“左联”五烈士，撰写《为了忘却的记念》一文，同年四月发表在《现代》第 2 卷第 6 期上。该文用大量篇幅来追忆白莽（即殷夫）、柔石的生平，着力表现其人品和精神。在第四部分中，当鲁迅得知柔石等人在上海龙华警备司令部被杀害的消息时，只写下四个字：“原来如此!”紧接着，他适时地引入两年前所作的《无题》诗：“惯于长夜过春时，挈妇将雏鬓有丝。梦里依稀慈母泪，城头变幻大王旗。忍看朋辈成新鬼，怒向刀丛觅小诗。吟罢低眉无写处，月光如水照缁衣。”该诗通过“我”与过春之“长夜”、“我”与“妇”“雏”、“我”与“慈母”、“我”与“朋辈”、“我”与“刀丛”以及“朋辈”与“慈母”、“朋辈”与“刀丛”等多重关系来暗示“我”的内心矛盾和艰难处境，进而表达对友朋变新鬼的悲愤和控诉。这种欲言又止、止而复言的处理方式，说明鲁迅在表达上存有顾虑，但《无题》却替代性地抒发了他的难言之隐。类似的例子还有不少，如 1933 年 1 月 3 日日军攻陷山海关，国府下令将北平故宫中所藏古物迁至南京，鲁迅于 1933 年 2 月 16 日上海《论语》第十一期上发表《学生和玉佛》一文。文章最后以诗作为结尾：“三十日，‘堕落文人’周动轩先生见之，有诗叹曰：寂寞空城在，仓皇古董迁，头儿夸大口，面子靠中坚。惊扰讵云妄？奔逃只自怜：所嗟非玉佛，不值一文钱。”① 这里的周动轩实为鲁迅之笔名，鲁迅虚拟“堕落文人”一诗作为结尾，颇有“借他人酒杯浇自己块垒”的意味。鲁迅在 1933 年 2 月 6 日《申报·自由谈》上还曾发表《崇实》一文，在文章的结尾他感叹说：“费话不如少说，只剩崔颢《黄鹤楼》诗以吊之，曰——阔人已骑文化去，此地空余文化城。文化一去不复返，古城千载冷清清。专车队队前门站，晦气重重大学生。日薄榆关何处抗，烟花场上没人惊。”② 既然鲁迅明言“费话不如少说”“只剩崔颢《黄鹤楼》诗以吊之”，可知他的良苦用心正在诗里。

事实上，鲁迅早在 1912 年第一次重拾旧体诗时就已经有借旧体诗来代偿的倾向。鲁迅因友人范爱农之死写下了组诗《哀范君三章》，自称“于爱农之死，为之不怡累日，至今未能释然。昨忽成诗三章，随手写之，

---

① 鲁迅：《鲁迅全集》第 4 卷，人民文学出版社 2005 年版，第 491 页。

② 鲁迅：《鲁迅全集》第 5 卷，人民文学出版社 2005 年版，第 14 – 15 页。

而忽将鸡虫做人，真是奇绝妙绝，辟历一声，速死豸之大狼狈矣。今录上，希大鉴定家鉴定，如不恶，乃可登诸《民兴》也”[①]。他认为这组诗“将鸡虫做人，真是奇绝妙绝”，并希望大鉴定家抱以慧眼，将其发表在《民兴日报》，流播出去，以期“辟历一声，速死豸之大狼狈”。正如有的学者所云：“此在鲁迅主动要求发表诗作之生涯中亦并不多见也。”[②] 这说明鲁迅在压抑的环境中迫切地想借旧体诗向世人道出一种隐约的却又不易明言的实情——友人之死源于社会的压迫。

对鲁迅来说，旧体诗并不是实现代偿的唯一形式。比如，他也曾利用书信表达对社会、政治的看法。1925—1926 年，他与许广平开始谈恋爱的时候，写了许多信。正如秦乃瑞所云，“在许女士的信中，鲁迅还用较多的篇幅表达了他对中国社会的看法”[③]，“（鲁迅和许广平）早期通信通常广泛讨论严肃、庄重的哲理问题，或讨论一些发生在学校的事件”。[④] 这些话题与一般处在热恋中的男女的“甜言蜜语”大相径庭，彰示出鲁迅杂文创作的某种惯性。为了实现代偿，鲁迅甚至选用文字以外的媒介，比如木刻。鲁迅说：“当《北斗》创刊时，我就想写一点关于柔石的文章，然而不能够，只得选了一幅珂勒惠支（Kathe Kollwitz）夫人的木刻，名曰《牺牲》，是一个母亲悲哀地献出她的儿子去的，算是只有我一个人心里知道的柔石的记念。”[⑤] 鲁迅原本打算写些文字，但由于种种原因未能如愿，最后选择用一幅名为《牺牲》的木刻来表达对柔石的哀悼。这个木刻虽然看上去与友人没有直接关系，但画作中的母亲悲哀地献出儿子的情景所隐含的“牺牲”之意与柔石的牺牲形成了天然的联系，当然也就替代性地满足了鲁迅心底对他的纪念。这些都说明鲁迅在非常时期善于打破常规，不断尝试能够表达诉求的新形式。

二、鲁迅选择旧体诗代偿的远源与近因

笔者在《现代旧体诗人的迷与觉》一文中指出：“旧体诗是传统文学中最具代表性的一种文体，在旧式文人的生活中扮演着重要角色，甚至已

① 鲁迅：《鲁迅全集》第 7 卷，人民文学出版社 2005 年版，第 450 页。

② 阿袁：《鲁迅诗编年笺证》，人民出版社 2011 年版，第 70 页。

③ ［英］秦乃瑞：《鲁迅的生命和创作》，王家平、张素丽译，中国国际广播出版社 2014 年版，第 248 页。

④ ［英］秦乃瑞：《鲁迅的生命和创作》，王家平、张素丽译，中国国际广播出版社 2014 年版，第 249 页。

⑤ 鲁迅：《鲁迅全集》第 4 卷，人民文学出版社 2005 年版，第 501 页。

演变成风流、智识与雅趣的象征。”① 鲁迅以旧体诗来代偿，表面上看是单纯的文体问题，实际上也与传统文化密切相关。进言之，旧体诗的文体代偿从深层次上反映了鲁迅的文化心理。汪晖对鲁迅这类人与传统文化的关系有过深刻的描述：“他们一方面在中西文化大交汇过程中获得现代意义上的价值标准，另一方面又处于与这种现代意识相对立的传统文化结构中；而作为从传统文化模式中走出又生存于其中的现代意识的体现者，他们自觉或不自觉地对传统文化存在着某种‘留恋’——这种‘留恋’使得他们必须同时与社会和自我进行悲剧性抗战。”② “留恋”的表象隐含着一组矛盾：鲁迅既无法彻底与传统文化决裂，也不能给予其充分的亲近与认同。

然而，鲁迅在晚年日益显露出“诗性”的焦虑，多愁而善感，逐渐赓续中国古代经久不衰的诗骚传统。诗骚传统体现为强烈的关注现实的热情、敏感幽怨的襟怀以及执着的政治、道德追求，这是古代文人的一种集体认同。拯溺扶危、讽谏批判也由此成为心怀天下者自觉的行为轨式，跟出身高低、仕宦穷达、能力大小、处境优劣等无关，它犹如一种潜藏的病症，不可名状，难以言说，抑而不止，挥之不去。因此章学诚说：“廊庙山林，江湖魏阙，旷世而相感，不知悲喜之何从，文人情深于《诗》、《骚》，古今一也。”③ 陈平原在论及支配中国叙事文学发展的精神时就指出：“五四作家注重‘诗骚’。”④

鲁迅犹如行吟泽畔不肯与现实妥协的屈子，清醒而孤寂。其《无题》（1932）云：“洞庭木落楚天高，眉黛猩红涴战袍。泽畔有人吟不得，秋波渺渺失离骚。”在这里，历史上似曾相识的一幕再次出现，不同的是两千多年前的屈原可以“吟得”，而今天的他却“吟不得”。另一首《无题》（1933）称：“一枝清采妥湘灵，九畹贞风慰独醒。无奈终输萧艾密，却成迁客播芳馨。”鲁迅当然明了屈原的处境和命运，但他依旧选择独醒，纵然背负失败的结局，也不后悔，因为他相信终有一天自己身上的“芳馨”能散播出去。又如《闻谣戏作》（1934）云：“横眉岂夺蛾眉冶，不料仍违众女心。”鲁迅借用屈原《离骚》中的“美人”意象，来说明自己无意争芳斗妍，却仍然落入“众女”罗织的罪名中，遭受嫉妒和中伤。正

---

① 张宁：《现代旧体诗人的迷与觉》，载《中国社会科学报》2017 年 4 月 24 日第 5 版。

② 汪晖：《反抗绝望——鲁迅的精神结构与〈呐喊〉〈彷徨〉研究》，上海人民出版社 1991 年版，第 134 页。

③ 〔清〕章学诚：《文史通义》，上海古籍出版社 2015 年版，第 20 页。

④ 陈平原：《中国小说叙事模式的转变》，上海人民出版社 1988 年版，第 165 页。

如李德尧在《屈原情结与鲁迅的诗》中所说："鲁迅的诗总伴着屈原的诗影，他的50多首旧体诗，其悲愤激越之情，高举远逝之志与屈原之《离骚》同神。"[1]

鲁迅内心深处潜滋暗长却难以启齿的"痛楚"与其说是鲁迅个人的悲戚孤感，倒不如说是他蹈袭了中国文人固有的"魔怔"。他既不愿屈从流俗、噤口不言，也不能就此止戈，握手言和。同样是面对波诡云谲的政局和纷乱复杂的世情，鲁迅没有像屈原那样就此消沉，相反地，他对种种丑陋、卑劣、恶毒深恶痛绝，通通施以反抗。鲁迅"这样的战士"选择"举起了投枪"[2]。如《吊卢骚》（1928）、《好东西歌》（1931）、《公民科歌》（1931）、《南京民谣》（1931）、《教授杂咏》（1932）、《所闻》（1932）、《学生和玉佛》（1933）、《吊大学生》（1933）、《悼杨铨》（1933）、《悼丁君》（1933）、《三月十五夜闻谣戏作》（1934）、《亥年残秋偶作》（1935）等对国民党当局的批判可谓犀利辛辣，不留情面。这在白色恐怖弥漫的年代，要冒很大的风险。鲁迅不是不清楚这一点，他早就断言"嵇康的害处是在发议论"[3]。但他没有就此沉默，在反抗这一点上，他与阮籍、嵇康在精神上是契合的、相通的。正如胡楠在《论鲁迅与嵇康的精神契合》一文中所说："在《魏晋风度及文章与药及酒之关系》中所体现出的、鲁迅所接受的嵇康形象的中心便是'反抗'。"[4] 鲁迅旧体诗中对屈原、阮籍、嵇康等人的步武既彰示出他的精神渊源，也暗示了他的文化宿命。

正如郁达夫在《骸骨迷恋者的独语》中所云："讲到了诗，我又想起我的旧式的想头来了。目下在流行着的新诗，果然很好，但是像我这样懒惰无聊，又常想发牢骚的无能力者，性情最适宜的，还是旧诗，你弄到了五个字，或者七个字，就可以把牢骚发尽，多么简便啊。"[5] 他认为旧体诗最契合"想发牢骚的无能力者"的性情。"牢骚满腹"的鲁迅也有类似的独白："在一个深夜里，我站在客栈的院子中，周围是堆着的破烂的什物；人们都睡觉了，连我的女人和孩子。我沉重的感到我失掉了很好的朋友，中国失掉了很好的青年，我在悲愤中沉静下去了，然而积习却从沉静

① 李德尧：《屈原情结与鲁迅的诗》，载《鲁迅研究月刊》1995年第1期。

② 鲁迅：《鲁迅全集》第2卷，人民文学出版社2005年版，第219页。

③ 鲁迅：《鲁迅全集》第3卷，人民文学出版社2005年版，第534页。

④ 胡楠：《论鲁迅与嵇康的精神契合》，见上海鲁迅纪念馆编《上海鲁迅研究（2013，冬）》，上海社会科学院出版社2014年版，第68页。

⑤ 郁达夫：《骸骨迷恋者的独语》，载《文学周刊》1925年第4期。

中抬起头来，凑成了这样的几句：惯于长夜过春时……”① 鲁迅所谓的“积习”类似于郁达夫强调的“性情”，指传统文化的惯性产生的驱动力。换句话说，当鲁迅身上的文化“魔怔”发作之时，旧体诗也就成为精神排解的最佳方式。

当然，文体代偿也与近现代传媒的发展关系紧密。一方面，晚清民国以来，随着报纸杂志等新兴媒介的产生，文人群体适逢亘古未有的机遇，不仅在传统科举正途外寻找到安身立命的职事，还在公共舆论中获得了空前的话语权，继而生发出强烈的自觉的社会责任感，有着急切的表达诉求以及寻求启蒙、共鸣的欲望。一些学者敏锐地指出：“报章不仅仅取代了旧有的书籍载体，更为文人的交游延展出无比广阔的平台，虽然实体的聚会可能只有寥寥数人，但在这广阔平台之上，却有着成千上万的潜在的参与者……近代媒体已经显示出其不同凡响的社会功能，为文人提供了交往及参与社会的新的可能，正是这种变革在潜移默化中使传统文人逐渐向现代知识分子转变。”②

然而，另一方面，政权力量不断渗透到各种媒介，竭力实行管控，束缚与挣脱、压制与反抗也随之产生。在这些碰撞中，创作主体为趋利避害，或服从政令，接受现有规则，或冒天下之大不韪，另辟蹊径。鲁迅以旧体诗进行代偿，“暗度陈仓”，正是形势所迫下的一种应变。这种应变说明在近现代传媒的作用下，创作主体一旦有不可遏止的发声的需求，无论受到何种阻力，都会极力寻求各种方法、途径和技巧以得偿所愿。这在中国古代社会是从未有过的，是刺激文体代偿的直接原因。

除了鲁迅，另一个尝试文体代偿的典型代表是沈从文。沈从文以小说、散文蜚声海内外，后来被迫退出文坛，他却用书信写景叙事，娓娓道出细腻情思，正如有的学者所云：“这已经远远超出了书信这种实用文体所具有的基本功能。”③ 以 1956 年为例，沈从文赴济南、南京、苏州等地进行考察，沿途写了不少书信，“与其说这些文字是家信，不如说是记述地方风景风情风俗的优美散文”④。此外，他还在撰写物质文化史时，跳脱论文文体的束缚，运之散文笔法，因而许多片段如同精美的散文，散发着文学魅力。这些文学实践反映出作家虽身处异代，面对外界压力时却有相同的反应，即恪守追求自由、探寻真理的精神，执守自我，试图冲破重

① 鲁迅：《鲁迅全集》第 4 卷，人民文学出版社 2005 年版，第 500 – 501 页。
② 凌硕为：《新闻传播与近代小说之转型》，浙江大学出版社 2013 年版，第 79 页。
③ 李玮：《五十年代沈从文的文学守望》，载《中国现代文学研究丛刊》2014 年第 9 期。
④ 李玮：《五十年代沈从文的文学守望》，载《中国现代文学研究丛刊》2014 年第 9 期。

重阻碍。

结 语

文体本身不存在高低、尊卑之别，但有特征和功能的差异。在不同的时代环境下，文体在选择和应用的过程中，被人为地划分出等级，有了“优劣”之分，因而衍生出文学趣味的好恶、文学理念的碰撞与冲突。作为小说家、杂文家的鲁迅两次停写旧体诗，又两度重拾旧体诗，不仅说明这种在文学革命期间被“千夫所指”的文体有不可替代的优势，还表明恰如其分地表达情感、思想比采用何种文体、选取哪种方式更为重要。

与此同时，文体代偿现象也暗示出不同文体在相互角逐的同时也有很强的共生性。这种共生性体现为内容互补，形式上有跨界。在特殊历史语境中，创作主体对文体有更高、更复杂的诉求，单一文体受文体特征、适用范围的限制，其表达效果也会受到影响，因此打破文体限制，寻求文体间的协作与互补成为复杂社会环境中顺理成章的选择。

陈三立自辩说考论[①]

“同光体”诗派在清末民初诗坛上居于主流地位，代表人物有陈三立、郑孝胥、沈曾植等人。其中，陈三立的创作成就最引人瞩目。张慧剑在《辰子说林》中说：“诗人陈散原先生，为中国诗坛近五百年来之第一人。”[②] 杨声昭称：“光宣诗坛，首称陈郑，海藏简淡劲峭，自是高手。若论奥博精深，伟大结实，要以散原为最也。”[③] 汪辟疆云：“至陈散原先生，则万口推为今之苏黄也。其诗流布最广，工力最深，散原一集，有井水处多能诵之。”[④] 一些评论者认为陈三立之诗法源自宋代江西诗派。如李详谓：“陈君诗宗西江。”[⑤] 李之鼎云：“义宁陈伯严吏部三立，天下久震矜其诗，以为足绍西江诗派。”[⑥] 汪辟疆《光宣诗坛点将录》评价说：“双井风流谁得似，西江一脉此传薪。”[⑦] 这里的“西江派”即江西诗派之意。[⑧] 陈三立七十寿辰之际，友人纷纷以诗相赠，不少人直言其为江西诗派。冯煦诗云：“西江诗派续黄陈。”[⑨] 姚华称：“少陵诗句几山谷，永叔文章亦退之。”[⑩] 罗惇曧谓：“西江诗派黄双井，南宋遗民谢叠山。”[⑪] 陈三立虽对这些评论没有表示异议，却不喜别人称其“西江派”。他私下对胡翔冬说：“人皆言我诗为西江派诗，其实我四十岁前，于涪翁、后山诗且

---

① 本文原载《中国韵文学刊》2017 年第 2 期。

② 张慧剑：《辰子说林》，上海书店出版社 1997 年版，第 19 页。

③ 杨声昭：《读散原诗漫记》，载《青鹤》1937 年第 5 卷第 14 期。

④ 汪辟疆：《汪辟疆诗学论集》上册，张亚权编撰，南京大学出版社 2011 年版，第 48 页。

⑤ 李详：《药裹慵谈》，李稚甫点校，江苏古籍出版社 2000 年版，第 113 页。

⑥ 李之鼎：《宜秋馆诗话》，见陈三立《散原精舍诗文集》下册，李开军校点，上海古籍出版社 2003 年版，第 1231 页。

⑦ 汪辟疆：《光宣诗坛点将录笺证》上册，王培军笺证，中华书局 2008 年版，第 16 页。

⑧ 据傅璇琮等主编《中国诗学大辞典》云：“明初江西以刘崧为代表的诗歌流派。《明史·刘崧传》云：‘（崧）善为涛，豫章人宗之为“西江派”云。’又称‘江右诗派’。”陈独秀《文学革命论》称：“所谓‘西江派’者，山谷之偶像也。”民国时期，诗人往往以“西江派”指称“江西诗派”，概因其宗法山谷也。有时，“西江派”亦指诗坛上活跃的同光体派，如林志宏《民国乃敌国也：政治文化转型下的清遗民》直言：“‘同光派’（或称江西派、西江派）系指近代诗坛一支流派。”

⑨ 邵祖平：《无尽藏斋诗话》，载《学衡》1923 年第 13 期。

⑩ 邵祖平：《无尽藏斋诗话》，载《学衡》1923 年第 13 期。

⑪ 邵祖平：《无尽藏斋诗话》，载《学衡》1923 年第 13 期。

未尝有一日之雅，而众论如此，岂不冤哉？”[①] 显然，诗坛上流行的说法与陈三立本人的自我定位有所出入。王培军在《光宣诗坛点将录笺证》中指出：“尤足诧怪者，则其夫子自道，亦明确否认，不自承学涪翁。”[②] 陈三立的“冤屈”是否属实？又缘何有这种矛盾的说法呢？本文试加以探讨。

一、四十岁前未尝雅好涪翁之说不可信

涪翁、后山分别指黄庭坚和陈师道。陈三立所称“雅好涪翁、后山诗”云云，实针对所涉及“江西诗派”的笼统说法。宋代吕本中的《江西诗社宗派图》将黄、陈为代表的诗歌流派命名为“江西诗派”，尊黄庭坚为诗派之祖。元代方回在《瀛奎律髓》中视黄庭坚、陈师道、陈与义为江西诗派的“三宗”，称：“古今诗人当以老杜、山谷、后山、简斋四家为一祖三宗。”[③] 三人中，黄庭坚对后世影响最大。陈三立生于咸丰三年（1853）农历九月廿一日，到光绪十八年（1892）刚好 40 岁。事实上，他在 40 岁前已对黄山谷存有好感。

1877 年，陈三立的父亲陈宝箴为隆观易《罘罳草堂诗集》作序：

> 既而取阅其《罘罳草堂诗卷》，则逢源杜与韩，语言之妙类大苏，而似归宿于吾乡山谷老人，世之号为能诗者未易而有也。无誉（指隆观易）自言：“向读朱文公《中庸注》，至‘静深而有本’之语，恍然悟诗教之宗。”故其诗淡简以温，志深而味隐，充充乎若不可穷。往尝论今之为诗者，大抵气矜而辞费，否则病为貌袭焉。而窃喜子瞻称山谷“御风骑气，以与造物者游”之言，谓为得其诗之真，而颇怪

---

① 张慧剑：《辰子说林》，上海书店出版社 1997 年版，第 19 页。张慧剑是民国时期著名报人，有“副刊圣手”之誉。《辰子说林》是其于 1941—1945 年在成都《新民报》主编副刊时撰写的专栏文章，1946 年由南京新民报社出版，是一部掌故史料性作品。张友鸾谓：“《辰子说林》中的文章，继承了古代笔记小说的格调，读来颇有兴味；但又是杂文笔法；铿锵有声；富于战斗风格。同时，又由于出自报人之手，文字都是注重事实的。”（见张友鸾 1985 年 6 月所撰《〈辰子说林〉序》，载 1985 年岳麓书社版《辰子说林》）故《辰子说林》中陈三立自评之说可信度较高。钱文忠《神州袖手人甲子祭（记陈三立）》据此认为“世人多以其诗为属江西诗派，实未必尽然”（见《读书》杂志编辑部编《不仅为了纪念》，生活·读书·新知三联书店 2007 年版，第 22 页）。

② 汪辟疆：《光宣诗坛点将录笺证》上册，王培军笺证，中华书局 2008 年版，第 24 页。

③ 〔清〕方回选评：《瀛奎律髓汇评》中册，李庆甲、集评校点，上海古籍出版社 1986 年版，第 1149 页。

世少知之而为之者，盖乡先辈声响歇绝，殆千数百年于兹矣。读无誉诗，其庶几遇之也。无誉将行，予与笙陔以其诗无副本，虑亡阙于道里之险艰，相与尼留其稿，而略为择录若干首，付之剞劂，兼以质无誉塞外云。①

陈宝箴对隆观易极为称赏，认为其诗源于杜甫、韩愈，语言妙如苏轼，旨趣似黄庭坚，甚至将其视为黄庭坚的接续者。这样的评价自然也反映出陈宝箴对黄庭坚的推崇。傅熊湘称："此序可谓能发作诗之诣者，不独深知无誉也。无誉诗以七律为最工，散原盖亦承其流者。"② 傅熊湘的话似乎隐含着这样的逻辑：陈宝箴深知并认可隆观易的诗歌，加之隆氏的七律成就较高，因而陈三立受其影响。他在《中学适用之文学研究法》一文中进一步指出："（陈三立）诗出于黄山谷，而与稍前之遵义郑珍极相近。珍字子尹，所著有《巢经巢诗集》。又宁乡隆观易，著《罘罳草堂诗集》，三立之父宝箴，时官于湘，为之刊行，疑亦散原诗所从出，其气味亦相近也。"③ 傅熊湘认为隆观易诗似山谷，陈三立诗出隆观易。傅氏此说不知依据为何。钱锺书质疑说："隆氏宁乡人，向于傅钝安遗著中见其姓名，极推其七律，谓散原诗所从出，心窃怪之，今虽未睹全集，已断知傅氏之为谰语。"④ 同时，钱锺书指出《销食录》中曾载有一些传闻："陈右铭观察亟为欣赏，命伯严公子抄录以为把玩，后集中有《留别右铭伯严》《怀伯严》诸诗，足征文字因缘而已。"⑤ 钱氏对此不以为然。

傅熊湘的臆断和《销食录》的记载应当事出有因。王闿运《隆观易小传》云："义宁陈宝箴，好奇士也，得见观易，特以为诗人之穷者，又隐阨不自拔耳。然尤喜其诗，为之刊行，间以示人，人亦未之问也。"⑥ 陈宝箴出于对隆观易的欣赏，为其刊印诗集，还极力推广。在这种情况下，"命伯严公子抄录以为把玩"当然合乎逻辑。

而且，陈三立本人与隆观易交情颇深。1879 年正月下旬，陈三立得知隆观易去世的消息后，深感痛心。他在给廖树蘅的信中说：

无誉凶耗，正月下旬已得宁夏喻太守书及所寄讣函，闻之怛悼伤

---

① 〔清〕陈宝箴：《陈宝箴集》下册，汪叔子、张求会编，中华书局 2005 年版，第 1869 页。
② 傅熊湘：《傅熊湘集》，颜建华编校，湖南人民出版社 2010 年版，第 412 页。
③ 傅熊湘：《傅熊湘集》，颜建华编校，湖南人民出版社 2010 年版，第 545 页。
④ 钱锺书：《钱锺书手稿集 容安馆札记》第 1 卷，商务印书馆 2003 年版，第 190 页。
⑤ 钱锺书：《钱锺书手稿集 容安馆札记》第 1 卷，商务印书馆 2003 年版，第 190 页。
⑥ 徐一士：《一士类稿》，中华书局 2007 年版，第 206 页。

怀，雪涕无已。以无誉之才之学而止于此，岂非天哉？岂非天哉？……昔人有言，诗人多穷而多夭，是耶非耶？而三立所为疚心者，所代为校刊诗篇，以字画讹舛，辗转迁延，未能早日告成，使无誉以一见为快。[①]

这里陈三立提及的“代为校刊诗篇”一事或许就是《销食录》所谓陈宝箴“命伯严公子抄录以为把玩”之讹。陈三立为隆观易作传，谓其“敝精力呕血为诗歌，自废斗室空山，憔悴枯槁。其志深，故其道隐；其怨长，故其辞约而多端”[②]。这说明陈三立对隆观易生平所历相当熟悉，对其诗领悟很深。既然陈三立嘉许诗风类似山谷的友人，这至少表明他对黄庭坚是认可的（当然，也有可能是因为对山谷持有好感，故认可隆观易之诗）。后来，他推崇范当世的诗歌，也与范氏诗风类似黄庭坚有关。钱基博的《现代中国文学史》明确指出：“三立之诗，晚与郑孝胥齐名，而蚤从通州范当世游，极推其诗，以当世亦学黄庭坚也。”[③] 据龚敏《范当世与陈三立的文学交往》一文所云，“光绪二十年（1894）十一月，范当世离开天津李鸿章幕府赴江夏湖北按察使署省亲嫁女，也就是从这年开始。我们看到《范伯子诗集》中有了与陈三立的赠答之作”[④]。陈三立此时刚刚42岁，他对范当世的欣赏，自是此前喜爱黄庭坚诗歌顺理成章的结果。陈三立看到范当世的《甲午客天津中秋玩月》诗后，即作《肯堂为我录其甲午客天津中秋玩月之作诵之叹绝苏黄而下无此奇矣用前韵奉报》（1902年）。他认为范当世的诗可以比肩苏东坡、黄庭坚，并在诗中感叹说：“吾生恨晚数千岁，不与苏黄数子游。得有斯人力复古，公然高咏气横秋。”这些话语既表现出陈三立对友人诗作的欣赏，同时也表明他对苏、黄的敬仰和歆羡。

而且陈三立在评价友人诗作时，常将之与黄庭坚进行比较，甚至将其拟为“黄庭坚”。这说明在陈三立看来，黄庭坚的作品是诗歌创作的一个参照标准。如1879年，陈三立在信中评价廖树蘅的诗说：“大诗浑雅之中复有雄直之气行乎其间，大似苏黄。”[⑤]

此后，陈三立对黄庭坚的称许之意一再表露。1889年10月，陈三立

① 陈三立：《散原精舍诗文集》下册，李开军校点，上海古籍出版社2003年版，第1156页。
② 陈三立：《散原精舍诗文集》下册，李开军校点，上海古籍出版社2003年版，第758页。
③ 钱基博：《现代中国文学史》，上海书店出版社2007年版，第166页。
④ 龚敏：《范当世与陈三立的文学交往》，载《古典文学知识》2009年第3期。
⑤ 陈三立：《散原精舍诗文集》下册，李开军校点，上海古籍出版社2003年版，第1156页。

游览黄庭坚故居，赋诗相赞。其中《长沙还义宁杂诗》第十五首云：“双井涪翁宅，松萝相向青。千年今怅望，一代汝精灵。乌影沿溪灭，茶烟散雨冥。神州清啸罢，来拂旧镌铭。”从“千年今怅望，一代汝精灵”一语，可以看出他对黄庭坚十分推崇。

陈三立刊刻《山谷诗集》，应是他对黄庭坚有所属意的结果。1893年，陈三立41岁。他在杨守敬的藏书楼中见到从日本得来的宋椠本《黄山谷内外集》，马上想到“念余与山谷同里闬，余父又嗜山谷诗”，这既可反映出陈三立对黄庭坚的敬仰，又表明其父陈宝箴嗜好山谷诗对陈三立的影响。陈三立《山谷诗集注题辞》云：

> 光绪十九年，方侍余父官湖北提刑。其秋，携友游黄州诸山，遂过杨惺吾广文书楼，遍览所藏金石秘籍，中有日本所得宋椠黄山谷内外集，为任渊、史容注。据称，不独中国未经见，于日本亦孤行本也。念余与山谷同里闬，余父又嗜山谷诗，尝憾无精刻，颇欲广其流传，显于世。当是时，广文意亦良厚，以为然。乃从假至江夏，解资授刊人。①

另外，就诗歌创作而言，陈三立早年诗歌有明显的避熟避俗的痕迹，这很容易让人联想到黄庭坚的诗学观念和创作风格。如一些字词的使用。其《武陟官廨赠杜俞》（1881年）诗首句云：“山城飒凉飙，微霖歇喧浊。”“飒”一般用作形容词，且常以词组“飒飒”的形式出现，或表清凉之意，或拟作风声。然而，陈三立却将其用作动词，表起风之意。同时，以“飙”字代替常用的“风”，以“霖”字取代“雨”，这显然是诗人的有意安排。《游隆中诗》（1882年）云：“氛雾列缤纷，岫崿攀翱翔。”“缤纷”有繁多而杂乱之意，又引申为颜色多而绚丽，用之修饰“氛雾”并不常见。陈三立将“岫崿”连用，并用“攀”字来表现山势直逼天空、几欲挣脱地面的情状，颇有新奇之感。又如“澶漫廛闾隐，杳霭林峦晚”（《从献冲越嘉义岭遂至长寿司》，1887年）、“夙驾及回途，轻装翼流飙”（《还长沙发龙谷市向山口》，1887年）等皆属此类。

同时，一些意象的使用当亦出于此种考虑，如“烟外乌啼冷”（《长沙还义宁杂诗》，1889年），“千甍日暖乌啼暮”（《东坡生日饮集待石园西轩》，1889年），“暮鸦朝雁日相期”（《湘上录别一首》，1891年），

① 陈三立：《散原精舍诗文集》下册，李开军校点，上海古籍出版社2003年版，第1127－1128页。

“饥乌飘雁各在眼”（《和答南皮尚书凌霄阁置酒用原韵一首》，1892年）。“乌”的意象冷僻而落寞，它的反复出现当是诗人有意为之。陈衍在评价陈三立的诗时，就将“乌”看作其避熟避俗的一个例证。他说：“为散原体者，有一捷径，所谓避熟避俗是也。言草木不曰柳暗花明，而曰花高柳大；言鸟不言紫燕黄莺，而曰乌鸦鸱枭；言兽切忌虎豹熊罴，并马牛亦说不得，只好请教犬豕耳。”① 后来，陈三立秘不示人的“换字秘本”当是这种求新求僻的用字方式的进一步发展。李渔叔《鱼千里斋随笔》云：“闻其作诗，手摘新奇生崭之字，录为一册，每成一篇，辄以所为词句，就册中易置之，或数易乃已，故有时至极奥衍不可读。”② 这一传闻后来得到刘成禺的证实，他在《世载堂杂忆》中称：“陈散原老作诗，有换字秘本，新诗作成，必取秘本中相等相似之字，择其合格最新颖者，评量而出之，故其诗多有他家所未发之言。予与鹤亭在庐山松门别墅久坐，散老他去，而秘本未检，视之，则易字秘本也，如‘骑’字下，缕列‘驾’‘乘’等字类，予等亟掩卷而出，惧其见也。”③

由此看来，陈三立40岁前已对江西诗派的领袖人物黄庭坚持认可态度。他自称40岁前“于涪翁诗且未尝有一日之雅”的说法并不可靠。

二、自辩说的委曲之意

从上文中，我们不难看出陈三立以阶段性的诗歌创作特征来回应诗坛上流行的整体性评价。这反映出他既想淡化与江西诗派的关系，却又无法完全否认的矛盾心理。

众人评价陈三立为西江一派，是就其总体创作而言的，有一定的合理性。比如陈三立也曾直言自己对江西诗派的认同。1904年，他所作《漫题豫章四贤像拓本》其三云：“驼坐虫语窗，私我涪翁诗。镵刻造化手，初不用意为。”在这里，陈三立自认“私我涪翁诗”，毫不掩饰对黄庭坚诗歌的师法。此外，陈三立与张之洞有关诗句理解的分歧也颇能说明其诗学取向。1905年重阳节，陈三立受张之洞邀请登高，作《九日从抱冰宫保至洪山宝通寺饯送梁节庵兵备》，诗中的“作健逢辰领元老”一句引起张之洞的不满。这件事屡屡被时人提及。陈衍《石遗室诗话》认为“此

① 钱锺书：《石语》，中国社会科学出版社1996年版，第39页。

② 李渔叔：《鱼千里斋随笔》，见沈云龙主编《近代中国史料丛刊续编》第83辑，台湾文海出版社1981年版，第52页。

③ 刘成禺：《世载堂杂忆》，辽宁教育出版社1997年版，第248页。

在伯严最为清切之作，广雅不解其第七句，疑元老不宜见领于人”①。张之洞不满这句诗，或因其中有尊卑无序之意，但更可能是因为这句诗不够“清切”。如陈曾寿解释说：“逢辰二字甚生，此二字后山、朱子常用之，公偶未忆及耳。”②“甚生”反映出一般人对于“逢辰”二字的感受，尤其是为陈师道、朱熹所常用，陈三立此处与陈师道恰恰相合，这样很容易让人联想到后者对前者的亦步亦趋。张之洞未必没有想到出处，或许恰恰是因为他知道出处，才会表示不满。正如钱基博云：“（张之洞）生平宗旨，取平正坦直，最不喜黄庭坚，题其集曰：‘黄诗多槎牙，吐语无平直。三反信难晓，读之鲠胸臆。如佩玉琼琚，舍车徒荆棘。又如佳茶荈，可啜不可食。子瞻与齐名，坦荡殊雕饰。’几于征声发色，不啻微言讽刺，而见诗体稍僻涩者，则斥为江西魔派，不当意也。”③ 从句法上看，“作健逢辰领元老”意在表现“元老领众士”，然语序的调整使意思的表达变得曲折，“逢辰”又颇有生僻的嫌疑。张之洞向来注重“平正坦直”，因而才会心生嫌恶。陈三立最“清切”的作品却让主张“清切”的张之洞觉得不满，说到底，这是两种诗学旨趣的分歧。

陈三立奇崛奥衍的诗歌语言、曲折隐晦的表达方式以及避俗避熟的诗学趣味都与江西诗派相契合。因此，世人视其为江西诗派也就不足为奇了。

那么，陈三立为何不肯明言自己与江西诗派的关系呢？

人所共知，江西诗派对后世影响很大，其创作实践和理论主张对初学者颇有助益，不少诗人即由此得其门而入。陈三立早年对黄庭坚诗歌的态度就有问途于江西诗派的意味，这与一般学诗者从江西诗派入门的经历相吻合。

然而，江西诗派技法上的弊病招致不少人的批评。如清代乾隆、嘉庆年间的李调元在《雨村诗话》中指出：“西江派诗，余素不喜，以其空硬生凑，如贫人捉襟见肘，寒酸气太重也。然黄山谷七言古歌行，如歌马、歌阮，雄深浑厚，自不可没，与大苏并称，殆以是乎？后山诗，则味如嚼蜡，读之令人气短。如‘且然聊尔耳，得也自知之’二句，系集中五律起笔，竟成何语？真谓之不解诗可也。拥被呻吟，直是枯肠无处搜耳。”④

---

① 陈衍：《石遗室诗话》，见张寅彭主编《民国诗话丛编》第1册，上海书店出版社2002年版，第156页。

② 苍虬：《读广雅堂诗随笔》，载《东方杂志》1918年第15卷第4号。

③ 钱基博：《现代中国文学史》，上海书店出版社2007年版，第165－166页。

④〔清〕李调元：《雨村诗话校正》，詹杭伦、沈时蓉校正，巴蜀书社2007年版，第22页。

陈三立本人的创作甚至遭受时人的非议。如1914年，柳亚子作《论诗六绝句》，抨击陈三立、郑孝胥等人，其二云："郑陈枯寂无生趣，樊、易淫哇乱正声。一笑嗣宗广武语：而今竖子尽成名。"[①] 1916年7月24日，任鸿隽在给胡适的信中说："吾尝默省吾国今日文学界，即以诗论，其老者如郑苏盦、陈三立辈，其人头脑已死，只可让其与古人同朽腐。"[②] 同年10月，胡适在写给陈独秀的信中亦有类似描述："尝谓今日文学之腐败极矣……如樊樊山、陈伯严、郑苏盦之流，视南社为高矣，然其诗皆规摹古人，以能神似某人某人为至高目的，极其所至，亦不过为文学界添几件赝鼎耳，文学云乎哉。"[③] 1917年，南社主任柳亚子与社友姚鹓雏、闻野鹤、朱鸳雏、成舍我等人因唐宋诗之争引发激烈的争执，在这场论辩中，柳亚子直言对江西诗派不满，称，"意者野鹤又用其作西江派诗之惯技，移而作文，故钩章棘句，使吾辈读之甚感不快耳"，"仆向西江派宣战，于兹十年，功罪自任之"。[④] 陈三立对于这样的批评之声应该是了解的，他不愿直言自己与江西诗派的关系也就容易理解了。

事实上，陈三立不认可世人的评价，还有更深一层的原因，即创作和诗学取向的转变。戊戌变法失败后，陈宝箴父子皆被革职，参与变法的谭嗣同等六君子则横尸刀下，陈三立悲不自胜。1899年，陈宝箴致信俞明震说："立儿自经此家国巨变，痛急万状，虽病不肯服药。日前进药，竟将药碗咬碎，誓不贪生复活。"[⑤] 1900年，陈三立写信给廖树蘅书，称："别来又已几载，沧桑之变既已至此，复骤值先公大故，通天之罪，万死何辞！"[⑥] 1901年，他在给汪康年的信中说："国变家难，萃于一时，集于一身。"[⑦] 陈三立自觉地将国变家难的悲剧加诸己身，他看到的是表象背后人世之劫难、生命之痛楚、岁月之荒谬。故其诗境为之一变，深感"片念微茫千劫换，一椽人海阅枯禅"（《移居》），"残生余血泪"（《闵灾》），"转恸江湖容后死，独飘残鬓看中原"（《哭孟乐大令》），"况今世变幻苍狗，屡闻窃国如分瓜"（《同叔澥筱珊登扫叶楼归访薛庐顾石公遂携石公

① 柳亚子：《磨剑室诗词集》上，中国革命博物馆编，上海人民出版社1985年版，第215页。

② 胡适：《胡适日记全编》第2册，曹伯言整理，安徽教育出版社2001年版，第449页。

③ 胡适：《胡适文集》第2册，欧阳哲生编，北京大学出版社1998年版，第4页。

④ 柳亚子：《磨剑室文录》上册，中国革命博物馆、上海人民出版社编，上海人民出版社1993年版，第464页。

⑤ 〔清〕陈宝箴：《陈宝箴集》下册，汪叔子、张求会编，中华书局2005年版，第1680－1681页。

⑥ 陈三立：《散原精舍诗文集》下册，李开军校点，上海古籍出版社2003年版，第1164页。

⑦ 陈三立：《散原精舍诗文集》下册，李开军校点，上海古籍出版社2003年版，第1180页。

及梁公约过随园故址用前韵》)。吴宗慈对此做了很好的概括：

> 先生既罢官，侍父归南昌，筑室西山下以居，益切忧时爱国之心，往往深夜孤灯，父子相对欷歔，不能自已。越一年，先生移家江宁，右铭中丞暂留西山靖庐，旋以微疾逝，先生于此，家国之痛益深矣。西山者，《水经注》作散原山，先生晚年自号散原，所以识隐痛也。其后僦居金陵，凡数载。庚子后，离开复原官，终韬晦不复出，但以文章自娱，以气节自砥砺。其幽忧郁愤，与激昂磊落慷慨之情，无所发泄，则悉寄之于诗。①

这种以一己之情感寓诗的方式已经与江西诗派讲求文字、技巧和表达的诗法取向有了明显差异。

进入民国，陈三立虽然选择平静地以遗民身份终老，实际上内心郁积着深深的兴亡之感，他屡次提及的“国变”② 一词即这种感伤的影射。或许基于此，陈三立民国以后的诗风明显向杜诗靠近。如《三月七日抵南昌铁路局谢蔚如同年招朋辈会饮入夜风雨中走谒欧阳丈》（1914 年）云：“越江犯重湖，了了见乡国。严城殷鼓鼙，几变旌旗色。……客归迷所向，人群依典则。宵阑声震瓦，愧对面黧黑。”樊增祥称：“此诗乃少陵《北征》缩本也。”③ 杨声昭《读散原诗漫记》云：“散原诗五古似韩似杜，亦似大谢。五律则专意于杜。吾最爱其《对雨》及《别俞氏女往柏灵》诸篇，意境高敻，字句矜慎，曾涤生氏谓下笔迟重绝伦者，此类足也。”④ 吴宓在《读散原精舍诗笔记》中对陈三立诗与杜甫诗相似之处做了不少分析，如其谓：“《散原集》中诗，以五古为最多，且最胜。写景述意，真切深细，实得力于杜诗者。”⑤ 他也对孤篇进行分析，称：“《雪中楼望》因小思大，有杜工部之怀抱及格调。”⑥ 同时，吴宓还指出：“凡先生所为挽诗、寿诗，皆从历史、政治、国局、世运大处落墨，持论精严，可为其

---

① 吴宗慈：《陈三立传略》，见陈三立《散原精舍诗文集》下册，李开军校点，上海古籍出版社 2003 年版，第 1196 页。

② 该词经常出现于陈三立为友人所作墓志铭、序跋中，与“国变”相类似的还有“世变”。

③ 樊增祥：《散原精舍集外诗评语》，见陈三立《散原精舍诗文集》下册，李开军校点，上海古籍出版社 2003 年版，第 1233 – 1234 页。

④ 杨声昭：《读散原诗漫记》，载《青鹤》1937 年第 5 卷第 14 期。

⑤ 吴宓：《吴宓诗话》，吴学昭整理，商务印书馆 2005 年版，第 289 页。

⑥ 吴宓：《吴宓诗话》，吴学昭整理，商务印书馆 2005 年版，第 289 页。

人之最好评传。此是杜工部《八哀诗》之义法。”① 这些评论敏锐地捕捉到陈三立诗风的移易。

陈三立的诗歌呈现出这样的特点并不奇怪。早在1895年，友人黄遵宪就曾为陈三立指出两位楷模——杜甫和韩愈，并殷切地希望陈三立变通而自立。他在《陈三立诗题识》中说：

> 唐宋以来，一切名士才人之集所作之语，此集扫除不少。然尚当自辟境界，自撑门户，以我之力量，洗人之尘腐。古今诗人，工部最善变格，昌黎最工造语，故知诗至今日，不变不创，不足与彼二子并驾而齐躯。义理无穷，探索靡尽，公有此才识，而勉力为之，遵宪当率后世文人百拜敬谢也。②

陈三立对黄遵宪的见解应该是赞成的，这可以从他们对彼此的认可程度推测出来。就在黄遵宪做出上述分析的前一日，陈三立也在《人境庐诗草跋》中对黄遵宪给予充分的肯定：“驰域外之观，写心上之语，才思横轶，风格浑转，出其余技，乃近大家。”③ 不久之后，黄遵宪在写给陈三立的信中诚恳地说：“无论何等文字，究欲得伯严评数字以为快。”④ 那么，遭逢家国巨变后，陈三立诗中流露的沉哀巨痛及其呈现出的奇崛风格，当与黄遵宪这次对话中为其指出的这两位楷模有关联。至清末，陈宝琛就曾指出陈三立深得杜甫、韩愈之妙。1908年，其《题伯严诗卷》一诗谓：“老于文者必能诗，此道只今亦少衰。生世相怜骚雅近，赋才独得杜韩遗。”这说明陈三立在靠拢山谷的同时，亦对杜甫、韩愈等人有所倾心。

当然，这种取向的转移并不意味着陈三立肯定一方、否定另一方，而是由于他人生际遇的变化，情感思想在某一时期与某一诗家更为契合，并或隐或显地通过创作加以呈现。陈三立对杜甫的认同，并不表示其否定黄庭坚，他在民国时期的创作就颇能说明这一问题。陈三立有的诗近杜诗风格，有的则似山谷诗风，甚至同一首诗也会给人似杜似黄之感。如樊增祥

---

① 吴宓：《吴宓诗话》，吴学昭整理，商务印书馆2005年版，第290页。

② 〔清〕黄遵宪：《题识》，见陈三立《散原精舍诗文集补编》，潘益民、李开军、刘经富辑注，江西人民出版社2007年版，第119页。

③ 陈三立：《散原精舍诗文集》下册，李开军校点，上海古籍出版社2003年版，第1126页。

④ 〔清〕黄遵宪：《黄遵宪全集》上册，陈铮编，中华书局2005年版，第417页。

评价《九江铁路局楼闲眺》（1914 年）“前六句纯乎杜陵，收句乃入山谷”[①]，又认为《崝庐三首》“三诗亦杜亦黄，实非杜非黄，自成为散原一派”[②]。陈衍也注意到这种变化，故其谓：“辛亥乱后，则诗体一变，参错于杜、梅、黄、陈间矣。”[③] 这样的创作反映出陈三立诗学观的通达和包容。

再者，陈三立晚年极为看重诗歌创作的独特性，其创作本身亦自成一家。吴宗慈《陈三立传略》载有他的创作心得，其云：“应存己。吾摹乎唐，则为唐囿；吾仿夫宋，则为宋域。必使既入唐宋之堂奥，更能超乎唐宋之藩篱，而不失其己。”[④] 故吴宗慈称其“所为文诗，一句一字，皆经千锤百炼而出，斯能精魂相接，冥与神会焉”[⑤]。郑孝胥《散原精舍诗序》云：“伯严乃以余为后世之相知，可以定其文者耶？大抵伯严之作，至辛丑以后，尤有不可一世之概。源虽出于鲁直，而莽苍排奡之意态，卓然大家，未可列之江西社里也。”[⑥] 李渔叔亦谓：“散原精舍诗，其得力固在昌黎山谷，而成诗后，特自具一种格法，精健沉深，摆落凡庸，转于古人，全无似处。”[⑦] 或许陈三立晚年感觉到个人的创作已经超越前人藩篱，自成一家，所以他不认可别人仅将其归为一家一派。因此，他才会在私底下表示不满。

结　语

诗人所处之诗坛，如侠客所行之江湖。行处其间，诗人自重其名誉与位次。

---

① 樊增祥：《散原精舍集外诗评语》，见陈三立《散原精舍诗文集》下册，李开军校点，上海古籍出版社 2003 年版，第 1234 页。

② 樊增祥：《散原精舍集外诗评语》，见陈三立《散原精舍诗文集》下册，李开军校点，上海古籍出版社 2003 年版，第 1234 页。

③ 陈衍：《石遗室诗话》，见张寅彭主编《民国诗话丛编》第 1 册，上海书店出版社 2002 年版，第 204 页。

④ 吴宗慈：《陈三立传略》，见陈三立《散原精舍诗文集》下册，李开军校点，上海古籍出版社 2003 年版，第 1198 页。

⑤ 吴宗慈：《陈三立传略》，见陈三立《散原精舍诗文集》下册，李开军校点，上海古籍出版社 2003 年版，第 1198 页。

⑥ 郑孝胥：《散原精舍诗序》，见陈三立《散原精舍诗文集》下册，李开军校点，上海古籍出版社 2003 年版，第 1216 页。

⑦ 李渔叔：《鱼千里斋随笔》，见沈云龙主编《近代中国史料丛刊续编》第 83 辑，台湾文海出版社 1981 年版，第 52 页。

初涉诗坛的籍籍无名者通常借助前辈名家的推介，以求捷足先登，扬名立万。如民国诗坛，渴望与陈三立交接的晚辈甚多，钱仲联称：“少年后生，得其一言褒赞为荣。”[①] 然而，由于诗学取向、审美趣味、亲疏好恶等因素的影响，他人品评与褒贬的结果可能与作者预期存在一定差距。如自诩“天罡”的陈衍在汪辟疆《光宣诗坛点将录》中仅被拟为“地魁星神机军师朱武”。据汪辟疆云：“甲戌来金陵，一日与石遗登豁蒙楼煮茗，因从容询曰：‘君于有清一代学人位置可方谁氏？’石遗曰：‘其金风亭长乎？’时黄曾樾亦在座，因问余：‘君撰《光宣点将录》，以陈先生配何头领？’石遗不待余置答，遽曰：‘当为天罡耳！’余笑。石遗岂不知列彼为地煞星首座耶！殆恐余一口道破耳。”[②] 陈衍的抢答显然有自我标榜以示不满的意味，夏承涛曾亲闻其抱怨。1934 年 11 月 30 日，夏氏赴金天羽之邀，席间陈衍“谈点将录以散原为宋江，谓散原何足为宋江，几人学散原诗云云。言下有不满意”[③]。陈衍对汪辟疆的不满，属于作者对某一特定对象的抗议，自是人之常情。

陈三立的情况要复杂得多，他面对的是诗坛上流行已久且近乎一致的集体性评价。正如王培军所云：“散原诗学山谷，在当时盖为公论。”[④] 而这一公众认知虽不完全准确，却又有其合理性，已成人所共知的旧闻，自然难以公开辩驳。陈三立既为诗坛巨擘，褒贬与否皆无损其声誉，何况其处世泰然，如其自云：“故余丁扰攘污浊之世，往往杜门偃仰，累月不复出，为得淑人相师友，养德性永天趣，犹有以坚其志而自适其适也。”[⑤] 陈三立在文学革命的语境中尚能“杜门偃仰”“以坚其志而自适其适”，当然也就无意纠缠于诗友们善意却不完善的评论。

诗坛评判与陈三立私下的辩解本质上反映的是读者与作者之间知与不知、解与不解的矛盾。当读者所谓的某种知、不知、解、不解成为一种共识的时候，原本最具话语权的作者既很难在公众视野中还原自我的理想形象、诗学取向和审美趣味，亦无法摆脱世人贴在其身上的标签。而这种舆论所形成的判断和认知无形之中也将被评论者归类、划分派别。诗派林立、风格多样的诗歌江湖表面上看是诗人技艺、诗歌高下之争，实际上也是读者审美、好恶、话语的角逐。陈三立身为诗坛领袖，虽有不满，却不

① 钱仲联：《梦苕庵论集》，中华书局 1993 年版，第 358 页。
② 汪辟疆：《汪辟疆文集》，上海古籍出版社 1988 年版，第 334 页。
③ 夏承涛：《天风阁学词日记》，浙江古籍出版社 1984 年版，第 341 页。
④ 汪辟疆：《光宣诗坛点将录笺证》上册，王培军笺证，中华书局 2008 年版，第 24 页。
⑤ 陈三立：《散原精舍诗文集》下册，李开军校点，上海古籍出版社 2003 年版，第 1025 页。

得不在公众视野中保持沉默的姿态，他的遭遇实为行走诗歌江湖之人的缩影。

汪精卫晚年诗词中的自我形象[①]

汪精卫（1883—1944）原名汪兆铭，字季新，生于广东三水县。1904年考取留日法政速成科官费生，次年结识孙中山，始追随革命，成为孙的得力助手。1910年，汪精卫为鼓舞陷入低谷的革命士气，谋划刺杀大清摄政王载沣，失败后下狱。在狱中，他写下《被逮口占》四首，一时广为流传，获得巨大声誉，这可视为他步入诗坛之始。自此之后，直至1944年11月10日病死于日本名古屋，汪精卫跨越诗坛35年，其诗词在当时颇具声名。时至今日，一些学者仍然肯定其成就。余英时认为“汪的古典诗词在他那一代人中无疑已达到了第一流的水平”[②]。叶嘉莹说：“我曾经以为一个真正的诗人，应该是用自己的生命来写作自己之诗篇，用自己的生活来实践自己之诗篇的。读汪氏之作，令我深感他的诗词之佳处乃竟与我的论诗之说颇相契合。”[③] 然而，囿于汪精卫的政治身份及传统评价，学界对其诗词的讨论并不充分，尤其汪精卫晚年的诗词更是很少有人关注。本文试对此进行探讨。

一、情随境迁

汪精卫晚年的创作一般被认为始于《舟夜》一诗。朱子家《汪政权的开场与收场》云：“汪氏晚年诗词，系录自‘双照楼诗词稿’。其长公子孟晋，前数年曾在港刊印其全稿，分贻亲友。此篇所录，凡诗词共六十五题，内诗五十一题，词十四题。起自民国二十八年六月由越赴沪时‘舟夜’之作，迄于其病剧辍笔，盖皆为汪政府时代所作也。”[④] 今查汪梦川整理注释的《双照楼诗词稿》，汪精卫晚年诗词有75首。

在汪精卫早年的诗词中，有许多理想型的形象，如反抗不止的“精卫”（《被逮口占》）、为“使苍生同一饱”而化身熊熊烈焰的“劳薪”

---

① 本文原载蒋寅、张伯伟主编《中国诗学》第23辑，人民文学出版社2017年版。

② ［美］余英时：《序一》，见汪精卫《双照楼诗词稿》，汪梦川注释，香港天地图书有限公司2012年版，第9页。

③ 叶嘉莹：《序二》，见汪精卫：《双照楼诗词稿》，汪梦川注释，香港天地图书有限公司2012年版，第31页。

④ 朱子家：《汪政权的开场与收场》第3册，香港春秋杂志社1960年版，第184页。

（《见人析车轮为薪，为作此歌》）；又如“松”的意象，“不改岁寒心”的“危松”（《除夕》）、“奇翠欲拏空”的“老松”（《晓烟》）、“孤高更皎洁”的“奇松”（《白松》），以及独立而抱节的“孤松”（《病中读陶诗》）；还有“岁寒弥见故人心”的“寒梅”（《夜坐》），高洁的“冰蟾”（《海上》）等等。这些意象在显示不屈精神、寄寓美好愿望的同时，亦刻画出了汪本人的自我形象。

在其晚年诗词中，仍有这样的意象，但所托之情却迥然有别。例如“劳薪”“破釜”之喻。他早年在《革命之决心》一文中说：

> 是故不畏死之勇，德之烈者也，不惮烦之勇，德之贞者也，二者之用，各有所宜，譬之炊米为饭，盛之以釜，爇之以薪，薪之始燃，其光熊熊，转瞬之间，即成煨烬，然体质虽灭，而热力涨发，成饭之要素也，釜之为用，水不能蚀，火不能熔，水火交煎逼，曾不少变其质，以至于成饭，其熬煎之苦至矣，斯亦成饭之要素也，呜呼，革命党人，将以身为薪乎？抑以身为釜乎？亦各就其性之所近者，以各尽所能而已，革命之效果，譬则饭也，待革命以苏其困之四万万人，譬则啼饥而待哺者也，革命党人以身为薪，或以身为釜，合而炊饭，俟饭之熟，请四万万人共飨之。[①]

入京刺杀载沣之际，汪精卫用指血书写八个字赠给胡汉民，云：“我今为薪，兄当为釜。”[②] 在薪和釜之中，汪精卫选择为“薪”。在他看来，为了革命之效果，应“各就其性之所近者，以各尽所能”。换言之，即汪认为其性格决定了他以身为薪。有学者对此分析说：“那一年汪 28 岁，对流血牺牲之‘烈德’有着热切的期待，梦想着自己的生命能够像薪一样，‘炬火熊熊，顷刻而尽’。这种期待，反映了他内心深处对于个体生命存亡的某种美学想象。那是一种在体悟到生命的短暂和脆弱之后，渴望年轻的生命能如流星般划亮夜空燃烧自己，能如樱花般在最璀璨的年华随风飘落的美学想象。”[③] 此时，以身为薪几乎成了他不可遏止的欲望。之后，在《见人析车轮为薪，为作此歌》一诗中亦云：“年年颠蹶关山路，不向崎岖叹劳苦。只今困顿尘埃间，倔强依然耐刀斧。轮兮轮兮生非徂徕新甫之良材，莫辞一旦为寒灰。君看掷向红炉中，火光如血摇熊熊。待得蒸腾荐

① 汪精卫：《汪精卫全集》第 3 册，三民公司 1929 年版，第 47 页。
② 胡汉民：《胡汉民自传》，台湾传记文学出版社 1987 年版，第 34 页。
③ 李志毓：《汪精卫的性格与政治命运》，载《历史研究》2011 年第 1 期。

新稻，要使苍生同一饱。”然而到了1941年4月24日，他在《冰如手书阳明先生答聂文蔚书及余所作述怀诗合为长卷，系之以辞，因题其后。时为中华民国三十年四月二十四日，距同读〈传习录〉时已三十三年，距作述怀诗时已三十二年矣》中却称：“三十三年丛患难，余生还见沧桑换。心似劳薪渐作灰，身如破釜仍教爨。”三十三年间患难丛生，他的心如同快要燃为冷灰的“劳薪”。生命虽在，却好似饱受煎熬的“破釜”。凄冷之薪灰，萧条之破釜，汪的心态可谓前后判若两人。

他的这种心态显然与他此时的处境有关。余英时指出：“汪精卫之一意求和是建立在一个绝对性预设之上，即当时中国科技远落在日本之后，全面战争一定导致亡国的结局。因此他认为越早谋得和平越好，若到完全溃败的境地，那便只有听征服者的宰割了。但这一预设并非汪精卫一人所独有，而代表了当时相当普遍的认识。”[①] 当他悲观地认为“全面战争一定导致亡国的结局”时，就只好“一意求和”。据陶希圣回忆，汪精卫曾对陈璧君说：“日本如能征服中国，就来征服好了。他们征服中国不了，要我签一个字在他的计划上面。这种文件说不上什么卖国契。中国不是我卖得了的。我若签字，就不过是我的卖身契罢。”[②] 签字就等于签“卖身契”，可见汪精卫投日之初，对自身处境还是清醒的。一旦陷入日本人罗织的密网，一切皆不自主之时，他内心的痛苦是可以想见的。朱子家曾记述这样一幕：

> 协定书（指《中日基本协定》）的签字地点即在汪政府的所在地，汪以“行政院长”的身份，代表政权在协定书上签字。那天，他穿了一套礼服，当日方大使阿部行将抵达以前，他站立在礼堂前的阶石上，面部本来已充满了凄惋之色，他呆呆地站着，远望缭绕在紫金山上面的白云，忍不住两行清泪，从目眶中沿着双颊一滴一滴地向下直流。突然，他以双手抓住了自己的头发，用力的拔，用力的拉，俯下头，鼻子里不断发出了“恨！恨！”之声，泪水渍满了面部，他的悲伤，是仅次于捶胸顿足。[③]

汪氏不顾身份与形象，在众目睽睽下泪流满面，其悲痛、悔恨与无奈

① ［美］余英时：《序一》，汪精卫《双照楼诗词稿》，汪梦川注释，香港天地图书有限公司2012年版，第11页。

② 陶希圣：《潮流与点滴》，中国大百科全书出版社2008年版，第165页。

③ 朱子家：《汪政权的开场与收场》第1册，香港春秋杂志社1959年版，第113页。

可见一斑。这样的细节是此前为人所忽略的，而它们却呈现出汪精卫精神世界的一些真实片段。

二、“独行者”“窃油灯鼠”与“饱血帷蚊”

汪精卫晚年的诗词中出现了一些此前少见的意象。首先是“独行者”。汪精卫为方君璧《任重致远图》作《题画》诗一首，云：

负山于背重千钧，足趾粘泥衣著尘。
跋涉艰难君莫叹，独行踽踽又何人？

这里的行者背负千钧重担，衣着尘土，足趾沾泥，在漫漫长途中艰难跋涉。诗是就画而言，自然是为画注解。而诗却又以疑问的形式结尾，那么，这个“独行踽踽”者自然也蕴含着他本人很深的感慨，也应该有他本人的影子。

1941 年前后，其诗词中与此类似的描述屡屡出现。1940 年 10 月 6 日汪精卫为方君璧《满城风雨近重阳图》所题《虞美人》词云：“秋来彤尽青山色。我亦添头白。独行踽踽已堪悲，况是天荆地棘欲何归。”这里刻画了一个头发斑白的老者形象：他蹒跚独行，要面对“天荆地棘”，却并不清楚路在何方。《金缕曲》云：“为问当时存者几？落落一人而已。”他解释说：“三十年六月二十三日，余晤宫崎夫人于日本东京，承以《民报》时代照片见贻，盖丙午之秋革命军在萍乡醴陵失败后，余将偕黄克强赴广州谋再举，行前一日在《民报》社庭院内所摄。克强倚树而坐，宫崎夫人之姊氏立于其左，余立于其后，在余之右者为林时塽，再右为鲁易，为章太炎，为何天炯，凡七人，今存者余一人而已。把览之余，万感交集，为题《金缕曲》一阕。”① 昔日的并肩战斗衬托出今日存世者的寂寞、悲怆。又《春暮登北极阁》云：“风定落红依故砌，雨余高绿发新林。低徊未忍褰衣去，坐待冰蟾破夕阴。”落花纷飞，林叶新绿，景色依旧，眺望之人徘徊不定，心境寥落，只好期待一轮明月能打破阴郁的气氛。1941 年 6 月 14 日，汪精卫作《六月十四日为方君瑛姊忌辰，舟中独坐，怆然于怀，并念曾仲鸣弟》，云：“又向天涯剩此身，飞来明月果何因？孤悬破碎山河影，苦照萧条羁旅人。”明月依旧，而山河破碎，羁旅之人深感孤

① 汪精卫：《双照楼诗词稿》，汪梦川注释，香港天地图书有限公司 2012 年版，第 317 页。

独。“独行踽踽”“落落一人”“羁旅人”与“独行者”的形象颇为一致。

其次，另一组值得注意的形象为“窃油灯鼠”与“饱血帷蚊”。汪精卫《读史》诗云：

> 窃油灯鼠贪无止，饱血帷蚊重不飞。
> 千古殉财如一辙，然脐还羡董卓肥。

他认为古往今来，因贪得无厌而殒命者如出一辙，这些人就如同“窃油灯鼠”和“饱血帷蚊”。汪精卫自然清楚世人也会以此视他，而他却自嘲说羡慕董卓，并认为董卓是真的贪污民脂民膏，而自己并不贪，只是空背这样一个骂名。评论者一般认为这是汪精卫在批评伪政府内部的贪污之风。如程思远《百年风云录》云：“群丑们政治上反动，才智上平庸，可在捞取民脂民膏上却是个个一流水准。汪贼自己曾专门写过一诗来描述内部的贪污、腐败之风……他的理智和直觉都已预感到贪污之风正在毁灭着南京伪政府，一只只饱血蚊、窃油鼠的行为，正在促使末日的提前来临。”① 少石《河内血案：行刺汪精卫始末》亦云：“因为凡属参加伪组织的人，无不是乘机弄钱，尽情享乐，以待未来应得的惩罚。他痛恨这种贪渎腐化的风气和过了今日没有明日的心理，将使他的‘和平运动’终成泡影，因有《读史》七律一首。”② 但这首诗可能还有更深一层的意思。

这首诗与上述《题画》诗约作于同一时期，诗中亦当有汪的自省。“饱血蚊”“窃油鼠”因贪食而亡，董卓因贪恋权势而招杀身之祸，他们都贪而无度，汪精卫显然是看到了这一点。他虽是以自嘲的口吻将自己与董卓进行比较，却隐含着对自身命运的一种预测和判断，即本人所作所为会被世人视为与董卓同等行径，亦将与其遭受同样的下场。他不承认“贪”，并不意味着他不贪，更不表示他没意识到自己的贪婪。正是因为他先想到了自己，所以才会有这样的比较。李宗仁曾评价说：“其真正的个性，则是热衷名利，领袖欲极强。”③ 有研究者亦指出，“汪精卫是有着强烈领袖欲的国民党政客，他一生反复多变，翻手为云，覆手为雨，毫无政治气节，这在客观上虽然有着各种原因，但在主观上都离不开一个‘我’

---

① 程思远主编：《百年风云录》，延边大学出版社 1994 年版，第 2856 页。

② 少石编：《河内血案：行刺汪精卫始末》，档案出版社 1988 年版，第 139 页。

③ 李宗仁口述：《李宗仁回忆录》上册，唐德刚撰写，广西师范大学出版社 2005 年版，第 390 页。

字”①。从这个意义上讲，“饱血蚊”“窃油鼠”“然脐董卓”未尝不是他自身的写照。

汪精卫屈服于日本的政治诱降，并在其卵翼下建立伪“国民政府”，他看似登上权力的顶峰，可以驾驭一己之命运，实则陷入泥潭，沦为粉墨登场的傀儡。“独行者”“窃油灯鼠”“饱血帷蚊”“然脐董卓”等颇具自省色彩的形象说明他对自身的处境和命途是清醒的，同时，这些为人所忽略的形象亦显示出他的彷徨、忧郁、惊惶与恐惧。

三、“遗民”形象与情结

中国历史上，每当朝代更替之际，总会有一些眷恋故国旧君，认同前朝之人，他们通常被称为遗民。清代归庄云：“遗民则惟在废兴之际，以为此前朝之所遗也。”② 林志宏指出：“‘遗民’系中国历史非常独特的现象。环顾世界历史的发展，中国跟其他民族或国家迥异处，即以改朝换代作为解决治乱最终之道。每当遭逢易代之际，便有少数人为了表达对故国旧君的眷恋，选择以自我放逐或反对的方式对待新朝，他们的举措便被视为‘遗民’。”③ 在这种背景下，生命个体常常被置于具有强烈冲突和矛盾的历史语境中，哀叹故国、伤悼身世便成为他们诗文中常见的主题。汪精卫晚年诗词中亦流露出这种情结，俨然把自己刻画为亡国遗民。

1943 年重阳节，汪精卫自言：“重九日登北极阁，读元遗山词至‘故国江山如画，醉来忘却兴亡’，悲不绝于心。”④ 元遗山即元好问，其生活在金元之际，历亡国之痛，故诗词中常流露出这种无法抚平的悲怆。登高远眺，本来就容易使人生发感慨，而汪此时却选择读元好问的悲戚之作。当他读到“故国江山如画，醉来忘却兴亡”时，悲不绝于心。这说明汪精卫在有意体认遗民情结。

在这样的心境下，他写下《朝中措》一词：

> 城楼百尺倚空苍，雁背正低翔。满地萧萧落叶，黄花留住斜阳。
> 阑干拍遍，心头块垒，眼底风光。为问青山绿水，能禁几度兴亡？

---

① 蔡德金：《汪精卫评传》，四川人民出版社 1987 年版，第 488 页。
② 〔清〕归庄：《归庄集》上册，上海古籍出版社 1984 年版，第 170 页。
③ 林志宏：《民国乃敌国也：政治文化转型下的清遗民》，中华书局 2013 年版，第 3 页。
④ 汪精卫：《双照楼诗词稿》，汪梦川注释，香港天地图书有限公司 2012 年版，第 344 页。

天气肃杀，落叶萧萧，日暮途穷，即使“阑干拍遍”，郁积之“心头块垒”，也终不得排解。余英时评价说：“词中流露出来的思想和情感竟和亡国诗人元遗山如出一辙。但是如果细读他的遗书《最后之心情》我们便不能不承认，这首词正是他当时‘心情’的忠实写照。”① 个人命运与青山绿水紧密地联系在一起，这和历史上遗民的心结一致。

前朝殒灭，故国消亡，遗民诗人们失去熟悉的故土，也便失去了寄托心魂的精神家园。因而他们的笔下常常是萧瑟的天气、破碎的山河、无定的漂泊、幻灭的梦想、深重的凄苦与无尽的泪水。汪精卫晚年的诗词有许多这样的描写，如《金缕曲》云：

> 小聚秋声里。近黄昏、篱花摇瞑，庭柯雕翠。残叶辞枝良未忍，耿耿护林心事。正呜咽、风萧易水。三十六年真电掣，剩画图、相对浑如寐。谁与揽、澄清辔？　　故人各了平生志。早一抔、黄花岳麓，心魂相倚。为问当时存者几？落落一人而已。又华发、星星如此。剩水残山嗟满目。便相逢、勿下新亭泪，为投笔，歌断指。

秋声肃肃，黄昏渐近，残叶辞枝，描绘出一幅凄冷的画面。回想三十六年间的生平与人事，皆已成为过往，化作尘土。而今年纪老迈，头发花白，所面对的只有这“剩水残山”。尽管他强作振奋，勉励自己“勿下新亭泪”，但是其内心恐怕早已经泣涕不止，新亭泪下。在《忆旧游·落叶》中，他描述说：

> 叹护林心事，付与东流，一往凄清。无限留连意，奈惊飙不管，催化青萍。已分去潮俱渺，回汐又重经。有出水根寒，拏空枝老，同诉飘零。　　天心正摇落，算菊芳兰秀，不是春荣。摵摵萧萧里，要沧桑换了，秋始无声。伴得落红归去，流水有余馨。尽岁暮天寒，冰霜追逐千万程。

惊飙肆虐，青萍飘零，岁暮天寒，其心境可知矣。

又《满江红》云：

> 蓦地西风，吹起我、乱愁千叠。空凝望，故人已矣，青磷碧血。

① ［美］余英时：《序一》，见汪精卫《双照楼诗词稿》，汪梦川注释，香港天地图书有限公司 2012 年版，第 21 页。

魂梦不堪关塞阔，疮痍渐觉乾坤窄。便劫灰冷尽万千年，情犹热。　烟敛处，钟山赤。雨过后，秦淮碧。似哀江南赋，泪痕重湿。邦殄更无身可赎，时危未许心能白。但一成一旅起从头，无遗力。

西风萧瑟，愁绪扰扰，他感觉到饱经沧桑的天、地都变得狭窄，尽管雨过天晴后秦淮河依旧碧绿，光彩照人，可是面对殄瘁之邦国，出路又在哪里？在《百字令·春暮郊行》中，他更直言："蓄得新亭千斛泪。"

这种遗民式的失落和迷茫在他的另外一些词中亦有体现。如"叹桑田沧海亦何常，圆还缺"，"雁阵杳，蛩声咽。天寥阔，人萧瑟。剩无边衰草。苦萦战骨"（《满江红·庚辰中秋》）。他感叹：世事巨变，在寥阔的天地之间，人实在是渺小得可怜，既无法把握自己的命运，亦无法预知未来，还不如这衰草，可以一年年漫无边际地生长。又如《虞美人》云："空梁曾是营巢处，零落年时侣。天南地北几经过，到眼残山剩水已无多。　夜深案牍明灯火，搁笔凄然我。故人热血不空流。挽作天河一洗为神州。"龙榆生称："某夜余得读其新制《虞美人》词，至'搁笔凄然我'之句，为之泫然。"① 龙榆生"为之泫然"，或暗示出如下两点：一是龙榆生认为汪准确表达了他们共同的心声；二是龙榆生认为汪确实写出了个人的真实处境。再如"叹等闲、春秋换了，灯前双鬓非故。艰难留得余生在，才识余生更苦。休重溯。　算刻骨伤痕，未是伤心处。酒阑尔汝。问搔首长吁，支颐默坐，家国竟何补"（《迈陂塘》）；"人世金瓯残缺，两两苦相形"，"银河清浅，怎载得、如许飘萍。鸿雁北来南去，乌鹊南飞又止，无处不零丁"（《水调歌头·辛巳中秋寄冰如》）；"余生还得故园看"（《浣溪沙·广州家园中作》）。这一幕幕场景，皆是从亲历者的视角描述，他欲言又止，对"家国""人世""余生""家园"满怀憧憬，这些希望却笼罩着浓厚的阴霾，显得渺不可及。

从当时的历史语境来看，先前的"旧国"并未被日本所征服，汪精卫建立的"新朝"也还未覆灭，而且他身为伪"国民政府主席"，享有或者名义上享有各项大权，其与历史中遗民的处境迥然有别。汪本人与遗民形象表面看上去关联不大，他却反复叨念，并将其视为自我形象，表现出消沉、感伤的情绪。

他这种遗民情结从深层意义看，是一种文化情结，它体现出传统儒家

① 汪精卫：《双照楼诗词稿》，汪梦川注释，香港天地图书有限公司2012年版，第374页。

文化对文人士大夫的影响。早在汪精卫辛亥前的狱中诗里，就曾表达过类似的情绪。如“记从共洒新亭泪，忍使啼痕又满衣”（《秋夜》）；“遂令新亭泪，一洒已千斛”（《述怀》）。“新亭泪”表示痛心国难却无可奈何的心情。《世说新语·言语》载：“过江诸人，每至美日，辄相邀新亭，藉卉饮宴。周侯中坐而叹曰：‘风景不殊，正自有山河之异！’皆相视流泪。唯王丞相愀然变色曰：‘当共勠力王室，克复神州，何至作楚囚相对？’”[①]又如“忧来如病亦绵绵，一读黄书一泫然”（《有感》）；“西风无地著兰根，未读黄书已断魂”（《狱卒持山水便面索题》）。“黄书”为明末清初思想家王夫之所著，主张夷夏之防。“无地著兰根”则是用南宋遗民郑所南画兰皆露根无土，寓国土沦丧之意。又《狱檐偶见新绿口占》云：“青山绿水知何似？愁绝风前郑所南。”在这里，汪将自己直接喻为郑所南。汪精卫当然不是真正的亡国遗民，但他在反清的斗争中，因对抗而唤醒了长期潜藏于传统文人内心深处的华夷之辨，遂与王夫之、郑所南这些异族统治下的遗民发生了精神上的共鸣，生发出遗民情结，流下了“新亭泪”。

汪精卫投日之行径不合于传统文化的精神，但他作为一个浸染这种文化、深谙其义理的个体，实际上无法从心理上摆脱其影响。汪精卫自比“遗民”说明他在背离传统道德、亏污大节之后，难以回避传统文化的拷问，也没法摆脱因之而产生的精神困顿。

结　语

汪精卫这些类似私语的诗词难免带有“作秀”和“美化”的成分，但作为时代洪流中的个体，其诗词所流露的情感和思想无疑也具有真实的一面。正如朱子家在谈及汪晚年诗词时所云：“言为心声，观此，或足以稍觇汪氏当年之心境乎。”[②] 汪氏晚年诗词中的自我形象与其此前在人们传统认知中所定位的政治形象大不相同，它们有助于后人了解这个具有争议的政治人物内心世界的丰富性和矛盾性。

除汪精卫以外，民国旧体诗坛还有一些“另类”诗人。“另类”一词并不是说其创作本身标新立异、有别于常人，而是指创作主体因身份特殊而较少进入研究视野。“另类”诗人多指抗战时期的“汉奸”[③]。这些“另

① 余嘉锡：《世说新语笺疏》，上海古籍出版社1993年版，第92页。

② 朱子家：《汪政权的开场与收场》第3册，香港春秋杂志社1960年版，第184页。

③ 这类诗人包括汪精卫、王揖唐、梁鸿志、黄濬、江朝宗、李宣倜等。其中汪精卫有《双照楼诗词稿》，王揖唐有《今传是楼诗话》，黄濬有《聆风簃诗》，李宣倜有《苏堂诗拾》。

类”诗人的创作因记录一时一地的心情与心境，有其真实的一面，这对重新认识民国历史具有重要意义。从文学的角度来看，他们作为当时文坛的一员，大都通过创作或群体交流，参与了文学史的进程，对其创作进行探讨有助于还原当时复杂的文坛面貌。这些“另类”诗人的作品作为民国旧体诗词的一部分，值得探究和反思。

抗战旧体诗词中的“飞机”意象与战争书写[①]

清末民初以来，旧体诗词作家对象征现代文明的新事物表现出浓厚的兴趣，火车、电灯、电影、无线电等“洋玩意”频频出现在诗词作品中。如石城诗社的王景岐有《电灯》诗赞美电灯“无烟无焰长生保，风雨晦冥独力支”；沈祖棻的《浣溪沙》（碧槛琼廊月影中）写到冰激凌、广播、风扇和霓灯，突出了现代都市生活的时尚气息。诚如杨骚所言：“原来诗歌的题材、音律、用语等，是跟着生活方法的进步而起变化的。在还不知牧畜耕种，以狩猎为主要的生活方式的时代，绝对不会有咏唱牧神、家畜等的诗歌产生，也不会有赞美植物、农神的歌谣；又在还没发明机械以前的手工业时代，绝不会有歌咏马达。赞美飞机等的诗歌产生。换句话说，诗歌的题材、音律、用语等，要因各时代的生产方法的进展。”[②] 作为20世纪初最重大的发明之一，飞机也吸引了旧体诗词作家的注意，成为他们津津乐道的话题。随着抗日战争的全面爆发，“飞机”几乎成了灭顶之灾的代名词。它是敌人疯狂冷血的杀人机器，但也是我们迎击敌人的法宝与希望。抗战期间旧体诗词对这种战争事物的书写有其独特的视角和文化意蕴。

一、机翼下的乱世伤痛

1903年，美国莱特兄弟发明了飞机。它赋予了人类俯瞰大地的“上帝视角”，乘坐飞机获得的视觉冲击和心理体验是其他工具无法做到的。有人就感叹：“乘云过海，千变万状的所谓神仙一类的想象，诚可于飞机上实行享受，而且只能于此享受。”[③] 对作家而言，飞机以及与之相关的话题都是崭新的创作题材，自然要“尽入彀中”。

新文学家写这种新题材是情理之中的事。如中国早期象征诗派的代表诗人李金发就写了首《飞机中即景》：“城廓，亭园，池沼，阡陌，一望澄洁，画中的造作，没有生物蠕动。二千尺高度的太阳，摸抚这初临的赤

① 本文原载《吉林师范大学学报》（人文社会科学版）2020年第5期。
② 杨骚：《急就篇》，引擎出版社1937年版，第126页。
③ 申之：《南苑参观飞机学校记》，载《妇女杂志》1922年第8期。

子之头，无涯的以太，如待新客般看着我。如梦中的仙境，江山在下界飞奔，我挥手向长江致敬。”① 小说家废名坐过飞机之后，便有了《莫须有先生坐飞机以后》。在很多人眼中，只有新文体才适合书写新事物。郁达夫在《谈诗》中就指出：“新的感情，新的对象，新的建设与事物，当然要新的诗人才歌唱得出，如以五言八韵或七律七绝，来咏飞机汽车，大马路的集团和高楼，四马路的妓女，机器房的火夫，失业的人群等，当然是不对的。”② 方敬在《新诗话》中也提到旧体诗表现新题材的难处：“在旧的诗的范畴里因循，新的事物因而不容易被接受或者甚至被排拒。”③

上述观念涉及的本质问题是旧文体能否书写现代社会的新事物，这牵涉到文体与题材的复杂关系。彭玉平对新旧文体与题材、内容的选择问题做了精到的解释：

> 20 世纪旧体文学几乎与现代文学同步发生发展。它们更多地体现在文体选择的差异性。这种文体选择的差异，不仅仅导致了文学表现形态的不同，可能也带来了不同文体所承载的思想感情的差异。这种差异是客观存在的，我想不必一味地强调旧体文学所表现的和新体文学是一样的，两者还是有不同的。因为每一种文体都有它擅长表达的题材与内容，所以当一个作家选择一个旧的文体或新的文体时，其实就已经包含了对即将要表现的内容、思想、情感的选择性。④

不可否认，新旧文体在题材的选择上存在差异，各有其“擅长表达的题材与内容”，但这并不意味着它们对彼此擅长的题材就无能为力，相反二者在表现题材上是有重合的。题材选择的“趋同”恰恰说明题材本身的重要性。对旧文体而言，新题材也寓意着打破传统束缚，带有一定文体革新的意味。旧文体对新题材的选择充分显露出创作者想要借助形式与内容碰撞，达到意料之外的艺术效果。这正是文学创新不可忽略的一个方面。从这个角度来说，旧体诗词作家写“飞机”是文体本身内容创新的创作规律使然。

起初，旧体诗词写“飞机”，同新诗一样，多书写一种超脱束缚、傲

---

① 李金发：《飞机中即景》，载《诗林》1936 年第 2 期。

② 郁达夫：《郁达夫文论集：下》，吉林出版集团股份有限公司 2017 年版，第 690 页。

③ 方敬：《新诗话》，龙泉明编选《诗歌研究史料选》，四川教育出版社 1989 年版，第 161－162 页。

④ 潘百齐、彭玉平等：《一笔珍贵的遗产——关于 20 世纪旧体文学的对话》，载《光明日报》2018 年 2 月 12 日第 13 版。

视众生的奇妙体验。如赵启霖曾撰写组诗《咏飞机》（共四首），其一云："不借波涛可济川，青云直上自盘旋。云中似有千军载，天际真如一叶悬。普渡竟成超世界，同舟遥望若神仙。排空驭气浑闲事，小技从来笑木鸢。"①

但是，回顾航空发展史，我们可以看到，飞机从诞生之日起，便与军事、战争纠缠在一起。意大利军事理论家杜黑直言不讳地说："在航空用于民用之前很久，就已经广泛用于战争。"② 有人撰《咏飞机》一诗慨叹："世界文明日日新，何人妙造赛飞莺。升天戏海为何事，从此空中演战争。"③ 飞机成了空战的武器，将战争由地面引向天空。

抗日战争全面爆发后，日军飞机频频出现在中国上空，大规模的空袭轰炸给中国人民带来了深重的灾难，人们对这件"器物"的喜爱逐渐消退。1937 年 8 月 9 日，《解放》周刊第 1 卷第 13 期"时事短评"栏目所刊《反对日本飞机的横行》记录了一些地区遭受袭击的情形："日本军用飞机在北平、天津、南苑、西苑、宛平、正定、保定许多地方，掷下多数的重磅炸弹、用机关枪扫射了无数的中国民众。现在天津经过日本飞机大炮的轰炸以后，这北方的繁华的城市除在租界以外，已化为一片焦土，无家可归的难民有三四十万之多，至遭难而死者还不计其数。"④ 同年 9 月，《中央日报》发表社评《日空军之暴行》，斥责日军战机的轰炸和破坏是"恶意的大屠杀"。⑤

旧体诗词由此转向写"飞机"带来的灾难。例如，唐圭璋的《兰陵王·成都遭敌机空袭》记载了飞机空袭成都的场面：

晚烟幂，云里残阳渐匿。千家院、消受好风，隔沼临花卧瑶席。哀音恨警急。赢得。仓皇四逸。通衢上、争走竞趋，一霎黄尘乱南北。

郊行长叹息。奈犬吠篱根，鹃诉林隙。长堤分水新秧碧。嗟忽溜珠钿，骤遗鸳履，排空机阵似雁翼。但潜避茔侧。

悲恻。弹雨密。料血染游魂，楼化瓦砾。城闉火炬连天赤。记曲

① 赵启霖：《咏飞机》，见政协湘潭县委员会文史资料研究委员会编，《湘潭县文史》第 1 辑，1985 年版，第 108 页。

② ［意］杜黑：《制空权》，曹毅风、华人杰译，解放军出版社 2014 年版，第 3 页。

③ 曹作之：《咏飞机》，载《宪兵杂志》1935 年第 8 期。

④ 佚名：《反对日本飞机的横行》，载《解放》1937 年第 13 期。

⑤ 佚名：《日空军之暴行》，载《中央日报》（南京）1937 年 9 月 10 日第 2 版。

岸酬酒，翠帘飞笛。伤心今夜，冷露里，万户泣。[①]

黄昏时分，人们躺在“隔沼临花”的席子上“消受好风”。刺耳的警报声突然响起，民众四处奔逃。城中浓烟滚滚，尘埃四起，人们“争走竞趋”，像无头苍蝇一样慌乱。“乱南北”“万户泣”这种宏观的描述，点明空袭破坏力之大、危害之广。飞机成了“死神”的代名词，它不期而至，人人自危。有人对这种恐惧做了剖析：“我们一跑出门，总觉得有点惶惶然似的，恐怕飞机于我们头上飞过，炸弹或者流弹落在我们的身上。这杀人的利器，是多么使人可怕呀！”[②]

叶圣陶的组诗《乐山寓庐被炸，移居城外野屋》讲述敌机无所不至，所到之处，尽是灾殃。其中一首云：

避寇七千里，寇至展高翼。轰然乱弹落，焰红烟尘黑。吾庐顿烧燔，生命在顷刻。夺门循陋巷，路不辨南北。涉江魂少定，回顾心怆恻。嘉州亦清嘉，一旦成荒域。焦骸相抱持，火墙欲倾侧。酒浆和血流，街树烧犹植。国人方同命，伤残知何极。死者吾弟兄，毁者吾货殖。惊信晨夕传，深恨填胸臆。吾庐良区区，奚遑复叹息。[③]

“避寇七千里”暗示出作者趋吉避凶的主观愿望，但现实实在过于残酷，乐山作为大后方也没能幸免。这个在古代被称为嘉州，寓意郡土嘉美的地方在轰炸过后变成了“荒域”，“焦骸相抱持”的情形宛如人间地狱。

冯玉祥《寇机》以质朴的语言道出了寇机来袭的惨状：

寇机残暴，炸我南邻。寡妇死四，孩死十人。我住房屋，门窗震成碎粉。

寇机残暴，炸我后楼。两屋均毁，死伤无有。事先有备，敌人炸弹白投。

寇机残暴，炸我北邻。房倒屋塌，又伤多人。我房受震，屋瓦十九皆损。

寇机残暴，连日来临。目标已定，志在杀人。严密准备，强寇空

---

① 唐圭璋：《梦桐词》，江苏古籍出版社1987年版，第83页。

② 无患：《从飞机谈到炸弹》，载《抗战》1937年第1期。

③ 叶圣陶：《乐山寓庐被炸，移居城外野屋》，载《文学集林》1939年第2期。

劳恶心。[①]

这首诗把敌机人格化——寇机是“残暴”的，其“残暴”体现在三个方面：肆无忌惮地四处轰炸；无差别轰炸，连寡妇、孩子也不放过；以杀人为目标，丧心病狂。飞机仅仅是工具，与其说飞机“残暴”，不如说残暴的是其操控者。敌机是日军人格化的隐喻，“寇机残暴”本质上是日军残暴的表征。

1944 年《中国的空军》第 6 卷第 5 期刊载了一张“全国各地空袭损害统计表”（由于原期刊印刷模糊，表中部分数据不能辨认，“□”为笔者所加，为方便阅读，所涉年份均改为公元纪年）。

表 1 《中国的空军》载“全国各地空袭损害统计表”

时间	空袭次数	敌机架数	投弹枚数	死伤人数		房屋损毁间数	每百枚敌弹损害数			备注
				死	伤		死人数	伤人数	房屋损毁间数	
1937 年（8—12 月）	1076	2554	10240	3532	5252	5364	34.49	51.28	52.38	
1938 年	2528	12512	50252	19885	29500	75834	39.55	58.73	150.90	
1939 年	2603	14138	60174	28463	31546	138171	47.3□	52.43	229.61	
1940 年	2069	12767	50118	18829	21830	107750	35.57	43.5□	214.99	
1941 年	1858	12211	43308	14121	16902	97714	32.6□	39.02	225.62	
1942 年	828	3279	12435	6718	3853	17609	54.02	30.98	141.6□	
1943 年	664	3543	13642	2333	3406	14161	17.1□	24.96	103.8□	
总计	11626	61004	240169	93881	112289	46603	39.08	46.75	190.11	
记附	一、本表系根据各省市防空机关呈报之数字而统计之。二、本表数字仅系后方各城市乡镇之损害，至战地附近损害虽无法统计，但衡其数字约与本表所列损害数字相等。三、1938 年、1939 年损害率增高，乃因敌轰炸目标改变，如 1937 年 8 月至 12 月以军事处地及交通线为主要目标，但至 1938—1939 两年，则以城市为主要目标。四、1942 年、1943 年，损害率减低原因，乃由盟我空军力量增强，夺回制空权及各地防空设备改良，防护技术进步，与都市人口物资之疏散积极故。									

一个个鲜活的生命，因为空袭而变成了一串串冰冷的数字。这是我们

① 冯玉祥：《寇机》，见陈汉平编注《抗战诗史》，团结出版社 1995 年版，第 237 页。

回顾历史的珍贵史料，这是“真实”的历史，却不是“真情”的历史。真情的抗战史在中国作家的笔下，拨开风尘露出历史细节，透出历史真相。

就旧体诗词创作而言，它对日军制造的骇人听闻的大轰炸，如重庆大轰炸、广州大轰炸做了如实的记录，比小说、戏剧等文体更具时效性；这些作品写出了轰炸的“惨烈”现场，比新闻、报告等文体更有情怀。

郭沫若的《惨目吟》记述了重庆遭敌机轰炸后的一幕人间惨剧：

> 五三与五四，寇机连日来。
> 渝城遭惨炸，死者如山堆。
> 中见一尸骸，一母与二孩。
> 一儿横腹下，一儿抱在怀。
> 骨肉成焦炭，凝结难分开。
> 呜呼慈母心，万古不能灰。[①]

母亲试图用身体保护孩子，但他们还是没能逃过厄运，最终“骨肉成焦炭”，实在是人间惨剧。正如作者本人在诗前小序中所言：“五三、五四大轰炸，死者累累。书所见如此，以志不忘。”[②]

杨沧白《倭寇连日狂炸广州，死伤狼藉，呼号盈路，信无人道之极，因诗寄愤云尔》描写了日军轰炸广州后的众生面相：

> 昔年开府地，狱相变羊城。
> 万骨逐骨灭，千家闻哭声。
> 咸焚从古烈，倭恶到今盈。
> 谁负防空责，翻令设险轻。[③]

广州作为省府所在地，经过日军的“连日狂炸”，变成了人间地狱。城中“死伤狼藉”“万骨逐骨灭”，民众呼天抢地，悲痛欲绝。

抗战进入相持阶段，中国空军损失惨重，基本没有了还击之力，制空

① 王继权、姚国华、徐培均编注：《郭沫若旧体诗词系年注释》（上），黑龙江人民出版社1982年版，第240页。

② 王继权、姚国华、徐培均编注：《郭沫若旧体诗词系年注释》（上），黑龙江人民出版社1982年版，第240页。

③ 杨沧白：《天隐阁集》，重庆市文化局、重庆市博物馆编，重庆出版社1991年版，第176页。

权落入日本空军之手。“空袭”已经成为许多人日常生活的一部分。人们由刚开始的惊恐不安，经过年复一年的折磨，变得既习惯又无奈。正如有些人所言：“本来，一到夏季，只要是晴天，准有空袭，没有空袭倒是例外。敌人既是以空袭为‘例行公事’，我们也就以躲空袭为日常功课。”① 1940 年，杜莲璧在《妇女新运》中发表《空袭竹枝词》七首，写了作者在“跑警报”过程中的见闻，诚如序中所言：“所见多令人感动者。是知人心未死，寇徒浪费其血汗，以自暴其残酷于世界耳。”② 其中一首写“小食馆”：

> 雷霆撼地弹纷倾，屋塌楼摧老树横，
> 劫里逃生仍笑口，灰尘拭去便调羹。③

天灾人祸，时事劫难，生存变得倍加艰辛，但死里逃生的人们“仍笑口”，拂去灰尘，继续“调羹”。1945 年 11 月 24 日，《周报》第 12 期的封面是丰子恺创作的漫画《今天天气好!》，它描摹了抗战时期，两个打着伞的人在雨中笑逐颜开的一幕。当时人们由于害怕空袭，喜雨而不喜晴，这种有悖常理的喜好，让人笑中带泪。就像罗曼·罗兰说的：“世界上只有一种英雄主义：便是注视世界的真面目——并且爱世界。”④ 苦难阻挡不了努力生活的人，这就是“人心未死”，这就是胜利的希望。

旧体诗词应时而作，突破文体的束缚，极尽细致地书写“飞机”这种新事物及由它造成的灾难，体现出一种忧患意识和乱世伤痛，拓展了旧体诗的抒情空间，促成了传统精神与现代意识的融合。

二、“飞将军”的文化隐喻

飞机作为一件器物，本与道德评判无涉，但是它一旦作为武器投入战场，就会与人的情感发生关联，产生是非之分、敌我之别。相较于对敌机的深恶痛绝，抗战旧体诗词对我方战机则表达了褒扬之情，包含着深邃的文化内涵和现实的精神寄托。

正如有的学者所说：“空袭与反空袭斗争，构成了抗日战争史中一项

---

① 何容：《无聊的空袭》，载《宇宙风》1942 年第 119、120 期合刊。
② 杜莲璧：《空袭竹枝词》，载《妇女新运》1940 年第 2 期。
③ 杜莲璧：《空袭竹枝词》，载《妇女新运》1940 年第 2 期。
④ ［法］罗曼·罗兰：《名人传》，傅雷译，译林出版社 2001 年版，第 133 页。

独特的内容。”[①] 而在这项“独特内容”中，中国空军面临的困难超出想象。徐礼祥等人在所撰《论抗日战争时期中国空中战场的地位和作用》中指出：“中国空军不但在数量上和质量上处于劣势，而且作战消耗后的技术力量、航空器材的补充也远不及日军。”[②] 相较于有备而来的日本空军，我方空军力量实在“不堪一击”，吕思勉就认为中国空军“为力甚微，殊不足以御外侮”[③]。然而，中国空军却表现出顽强的战斗力，这可以从抗战时期中国空军“四大金刚”高志航、李桂丹、刘粹刚、乐以琴的战绩看出：高志航击落敌机5架，刘粹刚击落敌机11架。他们的英勇表现给予中国军民极大的鼓舞。

抗战旧体诗词中也由此出现了“飞将军”的意象，用以赞颂我方浴血奋战的空军飞行员。在传统诗词中，“飞将军”有明确的意义指向，即汉代身怀骑射绝技、骁勇善战的名将李广。王昌龄《出塞》诗云：“但使龙城飞将在，不教胡马度阴山。”历史上，每当“胡虏”侵扰中原之际，人们总会遥忆“飞将军”，一方面表达对现实处境的不满，另一方面又呼唤英雄，以改变现状。如明末的张煌言在《柳梢青》中慨叹：“此身付与天顽，休更问、秦关汉关。”

“飞将军”李广因仁爱士卒，勇武杀敌，具有非凡的个人魅力，他本人就是古代战争中威慑敌人的“利器”。而现代战争随着科技的进步不断进化，从贴身肉搏的“人战”发展到装备精良的“机械战”，个人的威慑力减弱。因此，抗战旧体诗词中的“飞将军”褪去了个人英雄主义的色彩，而成为英雄群像的代称。

1937年8月17日，中国空军飞行员阎海文驾机作战，机身中弹后跳伞，误入日军阵地，拔枪击毙多名敌人后自杀殉国，轰动中外。[④] 各界纷纷赋诗哀悼，如锦江《书阎海文烈士殉难》、朱大可《飞将军歌》、冯玉祥《烈士阎海文》、陈禅心《悼空军烈士阎海文》等。其中朱大可《飞将军歌》云：

飞将军，从天来。将军控机如控马，超腾倏忽生风雷。左投一弹，天崩地塌；右投一弹，神号鬼泣。咄咄尔倭奴，入寇无时无。狼

---

① 古琳晖：《抗日战争时期中国反空袭斗争研究》，军事科学出版社2012年版，第1页。

② 徐礼祥、陆晨明、曾文辉：《论抗日战争时期中国空中战场的地位和作用》，见黄玉章主编《世界反法西斯斗争的中国抗战》，国防大学出版社1989年版，第322页。

③ 吕思勉：《中国史》，上海古籍出版社2006年版，第290页。

④ 赵铭纲：《悼同学阎海文》，载《抗战半月刊》1937年第3期。

奔豕突亦何用，会看血肉糜道途。吁嗟乎，将军之弹投未定，将军之机忽已损。绛身一跃下苍穹，不幸乃在敌阵中。一枪杀一敌，九枪九命毕。留取最后珠，当头奋一击。诘朝四海播新闻，流涕争说飞将军。飞将军，伊何人？阎氏之子名海文。①

飞将军“从天来”，“控机如控马”，在枪林弹雨，奋勇拼杀，丝毫没有畏惧，纵使飞机被击中，不得已跳伞，仍然与敌人战斗，直至子弹打光。阎海文“留取最后珠，当头奋一击”，舍生取义，慷慨赴死。

卢前《喝火令·任云阁梁鸿云二战士相继身殉》以飞将军李广、保家卫国的汪踦来指代任云阁和梁鸿云两位牺牲的飞行员。词云：

李广真飞将，汪琦竟国殇。致哀吾乃为任梁。今日名标黄浦，千载永流芳。　　恨不生双翼，追随天一方。坐看烟灭与灰扬。旦夕相期，扫荡出云航。拭眼西边云起，银艇正高翔。②

在民族大义、国家利益面前，“飞将军”早已将个人生死置之度外，他们“求仁得仁”，死得其所，其精神也将传承下去。

抗战期间，中国空军在各方面均处于劣势的情况下和日本空军展开殊死搏斗，创下了不少以弱胜强、以少胜多的英勇战绩。旧体诗词生动地还原了当时的历史场景。

如冯玉祥《四二九空战大捷》云：

二一八，敌来袭，被我空军大打击。那次打落十二架，两三个月敌敛迹。四月二十九，敌机又送礼。警报一得到，我方布置齐。防空高射炮，整容待时机。神勇飞将军，一一腾空起。天罗与地网，陷阱成立体。三十六架敌飞机，霎时武汉上空逼。高射炮，发炮密。我空军，机枪击。上下夹攻敌落胆，队形散乱窜不及。激战共有半小时，敌机纷落如雨滴。勇将董明德，打落二架轰炸机。勇将刘宗武，打落二架驱逐机。飞将刘志汉，打落一架机，飞将杨慎贤，打落一架机。××队合击，打落十二轰炸机。尚有飞将因机坏，猛撞敌机均落地。舍身成仁同归尽，壮烈牺牲神鬼泣！合计打落廿一架，残敌零星狼狈

① 朱大可：《飞将军歌》，见袁行霈主编《诗壮国魂：中国抗日战争诗钞·诗词》，中国青年出版社 2015 年版，第 426 页。

② 卢前：《卢前诗词曲选》，中华书局 2005 年版，第 127 页。

去。万民欢腾大拍掌，庆我二次大胜利。青年空军诸将士，赤胆神威真无比！气概壮山河，百战皆胜敌。还要沉着好准备，予敌更大之打击。空军将士呵！复兴民族多靠你。空军将士呵，同胞向你们致敬礼！①

诗歌用通俗易懂的语言还原了1938年4月29日发生在武汉的空战。在这场“你死我活”的较量中，有人在最后关头选择与敌人同归于尽。飞将军的“神勇”是驰骋敌阵之时的刚毅无畏，更是濒临绝境时的“舍生取义”，这是“众目睽睽”下最震撼人心的一幕场景。

相较于冯玉祥的“白描”，唐玉虬在描述这场战役时，则使用了纷繁的意象和丰富的历史典故，通过渲染惨烈的战场氛围，展示在极端险恶的环境里中国空军的英勇奋战。其《咏武昌空战大捷》云：

武昌城上杀气浮，武昌城下江逆流。扶桑铁鸟成群至，千里声惊吼万牛。岂知吾国飞将勇，云鸟阵先布四周。霹雳一声天地动，怒龙舞爪挐鸱鸮。岂有鸮鸩不施毒，一时争战正未休。攻围犹嫌太空窄，金丸上下雨点稠。日月奔避不安室，星斗乱入银河泅。金乌玉兔深藏匿，偷窥时还遮一眸。猛气下翻云梦泽，杀声上撼虚皇旒。自然仁勇人天助，纷纷敌溃东南陬。片片铩羽刚风里，了了晴空安可度。一只一只青天坠，江汉滚滚看火毬。前月曾毁十一只，廿一只复兹辰投。或云共到三十六，只只尽毁无一留。破胆丧魂招不得，此地尚敢重来不？钱塘金陵空战烈，两战犹逊兹战道。所恨吾身羁醴水，是辰未泛鄂渚舟。晴川阁上一凭眺，壮观快偿心所求。更恨丑虏残酷性，滥杀平民民何尤。襄河闾阎变灰烬，岳麓桃李遭虔刘。丈夫生世抱奇愤，况当家国残金瓯。我亦不欲搥碎黄鹤楼，我亦不欲翻却鹦鹉洲。还向仙人假黄鹤，直跨蓬莱顶上游。身率雕鹗三百队，海风灏灏天风秋。高穿万仞青云表，下指大屋吾深仇。吾弹有眼不妄掷，弹弹皆落凶人头，大来小往聊一酬，顷刻神州烽燧收。顾问天宫索酒饮，一散胸怀万古愁。②

武昌城上杀气腾腾，城下激流滚滚，一场恶战在所难免。成群的敌机

① 冯玉祥：《四二九空战大捷》，见陈汉平编注《抗战诗史》，团结出版社1995年版，第214－215页。

② 唐玉虬：《唐玉虬诗文集》，黄山书社2014年版，第351页。

咆哮着袭来，我方空军积极主动、勇猛精进，试图压制敌人。敌人的疯狂反扑，使得双方“一时争战正未休”。战斗是残酷的，敌来我往，子弹如雨，以至于惊扰了日月、星辰。这些“飞将军”没有丝毫犹疑、怯懦，“猛气下翻云梦泽，杀声上撼虚皇旒”，敌机最终“一只一只青天坠”。

“飞将军”之喻承载着人们克敌制胜的理想，寄托着迎接抗战胜利的希望。陈禅心《贺我空军歼灭日寇空军王牌木更津队二首（集李白）》其二谓：“愿君同心人，推车转天轮。名飞青云上，举手扪星辰。”[①] 诗人祝愿“飞将军”同心协力，能“举手扪星辰”，这是对我方空军掌握制空权的一种浪漫的隐喻。李竹侯《报载我空军在淡水间击落敌机卅馀架》则云：“击落敌机三十馀，空军神勇有谁知？大寒虏胆从今始，且候前方报捷书。”[②] 作者热切盼望中国能扭转被动挨打的局面，迎接新的契机。这些作品注意到了空军对于整个战局的重要意义，热切期待我方空军能进一步有所作为，加速抗战的胜利。这从本质上是对积极抗日主张的一种回应。

可以说，“飞将军”之喻连接了现实与历史，唤起了人们对民族危机的记忆和“共情”，表达了以史为鉴的心声。“飞将军”舍生忘死的精神对鼓舞民族士气、凝心聚力有重要意义。旧体诗词对这种精神的摹画既是中华民族的文化心理使然，也是现实诉求使然。抗战旧体诗词对阵亡烈士的悼挽以及对空战事件的记录，开拓了“空战”文学的特殊题材，同时也弥补了同时代其他文体形式对中国军队正面战场书写的某些不足。

结 语

随着时代的进步和发展，新事物不断产生，新文体也有可能变成“旧文体”，跟旧体诗词一样遭遇题材选择的“尴尬”。但历史事实表明，旧文体面对新事物并非无能为力，相反地，旧文体还可能因新事物的刺激产生新变。蒲风就敏锐地指出：“科学的发达，进展，散文化的倾向，使人担心主观的诗逐渐走向了灭亡的路，这也许不能说是没有道理。尽管业已有人指明了新诗也会跟着科学而进展，可以写飞机上的鸟瞰，轻气球上的遨游，也可以写宇宙间的一切。一面对着现实，多的正是无穷的日新月异的材料，而无疑，现阶段的抒情诗，起码跟以前应有了种种变异，这是显

---

① 陈禅心：《沧桑集》上集，福建省莆田市城厢区海外联谊会 1995 年版，第 31 页。

② 李竹侯：《报载我空军在淡水间击落敌机卅馀架》，见陈汉平编注《抗战诗史》，团结出版社 1995 年版，第 255 页。

明的事件。”[①] 面对“无穷的日新月异的材料”，将文体的包容性发挥到极致，有“种种变异”既是“显明的事件”，也是自然而然的结果。

飞机是“新材料”的典型代表，它颠覆了传统的观察视角，牵系着人的情感体验。但当它被用作战争的工具，那么这种原本象征现代文明的伟大发明便变成了对现代文明进行破坏的武器和最大的“讽刺”，它给人造成的心理创伤远超武器本身。飞机在敌人一方代表了强大的军事力量，而在我方则意味着抗争的精神。抗战旧体诗词对这一题材的发掘和拓展，体现了中华民族对和平、自由以及现代文明的珍视，显示了中国人在侵略者强大的军事力量面前，壮怀激烈、英勇无畏的精神品格。这是文学史书写及重写文学史过程中值得注意的东西。

① 蒲风：《抗战诗歌讲话》，诗歌出版社1938年版，第25页。

主要参考文献

一、诗文集类

［1］蔡元培．蔡元培全集［M］．中国蔡元培研究会，编．杭州：浙江教育出版社，1997.

［2］曹大铁，包立民．张大千诗文集编年［M］．北京：荣宝斋，1990.

［3］曹经沅．借槐庐诗集［M］．王仲镛，编校．成都：巴蜀书社，1997.

［4］常丽洁．朱自清旧体诗词校注［M］．北京：人民出版社，2014.

［5］陈宝琛．沧趣楼诗文集［M］．上海：上海古籍出版社，2006.

［6］陈禅心．归鸿词抄［M］．福州：福建省莆田市海外联谊会，1993.

［7］陈禅心．抗倭集［M］．福州：海峡文艺出版社，1986.

［8］陈禅心．中国抗日“空军诗人”陈禅心文集［M］．莆田：福建省莆田市城厢区档案局（馆），1996.

［9］陈汉平．抗战诗史［M］．北京：团结出版社，1995.

［10］陈去病．陈去病诗文集［M］．殷安如，等，编．北京：社会科学文献出版社，2009.

［11］陈去病．浩歌堂诗钞［M］．张夷，标点．上海：上海古籍出版社，2016.

［12］陈三立．散原精舍诗文集（增订本）［M］．李开军，校点．上海：上海古籍出版社，2014.

［13］陈三立．散原精舍诗文集补编［M］．潘益民，李开军，刘经富，辑注．南昌：江西人民出版社，2007.

［14］陈声聪．兼于阁杂著［M］．上海：上海古籍出版社，2002.

［15］陈树人．专爱集［M］．上海：中华书局，1947.

［16］陈孝威．太平洋鼓吹集［M］．台北：“国防研究院”，1965.

［17］陈衍. 陈石遗集［M］. 陈步，编. 福州：福建人民出版社，2001.

［18］陈毅. 陈毅诗词选集［M］. 北京：人民文学出版社，1977.

［19］陈永正. 王国维诗词全编校注［M］. 广州：中山大学出版社，2000.

［20］陈曾寿. 苍虬阁诗集［M］. 上海：上海古籍出版社，2009.

［21］陈曾寿. 苍虬阁诗集［M］. 张寅彭，王培军，校点. 武汉：湖北教育出版社，2017.

［22］邓骏捷，陈业东. 汪兆镛诗词集［M］. 广州：广东人民出版社，2012.

［23］邓拓. 邓拓文集［M］. 北京：北京出版社，1986.

［24］东大陆主人. 言志录［M］. 昆明：云南图书馆，1917.

［25］杜衡. 剑璧楼诗纂［M］. 广州：广州诗学社，1949.

［26］樊增祥. 樊樊山诗集［M］. 涂晓马，陈宇俊，校点. 上海：上海古籍出版社，2004.

［27］方克刚. 第二次世界大战纪事诗［M］. 长沙：妙高峰中学校，1941.

［28］丰子恺. 丰子恺文集［M］. 杭州：浙江文艺出版社，1992.

［29］冯乾. 清词序跋汇编［M］. 南京：凤凰出版社，2013.

［30］冯玉祥. 抗战诗歌集［M］. 汉口：三户图书印刷社，1938.

［31］傅熊湘. 傅熊湘集［M］. 颜建华，编校. 长沙：湖南人民出版社，2010.

［32］干弘颠. 弘颠吟稿［M］. 上海：商务印书馆，1929.

［33］高伯雨. 听雨楼随笔［M］. 香港：牛津大学出版社（中国），2012.

［34］高铦，高锌，谷文娟. 高燮集［M］. 北京：中国人民大学出版社，1999.

［35］高旭. 高旭集［M］. 郭长海，金菊贞，编. 北京：社会科学文献出版社，2003.

［36］顾一樵. 蕉舍吟草［M］. 上海：世界书局，1946.

［37］郭沫若. 郭沫若全集［M］. 郭沫若著作编辑出版委员会，编. 北京：人民文学出版社，1992.

［38］何适. 官梅阁诗词集［M］. 厦门：审美书社，1932.

［39］何振岱. 何振岱集［M］. 刘建萍，陈叔侗，点校. 福州：福建

人民出版社，2009.

［40］洪江. 张恨水文集：散文卷［M］. 武汉：华中师范大学出版社，1997.

［41］胡朴安. 南社丛选［M］. 沈锡麟，毕素娟，点校. 北京：解放军文艺出版社，2000.

［42］胡适著，欧阳哲生编. 胡适文集［M］. 北京：北京大学出版社，1998.

［43］胡先骕. 胡先骕诗文集［M］. 熊盛元，胡启鹏，主编. 合肥：黄山书社，2013.

［44］黄宾虹. 黄宾虹全集［M］. 济南：山东美术出版社，2006.

［45］黄季刚. 黄季刚诗文钞［M］. 武汉：湖北人民出版社，1985.

［46］黄炎培. 天长集［M］. 重庆：国讯书店，1943.

［47］霍松林. 青春集［M］. 西安：西安出版社，2007.

［48］金天羽. 天放楼诗文集［M］. 上海：上海古籍出版社，2007.

［49］金岳霖. 金岳霖文集［M］. 金岳霖学术基金会学术委员会，编. 兰州：甘肃人民出版社，1995.

［50］金重子. 抗战诗选［M］. 汉口：战时文化出版社，1938.

［51］经亨颐. 颐渊诗集［M］. 杭州：浙江古籍出版社，1984.

［52］寇梦碧. 夕秀词［M］. 魏新河，编. 合肥：黄山书社，2009.

［53］李石涵. 怀安诗社诗选［M］. 西安：陕西人民出版社，1980.

［54］李澍田. 长白丛书五集［M］. 长春：吉林文史出版社，1991.

［55］李详. 李审言文集［M］. 南京：江苏古籍出版社，1989.

［56］李肖聃. 李肖聃集［M］. 长沙：岳麓书社，2008.

［57］梁寒操. 西行乱唱［M］. 重庆：五十年代出版社，1943.

［58］梁启超. 梁启超家书［M］. 张品兴，编. 北京：中国文联出版公司，2000.

［59］梁启超. 梁启超全集：第 17 集［M］. 汤志钧，汤仁泽，编. 北京：中国人民大学出版社，2018.

［60］廖树蘅，等. 珠泉草庐师友录；珠泉草庐文录［M］. 南京：凤凰出版社，2016.

［61］林纾. 畏庐续集影印本［M］. 北京：中国书店，1985.

［62］刘成禺，张伯驹. 洪宪纪事诗三种［M］. 上海：上海古籍出版社，1983.

［63］刘成禺. 洪宪纪事诗本事簿注［M］. 太原：山西古籍出版社，

1997.

［64］刘大白. 白屋遗诗［M］. 北京：书目文献出版社，1984.

［65］刘豁公. 上海竹枝词［M］. 上海：雕龙出版部，1925.

［66］刘仁航. 乐天却病诗［M］. 上海：天养馆，1928.

［67］柳亚子. 乘桴集［M］. 上海：平凡书局，1929.

［68］柳亚子. 柳亚子文集：南社纪略［M］. 柳无忌，编. 上海：上海人民出版社，1983.

［69］柳亚子. 柳亚子文集补编［M］. 郭长海，金菊贞，编. 北京：社会科学文献出版社，2004.

［70］柳亚子. 磨剑室诗词集［M］. 中国革命博物馆，编. 上海：上海人民出版社，1985.

［71］柳亚子. 磨剑室文录［M］. 中国革命博物馆，上海人民出版社，编. 上海：上海人民出版社，1993.

［72］柳亚子. 南社丛刻第二十三集第二十四集未刊稿［M］. 马以君，点. 北京：社会科学文献出版社，1994.

［73］柳亚子. 南社诗集［M］. 上海：中学生书局，1936.

［74］隆莲大师. 隆莲大师文汇［M］. 北京：华夏出版社，2011.

［75］卢金洲. 兰州古今诗词选［M］. 兰州：兰州大学出版社，1991.

［76］鲁迅. 鲁迅全集［M］. 北京：人民文学出版社，2005.

［77］吕碧城. 吕碧城诗文笺注［M］. 李保民，笺注. 上海：上海古籍出版社，2007.

［78］吕美荪. 葂丽园随笔［M］. 青岛：华昌大印刷厂，1941.

［79］罗家伦. 耕罢集［M］. 上海：商务印书馆，1943.

［80］罗振玉. 王忠悫公哀挽录［M］. 天津：罗氏贻安堂，1927.

［81］马君武. 马君武诗稿［M］. 上海：文明书局，1914.

［82］马骏. 马氏丛书：第1辑［M］. 北平：中华印书局，1934.

［83］马以君. 麦孟华集［M］. 顺德：顺德县地方志办公室，1990.

［84］梅冷生. 梅冷生集［M］. 潘国存，编. 上海：上海社会科学院出版社，2006.

［85］宁调元. 宁调元集［M］. 长沙：湖南人民出版社，2008.

［86］宁调元. 宁调元集［M］. 杨天石，曾景忠，编. 长沙：湖南人民出版社，1988.

［87］潘希逸. 孟晋斋诗存［M］. 自印本. 1985.

[88] 潘宗鼎．扫叶楼集 [M]．扫叶楼主持寄龛刊行，1933.

[89] 裴景福．睫闇诗钞 [M]．合肥：黄山书社，2009.

[90] 钱文选．士青全集·第四集诗稿 [M]．上海：商务印书馆，1939.

[91] 钱仲联．梦苕庵诗存 [M]．无锡：文新印刷所，1936.

[92] 钱仲联．中国近代文学大系：第 4 集·第 15 卷·诗词集二 [M]．上海：上海书店出版社，2012.

[93] 秦颂石．锡山风土竹枝词 [M]．无锡：文新印刷所，1935.

[94] 丘逢甲．岭云海日楼诗钞 [M]．上海：上海古籍出版社，2009.

[95] 上海书画出版社，浙江省博物馆编．黄宾虹文集：杂著编 [M]．上海：上海书画出版社，1999.

[96] 邵祖平．培风楼诗 [M]．杭州：浙江大学出版社，2000.

[97] 邵祖平．培风楼诗 [M]．重庆：商务印书馆，1943.

[98] 沈钧儒．沈钧儒文集 [M]．周天度，编．北京：人民出版社，1994.

[99] 沈仁．沈亮钦诗及诗话 [M]．上海：文明印刷局，1933.

[100] 沈曾植．沈曾植集校注 [M]．钱仲联，校注．北京：中华书局，2001.

[101] 沈祖棻．沈祖棻全集：涉江诗词集 [M]．程千帆，笺．张春晓，编．石家庄：河北教育出版社，2000.

[102] 施祖皋．硕果斋词 [M]．上海：暨南大学南洋文化事业部，1933.

[103] 时希圣．朱鸳雏遗著 [M]．上海：大通图书社，1936.

[104] 苏渊雷．苏渊雷文集 [M]．上海：上海人民出版社，1999.

[105] 孙中山．孙中山全集 [M]．中国社科院近代史所，等，编．北京：中华书局，2011.

[106] 谭献．谭献集 [M]．罗仲鼎，点校．杭州：浙江古籍出版社，2012.

[107] 唐圭璋．梦桐词 [M]．南京：江苏古籍出版社，1987.

[108] 唐圭璋．宋词三百首笺 [M]．上海：神州国光社，1947.

[109] 唐弢．唐弢文集 [M]．北京：社会科学文献出版社，1995.

[110] 唐玉虬．猛思集 [M]．南京：航空委员会政治部，1947.

[111] 田汉．田汉全集 [M]．《田汉全集》编委会，编．石家庄：

花山文艺出版社，2000.

［112］汪精卫. 双照楼诗词稿［M］. 汪梦川，注释. 香港：天地图书有限公司，2012.

［113］王博谦. 东游诗草［M］. 北京：日知报馆，1918.

［114］王海帆. 王海帆诗集［M］. 兰州：甘肃人民出版社，2000.

［115］王季思. 王季思全集［M］. 石家庄：河北教育出版社，2005.

［116］王继权，姚国华，徐培均. 郭沫若旧体诗词系年注释［M］. 哈尔滨：黑龙江人民出版社，1982.

［117］王礼锡. 王礼锡诗文集［M］. 上海：上海文艺出版社，1993.

［118］王蘧常. 抗兵集［M］. 上海：新纪元出版社，1948.

［119］王士志，卫元理. 王礼锡文集［M］. 北京：新华出版社，1989.

［120］王伟勇. 民国诗集丛刊：第一编［M］. 台中：文听阁图书公司，2009.

［121］王蟫斋. 月令杂事诗［M］. 天津：益报馆，1930.

［122］文守仁. 蜀风集：文守仁先生遗著［M］. 文丕衡，编. 1998.

［123］闻一多. 闻一多全集［M］. 武汉：湖北人民出版社，2004.

［124］翁同龢. 翁同龢集［M］. 谢俊美，编. 北京：中华书局，2005.

［125］吴保初. 北山楼集［M］. 合肥：黄山书社，1990.

［126］吴昌硕. 吴昌硕诗集［M］. 上海：华东师范大学出版社，2009.

［127］吴芳吉. 吴芳吉集［M］. 成都：巴蜀书社，1994.

［128］吴梅. 吴梅全集［M］. 石家庄：河北教育出版社，2002.

［129］吴芹. 近代名人诗选［M］. 上海：大达图书供应社，1936.

［130］吴芹. 近代名人文选［M］. 上海：广益书局，1937.

［131］吴之英. 吴之英诗文集［M］. 吴洪武，彭静中，吴洪泽，校注. 成都：四川大学出版社，2008.

［132］夏承焘. 夏承焘词集［M］. 长沙：湖南人民出版社，1981.

［133］夏承焘. 夏承焘集［M］. 杭州：浙江古籍出版社，1997.

［134］萧涤非. 萧涤非文选［M］. 萧光乾，选编. 济南：山东大学出版社，2006.

［135］萧三. 革命烈士诗抄［M］. 北京：中国青年出版社，1962.

［136］徐佛苏. 国难歌史及诗史［M］. 1938.

［137］徐君梅．抗战诗歌十九首［M］．福州：福建省政府教育厅，1940．

［138］徐世昌．海西草堂集［M］．北京：中国书店，1991．

［139］徐自华．徐自华集［M］．杭州：浙江古籍出版社，2014．

［140］许伯建．补茅文集［M］．自刊本．重庆，1998．

［141］许寿裳．许寿裳文集［M］．倪墨炎，陈九英，编．上海：百家出版社，2003．

［142］许永璋．抗建新咏［M］．合肥：安徽企业公司印刷厂，1945．

［143］续范亭．续范亭诗集［M］．续磊，穆青，编校．太原：山西人民出版社，1980．

［144］严迪昌．近代词钞［M］．南京：江苏古籍出版社，1996．

［145］严复．严复集［M］．王栻，主编．北京：中华书局，1986．

［146］严蕴梁．玫瑰集［M］．上海：商务印书馆，1948．

［147］杨度．杨度集［M］．刘晴波，主编．长沙：湖南人民出版社，1986．

［148］杨公庶．雍园词钞［M］．刻本．1946（丙戌年）．

［149］杨树达．积微居诗文钞［M］．上海：上海古籍出版社，1986．

［150］姚伯麟．抗战诗史［M］．上海：上海书店出版社，2015．

［151］姚鹓雏．姚鹓雏文集［M］．上海：上海古籍出版社，2012．

［152］叶恭绰．广箧中词［M］．傅宇斌，点校．北京：人民文学出版社，2011．

［153］叶圣陶，叶子善．叶氏父子图书广告集［M］．上海：上海三联书店，1988．

［154］叶玉森．和东山乐府［M］．自印本，1936．

［155］易君左．中兴集［M］．重庆：中央印刷所，1944．

［156］易顺鼎．琴志楼诗集［M］．上海：上海古籍出版社，2004．

［157］于水源．临桂诗词系列丛书：民国卷［M］．北京：线装书局，2016．

［158］于右任．于右任诗集［M］．刘永平，编．北京：团结出版社，1996．

［159］俞明震．觚庵诗存［M］．上海：上海古籍出版社，2012．

［160］俞平伯．俞平伯全集［M］．石家庄：花山文艺出版社，1997．

［161］郁达夫．郁达夫全集［M］．吴秀明，主编．杭州：浙江大学出版社，2007．

［162］袁行霈. 诗壮国魂：中国抗日战争诗钞，诗词［M］. 北京：中国青年出版社，2015.

［163］云南省文史研究馆编. 周钟岳研究文集［M］. 昆明：云南民族出版社，2007.

［164］臧克家. 毛泽东诗词鉴赏［M］. 石家庄：河北人民出版社，2003.

［165］曾今可. 落花［M］. 上海：新时代书局，1933.

［166］曾景志. 蒋介石家书日记文墨选录［M］. 北京：团结出版社，2010.

［167］翟立伟，成其昌. 成多禄集［M］. 长春：吉林文史出版社，1988.

［168］张大为，胡德熙，胡德焜. 胡先骕文存［M］. 南昌：江西高校出版社，1995.

［169］张謇. 张謇全集［M］. 李明勋，尤世玮，主编. 上海：上海辞书出版社，2012.

［170］张梦新，任平. 新编风雨龙吟楼诗词集［M］. 杭州：浙江大学出版社，2018.

［171］章炳麟. 章太炎全集［M］. 上海：上海人民出版社，1985.

［172］章士钊. 章士钊全集［M］. 上海：文汇出版社，2000.

［173］赵景深. 民族词选注［M］. 长沙：商务印书馆，1940.

［174］赵启霖. 赵瀞园集［M］. 长沙：湖南出版社，1992.

［175］赵熙. 赵熙集［M］. 成都：巴蜀书社，1996.

［176］中共中央文献研究室. 陈毅诗词集［M］. 北京：中央文献出版社，2011.

［177］中共中央文献研究室. 毛泽东书信选集［M］. 北京：中央文献出版社，2003.

［178］中共中央文献研究室编. 朱德诗词集［M］. 北京：中央文献出版社，2007.

［179］周涤钦. 涤钦二十年诗编［M］. 镇江：江南印书馆，1935.

［180］周永珍. 丽白楼遗集［M］. 北京：中国人民大学出版社，1996.

［181］周振甫. 鲁迅诗歌注［M］. 杭州：浙江人民出版社，1981.

［182］周作人. 周作人散文全集［M］. 钟叔河，编订. 桂林：广西师范大学出版社，2009.

[183] 朱关田. 沙孟海全集 [M]. 杭州: 西泠印社出版社, 2010.
[184] 朱谦甫. 海上光复竹枝词 [M]. 上海: 民国第一图书局, 1913.
[185] 朱右白. 鲁阳集 [M]. 上海: 女子书店, 1933.
[186] 邹华享, 程亚男, 张志浩, 等. 近现代名人挽联选, 长沙: 岳麓书社, 1994.

二、诗文评类

[1] 巢章甫. 海天楼艺话 [M]. 北京: 人民美术出版社, 2009.
[2] 陈声聪. 兼于阁诗话 [M]. 上海: 上海古籍出版社, 1985.
[3] 冯永军. 当代诗坛点将录 [M]. 上海: 华东师范大学出版社, 2010.
[4] 胡迎建. 近代江西诗话 [M]. 南昌: 百花洲文艺出版社, 1994.
[5] 况周颐, 王国维. 蕙风词话; 人间词话 [M]. 北京: 人民文学出版社, 1960.
[6] 况周颐. 蕙风词话辑注 [M]. 屈兴国, 辑注. 南昌: 江西人民出版社, 2000.
[7] 李木庵. 窑台诗话 [M]. 长沙: 湖南人民出版社, 1984.
[8] 梁启超. 饮冰室诗话 [M]. 北京: 人民文学出版社, 1959.
[9] 刘梦芙. 当代诗词丛话 [M]. 合肥: 黄山书社, 2009.
[10] 曼昭, 胡朴安. 南社诗话两种 [M]. 杨玉峰, 牛仰山, 校点. 北京: 中国人民大学出版社, 1996.
[11] 钱仲联. 梦苕庵诗话 [M]. 济南: 齐鲁书社, 1986.
[12] 唐圭璋. 词话丛编 [M]. 北京: 中华书局, 1986.
[13] 汪辟疆. 光宣诗坛点将录笺证 [M]. 王培军, 笺证. 北京: 中华书局, 2008.
[14] 王静安. 人间词话 [M]. 北京: 朴社, 1926.
[15] 王揖唐. 今传是楼诗话 [M]. 张金耀, 校点. 沈阳: 辽宁教育出版社, 2003.
[16] 吴宓. 吴宓诗话 [M]. 吴学昭, 整理. 北京: 商务印书馆, 2005.
[17] 徐世昌. 晚晴簃诗话 [M]. 上海: 华东师范大学出版社, 2009.
[18] 张寅彭. 民国诗话丛编 [M]. 上海: 上海书店出版社, 2002.

三、日记、年谱、传记类

［1］爱新觉罗·溥仪. 我的前半生［M］. 北京：东方出版社，2007.

［2］北京图书馆. 北京图书馆藏珍本年谱丛刊［M］. 北京：北京图书馆出版社，1999.

［3］卞孝萱，唐文权. 民国人物碑传集［M］. 北京：团结出版社，1995.

［4］卞孝萱，唐文权. 辛亥人物碑传集［M］. 北京：团结出版社，1991.

［5］查国华. 茅盾年谱［M］. 武汉：长江文艺出版社，1985.

［6］陈美英. 洪深年谱［M］. 北京：文化艺术出版社，1993.

［7］陈谊. 夏敬观年谱［M］. 合肥：黄山书社，2007.

［8］程砚秋. 程砚秋日记［M］. 长春：时代文艺出版社，2013.

［9］范忠程. 博览群书的毛泽东［M］. 长沙：湖南出版社，1993.

［10］郭剑林. 翰林总统徐世昌［M］. 北京：团结出版社，2010.

［11］何振岱. 何振岱日记［M］. 福州：福建人民出版社，2016.

［12］胡不归，毛子水，吴相湘. 胡适传记三种［M］. 合肥：安徽教育出版社，2002.

［13］胡适. 胡适日记全编［M］. 曹伯言，整理. 合肥：安徽教育出版社，2001.

［14］江瀚. 江瀚日记［M］. 南京：凤凰出版社，2017.

［15］李景彬，邱梦英. 周作人评传［M］. 重庆：重庆出版社，1996.

［16］李湄. 梦醒：母亲廖梦醒百年祭［M］. 北京：中国工人出版社，2004.

［17］李学通. 翁文灏年谱［M］. 济南：山东教育出版社，2005.

［18］梁汉，黄珊珊. 刘伯承［M］. 北京：昆仑出版社，1999.

［19］柳无忌. 柳亚子年谱［M］. 北京：中国社会科学出版社，1983.

［20］柳亚子. 柳亚子文集：自传·年谱·日记［M］. 柳亚子文集编辑委员会，主编. 上海：上海人民出版社，1986.

［21］马卫中，董俊珏. 陈三立年谱［M］. 苏州：苏州大学出版社，2010.

［22］缪荃孙. 艺风老人日记［M］. 北京：北京大学出版社，1986.

［23］潘益民，潘蕤．陈方恪年谱［M］．南昌：江西人民出版社，2007．

［24］钱仲联．广清碑传集［M］．苏州：苏州大学出版社，1999．

［25］钱仲联．钱仲联学述［M］．周秦，整理．杭州：浙江人民出版社，1999．

［26］青岛市崂山区史志办公室．游览崂山闻人志［M］．北京：方志出版社，2010．

［27］芮少麟．重吻大地：我的父亲芮麟［M］．上海：上海远东出版社，2011．

［28］邵元冲．邵元冲日记［M］．王仰清，许映湖，标注．上海：上海人民出版社，1990．

［29］水天中．煦园春秋：水梓和他的家世［M］．北京：中国艺苑出版社，2006．

［30］孙淑彦．曾习经先生年谱［M］．北京：中国文史出版社，2006．

［31］天津市档案馆，天津市和平区档案馆．天津五大道名人轶事［M］．天津：天津人民出版社，2008．

［32］王长发，刘华．梅兰芳年谱［M］．南京：河海大学出版社，1994．

［33］王景山．国学家夏仁虎［M］．杭州：浙江文艺出版社，2009．

［34］王闿运．湘绮楼日记［M］．长沙：岳麓书社，1997．

［35］王森然．近代二十家评传［M］．北平：杏岩书屋，1934．

［36］王志民．山东重要历史人物［M］．济南：山东人民出版社，2009．

［37］王忠和．袁克文传［M］．天津：百花文艺出版社，2008．

［38］魏宏远．孙中山年谱［M］．天津：天津人民出版社，1979．

［39］吴宓．吴宓日记［M］．吴学昭，整理．北京：生活·读书·新知三联书店，1998．

［40］吴世勇．沈从文年谱［M］．天津：天津人民出版社，2006．

［41］吴虞．吴虞日记［M］．中国革命博物馆，整理．成都：四川人民出版社，1986．

［42］夏承焘．天风阁学词日记［M］．杭州：浙江古籍出版社，1984．

［43］许结．诗囚：父亲的诗与人生［M］．南京：凤凰出版社，

2009.

［44］许寿裳. 章太炎传［M］. 天津：百花文艺出版社，2009.

［45］恽毓鼎. 恽毓鼎澄斋日记［M］. 杭州：浙江古籍出版社，2004.

［46］张晖. 龙榆生先生年谱［M］. 上海：学林出版社，2001.

［47］张明观. 柳亚子传［M］. 北京：社会科学文献出版社，1997.

［48］张树年. 我的父亲张元济［M］. 上海：东方出版中心，1997.

［49］张向华. 田汉年谱［M］. 北京：中国戏剧出版社，1992.

［50］郑孝胥. 郑孝胥日记［M］. 劳祖德，整理. 北京：中华书局，1993.

［51］中共中央文献研究室. 朱德传［M］. 北京：中央文献出版社，2006.

［52］中共中央文献研究室. 朱德年谱［M］. 新编本. 北京：中央文献出版社，2016.

［53］中共中央文献研究室. 朱德年谱［M］. 北京：人民出版社，1986.

［54］朱洪. 陈独秀的最后岁月［M］. 上海：东方出版中心，2011.

四、文献资料、论著类

［1］安海乡土史料丛刊编委会. 风雨如磐话安海［M］. 北京：中国文联出版社，2002.

［2］蔡定国，杨益群，李建平. 桂林抗战文学史［M］. 南宁：广西教育出版社，1994.

［3］陈炳堃. 最近三十年中国文学史［M］. 上海：太平洋书店，1930.

［4］陈灨一. 新语林［M］. 上海：上海书店出版社，1997.

［5］陈松青. 易顺鼎研究［M］. 长沙：湖南人民出版社，2011.

［6］陈永正. 岭南文学史［M］. 广州：广东高等教育出版社，1993.

［7］陈友康. 现代诗词的价值与命运［M］. 武汉：华中师范大学出版社，2015.

［8］陈子展. 中国近代文学之变迁［M］. 上海：中华书局，1929.

［9］陈左高. 文苑人物丛谈［M］. 上海：上海远东出版社，2010.

［10］程千帆. 桑榆忆往［M］. 上海：上海古籍出版社，2000.

［11］淳安县志编纂委员会. 淳安县志［M］. 上海：汉语大词典出版

社，1990.

［12］《东方早报·上海书评》编辑部. 穿越时空的六重奏［M］. 上海：上海书店出版社，2010.

［13］戴承元. 三沈研究［M］. 西安：西北大学出版社，2008.

［14］《福州掌故》编写组. 福州掌故［M］. 福州：福建人民出版社，2002.

［15］傅治同. 纪念诗人学者马少侨［M］. 北京：中国文联出版社，2007.

［16］甘肃省文史研究馆. 陇原鸿迹［M］. 上海：上海书店出版社，1994.

［17］"广东美术百年"书系编委会. 其命惟新：广东美术百年研究文选［M］. 广州：岭南美术出版社，2017.

［18］顾国华. 文坛杂忆初编［M］. 上海：上海书店出版社，1999.

［19］韩晓芹. 体制化的生成与现代文学的转型：延安《解放日报》副刊的文学生产与传播［M］. 北京：中国社会科学出版社，2012.

［20］和钟华，杨世光. 纳西族文学史［M］. 成都：四川民族出版社，1992.

［21］黑龙江省文史研究馆. 龙江文史：纪念黑龙江省文史研究馆建馆五十周年特刊［M］. 哈尔滨：黑龙江人民出版社，2007.

［22］黑龙江文史研究馆. 黑水十三篇［M］. 上海：上海书店出版社，1994.

［23］胡怀琛. 胡怀琛诗歌丛稿［M］. 上海：商务印书馆，1926.

［24］胡迎建. 民国旧体诗史稿［M］. 南昌：江西人民出版社，2005.

［25］胡云翼. 词学 ABC［M］. 上海：世界书局，1930.

［26］湖南省文史馆. 湖湘文史丛谈：第一集［M］. 长沙：湖南大学出版社，2008.

［27］黄濬. 花随人圣庵摭忆［M］. 李吉奎，整理. 北京：中华书局，2013.

［28］黄美真. 汪伪十汉奸［M］. 上海：上海人民出版社，1986.

［29］黄苗子. 青灯琐记［M］. 北京：大众文艺出版社，2001.

［30］黄哲渊. 离乱十年［M］. 青岛：乾坤出版社，1948.

［31］姜长喜，谌纪平. 辽宁老期刊图录［M］. 沈阳：辽宁人民出版社，2008.

［32］姜德明. 黄裳书话［M］. 黄裳，选编. 北京：北京出版社，1996.

［33］柯愈春. 清人诗文集总目提要［M］. 北京：北京古籍出版社，2001.

［34］雷锐，黄绍清. 桂林文化城诗歌研究［M］. 北京：中国社会科学出版社，2008.

［35］李建平. 桂林文史资料第33辑：抗战时期桂林文学活动［M］. 桂林：漓江出版社，1996.

［36］李瑞林. 徐州访古［M］. 北京：中国新闻出版社，1990.

［37］李兴盛. 流人名人文化与旅游文化：塞月边风录［M］. 哈尔滨：黑龙江人民出版社，2006.

［38］李宗仁. 李宗仁回忆录［M］. 唐德刚，撰写. 南宁：广西人民出版社，1988.

［39］连天雄. 坊巷雅韵［M］. 福州：福建美术出版社，2015.

［40］刘淑玲. 大公报与中国现代文学［M］. 石家庄：河北教育出版社，2004.

［41］刘毓盘. 词史［M］. 上海：群众图书公司，1931.

［42］刘增杰，等. 抗日战争时期延安及各抗日民主根据地文学运动资料［M］. 太原：山西人民出版社，1983.

［43］卢前. 卢前笔记杂钞［M］. 北京：中华书局，2006.

［44］卢前. 卢前文史论稿［M］. 北京：中华书局，2006.

［45］罗尔纲. 太平天国史料辨伪集［M］. 北京：生活·读书·新知三联书店，1955.

［46］罗惠缙. 民初“文化遗民”研究［M］. 武汉：武汉大学出版社，2011.

［47］马大勇. 晚清民国词史稿［M］. 武汉：华中师范大学出版社，2015.

［48］马兴荣，吴熊和，曹济平. 中国词学大辞典［M］. 杭州：浙江教育出版社，1996.

［49］马兴荣. 马兴荣词学论稿［M］. 上海：上海古籍出版社，2013.

［50］南江涛. 民国旧体诗词期刊三种［M］. 北京：国家图书馆出版社，2013.

［51］南江涛. 清末民国旧体诗词结社文献汇编［M］. 北京：国家图

书馆出版社，2013.
[52] 南京市通志馆文献委员会. 南京文献：4 号 [G]. 南京：南京市通志馆，1947.
[53] 牛仰山，孙鸿霓. 严复研究资料 [M]. 福州：海峡文艺出版社，1990.
[54] 彭玉平. 王国维词学与学缘研究 [M]. 北京：中华书局，2015.
[55] 钱基博. 现代中国文学史 [M]. 上海：上海书店出版社，2007.
[56] 钱基博. 现代中国文学史 [M]. 上海：世界书局，1930.
[57] 钱锺书. 石语 [M]. 北京：中国社会科学出版社，1996.
[58] 钱锺书. 谈艺录 [M]. 补订本. 北京：中华书局，1984.
[59] 钱仲联. 梦苕庵论集 [M]. 北京：中华书局，1993.
[60] 全国图书馆文献缩微复制中心. 民国珍稀短刊断刊 [M]. 北京：全国图书馆文献缩微复制中心，2006.
[61] 萨伯森. 萨伯森文史丛谈 [M]. 福州：海风出版社，2007.
[62] 上海图书馆. 中国近代期刊篇目汇录 [M]. 上海：上海人民出版社，1983.
[63] 上海县县志编纂委员会. 上海县志 [M]. 王孝俭，主编. 上海：上海人民出版社，1993.
[64] 邵迎武. 南社人物吟评 [M]. 北京：社会科学文献出版社，1994.
[65] 沈秋农. 常熟老报刊 [M]. 扬州：广陵书社，2007.
[66] 沈云龙. 近代中国史料丛刊 [M]. 台北：文海出版社，1966.
[67] 沈云龙. 近代中国史料丛刊续编 [M]. 台北：文海出版社，1988.
[68] 石继昌. 春明旧事 [M] 北京：北京出版社，1996.
[69] 时萌. 闻一多朱自清论 [M]. 上海：上海文艺出版社，1982.
[70] 史习坤. 瞿秋白研究资料 [M]. 北京：中央民族学院科研处，1982.
[71] 谭新红. 清词话考述 [M]. 武汉：武汉大学出版社，2009.
[72] 唐弢. 晦庵书话 [M]. 2 版. 北京：生活·读书·新知三联书店，2007.
[73] 天津市文史研究馆. 沽上艺文 [M]. 上海：上海书店出版社，

1993.

［74］汪辟疆. 光宣以来诗坛旁记［M］. 沈阳：辽宁教育出版社，1998.

［75］汪辟疆. 汪辟疆诗学论集［M］. 张亚权，编撰. 南京：南京大学出版社，2011.

［76］汪梦川. 南社词人研究［M］. 上海：上海古籍出版社，2015.

［77］王建中. 洪宪惨史［M］. 上海：上海书店出版社，1998.

［78］王森然. 近代名家评传：二集［M］. 北京：生活·读书·新知三联书店，1998.

［79］王伟勇. 民国诗集丛刊［M］. 台中：文听阁图书公司，2009.

［80］王训昭，等. 郭沫若研究资料［M］. 北京：知识产权出版社，2009.

［81］吴海发. 二十世纪中国诗词史稿［M］. 北京：中国文史出版社，2004.

［82］吴孟复. 吴孟复安徽文献研究丛稿［M］. 合肥：黄山书社，2006.

［83］吴泽. 王国维学术研究论集：一［M］. 上海：华东师范大学出版社，1983.

［84］谢冕. 1898：百年忧患［M］. 济南：山东教育出版社，1998.

［85］徐珂. 康居笔记汇函：二［M］. 太原：山西古籍出版社，1997.

［86］徐侠. 清代松江府文学世家述考［M］. 上海：上海三联书店，2013.

［87］徐一士. 一士类稿［M］. 北京：中华书局，2007.

［88］薛冰. 金陵书话［M］. 南京：东南大学出版社，2002.

［89］寻霖，龚笃清. 湘人著述表［M］. 长沙：岳麓书社，2010.

［90］杨世骥. 文苑谈往：1 集［M］. 上海：中华书局，1946.

［91］杨树达. 积微翁回忆录［M］. 北京：北京大学出版社，2007.

［92］杨天石，王学庄. 南社史长编［M］. 北京：中国人民大学出版社，1995.

［93］尹奇岭. 民国南京旧体诗人雅集与结社研究［M］北京：中国社会科学出版社，2011.

［94］应向伟，郭汾阳. 名流浙大［M］. 杭州：浙江大学出版社，2007.

［95］俞苗荣，龚天力．绍兴图书馆馆藏地方碑拓选［M］．杭州：西泠印社出版社，2007．

［96］云南省地方志编纂委员会总纂．云南省志：卷 80，人物志［M］．云南省地方志编纂委员会办公室人物志编辑组，编撰．昆明：云南人民出版社，2002．

［97］曾健戎．郭沫若在重庆［M］．西宁：青海人民出版社，1982．

［98］张伯驹．春游琐谈［M］．郑州：中州古籍出版社，1984．

［99］张传兴．鼓楼文史：第 4 辑［M］．福州：鼓楼区政协文史资料委员会编委，1992．

［100］张翰仪．湘雅摭残［M］．长沙：岳麓书社，2010．

［101］张晖．张晖晚清民国词学研究［M］．张霖，编．南京：南京大学出版社，2014．

［102］张慧剑．辰子说林［M］．上海：上海书店出版社，1997．

［103］张洁，许国荣．吴祖光悲欢曲・吴祖光传［M］．成都：四川文艺出版社，1986．

［104］张泉．抗战时期的华北文学［M］．贵阳：贵州教育出版社，2005．

［105］张耘田，陈巍．苏州民国艺文志［M］．扬州：广陵书社，2005．

［106］张中行．负暄琐话［M］．北京：中华书局，2006．

［107］张作兴．船政文化研究［M］．福州：海潮摄影艺术出版社，2006．

［108］章兢．从书院到大学：湖南大学文化研究［M］．北京：高等教育出版社，2011．

［109］昭平风物志编委会．昭平风物志［M］．南宁：广西民族出版社，1992．

［110］赵丽华．民国官营体制与话语空间：《中央日报》副刊研究（1928—1949）［M］．北京：中国传媒大学出版社，2011．

［111］赵松元．诗词学：第 1 辑［M］．广州：暨南大学出版社，2010．

［112］赵银棠．玉龙旧话新编［M］．昆明：云南人民出版社，1984．

［113］郑炜明．况周颐佚诗辑考［M］．香港：香港大学饶宗颐学术馆，2009．

［114］郑逸梅．民国笔记概观［M］．郑汝德，整理．上海：上海书

店出版社，1991.

［115］郑逸梅. 南社丛谈［M］. 上海：上海人民出版社，1981.

［116］郑逸梅. 清末民初文坛轶事［M］. 上海：学林出版社，1987.

［117］郑逸梅. 艺林散叶［M］. 北京：中华书局，1982.

［118］郑逸梅. 艺林散叶荟编［M］. 北京：中华书局，1995.

［119］郑逸梅. 艺林拾趣［M］. 郑汝德，整理. 杭州：浙江文艺出版社，1990.

［120］郑逸梅. 逸梅杂札［M］. 济南：齐鲁书社，1985.

［121］郑逸梅. 掌故小札［M］. 成都：巴蜀书社，1988.

［122］郑振铎. 中国新文学大系：文学论争集［M］. 影印本. 上海：上海文艺出版社，2003.

［123］中国历史文献研究会，大连图书馆. 典籍文化研究［M］. 沈阳：万卷出版公司，2007.

［124］中国延安精神研究会. 中共中央在延安十三年资料：2，重要资料选辑［M］. 北京：中央文献出版社，2017.

［125］周葱秀，涂明. 中国近现代文化期刊史［M］. 太原：山西教育出版社，1999.

［126］周君适. 伪满宫廷杂忆［M］. 成都：四川人民出版社，1981.

［127］周震麟. 民国宁乡县志［M］. 刘宗向，纂. 长沙：湖南人民出版社，2009.

［128］朱文华. 风骚余韵论：中国现代文学背景下的旧体诗［M］. 上海：复旦大学出版社，1998.

［129］朱子家. 汪政权的开场与收场［M］. 香港：春秋杂志社，1961.

五、论文类

［1］蔡震. 郭沫若集外旧体诗词的整理［J］. 新文学史料，2018（3）.

［2］曹顺庆，周娇燕. 关于中国现当代文学史不收录现当代人所著古体诗词的批判［J］. 社会科学战线，2014（8）.

［3］曹辛华. 论抗日战争诗词文献的整理、研究与意义［J］. 社会科学战线，2015（7）.

［4］陈春香. 苏曼殊诗歌创作的中国传统与日本意象［J］. 文学评论，2008（3）.

[5] 陈平原. 岂止诗句记飘蓬：抗战中西南联大教授的旧体诗作[J]. 北京大学学报：哲学社会科学版，2014 (6).

[6] 陈万华. 丽泽文社与张志沂 [J]. 现代中文学刊，2010 (6).

[7] 陈友康. 二十世纪中国旧体诗词的合法性和现代性 [J]. 中国社会科学，2005 (6).

[8] 程金造. 高步瀛传略及传略后记 [J]. 晋阳学刊，1983 (4).

[9] 程思远. 关于朱德同志在泸州组织诗社的几个问题 [J]. 四川文物，1986 (4).

[10] 丁茂远. 抗日革命根据地的三大诗社 [J]. 文教资料，1995 (1).

[11] 丁晓萍. 旧体诗：郁达夫最本能的写作方式 [J]. 上海交通大学学报：哲学社会科学版，2016 (6).

[12] 管林. 长歌当哭，悲慨激烈：谈廖仲恺的诗词 [J]. 岭南文史，2007 (3).

[13] 胡春毅，常金秋. 战时文学记忆：1937 年南京陷落后的古体诗词 [J]. 齐鲁学刊，2018 (1).

[14] 黄霖. 中国近代文学批评研究的几个问题 [J]. 文学评论，1994 (3).

[15] 黄乃江. 菽庄吟社与上海南社之比较 [J]. 福建师范大学学报：哲学社会科学版，2011 (6).

[16] 黄修己. 旧体诗词与现代文学的啼笑因缘 [J]. 中国现代文学研究丛刊，2002 (2).

[17] 李遇春，曹辛华，黄仁生. 从"合法性"论争到"合理性"论证：现当代旧体诗词研究的问题与方法三人谈 [J]. 文艺研究，2020 (11).

[18] 李遇春，丘婕. 抗战时期旧体诗词的合法性建构问题 [J]. 社会科学战线，2018 (3).

[19] 林桥. 《沁园春·雪》引发的文坛笔战 [J]. 文史月刊，2010 (4).

[20] 刘纳. 旧形式的诱惑：郭沫若抗战时期的旧体诗 [J]. 中国现代文学研究丛刊，1991 (3).

[21] 龙沐勋. 朱彊村先生永诀记 [J]. 文教资料，1999 (5).

[22] 罗惠缙. 民初遗民对晚明历史的文学表达：以《松滨吟社集》为中心 [J]. 江汉论坛，2008 (9).

［23］潘百齐，彭玉平，等. 一笔珍贵的遗产：关于20世纪旧体文学的对话［N］. 光明日报，2018－02－12（13）.

［24］潘静如. “两京”沦陷区清遗民的“位置”：以《雅言》《同声月刊》杂志为中心［J］. 中国现代文学研究丛刊，2017（1）.

［25］钱理群. 论现代新诗与现代旧体诗的关系［J］. 诗探索，1999（2）.

［26］钱仲联. 南社吟坛点将录［J］. 苏州大学学报：哲学社会科学版，1994（1）.

［27］沈卫威. 文学的古典主义的复活：以中央大学为中心的文人褉集雅聚［J］. 文艺争鸣，2008（5）.

［28］施议对. 百年词通论［J］. 文学评论，1989（5）.

［29］松浦友久. 关于闻一多的《律诗底研究》：现代诗学的黎明［J］. 蒋寅，译. 东方丛刊，2000（3）.

［30］孙文周. 近代社团春禅词社考论［J］. 山西大学学报：哲学社会科学版，2019（2）.

［31］王达敏. 40年来中国近代文学研究的挖潜与突围［J］. 社会科学辑刊，2019（1）.

［32］王家康. 四十年代的诗人节及其争论［J］. 中国现代文学研究丛刊，2003（1）.

［33］许伯建，唐珍璧. 饮河诗社史略［J］. 文史杂志，1994（2）.

［34］许正意，钱永贤.《虞社》琐谈［J］. 江海学刊，1984（3）.

［35］杨景龙. 中国现当代旧体诗词进入文学史的几个问题［J］. 河北学刊，2015（5）.

［36］俞志高. 清末昆山医家王德森［J］. 江苏中医杂志，1985（6）.

［37］张海鸥. 旧体诗词的韵与命［J］. 中山大学学报：社会科学版，2007（1）.

［38］张宁，肖百容. 抗战挽联：特殊时代场域下的“群体言说”［J］. 中国文学研究，2020（3）.

［39］张宁. 陈三立自辩说考论［J］. 中国韵文学刊，2017（2）.

［40］张宁. 古典诗歌的“复古”传统与旧体诗写作［J］. 中国韵文学刊，2015（3）.

［41］张宁. 胡适的旧体诗观［J］. 北京社会科学，2014（4）.

［42］张宁. 抗日战争与现代旧体诗新变［N］. 中国社会科学报，

2018－10－22（4）.

［43］周兴陆．新中国七十年“旧体诗”理论的历程［J］．思想与文化．2019（2）.

［44］朱惠国．民国词研究的现状及其思考［J］．现代中文学刊，2014（6）.

［45］朱则杰，黄治国．“遁园吟社”与《遁园杂俎》［J］．社会科学战线，2013（11）.

六、民国报纸杂志类

《庸言》《眉语》《东方杂志》《新青年》《学衡》《国闻周报》《甲寅》《北洋画报》《大公报》《论语》《青鹤》《词学季刊》《诗经》《民族诗坛》《同声月刊》《雅言》《解放日报》《古今》《岭雅》

后　记

不知道从什么时候开始，“忙”成了我的口头禅，直把人压得喘不过气来。就像日本资深记者斋藤茂男在《饱食穷民》与《妻子们的思秋期》中所描述的那些忧戚和苦痛，这又何尝不是我的写照？种种琐事日积月累，铸成一道道无形的枷锁，不仅锁住了记忆，也囚禁了梦想。我就像得了健忘症，把过去的点点滴滴抛在了脑后。

而这部书稿的修改和校对，将我从此时此地拉回到了彼时彼地。康乐园的红楼叠影、参天古木、郁郁苍竹和萋萋绿草，全都浮现在我的眼前。

假如人生轨迹可以“改写”，于我而言，有幸成为张海鸥教授的学生便是我人生的一种“改写”。那时，多愁善感的年轻人正心怀迷惘，老师的谆谆教诲和真诚鼓励使我找到了学业的方向，由此确定“民国旧体诗词大事编年”的选题，也才有了今天这部书稿。

去年下半年，除了完成教学科研任务，我几乎整日坐在桌前，对着电脑，一坐就是一整天。在书堆里翻找资料，修改条目，润色文字，既压抑，又亢奋。突然间，我发现这书稿分明连接了不同时期的“我”，通过它，我得以窥见逝去岁月中青春的躁动与焦虑、诱惑与奋进。

我常常怀念在老师办公室上讨论课的情形：师徒围坐在几案周围，沏一壶茶，边喝边聊，像朋友一样亲切。老师跟我们聊论文写作的困惑、治学的方法、学界的掌故，说到兴头上，便朗朗大笑，什么人生的得意与失意都不值一提。那间办公室真是偌大世界里最好的去处。除了日常的学术讨论，老师也会聊大家的生活状态，寥寥数语，或幽默，或冷峻，却能化解心底涌动的暗流。被精神压垮的博士不在少数，所幸，受到张老师的点拨，我由此远离了精神上的漩涡。

在中山大学的三年里，吴承学、彭玉平、孙立诸位老师也给予我许多指导和帮助，尤其是在我博士学位论文开题、写作和预答辩的过程中，给出了许多宝贵意见。他们的谨严、儒雅、智慧、幽默、和蔼与潇洒给人留下了深刻的印象。他们是我终生学习的榜样！

这部以博士学位论文为基础的书稿和之前的内容相比有了较大的改

进。它在体例内容上有所完善，并在毕业后的几年间增添了许多新的材料，随着研究的不断深入，也更新了一些学术观点与体悟。

我想，它的出版既是对我博士学习阶段的一个小结，也将是属于我的一个崭新的开始。

张宁于梓山湖领御

2021 年 7 月 12 日